赤い鳥事典

赤い鳥事典編集委員会 編

柏書房

『赤い鳥』100年

鈴木三重吉の書き込みがある『赤い鳥』表紙（第17巻第1号、1926・7）

鈴木三重吉の書き込みがある『赤い鳥』表紙（第17巻第5号、1926・11）

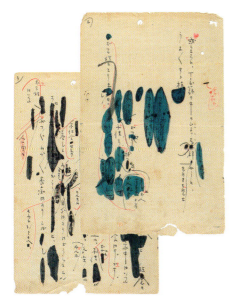

鈴木三重吉「ぶつぶつ屋」原稿（第9巻第1号、1922・7）

鈴木三重吉「童話選評」原稿（第8巻第3号、1922・3）

●いずれも広島市立中央図書館蔵

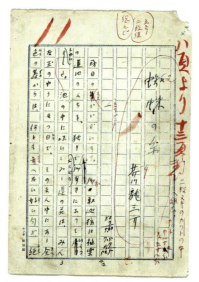

芥川龍之介「蜘蛛の糸」原稿

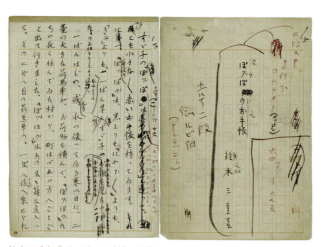

鈴木三重吉「ぽっぽのお手帳」原稿

鈴木三重吉宛、北原白秋書簡（1918・2・17）

●いずれも県立神奈川近代文学館蔵

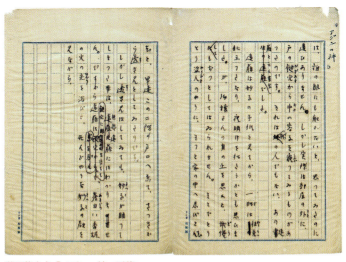

芥川龍之介「アグニの神」原稿

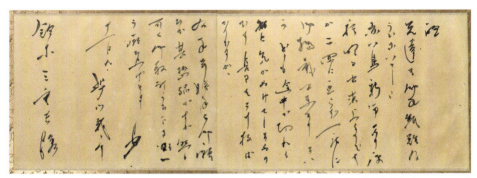

鈴木三重吉宛　芥川龍之介書簡（1919・11・9）

中村星湖宛　鈴木三重吉書簡

●いずれも山梨県立文学館蔵

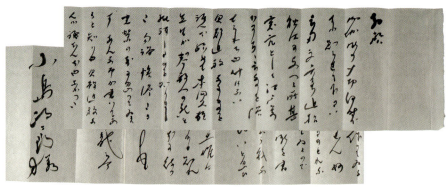

小島政二郎宛　芥川龍之介封書（1918・10・2）

佐佐木茂索宛　芥川龍之介封書（1920・12・10）

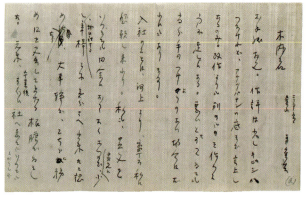

木内高音宛　鈴木三重吉書簡（1920・3・6）

●いずれも日本近代文学館蔵

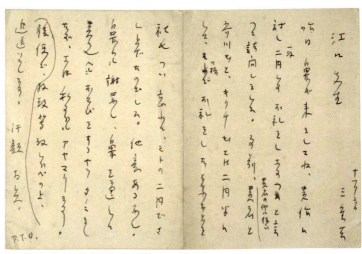

江口渙宛　鈴木三重吉書簡（年不明・11・3）

東新宛　鈴木三重吉書簡（1918・8・11）

松根東洋城「三重吉と俳諧」原稿（1936・10、鈴木三重吉追悼号掲載）

●いずれも日本近代文学館蔵

徳田秋聲宛　鈴木三重吉葉書（1918・4・14）　　異聖歌「水口」原稿（第15巻第4号、
● 徳田家蔵　　　　　　　　　　　　　　　　　　1925・10）　● 日野市郷土博物館蔵

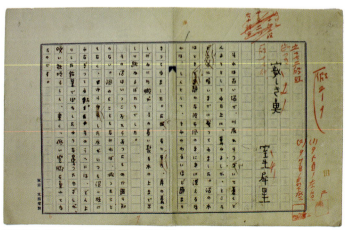

北原白秋「もとゐたお家」草稿（第17巻第2号、1926・8）
● 小田原文学館蔵

室生犀星「寂しき魚」原稿（第5巻第6号、1920・12）
● 石川近代文学館蔵

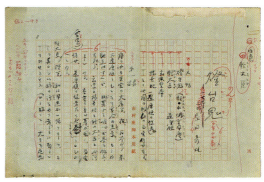

長田秀雄「燈台鬼」原稿（第7巻第4〜5号、1921・10〜11）
● くまもと文学・歴史館蔵

新美南吉「權狐」原稿（第2期第3巻第1号、1932・1）
● 新美南吉記念館蔵

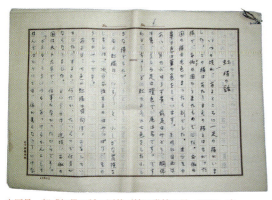

宮原晃一郎「虹猫の話」原稿（第18巻第1号、1927・1）
● かごしま近代文学館蔵

広島市立中央図書館広島文学資料室

県立神奈川近代文学館

鈴木三重吉　赤い鳥の会

赤い鳥文学碑（鈴木三重吉文学碑）（広島市中区大手町原爆ドーム横）　●長崎昭憲撮影

鈴木三重吉墓碑（広島市中区大手町3-10-6 長遠寺）　●長崎昭憲撮影

三重吉生誕の地碑（広島市中区紙屋町エディオン広島本店前）　●長崎昭憲撮影

赤い鳥文学碑・英訳付き説明板
●長崎昭憲撮影

はじめに

　1918（大正7）年7月1日付けで月刊児童雑誌『赤い鳥』が創刊された。奥付に、発行所は「通称目白上り屋敷」の「赤い鳥」社、住所は東京府北豊島郡高田村3559とある。現在の豊島区目白3丁目17番地付近である。編集兼発行人の鈴木三重吉の自宅内であった。「上り屋敷」は江戸時代の狩猟場の休憩所を指し、それがこの地にあったので通称の地名として使用されていた。

　創刊号は78ページ、定価は18銭であった。菊判という判型で、本文にカラーページはなく、口絵が三色刷、表紙裏の広告、目次が単色刷カラーであった。そのため清水良雄の表紙絵「お馬の飾」の石版刷りが際立つこととなった。白馬と黒馬の上に少女がそれぞれ乗り、飾り手綱を手にしている。表紙の題字「赤い鳥」のロゴマークは手書きされ、その上段には「鈴木三重吉主幹」と冠された。

　『赤い鳥』は、創刊から1929（昭和4）年3月号までの前期、1931（昭和6）年1月号の再刊から1936（昭和11）年10月号の終刊までの後期に分けられる。終刊は、三重吉の死去によるものであった。刊行冊数は、前期127冊、後期69冊である。1923（大正12）年10月号は、関東大震災、12月号は雑誌組合の協定で休刊となった。合計で196冊の『赤い鳥』が刊行された。

　最盛期には3万部を超える部数を発行して、全国の子どもたち、教師、保護者に、芥川龍之介「蜘蛛の糸」などの芸術的な童話、童謡、外国作品の再話を提供し、作文（綴方）、童話、童謡、自由画を全国の児童から募集して毎月の誌面に掲載した。これが児童による目覚的な創作と鑑賞の実践を呼び起こして、全国に多くの書き手を育てることに成功した。児童文学作家の坪田譲治、新美南吉、童謡詩人の巽聖歌、与田凖一、歌人の木俣修らが誕生し、童謡の作曲家も輩出した。南吉の「ごんぎつね」、北原白秋の「からたちの花」、西條八十の「かなりや」（初出「かなりあ」）など教科書に収められた作品も少なくない。『赤い鳥』の成功は、『金の星』などの児童誌、『鑑賞文選』などの競合誌も多く生み出し、近代児童文学と作文教育の基礎を確立するうえで大きな貢献をした。

　『赤い鳥』の研究は創刊から100年経過した今日まで続いており、現在でも多くの学問分野で活発な研究が行われている。『赤い鳥』の研究が本格化したのは、日本児童文学学会編『赤い鳥研究』（1965）以降である。1960年代から70年代にかけては、児童文学と童謡、児童詩、児

童劇の研究、作文（綴方）研究などが中心であった。中内敏夫『生活綴方成立史研究』（明治図書、1970）、藤田圭雄『日本童謡史』（あかね書房、1971）、桑原三郎『「赤い鳥」の時代──大正の児童文学──』（慶應通信、1975）、冨田博之『日本児童演劇史』（東京書籍、1976）、滑川道夫『日本作文綴方教育史』（国土社、1977～1983）、弥吉菅一『日本児童詩教育の歴史的研究』（渓水社、1989）、日本児童文学学会編『研究＝日本の児童文学』（東京書籍、1995～2003）などの重厚な研究が続いた。そうした研究と前後して、根本正義『鈴木三重吉と「赤い鳥」』（鳩の森書房、1973）、佐藤宗子『「家なき子」の旅』（平凡社、1987）、畑中圭一『日本の童謡　誕生から九〇年の歩み』（平凡社、2007）などが刊行され、『赤い鳥』研究が着実に進んだ。

　出版の分野では「赤い鳥」の会による「赤い鳥文学賞」の制定（事務局・小峰書店、1971～2010）があり、『学年別赤い鳥』『赤い鳥代表作集』（ともに小峰書店）が現在も刊行され続けている。日本児童文学者協会、日本児童文芸家協会は、その機関誌などを通じて折々に特集を組んできた。最新のものは、それぞれ『日本児童文学』2018年3・4月号（特集・『赤い鳥』創刊100年）、『児童文芸』2018年6・7月号（特集・創刊100年『赤い鳥』の夢と軌跡をたどって）である。鈴木三重吉赤い鳥の会は、三重吉の出生地広島で顕彰を続けており、『鈴木三重吉への招待』（教育出版センター、1982）、『『赤い鳥』と鈴木三重吉』（小峰書店、1983）などを刊行して、長男の鈴木珊吉氏の協力を得てその資料収集に努めている。

　『赤い鳥』全巻の復刻（日本近代文学館、1968）やCD-ROM版（大空社、2008）が刊行され、その全誌面を閲覧することが容易になり、国会図書館デジタルライブラリーでも順次公開されるようになった。その影響もあって研究がさらに活発化して、作文（綴方）教育、比較文学、語彙、挿絵、美術、音楽、メディアなどの多様な分野での研究へと広がりを見せている。

　しかし、これらの研究は個別の分野での研究に留まる傾向があり、研究分野の垣根を越えて『赤い鳥』の総合的な研究へとは発展していない。そのため、『赤い鳥』研究全体が視野に入りにくく、研究のための基礎資料も十分整備されておらず、個々の研究者が基礎資料を求めて地道な研究を重ねている状況である。こうした研究をつなぎ、各分野相互に視野を広げていけるような媒体が必要になっている。鈴木三重吉の出生地広島にゆかりがある者でそのように話し合った結果、急ではあるが、創刊100年を記念して『赤い鳥』全体を俯瞰できる『赤い鳥事典』を刊行することにした。

　本事典の刊行によって『赤い鳥』の研究を進展させるための基盤が作られていくことになると自負している。ご多忙な中を深いご研究を重ねて丁寧にご執筆くださったみなさまに感謝申しあげる。『赤い鳥』関係資料を所蔵して公開するなど、地道な研究を進めておられる各地の記念館・図書館・文学館・美術館・音楽館などの関係機関のみなさまには、多大なご協力をいただいた。短時日の依頼にもかかわらず、原稿を寄せてくださり、さらに所蔵資料もご提供くださったことに深くお礼申しあげる。グラビアページも、新出資料などを多数提供できた。厳

しい出版環境の中で柏書房（株）（社長・富澤凡子氏）が刊行を決断してくださったことに感謝申しあげたい。特に編集担当の山崎孝泰氏には編集委員会を支えるためにご尽力を賜った。

　私たちは、違う研究分野の者たちによる多角的・多面的な研究成果を集大成して、これから100年の基礎資料となる事典を作り、次世代に渡す役割を果たしたいと考えている。さらに、研究者だけでなく、子どもの文化に関心のあるすべての人に届けたいという希望を持っている。

　なお、編集委員会の力不足で、国内外の作家や画家、音楽家などに十分目が届いていないことをお詫びする。さらに予定していた『赤い鳥』関連の叢書、賞、年表は掲載できなかった。調べていく中で、『赤い鳥』の影響の広がりが予想以上に広範囲であることがわかり、編集委員会の現在の調査力量では不可能であると判断したためである。今後は、本事典を活用してくださり、『赤い鳥』の全体像に迫る研究を重ねていただくことを希望する。

2018年7月

赤い鳥事典編集委員会

執筆者一覧

相川美恵子
粟飯原匡伸
青木文美
上倉あゆ子
浅岡靖央
朝田千惠
浅野俊和
足立幸子
足立直子
荒井真理亜
飯田和明
伊狩弘
石田浩子
石田陽子
石原剛
出雲俊江
稲垣和秋
井上浩一
井上征剛
入口愛
岩崎文人
Vincze Ferenc
上田信道
鵜野祐介
遠藤純
遠藤知恵子
王　玉
大内善一
大木葉子
大島丈志
大竹聖美
大地宏子
大西公恵
小川俊輔
小椋彩
小野孝尚

柿本真代
小野由紀
風岡祐貴
風早悟史
片桐まい
加藤理
門田由紀
金子美緒
金田啓子
川勝泰介
かわじもとたか
川村伸秀
神田愛子
菊永謙
岸美桜
北川公美子
北村澄江
木本一成
槲田瑤子
黒川麻実
古閑章
児玉忠
小林英起子
小林千枝子
権藤敦子
近藤昌夫
齋木喜美子
齊藤千洋
酒井晶代
坂本淳子
坂本聖子
佐久間正明
佐々木由美子
佐藤アヤ子
佐藤みゆき
佐藤宗子
佐藤由美
佐野靖
重野裕美
嶋田亜砂子
周東美材

上越市文化振興課
菅邦男
杉田智美
杉野ゆり
須藤宏明
陶山恵
関口安義
髙田杏子
髙野奈保
高室有子
竹内オサム
竹長吉正
田中千晶
玉木雅己
太郎良信
千森幹子
津田加須子
土屋公志
堤理加
土居安子
東海麻衣子
當摩英理子
遠山光嗣
鳥居紗也子
永井泉
長尾冨佐恵
長崎昭憲
中路基夫
中島賢介
永田桂子
中地文
永渕朋枝
中丸禎子
仲村省吾
中村光夫
中谷いずみ
南雲香奈
成實朋子
南平かおり
西谷明子
西田谷洋

西原千博
西山利佳
信國奈津子
野呂康
畠山兆子
畑中圭一
濱田明
林美千代
原田敏行
原田範行
半田淳子
比嘉樹
東島桂子
日髙真帆
檜山未帆
平岡さつき
廣重順子
Ferreiro Posse, Damaso
福田泰久
藤田のぼる
藤本恵
細田昌史
前川愼市
前田俊之
松崎裕人
松崎行代
松下宏子
松本育子
丸尾美保
三浦精子
道脇夕加
三村真弓
宮川朗子
宮川健郎
宮木孝子
向井嘉之
武藤清吾
目黒強
本岡亜沙子
森井弘子
森田信一

森田直子
森本美恵子
安川孝
薮田由梨
山岸吉郎
山田実樹
山中郁子
山根知子
山根睦代
山本なおこ
吉開忠文
吉田貴富
吉田定一
吉村弥依子
和田典子
渡邊薫
渡辺貴規子
渡辺恭子
渡辺玲子

編集顧問
　関口安義　都留文科大学名誉教授
　千葉俊二　早稲田大学名誉教授
　畑中圭一　元名古屋明徳短期大学教授
　浜本純逸　神戸大学名誉教授
　三浦精子　児童文学者

編集委員
　出雲俊江　小川俊輔　木本一成
　重野裕美　溝渕園子　武藤清吾
　本岡亜沙子　山田実樹

目次

カラーグラビア 『赤い鳥』100年 ／鈴木三重吉 赤い鳥の会

はじめに　1
執筆者一覧　4
凡例　11

第1部　『赤い鳥』とその時代
総説　「教養実践」としての『赤い鳥』　15
1　『赤い鳥』の誕生
『赤い鳥』の宣伝文と標榜語　25 ／『赤い鳥』の子ども観　27 ／関東大震災　30 ／大正自由教育　31
2　『赤い鳥』と海外
『赤い鳥』と台湾　34 ／『赤い鳥』と中国　36 ／『赤い鳥』と朝鮮　39
3　『赤い鳥』とメディア
赤い鳥音楽会　45 ／赤い鳥児童劇歌劇学校　47 ／赤い鳥童謡会　49 ／自由画大展覧会　51
4　『赤い鳥』の影響
『赤とんぼ』　55 ／『金の船（金の星）』　57 ／『乳樹（チチノキ）』　59 ／『童話』　61 ／『びわの実学校』　63
5　『赤い鳥』の編集者
小野浩　67 ／木内高音　68 ／小島政二郎　69
6　『赤い鳥』と教科書
『赤い鳥』と国語教科書　73 ／『赤い鳥』と音楽教科書　78
7　『赤い鳥』の研究
桑原三郎　87 ／鈴木三重吉赤い鳥の会　90 ／冨田博之　93 ／藤田圭雄　96 ／弥吉菅一　99

第2部　鈴木三重吉とその作品
総説　鈴木三重吉の文学　105
古事記物語　109 ／湖水の女　111 ／小鳥の巣　113 ／世界童話集　115 ／日本を　117 ／ぽっぽのお手帳　119 ／ルミイ　121

第3部 『赤い鳥』の作家と作品

1 読みもの

（1）童話・童話劇・児童劇・絵話

総説 『赤い鳥』の童話と児童劇 129

青木健作 134／青木茂 135／秋田雨雀 136／秋庭俊彦 138／芥川龍之介 139／有島生馬 142／有島武郎 143／伊藤貴麿 145／伊東英子 147／井伏鱒二 149／今井鑑三 150／内田百閒 151／宇野浩二 152／宇野千代 154／江口渙 156／大木篤夫 158／小川未明 159／小山内薫 162／片山広子 164／加藤武雄 165／加能作次郎 166／上司小剣 167／菊池寛 169／北川千代 171／木下杢太郎 173／楠山正雄 174／久保田万太郎 177／久米正雄 179／小宮豊隆 181／佐藤春夫 183／島崎藤村 186／下村千秋 188／相馬泰三 189／塚原健二郎 191／徳田秋聲 193／豊島与志雄 194／長田秀雄 197／中村星湖 199／南部修太郎 201／野上豊一郎 202／野上彌生子 204／平方久直 206／平塚武二 207／広津和郎 209／福永渙 210／細田源吉 211／細田民樹 212／水木京太 213／水島爾保布 214／宮島資夫 216／宮原晃一郎 217／室生犀星 218／森三郎 220／森銑三 223／森田草平 225／吉田絃二郎 227
＊坪田譲治と新美南吉は第4部を参照

（2）『赤い鳥』と海外の作家

アンデルセン、ハンス・クリスチャン 231／エーブナー・エッシェンバッハ、マリー・フォン 232／キップリング、ラデャード 233／キャロル、ルイス 235／クラルティ、ジュール 237／クルイロフ、イワン・アンドレーヴィチ 238／ケストナー、エーリッヒ 240／コッローディ、カルロ 241／シェーンヘア、カール 244／シュニッツラー、アルトゥル 246／シラノ・ド・ベルジュラック、サヴィニアン・ド 247／スウィノト、ジョナサン 249／ストリンドベリ、ヨハン・アウグスト 250／ソログープ、フョードル・クジミチ 251／チェーホフ、アントン・パーヴロヴィチ 252／テイラー、ベイヤード 254／デュマ（ペール）、アレクサンドル 255／トウェイン、マーク 256／ドーデ、アルフォンス 257／トルストイ、レフ・ニコラエヴィチ 258／バアリー、ジェームス・マシュー 260／ハウフ、ヴィルヘルム 262／バーネット、フランシス・ホジソン 263／パラシオ・バルデス、アルマンド 264／ハーン、ラフカディオ（小泉八雲）266／ヒューズ、リチャード 268／ビョルンソン、ビョルンスチャーネ 269／ファイルマン、ローズ 271／フィリップ、シャルル＝ルイ 272／プーシキン、アレクサンドル・セルゲーヴィチ 274／フランス、アナトール 276／ホーソーン、ナサニエル 277／マロ、エクトール・アンリ 278／マンスフィールド、キャサリン 279／メリメ、プロスペル 280／モルナール、フェレンツ 281／ラーゲルレーヴ、セルマ 283／ラルボー、ヴァレリー 284／リーコック、スティーヴン 285／リシュタンベルジェ、アンドレ 286／ルーマニア王

妃マリア（マリイ女王） 287／ルメートル、ジュール 289／レーミゾフ、アレクセイ・ミハイロヴィチ 290／ロセッティ、クリスティーナ 292／ワイルド、オスカー 293

(3) 科学読物
総説 『赤い鳥』の科学読物 299
内容・表現の特徴 303／執筆者 307／寺田寅彦 312／八條年也「茶碗の湯」 314／内田亨 316／宇田道隆 318

2 童謡
総説 『赤い鳥』童謡の誕生 321
唱歌 325／伝承童謡 328／童謡の「童心・童語」 331
総説 『赤い鳥』の童謡詩人 334
北原白秋 338／木俣修 342／西條八十 345／佐藤義美 348／多胡羊歯 351／巽聖歌 353／三木露風 356／柳澤健 359／与田凖一 360

3 音楽
総説 作曲 365
今川節 369／草川信 370／『詩と音楽』 373／成城小学校の音楽教育 375／成田為三 377／弘田龍太郎 380／山田耕筰 383／コラム 作曲の手法 386

4 美術
総説 表紙絵と童画（挿絵） 391
川上四郎 395／川上澄生 398／清水良雄 400／鈴木淳 402／武井武雄 404／日本童画家協会 406／深沢省三 407／前島とも 409

第4部 『赤い鳥』と子どもたち

1 児童自由詩
総説 児童自由詩 415
『鑑賞指導児童自由詩集成』 419／児童生活詩 423／『指導と鑑賞 児童詩の本』 425／『日本幼児詩集』 427
総説 投稿詩人 430
有賀連 434／海野厚 435／小林純一 436／高麗彌助 438／近藤益雄 439／柴野民三 441／清水たみ子 443／茶木滋 444／中川武 445／福井研介 446／藤井樹郎 447／真田亀久代 448／『赤い鳥』に投稿したその他の詩人たち 449

2 綴り方
総説 『赤い鳥』の綴り方 455
ありのまま 459／叙写 461／『綴方読本』 463／コラム 三重吉の推奨作文 465
(1) 『赤い鳥』の綴り方教師
稲村謙一 469／菊池知勇 471／木村寿 473／木村不二男 475／木村文助 477／高

橋忠一　479／平野婦美子　481
(2) 投稿者
豊田正子　485／投稿者の子どもたち　487
(3) その他の綴り方
随意選題　491／『鑑賞文選』　493／『綴方生活』　495／生活綴方　497／『綴り方倶楽部』　499／『綴方教室』『続綴方教室』　501／コラム　『赤い鳥』当時の綴り方を取り巻く状況　503
(4) 『赤い鳥』綴り方の研究
中内敏夫　507／滑川道夫　509／峰地光重　511
3　自由画
総説　『赤い鳥』の自由画　515
『芸術自由教育』　519／自由画と臨画　520／山本鼎　522
4　童話・通信・投稿
総説　『赤い鳥』の読者と投稿　527
堤文子　532／坪田譲治　534／新美南吉　537／宮澤賢治　541

第5部　『赤い鳥』のことば
総説　『赤い鳥』とことば　545
オノマトペ　549／外来語　551／敬語　556／人称代名詞　558／方言　563／役割語　565／幼児語　568

第6部　『赤い鳥』関係の記念館・資料館・文学館
青木健作（山口県立山口図書館）　573／『赤い鳥』（国立国会図書館国際子ども図書館）　574／『赤い鳥』（大阪府立中央図書館国際児童文学館）　575／『赤い鳥』・芥川龍之介など（日本近代文学館）　577／『赤い鳥』・鈴木三重吉（広島市立中央図書館）　579／『赤い鳥』・童謡〈わらべ館〈鳥取県立童謡館・鳥取世界おもちゃ館〉〉　581／井伏鱒二（ふくやま文学館）　582／今川節（今川節の部屋〈坂井市立丸岡図書館〉）　583／小川未明（小川未明文学館）　584／川上四郎（長岡市立中央図書館川上四郎文庫）　585／川上四郎（湯沢町公民館）　586／川上すみを（鹿沼市立川上澄生美術館）　587／菊池寛（菊池寛記念館）　588／北原白秋（北原白秋生家・記念館）　589／北原白秋（小田原文学館・白秋童謡館）　590／久米正雄（郡山市こおりやま文学の森資料館）　591／小砂丘忠義（高知県立文学館）　592／下村千秋（阿見町立図書館）　593／鈴木三重吉（県立神奈川近代文学館）　594／鈴木三重吉・室生犀星（石川近代文学館）　596／武井武雄（日本童画美術館〈イルフ童画館〉）　597／巽聖歌（日野市郷土資料館）　598／坪田譲治（坪田譲治「子どもの館」）　599／寺田寅彦（高知県立文学館〈寺田寅彦記念室〉）　600／徳田秋聲（徳田秋聲記念館）

601／長田秀雄（くまもと文学・歴史館）　602／中村星湖（山梨県立文学館）　603／成田為三（浜辺の歌音楽館）　604／新美南吉（新美南吉記念館）　605／弘田龍太郎（安芸市立歴史民俗資料館）　606／深沢省三（深沢紅子野の花美術館）　607／宮原晃一郎（かごしま近代文学館）　608／室生犀星（室生犀星記念館：軽井沢町）　609／室生犀星（室生犀星記念館：金沢市）　610／山田耕筰（明治学院大学図書館附属遠山一行記念日本近代音楽館）　611／吉田絃二郎（佐賀県立図書館）　612／与田凖一（与田凖一記念館〈みやま市立図書館〉）　613／コラム　広島県産業奨励館　614

第7部　資料

『赤い鳥』ゆかりの地を歩く　617

研究文献　629

事項索引　643

人名索引　655

凡例

1　項目

＊「『赤い鳥』とその時代」「鈴木三重吉とその作品」「『赤い鳥』の作家と作品」「『赤い鳥』と子どもたち」「『赤い鳥』のことば」「『赤い鳥』関係の記念館・資料館・文学館」「資料」の7部立てとし、さらに各部に関連するカテゴリーごとに項目を立てた。

＊第1部から第5部には「総説」を設けて、その部の学術的な位置づけ、各カテゴリー・項目の意義、研究成果、研究の展望をまとめた。

＊各項目には、適宜小見出しを付した。

＊各項目の『赤い鳥』各誌の発行に関して、それぞれの執筆者によって発行巻号または年月号の表示になっている。本事典では、各執筆者による記述のスタイルを考慮して、あえて統一しなかった。

＊各項目には、適宜コラムを設け、本文の理解に役立つ記事を記述した。

2　項目の配列

＊項目の配列は、原則としてカテゴリーごとに五十音順とした。ただし、以下のカテゴリーの2セクションは、各項目が深く関連しているので、読者の便宜を図るため、次のように配列している。

・第3部の1「読物」の（3）「科学読物」……全体的な内容から個別的な内容へという順序で項目を配列した。

・第4部の2「綴方」の（3）「その他の綴り方」……おおむね、刊行・発生・影響の年代順に項目を配列した。

3　『赤い鳥』の執筆者名

＊『赤い鳥』の編集者であった小島政二郎は、『眼中の人』で徳田秋聲や小山内薫などの代作をしたことを記述している。これまでの研究で編集者などの変名があることも知られている。本事典では、その真偽については問わず、原則として『赤い鳥』に記述されたものをそのまま収載している。個々に事情が判明している内容については、各項目で説明されている場合もある。

＊鈴木三重吉が『赤い鳥』の原稿を添削したこ

とについても多くの指摘がある。本事典では、三重吉の添削の有無に関係なく『赤い鳥』に記された筆者名で掲出している。

4　表記

＊表記については、原則として以下のように統一した。

・本文は、原則として新漢字、現代仮名遣いとしたが、固有名詞等はこのかぎりではない。また、作品名は歴史的仮名遣いとした。

・見出しの漢字は総ルビとした。

・人名に2つ以上の使用例がある場合は、一般的に通用している名を項目名とした。

・外国語の人名は姓名の日本語読みを項目名として、原綴りを姓、名の順に表記した。姓と名の間を空け、また、コンマで区分した。必要に応じてミドルネームを記した。ロシアの作家については、ラテン表記も付した。

・『赤い鳥』の人名と現在の一般名称とが異なる場合は、題字で次のように現在の一般名称を表示した。
（例）クロイロフ（『赤い鳥』）→クルイロフ（現在の一般名称）
なお、索引では、クロイロフ→クルイロフとしてある。

・作品名、論文名は「　」で括り、新聞、雑誌、書籍の名は『　』で括った。

・引用文は「　」で括って示した。

・年号は西暦で示し、必要に応じて和暦を（　）で括り、直後に記した。

・人名はすべて敬称を略した。

5　その他

＊童話と児童文学の定義や理解については執筆者により異同がある。本事典ではあえて統一を図らなかった。

＊参考文献のうち、大阪国際児童文学館編『日本児童文学大事典』（大日本図書）は多くの項目で参照されているため、場合によっては掲出を省略している場合がある。

第1部

『赤い鳥』とその時代

第I部 『赤い鳥』とその時代

総説 「教養実践」としての『赤い鳥』

●対抗文化の運動

　『赤い鳥』の最大の特徴は、現代文化の批判と革新を目指した対抗文化の運動であったことである。鈴木三重吉は、創刊の宣伝文「童話と童謡を創作する最初の文学的運動」で、従来の児童雑誌の「俗悪な表紙」を批判して、新進の清水良雄を抜擢して表紙や口絵、挿絵の従来のイメージを刷新する。

　さらに、創刊号には「標榜語（モットー）」が示され、「現在世間に流通してゐる子供の読物の最も多くは、その俗悪な表紙が多面的に象徴してゐる如く、種々の意味に於て、いかにも下劣極まる」という厳しい批判から書き起されている。そのなかに次のような表現がある。

　今の子供の作文を見よ。少くとも子供の作文の選択さるる標準を見よ。子供も大人も、甚だしく、現今の下等なる新聞雑誌記事の表現に毒されてゐる。『赤い鳥』誌上鈴木三重吉選出の『募集作文』は、すべての子供と、子供の教養を引受けている人々と、その他のすべての国民とに向つて、真個の作文の活例を教える機関である。

　「募集作文」という方法をとることで、「子供の教養」の育成に関心を持つ人々に開かれた実践体としての「機関」雑誌になるという自覚が創刊時からあったことを示している。

　「真個の作文の活例」には、正岡子規によって提唱され、河東碧梧桐、高浜虚子、夏目漱石らの推進した写生文芸の流れにあることが含意されている。三重吉は、若いうちから俳句に興味を持ち写生文に関心を寄せていた。「文章雑話」（『鈴木三重吉全集』第五巻、p.124）には、「現在の表現の根本の刺激は写生文である。私は、写生文の「真実」を好いたのである」と述べ、「生地のまゝの口語」で、「修飾も誇張もなしに、目に見えた通りの事実をその儘記載した、質実な純朴な活現」に「興味を持つた」と書いて、写生文に関心を寄せた理由を明らかにしている。

　三重吉は、東京帝国大学英文科に進み、漱石に師事して「千鳥」を送る。それが『ホトヽギス』（1906・5）に載った。三重吉は

教養

　日本における「教養」という語は、中村正直訳のサミュエル・スマイルズ『西国立志編』（1871）に見える。第十一篇「みずから修むることを論ず、ならびに難易を論ず」の序文で「人おのおの二個の教養あり。一は他人よりこれを受け、一は自己にこれを倣すことなり、二者のうち、みずから教養すること重要なり」というエドワード・ギボンの言を引き、「みずから教育すべきこと」の意義を述べている（講談社、1981、p.401）。この翻訳からも教養が実践と不可分の関係にあることがわかる。しかし、この『西国立志編』に訳された「教養」という語は、今日まで使用している「教養」の語義とは同一ではない。日本における教養概念の確立は日本型教養の成立を待たねばならなかった。

　筒井清忠『日本型「教養」の運命』（岩波書店、1995）は、「大正教養主義」は明治後期の修養主義から出立して大正中期に学歴エリート文化として展開したとする。筒井は、教養の語意と理念を

15

「そんなものが雑誌へ載る資格があるのかと思つて非常に驚いたが、然しうれしかつた」と当時の心境を書いている（「上京当時の回想」前掲、p.27）。しかも「私が自分の好きな文章といふものを見出したのはホトゝギスの写生文である」と述べている雑誌への掲載であった（同、p.30）。三重吉は、それ以後「山彦」「小鳥の巣」「桑の実」と書きついでいく。安部能成は「写生と空想とが美しく絢ひ交ぜられて居る」と評している（「三重吉の小説其他」『赤い鳥』1936年9月号、p.132）。

しかし、三重吉は「八の馬鹿」を最後にして小説を書くのをやめてしまった。そして、全集の出版を始め、『鈴木三重吉編現代名作集』全20集（東京堂、発行元は鈴木三重吉方、1914、第一集は夏目漱石「須永の話」）を刊行する。このときの編集経験が『赤い鳥』創刊の下地となっていった。

●『赤い鳥』の創刊

子どもの読み物の世界でも、コドモ社の絵雑誌『コドモ』（1913）、幼年向け雑誌『良友』（1915）、婦人之友社の児童雑誌『子供之友』（1914）などの創刊が続いた時期であった。

三重吉は、こうした動きも踏まえて『赤い鳥』を創刊する。『赤い鳥』の読者を購読申込者として事前に組織して経営を安定させることが計画的に実行されたこと、創作童話にとどまらず童謡や自由画など当時の新教育、芸術教育の課題を『赤い鳥』運動に積極的に

持ち込んだことが『赤い鳥』の当面の発行を支えていた。

続橋達雄は『愛子叢書』の存在を重視している（『大正児童文学の世界』おうふう、1996、p.29）。『愛子叢書』は、実業之日本社が1913・14年に少年少女向けに刊行した島崎藤村『眼鏡』、田山花袋『小さな鳩』、徳田秋聲『めぐりあひ』、与謝野晶子『八つの夜』、野上彌生子『人形の望』のことである。

三重吉が『赤い鳥』を構想していくうえで『愛子叢書』が意識されており、「愛子叢書のめざした方向は、鈴木三重吉という演出家、情熱家の登場によって大きく花開き、大正児童文学の美しいみのりをもたらすことになった」としている。

●「文学運動」としての実践的意義

掲載作には年月を越えて読み継がれているものも少なくない。芥川龍之介「蜘蛛の糸」「杜子春」、有島武郎「一房の葡萄」、豊島与志雄「天下一の馬」、小川未明「月夜と眼鏡」、北原白秋「りす〳〵小栗鼠」、「赤い鳥小鳥」、西條八十「かなりあ」（のち「かなりや」）などは古典的な名作として記憶されている。また、坪田譲治、新美南吉、与田準一、巽聖歌、藤田圭雄、木俣修など少なからぬ作家、詩人、歌人が『赤い鳥』から育った。

巽聖歌は、白秋が自作を「面映くなるほど、何度も紹介してくれて」「得意満面のわたくしは、それに力を得て」投稿を重ねたことを

修養から区別して使った最初は和辻哲郎であったとして、和辻が『中央公論』1917年4月号で「「教養」とはさまざまの精神的の芽を培養することである」と述べた個所を紹介している（pp.88〜89）。新渡戸稲造の第一高等学校文化圏、漱石やケーベルの門下生、西田幾多郎ら京都学派、白樺派文学者らが具体的な日本型教養の当初の担い手であった。また、加藤周一は、教養主義は、古典の重視、自由と想像力という特質ゆえに異文化と接触することで自国文化を相対化して、「世俗的な水準で、

社会と人間のありかたの全体に係っていた」（「教養とは何か」『教養の再生のために——危機の時代の想像力』、影書房、2005、pp.40〜47）と述べている。

広告に見る『赤い鳥』の戦略

創刊号の表紙裏には、三重吉の『世界童話集』全10集を紹介する春陽堂の広告が掲載されている。各集のタイトルと収録作品が載せられ、「鈴木三重吉先生編」「清水良雄先生装画」とある。奥付

回想している。木俣修も、三重吉が葉書や「赤い鳥賞」の童話集を送ってくれたことが文学人生を決したことを述べて、思い返すと「涙のにじんでくるのを禁じ得ない」と振り返っている。(『『赤い鳥』復刻版　解説・執筆者索引』日本近代文学館、1979、p.72、pp.74〜75)。

　これらの作家やのちに作家として成長した者たちはただ作品を寄せただけではない。読者に文芸を創作し鑑賞する具体的なすがたを示した。同人として三重吉の依頼に応えて創作するすがた、読者として作品鑑賞と投稿を重ね、三重吉や白秋の添削を受けて、自立した文芸作家に成長するすがたを、作品という媒介をとおして子どもたちに示したのである。

　三重吉は子どもたちの投稿を促してきた。当初は集めるのに苦労したが、1920(大正9)年には1,000編を超える綴方が寄せられた。投稿してくる大半は幼児から小学生である。しかし彼らも数年すると中等学校などに進学する。『赤い鳥』に魅せられた子どもたちは引き続いて投稿している。対象学齢でないことを「選評」欄で指摘しても投稿してくるほど熱心な少年少女もいた。年齢的には、13歳から16歳ぐらいである。彼らが学校教育で経験した模範綴方とは別に『赤い鳥』での指導を求めて投稿してきたのである。

　掲載した綴方には三重吉、自由詩には白秋、児童画には山本鼎が選評を添えた。彼らは子どもに媚びることなく、時には辛口の指導的

評言をも加えて子どもたちの創作実践を激励した。

　福田清人は『赤い鳥』の功績として、児童文学の文学性の確立、唱歌を批判した創作童謡運動、形式主義を排した自由創造指導、童話童謡作家の育成、新童話雑誌刊行機運の醸成の5点を指摘する(福田清人『赤い鳥』総論』『赤い鳥』復刻版　解説・執筆者索引」、pp.1〜11)。また、滑川道夫は「「創作童話」「創作童謡」ということばを意識的に使い」「芸術・文学・創作・純麗を価値意識とする「文学運動」を、推進しようとした」と実践的な意義を強調している(「『赤い鳥』の児童文学史的位置」、日本児童文学学会編『赤い鳥研究』小峰書店、1965、p.29)。

　『赤い鳥』の発行部数は最盛期で3万部を越えた程度であった(小宮豊隆宛書簡、1920年1月21日付)。しかし、その影響は部数だけでは測り知れないものがある。『赤い鳥』の創刊に刺激されて類似の童話童謡誌が多数刊行された。童話童謡誌以外にも、たとえば、『鑑賞文選』『綴方読本』および相補関係にあった教師向け『綴方生活』が『赤い鳥』の競合誌として成長した。

　読者も児童に限らず、中等学校生、教員を含めた大人読者も多く、非購読者にも回覧された。のちに児童文学作家となった久保喬は、伯母宅で間借りしていた小学校の先生が持っていた『赤い鳥』を見て、その新鮮さにみずからも購入するようになり、中学生になって

からあとには「鈴木三重吉氏改作出版　縮刷　三重吉全作集」(春陽堂)の広告が載せられている。「千鳥」「桑の実」「小鳥の巣」など全13巻が紹介されている。

　さらに、本舗伊東胡蝶園の「御料　御園白粉」の広告が載る。伊東胡蝶園は化粧文化の変化に対応して、長谷部信彦開発の無鉛白粉を1904年に発売した化粧品メーカーである。1916年には出版社「玄文社」を設立して『新演芸』『新家庭』など月刊誌も手がけた(伊東栄(1914)『父とそ

の事業』、私家版)。

　隣の広告は島崎藤村『幼きものに』(実業之日本社)である。「仏蘭西土産」「名取春仙画伯装幀及挿絵」として、「島崎藤村先生が仏蘭西で送られた三年の間に見たり聞いたりされたお話を集めて長い間おとなしくお留守をしてゐられた幼いお子さん達にお土産となされたもの」と解説されている。

　名取春仙は、東京朝日新聞社に入社して漱石の「虞美人草」「三四郎」などの挿絵を手がけ、森田

も「小学生向きの雑誌をとることが恥ずかし
くなり、弟にやるという口実で買いつづけ
た」こと、『赤い鳥』が出てから、やがて、
『赤い鳥』系の童謡が広く歌われはじめ」「町
を歩いていて、大人たちもそれらの童謡を歌
う声をたびたび耳にした」ことを回想してい
る（『『赤い鳥』を見た日』『日本児童文学』
1979・11、偕成社、pp.6～7）。『赤い鳥』系の
童謡とは、白秋、八十らの童謡を指している。

　掲載作品に刺激された読者は、大人も子ど
もたちも積極的に応募した。『赤い鳥』は、
作家から読者へ一方通行に作品を届ける雑誌
ではなく、年代、性別を越えた文芸実践と創
作実践の共同の場、多数の作家と読者との共
同実践の場として機能したメディア（媒体）
であったのである。

　自由詩の選者となった白秋は、「在来の教
育」が子どもたちの「一々の個性をも凡て一
様の鋳型にはめこ」んでいると批判して「子
供をさうした首枷から解放し自由に自然と本
来の彼等に還らしめる事が第一、彼等の意識
せずして歌つてゐた詩そのものを、詩として
新に意識させ、いよいよ彼等の個性を成長さ
せ、発揮させ、表現せしめる事が第二」と述
べている（「幼き者の詩」『女性改造』1923・
5）。

　一方、1930年代になると、『赤い鳥』は『綴
方生活』に集う実践家から感覚的陶酔などと
いう厳しい批判を浴びた。白秋は「提言」で
「『赤い鳥』の指導精神は詩的なものといふ一

種の特定の考へ方によつて児童詩を規定した
といふ風の認識不足」と反論する。

　関口安義は、「白秋の児童自由詩の提唱は
きわめて理に適い」、「児童の個性を尊重し、
芸術としての自由詩という考えが貫いてい」
て、「いかなる時代の、いかなる家庭の子ど
もをも束縛から解放し、自由を与え、表現さ
せ」、「子ども本来の光り輝く感性を拾い上げ
る」ものとなっていると、「提言」の普遍的
な意義を強調している（「芸術教育と児童自
由詩」、北原隆太郎・関口安義編『自由詩の
ひらいた地平』久山社、1994、pp.57～58）。

●日本型教養と『赤い鳥』

　「標榜語」には、賛同作家として、「泉鏡花、
小山内薫、徳田秋聲、高浜虚子、野上豊一郎、
野上彌生子、小宮豊隆、有島生馬、芥川龍之
介、北原白秋、島崎藤村、森林太郎、森田草
平、鈴木三重吉他十数名」とある。

　さらに、1918年12月号では、小川未明、谷
崎潤一郎、久米正雄、江口渙、有島武郎、秋
田雨雀、西條八十、菊池寛、三木露風が付け
加えられている。

　硯友社から離脱して独自の語りで幻想の文
体を形成した泉鏡花、西欧翻訳文体を確立し
た小山内薫や森鷗外、自然主義文学を隆盛し
た徳田秋聲と島崎藤村、写生文を定着させた
高浜虚子、新体詩の定型を越え象徴詩から自
由詩へと進んだ北原白秋、白樺派の有島生馬
は、それぞれの文体形成をなした作家である。

草平「煤煙」、長塚節「土」などの挿絵も描いて
いる。日本画の画風に洋画の構図を取り入れて「挿
絵の革命」と呼ばれた。

　裏表紙裏は、日本橋の白木屋呉服店の「中元ご
贈答品売り出し」「金人会鋳金展覧会」「登山用具
展覧会」の広告であった。白木屋は1886年に洋
服部を設け先駆的な経営を行った百貨店で知られ
る。

　金人会は工芸展覧会を催す団体であった。鋳金
は、日本鋳金家協会の前身である東京鋳金会が

1907年に、岡崎雪声、大島如雲、香取秀真らに
より創立されたのが契機となって普及した。

　登山については、志賀重昂『日本風景論』
(1894)がベストセラーになり、イギリス人宣教
師ウォルター・ウェストンが日本アルプスの登山
をして、「余が日本の登山」（『東京朝日新聞』
1902・3・11～16）などを書いたこともあって、
1905年に日本山岳会が結成されるなど、20世紀
初頭には大きな登山ブームがあった。

　文芸性を主張して三重吉の著書の購入に結びつ

野上豊一郎や小宮豊隆、芥川龍之介、森田草平、鈴木三重吉は、夏目漱石の門下生として創作を重ね、独自の文体を形成するなかで教養を身につけていった。

『赤い鳥』には、そうした彼らの教養が総合的に示された。それらから触発されて創作された綴方、自由詩、自由画も、20世紀前半の生活や文化、学問や芸術に対する考え方が映し出されており、当時の人々の教養の一端をうかがい知ることができる。

しかもこうした作品群は雑誌にただ掲載されただけではない。作家たちは、誌面を通じて、あるいは編集者とのやりとりで、新たな文学作品を生み出そうとしたのである。

たとえば、1918年8月号には、「少年少女読物の審査」として「次号から少年少女向新刊書を細評します。いづれも「赤い鳥」運動に賛同せる評論家創作家が責任を以て厳密に審査せるもの」と予告され、まず1919年7月号に「新刊書」として昇曙夢訳『ろしあお伽集』小川未明『星の世界から』など4冊が紹介されている。

この企画は1920年4月号から本格化する。「少年少女用図書特選」と題して、島崎藤村『幼きものに』（実業之日本社）を「赤い鳥」特選図書に掲出して、その批評を載せている。この号以後、北原白秋『とんぼの眼玉』、森銑三編『渡辺崋山』、江口千代子『少女対話集』、菊池知勇『綴り方第二』、平田禿木訳『ガリヴァ旅行記』、秋田雨雀『東の子供へ』

などが続く。こうして『赤い鳥』の編集を通じて、新たに作品を鑑賞、評価して、その普及を図るという実践が展開されたのである。

●読者参加の戦略

創刊号の「通信」欄冒頭には、この欄は「購読者諸君のために設けました」とあり、「子供に関してのさまざまな御意見や、みなさんのお子さま方の、御成長の課程を記念し得る出来事や、皆さんのお互の御交際や「赤い鳥」に対する御批評やご要求なぞ、すべての方面に自由にお使い下さいまし」と記者のコメントが書かれている。

実際、次号からは『赤い鳥』への期待や提案などが相次いでいる。読者からは、童謡に譜を付ける、小さな子どもに読める欄を設ける、綴り方のページを増やす、裏表紙をカラーにするなどの提案がされている。

創刊号には、「広島童話研究会－今度かういふ会が広島市に出来ました。子供のために最も有益な催しだと思ひます。司会者は森本和泉氏。去る三月三十一日、その第一回お伽講話会を広島物産陳列館に開きましたが、頗る盛会だつたさうです」と記者が報じている。広島物産陳列館は、原爆の投下により「広島原爆ドーム」として残された建物である。

この記事からは、各地の研究会とつながろうという意欲が見える。「各地童話会、少年少女会等の記事は喜んで本欄へお載せ致します」との記者の弁も記され、個人だけでなく

ける企てに加え、島崎藤村『幼きものに』、白粉、百貨店、鋳金、登山という「世界（西洋）」が強く意識される広告で本文を挟んだのである。鋳金や登山はたまたま百貨店が企画したものであったとも言える。しかし、創刊号以降はいったん掲載数が減るものの、三越呉服店の暑中休暇用の「着物や玩具その他海水浴や旅行の品」の広告、直輸出入商の保々近藤合名会社の「変つた玩具」募集広告、中学講義録を頒布する民間通信教育団体の大日本国民中学会、「散歩に遠足に運動会に森永

ミルクキャラメル」の広告が続く。2年目からは、ライオン歯磨、クラブ歯磨、マツダ電球、丸善、北隆館、プラトン万年筆、シャープ鉛筆、学生帽、体温計、小児薬（星製薬）、スポンジボール、ドロップ、飴、レコード、蓄音機などの広告が出されていく。

1900年の小学校令によって学校教育が制度化されたのに対応して、1919年5月号には、『こどもの創作』（春陽堂）の広告が掲載され、「綴方で全国小学の模範学校たる東京府女子師範学校訓導」

組織との交流を深めることで同誌を普及するという戦略があったことを示している。その後も各地の唱歌研究会など、『赤い鳥』との関わりのある団体が紹介されていく。

1919年特別号（2月号）では、劇作家の松居松葉「子供の極楽（子供芝居）」（1918・11）を演じてみたいという読者の要望に応じて、舞台の図解入りで、道具と衣装、演出の方法を松葉が自ら解説している。

さらに、当初は「少年少女欄」（1918・1〜1919・12）を設けることで、読者としての子どもを誌面に位置づける戦略も取られている。

◉市民的教養を育てる企画

何回かの定価改定の際には増ページされ、新しい企画も始めた。たとえば、広告主提供によるプラトン童話劇を募集し、1922年1月号から入選劇の掲載を始め、三重吉の童話劇選評も付けた。賞金は300円であった。

誌面には、新たに「少年少女科学」のページを設けて、「人類の発生」「共棲と寄生」（内田亨）「三色版の話」なども掲載されていく。

1919年4月号からは「赤い鳥童謡の曲譜募集」が始められ、5月号には「赤い鳥童謡」として西條八十「かなりや」（初出は「かなりあ」）に成田為三の曲譜を掲げている。6月号には、「入選童謡」として白秋の「あわて床屋」に石川義拙の曲譜が付けられた。

また、1920年1月号から山本鼎選の自由画が登場する。「通信」欄には、「日本ではじ

めて、氏の主宰の下に長野県の神川小学校で開かれた、「自由画展覧会」の状況を語られた記録は、日本に於ける自由画宣伝の策源として永久に保伝さるべき好個の国民的記念」と自由画提唱の意義を三重吉が述べている。山本は4月号から選評を始め、6月号からは、子どもたちの投稿欄に子どもたちの自由画を清水良雄らの挿絵に代わって掲載を始めた。

1919年11月号からは三重吉の「綴方の研究」も連載され始め、読み物、自由詩、童謡、綴方、自由画などの『赤い鳥』の編集スタイルが確立されていった。

◉教養実践

作家と読者とを『赤い鳥』に位置づけていたのは、三重吉や編集者たちであった。『赤い鳥』には、時期はさまざまであるが、小島政二郎を筆頭に、小野浩、木内高音、松本篤造、丹野てい子、森三郎、豊田三郎などの編集者、社員がいた。彼らは、編集者として、作者や読者の参加を促す企画をいくつも用意した。

作者や読者は互いに交流しながら、新たな実践に挑戦していた。綴方や自由詩、自由画は創作実践であり、作家志望者による文芸実践と同じく、子どもたちによる自覚的な創作と鑑賞の実践となった。

この実践は、誌面に示された教養を受け取りながら、文芸を創造し享受する、あるいは童謡や絵画を創作し鑑賞することで、さらに

の田中満吉ら共編が強調されている。また、「趣味と実益の少年読物」と題して広島高等師範学校友納友次郎・稲垣国三郎共著『小学児童課外の読物』『尋常小学国語練習読本』（目黒書店）の広告もある。

このほか、『油絵独歩記』『水彩画の描き方』（実業之日本社）、初等教育唱歌研究会通信部「音楽通信講習会」で弘田龍太郎を講師として、唱歌・童謡・伴奏・作曲の創作講座も掲載された。

また、発達してきた新聞ジャーナリズムも紹介

され始め、1919年3月号からは『朝日新聞』『時事新報』『東京日日新聞』の広告が掲載され、その後も、『読売新聞』『万朝報』『国民新聞』などが続いた。

これらは、学校教育とともに学外での教養の獲得が目指されており、言語主体形成を位置づけた市民的教養形成の一翼を担う役割も持つこととなった。

このように『赤い鳥』には、世界（西洋）、家庭、婦人、教育、出版、健康、文化、スポーツをキー

その後に生み出される再創造への可能性に自覚的になっていく実践となっている。また、その一連の過程で実行される精神的な営為のもとでの、未評価の作品を評価して共有しようとする提案的な実践でもあった。

それぞれの実践は、実践知としての教養を提示している。それらは相互に影響しあいながら、またそのほかの実践に示された教養も吸収して、さらに新たな実践を展開した。その意味で、これらの実践は個々の実践の領域を超えた教養実践として展開したと考えることができるのである。その意味で、『赤い鳥』の実践は教養実践そのものであった。

● 『赤い鳥』の時代

『赤い鳥』が発行されたのは、第一次世界大戦から日中戦争へと向かう時期であった。ベルサイユ条約の締結や国際連盟の結成など反戦と和解の機運が盛りあがる一方で、日本の天皇制政府は他民族への侵略の機会を狙う帝国主義的政策を堅持する。夏目漱石は「点頭録」(朝日新聞、1916・1・1～21)の「軍国主義」の項目で「今度の戦争は有史以来特筆大書すべき深刻な事実である」「独逸によつて今日迄鼓吹された軍国的精神が、其敵国たる英仏に多大の影響を与へた事を優に認めると同時に、此時代錯誤精神が、自由と平和を愛する彼等に斯く多大の影響を与へたことを悲しむ」と述べた。

『赤い鳥』は、漱石が悲しむ軍国主義思想が政治と深く結合した時期に刊行された。既存の社会秩序への対抗文化として誕生したはずの『赤い鳥』も、侵略戦争と排外主義的国体思想と無縁でいるわけにはいかなかった。

たとえば、1936年2月号には三重吉自身の「喜峰口関門の戦闘(実話)」と題して、戦意を高揚させる中国侵略の武勇伝が掲載されている。また、広告には『京城日報』の「朝鮮の少年少女たちと友達に」が掲載された。1910年に韓国が日本の国家権力によって併合され主権を奪われるもとで、「友達」という標語が持つイデオロギー性は隠しようがない。

北原白秋についても、中野敏男は「北原白秋が戦争翼賛に精励する愛国詩人であるということは、アジア・太平洋戦争とともに本格化した総力戦の非常時だけに限られた特別なことなのではなく、むしろ震災後という状況下で完成された抒情詩人であることと両立して始まっていた」(中野敏男『詩歌と戦争 白秋と民衆、総力戦への「道」』(NHK出版、2012、p.16)と指摘する。

「震災後」というのは、1923(大正12)年9月1日の関東大震災による東京・横浜を中心とした大災害以後のことを指している。

中野は白秋の童謡創作の歩みを具体的に検証する。白秋は、「この道」(『赤い鳥』1926年8月号)などの童謡を創作した成熟期から、朗読詩集『詩歌翼賛～日本精神の誌的昂揚のために』第1輯(1941年7月)に「紀元二千六百年頌」を掲載する時期にかけて多くの

ワードに多数の近代広告が掲載されており、実に巧みに計算されたメディアであったことがわかる。読者層として選ばれているのは、当時の新しい家庭、教育熱心で西洋文化に影響を受けやすい母親と子どもたち、学校の教師たちであった。

つまり、日本における資本主義経済の進展によって生み出されてきた市民層の子どもたちが購読者になることで、子どもの世界でも消費者としての読者がつくられたのである。彼らは古い家制度を否定して、新しい家族を形成する意志を持っており、『赤い鳥』の読者になることはその意志を表明することでもあった。

『赤い鳥』の編集者

豊田三郎（とよだきぶろう） 1907(明治40)年2月12日～1959(昭和34)年11月18日。埼玉県草加市生まれ。静岡高校を経て東京帝国大学卒。休刊時の『赤い鳥』編集部に入社し後期『赤い鳥』の復刊に尽力。『赤い鳥』に童謡「土人の子」(1931・1)を掲載した。1933年、紀伊国屋書店出版部で雑誌『行動』の

戦争翼賛の童謡を創作した。亡くなる直前には「大東亜地図」（『週刊少国民』1942・8）で大東亜共栄圏を礼賛した。その一方で『赤い鳥』などを舞台に郷愁や抒情を謡う詩人として多くの童謡を多数創作している。

中野の関心は、「戦争詩人となっていく白秋と、童謡という創作ジャンルを完成させた抒情詩人である白秋とが、決して別々の存在ではなくこの震災後の状況下でむしろ重なり合っていたということ」（p.16）に向けられている。「震災後の状況下」とは、大規模災害により傷ついた民衆の心性を郷愁や抒情で癒していく動向を指している。中野は、関東大震災を挟むように「赤とんぼ」「七つの子」「春よ来い」「からたちの花」「この道」などの童謡が多数発表されている事実に着目して、「これらの歌は、今日なお多くの人々の心に響き、愛され続けている抒情歌」であり、「確かに震災後の厳しい状況下でも人々の傷ついた心を優しく癒していたはずだと理解することができます」（p.13）と述べている。

中野は「優しさに溢れる歌を愛し謡っていた人々」が、なぜ「ほどなく迎える戦争の時代には自らそれの重要な担い手になっ」たのか、「戦争への翼賛へと行き着い」たのかと問い、それは国民総動員の「総力戦の時代が本格的に始まる以前に、それに向かういくつもの芽が育ってい」たからだと指摘する。

そのうえで、白秋が取り組んできた童謡運動や自由詩創作、その後の民謡運動、国民歌謡へと至り、「明治天皇頌歌」「建国歌」などの戦争翼賛の詩歌創作へと向かったことを検証して、震災後の郷愁や抒情、対抗文化としての童心への傾倒が歌を求める民衆の心情を戦争翼賛へと導いたと結論している。

中野の研究には、独自の概念である「本質主義」のような用語の不明確さとともに、アジア・太平洋戦争に民衆を動員していった政治権力への批判的考察が脱落しているという問題を指摘しなくてはならない。

しかし、中野が手がけた検証は、今後の『赤い鳥』研究に向けられた課題であることは確認しておきたい。白秋をはじめとする童謡詩人が戦争協力をしたこと、民衆がそれに鼓舞されるようにして戦争へと参加していったことについて、『赤い鳥』などで展開された童謡の創作が民衆の心性に与えた影響を具体的に考察することで深めていく必要がある。

唱歌批判の対抗文化として刊行された『赤い鳥』が、のちに戦争協力者を生み出していくことになった要因の検証は行われていない。常に戦争を意識しなくてはならない時代に刊行され続けた『赤い鳥』が対抗文化としての役割を終えていった要因とその意味を問うのは今後の課題である。　　　　（武藤清吾）

[参考文献]

武藤清吾（2011）『芥川龍之介編『近代日本文芸読本』と「国語」教科書　教養実践の軌跡』（渓水社）

編集長を歴任。童話集『さくら姫』（川流堂書房、1954）など。

松本篤造　生年不明～1934（昭和9）年1月21日。詩人、編集者。広島市の小学校に勤務しながら『赤い鳥』に童謡や詩を投稿して、「鰻釣り」「山のかへり」など19編が入選した。白秋に認められ「赤い鳥童謡会」の会員に選ばれた。その後上京して『赤い鳥』の編集者。1929年に『中央公論』の編集に携わったが、4年後にスキー場の事故で死去した。

丹野てい子　1895（明治28）年4月9日～1989（平成1）年10月8日。作家。東京生まれ。本名禎子。日本女子大学卒。三重吉に師事して、赤い鳥社で編集に携わりながら、創刊号より作品を発表し、「命の水」（1918・12）、「手品」（1927・10）など20編を掲載した。のち母校桜楓会、愛国婦人会などで雑誌の編集に従事し、結婚後には野町ていの名で執筆した。

＊小島政二郎、小野浩、木内高音は、第1部に項目として掲載。森三郎は、第3部に掲載。

1
『赤い鳥』の誕生

『赤い鳥』の宣伝文と標榜語（モットー）

◉「童話と童謡を創作する最初の文学的運動」

『赤い鳥』発行前に、鈴木三重吉は1918（大正7）年2月頃に宣伝文を作成し配布しているが、三重吉が『赤い鳥』をいかなる雑誌として宣伝しようとしていたか、また、『赤い鳥』がいかにこれまでとは異なる雑誌を目指していたかが読み取れる貴重な資料である。

まず、そのタイトル「童話と童謡を創作する 最初の文学的運動」に新規性がある。「お伽話」を使わず「童話」とし、「お伽唱歌」を使わず「童謡」としたことで、新たなジャンルの開拓を宣言すると同時に、「創作」という語を使うことによって、作家の芸術的な活動であることを示唆し、雑誌の発行そのものを「文学的運動」とすることで、読者との双方向性を含んだ社会への働きかけを意味する。

その内容については、第一文が「私は、……主宰発行することに致しました」と「私」から始まることに、三重吉本人の責任と意気込みと自負が感じ取れる。その第一文には、「森林太郎、泉鏡花、高浜虚子、徳田秋聲、島崎藤村、北原白秋、小川未明」他12名の「現文壇の主要なる作家であり、又文章家としても現代第一流の名手として権威ある」賛同が挙げられており、著名な作家の作品を掲載することが『赤い鳥』の最も購買者へ訴えかける点であったと三重吉が考えていたこと、あえて「文章家」の語を入れていることに、三重吉の文章へのこだわりが読み取れる。

そして「世間の小さな人たちのために、芸術として真価ある純麗な童話と童謡を創作する」が大正時代の児童中心主義の思想を反映した言葉となっている。

全8段落中、ここまでが第1段落にあたり、第2段落には、現在の読物を批判し、「子供のための芸術家」が必要であり、「立派な読物」を「作つてやりたい」、「唱歌」は「低級」、「作文のお手本としてのみでも、この『赤い鳥』全体の文章を提示したい」と書かれる。

第3段落では、会員制で「5千名以上の会員」を求めているとある。会員制になったのは発行を春陽堂に断られたことによるが、三重吉は『現代名作集』『三重吉全作集』でこの制度を経験していた。また、最初は約3千の会員から始まったと推測されている。

第4段落では、申し込み方法等についての説明があり、第5段落では、視覚性を重視している証拠として、画家の清水良雄の起用を強調し、内容と執筆者を掲げている。また、文壇作家の起用という手法は二重吉が雑誌『新小説』（春陽堂）の編集顧問の際、1915年9月号の革新号ですでに実現している（陶山恵「鈴木三重吉『赤い鳥』創刊への背景の

すずきすず伝説

1927（昭和2）年『明治大正文学全集』28巻「鈴木三重吉」（春陽堂）の「私の作篇等について」で三重吉が、「大正五年六月、長女すゞが生れる。はじめて子供を得た無限のよろこびの下に、すべてを忘れてすゞを愛撫した」そして、既刊の読物の「乱暴」「下等」なのに不満を感じ、「別にどこへ出すといふ意味でもなく、たゞ至愛なすゞに話してやりでもするやうな、純情的な興味から」「童話をかいたのがそも〳〵私が童話にたづさはる、

最初の偶然の動機となつた」と書いたことから、三重吉が童話に携わる動機が我が子への愛情から湧き出たという言説が一般的になり、また、そのことと『赤い鳥』発行を結び付けた文章が与田準一等によって書かれた。しかしながら、桑原三郎（「すずきすず伝説から赤い鳥まで」（村松定孝・上笙一郎編『日本児童文学研究』三弥井書店、1984）の丁寧な検証によって、現在ではこの三重吉の童話執筆動機は疑わしいと考えられている。

その根拠としては、『湖水の女』前書きや『赤

一考察――『新小説』編集顧問としての経験」
『児童文学研究』28号、1995・11)。

　第6段落は『赤い鳥』の大きな特徴の一つ
である「綴方運動」につながる募集作文につ
いてで、三重吉自身も「私の雑誌の著しい特
徴の一つにしたい」と述べている。ここでも、
既存の投稿欄を徹底的に批判し、「少しも虚
飾のない、真の意味で無邪気な純朴な文章ば
かりを載せたい」と述べ、「たゞ見た儘、聞
いた儘、考へた儘を、素直に書いた文章を、
続々お寄せ下さいますやうお願い致します」
と、写生文を理想とする作文観を提示する。

　第7段落では、会員消息欄を会員の特権と
とらえている。そして最後に「各地童謡、懸
賞創作童話、童謡」の会員内外からの募集を
行っている。ここは、北原白秋の働きによっ
て雑誌発行以降に大きく発展していく。

　三重吉が巧みな構成で雑誌を宣伝したこと
がわかると同時に、後に『赤い鳥』の功績と
して評価される多くの内容が、発行前からほ
ぼ意識されていたことがわかる。しかしなが
ら、有名作家については、創刊時から意図し
ただけの原稿が集まらず、多くの代筆があっ
たことが明らかになっている。

●創刊号の『赤い鳥』の標榜語

　創刊号（1918・7）には、雑誌発行の意図
として6つの標榜語が掲げられている。第一
は、「世間に流行してゐる子供の読物」批判、
第二はこれまで「子供のために」「真の芸術

家」が不在だったこと、第三に『赤い鳥』
は世俗的な下卑た子供の読みものを排除して、
子供の純正を保全開発するために、現代第一
流の芸術家の真摯なる努力を集め、兼て、若
き子供のための創作家の出現を迎ふる、一大
区画的運動の先駆である」と特徴づけ、第四
に、「全誌面の表現」が子どもの文章の手本
であること、第五に鈴木三重吉選出の「募集
作文」は作文の活例を教える機関であると位
置づけ、第六に「賛同せる作家」14名の名前
を列挙し、「其他十数名」とする。

　「私」という語の排除、順序の入れ替え、
童謡、画家、通信欄、申し込み方法の割愛等
が宣伝文と異なっているが、それ以外は宣伝
文の主旨をより論理的にまとめている。

●その後の標榜語の変遷

　その後、標榜語は、6巻3号（1921・3）
まで断続的に掲載される。白秋の名が入った
り、作曲、絵画にも幅を広げた内容であるこ
とが謳われたりしており、紹介される作家名
にも変動がある。4巻1号で大幅な変更があ
り、より社会運動的な側面が強調されている。
　　　　　　　　　　　　　　　（土居安子）

［参考文献］

与田凖一編（1958）『赤い鳥代表作集』（小峰書店）、
桑原三郎（1975）『「赤い鳥」の時代　大正の児
童文学』（慶應通信）、続橋達雄（1996）『大正児
童文学の世界』（おうふう）

い鳥』の宣伝文にすずのことが書かれていないこ
と、すずの誕生前から童話の執筆を計画していた
こと、『赤い鳥』の発行には経済的な理由や小説
の行きづまりなども考えられることなどが挙げら
れている。しかしながら、既存の子ども向け読物
への批判と童話への興味は、「童話の筆をにぎる
ときの大きな要因」（滑川道夫『赤い鳥』の児童
文学史的位置」「日本児童文学学会編『赤い鳥研
究』小峰書店、1965）との指摘もあり、『赤い鳥』
の宣伝文からも読み取ることができる。

復刊号に掲げられた『赤い鳥』の標榜語
　復刊第2号（1931・2）には、裏表紙に「『赤
い鳥』愛読家の標語」3号には『『赤い鳥』の標
語」が掲載され、以後8巻3号（1934・9）まで
タイトルなしの主旨のようなものが掲載される。
賛同作家名は掲載されず、「純性」「芸術」「教育
機関」という考え方が掲げられていると同時に、
『赤い鳥』が童話、童謡、作曲、自由詩、自由画
などの「創始」者で、綴方の改革者であるなど、
これまでの成果が強調された内容になっている。

『赤い鳥』の子ども観

●雑誌の対象

『赤い鳥』は長期にわたる雑誌であり、執筆者数も多く掲載記事の幅も広い。したがってその「子ども観」を一言で語ることはできない。ここでは、主宰者鈴木三重吉の、雑誌読者に対する姿勢を見ることから始めたい。

『赤い鳥』は、雑誌創刊時から一貫して、誌面で生身の子ども読者との直接交流をはかろうとしない——これが、大きな特徴と言えるだろう。明治期の『少年世界』、第二次大戦直後の『子供の広場』『少国民世界』『銀河』など、子ども読者に直接呼びかける創刊の辞を掲載した雑誌は多い。また戦前期、少年雑誌・少女雑誌は基本的に、編集側から呼びかけ、読者側から感想や意見を伝える交流欄を持つのが常であった。しかし『赤い鳥』の場合、念頭に置かれているのはむしろ大人の読者である。この点を「『赤い鳥』の標榜語」、通信欄、投稿の区別の３点から考えてみる。

第一に、創刊号掲載の「『赤い鳥』の標榜語」（文言はのちに若干変更されていく）について。１ページにわたるその文章には、たとえば「『赤い鳥』は（中略）子供の純性を保全開発するために、現代第一流の芸術家の真摯なる努力を集め、兼て、若き子供のための創作家の出現を迎ふる、一大区画的運動の先駆である」と記される。これは、運動に対する大人の共鳴者を求めての呼びかけである。

第二に、創刊から数年間、通信欄には読者からの意見も掲載された。「少年少女」欄もごく一時期存在したが、他誌のような記者と読者の馴れ合い、掛け合いは見られない。大人読者の意見を掲載する欄の意見に対しては、「記者」名義の文章が掲載されることもあるが、その姿勢は教え諭すような調子がままみられる。「講話通信欄」は後期にも存在するが、基本的には主宰者三重吉側からの、一方的なメッセージ発信の場であったといえよう。

第三に、投稿に際して、大人と子どもが明確に区別されている。すなわち、大人からは「童話」「童謡」を募集する一方、子どもが投稿するのは「綴方」「児童自由詩」欄となる。1912（明治45）年生まれの児童文学者、関英雄の直話によれば、少年時代の購読誌を『赤い鳥』ではなく『童話』にしたのは、『童話』ならば子どもでも童話を投稿できたからだという。先に掲げた「標榜語」に示されたように、芸術運動に参加可能なのは、大人なのである。

●実体としての「子ども」

『赤い鳥』にとって、実体としての子どもはどのような存在たりえたのか。

まず、三重吉自身の子どもは、どのような

記憶の中の雑誌、初めての雑誌

1986（昭和61）年７月26日から８月31日にかけて開催された「鈴木三重吉没後50年記念展 〈赤い鳥〉の森——日本の子どもの文化の源流」に際しては、関連して「鈴木三重吉と「赤い鳥」」という15分間のビデオが作成された。その冒頭で、子ども時代に『赤い鳥』体験を持つ二人の証言が流れる——映画評論家の淀川長治（1909年生まれ）が創刊の頃を、作家・豊田正子（1922年生まれ）が綴方が掲載された頃を、それぞれに思い出として語るのである。淀川は、表紙の絵がきれいで、題字に惹きつけられた、また芥川・有島・未明など明治・大正期の文学者が多く執筆したとの記憶を述べる。だが、後半については必ずしも正確ではない。芥川は５編、有島に至ってはわずか１編の掲載でしかない。

他方、豊田は、表紙がハイカラだったこと、そこに貧しい生活を映しだす綴方が載った状況を語る。雑誌など買ってもらったことがなく初採用の「うさぎ」（1932・10）掲載号を手にした嬉しさ、

存在としてありえたか。彼には、1916（大正5）年生まれのすゞ、2年後生まれの珊吉の二人の子がいた。なお姉に関しては、いわゆる「鈴木すゞ伝説」が一時期、流布された。これは「初めての」子どもを得た嬉しさから、娘のすゞ誕生後、町の書店でみた子ども向け読み物の低俗さを知ったのが、児童雑誌創刊のそもそもの発端という、三重吉自身の発言によって作られた「伝説」である。もっとも、珊吉が1986（昭和61）年の神奈川近代文学館「赤い鳥の森」展内覧会の折に認めていたように、彼ら姉弟には異母姉がいた。つまり、すゞは三重吉の「初めての」子どもではなく、彼の言説はこのように、必ずしも信を置けるものではない。ともあれ、『赤い鳥』創刊時には姉弟は2歳と当歳であり、当面直接的な読者として想定され得ない。

また『赤い鳥』の子ども読者には、実際には、学校教師など大人の媒介者によってようやく読者たりえた、地方の子どもたちが少なからず存在した。だが、媒介者からの要望——田舎の子どもの生活に交渉のあるもの（1919・1）——には、三重吉は応ええなかった。他方『童話』の千葉省三の場合、子どもからの投稿綴方に刺激され、「虎ちやんの日記」等「郷土童話」の創作につなげたことは、高橋久子の研究により明らかである。

『赤い鳥』に作品を投稿し掲載された子どもの中には、後の歌人・木俣修、芸術家・岡本太郎のように、恵まれた環境の個人の購読

者もいるが、後期の綴方掲載で知られる豊田正子のように、送られた掲載誌は教科書以外の「初めての本」であるような貧困層も存在する（コラム欄参照）。こうした多様な子どもたちの実態は、誌面に反映されえなかった。

●観念としての「子ども」

次に考えるべき「子ども観」は、『赤い鳥』に窺える観念としての「子ども」となろう。その場合、掲載された作品群の生成段階における対子ども読者意識と、作品中の子ども造型に分けて考えられる。もっとも、後者については、翻訳・再話作品も多く、原話が大人向けの場合もままある。となると、そうした作品選定のあり方そのものが、「子ども観」ひいては「児童文学観」の現れとなる。ジャンル、グレード、翻訳・再話の具体的な原話選択、文体・テーマなどの選択、翻訳・再話における改変など、その一つ一つがすべて、「子ども観」の発露といってよい。たとえば創刊時、伝承文学が「童話」と区分され、「創作童話」はあえてそのように書かれていた。それが、次第に伝承文学が減少し、創作・翻訳が単に「童話」と区分されるようになる。翻訳作品として、フランス文学やロシア文学の短編が選ばれている点、長編連載の作品選択など、さまざまに追究が可能である。また、三重吉の翻訳連載「日本を」や一連の「古事記物語」などの「歴史童話」、寄稿を求めての科学読み物掲載など、知識物の比率も意外

それを母に見せた、とも。文盲の母は、娘の文章を読めない。ただ、娘の綴方にあわせて描かれた挿絵をみるばかりだがそうして「金持ちのじょっちゃんみたいだね」とつぶやいたという。

前期のはじめ、大正期の市民文化の象徴のような雑誌をそのままに受け止めた少年と、後期になって、教師という媒介者抜きには『赤い鳥』に出会いえなかった少女——この両方の子どもの位置を見据え、はかることが、『赤い鳥』の「子ども観」を追究する時の基本となるだろう。

「子ども観」の先行研究

本欄で記したように、『赤い鳥』の「子ども観」は、単純には議論することが難しい。先行研究も複数あるが、やはりそれぞれに、分野を限ってのものである。

深川明子（1985）「鈴木三重吉の子ども観——前期『赤い鳥』の綴方を中心に」（『金沢大学教育学部教科教育研究』21）は、副題の通り、前期の綴方を対象とした国語教育の立場の論考である。三重吉がすぐれたものとして選び『赤い鳥』に掲

に高い。さらに「幼年」「低年」といった区分の作品掲載もされるが、それら年少者向け作品では、概して日常的世界がスケッチ的に短く描かれることが多い。あるいは、表紙・挿絵の題材も、「子ども観」を知るよすがとなる。とくに、服装や遊び、風情からして、概して都会の雰囲気を漂わせる点は注目される。あわせて、掲載広告もそれと連動していよう。大正期中流層の文化を象徴するような季節にあわせたデパートの広告、大人向け雑誌の見開き広告など、やはり媒介者・読者たる大人たちを意識した展開が、なされている。

以上の全体構成・編集に関しては、主宰者三重吉の判断によるところが多いと考えられる。ただ、たとえば北原白秋、小川未明など関係の深い詩人・作家についても、『赤い鳥』の「子ども観」を以下のように探ることはできるだろう——白秋の場合は「童謡」と「児童自由詩」それぞれに対する考え方の差異を、未明の場合は、「赤い蠟燭と人魚」（『東京朝日新聞』1921・2・16〜20）のような同時期の他媒体発表の童話作品と比較した際の、『赤い鳥』掲載童話に対する意識を。

こうしたものの総体が、『赤い鳥』の「子ども観」なのであり、それは決して単純明快に一つにまとめあげられるものではない。

◉ 「死」をめぐる意識

とはいえ、具体的に少しだけ、すでに追究した例から「死」をめぐる意識に触れておく。

鈴木三重吉「父」（1932・5〜6）はメリメの「マテオ・ファルコーネ」の翻訳作品だが、結末が原話と異なり、息子を撃ち殺すことができずに終わる。当時編集に携わっていた与田準一の直話によれば、原話通りの翻訳を挿絵依頼のため画家・清水良雄のもとに持参したところ、この結末では絵を描かないと言われてしまい、三重吉が清水の意思に配慮し、父親が殺さない結末に変更したという。この場合、父による子殺しという「死」を忌避する清水の「子ども観」が、誌面に反映したことになる。すぐ後の時期、三重吉はチェーホフ「子守つ子」（1932・7）、ソログープ「影」（1932・9〜10）についても結末変更を「通信」欄で告げているが、清水を気遣ってのことだったかもしれない。だが坪田譲治のように、「引っ越し」（1934・10）の結末を三重吉に変更されたことに納得がいかず、「死」の結末を残した「笛」を一般誌に発表した例もある。このように、「死」のテーマ一つをとっても、一概に「子ども観」をまとめて云々することは困難である。　　　（佐藤宗子）

［参考文献］

佐藤宗子（1987）『「家なき子」の旅』（平凡社）、同（2018）「歴史軸におく『赤い鳥』一〇〇年：誤解と幻想からの脱却に向けて」（『日本児童文学』2018年3・4月号）、高橋久子（1986）「千葉省三における文体、その選択と意味：「虎ちゃんの日記」を中心にして」（『児童文学研究』17）

載された綴方群が浮き彫りにする子どもの姿について、また綴方に対する講評の文言と「標榜語」にも登場した「純性」とを関わらせた指摘もある。とくに後者からは、三重吉にとっての「子ども観」はやはり、観念としてのものであった様子がよく窺える。

社会学者の河原和枝（1998）『子ども観の近代——『赤い鳥』と「童心」の理想』（中央公論社）は、「子どもに関する新しい「知」（中略）がどのように形成され、またどのような意味をもった

か」という観点で追究した論考で、『赤い鳥』掲載作のうち「いちおう作家の創作と考えられる作品のなかで子どもが主人公である童話」238作品を主対象としている。この対象作品数からもわかるように、掲載作品数全体からみればごく限られたものであり、三重吉の作品は8編しか取り上げられていない。題名から全体の「子ども観」を追究したように見えてしまうので、この点、注意が必要である。

関東大震災
かん とう だい しん さい

●被害状況

1923（大正12）年9月1日11時58分32秒に神奈川県相模湾北西沖80キロを震源として発生するマグニチュード7.9の巨大地震が発生する。東京・神奈川を中心に甚大な被害をもたらした、20世紀における最大級の自然災害、関東大震災である。死者行方不明者は10万5千余人を数え、倒壊・火災・流出等による家屋被害は37万2659戸を数えている。

多くの学校も甚大な被害を被っている。小学校だけを見ても、10月5日付朝日新聞によると、東京市の焼失小学校118校、倒壊小学校10校、神奈川県の焼失小学校28校、倒壊小学校175校、千葉県の焼失小学校1校、倒壊小学校73校などと報告されている。

●震災と『赤い鳥』

当時の三大児童文芸雑誌である『赤い鳥』『童話』『金の星』をはじめとして、各種の子ども向け雑誌では震災後にさまざまな特集を行っている。この中で最も紙数を割いて特集しているのは『金の星』である。『金の星』10月号では、4ページにわたる口絵・写真を掲載したほかに、西條八十、野口雨情、山本鼎、蔭谷紅児、藤澤衛彦ら14名による「大震災の日」の特集を組み、それぞれの震災体験談を掲載している。

三大児童文芸雑誌以外でも、『少年倶楽部』10月号では、「大地震写真画報」、『少女倶楽部』10月号では、「大震大火画報」、『少年世界』10月号では「大震災雑記」、『少女世界』10月号では「大震災画報」、『飛行少年』10月号では「大震火災特別号」というように、軒並み震災関連の特集を組んでいる。

『赤い鳥』の被災状況は、11月号の通信欄に掲載された鈴木三重吉による「震災私信」に詳しい。『赤い鳥』は、組版も出来上がり製本にかかる準備が整っていたところで被災し、すべて焼けてしまったために、やむなく10月号は休刊している。だが、三重吉や社員は自宅が大きな被災をせず、命も無事だったため、刊行再開に向けて奔走し、11月号から刊行が再開されることになる。

東京の郊外・高田町の赤い鳥社に保存されていたもとの原稿や挿絵は火災に遭わなかったため、10月号に掲載予定だった童話その他はそのまま11月号に掲載している。また、11月号には、鈴木三重吉の「大震災記」と、内田亨の科学読み物「地震の話」、そして「通信」欄に三重吉の「震災私信」が掲載されている。

「震災私信」には、『赤い鳥』に関係していた作家、画家、音楽家等の消息も記され、鎌倉の自宅を津波に襲われ長男を亡くした近衛秀麿、家を焼失した久保田万太郎のことが記述されている。その中で、小田原に住んでいた北原白秋の罹災状況に関する詳細な記述や、震災後の混乱が続く夜に、三重吉が妻と白秋一家の身の上を案じたことを述べている。

「大震災記」は被災状況を記述した後で、災害発生時に人々が遭遇した恐怖と困苦について詳述し、混乱と危険の中で身を挺して多くの人命を救った人々の行動を紹介している。さらに、通信等が切断された中で生じた流言による混乱や、震災後の食料状況、被災地の光景、小学校の被災状況、諸外国からの支援について記述している。18ページに及ぶ三重吉渾身のルポルタージュである。

芸術的な児童文芸誌『赤い鳥』にも関東大震災は大きな影を落としたのである。

（加藤理）

［参考文献］

『赤い鳥』第11巻第4号（1923）、加藤理（2011）「関東大震災下の子どもの震災ストレスと児童文化活動」（東京成徳大学『子ども学部紀要』第1号、2011）

大正自由教育

◉大正自由教育とは

19世紀には多くの国々で公教育制度が整備されていった。しかし、その頃の教育は、知識をいかに効率よく教え込むかということにあり、このような教師中心の注入主義的で画一的な教育への批判は、やがて「子どもから」をスローガンにした新教育運動として展開されていく。

子どもの個性や主体性を尊重し、子どもの興味・関心や生活経験を重視する児童中心主義の新教育運動は、明治末の日本にも紹介され、とくに第一次世界大戦後の大正デモクラシーや自由主義の思潮を反映して、一般に「大正新教育」あるいは「大正自由教育」と称され、その実践は師範学校附属小学校や私立学校を中心に展開された。

◉大正自由教育までの道程

明治維新以後、日本は殖産興業と富国強兵の二大政策の早期実現を企図したが、日本が近代国家の仲間入りをするためには高い能力を持った人材育成が急務であり、そのためには、まず近代的公教育制度の整備が不可欠であった。そこで1872（明治5）年8月の「学制」頒布により日本の近代学校教育制度はスタートを切った。

1887（明治20）年、帝国大学に招聘されたドイツ人教師ハウスクネヒト（Hausknecht, Emil）はヘルバルト主義教育学を紹介し、それとともに教授理論としてヘルバルトの弟子であるラインの提唱した「五段階教授法」が普及する。このことが、日本の近代学校制度確立過程において、教師主導による授業形態の画一化に貢献する契機となった。

1890年代前半までは伸び悩んだ就学率も

1907（明治40）年には98％に達し、この就学率の高まりとともに学校や教師の子どもの生活に及ぼす影響力も大きくなっていった。また1890（明治23）年教育勅語の発布と1903（明治36）年教科書国定化によって国家主義的な色彩を強めた学校教育は、教育内容が統制され、ますます画一的・形式主義となって批判の対象となっていく。

ハウスクネヒトに学び、当初ヘルバルト主義教育学の普及に貢献した谷本富もまた、欧米留学からの帰国後には日本の前近代的教育を批判し、また新教育に連なる個性尊重・自学主義を説いて日本の新教育の先駆とも称され活動主義の提唱者であった樋口勘次郎などが教育現場に少なからぬ影響を及ぼすようになっていく。

しかしこのような新教育の動きも、1900（明治33）年前後にはなかなか広がりを見せず、それが大きな流れとなっていくのは大正デモクラシーという時代の風潮に乗ってからのことである。

◉『赤い鳥』創刊前後の動向

こうした社会変化や教育界の動向を背景として、明治末から大正にかけては日本の教育を改革しようとする多様な主張や動きが繰り広げられるようになる。

たとえば大正自由教育に連なるものとしては、長野師範附属の杉崎瑢や白樺派の教師たちの実践がある。またアメリカ留学から帰国した西山恕治（のちに哲治）は、1912（明治45）年に日本で最初の初等教育の新学校である私立帝国小学校を創立し、また京都帝国大学総長を辞任した沢柳政太郎は、1917（大正6）年に私立成城小学校を創設し、ここを教育の実験・科学的研究実証の場としようと考えて、大正自由教育運動の一つの中心となった。

また芦田恵之助は、随意選題綴方を提唱して子どもの自己表現能力を伸ばす方法を探求し、1913（大正2）年に『綴り方教授』を

発表したほか、『分団式動的教育法』(1912)を著した明石女子師範附属小学校主事の及川平治は、「児童本位主義」の立場から子どもの個性的能動的学習活動への道を開き、多くの賛同者を得た。さらに千葉師範附属小学校主事であった手塚岸衛は、教育の画一性を排して子どもの自発性や自主性を最大限に発揮させるという「自由教育」を提唱し、その名を全国に知られるようになった。

1920年代になると、こうした教育改造の運動は全国的な規模となり、1921（大正11）年8月には東京で8日間にわたる「八大教育主張講演会」が開かれ、定員2000名に対して5500名にのぼる申し込みがあったという。

この時期に設立された新学校としては、羽仁もと子の自由学園 (1921)、西村伊作の文化学院 (1921)、赤井米吉の明星学園 (1924)、野口援太郎の池袋児童の村小学校 (1924)があり、手塚岸衛もまた自由主義教育の理想を掲げ自由ヶ丘学園 (1928) を設立している（数字は創立年）。

● 『赤い鳥』と大正自由教育のその後

こうした一連の大正自由教育の動きが、鈴木三重吉自身に具体的にどのような影響を与えたかは不明である。だが、一人の作家として国定教科書や文部省唱歌に不満を持ち、当時の子どもの読物や雑誌の俗悪さに嫌悪の念を抱いた三重吉によって『赤い鳥』が創刊され、それが結果的に一つの児童文化運動として直接的間接的に子どもの生活に大きな芸術的影響を及ぼし、新しい流れを生み出したことは紛れもない事実である。

三重吉は、『赤い鳥』を通じて、作文・自由詩・童謡・自由画・童謡の作曲・各地のわらべ唄・説話・遊戯などの募集を行ったが、例えば綴方の指導においては、従来の範文主義・写生主義に対して文芸的リアリズムの綴方を発展させた。

また当時の図画教育は、国定画帳を写す臨画であったが、欧州留学から帰国した山本鼎は、1919（大正8）年に第1回児童自由画展覧会を長野の神川小学校で開催し、同年「日本児童自由画協会」を設立して自由画教育運動を展開した。

山本は『赤い鳥』においても自由画の指導に当たったが、1920（大正9）年に同会を「日本自由教育協会」に改称し、これを機に北原白秋らが同会に参加し、1921（大正10）年に『芸術自由教育』（アルス）を創刊した。

これは、同年10月までのわずか10冊だけで終刊となってしまったが、その編集委員には、山本の他に、北原白秋、『文芸教育論』において修身教育を批判した片上伸、そして口演童話家として活躍しのちに私立東洋幼稚園を創設した岸邊福雄の4人が名を連ねている。ここにも『赤い鳥』とのつながりを見ることができる。

日本自由教育協会は、『芸術自由教育』発刊の年の8月1日から1週間、軽井沢で芸術教育夏季講習会を主催し、ここでは三重吉や巖谷小波も顔を出して講演を行っている。

その他、大正自由教育に連なるものとしては、農閑期を利用して民衆が労働しつつ生涯学んでいく民衆大学として構想され、1921年に発足した信濃自由大学（1924年2月に「上田自由大学」と改称）もあった。

しかし、このような大きなうねりとなった新教育の運動も、やがて1920年代後半から1930年代にかけて、国家主義を推し進める文部省や行政当局から法令違反であるとして批判や弾圧を受け、新学校は閉鎖を余儀なくされ衰退していった。　　　（川勝泰介）

[参考文献]

中野光 (1968)『大正自由教育の研究』(黎明書房)、冨田博之ほか (1993)『大正自由教育の光芒』(久山社)、橋本美保・田中智志編著 (2015)『大正新教育の思想　生命の躍動』(東信堂)

2
『赤い鳥』と海外

『赤い鳥』と台湾

●台湾における『赤い鳥』の役割

　『赤い鳥』には子ども向け芸術読み物を提供するメディアとしての役割だけでなく、「童心」を理解する大人や子どもの「書き手、歌い手、描き手」を育てる場としての役割が大きかった。台湾では、台湾で育てられ定住した「内地人」と呼ばれた日本語を母語とする読者や投稿者（その多くは日本人）が、『赤い鳥』の主要な（購）読者であったことが投稿者数や名簿などから推察される。日清戦争後の下関講和条約を根拠として、清国から日本へと台湾が割譲された1895年から、日本が敗戦する1945年までの間、民族主義の高まりや民族自決運動を背景に、日本への同化政策もその折々に変化した。

　『赤い鳥』が創刊された時、日本による統治からすでに20年以上を経過していた台湾では、未だ植民地支配から10年を経ない朝鮮半島より早く日本語による「国語政策」が進行していた。1898（明治31）年施行された公学校令を根拠に始まった台湾における初等教育機関による教育や、1915（大正4）年から台湾総督府が始めた市政二十周年記念事業の一環である「国語普及会」等もその一つだが、こうした同化政策への反発は、「反国語普及運動」として広がっていった。同化政策のための初等教育機関である公学校も義務教育ではなかったが、そうした現場でも『赤い鳥』に関わりを持つ教師や子どもが確認できる。公民関わらず日本語の「国語化」を目指す一つの手段としての役割が雑誌メディアにもあり、『赤い鳥』も例外ではなかった。

●投稿する読者

　名前が1年以上にわたって誌上に現れる参加型読者は1936（昭和11）年10月の廃刊までを見渡しても、決して多くない。しかし「赤い鳥愛読者名簿」（1931年2月震災復興号）には台湾在住購読者として28名の名前が確認できる。同年8月号では「愛読者十名以上のお集まり」として台湾台中女子公学校部会21名、辜添泉、廖氏阿梅、林氏碧、何氏金蓮と、台湾人らしき読者が確認できる。台北基隆図書館などの公共図書館も掲載されていることから、公学校や公共図書館での閲覧を通して、あるいは学校教師や図書館関係者の媒介によって『赤い鳥』が読者に提供されていたと考えられる。ただし台湾島内での人口比率からみてこれは少数派であり、母語が日本語である読者が、全誌面日本語の『赤い鳥』の読者の大多数である。

　そうした「内地人」の一人に台湾在住の投稿型読者、植松一郎がいる。植松は1933（昭和8）年2月号の投稿欄によれば、台北市昭和町（現・台北市大安区）に居住していた。当時の昭和町は日本人が多く居住した地域で、植松の投稿が確認された年には台北帝国大学が建設されており、統治以前に比べて街が大きく様相を変えた地域である。

　台北高等学校高等科に通っていた植松は、1932（昭和7）年2月から1933年8月号まで全部で13号の「童謡・童詩」「自由詩」の投稿欄に断続的に掲載されている最多登場の雑誌参加型読者で、断続的に購読（あるいは閲覧）をしている（それ以前1928年にも同名の投稿者がいるが、東京在住で同一人物かどうかは不明）。1932年1月号に「白さぎ」が「童謡・童詩欄」に掲載されたのを最初として、台北高等学校高等科3年の「虫」（1933年8月号で北原白秋に特選にえらばれている）までが取り上げられている。同じ高校からの投稿者や近隣住所からの投稿者もないことから、複数で回覧してサークル的な活動で『赤い鳥』に親しむよりは、個人的に読み、投稿作が掲載されることを一つの目標とする読者であったと見られる。

「東門で、／兵隊さんがやすんでた。／檳榔樹（びんろうじゅ）の下に／ねころんでゐた。（略）／西門の、／扉はこはれかけてゐた。／お魚やいてる／にほひがしてた。（後略）」（「町の門」1932年6月号「童謡・童詩」欄で佳作）に典型的にみられるが、南国特有の木を背景に、緊張をといた兵士や、日常の営み、頽廃した裏道の風景を盛り込んだ題材を取りこむのが植松の手法であり、選者である北原白秋の目にとまったといえる。

また『龍骨車』（1932年7月号）では「龍骨車ふんでる、／レンガ工場の汽笛がひびく。／キイトン、キイトン、／キイトン（後略）」のような擬音語を用いた童謡は、植松以外にも多く掲載されている。小学校低学年の読者も抱える子ども向け雑誌としての側面から見れば理解が容易であると同時に、外国語の擬音語が多用される韻文作品を多く掲載しており、これらは日本語の高い理解度を必要としたといえる（北原白秋は『赤い鳥』の選者を外れたのちに、1934年7月、当時の台湾総督府文教局長であった安武直夫の台湾教育会からの招聘で台湾を訪れている）。

● 『赤い鳥』と台湾の媒介者たち

台湾では日本語が母語でない読者と『赤い鳥』との関わりの多くに、日本人が介在している。

1939（昭和14）年、『台湾日日新報』は台北市が「昭和十九年を目標に六カ年計画のもとにしない六歳以上六十歳以下約七万の国語不解者の教育に乗り出す」と報じている（1939年2月9日付「七万の国語不解者を／島都から一掃／台北市が六ヶ年計画で」の見出しで報じられている）。同じ頃、すでに『赤い鳥』の綴方で有名になっていた豊田正子との紙上交流が報じられた少女が黄氏鳳姿である。

黄氏鳳姿は、龍山公学校3年の時、公学校教員をしていた池田俊雄によって文才を見出され、台湾での日常生活を綴った文章『七娘媽生』（1940）出版以降、「台湾の豊田正子」

として池田や西川満が関わった台湾の固有風俗研究誌『台湾風土記』（日孝山房、1939・2〜40・4）や『台湾日日新報』にその「国語」能力の才能が喧伝されている。池田は公学校を5年で辞職したのち、台湾総督府情報部嘱託となって、台湾詩人協会（のちの台湾文芸家協会）を組織し、『文芸台湾』刊行に関わった。鈴木三重吉は「子供の純性」という言葉で『赤い鳥』のモットーを掲げ、子どもという読み書きする存在に、自発的な自己の発露を見出したが、こうしたモットーは日本語を国語とする政策下では、国語政策の成功例としてのプロトタイプとなった。

黄氏鳳姿より年下で1936年に台中で生まれた盧千恵は、のち芥川賞作家となる阪田寛夫との交流もある環境に生まれた。学校では日本語を用い、就学後1年で日本が敗戦を迎えたため実質的な日本語教育期間は1年間であったが、日本語で『世界文学全集』の『ああ無情』『母をたずねて三千里』等を読むことができたという。しかし少女時代には家でも友達との会話は台湾語であった（『トラウマ的記憶の社会史──抑圧の歴史を生きた民衆の物語』明石書店、2007、pp.73〜74）。

以上の事例からは、台湾総督府が目指した国語普及は一部の二重言語者（バイリンガル）を育てる一つの場が『赤い鳥』ではあったが、それは主体的な国語の習得や日常的使用とは異なった質のものだったといえる。　　　　（杉田智美）

［参考文献］

藤森智子（2016）『日本統治下台湾の「国語」普及運動──国語講習所の成立とその影響』（慶應義塾大学出版会）、游珮芸（1999）『植民地台湾の児童文学』（明石書店）、中島利郎（2013）『日本人作家の系譜──日本統治期台湾文学研究』（研文出版）、杉田智美（2011）『黄氏鳳姿、〈台湾の少女〉を綴る──植民地台湾における綴方少女の主体性と文学場のイデオロギー』（『JunCture02』名古屋大学大学院文学研究科附属日本近現代文化研究センター、2011・3）

『赤い鳥』と中国

●近代中国における「童話」という言葉

「童話」という言葉は、中国でも日本同様に、象徴的表現手法で描かれた、大人にも子どもにも楽しめる空想物語を指すものとして今日使われている。中国語の「童話」という言葉は日本由来と言われているが、その根拠となっているのは、魯迅の弟である周作人が、「童話這個名稱，據我知道，是從日本來的（童話という名称は、私の知る限り、日本から来たものだ）」（「童話討論一」『晨報副鐫』1922・1・25）と述べたことによる。

中国において「童話」という言葉が使われた最初は、1908（光緒34／明治41）年より商務印書館が刊行していた『童話』叢書である。「童話」という言葉は、これより前の中国の古典の中には使用が認められず、「童話」と対で使われる「童謡」が、列子の仲尼篇や漢書の五行志で既に使われていたのとは対照的である。

商務印書館が刊行していた『童話』叢書は、100冊を超える子ども向けのシリーズで、10年以上もの間継続して出版され続けていた。

執筆を担当した編集者の孫毓修は、『童話』叢書発行すぐの1909（光緒35／明治42）年1月に、「童話序」（『東方雑誌』5－12）と題する文章を発表し、新しい時代の児童向けの読み物として、「刺取舊事與歐美諸國之所流行者成童話若干集分編（古いものと欧米諸国で流行する童話を幾つか集めた）」と述べた。

孫毓修は中外の典籍の知識と英語の基礎を活かし、多くの内外の昔話や童話を再話し、『童話』叢書を編んだが、そこにはグリムの「紅帽兒（赤ずきん）」やアンデルセンの「海公主（人魚姫）」等も含まれていた。

中国において『童話』叢書のような子ども向けの読み物が発行されるようになった背景には、1904（光緒30／明治37）年1月に学制が公布され、中国に近代教育制度が普及するようになったことがある。新式学校に通う「児童」が、新たなる読者層として出版関係者たちに認知されたことが、『童話』叢書の出版につながったのである。

そして、近代学校の整備がすすむのと同時に、日本の教育に関連する論考も数多く翻訳紹介されるようになった。当時、商務印書館から発行されていた雑誌『教育雑誌』には、日本の教育事情を紹介する記事がしばしば載り、そうした文章を通じて、「童話」や「児童文学」といった言葉が使われるようになったのである。

● 『児童世界』の創刊

1910年代後半から1920年代にかけて、中

五四新文化運動

1910年代後半から1920年代にかけて中国では新しい社会を目指す文化運動が巻き起こった。この運動の中心となったのは陳独秀が発行した雑誌『新青年』で、封建制度や儒教思想に反対し、科学と民主主義に基づく新しい文化の普及が目指された。同誌においては胡適による白話（口語）運動が展開され、魯迅は口語で『狂人日記』『阿Q正伝』等を発表。1919（民国8／大正8）年5月4日に起きた五四運動の原動力となったとの見方から、新文化運動、五四新文化運動とも言う。

文学研究会

1921（民国10／大正10）年北京で成立した中国で最初の文学結社。鄭振鐸のほか、周作人、茅盾、葉聖陶（葉紹鈞）らが発起人であった。「人生のための芸術」を主張し、新文学を牽引。機関誌として『小説月報』等を編集発行し、会員の創作以外に欧米や日本の文学や文芸評論の翻訳を載せた。1920年代より勢いが衰え、1932（民国19／昭和5）年に解散した。

国では五四新文化運動が盛んになり、教育の世界では、学制改革の機運が高まった。1919（民国8／大正8）年にはアメリカからジョン・デューイが来華したこともあり、児童の内面を重視した児童中心的な教育への関心が高まっていった。

　文学の世界では、口語による新しい文学の創作が試みられるようになり、新文学の創造を試みる作家たちは、文学研究会という文学結社を作り、口語による創作や、海外の小説や童話の翻訳を行った。

　文学研究会発起人の中でも、鄭振鐸は中国における児童文学や童話の普及を力強く牽引した一人である。鄭振鐸は、教育や新文学の書籍の出版を行っていた商務印書館に、1921（民国10／大正10）年に編集者として入社。すぐに児童雑誌の企画を立ち上げ、1922（民国11／大正11）年1月7日に、『児童世界』を創刊した。同年に発表した「児童世界宣言」という文章の中で、鄭振鐸は当時の教育に対し、次のように述べている。

　　以前的児童教育是注入式的教育；只要把種種的死知識，死教訓裝入他頭脳裡（以前の児童教育は注入式教育で、使い物にならない様々な知識や教訓を子どもたちに詰め込むだけである。）（『時事新報』副刊「学灯」1922・2・28）

そして現行の教科書はいまだ旧態依然としており、児童が自ら好んで読むものが少ないと指摘し、その欠落を補うために、『児童世界』を創刊したのである。

　それまでにも子ども向けの定期刊行物は存在したが、新式学校に通う「児童」をタイトルに掲げ、子どもの内面陶冶を目的に出版されたものは、中国ではこれが最初である。新しい時代にふさわしく、掲載作品はすべて口語体で書かれていた。

　同年4月には、商務印書館とライバル関係にあった中華書局からも『小朋友』という児童雑誌が創刊された。『児童世界』創刊以降、中国において児童雑誌の世界は急速に花開いていくこととなったのである。

●『児童世界』と『赤い鳥』

　鄭振鐸は『児童世界』出版に際し、国内外の関連書物を参照していた。「児童文学宣言」の後半には、創刊時に参考としたものの書名が英文で並べられている。主に欧米の神話集や伝説集の名が挙げられているのであるが、その中には「日本的赤鳥童話コトチ等雑誌」も採用したとの記述もあった。

　「赤鳥」というのはむろん『赤い鳥』のことである。そして「童話コトチ」というのは、おそらくは1920（民国9／大正9）年創刊の、コドモ社の『童話』のことだろう。この文言からは、鄭振鐸が同時代に日本で出版されていた『赤い鳥』等の童話雑誌の存在を知り、それに匹敵するものを中国で出そうとの認識をもっていたことがわかる。

　鄭振鐸は、第4巻第1期（1922・10・7）に掲載した読者からの手紙に、翻案作品の原作名を記載しなかったのは、「日本的児童雑誌都是如此的（日本の児童雑誌も皆そのようにしている）」からと返答している。このことからも、彼が編集時に日本の雑誌を参考にしていたことがわかる。

　もっとも鄭振鐸自身は日本語を解しなかったため、創刊年の同誌に欧米の翻訳翻案作品は散見されるものの、日本のものはほとんど無い。わずかに、第1巻第2期から8回に渡って掲載された「竹公主（かぐや姫）」があるくらいである。この「竹公主」にしても、作品中には「富士山」などの地名もあり、日本語が出典と推察されるが、挿絵の風俗は全て中国風になっており、一読しただけでは、日本の物語であるとは認識しがたい。

　このように、『赤い鳥』と『児童世界』との間には、作品交換等の直接的な影響は見出せないのであるが、童話や童謡を中心とする内容、表紙絵・口絵・挿絵・飾絵をふんだん

に用いた装丁など、形式面で類似の点は多い。

例えば、『児童世界』が『赤い鳥』同様児童の投稿を推奨していることは共通点の一つである。第1巻第5期（1922・2・4）巻末に、『児童世界』は児童創作の募集を掲載したが、その際の募集区分は次のようになっていた。

(a) 児童自由画
(b) 児歌（子どもの歌）、童謡
(c) 童話
(d) 如有其他稿件也極歓迎。惟必須出於児童自己的心手（もし他に原稿があれば大変歓迎。ただし必ず児童自身の心手によるもの。）

ここで「児童自由画」という言葉が使われていることに注目したい。「児童自由画」は、日本では大正期に山本鼎が提唱したものであり、『赤い鳥』では、1920年から「綴り方」「童話」「童謡」「児童自由画」の募集を行っていたが、『児童世界』でも『赤い鳥』の方式にならい、児童の投稿を推奨し、その中で「児童自由画」や「童話」を募集した。

「児童自由画」という名称自体、今のところ中国でこれ以前の使用は認められていない。この言葉もまた「童話」同様に日本から移入されたものではないかと思われる。児童の投稿作品は、第2巻第1期（1922・4・8）に「児童自由画」が誌面を飾ったのを最初に、その件数は号を重ねるごとに増えていき、『児童世界』誌の目玉の一つとなっていった。

◉中国で広がる「童話」の世界

鄭振鐸の『児童世界』誌における最大の功績の一つは、葉紹鈞（葉聖陶）の童話を見出したことである。

小学校の教員をしていた葉紹鈞は、教員をする傍ら文語小説を発表していたが、次第に新文学に転じ、文学研究会に参加。同人仲間である鄭振鐸より童話創作をすすめられたことによって童話に着手した。

葉紹鈞は1921年11月に最初の童話「小白船（白い小舟）」を書くと、続けざまに「傻子（ばか）」「燕子（つばめ）」「一粒種子（一粒の種）」等を書き上げ、それらを全て翌年創刊された『児童世界』誌に掲載した。

1923（民国12／大正12）年には、これらの童話は童話集『稲草人（かかし）』（商務印書館）として出版された。これは中国で最初の創作童話集と認められるものである。表題作「稲草人」は、困窮する農村の暮らしを、動けないかかしの目を通して哀愁をもって描いたもので、近代中国を代表する童話となっている。同童話集には23編の童話が収められているが、うち9編が戦前の日本でも翻訳紹介された（實藤恵秀『芳児のおくり物』鐘美堂、1943・6）。

鄭振鐸は1922年12月16日発行の第4巻第13期の後、『小説月報』を担当することとなったため、『児童世界』誌を離れたが、鄭振鐸が編集長となって以降、『小説月報』にも多くの童話が載るようになった。1924（民国13／大正13）年1月の第15巻第1期からは、「児童文学」というコーナーも設けられ、翌年第16巻号第8・第9期では、2号続きでアンデルセンの特集が行われた。

このように、新文化運動の流れの上に、1920年代の中国において、「童話」という新しい文芸が広く注目を集めるようになり、児童向けの雑誌も発行されるようになった。『赤い鳥』をはじめとする日本の童話雑誌は、鄭振鐸が『児童世界』を発行する契機の一つとなったのである。　　　　　　　（成實朋子）

[参考文献]
新村徹（1982）「中国児童文学小史（3）」（『野草』第29号）、『世界児童文学事典』（希望出版社、1992.8）、「中国児童文学史を振り返る（1）～（3）」（『日中児童文化2008』『日中児童文化2011』『日中児童文化2014』いずれも日中児童文学美術交流センター刊）

『赤い鳥』と朝鮮

●朝鮮の『赤い鳥』

〈朝鮮の『赤い鳥』〉と称され、韓国近代児童文学の出発点とみなされる児童文芸誌がある。1923（大正12）年３月に方定煥（パン・ジョンファン/방정환、1899～1931）が創刊した『オリニ（어린이）』（開闢社）である。『赤い鳥』が日本の近代文化史に大きな足跡を残したように、朝鮮の新しい文化としての童話や童謡を世に出した『オリニ』は近代児童文化運動の象徴となっている。

「オリニ」とは「幼い人」を意味する純粋朝鮮語で、児童文芸誌『オリニ』のタイトルとされたほか、「オリニナル（子どもの日）」の創設（1923年５月）など、方定煥による一連のオリニ運動によって広く朝鮮社会に普及した。これは、植民地下の朝鮮で、子どもの人権尊重と民族独立を訴える児童文化運動である。方定煥は朝鮮児童文化・文学の創始者で、世界名作童話を朝鮮語に翻案し童話集を刊行し、朝鮮語による口演童話会を開催した。

●朝鮮の〈童心〉イメージ

現在でも国民愛唱歌として大切にされている李元壽（イ・ウォンス）作詞「コヒャンエポム（故郷の春）」や崔順愛（チェ・スネ）作詞「オッパセンガク（兄さま想い）」といった代表的童謡がこの『オリニ』から誕生したが、例えば、「故郷の春」では、「私の　ふるさと／花咲く　山里／桃に　杏子に　山つつじ／色とりどりの　花御殿／そこで遊んだ頃が　なつかしい」（大竹訳）とうたわれ、花咲き風薫る里山の風景が美しく描かれている。また、「兄さま想い」では、ツルクイナが田で鳴き、カッコウが森で鳴く様子から始まり、野鳥が豊かな自然の中を自由に飛び交う風景が情感豊かにうたわれている。李元壽14歳、崔順愛12歳の時の作品であるが、こうした少年少女に詩を書かせ、〈童心〉の詩として価値を与えたのが『オリニ』である。そして、この２作には、花や鳥のイメージがあふれていた。

●花・鳥・天の国と清らかな童心

『オリニ』創刊号には次のような巻頭言が提示されている。

　　鳥のように花のようにユスラウメのように小さい唇で、天真爛漫に歌う歌、それはそのまま自然の声であり、そのまま天の声であります。

　　鳩のように兎のように柔らかな髪を風になびかせながら飛び跳ね遊ぶ姿、そのままが自然の姿でありそのままが天の影

朝鮮初の本格的児童文芸誌──『オリニ』

開闢社、1923・3・20創刊～1934。オリニ（어린이）は子どもを意味し、朝鮮初の本格的児童文芸雑誌として児童文学史にとどまらず韓国近代史に大きな足跡を残す。

朝鮮初の児童文化運動団体──セクトンフェ

方定煥を中心に、東京に留学していた学生たちで結成された朝鮮初の児童文化運動団体。1923（大正12）年３月16日、東京にて結成。方定煥のほか、姜英鎬、孫晉泰、高漢承、鄭順哲、趙俊基、秦長燮、丁炳基によって東京で発足。後に尹克榮、曹在鎬、崔晉淳、馬海松、鄭寅燮などが加わる。同年３月20日に『オリニ』を刊行し、５月１日に「オリニナル」を創設した。「セクトン」とは、子ども用の民族衣装の色縞模様に由来し、朝鮮の子どもの人格の尊重と幸福を願う民族意識が込められている。

39

なのです。そこには大人たちのような慾心もなければ下心もないのです。

　罪悪がなく欠点のない平和で自由な天の国！それは私たちのオリニの国です。私たちはいつまでもこの天の国を穢してはならないしこの世に暮らすすべての人々が、この清らかな国に住めるように私たちの国を広げていかなくてはなりません。

　この二つの仕事への想いから溢れ出るすべての清らかなものを集めたものが『オリニ』なのです。

　私たちの熱い真心でできたこの『オリニ』が皆さんの温かい胸に抱かれるとき、そこに清らかな霊の芽が新しく芽吹くことを私たちは信じます（『オリニ』創刊号、開闢社、1923・3・20、巻頭頁、大竹訳）。

ここに明記されているように、そして前述の『オリニ』から誕生した童謡二作から読み取れるように、『オリニ』では花と鳥を〈清らかな天の国の童心〉のイメージとしていることがわかる。こうした子どもの天真爛漫さに理想を見出した『オリニ』の傾向について、韓国では方定煥の「童心天使主義」として認識され、日本の『赤い鳥』の影響が指摘されている。

●方定煥の東京留学──1922年前後

　さて、このような『オリニ』を創刊した方定煥は、1920（大正9）年9月に来日している。翌年の4月には東洋大学文化学科に聴講生として入学した。そしてこの年、彼の最初の童話集である『サランエソンムル（愛の贈り物）』を日本に滞在しながら執筆した。

　本書は翌年京城（現・ソウル）で印刷され、1922（大正11）年7月7日付けで開闢社から刊行された。朝鮮語の童話集として広く普及した最初の作品として知られ、韓国児童図書出版の出発点と見なされている。

　『愛の贈り物』が刊行された1922年前後というのは、東京に朝鮮人留学生が最も多かった時期である。1919（大正8）年1月に初代大韓帝国皇帝であった高宗が死去し、これを引き金に3・1運動（独立運動、1919・3・1）が起こったことから朝鮮総督府は朝鮮統治の懐柔策である文治統治を行い、それによって朝鮮社会には自由な雰囲気が生まれ、日本への留学者も急増したのである。

●方定煥と民族運動

　実は、方定煥はこの3・1運動の中心的人物であった天道教教主孫秉熙（ソン・ビョンヒ）の娘婿であり、3・1運動では『独立新聞』を印刷する仕事を担当したと言われている。この運動によって孫秉熙は投獄され、方定煥も取り調べを受け、長らく監視される立場にあった。

　つまり、方定煥は、韓国初の本格的児童文芸誌を創刊させ、童話集を刊行した文芸家で

代表的童謡詩人──尹石重（ユン・ソクチュン）

　ユン・ソクチュン/윤석중。1911～2003。児童文学家。童謡詩人。1925（大正14）年に14歳で『オリニ』誌でデビュー（「おきあがりこぼし（오뚝이）」）。

　近代韓国初の創作童謡集である『尹石重童謡集』（新旧書林、1932）を刊行し、童謡の父と呼ばれる。方定煥の後を継いで『オリニ』を主幹した。

国民的愛唱歌「故郷の春」の童詩人──李元壽（イ・ウォンス）

　イ・ウォンス/이원수。1911～1981。児童文学家。馬山（マサン）出身。1926（大正15）年、14歳で童謡「故郷の春」の詩を書き、同年『オリニ』4月号の「入選童謡」に掲載された。後に洪蘭坡（ホン・ナンパ）の作曲で童謡として歌われ、現在も愛唱される国民愛唱歌となった。

　韓国における長編童話や児童小説（少年小説）のジャンルを確立したほか、児童文学理論を最初に確立させた。

あっただけではなく、そうした文芸活動の背景には独立運動があり、その思想の拠り所として天道教という民族宗教があったのである。方定煥が編んだ『愛の贈り物』の前書きに次のようにある。

　　虐待され、踏みにじられ、冷たく、暗い中で／私たちのようにまた育つ、可哀想な幼い霊たちのために、／深く、同情し大切にする、愛の初の贈り物として、／私は、この本を編みました。／辛酉年末に、日本東京白山下にて　ソパ（小波）（『사랑의 성물（愛の贈り物）』京城（ソウル）：開闢社、1922・7・7、大竹訳）

植民地支配されていた朝鮮で、もっとも可哀想な存在なのが子どもたちであるという認識である。方定煥は、1920年に東京に留学し、そこで、全盛期だった『赤い鳥』を代表とする児童雑誌類やたくさんの童話集を目にしたに違いない。日本語で読んだ世界名作童話を翻案し、〈可哀想な〉朝鮮の子どもたちへの〈愛の贈り物〉として、全文ハングルで執筆したのである。

◉西條八十『鸚鵡と時計』（赤い鳥の本）

　方定煥は具体的に『赤い鳥』のどのような部分に影響を受けたのだろうか。例えば、方定煥が東京に滞在していた1921年1月には〈赤い鳥の本シリーズ〉として西條八十『鸚鵡と時計』（赤い鳥社）が刊行されている。そして、本書に収録された「夏の雨」は、ほぼ正確に朝鮮語に訳され『オリニ』1926（大正15）年7月号に掲載されている。方定煥は東京滞在中、このような童謡集・童話集・児童文芸雑誌の美しさに感化されたのではないだろうか。

このように、抑圧された植民地朝鮮の人々の民族運動や独立運動の一端をも担いつつ、日本の『赤い鳥』に象徴される近代文化を朝鮮社会に取り入れ、新しい子ども観にもとづいた「童話」「童謡」の新文化運動を牽引していったのが方定煥の『オリニ』である。『オリニ』が韓国近代に与えた影響は『赤い鳥』同様に大きい。
（大竹聖美）

［参考文献］

大竹聖美（2009）『植民地朝鮮と児童文化』（社会評論社）、이상금（2005）『소파 방정환의 생애—사랑의 선물』（Seoul: 한림출판사）、이기훈,염희경,정용서（2017）『방정환과 '어린이'의 시대』（Seoul:청동거울）

女性の童謡詩人──崔順愛

チェ・スネ/최순애。1914〜1998。童謡詩人、童詩人。李元寿、尹石重、徐徳出らとキップム社（기쁨사）同人として活動した。李元寿と結婚し、韓国初の「文人夫婦」と呼ばれた。代表作の童謡「オッパセンガク（兄さま想い）」の初出は『オリニ』誌1925年4月号の「入選童謡」。その後、朴泰俊（パク・テジュン/박태준）（1900〜1989）によって曲が付けられ、国民愛唱歌となった。

世界名作童話集──方定煥『愛の贈り物』

サランエソンムル/사랑의 성물。1922・7刊行。方定煥が東京で執筆した。ペロー、オスカー・ワイルド、アミーチス、アンデルセンなどの翻案作品が収録されている。本書および『オリニ』を出版した開闢社は近代朝鮮で大変大きな影響力を持っていた民族宗教団体である東学を母体とする天道教が運営する出版社である。代表的な刊行物として総合雑誌『開闢』（1920・6創刊）があり、1920年代の朝鮮文壇に最も貢献した雑誌である。

3
『赤い鳥』とメディア

赤い鳥音楽会

●音楽化する童謡

　雑誌メディア『赤い鳥』から生み出された童謡のなかには、《かなりや》《あわて床屋》など今なお歌われている楽曲がいくつかある。しかし、創刊初期の童謡は、作曲され、伴奏が付され、楽譜化されるような音楽だとは考えられていなかった。1919（大正8）年5月号に《かなりや》の楽曲が掲載されるまでの『赤い鳥』の童謡には、どれも楽譜がないのである。

　西條八十は、鈴木三重吉から初めて童謡の創作を依頼されたときに、三重吉は「作曲出来るような歌を書けなどとは決して注文しなかった」（p.292）と振り返っていた。現在では童謡が作曲されることは自明のことだが、そのような童謡のあり方は、創刊当初の童謡においては想定されていなかったのだ。

　北原白秋は、童謡を作曲することに強く反対していた。彼にとって、童謡とは声に出して詩を読み唱えるものであり、朗吟することで自然に生まれるメロディーを歌うべきものだった。たとえば、1919年3月号の『赤い鳥』「通信」で北原白秋は、「童謡は歌ふ謡でなければなりません。尤も謡ふと言つても唱歌のやうに作曲された上て謡ふといふのでなく了供心の自然な発露から、とりどりに白由に謡ひ出すといふ風なのが本当でせう」と述べている。彼にとって童謡は、楽譜によって媒介されるような歌謡ではなかったのである。

　だが、童謡を作曲してほしいという声は、『赤い鳥』の読者の間では早くから上がっていた。「通信」の欄には、楽譜を求める投書が断続的に掲載された。なかには、自身が作曲した楽譜を編集部に送る読者さえいたほどだった。

　こうした読者からの要望を受け、鈴木三重吉は1919年4月号の『赤い鳥』「通信」で童謡作曲への方針転換を明らかにした。翌月には《かなりや》が掲載され、これをきっかけとして、童謡は、詩人と作曲家との分業によって、毎月創作される音楽へと転換していった。当初『赤い鳥』の音楽部門を担ったのは成田為三で、後年、草川信や山田耕筰らも加わった。

●赤い鳥音楽会の開催

　楽譜の掲載を決定して以降、鈴木三重吉は、音楽に関する新たな試みを次々に展開していった。その第一弾として、1919年6月22日、「第1回赤い鳥音楽会」が開催された。この音楽会は、山田耕筰のアメリカ遠征からの帰国を記念して帝国劇場で開かれた演奏会だったが、その番外合唱として、成田為三作曲の《かなりや》《夏の鶯》、石川義拙作曲の《あわて床屋》の3曲が、8名ないし9名の少女とピアノ伴奏によって披露された。入場料は10円、5円、2円50銭、1円、50銭で、当日は雨だったにもかかわらず1,700余りの客席が満員になるほどの盛況だったという。

　赤い鳥音楽会が提示したパフォーマンスは、読者が日常の空間で自由に歌っていたような従来の童謡の姿、歌う者と聴く者とが截然と分けられない童謡の姿とは決定的に異なるものだった。

　同年8月号と9月号の「通信」には、この音楽会に来場した聴衆からの多数の短評が掲載された。これらを読むかぎり、赤い鳥音楽会はおおむね好評を博していたことがわかる。だが、この公演に対しては、ひとつだけ要求が出された。歌い手の人数が少ない、もっと増やしてほしいというものである。

　たとえば、三木露風は「欲を申しますと、少女の数がもう少し多かつたなら、どんなによかつたらうと思ひます」と評し、安倍能成も「今少し沢山の人数で賑やかに勢よくやつて貰ひたかつた」「シヨンボリとして、しほ

らしいやうな気を起こさせました」と評した。
南部修太郎は、「人数が少くも、40人位あつ
て欲しかつた」と具体的な数字を示し、「歌
ひ方にもう少し子供らしい溌剌さがあればと
思はれた」と語った。

　少女たちの歌う童謡に勢い、賑やかさ、溌
剌さが求められた背景には、教室で唱和する
学校唱歌や、宝塚をはじめとして流行した少
女歌劇のイメージが聴衆の側にあったと推測
される。1920（大正9）年11月には『金の
船』系の本居みどりが童謡を独唱することで
デビューしたが、彼女に対する積極的な評価
には「可憐」ということばがしばしば用いら
れ、独唱する童謡歌手の常套句として定着し
ていった。それに対して、童謡で初のコンサ
ートとなった赤い鳥音楽会では「可憐」とい
う評価は主流なものではなかった。

◉音楽事業の推進と北原白秋の反発

　赤い鳥音楽会の成功以降、鈴木三重吉は、
童謡を音楽として発信していくことにさらに
力を入れていった。有名な「『赤い鳥』の標
榜語」に、「音楽」や「作曲」に関する文言
が書き加えられたのは、1919年9月以降の
ことである。彼は、そうした音楽事業の一環
として劇団の主宰さえ構想するようになった。

　また、レコードを手掛けるようにもなり、
1920年6月には《かなりや》《雨》《りすり
す小りす》、7月には《犬のお芝居》《山のあ
なたを》のレコードが日本蓄音器（ニッポノ
ホン）から発売された。価格は80銭、吹き込
んだのは赤い鳥少女唱歌会会員、ピアノ伴奏
は成田為三、日蓄側の担当者は森垣二郎とい
う人物だった。

　音楽が『赤い鳥』の事業に組み込まれてい
ったのに対して、北原白秋は猛然と反発した。
彼は、『赤い鳥』1919年9月号の「通信」の
なかで、赤い鳥音楽会で聴いた石川義拙作曲
の《あわて床屋》は意に沿うものではなく、
「私の気持とは、可成相違してゐるやうに感
じました」と表明した。そして、1920年1

月23日、北原白秋は鈴木三重吉宛ての書簡の
なかで、童謡作曲への再考を促して次のよう
に書き送った。

　　童謡を作曲する事も考へものです。私
　のものはあんな西洋式のものではないつ
　もりです。ことに、童謡は自然に子供の
　歌ふがままにまかせるものだと思ひます。
　その方がどれ丈本当だかわかりません。
　だれの作曲も感心しません。ことにピア
　ノの伴奏が無くては歌へないやうなもの
　では困ります。子供がもつと安易にいつ
　も一人でも歌ふものでないといけないで
　はありますまいか。(p.247)

　このように北原白秋は、あらゆる作曲や伴
奏を退けた。童謡は、子どもが自然に自由に
歌うべきものであり、五線譜というメディア
に縛り付けてはならないものだったのである。
後年、彼は山田耕筰を唯一信頼できる作曲家
として協同するようになったわけだが、この
時点では詩人としての立場から童謡の作曲や
上演を拒絶したのである。

　以上のように赤い鳥音楽会は、従来は詩と
して捉えられていた童謡が、実演されたり、
消費されたりするものへと転換していく契機
のひとつだったのであり、鈴木三重吉と北原
白秋との立場の違いが鮮明になる出来事でも
あった。このように赤い鳥音楽会をメディア
論の立場から考察した研究としては、周東美
材『童謡の近代──メディアの変容と子ども
文化』がある。　　　　　　　　　（周東美材）

［参考文献］

北原白秋（1988）『白秋全集』39（岩波書店）、
西條八十（1965）「雑誌『赤い鳥』の頃──成田
為三にちなむ想い出」『成田為三名曲集』（玉川大
学出版部）、周東美材（2015）『童謡の近代──
メディアの変容と子ども文化』（岩波書店）

赤い鳥
児童劇歌劇学校

◉夢の劇団経営

　鈴木三重吉は、『赤い鳥』の童謡や児童劇のコンテンツを劇団によって上演しようと目論んでいた。彼は、1925（大正14）年１月12日付の友人の加計正文宛の書簡のなかで、「音楽会」の構想を語った。その説明によれば、「音楽会」とは次のようなものであった。

　　音楽会といふのは、私がドイツへ４ヶ年間留学した、作曲家の成田為三君が数日前帰朝。礼奉公に私方へ入社して、冬の12、１、２月を除く外、毎月３、４ヶ処づゝ、音楽会を興行して、赤い鳥の喧伝かたがた日本中を廻るといふのです。それについて、社で、小学卒業直後の少女を５名募集し、６箇月間、声楽を仕込んだ上、興行に加はつて童謡を謡ひ、単純な子供劇をやらすのです。劇の方は、私が仕込む。成田君がヴアイオリンを教へる。（中略）これは、私の一生の事業として考へてゐる、赤い鳥劇場を作る前提です。だんだんに、少女20名、少年10名ぐらゐの高等な小劇団を作るつもりです。（『鈴木三重吉全集』第６巻、pp.475〜476）

　鈴木三重吉は、学校を模した養成機関を作り、13歳から18歳までの少女を雇って童謡や劇を興行しようとしていた。いずれは少年も雇用し、高等な小劇団と専用劇場を作る計画だった。この構想を、彼は自らの「一生の事業」だと考えていた。このような子どもによる学校型の劇団経営という発想は、宝塚や松竹などで行われていた流行の少女歌劇とよ

く似ている。

◉新宿園

　鈴木三重吉の構想は、彼の予期せぬところで実現の方向へと向かった。箱根土地株式会社（後のコクド、現・プリンスホテル、西武グループ）が、彼に児童劇学校の運営を依頼してきたのである。先ほどの手紙を送った11日後の１月23日に、加計正文に宛てた手紙には次のように書かれていた。

　　箱根土地株式会社といふ、資本金１億円の土地売買の会社があり（中略）その経営の１つの「児童園」が新宿にあります。２万坪ばかりの広大な庭園で、入場料50銭で這入り、活動、歌劇、児童劇をたゞで見せる仕組みのものですが、現在やつてる歌劇、児童劇は、俗悪極まるものなので、（大阪の宝塚式）一つ高尚な歌劇と児童劇団を作るため、付属の学校を設け、3,000人以上を入れる、東京第１の劇場を建築する計画を立てゝゐます。その生徒養成と、オーケストラ養成と、爾後公演の一さいを、私に指揮してくれないかとの相談を持つて来ました（一昨日）。（中略）これは多分協定がつき、私が引きうり赤い鳥児童劇学校、赤い鳥歌劇学校、赤い鳥劇場といふ名前で成立することになるでせう。喜んで下さい。私の久しい久しい夢が実現するのです。（同前、p.477）

　当初の構想よりもはるかに大きな規模の計画が、渡りに船で彼のもとに飛びこんできた。箱根土地とは、堤康次郎によって創業され、土地の売買・開発や株式支配を通じて成長していった大手ディヴェロッパーだった。箱根土地は、1923（大正12）年の関東大震災の影響による住宅や学校の郊外移転の波に乗って本格的な開発計画を次々に実行していった。その事業分野のなかには、多摩川園、新宿園、豊島園などの遊園地の開発・経営も含まれて

いた。鈴木三重吉の手紙にあった「児童園」とは、この新宿園のことである。新宿園内には劇場、映画館、演舞場、人造湖、ダンスホールなどが建設された。ここに鈴木三重吉は男女各50人程度の児童劇学校を設立しようとした。

新宿園は、1924（大正13）年夏、四谷区番衆町（現・新宿区新宿5丁目）に開業した。新宿園の向かいは内藤新宿（現・新宿2丁目）で、関東大震災の被害を逃れて発展した新宿遊郭があった。近隣にはカフェーや映画館などが林立する新宿追分（現・新宿3丁目）があり、この地には三越や伊勢丹も間もなく進出してきた。新宿園は、急激に変貌しつつあるモダン都市に建設されたテーマパークだった。

童謡や児童劇は、このようにして新たに形成されつつある都市空間の中心で鳴り響こうとしていた。『赤い鳥』の購読層が都市新中間層に多かったことを考えれば、消費者のターゲットを絞った鈴木三重吉の戦略は当然の展開だった。

新宿園での児童劇学校の創設に先立ち、1925年3月15日から4月15日にかけて新宿園では自由画大展覧会が開催された。『赤い鳥』3月号と4月号は、この展覧会への作品応募を呼びかけた。展覧会の期間には「赤い鳥デイ」が設けられ、毎日先着1000名に『赤い鳥』1冊が土産として配付された。実際、5月号の表紙には「新宿園みやげ」と明記されていた。

しかし、この児童劇学校の創設計画は、日の目を見ることはなかった。新宿園が経営不振に陥り、1926（大正15）年初めに閉園してしまったからである。

◉鶴見花月園

新宿園での児童歌劇学校の創設計画と同時期に、鈴木三重吉は「東洋一の遊園地」といわれた鶴見花月園からも、児童歌劇学校創設の依頼を受けていた。1925年4月13日に出された加計正文宛ての手紙によれば、もとも

と鶴見花月園が抱えていた女優、音楽部員、教師らが解雇されることになったので、それに代わって学校を創設してくれという依頼だった。金は彼が要求するだけ出ることになっていた。男女各30名の採用を目指して入学試験が行われ、第1回の試験では女子6名、男子2名が採用された。寄宿舎もほぼ完成、5月に始業の予定だった（同前、p.479）。

だが、この計画もまた頓挫し、学校は1週間のうちに解散してしまった。同年5月30日付の書簡には、次のように綴られていた。

> 私は3月から児童劇歌劇学校といふものを作るつもりで2ヶ月間昼夜奔走し、5月1日から少数の生徒を集めて授業にかゝりましたが、金を出す男が急にヘコタレたらしく、前途が危いので、5月7日にキレイサツパリと解散してしまひました、そのアト始末に追れ3月以来の疲労と一しよにヘトヘトになつて居ます。（同前、p.481）

鈴木三重吉が「一生の事業」と語った『赤い鳥』の学校創設の構想は、これ以降、実現の見込みが立つことなく、潰えてしまった。しかし、わずか1週間とはいえ学校が存在していたことは事実である。彼の構想は、大正から昭和初期にかけての郊外・田園都市開発や、メディア産業による郊外型ユートピアの建設とも同期する事業であった。『赤い鳥』をより立体的に理解するためには、鈴木三重吉の以上のような事業家としての側面を見落とすわけにはいかない。　　　　（周東美材）

[参考文献]

周東美材（2012）「童心の〈ユートピア〉──鈴木三重吉の児童歌劇学校構想」『東京音楽大学研究紀要』第36集、pp.47〜64、周東美材（2015）『童謡の近代──メディアの変容と子ども文化』（岩波書店）、鈴木三重吉（1938）『鈴木三重吉全集』第6巻（岩波書店）

赤い鳥童謡会

◉『赤い鳥』と童謡

『赤い鳥』誌上で童謡の中心となるのは北原白秋である。白秋は、『赤い鳥』から離れるまで、巻頭に童謡を掲載していく。最初の頃は、白秋のほかに泉鏡花、三木露風、柳沢健、そして西條八十も童謡を掲載していた。特に、八十は「かなりや」をはじめとして40以上の作品を掲載し、『赤い鳥』の童謡を支える一人であった。だが、1921（大正10）年8月号の「人形の足」を最後に八十は『赤い鳥』を去り、その後は白秋一人が『赤い鳥』の童謡を担うことになる。

ただし、童謡担当が初めから白秋に決まっていたわけではない。三重吉は、創刊を前に西條八十を尋ねて相談し、三木露風に童謡の担当を依頼したものの断られた結果、最終的に童謡は白秋が担当することになったと言われている。

こうした事情の中で『赤い鳥』の童謡を担当することになった白秋だが、1933（昭和8）年4月、三重吉との確執から『赤い鳥』を去るまで、投稿童謡や投稿児童自由詩の選考作業を通した童謡の普及、そして若手詩人の育成にも精力的に努めていく。また、童謡についての所見も積極的に述べ、『赤い鳥』の童謡に大きな影響を及ぼしていく。

◉赤い鳥童謡会の設立

『赤い鳥』の投書の規定には、10回以上推奨された人は、一人前の作家として待遇することが記されていた。

こうした中で、三重吉は「十周年を迎へて」という文章の中で、童謡の方面では数人の誇るべき新進作家を生み出したことを述べている。実際に、巽聖歌、与田準一ら、白秋

によってその才能を認められ、開花させられていった若手詩人たちが『赤い鳥』誌上に次々に現れている。規定に示された10回を越えて推奨になった者も現れるようになる。

だが、白秋は師弟関係にはことのほか厳格で、10回以上の推奨になった弟子も一人前と認めることを容易にはせず、巽聖歌や与田準一のように、長年白秋のそばにいた弟子でも雑誌原稿や新聞原稿を白秋から紹介されることはなかったといわれている。その上、白秋の目を通さない作品は、決して人に渡してはいけない、という不文律が白秋師弟の間には厳に存在していた。

弟子に対する厳格な白秋の態度の背後には、童謡への強い自負と思いが存在していた。その思いは、「赤い鳥童謡会」の設立につながっていく。「赤い鳥童謡会」は、1928（昭和3）年4月15日に、白秋宅で最初の集まりが開かれて活動を開始する。

『赤い鳥』第13巻第6号（1928・6）に「赤い鳥童謡会について」と題する白秋の文章が掲載されている。その中で、「この赤い鳥の創作童謡は私の立つ童謡の道に於て正しい同行の信実と精進を示すものであり、高い意味に於て世の童謡の基準を成すものと信ずるが故にいよいよ自重もし相互の進展をも念ずべきである」と白秋は述べている。『赤い鳥』を舞台にした童謡創作が白秋にとって大きな意味を持っていたことと、『赤い鳥』に拠って立つ白秋一門が童謡をリードしているという自負が表白された文章である。

発足時の赤い鳥童謡会の会員は、岡田泰三、与田準一、巽聖歌、多胡羊歯、柳曦、松本篤造、福井研介、藤井樹郎、寺田宋一、有賀連、佐藤義美の11名である。全員、『赤い鳥』の出身者であり、「赤い鳥の誌上での多年の成績」を鑑みて、「認めて入れていいと思ふ人」を白秋の「独裁」によって入会を認められた人々である。

これらの会員は、白秋が「タツミクンのおかげで、赤い鳥の童謡が確立した」とまで激

賞した「水口」（1925・10）の作者であり、後に「たきび」の作者として知られるようになる巽聖歌、同郷の白秋に師事し、赤い鳥社社員として復刊『赤い鳥』の編集を行い、のちに日本児童文学者協会会長も務めることになる与田凖一、白秋に「時代の代表作」と称賛された「くらら咲くころ」（1927・10）の作者多胡羊歯など、すでに一人前の作家と認められてもよい実力を持った新進の若手詩人たちであった。

赤い鳥童謡会の目的は、「赤い鳥の童謡をいよいよ光あらしめる」ことであり、そのために月1回白秋宅で各自の作品について研究しながら、それぞれの個性の進展を図ることを見守ることと白秋は述べている。

「赤い鳥ではまたこの童謡会のために別に頁を割いてもらふことになつた」ことも述べられている。だが、赤い鳥童謡会発足の翌1929（昭和4）年3月号で『赤い鳥』は休刊してしまうため、このことは実現することなく終わってしまう。

「詞華集も出版」することが述べられ、「赤い鳥童謡会規約」にも、「本会は終始赤い鳥と連絡を保ち、時に応じて対外的に会員の推薦、作品集その他の編集出版に努める」という一文が掲げられている。その一方で、「節操を真に重んずる一団でありたい。軽操して早く世に出たいと思ふことの代りに、ただ私を信じて私の推薦を待つ堅固第一であつてほしい」と述べている。『赤い鳥』を通して童謡を確立することが自身の使命でもあると考えていた白秋が、その目的達成のために、世に出ることを焦って軽挙することのないよう、弟子たちに強く自制を求めていたことがうかがえる。

赤い鳥童謡会で白秋の膝下にいた若手の詩人たちも、白秋の教えをよく守り、自制的に行動しながら、白秋を信じて自身の作品を磨くことに努めていった。だが、『赤い鳥』が1929年3月で休刊し、白秋主宰の『近代風景』も1928年9月で廃刊になると、白秋膝下の若手詩人たちは作品発表の場を失い、やがて自分たちの雑誌創刊へと向かっていくことになる。

●『乳樹（ちちのき）』創刊へ

『赤い鳥』が休刊した後、白秋の膝下で研鑽を積んでいた若手詩人たちは、作品発表の場を求めて新しい雑誌の発行に動き、1930（昭和5）年3月、『乳樹』を創刊する。

創刊時のメンバーは、有賀連、田中善徳、海達貴文、藤井樹郎、日下部梅子、柳曠、多胡羊歯、与田凖一、巽聖歌、岡田泰三の赤い鳥童謡会会員を中心とした10人である。

『乳樹』創刊後の1931（昭和6）年1月には、休刊していた『赤い鳥』が復刊する。だが、『乳樹』同人たちは、復刊『赤い鳥』に作品を投稿しないことを申し合わせる。大家たちを否定して童謡革新を目指そうとした同人たちの覚悟が、『赤い鳥』への投稿から離れることを決意させたのである。

『赤い鳥』への投稿から離れたものの、白秋との子弟関係はその後も大事にされた。巽聖歌は、1931年に童謡集『雪と驢馬』を出版する。白秋門下が出す初めての童謡集であった。白秋は『雪と驢馬』に序文を書き、「ほれ、これが卒業証書だよ。もうどこへでも、自由に書いてよろしい。ただし、自分の作品には、自分で責任を持て」と聖歌に告げた（巽聖歌「鈴木三重吉先生の一面」）という。

白秋がその弟子たちを膝下に収めて創設した赤い鳥童謡会は、童謡という詩の新しいジャンルの形成期に、白秋を中心に『赤い鳥』の童謡の確立を目指しながら童謡とは何かを追究した団体だったといえよう。　（加藤理）

［参考文献］

藤田圭雄（1871）『日本童謡史Ｉ』（あかね書房）、畑中圭一（2007）『日本の童謡——誕生から九〇年の歩み』（平凡社）、日本児童文学者協会『日本児童文学』第17巻第10号（1971・10）

自由画大展覧会

●自由画大展覧会の概要

自由画大展覧会（以下、同展覧会）とは、赤い鳥社主催で1925（大正14）年4月5日から4月30日まで、四谷区番衆町（現・新宿区新宿5丁目）の新宿園にて開催されていた、自由画展覧会の名称である。

作品は『赤い鳥』（1925・3〜4）誌上で「自由画大展覧会作品募集」と題して、「赤い鳥が率先的に奨励し開発して来た、重大な新文化運動の一つ」である自由画の「芸術的歓喜と、教育上の効果」が認められてきたことを受け、「日本の全領土の小学校生徒」「海外に育ちつゝある、日本の児童」「そのほかすべての方面の少年少女」から応募を募った。使用可能な画材は「水彩画、クレイヨン画、鉛筆画」のみで、審査は「五大名家」（石井鶴三、長原孝太郎、山本鼎、木村荘八、清水良雄。のち平福百穂が加わる）が担当し、「陳列の方式は、この運動の第一人者的権威たる山本鼎先生に直接指令を乞い「自由画展覧会なるものゝの模範」が目指された。

賞品は「赤い鳥社の係る限り、すべての下俗を拒けて、単に審査員諸氏の記名ある賞状にそへて、赤い鳥が特製する記念賞牌だけを贈呈」した。清水良雄が図案を、製型を朝倉文夫が担当した賞牌は、一等（1名）が金製、二等（2名）が銀製、三等（3名）が赤銅製、四等（5名）が白銅製、五等（10名）が銅製であった。

応募数は「日本全領土及び海外各地」から約2万点に上り、うち378点が優秀作に選ばれた。

山本鼎は、子供の「チャーミングな自然観」と「自由活達な表現力」の「生長」を促す「自由画」の普及と臨本の廃止を主張して

いた（「自由画普及の要点」『中央公論』（1920.7.15））。

一方、『赤い鳥』は1920（大正9）年1月に「子供の自由画は、多くの場合に於て、殆独創と驚異そのものとの表出といふべき、一箇の独立した純芸術品」（鈴木三重吉「自由画の募集について」）であると述べ、自由画を掲載して以降、自由画を募集し続け、鼎は誌上で選評を行うとともに、父兄に宛てて自由画教育論を展開している。

つまり、同展覧会は、自由画の普及を望む鼎と、「純芸術品」を提供したい三重吉の思惑が合致した催しであった。

●三重吉と箱根土地

三重吉の書簡によると、「建物その他の設備の費用は新宿園といふ子供の遊園が持つてくれ同園内で開催、広告費の三千円を「女性」のロハ顧問のお礼の意味か、中山太陽堂が持つてくれました、私方は三四百円使つたのみです」（1925・5・30 小池忩宛）とあり、同展覧会の経費のほとんどは新宿園と中山太陽堂が受け持った。

新宿園は、箱根土地株式会社（後のコクド、現・プリンスホテル、西武グループ）（以下箱根土地）が1924（大正13）年9月に開園した児童向けの遊園地である。当時箱根土地と三重吉との間には少女を中心とした児童劇学校設立の計画で関係があり、同展覧会への援助はその延長であったと考えられる。児童劇学校計画は新宿園の経営難で頓挫するが、同展覧会では設備費以外でも積極的に援助していた。

展示された自由画に対して人気投票を行い、一等から三等の絵の作者には賞品（プラトンシャープ鉛筆と『赤い鳥』本誌）を、審査による一等と人気投票による一等に選出された生徒の学校へは図書券を贈っている。自由画の出品者には新宿園の無料入場券が配られ、同展覧会の会期中の4月10日〜20日までを新宿園の「赤い鳥デイ」とし、期間中の入場

者先着一千名に『赤い鳥』を贈呈している。該当号（1925・5）の表紙には、「新宿園みやげ」と書かれており、『赤い鳥』側でも両者のタイアップが意識されていた。

●三重吉と中山太陽堂

同展覧会の広告費を持ったとされる中山太陽堂は、大阪に本社を持つ、クラブ洗粉やクラブ歯磨で知られる化粧品会社である。同社は1919（大正8）年に「プラトン」ブランドで知られる日本文具製造株式会社を、1922（大正11）年に出版社のプラトン社を設立、同年5月から雑誌『女性』を、1923（大正12）年12月から『苦楽』を発行した。『赤い鳥』に1919年1月から広告を載せているほか、1921（大正10）年9月に『赤い鳥』誌上で同社主催の童話劇脚本懸賞を行っており、『赤い鳥』とは長きに亘る関係があった。

また、三重吉個人も『女性』の顧問を務めていた。最初は「ノミナル（名ばかり一筆者）な顧問」で「主として小山内（薫一筆者）君が指揮をして」（1922・6・8 小宮豊隆宛）いたようだが、「「女性」一月号の創作の編集を、例により小山内が引受けてゐるのに、一寸も纏まらない」（1922・9・21 小宮豊隆宛）際に三重吉の案を採用して切り抜けようとしたこともあり、「毎号の計画は私が指図して、きめる」（1924・2・1 中所健二郎宛）ようになっていった。ただし三重吉単独で担当していたのではなく、「ヨミウリの社会部長」と「文芸記者」に「黒幕の中で働いてもらつて」（1925・5・30 小池紊宛）いた。

1928（昭和3）年にプラトン社が巨額の損失を出して『女性』『苦楽』両誌を廃刊した際も、三重吉は「せめて女性だけは別人の名義で続刊させたい」と「尽力」（1928・5・1 小宮豊隆宛）している。

三重吉は前述のとおり「中山にアゴで使はれることになるので、一さいお礼を取らない」（1924・6・4 石井いく子宛）代わりに、「「女性」が十二万も売り出した」ときには「顧問の礼として馬を買つて」（1924・6・13 小宮豊隆宛）もらってもいた。新宿園の展覧会の広告費を中山太陽堂が受け持ったのも、その延長であったと考えられる。

●三重吉の志向する「純芸術」と経済の関係

同展覧会は、山本鼎という自由画教育運動の中心人物の全面的な協力と、当時三重吉が結びつきを強くしていた箱根土地および中山太陽堂の経済面での後援により実現した。箱根土地とは児童劇学校建設計画の、中山太陽堂とは『赤い鳥』『女性』両誌を通じての関係であり、三重吉は彼らから支援を引き出しつつ、『赤い鳥』誌上では「下俗」、すなわち賞品という物質的な利益を「新宿園から」と明記し、赤い鳥社と分離させるように配置することで、『赤い鳥』の「真実なる純芸術」（「『赤い鳥』の標榜語」1920・1）性を担保しようとしていた。

しかし三重吉の奮闘は、実を結ばなかった。『女性』廃刊と同時期に『赤い鳥』は2万円近い欠損を出し（1928・3・12 福富高市宛）、1929年3月で休刊を余儀なくされている。三重吉は「純芸術」が経済によってこそ支えられることを知っていながら、経済を活用することができなかった。

同展覧会は、三重吉の志向する「純芸術」と経済問題が、理想的な関係を保って実現した大規模なイベントであり、同時に、その理想的な関係の継続が困難であることを端的に示すものでもあったと言える。　（髙野奈保）

［参考文献］

周東美材（2012）「童心の〈ユートピア〉──鈴木三重吉の児童歌劇学校構想」（『東京音楽大学研究紀要』、2012・12）、髙野奈保（2015）「赤い鳥社主催「自由画大展覧会」と鈴木三重吉──石井鶴三宛三重吉書簡から見えるもの」（『信州大学附属図書館研究』、2015・1）

4
『赤い鳥』の影響

『赤とんぼ』

●創刊者、藤田圭雄

　児童雑誌。A5判の月刊誌で、発行所は実業之日本社。太平洋戦争敗戦の翌1946（昭和21）年に創刊され、同年4月号から、1948（昭和23）年10月号までの31冊が発行された。発行部数は、『日本児童文学大事典』によれば、1947（昭和22）年5月号の時点で3万部（藤田圭雄・記）とある。敗戦直後のこの時期に、『銀河』『子供の広場』などが相次いで創刊され、それらは戦後の「良心的雑誌」などとも称されるが、その中でももっとも早く創刊された。雑誌創刊を主導し、創刊後も編集責任者を務めたのは藤田圭雄で、旧制中学時代に『赤い鳥』を愛読、童謡を投稿し、掲載されたりもした。そして、同級生の滝沢修（のち新劇俳優）らと回覧雑誌を発行、この誌名が「赤とんぼ」であった。新しい児童雑誌を創刊するにあたって、『赤い鳥』を目標にしつつ、藤田は自身の雑誌発行の原点ともいうべきこの名を、誌名に選んだ。そうした想いは、創刊の辞の「大正の頃鈴木三重吉氏によって主唱された赤い鳥の運動をわれわれはまだ昨日のことのやうに覚えている。われわれの今度の仕事を通じて子供の世界にもう一度輝かしい文芸復興の時が将来されたならその喜びは限りない」という言葉に表現されている。

　その藤田は元々は中央公論社の社員だったが、同社からの児童雑誌発行が叶えられず、実業之日本社に移籍して創刊が実現した。しかし、『赤とんぼ』の編集にあたっては、中央公論社時代の人脈が大きな支えとなり、それは編集顧問として、大佛次郎、川端康成、岸田國士、豊島与志雄、野上彌生子が名を連ねていることにも表れている。

●誌面の構成と内容

　ページ数は最大で80、最小で48、平均約60ページという限定された誌面の中で、童話や童謡、ノンフィクション、そして投稿欄として児童の綴方や詩が掲載された。

　誌面の中心はやはり童話だが、この作品によって『赤とんぼ』の名が歴史に残っているといっても過言ではないのが、竹山道雄の「ビルマの竪琴」である。1947年3月号に第1回が掲載され、その後同年9月号から1948年2月号まで7回にわたって掲載され、同年3月には早くも中央公論社から単行本として出版された。壺井栄の『二十四の瞳』と共に、児童文学という枠を越えて日本人の戦争体験を問い直す、言わば国民文学としてベストセラーとなり、1956（昭和31）年には市川崑監督によって映画化され、さらに反響を呼んだ。この作品の掲載に当たって、当時はGHQによる検閲が行われていたが、戦闘場面のあることなどからいったん掲載が不許可となったものを、藤田が交渉して掲載許可を勝ち取ったエピソードはよく知られている。この作品は、『赤とんぼ』においてほぼ唯一の連載作品といってよく、ほかには創刊号から開始されたケストナーの「飛ぶ教室」の高橋健二による翻訳の連載があったが、10回まで続いたところで翻訳権の問題で連載が打ち切られた。このほかは、ほとんどが単発の作品で、数え方にもよるが、翻案的なものも含め、60点近い童話が掲載されている。

　中でもっとも注目されるのは、青木茂の「三太物語」で、1946年8月号に載った「かっぱの三太」を皮切りに、4篇が連作のような形で掲載された。後にこの作品は、ラジオ放送で人気を博し、映画化もされた。

　これらも含め、童話作品は、（1）生活童話的なもの、（2）（1）と重なりつつ、より小説的な雰囲気のもの、（3）メルヘン的なもの、（4）外国作品からの翻訳・翻案の4種類に大別される。生活童話的な作品としては、塚原

健二郎の「たらい」、川崎大治の「金庫大尽」、関英雄の「お化けものがたり」、岡本良雄の「ディオゲネースの家」、さらには木内高音の「建設列車」などがあげられる。中央公論社で藤田の先輩でもあった木内は、元々は赤い鳥社の社員として三重吉を助け、同誌に多くの作品を掲載しており、藤田にとって相談役的な立場だったと思われる。木内は7作品を寄せており、1回か2回の登場がほとんどの書き手の中で例外的な存在である。

生活童話と重なりつつ、より小説的なモチーフを感じさせる作品としては、百田宗治「南京のうちわ」、草野心平「さようなら」などに加えて、壺井栄の「ヤッチャン」「赤い頭巾」が印象に残る。また、メルヘン的な作品としては、椋鳩十の「山男と子供」、野上彰「光ちゃん」、山室静「引越しの晩」などがあげられる。4つめの翻訳・翻案としては、中国の説話を題材にした実藤恵秀の作品、中里恒子訳によるフランスの作品、神西清訳によるソビエトの作品などがある。また、野上彌生子による狂言「ぶす・伯母が酒」など、日本の古典の再話も試みられている。これらのジャンルは偏ることなくバランスよく配置され、限られた誌面の中でノンフィクションやコラムも含めた多彩な構成となっている。

また、同時期の雑誌の中では、童謡・詩が多く掲載されている点も目立っており95編を数える。この分野を代表するのはサトウ・ハチローで、46年6月号から終刊号までほぼ毎号28編の童謡を発表し、これらはすべて作曲され（内26編は高木東六による）、その曲譜が掲載された。この他に、童話の作者でもあった野上彰、『赤い鳥』出身の与田準一と異聖歌、さらには阪本越郎、江口榛一などがあげられ、藤田自身も数編の詩を掲載している。

以上のような童話・童謡作品に加えて、創刊号で「戦争の間、きまりきつたことを無理に書かされて来たあなた方ですが、今度は思ひ切りのびのびと、何でもすきなことを自由に表現して下さい」と綴方の募集が広告され、

第3号から、川端康成の選で約130編の児童作品が掲載された。中でも度々掲載された新潟県の山本映佑の綴方は、49年に『風の子』として実業之日本社から出版され、同年山本嘉次郎監督によって映画化された。

なお、表紙絵については、全冊を通じて無名の新人出開美千子が登用されたが、挿絵では村山知義、茂田井武、長沢節、三岸節子、そして「三太物語」の挿絵を担当した清水崑といった多彩な顔触れが並んでいる。

創刊も同時期の児童雑誌に先駆けた本誌だが終刊も他誌以上に早かった。これは当時の出版事情の困難さという背景とは別に、中央公論社が児童雑誌『少年少女』を1948年2月に創刊し、藤田がその編集責任者を引き受けざるをえなかった事情による。最後の1948年10月号のみ編集長交替の形で発行されたが事実上藤田の退社とともに終刊となった。

●作品の現代的意義

本誌も含めこの時期の児童文学作品については、大正期以来の童話伝統を払しょくしきれておらず、戦後の新しい時代の子どもたちのエネルギーを受けとめられなかったとして、その後の現代児童文学出発を担った書き手たちからは批判されたが、例えば木内高音の「建設列車」などには現代児童文学のリアリズム作品に通じる子どもたちの姿が、また山室静の「引越しの晩」にはファンタジーへの可能性が感じ取られ、本誌を含めたこの時期の作品について、今後さらにていねいに見ていくことが求められる。

なお、2010（平成22）年に大空社から複刻版が刊行され、別巻の『児童雑誌『赤とんぼ』のすべて』は格好の研究資料である。また、1959（昭和34）年に刊行された『新選日本児童文学③現代編』（小峰書店）には、藤田圭雄による「『赤とんぼ』の創刊から『少年少女』の廃刊まで」や、藤田も参加している座談会が収録され、貴重な証言となっている。　　　　　　　　　　　（藤田のぼる）

『金の船（金の星）』

『赤い鳥』発刊から1年4か月後の1919（大正8）年11月、斎藤佐次郎編集、島崎藤村、有島生馬の監修によってキンノツノ社から創刊された『金の船』は、途中、1922（大正11）年6月号から誌名を『金の星』に変え、1929（昭和4）年7月まで全116冊を発行した。『赤い鳥』に続いて出版された『おとぎの世界』『こども雑誌』『金の船』『童話』を含めた五誌は、大正期の児童雑誌を代表するものであり、中でも『金の船』は鈴木三重吉に「赤い鳥のマネ雑誌」と皮肉られるほどの存在感と知名度の高さを持っていた。

●斎藤佐次郎の発刊への想い

編集人であり実質的な発行人であった斎藤佐次郎は、『赤い鳥』を初めて手にした時「従来の少年少女の雑誌にない新鮮な印象を受け」「文壇の有名作家による童話と童謡がたくさん載っており、表紙の絵や挿絵も、これまでの雑誌のものとは異なって芸術的であった」（斎藤佐次郎『斎藤佐次郎・児童文学史』、p.32）と感じ、自らの雑誌創刊を決意するきっかけとして、『赤い鳥』に掲載された鈴木三重吉の「一本足の兵隊」を挙げている。これはアンデルセン童話「一本足の錫の兵隊」の再話であるが、「人生味にふれた童話に非常に感銘し」「こういう雑誌ならやってみたいと思った」（斎藤前掲書、p.33）という。しかし斎藤は「此の尊敬すべき新運動はこどもの読物の詩的、芸術的方面を十分に開拓しました。しかし、惜しむらくはこどもに無くてはならぬ道徳的、教訓的方面を閑却してゐる傾がある」（斎藤前掲書、p.88）と考えていた。『赤い鳥』も高い芸術性をとおした道徳的教訓的方面について考えていたが、それは親や教師等をとおした間接的教育方法であ

ったのに対し、斎藤はストレートに子どもに届けられるあり方を考え、道徳的教訓的要素を入れながらも、真に子どもの側に立った、子どものための雑誌作りを目指した。そのために、読み物の内容をできるだけ子どもらしい物にしたり、子どもの持っている言葉で書いたり、雑誌の体裁も子どもらしさを意識して組まれた。

●『赤い鳥』に対抗する作家たちの集結

道徳的教訓的要素を不可欠としながらも、同時に芸術性も内包するため、『赤い鳥』に匹敵する作家たちが整えられた。童話では沖野岩三郎、楠山正雄のほか斎藤自身が三宅房子の名で書くとともに、島崎藤村や志賀直哉などの文壇作家からも寄稿された。また、名作童話と呼ばれる作品も多く連載され、「世界名作童話号アンデルセン号」「グリム号」などの特集も組まれている。当時の雑誌において大きな柱である童謡では、詩人の若山牧水、西條八十のほか、西條から紹介された野口雨情の童謡がもっとも多く、「十五夜お月さん」「七つの子」「青い目の人形」など130編以上が掲載されている。作曲家としては、野口と組んで多くの童謡を発表した本居長世のほか、中山晋平や山田耕筰らのものもある。また、作家だけでなく、その雑誌のイメージに直結する重要な要素となる表紙絵・口絵・挿絵を描く画家としては、岡本帰一が創刊号から2年3か月の間すべての絵を手掛け、1923（大正12）年に寺内万治郎が加わり、中心的に活躍した。

●内容の特徴

児童文学史の視点から見た『金の船』の特徴の中で注目されるのは、『赤い鳥』に先立って行われた子どもの自由画の募集である。その中心人物となる山本鼎は、版画美術の運動を精力的に展開する一方で、それまで学校で行われていた手本を丸写しするという文部省の指導方法を否定し、子どもに実物を観察

させ、そこから感じたものを自由に描かせる自由画教育運動を積極的に推し進めた。『金の船』で自由画の選者を引き受けた山本は、1919年11月の創刊号に自由画募集の文章と自由画の見本となる子どもの絵を載せた。「子供の自由画を募る」と題されたその文章において、子どもに対しては「自由画、といふのは、お手本や、雑誌の画なんかを見て、描いたものでない画のことです。君たちが、かつてに描いた画のことです。ですから、（中略）なんでも、君たちの好きなものを、かつてに描いてごらんなさい」と呼びかけ、大人に対しては「大人に美術がある如く子供にも美術がある筈です。子供の美術は彼れの眼と手によつて自然から直接に捉へられた、そのものです」（斎藤前掲書、p.69）と訴えている。その後、『赤い鳥』でも山本を選者に迎え、1920年1月から自由画の募集を始める。

　『金の船』の内容の特徴は、道徳的教訓的側面を入れていくという、『赤い鳥』とは異なる編集方針からもあらわれてくる。例えば、斎藤が雑誌創刊の決意を固めたアンデルセン童話の掲載状況を見ると、『赤い鳥』では情操性豊かな作品、『金の船』では、教訓性の強い作品が取り上げられている。

　アンデルセン童話156編中で芸術性・情操性が高く評価されるのは前期の作品が多く、中後期の作品には教訓的要素が強いものが多い。その中で、『赤い鳥』には「ナイチンゲール」「モミの木」などの前期の作品が数多く取り上げられ、『金の船』には「まぬけのハンス」「パンを踏んだ娘」など中後期の作品まで幅広く選択されている。両方の雑誌で取り上げられているのは、「火打箱」「親指姫」「マッチ売りの少女」の前期の3編のみである。

●児童雑誌黄金期の終焉

　大正期の児童雑誌を代表する五誌の中で、昭和に入るまで継続したのが『赤い鳥』と『金の星』であった。1923年9月の関東大震災の打撃と、安い値段で全集を大量販売する「円本時代」をくぐり抜けたものの、それに続く日本経済の金融恐慌による大不況時代になると、どちらも生き残ることはできず、『赤い鳥』は1929年3月で一時休刊となり、『金の星』は1929年7月に廃刊となる。その前年の1928年4月に第100号を発行した時、同誌の「編集室より」欄には、「『金の星』も百号を一期として、四月号からは御覧の通り、編集の方針を大分改めました。大人びた文学趣味はさけて、あくまでも、少年少女の皆さんの本当の親しいお友達となつて行こうとつとめています」と書かれ、創刊当初に目指した、真に子どもの側に立った、子どものための雑誌に立ち戻ろうとする姿勢が見える。

　しかし、『金の星』の編集は、この第100号をもって斎藤佐次郎から南達彦（三井信衛）に委任され、誌名も『少年少女　金の星』となる。そこでは南独自の編集方針で進められたが、状況が好転することはなく、そのまま廃刊となったのである。斎藤は自身最後の編集となる第100号で「最早、童話と童謡の時代は過ぎたのでありませぬか。たしかに、一時の振興児童芸術としての活気ある時代は過ぎてゐます。そのかわり広く行きわたつて盛んに読まれ歌はれてどんな少年少女にも、喜ばれ楽しまれてゐます。童話、童謡の雑誌は、たしかに使命をはたした事を信じます。「金の星」もまた、その中で一つの相当の仕事をして来た事を信じます」と記している。

（北川公美子）

［参考文献］

　斎藤佐次郎著・宮崎芳彦編（1996）『斎藤佐次郎・児童文学史』（金の星社）、北川公美子（2001）「大正期のアンデルセン童話（2）——斎藤佐次郎と「金の船」＝「金の星」」『アンデルセン研究』19号、田中卓也（2006）「近代児童雑誌における読者の研究——『金の船』を中心に」『教育学研究紀要』52号

『乳樹（チチノキ）』

童謡同人誌。1930（昭和5）年3月〜1935（昭和10）年5月。乳樹社。不定期刊行で全19冊。編集兼発行者与田準一。1930年3月（第1巻第1号）より1930年7月（第1巻第4号）までは誌名を「乳樹」と表記したが、以降は「チチノキ」に変更。1930年3月（第1巻第1号）より1930年7月（第1巻第4号）まで表紙装幀を恩地孝四郎が担当した。

創刊時の同人は、有賀連、海達貴文、日下部梅子、多胡羊歯、巽聖歌、田中善徳、藤井樹郎、柳曠、与田準一、岡田泰三の10人であった。他に社友として柴野民三、周郷博ら40人以上が名を連ねている。その後同人数は増減しながら、終刊時は25人であった。1931（昭和6）年10月以降は新美南吉も同人として参加し、編集にも携わっていた。

『乳樹』の母体となった雑誌が、『赤い鳥』投稿童謡欄で活躍していた多胡羊歯、佐藤義美、福井研介、藤井樹郎、巽聖歌、与田準一の6人による手書きの回覧雑誌『棕梠（欄）』であり、1927（昭和2）年から1928（昭和3）年にかけて発行されていたことが確認されている。その後同メンバーを中心とした1928年4月の赤い鳥童謡会の結成を経て、『乳樹』が創刊された。そうした経緯が示すように、『乳樹』は、白秋を師と仰ぐ若き童謡詩人たちによる童謡創作と評論の発表を主たる活動とした雑誌であった。

●目標・理念

『乳樹』の理念は白秋の理念を保持しつつ、芸術性の高い新たな童謡を確立することにあった。創刊号の巻頭には白秋の「乳樹の言葉」が掲げられ、その後もしばしば白秋の作品が巻頭を飾っていることが示すように、彼らは白秋の童心の理念を継承しつつ、通俗化

した大正期童謡を刷新すべく、芸術性の高い新たな童謡を積極的に模索した。そうした姿勢は、与田が創刊号に寄せた評論にも示されている。「最早過去の狭少なる圏内にのみ踏み止まるべきでない。童謡に就いて謂ふならばかの小児病的趣味に止まるべきでない。伝唱童謡の延長敷衍からの所謂童謡らしいセンティメンタルに止まるべきでない。盲目的な童心歓喜の涙に惑溺すべきでない。其処から歩を進めて新しい時代の情操へ開拓して行かなければならない。彼の偏知主義の反動に依る甘味なる情操から——近代の明澄な新情操へ。」（与田「新しい情操へ」第1巻第1号、1930・3、p.7）。与田と共に中心的存在であった巽も、「今、童謡には、三つの暗い影がまつはりついてゐる。」と述べ、「ジャアナリズム童謡」「明治唱歌の焼き直しである教育童謡」「芸術派を称する古典趣味童謡」を「童謡の本質を忘れたこの三つの亜流」として否定し、「現在の童謡を離れて、本質的な童謡精神と結合し、童謡の価値を他の芸術価値と対等にすること」（巽「発足の途上にて」第1巻第1号、1930・3、p.9）を強く主張した。そうした中で時代に即した新たな童謡の発展が目指された。

●多岐にわたる活動

『乳樹』の活動の中心は童謡の創作であったが、それ以外にも評論活動、海外童謡の翻訳紹介（ミルン、ミハイロフ等）、地方伝承童謡の蒐録、地方伝承譚の蒐録、幼児の言動の蒐録等多岐にわたっている。

童謡創作に関しては、近代的な景物や都会生活を歌った近代主義的な童謡を積極的に発表したことに加え、周郷博らによるプロレタリア童謡に代表される社会派の童謡にも前向きな姿勢をみせていた点が注目される。

『乳樹』発行中に出版された同人の童謡集として、巽聖歌『雪と驢馬』（アルス、1931）、多胡羊歯『くらら咲く頃』（アルス、1932）、与田『旗・蜂・雲』（アルス、1933）の3冊

があり、いずれも高い完成度をみせている。

●意義

　『乳樹』の意義として特筆されるのが、同時代の時代思潮、文壇状況に敏感に反応し、高い芸術性を獲得した点である。特に与田、巽、藤井は停滞期にあった大正期童謡を刷新すべく積極的に童謡論を展開した。中でも当時の詩壇の動きに連動し、モダニズムの潮流を積極的に取りこんだ点が注目される。そうした意識は第1巻第3号（1930・5）の表紙に「近代主義童謡と主張」と明記されている点にもうかがえるが、中でも積極的に主張したのが藤井であった。藤井は、「童謡の抒情詩としての価値の確立は浮薄なる感傷主義への復帰ではない」とし、「超現実的な美感の中に私は新童謡の展開を予想する。而して一面レアリズムからモダニズムへの開現の中に、童心に感興をよせざる素材が漸次清算されてゆくことと思ふ。」（「童心への還元」第1巻第2号、1930・4、p.15）と主張した。こうした意識はある程度同人間で共有され、近代的都会的な題材（ロケット、デパートメント、機械美等）や、モダニズムの技法を取りこんだ斬新なスタイルの童謡が積極的に創作されることとなった。中でも与田は、モダニズムを取りこんだ文学性の高い童謡を積極的に発表し、代表作の一つである「病気」（与田準一、第1巻第2号、1930・4）は、斬新な見立てによる比喩表現等を用い、高い文学性と完成度をみせている。

　また白秋の理念を継承しつつ、童心の理念の捉え直しをはかった点も注目される。「私達は屢々「叡智」といふ言葉を使つた。これは「近代童心」といふ語に改められてもいい。童心─叡智だからである。ただ、私達の再提言する「童心」は在来の慣習語としての「童心」とは、根本から意味を異にしてゐるので、便宜上の代名詞を以つて「叡智」とする。（中略）私達の思惟の範疇に於ける童心は、今日の童心であつて、明日の童心をも発生せしむ

るところの童心である。」（巽「叡智主義提言」第1巻第3号、1930・5、p8）といった発言は創刊当初より繰り返されており、「児童文学に於て『童心』といふことが興隆当初は、一種の絶対随喜の言ふとして、児童文学を語り論ずる限りに於て、殊に童謡の分野ではしばしば重要な論旨論点となつた。しかし今日の僕等にとつては、些少の魅力をも持たなくなつたのは何故か。（中略）今日の純粋な児童文学の立場からはその児童心理の本質とか、機能とかについての、論理的な裏付けを持たないといふ点で、甚しく失望を感じられてきたからではないか。（中略）児童心理の機能作用と、その対象としての社会生活の根拠から、新しい児童文学の理論がたて直さるべき今日であることを痛感せずにはをれない。」（与田「真空管─3─」第十三冊、1932・5、p.8）といった与田の発言が代表するように、次第に現実の子どものリアルな生活を描くことを目指し、児童心理へと目をむけていった。

　こうした『乳樹』の活動は後に、「日本の近代児童文学運動史上、児童文学の芸術性をもっとも純粋に追求した運動」（菅忠道『日本の児童文学1総論（増補改訂版）』（大月書店、1966・5、p.195）とも評されるものであり、昭和初期の童謡壇の発展に大きく寄与するものであった。その一方で、強い文学性志向は、結果的に子ども離れの事態を招いてしまった感も否めない。　　　　（大木葉子）

［参考文献］

上笙一郎（1965）「『赤い鳥』出身の童謡詩人──赤い鳥童謡会から『チチノキ』へ」（『赤い鳥研究』小峰書店）、菅忠道（1966）『日本の児童文学1総論（増補改訂版）』（大月書店）、藤田圭雄（1984）『日本童謡史Ⅱ』（あかね書房）、畑中圭一（1990）『童謡論の系譜』（東京書籍）、青木文美（2002）「《新資料紹介》回覧雑誌「棕梠（欄）」」（『愛知淑徳大学国語国文』25号）、畑中圭一（2007）『日本の童謡──誕生から九〇年の歩み』（平凡社）

『童話』

● 『童話』創刊まで

『童話』は、コドモ社から1920（大正9）年4月に創刊された童話童謡雑誌で、1926（大正15）年7月の終刊まで75冊が刊行された。判型はB5判で、創刊号の頁数は80頁、価格は20銭（最終号は40銭）であった。

発行元のコドモ社は木元平太郎が創業した出版社で、『童話』の刊行に先駆けて、幼児向け絵雑誌『コドモ』（1914創刊）と小学生中級向け童話雑誌『良友』（1916創刊）を刊行していた。『童話』は、『良友』よりも上級の小学生読者を想定していたようだ。

『金の船』を手がけた斎藤佐次郎は「『金の船』『金の星』の思い出話」で（鳥越等編、1959）、「「良友」は読物と言い、絵と言い、全くこれまでにない形式の児童雑誌」であり、「「赤い鳥」の創刊は、恐らく「良友」の成功が大きな刺激であった」（p.350）と、『良友』を高く評価している。

『赤い鳥』の創刊から1年10か月後に創刊された『童話』は、『コドモ』および『良友』の延長線上に位置付けられるものであり、『赤い鳥』を模倣した類似雑誌とは一線を画すものであった。

ただし、『赤い鳥』の創刊は、『童話』の構想に影響を及ぼしたようだ。1917（大正6）年にコドモ社に入社し、創刊号から1924（大正13）年5月まで『童話』の編集に携わった千葉省三は「あのころのこと」（鳥越ほか編、1959）で、『赤い鳥』の創刊に触発され、①創作童話の重視、②童話童謡の新人作家の登用、③郷土性のある童話童謡の尊重、を方針に『童話』を編集したと回想している。

● 『童話』の特徴

『童話』の特徴について、①読み物、②童話劇、③童謡、④童画、⑤投稿、の観点から整理したい。

まずは、読み物であるが、創刊当初は創作童話の書き手が確保できず、相馬泰三『桃太郎の妹』（植竹書院、1914）を転載するなど、説話系の読み物が少なからず掲載されていた。やがて、千葉省三自らが郷土童話と幼年童話を手がけ、創作童話を開拓していく。

郷土童話は、「拾つた神様」（1920・10）あたりから模索が始まり、「虎ちやんの日記」（1925・9〜10）によって確立をみる。

幼年童話は、「ワンワンのお話」（1923・4）から始まる「ワンワンものがたり」シリーズのようなナンセンシカルな作品を『童話』と『良友』で手がけた。

両ジャンルは『童話』を特徴付ける創作童話であった。鳥越信は「雑誌「童話」の特色」で（関・鳥越編、1982）、「こうして千

『童話』終刊後の千葉省三の軌跡

『童話』終刊後、千葉省三（1892〜1975）は1928（昭和3）年に、水谷まさる・酒井朝彦・北村寿夫とともに、同人誌『童話文学』を創刊し、「鷹の巣とり」などの郷土童話を発表する一方、翌年には『童話』の常連投稿者であった関英雄などと「童の会」にて交流を深めた。『童話文学』休刊中には、後に映画化された「陸奥の嵐」を『少女倶楽部』（1932・1〜12）に発表するなど、大日本雄弁会講談社で大衆読み物を発表した。

童謡詩人・金子みすゞ

金子みすゞ（1903〜1930、本名・テル）は、『童話』（1923・9）に投稿した童謡「お魚」と「打出の小槌」が選者の西條八十に認められて以降、常連投稿家として活躍した。「童謡作家の素質として最も貴いイマジネーションの飛躍がある」（1924・1）のように、高い評価を得ていたのだが、夫に創作を禁じられるなど、失意のうちに命を絶つ。その生涯については、矢崎節夫『童謡詩人金子みすゞの生涯』（JULA出版局、1993）に詳しい。

61

葉省三が、「童話」の中心的執筆者として、新しいタイプの幼年童話と、はじめて生きた子どもをリアルに活躍させた村童ものの出現によって、比類ない個性的な作品世界を確立させたことで、雑誌「童話」もまた、「赤い鳥」などとは一味も二味もちがった個性と特色を持つに至った」(p.16)と指摘している。

ほかには、千葉省三「無人島漂流記」(1926・4〜6)のような大衆読み物が目を惹く。創刊号に掲載された「みなさまに」で、「童話は最も自由な最も生々しい隅から隅まで面白いお話ばつかりで出来てゐる雑誌です」と述べているように、「面白さ」を重視しているところに『赤い鳥』との差異化戦略が指摘できる。実際、特集「探偵奇談号」(1923・9)を組むなど、森下雨村(佐川春風)や西條八十などの探偵小説が散見される。

次に、童話劇についてであるが、冨田博之「雑誌「童話」の童話劇」(関・鳥越編、1982)によれば、『赤い鳥』と同数の童話劇が掲載されているという。実際、「童話劇号」が1922(大正11)年12月号および1925(大正14)年11月号で特集されている。

童謡については、当初は「めえめえ児山羊」(1921・4)などを作詞した新人の藤森秀夫を登用していたが、『赤い鳥』に不満を持っていた西條八十を迎え入れる。八十の童謡が1922年4月号から巻頭に掲載されるようになり、『童話』は童謡雑誌として脚光を浴びた。藤田圭雄「雑誌「童話」の童謡と音楽」(関・鳥越編、1982)によれば、八十の童謡の発表数は、『赤い鳥』の42編に対して、『童話』では73編を数え、「日本的抒情を象徴詩の手法で生かそうとした」(p.33)ところに特徴が認められるという。

童画については、創刊号で口絵を担当し、次号の1920年5月号からは表紙絵も担当するようになった川上四郎が人気を博した。柴野民三は「雑誌「童話」の絵画」(関・鳥越編、1982)で、「「童話」を廃刊まで購読したのは、川上四郎先生の絵にひかれたからだといって

も過言ではない」(p.44)と回想している。川上はコドモ社時代に『コドモ』と『良友』の絵画部を担当し、1919(大正8)年に退社したものの、『童話』にも全面協力した。

最後に、投稿についてであるが、自らも投稿者であった関英雄が「大正期の児童文学」(鳥越ほか編、1959)で指摘しているように、「投稿童話欄の活気は、『赤い鳥』以上だった」(p.326)という。童話欄に限らず、八十が選者になってからの童謡欄も充実しており、アララギ派の歌人でもあった島田忠夫や金子みすゞなどの童謡詩人が輩出した。

● 『童話』と現代児童文学

『童話』は、編集者兼作家として同誌を支えた千葉省三とともに、現代児童文学が成立する1959(昭和34)年から1960(昭和35)年にかけて再評価された雑誌である。

鳥越信「解説」(鳥越ほか編、1959)では、小川未明の童話をテーマがネガティブであり、「その内包するエネルギーがアクティヴな方向へ転化していない点で児童文学として失格である」(p.367)とする一方で、千葉省三を「大正期児童文学の一つの頂点を形成する」作家として位置付けている(p.371)。また、『子どもと文学』(中央公論社、1960)でも、小川未明を否定的に評価する一方で、生き生きとした子ども像を提示した省三を高く評価した。

『童話』および千葉省三の再評価は、現代児童文学の理念と連動しながら形成された歴史的産物である。今後は、このような現代児童文学史観の相対化も含めて検討することが期待される。　　　　　　　　　　(目黒強)

[参考文献]

鳥越信ほか編(1959)『新選日本児童文学1 大正編』(小峰書店)、関英雄・鳥越信編(1982)『雑誌「童話」復刻版別冊《解説・執筆者一覧》』(岩崎書店)、皆川美恵子・松山雅子(1986)『宮沢賢治・千葉省三』(大日本図書)

『びわの実学校』

●創刊まで

『びわの実学校』は、1963（昭和38）年、昭和の『赤い鳥』たらんことを願い、坪田譲治が主宰し、創刊した童話雑誌である。

坪田譲治は、『赤い鳥』後期にもっとも活躍した作家と言われ、1931（昭和6）年、第2次『赤い鳥』刊行後、同誌に精力的に執筆した。坪田は、昭和初期、児童文学の新時代を築いたと称され、小川未明、浜田広介と並んで「児童文学界の三種の神器」と呼ばれた。

坪田は、1954（昭和29）年刊行の『坪田譲治全集』全8巻（新潮社）により、翌年、芸術院賞を受賞。そして、1963（昭和38）年には日本芸術院会員となった。坪田は、この栄誉を童話を志す後輩に分かち与えたいと考え、私財をさき、鈴木三重吉が『赤い鳥』によって多くの作家を世に出した例にならって『びわの実学校』を創刊した。

坪田は、随筆「『びわの実学校』創刊まで」に次のように記している。

> 先師鈴木三重吉が出した童話雑誌『赤い鳥』は大正から昭和へかけ、二十年もつづきました。そして、童話と童謡と綴方と自由詩と、この四つのものに新風を吹きこみ、わが国の児童文学に、不滅の功績を残しました。しかし、そこで、私も一つというわけには行きません。だれに聞いても、現在、テレビ以上に子供をとらえる魅力をいいあててくれる人は全く一人もありませんでした。それかといって、今、子供のための童話雑誌は、この何千万人か子供のいる広い日本に、ほとんど一つもないのです。（中略）とにかく、面白くてたまらない童話雑誌をつ

くらなければ――思うことは、こればかりでした。（坪田譲治（1978）、p.354）

これ以前より、坪田は、自身の執筆と合わせて、後輩の指導にも力を注いでいた。1951（昭和26）年7月には、「びわの実会」が創立された。「びわの実会」は、早大童話会を卒業した会員が自動的に参加し、また、会員ではなくても早大生ならば誰でも坪田の蔵書を読むことのできる場であった。さらに、1961（昭和36）には、自宅に「びわの実文庫」を開設し、ここを拠点に『びわの実学校』が創刊されることとなる。

ちなみに、名称に用いられた「びわ」の所以は、1953（昭和28）年に坪田が書いた童話「ビハの実」からとった。坪田はかつて自宅にびわを植えたところ、「びわは不吉だ」と言われたが、抜くことに反対し、その後、このびわが坪田邸のシンボルになったことにちなんでいるという。

『びわの実学校』の創刊に関しては、さらにもう一点、坪田にとって大きな意味があったといえる。それは、1950年代に入り若手中心に興った、「童話伝統批判」と呼ばれる一連の流れに対する意思表明である。「童話伝統批判」の先駆けは、1953（昭和28）年の鳥越信、古田足日らを中心とする早大童話会のメンバーが発表した「少年文学宣言」であった。そして、1960（昭和35）年には、石井桃子・いぬいとみこ・瀬田貞二・松居直・渡辺茂雄・鈴木晋一による『子どもと文学』（中央公論社）において、小川、坪田、浜田さらに千葉省三が徹底的に否定された。こうした坪田を含めた、いわゆる児童文学の旧派に押し寄せた大きな波に対し、坪田は、理論で戦うのではなく、子どもが楽しめる魅力的な童話をつくり、子どもに届けるという実践の道をとった。子どもが楽しんでくれるか、否か、そこにこそ自身の童話の評価と価値が表れると考えたのである。『びわの実学校』は、まさにその実践の場であった。

坪田は、『びわの実学校』第42号の「あとがき」で次のように述べている。

　　つまり、この両派（引用者注：鳥越らと石井らを指す）は、現代児童文学の新興勢力なんです。従ってふるいものは、こわされなければなりません。（中略）
　　つまりファンタジーとリアリティーは童話の二つの柱です。それを表と裏の両方から、攻めたてられたわけです。しかし、そうなると、旧派も奮闘せざるを得ません。然し旧派は理論に弱いものですから、作品の方に一生懸命になって対抗しました。

前掲の創刊までの随筆に記された「とにかく、面白くてたまらない童話雑誌をつくらなければ」という坪田の言葉には、こうした児童文学の新たな激しい流れの中に立つ厳しい想いが込められていたといえる。
　このような坪田の想いを受けて、創刊に向けた編集には、関英雄、前川康男、庄野英二、松谷みよ子、今西祐行、大川悦生らの童話作家が編集同人として参集した。そして、1963（昭和38）年10月、『びわの実学校』創刊号は完成した。坪田はその際の想いを、

　　この時が、七十三年の生涯、私の一番うれしい時だったのです。（中略）これから、最後の勇気をふるって、大傑作を書かなければ、そう改めて決心しているところです。（坪田譲治（1978）、p.355）

と後に記している。

● 『びわの実学校』の変遷と功績

『びわの実学校』の創刊号には、椋鳩十、与田準一、宮口しづえなどのベテランに並び、松谷みよ子「モモちゃん動物園へ行く」、佐藤暁「四角い虫の話し」、前川康男「ヤン（連載第1回）」、庄野英二「水の上のカンポン」

などの作品が掲載された。
　第1期は1963年から1986（昭和61）年4月にかけ、隔月で134号刊行された。65号までは坪田が制作費を捻出していたが、66号からは講談社が発売元となり編集作業の一部と制作費を負担した。この第1期の途中、1982（昭和57）年に坪田は死去するが、『赤い鳥』のように主宰者の死をもって終刊されることはなく、その後もほとんどの同人が残留し、坪田の遺志を引き継ぐかたちで刊行された。第2期は、1994（平成6）年2月にかけ季刊で刊行された。
　その後、第3期として、『びわの実学校』の後継誌として、松谷を編集責任者として、今西、前川、あまんきみこ、沖井千代子、砂田弘、高橋健、寺村輝夫、宮川ひろの同人9名によって『びわの実ノート』が1997（平成9）年3月に創刊され、その帯には、「坪田譲治の文学情熱を引き継ぎ、あらたな書き手に舞台を提供する」と記された。『びわの実ノート』は、その後、参加者の高齢化がすすんだこと、坪田のポリシーをリアルタイムで知るものがいなくなったことを理由に、2007年11月、33号をもって終刊した。
　『びわの実学校』は、同人の大部分が早大童話会出身者であったが、坪田はそれ以外にも幅広く若手作家に発表の場を提供した。上掲の数々の現代児童文学に名をはせる童話作家をみても明らかなように、『びわの実学校』が、戦後児童文学史上に遺した功績は大きいといえる。
　　　　　　　　　　　　　　　（松崎行代）

［参考文献］

伊藤かおり（2017）「庄野英二と坪田譲治──雑誌『びわの実学校』を中心に」『帝塚山派文学学会紀要』創刊号、砂田弘（1990）「その生涯と文学」『日本児童文学』第36巻第6号「特集・坪田譲治──生誕百年」（文溪堂）、日本児童文学学会（1988）『児童文学事典』（東京書籍）、坪田譲治（1978）『坪田譲治全集』第12巻（新潮社）

5
『赤い鳥』の編集者

小野　浩
おの　ひろし

●投書家時代

1894（明治27）年6月29日〜1933（昭和8年）10月21日。広島県賀茂郡生まれ。細田民樹「小野浩君のこと」（小野浩『童話　森の初雪』童話春秋社、1940）によれば、細田民樹と大木惇夫とともに文学の回覧雑誌を作ったり、『文章世界』（博文館）の投書家として活躍したりするなど、文学少年として一目置かれる存在であったという。

●『赤い鳥』の編集者として

1917（大正6）年に早稲田大学英文科を卒業後、最初の勤務先であった春陽堂の細田源吉の推薦で、1919（大正8）年4月頃に赤い鳥社に入社したようだ（野口、1994）。1921（大正10）年には創作に専念するため、一時退社しているが、翌年には再入社し、1928（昭和3）年の退社まで『赤い鳥』の編集に長く携わっている。ちなみに、『赤い鳥』に塚原健二郎を登用したのは小野浩であったという（与田準一「塚原さんと『赤い鳥』の小野氏」『日本児童文学』1966・2）。編集者として『赤い鳥』の発展に果たした小野の役割の大きさがうかがえる。

●作家として

作家としては、『新小説』（春陽堂）にて「平凡な恋」（1920・12）などの小説を発表する

一方、「鰐」（『赤い鳥』1922・11）以降、1931（昭和6）年まで、『赤い鳥』に36タイトルの童話を発表している。赤い鳥退社後は、『新青年』（博文館）にて翻訳を手がけた。

単行本としては、『童話　森の初雪』（前掲）と『鬼のゆびわ　小野浩選集』（国民図書刊行会、1948）が没後にまとめられている。『森の初雪』には『赤い鳥』に発表された作品を中心に17本の童話が収録されており、動物を主人公とした因果応報譚が少なくない。『鬼のゆびわ』には『赤い鳥』に発表された9本の民話風の童話が収録されている。

単行本に収録された26本の短編のなかでは、『鬼のゆびわ』所収の「大まごつき」が注目される（初出は『赤い鳥』1926・4）。ノルウェーの昔話『しごとをとりかえたおやじさん』（福音館書店、1974）を彷彿させる同作は、妻と仕事を交替した夫が子育て中の妻の苦労を思い知る姿をコミカルに描いたものだ。大正末年に、性別役割規範を相対化するような作品を発表していたのである。

●今後の研究に向けて

小野浩に関する研究としては、野口（1994）が認められるにすぎない。編集者および童話作家として『赤い鳥』に残した足跡を考えれば、『赤い鳥』研究において小野浩が等閑に付されてきたことは看過できない。今後の研究の進展が待たれる人物である。

（目黒強）

［参考文献］

野口存彌（1994）『大正児童文学』（踏青社）

『日本童話選集』（丸善）

『日本童話選集』（丸善）は、秋田雨雀などの童話作家協会所属会員による年間作品集である。初山滋をはじめとした童画家によって手掛けられた美装本で、1926（大正15）年から1931（昭和6）年までの間に6冊が刊行された。童話作家協会は

1926年に設立された児童文学作家の組織であるが、先行した日本童話協会が口演童話作家を中心とした組織であったのに対して、童話文学作家を中心とした組織であった。小野浩の童話は、第二集（1927）に掲載された「みばりやの七面鳥」をはじめ、計4作品が収録されている。

木内高音
（きうちたかね）

◉略歴

1896（明治29）2月28日～1951（昭和26）年6月7日。作家、編集者。広島県尾道生まれ。父が鉄道技師で小学生時代北海道にも住んでいた。（「熊と車掌」『赤い鳥』1927・3-4の導入部にその時代の体験がうかがえる）。早稲田大学英文科在学中から鈴木三重吉宅に出入りしていた。小島政二郎が「最初に（三重吉宅を）訪問した時いた青年は、二人とも早稲田の学生で、木内高音、藤本勇、それに若い女の人は丹野てい子と言い、いずれも小説家志望だった」と書いている。『赤い鳥』創刊時、大学の夏期休暇中だったこともあり、その発送作業を手伝っている。

大学卒業後赤い鳥社に正式に入社し、営業一般を担当した。1926（大正15）年、社員を辞め小野浩と共に童話原稿を書く部門に専念する。後、中央公論社出版部に入り、三重吉の『綴方読本』（1935）、豊田正子の『綴方教室』（1937）を編集出版した。戦後は、『赤い鳥』精神の再興を掲げて創刊された『赤とんぼ』（中央公論社）に創刊号以下、7作を寄せている。代表作とも言われる「建設列車」（1946・12）もその1つである。童話集に『建設列車』（1947、川流堂書店）、『やんちゃオートバイ』（1949、中央公論社）、『スフィンクス物語』（1949、明日香書房）など。

◉『赤い鳥』掲載作品

木内の作品は、『赤い鳥』1923（大正12）年11月号に掲載された「お耳の薬」を皮切りに、最終刊となる1936（昭和11）年10月号の「修学旅行」まで、全32作が掲載されている。以下、分類しにくい作品もあるが、大きく3種に分けて掲載作を紹介する。

「お耳の薬」はじめ11作は動物や無生物が擬人化されたり、人間が主人公でも家具がしゃべったりといった、いかにもメルヘン調で、幼い子どもに語りかける口調の童話作品となっている。それらの中では「ランプと電気」（1927・10）は、関東大震災後、お役御免になっていたランプが活躍して電気スタンドに見直されるという話で目を引く。

外国童話の翻案らしき作品が12作を占め、舞台も内容も多彩である。原作者名が明記されているのは、「靴屋と悪魔」（1924・10）が「チェホフ」、「水たまり」（1927・8）が「トルストイ」の2作のみである。

そして、木内高音の作品の特徴とされる「社会性ある作品」は、子どもの心理の機微が書き込まれるなど、小説的な趣のある作品も合わせると9作ある。「人形つくりの話」（1927・12）では、人形つくりが、人形を買えない子どもたちの存在と、自分が作った人形が、問屋から貰った10倍もの値段で売られている現実に気づいて呆然としてしまう。この作品が創作だと知った三重吉は「敬礼するよ」と言ったという（木内高音「先生から頂いた教訓」『赤い鳥』最終号）。

「お化け倉の話」（1928・2）は、夜になると倉から聞こえる怪しい声の正体が、震災見舞いとして送られてきた箱の中の毛布やシャツにこもっていた「大ぜいの人々の苦しい労働」のうめき声だったという凝った話。「水菓子屋の要吉」（1928・7）は、再録や言及の多い作品で、菅忠道は「資本主義的生産と消費の矛盾が子どもの生活の実感でとらえられていた」と評している。　　（西山利佳）

［参考文献］

鈴木三重吉・小島政二郎（1998）『［赤い鳥］をつくった鈴木三重吉』（ゆまに書房）、菅忠道（1976）『日本の児童文学　1総論（増補改訂版）』（大月書店）、宮川健郎（2010）「児童文学の建設　木内高音のことなど」（『児童雑誌『赤とんぼ』のすべて　復刻版『赤とんぼ』別巻』大空社）

小島政二郎
こじままさじろう

●鈴木三重吉との関わり

1894（明治27）年1月31日〜1994（平成6）年3月24日。小説家、随筆家、俳人。東京下谷に生まれる。慶應義塾大学文学部卒業。在学中から『三田文学』に作品を発表し注目を集め、特に1916（大正5）年の「オオソグラフイ」で森鷗外に認められたという。卒業後は同大学予科講師として教壇に立ち、やがて本科へ移り1931（昭和6）年まで教員として在職。1923（大正12）年の「一枚看板」（『表現』2月号）で名声を得、翌年に出た第一創作集『含羞』（「三田文学叢書」）以降、作家として定位を持つようになった。代表作『緑の騎士』（文藝春秋社、1927）、『眼中の人』（三田文学出版部、1942）等の長編小説のほか、随筆、古典、俳句にも造詣が深い。

三重吉との接点は、1913（大正2）年頃にまで遡る。当時、『国民新聞』に「桑の実」を執筆していた三重吉が連載第22回目を紛失、所有者は譲って欲しいという記事を出し、それに応じたのが三田の学生であった小島であった。その頃、代々木の初台に住んでいた三重吉を訪ねて両者の交流が始まり、以来小島は毎週のように三重吉の元に通ったと述懐する（「鈴木三重吉」『小島政二郎全集』第3巻収録、日本図書センター、2002）。

●『赤い鳥』の発刊前夜

卒業を控えた1916（大正5）年秋、三重吉に呼び出された小島は、後に春陽堂から刊行される『湖水の女』および「世界童話集」全21巻の企画相談をされ、よい画家はないかとたずねられて清水良雄を想起、やがて本決まりになった。以上の児童出版の実績を足がかりにして三重吉は新童話雑誌の発刊を計画、

津田青楓の人脈で融資も引き出したが、その際自身の編集助手として「意中の人」としたのが小島であった。かくして小島は『赤い鳥』創刊前夜から企画に関わり、三重吉と絶縁して赤い鳥社を去るまで、寄稿家あるいは編集者として、その起ち上げおよび編集に甚大なる役割を担った。

●『赤い鳥』への寄稿と童話執筆の動機

小島は、創刊号に「わるい狐」を、翌月に「鳥の手柄」を寄稿。『赤い鳥』には1921（大正10）年6月までに16作品（連載を含む）を執筆した。その一部は叢書「新しい童話」（春陽堂）全11篇としてまとめられている。

そもそも、小島が童話を執筆するようになった動機は、もちろん三重吉率いる『赤い鳥』運動に関わったことに拠るが、もう一つ、自身巌谷小波のお伽噺を愛読しており、薫陶を受けていたということをたびたび語っている（「小波先生」『風景』6巻10号収録、悠々会、1965）。それゆえか、小島は三重吉の元で童話の執筆・編集に従事しつつ、一方で生涯を賭けてお伽噺の世界を切り拓いて普及させ、その実績があるにも関わらず三重吉が小波を否定、文学における未開の地として「童話」を求めたことを批判的に捉えている。

●小島による代作

最後に、小島による他作家の代作について取り上げておきたい。佐津川修二「『赤い鳥』あれこれ」（「小島政二郎聞書抄（1）」『日本古書通信』438号、1980）は、小島が多くの作家の代作を行っていたことを明かしている。創刊号の徳田秋聲「手づま使」をはじめ、森田草平「鼻きゝ源兵衛」（1巻3号）、高浜虚子「一寸法師」（1巻4〜5号）など、その他多くが自身による代作であったと述べている。

『赤い鳥』における作家・編集者としての小島の位置・役割については、今後さらなる検証・研究が待たれるところであろう。

（遠藤純）

6
『赤い鳥』と教科書

『赤い鳥』と国語教科書

●三重吉と国語教科書

1914（大正3）年8月、鈴木三重吉は『国民新聞』に「悪文教科書」を発表、上田代吉著『国定準拠女子補習読本甲種上巻』の「拙劣な文章」を批判し、次のように記した。

> 教科書の文章は直ちに子女そのものの文章になるのだから、ずゐぶん重大なものである。私は国定教科書もこれから調べて見るつもりである。お伽話でも話し方の下卑た、あばずれたのが多い。世間の父母が存外平気なのに愕かれる。

ここには、「世間に流行してゐる子供の読物」を「下劣」とする『赤い鳥』の「標榜語」の原型ともいえる考えが示されている。「子供の文章の手本」を授けることを目的に掲げた『赤い鳥』の出発点には、当時の国語教科書への批判があったと考えてよいだろう。小宮豊隆は、三重吉の童話の仕事について、「小学読本の改革を思ひ立」（『三重吉童話全集』序）ったと述べているが、三重吉にとって『赤い鳥』は、新しい国語教科書の試みでもあったと、まずは意味づけることができる。

●同時代の教科書・副読本と『赤い鳥』

それでは、『赤い鳥』掲載作品は、同時代に教材として活用されたのだろうか。『赤い鳥』第13巻5号（1924・11）の「赤い鳥附録」の頁には、「赤い鳥叢書」の名のもとに再刊された鈴木三重吉『古事記物語』の紹介文が掲載されているが、その文中に「慶應義塾の幼稚舎をはじめ各府県多数の学校で教科用書として各生徒に持たせてゐる」とある。『赤い鳥』の熱心な購読者、児童の綴方の投稿者に小学校の教員がいたことから考えて、雑誌『赤い鳥』、および赤い鳥社の刊行する本そのものが同時代の教育現場で活用されることは、実際にあったに違いない。また、いわゆる教科書や副読本への作品の採録も、一部の作品に関しては早くから行われていた。山口武美・山口静一によると、芥川龍之介「蜘蛛の糸」（『赤い鳥』1918・7）は、開成館編輯所編教科書『新制中等国語読本』巻一（東京開成館、1921）や文部省編教科書『高等小学読本（農村用第三学年用）』上（文部省、1931）など、戦前期に74冊の教科書・副読本に掲載されているという。芥川の「杜子春」（1920・7）についても、垣内松三編教科書『女子国文新編』巻五（文学社、1924）など10数冊に掲載されたことが確認されている。

とはいえ、この2作品以外には有島武郎の「一房の葡萄」（1920・8）が児童読物研究会編『文芸読本』5（杉本書店、1925）に、宇野浩二「或アイヌ爺さんの話」（1921・4）が同『文芸読本』4（同前）に、北原白秋の童謡が国語教育研究会編副読本『女子現代文芸読本』巻一（永沢金港堂、1926）にというように、副読本への掲載がいくつかみられるものの、教科書に続々と採録されたわけではない。『赤い鳥』掲載作品の教科書教材化が進むのは、やはり戦後というべきであろう。

●検定国語教科書への採録状況

戦後の小学校・中学校用の検定国語教科書における『赤い鳥』掲載作品の採録状況（全文掲載ではない場合も数に入れる）について、目次に作品名が明記されているものという条件の下、「東書文庫　蔵書検索」等を手掛かりに1948年発行のものから2016年発行のものまで調べた結果が表1・表2である。教材の変遷には学習指導要領の改訂が関わっているが、あえてその改訂年度では区切らずに、

表1　『赤い鳥』掲載作品の検定国語教科書採録状況（小学校）～年代別採録教科書会社数（数

作者名	『赤い鳥』掲載時作品名	『赤い鳥』巻・号	1940年代	1950年代		1960年代	
			後半	前半	後半	前半	後半
芥川龍之介	蜘蛛の糸	1-1			2	(1)	1(1)
	杜子春	5-1		1	1		1
有島武郎	一房の葡萄	5-2		2(1)	(1)	(1)	
宇野浩二	蕗の下の神様	6-1		1	1		
小川未明	月夜と眼鏡	9-1			2	2	1
	その日から正直になつた話	19-3		1			
木内高音	ジョンの馬車	14-1		1			
北原白秋	赤い鳥小鳥	1-4	1	2		1	1
	お祭	1-4			1		
	あわて床屋	2-4	1				
	からたちの花	13-1				1	1
	お月夜	16-1	2	1		1	
	氷のひわれ目	16-3		1			
	この道	17-2				1	
	草に寝て	17-4		1	1		
	露	17-4					
	海の向う	19-3		1	1		
清水たみ子	原つぱ	II2-2					
鈴木三重吉	老博士	6-2				1	
	最後の課業	12-6			1	1	1
	少年駅夫	20-2			1	2	3
豊島与志雄	天下一の馬	12-3			1(1)	3	
	天狗笑	17-1		1		1	1
新美南吉	ごん狐	II3-1			1	2	3
林芙美子	蛙	II12-2					1
山中孝一郎	いつかの船	11-3		1			
与田準一	空がある	21-6			1		

注：表中（　）内の数字は、「「くもの糸」を読んで」や生徒作品「ごんぎつね」など、関連教材を掲載し

単位は「社」）〜

1970年代		1980年代		1990年代		2000年代		2010年代		対象学年
前半	後半	前半	後半	前半	後半	前半	後半	前半	後半	
1							1			5年、または6年
			1							5年、または6年
										5年、または6年
										4年
										4年、または5年
										6年
										4年
								1		1年
										2年
										2年
									1	5年、または6年
								1	1	1年、または2年
										3年
							1			5年
										3年、または6年
						1	1			5年
										3年
1										2年
										6年
										5年
2										5年、または6年
			1							4年、または5年
										4年、または6年
3	4(1)	5	6(1)	6	6	6	5	5	5	3年、または4年
1			1							5年、または6年
										4年
										3年

ている教科書会社数を示している。

表2　『赤い鳥』掲載作品の検定国語教科書採録状況（中学校）～年代別採録教科書会社数（数

作者名	『赤い鳥』掲載時作品名	『赤い鳥』巻・号	1940年代	1950年代		1960年代	
			後半	前半	後半	前半	後半
芥川龍之介	蜘蛛の糸	1-1			4(1)	5	1
	魔術	4-1			1	1	1
	杜子春	5-1	(1)	6(4)	6(3)	3	2
有島武郎	一房の葡萄	5-2	1(1)	5(2)	4(1)	2	
菊池寛	八太郎の鷲	10-1		1			
北原白秋	雨の田	8-5	1				
	からたちの花	13-1	1	2	1		
	海の向う	19-3		1	1		
久保田万太郎	豆の煮える間	12-1～4	1	2			
	ドリスとルビイ	14-1		1			
	「北風」のくれたテイブルかけ	15-4～16-1		1	1(1)	1	1
西條八十	書物	6-2		1			
鈴木三重吉	赤い猪	3-3			2	1	
	笠沙の宮	3-6				1	
	日本を	8-2～14-3		1			
	少年駅夫	20-2			1	(1)	(1)
豊島与志雄	天下一の馬	12-3		1			
	天狗笑	17-1	1	2			
新美南吉	ごん狐	Ⅱ3-1					
寺田寅彦	茶碗の湯	8-5		2	1	3	

注：表中（　）内の数字は、生徒作品「脚本　杜子春」や片岡良一「「一ふさのぶどう」について」など

西暦の年代ごとに採録教科書会社数を集計した。なお、この期間、高等学校の教科書には、「蜘蛛の糸」の採録例はあるものの、『赤い鳥』掲載作品の採録はほとんどなかった。

　これまでに小学校の国語教科書には27作品、中学校は20作品が採録されている。このうち、『赤い鳥』掲載の児童作品の教材化は、小学校教科書（日本書籍『太郎花子国語の本』）の山中孝一郎「いつかの船」（『赤い鳥』1923・9、北原白秋選・推奨自由詩）のみ。北原白秋、鈴木三重吉等の作品の採録が多い。掲載時期に関しては、小・中学校ともに1950年代・60年代が中心で、80年代・90年代には、小学校で「ごん狐」（教材名「ごんぎつね」）

単位は「社」）〜

1970年代		1980年代		1990年代		2000年代		2010年代		対象学年
前半	後半	前半	後半	前半	後半	前半	後半	前半	後半	
								1	1	1年、2年
										1年、2年
2	2									1年、2年、3年
	1									1年、2年、3年
										1年
										1年
										1年、2年
										1年、2年
										1年
										1年
										1年、2年
										3年
										1年、2年
										1年
										2年
										1年
										1年
										1年
(1)	(1)							(1)		1年、3年
1	1									1年、2年、3年

]連教材を掲載している教科書会社数を示している。

が定番教材化する一方、ほとんどの作品が消えた。しかし、2000年代以降、芥川の「蜘蛛の糸」や白秋の童謡が復活している。（中地文）

[参考文献]
山口武美編・山口静一補（1985）「芥川龍之介作品収載教科書書目　戦前篇」（『埼玉大学紀要　人文科学篇』34）、向川幹雄（1995）『教科書と児童文学』（高文堂出版社）、日外アソシエーツ編（2008）『読んでおきたい名著案内　教科書掲載作品　小・中学校編』（日外アソシエーツ）、阿武泉監修（2008）『読んでおきたい名著案内　教科書掲載作品13000』（日外アソシエーツ）

『赤い鳥』と音楽教科書

◉唱歌教育の成立と音楽教科書の編纂

1872（明治5）年、学制の公布に伴い、小学校の教科に「唱歌」、中学校の教科に「奏楽」が入れられたものの、「唱歌」も「奏楽」も「当分之ヲ欠ク」とされ、実際に教えられていたわけではなかった。

唱歌を学校教育にとりいれる構想は、アメリカに留学し音楽教育の現状について学んでいた伊沢修二（1851〜1917）と目賀田種太郎（1853〜1926）が連名で、1878（明治11）年4月8日付で文部大輔に提出した上申書「学校唱歌ニ用フベキ音楽取調ノ事業ニ着手スベキ見込書」から具体化していく。この上申書には、子どもの心身への有効性など音楽教育の効用が明確に述べられているとともに、西洋音楽と日本音楽の融合による新しい音楽を創れば唱歌教育が可能であると提言されている。この後、1879（明治12）年には音楽取調掛が設置され、御用掛となった伊沢修二は「音楽取調ニ付見込書」を上申し、「東西二洋の音楽ヲ折衷シテ新曲ヲ作ル事」、「将来国楽ヲ興スベキ人物ヲ養成スル事」、「諸学校に音楽ヲ実施スル事」という実現すべき三項目を提起した。当時、御雇教師として招聘されていたメーソンの協力を得て、1881（明治14）年11月に、「東西二洋の音楽」の具体的な折衷例として『小学唱歌集　初編』、続いて、1883（明治16）年に『小学唱歌集　第二編』、翌年に『小学唱歌集　第三編』を発行、また、明治20（1887）年には『幼稚園唱歌集』を発行するに至る。

ただ、『小学唱歌集　初編』の「緒言」では、1878年の上申書で示された子どもの心身への直接的効用や他教科と関連した総合的な教育的効用は影をひそめ、唱歌教育の最も主要な目的は「徳性の涵養」にあると明記されており、後々の唱歌教育の唯一絶対ともいえる理念として受け継がれていくことになる。

『幼稚園唱歌集』には日本のわらべうたも新作歌詞で加えられてはいるが、『小学唱歌集』も含めて歌詞は文語体で教訓的であり、幼児や児童には難解なものであった。

1886（明治19）年、「小学校令」が公布された際に、「小学校ノ教科書ハ文部大臣ノ検定シタルモノに限ル」と定められ、教科書検定制度が確立された。それ以後、検定済音楽教科書も多く発行されたが、なかでも、1892（明治25）〜1893（明治26）年にかけて出版された伊沢修二編の『小学唱歌』（全6冊）は、伊沢自身の作曲による童謡や歌詞を補作したわらべうた、民謡などが採用されており、以降の重要な教材集となった。

1907（明治40）年には尋常小学校が義務教育になり、「唱歌科」がほぼ必修科目となったため、1910（明治43）年には、最初の「文部省唱歌」といわれる『尋常小学読本唱歌』（全一冊）、続いて1911（明治44）〜1914（大正3）年にかけて『尋常小学唱歌』（全6冊）が発行された。この教科書は、『尋常小学読本唱歌』の全曲邦人作曲家による収録曲の大部分が掲載されており、1932（昭和7）年に出版された『新訂尋常小学唱歌』（全6冊）にも受け継がれ、「故郷」「朧月夜」など現代の音楽教科書の収録曲も含まれている。

このように、明治初期にはじまる唱歌による音楽教育の萌芽から国定教科書編纂までの流れを見ると、和洋折衷による国楽創成をめざした伊沢修二らの努力は約半世紀を経て一つの帰結をみたと言えるが、当初、伊沢らが掲げたいくつかの音楽の効用は「徳性の涵養」というただ一つの目標に収斂され、唱歌教育とは芸術教育ではなく徳育教科のひとつと位置づけられた。

●唱歌批判としての言文一致唱歌

上記の唱歌教科書を教材として、実際に小学校で唱歌を教えていた訓導（教師）から、文語体による歌詞の難解さに対する批判の声が上がってきたのは唱歌教育が開始されてまもなくのことである。先述した伊沢修二が自ら編集した『小学唱歌』に少数ではあるが言文一致唱歌を採り入れたのも、このような批判に応えようとした姿勢の表われであったが、さらに、唱歌教育開始後20年を経て、唱歌に対する新たな批判的動きが起こる。

それは言文一致唱歌の創作で、活動の中心になったのは東京師範学校附属小学校で教鞭をとっていた田村虎蔵（1873〜1943）である。田村は自ら唱歌を教えた経験から、唱歌が児童には不適切であることを痛感し「児童には児童の歌がある」との確信を得て児童に相応しい歌の創作を試みた。

少なくとも、幼年の児童には、「彼らの日常使用している「談話語」を基調とし、内容は幼童の思想中にあるものを捕へねばならぬ。曲節においても其音程・音域を考え、歌って調子づく明快なリズム及び旋律に因らねばならぬ」（『音楽教育の思潮と研究』p.108）として、歌詞は石原和三郎（1865〜1922）・田邊友三郎（1863〜1933）に、作曲は納所弁次郎（1865〜1933）等の協力を得て、言文一致唱歌集である『幼年唱歌』（全10冊）（1900（明治33）年）や『少年唱歌』（全8冊）（1903（明治36）年〜）を出版した。これら教科書には、「モモタロウ」「うさぎとかめ」「キンタロウ」などが含まれている。

さらに、言文一致唱歌として、1901（明治34）年に発行された『幼稚園唱歌』も重要である。当時、東京女子高等師範学校附属幼稚園の保母であった東くめ（1877〜1969）等と作曲家滝廉太郎（1879〜1903）が協力して編纂したもので、「お正月」や「水遊び」「鳩ぽっぽ」など子どもの生活や遊びがうたわれている初めての唱歌教科書である。

●唱歌批判あるいは唱歌教育批判 としての童謡

第一次大戦後の芸術教育運動の高まりを背景に「童心・童語の詩」を標榜する『赤い鳥』に発表された童謡も、従来の唱歌あるいは唱歌教育批判の側面を持っていた。

『赤い鳥』に精力的に童謡を発表していた北原白秋は童謡や教育に関する評論も多く残している。白秋にとって童謡とは「童心童語の歌謡」であり、「その根本を日本の童謡に置く」ものである。故に、「教訓的で大人の心で詠まれた唱歌や西洋風の翻訳歌詞を子供に押しつけている今日の唱歌教育は不自然極まる」と明治以来の唱歌教育を批判し、また、伝統的な童謡を排斥してしまった小学校教育も、子どもの生活感情と余りにもかけ離れていたために、「大人くさい子供たらしめてしまった」と厳しく断じたうえで、そのような誤った教育に代わって、子どもたちに失われた童心を取り戻し、研ぎ澄まされた叡智と感覚を備えた子どもを育むべく、全教科が「融和連鎖」した芸術教育を提唱するとともに、唱歌の歌詞についても、その難解さゆえに本当の教育はできないとして「唱歌は童謡を根本にすべきであった」と童謡復興の意義に言及している。

白秋の童謡観に通底するのは童心性と伝統性である。すなわち、真の童謡とは「何よりわかりやすい子供の言葉で子供の心を歌ふ」ものであるとともに、新しい童謡の礎は「日本人として純粋な郷土的民謡」に求めている。

一方、『赤い鳥』の童謡詩人として白秋とともに、多くの童謡詩をかいた西條八十も童謡運動の目的について、「従来の唱歌が、主として露骨な教訓乃至知識を授けるのを目的とした功利的歌謡で、従って児童等の感情生活には何等の交渉を持たないのを遺憾とし、この欠陥を補ふに足るべき内容形式により芸術的香気ある新唱歌を生みだそうとした」ことであると述べ、新しい童謡は「これぞ芸術

的唱歌である」と芸術性を強調している。

童謡運動に携わった詩人、作曲家、教育者が、真の童謡の拠りどころとしたのは「童心性」「芸術性」「伝統性」である。しかし、童心性や伝統性を志向するわらべ歌的な詩は芸術性との両立に難しさがあり、音楽的にも芸術性を追求すればするほど、音楽形式や音楽自体の難解さが音楽教材として童謡を採用する際のひとつの枷となったと考えられる。

●音楽教育者の童謡論

童謡運動が盛んになるにつれ、音楽教育者による童謡論も多く著された。

例えば、青柳善吾（1884〜1957）や高野辰之（1876〜1947）などは、童謡の本質を的確に捉え、その芸術的価値や教育的価値を肯定的に評価していたが、一方で、かつては言文一致唱歌を提唱した田村虎蔵のように「童謡は所詮童謡であって、歌曲ともに其の程度は低い」（「我国教育音楽の変遷」『音楽教育の思潮と研究』目黒書店、p.127）と辛らつに批判する教育者もいた。田村は1922（大正11）年に結成された日本教育音楽協会の幹部でもあったが、協会は文部省唱歌の指導についてのみ腐心していたとされる。

音楽教育者の多くは、音楽教育は芸術教育であると観念的には理解しつつも、音楽教育は「善き人間の陶冶」を理念とすべきものであった。そして、「善き人間」となるべき子どもは「元気で力溢れる存在である」という大人の理想とする子ども観が透けて見える。

唱歌も童謡も「子どものためのうた」であるが、日常にある恐怖や悲しみ、不条理も隠さずに晒されている詩は子どもに悪影響を与えるとか、音楽が軟弱で感傷的すぎるといった理由で童謡を批判する教育者たちの子ども観は童謡作家のそれとは大きく異なっていた。

●音楽教科書に掲載された『赤い鳥』の童謡

「童謡の凡てが子供を目標にして創作され、

而して子供凡てが小学児童である限りに於いて、文部省検定済でなければ歌はせることが出来ない筈であるにも拘はらず、童謡作家は挙って検定出願をしなかった」（『本邦音楽教育史』p.315）とあるが、全く検定を受けなかったわけではなく、文部省から検定認可を与えられた童謡として10曲が挙げられている（『日本唱歌集』p.264）。そのなかで、「風」（訳詩：西條八十、曲：草川信）と「揺籃のうた」（詩：北原白秋、曲：草川信）の2曲は『赤い鳥』に掲載された童謡である。また、『赤い鳥』掲載曲ではないが、弘田龍太郎作曲による白秋の「雨」が10曲のなかに含まれる。

しかし、検定認可されていない童謡が全く音楽教科書に採用されていなかったわけではなく、童謡運動全盛期に出版された唱歌教科書、唱歌教材集や、今日の学習指導計画にあたる「唱歌教授細目」には『赤い鳥』の童謡も教材として採用されている。

『赤い鳥』の童謡が含まれる音楽教科書あるいは教授細目と童謡の個々の曲名については別表1および2を参照されたい。

これらの資料からは以下のことが読み取れるだろう。

まず、『赤い鳥』に初めて楽譜が掲載されたのは第2巻第5号の「かなりや」（詩：西條八十、曲：成田為三）である。以後、休刊の期間を経て、1933（昭和8）年4月発行の第5巻第4号までに計148曲の楽譜が掲載されている。そのうち音楽教科書に教材として採りあげられた童謡は45曲を数える。

最も多く採用されている童謡は「風」（11冊）、次いで「かなりや」と「ちんちん千鳥」（ともに8冊）である。「赤い鳥小鳥」は『口をそろえて（2年）』（教育出版、1951）と『標準小学校の音楽（5年）』（教育出版、1954）、「かなりや」は同じく『標準小学生の音楽（5年）』、『おんがく5年』（教育芸術社、1956・1957）と『総合小学生のおんがく5年』（教育出版、1958）など戦後の教科書にも採用されている。

別表1　音楽教科書あるいは教授細目に見られる童謡

	曲　名	巻・号	詩・曲	音楽教科書・教授細目等
1	「かなりや」	2・5	西條八十/成田為三	D F I J K L N P
2	「雨」	2・6	北原白秋/成田為三	D K P
3	「あわて床屋」	2・6	北原白秋/石川義拙（推）	C D I J K L
4	「山のあなたを」	3・2	北原白秋/成田為三	C J K M P
5	「りすりす子栗鼠」	3・3	北原白秋/成田為三	J K P L
6	「犬のお芝居」	3・4	北原白秋/成田為三	I P
7	「舌切雀」	3・6	北原白秋/成田為三	D P S
8	「ねんねのお鳩」	4・3	北原白秋/成田為三	C D P
9	「春の日」	4・4	西條八十/成田為三	P
10	「赤い鳥小鳥」	4・4	北原白秋/成田為三	I J K L P
11	「雪のふる夜」	4・4	北原白秋/瀬野作平（推）	D I
12	「月夜の家」	4・5	西條八十/成田為三	K P
13	「玩具の船」	5・2	西條八十/成田為三	D K
14	「お山の大将」	5・3	西條八十/成田為三	I P S
15	「葉っぱ」	5・6	北原白秋/成田為三	P S
16	「ちんちん千鳥」	6・3	北原白秋/成田為三	A E J N P Q S T
17	「夢の小函」	6・4	北原白秋/草川　信	B D K M
18	「仔馬の道草」	6・5	北原白秋/草川　信	L
19	「風」	6・6	ロセッティ（西條八十訳）/草川　信	D F G I J K L O Q S T
20	「離れ小島の」	7・1	北原白秋/草川　信	D G J K N O
21	「こんこん小山の」	7・2	北原白秋/坊田數眞（推）	B K N
22	「げんげの畑に」	7・2	北原白秋/草川　信	C
23	「南の風の」	7・3	北原白秋/草川　信	I J K N
24	「たんぽゝ」	7・4	北原白秋/草川　信	J N R
25	「ちんころ兵隊」	7・5	北原白秋/草川　信	D I
26	「雀のお宿」	7・6	北原白秋/草川　信	B C D K
27	「吹雪の晩」	8・2	北原白秋/草川　信	F I N
28	「跳ね橋」	8・4	北原白秋/草川　信	I
29	「影ぼふし」	9・2	北原白秋/草川　信	D K
30	「揺籠のうた」	9・4	北原白秋/草川　信	B K S T
31	「雉子射ち爺さん」	10・2	北原白秋/草川　信	I J N
32	「かなかな蟬」	10・2	北原白秋/成田為三	L
33	「五十音」	10・5	北原白秋/成田為三	L
34	「山の枇杷」	11・3	北原白秋/草川　信	F
35	「伝馬ゆさぶろ」	13・1	北原白秋/草川　信	O
36	「栗と子栗鼠」	13・6	北原白秋/草川　信	K
37	「お月さまいくつ」	14・4	北原白秋/成田為三	O
38	「蝶々と仔牛」	14・6	北原白秋/成田為三	K L
39	「げんげの畑」	15・1	北原白秋/成田為三	L
40	「青い魚」	15・4	北原白秋/成田為三	P
41	「アイヌの子」	16・2	北原白秋/成田為三	G P
42	「宵祭」	16・3	北原白秋/成田為三	P
43	「二人の兵隊さん」	17・3	北原白秋/成田為三	P
44	「飛びこそよ」	17・5	北原白秋/草川　信	P
45	「ぽっぽのお家」	20・2	北原白秋/草川　信	O

別表 2　童謡掲載教科書一覧

	書　　名	編集者	発行年	出版社
A	『小学校唱歌教授細目』	初等科教育研究会(編)	大正12(1923)年	培風館
B	『唱歌教材集』	埴科音楽研究会(編)	大正13(1924)年	
C	『小学唱歌集第2輯』	唱歌研究同志会(西尾潔)(編)	大正13(1924)年	
D	『鑑賞に立脚せる唱歌集』	中川安一(編)	大正13(1924)年	渡邊商店出版部
E	『唱歌教授細目』(第2学年)	横浜市教育委員会	大正13(1924)年	
F	『唱歌教材』	上水内郡平坦部職員会(編纂)	大正14(1925)年	
G	『最新小学唱歌』(尋常・高等合本)	小学校唱歌教材調査会(編)	大正15(1926)年	藤谷芳三郎(発行)
H	『小学校唱歌科教材集』	佐々木すぐる(英)(著)	大正15/昭和元(1926)年	青い鳥楽会
I	『大阪市小学校唱歌教授細目』	大阪市小学校協同研究会(編)	昭和2(1927)年	青々書院
J	『新選　小学唱歌曲集1』	日本児童音楽協会(編)	昭和3(1928)年	京文社
K	『鑑賞に立脚せる唱歌教授細目』	山口県玖珂郡麻里布小学校(編)	昭和3(1928)年	麻里布村
L	『小学唱歌細目』改訂・増補	東京高等師範附属小初等教育研究会(編)	昭和3(1928)年	培風館
M	『大阪市小学校唱歌教授細目高等科』	大阪市小学校協同研究会(編)	昭和4(1929)年	
N	『最新小学唱歌名曲全集』改訂・増補	小学唱歌教授同好会(編)	昭和5(1930)年	
O	『最新学校唱歌遊戯第2輯』(草川信曲)		昭和5(1930)年	日本唱歌出版社
P	『最新学校唱歌遊戯第4輯』(成田為三曲)		昭和5(1930)年	日本唱歌出版社
Q	『滋賀県小学唱歌尋常科』	滋賀県教育会(編)	昭和5(1930)年	京文社
R	『京都小学唱歌』(尋常5年)	京都唱歌研究会(編)	昭和7(1932)年	京文社
S	『小学唱歌教授細目』	東京高等師範附属小学校初等教育研究会(編)	昭和8(1933)年	東京培風館
T	『高等小学唱歌教授細目』	東京高等師範附属小学校初等教育研究会(編)	昭和8(1933)年	東京培風館
U	『音楽1〜5』	乗杉嘉壽(編)	昭和12(1937)年	帝国書院

注)　HおよびUについては、『赤い鳥』掲載曲ではなく詩のみを採用した教科書である。

　教材としての扱いは、歌唱教材、鑑賞教材あるいは補助教材などさまざまであるが、採用曲は、ほぼ1926（大正15）年までに『赤い鳥』に発表されたものに集中している。以後、第20巻第2号（1928・2）の「ぽっぽのお家」を最後に、それ以降の童謡はどの教科書にも採用されていない。

　第21巻第1号（1928・8）以降の40余曲のうち26曲は山田耕筰の作曲によるが、山田の曲は童謡というよりは歌曲とも言えるもので、子どもがうたうには音楽的に難しすぎたのも一因であろう。また、教材としての採用数の減少時期が童謡運動の衰退時期と時を同じくしているが、それは、上述の日本教育音楽協会の動きも含めて、日本が軍国主義的方向に向かいつつあり自由芸術教育のような理念が主張されにくい時代でもあったからである。

　教科書ではないが、各地の自治体で訓導

（教師）が自主的に作成した「唱歌教授細目」にも童謡が積極的に採り上げられている。教育現場で実際に唱歌科授業を行っていた教師が自主的な研究会を立ち上げ、童謡を音楽教材という視点から研究していたと考えられる。教授細目については、現時点で検証可能なものは限定的であるが、『赤い鳥』童謡の普及あるいは評価を検証するための資料的価値は高いと言えよう。

次に、多くの童謡が採用されているのは『最新学校唱歌遊戯』である。唱歌遊戯は、当時の芸術教育思潮の台頭とともに普及したものである。これは明治期に我が国に伝えられたフレーベル（1782～1852）の幼児教育思想、あるいはデューイ（1859～1952）の児童観やモンテッソーリ（1870～1952）の幼児教育法の影響を受けており、大正期の芸術教育思潮を背景に飛躍的に普及したといわれる。ちょうど、童謡復興運動と時期的に一致しており、全12巻から成る同曲集は、当時活躍していた童謡作曲家12名による曲を編集したもので、第2輯は草川信、第4輯は成田為三の曲集になっている。

また、佐々木すぐる（1892～1966）のように『赤い鳥』に掲載された童謡詩にみずから作曲したものを『小学校唱歌教材集』（1924）として編集した童謡作曲家もいる。佐々木は、当初、この教材集を「講習会を開く際に用いるために」作成し、改めて、1926年に出版したようであるが、尋常科1～6学年と高等科1～2学年用として計260余の自作曲を掲載している。そのうち「げんげ畑」「仔馬の道ぐさ」「兎の電報」など19曲は『赤い鳥』に白秋が発表した詩を採用している。

また、小山作之助の後任として、1928（昭和3）年に日本教育音楽会会長に就任した乗杉嘉壽の編集による高等女学校用の教科書『音楽1～5』（1937年発行）には、「落穂ひろひ」（北原白秋/片山穎太郎）と「犬と雲」（西條八十/橋本國彦）（それぞれ『音楽2』と『音楽4』）に掲載されている。こうした

例は『赤い鳥』の童謡詩としての評価を窺わせるものである。

付言すれば、教育現場で『赤い鳥』童謡が取りあげられた証左となるのが『赤い鳥』通信欄への投稿である。以下は、大正8～11年にかけての通信欄の一部である。

「私たち4年の女組は学校で、『赤い鳥』の「かなりや」も「あわて床屋」も「雨」も「赤いおうむ」もみんな教わって謡っております」（赤坂小学校女性徒）（第3巻第3号）

「光の会主催少女唱歌大会が3月14日に大阪市で開かれ、市内の小学校8校の他、天王寺師範、女子師範、池田師範、帝塚山学院以下12校の生徒が出演、大部分が二部合唱で「かなりや」「山のあなた」「犬のお芝居」「あわて床屋」等も呼物になつてゐます」（第4巻第4号）

「二日間に亘り学芸会を催しました。唱歌科の水上訓導は、高二女に赤い鳥童謡「ちんちん千鳥」の合唱を練習させ、私は推奨の「油絵の道」の合唱を高二男生徒に習はせました」（山梨広里東小学校訓導 加藤幹雄）（第6巻第6号）

これらの記述からは、都市部だけでなく地方でも、童謡を教材として取り上げた教員の活動を窺い知ることができる。 （石田陽子）

［参考文献］
青柳善吾（1923）『音楽教育の諸問題』（廣文堂書店）、北原白秋（1986）『白秋全集』第20巻「詩文評論6」（岩波書店）、西條八十（1993）『西條八十全集』第14巻「童謡・歌謡・民謡論」（国書刊行会）、小島美子（2004）『童謡音楽史』（第一書房）、高野辰之（1929）『童謡・民謡論』（春秋社）、日本教育音楽協会（1936）『本邦音楽教育史』（音楽教育書出版会）、松村直行（2011）『童謡・唱歌でたどる音楽教科書のあゆみ』（和泉書院）、与田準一（2003）『日本唱歌集』（岩波書店）、『唱歌コレクション』（神奈川県立図書館蔵）、国立音楽大学附属図書館

7
『赤い鳥』の研究

桑原三郎
（くわ ばら さぶ ろう）

●キャリアと著作

1926（大正15）12月20日〜2009（平成21）年1月21日。児童文学研究者。群馬県利根郡池田村（現・沼田市）生まれ。旧制沼田中学校をへて、1948（昭和23）年、慶應義塾大学文学部心理学科を卒業、慶應義塾幼稚舎教諭になる。児童文学に関心をもち、1950年12月には、幼稚舎の舎誌『仔馬』に「童話作家覚書5　鈴木三重吉」を発表する。1960（昭和35）年、最初の著書『鈴木三重吉の童話』（私家版）を刊行。また、1960年に幼稚舎に設置された児童書コレクション「山田文庫」の運営にも深くかかわっていく。

1971（昭和46）年から慶應義塾大学文学部講師もつとめ、その講義などをもとに『「赤い鳥」の時代——大正の児童文学』（慶應通信、1975）、『諭吉 小波 未明——明治の児童文学』（同、1979）、『少年倶楽部の頃——昭和前期の児童文学』（同、1987）を刊行する。

1990〜1998年、白百合女子大学文学部児童文化学科教授。そのほかの著書に『児童文学と国語教育』（慶應通信、1983）、『児童文学の故郷』（岩波書店、1999）、『児童文学の心』（慶應義塾大学出版会、2002）など。編著に『鈴木三重吉童話全集』全9巻・別巻（文泉堂書店、1975）、『日本児童文学大系10 鈴木三重吉集』（ほるぷ出版、1977）、『小川未明童話集』（岩波文庫、1996）など。千葉俊二との共編著に『日本児童文学名作集』上・下（岩波文庫、1994）。清水周裕との共訳書に『機関車トーマス』などのウィルバート・オードリーの『汽車のえほん』シリーズ全26冊（ポプラ社、1973〜80）がある。

桑原三郎・松井千恵監修『巖谷小波「十亭叢書」の註解』（ゆまに書房、1994）で日本児童文学学会特別賞。1998年、桑原個人としても同賞を受賞。

●「すず伝説」の批判的検討

『鈴木三重吉の童話』には、「すずきすず伝説から赤い鳥まで」「三重吉の童話について」の2編が掲載されている。さらに、140ページにおよぶ解題付きの「鈴木三重吉童話索引」と附録「三重吉童話年表」も収録されている。「すずきすず伝説から赤い鳥まで」は、よく知られた論文である。後年、『児童文学の心』に収録された「すずきすず伝説」（『新文明』1957・2）が、その原形と考えられる。

「すずきすず伝説」とは何か。鈴木三重吉の「私の作篇等について」（『明治大正文学全集　鈴木三重吉篇』春陽堂、1927）に、つぎの一節がある。

　　　大正五年六月、長女すゞが生れる。は

山田文庫

1960（昭和35）年、慶應義塾幼稚舎に設置された児童書コレクション。

設置や運営にかかわった桑原三郎の「慶應幼稚舎の「山田文庫」」（『日本近代文学館ニュース』1981・7）によれば、白銅株式会社社長山田広次の寄付を財源に運営されていることから、「山田文庫」となった。山田家では三男二女が幼稚舎で学び、おしまいの三男が幼稚舎を卒業する際、山田家が寄付を申し出た。使途については学校にまかせるとのことだったが、明治以降の子どもの読み物をあつめることになり、「山田文庫」が発足する。雑誌『綴方教育』（1926創刊）を主宰した菊池知勇（1889〜1972）が幼稚舎教諭であった時期があるため、遺族から『綴方教育』などの寄贈をうけたこともある。小川未明の著書はほぼ全部所蔵しているなど充実したコレクションだ。ほるぷ出版が『名著復刻　日本児童文学館』第二集（1974）や『日本児童文学大系』（1977〜80）を編集刊行する際には、資料を提供した。

じめて子供を得た無限のよろこびの下に、すべてを忘れてすゞを愛撫した。(中略)お話をよむにはなほさら遠い〳〵さきのすゞのために、坊間のいろ〳〵の子供の読みものをも漁つて見た。そして、そのこと〴〵くが実に乱暴で下等なのにおどろき呆れた。そこで私は、別にどこへ出すといふ意味でもなく、たゞ至愛なすゞに話してやりでもするやうな、純情的な興味から、すゞの寝顔を前にしたりして、「湖水の女」外三篇の童話をかいたのがそも〳〵私が童話にたづさはる、最初の偶然の動機となつたのはいつはりのない事実である。(引用は『鈴木三重吉全集』5、岩波書店、1938による)

三重吉の長女すずが誕生して10年ほどのちの文章である。すずが生まれたことが三重吉を童話に向かわせた(やがて『赤い鳥』を創刊することにもなる)というのだが、これが、いわゆる「すず伝説」だ。これについて、桑原三郎は、こう述べる。

　三重吉自身が後年に至つてこの伝説を創作し、信じこみ、人にも伝えたのだ。そして、宇野浩二を始めとして、坪田譲治、木内高音、滑川道夫、船木枳郎、与田凖一というような人々がそれを粗述したのである。稀有な才能と、烈しい神経をもち、文学的な意味で恵まれた、若い

三十五才のロマンテイックな作家だけのことはあると、感心し、うなづいていたのであつた。

桑原は、「だが、この鈴木すず伝説をそのまま受け入れるためにはいくつかの障害があつた。」として三つをあげる。

第一は、すずの出生が三重吉が童話を書くきっかけなら、それを語るのを1927(昭和2)年まで待つ必要はなかったということ。「私の作篇等について」にタイトルがあげられている「湖水の女」をふくむ、三重吉の最初の童話集『湖水の女』(春陽堂、1916)の序なり、『赤い鳥』創刊(1918)の趣旨を述べたプリントなりでふれてもよかったのではないかというのだ。

第二は、すずの腹ちがいの姉娘が広島にいたということ。桑原は、三重吉の「はじめて子供を得た無限のよろこびの下に、すべてを忘れてすゞを愛撫した。」ということばに疑問を呈する。すずは、三重吉の正妻で亡くなった、ふぢがまだ存命のうちに、あとで二人めの妻となる河上らくが産んだ子どもであることにも言及している。

第三は、三重吉には、すずが生まれる前から子どもの本を出版する計画があったということ。桑原は、三重吉の井本健作宛書簡を引く。「冨山房で此間出したアレビアン・ナイト物語の姉妹篇としてロビンソン物語、アンダーゼン物語と言つた風なものを、自由訳で

「山田文庫」は、一般には公開されていないが、1969(昭和44)年の「日本の子供の雑誌展」以来、「日本の教科書展」(1970)、「子供のための名著展」(1971)、「子供の文章の百年展」(1972)、「子供のための伝記展」(1973)といった展覧会を開催してきた。1999(平成11)年には、幼稚舎創立125周年を記念して、「幼稚舎山田文庫展—諭吉・小波・未明から戦後の児童文学まで」が開催された。このときの図録には、展覧会開催時に「山田文庫」所蔵の本は2万7000冊、雑誌1万4000冊、

教科書9000冊、合計5万冊、それに未整理が3000冊と記されている。

この図録には、桑原三郎も「山田文庫について」という文章を寄せていて、寄付のきっかけになった山田家の三男が幼稚舎を卒業するときの担任は桑原自身だったと書いている。「日本の児童教育、児童文学の流れを探るのに、山田文庫は研究者にとって有力な手立てとなっています。」ともある。

五百枚くらゐ書いてくれないかとオレに頼みに来た。僕は春陽堂でお伽話を出すので断つたが貴兄やる気はないか。」（1916・3・23）

こうした資料にもとづく検証によって、鈴木三重吉みずからが流布させたと思われる「すず伝説」が相対化されていく。三重吉が童話や『赤い鳥』創刊に向かったのは、「桑の実」（『国民新聞』1913・2・7〜11・15）を書いたあとあたりから小説が書けなくなっていたことや、それにともなう経済的な理由、そして、三重吉の文学者としての資質ということになるのだろう。

この「すずきすず伝説から赤い鳥まで」は、村松定孝・上笙一郎編『日本児童文学研究』（三弥井書店、1974）にも再録されている。同書巻末の「収載論文解題」（上笙一郎執筆）には、こう記されている。「三重吉がなぜ「赤い鳥」を創刊したかの理由に関して、世に〈すず伝説〉と呼ばれるひとつの美談が流布している。いわゆる父性愛にあふれた有りそうな話であるだけに〈すず伝説〉は、一部の児童文学研究者をも巻きこんで一般化しているが、桑原三郎氏の本稿は、着実な実証主義的方法をもってその〈伝説〉を打ち砕いたものである。」

●三重吉童話のテキストの提供

桑原三郎は、文泉堂書店版『鈴木三重吉童話全集』や、ほるぷ出版版『日本児童文学大系10　鈴木三重吉』の編集によって、一般読者や研究者に対して、三重吉童話の整備されたテキストを提供する仕事をしている。

『鈴木三重吉童話全集』の別巻に寄せた「解説」は、「鈴木三重吉の童話全集が完全な形で刊行されるのは、今度が初めてである。」と書き出される。つづいて、以前に刊行された二つの童話全集のことが書かれている。

一つは、1940（昭和15）年から1943（昭和18）年にかけて冨山房が出版した『鈴木三重吉童話全集』6冊。坪田譲治、小宮豊隆、豊島与志雄、小山東一の4人の編集で全10巻の予定だったらしい。ところが、戦時下の状況のなかで完結することができなかった。桑原は、新たに童話全集を編むにあたり、はじめは、この冨山房版をもとにしようとしたという。ところが、冨山房版には、いくつかの難点があった。まず、冨山房版は、子どもの読み物として作られ、三重吉の文字表記を校訂して「正しい」テキストにしてしまっていること。桑原は、三重吉独自の発音通りを心がけた表記を尊重したいと考えた。つぎに、冨山房版は、執筆発表の年代順に編集しようとしているが、その年代順がはなはだい加減であること。また、全10巻のうち未刊の4冊にどういう作品を収録するつもりだったのか、まったくわからなくなっていること。

桑原は、冨山房版ではなく、1929（昭和4）年に、鈴木三重吉自身が編集して春陽堂から刊行された『世界童話』全6冊をもとにしようと考える。1928（昭和3）年3月にいったん廃刊された『赤い鳥』に掲載された三重吉の童話をあつめたものだ。「春陽堂の六巻本は、いわば三重吉自身が、三重吉童話を定着させたものと云うことが出来るであろう。」「更に、この六巻本の好さは、それまでに潜行していた三重吉童話を浮かび上がらせた功績もある。」これは、三重吉が別名で発表した童話のことだ。たとえば、「ちびくろサンボ」を村山吉雄の名前で再話した「虎」（『赤い鳥』1924・8）などである。

文泉堂書店版童話全集は、春陽堂版6巻をもとに、復刊後の『赤い鳥』に掲載された作品を網羅して、新編集の3冊をくわえた。桑原は、「文章に、それこそ生命を賭けた稀有の先人の努力を何としても伝えたい。今度の童話全集では新輯の三巻に於ても、何とかして三重吉の表記そのままを伝えたいと思」ったと記している。

　　　　　　　　　　　　　（宮川健郎）

［参考文献］

田宮裕三（1982）「桑原三郎の人と仕事」『極光（Aurora）』2巻1号

鈴木三重吉
赤い鳥の会

◉鈴木三重吉顕彰会の結成

1948（昭和23）年6月27日、三重吉13回忌に当たり三重吉長男鈴木珊吉が広島市中区大手町3-10-6長遠寺に墓碑を建立した。墓には「三重吉永眠の地　三重吉と浜の墓」と、生前に自書したものが刻んである。以後、毎年命日には三重吉忌法要が営まれている。

この年、中国新聞社が「鈴木三重吉賞」を制定し児童の作文と詩を募集し、今日まで続いている。

1952（昭和27）年6月27日、三重吉17回忌に「鈴木三重吉顕彰会」が結成された。

郷土広島が生んだ文学者、雑誌『赤い鳥』を主宰して児童文化運動の先駆をなした鈴木三重吉。その業績を讃えて会が発足した。

会長に鈴川貫一（中国電力社長、一中後輩）、副会長に加計慎太郎（学友加計正文長男）、理事に松浦寛次（中国新聞社文化局長）、岡本明（広島大学文学部長）、高井正文（広島市教育委員会）、小川利雄（広島大学付属小学校教諭）、下村赳夫（比治山小学校校長）が就任した。

発足を記念して坪田譲治、与田準一を招き本川小学校で記念講演会や資料展が催された。

広島の児童文化への想いは、戦前の1942（昭和17）年の三重吉7回忌頃にさかのぼり、太平洋戦争の最中でありながら、広島市では児童文化運動とともに、綴方教育が盛んに行われていた。綴方では、坪田譲治の選により『児童綴方作品の記念文集』が刊行された。

興味深いのは、1918（大正7）年7月、『赤い鳥』創刊号の通信欄に、「広島童話研究会—今度こういう会が広島市に出来ました。子どものために最も有益な催しだと思います。

司会者は森本二泉氏。去る3月31日、その第1回お伽講話会を広島物産陳列館（現・原爆ドーム）に開きましたが、頗る盛会だったそうです。（記者）」と記載され、広島でも大正期から童話への関心があったことが伺える。

「鈴木三重吉顕彰会」は三重吉ゆかりの地に記念碑を建てていく。1955（昭和30）年には「夢に乗る」文学碑（鈴木三重吉記念碑）（広島市中区基町児童公園内、後に市立こども図書館前に移転、円鍔勝三作）を建立し、1957（昭和32）年には「山彦」文学碑（広島県山県郡安芸太田町加計　吉水園）を建立した。

1963（昭和38）年には「千鳥」文学碑（江田島市能美町中町）が建立され、1964（昭和39）年には「赤い鳥文学碑」（鈴木三重吉文学碑）（広島市中区大手町1-10、原爆ドーム横、円鍔勝三作）が完成した。碑には「私は永久に夢を持つ。たゞ年少時のごとく、ために悩むこと浅きのみ。三重吉」と刻まれている。

この地は三重吉生誕の地に近く、少年時代を過ごしたゆかりの地でもあり、碑には被爆地ヒロシマからの平和へのメッセージが込められている。

◉鈴木三重吉　赤い鳥の会

この年、鈴木三重吉顕彰会を「鈴木三重吉赤い鳥の会」（加計慎太郎会長）と改称した。

1965（昭和40）年6月、市立浅野図書館内に「三重吉文庫」が設けられた（現在は、広島市立中央図書館に引き継がれ、資料の収集保存が行われている）。

1971（昭和46）年5月、東京に「赤い鳥の会」が坪田譲治、与田準一、鈴木珊吉、深沢省三らにより設立され「赤い鳥文学賞」が制定された（2010年40回で終了）。

1973（昭和48）年には、記録保存のための資料目録の刊行を計画し、『鈴木三重吉』第1集を、1975（昭和50）年には、多くの関係記事と綴方読本を加え、『鈴木三重吉』

第2集を刊行した。1976（昭和51）年から
は『三重吉赤い鳥通信』を発行した（2001年、
47号で終刊）。

1982（昭和57）年には、生誕100周年を記
念して広島市立中央図書館で「鈴木三重吉生
誕百年記念展・読書会」が行われ、「鈴木三
重吉展・児童図書フェア」が天満屋にて開催
された。9月、『鈴木三重吉への招待』を発
行した（教育出版センター）。

1983（昭和58）年7月、「『赤い鳥』と鈴
木三重吉」を発刊した（小峰書店）。

1988（昭和63）年6月、広島市中区紙屋
町2丁目1-13（旧・広島市猿楽町83番地の
1）に、「鈴木三重吉生誕の地碑」を除幕し
た（エディオン広島本店前、比治山大学教授
吉田正浪作）。

2003（平成15）年6月、田辺真民理事長
が退任し、長遠寺住職長崎昭憲が会長に就任。

2004（平成16）年6月、三重吉忌法要。

◉講演会の開催

2005（平成17）年6月、三重吉70回忌法要。
国際基督教大学助教授半田淳子「海を渡った
赤い鳥」講演会。11月、「鈴木三重吉赤い鳥
の会ホームページ」を開設した。12月、『赤
い鳥だより』1号を発行した。

2006（平成18）年6月、三重吉忌法要。鈴
木三重吉長女すず、「父を語る『赤い鳥とと
もに」講演会。10月、NPO文部科学省後援生
涯学習地域連携フォーラム、「赤い鳥」講演
と元安川被爆学習、文学散歩（長遠寺、原爆
ドーム、赤い鳥文学碑）。

2007（平成19）年5月、『赤い鳥だより』
2号発行。6月、三重吉忌法要。比治山大学
教授宇野憲治、「師、夏目漱石と鈴木三重吉
〜書簡を通して〜」講演会。11月、三重吉長
男、鈴木珊吉死去（89歳）。

2008（平成20年）5月、『赤い鳥だより』
3号発行。6月、三重吉忌法要。赤い鳥文学
賞特別賞受賞作家脇坂るみ、「赤い鳥翔んだ
〜鈴木すずと父、三重吉〜」講演会。6月、

「赤い鳥90周年企画展」開催（広島市立中央
図書館）。

2009（平成21）年5月、『赤い鳥だより』
4号発行。6月、三重吉忌法要。作家松谷み
よ子「私と赤い鳥」講演会。

2010（平成22）年5月、『赤い鳥だより』
5号発行。6月、三重吉忌法要。広島市立中
央図書館事業課長藤井寿美枝「鈴木三重吉と
赤い鳥の世界〜広島市立中央図書館所蔵資料
のホームページ開設への取り組み〜」講演会。

2011（平成23）年5月、『赤い鳥だより』
6号発行。6月、三重吉忌法要。林風舎代表
宮沢和樹、「祖父清六に聞いた兄、宮沢賢治
のこと〜」講演会。

2012（平成24）年5月、『赤い鳥だより』
7号発行。6月、三重吉忌法要。筑紫女学園
大学准教授出雲俊江『赤い鳥』綴方におけ
る鈴木三重吉のこころ」講演会。9月、「鈴
木三重吉生誕130周年の集い」広島少年合唱
隊による赤い鳥童謡の合唱（広島平和記念公
園内、赤い鳥文学碑前）。

2013（平成25）年5月、『赤い鳥だより』
8号発行。6月、三重吉忌法要。金子みすゞ
記念館館長矢崎節夫、「『みんなちがって、み
んないい。』金子みすゞさんのうれしいまな
ざし」講演会。

2014（平成26）年5月、『赤い鳥だより』
9号発行。6月、三重吉忌法要。広島市出身
児童文学作家那須正幹「那須正幹さんに聞く
──ズッコケ三人組からのメッセージ」講演
会。

2015（平成27）年4月、鈴木すずさん死
去（98歳）。5月、『赤い鳥だより』10号発行。
6月、三重吉忌法要。甲南女子大学教授河原
和枝「子ども観の近代──『赤い鳥』と『童
心』の理想」講演会。

2016（平成28）年5月、『赤い鳥だより』
11号発行。6月、三重吉忌法要。音楽家、松
本憲治、「廣島の童謡の系譜〜『赤い鳥』から、
『金の船』、『ぎんのすず』まで」講演会。7月、
原爆ドーム横「赤い鳥文学碑」に英訳付きの

91

説明板を設置。三重吉母校本川小学校の児童、赤い鳥の会会員が参加した。

2017（平成29）年5月、『赤い鳥だより』12号発行。広島市文化協会文芸部会企画事業「鈴木三重吉赤い鳥の会の沿革・活動展示会」（広島市立中央図書館）。6月、三重吉忌法要。詩人井野口慧子「〈赤い鳥〉から現代詩まで──言霊に導かれて」講演会。

2018（平成30）年4月、『赤い鳥だより』13号発行。

◉「三重吉赤い鳥通信」

1976（昭和51）年6月27日、菩提寺長遠寺で鈴木三重吉41回忌法要が営まれ、三重吉長男鈴木珊吉夫妻、青木小とり、会長加計慎太郎、中井正文、小川利雄、成田鉐雄、相野田敏之、田辺真民、岡屋昭雄等が参列した。

総会後「三重吉赤い鳥通信」の発行が決まり、同年9月1日、B5判8頁白黒タブロイドとして発行された。事務局岡屋昭雄で、編集後記に、「広島の地に文化の匂いの高いものを花開かせたいものです」と記述がある。

毎年1回発行されたが、1989（平成元）年、第15号よりB5判30頁の冊子となり年2回発行となった。1991（平成3）年第19号より表紙絵を深沢省三に依頼。その後事務局は榎野譲と引き継ぎ、田辺真民が編集者となり、2001（平成13）年の第47号まで続いた。

寄稿も、鈴木すず「生母楽子」（第25〜27号）、「育母ハマ」（第29〜31号）、「姉小とり」（第18号）、「馬と三重吉、赤い鳥にかけたその生涯」（第20〜23号）、「小説『桑の実』と私」（第35〜44号）、鈴木珊吉「父の最後」（第9号）、田辺真民「鈴木三重吉とふるさと広島」（第9〜16号）、岩屋光則「鈴木三重吉研究」（第19〜23号）、小田迪夫「赤い鳥の科学読み物」（第4号）の他、与田凖一、小山東一、半田淳子、森三郎、岩崎文人、深沢紅子、坪田理基男、桑原三郎等からも寄せられた。

◉講演活動

2005（平成17）年9月、「鈴木三重吉と赤い鳥」講演（若葉ライオンズクラブ・ホテルセンチュリー21広島）。「鈴木三重吉と赤い鳥──親子の対話法三重吉に学ぶ」講演（広島西ロータリークラブ・広島全日空ホテル）。「鈴木三重吉と赤い鳥──その生涯と作品について」講演（広島市老人大学講座・広島市東区福田公民館）。11月、「鈴木三重吉・赤い鳥の世界」講演（中国新聞文化センター）。

2006（平成18）年1月、「鈴木三重吉・赤い鳥の世界──「夏目漱石と漱石山房、赤い鳥の作家・作詞家・画家」」講演（中国新聞文化センター）。

2012（平成24）年5月、広島文芸懇話会例会「赤い鳥の先駆性〜鈴木三重吉生誕130周年を迎えて」講演（広島市まちづくり市民交流プラザ）。

2015（平成27）年8月、「赤い鳥の先駆性」講演（広島俳句協会・広島市中区中央公民館）。

2016（平成28）年2月、「夏目漱石と鈴木三重吉」講演（「漱石と広島」の会主催・広島市立中央図書館）。

以上の講師は、会長の長崎昭憲が務めた。

◉鈴木三重吉赤い鳥の会のモットー

広島に「赤い鳥文学館」を建設することを目標に、鈴木三重吉と『赤い鳥』を多くの子どもたちや外国からの人々にも広め、童謡・童話を通して文化交流をはかり、世界平和を訴え活動をしている。　　　　　（長崎昭憲）

［参考文献］

高井正文（1976）「三重吉顕彰私年譜補遺」『三重吉赤い鳥通信』創刊号（鈴木三重吉赤い鳥の会）、鈴木三重吉（1918）「通信」『赤い鳥』創刊号（赤い鳥社）、田辺真民（1973）「三重吉と広島の年譜」『鈴木三重吉と広島第一集』（鈴木三重吉赤い鳥の会）、加計慎太郎（1982）「はじめに」『鈴木三重吉への招待』（教育出版センター）

冨田博之
とみた　ひろゆき

●演劇教育・児童演劇との関わり

1922（大正11）年 6 月20日～1994（平成 6 ）年12月21日。演劇教育と児童演劇の両分野にまたがって、それらの運動・評論・研究に尽力するとともに、児童文学をはじめとする児童文化全般にかかわるはばひろい業績を残した研究者である。

はじめに、演劇教育と児童演劇の区分について、冨田自身の言葉によって簡単に記しておきたい。前者は「演劇の創造と鑑賞、演劇の本質や機能を生かした活動を通して」（冨田、1988、p.101）行われる教育であり、後者は「子どもを観客とする職業的、または非職業的演劇」（冨田、1988、p.327）を意味している。演劇教育における「鑑賞」の対象として児童演劇作品の公演が含まれるなど、両者には密接な関係がある。

冨田は福島県に生まれ、1940（昭和15）年に地元の中学校を卒業後、上京して東京府立青山師範学校本科第 2 部（ 2 年制）に入学した。そして同校卒業の先輩で、小学校教員として演劇教育に携わっていた落合聰三郎と出会い、1941（昭和16）年 6 月、落合を中心とする劇団「少年劇場」の公演を手伝った

際に、「舞台で、自由に遊ぶ子どもの姿に、「子ども」を発見して感動した」（冨田、1979、p.455）ことから、演劇教育の世界に入っていった。

本科卒業後、専攻科（ 1 年制）に残った冨田だったが、師範学校在学中には、新劇・歌舞伎・新派・文楽などの劇場に足しげく通い、演劇に没頭した。後に「師範学校の 3 年間は、劇場が私の学校だった」（冨田、1979、p.456）と述懐している。

専攻科修了後の1943（昭和18）年 4 月、冨田は東京都向島東部国民学校の教員となったが、 1 年後には陸軍に召集され、そのまま中国大陸で敗戦を迎えた。

戦後は一時小学校教員に復職したが、1948（昭和23）年に退職し、以後は新聞・雑誌の記者や放送作家を務めながら、演劇教育・児童演劇運動の専従者となった。1948年に日本児童劇作家協会（現・日本児童演劇協会）、翌年には日本学校劇連盟（現・日本演劇教育連盟）の創立に関わり、1981（昭和56）年から1991（平成 3 ）年まで日本演劇教育連盟委員長を務めた。

演劇教育・児童演劇にかかわる著作も数多いが、中でも1976（昭和51）年に刊行された『日本児童演劇史』（東京書籍）は、毎日出版文化賞を受賞するなど高く評価された。『赤い鳥』に関わる業績としては、その全号に掲載された児童劇脚本をすべて収録した『赤い鳥童話劇集』（東京書籍、1979）を編

『赤い鳥』に掲載された児童劇作品

『赤い鳥』全巻に掲載された児童劇全44編は次の通りである。題名／作者名／掲載誌発行年月の順に記す（「18・11」は1918年11月号を示す）。

子供の極楽／松居松葉／18・11

牧神と羊の群／秋田雨雀／18・12

大きな星／鈴木三重吉／19・7～10

ブロオニイ／久保田万太郎／20・4～5

年あらそひ／久保田万太郎／20・7

地獄極楽／長田秀雄／20・10

ロビンのおぢいさま／久保田万太郎／20・12～21・1

グリュック物語／久保田万太郎／21・3～5

駒鳥の婚礼／楠山正雄／21・5

人形／小山内薫／21・6～7

フィレモン夫婦／久保田万太郎／21・7～8

イルゼベルの望み／小山内薫／21・9

春のおとづれ／久保田万太郎／21・9～10

燈台鬼／長田秀雄／21・10～11

集し刊行している。

●『赤い鳥』の児童劇作品

　『赤い鳥』に掲載された、子どものための演劇脚本の呼称は、初期から順に「子供芝居」「少年少女劇」「童話劇」「児童劇」と、めまぐるしく変化している。ここでは煩雑さを避けるために、それらすべてを児童劇として論じることとする。

　『赤い鳥』掲載の児童劇は全部で44編である（コラム参照）。その作者と作品数は、久保田万太郎／23、鈴木三重吉／5、楠山正雄／4、小山内薫／3、長田秀雄／2、秋田雨雀・水木京太・松居松葉／各1、脚本懸賞募集の入選作／4となっている。

　これらはすべて、本来は子どもを観客とする作品として執筆されているが、たとえば久保田万太郎「「北風」のくれたテーブルかけ」（『赤い鳥』1925・10〜1926・1連載）をはじめ、児童演劇と演劇教育の両分野で演じられていった作品も数多い。

　冨田は、『赤い鳥』を契機とする芸術教育運動全体の中で、童話・童謡・児童詩・綴方・自由画などと比較すると、同時代に児童劇の果たした役割がそれほど大きくはないことを率直に認めている。『赤い鳥』に掲載された児童劇の多くは、海外作品の翻訳・翻案ということもあって、主題や素材において当時の日本社会や子どもの現実からは少しかけ離れたものであり、「発表当時、学校などでは上演されにくかったかもしれない」（冨田、1965、p.259）という。しかし冨田は、ひとたびその後の児童演劇・演劇教育の発展という観点に立ったときには、その歴史的な意義がきわめて大きいことをくりかえし強調している。

●児童演劇における『赤い鳥』

　『赤い鳥』が児童演劇史上にもつ意義として、冨田はまず、それ以前に活躍した巖谷小波など「お伽芝居」の作者や児童物ジャーナリストたちを避けて、新劇運動に影響を受けた劇作家や文学者に子どものための戯曲を書かせたことを指摘している。

　そして、児童劇作品が「これだけ数多く書かれ、同じ雑誌に発表されたということは、たいへん貴重なことであり、『赤い鳥』の戯曲は、その後の、わが国の児童演劇の戯曲の出発点ともなったのである」（冨田、1976、pp.128〜129）と意義づけている。

　さらにこうした姿勢が、『赤い鳥』に影響されて相次いで創刊された『おとぎの世界』・『金の船』（後に『金の星』と改題）・『童話』といった児童文芸誌にも継承され、それらにも、すぐれた児童劇が数多く掲載されるようになったとしている。『おとぎの世界』と『童話』では、『赤い鳥』がやらなかった児童劇の特集号も出している。

　冨田は、『赤い鳥』に掲載された児童劇について、その多くは海外作品の翻訳や翻案で

ゆめのとばり／久保田万太郎／21・11〜12
チャールス二世／久保田万太郎／22・1〜2
春の流れ／向井八門／22・1（懸賞入選作）
釣鐘物語／林よし子／22・2〜3（懸賞入選作）
氷の宮／久保田万太郎／22・3〜4
燐寸／井上種伸／22・4〜5（懸賞入選作）
ミルクメイドの踊／久保田万太郎／22・5〜6
天国の墜落／久板栄二郎／22・6〜7（懸賞入選作）
ほくち箱／小山内薫／22・8〜10
智慧の医者／久保田万太郎／22・9

旅人と子供／楠山正雄／22・10
村の靴屋／久保田万太郎／22・11〜12
人形／水木京太／22・12
セント・ジョン祭の前夜／久保田万太郎／23・1
三つの謎／久保田万太郎／23・3
春の勝利／楠山正雄／23・4
金のかんむり／久保田万太郎／23・5〜7
豆の煮える間／久保田万太郎／24・1〜4
三つの望／久保田万太郎／24・5〜7
ベチイとジャック／久保田万太郎／24・9

あったにもかかわらず、明治期の「お伽芝居」には見られなかった、「解放された、近代市民社会の子どもの生活感情を、いきいきとえがいた」（冨田、1958、p.185）と評価している。『赤い鳥』は日本において近代的児童劇を生み出す役割を果たしたといえよう。

●演劇教育における『赤い鳥』

初期の著作『演劇教育』（国土社、1958）以来、冨田は演劇教育実践において『赤い鳥』が果たした役割を高く評価している。

それはまず、『赤い鳥』に発表された児童劇が子どもを観客とする児童演劇作品として書かれていたにもかかわらず、その後、むしろ演劇教育実践の中で、子ども自身によって演じられる劇の脚本として長く上演され続けたという点にある。特に第二次世界大戦後には、『赤い鳥』を初出とする、久保田万太郎、小山内薫、秋田雨雀らの作品が、その代表的な脚本としてさかんに上演されていたことを明らかにしている。

また、そうした個々の作品のもつ魅力とは別に、『赤い鳥』に代表される芸術教育運動の精神が、その後、小原国芳や斉田喬らによる成城小学校の学校劇運動に継承されたことで、その後の演劇教育運動の発展につながったとも述べている。

さらに冨田は、こうした経緯をふまえて、結果的に『赤い鳥』は、子どもを対象とする演劇世界において、「「子どもが演ずるための作品」と、「おとなが演じて子どもに見せるための作品」とに分けて考えることが必要であり、それは、本来、区別されなければならない」（冨田、1976、p.127）という認識をもたらすことになったと指摘している。『赤い鳥』は、演劇教育と児童演劇の両分野が、深い関係を持ちながらも、それぞれが自立的に発展する契機をもたらしたということである。

一方で冨田には、「それが発表された当時は、上演される脚本としての機能を十分に果すことができず、戦後、復活、再評価されたといっても、上演が可能というネガティブな意味しかもちえないという運命を、『赤い鳥』の児童劇は、背負っていると思う」（冨田、1965、p.261）という厳しい評価も見られる。『赤い鳥』に掲載された児童劇作品が現代的評価にたえられる作品であるのかどうか、演劇教育ならびに児童演劇における課題として、冨田のこの指摘は重く受けとめられるべきであろう。

(浅岡靖央)

［参考文献］

冨田博之（1958）『演劇教育』（国土社）、同（1965）「『赤い鳥』の児童劇」日本児童文学学会編『赤い鳥研究』（小峰書店）、同（1976）『日本児童演劇史』（東京書籍）、同（1979）「自分史のなかの芸術教育」『講座日本の学力 9巻 芸術』（日本標準）、同（1988）「演劇教育」「児童劇」日本児童文学学会編『児童文学事典』（東京書籍）

ベニイとシイラ／久保田万太郎／24・9
ドリスとルビイ／久保田万太郎／25・1
靴のゆくヘ／楠山正雄／25・4〜6
「北風」のくれたテーブルかけ／久保田万太郎／25・10〜26・1
銀の上着／鈴木三重吉／26・3
おにんぎょう／鈴木三重吉／26・6
セーラの空想／久保田万太郎／26・7〜9
雨の降る日は悪いお天気／久保田万太郎／31・1〜4

まゆ／鈴木三重吉／31・5
パテ・クラブ／鈴木三重吉／32・8
（冨田博之『日本児童演劇史』東京書籍、1976、pp.124〜126より作成）

なお、全44編中23編を著し、『赤い鳥』児童劇を代表する作者といえる久保田万太郎については、冨田博之「解説 久保田万太郎の童話劇」（冨田博之編『北風のくれたテーブルかけ 久保田万太郎童話劇集』東京書籍、1981）が詳しい。

藤田圭雄
（ふじたたまお）

●童謡詩人として

1905（明治38）年11月11日～1999（平成11）年11月7日。童謡詩人、研究者、編集者。東京牛込に生まれた。東京開成中学在学中に童謡を書きはじめ、雑誌に投稿。『赤い鳥』には4篇が入選している。すなわち、1921（大正10）年4月号（6-4）に「親なし」「釘抜」の2篇が入選、また同年5月号、8月号にも入選している。8月号の作品は「蝸牛のお背中／蓄音機」というだけの短詩「蝸牛」であった。その頃を回想して、藤田は次のように述べている。

> 　『赤い鳥』が創刊された時、わたしは中学一年生だった。小学校時代からの友、佐藤朔とふたりで盛んに童謡を作った。一日に五〇も六〇も作ったことがある。激しい熱病のようなものだった。（童謡集『ぼくは海賊』あとがき、1965）

またこの時期には、同級生の佐藤朔や滝澤修（新劇俳優）らとともに回覧雑誌『赤とんぼ』を出したほか、1921年には都築益世らと「日本童謡会」という組織をつくり、雑誌『とんぼ』を創刊した。しかし、『とんぼ』は6号で廃刊、それとともに藤田は童謡と訣別し、25年後に創作を再開するまで童謡詩人としては休眠状態に入った。

早稲田大学でドイツ文学を学び、卒業後は平凡社で百科事典の編集に関わったのち、主に中央公論社で編集の仕事に携わった。

1946（昭和21）年、雑誌『赤とんぼ』（実業之日本社）の編集長となり、みずからも童謡を書きはじめた。1948（昭和23）年、『赤とんぼ』が30号で終刊後は、中央公論社に復帰して雑誌『少年少女』『婦人公論』『中央公論』の各編集部長を務めたあと、取締役などを歴任した。

その間、サトウハチロー、野上彰とともに木曜会を結成、1957（昭和32）年に童謡誌『木曜手帖』を創刊、童謡の創作に力を注いだ。作品集としては『子どもの詩集　僕は海賊』（1965）、童謡集『地球の病気』（1975）、少年詩集『月の絵本』（1985）などがある。また、1992（平成4）年に出したCD『地球の病気』には、24篇の童謡が収められており、藤田自身による丁寧な解説書が付いている。

藤田圭雄の童謡の特徴として、次のようなことを挙げることができよう。

①バラードを数多く書いたこと

童謡誕生期には北原白秋や西條八十がバラードに意欲的に取り組み、ユニークな作品を残した。しかし、その後はバラードの沈滞状況がつづいた。藤田は早くからバラードの復興を唱え、木曜会での創作活動の中で、野上彰とともにバラードづくりに取り組んだ。

> むかしむかしの森の中／王さまライオンいばってた／サテ　王さまが──
>
> ある日ぶっすりけがをした／森におちてた鹿のつの／サテ　鹿のつの──

で始まる「うさぎのつの」をはじめ、「ロビンソン島」「歌のない九官鳥」「きっちょむさん天へのぼる」「米やのじいさん」など、興味深い物語歌が数多く発表されている。

②ファンタジイ志向

「星の王子さまのうた」「白雪姫のアリア」「人魚のお姫様」など、すでに存在するファンタジイをベースにした童謡があるほかに、例えば〈チューリップの花がさくときはどんな音がするだろう〉で始まる「チューリップと蜂」という作品や、〈月からカナリヤとんでくる〉と歌う「月夜に月を」など、子どものいだく空想として描きだすものもあり、藤

田がファンタジイに心を傾けていたことが分かる。

③エスプリの効いた表現

藤田の作品には、ある情景や対象を描いたオーソドックスな童謡も多いが、それらは、いわゆる写実主義によるものではない。とらえた対象を頭の中で解体し、イメージとして形象化する。その間にエスプリの効いた表現上の操作が行われるのである。例えば、次に挙げるのは、自他ともに代表作と認めている「あしか」であるが

　　あしか　ちよつと　みた／ひるまの　月を／月にいわし雲／すいすい　とんでた／／

　　あしか　ちよつと　とんだ／岩から　水へ／水におさかな／ひょい　ひょい　はねてた／／

　　あしか　ちよつと　でた／むこうの　きしに／きしに　すみれが／ちらちら　さいてた／／

尾上尚子も指摘しているように「写生のようであるが、実はアシカを見ながら詩人の心に浮かんだイメージの世界を歌ったもの」(「一歩踏みだす詩人」『日本児童文学』1982・5)なのである。藤田の場合、こうしたイメージ操作にエスプリを効かせて、一種のひねりを入れる。それが彼の作品に独特のニュアンスを与えている。

④メッセージ性

一人の大人として、子どもたちに伝えたいメッセージを歌った作品がある。「地球の病気」という作品では、原爆のもたらす悲惨な結果を〈病気〉と表現し、そうした病気があってはならないことを訴えている。こうしたメッセージ性の強い童謡については批判もあるが、藤田はあえてこうした作品を発表すべきだと考えたのであろう。

●童謡の研究者として

藤田圭雄は1967(昭和42)年4月から、雑誌『日本児童文学』に「日本童謡史の試み」と題する論攷の連載をはじめた。豊富な資料を生かした論攷は世の注目を集め、連載をまとめて1971(昭和46)年、『日本童謡史』をあかね書房から出版。その改訂増補版全2巻を1984(昭和59)年に出版した。

その改訂『日本童謡史Ⅰ』は、総頁数のほぼ半数に相当する293頁を『赤い鳥』についての記述に当てている。またその『赤い鳥』についての記述の43％が北原白秋に向けられている。このように、『日本童謡史Ⅰ』は、『赤い鳥』童謡の誕生と発展、およびその中心にいた北原白秋にもっとも力を注いだ労作だと言えよう。

まず童謡の誕生については、白秋、八十の存在を高く評価し、次のように述べている。

　　北原白秋、西條八十という、大きな才能が、(中略)自由にその天才の翼を伸ばした時代である。そしてそこに「近代童謡」という一つの詩型を創造した。(p.30)

特に白秋の果たした業績については、讃美とも言うべき高い評価を与えている。

　　不世出の詩人白秋は、童謡の世界でも前人未踏の境界を開拓し、そこに新しい芸術としての近代童謡を生み出した。
　　それは、美しい、選び抜かれた、平易な日本語での、新しい詩であった。(p.133)

また白秋は「偉大な、ことばの魔術師」で、「その天賦の詩才を、わらべうたの現代的表現に投入した」とも述べている。要するに、藤田圭雄は日本の童謡を生み出し、育てた雑誌『赤い鳥』と、その中で創作と評論の両面

でリーダーシップを発揮した北原白秋とを童謡の誕生と発展の原点として高く評価しているのである。

なお北原白秋の作品については、初期の代表作としては創刊号の「りす〜子栗鼠」、つづく9月号の「雨」、10月号の「お祭」を挙げている。特に「お祭」は「この期第一の傑作」で『赤い鳥』童謡の最初の完成作品」だと激賞している。

その後の完成期における代表的な作品として挙げられているのは、1921年の「葉っぱっぱ」、「ちんちん千鳥」、「吹雪の晩」、1924（大正13）年の「からたちの花」、「ペチカ」、「待ちぼうけ」、1925（大正14）年の「酸模の咲くころ」などである。

このようにまとめられた改訂『日本童謡史Ⅰ』は、童謡研究史上どのように位置づけられ、どう評価されるべきか。おおよそ次の3点にまとめることができよう。

①童謡通史のための礎石

この著作は、童謡の勃興期・興隆期ともいうべき大正中期から昭和前期までの童謡を児童雑誌を中心にまとめたもので、童謡通史のための重要な礎石となり得るものである。

②資料集としての価値

児童雑誌、特に『赤い鳥』を中心に、掲載された作品を忠実に、かつ数多く紹介しながらの論述である。精緻な索引もつけられており、資料集として貴重なものである。

③詩人についての詳しい解説

童謡詩人として活躍していた人はいうまでもなく、現在は忘れられていても童謡の誕生期・興隆期に児童雑誌、なかんずく『赤い鳥』に入選した詩人たちについては詳しい解説が加えられている。これらは、藤田がさまざまなツールを使って自ら調査したものと思われる。社会的にはマイナーな存在であった童謡詩人についてはもともと資料が乏しく、また当人を知る関係者を探すことも難しい。童謡詩人についての藤田の詳しい解説は、その陰に並々ならぬ労苦があったことをしのば

せる。

こうした評価の一方で、『日本童謡史Ⅰ』には問題点も指摘されている。すなわち、作品や詩人中心の論述に傾斜して、童謡の歴史的展開の潮流やダイナミズムが十分に示されていないこと、また地方の同人誌活動や童謡運動についてはほとんど触れられていないことなどが問題点として挙げられる。

なお改訂『日本童謡史Ⅰ』と同時に刊行された『日本童謡史Ⅱ』は、雑誌『乳樹』（後に『チチノキ』）と『コドモノクニ』を中心にまとめられているが、北原白秋を師と仰ぐ若手詩人たちが創刊した『乳樹』には、全体323頁の30％が当てられている。また『コドモノクニ』は、野口雨情や西條八十とともに白秋も数多くの作品を発表し、投稿作品の選者も務めた雑誌である。したがって『日本童謡史Ⅱ』においても、藤田は『赤い鳥』と北原白秋にポイントを置いて論述をしている。

以上のほかに藤田が著した理論書、解説書は、次の通りである。

『童謡歳時記』1965年
『歌の中の日本語』1970年
『解題戦後日本童謡年表』1977年
『詩と童話の世界』1985年
『童謡の散歩道』1994年

これらのうち、特に注目すべきは『解題戦後日本童謡年表』である。これは、1945（昭和20）年から1975（昭和50）年までの31年間の新作童謡、新刊書、雑誌の創刊・廃刊、全集所収作品、詩人や作曲家の死亡記録などがまとめられている。大戦後30年間の童謡に関する編年体記録であり、貴重な資料と言えよう。

藤田圭雄はこうした研究活動に加えて、日本児童文学者協会会長を18年間つとめたほか、日本童謡協会理事長、日本児童文学学会理事などをつとめ、児童文学の振興に貢献したことも注目すべきであろう。　（畑中圭一）

弥吉菅一
やよしかんいち

1911（明治44）年 9 月27日〜2000（平成12）年 3 月14日。児童詩研究家、大阪教育大学名誉教授、教育学博士。福岡県浮羽郡大石村（現・うきは市）生まれ。両親は小学校教員だった。広島高等師範学校（臨教）国語漢文科を卒業して、小学校教員を 5 年あまり務めたあと、広島文理科大学に入学して国文学を専攻。卒業後は大阪府池田師範学校教諭となり、大戦後の学制改革により、大阪教育大学教授となる。定年退職後は梅花女子大学に勤め、児童文学科創設に尽力した。

1932（昭和 7 ）年、小学校教員になって子どもたちに接するなかで児童詩に関心をもち、その指導に力を注ぐこととなった。そうした児童詩との出会いについて、弥吉は畑島喜久生の質問にこう答えている。

　児童詩に心ひかれはじめたのは、小学校の教壇にたって間もなくのことですから、20歳位（昭和 7 年時）からになります。実際につくらせたのは、 5 年間でしたが、……（畑島喜久生『弥吉菅一と児童詩教育』p.26）

　小学校の子どものほんとうの心にふれたいという気持ちから、子どもの叫び声である児童詩の指導に熱中したようです。（同前、p.27）

そうした児童詩の指導を支えていたのは、北原白秋の唱える児童自由詩であった。白秋の故郷・柳川に比較的近い町・浮羽に育った弥吉にとって、白秋は師であり、モデルでもあった。しかし、やがて弥吉は「白秋児童詩」に疑問をいだきはじめる。すなわち、白秋が推進する児童自由詩は、感覚の鋭さを要

求し過ぎること、題材が花鳥風月に限られて人間生活が除外されていること、さらには現実生活から逃避する消極的・傍観的文学少年を生むことになっていることに気づいたのである。（「児童生活詩の提唱に関する一考察」『学大国文』16号、1973・3）

そのことから弥吉は、若い教師たちの唱えはじめた「児童生活詩」、さらには「生活行動詩」に一定の理解を示すようになり、「生活行動詩」を次のようにとらえている。
　①生活への能動的姿勢
　②取材対象の拡大深化
　③「行動でかく」という表現技法
　④散文的長詩型
しかし、弥吉は「児童生活詩」や「生活行動詩」に同調することはなかった。畑島喜久生はこの点について

　弥吉には「前衛」とか「生活行動」とかいう生活（社会）変革的な（政治的な思想性を伴いがちの）主張とは、体質を異にしていた……（同前、p.51）

と述べ、さらに次のような指摘もしている。

　「児童生活詩」に対する負の意識、それが弥吉をして｜……（ママ）歴史的研究」に向かわせた、ともいえる。（同前、p.74）

こうして、弥吉は児童詩の指導という実際的な関わりから、歴史的研究という領域に入っていく。研究者としての出発である。本格的には第二次世界大戦終了後にはじまり、その成果としては『日本の児童詩の歴史的展望』（少年写真新聞社、1965）、およびその改訂版（1968）などがある。さらにこれらの研究業績をベースにして、1989（平成元）年、『日本児童詩教育の歴史的研究』（渓水社）が刊行され、この著作によって教育学博士号を取得した。全 3 巻、計3176頁、別冊索引64

頁という大著で、その内容は次の通りである。
　第 1 巻
　　序　章
　　　　研究の契機、課題、目的、意義等
　　第 1 章　投稿詩歌とわらべ唄の時代
　　　　投稿誌『穎才新誌』所収詩歌、わら
　　　　べ唄の脱皮現象等の検討
　　第 2 章　学校唱歌と投稿詩歌の時代
　　　　学校唱歌作品、国語教科書の詩教材、
　　　　雑誌『少年園』投稿新体詩等の検討
　　第 3 章　軍歌流行と少年詩萌芽の時代
　　　　軍歌と唱歌の作品、国語教科書の詩
　　　　教材の検討、雑誌投稿作品の検討
　第 2 巻
　　第 4 章　少年詩ブームと新童謡試作の時
　　　　　　代
　　　　少年詩ブーム現象、新童謡試作現象、
　　　　学校唱歌の新現象に対する検討
　　第 5 章　創作童謡開花の時代
　　　　詩人の創作童謡、児童の創作童謡、
　　　　第 3 期国定国語教科書の詩教材の検
　　　　討
　　第 6 章　児童自由詩の時代
　　　　児童自由詩の提唱・指導・展開に対
　　　　する検討、児童自由詩時代の意義と
　　　　位置
　第 3 巻
　　第 7 章　児童生活詩初期の時代
　　　　児童生活詩の提唱と作品の検討、第
　　　　4 期国定国語教科書の詩教材の検討
　　第 8 章　生活行動詩への志向時代
　　　　児童生活行動詩への提唱と指導の検
　　　　討、白秋の「提言」とその批判に関
　　　　する検討
　　第 9 章　戦時下の皇国主義生活詩の時代
　　　　皇国主義生活詩に対する検討、少国
　　　　民戦争詩に対する検討、皇国主義生
　　　　活詩の意義と位置

　第 1 巻の第 1 ～ 3 章は童謡前史とも言える
もので、児童詩には直接関係のない内容であ

る。第 2 巻の第 6 章ではじめて児童自由詩が
取り上げられ、第 3 巻は児童生活詩から生活
行動詩へ、さらに戦時下の生活詩へと展開し
ている。なおこうした章建ては、先に刊行さ
れた『日本の児童詩の歴史的展望』のそれと
同じである。ただし、『日本の児童詩の歴史
的展望』にあった大戦後の動き（第 10 ～ 12
章）は、取り上げられていない。
　この大著を刊行した後も弥吉の研究はつづ
けられ、特に大阪府下の児童たちの『赤い
鳥』との関わりについての調査・研究が行わ
れた。弥吉菅一が死亡した翌年（2001 年）、
遺稿と銘うって『大阪「赤い鳥」入選児童詩
の探求～関係者のその後を訪ねて』が関西児
童文化史研究会から発行されたが、これは大
阪府下で児童の作品が数多く『赤い鳥』に入
選した学校に注目して、その実績と指導者に
ついて調査研究したものである。取り上げた
のは泉南郡の近義北小学校、泉北郡の南松尾
小学校、大阪市の船場小学校・幼稚舎である。
　まず近義北小学校においては、投稿し入選
しているのはすべて同校 5 年女子組の児童で
ある。このクラスの担任であった若い女教師・
鳴海（後、生野）君代の指導によって、数多
くの児童詩が入選したのである。すなわち、
児童の作品は『赤い鳥』第 12 巻 4 月号
（1924・4）から入選しはじめ、第 14 巻 6 月
号に至っている。入選者は 24 名、入選作品は
51 篇。そのうち推奨作品は 5 篇、佳作は 14
篇というハイレベルであった。なかでも南茂
子は 6 篇入選し、そのうち、推奨 2 篇、佳作
2 篇というみごとな成績である。ただし近義
北小学校で、こうした自由詩教育のすぐれた
成果をおさめたのは 5 年女子組だけであった。
すなわち、近義北小学校における児童自由詩
教育は、学校あるいは学年全体の取り組みの
中で行われたものではなく、いわば鳴神教諭
の個人プレーで行われたものだということで
ある。1995（平成 7 ）年、弥吉は当時 80 代
後半の生野（鳴神）君代に会い、また数回に
わたり書簡を交わすことを通して、この点に

100

ついて確認をしている。

一方、泉北郡南松尾小学校では、『赤い鳥』復刊・第3巻から第10巻まで（1932〜35）に32名が入選しているが、学年は尋常3〜6年、高等科1、2年と広範囲にわたっている。

指導に当たったのは高岡舜正教諭と小川隆太郎教諭である。高岡教諭指導のものが19篇、小川教諭指導のものが14篇入選している。

高岡教諭は児童自由詩の指導にきわめて熱心で、投稿させるかたわら、児童の詩文集を数多く編集・発行している。すなわち、『児童自由詩』『児童自由詩2』（尋常5年男子組、1931〜32年）、『いづみ』1、2『印象』（高等科1年、1933〜34年）、『松風』第1〜5輯（高等科2年、1934〜35年）、『白光』1、2（尋常6年男子組、1935年）である。『赤い鳥』への投稿だけではなく、地道な指導をつづけたことに弥吉は注目している。

もう一人の小川隆太郎教諭は、後に作家、評論家として活躍したが、高岡教諭と同じくさまざまな学年で自由詩の指導に励んでいる。

次に大阪市の船場小学校、船場幼稚舎を先に挙げたが、これは学校や幼稚園の先生が指導したというのではなく、姉妹のふれ合いのなかからすぐれた作品が生まれ、それを詩人たちがバックアップしたというケースである。すなわち、大阪市の毛布問屋・小林政治氏の娘たち5人姉妹のうちの3人、小林園子、小林千賀子、小林章子の「小林三姉妹」は『赤い鳥』第5巻第6号（1920）から第6巻第5号（1921）までに13篇の詩が入選したが、特に注目されたのは、当時5歳の章子であった。初めて投稿し、いきなり推奨に選ばれ、選者北原白秋が激賞した「油絵の道」は、次のような詩であった。

　　　油絵の道を／歩いてゆくと、／さくらんぼうが落ちてゐた。／ひらをウと思ふと、／小鳥がたべた。（第5巻第6号、1920）

その後6歳にかけて章子の作品5篇が入選、そのうち第6巻3号の「毛糸の帽子」には「賞」が与えられている。

やがて三姉妹の詩を収めた詩集『星の子ども』が1922（大正11）年1月、天祐社から出版された。与謝野晶子の「序」、北原白秋の「跋」という豪華なバックアップで、詩集は広く知られるようになり、とりわけ章子は幼児詩人として注目された。

ところが、弥吉はその小林章子が15歳の時に書いた「生い立ちの記」という文章を見つけ出し、章子の内面を知ることとなる。彼女はこう書いている。

　　　一寸口に出した自然への驚嘆などを私の一番上の姉さんがノートに書きのこして下さつた。そして私を丸でそれらの天分が充分にあるかの如く扱はれた。それは私にとつては迷惑だつたのだ。

「『星の子供』なんて本なんか出した丈け余計にうらめしい気がする」とまで言っている。章子にとって、詩を書くことは必ずしも楽しいことではなかったというのである。

以上の調査・考察から、『赤い鳥』投稿の児童自由詩については、次の三つのケースがあったことがわかる。

①教師の強力な指導によって、詩を書かせ、投稿させた。
②教師の日常的な作文・詩の指導のなかから作品をえらび、投稿させた。
③きょうだい（姉妹）で詩を作り、投稿、詩人たちの助力を得て世に認められた。

弥吉はこれを結論として明確に提示してはいないが、彼の研究の成果のひとつとして評価することができよう。　　　　（畑中圭一）

［参考文献］
大藤幹夫（2001）「追悼　わが師・弥吉菅一」『児童文学研究』第34号、2001年

第2部

鈴木三重吉とその作品

総説
鈴木三重吉の文学

◉漱石との出会い

　1904（明治37）年、鈴木三重吉は第三高等学校を卒業し、当時、夏目漱石が教鞭を執っていた東京帝国大学の英文学科に入学するが、1905（明治38）年には神経衰弱を理由に休学している。1906（明治39）年5月号の『ホトトギス』に掲載された「千鳥」は、三重吉が郷里の広島で療養中に執筆されたものである。漱石の「僕名作を得たり」（1906・4・11付、高浜虚子宛書簡）という賛辞に加え、一般の読者からも好評を博し、三重吉は華々しい文壇デビューを飾ったわけである。

　「千鳥」の舞台は随所で機織の音が聞こえる「不自由な島」であり、電気は敷設されておらず、交通手段は馬か徒歩である。時代設定は日露戦争後であり、海軍に縁のある「江田島」や「佐世保」といった地名も登場するが、島はむしろ現実社会からは隔絶されており、女性的で母性的な世界が描写されている。主人公の青木は、偶然知り合った藤さんを「いぢらしく思ふ」としながらも、藤さんが背負っている現実の辛さや厳しさを直視しようとはせず、出会いから別れまでの2日間の記憶を「千鳥の話」として完結させるのである。藤さんの不可解な言動の謎は解き明かされず、島の「小母さん」を中心とした擬似的な親子関係の温もりだけが残る作品に仕上がっている。

　「千鳥」の作品世界の底流にあるのが、母なるものへの憧憬であることは間違いない。三重吉は9歳の時に生母を亡くしているが、一方で、病床の父親とも不仲であったようで、家族的な愛情の欠落が漱石への強い敬愛の情につながったのであろう。「千鳥」だけでなく、一連の創作活動の原動力となったのも母性的な世界への憧れである。三重吉の初期作品は、小説であっても「御伽噺的な世界」（小宮豊隆）、「ロマンティックなメルヘン的小説」（西田良子）と呼ばれることが多い。実際、ヨーロッパの昔話と同様の形式や特質を持ち合わせており、後年の「桑の実」も含め、童話性が顕著に認められる。なかでも「千鳥」は、手法、感覚、文体の面から見て、もっとも「三重吉らしい」作品である（根本正義）というのが定説である。

◉夢と葛藤の日々

　三重吉は1906年9月に復学するが、上京に先立って親友の加計正文の旧家を訪れている。加計の家は太田川を遡った山間部にあり、川舟か徒歩で行くしかなく、地理的な意味合いとしては「千鳥」の島に近い。広島の市街地で育った三重吉は、風景の美しさや山里の暮らしぶりに特に感動したようだ。三重吉はこの場所を舞台に、炭問屋を営む旧家に伝わる落人伝説と悲恋物語を題材に、過去と現在が響きあう「山彦」という幻想的な作品を執筆している。嫁いだ姉を訪ねてきた主人公は、まるで浄瑠璃でも見るかのように、「古き代の恋」を追体験していく。「山彦」は「『千鳥』を遥かに抜きん出た作品」であり、「悲愴と甘美の調合に三重吉ほど長けた作家はほかにはいなかった」（藤井淑禎）と評価されている。

　「山彦」は近代文明から取り残された空間で、主人公が幻想的な体験をするという点で漱石の「倫敦塔」（1905）や「草枕」（1906）を

彷彿とさせる。ただし、この作品に対する漱石の評価は「千鳥」の時ほど芳しくはなかった。漱石は「装飾仆れ」を指摘し、「オイラン憂ひ式」という言葉で三重吉の創作態度を諫め、「自分のウツクシイと思ふことばかりかいて、それで文学者だと澄まして居る様になりはせぬかと思ふ」(1906年10月26日付書簡)と書き送っている。

　三重吉にしてみれば、「千鳥」や「山彦」こそが自分の求める作品世界であった。その後も、主人公が過ぎ去った昔を懐かしむという趣向の短編(「鳥物語」「黒髪」「金魚」「瓦」「写真」「人形」「十字架」「鎖」「大伯母」など)を多数執筆している。いずれの主人公も屈託を抱えた寂しい人であり、美しい思い出の中に逃避している。三重吉にとって小説とは夢の世界の具現化であり、漱石が批判した「オイラン憂ひ式」からの脱却は容易ではなかったのである。むしろ、三重吉にしてみれば、漱石もまたロマンティシズムの作家であり、非人情を捨てた漱石の転身は不可解で残念な出来事だったのである。

　1908(明治41)年、三重吉は大学を卒業し、教頭として成田中学校に赴任する。卒業と同時に父を失った三重吉の肩には、生計を立て家族を養うという責務が重くのしかかり、日々の校務の忙しさのなか、次第に精神的に追い詰められていったのである。さらに、文壇は自然主義文学の全盛期であり、木曜会でも三重吉に代わって「煤烟」(『東京朝日新聞』1909)を執筆した森田草平が脚光を浴びるようになる。この頃の三重吉は、「何か大作を出さんと文壇から埋られてしまひさうで日々苦悶してゐる」(1909年2月22日付書簡)と焦燥感を露わにしている。こうした状況の中で発表されたのが、初めての長編小説「小鳥の巣」(『国民新聞』1909・3・3～10・14)だったのである。

●小説から童話へ

　1906年の「千鳥」から1916(大正5)年

の「牧場の出来事」まで、三重吉は10年間に70編余りの小説を執筆している。そのうち、長編は「小鳥の巣」と「桑の実」の2編のみで、短編作品が中心である。作風で分類すると「千鳥」「山彦」「桑の実」に代表される浪漫的な作品群と、「小鳥の巣」に代表される自然主義的な作品群に大別することができる。言うまでもなく、三重吉の本領が発揮されたのは前者の作品群である。

　1907(明治40)年の『中央公論』に発表された「おみつさん」(原題「お三津さん」)も前者の代表作の一つである。表題となった「おみつさん」は「千鳥」の藤さんのように何か複雑な事情を抱えた女性であるが、詳細は明らかにされない。視点人物は幼児であり、幼児の心情なり言動なりを描いて巧みな点が評価できる。後年、三重吉は『赤い鳥』の主幹として児童文化運動に従事するわけだが、その軌跡は必然であったと言って良い。ただし、初期の数編を除いて、こうしたストーリー性のない浪漫的な作品群に対する評価は必ずしも高くない。

　一方、「小鳥の巣」は、「千鳥」と同様、三重吉の大学時代の休学に取材した作品であるが、「千鳥」の牧歌的な雰囲気とは正反対で、主人公の閉塞的で鬱屈した気分のみが色濃く滲み出た作品である。主人公は「自分のためにどこかに隠れてゐる一人の女」を夢想し、現状からの救済を求め、他家に嫁いだ女性との不倫関係を続ける。さらに、肉親との確執や、自身の性病のことなども赤裸々に告白している。当時の自然主義文学に影響を受けた作品と言えるが、過酷な現実に対する洞察や登場人物に対する客観的な批評は皆無で、三重吉自身も失敗作であると認めている。三重吉はその後も自然主義的な作品(「民子」「黒血」「凶兆」「小猫」など)を発表し続けている。さらに、「千鳥」や「山彦」では平面的にしか描けなかった人物像を多角的に描くべく、「馬車の来る間」や「紅皿」などを執筆しているが、いずれも成功しているとは言い

がたい。

　1911（明治44）年、学生のストライキを理由に、三重吉は成田中学を辞して上京する。短編小説を執筆するほかに、海城中学や中央大学の講師をして糊口を凌いだ。三重吉は所帯を持っていたが、引き続き祖母や小母の面倒も見なければならず、「此頃は女房もイヤだ。何もかも五月蠅い。山寺にはいりたい」（1913年4月16日付書簡）と厭世的な気分を強くしている。そのような状況下で執筆されたのが「桑の実」（『国民新聞』1913・7・25〜10・15）である。

　「桑の実」は芥川龍之介や漱石からの評価も良く、久しぶりの会心作であったと言える。ヒロインおくみは、三重吉の求める理想的な女性像の典型である。「桑の実」と「千鳥」には連続性が認められる。おくみが「千鳥」の藤さんを彷彿とさせる人物であるというだけでなく、どちらの作品の主人公も青木という名前であり、いわば「桑の実」は「千鳥」の青木の〈今〉を描いたような作品となっている。主要な舞台は屋内であり、外の世界との交渉はほとんど描かれない。青木は性格の合わない妻に出て行かれ、子どもと二人で寂しく暮らしている。そこに手伝いとしておくみが来たわけだが、二人は互いに惹かれあうが、結局は何事もなく別れてしまうのである。

　西田良子は、家庭的に恵まれない「桑の実」のおくみを「お伽噺によくある人物設定と、本質的に何等変るところがない」としている。さらに、西田は「敬体を用いた童話風の文章」も「童話やお伽噺の文体と同種のものである」（『日本児童文学研究』牧書店）とも述べている。おくみは2歳の時に父に死に別れ、その後は継母の手で育てられるが、継母はおくみが11歳の時に再婚し、おくみは養女に出されてしまう。おくみは、メルヘンの主人公の多くが辿る孤独な境涯にある。

　「桑の実」は、「千鳥」に比べるとヒロインの心理に踏み込んで描いている点が評価できるが、「考へると人程つまらないものはない

やうな気がした」というおくみの嘆きに応えることなく、物語は終わっている。「桑の実」が掲載された時代は「新しい女」が台頭した時代であり、社会的な反響を呼ぶ作品にはなりえなかったのである。三重吉は、これ以降、『赤い鳥』に舞台を移し、夢と理想を追い求めることになる。

● 「赤い鳥」の時代

　小説から童話へ、三重吉が辿った足跡は、「赤い蠟燭と人魚」（1921）で知られる小川未明と似通っている。ただし、未明が創作童話を中心に活躍したのに対して、三重吉の創作童話は長女の誕生を題材にした「ぽっぽのお手帳」（『赤い鳥』1918・7、創刊号）のみである（厳密に言えば、広島一中時代に「少年倶楽部」に「あほう鳩」を投稿している）。その意味で三重吉を「童話作家」と呼ぶことには抵抗がある。

　一方で、三重吉は『赤い鳥』誌上で、再話や翻案という形を取って、海外の代表的な児童文学を積極的に紹介し続けた。浜野卓也は「児童のためのすぐれた再話の出現は、子どもの読者にとって不可分の領域である。三重吉は、この点において特筆されなければならない児童文学者であった」（『童話にみる近代作家の原点』桜楓社）と位置づけている。こうした三重吉に対する評価は現在のところまで変わっていない。

　三重吉が『赤い鳥』誌上で紹介した主な海外童話には、ドーデの「最後の授業」、バリーの「ピーターパン」、ルイス・キャロルの「不思議の国のアリス」、マーク・トウェインの「王子と乞食」、バイルの「ロビンフッド物語」、マロの「家なき子」などがあり、今日、児童文学の名作とされている作品ばかりである。さらには、日本の古典文学に取材した『古事記物語』（1920）もある。

　三重吉の再話や翻案は約260編であるが、そのうちの150編は妖精物語である。三重吉が手がけた作品を眺めてみると、幾つか興味

深い特徴を指摘することができる。まず、物語の中心は母と子であるということである。しかも、美しく優しい実母に対して、狡猾で意地悪な継母が登場する。「野を越えて」「影」「モーニ」の母親は慈愛にあふれている。愛情深いのは動物の母親も同じであり、「お猿の飛行士」「お耳のくすり」などが挙げられる。同様に、母を恋い慕う少年が描かれている。「うらなひ」や「病院」のほかに、人間ではないが「小馬の話」の馬も母のため曲芸の練習に励む。三重吉の小説（「帯」「黒い壺」「伯母とお浜」「櫛」「隣」「金盞花」など）にも主人公と不仲な継母が数多く描かれている。「桑の実」のおくみの継母がそうであり、結局、三重吉の作品に好ましい性格の継母は一人も存在しない。

　次に、愚かな父親の存在である。三重吉の代表作である「湖水の女」（1916）はウェールズ地方に実在する湖が舞台である。牧夫と結婚して３人の息子をもうけた湖水の女は、夫である牧夫が約束を破ってしまったために、湖に帰ってしまうのである。残された息子たちは、母を慕って嘆き悲しむが、言いつけを守り、国中で一番えらい医者になる。「星の女」（1917）と「海のお宮」（1917）も同様の構図を持った話であり、いずれも父の過失によって、子どもたちは大切な母親に去られている。「湖水の女」もそうだが、子どもたちは父親を決して恋しくは思わない。これらはいずれも春陽堂から出版された世界童話集20編（1917〜1923）に収録されており、童話集の編集が『赤い鳥』創刊への一歩となったのである。

　父親は愚かであるだけでなく、時に憎むべき対象でもある。「乞食の王子」の父親は暴力的で恐ろしい存在である。こうした母子関係や父子関係は、三重吉の遺稿となる「ルミイ」（『赤い鳥』1932〜1936）まで続く。「ルミイ」はマロの『家なき子』を題材にした作品である。主人公のルミイは捨て子で、養父に疎まれ、旅芸人に売られ、諸国を旅しなが

ら実母を探すのである。三重吉はこの作品に対して特別な思い入れがあったようで、完結していれば『古事記物語』と並ぶ代表作になっていたに違いない。

●近年の研究動向

　半田淳子の『永遠の童話作家　鈴木三重吉』（高文堂出版社、1998）以降、三重吉の足跡を総合的に論じるような単行本は出版されていない。小説では、やはり「千鳥」や「山彦」、「小鳥の巣」や「桑の実」が中心である。武田信明の「写生装置としての〈自分〉：鈴木三重吉『山彦』論」（『島大国文』2015・3）や「はじまりとしての『切断』：鈴木三重吉の『千鳥』論」（『島大言語文化』2015・10）は、それぞれ作品論として完成度が高い。また、髙野奈保の「鈴木三重吉『桑の実』論：〈事件性〉のない小説」（『立教大学日本学研究所年報』2017・7）も詳細な作品論であり、三重吉の文学的な志向と同時代の評価の乖離について言及している。このほかにも、地域性という視点から代表作を論じた槇林滉二の「地域性と文学──鈴木三重吉『千鳥』『山彦』、『小鳥の巣』を中心に」（『近代文学試論』2012・12）がある。

　一方で、童話作品に関しての研究論文には注目すべきものが多い。三重吉の童話作品を人称代名詞という視点から分析した山田実樹の「鈴木三重吉の童話作品における一人称代名詞」（『論叢国語教育学』8号、2012）と「『赤い鳥』鈴木三重吉童話作品における二人称代名詞」（『論叢国語教育学』9号、2013）は独創的である。また、『古事記物語』の典拠を探る田中千晶の「鈴木三重吉が見た『古事記』──享受史の観点から」（『日本文学』2007）や三重吉の『赤い鳥』編集の方針を海外童話の採択方針から探ろうとする王玉の「雑誌『赤い鳥』における「殺す」「殺される」問題：欧米昔話再話作品を中心に」（『研究論集』2014・12）も個性的で緻密な研究である。

　　　　　　　　　　　　　　　　（半田淳子）

古事記物語
（こじきものがたり）

鈴木三重吉著。上・下巻（赤い鳥社）。『赤い鳥の本』第1冊、第2冊として1920（大正9）年11月、12月に発行された。1919（大正8）年7月から翌年9月にかけて、雑誌『赤い鳥』に掲載された童話（再話）を校正し、新たに3話を追加し全19話にまとめたもの。『赤い鳥』誌上ではまだ「古事記物語」の名称は無く、各話タイトルに「日本歴史童話」や「日本歴史物語」と付けられていた。

発刊以来、昭和、平成を通じて数度にわたり刊行、増刷が繰り返され、現在では電子書籍版やペーパーバック版としても出版されるなど長期間に渡って販売され続けている。『古事記』の"口語訳"として児童から大人に到る広範囲の年齢層に受容された。

『古事記物語』は、発行後に『古事記』を口語訳したさまざまな書物が多く出版されはじめた事実が確認されること、それらの中には『古事記物語』を模倣したものが見受けられることから、後の児童向け『古事記』にも多大な影響を与えた作品といえる。

三重吉作とされる童話は創作と翻訳・再話の二種類に大別されるが、創作童話は数編のみであり、多くが海外の短編童話の翻訳・再話である。したがって『古事記物語』は長編

読者からの反応

『赤い鳥』「通信」欄には読者の声が掲載された。第一話「女神の死」に対し早速「非常に結構なもので、少年少女の頭に必ず良い結果をもたらすことゝ存じます」（3巻2号）との好評価が届けられた。4回連載後には「歴史童話は、勿論あらゆる意味で、結構なものに相違ございませんが、私の希望は、その他に毎月先生の筆になつた西洋長編童話が拝見したいのです」（3巻5号）と、歓迎されつつも西洋作品の再話も求められていた。

である点、日本の古典作品を再話している点で三重吉童話のなかでも例外的な作品である。

◉内容

『古事記』を再話したもの。『古事記』は712（和銅5）年に太安万侶（おおのやすまろ）によって撰上された、日本現存最古の歴史書（三巻本）である。天地開闢から推古天皇の時代までの神々の世界や皇室を中心とする歴史を記す。『古事記物語』は『古事記』のほぼ全内容を再話している。

上巻には16ページもの長文の「序」、下巻にも6ページ強の「序」がある。上巻「序」には作品解説、『古事記』の解説、『古事記』の尊貴性や価値等の詳細な説明が、下巻には『古事記』の重要性の解説、巻末索引の説明、上巻の訂正箇所が記されている。

『赤い鳥』誌連載時の挿絵、単行本の装幀、口絵、挿絵はすべて『赤い鳥』表紙を手掛けた清水良雄による。

◉先行研究および評価

『古事記物語』は童話作家としての三重吉の重要な一作品として論じられてきた。その最も早い論者は恩田逸夫で、『古事記物語』を三重吉の全童話の頂点に位置する代表作と評価した。執筆に至る過程について論じ、再話対象に選んだ一因を、三重吉の持つ日本的なものに愛着する心情とした。瀬田貞二は三重吉の『古事記』観に言及し、この再話は三

一方で「古事記の御口訳」に関して、恐らく同一人物から5度の長文の投稿が掲載された。語句の解釈、口語訳の誤り等を指摘し私見を述べたものである。細部に渡る『古事記』との比較と的確な指摘、『古事記』の注釈書を確認した形跡、神道関係の書籍から図を引用しての説明箇所もあることから、研究者あるいは神道関係者であろうか。三重吉はこの人物に2度答えている。明らかな誤りは素直に認め、反論は用例を挙げる等、丁寧に行った。この人物の指摘を受け三重吉が正した箇

重吉の最も重んずる作品と述べた。桑原三郎は最も代表的な子ども向けの『古事記』の再話とし、再話対象として『古事記』を選んだ三重吉の文学者としての目の確かさに言及した。児童文学研究者からは、おおむね高い評価を得ている。一方で評論家の森秀人も「古事記の要約という単純な作業ではなく、文学としての古事記を、少年のためにモンタージュしたこの作品は、じつに見事な完成度を示していた」（森秀人（1993）「鈴木三重吉『古事記物語』」『正論』245、p.237）と高く評価した。また宮崎芳彦は、編集者・出版事業家としての三重吉という観点から売れ行きや出版状況について述べた。続橋達雄は、恩田、瀬田、桑原の研究成果を踏まえつつ、作品をめぐるさまざまな問題を提起しており、それら諸問題の多くは手付かずのままである。田中千晶は三重吉が執筆にあたって参照した『古事記』を渋川玄耳（1911）『三體古事記』と導出した。

● 『古事記』から『古事記物語』へ

三重吉は上巻「序」に「「古事記」の中のお話はすつかり再話し尽されてゐる」「ゆるい意味で、「古事記」そのものゝ口語訳として迎へられても、お互にたいして差しつかへはない」と記しているが、単純に『古事記』と比較した場合、目立った相違点として①本文の削除や省略箇所が多い、②擬音語、擬態語、繰り返し語の多用、③歌謡の削除・省略、④説明的な文章や、人物（神）の性格、心情などを追加・挿入、⑤語句の言い換え、⑥話の順序変更等の変更や脚色が見られる。

これらの変更に関しては、三重吉自身も「平俗な言葉と、普通の語法としか使はないでかき上げた」「少年少女諸君にとつて、さしあたり意味の少い謡を、いろいろはぶいたのと、小さい人たちの読みものとして、或、人間的な交渉の叙述に、止むなき手加減を加へた」（上巻「序」）と説明している。

さらに、雑誌『赤い鳥』版から単行本化する際にも細かい校正を加えている。文や語句の変更・追加、句読点および改行位置の変更が多数認められる。改行の増加は雑誌における文字数の制約から開放されたことに起因するものであろう。口語訳とは異なる「一箇の純芸術品として」（上巻「序」）の表現を追求し校正を重ねた作品である。　　　（田中千晶）

［参考文献］
恩田逸夫（1965）「『古事記物語』の成立」『赤い鳥研究』（小峰書店）、瀬田貞二（1972）「解説」『日本お伽集一　神話・伝説・童話』東洋文庫220（平凡社）、桑原三郎（1978）「解説」『鈴木三重吉集』（ほるぷ出版）、宮崎芳彦（1994）「鈴木三重吉の仕事——編集者、出版事業家の原像」（『白百合児童文化』Ⅴ）、続橋達雄（1994）「鈴木三重吉『古事記物語』考」（『野洲国文学』54）、田中千晶（2007）「鈴木三重吉が見た『古事記』——享受史の観点から」（『日本文学』56-2）

所は、単行本に反映されている。

伏せ字の『古事記物語』
三重吉は「自分の文章をいつまでも推敲して倦む事を知らなかった」「三度でも四度でも、絶えず自分の表現に磨きをかける事を懈らなかつた」（小宮豊隆「三重吉のこと」『漱石寅彦三重吉』岩波書店、1942、pp.325～326）という。単行本化にあたってかなり手を入れており、三重吉編『少年文学集』所収（改造社、1928）でも校正して

いる。これには伏せ字箇所があり、主に天皇殺害関連の語句が「ゝ」となっている。当時の出版界をとりまく状況を鑑みて自ら伏せ字にしたものであろう。他に単行本でのミスも修正している。

春陽堂文庫本（1932）では『少年文学集』の伏せ字箇所をすべて戻したが、他には手を加えていない。三重吉の死（1936）以降、本文はこの版をもとにして各社から発行され続けている。

湖水の女

●お伽噺から童話への移行期

　三重吉初の童話集として、1916（大正5）年12月に春陽堂より発行された『湖水の女』表題作。ほかに「馬鹿ぞろひ」「二人出ろ」「龍退治」の3作品が収録されており、いずれも海外の伝説、童話の再話である。水島爾保布が表紙絵、挿絵を手掛けた。「湖水の女」は1918（大正7）年9月発行の『赤い鳥』1巻3号に収録されている。

　『湖水の女』執筆の動機としては、「すずきすず伝説」と呼ばれるものがある。1916年6月に初めて得た子どもであるすずの為に三重吉は子どもの読物をあさったが、乱暴で下等なものばかりだったので、どこへ出すというつもりもなく、純情的な興味で、すずの寝顔を前にして「湖水の女」他3編の童話を書いたのが童話執筆の動機であるという。これは三重吉自身が「私の作篇等について」で語ったことだが、桑原三郎は三重吉が自身の全作集を出版するにあたって多額の負債を抱えていたことなどから、「三重吉が童話にたずさわるについては、もっと生々しい現実があったことを忘れ去ることは出来ない」とした。

　森井弘子は、三重吉が「童話といふ言葉は…私が作り出した」（『現代日本文学全集』33、1928）と言う割に、『湖水の女』「序」において「お伽噺」の言葉を使用するなど用語が混在していることから、この作品は「お伽噺から童話への移行期であったと垣間見ることができる」と述べた。

　1929（昭和4）年5月、『湖水の女』は春陽堂から『世界童話集』第2集として出版され、表紙・函ともに清水良雄が担当。また表題作は『世界童話集（11）』（春陽堂、1918）や『世界童話宝玉集』（冨山房、1919）、『春陽堂少年文庫（49）』（春陽堂、1932）にも収録され、1971（昭和46）年にほるぷ出版より復刻版が出版された。

●異類婚姻譚

　ウェールズ（イギリス）の伝説を原話としている。湖水に現れる美しい女を一目で好きになった主人公ギンは、湖水の女、ネルファークを妻として迎える。その際、彼女は「私が何も悪いことをしないのにお撲ちになると、3べん目には、私はすぐに湖水へ帰つてしまひますがようございますか」と念を押し、ギンは彼女に手を上げないことを固く誓う。

　しかし、結婚後のネルファークは人間の常識では理解できないような行動を繰り返した。馬をつかまえておくと言ったのに何もせず、赤子の名づけの席で涙を流し、弔いの場で嬉しそうに笑う。そのたびにギンは「手袋の先で冗談に一寸と肩を叩」いたり、「そっとネルファークの肩を叩」いたり、「ネルファークの肩に手をかけ」たりする。しかしそれらは「何の悪いこともしないのに」彼女を「撲った」と解釈される。

　そしてとうとうネルファークはギンと3人の子どもたちを残し、牛・羊・山羊・馬・豚も皆連れて湖水に帰ってしまう。ギンは悲しみのあまりそのまま湖水に飛び込んでしまう。残された子どもたちは母を探して泣きながら湖水のふちを彷徨うばかりである。ネルファークは彼らを「世の中の人たちの病気をなおす人におなりなさい」と諭して薬の知識を授り、子どもたちは有名な医者となる。

　人間ではないものと結婚し、相手から課せられた禁忌を犯して結果的に破局してしまうという禁室型の異類婚姻譚は、日本でもよく見られる話型である。「湖水の女」の場合、3度とも主人公ギンにネルファークを「撲った」自覚がなく、禁忌を犯す際に好奇心や欲望が介在しない点に特徴があり、理不尽とも感じられる世界観である。また、「ギン」「ネルファーク」という名前や、「ウェイルス」

111

「ミットファイト」という地名が海外の伝説であることを印象づけている。

◉先行研究の少なさ

出版当時、『日本お伽物語』などを著した小野小峡は『読売新聞』（1917.3.1〜3.2）において「湖水の女」を好意的に取り上げ、「今までこれほど上品に書かれた文章はない」とその文体を高く評した。森井は、西洋の伝説・童話の再話である「湖水の女」が高評価を得たのは「平易で純な口調」で「単純に書かうと努力した」という三重吉の文体によるところが大きいとしながら、「それに加えて水島爾保布の西洋風な斬新な画もあった」と述べている。表紙絵、挿絵を担当した水島爾保布は英国美術に影響を受け、大正期の美術ジャーナリズムの格好の対象であった。内容に関して、桑原は、これまでのお伽話は「見えすいた勧善懲悪」「教育のための方便か、さもなければ単に面白おかしく話が話されているというだけ」のものであったとし、本書を「全く教訓臭がないばかりか、エキゾティックでいかにもロマンティックな詩情にとんだ童話であった」と評した。

『湖水の女』は三重吉が最初に執筆した童話集であるにもかかわらず、作品自体に重きを置いた研究は少ない。その中で、谷萩昌道は「異国の伝説を日本に紹介するときには、さまざまな配慮が必要とされるが、『湖水の女』ではその配慮がなされていたかどうか」と述べ、児童文学における異文化受容の観点から表題作「湖水の女」を批判的に論じた。湖水の女、ネルファークがギンの言うことに従わなかったり、弔いの席や赤子の名づけの場で不適切な言動をしたりしたこと、彼女がそれを棚に上げて「悪いことをしていないのに」3回ぶたれた、と一方的に出て行ってしまうこと、ギンがその理不尽とも言える彼女の言い分を受け入れていることなどに対して読者が感じる違和を、「湖水の女」のルーツを探ることで考察したのである。

◉「湖水の女」と類似する物語

谷萩は「湖水の女」と類似する話として、K・ブリッグズ著、井村君江訳『妖精の国の住民』（ちくま文庫）より「グウレイグを3度打つと」を挙げた。ウェールズでは「湖の貴婦人」のことをグウレイグと呼ぶという。また、J・ジェイコブス編、小辻梅子訳編『ケルト妖精民話集』（現代教養文庫）にも「ミドヴェイの羊飼い」という題で同じ話が掲載されており、これらから「湖水の女」はウェールズではよく知られた伝説であることがわかる。ネルファークは湖水に住む妖精である。谷萩は井村君江の『妖精学入門』から「妖精の性質と行為」「妖精の食物」についての解説を引用し、西洋において妖精がどのような生き物として描かれているのかを明らかにした。妖精には人間の行為に対して敏感である、喜怒哀楽が激しいなどの特徴があるという。ネルファークの言動が不可解なのは、彼女が人間と異なる妖精の論理や習慣、風習のもとに生きているためだと考えられるのである。谷萩は日本人が「湖水の女」を理解する上での「二重の異文化の壁」として、「湖水の妖精である女とギンとの壁」と「妖精伝説を自国の文化とするウェイルスとこのような伝説を持たない日本との文化の壁」を挙げ、「『湖水の女』は異文化の受容の難しさを改めて考えさせられる童話である」と述べた。（比嘉樹）

［参考文献］
鈴木三重吉（1931）「私の作篇等について」『明治大正文学全集』第28巻（春陽堂）、桑原三郎（1977）「解説」『日本児童文学大系　第10巻　鈴木三重吉集』（ほるぷ出版）、谷萩昌道（2007）「児童文学における異文化の受容について──鈴木三重吉『湖水の女』の場合」（『足利短期大学研究紀要』27(1)）、桐原浩（2017）「水島爾保布とビアズリー──行樹社と『モザイク』を中心に」（『新潟県立近代美術館研究紀要』16）、森井弘子「湖水の女　解題」（財団法人大阪国際児童文学館HP）

小鳥の巣

◉ 『小鳥の巣』の概要

　『小鳥の巣』は、1910（明治43）年3月3日から同年10月14日まで、『国民新聞』に連載された、三重吉初の中編小説である。1912（大正元）年11月に春陽堂から単行本が発行された。装幀は橋口五葉である。巻頭には「四十三年三月より十月まで国民新聞に連載したる此拙作をわが亡き父上母上に捧ぐ」とある。本作を機に、三重吉は「新ロマンチシズム」の旗手として、文壇に躍り出た。連載当時の三重吉は、千葉県の成田中学校で教員をしており、当時成田山の山主でもあった同校校長石川照勤に休職を許され、執筆を行った。8月に師の夏目漱石が修善寺で危篤に陥った際は、同地に赴き、十数回分を書いてもいる。

◉ 「螺旋状の冥想」に溺れる物語

　「放縦と奢侈」に溺れていた主人公の十吉は、34年来の持病である神経衰弱が悪化し、卒業間近だった大学を休学して故郷に帰る。だが安らぎを求めた実家は荒廃していた。「老年の迷愚」で「事理に暗い」祖母、「理解のない前代の女」である小母、そして重病ゆえの「冷酷な僻見」で接する父との生活で、十吉は絶望を深める。十吉の初恋の相手で、彼の子どもを堕胎した過去を持つ「定まらぬ運命に漂泊してゐる」従姉の万千子と再会しても、恋愛への追慕と寂しさから脱却することができない。十吉は「悪どい酒」と「下等な女」に走り、黴毒になる。神経衰弱療養のため訪れた「離れ島の小村」で漸く精神の安定を得た十吉は、父の死を知り帰宅。黴毒を治療して、小学校以来の友人樋口の勧めに従い実家を売却する算段を付ける。自分の実家に帰る

決心をした万千子と暗い夜に口づけを交わし、彼女との過去を「記憶」として封印する場面で、物語は閉じられる。

　この小説の全編で展開するのは、十吉が抱く「螺旋状の冥想」である。「螺旋状の冥想」とは「寂寥」と「憧憬」という二つの感情をベースに、それらを抱く対象をずらしながら反復し、その結果「寂寥」と「憧憬」の内実さえもずれてゆく思考の運動のことであり、彼の恋愛や神経衰弱とも深く関わっている。

　「螺旋状の冥想」は小説の語りによっても強化されている。十吉の一人称に極めて近い三人称を採用した語りは、周囲の人間をそれぞれ老い、前時代性、病気、女性性といった諸要素を以て囲い込み、レッテルによって規定する一方、十吉は学歴、若さ（青年性）、男性性、神経衰弱の設定で優位性を与え、十吉の思考が相対化されるのを阻んでいる。

　神経衰弱は、周囲から責任能力や自己管理能力を問われる可能性があるが、小説内ではむしろ周囲と十吉との境界線を引くものとして機能している。また、「寂寥を導き入れる」ものとして語られており、「螺旋状の冥想」と直接結びつくものでもある。十吉の深い苦悩は神経衰弱の症状として示されることから、神経衰弱はいわば「螺旋状の冥想」の可視化されたかたちとも言える。

　十吉は最後まで「寂寥」を嘆き、「強烈な恋」を求める。物語が結末を迎えても、「螺旋状の冥想」の出口は見いだされない。『小鳥の巣』は「螺旋状の冥想」という十吉の懊悩をこそ描いた物語であった。

　なお、飯田祐子によると、1907（明治40）年前後の『文章世界』には「抽象化」された「寂しさ」と「具体的」な対象のある「寂しさ」を根拠にした「ホモソーシャルな共同体」、「特権化したネットワーク」が形成されており、十吉の「寂寥」と「憧憬」をベースにした「螺旋状の冥想」は、そのような読者に対して、強く訴えかけるものだったと考えられる。

●1910年前後の文壇状況と三重吉の作家的評価の変遷

『小鳥の巣』が発表された1910年は、文学をめぐる支配的な言説の再編成の時期に差し掛かっていた。自然主義の牙城『早稲田文学』が、前年度の最も優れた作に呈する「推讃の辞」を永井荷風『歓楽』に送ったことで、自然主義衰退の議論が本格化した。また、作品を通して作者の人生観を理解するという当時の読書方法の影響もあり、芸術上の主義と実生活上の主義を区別するか否かで争われた「実行と芸術」論争が、両者を区別しないという方向で決してもいた。

この状況下で、象徴主義などとともに〈ポスト自然主義〉の最有力として台頭したのが「新ロマンチシズム」である。「新ロマンチシズム」は、無理想・無解決を謳う自然主義と、ひとまず「憧憬」という概念によって差異化されていたものの、確たる定義が与えられていなかったため、「新ロマンチシズム」として提示できる作品が待望されていた。

そのため、経済や進路などの生活上の問題や、売春や性病といった極めて自然主義的な要素と、解決しない「寂寥」と「憧憬」に基づく「螺旋状の冥想」とを描いた『小鳥の巣』は、当時の文壇にとって、「新ロマンチシズム」の典型として迎えられたのである。

1909（明治42）年12月の文学雑誌『文章世界』では「新しくない」形式を採用する「写生文派に属する」（XYZ「現文壇の鳥瞰図」）高浜虚子の一派として扱われるにすぎなかった三重吉は、『小鳥の巣』連載後の1911（明治44）年1月の同雑誌で「その根強き力の存する点に於て」「前途有望なる作家の第一に推さなければならぬ」と将来を嘱望されるようになった。成田中学校を辞した1911年には14本の小説を発表し、三重吉は『小鳥の巣』を足がかりに流行作家の仲間入りを果たした。

だが三重吉への高い評価は持続しなかった。文学的言説の再編成の過程で注目された三重吉は、その再編成の過程で推移する支配的言説についてゆけずに評価を転落させる。

1912（明治45）年以降、次代の〈文学〉が現れないまま、文学的言説は徐々に、沈痛な人生観が表れた小説や社会に開いた小説などへの欲望を示すようになり、それと歩調を合わせるように三重吉の評価は下落した。1912（大正元）年8月に『新潮』で発表された、赤木忠孝（桁平）の「鈴木三重吉論」で、三重吉の独自性と「芸術的態度」が称揚される一方で、三重吉の描く女性像と、小説から読み取れる三重吉の人生への態度に疑問が投げかけられたのを皮切りに、変化のない作風や三重吉の独自性自体にも、批判が加えられるようになった。

依然として支持者も存在したが、三重吉は耳を傾けず、『小鳥の巣』以前の作を「詩の領分の中に這入るべきもの」と退け、「小鳥の巣を経て次々に一足づゝ歩いて来ましたけれど、大体に於て変化に乏しく、深い意味もない労作の連続だつたやうな気がします。作も苦しいからよせればよしたいとも思ひます」（「自己批評」『処女』1913・11）と、創作の行き詰まりと限界を吐露した。1914（大正3）年10月に出版業に着手したのを機に、翌15（大正4）年4月の「八の馬鹿」（『中央公論』）で創作活動を停止した三重吉を、文壇は彼の挫折と受け止めた。

『小鳥の巣』は、文壇の支配的な言説の端境期において、次代の〈文学〉の可能性そのものとして評価された小説であり、その作者三重吉も、その限りにおいて次代の〈文学〉を担い得た小説家であった。　　（髙野奈保）

［参考資料］

髙野奈保（2005）「鈴木三重吉『小鳥の巣』論——新ロマンチシズムとの関係から」（『日本近代文学』73）、飯田祐子（1998）「彼らの独歩——「文章世界」における「寂しさ」の瀰漫」（『日本近代文学』59）

世界童話集
せ かい どう わ しゅう

● 『世界童話集』刊行の経緯

　鈴木三重吉は1915（大正4）年、『三重吉全作集』13巻を春陽堂から自費出版し、小説家としての活動に終止符を打った。その後、子どもの読物の出版を計画し、1916（大正5）年には初の童話集『湖水の女』を、1917（大正6）年には『世界童話集』を、春陽堂から刊行した。

　『世界童話集』が刊行されたのは、自身の全集を出した際にできた春陽堂への負債を返済するという意味もあった。『世界童話集』の刊行に関して、三重吉の次のような記録が残っている。「五百円一と口（これは春陽堂からお伽話、五十篇を出す印税の前借）とをかき集めた」（加計正文宛、1915年11月23日）、「お伽話で月50円はいいのですが、その内で本屋の借金を埋めるので、殆収入になりません」（安能能成宛、1916年11月30日）、「お伽ばなしを別に小さな本で出す計画進行中。大きいのは二冊きりでまだアトが出ません。最近かためて二冊出るはず」（丹野てい子宛、1916年8月31日）、「春陽堂のは六冊書いたが、出たのはまだ二冊のみ」（藤本勇宛、1917年8月31日）。

春陽堂の歴史

　春陽堂は1878（明治11）年創業の、日本の出版社である。創業者の和田篤太郎は美濃（岐阜県）の出身で、創業当初は神田和泉町で本の小売や行商をしていた。その後、春陽堂は『伊曾保物語』『三十五日間空中旅行』『魯敏孫漂流記』などの翻訳書出版で知られるようになる。店を日本橋へと移転した後、1989（明治22）年、文芸誌『新小説』創刊を機に、夏目漱石、幸田露伴、森鷗外ら明治文壇の主要作家の作品を出版するようになる。

　『世界童話集』刊行後、その売り上げで負債を返済し、資金を作った三重吉は、翌1918（大正7）年に雑誌『赤い鳥』を創刊した。

● 『世界童話集』の内容

　『世界童話集』（1917・4～1926・8）は鈴木三重吉編集、清水良雄装画で、『黄金鳥』『鼠のお馬』『星の女』『青い鸚鵡』『海のお宮』『湖水の鐘』『魔女の踊』『黒い沙漠』『銀の王妃』『馬鹿の小猿』『慾ばり猫』『黒い小鳥』『七面鳥の踊』『大法螺』『一本足の兵隊』『あひるの王様』『かなりや物語』『蟹の王子』『せんたくやの驢馬』『小馬と機関車』『象の鼻』の全21冊からなる。

　『世界童話集』に収録された154編の作品のうち、15編は三重吉が海外の作家の創作作品を翻訳したもので、ほかは三重吉による各国の伝説や民話の翻訳、再話作品である。翻訳された作家は、アンデルセン5編、アスビョルンセン4編、ローラ・リヤーズ1編、キップリング1編、テオドール・シュトルム1編、アイサ・ライト1編、マウド・リンドセイ1編、アメリカ作家（名前は不明）1編。各国の伝説、民話の翻訳、再話作品は、日本9編、インド18編、中国2編、ロシア17編、デンマーク7編、アイルランド11編、スウェーデン3編、イタリア13編、イングランド9編、スコットランド1編、ドイツ3編、フランス4編、ハンガリー2編、北アメリカ16編、アフリカ9編、セルビア1編、ブラジル1編、

　大正期には、正宗白鳥、徳田秋聲、志賀直哉らの小説や評論書を出版した。関東大震災により日本橋の本社を失ったが、1927（昭和2）年に『明治大正文学全集』を刊行、円本ブームの隆盛で回復した。その後、春陽堂文庫を刊行、文庫本の分野にも進出した。

春陽堂『世界童話』

　『世界童話集』出版後の1929（昭和4）年5月から12月まで、鈴木三重吉は春陽堂から『世界童

不明13編である。作品の出典に関して、三重吉は各巻の序文で詳細に記している。

◉ 『世界童話集』をめぐる評価

「大ていのお伽話が、ただ或話を話したといふのみで、いろんな意味の下等なものが甚多い」（1917・4『黄金鳥』）と、三重吉は『黄金鳥』の序文で語っている。従来のお伽話の文章表現や話材の扱いなどに対する不満から、三重吉は『世界童話集』に関して「充分の注意をはらつて書いた」。

三重吉の努力に対し、当時、多くの新聞や雑誌が『世界童話集』に対する評価を寄せている。「材料文章共に高雅にして意味多きものたらしむべく、一新機軸を出すに努め」（『国民新聞』）、「三重吉氏一流の凝つた文章は、文章を学ぶ人にも非常に有益なものである」（『早稲田文学』）、「今まで世上に流布したお伽話の群を抜いてゐることは疑はれない」（『思潮』）、「話の選び方、説き方共に従来の型を破りて新しき用意に出でたる気持よき新童話集なり」（『太陽』）など、それらの一部は『青い鸚鵡』『海のお宮』『湖水の鐘』の巻末に収録されている「世界童話集に対する世評一班」で紹介されている。

◉ 『世界童話集』と『赤い鳥』

三重吉は、1918（大正7）年5月に刊行された『馬鹿の小猿』の序文で、同年7月に創刊された『赤い鳥』を次のように宣伝している。

終りに、この童話集を読んで下さるみなさんには、私の出してゐる月刊童話雑誌「赤い鳥」をも読んでいただきたいと思ふ。「赤い鳥」は、今の少年少女雑誌があまりに下卑てゐて、子供のために非常に困るので、それに代る読物にと思つて創刊したのである。

この後、最終巻の『象の鼻』まで、各巻の序文で『赤い鳥』を宣伝している。また、『世界童話集』に収録されている童話の大半は、『赤い鳥』にも掲載されている。この点について三重吉は『慾ばり猫』（1919・5）の序文などで、「以上の六つの話は、みんな一度、私の主宰してゐる童話童謡の月刊雑誌「赤い鳥」に掲げたものを集めたのである」（1919・5『慾ばり猫』）と、しばしば言及している。

現在まで『世界童話集』の研究は極めて少ないが、『赤い鳥』掲載の昔話の再話作品などを研究する際は、『世界童話集』との比較作業が有効になると思われる。　　（王玉）

［参考文献］
鈴木三重吉（1938）『鈴木三重吉全集』第6巻（岩波書店）、日本児童文学学会編（1971）『日本の童話作家』（ほるぷ出版）、根本正義（1973）『鈴木三重吉と「赤い鳥」』（鳩の森書房）

話』叢書（全6冊：『黒い騎士』『湖水の女』『踊の焚火』『かるたの王さま』『十二の星』『少年王』）を出している。この6冊には、分冊にして刊行した『世界童話集』に収録された作品と、『赤い鳥』に掲載された昔話の再話作品などが収められている。また、第1冊から第5冊は昔話や伝説の再話作品が中心だが、第六冊の『少年王』には、フランスの作家モーパッサンの短編の再話「まはしもの」や、イギリスの作家ディケンズの『少年英国史』の一章の再話「六人の少年王」をはじめとす

る、多くの海外作家の作品が収録されている。

『世界童話集』を閲覧するには

神奈川近代文学館には『黒い沙漠』以外の20冊が、大阪府立中央図書館国際児童文学館には『象の鼻』以外の20冊が所蔵されている。

また、国立国会図書館所蔵の『黒い沙漠』『大法螺』『一本足の兵隊』『せんたくやの驢馬』『象の鼻』はデジタル資料化されており、インターネットでも閲覧可能である。

日本を

●作品概要

鈴木三重吉による歴史読物。副題「長編歴史童話」「ペリー艦隊来航記」。『赤い鳥』1922（大正11）年２月号から1925（大正14）年３月号まで、中断を挟みながら全29回に渡って連載された。連載回および巻号は次の通り。

・1922年２月（８巻２号）〜1923年９月（11巻３号）→第１回〜20回まで。
・1924年７月（13巻１号）〜1925年３月（14巻３号）→第21回〜29回まで。
※1923（大正12）年10月号は関東大震災のため発行されず。その後７号分が掲載中断。

『赤い鳥』誌における三重吉の作品は数多くあるが、１年以上の連載となる長編ものは少なく、３篇しかない。代表作として知られる「古事記物語」および「ルミイ」（「家なき子」の再話）、そして本作「日本を」である。「古事記物語」は日本固有の古典の再話、「ルミイ」は外国文学の再話だが、こうした再話群の他に、三重吉は追随する他誌との差異化を図るため、ノンフィクションの分野にも力を注いだ。「日本を」は、日本に開国を迫ったペリー艦隊の遠征記を再話したもので、ノンフィクション唯一の長編であり、三重吉の意欲作として知られる。戦後、坪田譲治の解説で単行本化（桐書房、1948）された。

●各回の梗概

連載第１回は、艦隊の派遣目的、および世界情勢などその必然性が語られている。第２回から５回まではまず到着した琉球でのやりとり、第６回は艦隊が浦賀にあらわれ、日本側が大きく動揺する様子が綴られる。第７回

から９回までで、浦賀の測量、日本側役人との交渉、ペリーが久里浜にて国書を渡すまでが描かれる。第10回は役人との会談、11回は親書の内容、12回は品川へ入る艦隊。13回は来春戻る旨を通告して退去、17回までで再び琉球を訪れ、ペリー艦隊が日本をめざす物語が展開される。17回以降、20回までは浦賀での会見に固執する日本側と、江戸での応対を強く主張する艦隊側との譲れない交渉が続く。が最終的に日本が譲歩、会見場が横浜に決定。ここまでで連載20回（1923年９月号）となり、関東大震災で発行されなかった翌10月号をはさみ、1924（大正13）年６月号まで計７回分掲載が中断する。

再開となった21回（1924年７月号）は、会見場となる神奈川（横浜）の会場準備の様子、22回はペリー以下500名の水兵が武装・上陸しての会見の様子（日本側の返書）が、23回はアメリカ政府からの献上品陳列の様子が記述されている。一方、条約の内容が概ね決定し、日本政府からの献上品と角力の余興を紹介するのが24回、林大学頭ら日本側の交渉委員の旗艦への招待と条約調印が25回、ペリーの江戸湾および下田港の視察が26回である。その後艦隊は同港の測量や上陸視察を行い、吉田松陰らの渡米懇願を受けるも拒否（27回）、函館へ向かい（28回）、やがて下田へ戻って帰国の途につく（29回）という展開をたどる。

●訳出の歴史と、三重吉が参照した抄訳

本作の底本となった「ペリー艦隊来航記」の訳出の歴史については、勝尾金弥「鈴木三重吉とペリー遠征記──「日本を」をめぐって」が調査を行い、その内容をまとめている。それによると、1856（安政２〜３）年に出版された遠征記第１巻が日本で初めて紹介されたのは、米国留学中の米山梅吉がペリーの復命書に基づいて書いたとする『開国先登・提督彼理』（博文館、1896）であるという。なお同書は、刊行６年後に『提督ぺるり』と書名変更して金尾文淵堂書房から再刊されてい

117

る。

これに続いて出版されたのが、芝山隠士口述『ペルリ渡来の顛末・雨夜物語』（上田屋書店、1901）。勝尾によると、ペリー来航と開国の意味を考える書物であったという。

以上の両書籍ののち、3点目として桜井省三校閲・鈴木周作抄訳『ペルリ提督・日本遠征記』（大同館書店、1912）が出る。三重吉が「日本を」を執筆するまでに翻訳されていた書物は以上の3冊であり、そのうち彼が参照した書籍は鈴木周作抄訳『ペルリ提督・日本遠征記』であった。鈴木周作と三重吉とは三高の同級生であり、東大時代も国文（周作）・英文（三重吉）と科は異なるものの、親交を深めた。三重吉は、周作から『ペルリ提督・日本遠征記』を献本され一気に読了。そのことを周作に宛てた礼状に「面白いので仕かけてゐた仕事を中止して、仕まひまで一と息に読んでしまつた。御骨折を察する。すらすらとよく出来てゐる。かういふ本にありがちなわざと面白がらせやうとする筆使ひ更になく、真率なところに味がある」（鈴木周作宛、大正元年8月3日付書簡、『鈴木三重吉全集』第6巻、岩波書店、1938）と述べ、強く印象に残ったことを記録している。

●鈴木周作抄訳『ペルリ提督・日本遠征記』

同書凡例には、「本書は千八百五十六年合衆国国会の命によつて発行せられし代将官エム・シー・ペルリの合衆国日本遠征記（United States Japan expedition by Com.M.C.Perry）の第一巻を抄訳せしものなり」（鈴木周作による）との記載がある。同じく凡例には「抄訳は史実と興味とを旨とし、之に関する記事は殆ど之を訳載し、航海、気候、産物等に関するものは之を省略せり」ともあり、訳出にあたって重要視した点を書き添えている。実際、原著には存在する琉球および日本に到達するまでの航海記録は割愛し、〈第一編〉は〈日本遠征艦隊の巻〉から始まり、〈第八編〉まで〈琉球の巻〉（上・下）〈浦賀の巻〉（同前）〈横浜の巻〉〈下田の巻〉〈函館の巻〉として、日本の記述を軸に物語を構成している。三重吉は同書を1912（大正元）年に読み、約10年後に『赤い鳥』誌上に紹介したことになる。

●三重吉訳の特質

周作訳『ペルリ提督・日本遠征記』と比較して、三重吉による「日本を」記述の特徴としては、まずアメリカ本意の叙述を日本側の論理として説明し得るよう、ほぼ全面的に書き改めている点が指摘できる。世界各国からの批判や非難をかわすため、日本進出にあたりアメリカはその大義名分を書き連ねる必要があった。こうした米国側論理の抑制に加えて、細かな人名、日本とは直接関係しないエピソードの割愛または簡略化、文章表現をできる限り平易なものとすることは、読者としての子どもを想定してのことだったと思われる。同級生が著した快著の、単なる紹介という域を超えて、「中々うまく書けません」（小池恭宛、大正11年6月1日付書簡、前出『鈴木三重吉全集』第6巻）と嘆くほど、大幅な書き換えを施している。

●今後の課題

他誌との差異化のために三重吉が力を注いだとされるノンフィクションだが、その研究は乏しい。『赤い鳥』における同分野を正当に位置づけるとともに、当時の児童文化状況も視野に入れて評価することが必要である。

加えて、本作「日本を」については、80年代に執筆された勝尾による研究が唯一のものともいえる。今後、底本となった周作抄訳との詳細な比較等を通して、三重吉訳の特質のさらなる解明が期待される。　　　（遠藤純）

［参考文献］

勝尾金弥「鈴木三重吉とペリー遠征記——「日本を」をめぐって」（『愛知県立大学文学部論集（児童教育学科篇）』32、1983）

ぽっぽのお手帳

◉『赤い鳥』創刊号に掲載されるまで

「ぽっぽのお手帳」は、『赤い鳥』創刊号（1918・7）に掲載された鈴木三重吉の創作童話である。「すゞ子の『ぽっぽ』は二人とも小さな〰赤いお手帳を持ってゐます。」と始まるこの作品は、小さなすゞちゃんの誕生を待つ一家の様子と、二度の引っ越し、すゞちゃんの生後、やがて鳥籠につかまり立ちをし、初めて口にしたひとことが「ぽっぽゥ」であったことを綴る三章で構成された短編作品である。

小説家鈴木三重吉の児童文学への接近は『三重吉全集』全13巻の最終巻（1916・7）に付された購読者へ宛てた文章「消息」の中に予告され、同年12月に童話集『湖水の女』を出版、翌年より世界童話集の刊行を開始しつつ雑誌『赤い鳥』の発行準備へと連続している。『赤い鳥』創刊号に発表した本作は、〈再話〉というアダプテーションの形態に自己発現の可能性を見出していった三重吉にとって、ほぼ唯一の創作童話となった。

本作の「すゞちゃん」が６月に生まれたこと一致して、三重吉の長女すゞ子の誕生が1916（大正５）年６月であること、その前

後に２度転居している住まいの状況などをあわせて、この作品が三重吉自身の生活を背景とした自伝的性格を持ったものであることは明らかである。この創作童話は、三重吉が掲げた「世間の小さな人たちのために、芸術として真価ある純麗な童話と童謡を創作する最初の運動」（「赤い鳥」創刊に際してのプリント1918・7）という志を体現するものと言え、ここで選ばれた題材とその表現方法には極めて重要な意味があろう。

三重吉は、先にあげた「消息」の中で、既存の「お伽話」を「多くの場合、清新な純芸術的感情がなくて単にすれつからした話し屋の話に止まつてゐる」と批判し、「私は表現上に於てはわれ〰の子供が実際に使つてゐるだけの単純な純清な言葉を使用して、それが直ちに『私の理想としている、子供の文章』の手本になるようなものを拵へたいと思ひます」と述べている。ここに言及された「物語内容」と「文章表現」というふたつの観点から、「ぽっぽのお手帳」を捉えていく。

◉「ぽっぽのお手帳」の物語内容

「ぽっぽのお手帳」には、ある大きな出来事の顛末を追うような物語の起伏はなく、淡々とした一家の日常とその情景の描写が丁寧に書き進められている。そして鳩が感情を持って語り合い、人とも言葉を交わすといった擬人化に加えて、「お家はお父さまとお母さまとに、あすはすゞちやんを生んで上げま

すゞ子と三重吉

「ぽっぽのお手帳」はすゞ子の誕生をめぐる父親三重吉の眼差しのもとに書かれた作品であるが、すゞ子の側からも三重吉について語った文章が残っている。いずれも三重吉の没後に父を回顧して綴られたものであるが、その中からふたつに触れておきたい。まず、「三重吉追悼号」と題された『赤い鳥』最終号（1936・10）の、「父の顔」という文章である。「私がまだ幼かつた頃でした。父の大切にしてゐたナルコユリが庭の隅に先にき

れいな薄とき色の芽をだしはじめました。何もわからなかつた私は、大喜びでその芽を全部つみとつて、ポケットを一ぱいふくらませ、父のところへ駆けだしていつて得意そうに見せました。父は、「おゝきれいね」と言つてニコ〰笑つてをりました。大きくなつて考へて見ますと、父の泣き笑ひの気持がよくわかつて、懐かしくてたまらなくなります。」すゞ子に向かう父の視線と交差して、すゞ子から捉えた三重吉の、愛情深い表情がうかがえるエピソードである。また『鈴木三重吉への

すと言ひました」というような、現実とファンタジーとのあわいを掬い取る独特の世界観を呈している。「すゞちやん、あの二人のぽッぽは、こんな時分からのぽッぽですよ」と始まる物語の最後では、「すゞちやんの生まれてから今日までのことで、二人のぽッぽの知らないことは、すつかり話して聞かせ」、そこに「二人が見て知つてゐることは、もとよりすつかり書きつけてゐます」と語られて、表題の「お手帳」が持つ意味を示す。未来のすゞへの語りかけの文末が、読者を視点の揺らぎに誘っていることにも、夢幻的な詩情が感じられる。巌谷小波が先導した、波乱のあるわかりやすい物語や無邪気な笑いを提供する「お伽話」が一般的だった時代にあって、三重吉は子どものために書く文学のあり方を自身の宣言に基づいて拡張し、新しい「童話」の概念を提示したのである。

●「ぽっぽのお手帳」の文章表現

次にその表現においては、丁寧語の口語文体で「お」をつける美化語の使用も多く、会話も地の文も非常に美しい言葉遣いが用いられている。また、「目（めんめ）」「お手（てて）」「足（あんよ）」「おべゞ」のような幼児語の使用もあり、誌面全体に平仮名を多用した上品な柔らかい文章である。創刊号掲載の「『赤い鳥』の標榜語」の中で「『赤い鳥』は、只単に、話材の純清を誇らんとするのみならず、全誌面の表現そのものに於て、子供の文章の手本を授けんとす」と記

しているとおり、この作品はもっとも理想的な「手本」となる役割も担っていた。写生的な描写を重ねながら、夢幻の境地をのぞかせるこの作品は、『赤い鳥』が求める「童話」の在りようの「手本」としても読み解かれるべきであろう。また、小さなすゞが眠る小さな蚊帳を「お部屋の三方には、真つ白な薄いカーテンがかゝつてゐました。その中に、すゞちやんの着てゐる赤いおべゞと、つるした赤い紐とが、きはだつて真つ赤に見えました」と描くなど、情景描写に鮮やかな色彩感覚も挟まれている。叙情性を持った写生文としての創作姿勢がうかがえる部分には、小説家三重吉との接合が見える。

●「小説」から「童話」へ

本作は、三重吉の創作活動において、一貫して流れる作家性を表す重要な一編と位置づけられる。特に注目すべきは作中で「現象」と「心象」が往来する有りようである。小説家三重吉は、「童話」という新しい定義の中に表現の可能性を見出し、執筆の領域を移行させていったのではないか。読み返すほどにあたたかな読後感を抱かせる本作は、作家三重吉を論じる上でも多様な意味を放っている。

(陶山恵)

[参考文献]

桑原三郎（1975）『赤い鳥の時代』（慶應通信）、根本正義（1978）『鈴木三重吉の研究』（明治書院）

招待』（鈴木三重吉赤い鳥の会編集、教育出版センター、1982）所収の「父と私」には「現在、私はただただ毎日仕事に追われ、始終自分がガサガサにみすぼらしくなってしまう。そういう時には「ぽっぽのお手帳」や「湖水の女」や「桑の実」などを読むことにしている。すると、父の声が聞こえてきて、父が私に読んで聞かせてくれるような気がしてくるのである。そしていつの間にか、私はきれいなみずみずしい幸福な気持に立ちもどることができる」と書かれている。三重吉が綴っ

た「小さなすゞちゃん」の記録は、このようにすゞ子本人の手元に残ったのである。三重吉が『赤い鳥』を主宰発行するに至った現実的な事情については多角的な論考があり、すゞ子の存在も「鈴木すゞ子伝説」のようにまとめられてしまう向きもある。しかし、実際のすゞ子にとっては父三重吉が思い描いたとおり、愛されて誕生し成長した自身の証として「ぽっぽのお手帳」そして雑誌『赤い鳥』の列冊が、確かに手渡されたということが、すゞ子の回想によって示されている。

ルミイ

●鈴木三重吉と「ルミイ」

「ルミイ」はフランス児童文学作品、エクトール・マロ原作 Sans Famille（1878）の鈴木三重吉による翻訳である。後期『赤い鳥』第4巻第5号（1932・11）～第12巻第3号（1936・10、鈴木三重吉追悼号）の計47号にわたり連載された。三重吉は最晩年の約4年を「ルミイ」の翻訳に捧げた。当時、法政大学学生であった仏文学者の蛯原徳夫を家庭教師とし、死の数日前まで翻訳を続けた。呼吸困難を伴う症状の中で「机に向つて、ルミーの訳業を続けられたのは有名な話」（坪田譲治「鈴木三重吉の気魄」1938・7）であったが、未完のままとなり、『赤い鳥』最終号に、「ルミイ」が遺稿として掲載された。

原作は一般的に『家なき子』の邦題で知られる。第1部（全21章）・第2部（全23章）からなる浩瀚な小説で、三重吉は第2部12章の途中までを訳した。「ルミイ」は『鈴木三重吉童話全集』第9巻（文泉堂書店、1975・9）にも収録され、豊島与志雄、蛯原徳夫補訳の『家なき児』は童話春秋社（前編：1941・1、後編：1941・9）より刊行された。Sans Famille は「ルミイ」以前に、五来素川、菊池幽芳、野口援太郎、三宅房子、楠山正雄など少なくとも9名の文筆家によって翻訳・翻案・再話された（『児童文学翻訳作品総覧』2005）。この中で菊池幽芳訳『家なき児』（前編：1912・1、後編：1912・6）、楠山正雄訳『少年ルミと母親』（1931・2）は、比較的原作に忠実に訳されたが、完訳ではない。三重吉は『赤い鳥』連載途中で「ルミイ」を「仏語からの最初の日本完訳としてまとめようと思ひ直し」（1934・2）たと述べ、完訳を完成させる意志を持っていた。

●「ルミイ」の研究

現在、佐藤宗子の研究が唯一の研究成果である（佐藤宗子「鈴木三重吉の『ルミイ』」『家なき子』の旅」1987）。『赤い鳥』連載当初は、「ルミイは～」と三人称の語りが用いられたのに、第7巻第2号（1934・2）以後、「私は～」と一人称の語りに変更された点に関し、その理由が探られた。三重吉自身は、当初「だいたいの筋だけを再話するつもりでかかり、そのための便宜上、原作では一人称になつてゐるルミイを、わざわざ三人称にし」たが、実際は「たいてい一語一語言葉をおつた逐次訳にな」り、さらに「仏語からの最初の日本完訳としてまとめようとおもひ直し」たために、一人称に変えると説明した（『赤い鳥』第7巻第2号、1934・2）。佐藤の研究では、変更が生じた号に、主人公が自らの捨て子の境遇を苦悩する場面が訳された点が指摘され、この苦悩こそが主人公の旅の原動力で、物語推進力であるのに、三人称を使用し、第三者の言葉で書いたならば、読者にその重要性が伝わらないと判断されたのではないかと結論付けられた。また、『赤い鳥』掲載のフランス文学作品の分析から、三重吉のフランス語運用能力、逐字訳と再話の選択についても説得的に論じられた。

●翻訳の底本

Sans Famille には二系統の版が存在する。第一に原作者マロが執筆の自由を保持しつつ書いたダンテュ版の系統、第二に編集者の介入があったエッツェル版の系統である。原作第2部6章の炭鉱夫同士の宗教論争の場面が、後者では削除された。「ルミイ」にはこの場面の訳が存在し、三重吉は前者を底本としたと判明する。また、三重吉は「英訳なぞは、かなりいろいろのところがはぶいてあります」（1934・2）と述べている。当時既刊の英訳、メイ・ラファン『旅する少年、または家族のない子』（The Boy Wanderer: Or No Relations,

1887）と、フロレンス・クルー＝ジョーンズ『家なき子』（*Nobody's Boy*, 1916）では、完訳に近い前者ではなく、後者が三重吉の手元にあったと推測される。帝大卒業後、三重吉のフランス語学習は断続的で「最近五十になつてから、二三年がんばり通して、やうやく、字引を引き引き『ルミイ』をも訳すやうになりました」（有田健一宛、1935年1月19日）と述べ、英訳も参照した可能性が高い。

●原作の社会的要素の尊重

　三重吉が原作の社会小説の要素も省略せずに翻訳した点は、「ルミイ」以前の *Sans Famille* の翻訳とは一線を画す。原作は、捨て子の主人公の苦悩、家族を得る喜びが書かれた感傷的な美しい小説である一方、産業革命後のフランスの社会問題について積極的に告発し、厳しい描写も存在する。とくに第2部2章から6章の炭鉱の場面では、街の暗さ、公害、炭鉱夫の労働の危険が小説内で暴露された。比較的原作に忠実な菊池幽芳訳や楠山正雄訳でも、これらの場面の訳には省略や表現の簡略化が多い。暗い場面が続くことへの躊躇、読者への配慮があったと思われる。「ルミイ」では、原作本来の社会的要素も減じられずに翻訳された点が評価できる。

　桑原三郎は三重吉の小説について「社会批判だとか、人生哲学といったものは最初から問題にされていない」傾向を指摘した（桑原三郎「三重吉と赤い鳥」『赤い鳥』の時代』1975・10）。また、晩年の三重吉は「『ルミイ』も、読むのはラクですが、訳をあれだけにするには、私にしても骨がをれます」（成石崇宛、1934年12月17日）、「西洋の材料を扱ふには逐字訳でなく再話の方が効果が多いことが、しばしばです」（小山東一宛、1935年5月13日）と述べ、逐字訳と再話の間で揺れながら、児童読者に配慮しつつ表現を選んだ。その中で、三重吉が原作の厳しい場面も省略せず、逐字訳に近い形で表したのは何故であろうか。

　もちろん「完訳」に拘泥したのだという結論はありえよう。しかし、昭和初期の日本児童文学ではプロレタリア芸術運動の影響、リアリズム童話の出現が見られ、童心主義に基づく「赤い鳥」運動は限界を迎えていた。遺稿となった「ルミイ」の翻訳からは、三重吉自身が童心主義の限界を感じ取り、社会的な要素も児童文学作品に含むべきものと判断したとは言えないだろうか。

●「ルミイ」研究の今後

　佐藤宗子によると、三重吉の外国語作品翻訳の態度として、『赤い鳥』創刊当初は、逐字訳よりも再話に価値を置き、前期『赤い鳥』休刊の時期には、今度は逐字訳を積極的に評価し、さらに後期『赤い鳥』終刊が迫る頃に、再び再話の方法を評価した。「ルミイ」の訳文と原作のフランス語を照応すると、外国語作品移入の際の表現に対する三重吉の姿勢をさらに明確にできるであろう。

　逐字訳・再話の間の揺れは、文学者・編集者としての三重吉の、表現に対するこだわりにまずは理由を求められる。しかし、昭和初期の日本児童文学の中で、『赤い鳥』が占めるべき位置についても三重吉は考慮していたのかもしれない。*Sans Famille* という非常に現実主義的な一面を持つ作品を掲載作品として選択した理由も、当時の児童文学の状況にも求められるのかもしれない。この点は、今後の研究における着目点の可能性として、仮説として言及するにとどめたい。（渡辺貴規子）

［参考文献］

桑原三郎（1975）『「赤い鳥」の時代』（慶應通信）、根本正義（1973）『鈴木三重吉と「赤い鳥」』（鳩の森書房）、佐藤宗子（1987）『「家なき子」の旅』（平凡社）、渡辺貴規子（2016）『『家なき子』、その原典と初期邦訳の文化社会史的研究』（京都大学大学院人間・環境学研究科）

第3部

『赤い鳥』の作家と作品

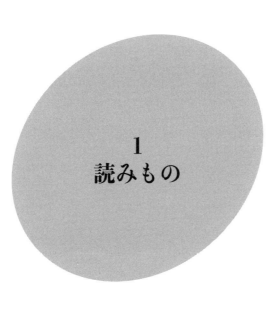

1
読みもの

(1)
童話・童話劇・児童劇・絵話

総説
『赤い鳥』の童話と児童劇

●「童話」の発明

　『赤い鳥』は1918（大正7）年から1936（昭和11）年まで、2年弱の休刊をはさんで計196冊が発行された。創刊号は80頁で、「創作童話」「童話」と銘打たれた作品が計12編掲載されている。その後、1920（大正9）年3月号から104頁に、さらに1924（大正13）年7月号から150頁にと増えた時期があるため（復刊後は128頁で始まり、その後100頁程度に落ち着く）、掲載作品の数は童話だけでも1500編に迫ると思われる。その全体像を俯瞰することは困難なため、本稿ではごく一部ではあるが観点ごとに具体的な作品を紹介しながら、『赤い鳥』の童話・童話劇の特徴や意義を探ってみたい。

　検討に先立って2点ほど確認しておきたい。第一は『赤い鳥』掲載作の多くに鈴木三重吉あるいは記者による加筆が施されたという点である。変名を用いての執筆や谷崎潤一郎のケースのような著名作家の名義を借りた代作も珍しくなく、実作者がいる場合にも「（個々の実作者）X+三重吉」（佐藤宗子『「家なき子」の旅』平凡社、1987、p.49）を執筆者と見なさざるをえない。個別のケースに立ち入ると煩雑になるため、以下、本稿では掲載時の名義をそのまま用いることにする。第二は『赤い鳥』において再話とオリジナル作品を見分けることの難しさである。特に前期は誌上に出典が明記された例はごくわずかであり、翻案や再話である可能性があっても確証をもてない作品も多い。この点についても典拠が示されていない場合はいったんオリジナルの創作とみなして検討していくこととする。

　発刊に際して配布したプリント「童話と童謡を創作する最初の文学的運動」では「最初」、誌上に掲げられた「標榜語」では「先駆」という語がそれぞれ用いられているとおり、「童話」は子ども向けの読物を指す言葉として三重吉の手で新たに"発明"されたと言える。小島政二郎が童話と童謡を「三重吉の造語」（「三重吉二面」『「赤い鳥」復刻版解説・執筆者索引』日本近代文学館、1979、p.56）と表現するように、既成の語に芸術性や純麗さといった性質をもたせ、新しい言葉として甦らせたのである。

　『世界童話集』など『赤い鳥』に先行する仕事のなかでも「童話」という語が使用されているが、書簡を見ると三重吉も『赤い鳥』創刊まではもっぱら「お伽噺」という言葉を用いている。「童話」という語を掲げることによって巖谷小波らのお伽噺を旧派として追いやり、「無人の荒野に鍬を入れ」（関英雄「『赤い鳥』の童話」前掲書、p.15）る新しい雑誌として『赤い鳥』を出発させたと言える。

●多種多彩な「童話」

　創刊号ではオリジナルの創作（とみなされるもの）が「創作童話」、説話や既成作品に基づく再話が「童話」と誌上分類された。この区分は間もなく消失し、童話劇を除く散文作品はほぼ全てが目次において「童話」と分類されるようになる。一般に『赤い鳥』の童話というと芥川龍之介、島崎藤村、有島武郎、小川未明などの作品が想起されるだろうが、実際には説話的なものから小説的な作品まで、西欧を舞台とする物語からインド、中国種まで、リアリズムからファンタジーやナンセン

スまで、伝記・歴史譚から科学読物まで、実にさまざまな作品が「童話」として誌上を飾った。1922（大正11）年以降、ここから「少年少女科学」「実話」などが少しずつ分離していくものの、特に前期『赤い鳥』において「童話」はかなり広いジャンルをカバーする言葉であったことは間違いない。なお、童話劇は当初「子供芝居」という分類が用いられたが、間もなく「少年少女劇」に、そして1926（大正15）年には「児童劇」という呼び方に変化している。以下、本稿では便宜的に「童話劇」の呼称に統一して作品を紹介していく。

創刊号の表紙画「お馬の飾」のインパクトが強いためか、ともすれば『赤い鳥』の掲載作には王子や王女、魔女や妖精が登場する西洋的な作品が多いと思われがちだが、必ずしもそうではない。創刊号の三重吉「ぽっぽのお手帳」や島崎藤村「二人の兄弟」を嚆矢として、有島生馬「泣いて褒められた話」（1918・8）、江口千代「世界同盟」（1919・3）、伊東英子「弱虫」（1919・4）など日本を舞台とした現代物が創刊時から掲載され、「通信」欄を見るかぎり好評で迎えられている。

読者から募集した創作童話では出発時からこうした現実的な作品が推奨され、「必ずしも在来のお伽話風の架空な作りものに限らず、寧ろ子供に関する日常の事実、子供の心理を描いた現実的の話材を歓迎」（1919・10、p.80）、「再話翻案等は一切取りません」（1919・11、p.80）といった呼びかけや注意が繰り返されてもいた。この系譜に属する初期作品としては、回想形式で納豆売のお婆さんへの悪戯とその顛末を描いた菊池寛「納豆合戦」（1919・9）や自然に呼応する子どもの鋭敏な感性を捉えた加能作次郎「少年と海」（1920・8）をはじめ、楠山正雄「祖母」（1921・3）、片山廣子「ペイちやんの話」（1921・6）などが挙げられる。

このジャンルは号を追うにつれ、子どもを取り巻く社会状況をも射程に収めることとなり、1920年前後からは孤児や働く子どもを主人公とする作品も数多く発表された。加藤武雄「めぐりあひ」（1922・6）では猟師の父を亡くし叔父にひきとられた少年が無二の友とする猟犬を無断で売り飛ばされ、宇野浩二「天国の夢」（1923・7）では鍛冶屋に育てられた孤児の三太郎が親方から折檻される場面が描かれる。長田秀雄の童話劇「地獄極楽」（1920・10）では孤児をいじめた鍛冶屋の娘・お夏が夢の中で地獄へ連れていかれ、裁きを受ける。平方久直「線路」（1935・7）は旧植民地が舞台。わずか10歳で日本人の家に住みこみで働くことになった中国人の少女・タンは、結末で奉公先を飛び出してしまう。木内高音「大晦日の夜」（1926・12）や林芙美子「蛙」（1936・8）では、店番の仕事をとおして子どもたちが外の世界に触れる。新美南吉「正坊とクロ」（1931・8）などサーカス団で働く少年少女を描いた作品のなかには、曲馬団の最年少団員である公吉が黒人の少年との出会いによってリンカーンの「自由」「平等」の考え方を知る宇野浩二「曲馬団と少年」（1927・1）のような社会性を帯びたものも含まれていた。社会性という点では山の手の果物屋で働く少年の目を通して資本主義の矛盾に迫ろうとした木内高音「水菓子屋の要吉」（1928・7）もある。

一方、これらに比べて作品数は多くないが、子どもの日常に空想や幻想が入り込む作品も発表された。江口千代子「朝鮮人参」（1920・6）では神経衰弱になった兄のため、妹が朝鮮人参を煎じる。擬人化されて登場する人参がまじないをかけると、兄の病気が快復する。水木京太「悪魔の鍵」（1925・9）は少年が活動写真に入り込み、劇中の少年の役割を生きることになってしまう話。フィルムの中に閉じ込められたままの結末は不思議というより恐怖を感じさせる。

●世相を映す作品群

第一次世界大戦の終結、関東大震災、満洲事変など、時代の変化や世相を映し出す作品

も多数掲載された。秋田雨雀の童話劇「牧神と羊の群」（1918・12）の舞台はギリシア神話の世界であるが、争いによって身を滅ぼす牛や馬とそれを悲しむ牧神を通して、平和主義をうたいあげた「反戦劇」（冨田博之『「赤い鳥」童話劇集』東京書籍、1979、p.810）と評される。久保田万太郎の童話劇「ロビンのおぢいさま」（1920・12〜1921・1）にも兵隊のお葬式ごっこが登場する。童話では馬場孤蝶「梟の相談」（1919・6）がトルコを舞台に、領土拡張や世界征服を企む王様に対して大臣たちが梟の口を借りて反省を促す。先述の江口千代「世界同盟」は子どもたちが世界各国の役割をそれぞれ担い、同盟を結んで仲良しになる物語。小僧さんや女の子の描き方に時代的な限界はあるが、当時の国際情勢を直接反映した作品である。異色作ともいえる長田秀雄「鋼鉄色の自動車」（1922・3）では誘拐されて西洋人に売られ、上海に渡った少年・仙太が、大戦で西洋人が帰国したために解放される。15年の歳月を経て日本に戻ったものの、家族は離散してしまっていた。日暮れの九段坂で仙太が不気味な自動車とすれ違う冒頭部をはじめ、都会の暗部を描いた作品としても興味ぶかい。

関東大震災に関しては三重吉のノンフィクション「大震火災記」（1923・11）を嚆矢として、宇野四郎「お金持と子供の国」（1924・10）、吉田絃二郎「子供と小鳥」（1924・11）などが続いた。水木京太「鼠の味」（1925・5）では横浜の裕福なフランス人の家で飼育されていた猫が「あの恐ろしい人地震」で屋敷を飛び出し、乗り込んだボートで島に漂着する。この島でロビンソン・クルウソオに救助され鼠の美味を知る。支離滅裂な展開ではあるが、お嬢様育ちの猫が震災を機に野生を取り戻す様子が描かれている。中村星湖「虫をとる子」（1926・11）は地震で弟と両親を失った少年が、姉とともに叔父夫婦に引き取られたという設定。木内高音「ランプと電気」（1927・10）は「あの大きな地震」で停電が発生し古いランプが役立つ話。電気スタンドとランプが擬人化されて登場する。

時代性という点では子どもの視点で東京という都市をとらえた作品や、鉄道敷設や沿線開発によって誕生した新しい生活様式を題材とした作品も見逃せない。細田源吉「都へ出てみたら」（1925・6）や吉田絃二郎「天城の子」（1926・4）では働きにでた少女や東京見物に出かけた少年の視点から都会への幻滅が描かれる。宮島資夫「清造と沼」（1928・1）では疫病で両親を亡くした少年が仕事を求めて東京へ出る。凧職人に救われ、絵の才能を見出された少年が長じて画家になる出世譚だが、作品の主眼は職人夫婦の貧しい暮らしぶりや、ささくれだった気持ちのやり場に苦慮する大人たちの様子に置かれている。

新興住宅地を舞台とした作品としては中村星湖「大黄蜂の巣」（1924・1）や細田源吉「六やと坊ちやま」（1925・4）などがある。前者は電車が通る「新開地」と昔ながらの村とが接する場所が舞台。田んぼを埋め立てて造成された別荘地で、子どもたちが栗ひろいに行き蜂に襲われる。江口渙「暖い日の出来事」（1924・5）では芋堀りにいった蛸と、蛸を狙う猫、猫泥棒が三つ巴の格闘騒ぎを繰り広げる。猫泥棒を追ってきた刑事がそれを発見し全てを手に入れる「漁夫の利」のような一種の珍談だが、海と畑とが鉄道線路で隔てられており、泥棒や刑事が線路の土手から現れるという舞台設定によって、現代民話風の味わいが生まれている。向井八門「春の流れ」（1922・1）は童話劇脚本懸賞（中山太陽堂主催）の当選作。工場建設により自然が破壊され、たんぽぽの母子や動物たちが安全な「すみれ町」に逃げ延びようとする物語である。自然破壊という題材は、豊島与志雄「お月様の唄」（1919・10〜11）でも扱われる。亡き母の面影をもつ千草姫を王子は一心に慕うが、開発によって森が町に変わると姫は姿を消してしまう。王位を継いだ王子が森の跡地に木を植え、姫を祀ると衰退した町が復興する。

このほか、佐藤春夫「実さんの胡弓」（1923・7）や宇野千代「ナーヤルさん」（1927・5）のような移民や留学生を描いた作品などにも時代性が見いだせる。

◉科学童話、SFなど

1922（大正11）年3月号から「少年少女科学」という誌上分類が設けられ自然科学や社会科学系の読物の掲載が始まるが、先行して科学童話とでも言うべき作品がいくつか書かれている。楠山正雄「海と汽船」（1921・7）はリバプールからニューヨークへ船旅を、船内の構造物を擬人化する方法で描く。船や気象に関する知識が随所に書きこまれており、フィクションでありながら科学読物の側面を持つ作品と言える。青木茂「虫のお医者」（1922・1）はハチの婦人が「虫獣病院」を開業する話。「通信」で著者自ら参考文献を明かしており、科学的な正確さをめぐり記者との間でやりとりもなされた。熊沢鱗「偕老同穴」（1922・2）は海綿が語り手。時代は下るが、相馬泰三「休み日の算用数字」（1927・3）では数字が擬人化されて登場。作中に算術に関する問いが仕組まれており、末尾に解答を掲載するという趣向がユニークである。菊池寛の「狼と牡牛との戦」（1920・7）や「八太郎の鷲」（1923・1）は科学読物ではなく動物物語であるが、どちらも開拓時代の北海道を舞台として、狼や鷲などの野生動物を迫力ある筆致で描いている。

少数ではあるが架空の装置や機器が登場するSF仕立ての作品も見られる。久板栄二郎の童話劇「天国の墜落」（1922・6〜7）は少年が花屋の小僧とともに天国をつるしている鎖の鍵を開けてしまう話。余命がわかる「命数燈」、人の死を知らせる「昇天報告器」、死者を天上の住人として生き返らせる「復活台」などSF的な機器が備わるモダンな場所として天国が描かれる。長田秀雄の童話「火星通信」（1924・9〜12）では大正13年8月24日、火星が地球に最接近というニュースを新聞で知った一郎のもとへ、二人の火星人が現れる。彼らは「映画光線」など高度な文明を駆使する一方、文明が進みすぎたため女性が出産を忌避するようになり、人工的に生命をつくる研究を行っている。その研究材料にさせられそうになった一郎が、あわやというところで現実に戻る結末は凡庸だが、映画光線や生命研究といった道具立ては異彩を放つ。

◉「語りの場」の構築

視点はがらりと変わるが、語り手と聞き手が作中に登場する書き出し、あるいは語り手が読者に向かって語りかける書き出しを持つ作品も目をひく。説話的な作品のみならず、以下に示すとおり特に初期作品では現代物においてもこの手法が多用されている。

「芳子さん、あなたのお話大変面白かつたわ。では今度は亦私の番ね。やつと十日許り前のことよ」と書き出される有島生馬「ばあやの話」（1919・8）では、12歳の「私」が、父の「ばあや」の30年ぶりの来訪を友人たちに語っていく。続編にあたる「爺やの話」（1919・11）では前作を引き受ける形で「梅子さん、あなたの婆やのお話で思ひ出しましたから、私は今度爺やのお話をしませうね」と別の語り手が話を続ける。三重吉「ぽっぽのお手帳」や野上豊一郎「猫を殺した話」（1919・9）は父親がわが子に、宇野浩二「或アイヌ爺さんの話」（1921・4）や坪田譲治「河童の話」（1927・6）は老人が子どもたちにお話を語るという語りの場が冒頭で提示されたうえで、物語が展開していく。菊池寛「納豆合戦」の「皆さん、あなた方は、納豆売の声を、聞いたことがありますか」、小島政二郎「京都だより」（1919・9）の「皆さん。私はきのふ京都へ来ました」のように、語り手が読者に呼びかける形で書き出される作品も見られる。冒頭部で提示されるこうした語りの場は、物語のリアリティを担保すると同時に、語り手の存在感や声を読み手に強く印象づける。

●口語表現と「童話」「童話劇」

　字数の関係で個々の作品を取り上げる余裕はないが、総数こそ44編と多くないものの、じつは童話よりも童話劇の方が翻訳・翻案を含め西洋種が目立つ。『赤い鳥』で最もさかんに童話劇を発表したのは久保田万太郎であるが、小説や大人向けの戯曲で下町の風俗を描いた彼が、童話劇ではなぜ専ら西洋ものを手がけたのだろうか。この理由について冨田博之は「浅草育ちの万太郎が、東京の子どもに標準語で話させるというせりふを書くとしたら、万太郎にも抵抗があったかもしれない。西洋の子どもの生活だから、標準語でせりふを書くことも抵抗にならず、むしろ、下町の人々の暮しだけをえがき続けた戯曲の世界ではやれなかった、標準語の使いこなしという試みを、万太郎の場合には、童話劇で楽しみながらやったのだろう」（冨田博之、前掲書、p.743）と推測している。

　ここで指摘されている「標準語の使いこなしという試み」という視点は、童話を捉えなおす際にも有効なのではないだろうか。東京の子どもであれ地方の子どもであれ、『赤い鳥』童話に登場する子どもたちは概ね「標準語」で会話する。草稿の方言が掲載時にばっさり削除された新美南吉の「ごん狐」（1932・1）、あるいは「赤穴宗右衛門兄弟」（1931・3）や「人形しばゐ」（1931・5）で時代語がすっかり書き改められたという森三郎の思い出（「私の記者時代」『赤い鳥代表作集（3）後期』小峰書店、1958、p.319）を想起してもよい。

　大人の小説における言文一致は20世紀初頭に一応の完成をみたとされるが、子どもの読物における言文一致、あるいは「標準語」を用いた口語文はどうであっただろう。早くから三重吉に師事し「赤い鳥社」の社員として童話も執筆した野町（丹野）てい子は、「ぽっぽのお手帳」の原稿を初めて読んだ時のことを「面白くなくて、困った」と回想する

（「『赤い鳥』と私」『赤い鳥代表作集（3）後期』前掲書、p.304）。このあと野町は「私は、おはなしといえば、やはり、昔ばなしか、フェアリイ・テールズを、面白いと思っていたのだ」と話材に言及しているため、「ぽっぽのお手帳」に感じた戸惑いの理由は別のところにあった可能性も否定できないが、幼子に父親が語りかける「すゞちゃん、あの二人のぽっぽは、こんな時分からのぽっぽですよ」といった文体が当時は極めて新しいものであったことを裏書きする証言とも受け取れる。

　広島出身の三重吉にとって「標準語」は日常の話し言葉とは別個に、書き言葉として修得すべき対象であったとも考えられよう。とすれば、童話劇において（西洋作品の翻訳という方法を経由して）新しい口語表現が模索されたように、子どもが読むにふさわしい文体をさまざまな形で探究した、その試行や実践の軌跡として『赤い鳥』童話を捉えなおすことも可能ではないだろうか。鳥越信や佐藤宗子らによって疑問を呈されながらも、まだとかく「童心主義」の文脈で語られがちな『赤い鳥』は、じつは童心ならぬ「童語」主義を標榜した雑誌だったのかも知れない。

　むろん、書くという点に関しては綴方や童謡・自由詩と、また声という点ではレコードやラジオなど新興メディアとの関連に目配りすることが必須であり、以上は現時点であくまでも仮説の域を出ない。具体的な検証は今後の課題としたい。　　　　　（酒井晶代）

［参考文献］

坪田譲治ほか（1958）『赤い鳥代表作集（全3巻）』（小峰書店）、日本児童文学学会編（1965）『赤い鳥研究』（小峰書店）、桑原三郎（1975）『「赤い鳥」の時代』（慶應通信）、関英雄ほか（1979）『「赤い鳥」複刻版解説・執筆者索引』（日本近代文学館）、冨田博之（1979）『「赤い鳥」童話劇集』（東京書籍）、「特集：『赤い鳥』から80年」（『日本児童文学』1998年7・8月号、小峰書店）

青木健作
（あお　き　けん　さく）

●鈴木三重吉との関わり

1883（明治16）年1月27日～1964（昭和39）年12月16日。小説家。山口県都濃郡生まれ。本名は井本健作。東大哲学科（美学）卒業後、千葉県成田中学に赴任し、教頭を務めていた鈴木三重吉に出会う。やがて三重吉の影響で『帝国文学』や『ホトトギス』に作品を書くようになる。三重吉は「小鳥の巣」を執筆していた頃、青木の下宿を訪ねては表現や語句の選び方等を相談した。一方、青木も自作短編を三重吉に読み聞かせて意見を聞く間柄だった。1910（明治43）年の冬、三重吉排斥のストライキが起きたのを機に三重吉が学校を去った後も交流は続いた。青木の主要な作品は『青木健作短篇集』（春陽堂、1928年）の一巻本にまとめられている。

●『赤い鳥』掲載作品

『赤い鳥』に掲載された子ども向けの童話に、「仇討」（1923年2月）がある。本作は、村長の11歳になる息子、金ちゃんという子どもの視点で描かれている。村長の父親を偉い人だとひそかに自慢に思う金ちゃんだが、年かさの庄吉に、百姓の村長より自分の士族の父親の方が偉いのだと言われていじめを受ける。

ある大雨の晩、洪水になりそうな事態に右往左往する大人たちを尻目に、金ちゃんは大水が出て庄吉の家が流され、溺れ死んでしまえば仇討ができるとほくそ笑む。しかし何事もなく朝を迎え、金ちゃんは「あゝ、つまんない。」と夜具をひっかぶってふて寝をする。子どものやり場のない怒りと復讐心が描かれており、『赤い鳥』全体を覆う純真無垢な子ども像を覆される作品でもある。

●愉快な小話

1918（大正7）年10月に「鷺鳥」、同12月に「啄木鳥」、1919年1月に「水喧嘩」という見開き2頁の小作品を発表した。「啄木鳥」は昔話風の小話で「鷺鳥」と「水喧嘩」は8コマからなる漫画。とりわけ「鷺鳥」はチャップリンの無声映画を彷彿とさせるドタバタ劇で、愉快な作品である。蛙を食べようと夢中で追いかける二羽の鷺鳥が、逆に人間につかまってしまう。大きな包丁を握って鷺鳥たちを抱きかかえる人間の風体からしてコックだろうが、これからの鷺鳥の運命が幼い読み手にも簡潔に伝わってくる。一方の蛙は、少々痛い思いをしたものの、葉っぱの布団をかけて寝ころび、ゆったりと煙草をふかしている。最後には大どんでん返しが待っており、欲張るとどうなるか、少々の苦い教訓とユーモアの入り混じったオチにもなっている。

（齋木喜美子）

［参考文献］
長田幹彦ほか（1957）『明治小説集』（筑摩書房）

青木健作の短編

1910年4月、『ホトトギス』に発表した「虻」が夏目漱石に評価された。青木自身の故郷の自然を描いたという本作は、詳細な描写が特徴的で、鈴木三重吉の影響を受けたと言われている。

生活苦から外国へ出稼ぎに行かねばならない了助の出立までの数日が、周りの人々との関わりや牛の病気と重ねられながら、克明に描かれている。

出立の日、死んだ牛の血を吸う虻を屠牛場の男が叩き落とすと、黒ずんだ血がべっとりと掌につく。いまいましそうに「虻の外道」は「死んだ者の血まで吸うのかえ」という言葉に、了助一家の今後が暗示されているようで、寂寥感が募る作品である。

作品数は40篇にも満たないが、自身も「土臭い田舎が常に想像の対象であった」と述べているように、郷里の自然や暮らしに触発された手堅く誠実な作品が評価された作家である。

青木茂
（あお　き　しげる）

●生い立ち

1897（明治30）年3月30日～1982（昭和57）年3月27日。児童文学者。東京市芝区麻布本村町生まれ。4歳の時、父親の仕事の都合で台湾に渡る。通常より一年早い5歳で台北小学校入学。帰国後、芝白金小学校へ通い、9歳でキリスト教の洗礼を受ける。麻布中学へ入学するも結核のために中退。静養しながら独学で文学、音楽、絵画、園芸、釣、狩猟、機械技術を学んだ。病弱ではあったが、絵画では21歳の時日本美術院展に入選し、45歳の時には東京電気炉会社で電磁開閉機の技術を担当して1919（大正8）年、翌年と、2度も技術院費をもらうなど多才であった。のちに農園や町工場を運営したり、関東大震災の際には医師代行として患者を治療するなど、幅広い知識と経験を生かして多彩な活動を展開した。

●児童文学の執筆

1920（大正9）年3月、『金の船』に「一生不平を云った豚の話」、翌月「痩牛」を発表したことが出発点となった。前者はノアの方舟をモチーフとした作品。方舟に乗せてもらったのにいつも不平ばかりで無精者の豚は、いっこう態度を改めようとしない。そのため次第に人々に疎まれるようになり、一生日の当たらぬ場所で生きていかざるを得なくなったという由来譚になっている。後者は、痩せ牛が金貨の入った糞をすると見せかけて、肥えてよく乳の出る牛と取り換えさせる詐欺師夫婦の話。最後には王様の裁きを受け追放される。いずれも昔話風の語りで、子どもたちに教訓を伝えている。

その後、山村暮鳥の紹介で『おとぎの世界』に「詩人の夢」を発表した。同年の12月には『智と力兄弟の話』（新潮社）を刊行。本書は、原稿を読んだ山田耕筰が深く感動し、三木露風に紹介したことが契機となって出版に至った。戦後何度か改変がなされ、1984（昭和49）年10月、ほるぷより復刻されている。

1946（昭和21）年、大佛次郎の仲介で藤田圭雄に出会い、8月から『赤とんぼ』誌上で「三太」少年を主人公とする物語を掲載した。三太を中心に先生や仲間たちとの日常が生き生きとユーモラスに描かれている。1950（昭和25）年からNHKラジオで「三太物語」が放送されるようになると一躍脚光を浴び、劇や映画化を始め雑誌等でも書き継がれ、光文社はじめ複数の出版社から出版された。

●『赤い鳥』掲載作品

1922（大正11）年1月号に「虫のお医者」が掲載された。ジガバチのお医者が開業し、近隣の動物たちの病気を治して評判を得るものの、実は自分の卵を産み付ける餌食を探していたことが判明するという話。注射だと騙されて卵を産み付けられた蝶の坊やは、眠ったまま身体の内部から食いちぎられていき、その様を母親の蝶が見て気を失う。実際にジガバチは蝶の幼虫に毒針を刺し、体をマヒさせ腐らないようにしたうえで卵を産み付ける。卵が孵ると生きたまま幼虫はジガバチの餌になるのである。

こうした生態を忠実に物語にしたことは、科学者としての青木茂の冷静な観察眼が反映されていると言えよう。

1974（昭和49）年、77歳で日本青少年文化センター久留島武彦文化賞受賞。

（齋木喜美子）

［参考文献］

藤田圭雄（1977）「青木茂解説」および「青木茂年譜」『日本児童文学大系』14、山村暮鳥・青木茂集（ほるぷ出版）

秋田雨雀
あきた　うじゃく

1883（明治16）年1月30日〜1962（昭和37）年5月12日。劇作家、童話作家、詩人、社会運動家、エスペランティスト。本名は徳三。青森県南津軽郡黒石町（現・黒石市）に生まれる。1902（明治35）年、東京専門学校（現・早稲田大学）に入学。1903（明治36）年、本郷中央会堂で初めて社会主義者の演説を聞き啓発される。在学中の1904（明治37）年10月に新体詩集『黎明』を自費出版する。1907（明治40）年早稲田大学英文科卒業の年に、恩師島村抱月の推薦で『早稲田文学』に小説『同性の恋』が掲載され、以降新進作家として同誌や『趣味』『文庫』などに小説を発表した。島崎藤村の紹介で、同年10月から『新思潮』の編集助手を務め、さらに「イプセン会」の書記となったことが、戯曲創作への関心を深め、劇作家としても活躍するきっかけとなった。

1913（大正2）年に、島村抱月を助け芸術座の創立に積極的に協力し、幹事として活動に参加するも、翌年、劇団の内紛をきっかけに脱退するが（1918年復帰）、その直後に組織された「美術劇場」に舞台監督として参加するなど、以降創作活動とともに演劇活動に力を入れる。

● ワシーリー・エロシェンコとの出会い

新劇活動の経営上の失敗や家族の問題で精神的に窮地に陥った際、雨雀は「盲目の詩人」として知られるワシーリー・ヤーコヴレヴィッチ・エロシェンコと出会う。1915（大正4）年にロシアからやってきたエスペランティストのエロシェンコとの交流によって、新たに生きるための光をエスペラント運動に見出す。エスペラント語については、友人の鳴海要吉を通じてその存在を知っていたが、

この出会いを機に本格的に学習を始め、エスペラント普及活動にも携わるようになる。雨雀とエロシェンコは、思想や創作において相互に影響を及ぼした。エロシェンコは日本滞在中に「狭い檻」や「鷲の心」などの童話を発表した。

1919（大正8）年頃からは、童話や戯曲の執筆、講演活動に打ち込む。新宿中村屋の相馬黒光らとともに1920年脚本朗読会「土の会」をスタートさせる。この会は後に演劇集団「先駆座」に発展し、雨雀の戯曲「手投弾」も上演された。

● 1927年のソ連訪問以降

社会主義に共鳴した雨雀は、1921（大正10）年に日本社会主義同盟に加入する。1927（昭和2）年には、ソ連政府からの招待で、ソ連革命10周年記念祭に参加するため訪ソした。8か月間の滞在期間中、各地で講演をしながら文化活動、児童教育活動を視察した。

帰国後、1928年には「国際文化研究所（のちの「プロレタリア科学研究所」）」を設立し、所長となりプロレタリア文化活動に力を注ぐ。さらに1931（昭和6）年には「ソヴェートの友の会」の会長に就任している。

戦後は、1948（昭和23）年に創立された舞台芸術学院の初代学院長になり、1950（昭和25）年から1956（昭和31）年まで日本児童文学者協会会長を務めるなど、舞台芸術や児童文学の世界で後進の活動を支え続けた。

1962（昭和37）年、多岐に渉る活躍の後、79年間の生涯を閉じる。『日本児童文学』では追悼号（1962・10）が編まれ、児童文学界のみならず、各界の多くの専門家たちが寄稿しその死を悼んだ。

● 『赤い鳥』に掲載された「鷹の御殿」

雨雀の児童文学の業績を辿る。雨雀は、すでに1910（明治43）年に『日本少年』（1910・3）に掲載された「老人と笛」を皮切りに同誌や「少女の友」などにリアリズムの童話を

多数発表してきた。しかし、雨雀本人は1919（大正8）年から「芸術の一様式として童話を取り上げて見ようと考えた」（『雨雀自伝』、76頁）と記している。娘の教育のために、トルストイの民話を読んでいるうちに童話に魅了されたという。この記述についてはさまざまな解釈があるが、この年から本格的に童話に取り組んだということが定説になっている。また、雨雀は、童話にあらためて向き合うようになった時期を「大正7、8年」であるとも記している（『日本児童文学全集』第2巻、河出書房、1956、「作者のことば」）。大正7年といえば、自作の童話「鷹の御殿」（1918・10）が「赤い鳥」に掲載された年だ。

これまでも指摘されているように「赤い鳥」に同作品が掲載されたことは、その後の雨雀の童話創作史において大きな意味をもったと考えられる。この作品は、それ以前に書かれたリアリズム志向の童話とは違った作風となっている。雨雀は、1918年8月15日付けの日記で「『美しい鷹の話』十枚執筆。ロシア童話を創作の形で書いてみた。」と記している。「美しい鷹の話」とは、この「鷹の御殿」を指すと思われる。

「鷹の御殿」は、ロシアのある田舎町で鷹の騎士と心通わせた末娘が、姉二人の策略で仲を引き裂かれ、去っていった騎士を探し出すために困難な旅に出る物語である。最終的には二人は再会し、ハッピーエンドを迎える。

この話のもとになっているのは、アファナーシエフの『ロシア民話集』に収録されている「鷹の羽」や「りりしい鷹フィニストの羽根」などのタイトルで知られる民話だと考えられる。この民話には二つのバリアントがあるが、雨雀がもとにしたのは№235（アファナーシエフの分類による）だと推察される。雨雀がロシア語を学ぶのは後のことなので、英訳書でこの民話を知った可能性が高いが、現在特定できていない。

アファナーシエフの民話と比較すると本来の末娘の冒険物語を、日本の子どもにもわかりやすいシンプルな形で雨雀流に簡潔にまとめている。

「鷹の御殿」のもととなったロシア民話はあらためて雨雀訳で『露西亜童話集』（矢野博信書房、1921）に収められた。ちなみに、鈴木三重吉も同じ民話を再話した「鷹の騎士」を1917年、春陽堂刊行の『世界童話集第3編星の女』に収めている。

新しい時代の児童に向けた作品を創作する上で、雨雀にとってロシア民話のストーリー展開は魅力的であったのだろう。

トルストイにも影響を受けた雨雀は、社会風刺を盛り込んだ作品も書いた。「旅人と提灯」（『早稲田文学』、1919・10）、「白鳥の国」（『赤い鳥』、1920・9）、「太陽と花園」（『婦人公論』1920・12）などを次々に発表する。

1920年には、同人誌『胎盤』の創刊号（1920・12）に評論「永遠の子供——童話の成因に就いて」を掲載した。童心主義の影響を受けたと思われる「永遠の子供」をキーワードとした童話論を展開し、童話のあり方を追求している。この評論は、その後童話集『太陽と花園』（精華書院、1921）の序にも再録された。

雨雀は、1962年までに130編ほどの童話を書き残した。『赤い鳥』に掲載された作品は、他に童話劇「牧神と羊の群」（1918・12）、童話「野の郡長さん」（1920・4）、「蠅の勝利」（1921・5）などがある。　　　（南平かおり）

［参考文献］

秋田雨雀（1987）『雨雀自伝（近代作家研究叢書46）』（日本図書センター）、秋田雨雀（1936）『五十年生活年譜』（ナウカ社）、秋田雨雀（1965〜1967）『雨雀日記全5巻』（未来社）、藤田龍雄（1972）『秋田雨雀研究』（津軽書房）、秋田雨雀研究会編（1975）『秋田雨雀——その全仕事』（共栄社出版）、同（1976）『続・秋田雨雀——その全仕事』（共栄社出版）

秋庭俊彦
あき ば とし ひこ

●チェーホフ作品の翻訳

1885（明治18）年4月5日〜1965（昭和40）年1月4日。ロシア文学者、童話作家、俳人。東京生まれ。1910（明治43）年、早稲田大学英文科卒。在学中より短歌を始め、新詩社の同人となるが、1908（明治41）年に同社の主幹である与謝野寛の考えに反旗を翻し、北原白秋、吉井勇らとともに脱退する。

この出来事については、『明星』（1908・申歳第2号）の「社中消息」欄で報じられている。その後『劇と詩』に小説や短歌を寄稿した。

大正期には『露西亜評論』の編集の傍ら、チェーホフに傾倒し英語からの重訳でチェーホフ作品の翻訳に携わる。当時の思いを秋庭は「作家精神といつてよい性根をふかめることができたのは、チェーホフ作品に対する親しみであつた」と述懐している（秋庭俊彦『句集　果樹』、美術雑談社、1962、p.208）。秋庭によるチェーホフの翻訳は『チエホフ全集』（新潮社、1919〜1926、全9巻のうち1、4〜5、7〜9巻担当）、『世界文学全集(24) 露西亜三人集』（新潮社、1928、「チェホフ選集」担当）などに収録されている。また『世界文学講座9　露西亜文学篇』（新潮社、1930）には評論「チェーホフのイメージ」が掲載された。チェーホフ以外のロシア文学の翻訳は、『ツルゲーニエフ全集』（冬夏社、1923、全4巻、第4巻担当）がある。

●『赤い鳥』に掲載された作品

児童文学の分野でも、大正期に数々の童話を執筆し活躍する。『赤い鳥』には、創刊間もない時期から作品を発表している。同誌に掲載された作品には「蟻と驢馬」（1918・8）、「牝牛の皮」（1921・12）、「鐘馗様と鬼」（1922・5）、「阿呆鳥」（1923・11）、「桜ん坊のパイ」（1924・7）、「天国から来た人」（1924・9）、「人間鳥」（1925・4）、「丘のヴァイオリン弾き」（1925・9〜10）などがある。「蟻と驢馬」には「クルイロフから」と出典が明記されている。このタイトルのもとに「驢馬の鈴」と「蟻の自慢」の2作が掲載された。

●クルイロフ寓話

クルイロフはロシアの寓話作家である。彼の寓話は全編韻文形式で書かれ、韻を踏みリズミカルに、明快な言葉で表現されている。大人のみならず児童も楽しめる話もある。現在のロシアでも児童向けにも『クルイロフ寓話集』は刊行されている。秋庭が『赤い鳥』に紹介したこの2作は、原作と異なり散文形式で書かれている。クルイロフ寓話の英訳書をもとにしたと思われるが、ほぼ翻訳に近い形で、日本の子どもたちにもわかりやすくまとめられている。

●異国情緒漂う世界

「桜ん坊のパイ」は、強情っぱりの主人公を懲らしめる話だが、ユーモラスな筆致で描かれている。「丘のヴァイオリン弾き」は「ハーメルンの笛吹き男」を下敷きにしているが、思いもつかぬ結末に驚かされる。『赤い鳥』誌上の秋庭の童話の多くは、外国文学の影響を受け、異国情緒漂う不思議な世界を描いている。ストーリー展開は起伏に富み、独創的だ。『赤い鳥』の他には、『金の船』（後に『金の星』に改題）に「人魚の海」（1922・1）などの童話を発表した。　　　（南平かおり）

［参考文献］

秋庭俊彦（1962）『句集　果樹』（美術雑談社）、白鳥省吾（1978）『文人今昔』（新樹社）

芥川龍之介
あくたがわりゅうのすけ

◉「蜘蛛の糸」の執筆

1892（明治25）年3月1日〜1927（昭和2）年7月24日。小説家。東京市京橋区に生まれ、本所区で幼少期を過ごす。東京帝大在学中に、菊池寛、久米正雄、松岡譲、成瀬正一と同人誌第4次『新思潮』を創刊した。創刊号（1916・2）に掲載した「鼻」が夏目漱石に「あゝいふものを是から二三十並べてご覧なさい　文壇で類のない作家になれます」（1916・2・19付書簡）と評価された。

鈴木三重吉は、当時『新小説』（春陽堂）の編集顧問をしており、龍之介を編集部に推薦し原稿を依頼した。三重吉は大学の先輩であり同じ漱石門下でもあった。龍之介は「芋粥」を『新小説』（1916・9）に掲載した。

龍之介は三重吉から『赤い鳥』創刊号（1918・7）に童話の掲載を求められ、「蜘蛛の糸」を寄せた。「蜘蛛の糸」の梗概は以下のとおりである。お釈迦様は、地獄にいる犍陀多が生前に蜘蛛を殺さず逃がしたことを思い出す。そこで彼を助けてやろうと蜘蛛の糸を垂らした。犍陀多は糸をよじ登り、後からくる罪人たちに「この蜘蛛の糸は己のものだぞ」と喚いた。とたんに糸は切れて犍陀多ら

『文藝春秋』の創刊

鈴木三重吉が『赤い鳥』創刊号に龍之介の童話「蜘蛛の糸」を掲載したのは、菊池寛が『文藝春秋』創刊号に龍之介の「侏儒の言葉」の連載を開始したのと似かよっている。

菊池寛と芥川龍之介が『新小説』の顧問となったのは1924（大正13）年1月から1925（大正14）年12月までである。1889（明治22）年1月創刊の伝統ある『新小説』（春陽堂）は関東大震災によって刊行中絶していた。二人の顧問就任は

は地獄の闇の底へ落ちた。蜘蛛の糸を独占しようとした犍陀多の利己的な行為が問われる一方、犍陀多には糸が垂れてきた理由も切れた理由も理解できないことが描かれている。この一瞬の出来事を自己の意志が及ばない現実として描くことで、現実をうまく受容できない自己の問題を表現した。

三重吉は、「蜘蛛の糸」の原稿に赤色インクで大小あわせて75箇所の加筆添削をした。龍之介は三重吉の添削について「御伽噺には弱りましたあれで精ぎり一杯なんです但自信は更にありませんまづい所は遠慮なく筆削して貰ふやうに鈴木さんにも頼んで置きました」（小島政二郎宛書簡、1918年5月16日）と明かしている。『赤い鳥』創刊号についても「今日鈴木さんの御伽噺の雑誌を見ました　どれをよんでも私のよりうまいやうな気がします皆私より年をとつてゐて小供があるからそれで小供の心もちがうまくのみこめてゐるのだらうと思ひます」（小島政二郎宛書簡、1918年6月18日）と感心している。また「鈴木さんのは仮名と漢字の使ひ方ばかりでなくすべてがうまいやうです　とてもああは行きません今度亦鈴木さんのおだてに乗つて一つ御伽噺を書きました　出たら読んで下さい」（小島政二郎宛書簡、1918年6月23日）と次の童話の執筆に及んだことも書き記している。

◉神秘と自己像幻視の物語

芥川は「蜘蛛の糸」の執筆を契機に童話へ

『新小説』が再出発を図ろうとしていた時期のことであった。

菊池寛は1923（大正12）年1月1日付けで新雑誌『文藝春秋』を創刊する。本文28頁、定価10銭の小冊子であった。1行13字詰め4段組、一色刷りである。菊池寛による「創刊の辞」に続き、龍之介の新連載「侏儒の言葉」が並べられた。『文藝春秋』は当初は寛の個人誌の色彩も強かったが、巻頭の「侏儒の言葉」が、この雑誌の存在意義を示していた。

の関心を深め、『赤い鳥』に「犬と笛」（1919・1〜2）「魔術」（1920・1）「杜子春」（1920・7）「アグニの神」（1921・1〜2）の4作品を寄せている。

「犬と笛」は、木樵の髪長彦が笛の力で三匹の犬を使い、食唇人と土蜘蛛から二人の姫を救出する物語である。手、足、目一つの神や分身された犬、笛や勾玉などの表現を駆使して分身と統合の物語として描いた。

「魔術」は、夢の中で欲望の達成のためには嘘を平気でつく自分の姿を見せられるという内容である。当時流行していた魔術や催眠術を巧みに取り込み、金銭欲に支配される人間を描きながら、状況によって主張を翻す自己像を幻視する物語である、

「杜子春」は、唐代の小説「杜子春伝」を典拠としている。杜子春は、金で動く人間世界が嫌になり仙人に魔術を教えてもらおうとする。仙人に何があっても口をきくなと命じられたものの、地獄で両親と会って思わず「お母さん」と叫ぶ。結局、杜子春は仙人になれなかったが、「かえってうれしい気がする」と言い、「人間らしい、正直なくらしをするつもりです」と仙人に答える。杜子春はお母さんのことばに心を打たれて、これからは自分の力で人間らしい生き方を探していく決意をする。

「アグニの神」は、催眠現象を織り込みながら自己の意識が分裂していくのを契機に、登場人物が自らを取り巻く現実の不可解さを認識していく過程が描かれる。

芥川には、『赤い鳥』掲載作のほかに「三つの宝」（『良婦の友』1922・2）、「仙人」（『サンデー毎日』1922・4）、「白」（『女性改造』1923・8）、「女仙」（『譚海』1927・2）の童話がある。

「三つの宝」の内容は、超能力よりも人間の意志の力のほうが強いというもので人間性を大切に考えていた作者らしい童話劇に仕上がっている。生前、佐藤春夫と唯一計画した童話集のタイトルが『三つの宝』（改造社、1928）であったことからも龍之介の自信作であったとしてよい。

「白」は、本当の自分とは何かを問う内容である。犬の白は友だちを見殺しにしたためにからだが黒くなってしまう。自分では白犬だと思っているものの、実際の外見は黒犬であり、もういちど白犬に戻りたいと悩む。白は自分の弱さを認めることでこの悩みを解決する。

「仙人」は、半人前の仙人であった権助が一人前になるために、医者夫婦のところで20年間ただ働きをして何をされても無心に働く修行をしていた物語である。「女仙」は、木樵りの爺さんを罵り殴っていた若い女が実は木樵りの爺さんの母親であったという話である。

●国語教科書と芥川龍之介

龍之介には、童話のほかにも「トロツコ」

「侏儒の言葉」の最初の見出しは「星」であった。星の生成流転を述べ、正岡子規『竹の里歌』の短歌「真砂なす数なき星のその中に吾に向ひて光る星あり」を引いたうえで「星も我我のやうに関する」と書く。星群が象徴として用いられ、宇宙の視点から私たちの生死が描かれている。続いて「鼻」の見出しで、クレオパトラの鼻の伝説の虚構性を批判しながら歴史が一人の人物によって作られるものではなく「我我」自身が作り出していくことを語っている。

『椒図志異』

芥川龍之介は第一高等学校在学中に『椒図志異』をまとめている。そこには、78篇の怪異の話が「怪例及妖異」「魔魅及天狗」「狐狸妖」「河童及河伯」「幽霊及怨念」「呪咀及奇病」に分類して収められている。多くは、妖怪や天狗、不思議な出来事、不遇の死を遂げた者の怨霊となった話である。文末には、「母より」「橘南谿の北窓瑣談より」「少年世界より」「父の語れる」「柳田国男氏」「沙石集」「石橋臥波氏談」など、取材源、出典が明示され、

（『大観』1922・3）、「蜜柑」（『新潮』1918・5、初出「私の出遭つた事」）「少年」（『中央公論』1924・4）などの少年少女小説がある。これらは1918年から24年までの7年間に次々と発表された。童話の創作によって龍之介の目がその対象である少年少女に向いていたことが背景にあったと考えられる。

龍之介の少年少女小説と童話は、戦前から多くの国語教科書に掲載された。特に国語教育学者の西尾実らの岩波編集部編『国語』（岩波書店、1934）は「蜘蛛の糸」「トロッコ」「戯作三昧」を掲載した。戦後も「羅生門」「鼻」などとともに掲載され、2013年度からの高等学校国語教科書では必履修科目『国語総合』教科書（9社23種）すべてに「羅生門」が収録された。中学校では、「トロッコ」（2社）「蜘蛛の糸」「少年」（各1社）、小学校では「仙人」（1社）「蜘蛛の糸」の冒頭部分（1社）が教科書に収録されている。

また、芥川龍之介編『近代日本文芸読本』（興文社、1925）には三重吉の「小鳥の巣」（『国民新聞』1910・3・3〜10・14）が抄録された。この読本は旧制中等学校向けに発行され、全5集に120人の作家の作品148編が収められている。龍之介はすでに若い世代の人気作家であり、有力な作家が文芸アンソロジーとして認定する作品群はカノン（正典）としての意味を持ち始め、それが流通することで、その時代を束ねる規範になった。

●国際的評価の高まり

21世紀になって芥川は国際的に注目されてきた。芥川作品の翻訳が相次ぎ、世界40以上の国や地域で全小説中の8割が翻訳されている（嶋田明子「国際作家——世界文学の中の芥川」『芥川龍之介　その知的空間』2004・1）。また、芥川がペンギン・クラッシックスに日本の作家として初めて収められ、『「羅生門」ほか17編』（原題Rashōmon and Seventeen Other Stories、2006）として刊行された。村上春樹の翻訳で知られるジェイ・ルービン（ハーバード大学名誉教授）が英訳し、村上春樹自身が英文で序文を書いている。

中国では、初の全集全5巻（2005）が刊行され、2015年には魯迅などが訳した開明書店版『芥川龍之介集』（当代世界出版社）が再版された。2014年以降には、芥川についての著書や翻訳書が大手出版社より刊行されている。韓国でも『芥川龍之介全集』（J＆C）が2017年秋に全8巻で完結した（国際芥川龍之介学会編『芥川龍之介研究』第10号、2016）。
（武藤清吾）

［参考文献］
関口安義（1999）『芥川龍之介とその時代』（筑摩書房）、武藤清吾（2011）『芥川龍之介編『近代日本文芸読本』と「国語」教科書　教養実践の軌跡』（渓水社）、同（2015）『芥川龍之介の童話　神秘と自己像幻視の物語』（翰林書房）

怪異への関心が一時的なものではなく、幼少期から継続していたことがわかる。

一高時代からの親友であった恒藤（井川）恭は「妖怪に関する古今東西の文献を夙くからあさつた彼は、屢々私に彼の蘊蓄の一端をもらした。諸国の河童の話などは毎々きかされた」と証言している（『旧友芥川龍之介』朝日新聞社、1949）。この証言から、龍之介が幼児期から怪異に関心を寄せていたことはよく知るところであり、その博識には一目置いていたことがわかる。彼の関心の背景には「今昔物語鑑賞」（『日本文学講座』第6巻、1927）で触れた民衆の思いがあった。『今昔物語』の作者が物語のなかに「娑婆苦の為に呻吟した」「当時の人々の泣き声や笑ひ声」を、時には軽蔑や憎悪の心を交じらせて、立ち昇らせたと書く。人々の苦悩や歓喜、憎悪や軽蔑が、深い闇の世界で修羅、餓鬼、地獄などの超自然的存在を生み育てていったというのである。彼が童話で神秘的な話や怪異に関する事象を好んで取りあげたのも同じ思いであった。

有島生馬
（ありしまいくま）

●多彩な才能—画家・小説家として—

1882（明治15）年11月26日〜1974（昭和49）年9月15日。洋画家・小説家・随筆家。横浜市に生まれる。有島武・幸の次男。壬午の生まれにちなみ、壬生馬と命名。後、生馬と称す。兄・有島武郎、弟・里見弴がいる。

洋画家として有名だが、学習院初等科・中等科時代（1895〜1900）には、島崎藤村の詩集を耽読し、志賀直哉らと交遊して『睦友会雑誌』等に新体詩を発表。1900年3月、肋膜炎を患い、鎌倉で静養後、父の郷里・薩摩川内市平佐町に転地する。療養中に知ったキリスト教神父の感化でイタリア芸術に惹かれ、同年7月、東京外国語学校伊太利語科に入学。1904年7月、卒業と同時に洋画家・藤島武二に師事、翌年、イタリアに留学した。やがてイタリアからフランスに移り（1907）、ポール・セザンヌの画業に接するや深い影響を受けた。1910年2月、約5年に及ぶ留学を終えて帰朝すると、ただちに雑誌『白樺』に参加。当時日本の画壇で未詳であったセザンヌの紹介者として注目を集めるとともに、長く画壇・文壇で活躍した。

『赤い鳥』には、創刊時から賛同者欄に名を連ね、7篇の童話を発表している。①「泣いて褒められた話」（第1巻第2号、1918・8）②「大将の子と巡査の子」（第1巻第4号、1918・10）③「ばあやの話」（第3巻第2号、1919・8）④「爺やの話」（第3巻第5号、1919・11）⑤「鈴子さんのお母様」（第4巻第1号、1920・1）⑥「おねぼけ叔父さん」（第4巻第5号、1920・5）⑦「宝探しの計略」（第6巻第6号、1921・6）

●生馬童話の特色

有島武郎「一房の葡萄」が3人の息子を第一の読者に想定していたとするなら、生馬の作品は愛娘の暁子が対象であったろう。ただし、武郎が普遍的な人間の問題を念頭に創作したのに対して、生馬は大人の視点で捉えた子どもの姿に力点を置いていた。

①ではペットの猫の命を救おうとする娘と、それにほだされた父親の奮闘を描く。②では父親の職業に貴賤の区別はなく、③と④では爺やと婆やを対比的に登場させるとともに、実在の乳母や生馬自身を話材としている。⑤と⑥に共通するのは夢で、⑦は3人兄弟の兄の悪意とその波紋を描く。いずれも、子どもの素直な性情に訴える作品になっている。

（古閑章）

［参考文献］
『白樺叢書 有島生馬集』（河出書房、1941）、河口清巳編（1969）『有島生馬選集』全1巻（実川美術）

絵画と文学

有島武郎著『一房の葡萄』（叢文閣、1922）の装幀や挿画を手がけたのは、玄人はだしの腕前を持つ武郎自身であった。その斬新な意匠は、当時ヨーロッパの美術界を席巻していた未来派や立体派風の感覚に彩られていた。プロの画家として武郎以上に西欧や日本の画壇に通じていた生馬が『赤い鳥』の装幀等を担当していれば、清水良雄との競演はさらに話題になったかも知れない。

一方、生馬（1976）の『思い出の我』（中央公論美術出版）の「あとがき」（執筆者・有島暁子）には、後進の神西清（1903〜57。小説家・翻訳家）が「先生、絵なんかよして文章を書いて下さい」と懇望していた挿話が紹介されている。生馬の関係した『白樺』が、最新の西欧絵画や文学の紹介に功があったことは周知であろう。同じ「あとがき」には「君が作家になり、僕が絵描きになればよかったね」と語った武郎の言葉も追想されている。絵画と文学に造詣の深かった生馬の文壇における期待値は高かったのである。

有島武郎
ありしま　たけ　お

●略歴

　1878（明治11）年3月4日〜1923（大正12）年6月9日。小説家・評論家。東京都文京区水道町に生まれる。父・武（薩摩川内平佐郷の領主・北郷氏の家臣。大蔵省関税局長や国債局長を歴任し、実業界に転身後は、北海道狩太に広大な農場を所有した）、母・幸（南部藩江戸留守居役加島秀邦の3女）の長男。1896（明治29）年9月、学習院中等科を経て札幌農学校予科5年に編入。新渡戸稲造に私淑し、1901（明治34）年3月、札幌独立基督教会に入会する。1903（明治36）年8月渡米し、ハバフォード大学やハーバード大学で学ぶ。その間、ゴーリキー、エマーソン、ホイットマン、イプセン、ツルゲーネフ、トルストイ等を耽読。また、エンゲルスやクロポトキン等の社会主義思想にも触れる。1907（明治40）年4月、約4年の留学を終えて帰国。同年12月、東北帝国大学農科大学の英語講師となり、翌年1月には札幌独立基督教会の日曜学校校長に就任。1909（明治42）年3月、神尾安子と結婚。行光（俳優・森雅之）・敏行・行三の3子を得た。1910（明治43）年5月、同人として名を連ねた『白樺』に「二

つの道」を発表するとともに、札幌独立基督教会を退会。やがて「かんかん虫」「或る女のグリンプス」「宣言」等の初期の代表作が生まれる。1914（大正3）年11月、結核に冒された妻・安子の病状が悪化、北海道から東京に戻る。妻の死（1916・8）と父の死（同12）を契機に、「カインの末裔」「迷路」「生れ出づる悩み」「小さき者へ」「或る女」等の力作が矢継ぎ早に世に問われ、絶大な人気を博するようになる。1920年6月刊行の『惜みなく愛は奪ふ』は、有島文学の背骨を語った評論である。1922（大正11）年7月、私有財産制度の否定と取られかねない狩太農場の解放を断行するが、翌1923（大正12）年6月9日、波多野秋子と自殺した。最新の全集として『有島武郎全集』全15巻別巻1（筑摩書房、1979〜88）がある。

●「一房の葡萄」

　『赤い鳥』第5巻第2号（1920・8）に発表。有島童話の代表作であるとともに、『赤い鳥代表作集1』（1958・10、小峰書店）にも収録されている。なお、『赤い鳥』発表の有島童話はこの1作だけである。
　『赤い鳥』第1巻第2号（1918・8）の「標榜語」に賛同者として名を連ねた有島は、その一方で「子供に『赤い鳥』を読んで聞かす。よき童話一つもなし」と忌憚なく記す実作者でもあった（1921・11・9付「日記」）。そうした有島の童話に対する考えは、この
モットー

「一房の葡萄」をどう読むか

　有島は、1884（明治17）年8月〜1887（明治20）年5月まで横浜英和学校に通ったが、そこでの悔恨に充ちた体験が「一房の葡萄」の根っこにあることは周知である（「文壇諸家年譜（26）有島武郎」、『新潮』1918・3　ほか）。
　一方、父・武が「お前これから重要な問題となるものはどんな問題だと思ふ？」と亡くなる直前に発した質問に対し、「労働問題と婦人問題と小児問題とが、最も重要な問題になるであらうと答

へた」（「子供の世界」）という返答からは、何が抽き出せるだろうか？
　大正期のリベラリズムが行き詰まった結果、社会主義思想の浸透による労働運動の激化に伴い、婦人参政権や女性解放の運動も同時に加速するという大方の予測と同等のレベルで、「小児問題」が大きくクローズアップされるという独自の批評眼は時代を先取りしていたと言うほかない。
　「一房の葡萄」の核心に、子どもにおける日常的な欲望の処理やそこから派生する普遍的な魂の

「日記」から7か月後に刊行された『一房の葡萄』（1922・6、叢文閣）に実践されている。「帰家したら「一房の葡萄」十五冊が来てゐた。表装中々よく出来てゐる。子供三人が大変静かだと思つたら、熱心に読んでゐてくれるので、大変うれしく思ふ」（1922・6・17付「日記」）と記されたこの童話集は、「行光　敏行　行三へ　著者」という献辞に明らかなように、幼くして母親を亡くした「小さき者」たちへの贈り物であった。

ここには「一房の葡萄」を巻頭に、「溺れかけた兄妹」（『婦人公論』1921・7）、「碁石を呑んだ八つちやん」（『読売新聞』1921・1・11〜15）、「僕の帽子のお話」（『童話』1922・7）の4作が収録されている。いずれも、小粒ではあるが、子どもをひとりの独立した人間と見なす観点から生まれる不安や苦悩が追求されている。

有島童話の特質やスタンスが計量できる評論として、「子供の世界」（『報知新聞』1922・5・6〜7）がある。子どもの世界は決して大人の世界に従属しているのではなく、それ自体として独立しているゆえに大人の世界観を押しつけてはならないという主張には、『赤い鳥』の「標榜語」に隙見える、子どもに良書を与え、子どもの情操教育をまず念頭に置いた大人目線の文学運動には収まり切らない意見が吐露されている。「全く大人の立場から天降り的に、その処理をして」（前出「子供の世界」）創作された童話が、先の「日記」における『赤い鳥』にいい作品がひとつもないという失望の表明につながっていることは否定できない。

「一房の葡萄」は、絵を描くことが好きな少年が、どうしても自分の絵具では出せない藍と洋紅をクラスメートの絵具箱から盗み出す経緯とその顚末を語った作品である。子どもの情操教育の観点から捉えると、盗みという行為を作品のプロットに据えることじたい両刃の剣の危うさから免れていない。しかし、有島童話では、通常のモラルを突き抜けた次元に開示する子どもの魂の救済が、やがて子どもから大人へと自己変容する物語として造型されている。女教師の慈しみに溢れた深い配慮と教育的指導によって心の成長過程を辿る道行きは、自分の欲望に負けて絵具を盗んだ少年の罪の浄化を叙情的に引き出す効果を産み出している。過ちを犯した子どもを優しく包み込む先生の姿は、キリスト教的な魂の救済に特化する必要などない母性の原像と考えられるのである。　　　　　　　　（古閑章）

[参考文献]

片岡良一（1947）『有島武郎と夏目漱石』（学友社）、福田準之輔（1971）「有島武郎の児童文学」（『国文学　解釈と教材の研究』）、上坂信男（1972）「有島童話覚書」（『有島武郎研究』、右文書院）、西垣勤（1982）「一房の葡萄」（日本文学協会編『読書案内〔小学校編〕』、大修館書店）、有島武郎研究会編（2010）『有島武郎事典』（勉誠出版）

救恤の視点を見出すならば、作品自体を単なる体験の記録と捉えるだけでは不十分である。むしろ実体験のレベルを超えて、子どもの真の成長を見守り育てる教育の重要性を指摘しなければならない。

従来の評価史では、片岡良一に始まる女教師の「愛の力」による救済説以後、有島のキリスト教入信とそこからの離脱という経歴を念頭に、女教師の愛にキリスト教的な博愛精神を投影させる福田準之輔や上坂信男らの解釈が根強い力を持っている。しかし、有島が有島家の長男として厳格すぎる家庭教育を受け、その重圧に深く傷つき苦悩していたことを思えば（「私の父と母」、『中央公論』1918・12）、過ちを犯した子どもに寄り添い、立ち直るきっかけを与えてくれた優しい女教師の、教育者としての「適切な指示と対応」（笠井秋生（1995）「有島武郎の童話」、『有島武郎研究叢書』第3集、右文書院）を重視する意見は見落としたくない。有島における「小児問題」は子どもの教育問題であり、家庭や学校を含む社会全体の取り組み方にまで及んでいたであろうからである。

伊藤貴麿
（いとうたかまろ）

◉童話作家になる前の伊藤貴麿

　1893（明治26）年9月5日～1967（昭和42）年10月30日。小説家、翻訳家、童話作家。本名利雄。兵庫県神戸市生まれ。旧制三高中退後早稲田大学に移り、1920（大正9）年に英文科を卒業した後、9月に中国へ渡る。同年、早稲田の同期に誘われて同人誌『象徴』に参加。その後は主に『早稲田文学』『文藝春秋』に寄稿する一方で、『赤い鳥』に「水面亭の仙人」（1923・6、第10巻6号）「虎の改心」（1923・9、第11巻3号）「兄弟」（1924・4、第12巻4号）「三人の書生」（1925・3、第14巻3号）が掲載される。

　1924（大正13）年には、文藝春秋叢書の一冊として短編小説集『カステラ』（春陽堂）を出版。また、同年、横光利一や川端康成らと共に同人誌『文芸時代』を創刊し、1927（昭和2）年に終刊するまで、多くの小説・随筆・評論を寄稿した。

　また、この時期には、佐藤春夫・今東光とともに明代白話短編小説『今古奇観』の翻訳も行っている（『支那文学大観第11巻』支那文学大観刊行会、1926）。伊藤は「恨は長し（王嬌鸞）」「李冴公」の2編を担当しており、この翻訳経験と中国に在住した経験が、後に中国童話・民話・小説を翻訳する上で、大きな糧になったと考えられる。

◉伊藤貴麿と『赤い鳥』

　そんな伊藤貴麿が雑誌『童話文学』に参加し、童話作家協会に入会して、童話の創作や翻訳に本格的に取り組み始めたのは1929（昭和4）年のことだが、その前々年にあたる1927（昭和2）年に刊行された菊池寛編『日本文芸童話集』上（興文社）に、『赤い鳥』

で発表した「虎の改心」が、1928（昭和3）年刊行の『日本文芸童話集』中（興文社）に「水面亭の仙人」がそれぞれ掲載されている。さらに、1929（昭和4）年12月刊行の『日本童話選集』第4輯（丸善）には「三人の書生」が収められており、『赤い鳥』に掲載された作品が、伊藤貴麿の童話作家・翻訳家としての出発に重要な役割を果たしたということができるだろう。

　『赤い鳥』に掲載された4編のうち、「虎の改心」「水面亭の仙人」は、清代の文言小説、蒲松齢『聊斎志異』からの翻訳である。この2編を収録した童話集『孔子さまと琴の音』（増進堂、1943）の解説で伊藤は「（『聊斎志異』）第二巻の「趙城虎」と、第十四巻「寒月芙蓉」とを、日本の少年にわかるやうに、地理その他の説明を本文に折りこみながら、自由訳のかたちをとつたものです」と説明している。ストーリーは原作どおりで、「虎の改心」は、孝行息子を食い殺した虎が息子に代わってその年老いた母親に孝行する話、「水面亭の仙人」は、中国済南のある町に現れた、不思議な術を使う坊さんの話である。

　文章は、「自由訳」と言っているように、説明を付け加え、描写や人物設定を書き込むことで、直訳よりも読者が読みやすく、引き込まれやすいものになっている。例えば「虎の改心」の冒頭に近い部分、原文を書き下すと「（母親は）年七十余にして、一子に止まる」となる箇所を、「虎の改心」では「もう年は七十二三で、よぼよぼしてゐましたが、その独り息子が大へん孝行者だつたので、安楽にこの世を送つてゐました」と、記述をふくらませている。

　この2編は、『赤い鳥』および『日本文芸童話集』『孔子さまと琴の音』へ掲載後、「虎の改心」が森村豊編『世界名作童話集』（主婦之友社、1949）、伊藤貴麿編『中国むかしばなし2年生』（宝文館、1955）に収められ、「水面亭の仙人」が同『中国むかしばなし5年生』（1956）、『中国むかしばなし集』（宝

文館、1960）、赤い鳥の会編『赤い鳥5年生』（小峰書店、2008）に収められている。

「三人の書生」は創作童話で、舞台は唐代のある村。三人の科挙受験生が、大地主の取り立てと不作に苦しむ村人たちを、知恵を使って助ける話である。『赤い鳥』掲載後は上記『日本童話選集』の他、中国童話集『春風と夏雨』（香柏書房、1949）、与田準一ほか編『赤い鳥代表作集』2中期（小峰書店、1958）、同『赤い鳥代表作集』3（小峰書店、1998）に収められている。

「兄弟」は、王様に仕える兄と、鍛冶屋を営む弟が思いがけず協力し、隣国との戦争を防ぐ話。原作が存在するのか、創作なのかは不明。筆者の知る限り、『赤い鳥』以外には収録されていないようである。

●『赤い鳥』以降の伊藤貴麿

『赤い鳥』に掲載された作品を足がかりに童話創作や翻訳の世界に入った伊藤貴麿は、その後も中国の小説や民話を翻訳したり、それらを材料に創作したりしたものを中心に、雑誌『童話文学』、『児童文学』などに多くの作品を発表した。

単行本では『龍』（鳩居書房、1936）、『神童ものがたり』（愛育社、1947）、『錦の中の仙女』（岩波書店、1956）などの童話集や民話集、メレディス『アクリスの剣』（童話春秋社、1940）、謝冰心『最後のいこひ』（増進堂 1946）、『ぼたんの女神』（国民図書刊行会、1948、『今古奇観』の訳）、ジョン・バニヤン『天路歴程』（童話春秋社、1949）、『三国の英雄』（金子書房、1953）、『水滸伝』（講談社、1963）などの翻訳書の他、『孔子 至聖の哲人』（ポプラ社、1952）といった伝記も出版している。また、講談社の少年少女世界文学全集（1958〜1962）では、シリーズ全体の編集委員に加わっている。

●伊藤貴麿と『西遊記』

伊藤貴麿の名が今なお世に知られているの

は、やはり明代白話長編小説『西遊記』の訳業によってであろう。1941・1942（昭和16・17）年の『新訳西遊記』上・下（童話春秋社。以下『新訳』）以来、伊藤貴麿はさまざまな形で西遊記の翻訳を出した。中でも岩波少年文庫『西遊記』全3冊（1955）は現在も刊行されており、彼の西遊記は70年以上も読み継がれていることになる。

当時、多くの児童書西遊記は、江戸時代の翻訳『画本西遊全伝』を元に書かれていた。この本は西遊記全体を訳してはいるが、文章はかなり簡略化されており、西遊記原典のユーモアあふれる会話が省略されるなど、魅力が損なわれる箇所も少なくなかった。

とはいえ、原典を完訳するのは難しい。そこで、伊藤貴麿は、中国の方明という人物が、原典の文章の魅力を残したまま挿話を取捨選択する形で改編した小学生文庫『西遊記』（商務印書館）を完訳した。これが『新訳』であり、『新訳』をもとに書かれたのが岩波少年文庫版である。伊藤貴麿の採用した方法は功を奏し、彼の訳が現在まで読まれ続けただけではなく、原典からの翻訳が進められ、それまでより詳細な文章で西遊記が書かれるようになるなど、彼の訳業に背中を押されるような形で日本の西遊記の翻訳が発展した。日本で最初の原典完訳である太田辰夫・鳥居久靖訳『西遊記』上・下（平凡社、1960）も、「あとがき」で岩波少年文庫を「部分的に参看」したとしており、伊藤貴麿が西遊記翻訳史上において果たした役割は大きいといえるだろう。

（井上浩一）

［参考文献］

酒井朝彦ほか（1968）「伊藤貴麿・追悼」（『日本児童文学』3月号）、新島翠（2007）「原典訳『西遊記』と商務印書館「小学生文庫」」（『中国児童文学』17）、井上浩一（2015）「西遊記翻訳史における伊藤貴麿の位置」（『国際文化研究』21）

伊東英子

いとうひでこ

◉少女小説から小説へ

1890（明治23）年1月15日〜1973（昭和48）年7月20日。小説家。本名伊東英子、のち須田英子。旧姓伊沢。別名伊沢みゆき、濱野雪など。仙台市生まれ。父の兄弟に、日本近代音楽教育の基礎をつくった伊沢修二、警視総監・台湾総督を歴任した伊沢多喜男（劇作家飯沢匡の父）がいる。英子の父伊沢富次郎は、宮城医学校助教諭などを経て東京市下谷区（現台東区）で眼科医院を開業し、母も医師、六歳下の妹は宇野浩二『苦の世界』（1920年刊）などのモデル伊沢きみ子である。

英子は1912（明治45）年から1916（大正5）年、『少女画報』に60篇近い少女小説を（伊沢）みゆきの名で書いた。少女同士の交情や美しい女性の追憶、少女達の自意識を流麗な筆致で描いて人気を得、吉屋信子の先駆的存在となった英子は『婦人画報』にも読物を発表し（1913〜1915）、並行して濱野雪の名で、『演芸画報』に劇評（1913〜1923）、『青鞜』にも小説「真実の心より」など6編（1914〜1915）を発表した。

1919（大正8）年には、チェーホフの翻訳などをした夫伊東六郎と共に『中外』編輯部にいて、伊東英子の名で『三田文学』に小説を載せ、岩野泡鳴の推薦でも作品を発表した。この頃『赤い鳥』に童話を発表している。

英子はこの後、島崎藤村が発行した婦人雑誌『処女地』の有力同人となり（1922〜1923）、小説や随筆を発表した。代表作「凍つた唇」（1922・11）は、盲目で腰の立たない噺家「小しん」に親愛の情を持っていたにもかかわらず、唇が接した時に悪寒を抱いた感覚を描く。この後も英子は『サンデー毎日』に小説、『少女倶楽部』に童話を発表

（1923）。関東大震災後、のちに大映東京撮影所長となる須田鐘太と再婚、1930（昭和5）年前後まで濱野ゆきの名で『若草』『婦人公論』等に執筆した。晩年は中村汀女主宰『風花』で句作を続けた。

◉憧れを具現化した『赤い鳥』の作品

英子は『赤い鳥』の賛助幹事になり（「賛助読者名簿」1918・11）、同誌に「弱虫」（1919・4）、「狐の片耳」（1920・3）、「朝顔」（1920・6）、「喧嘩のあと」（1920・11）、「洗礼」（1922・6）の5編の童話を寄せた。

「弱虫」では、幼稚園から逃げ帰るほど「弱虫」で「甘えツ子」だった太郎さんが、相撲で大きい子を倒した小さい「大好きなあの子」を森で、町のいじめっ子達から助ける。それから強い子になった太郎さんは「あの子」と「仲よし」になれたことを喜ぶ。

「狐の片耳」では、正夫さんが荒寺から持ち帰ったものがお話に出てきた「秘密の呪文」を封じこんだ狐の耳ではなく木耳だと爺やに笑われ、正夫さんと妹も笑う。

「朝顔」では、はにかみやの愛子さんが、お隣の西洋館に越してきた、同じようにはにかみやのお嬢さんが隠れて覗いている窓の敷居に、そっと朝顔をのせてくる。

「喧嘩のあと」では、妹と喧嘩した正さんが、おばさまと一緒にその家に泊まりに行き半日を面白く過ごすが、夜になると妹と家がこいしくて泣いて連れ帰ってもらう。

「洗礼」では、クリスマスに良い土産がほしくて教会に通いだしたみや子さんが、自分の下心を神さまと従姉妹に見透かされるのを恥ずかしく思い、受洗しないと言い出す。

「弱虫」「朝顔」「喧嘩のあと」「洗礼」の主人公は、はにかみやで気弱な子どもであり、「狐の片耳」の子ども達はお話を信じる純粋な子どもである。子どもは庇護されて育つことが前提となっており、仲良くすることの価値が高い。特に「弱虫」では、「お父様のお跡次」のできる「強い、勇ましい男らしい、

立派な子」になって、両親や先生に褒められたことよりも「大好きなあの子と仲よしになつたのが」嬉しい、いわば世俗的価値と子供の喜びが逆転している。ただし、仲良くすることが良いという別の道徳に置きかわったに過ぎないともとれる。

どの作品にもちょっとした冒険が描かれ、子どもの心情の変化が丁寧に描写されている。「レイスの窓掛け」がふわふわ動く「水色に塗つた、お隣りの西洋館」（「朝顔」）、きらきらしたクリスマス飾りの教会、「美しい水槽の水の中に、丁度神話の水の精のやうに」つかる自分の洗礼姿の空想（「洗礼」）など、西洋風事物も書かれる。子守に送迎される幼稚園児や、水色の西洋館など、裕福そうな作品世界に、どれだけの子どもが現実の生活実感として共感できたかは疑問である。けれども、「秘密の呪文」（「狐の片耳」）を含め、そんなことがあればよいと思う子どもの憧れの世界を具現化した童話といえる。

◉ 『赤い鳥』の作品と他誌上の作品

英子の童話には『赤い鳥』掲載作の他に、『少女倶楽部』掲載の「絵と語る少女」（創刊号1923・1）、「桃色の塔の王女」（1923・5）、「夏のおもひで」（1923・11）の３編がある。

「絵と語る少女」の主人公さち子は、自分の部屋にある絵の中の少女をビアンカさんと名付けて語りかける。

「桃色の塔の王女」では、南の国の姉王女イヴオンヌ姫が「あこがれ」を知り染め、桃色の塔で地平線のかなたに「あたしの求めてゐる何物か」があると考える。侍女オリガにそれは「自由」であると教えられた姉姫は「自由の幻」を求めて宮殿を抜け出し、オリガは妹王女ギニア姫に「自由は生命をかけなければ得られぬものでございます」と言う。

「夏のおもひで」で、母の故郷を訪れた13歳のるり子は「一人ッ子ですけれど、ちつともわがまゝでもなければ甘ツたれでもない、おちついたしとやかな少女」と書かれる。る

り子はある夕方、土手で「白い月見草」を探す「水のやうに透きとほるひと」に出会い、その女性が何かを埋めた場所に翌日、白い月見草が咲いているのを見つけ「謎といふものは、解かない方が尊いのだから」と思う。

『少女倶楽部』の童話の主人公は弱い子ではなく一人で行動することが、想像力をはばたかせられる広がりを作品に与えている。

英子は『少女画報』掲載の少女小説には、妹への「憎悪と嫉妬に胸をさわがせ」る主人公（「捨犬」1914・5）を書いた。思慕する女性に自分の真心をくみ取ってもらえないなら「いつそ死んで貰ひたい」と思う、負の感情の強い主人公（「闇に居て」1914・3）も書いていた。『赤い鳥』と同時期の『三田文学』にも、母に継子の姉を立てるように言われ「お前が馬鹿だから母さんに嫌はれるんだよ」と「自分を汚す」妹を書いている（「最初の憂鬱」1919・10）。このような負の感情や自己苛責は、英子の作品の一つの特徴であるが、『赤い鳥』やその後の『少女倶楽部』の童話には書かれない。

「世俗的な下卑た子供の読みものを排除して、子供の純性を保全開発する」（巻頭「赤い鳥の標榜語」）という理念を掲げた『赤い鳥』に書くために、英子は負の感情ではなく、そんなことがあればよいと思う子どもの気持ちや、気弱な心の変化を丁寧に描く童話を書いたと考えられる。『赤い鳥』の理念によって英子の童話は、現実とは別にある心の世界を子どもに与えるものとなったが、一方ではその理念が、主人公を弱い子どもとし、仲良くすることが良いという童話の型をつくる制約としても働いたと考えられる。　（永渕朋枝）

［参考文献］

永渕朋枝（2015）「『処女地』の伊東英子『凍つた唇』──別名：『少女画報』の伊澤みゆき・『青鞜』の濱野雪」（『国語国文』2015・8）、久米依子（2017）「大正期少女雑誌から婦人雑誌への位相──伊東英子の軌跡を視座として」（『国語と国文学』2017・5）

井伏鱒二
いぶせますじ

●「山椒魚」と児童文学

1898（明治31）年2月15日～1993（平成5）年7月10日。小説家。広島県加茂村（現・福山市）生まれ。早大中退。「山椒魚」「ジョン万次郎漂流記」「黒い雨」など、ペーソスある風刺の作風である。デビューの昭和初期から戦中にかけていくつかの児童文学を手がけ、童話という寓話手法によって、社会や戦争を批判する作品を発表している。『赤い鳥』には、フランスの昔話を翻案した「ばかぞろひ」（1931・6）を発表している。

1923（大正12）年、25歳で早稲田の仲間との同人誌『世紀』創刊号に「幽閉」を発表。これは「山椒魚」の原型作品である。「幽閉」が実質のデビュー小説であり、その後同人誌などに小説を発表するが、実際の文壇登場は1929（昭和4）年、「山椒魚」（『文芸都市』）とされている。「山椒魚」の初出題名は「山椒魚——童話」と「童話」という副題が附されている。現在流布している名作「山椒魚」の最初の発表テクストには、この作品は童話であるという意図があったのである。井伏が童話を意識した作家として文壇登場したということにもなる。また、「幽閉」が「山椒魚」の原型であることを考え合わせると、井伏の実質デビューも文壇登場も、児童文学に関わっていると言える。この事実は、作品内容的にも井伏文学の根幹に児童文学的要素があることの一つの査証になるだろう。

1940（昭和15）年に『セウガク二年生』に3か月にわたり「山椒魚」と題して、内容を大幅に改編し、ほぼ総平仮名での表記で連載する。読者を想定した本格児童文学である。末尾は「もう この ごろでは、蛙 は かちかち の ひもの の やうに なり、山椒魚 も くちた 木 の やうに なって ゐる こと でせう」と残酷な結末である。最晩年の1985（昭和60）年、自選全集刊行の際、最後の蛙と山椒魚の和解の部分を削除、改稿したことは有名である。最初から最後まで「山椒魚」という児童文学に拘った井伏ということである。

●「ばかぞろひ」の系譜

「ばかぞろひ（フランスの昔話）」は、「一 ばかな小鬼」「二 ばかな狼」の2編の翻案童話からなる。「ばかな小鬼」は土地を占有する小鬼と貧乏な百姓との知恵比べの話である。これは狼とかたつむりとの徒競走での知恵比べの話である。どちらも、小鬼と狼という強者が百姓とかたつむりという弱者に無理難題を申し出を強いるが、百姓とかたつむりは知恵を出して小鬼と狼を騙し、最終的に弱者が勝つというコントである。強者が実は馬鹿であり弱者に負けるという主題である。

「ばかな狼」はその後、強者と弱者の競争で弱者が勝つという同じ設定で、競争の目的や結末に違いを持たせ、改稿して「もぐらとふくろう」（『家の光』1940・7）「サザエとフカ」（『サクラ』1942・6）という二つの児童文学を発表した。一貫しているのは末尾が「ふくろふの爺さん婆さんは疲れはてて、翼が破れて死んでしまひました」という強者の残酷な敗北である。末尾は『セウガク二年生』の「山椒魚」と同じ残酷性を持つ。

●今後の課題

井伏は少女小説も多く執筆している。今後は、井伏文学の中での児童文学のさらなる研究や、児童文学を通しての作家同士の横の繋がりの調査研究が必要である。　（須藤宏明）

［参考文献］

須藤宏明（2002）「徒労と敗北——「ばかぞろひ」の系譜」（『疎外論』おうふう）、野寄勉（1995）「井伏鱒二『花の町』論——軍政下の遠慮と屈託」（『芸術至上主義文芸』21号）

今井鑑三
（いま　い　かん　ぞう）

1908（明治41）年10月11日～1993（平成5）年3月27日。札幌生まれ。幼い頃、7歳で母が、10歳で父が亡くなり、岐阜県萩原（現・下呂市）の叔父宅に預けられた。勉学が優秀ということで周りの人に助けられて岐阜師範学校を卒業し、1928（昭和3）年益田郡小坂小学校に勤務した。さらに母校である萩原小学校に1930（昭和5）年から8年間勤務した。その時自作の童話を書いては、山村の児童に読み聞かせ、『赤い鳥』に投稿した。今井の作品はこの時に集中している。1931（昭和6）年7月号には初めて「青梅」が入選し掲載されることになった。その時、今井は鈴木三重吉から丁寧な手紙を受け取っている。

◉今井鑑三と三重吉

「『青梅』を活字刷でお読みになって御愉快でしたことと拝察します。内容もおもしろく、表現もすっきりしてゐてなんのイヤミもなく、人を引くやわらかい感触が充ち流れてゐます。傑作です。私が表現にところどころカンナをかけ、みがいた跡を御研究下さい。そして又すぐれた作をよこして下さい。お祝ひかたがたお願い申します。」

この時から、今井は鈴木三重吉を師匠と決めたのである。これから、矢継ぎばやに『赤い鳥』に投稿をする。実際、9月号には「水およぎ」、12月号には「川島君」とたて続けに掲載されている。1932（昭和7）年3月号には「大時計」さらに1933（昭和8）年7月号には「良太」、9月号には「ひろった銀貨」、1934（昭和9）年8月号には「虫歯」、1935（昭和10）年11月号には「ねずみ」が掲載された。したがって、今井が『赤い鳥』に書いたのは、萩原小学校に勤務していた期間である。題材は、学校での一コマ、放課後の様子など、身近なところから取ったリアリズム作品ばかりである。その間、手紙は12通あり、東京への鈴木宅には3回訪れている。鈴木三重吉が1936（昭和11）年に亡くなったときには一文を載せ哀悼の意を述べている。

「殊に一昨年御宅に参上致し、晩食を戴きながら承ったお話。又、わざわざ玄関まで御見送り下さいまして、わたしが飛騨旅行をお誘いもうしましたのに（略）あの節の印象は、今もまざまざと眼に残って居ります。あれが最後で御座いました。唯今先生を失って光明を失った様な寂しさと悲しさを感じます。」

実際、三重吉は、今井を評価していてかわいがっていた。今井に対して「10編おれの目をパスしたら一人前の作家として世にだしてやろう」と言っていた。つねづね今井は「綴方人にとって最もいい勉強は、自分が文を書いてみることだ。書物理論をやってくだくだ言っているよりもこの方がきっと効果があると思う」と言っていたが、書くことの努力は亡くなるまで衰えなかった。

◉今井鑑三と教育

その後、今井は児童文学よりも教育に重点をおくようになり、1945（昭和20）年に奈良女子高等師範学校附属小学校に勤務してからは、研究誌「学習研究」などに努力と労力を費やした。戦後、奈良女子大学附属小学校になり「奈良プラン」なる奈良の学習法が確立したが、この中心になったのが今井鑑三であった。奈良の教育と小学校国語科教科書編集で活躍し、退職後は中部、西日本を中心に国語教育研修会を組織し、かつ多くの学校の継続指導に尽力した。　　　　（稲垣和秋）

[参考文献]

今井鑑三（1992）『蒼玄の大和に生きる』（光村図書）、遺稿集編集委員会（1997）『子どもが生きているか今井鑑三遺稿集』（明新印刷）

内田百閒
うち だ ひゃっけん

●短編の名手

　1889（明治22）年5月29日〜1971（昭和46）年4月20日。小説家、随筆家。岡山県岡山市に生まれ、東京帝大在学中に夏目漱石を訪問し、漱石門下の一人となる。大学卒業後、陸軍士官学校、海軍機関学校、法政大学などでドイツ語教授として教鞭をとる一方、『漱石全集』の編纂に携わるなど漱石の影響を強く受けながら、『冥途』や『旅順入城式』などを中心に短編を発表した。随筆は、昭和初年の身辺の様子などを綴った『百鬼園随筆』、『続百鬼園随筆』などが主要作とされている。戦後の著作としては、戦時の東京大空襲を描いた『東京焼盡』や各地を列車で旅する紀行文『阿房列車』シリーズが好評を博した。彼の表現力の高さは芥川の「内田百間氏」（『文芸時評』）や三島の「内田百間解説」（『日本の文学』）に詳しい。

●百間の童話

　『赤い鳥』主宰の鈴木三重吉とは漱石門下生らが集う「木曜会」の席上で知り合う。だが、百間が『赤い鳥』に童話を寄稿するのは1928（昭和3）年4月号から6月号と遅く、1936（昭和11）年10月に故三重吉の追悼文を寄稿しているのみである。

　童話「キツネカネツキ」（1928・4）は後に『続百鬼園随筆』の中に「大鐘」と改題されて収録されている。筆者の郷里の町中にある鐘つき堂があり、火事や大水といった非常事態に早鐘を鳴らす習慣があった。実際に早鐘がなった時の不安な心情を当時との思い出として語った物語である。末尾には、鐘つき堂には古狐が住んでいて不意に鐘が鳴ると暴れ出すため「撞きまあす」といって狐に伝え

てから撞くのが習慣になっているとのことであった。この物語には、「つづく」と書かれているものの、続編はない。

　「紅玉の墓」（1928・5〜6）は、ドイツ人劇作家フリードリッヒ・ヘッベルの童話「ルビー」を翻訳したものである。バクダッドの青年アッサートはルビーの美しさに魅かれ盗みを働き、捕えられて死刑の判決を受ける。せめてルビーを抱いて死にたいとルビーを手にしたアッサートは、執行直前にルビーの秘密を打ち明けられる。最後は老人に扮した国王に追いつめられ、そのルビーを川に投げた途端に魔法がとけて王女を救い出すことができた。そして、自分のものとし、ルビーの中に閉じ込められた王女を妻とすることができたという物語である。

　百間は他にも1934（昭和9）年に『王様の背中』（谷中安規版画挿絵）で9編の童話を、ゲーテ『狐の裁判』の翻案を出版している。

　「王様の背中」は、背中が急に痒くなり、家来に掻かせてもなおらず、王宮を出て動物の掻いている姿を見てその通りにするが、痒さが治ることはなかったという話である。

●三重吉と百間

　三重吉の追悼文は先述した『赤い鳥』のほか、時事新報1936（昭和11）年7月に発表された随筆「鈴木三重吉の事」の中で、三重吉との思い出を述懐している。まずは煙草のポイ捨てを咎められたこと。内田の失言で三重吉の怒りを買ったこと。最後に百間が無名だった頃、三重吉は各誌に百間の作品を紹介したり推薦してくれたりしたことを述べ、最後に「亡くなられたから更に当時の恩を思ふ事切なるものがある」と締めくくっている。

（中島賢介）

［参考文献］
『新輯内田百間全集』（1989）全33巻（福武書店）、夏目伸六（1967）『父・漱石とその周辺』（芳賀書店）

宇野浩二

う の こう じ

◉生涯と作品

1891（明治24）年7月26日～1961（昭和36）年9月21日。小説家、児童文学作家。本名は格次郎。福岡県福岡市南湊町に生まれる。3歳で父を亡くしたため親戚の援助を受け、関西で育つ。1910（明治43）年、早稲田大学英文科に進学し、1914（大正3）年に中退。1年上に生涯の親友となる広津和郎が在学、三上於菟吉や近江秋江らと知己を得る。在学中から下訳など文筆で生活費を得ていた。

1913（大正2）年4月、処女小説集『清二郎　夢見る子』（白羊書店）を出版。1915（大正4）年、少女小説「揺籃の唄の思ひ出」を『少女の友』5月号に発表、宇野童話の処女作にして代表作のひとつとなった。

1919（大正8）年4月発表の「蔵の中」（『文章世界』掲載）が正宗白鳥に高く評価されて文壇にデビューし、「苦の世界」（『解放』1919・9）で新進作家として認められた。以後、流行作家として「子を貸し屋」（『太陽』1923・3～4）、「ぢゃんぽん廻り」（『女性改造』1923・4）など多くの作品を発表した。この頃の宇野の作風は、自身や身近な人を題材にして饒舌な説話体で書かれており、ユー

モアとペーソスが感じられるのが特徴である。

1927（昭和2）年から数年は神経の病で小説が書けなくなり、「枯れ木のある風景」（『改造』1933・9）で再出発してからは、題材は同様であっても無駄のない文体で内面をあぶり出す作風に変化した。「子の来歴」（『経済往来』1933・7）、「思ひ川」（『人間』1948・8～12）などが後期の代表作。直木三十五や芥川龍之介、佐藤春夫ら多くの作家と交際し、長く芥川賞の選考委員をつとめ、水上勉などの後進を育てるなど、生涯文壇作家として活躍した。

◉宇野と童話

『赤い鳥』掲載の作品をまとめた童話集『帰れる子』（1921・7）の序に宇野は、「私が大勢の人の読む雑誌に物を書いたのは童話が初めてなのである。それだけでも童話は私に懐かしいものである。」と記している。宇野は生涯で200編以上の童話を残した。1921（大正10）年の『赤い鳥』登場から1927年までは同じ月に複数の雑誌に作品が載るほど人気があり、それらの童話をまとめた個人童話集は、『西遊記』など長編の再話ものを除いても、生前だけで40冊以上出版されている。

宇野の童話は、小説同様に身辺に題材をとった作品と何らかの原話を宇野流に再話した作品の2種類に分けることができる。最初の分類に入る「海の夢山の夢」（『良友』1918・9）は、家計の足しにと働いている少年

「揺籃の唄の思ひ出」（1915・5）

ゆりかご

台湾にある日本人入植の村を生蕃（土着民）が襲い、ゆりかごに寝ていた3歳のお千代がさらわれた。15年後に再び生蕃が襲ってきた際に、生け捕りにされた隊長は日本人だという噂のある若い娘だった。さらわれたお千代だと両親が確認しても、娘は頑なに生蕃民だと主張する。娘を生家に連れていくと、妹が下の子に歌う子守唄が聞こえてくる。泣く子を母が引き取って歌う声を聴いた娘は、「あの唄が聞える、これはわたしの家だ、

あゝ、あれはわたしのお母さんだ……」と、涙を流した。

「揺籃の唄の思ひ出」は、宇野にとって初めて雑誌に自分の名で掲載された作品である。「少女小説」としての執筆で、異国情緒と哀感が濃くただよっている。話の進展につれて揺れ動く母・娘の心理の綾を描く一方で、状況説明として群衆のヤジがうまく使われており、過度の感傷性を嫌う宇野文学の特徴がすでにうかがえる。

重吉の夏休みの日記の話である。本当のことを書くようにと言われていた日記に家族旅行の夢の話を書いて、教室で読み上げられ、重吉を蔑んでいた級友たちが心を打たれる結末に、哀感と一種の開放感が感じられる。この話の夜店で金物を売るエピソードは、「思ひ川」などの小説にも登場している。

もうひとつの創作方法である再話について、宇野は「……本からよんだものを、もとにしたり、人から聞いた話を、もとにしたり、して、書きました、この、さまざまの話は、みな、私のかんがへて、作りなほしたものでありますから、けつきよく、どの話も、私が、作つたことになるのであります」（『宇野浩二童話名作選』羽田書店、1947・3、「あとがき」）と記している。原典の判明している童話から、宇野再話の特徴を見ることにしたい。

大正期に『赤い鳥』『金の星』『童話』『キング』に掲載された10話は、アーサー・ランサム（1884〜1967）のOld Peter's Russian Tales（1916）からの再話である。宇野は壮大な魔法昔話を避けて庶民が登場する作品を選択し、多くを日本の話として再話した。

なかでも、おじいさんとおばあさんに作られて星空の下で踊っていた雪だるまが空に帰って行く「雪だるま」（『赤い鳥』、1925・2）と、おばあさんの聞きたがりがおじいさんにこらしめられる「聞きたがり屋」（同、1925・4）は、宇野の童話集に何度も収録される童話となった。宇野はおじいさんは善良

に、おばあさんはいじわるに脚色し、軽妙な語り口でユーモアとペーソスをまじえて、人情の機微が浮かび上がる宇野童話に再創造している。（丸尾美保「アーサー・ランサム著 Old Peter's Russian Tales に基づく宇野浩二のロシア昔話再話考」『梅花女子大学心理こども学部紀要』6号参照）

最初の作品「揺籃の唄の思ひ出」について、「私はなるべく誰にでも分かつて貰へるようにそれを始めローマ字に綴つて、それから日本字を当て嵌めて行つた」（『帰れる子』赤い鳥社、1921・7、「序」）と述べているように、宇野は童話をわかりやすく書くことに努めた。『赤い鳥』復刊に向けて三重吉が、おもしろい、子どもに親しめる作品として宇野の童話を求めたエピソード（『新日本少年少女文学全集・宇野浩二集』ポプラ社、1959・12、与田準一の解説）から、宇野童話への当時の高い評価がうかがえる。小説が書けなかった昭和初期の数年間にも、児童向きの作品が宇野の執筆活動を支えた。その後童話の執筆は減ったが、宇野は生涯童話への懐かしさを持ち続けていた。　　　　　　　　　　（丸尾美保）

[参考文献]

関口安義（1980）「宇野浩二の児童文学」（『信州白樺』36・37合併号）、増田周子（2000）『宇野浩二文学の書誌的研究』（和泉書院）

アイヌ3部作

「蕗の下の神様」（『赤い鳥』1921・1）、「或アイヌ爺さんの話」（同、1921・4）、「春を告げる鳥」（『幼年倶楽部』、1926・8）の3作はアイヌの世界を舞台にした童話。各話は興趣が異なるが、話の面白さに加えて人間の悲しさがユーモアをまじえて書かれており、浩二童話の代表作となった。

「蕗の下の神様」は、怠け者のクシベシがアイヌの神コロボックルを捕まえて一生分の食べ物と着るものを貰う約束をさせるが、苦労したうえに

一生が短く終わってしまう皮肉な結果となる。

「或アイヌ爺さんの話」は、行き倒れた猟師が命を助けてくれた熊に、のちに矢を向けて罰が当たったという話だが、語り手の爺さんの実話かどうか語られずに終わり、余韻が残る。

「春を告げる鳥」は、酋長の息子が父の期待する強い大人になる修行に耐えきれずに死んだあと、吹いていた笛に似た小鳥の声で、春を告げるウグイスになって幸せだと告げたという内容で、平和を希求する戦後にもよく読まれた。

153

宇野千代
（うのちよ）

●文学活動

　1897（明治30）年11月28日～1996（平成8）年6月10日。小説家。山口県玖珂郡に生まれる。1914（大正3）年に岩国高等女学校を卒業し、川上村小学校の代用教員となるが、翌年退職。1917（大正6）年に上京。1921（大正10）年『時事新報』の懸賞小説に応募した「脂粉の顔」が1等入選し、作家生活に入る。東郷青児の情死未遂事件に取材した「色ざんげ」（『中央公論』1933～1935）で、聞き書きによる語り形式を確立した。1936（昭和11）年、スタイル社を設立、ファッション誌『スタイル』を発行し、1938（昭和13）年には文芸誌『文体』を創刊している。代表作に「人形師天狗屋久吉」（『中央公論』1942）や「おはん」（『中央公論』1950～1958）などがある。

　宇野千代は「ことばの持つ魔力」（初出未詳、『宇野千代全集』第10巻、1978・4、中央公論社）の中で、小学校の代用教員をしていた時に「自分のことばによって、思いがけなく子供が能力を発揮したとき、その当の子ども自身より喜んだ。この「先生の喜び」が子どもを刺激した」と述べている。宇野千代は経験を通して、ことばが子どもに与える影響の大きさを知っていたのである。

●童話創作の動機

　『赤い鳥』には、「十夜一夜」（1925・3）、「腰ぬけ爺さん」（1925・5）、「赤い蕎麦」（1925・8）、「吉郎さんと犬」（1925・12）、「侍と狐」（1926・2）、「詩人とお爺さん」（1926・4）、「桃の実」（1926・6）、「空になった重箱」（1927・1～2）、「ナーヤルさん」（1927・5）、「靴屋の三吉」（1927・7～8）、「ぴいぴい三吉」（1928・5）、「三吉とお母さん」（1935・11）の12作品を発表している。

　『赤い鳥』に発表された童話のうち、「赤い蕎麦」と「侍と狐」以外の作品は、1947（昭和22）年5月刊行の童話集『ピイピイ三吉』（国民図書刊行会）に収録された。この童話集は『私のおとぎ話』と改題されて、1985（昭和60）年2月に中央公論社より刊行されている。

　宇野千代は『私のおとぎ話』の「あとがき」で、次のように述べている。60年ほど前、尾崎士郎と一緒に大森の馬込村に住んでいた。隣に尾崎士郎の兄が住んでいて、兄の二人の子どもがよく宇野千代のところに遊びに来ていた。宇野千代はそれまで童話を書いたことはなかったが、「その二人の子供たちに読んで聞かせるために、この童話を書いたのであった」という。そして、『ピイピイ三吉』には「これを書いたときの、あの二人の子供に対する私の感情がそのまま出ていると言うのであろうか、どの一篇をとって見ても、一種の善意があって、子供の心が聞えるような、そして同時に、大人の心の世界にも、何か呼びかけるものがあるように思われ、何とかして、もう一ぺん、これを世の中に出して貰えるよう、中央公論社の嶋中社長にお願いし」、『私のおとぎ話』を出版したと記している。

●説話もの

　『赤い鳥』に発表された宇野千代の童話のうち、「十年一夜」は、狐を助けた「をぢさん」が開けてはいけない風呂敷を開けてしまい、狐の世界で10年を過ごすが、人間の世界に戻ってみると一晩しか経っていなかったという話である。

　「腰ぬけ爺さん」では、小鳥の言葉を解する「爺さん」が小鳥の助言で得をするが、小鳥の忠告を無視して馬に蹴られてしまう。好奇心から禁を破る「十年一夜」の「をぢさん」は最後に救われるが、欲に目の眩んだ「腰ぬけ爺さん」に救いはない。

「赤い蕎麦」は、蕎麦の茎が赤い由来を山姥に大事な米を奪われた馬子の復讐譚としたもので、既存の民話をアレンジしている。

他には「侍と狐」「詩人とお爺さん」がある。どちらも騙す者と騙される者が登場する。「侍と狐」の最後には「だまされたのは誰でせうか」とあり、「詩人とお爺さん」の末尾には「お釜はほんたうに死んだのでせうか。お釜はほんたうに、子供を生んだのでせうか。皆さん考へてごらんなさい」とある。読者に問いかけることによって、入り組んだ出来事の真相を見極めさせようとしている。

● 〈吉郎もの〉と〈三吉もの〉

他に「吉郎さん」が主人公の〈吉郎もの〉と、「三吉」が主人公の〈三吉もの〉がある。

「吉郎さんと犬」は、吉郎が使いの帰りに痩せた小さな小犬を2匹拾う。吉郎は、雨に濡れてふるえている小犬たちが自分と同じような気がしたのである。捨てられた小犬たちは、山向こうの赤い屋根の西洋館の飼い犬だったようだ。小犬たちが遊ぶ吉郎の家の芝畑は、かつては大根を植えていたが、赤い屋根の西洋館のために芝を作るようになった。吉郎は気づいていないが、子犬の運命も吉郎家族の生活も赤い屋根の西洋館に左右されている。「桃の実」は女中を狐だと思い込んだ吉郎が、桃の実を食べて正気に返る話。「桃の実」も吉郎が出てくるが、「吉郎さんと犬」の主人公とは、別の人物である。

〈三吉もの〉も同様で、各話の主人公は名前が同じでも、同一人物ではない。「空になった重箱」では、働き者でお婆さん思いの三吉が、白髭のお爺さんから重箱と眼鏡をもらう。何でも運んできてくれる重箱と千里先が見える眼鏡で欲しいものを手に入れた三吉は働かなくなり、お婆さんをほったらかして、悪戯に明け暮れる。しかし、悪戯をお爺さんに邪魔されて、三吉は自分の行いを反省し、重箱と眼鏡をお爺さんに返してもとの生活に戻る。十三歳の三吉が村の金持ちに仕事をも

らい、お婆さんを養っている。お爺さんに会ったのも使いの途中、雪山で行き倒れた時だった。背景に三吉の苛酷な生活がある。

「ナーヤルさん」は、インドからの留学生で札幌の水産学校に通っていたナーヤルさんと三吉の交流を描いたもの。インドに帰ったナーヤルさんを思いながら、三吉は星空に向かって話しかける。明確ではないものの、三吉の世界観と人権意識の芽生えが窺える。

「靴屋の三吉」は、靴屋のお爺さんにもらわれた三吉が、酔ったお爺さんに折檻されて犬になってしまう話。貧乏な三吉は、別荘の犬が自分も食べたことのない菓子をもらっているのを見て、犬になりたいと思う。

「ぴいぴい三吉」の三吉は体が弱いために、他の子からいじめられ、泣いてばかりいた。友達は雀だけである。「雀は人間よりも義理がたい」。東京に養子に出された三吉を雀が田舎から訪ねてくる。三吉は雀に励まされ、もう泣かないと決める。

「三吉とお母さん」は、父のいない三吉が母も亡くしてしまう。母の死を認めたくない三吉が、母の死を受け入れるまでが描かれる。

〈三吉もの〉は幸福な結末か、そうでなくても最後は三吉が前向きに生きていこうと決意する話だが、「ナーヤルさん」以外は三吉が肉親と縁が薄く、不幸な境遇にある。三吉も臆病だったり、堕落したりと初めから理想的なよい子というわけではなく、三吉の成長を描いている。

宇野千代の童話について、浜野卓也は「いずれも著者の人格や思想の反映は稀薄」（『日本児童文学大事典』第1巻、大日本図書、1993）と指摘している。確かに堅苦しい教訓や高邁な理想はないが、やはり『赤い鳥』の童話には宇野千代の人間観や人生観が滲み出ている。

（荒井真理亜）

［参考文献］
尾形明子（2014）『宇野千代』（新典社）

江口渙
（えぐちかん）

◉生涯と文学活動

1887（明治20）年7月20日～1975（昭和50）年1月18日。本名・渙。江口きよしの表記でも執筆し、水郷とも号した。小説家・評論家。詩人・歌人・児童文学者・左翼運動家。東京市麹町区生まれ。父の転勤に従って、大阪・東京・三重で幼少年時代を過ごす。父祖の地である栃木県那須郡烏山町（現・那須烏山市）を故郷と考え、晩年はこの地に居住した。東京帝大英文科を中退後、新聞記者・雑誌記者などを経て文筆に専念。14歳頃から短歌や詩の投稿を始め、旧制第五高等学校（熊本）時代には句会の中心メンバーとして河東碧梧桐に嘱望されていた。

文壇へのデビュー作は帝大在学中に『スバル』へ発表した「かかり船」（1912・2）である。この頃から夏目漱石の薫陶を受け、佐藤春夫・小宮豊隆・森田草平・芥川龍之介・久米正雄・菊池寛らと親交を結んだ。1915（大正4）年には『赤い鳥』にも寄稿した童話作家の北川千代と結婚（1922年に離婚）。1937（昭和12）年に2番目の妻・孝との間に一人娘の朝江が誕生すると、読者である子どもをより強く意識するようになった。敗戦後は児童文学者協会の結成に参加し、初代会長小川未明の戦争責任追及の急先鋒となるが、『流と子供』（桜井書店、1947）の刊行の頃から童話の執筆から遠ざかる。自らの言によれば、その理由は娘が没して最愛の読者を失ったことにあるという。

◉鈴木三重吉との出会い

渙は五高在学中から鈴木三重吉の文学の並々ならぬ愛読者であった。二人が知り合うきっかけは、1913（大正2）年頃に帝大の学生たちによって開催された「三重吉をかこむ会」でのことで、これを機にしばしば三重吉の家を訪ねるようになる。その後は夏目漱石の門下が毎週木曜日に漱石山房（漱石宅）に集まる「木曜会」で、漱石の没後は毎月9日に行われる門下の集まり「九日会」で、親しく交わった。

童話の処女作は、雑誌『日本少年』掲載の「熊を撃つた少年の話」（1913・4～5）で、『赤い鳥』には三重吉からの依頼に応えて、全部で25編の長短編を寄稿した。同誌連載の最初の童話は「唐傘のお土産」（1919・5～6）である。これを皮切りに本格的に童話の創作を行うようになり、『少年倶楽部』『幼年倶楽部』『金の星』『婦人公論』『少年戦旗』などにも子ども向けの読物を書いている。

『赤い鳥』に寄稿し始めた当初は、昔話や古典文学・漢文学の再話または素材を求めた童話を書いた。「木の葉の小判」（1920・5）

「赤い鳥」への執筆依頼

三重吉から「赤い鳥」刊行の計画を明かされるのは、1918年（大正7）年1月に漱石山房で行われた「九日会」の帰りのことである。渙の証言「鈴木三重吉と「赤い鳥」」（『復刻赤い鳥の本　別冊解説』1969・7）によれば、三重吉と芥川龍之介の3人で牛込矢来（現・新宿区矢来町）の辺りを歩いていた時、龍之介に「いよいよ子供のための文芸雑誌を出すことになったんじゃ。いままでの子供の雑誌、あんまりひどいんでなあ」と創刊号への寄稿を依頼した。そして「江口君にもそのうちに書いてもらう」と言った。この時、渙が新雑誌のタイトルを問うと「いろいろと考えてみたんだが、何としてもいい題がないので"青い鳥"に落ちついたんじゃ」と答えたという。

プロレタリア作家として

父は森鷗外と同期の陸軍軍医で、幼年時代は徹底した軍国主義的教育を受ける。しかし、大逆事件をきっかけに国家権力や天皇制に疑問を持ち、

では、狐に化かされまいと警戒する二人の駕籠かきが結局はまんまとだまされてしまう。そんな失敗を滑稽に描いた童話で、この時期の作風が良く現れている。

◉ 〈傾向的〉な童話

その後は次第にいわゆる傾向的な童話（政治的信条を色濃く反映した童話）へと作風が変遷していく。「蛇の頭と尻尾」（1922・9）では、蛇の頭に対して搾取され虐げられていた蛇の尻尾が頭に向かって反乱を起こす。末尾が「頭と尻尾とが喧嘩を仕出すと、いつ頭が先へ潰されないとも限りません。好くこの道理を考へてお置きなさい」で結ばれていることからわかるように、これは階級闘争を暗示した童話で、同時代の『赤い鳥』掲載の童話の中では異色の存在である。

傾向的な童話の中で、最もよく知られているものは「ある日の鬼ヶ島」（1928・10〜11）である。これは昔話「桃太郎」のパロディーで、桃太郎が平和な鬼ヶ島に突如侵略してくる。このとき、強い鬼は皆出かけて留守であったため、桃太郎はまんまと宝物や子鬼を略奪していった。しかも、実際に働いたのは犬・猿・雉たちばかりであって、手柄を横取りした桃太郎は家来の働きに正当な分け前を与えようとしない。「まじめに働いたやつが少しも得をしないで、ずるく立ち廻つたやつばかりが一人で甘い汁を吸ふ」という鬼の言葉に、この童話の思想性が良く現れている。

プロレタリア童話には昔話のパロディーを利用して宣伝扇動するものが多いが、この童話はそうした動きに先鞭をつけた。

なお、『赤い鳥』時代以降の渙の代表作は「鶴」である。鷹に襲われた鶴の群れが力を合わせて敵を撃退し、傷ついた仲間をかばいながら飛び去っていく。その様子を見ていた語り手の「わたし」の感動を描いている。これは『はたらく子供』（桜井書店、1941・11）に書き下ろしの作品で、プロレタリア文学運動の崩壊後の作風を代表している。

子ども向けの作品集には上記を含めて『木の葉の小判』（赤い鳥社、1922・1）、『かみなりの子』（第一出版協会、1925・10）、『梟のお引越し』（桜井書店、1940・11）、『子供らつかさん部隊』（時代社、1941・5）、『太平洋漂流記』（二葉書店、1946・4）、『うそつき鸚鵡』（日本出版社、1946・9）『流と子供』（桜井書店、1947・8）の8冊、絵本に『たのしいどうぶつ』（二葉書店、1946・8）、翻訳に『家なき子』（小学館、1948・4）がある。　　　　　　　　　　　（上田信道）

［参考文献］
小林茂夫（1972）「江口渙と大正文学」（『民主文学』1972・11）、小原元（1973）「江口渙論」（『文化評論』1973・8）、「［特集］江口渙追悼号」（『民主文学』1975・4）、上田信道（1979）「江口渙の革命思想と童話観」（『児童文学研究』1979・11）

大杉栄の影響を受けてアナーキズムに傾倒すると小川未明・藤森成吉らと日本社会主義同盟に参加。1927（昭和2年）には未明らと日本無産派文芸連盟を結成するが、次第にマルクス主義に接近して1928（昭3）年全日本無産者芸術連盟の結成に合流。1930（昭和5）年から33（昭和8）年までプロレタリア作家同盟の委員長を務めた。

ただ、この間は政治活動に傾注したため、プロレタリア童話としては「勇ましい少年」（『少年戦旗』1929・9〜11）を除いて見るべき作品はない。

1937（昭和12）年から2年間は治安維持法違反で入獄。戦時中は昔話の再話や古典文学研究で生活を支えた。敗戦後は日本共産党に入党し、新日本文学会の創立に参加。1965（昭和40）に日本民主主義文学同盟を創立し、幹事会議長を務めた。

なお、『赤い鳥』終刊号（1936・10）に「鈴木先生を偲ぶ」を寄せ、「鈴木さんには随分長いこと、お眼にかからずに過ごしてしまつた（中略）鈴木さんのやうに親身になつて心配されるのが一番苦手なのだ」と述べている。

大木篤夫
おおきあつお

●海外童話の翻案に尽力

　1895（明治28）年 4 月18日～1977（昭和52）年 7 月19日。詩人、作家。広島市生まれ。本名、軍一。銀行員を経て博文館に記者として勤務するも、闘病中の妻の介護と創作とに専念することを理由に1922（大正11）年、退職。翌年、北原白秋に出会い、詩人としての才能を見出される。「篤夫」は初期のペンネーム。妻の病死（1932年）を機に「惇夫」。

　『赤い鳥』への掲載は15巻 6 号（1925・12）から22巻 2 号（1929・2）までで、のべ16作品。内訳は西欧、ロシア、中国等の昔話類からの翻案、再話が13作品、アイヌの昔話の再話が 1 作品、歴史物と冒険物がそれぞれ 1 作品。

　このうち、「蠟燭をつぐ話」（17巻 1 号、1926・7）が「北欧民話の再話」（赤い鳥の会編『赤い鳥名作童話 8 』小峰書店、1982、あとがき）であること、「金の鳥の胃袋」（16巻 3 号、1926・3）が旧チェコスロバキアの昔話の翻案もしくは再話であること（『絵噺世界幼年叢書　キンノトリノキブクロ　チエツコスロバツクノオハナシ』采文閣、1931）がわかっている。それ以外に関しては不明。

　掲載作品のうち、以下の 2 作品は戦後の名作選等に収録された。まず、「蠟燭をつぐ話」。これは前掲したもののほかに、坪田譲治編（1955）『赤い鳥傑作集』新潮社、与田準一他編（1958）『赤い鳥代表作集　第 3 巻』（小峰書店）、赤い鳥の会編（1980）『赤い鳥 4 年生』（小峰書店、2008、新装版）に収録されている。次に「おんどり、めんどり」（21巻 5 号、1928・11）。これは赤い鳥の会編（1980）『赤い鳥 1 年生』（小峰書店、2008、新装版）に収録されている。

　海外童話の翻案、再話以外には「人質少年の手記」（22巻 3 ～ 4 号、1928・3～4）と「馬の言葉」（22巻 2 号、1929・2、なお、22巻より B 判となる）。前者は古代ローマと都市国家との戦いを描いた歴史読物の翻案だが、起承転結の起にあたる部分がなく、戸惑いを覚える。後者は貴種流離譚ふうの冒険物の翻案だが、前半のみで、中断となっている。

　素材が変化した背景には、低迷する本雑誌の人気を回復したいという、鈴木三重吉の切なる願いが反映しているものと考えられる。だが、1929年 3 月号をもって『赤い鳥』は休刊、「馬の言葉」の中断はその影響であった可能性がある。

（相川美恵子）

［参考文献］

木村一信編（1996）『南方徴用作家叢書』 8 巻～10巻（龍渓書舎）、宮田毬栄（2015）『忘れられた詩人の伝記』（中央公論新社）

三重吉追悼

　『赤い鳥』に童話等の翻案を載せていた1925（大正14）年から1929（昭和 4 ）年の時期は、詩人としての大木篤夫が大きく飛躍する時期と重なる。北原白秋の序文を冠した待望の第一詩集に次いで、第二詩集、翻訳詩集と出版が続き、詩壇から一躍、注目を集めることになったのである。だが、足元の生活を省みるならば、大木は、苛烈な日々の只中にいた。病妻をサナトリウムに入れる傍らで新しい女性と別宅を持ち、その恋人を詩に詠みなが

ら妻を見舞う奇態な生活。家政婦も雇っていた。金がない。『赤い鳥』の仕事は生活の為ではなかったか。『忘れられた詩人の伝記』には大木自身が作った電話番号帳が紹介されているが、そこには同郷の鈴木三重吉の名もある（p.106）。三重吉追悼号に、大木は「赤き鳥いづこへ行くや、／大いなる影は落ちたり。」で始まる「秋雨哀悼詩」を寄せて、「恩人」の死を深く悼んだ。戦中はあまたの愛国詩、並びに少国民の為の物語を書き、戦後、厳しい糾弾に晒される。

小川未明
おがわみめい

●「童話作家宣言」まで

　1882（明治15）年4月7日～1961（昭和36）年5月11日。本名健作。小説家、童話作家。新潟県中頸城郡高城村（現・上越市）生まれ。1901（明治34）年に高田中学校を中退後、上京して、東京専門学校予科に入学する。同校は、翌年、早稲田大学と改称し、未明は、その文学科第1回卒業生となる。在学中の1904（明治37）年9月、はじめての小説「漂浪児」を『新小説』に発表。このとき、恩師である坪内逍遥から「未明」という雅号をあたえられる。

　大学卒業後、早稲田文学社に入り、島村抱月のもとで雑誌『早稲田文学』の定期増刊『少年文庫』の編集にたずさわり、童話も書くようになる。1907（明治40）年、第一短編集『愁人』を刊行（坪内逍遥序文、隆文館）。1910（明治43）年、第一童話集にあたる『おとぎばなし集　赤い船』を刊行する（京文堂書店）。1918（大正7）年、第二童話集『星の世界から』（岡村書店）刊行。以後、童話集『金の輪』（南北社、1919）、『赤い蠟燭と人魚』（天佑社、1921）、『港に着いた黒んぼ』（精華書院、1921）、『小さな草と太陽』（赤

い鳥社、1922）、『気まぐれの人形師』（七星社、1923）、『紅雀』（集成社、1923）、『飴チョコの天使』（イデア書院、1924）、『あかいさかな』（研究社、1924）、『ある夜の星だち』（イデア書院、1924）、『兄弟の山鳩』（アテネ書院、1926）を刊行。

　1926（大正15）年、『小川未明選集』全6巻（小説4巻、童話2巻、文化学会出版部）の完結を機に、童話に専念することを決意し、「今後を童話作家に」（『東京日日新聞』5・13）を発表する。未明の「童話作家宣言」と呼ばれる一文である。――「自由と、純真な人間性と、そして、空想的正義の世界にあこがれてゐた自分は、いつしか、その芸術の上でも童話の方へ惹かれて行くやうになつてしまひました。」「多年私は、小説と童話を書いたが、いま、頭の中で二つを書き分ける苦しさを感じて来ました。（中略）爾余の半生を専心わが特異な詩形のために尽くしたいと考へてゐます。」

●未明と三重吉

　小川未明の子どもの文学とのかかわりのはじめは、雑誌『少年文庫』の編集の仕事だ。「月と山兎」と改題して『おとぎばなし集　赤い船』に収録した「お山の兎」など4編の童話を同誌に書いている。後年に書かれた「童話を作つて五十年　雪降る国の詩人の独語」（『文藝春秋』1951・2）には、こうある。

『赤い鳥』掲載の小川未明の童話一覧

　「紅い雲」（1巻2号）、「赤い鳥」（2巻2号）、「酔つぱらひ星」（4巻1号）、「罌粟の圃」（5巻1号）、「小さな草と太陽」（5巻5号）、「北の国のはなし」（6巻4号）、「一本の柿の木」（7巻3号）、「ふるさとの林の歌」（7巻6号）、「黒い人と赤い橇」（8巻1号）、「女の魚売」（8巻4号）、「月夜と眼鏡」（9巻1号）、「気まぐれの人形師」（10巻1号）、「飴チョコの天使」（10巻3号）、「初夏の不思議」（10巻6号）、「海蛍」（11巻2号）、「大

根とダイヤモンドの話」（11巻4号）、「翼の破れた鳥」（12巻3号）、「花と少女」（12巻5号）、「娘と大きな瞳」（13巻1号）、「汽船の中の父と子」（13巻3号）、「幽霊船」（13巻5号）、「青い釦」（14巻1号）、「風の寒い世の中へ」（14巻3号）、「白い門のある家」（14巻5号）、「鼠とバケツの話」（15巻1号）、「負傷した線路と月」（15巻4号）、「三つの鍵」（15巻6号）、「町の天使」（16巻1号）、「春さきの古物店」（16巻3号）、「水車のした話」（16巻5号）、「窓の下を通つた男」（17巻1号）、「お

私は〝少年文庫〟の編集をしてゐたころから、子供のためのものを書きたいと思つてゐたのです。それまでの子供のものは、主として子供を導くための副読本的なもので、古い躾けのためだとか、世界観の固定したものばかりでした。しかし、ほんたうに子供自身をよくしてゆくには、子供の霊魂に感動を与へる文学でなければならぬ。子供に与へるものは、第一義のものでなければならぬ。作り物などの第二義的なものではダメだ。ほんたうの芸術でなければならぬ。自分は純真な子供、正直な人間に向つて訴へよう。今までのお伽噺の形式を改めて、新しい夢の世界を展開する芸術を作らう。それは童話文学であると考へたのです。

つづけて、未明は、鈴木三重吉と『赤い鳥』について書く。

その後、鈴木三重吉君を知つてから、或る日、代々木の原を散歩しながら、その話をしました。ロマンチシズムの精神は、目に見えぬものを信じるところにある。それは憧憬でも希望でもよろしい。単に誉てなき憧憬や希望ならば、それは単なるロマンチシズムであらうが、一つの目標を定めて、それに向つて突進してゆくのであれば、それは新ロマンチシズムである。それには児童の世界に入つて

けらになつた話」(17巻4号)、「瓶の中の世界」(18巻1号)、「風と木　鴉と狐」(18巻4号)、「金魚売」(18巻6号)、「その日から正直になつた話」(19巻3号)、「遠方の母」(19巻6号)、「温泉へ出かけた雀」(20巻3号)、「なまづと、あざみの話」(20巻5号)、「ガラス窓の河骨」(21巻1号)、「南方物語」(21巻3号)、「般若の面」(21巻5号)、「赤いガラスの宮殿」(22巻1号)、「谷間の四十雀」(Ⅱ12巻3号)

ゆくのがほんたうであらうと思ふ。子供ばかりでなく、成人でも童心のある人に興味を持たれるもの、それが一つの文学革命になるものではないか、と言ひました。鈴木君はただ考へてゐるだけで、その時は返事をしませんでしたが、その後に私の所へ来て「小川君、僕も児童ものをやつてゆかうと思ふ」と言つたのです。これが鈴木君の〝赤い鳥〟が出来る初めです。〝赤い鳥〟は上品な読み物として、世に希望を与へました。大きな仕事です。児童の世界の仕事をすることは、生命の伸長を信ずることです。

後年、浜田広介は、小川未明が亡くなった際の追悼文「小川未明先生をいたむ」(『読売新聞』1961・5・12夕刊)で、未明の文壇デビューのころをふりかえって、つぎのように述べている。

かくて、先生は、かたや稲門出の未明とあって、かたや赤門出身の三重吉に相対し、相まって自然主義側作家群の作品とは異質な作品、新ロマン派の創作をかかげることになるのであるが、その三重吉と相たずさえるかたちになって、いわゆる童話文学に創作を移行させていったのである。(中略)これらによって日本の近代童話は世界的な童話のながれにひびきをたてて合流ができたといえよう。

● 『赤い鳥』の未明／『おとぎの世界』『童話』の未明

小川未明は、『赤い鳥』にのべ44編を発表している。「仕合わせの人形」とそうでない人形の運命をたどる「気まぐれの人形師」、飴チョコ（キャラメル）の箱に描かれた天使の旅の物語「飴チョコの天使」、厳寒の北国で行方知れずになった人びとを描く「黒い人と赤い橇」、新緑の季節の月のよい晩に少女の姿でおばあさんのところへやってきた胡蝶

の話「月夜と眼鏡」、たくさんの人びとや荷物をのせた汽車に傷つけられた身の上をなげく線路と月の対話「負傷した線路と月」など、その後、未明童話のアンソロジーなどに繰り返し再録される代表作もいくつも掲載された。「黒い人と赤い橇」や「月夜と眼鏡」は、掲載号に、清水良雄がカラーの口絵を描いている。

　2巻2号の雑誌名と同じ「赤い鳥」は詩だ。「鳥屋の前に立つたらば／赤い鳥が啼いてゐた。／私は姉さんを思ひ出す。／／電車や汽車の通つてる／町に住んでる姉さんが／ほんとに恋しい、なつかしい。／もう夕方か、日がかげる。／村の方からガタ馬車が／ラッパを吹いて駆けて来る。／／鳥屋の前に立つたらば／赤い鳥が啼いてゐた。／都の方を眺めると、／黒い烟が上つてる。」（全行）タイトルのルビは「あかいとり」だが、作中のルビは「あゝかいとり」である。未明の「赤い鳥」は、姉さんの暮らしている都会を連想させるものとして描かれている。

　さて、つぎは、菅忠道『日本の児童文学』増補改訂版（大月書店、1966）の「童心文学の開花」の一節である。──「「赤い鳥」によって童話・童謡流行の風潮が生れると、類似の童話雑誌がつぎつぎに創刊されだしてきた。めぼしいものには、「おとぎの世界」（大正八年）、「金の船」（大正八年、後に「金の星」と改題）、「童話」（大正九年）などがあり、……」（カッコ内原文）。菅は、「三重吉と白秋が「赤い鳥」に拠っていたように、「童話」では、小川未明の童話、西条八十の童謡が人気の中心であり、……」とも記している。

　鈴木三重吉は、『赤い鳥』の後発雑誌を「マネ雑誌」と呼んだ。「赤い鳥のマネ雑誌、オトギの世界、金の船、お話、コドモ雑誌、童話とう〳〵五つ出来ました」（小池恭あて書簡、1920・4・18）。『おとぎの世界』は、『赤い鳥』に1年近く遅れて、1919（大正8）年4月創刊。1920（大正9）年5月号に、鈴木三重吉が同誌に送った私信「類似雑誌に対する非難」として掲載された。三重吉は、『おとぎの世界』を「お猿」という。猿真似の雑誌ということだ。掲載作品の質が低く、「童話とか童謡とかいふものゝ名前を汚してゐる点に於て、私の標語の価値をひどく傷けてゐてくれます」とも述べている。特に童謡に対して批判的だが、これについて、西田良子は、こう考察する。──「赤い鳥童謡とは根本的に違う童謡、白秋などとは全く違う詩論を持っている詩人のグループ──つまり、『おとぎの世界』に童話童謡を執筆している民衆詩派グループの詩人たちに向って、童話童謡の世界から手を引くように抗議しているのである」（「『おとぎの世界』の創作童話」『雑誌『おとぎの世界』復刻版　別冊』岩崎書店、1984）。

　民衆詩派とは、『おとぎの世界』の創刊のころから作品を寄せている福田正夫、白鳥省吾らのことだ。『おとぎの世界』は、まだ20代前半だった初山滋が描いて評判になり、6号までは小川未明が顧問として名前を出している。未明は、同誌に童話、童謡など計15編を寄稿し、そのなかには、これも代表作の童話「牛女」もふくまれる。「牛女」とは障害のある大柄な女性だが、自分の子どもの行く末を思って、ずいぶんかわいがる。雑誌『童話』は、『赤い鳥』におくれること約2年、1920年4月創刊。先の菅の記述にもあるように、小川未明は、『童話』の看板作家のひとりであり、童話や随筆計32編を書いている。このなかには、よく知られた童話、目の見えない弟と美しい姉娘が登場する「港に着いた黒んぼの話」などもふくまれる。小川未明は、『赤い鳥』創刊以前から書いていた既成作家だから、『赤い鳥』だけではなく、その「マネ雑誌」にも、そのほかの誌紙にも数多くの作品を発表している。発表する媒体によって、作風が変わるということはなく、未明は未明である。

（宮川健郎）

小山内薫
おさないかおる

●新劇運動の基礎

1881（明治14）年7月26日〜1928（昭和3）年12月25日。演出家、劇作家、小説家。広島県生まれ。東京帝国大学在学中から劇評や翻訳を手がけ、1907（明治40）年には第一次『新思潮』を創刊して、西欧の新しい文学や演劇を紹介した。1909（明治42）年に歌舞伎俳優の市川左団次と「自由劇場」を結成して、イプセンの「ジョン・ガブリエル・ボルクマン」「人形の家」を上演して、西欧近代劇の導入による新劇運動を起こした。坪内逍遥らの「文芸協会」（1906年結成）とともに日本における新劇運動の基礎を築く。

関東大震災後の1924（大正13）年には、ドイツから帰国した土方与志らとともに築地小劇場を設立した。築地小劇場はヨーロッパ近代戯曲の移入を目的とし、演出の研究、俳優の養成、演劇理念の提唱など、その後の日本演劇に大きな影響を与え、千田是也、山本安英、滝沢修、杉村春子などの俳優を生んだ。

●唯一の童話集

『赤い鳥』には、創刊号から1919年3月号まで連続して童話や絵話を寄せている。童話に「俵の蜜柑」（1918・7）、「正直者」（同8）、「梨の実」（同10）、「石の猿」（同12）、「平気の平左」（1919・1）、絵話に「空樽」（1918・9）、「象」（同・11）、「かたき討」（1919・1）がある。『赤い鳥』には、その後も、断続的に創作童謡「お玉杓子」（1919・5）、童話「雷と一しよに暮した男」（1923・9）が掲載された。

「俵の蜜柑」は、売るはずの俵の蜜柑を食べてしまった少年の話、「正直もの」は、狼に捕まった兎が婚約者に会うのを許され、急いで会ってすぐに帰ってきたという話、「石の猿」は、世界中の魔術を得たと得意になった猿がお釈迦さまと空を飛ぶ競争をして負けた話。「平気の平左」は、怖いもの知らずの男が死んだ母の墓守をして金持ちになる話である。これらの童話のうち、「平気の平左」「石の猿」「正直者」「梨の実」が、『石の猿』（「赤い鳥の本」第6冊、1921）にまとめられている。小山内の唯一の童話集で、中国やアイルランドの伝説の再話、海外作品の翻案などである。

●唯一の童話劇集

『赤い鳥』に掲載された童話劇は、「人形」（1921・6〜7）、「イルゼベルの望み」（同9）、「ほくち箱」（1922・8〜9）の三作である。

「人形」は、オペラ「ニュレムベルクの人形」を児童劇に書きなおしたものである。人形を人間にする魔法を使い欲望を達成すると

築地小劇場

劇場名、劇団名の両方を指す。劇場は、1924年6月、東京中央区築地2丁目に建設された。建築資金は土方与志が提供したという。初の新劇常設劇場で、定員約500人の小劇場形式をとった。

冨田博之（1976）によれば、小山内は築地小劇場のことを「吾々の劇場——自分たちの研究劇場」（小山内薫「築地小劇場建設まで」パンフレット『築地小劇場』創刊号）と呼んでいる。その年の暮れ、12月23日から29日まで「子供の日」（第十八回公演）を開催する。内容は、(1) 音楽（玩具のシムフォニイ）(2) 帽子百変化（丸山定夫の手品）(3) オランド・ハズスン作、小山内薫訳「遠くの羊飼」（小山内薫・岩村和雄演出）(5) 音楽「童謡のポップリ」(6) 舞踊「蝙蝠座の印象」（田村秋子・若宮美子、岩村和雄振付）(7) スチュアト・ヲオカア作、小山内薫訳「そら豆が煮えるまで」（一幕のお芝居、小山内薫演出）(8) 舞踊「おもちゃの兵隊」（東屋三郎・青山杉作・仙田是也・汐見洋・他、岩村和雄振付）であった。

いう人間像を描く。

「イルゼベルの望み」は、グリム童話「漁師とおかみさん」を脚本化したものである。貧しい漁師夫婦が魔法をかけられた王子と名乗る魚を釣ったことから裕福になる夢を見る内容である。

「ほくち箱」は、アンデルセンの同名童話を脚本化したものである。箱の魔術による王と兵士との交代劇を描いている。

これらの少年少女劇は、『童話劇　三つの願ひ』（イデア書院、1925）に収められた。「三つの願ひ」は西洋の昔話の脚本化で、仙女を助けたお礼に与えられた三つの願いをめぐる童話劇である。その他、スチュアート・オーカーの脚本を翻訳した「そら豆が煮えるまで」の６編を収録する。すべて海外作品の翻訳・翻案で創作作品はない。

『赤い鳥』や童話劇集に掲載された小山内の作品を見ると、新劇運動の先駆者であった小山内らしく童話や絵話よりも童話劇（少年少女劇）に見るものがある。しかも、近代演劇を踏まえた児童劇が強く志向されていることを確認できる。特に、資本主義が成熟するにつれ増大する人間の欲望とそれに支配されうごめく人間像に迫ろうとしているのである。児童劇を理由に演劇水準を低くするようなこともなく、本格的な演劇を子どもたちに提示しようとしている。

冨田博之（1976）は、「人形」について「「お伽芝居」の教訓的・勧善懲悪的なものから、完全に抜け出した市民社会のドラマ」（p.99）と述べ、この童話劇集が「リアリズムに立つ児童劇の先駆的意味を持っていた」（p.160）と書いている。また、冨田は、小山内が子どもの立場から作品を選び、子どもではなく成人俳優で演じるという方向を打ち出したことが、日本の童話劇から児童劇の転回点となったことを高く評価している。

小山内は『童話劇 三つの願ひ』の「小引」で「人形」は「職業俳優に依つて数回上演された。宝塚の少女歌劇でやつたものも私の台本を元にしたもの」（p.2）と述べている。冨田（1974）は「大正デモクラシーの高揚期の宝塚少女歌劇が、大正十一年二月に上演した「魔法の人形」（白井鉄造台本）も、この作品を下敷きにしている」（p.229）と解説する。

◉童話劇の上演

小山内は、1912年に家庭劇協会で「人形」を上演、1922年には「三つの願ひ」「ほくち箱」が小寿々女座で、1924年12月には築地小劇場で「子供の日」（第十八回公演）に「そら豆が煮えるまで」を上演した。1925年12月にはメーテルリンクの「青い鳥」を上演して高い評価を得る。小山内は、前掲「小引」に次のように書いている。

> これは「子供に・や・ら・せ・る・児童劇」として書いたものではない。「子供に見せる児童劇」として書いたものである。併し「三つの願ひ」や「イルゼベルの望み」や「人形」などは、扱ひやうに依つては「子供に・や・ら・せ・る・」ことも出来ると思ふ。（p.1）

上演にあたつても、「「イルゼベルの望み」は幻燈（或いはキネマを使つても好い）で可なり子供を愉快にすることが出来ると信じてゐる」と配慮している。

『赤い鳥』には44編の童話劇が掲載された。冨田（1976）は、「子供にやらせる児童劇」ではなく、「子供に見せる児童劇」の作品が、これだけ数多く書かれ、同じ雑誌に発表されたということは、たいへん貴重なことであり、『赤い鳥』の戯曲は、その後の、わが国の児童演劇の戯曲の出発点ともなった」（p.127）と評価している。

（武藤清吾）

［参考文献］

冨田博之（1974）「童話劇三つの願ひ」『名著復刻 日本児童文学館 第二集 解説書』（ほるぷ出版）、同（1976）『日本児童演劇史』（東京書籍）

片山広子
かた やま ひろ こ

◉歌人・翻訳家としての活動

1878（明治11）年2月10日〜1957（昭和32）年3月19日。歌人・翻訳家。東京麻布三河台に生まれる。旧姓吉田。東洋英和女学校に在学。1896（明治29）年、佐佐木信綱を訪ね、歌を学び『源氏物語』の講義を聴く。1898（明治31）年の『こころの華』（後に『心の花』と改題）創刊以降、同誌を中心に精力的に作品を発表した。1899（明治32）年5月、新潟県出身の片山貞次郎と結婚。この頃、貞次郎は大蔵省に勤務していた。結婚後は、片山広子の名で、短歌、雅文、新体詩を創作する。夫はのちに日本銀行理事となる。二人の間には一男一女があり、長男達吉は堀辰雄と親しく、長女総子は宗瑛の名で小説を発表していた。さらに、広子はアイルランド文学にも傾倒し、1913（大正2）年より、松村みね子の筆名で翻訳を発表している。

◉異国の香り漂う児童文学

ロンドン領事やニューヨーク領事を務めた外交官である父吉田二郎の下で育ち、ミッションスクールである東洋英和女学校に学んだ広子の児童文学の作風は、アイルランド文学の翻訳を手掛けていたこととも相まって、必然的に異国の香りを漂わせるものとなった。そのような広子が『赤い鳥』に発表したのは、「四人の坊さん」（1919・12）、「ペイちゃんの話」（1921・6）、「魔女の林檎」（1921・10〜12）の3作品である。

まず、「四人の坊さん」は、中国の伝奇小説「西遊記」を翻案した作品である。4人の僧侶は印度へ経文を取りに行く途中、滅法国へ立ち寄り、そこで僧侶嫌いの国王から殺されそうになったが機転をきかすことによって最後には国王が改心し、4人は命を守ることができた。改心した背景には自らの残虐な行為を悔い改めるくだりがあり、勧善懲悪の話型の中で描かれた物語であると言える。

「ペイちゃんの話」は、船長が南アメリカで買ってきた青い鳥の話である。ふうちゃんの家で飼われることとなり、ペリコと名付けられたこの鳥は、愛犬サミが亡くなってからは、家中で一層かわいがられ「ペイちゃん」の愛称で呼ばれるようになった。そして、「ペイちゃん」が土方たちに捕まえられたのち、家へ戻るまでのエピソードが挿入される中で、動物と人間の心の交流が描かれている。

そして最後の「魔女の林檎」は、世界のはずれにある魔女の家の庭になっている、どのような病気も治すという金の林檎をめぐる話である。ある時、アイルランドの国王が重い病気にかかり、その国の王子がこの金の林檎を探しに来た。王子はその林檎を見つけ国王に持ち帰ろうとしたが途中で、医者である男に盗まれてしまう。医者は王子よりも先に国王に林檎を届けてしまったが、その後、医者の悪事が明るみに出て、改めて国王は王子に感謝をした。この話もファンタジーの枠組みの中に、勧善懲悪的なメッセージが組み込まれたものとして解せよう。

執筆当時、2人の子どもがいた広子は、これらの児童文学に先立つ歌集の中でも、我が子への愛情を数首歌い上げている。なかでも歌集『翡翠』（1916）に収められている「身を分けし小さき人よなれも亦心強かれ清かれといのる」という子どもの心の健やかな成長を願う親心は、『赤い鳥』に発表した3作品ともに底流するものとして注目することができる。 （足立直子）

［参考文献］

清部千鶴子（1997）『片山廣子——孤高の歌人』（短歌新聞社）、佐野比呂己（2008）「片山廣子『燈火節』をめぐって」（『北海道教育大学紀要、教育科学編』58（2））

加藤武雄

かとうたけお

◉農民文学から流行作家へ

1888（明治21）年5月3日〜1956（昭和31）年9月1日。小説家。神奈川県津久井郡（現・相模原市）に生まれ、高等小学校卒業後、訓導をしながら文芸誌への投稿を始める。23歳で新潮社社員となり、農民文学を志し、初めての短編集『郷愁』（新潮社、1919・10）が好評を得る。しかし1922（大正11）年『婦人乃友』に連載を始めた「久遠の像」が人気を博し、松竹蒲田で映画化されると、次第に通俗小説の執筆が増えていく。以後、生涯を通じ流行作家として活躍した。

加藤には、少女小説の執筆数が多く人気も高い。『君よ知るや南の国』（大日本雄弁会講談社、1926・8）は版を重ね、戦前から戦後にわたって成人女性にも支持される人気作品として知られる。

◉『赤い鳥』の「めぐりあい」童話

加藤の『赤い鳥』掲載作は、「めぐりあひ」（1922・6）と「赤い球」（1924・6）の2作品のみである。それぞれ通俗小説で人気が出始めた頃と農民文学（純文学）から離れる直前に発表されており、ともにテーマは「めぐりあい」だ。

「めぐりあひ」は山間の少年が愛犬と引き離されるが、上京後再会する物語である。しかも現・飼い主の好意で、少年は念願だった中学入学もかなえられる。少年が故郷を訪ねることを楽しみにしている結末で、山間の暮らしや人物に対しても否定的ではない。農民文学の志を持つ加藤の生い立ちや出自への誇りが窺える。

「赤い球」も「めぐりあい」ものであり、前作よりも凝っている。「西洋人」は行方不明の息子を探すために来日中だ。球突きの赤い玉を林檎と間違い飲み込んでしまうが、気づかぬまま、息子にも会えず、帰国の船に乗る。船上で突然、球突きの白い球が彼へと転がってきたと思うや口から赤い球が飛び出し、同時に白い球を追ってきたカウンターボーイが我が子だと気づく。実は、このとき2組の対面がかなっていた。父子に加え、玉突きの赤い球も友達の白い球とめぐりあえたのだ。

前作に比べると、東京のホテル、信州のカフェ、船上と舞台は移動し、さらに「西洋人のお腹」という場面まで加わる。腹の中では「胃の腑の蟲」が飛び込んできた赤い球の正体を研究し侃侃諤諤と論じていたのだ。こうした描写の巧みさは、佐藤宗子が『小公子』再話において評価した「大正後期の文化的状況」に通ずるものである。

いずれにせよ加藤の作品は2編とも起伏ある物語で、今日の読者にも面白く読め、高く評価できる。通俗作家として、揺るぎない地位を築いた作家らしい初期作品だ。

◉今後の研究に向けて

加藤は大正・昭和と活躍しながら「通俗小説」ゆえ、長く「忘れられた作家」に甘んじていた。だが近年木村涼子がジェンダーの視点から研究を進め加藤作品に光を当てている。

『赤い鳥』への発表作品は、作家としての過度期であり、同じテーマを扱っている点で、注目に値する。また鈴木三重吉とは異なるタイプの「通俗作家」の作品として『赤い鳥』研究の上からも見直されるべき作品である。

（小野由紀）

［参考文献］

木村涼子（2015）「大衆文学とジェンダー研究のために：『通俗小説』作家―加藤武雄作品ビブリオグラフィー」『大阪教育大学年報』（大阪教育大学）、佐藤宗子（2003）「再話読者としての『子ども』『女性』――加藤武雄の『小公子』の再話をめぐって」『千葉大学教育学部研究紀要51』）

加能作次郎
（かのうさくじろう）

◉加能作次郎と『赤い鳥』

1885（明治18）年1月10日〜1941（昭和16）年8月5日。小説家、評論家、翻訳家。

加能作次郎は『赤い鳥』に「少年と海」（1920・8）「三吉堂物語」（1926・2〜4）「嘘つき又五郎」（1927・10）の3作品を寄せている。寄稿の経緯は明らかでないが、同じく早稲田大学英文科の出身で『赤い鳥』の執筆作家であった吉田絃二郎、宇野浩二らとの交友関係から執筆を依頼されたと推測される。

「少年と海」は、小説「漁村賦」（『太陽』1916・4）の改作である。能登国西海岸の漁村に暮らす子ども為吉は、沖に見える白山を海難の兆しと考え、父に注意を促そうとする。しかし上手く伝わらず、その後為吉は一人で海へ乗り出し、波に飲まれて死んでしまう。

「三吉堂物語」は、純真な少年心への愛情を表す作品と評される。ある時、村の寺の鐘の音が濁り始め、村中に不祥事が次々と起こる。鐘師は青鬼に化け、きれいな心の持ち主を探していたところ、子どもの三吉に出会う。そして、三吉の助けで鐘の音は修復される。

「嘘つき又五郎」は小説「嘘又」（『早稲田文学』1921・1）の改作で、村人から嘘又と呼ばれる評判の大嘘つき男をめぐるユーモア

あふれる作品である。

◉「少年と海」をめぐって

「少年と海」は、『赤い鳥傑作集』（小峰書店、1955）などにも収録される作品である。加能が能登で過ごした幼少期に、津波に浚われそうになった経験に基づいて創作された作品で、小説に近い手法で書かれている。

「少年と海」で加能は、子どもによる死の理解の仕方を巧妙に描いている。為吉は溺死した漁夫の死体を目撃し、その死を海難がもたらしたものと理解した。そして、死のイメージを、海の底に潜む恐ろしい大怪物に仮託した。死という怪物によって「白山が見えると、南東風が吹く、海が荒れる、船が難破する、そして人が死ぬ」。

ここではいくつかの現象がやや強引な論理で互いに関連づけられている上に、結果であるはずの死が原因になっている。大人にとっては滑稽な為吉の考えを通じて、加能は子どもが子ども特有の感受性や空想力で世界を理解していることを示している。　　　（王玉）

［参考文献］

坪田譲治ほか編（1958）『赤い鳥代表作集』（小峰書店）、坂本政親（1991）『加能作次郎の人と文学』（「加能作次郎の人と文学」刊行会）、中島賢介（2016）「防災教育を内発的に実施する教科横断型教育に関する研究：加能作次郎『少年と海』から石川県の防災教育へ」（『北陸学院大学・北陸学院大学短期大学部研究紀要』(9)）

加能作次郎の生涯

1885（明治18）年1月10日、石川県羽咋郡西海村風戸（現・志賀町西海風戸）に漁師の父浅次郎、母はいの間の子として生まれる。1898（明治31）年、高等小学校を4年で退学し、叔父を頼って単身京都へ行った。大阪中央郵便局の臨時事務員、鈍打尋常小学校の教員などの仕事を経て、1908（明治41）年に早稲田大学英文学科に進学。その後、『ホトトギス』で処女小説『恭三の父』

（1910・7）を発表し、作家としての第一歩を踏み出す。1913（大正2）年、博文館に入社し、『文章世界』の編集を担当し、作家を育てた。一方で、読売新聞に連載した自伝小説『世の中へ』（1918・10〜12）が好評を呼び、文壇的地位を確立する。1921（大正10）年、博文館を退社し、創作に専念する。1941（昭和16）年8月5日、創作集『乳の匂い』（牧書店、1941・8）の校正中に急性肺炎を発症、56年の生涯を閉じた。

上司小剣
かみづかさしょうけん

◉文学活動

1874（明治7）年12月15日〜1947（昭和22）年9月2日。奈良県奈良市に生まれる。本名・延貴。摂津多田の小学校の代用教員を経て、1897（明治30）年、堺利彦の勧めで上京し、「読売新聞」に入社。社会部長、文芸部長、編集局長などを歴任し、24年間務めた。1908（明治41）年、「神主」で文壇に登場し、「鱧の皮」（『ホトトギス』1914）で文壇における作家的地位を確立した。その他の代表作に「木像」（『読売新聞』1910）、「東京」4部作（『東京朝日新聞』他、1921〜1947）、戯曲「U新聞年代記」（『中央公論』1933）などがある。

上司小剣は「鈴江の散歩」（『少女の友』1914）や「豚の化けもの」（『おとぎの世界』1919）などの児童文学作品も多数執筆している。上司小剣の児童文学作品について、中丸宣明は「きわだってすぐれた作品はないものの、自主独立の精神を尊び（「鈴江の散歩」）、人間の内面を大切にする（「一休和尚」二〇「少年倶楽部」）ところは注目したい」「「豚と化けもの」ほかにみるユーモアも見逃せない」（『日本児童文学大事典』第1巻、大日本図書、

1993）と述べている。

◉『赤い鳥』掲載童話

上司小剣と鈴木三重吉は面識があった。例えば、両者は1913（大正2）年7月16日に徳田秋聲の『爛』の出版記念会に出席している。そのような機会に交流を深めていき、鈴木三重吉から上司小剣に『赤い鳥』への執筆依頼があったのではないかと推察される。

『赤い鳥』には、「こだま」（1921・5）、「乞食の世界」（1922・5）、「鯉」（1922・7）、「不思議なかみそり」（1923・1）、「蟻どほし」（1923・4）、「銅屋の子」（1923・8）、「上野島」（1924・1）、「松平備前守」（1924・5）、「青い時計」（1924・8）、「貫一と兵隊さん」（1924・11）、「狼と犬」（1925・1）、「光男の猟銃」（1925・3）、「雲雀と鴨」（1925・6）、「眼の凄い男と旅人」（1925・10）、「菅家の話」（1926・1）、「真珠とり」（1926・8）、「松茸狩」（1926・11）、「采女の刀」（1927・1）、「太閤さんの粥」（1927・5）、「金の指輪」（1927・10）、「熊と狼との角力」（1928・2）、「烏と猫のたたかひ」（1928・4）、「西瓜どろばう」（1928・7）、「碁から野球へ」（1928・10）、「菅公と乙彦の笛」（1931・2）の25作品を発表している。ほかには「通信」欄に「東京と大阪」（1925・10）を寄せた。元新聞記者らしい切り口で両都市の人口密度や都市計画などを比較している。

文学的素養

上司小剣は「三十幾代の文学の家」（『文章倶楽部』1918）の中で「私の家は作物の中に出るやうに代々から神主であつた。三十幾代といふもの同じ仕事をやつて来た」。したがって、国学に志して『古事記』とか、『旧事記』とか、『日本紀』とか、『源氏物語』とか、降つては『平家物語』とか、さういふものを必ず読まなければならぬ家風になつて」いた。自分が文学を志したのは、「さういふ遺伝的な力」だという。なお、上司小剣の

父は三男であったので分家して摂津多田神社の神主となり、小剣は摂津多田で幼少期を過ごした。

児童文学への意識

上司小剣は「年少者に小説を読ましむる可否」（『読売新聞』1905・3・9）を自分は勧善懲悪ではなく、「趣味の新し」さ、「文学上の価値」で判断するが、しかし何を読むかは年少者の自由に任せるべきだと主張する。また、児童文学の教育的効果について、「若し日本に真面目な少年文学と

●説話もの

「蟻どほし」は、和泉国の日根（現・大阪府泉佐野市長滝）にある蟻通神社の伝説が典拠である。お上が老人を捨てるよう、お布礼を出した。孝行息子は年老いた父親を床下に匿う。外国から出された難題を父親が解き、お布礼は廃止される。本文は「皆さんは、途中で年老いた人を見た時、どう思ひますか」という問いで始まり、「老人を侮つてはならぬ」例として物語が続く。この話を現代の問題として読ませようとする意図が窺える。

他に、日光中禅寺湖にある上野島の名前の由来を蛇と蜈蚣の領地争いと絡めた「上野島」や、〈漁夫の利〉をアレンジした、獲物をめぐって二人の猟師が争っていると神主が現われて獲物を横取りする「雲雀と鴨」などがある。

●歴史もの

「太閤さんとお粥」は豊臣秀吉を、「菅家の話」「菅公と乙彦の笛」は菅原道真を描いている。後者の2作品では「このたびはぬさも取りあへず手向山、紅葉の錦、神のまにまに」という道真の和歌も紹介されている。「菅公と乙彦の笛」の乙彦は「奈良の手向山八幡宮」の社人という設定である。上司小剣の家は、代々手向山八幡宮の神主であった。

上司小剣は歴史小説の時代設定について、『生々抄』（大東出版社、1941）の「自序」

で「鎌倉時代と徳川時代とは、私の苦が手である。殊に徳川時代がいやだ」と記している。しかし『赤い鳥』に発表された「不思議な剃刀」「松平備前守」「采女の刀」は徳川時代の話である。これらに登場する「殿さま」は無理難題を言って「家来」を困らせる。そのために死者も出る。封建社会における主従関係の不条理が描かれている。

●現代もの

「こだま」は上司小剣らしい良心が窺える作品である。丈太郎が森の奥で叫ぶと、自分の真似をする者がいる。「馬鹿」と叫ぶと「馬鹿」と返ってくる。丈太郎が森の奥に自分の口真似をする悪い子どもがいると父親に相談すると、父親は相手を褒めてみるよう助言した。丈太郎が試しに相手を褒めてみると、相手も丈太郎を褒めてくれる。以後、丈太郎は誰に対しても「馬鹿」と言わなくなった。

ほかに、父親を思う息子を描いた「鯉」「碁から野球へ」、物への執着がテーマの「青い時計」「光男の猟銃」、兵隊に憧れる少年の変心を描いた「貫一と兵隊さん」などもある。また、田舎に住む三郎と東京に住む五郎が自分の生活を自慢し合う「松茸狩」は、「伊曽保物語」中巻第十八「京と田舎の鼠の事」を換骨奪胎したものであろう。

上司小剣の童話は劇的な展開がなく、解決のない話も多いが、その根底に小剣の穏健な思想や教育的な配慮がある。　　（荒井真理亜）

いふやうなものが存在してゐたならば、小供等も鉄砲で人を撃ち殺す真似なぞする時間の半分を割いて、芸術的……ともいふべき穏かな遊戯に親しむやうになるかも知れぬと思つたことはあつた」（『小さき窓より』1915　大同館書店）と述べている。「小供なぞはさう好きでないから、深くも考へたことはないが」と前置きしているが、その後、児童文学を創作するにあたり、やはり「真面目な」作品を書くことは意識していたであろう。

創作上の工夫

上司小剣は「少年と古典──読書雑感」（『学燈』1941）において「思ひ切つて教へれば"読書百遍義おのづから見はる"で、少年の頭にも、おぼろ気ながら、難解な古典の意味が、ある程度解つてくるから、妙なものである」と語っている。しかし、古典を素材にしたり、歴史上の人物を描いたりする場合は、内容をわかりやすくし、平易な文章を心がけ、時代背景や用語の解説を挿入するなど、読者の理解を促す工夫が見られる。

菊池寛

●純文学から通俗小説へ

1888（明治21）年12月26日～1948（昭和23）年3月6日。小説家、劇作家。香川県高松市に生まれた。菊池家は代々高松藩の藩儒であった。父は小学校の庶務係で、収入は少なく、寛は教科書も満足に買うことが出来ず、書写をしたほどだった。この貧しい時代のことは、後年「半自叙伝」（『文藝春秋』1928・5～1929・12）に回顧されている。小学校時代から寛は成績よく、また当時高松に出来た県立図書館の本を片っ端から読了したという。

ようやくの思いで高松中学校を終えると、授業料の要らない東京高等師範学校に推薦で進学したが、校風に合わず退学、以後明治大学や早稲田大学などさまざまな学校に通うという、学校ルンペン時代を経、1910（明治43）年9月、第一高等学校（略称一高）の試験を受けて、第一部乙（英文科）に進学、芥川龍之介・久米正雄・松岡譲・成瀬正一ら、のち第三・四次『新思潮』で活躍する仲間と出会う。

だが、卒業を目前にして友人佐野文夫の犯した窃盗事件（マント事件として知られる）の罪を負い、一高を退学。故郷を同じくする成瀬正一の配慮で、成瀬の父（成瀬正恭、当時十五銀行の頭取）の援助を受け、京都大学文学部に選科生として入学、のち高等学校卒業試験を受けて本科に移り、1916（大正5）年に卒業、時事新報社記者となる。

大学時代芥川らとはじめた第4次『新思潮』には、戯曲「屋上の狂人」（1916・5）、「父帰る」（1917・1）などの秀作を発表するが認められなかった。その後、記者生活の傍ら書いた小説「無名作家の日記」（『中央公論』1918・7）と「忠直卿行状記」（『中央公論』1918・9）でようやく認められ、文壇に登場する。

その後、大阪毎日新聞社に芥川と共に入社し、「テーマ小説」と言われた分かりやすい小説を書き継ぎ、一方、通俗小説の部門で一世を画す「真珠婦人」を『大阪毎日新聞』『東京日日新聞』に連載（1920・6・9～12・22）、多くの読者の圧倒的支持を得ることになる。1923（大正12）年1月には、『文藝春秋』を創刊し、川端康成・横光利一などの新進作家の養成にも貢献した。

●菊池寛と児童文学

世は新しい時代を迎え、児童文学が市民権を得るようになっていた。菊池寛はこの動きをいち早くキャッチしていた。そして時代の動きに遅れまいと、彼らしい反応を示す。同時代文壇作家の多くが児童文学に関心を示した時代ではあったが、作品数では宇野浩二と豊島与志雄にも匹敵する。

彼のこの分野での活躍は、創作・再話・翻

代作の問題

大正から昭和にかけての児童文学には、多くの文壇作家の名が見られる。『赤い鳥』の創刊に先立って鈴木三重吉は、「童話と童謡を創作する最初の文学的運動」と題したプリントを各方面に配布し、そのねらいとするところを訴えているが、そこには賛同者として当時の文壇の主要な小説家や詩人や歌人が名を連ねていた。この文章は後に若干訂正されて、〈赤い鳥の標榜語〉として、毎号の巻頭に掲げられることとなるが、そこには森林太郎・泉鏡花・徳田秋聲・島崎藤村・北原白秋・小川未明・野上彌生子・小山内薫・谷崎潤一郎・久米正雄・久保田万太郎・江口渙・有島武郎・佐藤春夫・菊池寛・三木露風らのおおくの文壇作家の名が見出せる。

ここに『赤い鳥』と文壇作家とには密接なかかわりが生じ、代作というやっかいな問題も介在することになる。例えば、『赤い鳥』創刊号に載っ

訳、そして『小学童話読本』全8巻（興文社、1925）、『小学生全集』全88巻（興文社、1927〜29）に代表される編集の仕事があげられる。また、菊池寛はもともと内外の多くの本を読み、英文系のものは、特によく読んでおり、多くの翻案めいた作品を書き残したが、子どもの読みものにも英米の読みものからの翻案が多い。

● 『赤い鳥』と菊池寛

菊池寛の『赤い鳥』への登場は、1919（大正8）年4〜6月号に書いた「一郎次、二郎次、三郎次」にはじまる。これはのち「三人兄弟」と改題され、『赤い鳥の本』第四冊『三人兄弟』（赤い鳥社、1921・3・28）として刊行される童話集のタイトルにも用いられている。『赤い鳥』には、ほかにも「納豆合戦」など、十作品を寄せている。

菊池寛の童話は、何よりも分かりやすい。ストーリーが奇抜で、それを表現する文章が巧みだ。彼は『三人兄弟』の「序」で、文芸の大切さを強調し、「幼年時代から文芸に対する趣味を養ふことは、他の如何なる教養とも比敵するほど、大切なことであると思ふ。その意味に於て、童話は正に文芸入門である」と書く。

第一次世界大戦後の、いわゆる大正デモクラシーの時代思潮を菊池寛はいち早く察知し、いくつもの作品を『赤い鳥』や『少年倶楽部』や『幼年倶楽部』などに書きまくることになる。

● 菊池寛作品と代筆

菊池寛は多くの作品を残したが、中に生活に困窮していた作家志望の弟子に書かせ、菊池寛の名で発表したものがかなり混ざる。小説ばかりでなく、児童ものにもそれは混じっている。菊池は弟子の生活を保障する手段として、こうした方法をとったのである。それは創作ばかりか、欧米文学の翻訳、児童ものの再話・翻案に及ぶ。

菊池寛の名で発表された児童ものは数多い。文壇作家で児童文学に関心を示し、生涯作品を書いた宇野浩二や豊島与志雄には、こうした代作問題はないが、菊池の場合は今後厳密な検討を要するテクスト問題が、浮上しているとしてよい。

芥川龍之介と共同編集した『小学生全集』全88巻（興文社・文藝春秋社、1927・5〜29・10）など、半数を超える47巻が菊池寛の編、もしくは訳か著になっているが、当時全盛を誇った菊池に、それだけの時間的余裕があったとは思われない。恐らくは菊池主宰の文藝春秋社に集った作家志望の青年文学者が協力したものと思われる。　　　（関口安義）

［参考文献］

永井龍男（1961）『菊池寛』（時事通信社）、関口安義（1977）「『赤い鳥』と童心主義の評価」『近代文学6 大正文学の諸相』（有斐閣）、片山宏行（1997）『菊池寛の航跡　初期文学精神の展開』（和泉書院）

た徳田秋聲の「手づま使」と小山内薫の「俵の蜜柑」の二つの童話が小島政二郎の代作であったことは、早く芥川龍之介の小島宛書簡（1918・6・23付）や小島の『眼中の人』（三田文学出版部、1943・11）が語っているところである。

菊池寛の三つの顔

菊池寛には三つの顔がある。第一は、初期の戯曲や短編小説を通して見られる純文学作家として

の顔、第二は『真珠夫人』に始まる通俗作小説作家としての顔、そして第三は1923年の『文藝春秋』の創刊、26年の文藝家協会設立、35年の芥川賞・直木賞の設定などを通して築きあげた文壇の大御所としての顔である。

さらに、彼にはいい意味での政治性や常識性が絶えずつきまとった。そういう彼の書いた子ども向けの読みものは、現代の子どもにも訴えるものがある。

北川千代
きたがわちよ

◉少女雑誌投稿

　1894（明治27）年6月14日～1965（昭和40）年10月14日。童話作家、小説家。埼玉県大寄村（現　深谷市）の日本煉瓦工場の工場長の長女として、裕福な少女時代を過ごす。幼いころの風景や家族を背景にした作品「雪の日」『絹糸の草履』講談社、1931、初出は『少女の友』1930・1「雪の日の思ひ出」）で表現している。三輪田高等女学校在学中（のち病気で中退）、『少女世界』『少女の友』などに投稿。初の記名は、『少女世界』（1908・12）「当選」欄に「東京　千代子」とあり、作品掲載は同雑誌の3年後1911年6月号の「友情」であった。多くの雑誌への熱心な投書家となる。1915年、両親の反対を押し切り、江口渙と結婚。23歳、千代の両親が亡くなり、五人の弟妹の面倒をみることになる。

◉江口千代(子)として

　江口換と結婚していた時期に、『赤い鳥』に4作が江口千代もしくは江口千代子として挿絵入りで掲載された。鈴木三重吉からの書簡で大変な期待をうけたことが記されている。
　「世界同盟」（1919・3）は、譲さん信二さん武夫さん三人が国をつくり、同盟しようとしたのをきっかけに、八百屋や魚屋の小僧さんたちも窈ちゃん祥子さんら女の子も「すべて同じ権利」で一人ずつ世界の国々の名をつけ参加する同盟の物語である。
　「銀の御殿」（1919・7～8）は、幼い頃実母をなくした暁子が7歳になり、新しい継母がきてからの心理を交え、さらには銀の御殿への夢の世界へという物語。少女小説にありがちながら、庭や銀の御殿の描写が色彩豊かに表現される。
　「朝鮮人参」（1920・6）は、桃子と病弱な兄のための薬剤・朝鮮人参を母が用意してくれ、その朝鮮人参そのものとの会話を楽しむ見立て遊びの幼年童話。動的描写がユーモラスである。
　「朝顔の花」（1921・11）は、愛子と姉・初子の朝顔花弁への筆書きを介し、早起きの何気ない日常の日々が母の思いも含め丁寧に執筆されている。

◉離婚後、北川千代(子)としての活躍

　江口喚と離婚後、労働党の高野松太郎と結婚。女性初の社会主義婦人団体赤瀾会に加入。北川姓の名で、本格的に数多くの作品を世に送る。雑誌『コドモノクニ』では童謡「時計の針」（1922・6）や童話「おばあさまとこども」（1925・12）など作風に変化をもたせ、21篇を武井武雄や岡本帰一など当時一斉に風靡していた画家たちのカラー挿絵付きで発表。

「世界同盟」と『赤い鳥』

　千代のデビュー作は、『赤い鳥』で掲載された「世界同盟」であった。これは、夫である江口換と鈴木三重吉の関係から繋いだとされている。また、内容に関して、最初の原稿では、国々の中に「朝鮮」が入っていたが、三重吉の手によって削除されたことが彼女当ての書簡で掲示されている（「北川幸比古（1967）「年譜」）。すなわち、この時代にあって、男女平等、世界友好を目指した先進性を垣間見ることが出来る。単行本『父の乗る汽車』（常山堂書店、1937、挿絵は実弟の文夫）に収録。13作中の冒頭に掲載した理由を作品末尾に「処女作であり、これが鈴木三重吉氏の推奨を受け」「『赤い鳥』に掲載され、童話作家として（中略）将来の目的を決したから」と記載。数多い単行本で、『赤い鳥』発表作の収録は、「世界同盟」のみとなったが、彼女自身にとっても意味のあるものであり、児童文学史上でも、平等、民主主義が唱えられていなかった当時、代表作としての位置づけともなっている。

『コドモアサヒ』『少女画報』『令女界』など各誌に意欲的な創作活動を展開していく。

「夏休み日記」（『女学生』1923、月号不明）は、「自尊心を失ってはいけない」と結末にかかれた、貧しい少女の成長物語。古田足日は、この作品こそ北川文学の特色をもつものと論じる（「北川千代論」）。また、宮澤健太郎は、この年、1923（大正12）年を千代の社会主義への目覚めと位置付ける（「北川千代の肖像——児童文学を軸として」『白百合女子大学研究紀要』第49号、2013）。

『絹糸の草履』（講談社、1931）は、「序」に「悲しみの前にただいたづらに泣き沈んでばかりは居ない」とあるように、逆境に立ち向かう、北川文学の代表作と言われるが、その収録形態から『少女の友』から『少女倶楽部』誌へという都市型少女小説の変遷をみるという論もある（遠藤寛子「解説　私的少女小説史」『少年小説大系』第25巻、三一書房、1993）

◉翻訳含め、多様な活躍

短編が大多数のなか、『春やいづこ』（『少女倶楽部』1931・2〜12、のち同標題、講談社1934）、『巣立ちの歌』（講談社、1947）の長編もある。幼年童話集『二ひきのりす』（清水書房、1941）なども刊行したが、戦後には幼年童話を書かなくなる。その理由を「楽しく明るい」「昔のようなほのぼのさがない」「これは読者への冒瀆」と述べている（北川

千代「私の創作手帳——私と幼年童話」『日本児童文学』1952・6）。1940年代、出版に関する相談役は槇本楠郎のようで、書簡が多く遺されている。

戦後、千代は、引き続き生活童話の流れをくむリアリズムの作品群、農家の娘を主人公とした「小さいあらし」（『銀河』1948・11）など次々と発表。短編が多いとはいえ、吉屋信子ら少女小説とは異なり、哀愁さを嫌い、労働、権利を主張したものを執筆し続けた。

1950年代になり、『母をたずねて』（小学生文庫、1951）、『ピーターパン』（講談社、1951）、『みつばちマーヤの冒険』（1956）など翻訳名作ものを多数出版する。

1964（昭和39）年、第6回児童文学功労賞を受賞。翌年の1965年10月没。直後に「北川千代さんを偲んで」（『日本児童文学』1965・12）の追悼特集が組まれ、奈街三郎、川崎大治などが寄稿。1969年、日本児童文学者協会では、その業績を記念し「北川千代賞」が設立された。
　　　　　　　　　　　　　　（森井弘子）

［参考文献］

北川幸比古（1967）「年譜」、古田足日（1967）「北川千代論」（『北川千代児童文学全集』下、講談社）、浜野卓也（1978）「北川千代解説」（『日本児童文学大系22　北川千代』、ほるぷ出版）、関英雄（1977）「解説」（『少年少女日本児童文学全集』第16巻、講談社）、『深谷で生まれた児童文学作家——北川千代』（深谷市教育委員会　2001）

その文学特質と評価

関英雄は、①詩のような文章②自由自在な空想③ローカルカラーの3点をあげ、初期より「民主主義の考え」がずっとあるとした（「解説」）。古田足日は「怒りと社会的色彩の強い」ものとした（前同）。浜野卓也は「「貧乏」「幸福」を作品テーマとし、（略）日本の女子供のおかれた状況を常に凝視しつづけた」たと述べた（「北川千代解説」）。山村秀樹も同観点（「別れた理由」『文芸埼玉』2005・12）。また、江刺昭子は「人間の尊厳を大

切にする心持ちがなければ、生まれなかった仕事」と高評価（「北川千代」『覚めよ女たち　赤瀾会の人びと』大月書店、1980）。河原和枝は「人間の最高善の「無垢なる具現化」をみる」（『子ども観の近代『赤い鳥』と「童心」の理想』中公新書、1998）。森岡卓司は「信頼と愛情とは（略）深い連帯の意識に支えられ」たもの（「感傷でもなく教訓でもなく　北川千代解説」（『ひつじアンソロジー小説編2』ひつじ書房、2009）とする。以上、社会批判より人間尊厳を評価する論が多い。

木下杢太郎

きのしたもくたろう

1885（明治18）年8月1日～1945（昭和20）年10月15日。詩人、劇作家、小説家、医学者。本名太田正雄。静岡県伊東の旧家の出身。東京帝国大学医学部卒業。はじめ与謝野鉄幹の「新詩人」同人となり詩人として出発した。その後、北原白秋などと「パンの会」を結成した。耽美派の詩人であり、異国趣味、南蛮趣味で知られた。1914（大正3）年には戯曲集『南蛮寺門前』（春陽堂）が、翌年には小説集『唐草表紙』（正確堂）が出版された。

1916（大正5）年、旧満洲の南満医学堂教授兼奉天病院長として赴任した。皮膚科の権威で、後に東大医学部教授となる。

●中国を舞台にした物語

『赤い鳥』には「花屋の娘」（1921・6）と「驢馬」（1921・8）の2編の童話が掲載されている。どちらも192年7月に精華書院から刊行された木下杢太郎訳『支那伝説集』（世界少年文学名作集第18巻）に収められていた。「花屋の娘」の原題は「孝女」であり、「驢馬」の方は「板橋店」である。両作品とも中国が舞台となっている。

「花屋の娘」の方は、「孝女」からかなり変えられている。例えば、冒頭近くの場面。外

へ出てみると、となりの嫗さんが大勢の女の人一緒になって通りかかりました。というのが、「ある日門の外でがや〳〵と言う人声がしました。娘も何だろうと思って外へ出て見ました」と、説明を増やし、言葉遣いも変えて解りやすいものになっており、全体にこのような変更が加えられている。物語は、病気の父のために祈る娘の気持ちが「碧霞元君」という女神に感応して「張」という宮中の役人の知るところとなり、「張」はその孝行心に感動してたくさんのお金をやったり、自分の養女にしたりしたというお話で、父の病気も治りめでたしめでたしというものである。

一方、「驢馬」の方は、ほぼ原典のままである。蕎麦餅を食べさせることで旅人を驢馬にしてしまう旅館の女主人が、逆に蕎麦餅を食べさせられて驢馬にされてしまうという、魔術についてのお話である。

どちらの作品も女神や魔術が登場するなど、木下杢太郎の異国趣味を彷彿させる物語である。また、『支那伝説集』にはもっと残酷で暗い話が多いが、その中でも比較的明るい話を選んでおり、『赤い鳥』を意識した選択であったと考えられる。　　　　（西原千博）

［参考文献］

石川巧（2003）「木下杢太郎の『支那』通信と『支那学』の成立」（『九大日本』巻2）、中野清（2016）「木下杢太郎譯『不子語』」（『専修人文論集』第98号）

『支那伝説集』について

木下杢太郎は、「序」でこの本のことについて詳しく述べている。

まず、この本の元となった書について、「支那近世の小説集『新齋諧（別名　子不語）』から抄訳し、『れう齋志異』『広異記』等のものも少し加えました」と述べている。

また、この翻訳は「全くの偶然」のことだとしている。「少年世界文学」の為にドイツかフランスのものを翻訳するつもりで、うまくいかず、約

半年「支那南北地方を旅行して、支那の伝説に対する興味が旺んになつていた」からだとしている。

また、「唯私が支那、殊に江南地方を旅行して後是等の小説を読んで見ると、其土地其風俗に対する理解を細密にすることが出来て、私に取つては非常に面白く感じたのです」とも述べている。中国における旅行がこの翻訳の元となっていることがわかる。

楠山正雄
くすやままさお

● 『赤い鳥』と楠山正雄

1884（明治17）年11月4日～1950（昭和25）年11月26日。児童文学者、翻訳家、劇作家、演劇評論家、編集者。東京都京橋区竹川町（現・中央区銀座）に生まれる。芝居好きの祖母に溺愛され、恵まれた幼年期を過ごすが、父亡き後、家運の傾きにともなって、少年期より親類間を転々として過ごす。早稲田大学英文科在学中、坪内逍遥、島村抱月の講義に深い感銘を受け、演劇研究に没頭していく。卒業後、抱月のもとで古今東西の文芸および文芸論を体系的に集成した『文芸百科全書』（1909・12）を完成させ、編集者としての力量を知らしめる一方、各雑誌に劇評論、翻訳劇、創作劇を発表する。

早稲田文学社、読売新聞社を経て、1911（明治44）年、坪内逍遥の推挙により冨山房に入社。1915（大正4）年、子どものための世界名作叢書『模範家庭文庫』全24巻（1915～1932）の企画・編集に参画したことから、児童書との関わりが始まる。各国の児童書文献の収集、整理に挺身するとともに、楠山自身も『新訳イソップ物語』（1916）をはじめ、『世界童話宝玉集』（1919）、『日本童話宝玉集』上・下巻（1921～22）、『少年ルミと母親』（1931）の合計5冊を再話、訳出している。

楠山は『模範家庭文庫』の一編・アンデルセンを「一も二もなく鈴木さんのところへ持ちこみました」と、鈴木三重吉に執筆を依頼。当時、三重吉が『世界童話集』（1916～1923）の企画を抱えていたこともあって実現はしなかったが、その縁あって「鈴木さんから逆に「赤い鳥」の原稿を徴収せられるやうになり、柄に無くいはゆる赤い鳥童話作家群の中に雑魚のとと交りをさせられることになりました」（「先駆的情熱の人」『赤い鳥』1936・9、p.266）と楠山自身は語っている。

楠山が『赤い鳥』に作品を発表し始めたのは、1920（大正9）年からである。「新かぐや姫」（1920・4）から始まって、「ニンフの踊」（1927・11）まで、児童劇4編を含む27作品を執筆。連載を含めると、34回にわたって誌面を飾っている。「新かぐや姫」は、高慢だったために地上で王女に生まれ変わった堕天使が、自分に与えられた役割と、よい香りのする本来の名前を取り戻すまでの物語である。フョードル・ソログープの「いい香のする名前」の翻訳で、タイトル作ほか「いけない子とおとなしい子」「石の遍歴」の2つの短い作品を含む。

● 多種多彩な作品

執筆作品は、平明な美しい文章で綴られ、

『模範家庭文庫』の編集

楠山が『模範家庭文庫』の編纂に携わることになったのは、先輩である杉谷代水の遺稿「アラビヤンナイト」を本にまとめるよう、坪内逍遥から依頼を受けたことからだった。『模範家庭文庫』の企画・編集を担っていた代水が1915（大正4）年4月に夭折。代水が依頼していた中島孤島のグリムの訳稿も手つかずのままになっていた。楠山はさっそく企画立案し、編集にとりかかった。その年のうちに、第1集の1・2巻として代水の『ア

ラビヤンナイト』上・下巻、翌年1916（大正5）年には孤島『グリム御伽噺』を刊行している。まとめるのが早く、確実に仕上げていく楠山らしい仕事ぶりである。続いて『イソップ物語』（楠山正雄訳）、『アンデルセン御伽噺』（長田幹彦訳）、『ロビンソン漂流記』（平田禿木訳）ほか、第2集には『支那童話集』（池田大伍訳）、『印度童話集』（岩井信実訳）などアジア地域も加わり、世界の児童文学の古典を次々と出版していった。

楠山にとって初めての児童書であったが、ラッ

翻訳をはじめ内外の伝説や昔話・説話の再話、創作、児童劇と多彩である。三原村にすむ李太郎が、龍王に代わって白馬で天を駆け、地上に雨をふらす「天地の水」（1920・7）は唐代の小説『李衛公別伝』から、「にせ浦島」「若返りの水」の２編を含む「しみのすみか」（1920・9）は江戸後期の石川雅望『しみのすみか物語』（1805）からの再話である。また「鉢かづき」（1921・10）や「元日そのほか」（1922・1）といった日本昔話もあれば、少年エスベンが活躍する「少年と魔女」（1920・11）などラングの翻訳や、シラノ・ド・ベルジュラックの月世界旅行を紹介した「月の世界」（1925・1〜3）などの作品もみられる。「祖母」（1921・3）は、自伝的要素の強い創作で情感ただよう作品である。壮大なスケールの作品から、寓話、滑稽譚、歴史物語、詩的な作品など、さまざまな種類がみられる。世界各国の文学作品に精通し、広く深い文芸的な教養を備えた楠山ならではである。

初期の作品を中心とした12編は『赤い鳥の本』の第８巻、『苺の国』（1921）として刊行されている。三重吉は、その「序」で楠山のこれまでの仕事を称え、創作について次のように評価している。「四五年前から深い興味と熱心とを以て、従来乱雑荒蕪のまま放置されてゐた児童文献の整理に当られ、なほ最近以来、それ等の経験を、氏の優秀な素質と技量とに加へて、続々創作を捧げられるに至つた。われわれは同氏のごとき人に向つてこ

そ、なほこの上どこまでも、本当の意味の多くを乞ひ望み得る」と（「序」『苺の国』）。

●少年少女野外劇の試み

『赤い鳥』に掲載された児童劇は「駒鳥の婚礼」（1921.5）、「旅人と子供」（1922.10）、「春の勝利」（1923.4）、「靴のゆくえ」（1925.4〜6）の４編である。「駒鳥の婚礼」は、駒鳥とミソサザイの婚礼に招待されなかった雀が、駒鳥を弓矢で射って花嫁を奪う計画を立てるが、やはり花嫁のミソサザイを奪おうと、駒鳥に成り代わっていたカケスに矢を放ってしまう。美しい羽があるために鳥は美しいのではない。卑怯なカケスに駒鳥が勝ったのは羽の美しさゆえではないのだと締めくくられる。マザーグース「駒鳥のお葬式」や、スコットランド民話「コマドリとミソサザイ」等を下敷きとしているのではないかといわれている。「駒鳥の婚礼」は「少年少女野外劇」と記されているように、子どもたちが野原や校庭に集まって演じられるように意図されている。「明るい日の光の中で自由に快活に、小鳥のやうに跳んで、翔つて、真似のうまい人は、自分のふり当てられたそれぞれの小鳥の鳴声や、身振をその中に上手に挿んで下さい」（「駒鳥の婚礼」p.24）と演出や衣装等にも言及している。当時、坪内逍遥が新しい文化運動として野外劇（ページェント）の提唱を行っていたという背景もあるが、子どものための野外劇というのは初の試みであった。

カムの挿絵に彩られたイギリスの豪華挿絵本のイメージが明確にあったのだと思われる。当時、舞台芸術に携わっていた友人の岡本帰一に協力を求め、挿絵を依頼。以後、帰一が童画に専心するきっかけにもなった。当時出されていた児童叢書が定価１円ほどであったのに対し、３円以上という豪華な装幀の絵入り本は、坪内逍遥が「流暢な、上品な口語体で、平易明快であり（中略）挿画が豊富であるばかりでなく、其画が外国最新の挿画の粋を抜いたものであるといふ点が、最も時代の

要求に適つている」（「序」『アラビヤンナイト』）と賞讃したように、芸術性と文芸性の両面において児童書を大きく向上させ、子どものための芸術的出版の先駆けとなった。数々の事典を編集してきた楠山の編集者としての手腕と、舞台芸術についての深い造詣が合わさり、新たな領野を拓いていったのだといえる。

『日本童話宝玉集』

『日本童話宝玉集』は、『模範家庭文庫』第１集

●「かたりべのをじ」として

戦後は、数多の再版校訂に追われながらも、『日本神話英雄譚宝玉集』(1942) やデンマーク語からの『新訳アンデルセン童話全集』(1950) を刊行。また、童話の集大成として『世界おとぎ文庫』全24巻 (1949〜1950) を企画・執筆。病床にて口述筆記をしながら11冊を刊行したところで中断。自身を「かたりべのをじ」と称した楠山は「国語と国民をこえた世界文学というものがほんとうにあるかどうか、あれば、それは、おそらく、こどものためのお話の文学─童話の文学があるだけでしょうか」(「まえがき」『新訳アンデルセン童話集』1955) と述べている。子どもと子どもの本に真摯に向き合い、童話を敬愛し、豊かな文学がもたらす喜びを大切にしていたことが伝わってくる。

●途上にある楠山正雄研究

編集、演劇、児童文学と、楠山の仕事は多岐にわたり、そのいずれにおいても緻密で優れた成果をあげてきた。しかし、瀬田貞二が指摘しているように、楠山の無我性や一種の消極性によって「文学史上、正雄は不当に閑却視されてしまった」(「楠山正雄解説」『日本児童文学大系11』ほるぷ出版、p.382) と思われる。演劇分野においても同じ見解が見られ、「あまりに行くとして可ならざるはなかったので、ずばぬけて目立つものがなかっ

たとも言える。じつに多彩多能な楠山さんだった」(河竹繁俊「楠山正雄さんを憶ふ」『楠山正雄歌舞伎評論』冨山房、p.2) という発言や「常に第二位の人(中略)常に一歩距離を置いた位置に視点を起き続ける冷静さを失わない。複眼の人」(上村以和於「『新歌舞伎』の行方」『歌舞伎:研究と批評』、p.128) という評価からも窺い知ることができる。瀬田は、編集者として、またアンソロジストとしての楠山は、もっと高く評価されるべきであり、鈴木三重吉という軸と「楠山正雄という、もう一つの軸があって、その双軸の楕円に広げないと、大正時代の実質がつかめないのではないか」(瀬田貞二、前掲書、p.381) という新たな文学史的視点を打ち出している。

楠山正雄研究もその業績に比して決して多くはない。昭和女子大学近代文学研究室の『近代文学研究叢書68』(1994) や、楠山の三男・三香男氏がまとめた『楠山正雄の戦中・戦後日記』(2002) などは資料的価値も高く、楠山の全貌を知る上では極めて有用である。アンデルセン童話の新旧翻訳の比較を通して、楠山の童話観を分析した論考等もみられるが、個々の詳細な研究は今後に委ねられている。

(佐々木由美子)

[参考文献]

日本児童文学学会 (1965)『赤い鳥研究』(小峰書店)、富田博之 (1979)『「赤い鳥」童話劇集』(東京書籍)

の第10、11巻として1921年(大正10)年12月に上巻が、翌1922年4月に下巻が刊行されている。上下巻それぞれ50編ずつ計100話を納めている。再話の素材は、『日本書紀』『古事記』『古語拾遺』『御伽草子』『今昔物語』『宇治拾遺物語』伝説と広く求め、従来にない変化に富んだ童話集となった。1938 (昭和13) 年の改訂版 (上下巻を一つにまとめ『模範家庭文庫・巨人版』として出版) にあたって、「この本の受けた好意はわたくしにとっては意外といってよいほどのものでした。わ

たくしのこれまでのわづかな取るに足りない仕事の中で、これ一つほど誰からもよろこばれたものはなかったでせう」と楠山自身が述べているほど、広く読まれ版を重ねた。

戦後、1947 (昭和22) 年から49年にかけ、3度目の改訂がおこなわれ、『日本童話宝玉集』上中下の3巻本 (童話春秋社) として出されたが、改訂のたびに内容にも手を加え、推敲を重ねた。楠山の代表作の一つであり、ライフワークでもあった。

久保田万太郎
（くぼたまんたろう）

1889（明治22）年11月7日〜1963（昭和
38）年5月6日。小説家、劇作家、俳人。東
京市浅草の生まれ。慶應義塾大学出身。慶應
義塾大学教授となった永井荷風が創刊した
『三田文学』に、1911（明治44）年6月、小
説「朝顔」が、7月には戯曲「遊戯」が初め
て掲載された。演劇については、新派の演出
を行うとともに、「文学座」の創立に加わった。
劇評家としても活躍した。また、俳人として
も知られ、俳誌『春燈』を主催した。1957（昭
和32）年には文化勲章が贈られている。

久保田万太郎と『赤い鳥』との関係につい
て、『久保田万太郎少年少女劇集　一に十二
をかけるのと　十二に一をかけるのと』（中
央公論社、1937・12）の「あとがき」で次
のように述べられている。

　　わたくしに、少年少女のための脚本を
　書かせたのは、いまは亡き「赤い鳥」の
　鈴木三重吉さんである。
　　「君、誰もまだやっていない。……や
　ってみませんか、一つ？……」
　　何かの話のついでにである。鈴木さん
　にそういわれ、急にわたくしはその気に
　なった。すなわち、丸善に駆けつけて、

少年少女のためのそうした本を何でもか
まわずにさがして来た。（中略）あくる
月の「赤い鳥」にすぐその作は採用され
た。

さらに、「そのあと三四年、わたくしは、
半ば鈴木さんの要望にこたえつつ、半ば自分
の、ゆくりなく発見したそのひそやかな喜び
を満足させつつ、それからそれと書きつづけ
た。たちまちにして二十編にあまる作がわた
くしに出来た」とも述べている。ただし、少
年少女劇として、『赤い鳥』に最初に掲載さ
れたのは、鈴木三重吉の「大きな星」（1919・
7）である。

実際には、この少年少女劇の前に、すでに
万太郎は『赤い鳥』に童話を発表していた。
その後に少年少女劇を発表することになり、
それから先の言葉にあったように1931（昭
和6）年4月まで、童話3編、少年少女劇15
編、対話2編、劇1編、児童劇2編、計25編
の作品を発表し続けた。

最初に掲載された童話は、「白い鳥の話」
（1919・5〜7）であった。これは西洋を舞台
にした王や魔法使いが登場するような、いわ
ゆるお伽噺であった。次に掲載された童話の
「指輪の王子」（1919・9〜11、1920・2〜3）
も同様のものであった。久保田の作品は、日
本を舞台にしたものはなく、すべて西洋を舞
台にしたもので、登場人物も西洋人である。

原作について

これらの物語には西洋の文学作品が原作として
想定される。

そのいくつかについてはすでに指摘したが、そ
のことについて久保田万太郎は『一に十二をかけ
るのと　十二に一をかけるのと』の「あとがき」
で、「それらのいろいろの材料を、わたくしは、
どんな場合でも決して鵜みのみにしなかったのであ
る。かならず消化し、どこまでも自分のものにし
なければ承知しなかったのである。（中略）材料

はついに材料だけの、それ以上の何ものでもなか
ったのである」と述べている。この久保田の言に
よれば、久保田の作品については、特に原作を明
らかにする必要はないと思われる。

実際の演技について

赤い鳥から出版された『ふくろうと子供』
（1921・5）の序で鈴木三重吉は、久保田万太郎
からの注意と希望を書いている。

第3部　『赤い鳥』の作家と作品

177

●少年少女劇

　万太郎が『赤い鳥』に発表したものの中心はなんといっても、少年少女劇であろう。最初の作品は、「ブロオニイ」（後に「ふくろと子供」と改題、1920・4）であった。登場人物は、「仕立屋」「トミイ」「ジョニイ」「おばあさん」「年をとった梟」である。仕立屋の兄弟は親の手伝いもせず、言い付けも守らないような兄弟であったが、「おばあさん」から人に知られずに人の役に立つという「ブロオニイ」の話を聞く。「梟」に「ブロオニイ」のことを訊きに行くと、実は「子供はみんなブロオニイ」であると教わる。そのことをきっかけに、怠け者の兄弟は一生懸命働いて自分も「ブロオニイ」になろうとするというお話である。

　少年少女劇は、当然ながら子どもたちが主人公となっているものが多い。例外としては「フィレモン夫婦」（1921・1〜2）がある。こちらは大人の夫婦が主人公になっている。

　物語は基本的には現実世界が舞台となっているが、「梟」と話をするなどお伽噺的な要素が加わっている。舞台を現実世界だけに限定したものもある。「チャアルス二世」（1992・1〜2）は実話に基づいたものであり、「豆の煮える間」（1924・1〜4）も王妃をかくまう話で現実世界が舞台となっている。

　一方で、「年あらそい」（1920・5、「一に十二をかけるのと　十二に一をかけるのと」

と改題）では、新年をめぐっての神様や妖精のお話で、「春のおとずれ」は、「春の女神」を主人公にした季節についての物語であって、非日常的な物語となっている。また、有名な童話が基になっている「ゆめのとばり」や「劇」の中の『北風』のくれたティブルかけ」などは、お伽噺の世界をかなり簡略化して演劇用にしている。

　児童劇になると、お伽噺的な要素が薄くなりながら、非日常的な世界が描かれることになる。「雨のふる日は悪い天気」（1931・1〜4）では、人形が人間になり、子どもが人形になってしまうという話である。また、舞台がより現代に近づいている。人形については、3作目の童話「木樵とその妹」（1920・10）にも登場していた。この作品では木樵の最愛の妹が死んでしまい、「ほんとうの妹とかわらないくらいの大きさの人形」を作る。すると、その人形に命が宿るという物語であった。

●演劇

　実際に劇をすることについて、最初に挙げた『一に十二をかけるのと　十二に一をかけるのと』の「あとがき」では、「わたくしは、玄人の役者たちの、ほんとうの劇場でやってもよければ、素人の人たちのたとえば学校の講堂でやってもいい」と述べた上で、特に後者の場合「どんなときでも、大人の世界から子供の世界をみていただきたくないということである」としている。　　　　　（西原千博）

　第一、背景や、すべての道具を出来るだけ簡単にすること。（中略）

　第二、必要なところへは音楽を使うがよい。特に「年あらそい」の如きは、全然音楽に終始した方がよいように思う。（中略）

　第三、すべて素人が私演し得るようにかいたつもりだけれど、（中略）素人に取って邪魔になるところは、舞台監督に任ずる人が、適当に取りのけて下さることを希望する。

とあり、素人を念頭に実演されることを想定していたと考えられる。

　なお、衣装などについては、『赤い鳥』の挿絵などが参考になる。例えば、「春のおとずれ」では、最初の掲載時の挿絵は動物がそのまま描かれていたが、次の掲載時には冒頭に子どもがウサギの耳の着いた帽子をかぶった挿絵があり、ウサギ役の子供の衣装の例として捉えられる。

久米正雄
（くめまさお）

◉新しき時代の浪漫主義者

　1891（明治24）年11月23日〜1952（昭和27）年3月1日。小説家、劇作家。長野県小県郡上田町（現・上田市）に生まれ、父の死によって、母方の実家のある福島県安積郡桑野村（現・郡山市）で育つ。福島県立安積中学校に学ぶ。在学中、教頭西村雪人の指導を受け、新傾向派の俳句に親しむ。久米（俳号、三汀）の一題百句と言われた句作の力はずば抜けており、『牧唄』（柳屋書店、1914・7）一巻に収められている。

　1910（明治43）年9月、第一高等学校第一部乙類（英文科）に校長推薦の無試験検定合格。同級に芥川龍之介・菊池寛・松岡譲・恒藤恭らがいた。1913（大正2）年9月、東京帝国大学文科大学英語英文学科入学、翌年2月創刊の第三次『新思潮』の同人となり、3月、戯曲「牛乳屋の兄弟」を同誌に発表、好評を博す。同年11月18日、木曜日、林原耕三の紹介で、芥川龍之介と夏目漱石を訪問、以後門下生となる。1916（大正5）年2月、芥川・松岡らと第四次『新思潮』をはじめ、小説の処女作「父の死」を発表、続いて「手品師」「競漕」などを同誌に発表、さらに戯曲「阿武隈心中」を同誌に書き、次第に注目

されるようになる。

　1916（大正5）年大学を卒業した久米正雄は、自らの失恋事件などを素材に、次々と作品を発表するようになる。「受験生の手記」（『黒潮』1918・3）は、そのプロローグ的なものであった。一高入試に失敗した兄の健吉が、再度の試験にも失敗、弟健次にも先を越されてしまう。その上に恋人澄子との恋にも弟に敗れ、故郷の猪苗代湖に身を投げて自殺するまでの苦悩を描いたものであった。彼はそこに受験生活の重苦しい雰囲気と失恋という体験を転位したのである。初期の久米正雄を代表する作品である。

　なお、『主婦之友』に連載し、のち、単行本として刊行された『破船』（新潮社、前編1922・7、後編1923・2）は、彼の失恋小説の卒業論文とされるもので、甘美な哀愁と抒情性にまとわれた文章は、世の同情と共感を得るに相応しいものがあった。彼はお人好しで、生来のロマンチストであった。芥川龍之介はそういう久米正雄を、「新しき時代の浪漫主義者」と呼んだ。なお、この時代久米正雄は積極的に童話を書き、『赤い鳥』その他に寄稿している。

◉久米正雄の『赤い鳥』作品

　久米正雄は『赤い鳥』に「熊」（1919・1）をはじめ、10作品を寄せている。当時の文壇作家は、そのほとんどが童話を書き、『赤い鳥』とその周辺誌の童話雑誌や婦人雑誌に載せた。久米正雄も例外ではない。定職を持た

文壇作家と『赤い鳥』

　鈴木三重吉の『赤い鳥』には、多くの文壇作家が協力した。三重吉は従来の巌谷小波系のお伽噺的童話ではなく、新しい時代に即した児童文学を考えていた。そこで多くの新人の文壇作家に期待したのであった。こうした中から近代児童文学の名作とされるテクストが誕生したのである。芥川龍之介の「蜘蛛の糸」「杜子春」、有島武郎の「一房の葡萄」、宇野浩二の「蕗の下の神様」「聞きた

がり屋」、小川未明の「月夜と眼鏡」「飴チョコの天使」、豊島与志雄の「天下一の馬」「天狗笑」、菊池寛の「一郎次・二郎次・三郎次」（のち「三人兄弟」と改題）、佐藤春夫の「実さんの胡弓」などがすぐに思いつく。

　このうち小川未明を別格にすると、豊島与志雄と宇野浩二は、文壇作家の余技というイメージを打ち消すほどのすぐれた内容の童話を数多く書いている。この二人は生涯児童文学に関心を持ち、

なかった久米は、原稿料をそれなりに得られた児童を対象とした雑誌にも、積極的に寄稿した。「熊」は『赤い鳥』寄稿第一作で、目次には「創作童話」とあるが、北海道で生まれた友人の話という形をとる。一と二に分かれ、一はとっさの知恵で熊を追い払った話で、二は熊と牝牛との喧嘩の話である。二話ともに語りの口調が冴えている。

◉創作童話「泥棒」

久米の『赤い鳥』掲載作品中、創作童話に相応しいのは「泥棒」（1919・10）と題した作品である。これは第二次世界大戦後、与田準一等編の『赤い鳥代表作集1』（小峰書店、1972・12）に「どろぼう」の表記で収録され、今もってそのテンポのよい語り口とユーモア溢れる結びが好まれている。それは漱石令嬢夏目筆子に失恋した彼の失意の時代にも重なる。久米は失恋体験を「蛍草」以下の一連の失恋小説に繰り返し書いた。一方で、彼は心中の切ない、やり切れない思いを、一連の童話を書くことで、浄化していたかのようである。

久米正雄の童話は、同じ文壇作家でも芥川龍之介の「蜘蛛の糸」や「杜子春」、有島武郎の「一房の葡萄」、豊島与志雄の「天下一の馬」などに比べると、芸術性という一点では劣るかも知れない。が、その奇抜な発想力は、なかなかなものがあり、子ども読者に喜ばれた。

◉才人久米正雄

久米正雄は頭の回転の速い、機知に富んだ男であった。一高時代の久米は、野球のユニフォームを着て教室に現れたり、「独逸語の時間に、古い鉄砲の名前が出たとき、種ケ島と訳して皆をよろこばせ」（菊池寛「半自叙伝」）、ドイツ語担当のユーモアに富んだ人気教師福間博から「君にはこの言葉の意味がクメとれないんですか？」と、からかわれると、「えゝ、ちよつとわかりません。どう言ふ意味がフクマつてゐるか──」とたちまち洒落をもって報いる（芥川「二人の友」）という機知の才を縦横に発揮していた。

久米正雄は当初、戯曲に関心を払い、将来は劇作家として立とうとしていた。「牛乳屋の兄弟」や「阿武隈心中」は、彼の初期戯曲の傑作とされる。久米正雄は泥棒の話がよほど好きと見えて、『赤い鳥』第7巻第3号（1921・9）には、「大泥棒」という猿と猿回しの男の話を書いている。疑いを受けて牢屋に入れられ、疑い晴れて釈放された猿と猿回しが、実はやはり大泥棒であったという、どんでん返しの話である。内容に深みはないが、子どもには受けた作品であった。（関口安義）

［参考文献］

関口安義（1977）「『赤い鳥』と童心主義の評価」（『近代文学4　大正文学の諸相』有斐閣）、小谷野敦（2011）『久米正雄伝──微苦笑の人』（中央公論社）

資質的にも児童文学作家とというに相応しいものを持っていた。文壇作家の児童文学は、童話を文学にという願いにも支えられて、一時児童文学プロパーの分野からも歓迎されたのである。

久米正雄の『赤い鳥』掲載童話

本文に書いたように久米正雄は、鈴木三重吉の主宰した『赤い鳥』に10作品を寄せている。1919（大正8）年の「熊」にはじまり、「うそ」「落雷」

「泥棒」「あひる」「名人源眠」「弓試合」「セッサリーの白牛」「支那船」「大泥棒」である。時期は1919～21年の3年間に集中し、その失恋小説を繰り返し書いていた時期に重なる。

そういう彼が童話や少年少女文学の世界でも活躍したのは、首肯できることなのである。彼は物知りでもあり、思いつくとすぐに筆を執っては戯曲や小説や童話を書いた。その文章はわかりやすく、子どもの心に訴えるものがあった。

小宮豊隆
こみやとよたか

◉三重吉との交友

1884（明治17）年3月7日〜1966（昭和41）年5月3日。ドイツ文学者。評論家。福岡県出身。第一高等学校を経て東京帝国大学独文科卒業。夏目漱石の門下生として評論や小説を発表し、漱石没後は『漱石全集』の編集に尽力した。また、東北帝国大学等で教授をつとめる傍ら、漱石に関する著作を発表した。その他、伝統芸術の研究書など著書多数。

鈴木三重吉との出会いは、1906（明治39）年11月、漱石宅における「木曜会」の席上であったという。「当時一番親しくしてゐたのは三重吉」（「木曜会」）と小宮は述べており、三重吉の長男も「兄弟以上の親交に結ばれ」ていた（鈴木珊吉「父と『赤い鳥』のことなど」）と証言しているが、三重吉が最も深く交わった友人は小宮であると言ってよいだろう。実際、三重吉の書簡は小宮宛のものが際立って多く、全集に439通掲載されている。その内容は、創作の悩み、出版をめぐる相談、漱石全集のこと、『赤い鳥』の企画と運営状況、近況報告、体調のことなど多岐にわたり、『赤い鳥』研究上重要なものも少なくない。例えば、「メルヘン専門の小雑誌」の企画を語る1917（大正6）年10月8日付書簡は、『赤い鳥』の出発点を探る材料となる。翌年6月10日付の書簡からは、『赤い鳥』創刊号に対する三重吉の感想が確認できる。

◉『赤い鳥』との関わり

『赤い鳥』の創刊に際してのプリントには「懸賞創作童話　小宮豊隆選」と記されている。しかし、創刊後に小宮がその仕事を担当した形跡はない。よって、このプリントは含めず、また書簡等で報告や相談を受けるといったこ

とも除いて、小宮と『赤い鳥』との関わりを整理すると、次の4点になる。第一に「標榜語」に「賛同せる作家」として名前を出したこと。第二に、作品を3篇寄せたこと。第三に、『赤い鳥』誌上で募集・発表が行われた中山太陽堂の「童話劇脚本懸賞募集」において選者をつとめたこと。第四に、「鈴木三重吉追悼号」（12巻3号、1936・10）に「三重吉のこと」を発表したこと。

このうち、第三の「童話劇脚本懸賞募集」については、小宮は名前だけでなく、久保田万太郎とともに最終選考を行った様子が三重吉の書簡（1921・11・10付）から窺われる。また、第四の「三重吉のこと」は、三重吉の推敲癖を伝える部分や、「一方では詩に生きるロマンティシストでありながら、一方では算盤に明るいプラクティカルな所を持つてゐた」と指摘する部分など、のちの『赤い鳥』研究に引用されることとなった。

◉3篇の翻訳作品

『赤い鳥』に小宮豊隆の名で掲載された作品は、「天使―アンテルゼンから―」（1918・7）、「マッチ売の娘」（1919・1）、「二匹の蛙（ソログブ）」（1921・1）の3篇で、いずれも翻訳作品である。

最初の「天使―アンテルゼンから―」は、死んだ子どもを迎えに来た天使が、植木鉢から飛び出した土の塊も神のもとに持っていこうとする理由を語る、というキリスト教的色彩の濃い物語。1918（大正7）年4月16日付、および同18日付の三重吉書簡によると、「ソロクープのもの」という三重吉の依頼に対して小宮の方から「アンデルゼンのエンゼル」を提案して寄稿したものと確認できる。また、同年6月10日付書簡には「貴兄の原文を基として、わかり易い言葉に訳した」との記述があり、小宮の原稿に三重吉が手を入れた様子も確認できる。桑原三郎『鈴木三重吉の童話』（桑原三郎、1960）は、この「天使」を「小宮豊隆名で発表」した三重吉の翻訳作品であ

るとみなし、平林広人「鈴木三重吉のアンデルセン訳」（日本児童文学学会編『赤い鳥研究』小峰書店、1965）も桑原の判断を踏まえて論を展開しているが、小宮が寄稿した「原文」を「基」にしている「天使」は、やはり小宮の翻訳作品と捉えるべきであろう。

　同じくアンデルセン童話の翻訳である「マッチ売りの娘」も、桑原は「小宮豊隆名にて発表」した三重吉の翻訳作品とみなしている。鈴木三重吉訳『アンデルセン童話集』（アルス、1927）に「まっち売りの少女」が、鈴木三重吉編『かるたの王さま』（春陽堂、1929）に「マッチ売の少女」が、三重吉の翻訳作品として収録されているからである。しかし、『赤い鳥』掲載の小宮訳「天使」とは別物の三重吉訳「天使」が両書に収録されていることなどを考えあわせると、『赤い鳥』掲載の方は小宮訳、単行本収録は三重吉訳という解釈もありうるのではないか。とはいえ問題は、「天使」とは異なり、「マッチ売の娘」には小宮の寄稿を裏づける書簡が残されていないことである。野町てい子は、「「赤い鳥」と私」（与田準一ほか編『赤い鳥代表作集』３、小峰書店、1970）に、三重吉が自作の童話に「小宮豊隆とか、高浜虚子とか」「頭に浮かんだ友人の名まえ」を書くこともあったと記しているが、この回想が事実であるとするならば、原稿依頼等の書簡の見当たらない「マッチ売の娘」がそれに該当する可能性もでてくるだろう。「マッチ売の娘」の発表の経緯に関しては、今後さらに検討が必要である。

　３篇のうち最後に発表された「二匹の蛙（ソログブ）」は、三重吉が「ソロクープの、いつかアララギへ出したもののつづきを四頁分かいてくれられずや」「あれはむつかしくて子供には分らざれど、かまはず。これから、こんな大人の文学に近いものも、子供の世界の開拓のために一つづつ入れることにするよ」（1920・1・22付）と書き送ったことをうけて寄稿されたものと考えられる。「一　花壇のお話と御殿のお話」「二　二匹の蛙」「三

どうなるの？」の３作が「二匹の蛙（ソログブ）」の題のもとに掲載された。これらのうち、子どもの純真が大人に踏みにじられる様を象徴的に描いた「一」と「三」は、『アララギ』（1918・9）に小宮が発表したものの再録である。ただし、『アララギ』掲載時は、題名が「花壇の上の御噺と御殿の中の御噺と」「何うなるの」となっていた。また、表現も少々異なっていた。『赤い鳥』掲載にあたっては、三重吉の手入れもあったに違いない。

　なお、小宮は1918年３月から翌年１月にかけて断続的に「御伽小品（ソログブ）」を『アララギ』に発表していた。三重吉の寄稿依頼は、これに目をとめたものと思われる。その後、小宮は「『御伽小品』（ソログブ）抄」を『落葉集』（春陽堂、1923）に収録した。

◉小宮による三重吉論

　三重吉の死後、その人生や業績を概観した文章をいち早く発表したのは小宮である。「鈴木三重吉」（『中央公論』1936・8）、「三重吉のこと」（『赤い鳥』1936・10）、「鈴木三重吉の追憶」（東京日日新聞社学芸部編『友を語る』東京日日新聞社、1938）などで、思い出を語るとともに、天性の詩人で多くの矛盾を抱えていた三重吉の文学の魅力と限界を論じた。また、童話作家としての三重吉についても『三重吉童話全集』序」（『鈴木三重吉童話全集』一、冨山房、1940）で考察、三重吉が童話と綴方の双方に力を注いだことに関して「三重吉は、言はば自分が童話によつて薫陶した児童の物の見方・感じ方・考へ方・表現のし方を、児童の綴方に適用させる事によつて、更に実際的に児童を教養し、且つその教養を更に確実に自分のものにさせようとするのである」と指摘した。　　　（中地文）

［参考文献］

阿部次郎・小宮豊隆・木下杢太郎（1953）『昭和文学全集25』（角川書店）、小宮豊隆（1949）『漱石寅彦三重吉』（明日香書房）

佐藤春夫
（さとうはるお）

●『赤い鳥』への執筆

1892（明治25）年4月9日～1964（昭和39）年5月6日。小説家。詩人。和歌山県東牟婁郡新宮町（現・新宮市）に生まれ育つ。1910（明治43）年、上京して生田長江に師事、与謝野寛の新詩社に入る。慶應義塾大学文学部予科に入学する。慶應義塾大学では当時教授だった永井荷風に学ぶ。1918（大正7）年9月に「田園の憂鬱」を雑誌『中外』で発表。

『赤い鳥』には、「蛙の王女」（1918・9）、「大熊中熊小熊」（1918・12）、「いたづら人形」（第1話のみタイトルが「いたづら人形の冒険」）（1920・2～9）、「實さんの胡弓」（1923・7）の4作品（童話）を寄せている。なお、「いたづら人形」は、連載8話で未完のまま終えた。

佐藤が、『赤い鳥』に参加するようになった詳細はわかっていないが、雑誌『文学』（1952・8）において、過去の自身の作品や文学的影響を振り返る中で、童話については鈴木三重吉の影響としている。そして「特に親しいわけではなかったが、家が近所だった関係で、四、五回は訪問している。三重吉と小宮豊隆とが話しているのを聞いたことがあ

るが、面白い、実に話の上手い人であった」と述べている。

佐藤の書簡（1920・5・13、鈴木三重吉宛）によれば、「草人の娘が死ぬ故金がいる、見かねるから後援せよ」と俳優・上山草人の娘・袖子の死に際して上山と親交の深かった谷崎からの依頼に対し、『『葉山の赤い鳥へ一〇〇頼んでみてくれないか』と電報で答へた」とある。この百円の無心については、「あなた方へは引き続き書くのだからといふので御無心を申して見る気、一悪い気を起こした」、「私も大に努力して今夜からでも二三回分ほど先まわりして書き上げます」とあり、時期的に「いたづら人形」執筆中のことであろう。なお、三田照子（1996）によれば、佐藤は袖子に詩の指導を行っていたとある。その後、10歳で亡くなった袖子の葬儀など一切を、谷崎潤一郎、北原白秋、佐藤春夫で執り行った。

●佐藤春夫『ピノチオ』

佐藤が『赤い鳥』に発表した作品でもっとも重要なものは、「いたづら人形」といえよう。これは鈴木三重吉から、長い童話の執筆を頼まれ、創作ではなく翻訳でもよければと連載することになった。ただし、忠実な訳を心掛けた佐藤に対して、鈴木は語り直しと語り縮めを要求してきたとされる。

タイトルが「いたづら人形」であるため、あまり認知されていないが、これは現時点で日本で2番目に翻訳・発表された「ピノッキ

佐藤春夫と「ピノチオ」

佐藤は生涯にわたり、『ピノチオ』をライフワークとした。『赤い鳥』での「いたづら人形」中絶後、『女性改造』に「ピノチオ」（1923・3～6）と題して、仕切り直しをはかるが、これもまた中途で終わる。その後、佐藤の署名で出された単行本には、『ピノチオ』（改造社、1925・1）、『ピノチオ　前編』『ピノチオ　後編』（春陽堂、1932・10）、『ピノチオ』（改造社、1939・9）、『ピノチオ』（鎌倉文庫、1948・5）、『ピノチオ』（中央公論社、

1951・2）、『ピノッキオ』（偕成社、1963・12）がある。また、雑誌『イタリア』（1942・11）に、「ピノッキオの移植——その訳者の一人として」と題するエッセイを寄せている。

ピノチオという名前については、『ピノチオ』（改造社、1925・1）で、「ピノチオではないピノキオだと教へてくれた人があつた」が、「西村伊作君の令嬢アヤ子さんがこの本を読んで聞かせて貰つた時の印象として書いた『ピノチオ』といふ本があ」り、すでに世の中に通っているものだから

オ」である。（佐藤は、「ピノッキオの移植」の中で、10年前の記憶として雑誌『日本少年』に掲載された無名氏の「日の吉」が最初であり、西村アヤについで３番目としている。）

現在、日本でも広く知られている「ピノキオ」だが、佐藤がピノッキオを完全体に近い形で最初に翻訳し、その後40年も佐藤名義で『ピノチオ』が何冊も出版され続けたことについて触れている研究はほとんどない。唯一、竹長吉正（2017）『ピノッキオ物語の研究──日本における翻訳・戯曲・紙芝居・国語教材等』があるのみである。

◉ 〈童話〉に対するアプローチ

『赤い鳥』に掲載された４作品は、その目次ですべて〔童話〕と分類されている。

「蛙の王女」は、ロシアの民話「蛙の王女」の翻訳。王様の命により、池にいた人語を話す蛙と結婚することになったイワン王子。その蛙は、悪い魔女に変身させられた王女ワシリサだった。王様が与える課題を、ワシリサは、こなしていく。イワン王子が悪い魔女を退治したことで、魔法が解け、ふたりは幸せになる。異類婚姻譚。

翌々月号（1918・9）の「通信」欄に読者から「蛙の王女」の原書を教えてほしいという要望があり、記者が「あれはGrimmのFairy Talesの中にある話です。」と答えている。グリム童話にある「かえるの王さま」との混同である。

「大熊中熊小熊」は、イギリスではよく知られた昔話を北海道の深い森を舞台に変更し、翻訳したものである。森に住む三匹の熊の家に入ってきた図々しいお婆さんが、熊たちの家でやりたい放題するも、戻ってきた熊たちに見つかり、命からがら森へと逃げていく話。現在普及している「三匹のくま」では、お婆さんではなく女の子に主人公が変更されている。

『ガイドブック世界の民話』（日本民話の会、講談社、1988）では、「イギリスに古くから伝わる昔話」、「一八三七年にロバート・サウジィが再話したものが有名」、「この話をトルストイが再話したことは有名で、日本でも絵本としてはこちらのほうが先に流布」したとある。トルストイ版では、老婆ではなく小娘になっている。『定本佐藤春夫全集』別巻２索引で見ると、佐藤のトルストイ自身や作品への言及は多く、話題も多岐にわたっている。その佐藤が、トルストイ版「三匹の熊」ではなく、老婆が登場する1837（天保８）年のロバート・サウジィ版をあえて翻訳したことについてやや疑問が残る。なお、『定本佐藤春夫全集』にサウジィの名前を見ることはできなかった。

しかし、上記２点については、小島政二郎『眼中の人』や野町てい子「赤い鳥と私」などで明らかにされているように、鈴木三重吉が自分の作品に他の作家の名前を書くこともあり、渡辺茂男（1965）は「『赤い鳥』と外

改めずにそのまま「ピノチオ」としたとある。ただし、西村のものは『ピノチオ』ではなく、『ピノチヨ』である。

「いたづら人形（の冒険）」小見出し

「いたづら人形（の冒険）」には、各号に小見出しが付されている。

「一　ピノッチオはどんな風にして生れたか。」
「二　町では何が起つたか。」
「三　空家には何が住んでゐたか。」

「四　ピノッチオの足はどうしてなくなつたか。」
「五　ピノッチオはどうして学校へ行かうと思つたか。」
「六　ピノッチオは学校の途中でどうしたか」
「七　芝居小屋での出来事」。

第４巻第６号（1920・6）から、通し番号ではなくなり、号ごとに小見出しがついている。

「一　五つの金貨」「二　狐と猫とピノッチオ」
「一　狐と猫との相談」「二　不思議野へ」
「一　二人の悪者」「二　人殺し」

国児童文学——特に民話について」で「外国だねを三重吉はもとより、小宮豊隆、佐藤春夫、高浜虚子、三宅周太郎等々、多数の執筆者が再話しているが、これが、三重吉以外の場合に果たして本人が直接再話したものかどうか明らかでない」としている。

「いたづら人形（の冒険）」は、イタリアの作家カルロ・コッローディの「ピノッキオの冒険」の翻訳。ピノッチオが悪者たちに大樫の木に吊るされているのを青い髪の美しいお姫様に助けてもらい、「鴉と梟とそれと物言ふこほろぎ」の3人の医者に診てもらったところで中絶している。後年、佐藤は「ピノッキオの移植」で、『赤い鳥』での中絶の理由を、翻訳する上での鈴木との価値観の違いとしつつ、「編者からともなく筆者からともなく自然と中止になつてしまつたものであつた」と述べている。

「實さんの胡弓」は、〈私〉が子どものころ、若くしてアメリカに出稼ぎに行った親戚の實さんの物語。肺病にかかり帰国した實さんは〈私〉の家の離れに住むことになり、空き缶で作った手作りの胡弓を熱心に弾く實さんに〈私〉は懐くが、家族に叱られてからは離れに行かなくなり、その二三年後、實さんは亡くなる。

後年、佐藤は〈實〉を〈M〉に変え、トマトを食べるエピソードなどを加えたものを「新秋の記」として『中央公論』（1926・9）に発表する。

●今後の研究課題

佐藤は『赤い鳥』以前に、雑誌『中央公論』（1918・7）に「李太白」を寄せている。副題に「A fairy tale」とあることからも「創作童話」と位置付ける研究もある。また、『蝗の大旅行』（改造社、1926）、『支那童話集』（アルス、1929）があり、それらに収録された作品群は、『赤い鳥』が盛り上がりを見せていた時期と重なる。そういう意味で、佐藤の『赤い鳥』への掲載は多くはないものの、『赤い鳥』と伴奏しつつ、文学的な方法として積極的に童話を取り入れようとしていたことは間違いない。佐藤の文学史を眺めると、童話熱と戯曲熱がこの時期に集中している。しかし、現在、佐藤春夫の研究は、童話や戯曲の研究が十分には行われているとは言いがたい。今後に期待したい。　　　　　（粟飯原匡伸）

［参考文献］

竹長吉正（2017）『ピノッキオ物語の研究』（てらいんく）、細江光（2003）「上山草人年譜稿（三）：谷崎潤一郎との交友を中心に」（『甲南女子大学研究紀要　文学・文化編』）、三田照子（1996）『ハリウッドの怪優 上山草人とその妻山川浦路』（日本図書刊行会）、野村純一編（1987）『昔話・伝説小事典』（みずうみ書房）、日本児童演劇協会編（1984）『日本の児童演劇の歩み』（同協会）、日本児童文学学会編（1965）『赤い鳥研究』（小峰書店）

「一　青い髪のお姫さま」「二　三人の医者」『定本佐藤春夫全集』に収録される際に、すべて通し番号に変更されている。

童話劇へのアプローチ

佐藤は、「いたづら人形」後、〈読む童話劇〉という副題を付けた作品「薔薇と真珠」を雑誌『現代』（1921・7〜9、11）に発表した。1922（大正11）年9月金星堂から単行本になるとき初出の〈読む童話劇〉という副題は、〈童話戯曲〉へと替わる。『日本の児童演劇の歩み』（日本児童演劇協会、1984・3）には、『薔薇と真珠』を「童話劇の形式を借りたおとなのための演劇」とある。

中村真一郎は「『二十世紀文学』の前衛としての佐藤春夫」（『定本佐藤春夫全集』第三巻「月報」）において、「一九二二年の戯曲『薔薇と真珠』の、探偵劇の形を借りた超現実主義演劇の斬新さは、驚嘆すべき新精神の産物」と評し、「イプセン以後の写実劇の転覆の試みである」としている。

島崎藤村
しま ざき とう そん

1872（明治5）年3月25日〜1943（昭和18）年8月22日。小説家。筑摩県馬籠村（現・中津川市）の庄屋の家に生まれ、10歳で上京し明治学院に学び、『文学界』グループの一員になった。卒業後は東北学院の作文教師として仙台に赴任、1897（明治30）年には『若菜集』を刊行した。その後小諸義塾に赴任、『破戒』を自費出版し、自然主義文学の隆盛に貢献した。姪との関係が元でパリに隠棲したが、帰国後は『新生』連載に活路を見出し、やがて父親をモデルとして明治維新の底辺を剔抉した『夜明け前』を7年がかりで完成した。

● 「二人の兄弟」ほか

藤村は1918（大正7）年7月の創刊号に「二人の兄弟」という童話を寄せている。「一 榎木の実」と「二 釣りの話」の二話からなる童話で、「榎木の実」は「皆さんは榎木の実を拾つたことがありますか。」と始まる。榎木の実を取ろうとしている兄弟がいて、気の短い弟はまだ青くて食べられないのに石や棒で実を落とす。橿鳥は「早過ぎた。早過ぎた。」と鳴いた。今度は気長な兄が取りに行くが橿鳥は「遅過ぎた。遅過ぎた。」と鳴いた。木の実は他の子どもに拾われてしまったのである。その話を奉公人のお爺さんに言うと、私がちょうどいい時を教えようと言い、ある朝、その時を教えた。橿鳥は「丁度好い。丁度好い。」と鳴き、さらにご褒美に「青い斑の入つた小さな羽」を落としてやるという話。ものには時機があるという自然の摂理を説いた話であろうが、藤村の童話は子ども向けと大人向けの中間のようなもので、子どもが自己投入して物語世界を仮想体験するような空想的童話ではなく、藤村の体験と身辺の自然や人事をそっと包み込んで物語化したようなものが多い。藤村の幼少期からフランスでの体験をも含めて、すべてを細分化し寓話化したようなものと言える。

「榎木の実」の話は「力餅」（1940・11）の「樫鳥の挨拶」に連続していて、その中では樫鳥は年をとっており、子どもの頃にお前さまに羽をやったと言い、さらに馬籠大火のことに触れて「神坂村も今は立て直る最中ですよ」と終わる。藤村の童話はほとんどが藤村自身の実体験の再構成によって出来上がっている。なお「榎木の実」は「ふるさと」（1920・12）の中に再録されているが、そこでは榎木の実を拾ったのは兄弟ではなく「父さん」（藤村自身）である。

「釣りの話」は「榎木の実」の話に登場したお爺さんが兄弟に釣り道具を作ってくれた話である。このお爺さんは「ふるさと」に出て来る「庄吉爺さん」であろう。「ふるさと」には「鰍すくひ」があり、兄弟は藤村と友弥であると分かる。「友伯父さん」が爺やと釣り糸を作り、喜び勇んで釣りに行くが、結局釣れない。「釣竿ばかりでは、魚は釣れませんよ」と爺やに笑われたと結ばれている。友弥は「家」の宗蔵で、「春」にも幸平として登場する島崎家の厄介者である。友弥、藤村、隣家大黒屋の大脇鉄三郎（鉄さん）の3人で鰍取りに行ったようである。

「小さな土産話」（1918・4）は「幼きものに」（1917・4）の続きのような話で、「太郎もお出。次郎もお出。お末もお出。」と始まり、楠雄、鶏二、柳子にフランスのお話をするという形を取る。「一 兎と針鼠」は兎と亀に似ているが、雌雄の針鼠が知恵を働かせて兎を負かす話。「二 苺」は伯母さんが丹精した苺を娘が盗み食いしたけれども口の匂で露見したという話。「三 盲目の雀」はある奥さんがロンドンに遊びに行き、ラスキンという公園で編物や読書をした。そこに小鳥がいたのでパンなどをやったが、その中に「大きな雀で、遠慮深い鳥」がいた。よく見ると盲

目で、ほかの鳥が食べさせていたのだ。それでその女性は旅の後も公園の雀のことをよく思い出したという話である。

●子どもの意外な生活を描く

「翫具は野にも畠にも」(1920・10)は少し手を入れて『ふるさと』に収録される、幼い日の藤村の思い出である。「わたしの少い時のやうに山の中に育つた子供は、めつたに翫具を買ふことが出来ません。仮令、欲しいと思ひましても、それを売る店が村にはありませんでした」と始まるこの童話は藤村が10歳まで過ごした馬籠での少年時代の遊びの様子が描かれているが、茄子や南瓜が声を出して遊び方を教えたように書かれている。単に南瓜の蔕で遊んだと表現するのでなく、「南瓜もわたしに蔕を呉れました」と書くところが藤村らしいところで、人によっては殊更勿体をつけていると感じるだろうが藤村の元々の性向とキリスト教体験から来る受動的な世界観が合わさったところに生まれるものだろう。「畠の隅に提灯をぶらさげたやうな酸漿が、わたしに酸漿の実を呉れました。そして、その心を出してしまつてから、古い筆の軸で吹いて御覧と教へて呉れました」という風船遊びは、清水良雄・小笠原寛三の挿絵と相俟って田舎の子どものほのぼのとした素朴な生活が見えてくる。

「お弁当」(1921・7)は「坊やのお家はお百姓でした」と始まり、お爺さんと父さんは畠に出て、母さん姉さんは昼飯や湯沸を持って手伝いに行った。昼御飯になつて母さんはまず坊やにお乳を飲ませた。鴉がそれを見て坊やの飲むお乳が一番おいしそうだと言うという話である。

藤村の最後に寄稿した「虫の話」(1923・8)は、「蟬の羽織」「蟷螂と玉虫」「米つき虫の言草」の三部から構成された童話であり、それぞれが藤村の第三童話集『をさなものがたり』(1924・1)に収録された。「蟬の羽織」は次のように始まる。

生れたばかりの青い蟬が父さんの方へ這つて来ました。
『オヤ、好い羽織を着ましたね。』
と父さんが言ひましたら、蟬は殻から出たばかりのやうな子供でして、
『えゝ、わたしどもも夏の支度です。』
と蟬が答へました。
父さんもびつくりしました。蟬の子供が着て居る青い羽織は、翡翠といふ珠の色に譬へたいやうな美しいものでしたから。

ところが美しい蟬の羽は一晩のうちに黒ずんでしまつたので、子どもからすぐに大人になったのかと思うという話である。

「蟷螂と玉虫」は肥つた玉虫が痩せた蟷螂に寒そうだから一枚着せてやりたいと言うと、蟷螂は日頃から玉虫を忌々しく思っていたので、お前さんこそ暑苦しいので一枚脱がせてやりたいと答えたという話である。

「米つき虫の言草」は米つき虫が米をついていると大きな兜虫が通りかかって東京にたくさんの虫仲間がいるのはどうしてかと問うた。米つき虫は考えて、そう言えば兜虫、紙切虫、蓑虫、松虫、玉虫、黄金虫、蟷螂、蟋蟀、ばった、轡虫などいろいろいると思い、「東京も昔は武蔵野と言つたところですからね、それでこんなに今でもお仲間が多いのかも知れませんよ」と答えたという。

藤村は『赤い鳥』以外にも『金の船』にも何編か童話作品を寄せており、フランスへ旅立つ直前には『眼鏡』を『愛子叢書』第一編として刊行している。帰国してからは『ふるさと』『をさなものがたり』『力餅』『幼きものに』の4編の童話集を出版した。(伊狩弘)

[参考文献]

飛田文雄(1983)『藤村童話——その位置と系譜』(双文社)

下村千秋
しも むら ち あき

◉生い立ちから早稲田時代

1893（明治26）年9月4日〜1955（昭和30）年1月31日。小説家。ルンペン文学の先駆者として知られる。茨城県稲敷郡朝日村（現・阿見町）生まれ。早稲田大学高等予科に入学、放浪生活のため留年ののち本科へ進学した。在学中から回覧誌などに小説を発表し始め、卒業後は早大同期の牧野信一、木内高音らと同人誌『十三人』を創刊、読売新聞社に勤めたが数か月で退職した後、作家生活に入った。

◉流行作家へ

『十三人』に発表した「ねぐら」（1920・2）が志賀直哉に評価され、次第に商業誌にも小説を発表するようになったが、特に注目されるようになったのは「ある私娼との経験」『文藝春秋』（1928・2）や「しかも彼等は行く」『都新聞』（1929・4〜5）などの私娼や暗黒街に取材した作品群による。

昭和恐慌などを背景とした貧困とその惨状を写実的に生々しく描いた作品は好評で、なかでも『朝日新聞』（東京・大阪）での連載「街の浮浪者」（1930・11〜12）は爆発的な人気を博し、「ルンペン」というドイツ語が日本に定着する契機となり映画化された。

◉『赤い鳥』と作品の特徴

千秋は当時『赤い鳥』社員であった木内高音の紹介により「乞食のロレンゾウ」（1925・2）以降、『赤い鳥』に24篇の童話を発表した。

『赤い鳥』の作品には西洋の寓話や歴史物のほかに、自身の幼少期をもとにしたものも多い。創作の態度として、「子供の純情と正義感、つまりうそや濁りのない美しい感情と、不正なものを憎んで正しいものをどこまでも守り育てゝ行く心とを何よりも、大事にしてゐる」（「まへがき」『空の旅』竹村書房、1941）と述べた。それは「子供時分、私はさういふ希望や考への通らない空気の中で育つて、いろ〳〵とつらい思ひをした」からだという（『豊年のこほろぎ』童話春秋社、1940）。小学校教員の父は酒癖が悪く暴力癖があり、継母や異母弟とも心の底から親しめず、千秋の幼少時代は明るいものではなかった。

自伝的要素が強い作品に、丁稚をやめて曲馬団の一員となる「曲馬団の「トッテンカン」」（1928・10〜11）や故郷を舞台とした「あたまでっかち」（1935・2）、丁稚と子犬の友情を描いた「幸吉とヂロー」（『お話の木』1巻4号、1937・8）がある。いずれも理不尽な環境に耐える主人公の孤独を動物が和らげ、また主人公の純粋さに周囲の大人が心打たれ、主人公を助けるという内容で、千秋の少年時代の願いが反映されたものとみられる。

◉阿見町出身の作家として

志賀直哉を師として慕った以外には特に文壇に属さず、ルンペン文学の流行が去ったのちはあまり評価されず「鋭い観察眼で一世を風靡したにもかかわらず、評価が低い不運な小説家」（『朝日新聞』朝刊、1992・4・25）と評されるが、1992（平成4）年に郷里茨城県稲敷郡阿見町の阿見町立図書館内に「下村千秋文学コーナー」が開設され、童話集の刊行や下村千秋記念賞阿見町読書感想文・感想画コンクールの設立など、郷土の作家として顕彰が進められている。

『国民新聞』『令女界』『若草』等に寄せた童話や少女小説など児童文学者としての側面については今後の研究が俟たれる。（柿本真代）

［参考文献］

平輪光三（1975）『下村千秋：生涯と作品』（崙書房）、阿見町教育委員会編（2012）『下村千秋の世界：阿見町が生んだ作家：その研究と検証』

相馬泰三

●作家としての歩み

相馬泰三（本名退三、1885～1952）は、1885年（明治18）12月29日に新潟県中蒲原郡菱潟村（現・新潟市南区）に開業医の五男として生まれている。知識階級の父親の下、経済的にも恵まれた家庭環境で生育したことは、泰三の教養形成に影響している。また、長く雪に閉ざされる厳しい冬の間、忍耐を強いられる越後の気候風土は、地味で内向的な泰三の性格形成に影響を与えたと考えられる。

地元の田上高等小学校を卒業後、上京して早稲田大学高等予科に入学する。本科では英文科に学んでいる。早大時代には同郷の先輩である相馬御風の世話を受けたり、文学研究のための稲風会を作ったりして習作も書き始めている。だが、師の島村抱月と衝突して早大を中退（1911）してしまう。

中退後は、『婦人評論』『萬朝報』などの記者を勤めていたが、広津和郎、葛西善蔵、舟木重雄、谷崎精二らと自然主義文学の打開を図り、自然主義文学がほとんど手を付けなかった人間心理の解剖探求を志して同人誌『奇蹟』を創刊（1912）する。

『奇蹟』に父をモデルにした浪漫的な「夢」を発表（1912・2）して好評を博したり、医者である父と泰三自身をもとにした私小説風の「田舎医師の子」を『早稲田文学』に発表（1914・7）したりした大正時代前半が、泰三が作家として最も注目された時期だった。

1918（大正7）年、泰三の代表作である『荊棘の路』を新潮社から出版。情緒的で詩的である一方で構成力に欠ける泰三の特色を伝えた作品となっている。だが『荊棘の路』は、『奇蹟』同人の広津和郎、舟木重雄らをモデルにしたことから、仲間との間に確執を

生むことにもなった。

小説家として順調に作品を発表していくが、父や自身、周囲の人々に材を採って執筆する私小説的な作風は次第にマンネリ化し、やがて小説から離れて童話を発表するようになる。

●童話の創作と『赤い鳥』

泰三唯一の長編童話『桃太郎の妹』（植竹書院、1914）の出版で知り合った千葉省三が、植竹書院からコドモ社に移って『童話』を創刊する。これを機に、泰三は多くの作品を『童話』誌上に発表するようになる。

『童話』に次々に作品を発表した泰三は、1923（大正12）年に童話集『陽炎の空へ』（南来社出版部）を出版する。『陽炎の空へ』には、幻想的なファンタジー「陽炎の空へ」「五郎の御年玉」、ユーモラスな「二郎の夢」「閻魔と茶目」「あくび太郎」、そして、人間関係を結ぶことに関して不器用であるために起こる悲劇を主題にした「三郎と五郎」など、バラエティに富む12編の作品が収録されている。

泰三の童話は、他の作家に見られないユニークさに富んでいるが、特に、ユーモラスでいてどこか物悲しいとぼけた笑いは、泰三童話の特色として注目される。翻案物の作品が多いことや、詩的で幻想的な作品が多いことも泰三童話の特色である。

泰三童話の代表作に、「陽炎の空へ」がある。この作品は、公園に置き去られたかわいそうな赤いパラソルとベンチが対話する場面から始まる。風にあおられて貧しい家の庭に落ちたパラソルを拾った少女は、それまで手にしたことのない赤いパラソルを喜び、きれいに修理して宝物のように大事にする。だが、半年もたたないうちに少女は病気で死んでしまう。その後古道具屋の店先に積まれたパラソルは、金持ちの手に渡り、さらに金持ちの出入りの八百屋へと持ち主が変わり、犬小屋の屋根にされたり子犬に泥だらけにされたりといった屈辱的な境遇にさらされる。その境遇から抜け出したいと願っていたパラソルは風

にあおられ、ぽかぽかと暖かで陽炎の燃え立つ空に昇っていく。そして、生涯で唯一親切にしてくれた少女のもとに昇り、美しく生まれ変わって少女の手で楽しそうにくるくると回される、という内容である。詩的で幻想的な泰三らしさが存分に発揮された佳作である。

『童話』を中心に作品を発表していた泰三だが、『赤い鳥』にも「入道雲と三郎」「薬草のあるところ」「蜂の描いてある花瓶」「紀平次の畑」「休みの日の算用数字」の５編の作品が掲載されている。

「紀平次の畑」は、「大きなかぶ」に手がかりを得て書かれた童話だが、紀平次親子が植えた株の中の一つだけが大きくなり、中に日夜酒宴を開く人々の声がして村人たちはみな怠け者になってしまったり、かぶの根を切ると千万貫もあるような化け物が地底に落ちていったりする妖怪譚のような泰三独特の幻想性が加味されて、「大きなかぶ」とは全く異なる不思議な魅力を持った傑作となっている。小説家として出発した泰三による、童話の域におさまらない作品として評価できる。

泰三は、『陽炎の空へ』の序文「お伽噺について——作者としての立場から」に、「この頃、一般にお伽噺が文学から直接に子供たちに読まれるやうになつた結果として、お伽噺とさへいへば何でも子供たちに直接読みこなせる程度のものでなければならないやうに考へられる傾きのあるのは、甚だ面白からぬ現象である」と述べ、「要するに、作者は自分の書きたいことを、思ふままに書けばそれでいいのだ（中略）お伽噺の作者が自分から子供たちのご機嫌買ひをするやうになつては堕落である」と述べている。そして、童話は「立派な文学の一形式」であり、「大人を感動させることの出来ないやうなものなら、決して、子供たちをも正当には感動させることは出来やしない！」と述べている。作家としての矜持を持つ泰三は、子どもだましの手すさびとしてではなく、純粋な文学創作として童話と向き合っていたのである。

大正の終わりから昭和のはじめにかけて（1925～1929頃）、『童話』『赤い鳥』『良友』などに童話を発表していた泰三だが、『童話』が1926（大正15）年７月に廃刊、『赤い鳥』も1929（昭和４）年３月に休刊になると、作品の発表媒体をなくし、泰三は童話の世界から遠ざかっていく。

●紙芝居への進出と晩年

童話の世界から離れた泰三は、晩年は紙芝居の世界に自身の居場所を見出している。

1952（昭和27）年春に進められた日本子どもを守る会の結成にも、紙芝居関係者の立場で準備委員として参加している。

だが、この頃から体力が急速に衰え、４月頃には食べ物を受けつけなくなってしまう。泰三の危急は紙芝居の同士だった加太こうじを通して全国の紙芝居関係者に知らされ、救済カンパが当時の金額で８万円集まったという（加太こうじ『紙芝居昭和史』）。

だが、紙芝居関係者の願いもむなしく、泰三は子どもを守る会発会式を明後日に控えた５月15日に、直腸がんと胃がんの手術に先立つ輸血のショックで死去する。泰三の葬儀は、「紙芝居葬」として営まれ、各地域の紙芝居組合は紙芝居の一日休業宣言をして組合旗を連ねて代表を送り、参列者は400人を超えたと言われている。

どこか陰気で友人と心底から打ち解けず、内向的で頑固な一面があり、人間関係が不器用なところから、「石に化った泰三」と友人の葛西善蔵に形容された泰三だったが、最期は多くの人に見送られてこの世を去ったのである。

（加藤理）

［参考文献］
伊狩章（1977）「相馬泰三解説」『日本児童文学大系』第九巻（ほるぷ出版）、関英雄（1971）「相馬泰三の児童文学」（『国文学』1971・11）、檜田良枝（1996）「相馬泰三」『近代文学研究叢書』第71巻（昭和女子大学近代文化研究所）

塚原健二郎

◉小説から童話へ

　1895（明治28）年2月16日～1965年（昭和40）年8月7日。小説家。児童文学作家。長野県埴科郡東条村（現・長野市松代町東条）に生まれる。7人兄姉の末子だが、母は後妻であったため、上の5人は異母兄姉であった。高齢の母親に深く愛され、本に親しむ少年時代を過ごす。12歳で父を亡くし、一家は離散。経済的な事情から、松代農商学校中退を余儀なくされた。その後、新聞社の印刷見習い工、製糸工場工員、雑貨店での年季奉公などに従事する。小僧仕事のかたわら、若主人の蔵書を読みふけり、『佐久新聞』などの地方紙に投稿する文学青年であった。

　1916（大正5）年、同郷の島崎藤村に手紙を書き、書生を志願するが、「都会に出なければ勉強の出来ないといふ説にはわたしは反対です。師なければ勉強の出来ないといふ説にもわたしは反対です」（筑摩書房『藤村全集』第17巻）と断られる。しかし、藤村の助言に従わず上京を決意。東京、千葉、長野、宮崎と居所を変え、新聞配達員、信濃毎日新聞記者等、転職を繰り返す。宮崎に移住したのは、「新しき村」運動への共鳴によるが、半年で幻滅し、再び東京へ居を移す。小僧時代や「新しき村」入村の頃については、自伝『小さな河』（1974）に詳しい。

　1920（大正9）年、藤村の紹介で『中央文学』編集者として春陽堂に入社するが、翌年退社。以降は文筆業を生業とする。「血に繋がる人々」（『中央公論』1921・2）を皮切りに、「ある迷宮の舞踏者」（同1921・8）ほかの小説を発表する。この頃、妻チマ子が肺結核を悪化させ、1923（大正12）年に長男亮一（翻訳家、児童文学研究者）をのこして

亡くなる。その後、新進作家として私小説的要素の濃い作品を発表するが、次第に行き詰まり、活動の場は童話へと移っていく。

　しかし塚原の小説への思いは深く、亡くなる数日前に病床で書かれたノートには「もう一度小説が書きたい。明日はいよいよ手術。もしかして死ぬかもしれない。それも止むをえぬ」と記されていたという。最初の児童文学作品は、小川未明の紹介で『おとぎの世界』に掲載された「弘法様のお像」（1920・8）であった。約40年の作家生活において、小説、童話、評論、伝記など多くの作品を手がけたが、現在のところ個人全集は刊行されていない。

◉『赤い鳥』期の作風

　「大正十五年の夏、代々木の駅前で、赤い鳥の小野さんにあい、すすめられて、はじめて同誌によせたのが『水なし車』である」（『日本児童文学』1955・11）と回想するように、塚原は『赤い鳥』編集者であった小野浩との親交から寄稿を始めた。

　晩年になり、この時期の創作姿勢について「わたしは、その頃は、主として小説をかいていましたので、童話は、かるい、余技のようなものでした」（『風と花の輪』あとがき）と振り返っている。しかし「水なし車」（1926・8）以降、「笛吹きスザンネ」（同10）、「奇術師の鞄」（1927・2）、「酒場のケルト」（1928・4）、「海から来た卵」（同11）、「蜂の王さま」（1929・3）、「子供の会議」（1931・1）など、『赤い鳥』への寄稿は全22作品にのぼり、童話執筆はやがて「余技」の域を超え、作家活動の主軸となっていく。

　塚原が『赤い鳥』に作品を寄せたのは、1926（大正15）年から1931（昭和6）年までの5年間であった。「初期の頃の作品は、多く物語風のものでした。舞台も、外国の町だとか、港だとかをつかい、ででくる人物も、外国人が多かったのです。といって、どこの国のなんという町というような、特定な場所

があったわけではありません。いまでいえば、無国籍童話とでもいうのでしょうか」（『風と花の輪』あとがき）と述懐するように、初期は異国情緒のただよう空想的な作風であった。が、次第にそれは「子供の会議」に代表されるような、子どもたちの自主的集団的生活を描く、「集団主義童話」へと変わっていく。

塚原は1929（昭和4）年に吉祥寺に居を移し、「いわば作家であることを忘れてくらした五、六年間だった」（「集団主義童話提唱のころ」『親と教師のための児童文化講座2』1961）と回想するほど、地域の消費組合運動や子ども会指導に勤しんだ。「子ども会では、わたしは、先生のひとりでしたが、ほんとは、子どもたちこそ、わたしの先生だったのです。そして、ここでわたしの学んだものは、子どもは、集団という、広場の中で、育てられなければならないということでした」（『風と花の輪』あとがき）という言葉が示すように、一連の「子ども会もの」の源流はこの実践経験にある。集団主義童話に至る変化の過程には、現実の子どもに接した体験が大きく関わっているといえよう。

◉「子供の会議」

「子供の会議」（「七階の子供たち」に改題）は、孤児であるために大人たちから偏見の目で見られ、不当に差別されているエレベーターボーイのポオルの待遇改善をもとめて、アパートに住む子どもたちが会議を開き、大人に向けて4つの要求を決議する、という短編である。塚原はこの「子供の会議」の2年後に「集団主義童話の提唱」（『都新聞』1933・9・2〜5）を新聞紙上で発表することになるが、本作はその「提唱」に先駆けて、彼の理念を作品に投影したものといえる。

「提唱」において塚原は「児童の集団的生活（社会的）の中に於ける自主的、且つ創造的な生活を助長」する童話が必要であると主張し、「児童の生活を社会関連に於て具体的に描」くことを宣言した。集団の子どもが自主的に助け合う姿を描いた本作は、与田凖一が「「子供の会議」あたりが、健二郎童話第二期の始まりと見ることが出来そうです」（『日本児童文学研究』1976・5）と論じるとおり、塚原作品の変換点にあたる。塚原自身の「何うやら私なりの児童に対する見方もきまり、作品の内容も、漸次リアルなものに変わってきている」（『一木さん親子』あとがき、1949）という後年の言葉を借りていえば、塚原の表現したい内容や方法が「リアルなもの」へと変っていく過程を知る上でも意義深い作品である。

◉『赤い鳥』以降

執筆の中心を小説から童話へと移しつつあった塚原は、『少年世界』『少女の友』ほか多数の雑誌に童話を寄せるようになる。第一童話集『七階の子供たち』（1937）以降、『子ども図書館』（1939）、『よい匂ひの町』（1940）、『黒船時代：佐久間象山の生涯』（1941）、『つばめの村』（1944）等の児童書を刊行した。1945（昭和20）年には長野に疎開。

戦後は日本児童文学者協会や日本子どもを守る会の創設・発展に尽力、晩年には日本児童文学者協会会長を務めた。『初旅』（1947）、『風船は空に』（1950）、『小林一茶』（1952）など、戦中戦後を通じて数十冊の童話集や伝記を出版した。長編少年小説『風と花の輪』（1959）で第3回未明文学賞を受賞。このときの賞金で児童文学誌『大きなタネ』を創刊する。1965（昭和40）年、70歳で病没。

（岸美桜）

［参考文献］

山蔦恒編（1978）『日本児童文学大系27』（ほるぷ出版）、日本児童文学者協会編（1966）『塚原健二郎追悼号』（『日本児童文学』12巻2号）、日本児童文学研究会編（1976）『特集・塚原健二郎没後十年記念』（『日本児童文学研究』第1輯）、信州児童文学会（1966）『塚原健二郎追悼号』（『とうげの旗』47号）

徳田秋聲
（とく　だ　しゅうせい）

◉少女少年小説の執筆

1872（明治4）年2月1日〜1943（昭和18）年11月18日。小説家。石川県金沢市に生まれる。父親の死に伴い第四高等学校を退学して上京し、尾崎紅葉の弟子となり紅門の四天王と呼ばれ、自然主義文学の代表作家となる。一方で、秋聲は少女少年を主人公もしくは読者とした少女少年小説も書き続けていた。たとえば「えらがり鯛蛸」（1896・4）は分不相応な願いを持つことを戒め、「花の精」（1899・11）は夢の中で悪行を反省すること覚醒後も改心し続けるように、秋聲の少女少年小説には教訓性を持つものが多い。

一方で、「目なし児」（1905・5〜6）では死にゆく盲目の少年が天使のような純粋無垢さを持つことが描かれ、『めぐりあい』（1913・8）は、横暴な父から逃げた少年が妹を連れて郷里にいる母の元にたどり着く苦難を想起する。こうした『赤い鳥』以前の秋聲の少女少年小説の多くは教訓性を伴う。そこでの無力あるいは誤った存在は、それが打開、改善することで有用あるいは適切な存在となることが含意され、世故に長けた大人とは異なる存在として表象される。

◉「手づま使」と「唐傘」

鈴木三重吉はそうした秋聲の実績から『赤い鳥』への童話執筆を依頼し、創刊号に掲載されたのが「手づま使」（1918・7）である。

手品使いの金は手品を学ぶ旅の途中で剣術の達人・猿公の子孫を封印から解くとお礼に3冊の本を一日だけ貸してもらう。金は、3冊目の手品の種明かしを書き写したが、猿公の子孫は1冊目は大名になる本、2冊目は王族になる本、3冊目は手品師になれるが気をつけるようにと惜しんで去る。その後、金は手品の達人となり故郷に凱旋するが、酔って風神・雷様を閉じ込めたため怒った雷様に殺されてしまう。

金の死は猿公の子孫の気をつけろという注意を軽視した報いであり、秋聲の初期の教訓的な少女少年小説に類似している。また、人は自分の関心のあることしか見えないし、迂闊さから想定外の危機・破滅に至るという知の限界、性格悲劇として「手づま使」を見ることもできる。このためか、「手づま使」は芥川龍之介と久米正雄にも激賞された。しかし、実際には「手づま使」は三重吉の再三の依頼にもかかわらず秋聲が執筆しなかったため、やむなく小島政二郎が代作したものである（小島政二郎『眼中の人』1942）。

『赤い鳥』には「唐傘」（1919・1）も発表されるが、これも小島の代作と疑われている。

大名が友人への土産に「末広」という言葉で扇子を用意させようとしたが、地紙・磨き骨・要・戯れ絵の項目を逆手にとったいたずら者に欺され古傘を買わされた家来を、大名が皆の前で項目を確認して笑う。

分からない事について確認することを怠った家来の誤解と振る舞いが笑いのポイントである。「唐傘」は文体としては「手づま使」と似ているが、知ったかぶりが大勢の前で恥をかく点では、秋聲の「フアイヤガン」（1923・11）とも似ている。

徳田秋聲は、『徳田秋聲全集』の完結、徳田秋聲記念館の開館によって近年再評価の機運が高まっている。　　　　　　（西田谷洋）

［参考文献］

西田谷洋・大橋奈依・木村友子・權田昭芳・中村雅未・野牧優里（2011）『徳田秋声短編小説の位相』（コームラ）、大木志門（2016）『徳田秋聲の昭和　更新される「自然主義」』（立教大学出版会）、紅野謙介・大木志門編（2017）『21世紀日本文学ガイドブック6徳田秋聲』（ひつじ書房）

豊島与志雄
（とよしまよしお）

◉小説家としての出発

1890（明治23）11月27日〜1955（昭和30）年6月18日。小説家・翻訳家・児童文学作家。福岡県朝倉郡福田村（現・甘木市）に生まれた。生家は3000坪ほどの敷地に、古木がうっそうと生い茂り、庭には澄んだ清水の湧き出る池もあった。彼の童話ともエッセイとも見なされる「幻の園」と題された作品には、そうした生家のたたずまいが細かに描写されている。後に彼は「故郷」という文章（『猫性語録』収録）で、生まれ故郷での思い出を語り、「要するに、故郷といふものは、私にとつては、自然の事物の中にだけ存在するのである」と書く。人事より自然とのかかわりで故郷は存在するというのである。それは父の事業の失敗で、莫大な借金をかかえ、一時故郷に戻れないという事情が背後にあったことゆえなのである。

豊島与志雄は福岡市の県立中学修猷館（現・福岡県立修猷館高校）を経て、1909（明治42）年一高入学。一高時代は文芸部委員として活躍し、『校友会雑誌』に小説や詩を載せる。進学した東京帝国大学文科大学ではフランス文学を専攻、大学時代には山宮允・山本有三・芥川龍之介・久米正雄・菊池寛らと1914（大正3）年第三次『新思潮』を発刊、創刊号に「湖水と彼等」を載せて注目された。ロシア近代小説の影響を多分に受けた小説で、芥川はその世界を「山間の湖の如く静」と評した。

同じ頃、『帝国文学』（1914・5）に「恩人」（原題「彼と彼の叔父」）という小説を発表。一躍注目され、以後新進作家として認められるようになる。初期の小説集には『生あらば』『反抗』『野ざらし』『人間繁栄』などがある。

◉レ・ミゼラブルの翻訳

ところで、豊島与志雄の大学在学中、故郷の生家が没落し、父の死後に莫大な借金が発覚する。彼はひとまず限定相続という方法で切り抜ける。ところが、今度は大学時代に結婚し、誕生していた長男堯（たかし）が消化不良症の病に陥り、1917（大正6）年10月21日に死亡するというきびしい現実が訪れる。彼は子どもの病に最善をつくすために、勝れた医療に期待した。それは金銭的には大変な負担であった。医療保険制度の完備していなかった時代のことである。彼はいくつかの学校で非常勤の教師をし、さらに暇を見出してはアルバイトとしてヴィクトル・ユゴーの『レ・ミゼラブル』全4巻の翻訳に精を出す。

息子の医療費と生活費を稼ぐための仕事ではあったものの、『レ・ミゼラブル』の翻訳は、大学でフランス文学を専攻したことでもあり、

童話第一作「魔法杖」

豊島与志雄の童話第一作「魔法杖」は、400字詰原稿用紙にして約12枚、「むかしむかし、或る国の都のすぐ後ろに、木がこんもりと茂つた丘があつて、その上に綺麗な池がありました」という一文ではじまる。ヨーロッパの昔話、メルヘンを思わせる書き出しだ。怪物のため国中の民が苦しむ。そこで王は王子と知恵ある民の協力で、怪物を退治し、国に平和と繁栄を取り戻すというものである。与志雄童話の一つのタイプが、ここに早くも顔を出している。初期の与志雄童話には、寓意性のあるものが目立つ。寓意とはこの童話の場合、戦争による自然破壊である。

新しい悪魔の登場

「天下一の馬」（『赤い鳥』1924・3）に登場する悪魔は、実に無邪気な悪魔である。仲間と田畑を駆けまわったり、土の下にもぐって遊んだりする。体は小さく、妖精のような悪魔である。このような善良で、茶目っ気のある悪魔が、与志雄童

その質は高かった。生活のために翻訳した『レ・ミゼラブル』は、1巻の枚数が400字詰原稿用紙で約1000枚、大変な量である。それは新潮社から刊行され、人気を博した。以後彼は翻訳家・フランス文学の研究者として、法政大学や明治大学で長い間教鞭をとることにもなる。彼はのちアルス刊行『日本児童文庫』の一冊『世界童話集』（上）（1928・12）で、フランス童話を担当し、ペローの「眠りの森の姫君」ほかも担当することにもなる。

彼の訳した『レ・ミゼラブル』は、名訳としての誉れが今もって高い。1927（昭和2）年には、この改訳版が（1）～（3）巻の三冊本となり、新潮社の円本『世界文学全集』に入り、予約者約60万人に配本されたという。ここに豊島与志雄は厖大な印税と勝れた翻訳者としての名声を得ることとなる。

◉児童文学作家として

豊島与志雄は児童文学の分野にもかかわり、ここでも勝れた力量を示した。彼が児童文学の執筆に足を踏み入れるきっかけは、これまた生活費稼ぎの手段であった。童話を書くことが、少しでも家計を潤すならばとはじめたのである。世は大正デモクラシーの最中であった。大正期の日本の教育と文化は、大正デモクラシーの時代思潮と深く関わる。大戦最中の1916（大正5）年には『良友』（コドモ社）、翌1917（大正6）年には『少年号』『少女号』（いずれも小学新報社）といった童話

雑誌も出ている。さらに博文館・冨山房などからは、外国童話の翻案が続々と刊行されるようになる。児童文学が市民権を得、婦人雑誌や日刊新聞に童話欄が設けられるのも、この頃からのことである。

こうした時代背景のもと、鈴木三重吉によって児童文学雑誌『赤い鳥』が創刊（1918・7）される。三重吉は豊島与志雄の大学の先輩であった。与志雄はこの雑誌に18編もの童話を寄せることになる。初期の名作とされる「天下一の馬」（1924・3）や「キンショキショキ」（1925・6）「天狗笑」（1926・7）などは、この雑誌に載った。

◉与志雄童話の三つのタイプ

彼の童話の第一作は、『おとぎの世界』に載った「魔法杖」（1919・8）と題した、寓意童話であった。『赤い鳥』には「お月様の唄」（1919・10～11）が最初で、その多くは赤い鳥社刊行の『夢の卵』（1927・3）に収録されている。彼の児童文学作品は、翻訳を含めると約140編、創作童話に限ると、三つのタイプに分類できる。第一は、その故郷福田村を題材としたもので「天狗笑」や「キンショキショキ」などが相当する。名作「天下一の馬」もこの系列に入る。これらの作品には豊かな田園空間が広がっている。

第二は、北欧風メルヘンを基調としたものだ。大学でフランス文学を学んだ彼は、フランスや北欧の児童文学に通じていた。彼には

話にはしばしば登場する。「不思議な帽子」（『赤い鳥』1925・1）、「悪魔の宝」（『赤い鳥』1929・1）などの悪魔がそうなのである。これらは、暗いイメージのまったく感じられない、新しい悪魔の登場である。

良質のユーモアと童心

童話を書くに際して、豊島与志雄は子どもの世界に身を置き、子どもの生き生きとした瞳の輝きを見つめながら物語を展開する。「天下一の馬」

の主人公は、呑気者で怠け者ながら心の温かな人物である。甚兵衛の行為には、良質なユーモアと童心、つまり、一般の大人が見失った夢が託されている。

民話の世界

「天狗笑」（『赤い鳥』1926・7）は、与志雄童話の代表作である。400字詰原稿用紙にして約13枚ほどのものだ。日本各地に伝承されている天狗は、赤鼻で長鼻、山伏の服装をし、帽子の下から

『ペロー童話集　眠りの森の姫君』の翻訳もある。この分類に入るものには、「お月様の唄」や「夢の卵」、それに後期の長編「銀の笛と金の毛皮」や「エミリアンの旅」が挙げられる。

第三は、少年文学もの、ないしは「大人の童話」としてよい。小説と童話の中間を行くような作品と言い換えてもよい。「山の別荘の少年」や『白塔の歌　近代伝説』（弘文堂書房、1941・4）収録の「立札」や「三つの嘘」などである。彼の児童文学は、その小説以上に愛され、21世紀を生きる人々によって、読み継がれているのである。

◉現代に問いかける与志雄童話

豊島与志雄は生涯児童文学とかかわりを持ち続けた文壇作家でもあった。彼は大人とかプロの作者とかいった役割を意識せずに、一人の書き手として子どもの世界に没入し、ゆったりと心を遊ばせている。彼は童話と小説との間を行くようなテクストも書いている。

それは「童話小説」ということばで説明される。先にあげた「山の別荘の少年」を『象のワンヤン』（羽田書店、1946・7）に収録した際、後記の「この本を読まれた方々に」で豊島与志雄は、「正夫は、作者自身の中にある童心」とも書き付けている。絶えず夢を育てることを願った彼は、自らの中に残っている童心、いわば大人の童心とも言うべきものを探し求め、表現しようとしたかのようだ。

それは時代の流れへの抵抗意識ともかかわる。

多くの作家が戦争協力に走った中で、彼は小説よりも児童文学により可能性を求めることになる。当時児童文学は、小国民文学と呼ばれていたが、彼は上意下達の小国民文学ということばを嫌い、〈少年文学〉ということばを用いた。それは当時にあっての彼の時代と時局への抵抗精神の現れともとれよう。

彼は児童文学を特別なものとして祭り上げ、童心讃美に走ることもなかった。それ故にそのテクストは、今以て現実の子どもにも好まれ、読み継がれることになったと言えようか。大人も子どもも共に楽しめるものとして、豊島与志雄は児童文学を考えていたとしてよいのである。ここに現代に問いかける豊島与志雄の120編ほどの作品群の再評価・再発見が、必要となって来ているのである。

児童文学が理想を語れなくなったとされる現在、かつて戦争に明け暮れした困難な時代に、テクストに夢をひそませた豊島与志雄の営為は、いま改めて見直されてよい時代を迎えていると言ってよいであろう。（関口安義）

［参考文献］

関口安義（1987）『評伝豊島与志雄』（未来社）、同（1997）『豊島与志雄と児童文学』（久山社）、中野隆之（2003）『豊島与志雄 童話の世界』（海鳥社）、永淵道彦編著（2009）『豊島与志雄 童話の世界』（花書院）

白髪をのぞかせている。高下駄を履き、手には羽うちわを持っているというのが一般的である。豊島与志雄の「天狗笑」の天狗は、そのような天狗とはかなりかけ離れている。ここでの天狗は、決して恐い天狗ではない。子どもたちと一緒に遊ぶ愉快な天狗である。作者は常に子どもの側に身を置いて、この童話を書いているのである。それは高らかな童心讃美の立場である。そこには大正期児童文学にとかく見られがちな大人の郷愁や追憶からくるかっこ付きの童心や、大人の望む子ども像の押しつけは、まったくないといってよい。子どもたちとにらめっこするために、人間の姿をとって現れる天狗という設定には、作者の豊かな夢に支えられたユーモアがある。

一連の民話もの

豊島与志雄には郷土を舞台とした民話ものがいくつもある。「天狗笑」や「キンショキショキ」のほかにも、「影法師」や「山のお爺さん」などが相当する。

長田秀雄
なが た ひで お

◉ 童話劇の執筆

　1885（明治18）年5月13日〜1949（昭和24）年5月5日。詩人、小説家、劇作家。東京神田裏神保町で生まれた。『明星』の詩人として北原白秋、木下杢太郎らとともに活躍。新詩社、パンの会、『スバル』にも参加。イプセンの手法を学んだ最初の戯曲「歓楽の鬼」を『三田文学』（1910・10）に発表。翌年、「歓楽の鬼」が自由劇場により有楽座で上演され、以後劇作家として活躍、新劇運動に加わった。

　長田の作品は、『赤い鳥』へ参加する以前の1918年に「死骸の哄笑」が新時代劇協会により有楽座で、1917年にチェーホフに影響を受けた「飢渇」が新劇場により本郷座で、1919年に「轢死」が新劇協会により有楽座で上演されている。童話劇としては、1920年12月末に童話劇協会が有楽座に旗揚げし、長田が顧問に就任している。そこで「啞者の国」が上演される。

　翌年、8月、自由教育協会主催の「芸術教育夏季講習会」が開催され「童話劇」と題する講演を2時間行っている。

　長田は、『赤い鳥』に数多くの少年少女劇

や童話を発表しながら、『金の船』『童話』などにも精力的に作品を発表している。『金の船』には、「鳥追船」他7作品に、『童話』には、「厨子王と安寿姫」他8作品に長田の署名がある。

◉ 『赤い鳥』と童話劇

　『赤い鳥』へは、「地獄極楽〔少年少女劇〕」（1920・10）、「光明皇后〔童話〕」（1920・11）、「阿闍世王〔童話〕」（1921・2）、「蓮の曼陀羅〔童話〕」（1921・4）、「燈台鬼〔少年少女劇〕」（1921・10〜11）、「鋼鉄色の自動車〔童話〕」（1922・3）、「牡丹の花〔童話〕」（1922・7〜8）、「幽霊船〔童話〕」（1923・11、1924.2〜4）、「妙華寺の鐘〔童話〕」（1924・6）、「火星通信〔童話〕」（1924・9〜12）、「白塔の話〔童話〕」（1925・11〜1926・1）を寄せる。

　童話劇へ強く歩み寄った時期である割に、『赤い鳥』上では、少年少女劇と分類される「地獄極楽」と「燈台鬼」の2篇だけである。興味深いのは、『赤い鳥の本』第11冊として発刊された童話・童話劇集『鳥追船』（1922・8）には2篇ともに収録されていない。この項では、この2篇について取り上げたい。

　「地獄極楽」は、雑誌『童話』『金の船』などを含め、最も早く書かれた童話劇である。「燈台鬼」に比べると、登場人物はト書きにあるだけでも12人いて、ト書きは少年少女が上演しやすいように丁寧に書かれている。

　四姉妹が、秋祭りから帰り、そこで見た見

『鳥追船』に掲載されなかった『赤い鳥』作品

　長田は、1922年8月、『赤い鳥の本』第11冊として童話集『鳥追船』を赤い鳥社から出版するが、「地獄極楽」「燈台鬼」の2篇は収録されていない。『鳥追船』に収録されたのは、雑誌『童話』（1920・12）に掲載された「啞者の国」。『鳥追船』の「序」には、長田がどういう心持で童話や童話劇を書いたかが述べられている。「これらの童話や童話劇を、お子さん方にばかり読んで頂かうと思つて書いたのではありません。むろんお子さん

方にも読んで頂きたいのですが、それと一緒に父兄や、学校の先生たちに読んでいただいて、そして。お子さんたちにお話して頂きたいとも思つたのです。ですからお子さんたちには、少しむつかしすぎるやうなところがあるかも知れません。」「こゝに入れてある童話劇は、すぐに出来るものばかりですから、クリマスの晩や、学校の会の時に、やつて御覧になるやうにおすゝめいたします。」とある。『赤い鳥の本』シリーズにもかかわらず、雑誌『赤い鳥』掲載作品ではなく、雑誌

世物の話をしていると4番目の娘が寝てしまい、夢の中で閻魔王の前で、尋問を受けるというもの。テーマとして勧善懲悪を引きずり、閻魔王の「立身出世をさせてやる」や「偉い人間になるやうにしてやらう」というセリフもあることから、お伽噺的な印象を受ける。しかし、冨田（1979）は、この閻魔王のことばから「同情、思いやりがテーマになっているところは、大正デモクラシーを感じさせる。うそをつくと、えんま様に舌を抜かれるとか、悪いことをした人は、地獄の責め苦に会うといった教えが、大正期には、子どもの世界には生きていた」ことを前提にすれば、「えんま庁の場も、充分にリアリティをもっていた」と述べ、「世相風刺喜劇」の童話劇版と評している。

「燈台鬼」は、遣唐使の軽大臣が、捕らえられ玄宗皇帝のもとで頭上の鉄輪に蠟燭を7本乗せた人間燭台として見世物とされていた祖父との再会を果たし、祖父を救出する物語である。

原典は、12世紀の初めの平康頼『宝物集』とされる。

また、祖父救出のために出された玄宗皇帝からの「耶馬台の詩」の難問を、祖父の助言に従い観世音に祈ると、お告げによって解くことができる場面があるが、冨田（1979）は、江戸後期の山崎美成の『海録』にある吉備真備のエピソードが生かされているとしている。

●童話劇脚本懸賞選者

『赤い鳥』第7巻第2号（1921・8）にて、新たに童話劇脚本懸賞募集の広告が出る。その選者のひとりとして長田秀雄の名前を確認することができる。三重吉はこの選者について、「選者への御礼は、ノミナルの人へは五十円宛。（小山内、菊池、久米、長田、楠山、秋田）」（小宮豊隆宛、1921年11月10日）と、長田が名義だけの選者であることを明かしている。実際、『赤い鳥』第八巻第一号から始まる「入選童話劇」の掲載と並行して掲載される「童話劇選評」も「指名により選者を代表して」と言うものの、鈴木三重吉が一貫して行っている。

●今後の研究課題

童話・童話劇の研究は進んでいるとは到底思えない。大山（1969）の「（昭和期は）いささか劇的才能の枯渇がみえ、大正期がその全盛であってその質に於て最も優れた作品が多い」との評価が一般化しているだけである。

（粟飯原匡伸）

［参考文献］

日本児童演劇協会編（1984）『日本の児童演劇の歩み』（同協会）、冨田博之（1979）『「赤い鳥」童話劇集』（東京書籍）、大山功（1969）『近代日本戯曲史』（近代日本戯曲史刊行会）

『童話』掲載作品を入れたことや、「序」に「こゝに入れてある童話劇は、すぐに出来るものばかり」とあるにもかかわらず「唖者の国」1作品だけであることは、出版時になにかしらの思惑が編集部から働いたことが推測されたが、詳細は明らかにできなかった。

童話劇協会の設立を企画

『読売新聞』朝刊（1920・9・28）「よみうり婦人欄」によれば、〈長田秀雄氏は童話劇に依つて

倦み易い彼等を親しませ娯楽の内に偉大なる芸術の力を盛らんと童話劇協会の設立を企てることになつた〉とあり、続けて、長田の談話として、童話は〈時代も国境も超越した共通なものが流れて居るのと元来が幼少なる者の為めに造られた関係上、理解は万人に容易である、此の親しみ易い童話劇に依て来るべき国民である少年少女を指導啓発〉することで、将来の劇運動の発達をも見ることが出来ると述べている。

中村星湖

なかむらせいこ

1884（明治17）年2月11日～1974（昭和49）年4月13日。小説家。

中村星湖は山梨県川口村（現・富士河口湖町）に生まれ、山梨県立尋常中学校時代から新体詩、和歌、随筆などを試作し、20歳で早稲田大学英文科に入学した。坪内逍遙、島村抱月に師事し、1907（明治40）年4月、「早稲田文学」懸賞小説に応募した「少年行」が一等に当選して文名が上がり、卒業後は『早稲田文学』記者となり、二葉亭四迷、田山花袋らの知遇を得た。その後、家庭を持ち、『早稲田文学』や『文章世界』を主として執筆活動に専念した。『赤い鳥』への執筆は1920（大正9）年から始まり、フランスに出かけるまで、19編の童話を寄稿した。

●「ほとゝぎすの昇天」

初めて寄稿したのは「ほとゝぎすの昇天」で「ほとゝぎすはふつと眼をさましてあたりを見廻しました」と始まる民話とメルヘンの融合したような童話である。ほととぎすは、「み空の国」と言われる天上界に昇天し、女神様のような姫君の前に立って、過去の罪業を告白する。このほととぎすは実は貧しい百姓家の長男太郎であったが、何事においても自分より優れた弟の次郎に嫉妬し、母が弟にだけ旨いものを食べさせているだろうと邪推し、寝ている弟の咽喉を切り裂いて殺してしまう。それが自分の思い違いだと気づいた太郎はその罪を悔いて墓の前で狂い死にして、ほととぎすになったのだが、許されて「み空の国」で弟に再会したというお話。

兄弟姉妹が食べ物を取り合って殺し合い、鳥になるという話は全国にあるようだが、星湖の童話はそれに天上界の裁きを加えているところが新味であろう。

●従軍布教使・太田覚眠

星湖は次いで、同年10月、11月に「ある巡査の娘」という話を2回に分けて掲載した。ちなみに10月号の主な執筆者は北原白秋、鈴木三重吉、島崎藤村、長田秀雄、西條八十、菊池寛、三木露風、久保田万太郎、小島政二郎などで、大正中期の有名作家そろい踏みの様相を呈している。

「ある巡査の娘」は欧州大戦直後の時代状況を反映しているが、日本が直接に関係したシベリア出兵に関係する内容になっており、そこから日露戦争当時の捕縛体験と恩愛を回想するという話で、日本とロシア大陸との間の小さな交流に光を当てている。

ロシア革命の翌年1918（大正7）年8月に日本政府はシベリア出兵を決定し、完全撤退した1922（大正11）年まで5万以上の兵士をシベリアに派遣し、米騒動の原因にもなったわけだが、この童話は、日露戦争以来の戦争と動乱の大地の隅に、異国人同士の心の交流や慰安が皆無ではなかったことを感じさせるものである。シベリア出兵に関して書かれたものとして黒島伝治の「橇」などの小説があり、さらには徳永直が1950（昭和25）年に書いた「日本人サトウ」なども挙げられるが、中村星湖のこの作品は、戦地に赴いた従軍布教使（作中本文は「従軍布教師」）である太田覚眠のエピソードを紹介した、「本願寺の坊さん」の苦難とロシア人少女の恩情の物語なのである。

従軍布教使は現地民衆への宣撫工作や戦病死者の葬送や遺骨の送還、兵士の慰問などに当たるべく派遣された僧侶で、日清・日露戦争の時から行われており、シベリア出兵の際には西本願寺の僧侶太田覚眠や日本正教会の神父4人が派遣されたのである。結局は国策に利用されただけで、効果はあまりなかったようだが、星湖の描いたような人間らしい一面も全くなかったとは言えないだろう。童話は次のように始まる。

199

地球の上に住んでをる人間の半分過ぎが気違ひになつたやうに見えた、あの世界大戦もいくらか下火になりかけた頃のことでありました。その頃シベリアの方に出征してゐたわが国の軍隊には、十名近い本願寺の坊さん達が付き添つて、戦場布教につとめてをりました。戦場布教といふのはいくさに出てをる軍隊や、いくさ場の近くに住んでをる人民が、言ふに言はれないやうなひどい苦しみをしてをるのを、問ひ慰めたり、教へ導いたりしてやることであります。

太田覚眠は日露戦争以来の経歴を買われてシベリア出征軍の布教監督となり、チタまで出掛けた。チタには軍司令部が置かれていたのである。そこで覚眠は日本軍の風紀が乱れてロシア人民に「随分むごたらしいことをやつてをる」と言い、司令官はその真偽を調べてもらいたいのだと答えたのである。そこで覚眠は通訳一人を伴つてあちこちを経巡り、「ブラゴエシチェンスク」に到着した。ブラゴベシチェンスクはウラジオストックから千キロ近く北方内陸で、黒竜江沿いの町である。宿に入った覚眠は「日露戦争の当時、この地の警察署に拘留された折のことなどを改めて思ひ出し」たのであった。

「十何年かの昔に、太田さんが日探の嫌疑でロシアの警察官の手に捕へられたのは、まさにこのブラゴエの町でした。直ぐに警察署の暗い留置所に打ち込まれて、度々引き出されては責め問はれ」たが、覚眠はロシア軍を探りに来たのではないと言い張ったため、飯も与えられず放置され、死を覚悟した。するとある日、「留置所の鉄格子の下の板壁」をロシアの少女が叩き、この署の巡査である父からあなたのことを聞いて、あなたを正しい人だと信じますが、子どもの私にはどうすることも出来ない、と言って温めた牛乳瓶を差し入れてくれた。覚眠はそれで辛うじて命をつないだのだった。

覚眠はそんな昔のことを思い出しつつ、翌日ブラゴエの警察署を訪ね署長に面会する。意外にもそれはかつて覚眠を拘留した署長であった。恩讐を超えて覚眠は署長に「ちよつと変なことをお訊ねしますが、あの頃この署に勤めてをつた巡査の娘に、クセーニアといふ十二三の可愛い子があつた筈ですが、あれはどうしましたらう？」と聞くと、どこかへ行ってしまって分らないという答えであった。残念に思いながら覚眠はブラゴエ一の盛り場に行き、「仏の慈悲と神の愛とを並べ説いて、戦乱のために居るに家なく食ふに食なき人々に対して満眼の涙を揮つた大演説」を辻説法として行ったのであった。

以上が「ある巡査の娘」の梗概だが、これは大凡太田覚眠の実話に基づくようで、覚眠は日露戦争の時には、ロシア領内に抑留されていた800人の邦人を救出する功績があった僧侶で、生涯をロシアやモンゴルでの布教に捧げ、1944（昭和19）年にモンゴルのラマ教寺院で歿した。

星湖はその後も「赤い鳥」に童話を発表し続け、初めに挙げた2編を加えて19編の作品を寄稿した。

◉農民文学運動

星湖は1927年43歳のとき、フランス留学を計画し、翌年に渡仏し、1年余り滞在した。帰国後は文筆活動と講演を主に行った。星湖は1926（大正15）年に和田伝らとともに農民文芸会を作ったが、1938（昭和13）年に有馬農相や島木健作、徳永直、和田伝、本庄陸男らと農民文学懇話会を結成し、農民文学運動に関わった。その後、二男文彦の戦死といった悲運もあったが、戦後は山梨に定住し、郷土の文化活動に貢献、日本農民文学会結成にも参加し、90歳の長命を保った。（伊狩弘）

［参考文献］
中村星湖、紅野敏郎編（1988）『精選中村星湖集』（早稲田大学出版部）

南部修太郎
（なんぶしゅうたろう）

●編集者から文筆家へ

1892（明治25）年10月12日〜1936（昭和11）年6月22日。小説家。宮城県仙台市に生まれた。1917（大正6）年の慶應義塾大学文学科卒業後は、3年間「三田文学」の編集主任を務めた。また、主任となったその年の秋、芥川龍之介に出会い、文筆活動に入る。小島政二郎、滝井孝作、佐佐木茂索とともに「龍門の四天王」と呼ばれた。1918（大正7）年頃から児童文学の分野でも活躍を始め、『赤い鳥』や『おとぎの世界』等に、童話を数編発表し、やがて少女小説や令女小説を多数手がけていくようになる。

●少女小説の源泉としての児童文学

南部修太郎が『赤い鳥』に寄せたのは、「小人の謎」（1918・8）、「烏の着物」（1919・1）、「お人形さん」（1919・2）の3作品である。

「小人の謎」は、父親がついた嘘によって、その娘が国王に藁から金の糸を取るという無理難題を言われる話である。結局、娘は小人に3度助けられるが、3度目の際に、小人は娘が将来授かるであろう子どもを譲ることを条件とした。その後、娘はその国の王妃になり男の子が生まれるが、約束通り小人はその男の子をもらいに来た。困った土妃に小人は自分の名前を当てることができたら許すとしたが、結局、家来が小人の歌の中で名前を言っていたのを聞き、それによって王妃は名前が分かり、男の子を渡さずに済んだ。名前当てという展開自体はけっして目新しいものではないが、南部が師と仰いだ芥川の「煙草と悪魔」（1916）にも同様の展開があり、二人の関係性を見る上で興味深いものと言える。

次に、「烏の着物」は、昔、梟と烏は大の仲良しで、烏は梟に黒と白のまだらの布で、梟のために着物を作った。それに対して、梟も烏に長靴を作り、さらに真っ白な着物も縫うことにした。梟は烏の体に合わせて着物の仕上げをしようとしてそれを着させたところ、烏は喜んで動き回り、なかなかじっとしないので最後には、梟は烏に油を頭から浴びせかけ、その結果、白い着物は真っ黒になってしまった。それ以来、烏は真っ黒な着物を着て飛び回るようになった。童話や昔話には、物事の由来を解き明かす筋を持つものが多々あるが、この話はそういったものの一つである。

「お人形さん」は、妃探しの話である。ある国の王が12人の王子たちにそれぞれ妃を探してくるよう告げた。早速、王子たちは出掛けるが、一番年下のアシイは取り残され泣いていたところ、ある少女に人形の下へ連れていかれる。その人形は妃の条件であった一日のうちに襦袢を拵えるということを見事にこなし、国王からも妃として迎え入れることを許された。喜んだアシイはその人形を早速連れて帰ることにしたが、途中で湖に落としてしまった。悲しんで途方に暮れているところ、1匹の魚が人形を水中から引き揚げ、それと同時にその人形は大きくなり美しい女へと変化した。アシイは大喜びでその女を御殿へと連れ帰り、生涯仲良く暮らした。

これらの『赤い鳥』掲載作品はいずれも小品ながら、童話のセオリーが誠実に踏まえられており、南部の読者を意識した執筆の姿勢が窺えるものとなっている。また、小さなものや動物を素材として選んだり、結婚によって大団円を描き出したりする発想は、のちの少女小説への着想にもつながっていくものとして特筆すべき点である。　　（足立直子）

［参考文献］

昭和女子大学近代文学研究室編（1975）『近代文学研究叢書41』（昭和女子大学近代文化研究所）、志村有弘（1975）『芥川龍之介周辺の作家』（笠間書院）

野上豊一郎
（のがみとよいちろう）

◉「ボビノが王様になつた話」

　1883（明治16）年9月14日～1950（昭和25）年2月23日。英文学者・能楽研究者。大分県北海部郡福良村（現・臼杵市福良）に生まれ、小学校中学校を臼杵で過ごす。上京し第一高等学校を経て東京帝大英文学科に学ぶ。鈴木三重吉の一年後に帝大に入り、一時休学していた鈴木と同時に1908（明治41）年7月、東京帝大を卒業した。また、在学中、英語を教えていた同郷の小手川ヤエ（後の野上彌生子）と結婚。大学を卒業後は大学院に進み学究（英文学研究）の道を進んだが、夏目漱石の門下生として創作（小説など）や能楽にも傾倒した。

　1918（大正7）年7月、鈴木が『赤い鳥』を創刊し、そこに多くの小説家・評論家・研究者が寄稿した。鈴木と同じ漱石門下であった野上も原稿を求められた。

　豊一郎が『赤い鳥』に寄稿した最初の作品は「ボビノが王様になつた話」（1巻5号、1918・11）である。ある金持ちの商人の息子であるボビノが父から嫌われ、ついに殺されそうになったのを父の召使がひそかに逃がす。動物の言葉を理解できるという特技を持つボビノは別の村に行き、そこで百姓の娘の病気を治し、また、町のお城で新しい王様の選挙があり、王様を選ぶ役割の鷲がボビノの帽子の上にとまり、ボビノはついに王様になる。父から求められた学問をわきにおいて自分の好きな「動物の言葉」を研究したボビノは、父から嫌われ追放されたが、よその土地で真価を発揮し認められ成功した。

　商人の息子として生まれた豊一郎が、文学という得体のしれない虚学に魅かれていったことと、つながりがある。

◉西洋昔話「灰色の小人」

　「灰色の小人」（2巻2号、1919・2）は、尼さんと田舎者と鍛冶屋の3人が不思議な灰色の小人に出会う話。3人のうち、1人が留守番をしていると小人がやって来る。その小人は尼さんが留守番の時、「ひもじい」と言って食べ物をねだる。尼さんが食べ物を差し出すと、小人はあるもの全部を食べてしまう。尼さんは怒って「なぜ私の仲間の分を残しておかなかったの」と言う。すると小人は「癇癪（かんしゃく）を起して、尼さんをつかんであっちの壁へ放りつけたり、こっちの壁へ放りつけたりして、半殺しのようにして」急いで逃げ帰った。次の日、田舎者が留守番をした。今度は首が二つ付いた小人がやって来た。「ひもじい」と言って食べ物をねだる。小人は二つの口で食べ物をみんな食べてしまった。田舎者は「あんまりひどいじゃないか」と言って叱ると、小人は田舎者をさんざんに苛め抜いて、尼さんの時のように半殺し状態にして逃げ帰った。今度は、鍛冶屋が留守番をした。やって来たのは首が三つある小人だった。「ひもじい。」と言って食べ物をねだる小人に鍛冶屋は「もう、あげるわけにいかない」と言った。すると小人は腹を立て、鍛冶屋を小突き回そうとした。鍛冶屋は大きな槌を持っていたので、小人の首を叩き落した。小人は逃げ出し、鍛冶屋は後を追いかけた。小人は鉄の扉の中に逃げ込んだ。

　それから数日後、尼さんと田舎者と鍛冶屋の三人は鉄の扉を探し、中に入った。中の穴倉には娘が二人いた。二人とも悪い魔法使いからさらわれてきた王女だった。また、見張りの恐ろしい犬を鍛冶屋が槌で殺すと、美しい王子が現れた。王子も魔法にかけられていたのだ。そして、穴倉には金銀財宝がたくさんあった。

　魔法使いもいなくなったので、王女の二人はそれぞれ、鍛冶屋と田舎者のお嫁さんになった。そして、尼さんは王子と結婚した。六

人三組の夫婦が出来上がり、それぞれ仲良く暮らした。

西洋の昔話であり、魔法使いの化身（或いは分身）とされる小人が人間を試している。その試練に勝った鍛冶屋の勇気と知恵が称えられている。

「猫を殺した話」（3巻3号、1919・9）は、私小説ふうの童話である。素一という野上の長男の名前が出てくる。しかし、この作品の主人公は彼ではない。これは素一のお父さん（野上自身）が、うちで飼っている鳩を狙ってやって来る「憎い猫」を、手槍で退治する話である。短気で、やや癇癪持ちのお父さんが作者豊一郎自身をほうふつとさせる。猫好きの漱石の作品『吾輩は猫である』と並べて読むと、その違いが分かって面白い。

「狐の智慧」（4巻3号、1920・3）は、近ごろ村の猟師たちが「狐釣り」を始めたというので、山の狐たちが会議を開くというところから始まる。

これは、人間の猟師と動物の狐との知恵比べの話である。勝ったのは狐である。人間でなく動物の勝利が、子ども読者にはたまらなく面白い。

「馬の国」全3回（4巻5号、1920・5）（4巻6号、1920・6）（5巻2号、1920・8）は、スウィフト原作『ガリバー旅行記』から。なお、この「馬の国」を含む『ガリヴァの旅』を豊一郎は後日（1927および1948）、刊行する。

●「阿三郎の仇討」

「阿三郎の仇討」（6巻4号、1921・4）は、和田左衛門尉義盛の子阿三丸の幼年時代の話。しかし、話の前半は阿三丸の育ての親（養父養母）である文六とその妻の話。鈍仏尼と呼ばれる尼の住む庵室に黒本尊という仏像があった。鈍仏尼が鉦を叩いてお経を読んでいると、薄暗い榎木の洞の奥からおんおん、おんおんと木霊のような声が響いてくる。鈍仏尼によると「あれは、洞の中の黒本尊様が大勢

の結衆人とご一緒に念仏を唱えられている声だ」とのこと。しかし、これはジガバチという蜂が立てている音だった。それを突き止めたのは、その庵室の前で畑を耕していた文六。それが明らかになると、鈍仏尼の庵室には参拝人がとんと来なくなる。鈍仏尼は文六を問注所へ訴えた。裁判に勝ち目がないと察した文六の妻は、息子阿三郎の帰りを待ちわびた。虫の知らせか、阿三郎は村に戻りかかると、その入り口で村人から文六が死んだと知らされる。母も心配しているだろうと急いで家に帰ると、母は短刀を喉に突き刺して自害していた。阿三郎は不公平な裁判をした目代（裁判所の役人）や、目代に訴えた鈍仏尼を殺して、父母の仇をとった。その後、彼は百姓の子としてでなく、侍和田義盛の子義秀として立派になった。

『赤い鳥』は1936（昭和11）年8月号で終刊となり、同年10月号が「鈴木三重吉追悼号」として発行された。その追悼号に、野上豊一郎は「新進作家三重吉」と題する小文を発表。それによると、豊一郎が三重吉と知り合ったのは「大学二年」の時だという。年齢からすると三重吉の方が年上であり大学の入学も1年先であった。しかし、三重吉が病気で休学したため、卒業が同じになった。豊一郎が漱石山房で三重吉と初めて会った時、三重吉は「千鳥」（『ホトトギス』1906・5）などの作品を発表し、すでに小説家としてデビューしていた。豊一郎もその頃は創作家（小説家）を志していたが、後に日本の伝統芸能である能楽研究に傾倒し、その道の大家となった。

（竹長吉正）

［参考文献］
日本近代文学館編（1985）『図録　野上弥生子展』、昭和女子大学（1993年）『近代文学研究叢書』第67巻所収「野上臼川」、竹長吉正（2014）「野上豊一郎、精神世界の批評性」（『白鷗大学教育学部論集』第8巻第2号）

野上彌生子
（のがみやえこ）

●『赤い鳥』に「賛同せる作家」として

1885（明治18）年5月6日〜1985（昭和60）年3月30日。小説家。大分県臼杵市の裕福な醸造家に生まれる。本名ヤエ。幼少期より和漢の塾へ通い、英語塾でも学ぶ。15歳で上京し、巌本善治が校長を務める明治女学校に進学、21歳で高等科を卒業し、同校最後の卒業生となる。この年、東京大学文学部在学中の野上豊一郎と結婚。豊一郎は夏目漱石の木曜会に出席しており、これに彌生子も大いに触発され、育児や家事のかたわら小説を書き始める。処女作「縁」の『ホトトギス』（1907・2）への執筆も漱石の紹介による。鈴木三重吉とも交流があり、「赤い鳥運動に賛同せる作家」として、夫婦で名を連ねている。

彌生子は、処女作発表後、小説と並行し、少女小説も書いてきた。しかし『赤い鳥』創刊からは少女小説の発表が一切ない。ちょうど息子に読み物が必要となる時期と重なる。読者の性別を限定しない読物の発表の場として、『赤い鳥』は良い契機にもなったのだ。

●「デカメロン」を頓智話に

彌生子は西欧文学への造詣が深く、『赤い鳥』掲載作5編のうち、3編までが外国作品を下敷きにしている。「一本足の鶴」（1919・8）はボッカッチオ「デカメロン」、「不思議な熊」（1921・6〜9）はラーゲルレーフ「ゲスタ・ベルリング」、「アキリーズの話」（1924・1〜2）はギリシア・ローマ神話が元になっている。その中で「一本足の鶴」は「（デカメロンに拠る）」と明記され、原典との比較が可能であり、彌生子の児童文学への意識を見ることができる。

「デカメロン」は中世イタリアの小説で、ペストを逃れ、田舎へ避難した10人の男女が10日の間物語る、生を謳歌した官能的な作品だ。もともとは主人の鶴料理を愛人に与えてしまった料理番が「鶴は一本足」と苦し紛れに切り抜けた笑話であった。彌生子は、「愛人」を「仲良し」と変え、恋愛や大人の事情は徹底して排除した。そのかわりに強調したのが知恵だ。原作の料理番が何ら考える姿勢を持たないのに対し、彌生子の料理番は、ひたすら熟考する。その結果、主人の鼻を明かす形で危機を切り抜け、笑いのうちに大団円を迎える。大人の物語は起承転結も鮮やかなユーモアいっぱいの頓智話に変化し、自ら考えることの重要性を賛美しているのだ。

●教育方針を貫いて

長男の回想によると、子どもたちの読む本は全て彌生子が確認し表現を直すのが当たり前だった。「やりました」は「あげました」に、

彌生子の夫・野上豊一郎

野上豊一郎（1883〜1953）がいなければ、『赤い鳥』への執筆もなく、そもそも作家・野上彌生子は生まれない。彌生子と同郷の豊一郎は、第一高等学校在学中に、彌生子の英語を助けたことから交際に発展、結婚に至った。

後に英文学者、能の研究家の第一人者となる豊一郎は、はじめは文学を志しており、東京帝国大学に進学後は、夏目漱石の木曜会に出席する。会の様子を夫から伝え聞いた彌生子は、おおいに触

発され、文学の世界に入ったのである。

学生時代から親しかった三重吉が『赤い鳥』を創刊すると、「賛同せる作家」として夫婦で名を連ね、6編の童話を発表した。なかでも「馬の国」（4巻5〜6号、5巻2号）は英文学者らしく、「ガリヴァ旅行記」を下敷きとし、「猫を殺した話」（3巻3号）は、彌生子の「小さい兄弟」時代と重なる、我が家を題材にした作品だ。妻と共に海外文学を読み、共に童話も執筆する。「赤い鳥」作品から、当時の野上一家の様子が垣間見える。

「殺されました」は「死にました」という風で『赤い鳥』も例外ではなかったと言う。「小さい兄弟」（初出時「二人の小さいヴアガボンド」、『読売新聞』1916・1〜3）は、息子の日常を元にした小説である。主人公の母親は、子どもには世の中の「千差万別の複雑な事情」に「ただ長い年月の間に順当に馴らさなければいけない」と考え、「見せ度くない、聞かし度くない、覚えさせ度くない多くの事」から子どもたちを隔離しようとした。その姿勢は、「一本足の鶴」にも貫かれている。

渡邊澄子は、彌生子の児童観を「貴族主義」と批判している。現代的に考えれば否定はできない。一方、瀬沼茂樹は、この「隔離」の問題点を踏まえてなお、彌生子が「子どもの世界」を認め、その日常を観照し解釈したことで「心をこめた母親の愛情の記録」の小説となり得たと評価している。瀬沼の言うように、彌生子の小説は細やかに見守る、母親の愛情と知性の要素が大きい。それが『赤い鳥』の執筆において、子どもが興味をもって読める童話へと結実したのである。

この母親のまなざしを進め、翻訳ではない独自の世界へと展開したのが、「お爺さんとお婆さん」（1923・4）である。野上家の一日を題材にしたスケッチで、案内人の「お爺さん」に連れられ、湖畔を歩く子どもたちは、動植物や氷穴に夢中となる。「お爺さん」の言葉は、彌生子の筆を通すことで、さながら一編の科学読み物となった。

その後身辺が多忙を極めたこともあり、童話よりも短い幼年童話を執筆している。『コドモアサヒ』の幼年童話33編（1932・1〜1936・5）だ。短い文章ながら「象のおはなし二つ」（1932・3）や「きんぎよ」（1934・5）など理科的知識を取り入れた作品も多く、「お爺さんとお婆さん」に通じている。『赤い鳥』で培った子ども向きの作風を、さらに幼い読者に向けて発揮したのである。

これに加え、ブルフィンチ『伝説の時代』（尚文堂 1913・7）やシュピリ『ハイヂ』（精華書院 1920・9）など欧米の名著を、子どもにもわかりやすく翻訳するなど、彌生子は息長く、豊かに児童文学と深く関わった。

白寿の生涯を現役作家のまま執筆を続け、『迷路』全6部（岩波書店、1948〜1956）、『秀吉と利休』（中央公論社、1964）など、知的で端正な文体によって人としての生き方を問い続けた。今日、彌生子の児童文学の研究はなかなか進まずにいる。今後の展開が期待されるところである。　　　　　（小野由紀）

［参考文献］

渡邊澄子（1979）『野上弥生子研究』（八木書店）、渡邊澄子（1984）『野上彌生子の文学』（桜楓社）、瀬沼茂樹（1984）『野上彌生子の世界』（岩波書店）、野上素一（1985）「書き直された読もの」（「野上彌生子全集月報」、岩波書店）

『愛子叢書』の『人形の望』

1913（大正2）年、実業之日本社より刊行された『愛子叢書』は「少年少女の読物に注意して」刊行され、『赤い鳥』の先駆けと言える。島崎藤村『眼鏡』、田山花袋『小さな鳩』、徳田秋聲『めぐりあひ』、与謝野晶子『八つの夜』に加え、新人の野上彌生子『人形の望』が加えられた。

『人形の望』は、雛祭りの夜に、いずれは持ち主に捨てられることを憂いた人形が、霊魂をもらうために、ギリシア神話の世界へ旅立つ、日本の

本格的な人形ファンタジーの嚆矢でもある。

霊魂をもらった人形には、結末で神々からの贈り物を選ぶ。主人公の人形は迷った末に「美」ではなく「智恵」を選んだ。「女の子でも男の子でも（中略）智恵は何よりも尊い」と知り、また美貌の人形の哀れな末路を思い出したからだった。

この選択は彌生子の「生涯の原点」と渡邊澄子以来、認められてきた。叢書が謳う「親がわが子に読ませる最良の物語」は、その後、野上彌生子の文学の主軸となったのである。

平方久直
ひら かた ひさ なお

●満洲の人々を温かく描いて

1904（明治37）年11月２日～1990（平成２）年11月５日。岐阜県生まれ。作家。在満日本人学校での教員生活を送った後、1936年帰国。『赤い鳥』には「線路」（10巻１号、1935・7）と「王の家」（11巻３号、1936・3）が掲載。いずれも、現地の貧しい人々を温かいまなざしで描いている。２作品とも投稿されたもので、前者に対しては入選を祝うとの言葉が、また、後者に対しては、「私がかなり手を加へました。同君には、これで叙写の幅員と深度といふことの或ものが、はつきりお分りになつた筈です。御努力下さい」との寸評が、選者の三重吉から送られている（「講和通信」）。ただし、手を加えた箇所は不明。

『赤い鳥』掲載作品を分析した浅野法子は、全体的に中国軽視の傾向がある同誌において、「線路」は例外的に、「消極的ではあるが、当時の支配下にあった「満洲」の現実が示されている」（「『赤い鳥』における中国像」『梅花児童文学』1990、p.180）と評価した。また、本作と「王の家」はその後に刊行された童話集『王の家』（文昭社、1940）に収録されたが、

この童話集についても「「内地」でなく「外地」にいたからこそ、現地の人々を描く際に平等な視点を持つことが可能だったのかもしれない」（同上、p.180）と推測している。

一方、相川美恵子は「線路」について別の視点を提示した。すなわち、この作品では満洲人の少女に無垢＝無知＝〈未開〉が美的に象徴され、「主人」たる日本人に知性＝〈文明〉が象徴されているとした上で、作者の温かいまなざしそれ自体の中に無意識の宗主国性が認められるのではないか、と問うたのである。また、『赤い鳥』を生み育てた大正リベラリズムやヒューマニズムが、なぜにやすやすと昭和の軍国主義へ横滑りしてしまったのかを考える上でも本作に注目したいとしている（『児童読物の軌跡──戦争と子どもをつないだ表現』龍谷学会、2012）。

ところで童話集『王の家』の刊行は1940（昭和15）年８月、その翌々月には文部省の推薦図書になる。下畑卓は書評「「王の家」を読んで」（『童話精神』1940・8）の中で、「著者が実際に満洲に親しみ、満洲人の生活をしらべその上に立つて創作した点に特色があり、満洲の素朴な自然や生活の匂いが感じられる」（傍点は下畑）という文部省の選評を引用している。 　　　　　　（相川美恵子）

［参考文献］

平方久直（1942）『北京へ行く』（教養社）

初出と初版のあいだ

「線路」と「王の家」の初出はそれぞれ1935（昭和10）年７月と1936（昭和11）年３月、２作品を収録した『王の家』の出版は1940（昭和15）年８月であるが、両者には大きく異なる点がある。初版には、収録された作品すべてに「あとのことば」が添えられている点である。その理由を、平方は「大陸を取材したものの解説のつもりで書き出した」としている。だが、これは内務省が出した「児童読物改善ニ関スル内務省指示要綱」

（1938・10）と無関係とは考えにくい。この要綱の「編輯上ノ注意事項（3）その他」の中に、「支那」に関する一項があり、そこで「子供ニ支那ニ関スル知識ヲ与へ、以テ日支ノ提携ヲ積極的ニ強調スルヤウ取計ラフコト」等々、具体的な「指示」を出している（浅岡靖央『児童文化とは何であったか』つなん出版、2004、参照）。「あとのことば」はそれに応じるものであったと考えられるし、文部省もまた、「日支提携」の為のテキストとしてこれを推したのではなかったか。

平塚武二

ひらつか たけ じ

◉ 『赤い鳥』と平塚武二

　1904（明治37）年7月24日〜1971（昭和46）年3月1日。児童小説家・幼年童話作家。横浜生まれで、中学1年生の時、『赤い鳥』を創刊号から読み続け、青年期に入ってからも読者であり続けた。その間、投稿をすることはなかったが、1927（昭和2）年に青山学院大学の前身である青山学院高等部英文科を卒業してから1年半ほどの間に作家になる夢をふくらませ、『太陽』編集者の高梨菊二郎より鈴木三重吉への紹介状を書いてもらったことで、1929（昭和4）年夏に三重吉を四谷の須賀町の自宅に訪ねることとなった。そうして武二が三重吉宅に出入りするようになってから、まもなく武二は三重吉が『朝日新聞』に執筆予定の小説の資料収集をするための助手として採用されたが、『赤い鳥』は休刊となり「第一期赤い鳥」時代が終わった。

　その後、三重吉宅は新宿の西大久保に移り、『赤い鳥』復刊の通知を受けとった武二は、三重吉宅の前の家に下宿して、1930（昭和5）年にまもなく入社した与田凖一、豊田三郎とともに、復刊の準備を行い、1931（昭和6）年に『赤い鳥』は復刊した。

　『赤い鳥』後期にあたる1931年から1932年にかけて、武二は6編の作品を書く。その題名を『赤い鳥』の紙面通りに写すと、「魔法のテイブル（童話）（ターロー作）」（1931・7）、「Q（滑稽話）（リーコックによる）」（1931・9）、「のら犬（アンドレイエフによる）」（1932・2）、「海におちたピアノ（童話）（ストリンドベルクによる）」（1932・6）、「火（童話）（ルイ・フィリップによる）」（1932・11）、「わるもの（童話）（レーミゾフによる）」（1932・12）であり、括弧内に原作者名が示

されていることでわかるように、すべて翻訳・翻案である。この6作品のうち、最初の2作品を書き終えた後、武二は赤い鳥社を去っているが、その後の4作品は中外商業新報社（現日本経済新聞）に入社した社員の立場で発表している。

　1932年1月に武二と出会い、同年夏に『赤い鳥』の記者となった森三郎は、武二が『赤い鳥』で翻訳か翻案しか書いていないことについて、「創作童話も幾篇か先生に見せたそうであるが、この閻魔さまの首を縦には振らせなかった」と伝え、『赤い鳥』の狭き門を通過しえなかったのは、よい意味でもわるい意味でも、これまでの童話ではすまされないものが、『赤い鳥』の壁にぶつかっていたからでもあろう」と解し、さらに武二は「『赤い鳥』から出発した作家にはちがいなかろうが、『赤い鳥』以後に『赤い鳥』の作家になった人」であると位置づけている（「ドンキホーテの辞」『日本児童文学』1971・6）。

　武二はこうした経緯によって、三重吉からの直接の文章指導を受けた結果として、文章へのこだわりが強くなり、洗練された文章へのセンスを身につけたといえる。さらにそこから詩人肌で直感的な把握が得意な武二なりに、刈り込み型で、簡潔な文章による、五感に訴える表現へと発展させ、平明な言葉を巧みに駆使して鮮烈なイメージを浮かび上がらせる文体を確立していった。それはおのずと短編志向ともつながっている。

　のちに、そうした文章へのこだわりは、武二の促しによって成立した同人誌『豆の木』（1950創刊）に集まった長崎源之助、いぬいとみこ、佐藤さとる等が、武二に師事して指導を受けた際に、弟子たちの原稿に手を入れ、文章を刈り込んで直したという点にも生かされた。かつて三重吉から受けた厳しい文章指導はこのように後進へとつながっている。

◉平塚武二による『赤い鳥』評価

　『赤い鳥』の功績について、武二は、「その

主たる偉大さは、児童文学の肉付けに役立っ
たリアリズムの手法（敢えて手法というに止
める）を指導した偉大さである。特に、表現
の極致を童心の把握において実現しようとし
た北原白秋の努力と、これに続いた門下俊秀
の精進が、童謡に、詩に―幼年童話にと発展
させて行つた功績はすばらしいものがある」
と述べている（「児童文学の前後」『白象』
1949・11）。

　一方、『赤い鳥』が「児童文学のヒュウマ
ニズムそのものの発育」には「ほとんど役立
たなかつた」と捉えている点については、「「赤
い鳥」は各種各様の作品を紹介発表し、それ
らの中には、児童文学ヒュウマニズムの唯一
の本格を行く人であつた小川未明氏の諸作を
はじめ、多くのヒュウマニズム童話もあつた
にはちがいないが、そうした諸作の発表は、
鈴木三重吉の教養人としての見識の高さと、
天才肌の芸術家としての鑑賞力の幅の広さに
よるだけのもので、ヒュウマニズムを押し進
めるという点では積極性はなかつたのである」
と批判的に述べている。

　武二は、戦後に向けて独自の創作世界を創
り出すなかで、戦後児童文学が一つのエネル
ギーとなるためには、「「文学」そのものに目
を見開く必要」があり「文学の実践のうちに
ヒュウマニズムを実現しなければならぬ」と
し、「児童文学者は子供等とともに野に山に
街に出て、彼らの生命の燃焼に、自らの生命
を燃焼させ薪として加える者でなければなら
ぬ」と主張している。

●大正デモクラシーと戦後の自由への教育

　『赤い鳥』を退社したあとの武二は、8年
間勤めた中外商業新報社の新聞記者生活を病
気のため退いてから、幾つかの翻訳を発表し
ていたが、童話創作に復帰し、戦時中から自
らの創作作品を生み出す文筆生活に入った。

　こうして、武二の独自性が多彩に花開いた
創作活動時期は、戦時中に刊行した書き下ろ

し処女童話集『風と花びら』（1942）の頃か
ら本格的に始まるが、最も個性溢れる作品を
旺盛に生み出した時期は、戦後の『太陽より
も月よりも』（1947）、『ウィザード博士』
（1948）から『馬ぬすびと』（1955）、『魔女
の時代』（1959）の出版までの時代である。

　武二は、1963（昭和38）年1月発行の『日
本児童文学』に「ナンセンス・テールについ
て」と題して、短い文章を書いている。これ
はナンセンスについて語りながら、自らの童
話創作全般に対する使命を示したものにもな
っている。つまりナンセンスは「無邪気」で
あることに加えて「幼児自身には意識されな
いもの」で、「おとなが幼児から受け取る無
邪気を幼児のために再製して与える」ものだ
としている。すなわち「空想の世界では人は
自由だということを、意識させずに教える教
育の仕事」だとし、この教育とは「知識を与
えるというようなことではなく、むしろ将来
無用な知識は棄ててしまう自由さをやしなう
ための教育」だと主張している。

　青年期まで『赤い鳥』の読者であり続けた
武二にとって、猪熊葉子が述べるように、
「「童話」という新しい可能性をもつ文学が、
彼の自己表現の器としてうってつけのもので
あることを予感していたからではなかったか」
（「解説」『日本児童文学大系』第26巻、
1978）といえる。武二は、自己の青春期を
大正デモクラシーの自由教育の主張を広く展
開した『赤い鳥』への深い共感から童話とい
う可能性を追究し、戦時中の状況に耐えつつ、
戦後を迎えたときには戦後の状況も見据えた
真の自由とヒューマニズムを必要とする文学
の使命感を新たにし、「自由さをやしなうた
めの教育」への思いを自らの文学で遂げよう
と努力した童話作家であったといえる。

（山根知子）

［参考文献］
山根知子（1996）「平塚武二」『国文学　解釈と
鑑賞』（至文堂）

広津和郎
（ひろつ かずお）

1891（明治24）年12月5日～1968（昭和43）年9月21日。小説家、評論家。東京市牛込区に生まれる。父は広津柳浪。1912（大正元）年、早稲田大学英文科在学中に舟木重雄、相馬泰三、葛西善蔵、谷崎精二らと同人雑誌『奇蹟』を創刊した。1916（大正5）年、『洪水以後』の文芸時評を担当し、評論家として認められるようになる。翌年に「神経病時代」（『中央公論』1917・10）を発表し、小説家として文壇に登場した。

●童話の創作時期と作品

広津が童話を創作した時期は1920（大正9）年から1924（大正13）年の5年間とされている。確認できている作品は、「太助の薄馬鹿」（『赤い鳥』1920・11）、「王様になつた狐」（『赤い鳥』1921・3）、「三郎とお月様」（『朝日新聞』1921・4・3、6～8、12）、「白鳥になつた王女の物語」（『婦人画報』1921・4）、「鮒の故郷」（『時事新報』1922・4・23）、「蜘蛛と蚰蜒」（『女性改造』1923・11）、「三吉の鳶口」（『女性改造』1924・5）、「鼻」（『女性改造』1924・10）である。

●『赤い鳥』に掲載された童話

「太助の薄馬鹿」は、太郎助爺さんの息子である3人兄弟の末っ子・太助の物語である。長男は百姓となり、次男は学者となるが、末っ子の太助は仕事もせず、子どもたちと遊んでばかりいる「薄馬鹿で、怠け者で村中で一番やくざ者」である。ある日、太助は野原で寝ころびながら、竿にもちをつけ蜻蛉とりをしていると、竿についた多くの蜻蛉に引っ張られて空へ飛んでいく。すると、空にはお月様がいて、太助は食べられてしまう。お腹の中は「小人の国」で、太助は小人を家来にし、

王様となる。太助はしたいこと全てをし尽くし、家族が恋しくなる。ある日、井戸で釣りをしていた太助は釣り竿に引っ張られ水の中に落ちる。ここで目が覚め、気がつくと太助は野原で眠っていたのだった。この作品について、渋川驍は「著者が蝶採集に夢中になっていた昆虫好き時代の経験が生かされている。蜻蛉捕りの竿のもちにいっぱいとまっていた蜻蛉が、驚いて飛び立ったとき、その竿を持った太助を空中に吊り下げてゆく着想がよくきいている」（傍点原文）と評価している（渋川驍「解説」『広津和郎全集』第三巻、中央公論社、1988、p.546）。

「王様になつた狐」は、印度に住む「傑い仙人」と狐の話である。仙人の代わりに用事をこなしていた狐は、いつも仙人が書物を朗読するのを聞いていた。そのうち自分も賢くなった気になり、「獣の王様になる」と言いだす。仙人は一笑するが、狐の望みは消えず仙人のもとを去る。狐は狐の王様となり、次々と動物を支配し、ついに「獣の王様」となる。狐は増長し、人間を妃にしたいと考え、人間の国を攻める。人間の国にはかの仙人がおり、策略にひっかかり狐は死ぬ。渋川は「奇智に富んだ童話で、筋に変化のある面白さはあるが、その奇智が少し理屈っぽいところが難となっている」と指摘している（同前 p.547）。

●研究の現状

広津は創作の意欲が湧かず、小説が書けない時期に童話を執筆している。広津にとって童話創作は、小説が書けない時期を打破するための試みのひとつであったかと推測できる。広津の童話は、作品数の少なさや創作の期間が限られていることから研究はほとんどなされていないのが現状である。　　　　（入口愛）

［参考文献］

入口愛（2010）「広津和郎の〈文学的煩悶〉時代——童話への試み」（『児童文学論叢』第15巻、日本児童文学学会中部支部）

209

福永渙
ふく なが きよし

●生涯と作品

1886（明治19）年3月22日〜1936（昭和11）年5月5日。詩人、小説家、翻訳家。主として用いた筆名は挽歌、別号に冬浦もある。福井県福井市出身で、父親は英文学者・翻訳家・評論家・詩人の馬場孤蝶と同時期に彦根で教師をしていた。南アジア研究者の福永正明は、大甥に当たる。

早稲田大学文学部英文科の学生時代には、歌人・国語学者の土岐善麿（哀果）と同人誌『北斗』に参加した。1908（明治41）年の卒業後、『二六新報』や『東京日日新聞』『名古屋新聞』などの記者を経て、『萬朝報』に入社する。のちに、日本女子高等学院などで教鞭も執った。早くから『早稲田文学』や『文章世界』などに詩や小説を発表しており、1912（明治45）年に散文詩集『習作二十七篇 幸福を求むるものゝ詩』を、1920（大正9）年には小説集『夜の海』を刊行する。本名と筆名の双方で執筆し、評論の著作もある。

また、翻訳も数多く手がけ、小デュマの『椿姫』などのほか、レフ・トルストイやロマン・ロラン、バートランド・ラッセルらの著作を紹介している。マハトマ・ガンディーに関する評伝などの翻訳は数冊を数え、渙名義での著書もある。海外童話の紹介も積極的に行っており、1921（大正10）年に日本評論社出版部から刊行された「世界童話傑作叢書」として、ウオルホーフスキイ作『茶碗の一生 ろしあ童話集』（第1編）やクルイロフ作『魚の舞踏 ろしあ童話集』（第2編）、セルマ・ラゲルロフ作『漁夫の指輪』（第3編）、アナトール・フランス作『蜜蜂姫』（第4編）を編んだ。

●『赤い鳥』の童話

『赤い鳥』には、1922（大正11）年から翌1923（大正12）年にかけて本名の渙名義で2編を、1924（大正13）年から1929（昭和4）年にかけては筆名の挽歌名義で16編の童話を寄稿している。作品名をあげれば、「小さなファンション」（1922・11）、「梟」（1923・9）、「少年と木馬」（1924・8）、「虫の王国」（1924・11）、「不思議な音楽」（1924・12）、「林檎饅頭」（1925・1）、「金の馬と銀の馬」（1925・2）、「幸福の市」（1925・7）、「黄金の塔」（1925・8）、「偽医者の手柄」（1925・10）、「三つの波」（1926・3〜4）、「地獄の探偵」（1927・2）、「鼻なし半兵衛」（1928・4）、「夢を買った男」（1928・7）、「馬鹿をどり」（1928・9）、「騎士のはなれ業」（1928・11〜12）、「ノアールの館」（1929・1）、「海賊の赤帽子」（1929・3）の全18編である。

初登場の「小さなファンション」は、その末尾にアナトール・フランスの名前が記されており、彼の作品を紹介したものとなる。しかし、「梟」以降の作品には原作者の記載がないものの、支那の少年・牧文の物語「少年と木馬」をはじめとして、虫好きの少年・安太の冒険譚「虫の王国」、ある国に住む音楽家のグッチラと音楽好きの男・ムシラの物語「不思議な音楽」、一郎と花子の兄妹による神隠し譚「金の馬と銀の馬」、少年・ルパートの冒険譚「幸福の市」など、古今東西の説話の翻案あるいは再話と見られるものが多い。

また、昭和期になると、若い探偵・藤三の冒険譚「地獄の探偵」、ヨーロッパ諸国間の戦争を取りあげた「騎士のはなれ業」や「ノアールの館」、「海賊の赤帽子」といったものへ話材が移行している。そうした福永の作品について、内容は極めて教訓的で、結末もハッピーエンドで終わることが少なくないと言える。なお、『少女倶楽部』（大日本雄弁会講談社）や『少年少女譚海』（博文館）などにも筆を執っている。　　　　　（浅野俊和）

細田源吉
（ほそだげんきち）

◉生涯と作品

　1891（明治24）年6月1日〜1974（昭和49）年8月9日）。小説家、翻訳家。東京市麻布区（現・東京都港区）で生まれ、すぐに埼玉県入間郡川越町（現・川越市）の細田丑太郎・かくの養子に出され、その長男として同地で成長する。1904（明治37）年に川越高等小学校を、1915（大正4）年に早稲田大学文学部英文科を卒業しており、大学の同期には直木三十五や青野季吉、木村毅、西條八十、坪田讓治、田中純、細田民樹、保高徳蔵、宮島新三郎、鷲尾雨工らがいた。

　春陽堂などでの雑誌記者を経て、1918（大正7）年に『早稲田文学』で処女作「空骸」を発表し、1922（大正11）年の自伝的長編小説『罪に立つ』（新潮社）で注目をあびた。1920年代から30年代まで、『新潮』や『中央公論』『文章倶楽部』『文芸戦線』などの雑誌を主な舞台として活躍する一方、ロシア文学者レフ・トルストイの翻訳にも携わった。初期は自然主義の色濃い自伝的作品や愛欲をテーマにした作品を次々に発表したものの、次第に市井の片隅で生きるさまざまな人々を生き生きと描写する作風へ変わっていく。1926（大正15）年1月に自ら編集・発行人となって月刊誌『文芸行動』（春秋社）を創刊し、貧しい商人・使用人たちの不幸や宗教の欺瞞を告発するような作品を発表して、数々の作品集も刊行した。また、日本プロレタリア作家同盟（略称ナルプ）にも加わり、1932（昭和7）年には治安維持法違反で逮捕される。しかし、1934（昭和9）年頃には転向し、それ以後は歴史小説や宗教的な作品を発表するようになる。アジア・太平洋戦争後は筆を絶ち、各地の刑務所での短歌・俳句指導をする

など、社会奉仕活動を晩年まで続けた。

◉『赤い鳥』の童話

　休刊前の『赤い鳥』には、1919（大正8）年から1926年にかけて9編の童話を寄稿しており、その大半が1925（大正14）年に掲載されたものとなる。作品名は、「銀の鰐」（1919・10）、「白い夢」（1924・6）、「くろい熊」（1925・1）、「六やと坊ちやま」（1925・4）、「都へ出てみたら」（1925・6）、「気の毒な爺さん」（1925・7）、「巣の中の卵」（1925・10）、「居ねむり婆や」（1926・10）、「ごまかしあきんど」（1927・2）である。また、復刊後の1936（昭和11）年10月、「鈴木三重吉追悼号」（終刊号）の『赤い鳥』には「思ひやりの深い兄さん」も寄せている。

　細田は、最初の頃、ある国の王子の物語「銀の鰐」、遠い南の方のあるところの王様とお姫様の物語「白い夢」など、ファンタジー色の強い作品を書いていた。しかし、次第に、幸子親子による心の機微を描いた「くろい熊」、植木職人の息子・六蔵とお屋敷の息子の関わりを通して、貧富の差に迫った「六やと坊ちやま」、東京に出て女中勤めで苦労するおときが故郷の弟・平吉を思いやる「都へ出てみたら」、けちな老人・茂平を中心に人間性の哀しさなどを描いた「気の毒な爺さん」、つう子がいたずら盛りの弟・三郎にやきもきする「巣の中の卵」、話を聞かせて寝かしつけることが苦手な老女中の物語「居ねむり婆や」、ずる賢い商人・庄兵衛の失敗譚「ごまかしあきんど」と、日本が舞台の人間ドラマを寄せるようになっていく。

　こうした細田による童話の特徴は、大人向けに書いた小説と同じく、当時の社会的背景に目を向け、勧善懲悪ではない人間性の機微を描写した点にあると言えよう。（浅野俊和）

［参考文献］
山田泰男編（1998）『川越出身の作家 細田源吉』（さきたま出版会）

細田民樹
ほそ だ たみ き

1892（明治25）年1月27日〜1972（昭和47）年10月5日。小説家。東京府葛飾郡（堺・江戸川区瑞江町今井大橋の辺り）に長男として生まれる。父は医師だった。7歳の時、父の郷里である広島県山県郡千代田町字川西の祖父の家で育った。抜群の成績で小学校を卒業し、広島県立第一中学校にすすみ、文学書に親しみ、『文章世界』や『秀才文壇』に評論や短編小説を投稿する。

1911（明治44）年、早稲田大学英文科に入学する。150枚の処女作「泥焔」を書き、1913（大正2）年の7月『早稲田文学』に掲載された。島村抱月、相馬御風らの激賞を受け、文壇にデビューした。早稲田の同級に青野季吉、細田源吉、直木三十五、西條八十等がいた。1915（大正4）年7月早稲田大学卒業。徴兵検査で広島騎兵第五連隊に入隊し、3年の軍隊生活を送る。

1918（大正7）年除隊後、郷里の土蔵で長編「或る兵卒の記録」を書く。文学雑誌に発表した後、1923（大正12）年改造社より出版した。幼少時代から父母が円満でなかったことが投影されたか、特異な新進作家として迎えられた。大正後期から、思想統制期には幾度か執筆停止を受ける。太平洋戦争に入り、郷里の広島県山県郡に疎開、戦後1949（昭和24）年まで暮らした。広島在住中も広島在住作家たちと交わり『中国文化』を発行して戦後の文学活動に刺激を与えた。

細田民樹が初めて書いた童話に、『文芸戦線』特集号（文芸戦線社、1932・4）「息子を殺す」がある。

●「赤い鳥」へ執筆

『赤い鳥』に執筆したのは、1922（大正11）年2月号「相思鳥と鶏」、1925（大正14）年7月号「三人兄弟」、同年10月号「野菊の話」、同年年12月号「狐の兄弟」、1926（大正15）年2月号「山羊の耳」、1928（昭和3）年8月号「三匹の小牛」の6編がある。その他に、戦後、『新吉君の新しさ』（短編19編、広島図書）や伝記『フランクリン』（広島図書、1951）、『高杉晋作』（白土社、1958）がある。

●「ぎんのすず」へ執筆

戦後、広島から発行された学年別児童雑誌『ぎんのすず』（広島図書）には翻案も含めて12編書いた。これらの作品は、従来の細田民樹著作目録には拾われていない。以下は、『ぎんのすず』『銀の鈴』に掲載された作品である。

「なみだでかいたねずみ」（『ぎんのすず』3・4年、1947・10、絵のうまかった雪舟の幼少期の有名なエピソード）、「新吉君の新しさ」（『銀の鈴』5・6年、1947・10）、「福沢諭吉（偉人伝）」（『銀の鈴』5・6年、1947・11）、「フランクリン」（『ぎんのすず』3・4年、1947・12）、『ジイドとはつかねずみ』（『ぎんのすず』3年、1948・11）、「猛獣映画の話（解説）」（『ぎんのすず』3年、1948・11）、「ぼんやりニュートン」（『銀の鈴』5年、1948・11）、「りこうな小馬」（『ぎんのすず』3・4年、1948・12）、「崋山の少年時代」（『銀の鈴』5年、1948・12）、「扇流し　天才画家池の大雅の苦しみ」（『銀の鈴』5年、1949・3）、「びっくり団」（『銀の鈴』6年、1949・5）、「五十円の損？」（『銀の鈴』5年、1949・6）。

東京に戻った後、細田民樹は『広島最後の日』（1949）や『広島悲歌』（1950）を出版する。
（三浦精子）

［参考文献］

『広島県史』通史（1983）、『年表ヒロシマ』（中国新聞社、1995）、『鈴木三重吉「赤い鳥」通信』1995春号（鈴木三重吉「赤い鳥」の会編『すずのひびき』3号（ぎんのすず研究会編、2005）

水木京太
みず き きょう た

1894（明治27）年6月16日〜1948（昭和23）年7月1日。作家、劇作家、演劇評論家。本名は七尾嘉太郎。秋田県横手市生まれ。実家は呉服・小間物を商う大地主であった。娘の女優七尾伶子によると、幼児期の水木は身体が弱く、粥と卵、バナナで育ち、冬には猫を抱いて暮らし、大の猫好きになったという。

早熟な文学少年で、読書で得た江戸趣味や東京の生活に憧れて暮らした。1907（明治40）年10月に創刊された『新思潮』を愛読する中でイプセン、チェーホフを知り、演劇に関心を持った。

1913（大正2）年、慶應義塾大学予科に入学し、本科での小山内薫の英文学・演劇論の教室に出入りしていた。1916（大正5）年に、慶應義塾大学本科文学科に入学する。小山内のほかに、馬場孤蝶からの影響が大きかった。小島政二郎らとともに馬場との交流が続いた。

在学中、三田文学会の当番幹事となり、『三田文学』への寄稿も始めた。1918（大正7）年3月、慶應義塾大学本科文学科を卒業する。6月に葉山の三田文学同人会で転地中の鈴木三重吉と出会い、久保田万太郎とともに交流する。1920（大正9）年には、『三田文学』

の編集をしながら戯曲を書く。9月には、慶應義塾大学予科教員となり、小山内薫に師事しながら、演劇・劇文学の研究に打ち込んだ。

戯曲では、「郊外にて（一幕）」（『新潮』1924・10）、風刺喜劇「殉死」（『演劇新潮』1926・5）、「嫉妬」（『中央公論』1926・7）など多くの作品がある。「殉死」は1926年7月、「嫉妬」は1928年4月に浅草の松竹座で上演された。

『赤い鳥』には、1922年12月号から31年10月号まで合計37編の作品を寄せた。そのうち児童劇の脚本が1編（「人形」、1922・12）で、残りは童話である。「人形」は、目次に「少年少女劇」とある。中学一年生の不二雄が学校の本や、妹の敏子が大事にしている人形を大切にしないので、サンタ・クローズや人形の女の子、兵隊が反撃する話しである。

童話のうちには、フィラデルフィヤの世界大博覧会で気球に乗った猫が拍手喝采される「猫の風船」（1925・2）など猫の描かれたものが6編ある。幼児期からの猫への愛着がモチーフになっていると思われる。このほか、ヨーロッパやアメリカ、アフリカを舞台にした童話や再話、江戸時代の花見や黒船騒動などの童話も活劇風の面白さがある。（武藤清吾）

［参考文献］

佐藤道子（1991）『近代文学研究叢書』第64集（昭和女子大学近代文化研究所）

『三田文学』

1910（明治43）年5月創刊。森鷗外、上田敏の斡旋で永井荷風を慶應義塾大学教授に迎え、彼を編集主幹、鷗外と敏を顧問として創刊された。

慶應義塾大学文学科刷新の一環として、荷風のほかに小山内薫、戸川秋骨、馬場孤蝶、小宮豊隆が大学に迎えられた。自然主義文学の『早稲田文学』への対抗という意識から、表紙も編集も『早稲田文学』との違いが強調されている。『早稲田文学』の重厚な表紙に対して、藤島武二の表紙デ

ザインはいかにもモダンな装いとなっている。

『三田文学』は、森鷗外、谷崎潤一郎、芥川龍之介、木下杢太郎、北原白秋、吉井勇、小山内薫、与謝野鉄幹・晶子ら既成の作家に発表の場を提供する一方で、久保田万太郎、佐藤春夫、水上瀧太郎、堀口大學、小島政二郎、南部修太郎、石坂洋次郎らの新人を育てている。また、プロレタリア文学全盛時には、西脇順三郎がシュルレアリスム運動を先導し、三田派は耽美派の牙城として知られた。

水島爾保布
みず しま に お う

1884（明治17）年12月8日〜1958（昭和33）年12月30日。東京生まれ。画家、小説家、随筆家。本名は爾保有。号は無弓。彼の足跡をたどると、日本画家とは違う多彩な顔を持っていることがわかる。彼の才能は、家族からの影響も大きかったであろう。

父親は水嶋愼次郎で『エマーソン論文集』の翻訳と編集をして、『いろは字引・難訓字典』などを残している。妻の福は『読売新聞』の婦人記者であり、弟の佐久良は作家の水島尺草、長男は科学小説家の今日泊亜蘭である。

◉文学の世界

爾保布は、詩・俳句・短歌、小説・随筆、童話にその才能を発揮した。

『読売新聞』（1884・5）、『新少年』（1904・4）に詩を書き、『学海指針』（1904・6）に俳句、『詩歌』（1913・6）に短歌を寄せている。

小説・随筆では、1910（明治43）年から1913（大正2）年に『新文芸』『モザイク』『朱欒』などに小説を書いた。『モザイク』（1914・2）には戯曲もある。『ムラサキ』（1910・9）には随筆を、『大正之青年』（1915・1）には「漫文」という題名を、『改造』（1923・1）には「愚談」というタイトル名の文を書き始めた。「漫画漫文」「愚談」は爾保布がよく使った言葉である。『大阪朝日新聞』（1916・2）、『KANE』（のち『鐘が鳴る』、1917・11）、『新家庭』（1919・7）などには旅先からの紀行文を載せている。

特記すべきは、『我等』（1920・3）、『月刊批判』（1930・5）、『大日』（1935・12）に連載された紀行文・随筆である。「根岸より」「巣鴨より」とタイトルを変えながら長く続いた。絵と文をともに掲載できるのは爾保布の強みであった。

童話作家としての一面も見逃せない。『赤い鳥』には「三人の泥棒」（1919・11）から「いたずらもの」（1929・2）まで36編、『金の星』には挿絵も多く描く一方、15編の童話を書いた。題名が変わっているものが多い。

『赤い鳥』では「子供が猿になった話」（1920・6）、「魚が水に溺れた話」（1920・12）、「神様を食べた男」（1921・8）、「石を食べた男」（1925・2）、「空へ飛んで行った牛」（1925・8）、「眼玉の散歩」（1925・10）、「首を切られた神様」（1926・12）、「親指と話をする男」（1928・6）といった題名だ。

「首を切られた神様」は以下のとおり。猟師が牝鹿に一発を撃ち込むが逃げたので追いかけた。岩の間にある洞穴に入っていくと神様がいて、切られた首を枕に寝ていた。猟師が逃げようとするのを制止して仔細を話す。向うの山の主と戦い首を切られた。神さまだから死なないが首と胴体が離れたので神としての仕事ができないので寝ているだけだと話す。仕返しをしたいから手伝えという。山の主の化身の手負い鹿は治療のために温泉に浸かっている。その間に剣を処分してほしいという。人間の手に触れれば能力を失うというのでそのとおりにすると剣はボロボロになり消える。そして猟師は裏山の温泉を発見するという話。読んでみると特に首をささげるサロメのような毒々しさはない。

他の作品も題名と話の内容は特別なものではない。「眼玉の散歩」とか「親指と話をする男」という題は江戸川乱歩の作品に似た題名だが、猟奇性はない。「魚が水に溺れた話」は「生きているものは手立てが発達するにつれて生き方も生きて行く状態も変わる」とのことで、鰊を淡水に慣れさせてやがては陸地生活が出来るようになり主人について散歩をするようになる。しかしある日桟橋を歩いていて板の隙間から落ちて真っ暗の底へと沈んだというお話。進化論からヒントを得た作品か。落語的で、オチがある。

「飛行家幸吉」（1922・6）は岡山で飛行機を作っていた経師屋の幸吉の話で、これは坪田譲治ほか編『おまつり　赤い鳥童話名作集』（小峰書店、1948・6）に「ひこうか幸吉」として再録されている。これには「菅茶山『筆のすさび』に拠る」とある。

『金の星』への童話作品には挿絵も同時に描いているのは特記しておいていい。

評論も多く、歌舞伎、料理、映画に関する文章を書いた。1934（昭和9）年から35年にかけては、『新演藝』『演劇画報』に歌舞伎評論と表紙絵、『食道楽』『主婦之友』『日本一』に食通、名物行脚を書き、『キネマ旬報』には映画評論と挿絵を描いている。

『解放』（1921・10）には「ポンチ画　暁斎と清親」、『騒人』（1927・2～10）には9回ほどにわたって「科擧」を、『漫画講座』（1934・5）には「日本漫画史論」などを書いているのも挙げておきたい。

落語研究にも関心を寄せた時期があった。1933（昭和8）年から1939（昭和14）年までには、正岡容・野村無名庵らと「新作落語三代噺を作る会」を開いている。はじめの2年間は爾保布の自宅での開催であった。正岡とは江戸っ子で気があったと書いている。

◉画家の世界

爾保布は、1908（明治41）年に東京美術学校を卒業し、小林源太郎、小泉勝彌らと行樹社を起し、4回展覧会を開いている。第一回展（1912・11）には全70点中7点を出品し一部屋を占領している。『人魚』『暴土の心臓』はペン画で描かれている。爾保布27歳の時である。また帝展にも2度入選している。第2回に「阿修羅の踊り」、第6回に「彌次喜多」を出展した。のちになって、2002（平成14）年10月12日から27日まで「水島爾保布展」が長岡市立中央図書館にて開かれ、110余点の絵掛け軸その他が展示された。これも、彼の代表作「昔の長岡十二ケ月」も展示された。

漫画では、『漫画ノ国』（1935・12）という全頁カラーの作品がある。また東京在住の新聞社に属する人たちで、岡本一平が主となった東京漫画会（1915・6）にも参加した。関東大震災時には市中に出てスケッチ画を描いた。ジャーナリストの眼で描いたとも言える。漫画会の人たちでわずか2か月後に『大震災画集』（1923・11）としてまとめられ、爾保布は序文と9点を載せている。大阪に逃れていた金尾文淵堂から出ている。

挿絵、装丁でも活躍した。挿絵の数は多く、未だに全容がつかみきれない。装丁は、鈴木三重吉（1916）『湖水の女』から始まり、代表作の谷崎潤一郎（1919）『人魚の嘆き・魔術師』などの装丁挿絵を描いている。なお、同年には小説家の弟・佐久良（水島尺草）の『殺人鬼』の装丁画も描いている。自装本を含め44冊の本を装丁した。またカルタ（「日本めぐりイロハカルタ」1938）、双六、絵ハガキなども描いている。

絵画の才能は、舞台装置にも及んでいる。1914（大正3）年には、澤田正二郎の美術劇場の背景主任となった。1935（昭和10）年ごろには落語家の林家正蔵の舞台装置画を残している。

さらに、創作版画でも、『藝美』（1914・6）には「死の捷利より」を載せ、自刻自刷運動にも参画している。

爾保布について、これまでに確認できたのは、247種の雑誌、8紙の新聞に載せた絵や文章である。その多彩な才能は驚くほどである。
（かわじもとたか）

［参考文献］

嘉治治一（1967）「水島爾保布」（『人物万華鏡』朝日新聞社）、上笙一郎（1980）「無弓居士＝水島爾保布のこと」（『児童出版美術の散歩道』理論社）、今日泊亜蘭（1988）「父　爾保布を語る」（『幻想文学』22号）、かわじもとたか編著（1999）『水島爾保布著作書誌・探索日誌』（杉並けやき出版）

宮島資夫
みや じま すけ お

●略歴

1886（明治19）年 8 月 1 日〜1951（昭和26）年 2 月19日。本名は信泰。東京四谷伝馬町に生まれる。父親は元大垣藩士で農商務省に勤めていた貞吉で、母親ふみは幕臣の家出身である。13歳で砂糖問屋の小僧になったのをはじめとして、羅紗屋、三越呉服店の小僧、歯医者の書生、砲兵工廠の人夫、相場師、金貸しの手代などを経て、鉱山の事務員、工場機関部のボイラー人夫など、さまざまな職業を経験する。

1914（大正 3 ）年の春頃、サンジカリズム研究会に参加し、荒畑寒村、大杉栄らと知り合う。1916（大正 5 ）年、「坑夫」を近代思想社から刊行するが、発禁となる。1921（大正10）年から野口雨情の紹介で、『金の星』に童話を書き始め、それをきっかけに『赤い鳥』にも童話を発表していくこととなる。

1930（昭和 5 ）年、天竜寺に入門の為、5月に京都へ行き、11月に天竜寺の僧堂に入る。1948（昭和23）年頃、浄土真宗に帰依する。

●『赤い鳥』に掲載された作品

『赤い鳥』に掲載された資夫の童話作品は1925年 4 月号から1929年 1 月号まで計15作品ある。

「太兵衛と極楽」（1925・4〜5）、「生笹」（1926・2）、「仁王の力」（1926・5）、「郭将軍」（1926・12）、「鳥が宝になった話」（1927・3）、「あたらぬ占ひ」（1927・5）、「銛の庄吉」（1927・8〜9）、「マカオの死」（1927・11）、「清造と沼」（1928・1）、「人間は恐い」（1928・3〜4）、「鳥を釣った話」（1928・7）、「消えない火」（1928・8）、「浜辺の神様」（1928・10）、「天女と悪魔」（1928・11）、「海賊と大砲」（1929・1）。

資夫の童話は、「勧懲主義から抜けきっていない」（日本児童文学学会編『日本児童文学事典』東京書籍、1988、p.734）などと評価は高くないが、「郭将軍」は、郭将軍が村人から守り神として崇められ恐れられている烏将軍を退治し、生け贄にされかけた少女を救うという物語である。それまで烏将軍を恐れ、子どもたちを生け贄にしてきた村人たちが、烏将軍の正体である猪が苦しんでいるのを見て、よってたかってなぐり殺してしまう様は、小説「坑夫」のラストシーンで、大沢との決闘で傷ついている石井を足蹴にする坑夫たちを思わせるものがある。

力を失った者に対する弱者の残忍な復讐、そして自分たちが助かるために他人を平気で生け贄にする卑劣さの描写は、資夫の真骨頂といえる。

また「太兵衛と極楽」や「マカオの死」など仏教説話的な話しは、少年時代に母親に連れられて聞いた浄土真宗の説教や、1920（大正 9 ）年に妻子を連れて比叡山に移住生活をしていた影響も考えられる。

「太兵衛と極楽」には、比叡山の僧がお金のために、心のこもっていないお経を上げる様が描かれている。「何故仏門に帰依したか」において、延暦寺が警察に唆されて自分を追い出したことを非難していることと考え合わせて興味深い。また資夫は僧に対して反感を持ちながらも「仏教そのものには決して反感は持ちませんでした」とも書いている。

なお、『赤い鳥』掲載作品では、「太兵衛と極楽」の前編（後編は「宮島」表記）、「浜辺の神様」、「海賊と大砲」が「宮嶋」と表記されている。 （前田俊之）

［参考文献］

森山重雄（1984）『評伝　宮嶋資夫』（三一書房）、日本児童文学学会編（1988）『日本児童文学事典』（東京書籍）

宮原晃一郎
みや はら こう いち ろう

●宮原晃一郎の作家としての土壌

1882（明治15）年9月2日〜1945（昭和20）年6月10日。児童文学作家。本名・知久。鹿児島県鹿児島市に生まれる。

幼少の頃に札幌に移るが、心身病弱のため小学校修了後、自宅にて読書に励む日々を送る。その後、文学を志し夜学に通うも、結核を患い再び病床に就く。病状が回復した後、34歳で上京するまで、新聞記者として働く。その傍ら、英語をはじめとするさまざまな言語を学び、各国の文学や思想に直接触れることができるようになる。この間、1908（明治41）年に文部省主催の新体詩懸賞募集に応募した「海の子」が佳作入選している。なお「海の子」は後に改題され、文部省唱歌「我は海の子」として愛唱されるようになる。1910（明治43）年には有島武郎と知り合い、以後、キリスト教信仰と文学への情熱を語り合う親しい友人となる。

●『赤い鳥』への童話の投稿とその特徴

上京後の1918（大正7）年、晃一郎36歳の時、処女作「薤露に代へて」（『中央公論』レクイエム10月号）が発表され、作家としての一歩を踏み出す。2年後、「漁師の冒険」が『赤い鳥』（1920・11）に初掲載される。漁帥の仙蔵と治郎作が、小さな船で漁に出た所、巨人の島に流れ着き不思議な体験をする、「ガリバー旅行記」を彷彿とさせるような作品である。

なお晃一郎が『赤い鳥』に掲載したきっかけは、彼の流麗な文体に目をとめた三重吉の勧めであるとされ、また友人である有島武郎が「一房の葡萄」を『赤い鳥』（1920・8）に執筆している影響も推察される。なお、三重吉は晃一郎と手紙のやり取りをしており、

その中で「もう百枚かいて頂きますと一冊になります。いつか仰つた長い話をお閑のときにおかき下さいませんか。すぐに本に入れたいと思います」（pp.190〜191）と記している。これが、晃一郎初の童話集『竜宮の犬』（1923）の登場に繋がっている。

その後も、次々に作品を発表し、『赤い鳥』（1931・11）に掲載された「かくれんぼ」に至るまで、計54編もの作品が掲載されている。これは主宰の三重吉に次ぎ、多くの発表作を持つ童話作家の筆頭とされる小川未明を越える記録である。晃一郎の『赤い鳥』に投稿した作品は、全体を通じ東洋的と西洋的とも言えない独特の雰囲気があり、題材は多岐に渡っている。また、時代の変遷とともに、昔話の再話を元にした昔話風童話から次第に創作の色を強め、生活童話群へと推移していることも特徴的である。

その後、晃一郎は舞台を『少年倶楽部』に移し、1932（昭和7）年から1938（昭和13）年にかけ、少年冒険童話を14編発表している。童話作品だけでなく、翻訳作品など、他分野にわたり文筆活動を続けた晃一郎は、終戦を目前とする1945（昭和20）年6月、疎開中に動脈硬化のため死去する。

●宮原晃一郎研究の可能性と展望

先行研究においても指摘されているように、宮原晃一郎が『赤い鳥』に残した膨大な童話作品については、十分に検討されているとは言い難い。晃一郎の作風の変化や、『赤い鳥』から『少年倶楽部』への転換を、背景に存在する児童文学の文脈を踏まえ、今後も検討していく必要がある。
（黒川麻実）

［参考文献］

鈴木三重吉（1938）『鈴木三重吉全集』第六巻（岩崎書店）、木下紀美子（1978）「宮原晃一郎解説」『日本児童文学大系：第11巻』（ほるぷ出版）、平井法（1984）「宮原晃一郎」（『近代文学研究叢書』、昭和女子大学近代文化研究所）

室生犀星
（むろう　さいせい）

◉犀星の児童文学

　1889（明治22）年 8 月 1 日〜1962（昭和37）年 3 月26日。石川県生まれ。1902（明治25）年に金沢市立長町高等小学校を中退し金沢地方裁判所に就職して新聞へ投句し、1906（明治39）年に犀星を名乗る。北原白秋に認められて1913（大正 2 ）年に白秋主宰の詩集『朱欒』に寄稿し、萩原朔太郎と親交を結ぶ。1916（大正 5 ）年に朔太郎と共に同人誌『感情』を発行し抒情詩人として名を上げる。一方、1919（大正 8 ）年 8 月には『中央公論』に「幼年時代」を発表し小説家へと転身する。また、1920（大正 9 ）年10月に少年と老人の蝉を捕る話である「星と老人」を『童話』に発表し、児童文学へも手を伸ばすようになる。三重吉が犀星に『赤い鳥』への執筆を依頼したのはそうした犀星の創作の流れの中であった。

　犀星の児童文学の展開は大きく二期にわけらける（須藤宏明「児童文学」『室生犀星事典』2008）。

　第一期は1920〜1927（昭和 2 ）年。自伝ものによる少年期の叙述、故郷金沢の自然、伝承によるお話への嗜好、『赤い鳥』の児童文学ブーム、芥川らの童話創作の動きに呼応する。第一期の特徴は古典説話の翻案である。童話の典拠には『宇治拾遺物語』『古今著聞集』（「尼」「猟師」「禁断の魚」）、中国古典『聊斎志異』（「こおろぎの話」「白雲石」）、旧約聖書（「緑色の文字」）がある。第一期には、古典的優雅さとあわれさ、純朴さ、野性味、人間の醜さ、仲間はずれ・因果応報・復讐譚など悪を描く作品が多いとされる。

　第二期は1940（昭和15）〜1952（昭和27）年であり、現実世界の子どもを対象とし

つつも理想化された子どもイメージを持ち、教訓調で教え諭す傾向がある。また、生きとし生けるものへのあわれみと慈しみを描く。代表的な作品には「鮎吉・船吉・春吉」「からすやいたちのおまつり」「動物詩集」がある。

◉「寂しき魚」の憧れ

　「寂しき魚」（1920・12）は　犀星のはじめての『赤い鳥』掲載作である。

　水面に浮いていた 1 匹の老魚は背中に星や月の光が照らすとき喜び動く。沼から三里離れた都会の電灯の光が沼までとどき、老魚は未知の都会を見たいと思うが果せない。老魚は若い魚たちとは関わりを持たず、若い魚たちも老魚の心情を理解するものはいない。老魚は頭が痺れ体が重くなり裏返ってしまう。地上のものを何一つさぐることなく安らかな死を迎えた。

　「寂しき魚」は『婦人之友』に掲載された詩「魚」（1920・7）の改作であるが、その以前の1904（明治37）年 7 月作の無題詩に「いろ青き魚は何を悲しみ／ひねもすそらを仰ぐや」がある。

　老魚は水中から空中の星の光を喜び、陸上の都会に憧れる。沼は汚く淀んでいるが、対照的に都会は清浄な光の世界とされる。しかし「一切が光でみたされている」という都会はそもそも老魚が見たことがない点で理想化されたイメージである。その憧れのために老魚は水面から離れない。一方、沼底の魚たちからは老魚は理解されることがない。これは芸術を求める孤独な芸術家の比喩の形象である。その「安らかな死」は憧れの欲望の停止としての「安心」と見る説もある（外村彰『犀星文学　いのちの呼応』2012）。一方、老魚は都会にはいけなかったが、そこを美的世界としてイメージできたのであり、イメージの言語化という点で芸術・虚構の制作を成し遂げた老魚は満足して「安らか」に死ねたとも考えられる。

　老人の生と死、芸術家の理想、いずれも子

ども向けとは言いがたいが、後年、『赤い鳥代表作集1』(1958) に採録されるように『赤い鳥』童話の代表作の一つと目されていた。

●「塔を建てる話」の女性嫌悪

『赤い鳥』第二作が「塔を建てる話」(1921・10) である。

中国山海関から2里離れた田舎の古城から姫が退屈と倦怠を繰り返し外を眺め郵便脚夫が往復しているのを見ている。郵便脚夫は往復のたびに拾った石を積み上げた塔を古城に見立て姫を座らせたいと思う。二人はお互いに惹かれ合い、10年目にして微笑み合うが、その晩から古城には人気がなくなり、蠅がたかっていた。

互いに一方的に見るだけだった二人はやがて相思相愛となる。しかし、少女は10年間で「不思議な老い」を迎えて死に肉体は腐乱してしまう。叶えられない愛の物語とされる。女性への憧憬による理想化と成就後の死・腐乱による破綻は女性嫌悪である。

自宅の庭の石積みの塔と竹林の古城の塔とはミニチュア・イメージと現実・実体の関係にある。それは現実と共振しうるような虚構・芸術制作のメタフィクションでもある。

また、同時期の詩集『寂しき都会』(1920) の「木から落ちた少年」に通じるが、この時期の小説には中国趣味が現れている(「関帝廟の蠟燭」「妓李十」「唐氏」等)。

●「篳篥師用光」の伝承形式

「篳篥師用光」(1924・9) は蛇を眠らせられるほどになれば篳篥が上手くなると言われて野山で練習していた用光の周りに蛇が集まり、蛇の会話が聞こえだし、やがて周囲の蛇を眠らせられるようになり、襲おうとした山賊をも改心させるようになったという話。

語り手は「と、古い本にも書かれてあります」と物語を閉じるように、芸術の効用を伝承形式で語る。これは、『古今著聞集』巻第12 偸盗第19によれば、海賊に捕らえられた用光が篳篥を吹くと海賊たちが感動して目的地まで送り届けてくれた挿話をふまえている。

『古今著聞集』の結末では語り手は「諸道に長けぬるはかくのごとくの徳を必ずあらはす事なり」と教訓を述べるが、教訓表現こそないものの「篳篥師用光」でも篳篥の技量・鍛錬の効能が蛇を眠らせ盗賊から救う点で、同じ効果が含意されている。

また、用光は篳篥の練習中に集まった蛇の対話を聞いたように思う。蛇には率直に賛美する者と認めたくないと否定する者がいた。批判者も否定によって価値を認めているという捉え返しは、芸術・虚構創作者の自己肯定感を高めよう。

●室生犀星童話の再評価

『赤い鳥』に掲載された3編は他の童話6編と合わせ童話集『翡翠』(1925) に収められた。これらの作品の中には「題材、表現において犀星独自の詩情と趣向を備えた作品が認められ、詩的散文(散文詩)として、あるいは童話の様式を借りた小説として鑑賞に値する」(三木サニア「室生犀星の児童文学(八)」『方位』1991) とされる。

犀星の童話は『室生犀星童話全集』(1988) 全3巻にまとめられている。前引のように、犀星の同時期の文業総体の中で捉える必要性がある。一方、作品論の蓄積が偏っている点で、個々の物語分析の充実が求められる。

また、2010 (平成22) 年には室生犀星記念館が開館した。室生犀星学会と共に犀星の再評価に努めている。　　　　(西田谷洋)

[参考文献]

高瀬真理子 (2006)『室生犀星研究　小説的世界の生成と展開』(翰林書房)、西田谷洋編 (2012)『室生犀星王朝小説の世界』(一粒書房)、笠森勇 (2013)『犀星の小説一〇〇編　作品のなかの作者』(龍書房)、九里順子 (2013)『室生犀星の詩法』(翰林書房)、能地克宜 (2016)『犀星という仮構』(森話社)

森三郎

もり さぶ ろう

●『赤い鳥』一辺倒の子ども時代

1911（明治44）年1月25日〜1993（平成5）年8月27日。童話作家。愛知県碧海郡刈谷町（現・愛知県刈谷市）生まれ。書誌学者の森銑三は長兄にあたる。書物に造詣の深いこの兄の導きで幼少時から鈴木三重吉の『世界童話集』等に接し、『赤い鳥』も創刊号から愛読した。子ども時代の三郎にとって同誌は他を圧倒する特別な存在であり、「私の『赤い鳥』に対する態度は、さながら恋人に対するものであった。（中略）こうして『赤い鳥』一辺倒の、学校の勉強はそっちのけという、ひとりの少年ができあがった」（「鈴木三重吉とその出版」『解説　赤い鳥の本・「赤い鳥」童謡』1969、p.24）のように、その強い傾倒ぶりが後に繰り返し回想されることになる。末っ子であった三郎は『少年世界』など兄姉たちの雑誌も読んだが、それらの雑誌を読むことが「学び」であったのに対し、『赤い鳥』を読む経験は「遊び」であったという。

●『赤い鳥』の体験者

『赤い鳥』との関わりという点において、三郎は際立った経歴を有している。愛読者だった子ども時代に始まり、作品の投稿者・寄稿者の立場を経て「赤い鳥社」に入社、記者として編集にも携わったからである。同誌最後の記者であり、三重吉晩年の弟子でもあった三郎は、創刊から終刊まで『赤い鳥』をまるごと体験した稀有な人物と言えるだろう。

『赤い鳥』への執筆は1931（昭和6）年3月、茅原順三の筆名で掲載された「赤穴宗右衛門兄弟」に始まる。これは復刊後の同誌が「読物の御提供」と称して広く読者から話材を募集していたことに応え、小泉八雲の作品を再話して投じたものであった。同時期に幼年読物「おねぼうさん」も投稿しているが、これは選外佳作として翌4月号にタイトルのみが掲載された。その後も「人形しばゐ」（5月号）、「おばあさんと鬼」（7月号）など再話が続けて採用され、同年9月号で複数の名義で作品が掲載されるに至る。

復刊後の『赤い鳥』は文壇作家や文化人への執筆依頼が難航し、当初から作品不足に悩まされていた。その状況は「近来は子供のためにつくして下さる適当な作家がほとんどないので、いきおひお話に変化が乏しい点で焦慮してをります」（「満一周年を迎へて」1932・1、p.104）と三重吉自ら誌上で苦心を率直に語るほどであった。年若い三郎が短期間のうちに重用されるようになった背景には『赤い鳥』が抱えていたこうした事情が否定できない。しかしながら書き手としての力量が三重吉の目に留まったことは間違いなく、さらに同誌への執筆歴を持つ兄銑三の存在も大きく寄与したと考えられる。

同年11月、三重吉から三郎へ最初の便りが届く。そこには「毎度面白いお話を御寄稿下さいまして難うございます」というお礼とともに、一度家に遊びに来ないかとの言葉が記されていた（三重吉書簡、1931年11月5日）。ほどなく「一度、夕飯を共にして童話の表現についてお話し申し上げたい」（三重吉書簡、1932年1月27日）との第二信が届き、三郎は初めて三重吉を訪問、創作の指導を受けるようになる。話材提供者の立場から脱する大きな転機であった。

軌を一にするように『赤い鳥』への執筆も急増し、1932（昭和7）年に入ると複数の名義を使い分けて2〜3作品が同時掲載されることも常態化していく。新たに「桶狭間の戦」（1932・6）、「坂本龍馬」（1932・7）といった歴史物や伝記も手がけるようになるが、「お目にかかつて後は童話のほかにも『桶狭間の戦を一つかいて見てくれないか』とか『高松城の水攻を頼む』とか言つてよこされ

る」（「珊ちゃんへの至願」『赤い鳥』1936・10、p.127）と回想されるように、こうしたノンフィクション系の作品は三重吉の指示を受けて執筆されたようだ。

先述の「読物の御提供」の呼びかけからうかがえるように、復刊当時の『赤い鳥』は多様なジャンルを取りそろえた総合誌的な編集を志向していた。三重吉の目にかなう作品が思うように集まらないなか、三郎は師の要請に応え多数の変名を用いて童話と童話以外の読物を並行して書き続けていく。『赤い鳥』で三郎が用いた名義は、現在までに判明しているだけで46（本名を含む）を数える。

最初の投稿で用いた「茅原順三」を除き、他の筆名はすべて三重吉が命名し、複数作を同時掲載する場合には三重吉が最も高く評価した作品に本名「森三郎」が与えられたという。筆名を含む掲載作品は119編にのぼり、復刊後に限れば三重吉を凌ぐ数である。復刊後の『赤い鳥』を支えたのは文壇作家ではなく、若い無名の書き手たちであった。三郎はその典型であり、名実ともに復刊後の同誌の屋台骨を支えた書き手だったのである。

◉記者と作者のはざまで

1932（昭和7）年6月、三重吉からの手紙が再び三郎の運命を大きく変えていく。「今、社にゐる与田準一をやめさせたいと思ひます。君は入社して記者として働き、直接私の指導をうけて童話作家として立つては如何です」（三重吉書簡、1932年6月20日）という便りを得て、二郎は21歳で『赤い鳥』の編集記者に就任することとなった。初めて三重吉を訪ねてからわずか半年足らずの出来事である。与田退社の背景には三重吉と白秋の不和があり、翌1933（昭和8）年4月号を最後に白秋が『赤い鳥』と絶縁すると、読者減により同誌は苦境に立たされた。三郎は編集部員としてこの試練に直面したことになる。

この時期になると古典や伝承の再話など説話的傾向が強かった従来の作風に代わり、

「笛」（1933・2）、「雪」（1933・4）、「沼」（1934・1）など、子どもの屈折した心理に着眼した作品が増えていく。この作風の変化を童話観の深まりともできるが、「三月号は童謡や自由詩がはいらなかつたので失望された方もおありでしたでせうが、童話はおもしろいのがそろつてゐたので好評を得ました。本号にも、森君の『雪』や水野君の『けんかの後』のごとき、すぐれた現実的作篇を得ました」（「講和通信」1933・4、p.100）のように、童謡という柱を失った同誌が編集方針を見直す過程で、現実的な傾向の童話を重視しはじめたことに応えたものと見ることも可能であろう。引用内の「水野君」も三郎の変名であり、三重吉のこうした言葉が、記者であり内弟子でもあった三郎にとって示唆や評価として働き、創作の方向性を左右したことは間違いない。古典や伝承の再話から、子どもたちの繊細な心情を描いた現代ものへ。作風の変化の背後に、記者と作者のはざまに立たされた三郎の奮闘をうかがうことができる。

その後、1934（昭和9）年後半から『赤い鳥』は再び実話や俗話を盛り込んだ誌面に刷新される。現時点で判明している作品をみるかぎり、三郎がこの変化に作品で応じた形跡は乏しい。掲載作品数もこの時期から急減している。「私は火弟に童話よりも小説が書きたくなった」（「複刻『赤い鳥』によせて——三重吉の狂いのない目」『図書新聞』1969・1・25）と振り返るように、童話創作に対する迷いが生じた時期でもあった。

三郎が『赤い鳥』に携わった最後の、そして最大の仕事は「鈴木三重吉追悼号」の編集である。創刊から休刊（「終刊」としなかったのも三郎の意思だという）までを一望できる充実した誌面は、『赤い鳥』を愛し、知悉した三郎だからこそ実現できたと言えよう。

◉『赤い鳥』出身作家から証言者へ

『かさゝぎ物語』（帝国教育会出版部、1942）をはじめ、『うぐひすの謡』（拓南社、

1943)、『雪こんこんお寺の柿の木』(泰光堂、1943)、『幼年童話集　帽子に化けたクロネコ』(東京一陽社、1949) など、三郎は戦中から戦後にかけて童話集を続けて出版、新美南吉や平塚武二とならんで『赤い鳥』出身の童話作家として注目された。『かささぎ物語』は『赤い鳥』発表作を改稿した短編集で、出版には与田凖一の助力があった。同年には『赤い鳥』に無署名で執筆していた小咄を一冊にまとめた『昔の笑ひばなし』(中央公論社、1942) も上梓している。雑誌『お話の木』『季刊新児童文化』等への寄稿も含め、執筆に先述の与田をはじめ、佐藤義美や巽聖歌など『赤い鳥』の人脈が寄与したと推測できるものも少なくない。1950 (昭和25) 年ごろまで、三郎は同世代の書き手たちの一群に属していたと言える。反面、作風は次第に宗教色を帯びた観念的な傾向が強くなっていった。

その後、1958 (昭和33) 年に雑誌『新文明』で連載を開始した「鈴木三重吉研究」を嚆矢として、『赤い鳥』を回想する仕事が始まる。正続20回にわたるこの連載のほか、「『赤い鳥』の寄稿家たち (全5回)」(『日本古書通信』1958・11〜1959・4) や「私の記者時代」(『赤い鳥代表作集 (後期)』小峰書店、1958) などは、当事者の証言としてのみならず、日本児童文学学会編『赤い鳥研究』(小峰書店、1965) や日本近代文学館による複刻 (1968) に先行する研究としても意義深い。

以後も「鈴木三重吉とその出版」(『解説赤い鳥の本・「赤い鳥」童謡』ほるぷ出版、1969)、「『赤い鳥』の歴史 (全4回)」(『赤い鳥名作集付録』中央公論社、1973) など、三郎はさまざまな媒体で『赤い鳥』体験を書きついでいく。読者、書き手、編集記者としての体験に裏打ちされた内側からの証言は他の追随を許さないものと言える。

●顕彰と研究の動き

二度の空襲で被災した三郎は敗戦直前に故郷に戻り、戦後には二児の父親となる。以後、晩年まで刈谷を離れることはなかった。1950年代以降は童話集の出版から遠ざかったため、事典で「戦後は作品を書いていない」といった誤りが散見された時期もある。

三郎の仕事に再びスポットが当たるのは1990 (平成2) 年前後からで、酒井晶代が「森三郎童話研究——第二次『赤い鳥』との関わりを中心に」(『児童文学研究』第24号、1992) 等を発表、『鈴木三重吉「赤い鳥」通信』や『ふるほん西三河』が追悼特集を組むなど再評価が開始された。

刈谷では教育委員会中央図書館編による童話選集『かささぎ物語』(1995) と『夜長物語』(1996) の刊行を契機として顕彰の動きが活発化し、「森三郎童話賞」の創設 (2004)、アニメーション「刈谷偉人伝 (4) 森銑三と森三郎兄弟」(2013) の制作、生誕地への案内板設置 (2016) などに結実している。2010 (平成22) 年には地元有志の人々が「森三郎生誕百年の会」を結成し、記念行事を実施。同会はその後も「森三郎刈谷市民の会」と名称変更して作品の紙芝居化や読書会、会誌の発行などを続けており、神谷磨利子「森三郎童話の原典・話材を探る」(森三郎市民の会『かささぎ』第3号、2017)、鈴木哲「新美南吉が森三郎と出会った日」(刈谷市郷土文化研究会『かりや』第39号、2018) 等の研究成果も生まれている。

また、かつおきんやは『『ごん狐』の誕生』(風媒社、2015) のなかで、南吉の思い出を記した三郎の随筆「ほのかな口髭の人」『新美南吉童話全集』第2巻、付録、大日本図書、1960) に言及し、両者の接点や共通点を考察している。　　　　　　　　　　(酒井晶代)

[参考文献]

酒井晶代 (1995)「森三郎・人と作品」「森三郎略年譜」(『森三郎童話選集　かささぎ物語』刈谷市教育委員会)

森銑三
もり せん ぞう

◉児童文学や子どもたちとの接点

1895（明治28）年9月11日～1985（昭和60）年3月7日。近世学芸史研究者、書誌学者。愛知県碧海郡刈谷町（現・愛知県刈谷市）生まれ。童話作家の森三郎は末弟にあたる。

『日本昔噺』や『日本お伽噺』を愛読し、雑誌『少年世界』を定期購読するなど巖谷小波のお伽話に親しんで育つ。「十台の末から二十台の末まで、私の一身上には、病気と失職とが相ついだ」（「思ひ出すことども」『森銑三著作集・続編（第15巻）』中央公論社、1995、p.85／単行本初出は1975）と回想されるように、30歳で東京帝国大学史料編纂所に勤務するまでの青年期は、上京と帰郷を繰り返す日々を過ごした。

高等小学校卒業後に叔父を頼って上京。築地の工手学校予科を1911（明治44）年に卒業するが、脚気を患い帰郷。1915（大正4）年には町立刈谷図書館の臨時雇となり、同地で藩医を務め国学者でもあった村上忠順が遺した和書の目録作成に従事。ついで1918（大正7）年には短期間ながら隣接する尋常小学校の代用教員を務める。同年末に上京し、雑誌『帝国民』の編集の仕事に就くも、2年足らずで内紛により辞職。1920（大正9）年には高崎で小学校の代用教員となるが、後述する童謡雑誌発行をめぐり上層部と対立、解雇の憂き目にあう。さらに1923（大正12）年から市立名古屋図書館に勤務。再び上京し帝国図書館内に置かれていた文部省図書館講習所を卒業、先述の史料編纂所の仕事に就いたのは1926（大正15）年のことであった。

周知のとおり銑三は学問の道を独力で切り開いた在野の碩学であるが、村上文庫の整理をはじめ、その素地は20代のさまざまな経験のなかで培われたといってよい。児童文学の仕事に関してもその例に漏れず、早くも刈谷図書館勤務時に来館する子どもたちへお話を聞かせ、市立名古屋図書館では児童室の係を自ら志願、「お伽ばなしの会」でグリム童話や小泉八雲の物語を口演したという（高梨章「森銑三の名古屋図書館『お伽ばなしの会』」『日本古書通信』第1029号、2015・4、pp.22～24）。刈谷での教員時代には職員会議で『赤い鳥』の創刊を話題にし、高崎では仲間とともに童謡雑誌『小さな星』（1921・7創刊）を発行するなど、児童文学の潮流に通じ、実践も試みていた。『小さな星』は10号まで発行。子どもたちの童謡や童話、綴方、自由画を掲載するとともに、銑三自身も童話「はだかの小人」「二人猟師」を執筆している。

◉鈴木三重吉に見出された才能

『赤い鳥』への執筆は1927（昭和2）年に始まるが、同誌とは先んじて複数の接点を持っていた。第一は読者の立場からのもので、受持の子どもたちに同誌を読み聞かせた報告が「通信」欄に掲載されている（1918・10、p79）。第二は書物を介してのもので、『帝国民』編集者時代に出版した児童向け伝記叢書「日本少年文庫」（『渡邊崋山』『松本奎堂』『徳川家康』）が1920年9月号で紹介されている。

三重吉は「接続図書」と題したこの紹介文のなかで、「いづれも話として面白い上に、書き方もわれわれの主張するとほりの、平易簡朴なもの」「著作家としこは全然無名の人であるが、これまでこの種類の著者として、これ程厭味のないものをかいた人は稀である」（p.96）と激賞した。銑三は当時25歳。おりしも編集者を辞し、教員として高崎に赴任しようとする時期であり、三重吉との面識はまだなかったと考えられる。

1927（昭和2）年から翌年にかけての『赤い鳥』への執筆は、宮原晃一郎の紹介により実現した。宮原は銑三の工手学校時代の友人

で建築家であった蔵田周忠の義兄であり、住まいも近所で親しく行き来していた。同誌には「伊藤圭介の話」（1927・1-2）を皮切りに9編の作品を寄せ、2作目の「葛飾北斎」（1927・4）以降はすべて「伝記」と誌上分類された。勝尾金弥によれば「前期後期を問わず、『赤い鳥』に「伝記」と銘うった作品が掲載されたのは、森銑三のこれらの作品のみ」（『森銑三と児童文学』大日本図書、1987、p.38）であるという。先の伊藤圭介や北斎をはじめ、小泉八雲、尾形光琳・乾山兄弟など被伝者として芸術家や学者が多く選ばれている点も特筆される。

●被伝者への敬意

作品に即して特徴を挙げてみよう。「葛飾北斎」（1927・4）では「もう五年生きてゐたらおれはほんたうの絵師になるのだが」と死の床でも絵画への情熱を失わなかった様子が、また「酒井忠勝」（1927・12）では学問を好み、書物を片時も手放さなかったエピソードが紹介されるなど、当該分野に対する被伝者の並外れた熱意が語られる。他方で植物を愛し、最期まで「生れたまゝのうつくしい、純な心」を持ち続けた八雲（「小泉八雲」1927・6）、大事にしていた道具類を全て手放し、晩年は簡素な生活を好んだ光悦（「光悦と松花堂」1927・9）のように清廉な人柄が描き出される例も多い。植物の学名に名を残す伊藤圭介を「最も偉大な世界的な植物学者」とし、八雲を「十九世紀における世界的文学者の一人」と評価するなど、国際的な視座でその業績を位置づけている点も注目される。

史実に対する正確さの徹底は言うまでもない。固有名詞の読み方や専門用語には丁寧な説明が加えられ、さらに『赤い鳥』の過去の掲載作と結びつけて被伝者を紹介する工夫が施された（「小泉八雲」など）。正確さという点では、他者の作品の誤謬を指摘した例も見られる（「通信」1927・7、p.162）。これらの特徴からうかがえるのは、何より被伝者に対する銑三の敬愛の念である。

他の書き手と同様、作品の掲載に際しては編集サイドの加筆があったと考えられ、「鈴木三重吉の内容を誤解した添削に抗議して、『赤い鳥』との縁が切れた」（無署名「編集後記」『子どもの館』第11号、1974・4、p.128）との見方もある。自身も「三重吉氏は子供自身の趣味よりも、己の趣味を尊重し過ぎてゐるところがある」（「児童図書」『書物』白揚社、1944、p.115）と書き残しており、加筆を是としていなかったことは間違いない。反面、この添削は児童向けの文章を考え直す機会（勝尾、前掲書、p.43）として活かされた。

●すぐれた伝記児童文学として

第二次世界大戦下の空襲により蔵書を焼失するといった困難に直面しながらも、晩年まで江戸・明治期の人物や風俗の研究を続けた銑三の仕事は、正続計30巻からなる著作集（中央公論社、1970〜1972、1992〜1995）に集大成されている。専門分野だけでも膨大な著作を有するがゆえに児童文学の仕事は余技とみなされがちであったが、勝尾金弥によって『森銑三と児童文学』（前掲書）が上梓されたことにより、その全体像や意義が明らかになった。同書は雑誌『子供の科学』での連載（1926・9〜1930・1、計36編）や、これを増補する形で刊行された「日本科学史の入門書」とも言うべき代表作『おらんだ正月』（冨山房、1938）等を伝記児童文学の分野から高く評価するとともに、教え子への取材を通して子どもと書物を愛してやまなかったその人柄をも活写している。　　　　　（酒井晶代）

［参考文献］

森三郎「若き日の兄銑三の思い出（全3回）」（『ふるほん西三河』第12号、第14〜15号、1985〜86）、勝尾金弥（1987）『森銑三と児童文学』（大日本図書）

森田草平

もり　た　そう　へい

◉三重吉との出会い

1881（明治14）年3月19日〜1949（昭和24）12月14日。小説家、翻訳家。岐阜県方県郡鷺山村（現・岐阜市鷺山）に生まれる。本名米松、号は白楊。帝国大学卒業後の1906（明治39）年、夏目漱石の『草枕』を読んで感動し、妻子を郷里に残し上京。漱石の知遇を得る。

与謝野鉄幹主宰の閨秀文学講座で講師の任に就き、聴講生の平塚明子（らいてう）と出会う。彼女と1908（明治41）年3月に栃木県塩原の尾頭峠で起こした心中未遂事件を元に、東京朝日新聞で『煤煙』を連載（1909・1・1〜5・16）、一躍文名を馳せるが、人気は長く続かず、創作から翻訳に活動の軸を移してゆく。

草平によると、三重吉と出会ったのは1906年9月ごろだという。「千鳥」を発表して「その名を天下に走せてゐた」三重吉を、草平は「その頃未だ学問らしい学問はしてゐない」のに「小さくとも独特の独創性がある」小説を書くと、羨望の眼差しで見ていた（「処女作時代の三重吉」『赤い鳥』12巻3号、1936・9）。なお、三重吉の書簡では、1906年12月10日付加計正文宛で「森田白楊といふ文士」と書いていることから、親交を深めたのはそれ以降だと思われる。

二人の交際は、三重吉が亡くなるまで続いた。三重吉への追悼文では、大酔した小栗風葉を漱石に面会させて師の怒りを買った草平を、三重吉が取りなしたのを後々まで恩に着せたことや、三重吉の通夜で書画帖に「何の因果でこんなうるさい奴と一緒に酒を飲まなくちゃならぬかと思ひしことも、今は想出の一つである」と記したことが明かされている

（同前）。

三重吉と草平は互いに刺激し合う関係であったようだ。草平が『煤煙』を発表すると、三重吉は「傑作」と評して「三重吉たるもの何ぞ煤烟以上の大作なくして可ならんやだ。大にもだえてゐる。」（野村周作宛、1909年1月27日付）と述べたが、その『煤煙』の文体は「自己の実歴とダンヌンチオの"The triumph of Death"と「千代紙」とより来れりと」草平から明かされていた（1909・3・17、加計正文宛）。「三重公も一年半の後には草平をやつつけてやる」（同前）と発奮し、1910（明治43）年3月に『国民新聞』誌上で『小鳥の巣』を連載、文壇の注目を集めることになる。

◉『赤い鳥』誌上での活動

草平は、『赤い鳥』誌上で、「鼻ゝゝ源兵衛」（1918・9）、「お恒の方　1〜3」（1919・3〜5）、「のんき者と王様　1〜2」（1921・7〜8）、「鼠のお葬ひ」（1924・9）、「馬どろぼう」（1926・11）、「餅つき」（1931・5）の7作を発表している。

「鼻ゝゝ源兵衛」は、呉服屋の失せ物の在処を知っていたのに、匂いで探し当てると嘘をついた源兵衛という町人が、関白の失せ物探しを依頼されて京都に出かけ、嘘を突き通した結果、御所で失せ物を偶然に発見して褒美をもらい大いばりで江戸に帰るという物語である。

「お恒の方　1〜3」は、大名に見初められ正室に迎えられた、お恒という水呑百姓の娘が、心根を試すという理由で、大名に二人の子どもを取り上げられ離縁されるという理不尽な目に遭っても、慎みと誇りを失わなかったため、城に呼び戻され幸せに暮らすという物語である。

「のんき者と王様　1〜2」は、父の遺産で毎日違う相手と酒盛りしているハサンが、ある日変装していた王様に一服盛られ、王様として扱われたり元の家に帰されたりして、混

乱するさまを王様に気に入られ、王宮の道化役として召し抱えられることになったという物語である。

この物語は、『千一夜物語』から採られている。根岸正純によると、草平は1920年9月には「アラビアンナイトを日に二十五枚づつ翻訳」していると小宮豊隆に書き送っており、『千一夜物語』全3巻（エドワード・キリアム・レーン英訳、森田草平邦訳、国民文庫刊行会、1926）で出版されている。この物語は第3巻「第十二章　剽軽者アブ・ル・ハサンの話、又は喚び起された睡眠者の話」に収められている。また、「ひようきん者ハサンの話」と改題して、後述する「馬どろぼう」とともに、『アラビヤ夜話』（アルス、1927）に収録、出版されている。

「鼠のお葬ひ」は、太吉と仙松が、いたずらしているうちに鼠を溺死させたため、二人で鼠の葬式を出す物語である。鼠が極楽に行けるか、魂があるかないかと口論するが、夕飯の時間を仙松の兄に知らされ、話がそこで途切れる。

「馬どろぼう」は、百姓の牽く驢馬を盗んだ盗賊が、自分は驢馬で、若い頃放蕩し親に手を上げた罰で、神によって驢馬に姿を変えられていたが、許されて人間に戻ったのだと騙って逃げおおせる。百姓は人間と知らずに驢馬として使役していたことに青くなり、働く気を失う物語である。小説の末尾には、「「千一夜物語」の中から」と注がある。「のんき者と王様」同様、『千一夜物語』第3巻から採られており（「第十八章の注釈　愚者と詐欺師との話」）、『アラビヤ夜話』に収録された。

「餅つき」は、語り手である「をぢさん」の、六・七歳の頃の物語である。餅つきをさせてくれると下男に言われて期待したがさせてもらえず拗ねて、焚き物部屋の奥の隙間に体を挟み込んだ「をぢさん」が、夜まで隠れていたため、家族や周囲を心配させるという出来事が描かれている。

「兄妹」は、「鈴木三重吉追悼号」に掲載さ

れた。主人公ひさ子は親戚の家に泊まりに行った兄から頼まれた兎の餌遣りを忘れて、兎を死なせてしまう。逆にひさ子との約束を忘れたことのない兄は、帰宅後ひさ子に激怒するが、間もなく許してくれ、二人は翌日釣りに行くことにする、という物語である。

● 『赤い鳥』にまつわる交流

掲載された小説以外にも、三重吉が草平に依頼した原稿もあったようだ。三重吉の1930（昭和5）年6月20日付の草平宛書簡には、「シエンキウイッチの作は、ぜひ赤い鳥へ出してくれ。原稿料は少いが、タヾといふわけにはいかん。印ばかりに奉納する」と書かれている。同年12月17日付の書簡にも重ねて「いつかお話の原稿、いたゞけませんか」と「無心」しており、三重吉が原稿を集めるのに苦心をしている様子が窺える。

草平は、1921（大正10）年から1928（昭和3）年まで、長編小説『輪廻』（1923・10〜1925・12）以外に、『赤い鳥』への寄稿以外の創作をほぼ行っていない。『輪廻』が掲載された『女性』は、三重吉が顧問をしている雑誌であり、この頃の草平の創作活動は、三重吉の後押しが大きかったと言えるだろう。草平も『輪廻』最終回で三重吉への謝辞を述べたほか、『赤い鳥』会員による多額の会費の滞納で困窮した三重吉からの『赤い鳥』への寄付の要請にも、喜んで応じた。それに対し三重吉も、「三口までも」「誠にお気の毒です。難有う。」と礼を述べている（1932・7・2付）。

『赤い鳥』における草平の寄稿は、草平本人の創作活動継続の証であるのみならず、三重吉と草平の個人的な関係の深さも知ることができる。　　　　　　　　　　（高野奈保）

［参考文献］
根岸正純（1974）「昭和初期の森田草平」（『岐阜大学教養部研究報告』10号）

吉田絃二郎

よしだげんじろう

◉キリスト教の感化

1886（明治19）年11月24日～1956（昭和31）年4月21日。小説家、劇作家、随筆家。まず出生についてであるが、年譜には1886年と記載されているが、戸籍には1884（明治17）年生と記載されている。佐賀県神埼郡神埼町に父栄作、母リフの次男として生まれた。実家は酒造業を営んでいたが事業が失敗し生活が困窮していた。幼児期に一家は佐世保に転居したこともあり、絃二郎は高等小学校までを佐世保で暮らしている。

しかし、小学校時代に偶然入った教会に導かれ、高等小学校卒業後は長崎のミッションスクールである東山学院に入学し在学時に洗礼を受ける。だが、両親の反対に遭い翌年東山学院を退学し、佐賀工業学校に入学をして三年間を佐賀で過ごす。その後上京し早稲田大学予科に進学、翌年早稲田大学英文科に入学する。在学時に志願兵、見習士官として対馬の砲兵隊に所属し、計2年間の軍隊生活を経験する。

復学後、加能作次郎らと同級となり、交友関係を結ぶ。卒業後、キリスト教雑誌『六合雑誌』の編集に携わり、創作活動を始める。その後雑誌編集を辞めて1915（大正4）年早稲田大学の講師となり英語や英文学を講じながら創作活動を進める。教授となってからも各誌に作品を寄せ1934（昭和9）年退職後も旺盛な活動が晩年まで続く。1937（昭和12）年明枝夫人が死去、1946（昭和21）年には神経痛を患い、1951（昭和26）年にはパーキンソン病を診断され、1956年死去する間際まで作品を執筆し、脳出血が原因で永眠する。

◉絃二郎の人物像

早稲田大学時代同期生で同じく教授を目指していた加能作次郎は絃二郎の印象を「地味で謙遜で、衒学的なところや軽薄なところの微塵もない懐しみの深い善い人だった」と述べている。早稲田大学にて絃二郎の講義を受けた井伏鱒二は「吉田先生の講義は感傷的で且つ情熱的なのである」と人気講師ぶりを伝えている。文壇では、「人道的な愛の作家であると同時に、宗教的な思索者とも見られ、田園詩人とも受け取られ」ている。

◉絃二郎の童話について

童話については、1918（大正7）年『日本少年』に「海の歌」への掲載を皮切りに、『少女の友』『小学男生』『少女画報』『金の船』などに発表している。『赤い鳥』には1921（大正10）年に「黒ん坊、白ん坊」を始め、その後1935（昭和10）年「院長さんと僕たち」まで33作品を発表している。

◉作家作品研究

絃二郎に関する先行研究としては、原岡秀人が年譜や作品録をまとめ、人と作品についての著作を発表している。児童文学研究としては、池上研司が「京の寺へ」から絃二郎論を展開している。

◉『赤い鳥』収録童話について

前出の原岡による次の3作品の紹介は次のとおりである。

「壺作りの柿丸」

少年虎丸と柿丸は、あふれんばかりの平和と幸福の下に育った。虎丸はさんざしの枝で刀をこしらえ、柿丸は粘土で壺を作った。虎丸は成長して侍になり、柿丸は壺を作り続けていた。その後大名同士の戦いが始まり、虎丸は出陣したが負けてしまい相手の捕虜となり、柿丸も壺を持ったまま捕虜になってしま

第3部　『赤い鳥』の作家と作品

227

う。しかし、相手方の姫は壺の出来栄えに感心して柿丸を釈放した。柿丸は念願の壺作りを続けることができたが、虎丸は捕虜のまま不慮の事故で死んでしまったとのうわさが広まったという話である。

「天までとどけ」

　少年弥一の父が海難事故に遭った。弥一は父親が港に戻って来られるように自分が住んでいる小屋の板を一枚一枚剥がしながら毎夜明かりを灯し続けていた。そのうち小屋の板がなくなり弥一が途方に暮れていたところに、子どもたちが難破船の板を燃やしたらどうだと提案して火を焚いてみた。海の向こうで外国船の士官がその様子を望遠鏡越しに眺めていた。弥一の父親はちょうどその外国船に救われ同乗していた。船は港に近付いて錨を下し、ボートで父親を弥一に会わせるために接岸する。そして再開した父子は抱き合い、真っ赤な火の柱が幸福な父子を照らした。そして、外国船の乗組員たちは子どもたちと一緒に喜び踊りだした。

「伐り倒された木」

　高い山の上に1本のクスノキがあった。その下には、小さな草花や柊がいた。暴風雨や雷が来てもそのクスノキのおかげで無事だったが、草花たちはクスノキが年老いてきたことに口汚く罵り邪魔者扱いしていた。そのクスノキを見つけた木こりは、長い時間をかけて伐り倒した。伐り倒されたクスノキを見て、おかげでさっぱりしたと草花たちが喜んだ。しかし、やがて強い風が吹いたかと思うと雷が落ち嵐に見舞われて柊や草花たちは命を奪われた。その後、枯れた草花の傍らでクスノキの芽が伸びていたという話である。

　その他、初期には、「クリスマスの夜」「お銀の歌」「マカアの夢」「エルサレムまで」などキリスト教の影響を強く受けた作品が並ぶ。

　その他の初期から中期に見られる作品群は、「金持ちと貧乏」「親と子」「都会と田舎」「正直者とひねくれ者」など、対極にある人やもの

を通して人間の生き方を問うたものが多い。

　例えば、「黒ん坊、白ん坊」は、煙突清掃員の家に生まれた松吉が、教室では「黒ん坊」といじめられていても、家で待つ家族の温かい愛に包まれて白く清らかに暮らすといった話である。

　「京の寺へ」は、金持ちの八太郎爺さんと貧乏な三五郎爺さんが京都へ向かったところ、人助けをした三五郎爺さんの方は京都に着くことができず、八太郎爺さんはお金を盗られないかと不安を抱えながら京都に着いた。八太郎爺さんは、京都にいるはずのない三五郎爺さんに遭う。その三五郎爺さんには後光がさしていた。八太郎爺さんは慌てて故郷に帰ってみると後光もささずただの三五郎爺さんが出迎えたという話である。

　「天城の子」は、田舎に住む少年修吉が家族に連れられて大都会東京に向かう。華やかな東京の姿を想像していた修吉だが、行ってみると都会の醜いところばかりが目立って嫌気がさすという話である。こうした少年を描いた作品としては、「梟と幸吉」「船の少年」「子供と小鳥」などが挙げられる。

　「ふとつた王様」は、街に出て自分ができることを見つけようとするが、太った体では何もすることができず、結局は落胆して城に戻るという話である。こうした風変わりな登場人物を描いた作品として、「萬平ぢいさん」「わたしたちの先生」「杢平爺さんの死」などが挙げられる。

　後期の作品では、いわゆる軍事的な要素が色濃く出た「ある歩哨の話」「本村軍曹と赤靴」「ダニューヴ河の要塞」「土管軍曹」「臆病な英雄」「上等兵と白犬」などが挙げられる。これらは昭和初期という時代を反映した作品ということができる。　　　　　（中島賢介）

[参考文献]

原岡秀人（1993）『吉田絃二郎の文学・人と作品』（近代文藝社）、河原和枝（1998）『子ども観の近代「赤い鳥」と「童心」の理想』（中央公論新社）

(2)
『赤い鳥』と海外の作家

アンデルセン、ハンス・クリスチャン

Andersen, Hans Christian

1805（文化2）年4月2日～1875（明治8）年8月4日。詩人、作家。オーデンセに生まれ、私生児の母親、その母親が生んだ異父姉、父親とされる貧しい靴職人、その父方の祖父は完全な狂人という家系の中で極貧の子ども時代を送り、終生その遺伝と存在におびえ強い劣等感を抱いていた。14歳で家を飛び出し、コペンハーゲン大学等で学ぶ機会を得たが、それらを捨て創作活動と旅を続ける。生涯の伴侶を得られなかった彼にとって、旅は逃避であり、創作への刺激であった。1835（天保6）年の『即興詩人』（Improvisatoren）で作家として認められ、同年に出版された『子どもに話してきかせるお話』（Eventyr fortalte for Børn）を含め、11の童話集、47の戯曲、14の小説、19の紀行、その他複数の伝記や論文・随筆がある。童話集には156編が収められているが、それ以外の童話も8編ある。彼の著作には自分の生い立ちや旅の経験から着想を得たものが多く、自伝的要素と紀行的要素は彼の文学の特色と言われる。

●日本における教育と文学の接点

日本では、1886（明治19）年『ニューナ

ショナル第三読本直訳』の「小サキ燐寸木売ノ女児」を始め、『女学雑誌』の「不思議の新衣装」（巌本善治訳）、『少年文学2　二人むく助』（尾崎紅葉訳）、『即興詩人』（森鷗外訳）が出版された。そして、明治期にグリム童話を教材とするヘルバルト派教育学が流行すると、グリム以上にその情操性を高く評価され日本で普及していく。その後、「芸術童話の世界において、アンダアゼンは比較すべきものなき場所にいる」（蘆谷重常『世界童話研究』、早稲田大学出版、1924）と評され、大正期にはその地位を不動のものとした。

●三重吉の再話による新たな物語世界

子どもの美しい純性を育むために芸術性豊かな童話が必要と主張し外国童話の翻訳に力を注いだ三重吉は、アンデルセン童話を高く評価し、『赤い鳥』には16編が掲載されている。特に「摩以亜物語」は、それまで「親指姫」と訳されることの多かった物語のイメージを大きく変えることとなった。また、童話集に含まれていない8編の中から「赤いお馬」を掲載している。　　　　　　　（北川公美子）

［参考文献］

鈴木徹郎（1979）『ハンス・クリスチャン・アンデルセン』（東京書籍）、北川公美子（1999）「子どものためのアンデルセン童話のはじまり」『アンデルセン研究』17号

「親指姫」と「摩以亜物語」

1919（大正8）年11・12月、1920（大正9）年8月の3回にわたって連載された「摩以亜物語」（最終回は「小さな摩以亜」と改題）の原題"Tommelise"は、それ以前には「指子姫」「百合姫」「花子姫」「小指姫」等と訳され、「姫」を用いていないのは1897（明治30）年『少女之友』の樋口勘次郎による「花子」のみである。"Tommelise"は「ちびちびちい子」と訳されるような侮蔑的なニュアンスを含んでいる。だからこそ主人公は物語の最後にMajaと改名するのであるが、「姫」という訳では改名の必然性が伝わらず、改名個所を削除しているものもある。三重吉は主人公の名前を最初からマイアとし、連載1回目の中で何度も「小さな小さなマイア」と記している。これは、原題の「ちび」というイメージを伝えるとともに、原作とは違ったリズムを持たせている。ただ、このような三重吉の新たな物語世界は受け継がれることなく、日本においては現在に至るまで、圧倒的に「親指姫」として定着している。

第3部　『赤い鳥』の作家と作品

エーブナー - エッシェンバッハ、マリー・フォン

Ebner-Eschenbach, Marie von

◉ ハプスブルク時代のリアリズム女流作家

1830（文政13）年9月13日～1916（大正5）年3月12日。チェコ、オーストリアの作家。旧姓はマリー・ダブスキー（Marie Dubsky）。現チェコのメーレン地方クレムジール近くのツディスラヴィッツ城に生まれ、実母はすぐに他界したが、継母から文芸教育を受け伯爵令嬢として育った。17歳でモーリッツ・フォン・エーブナー-エッシェンバッハ男爵と結婚しウィーンへ移った。ハプスブルク時代の貴族で、子どもには恵まれなかった。28歳で作家の道へ入り、30歳頃劇作家グリルパルツァーと出会い、その影響を受けて歴史悲劇『スコットランドのマリア・スチュワート』や社会ドラマ、喜劇『森のお嬢様』（1872）等の戯曲を表した。彼女はドイツ語、チェコ語、フランス語で執筆した。40代で『短編集』（1875）を発表。『時計職人ロッティ』（1880）を契機に、市民階級の人間にも視線を注ぐようになる。50代では短編小説を次々に発表し、リアリズム文学の新境地を開拓した。短編集『村とお城の物語』（1883）には、故郷の城と領地での出来事を彷彿させる小作品を収めている。中でも彼女の名を一躍有名にしたのが短編『クラムバンブリ』（Krambambuli）である。マリー・フォン・エーブナー-エッシェンバッハはその後も人間性を問いかける数々の短編小説や物語を発表し、写実主義の作家として高く評価された。夫と共にユダヤ人排斥運動に反対した。1899（明治32）年ヨーゼフⅠ世より「芸術・学術功労賞」を、70歳でウィーン大学名誉博士号を授与された。

◉ 『クラムバンブリ』

伯爵領地の営林猟師ホップは、居酒屋で見かけた元山林監督助手の猟犬に惚れ込み、酒代と引換えにその犬を譲り受ける。犬につけた名前クラムバンブリはダンツィヒ産キルシュ酒の名である。犬は元主人への忠誠心が強くホップは調教に手こずり、犬を虐待もするが、やがて犬と気持ちが通う。山林を荒らす盗賊が出没した時、ホップはそれが元飼い主とその一味だとつきとめ、略奪現場に再び現れた男と一騎撃ちをする。猟犬は元主人とホップの間で右往左往し、前者に従う。営林猟師は下層の無職の元飼い主を見下し、猟犬を裏切り者と呼ぶ。クラムバンブリは撃たれた元飼い主のそばから離れず、遺体に付き添う。犬はホップの元へ戻らず、野良犬に落ちぶれる。ある夜ホップは犬が森のはずれから自分の家を懐かしそうに見ている姿に気づく。翌朝ホップが戸を開けた時クラムバンブリが敷居に頭を押し付けて死んでいた。（小林英起子）

［参考文献］

Ebner-Eschenbach, Marie von: *Das Gemeindekind*. Klein, Johannes (Hg.). München: Winkler 1956. Henn, Marianne: *Marie von Ebner-Eschenbach*. Hannover: Wehrhahn 2010.

『赤い鳥』における童話としての受容

原作では昔の主人に忠誠心を忘れぬ猟犬に、人間のホップが妬みを抱く。犬を虐待したり、銃口を向けたり、裏切り者と呼ぶなど、身分低い猟師の狭量さを作者は写実的に冷徹に描写する。主人を選べない犬の悲劇であり、厳しい社会に生きる人間のあり様も問いかける。これは実在した犬の話で、映画化もなされた。『赤い鳥』で小山東一は英訳本を元に『クラムバンブリ』を児童向けの童話として紹介した。原作前半や細部が省略され賢い犬と人間の触れ合いに焦点が置かれている。挿絵も猟犬の悲哀を見事に描いている。

キップリング、ラデャード
Kipling, Rudyard

●生涯と作品

1865（慶応元）年12月30日～1936（昭和11）年1月18日。イギリスの短編作家、小説家、詩人。インドの美術学校の教授を務める父と芸術に縁のある家柄の母との間に、インドのボンベイ（Bombay）に生まれる。6歳の時、妹のアリス（Alice）とともにイギリスに一時帰国し、後年キップリングが「荒廃の家」（Kipling, p.9）と呼んだ、イングランド南部サウスシー（Southsea）のホロウェイ（Holloway）夫妻の元で寄宿生活を送る。1878（明治11）年にイギリス陸海軍士官養成学校に入学。学校小説『ストーキーとその仲間』（1899）はこの養成学校を背景にしている。16歳で卒業し、1881（明治14）年にインドの『シヴィル＆ミリタリー・ガゼット』紙でジャーナリストの道を歩み始め、1887（明治20）年には『パイオニア』紙に異動し、旅行記、報道記事、短編等に健筆をふるう。その成果は、短編集『高原平話集』（1888）として現れ、キップリングの名声を高めた。1892（明治25）年に仕事仲間の妹キャロライン（Caroline）と結婚し、新婚旅行ではアメリカと日本を訪れている。『ジャングル・ブック』（1894）と『続ジャングル・ブック』（1895）は、新婚生活を送るアメリカの地で生み出されたものである。

義理の弟との諍いから、1897（明治30）年に一家はアメリカを後にし、イギリスのサセックス州に転居。1902（明治35）年からはイースト・サセックス州のバーウォッシュ（Burwash）に移り、ここを終の棲家とした。イギリスに転居した1897年からイギリス人作家として初のノーベル文学賞を受賞した1907（明治40）年までは、作家キップリングの絶頂期にあたる。ヴィクトリア女王即位60年を言祝ぐ「退場の歌」（1897）では俗悪な愛国主義を戒め、「白人の責務」（1899）では、アメリカ人を神から帝国建設の信託を受けたイギリス人の後継者とし、帝国建設を神聖な義務とするキップリングの思想は物議を醸した。

1897年以降、家族を伴って南アフリカを訪れることが恒例行事となる。この時期は第二次ボーア戦争開戦前夜にあたり、セシル・ローズ（Cecil Rhodes）やアルフレッド・ミルナー（Alfred Milner）ら政治家と懇意になったキップリングは、帝国主義のスポークスマンとしてイギリスの植民地活動を喧伝した。また、1901（明治34）年にはインド物の最高傑作である小説『少年キム』を出版している。

1889（明治22）年に娘を亡くし、その後続けざまに両親と息子を亡くしたことで、『交通と発見』（1904）のような心霊的テーマを扱う短編が20世紀初頭に多く見られる。他方で、批評家エドマンド・ウィルソンが短編集『借方と貸方』（1926）を評して、「ジョイスがキップリングを読まなかったら、『ユリシーズ』の「キュクロプス」の章を書けたとは考えられない」（p.194）と述べたように、晩年の著作はモダニズム文学の先駆けとしての評価も高い。

●『ジャングル・ブック』受容史

『ジャングル・ブック』を狼に育てられた少年モーグリ（Mowgli）の物語とするのは誤りである。7編の短編からなる『ジャングル・ブック』にはモーグリ物が3編、8編の短編からなる『続ジャングル・ブック』にはモーグリ物が5編と、およそ半分を構成しているにすぎない。『図説児童文学翻訳大事典』によれば、『ジャングル・ブック』（1894）と『続ジャングル・ブック』（1895）の初訳は、巌谷小波の主宰する『少年世界』に1899（明治32）年7月15日から12月15日にかけて連

233

載された、土肥春曙と黒田湖山による共訳「狼少年」であり（p.207）、タイトルからわかるように、「狼少年」はモーグリ物の抄訳となっている。1935（昭和10）年12月と翌年1月の『赤い鳥』に掲載された小山東一の翻案による「キカーン」はモーグリ物ではなく、『続ジャングル・ブック』に収録されたイヌイットについての短編である。

●キップリングの評価

従来、キップリングは「保守反動の帝国主義者」（橋本・高橋、p.6）というレッテルを貼られることが多かった。例えば、「東は東、西は西、両者がまみえること、ついにあるまじ」というリフレインで始まる「東と西のバラッド」（1889）は、この1行をもって帝国主義思想の発露と誤読されてきた。ちなみに残りのリフレインはこう続く。

> 大地と空がやがて神の偉大な裁きの御座に立つ日まで。されど東も西もなく、国境も人種も生まれもあらず、ふたりの強き男、面と向かいて立つときは、たとえ地の果てから来るとて（Ibid., p.250）

「ふたりの強き男」はインド・アフガニスタン国境で盗賊をしているカマル（Kamal）と、彼に馬を盗まれたイギリス人士官を指す。「面と向かいて立つ」という条件付きではあるものの、カマル（東）とイギリス人（西）という出自も人種も異なる二人の文化的越境の可能性を、本来この詩は描いている。

『ジャングル・ブック』の場合はどうであろうか。「リッキ・ティッキ・ターヴィ」ではコブラを退治することでイギリス人家族に迎え入れられるマングースを描く一方で、「葬儀屋」では白人の子どもを襲おうとしたワニが射殺される。角田信恵も指摘するように（Ibid., p.95〜98）、帝国内での出来事を語るこの2短編には、帝国に馴致された動物＝原住民と、帝国に牙をむく動物＝原住民という

寓意的な構図が透けている。すなわち、帝国では法が生殺与奪の権を握り、法を遵守することで「理想的な」帝国臣民となるか、抵抗して非業の死を遂げるかの選択を迫られるのだ。

その上で、従順に法に従ったインド生まれのインド人モーグリの行く末を考えてみよう。巻頭の「モーグリの兄弟たち」では、彼は人間であることを理由にジャングルを追われ、人間社会へ参入せざるをえない。だが、その人間社会からも虎のシア・カーン（Shere Khan）を倒したことで悪魔の使いと見なされ、排斥を受ける。物語の棹尾を飾る「春に駆ける」で再び人間社会へ戻る決意を固めたモーグリを待つ未来は、過去の残酷な繰り返しとなるはずだ。このように帰属の問題がついて回るのは、人間であったからこそジャングルの仲間たちから畏怖と尊敬を集めたモーグリが、白人であったからこそインド人乳母から寵愛を受けた幼きキップリングの似姿であるからにほかならない。満ち足りた幼少期を過ごしたインドから引き離され、「荒廃の家」と呼んだイギリスでの寄宿生活を余儀なくされたキップリングの「楽園喪失」は、そのままモーグリの「楽園喪失」へとつながるのである。

キップリングの物語は寓意に溢れ、一面的な解釈をつねに拒絶する。その意味で、『続ジャングル・ブック』に「キカーン」が収録された理由を考えてみるのもまた一興であろう。

（福田泰久）

［参考文献］

児童文学翻訳大事典編集委員会編（2007）『図説児童文学翻訳大事典』第3巻（大空社）、橋本槇矩・高橋和久編著（2003）『ラドヤード・キプリング——作品と批評』（松柏社）、Kipling, Rudyard. *Something of Myself: For My Friends Known and Unknown*. London: Macmillan, 1937. Wilson, Edmund. "Kipling's Debits and Credits." *The New Republic* vol. 48 (1926): 194-95.

キャロル、ルイス
Carroll, Lewis

●作者紹介

1832（天保2）年1月27日～1898（明治31）年1月14日。イギリスの児童文学作家。オックスフォード大学数学講師。初期の写真家としても有名。イギリス、チェシャー州ダーズベリーに、教区牧師の長男（4男7女）として生まれる。オックスフォード大学クライスト・チャーチに入学後、生涯の大半を同大学で過ごし、1898年ギルフォードで没する。

1862（文久2）年、写真を介して親交のあった、リデル学寮長の3人の娘とともに、近郊にボート遊びに出かけ、『不思議の国のアリス』（Alice's Adventures in Wonderland）のもとになる話をする。この話は、まず手稿本『地下の国のアリス』（Alice's Adventures Under Ground）として完成され、アリス・リデルに贈られる。その後、1865（慶応元）年『不思議の国のアリス』が出版され、ベストセラーとなる。以降、多くの国で翻訳される。1871（明治4）年に出版された続編『鏡の国のアリス』（Through the Looking-Glass）とともに、児童文学の不朽の名作と称される。

●鈴木三重吉の『アリス』翻案 「地中の世界」

『赤い鳥』（1921・8～1922・3）誌上に7回にわたり、『不思議の国のアリス』が鈴木三重吉によって「地中の世界」と題され、翻案連載される。挿絵は、清水良雄・鈴木淳が担当し、表紙や口絵挿絵を飾る。

ライバル誌『金の船』に掲載された『鏡の国のアリス』の邦訳「鏡国めぐり」の連載の7か月後の連載であるが、理由不明のまま、原作の第6章「ブタとコショウ」の翻案を最後に、連載が打ち切られる。おそらく英語の

言葉遊びがちりばめられているノンセンス作品『アリス』を日本の子どもにわかりやすい日本語に置き換えることは、かなりな困難を伴ったからと推察できる。言葉遊びのほとんどが日本語に再構築されずに終わっている。

しかし、三重吉の「地中の世界」の功績は、会話や説明文が、大正時代の子どもたちの文化的な状況に合うように翻案されたことにある。たとえば、アリスは三重吉の娘「すず子」に、マーマレードは「ダイダイのジャミ」、涙の池で出会った征服王ウィリアムについてフランスから渡ってきたネズミは、朝鮮征伐に行った加藤清正についてきたネズミへと変更される。当時の子どもたちが親しみやすい内容や表現に変更されている。

また、三重吉のすず子ちゃんは、ヴィクトリア朝の強く自立したアリスとは異なり、優しく無垢で理想的な大正期の中産階級の女の子として描かれている。

挿絵に関しては、鈴木淳の表紙「兎の時計」（1921・8）にはアメリカのベッシー・ピアス・ガットマンの影響がうかがえるものの、鈴木の絵に描かれたすず子ちゃんには大正期の中流階級の育ちの良い女の子にみられる優しさ、愛らしさ、瑞々しさ、新鮮さ、抒情性が感じられ出色である。

また、清水良雄の口絵2枚は原作のジョン・テニエルの影響もうかがえるが、かなり独創的な作品である。「御褒美」（1921・10）は、伏し目がちにさびしげな雰囲気を漂わせるすず子の背景を、モノトーンで統一し、そこに黄色と朱赤を散らした簡潔な配色で、主人公と動物だけを浮かび上がらせる平面描写や描線など、浮世絵のような雰囲気を醸し出し、ワンダーランドの不可思議で不条理な魔界性を表象している。

反面、「茸と青虫」（1921・12）は、黒と黄緑と朱を効果的に使った色彩効果、葉を意匠的に使ったデザインの斬新さ、青虫のしぐさや茸の茎に隠した隠し絵の楽しさなど、子どもの心に直接語りかけるような作品である。

●日本におけるキャロル作品受容

日本に紹介された『アリス』は、『鏡の国のアリス』が最初であった。『少年世界』（1899・4〜12）に、長谷川天渓が「鏡世界」として、邦訳を連載したが、これは翻案に近い作品である。挿絵は、ジョン・テニエルの模倣。

「鏡世界」は、日本と西洋の物語形式を融合した「西洋お伽噺」として、明治期の日本の文化的背景の中に移植された点に、特徴がある。邦訳の前半はキャロルの原作を踏襲しているが、後半の第8章から最終12章までの構成はかなり大胆に削除加筆修正される。アリスは美代に、チェスは将棋に変更されるだけではなく、日本の昔話に出てくるような人食い鬼に追いかけられ目を覚ます結末となる。

さらに、当時の封建的な時代思潮、子どもの教育や女性の行動に対する因習的な考えが、色濃く映し出されている箇所が随所にみられ興味深い。

一方、『不思議の国のアリス』の最初の部分翻訳が出たのが、1908（明治41）年。永代静雄（須磨子）が『少女の友』に3章に分けて部分翻案し、川端龍子が挿絵を担当している。一方、初めての完全翻訳は、1910（明治43）年。丸山英観の『愛ちゃんの夢物語』である。明治期のこの10年ほどの間に、立て続けに合計7種類が邦訳されている。明治期の邦訳は翻訳・翻案の相違はあるものの、キャロルがめざした子どもの目線に立った文学の趣とノンセンスの香りを、初めて日本に伝えたという意味で大きな意義があった。

大正期になると、もっと子どもの目線に立った翻案が多く出版される。まず、幼年絵雑誌『幼年の友』（1917）に「フシギナクニ」が、『日本幼年』（1918）に「アリス物語」が、連載される。画家名は記載されていないが、カラー刷りの絵雑誌であり、アリス（前者はマリコ）は着物姿に、バラはキクへと変更され子どもが親しめる工夫も凝らされている。

さらに、『赤い鳥』とならぶ児童雑誌『金の船』に、『鏡の国』の邦訳「鏡国めぐり」（1921・1〜12）が、西條八十訳・岡本帰一画で連載される。これは、一部の省略があるものの完訳に近く、フランス文学者であり詩人である西條は、「ハンプティ・ダンプティ」を「丸長飯櫃左衛門」と命名するだけではなく、日本語の言葉遊びなども考案し、邦訳・挿絵両面において、日本の子どもに受け入れられるような創意工夫をおこなった。

また、大正から第二次世界大戦終了までに単行本で出版された『アリス』邦訳としては、1920（大正9）年の楠山正雄訳がまずあげられる。楠山訳『不思議の国』は二つの『アリス』を収録した完訳である。それ以降、1927（昭和2）年までの7年間で、5冊の『不思議の国』邦訳が単行本として翻訳される。なかでも、注目されるのは子ども用の翻案『ふしぎなお庭　まりちゃんの夢の国旅行』（1925、鷲尾知治編、斎田喬装画）と芥川龍之介・菊池寛共訳の『アリス物語』（1927、平澤文吉・海野精光画）である。『アリス物語』は小学生全集の一冊として出版されているが、芥川はほとんど翻訳に参加していないようだ。以降、『アリス』邦訳冬の時代が、第二次世界大戦終了まで、続くこととなる。

『アリス』邦訳は日本の時代とともにある、時代を映す鏡でもあった。つまり、時代が閉塞すると衰退し、「地中の世界」のように、時代が民主的になると、いいかえると、民主的な思潮と反動的な風潮が相克する時代に、多くの邦訳が出版されたのである。（千森幹子）

［参考文献］

千森幹子（2015）『表象のアリス──テキストと図像に見る日本とイギリス』（法政大学出版局）、楠本君恵（2001）『翻訳の国の「アリス」』（未知谷）、千森幹子（1995）「「赤い鳥」と『アリス』」『大阪明浄女子短期大学紀要』9、同（2013）「日本のアリス挿絵にみる流れの表象」『ルイス・キャロル　ハンドブック』（七つ森書館）

クラルティ、ジュール
Claretie, Jules

1840年（天保11）12月3日～1913年（大正2）12月23日。フランスのジャーナリスト、作家、歴史家。ジャーナリストとして、『フィガロ』（Le Figaro）、『タン』（Le Temps）といった19世紀フランスの主要日刊紙のさまざまな欄に、複数のペンネームを使い分けながら、記事を発表した。歴史家としては、『1870-1871年の革命史』（L'Histoire de la Révolution de 1870-1871, 1872）が評価されている。また、1885年にはフランス随一の劇場であるコメディ・フランセーズの支配人、文芸家協会会長、1888年には、アカデミー・フランセーズ会員となるなど、この時代の文化人として最高のステイタスを得た。

作家としても、膨大な数に及ぶ小説、戯曲を発表し、批評も手掛けた。小説のみに絞ってみても、風俗小説（『逃げる女』[La Fusitive, 1879]、『かわいいジャック』[Le Petit Jacques, 1885]、『パリの犠牲者たち』[Les Victimes de Paris, 1864] など）、歴史小説（『国旗』[Le Drapeau, 1879]、『大臣閣下　パリ小説』[Monsieur le ministre, roman parisien, 1881] など）、自然主義を意識した小説（『強欲な女　カシミール嬢』[Une Femme de proie Mademoiselle Cachemire, 1867]、『研修医の恋』[Les Amours d'un interne, 1881] など）と、さまざまなジャンルを試みている。しかしながら、その作品の多さにもかかわらず、同時代の評価は分かれ、かつ、クラルティ自身もその作品も、フランス文学史の教科書には今日まで登場しておらず、特定の読者に読み継がれてもいないことから、忘れ去られた作家とも見做されうる。

ただ、『赤い鳥』にとりあげられている「ブウム・ブン」Boum-Boum（1934・3）は、児童文学の観点からは、注目に値するだろう。

ソフィ・バッシュ（2003）によれば、この作品は、作家レオン・クラデルの娘ジュディットに、クラデルの友人であるポール・アレーヌ、アルフォンス・ドーデをはじめとする17人の作家たちが捧げた短編集『ポシの本』（Le Livre de Pochi, 1886。「「ポシ」とは、ジュディットが、父の友人で画家のマネが描いたポリシネルに魅了され、「ポシ」と呼んでそのことをしきりに人々に話していたことから、彼女につけられたあだ名のこと]）に収められたものだが、その後何度も他の本や雑誌に再録されて、児童文学の古典として認められるようになったとのことだ。クラルティは、小説において、他の作家よりも多くサーカスを舞台としたり、道化師の世界を描いている（『17番列車』[Le Train 17, 1877]、『ノリス今日の風俗』[Noris Mœurs du jour, 1883] など）が、「ブウム・ブン」で描かれた病気の子供を癒す道化師という存在に対するクラルティの着眼点と、彼の他の作品へのこのテーマの展開などから、クラルティの文学を再評価することも可能かもしれない。（宮川朗子）

[参考文献]

Bache, Sophie, « Les Épopées foraines de Léon Cladel », in Glaudes, Pierre et Huet-Brichard, Marie-Catherine (textes réunis et présentés par), Léon Cladel, Presses universitaires du Mirail, 2003. Hamon, Philippe, Viboud, Alexandrine, Dictionnaire thématique du roman de mœurs en France 1814-1914, Presses Sorbonne Nouvelle, 2008. Kalifa, Dominique, Régnier, Philippe, Théranty, Marie-Ève, Vaillant, Alain, La Civilisation du journal, Nouveau monde éditions, 2011. 鹿島茂・倉方健作（2013）『カリカチュアで読む19世紀末フランス人物事典』（白水社）

[ウェブサイト]

Académie Française : Les immortels
http://www.academie-francaise.fr/les-immortels/jules-claretie

クルイロフ、
イワン・アンドレーヴィチ
Крылов, Иван Андреевич
Krylov, Ivan Andreyevich

◉生涯と作品

1769（明和6）年2月13日（新暦）～1844
年（天保15）11月21日。ロシアの詩人、作家、
ジャーナリスト。200篇以上の寓話詩の作家
としてよく知られている。モスクワに生まれ
る。10歳の時に官吏の父を亡くし、母から教
育を受けていたクルイロフは下級官吏となり、
家族を助ける。1782（天明2）年ペテルブ
ルクへ移り官吏として働きながら、劇作に夢
中になり、14歳のとき、喜劇オペラ『コーヒ
ー占いの女』を完成したが公刊されなかった。
作品の対話を構成する力はこの試作から養わ
れ、後の寓話詩の創作手法に生かされる。
1786年、母死亡。1789年、風刺雑誌『精霊
通信』を発行するが、1年足らずで頓挫。当
時はプガチョーフの乱を始め農民反乱が頻発
したエカテリーナ2世（在位1762～96）の
治世下で、女帝は叛徒たちに厳罰を下し、ノ
ヴィコフやラジーシチェフら体制に批判的な
文学者たちを投獄・流刑した。1792（寛政4）
年、クルイロフは友人とともに印刷所を興し、
再び風刺雑誌を発行する。しかし政府の監視
を受ける身となり、雑誌は廃刊。1794年から
10年以上、知人を頼ってロシア各地を放浪、
見聞を広め、民衆の知恵と言葉を習得する。
1797年、ゴリーツィン公爵の庇護を受け、公
の秘書となる。リガ（現・ラトヴィア共和国
の首都）の軍事総督に任命された公爵に随い
1801年から2年間同地で働く。1806（文化
3）年ペテルブルクへ移り、ラ・フォンテー
ヌの寓話詩の翻案である「樫と蘆」「婿選び
のやかましい娘」「老人と3人の若者」を雑
誌『モスクワ観察者』に発表、当代一流の詩

人ドミートリエフに評価され、寓話作家とし
て地歩を固めた。クルイロフの寓話は少なく
とも約4分の1が他の作家からの題材の借用
である。1812年、ペテルブルクに開設され
た公共図書館の司書となり、1841（天保12）
年に退職。1843年に寓話集9巻を出版、1844
年11月21日に75歳の生涯を閉じた。

◉寓話詩について

クルイロフはイソップやラ・フォンテーヌ
の文学的伝統を受け継ぎつつ、18世紀ロシア
で隆盛を極めた寓話というジャンルで動物、
植物や昆虫を擬人化し、簡潔でわかりやすい
寓話詩を創作。作品は弱強（ヤンブ）の自由
脚韻で書かれ、独特のイントネーションとリ
ズムに満ちて、登場人物たちの会話を生き生
きと伝えている。彼は多様な形象を通じて人
間全般に通ずる愚かさ、弱さ、狡さ、滑稽さ
を巧みに描いた寓話作家で、普遍的で高い芸
術性は際立った民衆性とともに19世紀ロシア
文学の代表的な評論家ベリンスキイや思想家
ゲルツェンによって評価された。八島雅彦は、
「クルイロフの寓話が描きだすのは限りなく
苦い真実」と述べて、真実を見抜く彼の洞察
力の確かさ、鋭さを強調している。

クルイロフの寓話は、時として社会的不公
正、強者の弱者に対する横暴を描いて前者を
告発し、真の人間的尊厳は貴賤、身分の上下
にあるのではなく、道徳的な生き方と民主主
義的な思想にあることを暗示する。とはいえ、
彼の思想は急進的革命思想とは一線を画して
おり、ドイツのレッシングの作品から題材を
得た寓話詩「無信仰者たち」（1814）ではオ
リンポスの神々に叛旗をひるがえした暴徒た
ちが厳しく糾弾されている。

クルイロフの寓話に見られるアレゴリー的
発想と思想は、彼に続く作家や詩人にも受け
継がれている。例えば、鷲と獅子は王者の風
格を持つ動物であるが、グリボエードフ
（1794/95～1829）の戯曲『知恵の悲しみ』
（1824）では、保守的な思想の持ち主ザゴレ

ーツキイが、獅子と鷲が寓話で風刺の対象にされていることに腹を立てており、クルイロフの寓話が念頭にあると考えられる。寓話「馬と騎手」（1814）における、自由には節度が必要という思想は、プーシキン（1799〜1837）の戯曲『ボリス・ゴドノフ』で、支配者と人民の関係を騎士と馬の関係に譬えた、僭称者ボリスと臣下の対話にも見出される。

　クルイロフの寓話は時事的なテーマを内包し、同時代の社会状況と関連付けた視点からも研究されている。N. ステパーノフが、強風に倒れた樫とたわんで命拾いした蘆の寓話「樫と蘆」について、樫の形象にエカテリーナ2世によって弾圧された文人を、蘆の形象にクルイロフを見ている一方、小沢政雄（1967）は「クルイロフの寓話詩「樫と蘆」について」（上智大学外国語学部紀要第1号）で、樫の蘆に対する配慮に着目し、樫と蘆の関係に庇護者ゴリーツィン公爵とクルイロフの関係を見ている。

　鳥山祐介（2013）は、1812年のナポレオン軍のモスクワ侵攻に題材を取った寓話「鴉と鶏」（1812）を取り上げ、敵軍の迫るモスクワを去るか残るかが主題のひとつとして、「巣箱から飛び立つ蜜蜂の群れのように——クルイロフの寓話詩『鴉と鶏』と1812年のモスクワ」（千葉大学比較文化研究）で、当時の言説の枠組みの中で同作品の意義を考察している。「猟犬小屋の狼」も対ナポレオン戦争の時代的背景の中で理解されている寓話である。猟犬小屋に迷い込んで猟犬番に赦しを乞う狼に、モスクワ侵入後、クトゥーゾフ将軍に和平交渉を申し込んだナポレオンが投影されている。

●寓話詩と成句

　クルイロフの寓話で使用された表現は諺や成句として残り、現代ロシア人の生活に生きている。例えば、「有難迷惑」を意味する「デミヤンの魚スープ」という成句はクルイロフの同名の寓話に由来している。彼の寓話詩は、

多くの場合、物語部分とそこから引き出される教訓部分から成り立っている。「デミヤンの魚スープ」（1813）では、デミヤンのスープ攻めにフォカが辟易して逃げ出す話が語られた後、「物書きよ、（中略）口を閉じるすべを知らず、隣人の耳を気遣わないなら、気をつけるがいい、君の散文にしろ、韻文にしろ、（中略）みんなにいやがられることになる」（八島雅彦『クルイロフの寓話』）という、作家に対する戒めで結ばれている。同寓話は、才能のない詩人たちがしばしば長い退屈な作品を発表したロシア文学愛好者談話会の様子を揶揄していると言われている。

●『赤い鳥』とクルイロフの寓話

　丸尾美保（2002）が「雑誌『赤い鳥』掲載のロシア関連作品の考察」（『梅花児童文学』10）で明らかにしているように、『赤い鳥』には、「蟻と驢馬」（1918・8）、「豚と王宮」（1928・3）、「わけまへ」（1928・5）、「ワシとモグラ」（1928・6）、「象と子犬」（1928・6）というクルイロフの寓話が、ほぼ原作のあらすじに従った散文に書き換えられて掲載されている。以上5つの寓話は、実は原作の6作品に当たり、「蟻と驢馬」は、クルイロフの「驢馬」と「蟻」という2つの寓話を合わせた作品であり、それぞれ「驢馬の鈴」と「蟻の自慢」という題名に変えられている。「豚と王宮」は原作の「豚」に相当し、「わけまへ」は「猟に加わったライオン」に当たる。『赤い鳥』掲載の「豚と王宮」「ワシとモグラ」では、原作の教訓・コメント部分が削られている。

(杉野ゆり)

［参考文献］
内海周平訳（1993）『完訳クルイロフ寓話集』（岩波書店）、藁利佳彦（1999）「クルイロフ『寓話集』——現代に残る諺と金言」（週刊朝日百科『世界の文学』9、朝日新聞社）、八島雅彦訳注（2009）『クルイロフの寓話』（東洋書店）

ケストナー、エーリッヒ

Kästner, Erich

●作家の経歴と代表作

1899（明治32）年2月23日～1974（昭和49）年7月29日。『赤い鳥』記載のエミール・ケストナーは誤り。ドレスデンに生まれ、小学校教員になるため教員養成所に学ぶが、学徒出陣した。第一次大戦後ライプツィヒ大学に学び、新聞社に勤める傍ら、博士論文「フリードリヒ大王とドイツ文学」を著した。1927年、急進的な社説が理由で解雇され、ベルリンで作家活動を始めた。『エーミールと探偵たち』（1928）が児童文学として成功、30か国語に翻訳され何度も映画化された。『ファービアン』（1931）は新即物主義の作品。同年『点子ちゃんとアントン』、『五月三十五日あるいはコンラート、馬に乗って南洋へ』を発表、ユーモアとイロニーのある児童文学作家として有名になる。『飛ぶ教室』（1933）の刊行でナチスによる焚書に遭い、国内出版を禁止されたがドイツに留まりファシズムに抵抗した。彼の作品では、大人を冷めた目で見る賢い子ども達の活躍が特徴的である。

●ケストナー原作と『赤い鳥』再話の比較

原作『五月三十五日あるいはコンラート、馬に乗って南洋へ』（*Der 35. Mai oder Konrad reitet in die Südsee*）は3作目の児童文学。原作は空想冒険物語だが、小山東一は「過去の国」部分と叔父が甥の家を訪ねる最後の箇所を割愛して内容をコンパクトにした。英訳本からの重訳のため、主人公コンラートはラッド、叔父リンゲルフートはリンゲル叔父さんと、英語の略称が使われ、ローラースケートをする馬の描写も割愛された。ドイツ語の具体的表題が『赤い鳥』では漠とした『南洋へ』と変わり、ジャンルも滑稽童話となった。再話でも主人公は「南洋の国」で珍しい生き物や現地の子どもに出会い、大自然の中で遊びに興じる。森の中の戸棚へ入ると、少年と叔父は元の部屋へ戻り現実に帰る。『赤い鳥』にある挿絵は原作と異なるものだが、ドイツ人らしい表情を見事に描いている。

●戦後における活躍

ケストナー作品は戦時中でも、西欧、東欧、ソ連、日本や米国で翻訳された。第二次大戦後、『二人のロッテ』（1949）、『私が子どもだった頃』（1957）、『1945年を忘れるな』（1961）等の作品を発表し、文学カバレットを創立した。反戦の立場を貫き、1951（昭和26）年から1962（昭和37）年迄ドイツペンクラブ会長を務めた。ゲオルク・ビュヒナー賞受賞（1957）。　　　　　（小林英起子）

［参考文献］

Kästner, Erich: *Der 35. Mai oder Konrad reitet in die Südsee*. Zürich: Atrium Verlag 1970.
ケストナー、エーリヒ（1962）『五月三十五日』高橋健二訳（岩波書店）

ケストナー児童文学と想像力

原題が示す「五月三十五日」は架空の日である。コンラート少年が作文の題材探しに叔父と、サーカスから脱走した馬と連れ立って衣装戸棚の向こうの世界へ旅に出る。最初の「なまけ者の国」では人は想像力と魔法により、安楽な生活を送る。昔の偉人と出会う「過去の国」を過ぎると、「子どもが大人を教育する国」へと迷い込む。悪い大人には子どもによる再教育が必要という発想はケストナーの児童文学に共通する。ケストナーの想像力で圧巻なのは1931（昭和6）年当時、摩天楼や無人運転の地下鉄や自動車、動く歩道、携帯電話、工場のベルトコンベヤーを既に予見して「電気の都市」として描いたことである。彼が想像した未来都市は21世紀の今、多くが実現している。

コッローディ、カルロ
Collodi, Carlo

◉生い立ちと作家としての活動

1826（文政9）年11月24日～1890（明治23）年10月26日。イタリアの作家。本名はカルロ・ロレンツィーニ（Carlo Lorenzini）。イタリアのフィレンツェで生まれた。父親はフィレンツェの貴族ジノーリ家の料理人であり、母親は貴族ガルツォーニ家の召使（メイド）である。ジノーリ家とガルツォーニ家は親しい間柄で、ある日、ジノーリ家の面々がガルツォーニ家の所領であったコッローディ村を訪ねた時、料理人として同行したドメニコ・ロレンツィーニ（のち、カルロの父親）がアンジェラ（のち、カルロの母親）と出会い、やがて二人は結婚する。ロレンツィーニ夫妻には次々と子どもが生まれ、総勢10人の子だくさんとなった。ジノーリ家の侯爵夫人はロレンツィーニ夫妻にたびたび援助の手を差し伸べたが、亡くなる子が多く、成人に達したのはわずか3人であった。

カルロはその長男である。彼は父親の考えにより、シエナ近くの神学校（セミナリオ）に入れられた。ここで11歳から16歳までを過ごすが、そこでの生活に満足できず、退学し修道会学院（コルレジョ）に入り、哲学と修辞学を学んだ。

コルレジョを卒業しないうちに、フィレンツェの有名な書店ピアッティ社に就職する。彼の学歴は、ここまでである。当時、イタリアには大学もあったが、彼は早く職を得たかった。ピアッティ社での彼の主な仕事は、新刊図書を紹介する小冊子の編集。この仕事で彼は文筆家としての仕事を開始した。また、書店にかかわる文学者、新聞記者などと知り合い、たくさんの影響を受けた。彼らと夜を徹して議論したりする中で文学のみならず、イタリアの国家統一に関する思想を自ら育んでいった。

1848（嘉永元）年、彼が22歳を迎えたこの年に勃発した第一次イタリア解放戦争に志願兵として参戦し、九死に一生を得て帰還。イタリアは当時、あちこちに小国が群立し、しかも、隣国のオーストリアやフランスから部分的に市街や町村を占領されていた。イタリア解放戦争は、イタリアの「自由・独立・統一」を目ざした「自由主義と民族主義」の運動（リソルジメント）を基にしている。

また、この年、父親のドメニコが亡くなり、彼は一家の長として家族の責任を負うことになる。ピアッティ社の書店支配人の紹介で、トスカーナ議会の下級職員となった。

1859（安政6）年、33歳のとき、再び志願兵として第二次イタリア解放戦争に参加。

1860（安政7）年、34歳のとき、イタリアの統一に反対するエウジェニオ・アルベーリ（ピサ大学教授）の保守的な意見に対して彼は反論した。その反駁文にコッローディというペンネームを用いた。この反駁文は、鋭い風刺と、相手の論拠を一つずつ論破していく論理的な筆致で、読者の評判になる。ここで初めて用いたコッローディというペンネームは、彼の母親アンジェラの生まれた村の名前である。

コッローディはその後、新聞の編集などを行い、ジャーナリストおよびライターとして注目されるようになる。また、彼に児童文学の執筆依頼が訪れる。依頼したのは、パッジ社のフェリーチェ・パッジ。パッジ社はフィレンツェの出版社で主に、教科書と子どもの本を出版していた。コッローディは『ジャンネッティーノ（小さなジャンネットの意）』という子どもの本（準教科書）を書いてパッジ社から出版した。これは以前に出たパッラヴィチーニの『ジャンネット』の模範的少年像に対抗するものであり、欠点や弱点の多い少年像を提出している。

1881（明治14）年、コッローディが55歳

241

のとき、ローマから出た週刊紙『子ども新聞』（Giornale per I Bambini）に作品「ある操り人形の話」（Storia di un Burattino）を発表。これは連載物であったが、執筆の筆はなかなかはかどらなかった。しかし原稿を見て編集者は「これは当たる」と判断したし、主人公ピノッキオの活躍が面白く子ども読者からの反響もよかった。だが、作品の第4章以降、不定期の掲載となる。なぜコッローディが執筆に難渋したのか定かでないが、体調不良が主な原因とされる。そして、彼は当初、第10章で終わりにすると宣言していたが、子ども読者から「もっと続けて！」との声が多く寄せられ、彼は第2部にとりかかり、ついに1883（明治16）年1月まで続いた。連載完結後、しばらくして『ピノッキオの冒険——ある操り人形の話』（Le Avventure di PINOCCHIO: Storia di un Burattino）と題してパッジ社から刊行。コッローディはこの年、57歳。『ピノッキオの冒険』は、『ジャンネッティーノ』の流れを継ぐ作品であり、欠点や弱点の多い少年がもがき苦しみつつ自己形成していく作品である。

コッローディの著作活動は、児童文学に限定されない。彼の仕事はすでに述べたように、議会の下級職員、新聞の編集者、児童書や教科書の執筆者など多岐にわたっている。『ピノッキオの冒険』で大成功したが、それ以外の著作で「変人」（Macchiette, 1879）、「眼と鼻」（Occhi e nasi, 1880）などが知られている。

● 『ピノッキオの冒険——ある操り人形の話』の翻訳

佐藤春夫の「いたづら人形の冒険」は雑誌『赤い鳥』第4巻第2号（大正9年2月）〜第5巻第3号（大正9年9月）に掲載された。「或るところに木ぎれが一つあった。ほんのつまらない木切れで、よく仕事小屋などにほっ散らかしてある奴で、火をおこす時にストオブのなかへくべるやうな木切れである。で、どうしてそんなことになったのかは解らない

が、或る晴れやかな日のことであったが、一人の年寄りの木樵りが仕事場でこの木切れを見つけ出した。この年寄りの木樵りはアントニオといふ名前なのだが、いつも鼻の先がつるつると光って紫色をして桜ん坊みたやうなので、誰も名前は呼ばないで、桜ん坊のお爺さんと言ってゐる。」

このような書き出しで始まり、『赤い鳥』には全8回（第15章まで）掲載された。原作はもっと長く、掲載は作品の途中で打ち切ったことになる。打ち切った理由や原因は明らかでないが、編集の鈴木三重吉からすれば「続ければ途方もなく長くなるようだから、ここら辺で打ち切ろう」という考えであった。しかし、春夫はもっと続けたかった。それほどこの童話に彼は執着していた。春夫はその後、雑誌『女性改造』に機会を得て1923（大正12）年3月号〜6月号に再び第1章から作品を掲載する。題は「ピノチオ」。『女性改造』では作品の第12章までが載った。そして、1925（大正14）年1月、改造社から単行本『童話　ピノチオ』が発行される。この単行本では全体36章の構成。

佐藤が翻訳の基にした本は1900（明治33）年初頭に出た英語版であり、クランプが英訳、ロックウッドが校閲、コープランドが挿絵を担当したPINOCCHIO：The Adventures of a Marionetteである。この英語版の『ピノッキオ』を知人の下村悦夫（大衆文学の作家）から借りて春夫は翻訳を行った。また、同郷の西村伊作はそれ以前に下村からこの本を借りて、娘のアヤに日本語に訳して読み聞かせた。

ところで、佐藤の「いたづら人形の冒険」はところどころ、英語版『ピノッキオ』の中身と異なるところがある。それはストーリー（作品の筋）でなく、部分の描写である。例えばフェアリィ（青い髪のお姫さま）が「大樫の木」の枝に吊るされて今にも死にそうになっているピノッキオを「はらはらしながら」見ている箇所。この箇所の詳しい描写は英語版にない。また、佐藤の完成本『童話

ピノチオ』にもない。よって、これは『赤い鳥』の編集者鈴木の意向を汲んで佐藤が付加したものである。描写にこだわり、他者の作品にも添削の筆をふるったとされる鈴木三重吉の特徴をここに見ることができる。

●コッローディの少年時代回想記

コッローディの「ぼくが子どもだった頃」（1885年）は作者自身が少年時代を回想した、エッセイ風の作品。例えば次のような話がある。

　ある授業中のこと。「先生、カルロが……」「カルロが何かしたかね？」

　「サクランボを食べて、種子をぼくの服のポケットに入れるんです。」

　すると、先生は教壇から下りてきて、ぼくにサザエのようなげんこつの味を教えてから、「きみ、すぐに席をかわりなさい！」とぼくに命令した。

　ぼくが席を変えて一時間経つと、また別の声があがった。

　「先生、カルロが……」「カルロが何かしたかね？」

　「はい、ハエをつかまえて、ぼくの耳に入れるんです。」

　すると、先生はごつごつしたげんこつの味を、もう一度ぼくに教えてから、席を変えさせた。

　また、ある日、友だちのシルヴァーノが教室で気持ちよく居眠りをしていた。

ぼくは彼の真っ白いズボンに目を留めた。彼に気づかれないように注意して、ぼくはその白いズボンに勇敢な騎士を乗せた馬の絵を描いた。シルヴァーノは居眠りから覚めると、その絵を見てびっくりし、大声で泣き出した。みんなは腹をかかえて大笑いした。だが、先生は笑わなかった。教壇から下りると疾風のように、ぼくのところへやって来た。それから、どうしたか？　こっそり教えるよ。あのね、先生はシルヴァーノのズボンの前に白い紙を、エプロンのように張ったんだ。それで、ぼくの絵は誰の目にも見えなくなった。

これは笑い話のようだが、いずれもいたずら好きだったコッローディの少年時代の姿をほうふつとさせる。なお、この作品「ぼくが子どもだった頃」は作品集『愉快なお話』（*Storie Allegre*, 1887）に収録。柏熊達生の訳書『ピピの冒険』（新少国民社、1947）では「僕が子供だった頃は」と改題して収録。

（竹長吉正）

［参考文献］

前之園幸一郎（1987）『『ピノッキオ』の人間学』（青山学院女子短期大学学芸懇話会）、前之園幸一郎（1989）『子どもたちの歴史』（水出書房）、安藤美紀夫（2002）『世界児童文学ノート』（てらいんく）、竹長吉正（2017）『ピノッキオ物語の研究』（てらいんく）

西村アヤの『ピノチヨ』

日本でピノッキオ本の最初とされるのは、西村アヤの『ピノチヨ』。この本は1920（大正9）年、大阪の鈴屋出版部から発行された。教育家の西村伊作が娘のアヤに読み聞かせたのを後日、アヤがそのストーリーを想起しながら絵日記ふうにまとめたもの。この本は稀覯本であるが、大阪府立国際児童文学館や国際子ども図書館（上野）が所蔵している。

コッローディ作の邦訳本

コッローディ作の邦訳本はそれほど多くない。昭和期の戦後、岩波文庫『ピノッキオ』（1950年）を出した柏熊達生が1947（昭和22）年、『ピピの冒険』を刊行している。この本には表題作のほか、「クリスマス」「少年弁護士」「カーニバルの仮装」などを収めている。幼少年少女に興味深いのはピピという名の滑稽な猿の物語である。なお、この物語は戦前（1943年）柏熊によって『森の小猿』と題して出版された。

243

シェーンヘア、カール

Schönherr, Karl

1867（慶應3）年2月24日〜1943（昭和18）年3月15日。オーストリアの劇作家、小説家。チロルのアクサムスに教師の息子として生まれる。10歳の時父を亡くす。父の死も含め、チロルでの幼いころの記憶が『赤い鳥』に採録された「石標」や彼のほかの短編にも反映されている。1886（明治19）年にインスブルック大学に進学しドイツ文学と西洋古典を学ぶが、翌年にはウィーン大学に籍を移し医学を専攻した。「若きチロル」というチロルを中心とした文学運動にも関わり、学業とともに執筆活動も行っていた。1896（明治29）年に大学を卒業しウィーンで医師として働き始める。1905（明治38）年からは医者を辞め作家として文筆活動に専念することになる。故郷にこだわるシェーンヘアの作風は数年後に勃発する第一次世界大戦の中で、愛国心を奮い立たせるものとして支持され熱狂的に受け入れられた。この歴史に触れることなくシェーンヘアの作品を語ることはできない。一方で、1930（昭和5）年のウィーンの日刊新聞にはオーストリアを代表する作家としてシェーンヘアの名前があることから、第一次世界大戦後も彼の評価は揺るぎないものであったことがわかる。さらに戦間期にはナチスの「血と大地の文学」の代表的作家に祭り上げられ、シェーンヘアもまたナチスに共感を示していた。1943年にウィーンで亡くなるが、その後も彼の作品を、ナチスから「解放された」オーストリアの復活を支えるものとして積極的に位置づける動きもあった。しかし戦前の反省もありその評価は以前ほど高くない。今もなおチロルの雑誌にシェーンヘアが「忘れ去られた作家」として紹介されるほどである。なお代表作には1907（明治40）年の『大地』と1910年（明治43）年の『信仰と故郷』の二作の戯曲があげられる。「石標」が収録された短編集『村の出来事』は1911（明治44）年に発表されている。

シェーンヘアはチロルという地域に着想を得てその土地の人々を主題に作品を書いた。それゆえしばしば「郷土文学」を代表する作家と見なされる。文学史の記述においても「若きチロル」や「郷土文学」との関連で論じられてきた。他方で当時の文学の潮流は、自然主義であり彼もまたその一人に数えられることもある。シェーンヘアの研究においては、自然主義と郷土文学という二つの範疇にあって彼の創作の軸はやはり郷土文学にあるとする論考もある。ただしチロルから距離を置く態度も見せており、安易に郷土という単語でこの作家を括ることはできない。

また同じく『赤い鳥』に翻訳されたシュニッツラーはシェーンヘアよりも5歳年長で、二人はともにウィーンで医者として活躍していた。シェーンヘアが劇作家として成功した理由はいくつかあるが、中でもシュニッツラーによってシェーンヘアが見出されたことは見逃せない。シェーンヘアの劇の中心は、先にあげたように農村に暮らす人々でセリフもチロルの方言だが、シュニッツラーの戯曲はその対極にあった。対照的な二人の作品が同じ雑誌の中で人々に読まれたことは興味深い。

シェーンヘアがオーストリアで作家としての地位を確実にしていたころ、日本においてもその作品が次々と紹介された。まず前述の戯曲『大地』（堀田正次訳）が雑誌『学鐙』に1922（大正11）年から断続的に発表され、1927（昭和2）年には『信仰と故郷』（新関良三訳。第一書房の『近代劇全集』第13巻収録）が、そして1940（昭和15）年には短編集『村の出来事』（白旗信訳、弘文堂）が翻訳された。この『村の出来事』の中の一篇こそが、1932（昭和7）年の『赤い鳥』10月号に掲載された「石標」である。ちなみに白旗信はこの小品を「晴れの役」と訳している。原題と見比べると白旗の方がドイツ語に忠実

である。さらに原作と『赤い鳥』の翻訳を比較すると決定的な差がいくつかあることに気づく。特に作品の終わりである。「石標」は土地の境界を定めた石碑をめぐる話だが、原作では語り手の「私たち」が、同級生のハンスが大人に打たれるさまを見て笑う。それに対し翻訳を見ると「私たち」は、一度は笑うもののハンスに同情している。また打たれるハンスを見て怒りに身を震わせる教師は、原作ではほかの生徒とともに笑っている。実際、岡崎文雄の翻訳は翻案に近く「私たちは、くッくッと笑ひました。先生はと見ると、真つ青な顔をして、歯をくひしばつて、こめかみのところをぴく〳〵ふるはせてゐられました。私たちは、それを見ると、ハンスが少しかはいさうになり、鶏屋のをぢさんたちの仕わざを乱暴だとおもひました。」となっている。しかしシェーンヘアは「私たちはみなその記憶の結び目（ハンスが石碑の位置を覚えるまで棒で打たれること。訳者注）を喜び——先生も一緒になって——ハンスが打たれると心から嬉しくなった。」と書いている。そしてシェーンヘアは物語の最後を「これでハンスは、いざという時には、神のご加護とともに、後世のために有用で信頼できる石碑の証人となるだろう。」という大人たちの満足した言葉で締めくくる。原作には「晴れの役」のハンスが結局は棒で打たれてしまうという皮肉が目立つが、翻訳では表題が改変され皮肉な調子は抑えられ教育的要素が盛り込まれた。

　『赤い鳥』の編者によって数ある作家の中からシェーンヘアが選ばれた事実は、日本におけるドイツ文学ひいては外国文学の受容が当時どのようなものであり、その限界がどこにあったのかを示唆している。ドイツやオーストリアの批評や研究によって権威づけられたシェーンヘアを、日本の翻訳者、研究者も受け入れたのである。新関良三や白旗信は翻訳の後書きで、作品の特徴や傾向を作家の人生に照らして詳細に解説しているが、シェーンヘアの作品と政治のかかわりについては検閲を警戒してか言葉少なである。その後の戦争の歴史を知る者であれば、日本における戦前の受容がいかに危ういものであったかがわかる。しかし同時に、外国の作家を先入観なく見極めることがどれだけ難しいかを『赤い鳥』のシェーンヘアは今日の読者に訴えているのである。

（風岡祐貴）

［参考文献］

シェーンヘアのテクストは『石標』の訳者岡崎文雄が参照した可能性が高い1927年の全集に収められたものに依拠した。Schönherr, Karl: Der Ehrenposten. In: Ders.: *Gesammelte Werke*. Wien, Leipzig: Speidel 1927, Bd. 1, S. 340-350.

Bortenschlager, Wilhelm: *Tiroler Drama und Dramatiker im 20. Jahrhundert. St.* Michael: Bläschke 1982, S. 30-38; Fliedl, Konstanze: Künstliche Konkurrenzen: Schnitzler und Schönherr. In: *Metropole und Provinz in der österreichischen Literatur des 19. und 20. Jahrhunderts. Beiträge des 10. Österreichisch-Polnischen Germanistentreffens Wien 1992*. Hg. v. Arno Dusini u. Karl Wagner. Wien: Dokumentationsstelle für neuere österreichische Literatur 1994, S. 115-127; Holzner, Johann: Jagdszenen aus der Alpen- und Donau-Anarchie. Bemerkungen zur Entwicklung des Volksstücks von Anzengruber bis Schönherr. In: *Österreich und der Große Krieg 1914-1918. Die andere Seite der Geschichte*. Hg. v. Klaus Amann u. Hubert Lengauer. Wien: Brandstätter 1989, S. 47-52; Kierdorf-Traut, Georg: Karl Schönherr (1867–1943). Ein vergessener Tiroler Dichter-Arzt. In: *Der Schlern. Monatszeitschrift für Südtiroler Landeskunde*, 90. Jg., Heft 12 (2016) S. 44-45; *Neues Wiener Tagblatt* vom 15. August 1930, S. 4; Saur, Pamela S.: Naturalism versus "Heimatliteratur" in the Dramas of Karl Schönherr and Ludwig Anzengruber. In: *Modern Austrian Literature*, Vol. 29, No. 3/4 (1996) S. 101-116; Weigel, Hans: Fragment über Karl Schönherr. In: Ders.: *Nach wie vor Wörter. Literarische Zustimmungen, Ablehnungen, Irrtümer*. Graz, Wien, Köln: Styria 1985, S. 130-144.

シュニッツラー、アルトゥル

Schnitzler, Arthur

1862（文久2）年5月15日〜1931（昭和6）年10月21日。オーストリアのユダヤ系ドイツ語劇作家・小説家。医業に従事しながら、戯曲『アナトール』（1893）の成功によって本格的に文学活動を開始する。彼の作品は森鷗外訳『みれん』（原題『死』、1895）などにより、日本でも早くから受容されている。

繊細な心理や情愛、また、死をしばしば描くため、シュニッツラーは一般には「19世紀末ウィーンを体現する愛欲と情緒の作家」（『花・死人に口なし　他七篇』（岩波書店、2011）惹句）と捉えられている。他方で、短編小説『グストゥル少尉』（1900）をはじめとして、彼の作品はしばしば物議を醸した。とりわけ、戯曲『輪舞』初演（1920/21）では、ベルリンにせよウィーンにせよ、上演妨害の騒動が起き、裁判にまで至った。

実際、シュニッツラーには社会的な問題を取り上げた著作も少なくない。特に、長編小説『外への道』（1908）や喜劇『ベルンハルディ教授』（1912）では、世紀転換期ウィーンの反ユダヤ主義的な風潮下でのユダヤ人群像が描かれている。彼は第一次世界大戦に対しても一貫して批判的であり、戦時中の考察を箴言集に書き留めている。また、シュニッツラーの今日性は、中編小説『夢小説』（1926）がスタンリー・キューブリックの映画『アイズ・ワイド・シャット』（1999）の原作に選ばれたことや、ピーター・ゲイが19世紀の中流階級文化の成立を論じた自著に『シュニッツラーの世紀』（原著2001）という題を与えたことからも窺うことができる。

なお、『赤い鳥』第7巻第1号（1934）掲載の岡崎文雄「カルローと弟（童話）（シュニッツラーによる）」の原作は『盲目のジェロニモとその兄』（1900）。短くリライトされたこの童話の題名では、弟と兄が入れ替わっている。また、兄弟の年齢も原作より10歳若く設定されている。原作では、その内面について語られるのは専ら、自らの行為によって弟を盲目にしてしまった兄のみで、弟の心のうちは語られない。この童話の題名における弟と兄の入れ替えは、それを踏まえてのことと推測される。

その変更によって、原作ではあくまでも兄の側から感じる、弟からの和解について、この童話では「ゲロニモには、こうなると、すべてが、すっかり分かって来たような気がしました」と、説明が加えられている。また、原作では弟が微笑し、それを見て兄もほほえむ最後の場面が、この童話では「まっ青になったゲロニモの頬に、あつい涙がぼろぼろおちました」と書き換えられて、一層情緒的に結ばれている。ともあれ、シュニッツラーの作品を童話化するとすれば、この短編小説を措いて他にないであろう。　　　（松崎裕人）

［参考文献］

シュニッツラー著作（邦訳）：番匠谷英一・山本有三訳（2011）『花・死人に口なし　他七篇』（岩波書店［番匠谷英一訳『盲目のジェロニモとその兄』所収]）、森鷗外訳（1928）『みれん』（岩波書店）、岩淵達治訳（1997）『輪舞』（現代思潮社）、池内紀・武内知子訳（1990）『夢小説・闇への逃走　他一篇』（岩波書店）、田尻三千夫訳（1989）『ウィーンの青春』（みすず書房［自伝]）

岩淵達治（1994）『シュニッツラー』（清水書院）、ピーター・ゲイ（2004）『シュニッツラーの世紀』田中裕介訳（岩波書店）

Schnitzler, Arthur (2003): *Meistererzählung* (Fischer Taschenbuch Verlag). Scheible, Hartmut(1976): *Arthur Schnitzler* (Rowohlt Taschenbuch Verlag). Scheffel, Michael (2015): *Arthur Schnitzler. Erzählungen und Romane* (Erich Schmidt Verlag). Jürgensen, Christoph/ Lukas, Wolfgang/ Scheffel, Michael (Hrsg.) (2014) : *Schnitzler Handbuch. Leben-Werk-Wirkung.* (Verlag J. B. Metzler)

シラノ・ド・
ベルジュラック、サヴィニアン・ド

Cyrano de Bergerac, Savinien de

　1619（元和5）年3月6日（洗礼日）～
1655（明暦元）年7月28日。アベル・ド・
シラノとエスペランス・ベランジェの第四子
としてパリに生まれる。幼少期をパリ郊外の
父の所領地モヴィエール、ベルジュラックで
過ごす。名前の「ド・ベルジュラック」はこ
の地名に由来する。ボーヴェ学院やイエズス
会のクレルモン学院で教育を受けたとする説
には資料的裏づけがない。1630年代末に軍
隊に入り、負傷後除隊する。1641（寛永18）
年、パリのリジウ学院で修辞学を学ぶ。ダン
スと剣術のクラスにも登録の記録がある。こ
の頃原子論で知られる哲学者ガッサンディ
（Gassendi, Pierre, 1592～1655）の教えを受
けている。

　喜劇『愚弄された衒学者』は初期の作とさ
れるが、友人の書に寄せた1648（慶安元）
年の献辞が現在知りうる最初の作品である。
1648年の父の死に際し、遺産相続をめぐり
シラノの放蕩と窃盗に言及されるが根拠に乏
しい。この頃フランスはフロンドと呼ばれる
内戦状態にあり、マザリナードと総称される
数千もの文書が飛びかう筆の争いが展開され
た。19世紀以来シラノもこれに参加したとさ

れるが、その帰属については1文書を除いて
研究者の間で一致をみていない。

　『月の諸国諸帝国』は1650（慶安3）年頃
から、まずは写本で回覧されていた。最初の
『作品集』の体裁を整え、悲劇『アグリピー
ヌの死』を脱稿するのもこの頃である。シラ
ノは1653（承応2）年頃からアルパジョン
公（Louis, le duc d'Arpageon, 1601～1679）と
保護－被保護関係（クリアンテリスム）に入
る。大貴族の庇護を受け筆による奉仕をする
のは、当時の文芸者一般の習わしであった。
実際生前に刊行された二著は公に捧げられて
いる。

　1654（承応3）年初頭、公の馬車が襲撃
されシラノは負傷する。この事件をめぐる陰
謀説は伝記の拡大解釈に由来する。怪我によ
る熱に悩まされたシラノは弟に鎖で繋がれる。
その後ルノー・デ・ボワクレール（Renault
des Boisclairs, Tanneguy, 1600～1699）宅で静
養し、次いで従兄の家に移ってから5日後に
息を引きとった。

●作品について

　生前に印刷されたのは2本の戯曲と『作品
集』のみである。1657（明暦3）年、遺稿
『月の諸国諸帝国』が出版される。1662（寛
文元）年にはその続編と、物理学者ジャック・
ロオー（Rohault, Jacques, 1618?～1672）が関
わる『自然学断片』などを含んだ『新作品
集』が上梓された。（著作一覧）「賢者でなく、

稲垣足穂によるもう一つの再話

　当時楠山以外にもシラノの月世界に注目した人
物がいた。1927（昭和2）年イナガキ・タルホ
は「シラノ・ド・ベルジュラックの月世界旅行」
を発表する。冒頭にシラノの略伝を配し、全体を
三人称に書き換えた再話である。末尾の予告にも
かかわらず続編は執筆されず、分量も楠山の1/4
程度である。稲垣は後年『僕の"ユリーカ"』で、
再度同じ部分の再話を試みている.

楠山正雄と『シラノ』

　楠山は、エドモン・ロスタン（Rostand, Edmond
Eugène Alexis, 1868-1918）によるシラノを主人公
とした戯曲『シラノ・ド・ベルジュラック』の翻
訳も手がけている。1913年の五来素川による初
訳（『白野十郎』）に続き、楠山は『近代劇選集』
（新潮社、1920）に全訳を発表している。1926（大
正15）年、劇作家額田六福が翻案し、沢田正二郎
主演で新国劇が上演した『白野弁十郎』は楠山訳
を基にしているとされる。

247

愚かなる読者へ」（*Au sot lecteur et non au sage*, 1648）；『アグリピーヌの死』（*La Mort d'Agrippine*, 1654）；『作品集』（*Œuvres diverses*, 1654）；『書簡集』（*Lettres*）；『愚弄された衒学者』（*Le Pédant joué*）；『月の諸国諸帝国』（*Histoire comique(...), contenant Les Estats et Empires de la Lune*, 1657）；『新作品集』（*Les Nouvelles Œuvres*, 1662）；『太陽の諸国諸帝国の滑稽譚』（*Histoire comique des Estats et Empires du Soleil*）；『才気煥発会話集』（*Entretiens pointus*）；『自然学断片』（*Fragment de physique*）

● 『月の諸国諸帝国』について

　初版は友人ル・ブレ（Le Bret, Henry, 1618-1710）による序文とルノー・デ・ボワクレールへの献辞付で刊行された。シラノに関する伝記記述の嚆矢となる序文である。20世紀に入り本作に３種の写本があることが判明した。Lachèvre（1921）以降はほとんどの版本がパリの写本を基に編纂されている。本作にはこれまでに３人の訳者による５種の邦訳がある。

　シラノの生きた時代には、最新の哲学や科学的知見を理論的な根拠として宗教思想を疑う「学識ある自由思想」の潮流があった。また1640〜50年代にかけて、既存の文学の模倣やパロディを基調とする文学形式「ビュルレスク（滑稽な表現）」が流行していた。ルネサンス思想やガッサンディの哲学を吸収した文芸者シラノは、枠組みとしては流行のジャンルを参照しながら自由思想を下地に奇想天外な冒険譚を描き出した。筋は単純だが、奔放な想像力から迸る余談や脱線こそが本作の魅力であり、その「意外性の連続」に打たれた作家星新一はシラノを「SFの開祖」と形容している。（梗概）或る晩、語り手「私」が友人と月についての議論を交わして帰宅すると、机にカルダーノの書が開かれていた。これを「神来の妙想」と受けとり、月への旅行を思い立つ。月に到着した私は地上の楽園

を通り、四足で歩く巨人に捕まり見世物にされる。最後はエチオピア人にさらわれ、イタリア経由でフランスに戻る。

● 再話「月の世界（童話）」について

　楠山正雄による『月の諸国諸帝国』の再話「月の世界（童話）」は、『赤い鳥』に３回に分けて掲載された（1925・1〜3）。底本は不明だが、フランス語版を使用したとの前提で、初めて写本を参照した1910（明治43）年の刊本か、Lachèvre（1921）の諸写本混合版を用いたことが推測できる。分量は全訳版の1/10程度であり、加筆や改変が多くほとんど独自の作品である。楠山は「わたし」＝「シラノ自身のこと」と断った上で一人称の語りを維持する。月への到着までが全体の約半分を占め、月の風俗がわずかに挿入された後、フランスへの帰国で締めくくられる。（野呂康）

［参考文献］

Cyrano de Bergerac, *Histoire Comique(...) contenant les États et Empires de la Lune*. Paris: Charles de Sercy, 1657; Lachèvre, Frédéric éd., *L'Autre Monde ou les États et Empires du Soleil*. Paris: Garnier Frères, 1932(1921)；Prévot, Jacques éd., *Œuvres Complètes*. Paris: Belin, 1977; Alcover, Madeleine éd, *Œuvres Complètes*. Paris: H. Champion, 2006(2000), 3 vols.；シラノ・ド・ベルジュラック（1940）『月世界旅行記』有永弘人訳（弘文堂書房）、同（1951）『日月両世界旅行記』有永弘人訳（岩波書店、全２巻）、同（1968）『月と太陽諸国の滑稽譚』伊藤守男訳（早川書房）、同（1996）『別世界または日月両世界の諸国諸帝国』赤木昭三訳（岩波書店）、同(2005)『日月両世界旅行記』赤木昭三訳（岩波書店）、イナガキ・タルホ（1927）「シラノ・ド・ベルジュラックの月世界旅行」（『婦人グラフ』国際情報社）、ロスタン、エドモン（1951）『シラノ・ド・ベルジュラック』辰野隆他訳（岩波書店）、稲垣足穂（1967）『僕の"ユリーカ"』（南北社）、星新一（1980）「シラノ・ド・ベルジュラック架空対談」（奇想天外社）、赤木昭三（1993）『フランス近代の反宗教思想』（岩波書店）

スウィフト、ジョナサン
Swift, Jonathan

●諷刺作家として

1667（寛文7）年11月30日〜1745（延享2）年10月19日。アイルランドの聖職者、小説家。ダブリン生まれ。当時のアイルランドは、イギリスの半植民地であった。カトリック信仰の強いアイルランド人と、プロテスタント（イギリス国教会系のアイルランド教会）の信仰を有して国を支配するイギリス人という二重構造は、諷刺精神に満ちたスウィフト文学に大きな影響を与えた。というのも、イングランド出身の両親を持つスウィフトは、ロンドンでの栄達を夢見るものの、結局ダブリンに戻ってアイルランド教会の聖職者として生涯を終えることになるからだ。だがその彼がアイルランドの偉人として今でも深く敬愛されているのは、ダブリンで過ごしたその後半生において、アイルランドの自由を回復すべく健筆をふるったことによる。『ガリヴァー旅行記』が生まれたのもこの時期だ。

●『ガリヴァー旅行記』

『ガリヴァー旅行記』は1726（享保11）年、ロンドンで刊行された。主人公にして語り手のガリヴァーによる四つの旅行記からなる。第1篇はリリパット（小人国）への旅、第2篇はブロブディンナグ（巨人国）、第3篇は空飛ぶ島ラピュタなど太平洋上の島々、そして第4篇はフウイヌム（馬）とヤフー（人間に酷似した猿）の国。舞台設定は非現実そのものだが、描写は細密で、当時のイギリスやアイルランドを髣髴とさせる。現実と非現実を行き交うこのダイナミックな語りにこそ、人間社会の問題点を鮮明に浮かび上がらせるスウィフトの筆の冴えがうかがえる。

●『赤い鳥』に掲載された「馬の国」

野上豊一郎の「馬の国」と題された童話は、『赤い鳥』の1920（大正9）年5月号、6月号、8月号の3回にわたって連載された。6月号には清水良雄の口絵も付されている。この「馬の国」は、『ガリヴァー旅行記』第4篇の抄訳で、主人公が理性的な「馬の国」に理想社会を認めるとともに強欲なヤフーに人間の悪を感じ、イギリスへの帰国を躊躇するという原作の枠組みが生かされている。人間社会の醜悪さを描き出したこの第4篇は厳しい諷刺精神に貫かれており、児童文学として扱われることはほとんどないのだが、野上は、人間の醜さに気づくガリヴァーを三人称表現によって相対化し、原作のエッセンスを巧みに抽出して児童向けに仕上げている。その意味でこの野上の作品は、世界的に見た『ガリヴァー旅行記』の受容史においても注目に値する。なお野上は、1927（昭和2）年、『ガリヴァー旅行記』の本邦初となる全訳を刊行している。　　　　　　　　　　　　（原田範行）

［参考文献］

原田範行・服部典之・武田将明（2013）『「ガリヴァー旅行記」徹底注釈（注釈篇）』（岩波書店）

『ガリヴァー旅行記』の児童文学的受容

『ガリヴァー旅行記』は刊行当初から、大人向けの諷刺文学であるとともに、児童文学としても受容されてきたが、その多くは小人国と巨人国が中心であった。小人と巨人という対比が明快で、理解しやすいことによるものであろう。時代や地域によって、この作品独特の社会諷刺やスカトロジー（糞尿譚）が削除されることも多かった。小人国にいたガリヴァーが小便で皇妃宮殿の火事を消す、という場面などはその一例である。地図や少数の図を除くと、原作に挿絵はないが、もともと視覚的要素を豊かに含んでいることから、児童向けのみならず成人向けでも挿絵版が世界各地で刊行されている。

ストリンドベリ、ヨハン・アウグスト
Strindberg, Johan August

●多彩な創作活動

　1849（嘉永2）年1月22日～1912（明治45）年5月14日。スウェーデンの劇作家、小説家、芸術家。高校卒業後、学業や仕事がうまくいかない年月が続いたが、1879（明治12）年に発表した風刺小説『赤い部屋』により成功をおさめる。北欧における自然主義の代表的な作家であり、『父』（1887）、『令嬢ジュリー』（1888）といった戯曲で特に知られる。厳格な父との確執、3度の結婚と離婚、精神的危機など、その私生活と作品とは密接に結びついている。後年は象徴主義に転じ、『夢の劇』（1902）などの作品を生む。言語学や外国語にも強い関心を示したストリンドベリは、アンデルセン童話など、外国文学の翻訳も行なっている。約60編の戯曲をはじめ、小説、詩、エッセイ、新聞記事など、多岐にわたる膨大なその著作は、1981（昭和56）年から2012（平成24）年にかけて全72巻の『ストリンドベリ全集ナショナル・エディション』（*Nationalupplagan av August Strindbergs Samlade Verk*）として編さんされている。

●童話と童話劇

　ストリンドベリには、「海に落ちたピアノ」（原題「大きな石篩い」）ほか12の短編を収めた『童話集』（1903）がある。また、『白鳥姫』など5編の童話劇があり、『靴のゆくへ』（原題『アブ・カセムの履物』）はその一つである。今日これらの童話劇はほとんど知られておらず、上演されることもまずない。『童話集』は特に子ども向けに書かれたとは考えられていないが、作品発表前年の末娘アン・マリー（Anne-Marie）の誕生と、アンデルセンから

の影響が反映されていることは明らかである。収録作品のうち「半切れの紙」は非常に高い評価を受けている。いずれの作品も出版当時には好意的な書評が出ているが、それはストリンドベリの大衆の間での人気を批評家たちが無視できなかったことによるとも言われる。「海に落ちたピアノ」は、日本では童話集等に何度か収録されている。

　本来は全5幕である『靴のゆくへ』は、『赤い鳥』誌上では主人公アブ・カセムの美しい娘と彼女に恋をする王子とのエピソードが省かれ、全3幕にまとめられている。1907（明治20）年に自身の童話劇『幸福者パールの旅』（1882）の通し稽古を、娘アン・マリーと共に観たストリンドベリは、より美しい作品を書くことを彼女に約束する。1908（明治21）年に最後の住居である通称「青い塔」に引っ越したストリンドベリは、書斎に置いていたアラビア風の情景が織り込まれた布と『千夜一夜物語』にインスピレーションを得て、作品を書き上げる。『靴のゆくへ』が出版されると、ストリンドベリは当時6歳の娘に次のように書いた一冊を贈っている。「私のアン・マリーへ　この小さな本を私はあなたから受け取りました。今度は私からあなたが受け取る番です！　というのも、私はこれをあなたのために書いたのだし、あなたに捧げたかったのだから―よいときもあれば悪いときもあります―あなたに善いことを教えたく、自分も善くありたく、なれる以上に善くありたいだけのあなたの父より」　（上倉あゆ子）

［参考文献］

Hägg, Göran. *Sanningen är alltid oförskämd : en biografi över August Strindberg.* Stockholm: Norstedt, 2016. 山室静（1969）『北欧文学の世界』（東海大学出版会）、ストリンドベリ（2011）『ストリンドベリ名作集』毛利三彌ほか訳（白水社）

［ウェブサイト］

ストリンドベリ全集ナショナル・エディション
http://www.strind.su.se

ソログープ、
フョードル・クジミチ
Сологуб, Фёдор Кузьмич /
Sologub, Fyodor Kuzjmich

●生涯と作品

1863（文久3）年2月17日〜1927（昭和2）年12月7日。ロシアの象徴派の詩人、作家、劇作家、評論家。19世紀末から20世紀初頭に活躍した。1863年にサンクト・ペテルブルクの貧しい家庭に生まれた。早くに父を亡くしたが、母の女中奉公先の貴族の援助で師範学校を卒業し、田舎町で10年間中学教師をした後、ペテルブルクで作家活動に入った。デカダン・世紀末派・象徴主義の詩人、作家としてギッピウスやブロークたち詩人や作家たちの中心として活躍した。

代表作『小悪魔』（Мелкий бес, 1907）は、利己的な田舎教師が狂気に陥り殺人を犯すまでを、初々しい少年と対比させて描く。短編「光と影」（Свет и тени, 初出1894）などの少年を扱った作品では、純粋な少年たちが、大人の世界に順応できずに死や狂気に追いやられていく様が描かれた。

革命の動乱後、妻の死に遭って亡命を断念し、レニングラード（現・サンクト・ペテルブルク）に残って創作を続け、1927年12月に永眠した。

●日本での受容

ソログープは、明治末期にロシア現代文学を紹介した昇曙夢訳『六人集』（易風社、1910.5）と『毒の園』（新潮社、1912.6）に所収されたことによって、センセーションを巻き起こした。小市民的な現実と幻想が入り交じるその作風は現代人の不安を宿しており、自然主義文学を超えるものとして広津和郎などの多くの若い作家に影響を与えた。「毒の園」などの怪奇と幻想性を帯びた作品は、現在でもいくつかの作品集に所収されている。

●日本の児童文学との関係

ソログープは児童を対象に作品を書いたのではないが、大正期には『赤い鳥』をはじめとする雑誌や単行本に短編が掲載された。子ども向きとして最初に紹介されたのは、『赤い鳥』（1920・4）掲載の楠山正雄訳「新かぐや姫」（内容「新かぐや姫」「いけない子とおとなしい子」「石の遍歴」）であった。象徴性の高いこれらの寓話は、「大人の文学に近いもの」を「子供の世界の開拓のため」にと、三重吉が楠山に依頼したことによる。後期『赤い鳥』には、三重吉自身が再話した「影」（1932・9〜10）や横竹六郎名による「ミーチャ」（1933・1〜2）も掲載されているが、狂気にとらわれていく子どもたちを描いたソログープの原作から破滅的な最後を除いており、繊細でもの悲しい子どもの状況を描写する作品に変わっている。

単行本には前田晁『影絵』（精華書院、1922・1）や原秀夫『よわい子供』（崇文堂、1922・3、のち『金色の柱』と改題）がある。また、浜田広介も短い寓話を戦後まで何度も童話集に収録している。日本少国民文庫14巻『世界名作選（一）』（新潮社、1936・2、1998・12複刻）に、新美南吉作「でんでんむしのかなしみ」とともに収録されている米川正夫訳「身体検査」は、盗みの疑いをかけられた少年が無実とわかった後も、貧しさ故に抗議できずに堪え忍ぶという内容である。作家たちに愛されたソログープは、戦後まで子どもが登場する作品が児童文学全集に掲載されている。　　　　　　　（丸尾美保）

[参考文献]

丸尾美保（2003）「ソログープ作品の日本における受容――「赤い鳥」を中心に」『梅花児童文学』11号、南平かおり（2005）「ソログープと日本」『児童文学翻訳作品総覧』第6巻、大空社

チェーホフ、アントン・パーヴロヴィチ

Чехов, Антон Павлович /
Chekhov, Anton Pavlovich

●日本人を魅了する短編の名手

1860（安政7）年1月29日〜1904（明治37）年7月15日。ロシアの小説家、劇作家。南ロシアの港町タガンロークにうまれる。父は農奴の血を引く雑貨商。貧しい封建的な家庭で育ち、幼少期から自立心を培った。モスクワ大学医学部卒業後、開業医となる。在学中から新聞・雑誌に大量のユーモア掌編を書き、家族を養った。「医学は正妻、文学は愛人」とは本人の言葉だが、少年が馬車で広野を旅する「広野」（1888）で広く認められ、本格的に作家の道を歩み始める。流刑地サハリンへの調査旅行後、作品に深みが増す。小説「犬を連れた奥さん」「谷間」、戯曲「かもめ」「桜の園」など数々の傑作を残し、1904年、結核で44年の生涯を閉じた。

本邦初訳は瀬沼夏葉・尾崎紅葉共訳「月と人」（1903・8）。主義主張を掲げなかったチェーホフは評価が揺れた。例えば正宗白鳥は「孤独」に惹かれ、広津和郎は「強さ」「謙遜」「誠実」を強調した。だが昭和初期にシェストフの「虚無よりの創造」が紹介されると「絶望の詩人」と呼ばれる時期が続く。

チェーホフの名が明記された『赤い鳥』の再話は6編。前期に木内高音の「靴屋と悪魔」が、後期に鈴木三重吉の「病院」「てがみ」「子守つ子」、そして成石崇の「歯痛」と「ワローチャ」が収められている。また、吉田絃二郎の創作童話「院長さんと僕たち」の作中作が、「賭け」の再話であることを丸尾美保（2002）が明らかにしている（「雑誌『赤い鳥』掲載のロシア関連作品の考察」『梅花児童文学』vol.10）。

以下、再話の傾向に注目してチェーホフと『赤い鳥』の関係をみていく。

●社会思潮よりも無垢な心

「靴屋と悪魔」（1924・10）の貧しい靴屋は夢で悪魔に魂を売り、念願の旦那暮らしを味わうが、堅苦しさが嫌になり目が開く。貴賤貧富を問わず死が不可避なら、この世には悪魔に魂を売ってまで手に入れるものは何ひとつない、と。

後に「水菓子屋の要吉」（1928・7）で格差社会の矛盾を突く木内高音は、不平等に慣る靴屋に着目したのだろう。一方三重吉は童心主義に通じる平等観を評価した。「靴屋と悪魔」に先立ち、寒村の悲惨な生活を描いた自然主義風の自作「小猫」（1910）をチェーホフの「百姓たち」と比べたのも（大木顕一郎宛、1924年3月24日）、チェーホフの貧農たちの純真に惹かれたのだろう。

●子どもに寄り添う優しい眼差し

三重吉の再話「病院」（1931・8）、「てがみ」（1931・12）、「子守つ子」（1932・7）はどれも子どもが主人公で、加筆されている。「子守つ子」は、子守が睡魔に負けて赤ん坊を絞め殺す結末が、残酷を理由に削られている。同様に、肘の手術でひとり入院した7歳の少年が、寂しさと不安から夜中に病室を飛び出す「病院」では、入院患者の死体搬出場面が削除されている。

また、奉公先で虐待される9歳の少年ユウコフが、恐怖と寂しさから、もとの屋敷に連れ戻してと訴える「てがみ」では、宛名が「だんなさま」に変更されている（原作は使用人の「おじいちゃん」宛）。宛名を有力者に変えたのは、ユウコフに同情する子ども読者の思いを汲んだのである。

三重吉の変更の目的が、主人公への思いやりや共感を介した子どもの鑑賞力の向上にあったことは、成石崇の投稿再話への対応で確かめられる。

●明るい歓喜と機微

「歯痛」（1935・3）は、まるで子どものような大人の世界を明るくコミカルに描いている。抜歯を拒み、痛みに苦しむ閣下に農事監督イヴァンが呪い療法師の受診を薦める。ところが肝心の苗字を忘れてしまい電報が打てない。思い出したのは翌日、痛みに堪えかねた閣下の抜歯後のことだった。

いっぽう三重吉が「或機微をとらえた名作」と太鼓判を押した「ワローヂャ」（1935・4）は、子どもの複雑な心理をていねいに描いている。

中学生のワローヂャが、クリスマス休暇に1年先輩の友人チェチェビツィンを連れて帰省した。ふたりには、徒歩で渡米し一旗揚げるという密かな野望があった。だが発案者のワローヂャが母への未練から翻意する。するとチェチェビツィンは、飴と鞭で説き伏せる。立ち聞きしていたワローヂャの妹たちには、チェチェビツィンがまるで英雄のようにみえた。

計画は遂行されたが、ふたりは保護されてワローヂャの父に大目玉を食らう。チェチェビツィンは首謀者扱いされても言い訳ひとつせず、悠々と立ち去るのだった。

友情と家族愛の狭間で悩むワローヂャ。固い決意と矜持の持ち主チェチェビツィン。大人に媚びずに兄たちを庇う妹たち。物語の中心にあるのは自律的子ども世界である。

「歯痛」よりも「ワローヂャ」の評価が高かったのは、三重吉にとってチェーホフが子どもの心理をつかむ文範だったからである。

シャルル＝ルイ・フィリップの再話を詳らかにした佐藤宗子の、「復刊後のほうが子供読者への意識がより強い（「再話の倫理と論理」『日本児童文学』27巻6号、1981）」との指摘は、チェーホフの再話にも当てはまる。

●和製チェーホフ

子ども読者本位の再話から膨らむチェーホ

フ像をよく物語るのが、吉田絃二郎の「院長さんと僕たち」である。

子どもたちに慕われる院長は6尺ゆたかの長身で、大の馬好きだ。仲良しの馬との別離の日に、涙ながらに別れを告げる院長が、作中で子どもたちに聞かせる話が、チェーホフの「賭け」なのである。

5人の役人仲間が賭けをする。牢屋に10年籠もった友に皆で10万両払おう。外れ籤を引いたドミトリが独房暮らしを始めた。当初は孤独に苛まれたドミトリであったが、日々聖書を読むうちに落ち着きを取り戻し、約束の日に自分は神の僕として世界を遍歴する、案ずるなと置き手紙を残して仲間の前から姿を消す。

これは院長の正体の種明かしである。

チェーホフはまさに6尺ゆたかの長身で、子どもに慕われる、動物好きの医者であった。院長が厩で馬に話しかけるのは、御者が息子を失った悲しみを馬に語る「ふさぎの虫」を彷彿とさせる。三重吉は小兵だったが、馬好きでは人後に落ちなかった。日本騎道少年団を主宰し、自らも乗馬を嗜んだ。

ロシア文学通だった吉田は、奇しくも胸を病んだふたりを院長に重ねたのである。

吉田の和製チェーホフは、俗悪な現実にも優しい眼差しを注ぐ志賀直哉のチェーホフである。後期『赤い鳥』の刊行期間はシェストフ受容期と重なるが、チェーホフの社会性、人間性、ユーモアそして巧みな心理描写を受容した『赤い鳥』は、ペシミズムとは一線を画していたのである。　　　　　　（近藤昌夫）

［参考文献］
原卓也編（1975）『チェーホフ研究』（中央公論新社）、根本正義（1973）『鈴木三重吉と『赤い鳥』』（鳩の森書房）、赤い鳥の会編（1983）『『赤い鳥』と鈴木三重吉』（小峰書店）、近藤昌夫（2017）「『赤い鳥』のチェーホフ受容について」（『スラヴィアーナ』第9号）

テイラー、ベイヤード

Taylor, Bayard

1825（文政8）年1月11日～1878（明治11）年12月19日。アメリカの詩人、紀行作家、文芸評論家。ゲーテ『ファウスト』の翻訳者としても名高い。少年時代から詩作に励み、19歳で詩集を発表。これが評価され、アメリカを代表する日刊紙『ニューヨーク・トリビューン』から資金援助を受けて渡欧する。2年間のヨーロッパ旅行をまとめた旅行記『歩いて見た情景——ナップザックと杖で訪れたヨーロッパ』（1846）が当時のベストセラーとなる。「アメリカのマルコ・ポーロ」の異名を持つ彼は、ヨーロッパのほかにもアフリカ、中東、インド、中国、日本にまで足を運んだ。ペリー艦隊来航を物語った『赤い鳥』に収められた長編歴史童話「日本を」（1922・2～1923・9、1924・7～1925・3）にテイラーにまつわる記述はないが、彼はペリーから日本遠征への同行を許された数少ない紀行作家のひとりであった。

帰国後、海外経験豊かなテイラーは講演活動に励む。鉄道や蒸気船が発達し、国内外への旅行熱に湧いていた19世紀中葉のアメリカの文学界で、彼は人気を博す。コサック帽やターバンなど、講演テーマの地域に合わせた衣装に身を包んで登壇するサービス精神旺盛な演出も、彼の人気を後押しした（Wright, pp.121～22）。

1870年、コーネル大学の客員教授に就任したテイラーは、欧州各地に赴きドイツ文学にまつわる講演を行う。1878年には駐独大使としてベルリンに赴任するが、数か月後、病に伏し、53歳で生涯を終えた。

◉「少年駅夫」

作者がスウェーデンを旅した際、駅馬での移動を助けてくれた少年駅夫の話。道中、猛吹雪に足止めされた両者はそりの中で露営する。寒さを凌ぐ知恵を持った少年の冷静さに、露営に怖気付いていたテイラーは感嘆する。

原題は"The Little Post-Boy"。アメリカの児童向け月刊誌『われらの少年少女』（*Our Young Folks*, 1867・1）に収録された直後、アメリカ師範学校協会（後の全米教育協会）創設に尽力した教育者リチャード・エドワーズが編纂した初等教育用の国語読本学習指導書の教材に採用される。

本作の初邦訳は『赤い鳥』に収められた鈴木三重吉の「少年駅夫」（1928・2）である。異国の人々や風習をアメリカ国内の少年少女に紹介するという原作の意を汲み、訳者が『赤い鳥』読者向けに大胆な補筆をした形跡は以下2点を除いてほぼ無い。1点目は、積極的に地の文を会話文に改め、テイラーと少年駅夫とのやりとりを読者に想起させている点である。2点目は、仕事に励む幼子の成長を見守る両親の姿を加筆し、親の愛情を強調している点である。

「少年駅夫」は、「少年駅伝夫」の題で鈴木三重吉編『世界童話集』（春陽堂、1929）や田中豊太郎等編『新日本少年少女文学全集』（ポプラ社、1958）など数多くの選集に収録されている。また本作は、1959年度から1974年度にかけて、小学校国語教科書にも度々採録されている（3社、全11回）。2000年代に入っても、教育学者の齋藤孝が音読教材のひとつに本作を選ぶなど（『読んでおきたい日本の名作』小学館、2008）、本作の注目度はにわかに高まっている。（本岡亜沙子）

［参考文献］

近藤治（2009）「ベイヤード・テイラーの見たファテブル・シークリーについて」『鷹陵史学』第35巻。Wright, Tom F. "The Results of Locomotion: Bayard Taylor and the Travel Lecture in the Mid-nineteenth-century United States. *Studies in Travel Writing* 14. 2 (2010): 111-34.

デュマ (ペール)、アレクサンドル
Dumas (père), Alexandre

1802（享和2）年7月24日～1870（明治3）年12月5日。フランスの劇作家、小説家。フランスのヴィレル・コトレに生まれ、パリで没する。1825（文政8）年に劇作家としてデビューし、ロマン派劇の発展に貢献。1836（天保7）年以降、『ラ・プレス (*La Presse*)』や『ル・シエークル (*Le Siècle*)』『ル・ジュルナル・デ・デバ (*Le Journal des débats*)』などの新聞に小説を連載し、文学の大衆化に寄与した。

そのキャリアにおいて100作以上の小説を生産したデュマは、合作や分業制を導入した最初の世代の作家のひとりである。保守的な作家や批評家は彼の営みを「小説生産会社」と非難したが、合作や分業制は大衆小説産業の一般的な生産様式として定着した。

文学生産の「近代化」を企てたデュマは、19世紀前半に制度化された「新聞小説 (roman-feuilleton)」という表現形式に適した技法を確立した作家でもある。読者の期待に応じて連載の長さをコントロールするために主要な筋と平行して複数の副次的な筋を展開したり、各連載を山場で中断しサスペンス効果をつくり出したりするなど――デュマの用いた手法は後世の大衆作家のそれを大きく規定したといってよい。

同時にデュマは時代や国・地域を超えて語り継がれる大衆的ヒーローを生み出した作家でもある。その典型は、オギュスト・マケ (Auguste Maquet, 1813~1888) との合作「モンテ・クリスト伯 (*Le Comte de Monte-Cristo*, 1844・8～1846・1)」の主人公エドモン・ダンテスである。濡れ衣を着せられてシャトー・ディフに収監されたダンテスがそこで出会った囚人ファリア神父のおかげで脱獄し財宝を手に入れ、モンテ・クリスト伯と名乗って自分を陥れた人びとに復讐を遂げる――この小説は、「三銃士 (*Les Trois Mousquetaires*, 1844・3～7)」や「王妃マルゴ (*La Reine Margot*, 1844・12～1845・4)」などと並んでデュマの代表作として位置づけられている。

『赤い鳥』に掲載された鈴木三重吉の再話「イーフの囚人（冒険奇談）」（1926・4～10）は、この「モンテ・クリスト伯」を原作としている。再話の典拠がフランス語版か、あるいは他言語翻訳かは定かではない。

三重吉は原作を大幅に縮小しており、彼の表現を借りれば、「エドモンド・ダンテ」が「モント、クリスト島」に隠された財宝を探し当てたあと、「一まずイタリアのゼノアに向かって出帆」するところで終わっている。したがって不正の告発や正義の実現、復讐といった原作を特徴づけるテーマはみられない。大団円で物語が締めくくられるのが大衆小説、ひいては子ども向け読み物の一般的な傾向であるならば、「イーフの囚人」の「をわり」は未完結であり、きわめて不安定な様相を呈している。

原作縮小の理由を解明することは今後の研究に期待されるが、「モンテ・クリスト伯」受容史において三重吉の試みが評価されるとしたら、明治期の黒岩涙香や大正期の谷崎精二と三上於菟吉らの翻案・翻訳とは異なり、子ども向けの再話として、この19世紀フランス大衆小説の古典を紹介したからにほかならない。

(安川孝)

［参考文献］

Kalifa, Dominique, Philippe Régnier, Marie-Ève Théranty, Alain Vaillant, eds. *La Civilisation du journal*. Nouveau monde éditions, 2011. Compère, Daniel ed. *Dictionnaire du roman populaire francophone*. Nouveau monde éditions, 2007.

榊原貴教（2010）「アレクサンドル・デュマ（ペール）特集」『翻訳と歴史　文学・社会・書誌』第48号（ナダ出版センター）

トウェイン、マーク
Twain, Mark

◉アメリカの国民作家

　1835（天保6）年11月30日～1910（明治43）年4月21日。アメリカの代表的作家。ミズーリ州に生まれ、ミシシッピー川沿いの村、ハニバルで幼少期を過ごす。印刷工、ミシシッピー川の蒸気船水先案内人を経た後、アメリカ極西部に移り新聞記者となる。東部に居を移した後は『トム・ソーヤの冒険』（1876）、『王子と乞食』（1881）、『ハックルベリー・フィンの冒険』（1885）など、名作を次々と発表。アメリカ随一の著名作家となる。晩年は、経営する出版社の倒産、投資の失敗、破産と膨大な負債、度重なる家族の不幸など、数々の苦難に直面するが、弱者の側に立った批判精神は終生変わることはなかった。

◉『王子と乞食』と『赤い鳥』

　戦前の日本で最も頻繁に翻訳・翻案されていたトウェイン作品は、『王子と乞食』であった。中世のロンドンを舞台に、自由な生活に憧れる王子が、華やかな宮廷生活を夢見る瓜二つの乞食の少年と衣服を入れ替え、これまでの身分とは全く異なる境遇を経験する同作は、イギリス同様、封建的な身分制度の歴史を有していた日本の読者とも相性が良く、早くから様々な作家が翻訳や翻案を手掛けている。日本初の本格的な翻訳も、巌谷小波ら3名の共訳で、『少年世界』に1年間連載された同作の翻訳「乞食王子」（1898・1～12）であった。

　『赤い鳥』が登場する大正期になると、ユーモア小説で名を売った佐々木邦が『トム・ソーヤ』や『ハック・フィン』など、主要作を立て続けに翻訳。その一方で、霜田史光が「王様と乞食」（1923・7）という題で『金の星』に『王子と乞食』の再話を掲載するなど、『王子と乞食』は依然根強い人気を誇っていた。1925（大正14）年、『赤い鳥』にも鈴木三重吉による再話「乞食の王子」（1925・3～11）が9回にわたり連載されている。三重吉の流れるような文章と清水良雄の幻想的な挿絵に支えられ、極めて読みやすい上品な童話に仕上がっている。他方、気骨あるエドワード王子が、原文にはない時折気弱な態度をみせるなど、原作が有していた野太い少年像は後退している。特に、大人の危うい世界とは距離をおきたかったのだろう、王子の従者ヘンドンが口にする浮気な女房に関する戯れ唄などは差し障りのない表現に変えられてしまっている。そして、同再話の連載は、原作の半ばを過ぎたあたりで予告もなく途絶してしまう。森三郎によれば、三重吉は『トム・ソーヤ』や『ハック・フィン』を「野卑なもの」として一切受け付けなかったというから、アメリカ的野性が横溢するトウェイン文学と三重吉の文学的感性は必ずしも相性が良いとはいえなかった。

　一方、三重吉と同時期に活躍して、「土の童話」を標榜した千葉省三の方がトウェイン文学の持つ泥臭い世界に親しみを感じていた。千葉は『赤い鳥』に刺激を受けて雑誌『童話』を創刊。川又慶次の筆名で『トム・ソーヤ』の再話「二少年の冒険」（1923・4～10）を同誌に連載している。また、昭和に入ると、大佛次郎も、中世の京都に舞台を移した『王子と乞食』の再話「花丸小鳥丸」（1939・1～12）を『少年倶楽部』に連載している。未完とはいえ三重吉の再話が、こういった『王子と乞食』を中核とする戦前の日本におけるトウェイン受容の重要な一翼を担っていたことは間違いない。　　　（石原剛）

［参考文献］

石原剛（2008）『マーク・トウェインと日本』（彩流社）、森三郎（1958）「私の記者時代」坪田譲治編『赤い鳥代表作品集　後期』（小峰書店）

ドーデ、アルフォンス
Daudet, Alphonse

1840（天保11）年5月13日〜1897（明治30）年12月16日。フランスの小説家。文学史では、自然主義作家として位置づけられているが、自身は自然主義の運動から距離をとり、実際その作風も、事物を外側から観察することに徹するこの文学派の姿勢とは異なる。

ドーデと他の自然主義作家とを区別する主要な要因は、自己の体験を題材としていることとその語りの特異性にある。この傾向は『プチ・ショーズ』（*Le Petit Chose*, 1868）に典型的に現れているが、この作品において、作者の経験を思わせる主人公の復習教師としての苦い思い出や文学で身を立てる希望と挫折が、主人公の回想の形式をとりながらも、時に視点を変え、情感豊かに綴られている。

●「アルルの女」

ドーデの作品の中では、南フランスの風物を紹介した『風車小屋だより』（*Lettres de mon moulin*, 1869［妻ジュリアやポール・アレーヌとの共作であることも知られている]）や、普仏戦争時の社会を描いた『月曜物語』（*Contes du lundi*, 1873［増補版1875]）がとくに有名だが、『赤い鳥』に掲載された作品も、8編のうち6編が、『風車小屋だより』（ただし、これら6編全てが収められたのは決定版とされる1879年版）に収められている。

この短編集の中で最も知られる「アルルの女」（*L'Arlésienne*）は、ある浮気女に思いを寄せた青年が絶望して自殺するという内容が子供向けではないとされたのか、選ばれていない。取り上げられた6編は、短編集の由来を示すエピソードである「風車場の秘密」（*Le Secret de maître Cornille*, 1928・3）、老夫婦の孫に対する思いがあふれる「おぢいさん、おばあさん」（*Les Vieux*, 1928・5）、ドーデ曰く

「少々ドイツ風のファンタジー」である「散文のバラッド」（*Ballades en prose*）の2編、「王子の死」（*La Mort du dauphin*,［1932・4]）、「野の郡長さん」（*Le sous-préfet aux champs*）［1920・4]、飼われているがゆえの安楽さよりも過酷な自由を求める「スギャンの牡山羊」（*La Chèvre de M. Suguin*）［1928・3]、身分の高い少女に対する羊飼いの少年の淡い恋心を綴った「星」（*Les Étoiles*）［1933・5]。

残る2編は、『月曜物語』で最も有名で、日本でも一時期小学校の国語の教科書で取り上げられていた「最後の課業」（*La Dernière classe*）［1924・6]と、その続編「村の学校」（*Le Nouveau Maître*）［1931・2]。後者は『短編集』（*Contes et récits*, 1873）と『ベル・ニヴェルネーズ号』（*La Belle-Nivernaise*, 1886）所収。19世紀後半にプロヴァンス地方で興った地域語とその文化の復興運動であるフェリブリージュの詩人たちやその作品を好意的に紹介した『風車小屋だより』とは逆に、地域語の存在を無視してフランス語の称揚を描いた「最後の課業」同様、「村の学校」では、ドイツ人教師に反抗的な小学生を通して、フランス語とフランス精神が称えられている。

ドーデ自身『プチ・ショーズ』を当初子供向けに書こうとしていたことや、児童文学出版で知られるエッツェルからも何点か作品を出版するなど、子供のための本を意識していた形跡も認められる。かつ、子供向けに編集されたドーデの作品は、今日でも再版され続けている。　　　　　　　　　　（宮川朗子）

［参考文献］

Colin, René-Pierre, *Dictionnaire du naturalisme*, Du Lérot, 2012. Daudet, Alphonse, *Œuvres*, I, texte établi, présenté et annoté par Roger Ripoll, Gallimard : Bibliothèque de la Pléiade, 1986
カラデック、フランソワ（1994）『フランス児童文学史』石澤小枝子訳（青山社）、佐藤宗子（1987）『『家なき子』の旅』（平凡社）

トルストイ、
レフ・ニコラエヴィチ

Толстой, Лев Николаевич /
Tolstoy, Lev Nikolayevich

●トルストイの生涯

　1828（文久11）年９月９日〜1910（明治43）年11月20日。ロシアの小説家、思想家。トゥーラ県ヤースナヤ・ポリャーナに伯爵家の四男として生まれ、２歳で母、９歳で父を亡くし、親戚の女性たちに育てられた。1847（弘化４）年にカザン大学を中退し、相続したヤースナヤ・ポリャーナで農地経営を志す。コーカサスで従軍したのち処女作『幼年時代』(1852)で文壇に認められ、『戦争と平和』(1869)、『アンナ・カレーニナ』(1877)などで高い評価を受けた。この間に領地の農奴を解放をし、その教育にも努めた。

　やがてトルストイは死の恐怖や生きる意義について深く苦悩するようになって『懺悔』(1882)を書き（回心と称される）、その後は福音書に基づく原始キリスト教的な教義と、素朴な農民生活を理想とした思想を説いて、多くの信奉者を得た。また飢饉救済運動や、兵役拒否のために迫害されていたドゥホボール教徒救済運動などを展開し、自己の思想を世界にむけて発信しつづけた。後期の代表作『復活』(1899)は、ドゥホボール教徒救済資金を得る目的で執筆された。

　トルストイは民衆を圧迫する政府やロシア正教会を批判したため危険思想とみなされ(1901年破門)、出版に制限を受けた。しかし、国外で出版した本や新聞に掲載された言動によって、世界中に影響を与えた。インド建国の父ガンジーは、トルストイの非暴力主義の実践者であった。一方、農民風の質素な生活や、求道者・社会運動家としての行動（著作権も放棄）は、夫人と確執を生じた。1910年11月に家を出たトルストイは、発病してアスタ

ーポヴォ駅の駅長官舎で死去した。

●日本でのトルストイ受容

　『戦争と平和』第一編が森體訳『泣花怨柳北欧血戦余塵』の題で1886（明治19）年に出版されて以来、作品、評論、西欧での評価などが雑誌に次々と紹介され、明治期にトルストイはロシアの大文豪、思想家として広く知られていた。内田魯庵は「案ずるにトルストイは現今思想界の巨人、世界の思潮を断截して其半ばを負担するもの」(『学燈』1902・4)と記している。当時トルストイの作品を紹介したのは、森鷗外、徳富蘆花、内田魯庵、小西増太郎、田山花袋、加藤直士といった人々で、ロシア語だけでなく、英語、フランス語、ドイツ語を介してであった。小西増太郎（トルストイと老子の道徳経を共訳・出版、トルストイの葬儀に立ち会った）、徳富蘇峰、蘆花はそれぞれトルストイを訪問し、実際のトルストイの姿を日本に伝えた。

　日露戦争に際してトルストイは『ロンドン・タイムズ』に「悔い改めよ」(1904・6)を発表し、日本とロシアの双方を激しく非難した。全訳が幸徳秋水らの「平民新聞」に掲載され、単行本も数種出版されて、トルストイの平和主義、博愛主義が知れ渡った。

　大正期には、全14巻のトルストイ個人全集（春秋社、1918〜9）が刊行され、個人研究誌『トルストイ研究』(新潮社、1916・9〜1919・1)も発行された。島村抱月が悲恋物語に脚色した『復活』の劇中で松井須磨子の歌う「カチューシャのうた」が大流行した。武者小路実篤は、トルストイ思想の影響で「新しい村」を創るなど、白樺派にも影響を与えた。トルストイは大作家としてだけでなく、思想家・非戦論者として第二次大戦後まで大きな存在であった。

●子どものための作品

(1)『アーズブカ』ほかの教科書掲載作品

　トルストイは若い頃から教育に関心が深く、

ヤースナヤ・ポリャーナに農民の児童のための学校を作り、教科書を発行し、教育論を執筆した。教科書『アーズブカ』（1871～72）及び『ロシア語読本』（1875）には、ロシア語教育のための短い話や自然や社会を学ぶ文章が掲載されている。読物としては、各国の昔話や創作作品を再話したものと、トルストイ自身が創作した作品がある。トルストイ再話の「三びきのくま」は、多くの画家の手による絵本が日本も含めて多数発行されている。「フィリップぼうず」「とびこめ」「めうし」「コーカサスの捕虜」などの創作は、トルストイの児童文学作品としてロシアでは教科書に掲載され、図書も出版され続けている。

(2) 「トルストイの民話」

「回心」後に児童にも大人にも自己の思想を分かりやすく民話の形式で語った「トルストイの民話」（1881～87）が18編あまり創られた。よく知られているトルストイの民話には以下のものがある。「人はなにで生きるか」（天使と靴屋さん）、「イリヤス」、「愛のあるところに、神もある」（靴屋のマルチン）、「人間にはどれだけの土地が必要か」、「ふたりの老人」、「イワンのばかとそのふたりの兄、軍人のセミョーンとたいこ腹のタラスと、口のきけない妹マラーニアと、大悪魔と三びきのちび悪魔の話」（イワンのばか）、「火を消さずにおくと」。妄執を捨てて愛によって生きることを説いた物語には、当時の風俗も取り入れられており、文学的にも価値が高い。これらはソビエト時代には子ども向けに出版されることはなかったが、日本などでは人の真の生き方を伝えるものとして出版され続けた。

(3) 『子どもの知恵』（1910）

宗教や戦争などについて対話形式で書かれた21話で、物語の面白さは少ない。

◉児童文学としての日本での受容

トルストイ作品が最初に児童向きの雑誌に掲載されたのは、1891年1月『少年文庫』（少年園発行）に掲載された「レフ、トゥストイ伯著・菊渓堂主人訳」の「垂髫児（おいたちの記の抜き書き）」で、『幼年時代』の第15章を抜き出して、当時新しい言文一致体で訳されている。その後、『家庭雑誌』26号（家庭雑誌社、1894・3）に「猿と豌豆」「頭と尻尾の喧嘩」などの教科書掲載の短い5話、99号（1897・4）に同「マリチク、ス、パリチク」（親指小僧）が掲載された。

トルストイの民話は、日露戦争前の1902年に、「イワンの馬鹿」が『少年世界』（4～7月）に長谷川天渓訳「大悪魔と小悪魔」のタイトルでほぼ全訳で掲載された。末尾に「労働は神聖なり」との要約が付けられて、トルストイ思想は薄められている。同年に魯庵訳「馬鹿者イワン」（『学燈』6～12月）も出ている。

以後、トルストイの民話は、ロシア文学者のみならず、例えば浜田広介『トルストイ童話集』（世界教育名著叢書Ⅳ、文教書院、1924・10）など大人と子ども双方を対象に現在まで発行され続けている。児童向けとしてのトルストイの民話（特に「イワンの馬鹿」）が大正期から各社の児童文学叢書の中に必ず含まれるようになり、戦後には紙芝居やマンガにもなって流通している。

『赤い鳥』掲載のトルストイ作品には、鈴木三重吉による「ざんげ」（神は真実を見ているが、すぐには現さない）（1924・11）と「ワーレンカがおとなになる話」（1931・3）、木内高音「水たまり」（女の子の方がおとなより賢い）（1927・8）がある。また、吉田絃二郎「京の寺へ」（1923・6）は民話「二老人」を日本化した翻案と考える。（丸尾美保）

［参考文献］

丸尾美保（2005）「明治の児童向け出版におけるトルストイ受容」『児童文学翻訳作品総覧』第6巻、大空社、柳富子（2007）「ロシア児童文学と日本——トルストイの『イワンの馬鹿』を中心に」『図説児童文学翻訳大事典』第4巻、大空社

バアリー、ジェームス・マシュー
Barrie, James Matthew

◉生涯と作品

1860（万延元）年5月9日～1937（昭和12）年6月19日。スコットランド出身の劇作家、小説家。機織職人の父と石工の娘の母との間に、10人兄弟姉妹の三男としてスコットランドのキリーミュア（Kirriemuir）に生まれる。エディンバラ大学在学中より地元紙に劇評を寄せるなどし、卒業した1882（明治15）年以降、本格的な文筆活動に入る。スコットランドを舞台にした小説を発表する傍ら戯曲も手掛け、ヘンリック・イプセン（Henrik Ibsen）の戯曲のパロディである1幕劇『イプセンの幽霊』（1891）を発表する。1894（明治27）年に女優メアリー・アンセル（Mary Ansell）と結婚するも、彼女の不貞行為により不幸な結末に終わる。『センチメンタル・トミー』（1896）と続編『トミーとグリゼル』（1900）は、主人公トミーが長じて作家になり、不幸な結婚へと至る半生を描く半自伝小説である。

20世紀初頭には、4幕物喜劇『クオリティ・ストリート』（1901）、『あっぱれクライトン』（1902）等のウェル・メイド・プレイを発表する。なかでも、交流のあったリューリン・デイヴィーズ（Llewelyn Davies）家の子どもたちから霊感を得た、戯曲『ピーター・パン、あるいは大人になろうとしない少年』（1904）は、バアリーの名声を不動のものにした。

1913（大正2）年に準男爵に叙せられ、1922（大正11）年にはメリット勲章（Order of Merit）を授与される。1919（大正8）年にはセント・アンドリューズ大学学長、1930（昭和5）年には母校エディンバラ大学学長

を歴任。功なり名遂げた後も創作意欲は衰えを見せず、戯曲『メアリ・ローズ』（1920）では大人になることを拒絶する子どもを再びテーマに取り上げた。晩年には、短編小説『ジュリー・ローガン』（1931）や戯曲『ダビデ』（1936）を著し、1937年に肺炎で歿した。

◉ピーター・パンの成立経緯

「ピーター・パン」の登場する作品は、先に紹介した1904（明治37）年初演の戯曲を含め4作品ある。時系列順に紹介すると、退役軍人Wと少年デイヴィッド（David）との交流を描く、半自伝小説『小さな白い鳥』（1902）の第13章から第18章にかけて挿入された話中話において、ピーター・パンは文学史上初めてその姿を現す。この話中話を独立させ、アーサー・ラッカム（Arthur Rackham）の挿絵を付したものが、小説『ケンジントン公園のピーター・パン』（1906）である。次いで1911（明治44）年にはF・D・ベッドフォード（F. D. Bedford）の挿絵が入った『ピーターとウェンディ』が出版された。これは、1904年の戯曲に基づくノヴェライズ版である。また、同年の戯曲の後日譚にあたる『ウェンディが大人になったとき』は、1907～08（明治40～41）年シーズンの千秋楽に1度だけ上演され、その後、『ピーターとウェンディ』の末尾に付されることとなった。バアリーは1904年初演の戯曲に満足することなく継続的に改訂を行ったが、その決定版にして「ピーター・パン」物の掉尾を飾るのが、戯曲『ピーター・パン、あるいは大人になろうとしない少年』（1928）である。

◉ピーター・パンのモデル

バアリーには13歳で夭逝した兄デイヴィッド（David）がおり、容姿端麗かつ頭脳明晰なデイヴィッドは母の寵愛を一身に集めた。伝記『マーガレット・オギルヴィ』（1896）には、傷心の母を慰めようと当時6歳のバアリーが兄の声音を真似る逸話が記されている。

バアリーにとってデイヴィッドは13歳のまま時間の静止した、いわば「永遠の少年」であったと言える。また、交流のあったリューリン・デイヴィーズ家の5人兄弟、ジョージ（George）、ジャック（Jack）、ピーター（Peter）、マイケル（Michael）、ニコラス（Nicholas）も有力なモデル候補であろう。ただし、バアリー自身は「5人を強く擦り合わせてピーターを造形した」（Hanson, p.19）と述べ、特定のモデルの存在を否定している。

◉ピーター・パン受容史と三重吉による翻案

『図説児童文学翻訳大事典』によれば、『ピーターとウェンディ』の初訳は、1921（大正10）年に赤い鳥社から出版された『赤い鳥の本』第8冊『苺の国』所収の、楠山正雄翻案による「ピーター・パン」である（p.645）。翌1922年には、河合鞆子が『女学生』にて「ピーター・パン物語」を連載している。こうした翻訳・翻案物の7作目にあたるのが、1927（昭和2）年5月から10月にかけて『赤い鳥』誌上で連載された、鈴木三重吉による翻案「ピーター・パン」である（水間, p.96）。

三重吉による翻案は、両親が夜会に出掛ける準備をしている間、乳母役の愛犬ナナ（Nana）が子どもたちの寝支度をする場面から始まり、別れたウェンディ（Wendy）を待ち焦がれ、ピーター・パンがネヴァーランドの樹上で笛を吹きならす場面で終わっている。『図説児童文学翻訳大事典』は、三重吉訳を『ピーターとウェンディ』の翻訳としている（pp.645〜46）が、ウェンディ誕生前のエピソードから始まり、最終章では髪に白髪の混じる歳になったウェンディが登場する同小説と、三重吉訳との相違は明らかであろう。三重吉訳の底本は定かではないが、水間は上記河合訳、1927年に出版された『世界名作童話大系』所収の立石美和訳、そして三重吉訳の3翻訳・翻案の共通点を指摘し、これらの底本を、ダニエル・オコナー（Daniel O'Con-

nor）による公認再話本『ピーター・パン絵本』（1907）の流れを汲む海賊版、そのなかでもフレデリック・オーヴィル・パーキンス（Frederick Orvill Perkins）による『ピーター・パン　大人になろうとしない少年』（1916）ではないかと指摘する（pp.95〜118）。三重吉訳に付された挿絵が、パーキンスの前掲書に付されたアリス・B・ウッドワード（Alice B. Woodward）による挿絵の模写であることからも、この指摘は一定の説得力を持つ。

◉現代のピーター・パン

数多ある翻訳小説のなかでも、ジェラルディン・マコックラン（Geraldine McCaughrean）による『ピーター・パン・イン・スカーレット』（2006）は、ピーター・パンに関する著作権を管理するグレート・オーモンド・ストリート病院（Great Ormond Street Hospital）から、『ピーターとウェンディ』の公式続編として認定されている。映画化には、スティーヴン・スピルバーグ（Steven Spielberg）監督『フック』（1991）やバアリー役に俳優ジョニー・デップ（Johnny Depp）を配した『ネバーランド』（2004）等がある。また、ブロードウェイはもとより、日本においても、芸能プロダクションのホリプロ制作によるミュージカルが1981（昭和56）年以降継続して上演されるなど、テレビ、映画、アニメーション等、多岐に渡るメディアミックス化が進んでいる。

（福田泰久）

［参考文献］

児童文学翻訳大辞典編集委員会編（2007）『図説児童文学翻訳大事典』第3巻（大空社）、水間千恵（2009）「大正・昭和初期における『ピーター・パン』受容の一面」『図説翻訳文学総合事典』第5巻、pp. 95〜118、Hanson, Bruce K. *Peter Pan on Stage and Screen 1904-2010*. London: McFarland, 2011.

ハウフ、ヴィルヘルム
Hauff, Wilhelm

◉作家の経歴と代表作

1802（享和2）年11月29日〜1827（文政10）年11月18日。ドイツの小説家。シュトゥットガルトに生まれ、テュービンゲンで幼少期を過ごした。テュービンゲン大学で神学と哲学を学んだ後、シュトゥットガルトで男爵家の家庭教師となった。この男爵家の息子たちに話して聞かせた童話をもとにして執筆されたのが『童話年鑑』である。これは『隊商』（1826）、『アレクサンドリアの族長とその奴隷たち』（1827）、『シュペッサルトの宿屋』（1828）の3巻の形で出版された。ハウフの主要作品は、1825（文政8）年から25歳で病没するまでの3年間に執筆された。

文学史においては後期ロマン派とみなされるが、自身の故郷シュヴァーベン地方の宗教改革を背景にした歴史小説『リヒテンシュタイン』（1826）では、イギリスの作家ウォルター・スコットに影響を受けた客観的な歴史描写から、写実主義の萌芽もみることができる。

童話や歴史小説以外に、『皇帝の肖像』（1827）などの優れた短編小説も多く執筆した。

読者をひきつけて離さない展開の速い話運びや、ロマン派作家E・T・A・ホフマンらに影響を受けた幻想的な作風が特徴。また『月の中の男』（1826）では当時の人気作家クラウレンを、『悪魔の覚書から』（1巻1826、2巻1827）では低俗な作品をもてはやす読者を、それぞれ風刺した。

◉『またぼあ』と『コウノトリになったカリフの物語』

『赤い鳥』（1918・11〜12月号）に掲載された『またぼあ』は、ハウフの代表作『隊商』（*Die Karawane*）の一節である。作品の舞台はアラブ世界で、カイロへ向かう隊商に加わった商人たちが次々に語る物語が6編収録された枠物語となっている。『千夜一夜物語』の影響が強い作品といえる。

『またぼあ』の原題は『コウノトリになったカリフの物語』（*Die Geschichte von Kalif Storch*）という。魔法の力でコウノトリに変身したカリフと大臣は人間に戻ることができなくなるが、同じくフクロウに変えられた姫の力を借りて人間に戻り、王の不在を機に国を乗っ取ろうとした魔法使いの親子を処罰するという筋書きである。『赤い鳥』ではこの物語を前後編の形に分け、カリフたちが人間に戻れなくなり国が乗っ取られようとしたところで前編が終わる。「またぼあ」とは作中で描写される変身の呪文で、ラテン語のMutaborのこと。

ハウフの原作からの主な変更点は、カリフや大臣の名前がなく「若い王」、「年を取つた家来」という表記になっている点と、魔法使いの罰し方である。原作では父親を絞首刑にし、息子をコウノトリに変えた上で籠に閉じ込めたのに対し、『赤い鳥』では両者とも投獄されて終わる。また地の文による描写が会話文に置きかえられた部分も多い。

（西谷明子）

［参考文献］

Hauff, Wilhelm. Hg. v. Max Mendheim. *W. Hauffs Werke, Kritisch durchges. und erläuterte Ausg. Bd. 1 u. 2.* Leipzig u. Wien: Bibliographisches Institut, 1903. ハウフ、ヴィルヘルム（1977）『隊商』塩谷太郎訳（偕成社）、安野光雅編（1988）『変身ものがたり』（筑摩書房）、中谷彰・松川弘・嶋田洋一郎ほか（1994）『ドイツ言語文化と社会――作家・思想家たちの軌跡』（北樹出版）、伊藤勉（1977）「明治二十年前後におけるヴィルヘルム・ハウフの『隊商』の邦訳」（中日本自動車短期大学研究紀要『論叢』第7号）

バーネット、フランシス・ホジソン
Burnett, Frances Hodgson

◉バーネットについて

1849（嘉永2）年11月24日〜1924（大正13）年10月29日。アメリカの小説家。イギリス北部マンチェスターに金物商の娘として生まれる。3歳で父親を亡くし、15歳のとき母親と兄妹とでアメリカのテネシー州に移住。18歳のころから雑誌に小説を掲載するようになり、生計を立てるために執筆にいそしむ。1877年に初めての長編小説『ロウリーの娘』を出版し、小説家として成功する。英米を行き来しながら多数の小説と戯曲を書いた。代表的な児童文学作品に『小公子』（1886）、『小公女』（1905）、『秘密の花園』（1911）があり、近年は『秘密の花園』の評価が高い。

◉原作と翻案について

バーネットは『セーラ・クルー』（『セント・ニコラス』誌連載、1887〜88）を1888年に出版した後、『小公女』として戯曲化（イギリス初演1902、アメリカ初演1903）し、増補した小説版『小公女』を1905（明治38）年に出版した。戯曲版『小公女（全三幕）』も1911（明治44）年に出版。久保田万太郎は、『赤い鳥』に「セーラの空想（児童劇）」を戯曲の形式で3回にわたって連載した（1926・7〜9）。これは戯曲版『小公女（全三幕）』の第二幕の翻訳にあたり、計9点の挿絵がある。第一回の冒頭で主要登場人物と舞台背景が紹介されている。内容は、第一回はラムダスとカリスフォード氏の秘書がセーラの屋根裏部屋に忍び込むところから始まり、セーラが空腹にたえかねて人形のエミリイに話しかけていると、ロッティが訪ねてきて、七の九九をおさらいして帰る。第二回は、次にやってき

たアーメンガアドの本をセーラが借りて、内容を話してやることになる。アーメンガアドがお菓子を取りにいき、ベッキイも呼ぶ。第三回は、セーラたちが王宮の宴会のつもりで想像力を働かせながら準備をしていると、ミンチン先生に見つかって厳しく叱られるが、セーラが眠っている間にラムダスが夕飯や化粧着や美しい家具類を運んできて、目覚めたセーラが自分には友人がいると喜ぶところで終わる。小説版『小公女』（全19章）の第14章と第15章の出来事が中心になっており、何かのつもりになったり、見立てたりするセーラの想像力が存分に発揮されている箇所である。久保田は、『赤い鳥』連載の翌年、全三幕を翻訳した『児童劇　小公女』（1927）を出版した。序文によると、有名でない戯曲版を惜しむ気持ちと、舞台で演出できればという願いが翻訳の動機であったという。

◉日本におけるバーネット作品の受容

日本において、バーネットの児童文学作品は早くから親しまれてきた。若松賤子が『小公子』の翻訳を『女学雑誌』に連載（1890〜92）し、1897（明治30）年に博文館から単行書が発行された。若松は『セーラ・クルー』の翻訳を『少年園』に連載（1893〜94）し、後に「せーら、くるー物語」として『忘れかた美』（1903）に収録され、1904年に単行書『セイラ、クルー物語』が発行された。小説版『小公女』は、1910年に藤井白雲子の翻訳で出版されている。『秘密の花園』は、1917年に岩下小葉訳で出版された。『小公子』『小公女』『秘密の花園』は、今日にいたるまで繰り返し翻訳されて読み継がれ、アニメ化もされている。『小公女』は2009年に舞台を現代日本におきかえてテレビドラマ化された。

（松下宏子）

［参考文献］
川戸道昭・榊原貴教共編（2000）『バーネット集　明治翻訳文学全集〈新聞雑誌編〉21』（大空社）

パラシオ・バルデス、アルマンド

Palacio Valdés, Armando

1853（嘉永6）年10月4日〜1938（昭和13）年1月29日。スペインの写実主義運動の流れに属する小説家。19世紀後半から1920年代にかけて、セルバンテスに次いで、最も翻訳されたスペイン文学の作家でもある。

彼の作品は英語をはじめ、フランス語、チェコ語、デンマーク語、ドイツ語、イタリア語、ロシア語、スウェーデン語、日本語、様々な言語に翻訳された。さらに、海外の同時代の文芸評論家によって「写実主義運動の中で優美さに満ちた文体」に「謙虚な性格」を持つ人物として賞賛された。

パラシオ・バルデスは、アストゥリアス州ラビアーナ市の上流階級の家庭に生まれた。1865（慶応元）年に同州の州都オビエドのいわゆる名門高等学校に進学するため、祖父の家に移った。

この頃、オビエド大学附属図書館に通い始め、ホメーロスの『イリアス』と出会う。ことにこの作品に現れる女神に惹かれたことが1921（大正10）年に発表された伝記小説『作家の小説』に描かれている。高校生の頃から芸術に深い関心を持ち、芸術家達と親交を深め、後に有名な作家になるレオポルド・アラスやトマス・テュエーロらと友人になる。

1870（明治3）年に高等学校を卒業し、マドリードの中央大学に進学する。弁護士を目指しての入学であったが法学や経済学を学ぶ傍ら、文学の講義も履修していた。

この頃すでにレオポルド・アラスやトマス・テュエーロとともに『ラバガス』という風刺雑誌に寄稿を行なっており、ジャーナリストや批評家としての活動を始めていた。1874（明治7）年にマドリードの中央大学を卒業した後は、多くの芸術家、文学者と交流を持ち

『ヨーロッパ雑誌』の編集を始める。同時に様々な雑誌に文芸批評や社会批評の寄稿を行っていた。

●パラシオ・バルデスの文学作品

小説家としての文筆活動は、『オクタビオ坊ちゃん』を1881（明治14）年に発表、1883（明治16）年の『マルタとマリア』で小説家としての地位を確立する。初期作品のほとんどは、青年時代を過ごしたアストゥリアス州を舞台にしていたが、1886（明治19）年の作品『リベリータ』以降はマドリードが舞台になっていき、作品の主題も青年時代への見直しから社会批判やキリスト教の信仰の問題などへ移行していき、深まりを見せる。パラシオ・バルデスは、キリスト教と当時の社会との関係について強い関心を持っていた。1889（明治22）年に発表された『サン・スルピシオの修道女』は彼の傑作だと見なされている。この作品は、アンダルシア州出身の修道女とガリシア州出身の医者の恋愛を描いている。他にも随筆集や、『アンヘーリコ先生の資料』（1911（明治44）年）や『雪にいる鳥』（1925（大正14）年）などの短編小説集がある。1906（明治39）年には、標準スペイン語を策定するスペイン国立言語アカデミーのメンバーになっている。

彼の最後の作品は、『女性の政府』（1931（昭和6）年）である。晩年の彼は、1936（昭和11）年に勃発した内戦の影響を受け、困窮状態にあり、また病にも侵されていた。キンテーロ兄弟は援助に努めるが、1938（昭和13）年1月29日に死去する。

●現在の評価

「スペイン近代文学の父」とも称されたパラシオ・バルデスは1920年代以降、スペイン文学の玉座から追放され、文壇から評価されなくなった。現在では教科書にさえ載っていない。理由として三つのことが考えられる。

第一に、スペインの政治情勢の不安定性で

ある。1898（明治31）年の米西戦争以来、ス
ペインでは経済の停滞が続き、貧民層は困窮
していた。反政府運動が激化し、1923（大
正12）年9月にはプリモ・デ・リベーラ将軍
がクーデターを起こし政権を奪取する。1930
（昭和5）年に退陣するまでの7年間、独裁
政権が続いた。独裁政権の崩壊に伴い、共和
派が民衆の支持を集めるようになり、1931
（昭和6）年4月12日に行われた選挙によっ
て第二共和政が成立した。しかし、政情不安
は解消されず、1936（昭和11）年に再びクー
デターが起こり、内戦が勃発した。このよう
な複雑な情勢下にありながら、パラシオ・
バルデスは、自身の作品の中で一般国民の窮
乏の生活には触れず、風俗習慣を背景に理
想的で穏やかな農家の日々を描いていた。そ
のため、彼は死後、保守的なファシズム運動
に対して親近感を覚えていた作家として見な
されるようになった。

　第二に、パラシオ・バルデスのキリスト教
に対しての態度である。第二共和政成立後、
スペイン社会は宗教的伝統の価値観から離れ
世俗主義に向かっていた。しかし、そのよう
な社会に反して、パラシオ・パルデスは著作
においてキリスト教を賞讃し続けた。それゆ
え、作家に対して批判の声が上がるようにな
る。さらに、フランコ政権（1939（昭和14）
年以降）が成立すると、カトリック教の様々
な思想的運動の中で、今度はキリスト教を賞
讃したパラシオ・パルデスの作品がフランコ
政権を擁護するために活用されるようなった。
その結果、一般読者からも知識人からも、パ
ラシオ・バルデスに対する拒否感が高まり、
彼の著作は次第に読まれなくなっていった。

　第三に、海外における評価である。フラン
ス第三共和政における急進右翼運動が、海外
においてスペイン文学の代表者として評価さ
れていたパラシオ・バルデスに対して思想的
な親和性を見出した。彼の様々な著作、こと
にフランス語に翻訳されていた短編小説が
『アクション・フランセーズ』（*L'Action*

Française）というフランス王党派のナショナ
リズム団体の機関紙に掲載された。そのよう
な宣伝によって、スペイン国内のみならず、
海外においてもパラシオ・バルデスがファシ
ズムや、急進右翼運動、キリスト教運動など
と結びつけられるようになった。

●『赤い鳥』との関わり

　日本で出版されたパラシオ・バルデスの著
作の一つが "El pájaro en la nieve"（初版*Poli-
femo*, Barcelona: Bruguera, 1883, pp. 107～
133）であり、これは雑誌『赤い鳥』に掲載
された。同書の日本語表題は「ジュアン」（昭
和7年11月号・第四巻、第五号）と、岡崎文
雄によって翻訳された。人名のカタカナ表記
などに注目すると、岡崎の日本語訳はパラシ
オ・バルデスの原文からでなく、英語訳の
"Bird in the Snow"（*Christmas Stories from
French and Spanish Writers*, Chicago: MacClurg,
1892あるいは*Short Stories from Palacio Valdés*
[edited by Albert Shapiro and Frederick J. Hur-
ley], New York: H. Holt and Company, 1926）
から翻訳されたことが分かる。（Damaso Fer-
reiro Posse）

［参考文献］

Álvaro Ruiz de la Peña. "Un naturalista peculiar
(1881-1983)" *Historia de la literatura española*, siglo
XIX (2), coordinado por Leonardo Romero Tobar.
Madrid: Espasa, 1998.

Brian J. Dendle. *Armando Palacio Valdés, el asturiano
universal: una visión de conjunto*. Alicante: Biblioteca
Virtual Miguel de Cervantes, 2009.

Elena de Lorenzo Álvarez. *La primera narrativa corta
de Palacio Valdés*. Alicante: Biblioteca Virtual Miguel
de Cervantes, 2009.

Juan Luis Alborg Escarti. *Historia de la Literatura
Española, Realismo y Naturalismo. La novela, parte
III*, De siglo a siglo: A. Palacio Valdés- V. Blasco
Ibáñez. Madrid: Gredos, 1999.

ハーン、ラフカディオ（小泉八雲）
Hearn, Lafcadio

●ギリシャから日本まで

1850（嘉永3）年6月27日～1904（明治37）年9月26日。作家。ギリシャのレフカダ島に生まれ、主にアイルランドとイギリスで幼少年期を過ごす。19歳でアメリカ合衆国に渡り、新聞記者・作家として身を立てる。一時期は、西インド諸島にも滞在した。1890（明治23）年に来日。松江、熊本、神戸、東京と移り住む。松江で出会った小泉セツと結婚し、1896（明治29）年からは「小泉八雲」を名乗った。代表作は『知られぬ日本の面影』（Glimpses of Unfamiliar Japan, 1894）、『怪談』（Kwaidan, 1904）など。旺盛な作家活動に加えて、島根県尋常中学校および師範学校、熊本第五高等中学校、東京帝国大学などで教鞭を執った。

●『赤い鳥』のハーン

森銑三「小泉八雲」（1927・6）は『赤い鳥』で初めてハーンを本格的に紹介した伝記として重要である。森はギリシャに始まり日本に終わるハーンの起伏に富んだ生涯を手際良くまとめているだけではなく、「日本人以上に日本を愛し、日本に関するたくさんの書物を著し、十九世紀における世界的文学者の一人に数えられてゐる人」と紹介し、その功績を惜しみなく称えている。

ハーンを原拠としたと考えられる作品としては、下村千秋の「神様の布団」（1925・4）、「「生きた絵」の話」（1926・3）、「壇の浦の鬼火」（1927・6）、茅原順三（森三郎）の「赤穴宗右衛門兄弟」（1931・3）、「おばあさんと鬼」（1931・7）、森三郎「鐘」（1931・10）が挙げられる。また、これらほど確かではないが、江口渙「鯉」（1919・8）もハーンを参考にした可能性がある。以下、順に解説する。

下村千秋「神様の布団」の原拠は「鳥取の布団の話」（The Story of the Futon of Tottori）である。これは本来独立した作品ではなく、『知られぬ日本の面影』収録の紀行文「日本海のそばで」（By the Japanese Sea）の中で紹介される話である。下村は作中でハーンの名前を出しておらず、実際にハーンを読んでいたのかどうかも確認できなかったが、話の筋だけではなく、主人公の子供の年齢や彼らが暮らす家の家賃といった細部が一致していることからも、ハーンをもとにした可能性が高いといえる。

「「生きた絵」の話」の原拠は『日本雑記』（A Japanese Miscellany, 1901）収録の「果心居士の話」（The Story of Kwashin Koji）である。果心居士は妖術を操る老人で、織田信長や明智光秀などの権力者をもてあそぶ。ハーンが原拠としたのは、石川鴻斎『夜窓鬼談』（上巻1889、下巻1894）中の一篇である。下村は原拠を明かしていないが、読み比べれば、ハーンとの類似が目立つ。森銑三は先述の伝記の中で、この果心居士という摩訶不思議な老人の話がハーンの書き直しによってさらに有名になったと紹介している。

「壇の浦の鬼火」の原拠は『怪談』収録の「耳なし芳一の話」（The Story of Mimi-Nashi-Hōïchi）である。ハーンの原拠は『臥遊奇談』（1782）中の「琵琶の秘曲幽霊を泣しむ」であるとされている。上記2作品と同じく、ハーンの名前は出てこないが、これも読み比べれば、底本が「耳なし芳一の話」であることはすぐに分かる。森銑三の伝記も、下村のこの話の原典として「耳なし芳一」を挙げ、その創作にまつわるハーンとセツ夫人のエピソードを紹介している。

茅原順三「赤穴宗右衛門兄弟」の原拠は『日本雑記』収録の「守られた約束」（Of a Promise Kept）である。茅原順三は森三郎の

筆名。ハーンが原拠としたのは、上田秋成
『雨月物語』（1776）中の「菊花の約」であ
るが、森三郎は作品の終わりでハーンを底本
としたことを明かしている。

「おばあさんと鬼」はハーンの「団子をな
くしたお婆さん」（The Old Woman Who Lost
Her Dumpling, 1902）に依ると考えられる。
作者の森三郎は一部ハーンの英文には無い独
自の脚色を施しているが、話の筋は同じであ
る。先述した通り、兄の銑三がハーンに詳し
かったので、三郎が兄を通してこの話を知っ
た可能性は十分にある。

森三郎「鐘」の原拠は『中国怪談集』（Some
Chinese Ghosts, 1887）収録の「大鐘の霊」
（The Soul of the Great Bell）であると考えら
れる。明の時代、皇帝の命令で鐘を造ること
になった父親を助けるため、美しい少女が自
らを犠牲にするという内容には両者の間に違
いはない。この話には中国語の原典が存在し、
本人の注釈によると、ハーンはそのフランス
語訳を参照したようである。1920（大正9）
年には、三郎の兄の銑三が同じハーンの話を
「鐘のたましひ」と題して『帝国民』誌上で
すでに翻訳していたので、三郎がそれに頼っ
た可能性は高い。そのあたりの事情および3
作品の異同については、神谷磨利子「森三郎
童話の原典・話材を探る」（森三郎刈谷市民
の会『かささぎ』第3号、2017・12）で整
理されている。

江口渙「鯉」は『雨月物語』中の「夢応の
鯉魚」を底本としていると思われるが、ハー
ンも同じ秋成の話に基づいて『日本雑記』中
の「興義和尚の話」（The Story of Kōgi the
Priest）を書いた。江口自身が作中で原拠を
明らかにしていないことに加え、一部独自の
脚色も施しているので、先行作品のいずれに
拠ったのかを見定めるのは難しいが、森銑三
の伝記では、果心居士と同様、ハーンの再話
によってさらによく知られるようになった話
のひとつとして言及されている。

●日本でのハーン受容と児童文学

ハーンが長年にわたって日本人に親しまれ
てきたことは、何よりも邦訳作品の数の多さ
が物語っている。ここでは主な訳をいくつか
挙げておく。1926（大正15）年から1928（昭
和3）年にかけて、田部隆次他により『小泉
八雲全集』（第一書房）が刊行された。1964
（昭和39）年から1967（昭和42）年にかけて
は、平井呈一による『全訳小泉八雲作品集』
（恒文社）が刊行された。1990（平成2）年
から1992（平成4）年にかけて、そして
1999（平成11）年には、平川祐弘編「小泉
八雲名作選集」全7巻（講談社）がより手に
入りやすい文庫の形で刊行された。2014（平
成26）年から2016（平成28）年にかけては、
小説家の円城塔が『幽』（KADOKAWA）誌上
で『怪談』の新訳を行った。

日本でのハーン像の形成を明らかにする上
で、児童文学が果たした役割を無視すること
はできない。怪談を中心にしたハーンの作品
は、複数の出版社が年少読者向けに翻訳して
いる。一部を挙げると、保永貞夫訳『まぼろ
しの雪女』（講談社、1970）、山本和夫訳『怪
談』（ポプラ社、1980）、脇明子訳『雪女・
夏の日の夢』（岩波書店、2003）、西田佳子
訳『怪談――日本のこわい話』（角川書店、
2013）などがある。また、1975（昭和45）
年から放映が始まったテレビアニメ『まんが
日本昔ばなし』では、ハーンの怪談がアニメ
化された。

『赤い鳥』は、一部間接的ではあるものの、
ハーンを本格的に児童文学として受容した先
駆であり、日本における長いハーン受容史の
中でも重要な位置を占めている。（風早悟史）

［参考文献］

小泉時・小泉凡（2008）『〈増補新版〉文学アル
バム小泉八雲』（恒文社）、小泉八雲著・平川祐弘
編（1990）『怪談・奇談』（講談社）、平川祐弘監
修（2000）『小泉八雲事典』（恒文社）

ヒューズ、リチャード

Hughes, Richard

◉生涯と作品

1900 (明治33) 年4月19日〜1976 (昭和51) 年4月28日。イングランドの詩人、小説家、劇作家、ラジオドラマ作家。公務員の父とジャマイカ育ちの母との間に、イングランド南部のウェイブリッジ (Weybridge) に生まれる。地元の名門パブリック・スクールを経てオックスフォード大学に進学。大学在学中より詩作や劇作に取り組む。なかでも24歳になる聾啞者の長男オーウェン (Owen) の庇護をめぐり、長女フィリッパ (Philippa)、次女シャーロット (Charlotte)、三女ローリー (Lowrie) の3姉妹が抱く倫理的葛藤を描いた1幕劇『姉妹の悲劇』(1922) は、『タイムズ』を始め各紙に絶賛された。代表作は、イギリス領ジャマイカに暮らすイギリスの子どもたちが海賊に捕えられ、解放されるまでを時系列に記した『ジャマイカの烈風』(1929) である。ここで描かれるのは子どもたちのグロテスクなまでの自由奔放さであり、海賊を悪、子どもを善とする素朴な二項対立の図式はもはや役に立たない。1932 (昭和7) 年に画家のフランシス・ベイズリー (Francis Bazley) と結婚。その後、アルキメデス号 (*The Archimedes*) の若き乗組員ディック (Dick) の成長を描く教養小説『大あらし』(1938) を発表している。第二次世界大戦中、執筆を一時中断した後、1923 (大正12) 年11月に未遂に終わったミュンヘン一揆に始まる両大戦間期を描く歴史小説『人間の窮境』(1961) 3部作を構想。その第2部が1973 (昭和48) 年に発表された後に絶筆となり、未完に終わっている。

◉『クモの宮殿』

ヒューズは『クモの宮殿』(1931)、『ウラマナイデクダサイ』(1940)、『ガートルードの子ども』(1966) の3作の童話を発表している。このうち、『クモの宮殿』所収の「ご招待」が1936 (昭和11) 年6月に「舞踏会」として、「アリ」が同年10月に「蟻の国」として『赤い鳥』に掲載されている。中西秀夫による翻訳は数か所原文の脱落があるほかは、概して丁寧な逐語訳と言ってよい。

上記の童話について、『世界児童・青少年文学情報大事典』は「ある特定なきっかけや出来事に際し急いで書かれたもので、作家にも重要とは考えられていない」(p.423) と記している。無論、その文学的価値は『ジャマイカの烈風』に比ぶべくもないが、ナンセンスで奇想天外な筋書きに彩られた童話はエドワード・リア (Edward Lear) やルイス・キャロル (Lewis Carroll) の系譜に位置づけられるものであろう。例えば、ウェールズのポートメイリオン (Portmeirion) のイタリア風村落で有名な建築家ウィリアム=エリス・クロウ (William-Ellis Clough) との交流から生まれた『クモの宮殿』には、クロウにちなむ短編「くじらでくらして」('Living in W'ales') が収録されている。「ウェールズ」(Wales) と「くじら」(Whales) を掛け、クロウの建築の奇抜さを、くじらのお腹の中で暮らすことで表現した佳品である。

生涯に4作の小説しか遺さなかったヒューズについての研究は、その作品数の少なさも影響してか未だその緒にもついていない。今後の読み直しが求められる作家の一人である。

(福田泰久)

[参考文献]

藤野幸雄編訳 (2000)『世界児童・青少年文学情報大事典』(勉誠出版)、Graves, Richard Perceval. *Richard Hughes: A Biography*. London: André Deutsch, 1994.

ビョルンソン、
ビョルンスチャーネ

Bjørnson, Bjørnstjerne

● 「ワシの巣」「ブラッケン」の背景

1832（天保3）年12月8日～1910（明治43）年4月26日。ノルウェーの小説家、劇作家、詩人。イプセン（Henrik Ibsen）、リー（Jonas Lie）、ヒェッラン（Alexander Kjelland）とともに「ノルウェー文学の偉大な4人」と呼ばれる。1903（明治36）年、ノーベル文学賞受賞。

ビョルンソンはノルウェー中南部のクヴィクネ（Kvikne）に生まれ、5歳のとき、牧師である父の赴任に伴い、西へ約170キロのネセット（Nesset）に移った。雄大な自然と温かな家庭、そして独立心の強い農民たちのなかで幼少期を過ごし、イプセンとは対照的とされるおおらかで快活な性格、信仰心と人間に対する楽観的な信頼を育んでいった。

「ワシの巣」（1859）、「ブラッケン」（1868）はともに、創作前期1857（安政4）年～72（明治5）年に書かれた物語や小説を指す「農民物語」（bondefortellinger）であり、『小作品集』に収められている。前者は、山間の小さな集落で村人を困らせていたワシの巣を壊そうと勇敢な少年が高い崖をよじ登り、巣に手をかけたところで滑落、命を落とす話である。岡崎文雄の訳では、この無謀を止めようと少年の母親が崖の下から請い叫ぶが、原作に登場するのは、幼いころから少年と結婚の約束を交わしていた若い娘である。原作は子ども向けの童話ではなく、舞台はその描写から判断するにおそらく西海岸のフィヨルド奥深く、切り立った崖の小さな村。若い恋人たちの悲劇を描いたロマン主義の物語である。

後者の「ブラッケン」は5、6歳のころの思い出を描いた自伝的作品であり、農民物語の背景を知る上でも重要な作品である。山間の農村で育ったビョルンソンは幼少期から動物を友とし、深い愛情と敬意を抱いていた。ブラッケンは世界最古種のひとつと言われるフィヨルドホースで、これはノルウェー産の野生種に近い、非常に力の強い馬である。ビョルンソンが生涯、馬をこよなく愛したのは、人生初の友だちブラッケンとの暮らしによるところが大きい。1874（明治7）年、ビョルンソンは内陸の小さな村ガウスダール（Gausdal）に農場を購入。翌年から亡くなる年まで夏の半年をここで過ごし、多いときには11頭もの馬を所有していた。これは趣味などではなく、日々の暮らしに必要だったからだが、ノルウェーの多くの農民同様、ビョルンソンにとっても、馬は役馬以上の、生活を共にする相棒のような存在だった。

ビョルンソンは動物愛護にも熱心に取り組んだ作家としても知られており、イタリアや

時代背景

14世紀からデンマークの支配下にあったノルウェーは、デンマークがナポレオン戦争で敗れるとキール条約により、1814（文化11）年から1905（明治38）年までスウェーデンとの同君連合を余儀なくされた。しかし連合開始直前の1814年5月17日、初の国民議会でノルウェー国憲法が採択され、完全独立と民主制の導入がノルウェー国民の悲願となった。19世紀前半のこのような社会背景のなか、芸術分野では民族的ロマン主義が興り、ノルウェーの独自性、国民文化が大いに模索され、開花していった。

抒情詩人ビョルンソン

ビョルンソンは、デンマークの思想家グロントヴィや作家アンデルセンに捧げた詩、キリスト教、社会情勢を取り上げたもの、自然や旅、青年時代を讃美する作品など数多くの優れた抒情詩を詩集『詩と歌』（1870）などにまとめている。なかでも「しかり、我らこの国を愛す」（Ja, vi elsker

第3部　『赤い鳥』の作家と作品

269

フランス滞在中にも、役馬の虐待や酷使、趣味の渡り鳥猟を批判する記事を現地の新聞や雑誌に寄稿している。ビョルンソンに早くからひときわ大きな影響とインスピレーションを与えたのが、共和主義の人道主義者、政治闘争に熱心だった、フランスの文豪ヴィクトル・ユゴー（Victor Hugo）である。フランスの動物虐待罪の制定に尽力し、動物実験反対連盟の会長も務めた人物でもある。ビョルンソンはノーベル文学賞受賞のスピーチでもユゴーに触れており、自身の創作にとって重要な存在であったことが窺える。しかし「ブラッケン」にも描かれる幼少期と、困難な状況に置かれた弱い立場の人々に寄り添い、常に同じ人間として味方でありたいというもともとの共感能力の高さが、ビョルンソンの動物愛護の精神の出発点であることは間違いない。

◉「農民物語」

1856（安政 3 ）年に自ら刊行した週刊紙では、農民物語の短編を多数連載した。代表的な農民物語には、ビョルンソンの傑作とも言われる『日向丘の少女』（1857）や『アルネ』（1859）、『陽気な少年』（1860）、『父親』（1860）、『漁師の娘』（1868）などが挙げられる。他国とは一線を画す、ノルウェー独自のアイデンティティを見つけようとしていた1840年代の民族的ロマン主義でも農民は理想像として描かれ、ノルウェーのアイデンティティの象徴とされていた。ビョルンソンも

農民の視点から新しいサガを創るべく、成長してよい人間へと変わっていく人物を登場させ、感情を表に出さない、ことば少なで実直なノルウェーの農民を描いた。しかしその描き方は1870年代に始まる写実主義的でもあった。ビョルンソンが農民物語のなかで用いた写実描写は当時きわめて新しい手法であり、また『ノルウェー民話集』を編んだアスビョーンセン（Asbjørnsen）とモー（Moe）の民話や中世サガの語りの手法も取り入れている。農民物語では語り手自身のコメントや読み手への問いかけがきわめて少ない。登場人物が寡黙なだけでなく、語り手自身も語りすぎない。風景や行動、小道具を写実的に描写することで逆に心情を効果的に伝える。あえてすべてを語らず、読み手に想像の余地を残す形で書かれたビョルンソンの農民物語はロマン主義的なその内容とともに、表現方法もまた画期的だったのである。　　　（朝田千惠）

［参考文献］

ラーセン、ステフェン・ハイルスコウ監修（1993）『デンマーク文学史』早野勝巳ほか訳（ビネバル出版）、毛利三彌（1980）『北欧演劇論』（東海大学出版会）
Andersen, Per Thomas. *Norsk litteraturhistorie*. Oslo: Universitetsforlag, 2012 (2. utgave). Knutsen, Kåre., ed. *Bjørnson og dyrene i liv og diktning*. Sofiemyr: Vesle-Brunen Forlag, 2010.

dette landet, 1859）は、のちにノルウェー国歌にもなっている。

「子どもの行進」

ビョルンソンは見解を異にする人には真正面からぶつかっていく直情型の人であったと言われており、社会と個人、政治、宗教や道徳、平和問題、ありとあらゆる論争に情熱と闘志をもって挑んだ。権力をもたない身分ながらもその政治的影響力は非常に大きく、1870（明治 3 ）年には、独立悲

願の象徴でもある憲法記念日 5 月17日に「子どもの行進」を組織し、ノルウェーの将来を担う子どもたちが国旗を手に街中を行進した。はためく小旗が通りを赤く染めるこの「子どもの行進」の伝統は、現在もナショナルデーの最重要行事として国中で盛大に祝われている。ビョルンソンは優れた啓蒙家でもあり、スウェーデンとの連合解消と和解にも尽力。老いてなお人間に対する信頼と愛情を失うことなく、ビョルンソン自身も亡くなるときまで国民詩人として深く愛された。

ファイルマン、ローズ
Fyleman, Rose Amy

1877（明治10）年3月6日～1957（昭和32）年8月1日。英国の女性詩人、児童文学作家。若い頃にパリやベルリン、ロンドンで声楽を学ぶ。40歳を過ぎて初出版した詩集 *Fairies and Chimneys*（1918）が人気を博し、以後妖精詩を次々に出版する。児童文芸誌の編集者として、『くまのプーさん』（*Winnie-the-Pooh*, 1926）で有名なミルン（A. A. Milne）に呼びかけ、彼の初の児童詩を自身の雑誌に出版したことでも知られる。その他にも童話や児童劇などの執筆家、独・仏・伊語の翻訳家として広く文壇で活躍した。

ファイルマンの作品を日本で初めて翻訳し紹介したのは鈴木三重吉だと考えられており、『赤い鳥』にはその2点の児童劇、また森三郎による3点の童話が掲載されている（神谷、鈴木を参照）。

三重吉による「銀の上着」（1926・3）は、妖精の王妃が、森の悪魔の王妃から銀の上着を取り返すために、人間の少女の力を借りてなぞかけを解く話。同じく「おにんぎやう」（1926・6）は、妖精が道端に放置された人形を哀れんで魔法で妖精にしてあげたものの、人形としては元の姿に戻りたいという、両者のやり取りを描いた話である。前者は "The Fairy Riddle"、後者は "The Fairy and the Doll" が原作で、ともに *Eight Little Plays for Children*（1924）に収録されている。

三郎による2部立ての童話「赤いポスト」（1931・9、名義＝須川よし子）の最初の話は、長年町の片隅に立つポストが退屈して散歩に出かける話。2番目の話は、ポストの中に落ちて羽を傷めた妖精が、郵便物に貼られた切手をもらって羽代わりにし、無事飛び立つ話である。擬人化されたポストや郵便物の言動が魅力的な本作品の、最初の話は "The Pil-lar-Box"、2番目の話は "The Fairy Who Fell into a Letter-Box" という、いずれも *Forty Good-Night Tales*（1923）所収の、元は別の作品を1つにしたものである。「赤いポスト」の後に出版された高瀬嘉男訳『動物新童話集』（春陽堂、1933）では、原作通りそれぞれ「退屈した郵便箱」「ポストへ落ちこんだ蝶」という別個の話になっている。

「かうもり傘」（1931・11）は、お百姓のおかみさんが偶然見つけた魔法使いの傘に翻弄される物語で、原作は *The Rainbow Cat and Other Stories*（1922）所収の "The Magic Umbrella"。後年『まほうつかいのかさ』（「学研おはなしえほん」6巻3号、1974）や『まほうのかさ』（こどものとも516号、1999）という2冊の絵本にもなり、ファイルマン作品のうち日本では最も知られた作品と言えよう。

「つむじ風」（1936・10、名義＝笹塚一二）もまた傘にまつわる話である。愛犬との散歩中つむじ風に遭遇した老婦は、日頃から用心し洋傘をさしていたおかげで無事だったため、以後ますます傘を手放せなくなる。原作は *Forty Good-Night Tales* 収録の "Mrs. Moodle: (i) The Whirlwind" だが、本作は『赤い鳥』掲載以前にも先述の『動物新童話集』で「空へまひあがった蝙蝠傘」として紹介されている。

（佐藤由美）

［参考文献］

神谷磨利子（2014）「森三郎とローズ・ファイルマン」『かささぎ』創刊号、鈴木哲（2017）「『赤い鳥』森三郎初期童話の出典」『かささぎ』第3号、同（2018）「森三郎はいかにしてローズ・ファイルマンを知ったか」『桜花学園大学学芸学部研究紀要』第9号、森三郎刈谷市民の会「森三郎の作品を読む会　通信」第6・8号、同「森三郎の作品を読む会　かささぎ通信」第57・59号、Carpenter, Humphrey and Prichard, Mari. *Oxford Companion to Children's Literature*. Oxford: Oxford UP, 1999.

フィリップ、
シャルル＝ルイ
Philippe, Charles=Louis

●生涯

1874（明治7）年8月4日～1909（明治42）年12月21日。フランスの小説家。フランス中部アリエ県にある小さな町セリイにて生を受ける。木靴屋のつつましい家庭に育つも、幼少期より秀才の誉れ高く、奨学金を得て高等教育を受ける。技術者になるべく理工科大学を目指すが、文学への憧憬は日に日に募り受験は失敗。象徴主義の詩人ルネ・ギルを頼ってパリに出る。22歳でようやくパリ市役所職員という安定した職を得ると、生涯公務員と作家という二足の草鞋を履き続けた。1901年、代表作となる『ビュビュ・ド・モンパルナス』によって作家としての地位を確立。その後も実体験をふまえた長編小説を次々と発表する傍ら、新聞連載やコラムを手掛けた。また、新しい文学潮流を生み出そうとする文芸誌「新フランス評論」の創刊にも携わるなど、次世代を担う文学者の一人として活躍が期待されていたが、1909年12月21日、チブスから脳膜炎を併発し、35歳という若さで帰らぬ人となった。

●テーマと作品

幼少期からあまりにも多くの試練に見舞われた人生であった。幼くして骨髄炎に罹り、長期に亘る激痛を強いられたこと、寄宿舎でのつらい孤独に耐えなければならなかったこと、高校を卒業したものの何のつてもない貧しい出自の子息に就職口はなく、無為徒食の惨めな日々を送らなければならなかったこと、153cmという体躯と顎に残された傷に劣等感を抱え、女性に愛されないという苦悩に苛まれ続けたこと、パリ市役所での退屈な勤務によって糊口をしのぎ、貧しく孤独な生活を余儀なくされたこと…。あらゆる苦悩が、フィリップの文学の根底にある。そのすべてを、作品に昇華させ福音となすべく、フィリップは文筆活動を続けた。

処女作『四つの哀れな恋物語』（1897）『やさしいマドレーヌと哀れなマリー』（1898）を経て、『母と子』（1900）で文壇の注目を得る。ヌーヴォーロマンを先取りするかのようなこの作品は、小説なのか詩なのか、自伝なのかエッセイなのかと評論家たちを瞠目させたが、その斬新すぎるスタイルは、一般読者を獲得するものではなかった。続く『ビュビュ・ド・モンパルナス』（1901）の華々しい成功によって、名実ともに小説家として認められる。それまでの自費出版とは異なり、すぐさま有名文芸誌『ルヴュ・ブランシュ』に買い取られたこの小説は、当時の流行とも言える売春婦をテーマにしながらも、作家自身の経験をもとに、売春婦や「ヒモ」の視点を反映させたこれまでにないタイプの作品ととらえられ、フランス内外で広く読みつがれることになる。続く長編『ペルドリ爺さん』（1902）『マリー・ドナディユ』（1904）『クロキニョル』（1906）と、人間の苦悩についての考察は、その都度異なるテーマで深められていく。ところが、1907年、強い愛情を抱きながらも衝突を繰り返し、時に憎みもした父が他界すると、これまで自らの内部にどこまでも降りていった考察は、父の人生の内部へと方向を転じる。寡婦の母親と物乞いして生きるほかなかった父。そんな父が木靴職人の親戚に預けられ、植物が人になるかのごとく生まれ変わっていくさまを描いた『シャルル・ブランシャール』は、これまでの作品とは趣を異にする。フィリップは、この作品に全力を注いだが苦心した。そんな折、日刊紙『ル・マタン』への連載を依頼され、毎週短編を寄稿することになる。フィリップは、金銭的な理由からこの仕事を引き受けたが、図らずもその才能が開花することになる。つ

らい現実を生きる庶民の姿を、ユーモラスに映し出すその筆致は羽のように軽やかで、同じ目線の者にしか成し得ないアイロニーをちりばめながら、最後にしんとした余韻を漂わせる。しかし、珠玉の短編が紡ぎ出され、円熟期を迎えたと思われた矢先、道半ばにして病に倒れる。こうして、傑作となったであろう『シャルル・ブランシャール』は未完のまま残され（1913年出版）、『ル・マタン』紙に掲載された短編（1908年9月〜1909年9月）は、フィリップの死後、親友であったアンドレ・ジッドの手によって編纂され、『小さな町で』（1910）と『朝のコント』（1916）として出版された。

●「フィリップの友」

　恋愛には恵まれず、伴侶を得ることのなかったフィリップだが、友人には恵まれた。それを象徴するのは、フィリップが他界した翌年発行された『新フランス評論』の「フィリップ追悼号」である。フィリップと親交のあった文学者たちが寄稿した追悼文の数々は、うつくしい友情にあふれている。また、彼らが設立した「フィリップ友の会」は、現在でも世界各地にフィリップ研究者を擁し、毎年会誌を発行するなど活動を続けている。

　日本においても、フィリップは多くの文学者に愛され、広く読まれてきた。吉江喬松、堀口大學、小牧近江らのもとに集まった「フィリップの友」は、1929（昭和4）年、フィリップの全作品を翻訳した『フィリップ全集』全二巻（新潮社）を出版し、吉江喬松は、月報にその喜びの声を残している。「随分沢山な外国作家が紹介された日本ではあるが、フィリップほどいつも厚意ある親しい眼差に迎えられ、いつも精新な姿をもってわれらの前に立ちつづけた作家は少ないだろう。」（「シャルル＝ルイ・フィリップ全集刊行に際して」『月報』第一号、p.1）佐藤春夫も、愛読者の一人として次のような文章を寄せている。「フィリップにあっては、われわれは自分の

肉親を愛するごとく彼を愛しながら、尊敬を忘れることが出来ない。その芸術に驚嘆しながらも、兄弟！と呼ぶことを忘れるわけには行かない。かの一見素朴で無学に見えるこの作家の文字と文字の間には、バルザックを生み、モウパッサンを育てた仏蘭西文学の揺ぎない伝統が脈をうっている。これを除外して、単に素朴であるだけであったなら彼に対する尊敬は出て来ないだろう。」（「フィリップに就いて」『月報』第二号、p.1）その後も、石川淳、中島敦、太宰治など、フィリップの愛読者による言説は随所に見られ、日本文学に及ぼしたフィリップの影響をうかがい知ることができる。

●『赤い鳥』に掲載されたフィリップの短編

　『赤い鳥』に掲載されたフィリップの作品は計7篇。いずれも『小さな町で』と『朝のコント』所収の短編からの翻案である。1931（昭和6）年4月「うば車」（La charrette）鈴木三重吉。1932（昭和7）年8月「小さな弟」（Le petit frère）堀歌子。1932（昭和7）年11月「火」（L'incendiaire）平塚武二。1933（昭和8）年6月「ずるやすみ」（L'école buissonnière）松江きみ子。1933（昭和8）年7月「まり」（Chagrin d'enfant）松江きみ子。1934（昭和9）年11月「乱暴もの」（La mort du chien）中村十四男。1935（昭和10）年2月「子犬」（Les petits chiens）井出八辰。

　日本では現在、短編集『小さな町で』を、山田稔氏の名訳（2003）で楽しむことができる。
　　　　　　　　　　　　　　　　（東海麻衣子）

［参考文献］

Roe, David. *Œuvres complètes de Charles-Louis Philippe* : Ipomée, 1986. フィリップ、シャルル＝ルイ（1929）『フィリップ全集』堀口大學ほか訳（新潮社）

プーシキン、
アレクサンドル・セルゲーヴィチ
Пушкин, Александр Сергеевич /
Pushkin, Alexander Sergeyevich

●生涯と作品

1799（寛政11）年6月6日（新暦）〜1837（天保8）年2月10日。ロシアの詩人、作家。近代ロシア文学の父と呼ばれ、近代ロシア文章語を確立する。ロシア文学にヨーロッパ文学を融合し、あらゆるジャンルをその才能で革新し、世界文学としての普遍性を与える。彼の作品は後のゴーゴリ、ドストエフスキイ、トルストイらに大きな影響を与えて19世紀ロシア文学の基を築いた。

モスクワに生まれる。父セルゲイは退役近衛少佐、母ナジェージダはピョートル大帝（在位1682〜1725）の寵臣であった黒人、ガンニバル将軍の孫娘。父の客間に集まってくる当代一流の文学者や詩人の話に聞き入り、書斎で西洋古典、仏文学など読みふけり、幼少期から詩才を顕す。12歳の時、ペテルブルク郊外ツァールスコエ・セローの貴族子弟学校リツェイに入学。6年間の寄宿生活で得た友情は卒業後も続き、友人たちには後のデカブリストの乱、即ち立憲君主制を求めた青年将校たちの蜂起に参加する者もいた。16歳の時リツェイの公開進級試験で自作の詩『ツァールスコエ・セローの思い出』を朗読、詩壇の長老デルジャーヴィンから才能を祝福される。

1817年リツェイ卒業、外務省の翻訳官に勤務。1820年に物語詩『ルスラーンとリュドミーラ』発表、好評を博す。進歩的思想の青年たちの間に手書きで広まっていた自由愛好思想の政治詩が原因で当局に逮捕され、転任の形で南ロシアのエカテリノスラーフ（現・ウクライナ）に流刑される。ラエーフスキイ将軍一家のコーカサス旅行に同行する。英語

が得意だった同家の息子らとともにバイロンの作品に親しみ、ロマン主義の潮流に染まる。コーカサスやクリミアの雄大な自然とイスラム文化はプーシキンに新たな詩的霊感と東方的発想を与え、物語詩「コーカサスの捕虜」（1821）「バフチサライの泉」（1823）などの作品を生む。

1823年、代表作の韻文体小説「エヴゲーニイ・オネーギン」の創作開始。知識と教養を備え、労働せずに暮らせる身分でありながら社会的活動の場を見出せず、無為の内に過ごすオネーギンの形象は、グリボエードフ「知恵の悲しみ」（1824）のチャツキイとともに、ロシア文学における「余計者」像の始まりとなった。オネーギンに恋文を書く地主貴族の娘タチヤーナは、外国文学を読みながら、乳母からロシアの古い言い伝えや風習を聞き民衆文化を吸収して育った令嬢で、根なし草のオネーギンとは対照的であり、作者はタチヤーナに新しく魅力的なヒロイン像を創造している。ベリンスキイは「プーシキン論」（1844〜1845）で、田舎と都会、貴族と民衆の生活の真実を巧みに描いた同作品を、「ロシア生活の百科事典」と名づける。作品は8年後の1830年に完成された。

1824年、プーシキンは無神論について書いた手紙を押収され、母方の領地ミハイロフスコエ村に蟄居を命じられる。北ロシアのわびしい風景の中で乳母のアリーナ・ロジオーノヴナから「一篇の叙事詩」のような昔話を聞きメモする日々。ゲーテ、シェイクスピア、聖書を読み、16世紀ロシアの史劇『ボリス・ゴドノフ』執筆。1825年12月、ペテルブルクの青銅の騎士像（＝ピョートル大帝像）が建つ広場でデカブリストの乱が勃発するが、直ちに鎮圧される。1826年、新帝ニコライ1世にミハイロフスコエより召喚されてモスクワで謁見。皇帝はプーシキンの作品を自ら検閲することを約束する。以後、皇帝と憲兵長官の監視下に置かれ、創作活動と生活のあらゆる面で拘束される。

1830年9月、結婚資金準備のため訪れた父方の領地ボルジノ村でコレラの流行に遭遇、周囲は農民暴動の不穏の空気に包まれ、村に閉じ込められるが、精力的に創作。『ベールキン物語』、ヨーロッパの文学から題材を得た『小悲劇』等数々の作品を完成し、第1のボルジノの秋と呼ばれる。1831年ナターリヤ・ゴンチャロワと結婚。1833年第2のボルジノの秋で『スペードの女王』、『青銅の騎士』等創作。『スペードの女王』の主人公ゲルマンは大金欲しさにカードの秘密を探ろうとし老伯爵夫人を頓死させるが、ドストエフスキイ『罪と罰』の老婆殺しを髣髴とさせるストーリーである。

『青銅の騎士』は先行のロシア文学や聖書、ダンテ『神曲』から多彩な要素を取り込んだ物語詩で、ポーランドの詩人ミツケーヴィチの『父祖の祭り第3部断章』（1832）を念頭において創作され、作者の歴史観と世界観が集大成された叙事詩的傑作である。作品に描かれた1824年のペテルブルクの洪水は18・19世紀の叛乱暴動の歴史的事実と作者の自伝的要素を内包し、多様な連想を呼びこむ重層的時空間であり、作者は同作品で反逆者のテーマを完成、デカブリストへの鎮魂歌としている。大都会に暮らす主人公の小官吏の孤独と悲哀を描いた同作品は、ゴーゴリの『外套』（1842）の世界に受け継がれ、極めて近現代的な文学テーマへの扉を開いている。

プーシキンの作品は外国文学の翻案である場合も多く、例えば、1834年のボルジノで書かれた昔話詩『金のにわとりの話』は、アメリカの作家アーヴィングの『アルハンブラ物語』（1832）に含まれる『アラブの占星術師の伝説』に基づいている。

1837年2月、妻に言い寄っていたフランス士官ダンテスと決闘。致命傷を負い、2日後の2月10日に37歳の短い生涯を終えた。

●『赤い鳥』とプーシキンの作品

『赤い鳥』に掲載されたプーシキンの作品は、「不思議な金魚」（1924・9〜10）、「漁師と金の魚（プーシュキン）」（1927・9）および「ダニューヴ河の要塞」（1928・9）の3作品である。「不思議な金魚」は、プーシキンの『漁師と魚の話』（1833）のプロットを想起させるが、物語の舞台は日本で結末も異なっている。「漁師と金の魚（プーシュキン）」は、プーシキンの原作のプロット及び文章をほぼ正確に踏襲している。ちなみに、プーシキンの『漁師と魚の話』はグリム童話集の『漁師とその妻』（KHM19）を典拠にした昔話詩である。『赤い鳥』の同じ号には、ドイツのゲイ・シュリヒトが描いた――漁師が船に乗って網を引いている――口絵が掲載されている。プーシキンは『漁師と魚の話』で舞台をロシアに移し替え、ロシア民話特有のモチーフや表現を随所に織り込み、同作品の最初と最後の場面に、グリム童話には見られない、「桶」（「船」の意味を併せ持つロシア語の単語で、「人生」を象徴している）のモチーフを導入している。同昔話から「元の木阿弥」を意味するロシア語の成句「壊れた桶のもとで」が生まれた。「ダニューヴ河の要塞」はプーシキンの中編小説『大尉の娘』（1833〜36）の翻案であり、地名も登場人物の名前も変更されている。『大尉の娘』の時代背景は18世紀ロシアのプガチョーフ率いる農民反乱だが、「ダニューヴ河の要塞」では、時代不詳のロシアとトルコの戦いが描かれ、原作に比べてプロットも大幅に削られている。（杉野ゆり）

［参考文献］

『プーシキン全集』（河出書房新社、1972〜74年）、池田健太郎（1980）『プーシキン伝』（中公公論社）、法橋和彦編著（1987）『プーシキン再読』（創元社）、佐藤繁好編（1999）『日本のプーシキン書誌（翻訳・紹介・研究文献目録）』（ナウカ）、田中泰子編著（2009）『ロシア・子どもの本の周辺　カスチョール』第27号（カスチョール編集部）、坂庭淳史（2014）『プーシキンを読む　研究のファースト・ステップ』（ナウカ出版）

フランス、アナトール
France, Anatole

1844（天保15）年4月16日～1924（大正13）年10月12日。本名アナトール＝フランソワ・チボー（Anatole-François Thibault）。フランスの小説家、評論家。パリでフランス革命期を専門とする古書店を営む父のもと、少年時代を書物に親しみ過ごす。高踏派詩人、文芸評論家として出発後、1881（明治14）年に「黄金伝説」を探し求める古文書学者を主人公とする小説『シルヴェストル・ボナールの罪』により文壇の注目を集める。『舞姫タイス』（1890）、『赤い百合』（1894）などには、文芸サロンを主催する愛人カイヤヴェ夫人との関係が窺える。同時代と向き合った四部作『現代史』（1897～1901）、フランス革命に翻弄された若者を描く『神々は渇く』（1912）などを発表、1921（大正10）年ノーベル文学賞を受賞。

『赤い鳥』に掲載された作品は年代順に、「小さなファンション」（1922・11 福永挽歌訳）、「手づまつかひ」（1926・7 鈴木三重吉訳）、「野をこえて」（1931・1 鈴木三重吉訳）、「こども」（1932・1 濱田綾子訳）、「子どもたち」（1932・3 濱田綾子訳）。「手づまつかひ」以外は、『少年少女』（*Nos enfants : scènes de la ville et des champs*, Hachette, 1887）収録の童話である。以下に内容を紹介する。

「小さなファンション」青い鳥の話を聞いた女の子が、小鳥たちにパンくずを与えると、その夜、小鳥が好意を寄せる男の子に変わる夢を見る。「野をこえて」腕白な弟と牧場へ遊びに行き、摘んだ花を弟に飾る弟思いの姉。

「こども」は、「びょうき」と「いくさごっこ」の二つの童話からなる。「びょうき」恢復期の少女が、病気の間に優しくしてくれた弟や姉に感謝する。「いくさごっこ」兵士に憧れる子どもたちが食堂で行進する。年少の

ため階級も低く列の後ろを歩いた男の子が、ひとりになると大将の格好で鏡の前に立つ。

「子どもたち」は、「つり」と「おおきな子たち」の二つの童話。「つり」は、一本の釣り竿を取り合う姉と弟の話。「おおきな子たち」は、蛙を追って泥だらけになった大きな子どもたちに対し、遅れて来た小さな子どもが、沼地に入らず、足も汚さずにすんだ話。このように『少年少女』の童話には、子どもたちの日常を描きながら、力が弱く年少の子どもの思いに寄り添うものが多い。

「手づまつかひ」の主人公は困窮した手品師。僧院で尊い務めを果たせず嘆いていたある日、聖母の恵みに心を打たれ、礼拝堂に籠るようになる。長老と修道僧が覗くと、聖母像の前で手品を行う姿が。不敬か狂気の沙汰かと戸を開けようとした瞬間、聖母像が歩みだし、手品師の汗を拭くという奇蹟譚。

『赤い鳥』に収録された作品はフランス語からの翻訳だが、日本におけるフランスの受容は、1902（明治35）年ジョン・レイン社の英訳全集以降に本格化した。谷崎潤一郎が読み、芥川龍之介が訳した「バルタザール」も英訳であり、反自然主義的な作家としてフランスは当時の日本で広く読まれた。

フランスは、次第に社会への関心を作品に反映させるようになる。ユダヤ人将校ドレフュスが軍機漏洩により終身刑とされたドレフュス事件にあっては、ゾラに続き知識人による嘆願書に署名するだけでなく、集会での演説など積極的な活動も行った。

その死後まもなく、シュールレアリストの攻撃、アカデミー・フランセーズ就任演説でのヴァレリーによる黙殺、フランスの社会主義的、反宗教的姿勢に対する拒絶反応、そしてプルーストなど新しい文学の出現により、その影響力は急速に低下した。しかし、洗練された文体で文学的伝統を体現するフランスの作品は今日でも一定の読者を獲得している。

（濱田明）

ホーソーン、ナサニエル
Hawthorne, Nathaniel

1804（享和3）年7月4日～1864（元治元）年5月19日。アメリカの小説家。大学卒業後、10年余の不遇時代を経て短篇作家として頭角を現す。17世紀アメリカの清教徒社会に起きた姦通事件を題材に、個人の自由と社会規範との間で葛藤する男女の苦悩を精緻な心理描写で綴った『緋文字』（1850）で名声を得る。1852年には、大学来の友人、後の第14代米国大統領フランクリン・ピアースの大統領選挙運動用の伝記を執筆する。翌年、同氏の大統領就任に伴い、ホーソーンは英国リヴァプール領事に任命を受け渡英。退任後も欧州に残ったホーソーンは、美術と建築に親しみながら、その地で生前最後の出版物『大理石の牧神』（1860）を上梓する。イタリアを舞台にした本書は、当地の美術に詳しいため観光案内書としても人気を高める。その翌年、健康悪化のため帰米するが、1864年、親友ピアースが同行する療養旅行中に息を引き取った。

◉日本におけるホーソーン児童文学の受容

ホーソーンは、18世紀以前のアメリカにはみられなかった、地理歴史や偉人伝を交えたファンタジー作品を多く手がけた。その一作『パーレー万国史』（1837）は、1867（慶応3）年、福沢諭吉がアメリカから持ち帰り、慶應義塾の英語教材に用いたもので、明治時代に最も親しまれた英語教材の一つとなった。

「ゴルゴンの首」や「黄金の林檎」ほか、ギリシャ神話を6つ収めた再話集『少年少女のためのワンダーブック』（1852）も明治以降、中学校の英語教科書や翻訳を通して日本に紹介されてきた。その収録話のひとつ「子供の楽園」（"The Paradise of Children"）が、「子供の極楽」（1918・11）に改変され『赤い鳥』に収められている。これは、児童劇運動に熱心であった坪内逍遥の弟子で劇作家・演出家の松居松葉（1870-1933）が手がけたものである。セルバンテスやシェイクスピア、ゾラ、並びにホーソーンの短編「黒頭巾」（1892, 原作1836）と「巨人石」（1892, 原作1850）の訳者でもあった松居は、『赤い鳥』初掲載の児童劇として、ホーソーンの「子供の楽園」を訳出した。その当時は、芸術教育運動が勃興し、児童劇を載せる雑誌が徐々に現れる時代でもあった。

子供芝居への改変に当たり、松居は、災厄の詰まったパンドラの箱に希望が残っていた、というホーソーン版の筋書きを踏襲しつつ、希望を福の神、災いの虫を「意地悪之助」等に擬人化し、子供役者が集って歌い踊る場面を加筆している。

『赤い鳥』に収録されたホーソーン作品の2つ目は「アニーちゃんのお散歩」（"Little Annie's Ramble"）である。本作は、児童向け雑誌『青春の思い出』（1834）に掲載され、ホーソーン初の自選短編集『二度語られたお話』（1837）に収録されている。この最初期の短編は、近隣少女とサーカスを観に街路を散歩しながら、孤独で無味乾燥な日常を忘れ、童心を取り戻す年輩男性の話である。無垢な子どもへの憧憬を前景化しつつ、快楽や怠惰、病、老い、暴力などで混沌とした社会に批判的な眼差しを向ける作家の意識が作品に投影されている。なお本作は、『赤い鳥』において、童話「散歩」（1931・6）として鈴木三重吉によって訳出された。　　　　（本岡亜沙子）

［参考文献］

阿野文朗（2008）『ナサニエル・ホーソーンを読む──歴史のモザイクに潜む「詩」と「真実」』研究社、冨田博之（1998）『日本演劇教育史』国土社。Millington, Richard H. *The Cambridge Companion to Nathaniel Hawthorne*. Cambridge: Cambridge UP, 2004.

マロ、エクトール・アンリ
Malot, Hector Henri

1830（文政13）年5月20日～1907（明治40）年7月18日。フランスの小説家。60以上にのぼる著作のうち『家なき子』（*Sans Famille*）が圧倒的な知名度を誇るが、近年は、社会的弱者の権利回復を訴える社会派小説も注目されている。

『家なき子』は、捨て子レミの冒険を描いた物語。養父によって旅芸人に売られたレミは、フランスとイギリスを遍歴し、多くの職業と出会いを経験しながら自らの出自を探求する。1870～71（明治3～4）年の普仏戦争に敗れたフランスでは、国民意識の高揚を背景に、子どもに祖国を再発見させる旅物語が人気を博した。その代表がブリュノ（Augustine Fouillée, dite G.Bruno）『二人の子のフランス一周』（1877）とマロの『家なき子』（1878）である。『家なき子』の執筆を依頼したのは編集者エッツェル（P-J. Hetzel）で、マロの『ロマン・カルブリス』（*Romain Kalbris*, 1869）が好評を博したのを見て白羽の矢を立てたのである。フランス児童文学における子どもの放浪と冒険という主題はルイ・デノワイエ（Louis Desnoyers）『ジャン＝ポール・ショパールの冒険』（1834）に始まるが、この主題の可能性に着目したのは、エッツェルの慧眼のあらわれであろう。

日本における『家なき子』の最初の翻案は、五来素川『未だ見ぬ親』（明治35年『読売新聞』連載、翌年単行本化）だが、本作が日本に根づくきっかけとなったのは、「家庭小説」の書き手として知られる菊池幽芳の『家なき児』である（明治44～45年に『大阪毎日新聞』に連載後、単行本化）。その後、鈴木三重吉の「ルミイ」掲載開始までに、野口援太郎、武藤英治、三宅房子、菊池寛、宇野浩二、桜井弘、楠山正雄が翻案・再話を試みており、戦後も川端康成、水上勉ら多くの作家が再話に挑戦した（佐藤［1987］に再話リストあり）。マロの翻案としては他に、大正期に『家なき娘』（*En Famille*）、昭和に入って『ロマン・カルブリス』（邦題『海の子ロニイ』）がある。

『赤い鳥』では、鈴木三重吉が「ルミイ」を1932（昭和7）年11月から1936（昭和11）年6月にかけて連載した。当時すでに定着していた「家なき子」ではなく「ルミイ」としたのは、1931（昭和6）年に刊行された楠山正雄訳『少年ルミと母親』にならったものと思われる。『家なき子』の原文は一人称で書かれているが、三重吉は当初、三人称によって物語の概略のみを語るスタイルを考えていた。連載第一回は「ルミイ少年は、八つになつて、はじめて、じぶんが、すて子だつたといふことが分つたのでした」で始まる（昭和7年11月号、p.6）。しかし昭和9年2月号の掲載冒頭で、「この訳を（中略）仏語からの最初の日本完訳としてまとめよう」と考えるに至った経緯を記し、「今月から一人称にあらためました」と断っている（p.2）。その回の冒頭は「私はとう〳〵「狼と年わかい小羊」の話を十五分間でアーサーに暗誦させました」となっている（同前）。

三重吉の仏語読解の手助けをした蛯原徳夫は、三重吉の死によって未完に終わった訳稿を豊島与志雄とともに完成させ、1941（昭和16）年に童話春秋社より刊行した。

『赤い鳥』のために三重吉が翻案したフランス文学は、ほとんどが大人向けの作品だった。そのなかで「ルミイ」は、もともと児童向けに書かれた作品を移入した事例として注目に値する。（森田直子）

［参考文献］

佐藤宗子（1987）『「家なき子」の旅』（平凡社）、私市保彦（2001）『フランスの子どもの本』（白水社）、榊原貴教（2007）『図説児童文学翻訳大事典』第3巻「マロ編」（大空社）

マンスフィールド、キャサリン

Mansfield, Katherine

◉作家と作品

1888（明治21）年10月14日～1923（大正12）年1月9日。ニュージーランド出身の女性短編小説家。裕福な実業家の三女として生まれる。1903（明治36）年、教育熱心な父の勧めでロンドンのクイーンズ・カレッジに留学する。イギリスの文壇で活躍するオスカー・ワイルドやアーサー・シモンズなどの作品に影響を受け、在学中から学内誌に投稿する。一時帰国するが、小説家を志し再び渡英する。結婚、別居、流産など、さまざまな経験を経て最初の短編集『ドイツの宿にて』(In a German Pension, 1911) の出版に至る。同年、オックスフォード大学の学生で雑誌『リズム』の編集者、そして後に夫となるジョン・ミドルトン・マリと出会ったマンスフィールドは、彼の編集助手を務めながら作品を執筆する。『幸福、その他の物語』(Bliss and Other Stories, 1920) と『園遊会、その他の物語』(The Garden Party and Other Stories, 1922) という短編集2冊で短編小説家としての名声を得たが、34歳の若さで病死した。

◉『赤い鳥』と「小さな女の子」

『赤い鳥』に収録された短編「小さな女の子」("The Little Girl") は、先述した雑誌『リズム』に掲載され（1912・10）、マンスフィールドの死後に夫が編纂した短編集『幼くみえるけれども、その他の物語』(Something Childish and Other Stories, 1924) に収められたものである。本作は、厳格な父親に恐怖心を持つ少女が、彼の愛情に気づくまでの感情の変化を繊細に描いた作品である。自伝的要素の強い作品であるため、主人公の名前は、

マンスフィールドが家族から呼ばれていた愛称（キャス［Kass］）となっている。

「小さな女の子」は『赤い鳥』において、山内正一訳「お父ちやま」（1935・5）として掲載される。山内は、「赤チヤント母チヤマ」（1927・4）と「テイデン」（1927・7）という童話2作品を手がけた同誌の投稿者であった。山内の翻訳は、題名、主人公の名前などに多少手が加えられているものの、概ね原文に忠実に訳されている。

◉日本におけるマンスフィールドの受容

マンスフィールドが、トマス・ハーディやヴァージニア・ウルフなどの著作を掲載した高級誌『アシニアム』に寄稿する短編小説家として雑誌『英語青年』に紹介されたのは、1921年であった。「天才的な創作家」と彼女に賛辞を贈っていた（『英語青年』1923・7）英文学者の平田禿木は、1925年に、短編作品集『蜜月』(Honey Moon and Bliss) を刊行した。それ以前にも原作7編からなる選集『マンスフィールド抄』（レーモンド・バンドツク編）は出版されていたが、平田は初の英語対訳として『蜜月』を世に送り出したわけである。マンスフィールドの主要88作品を収めた『マンスフィールド全集』（黒沢茂訳、全3巻）は、1961年に出版されている。

なお、「小さな女の子」の初訳は崎山正毅訳『マンスフィールド短編集』（1934）に収められた「少女」である。崎山は「もっと早く、もっと広く読まれてもいい作家」とマンスフィールドを評していた。 （坂本聖子）

［参考文献］

Mansfield, Katherine. *The Stories of Katherine Mansfield*. Ed. Antony Alpers. Auckland: Oxford UP, 1984. Alpers, Antony. *The Life of Katherine Mansfield*. Oxford: Oxford UP, 1982. Hanson, Clare, and Andrew Gurr. *Katherine Mansfield*. London: Macmillan, 1981. 大澤銀作編（2007）『マンスフィールド事典』（文化書房博文社）

メリメ、プロスペル
Mérimée, Prosper

1803（享和3）年9月28日～1870（明治3）年9月23日。フランスの小説家、歴史学者、考古学者。歴史や地方に取材した作品で知られ、とくに『イールのヴィーナス』（La Vénus d'Ille）、『コロンバ』（Colomba）、『カルメン』（Carmen）など中短篇小説への評価が高い。歴史記念物監督官、アカデミー・フランセーズ会員、元老院議員をつとめた。

日本では、森鷗外が1889（明治22）年に「現代諸家の小説論を読む」（『しがらみ草紙』第2号）において短篇小説の書き手として言及。夏目漱石は蔵書中『カルメン』『マテオ・ファルコーネ』（Mateo Falcone）英訳本に書き込みを残し、小説『野分』（1907）の作中人物に『イールのヴィーナス』の話をさせている。また芥川龍之介や泉鏡花への影響も指摘される（富田、1981）。

翻訳としては、1911（明治44）年9月『帝国文学』所収の「マテオ・ファルコーヌ（ママ）」（藤波水処訳、英語からの重訳）が最も早く、1915（大正4）年には『メリメ傑作集』（厨川白村・一宮栄誠訳）などによって主要な短中篇が紹介された。また、1938～39（昭和13～14）年には『プロスペル・メリメ全集』（河出書房）が刊行され、日記・書簡等を含めた全体像が紹介された。

『赤い鳥』で再話されたのは「マテオ・ファルコーネ」一作である。1829年『ルヴュ・ド・パリ』初出時の副題に「コルシカ風俗」とある本作は、地方色あふれる峻厳な自然を背景に、銃の名手で、村人から非常に恐れられると同時に全幅の信頼を置かれたマテオが、一人息子を殺害するに至った経緯を物語る。家畜の見回りに出かけた父母の留守中、マテオの息子は家の前を通りかかった逃走中の男に頼まれ、藁山の中に彼を匿う。しかし追っ

てきた曹長に情報提供を求められ、褒美の銀時計欲しさに犯人の居場所を教えてしまう。マテオは息子の裏切りを知って激昂し、息子に神への祈りを唱えさせたのち銃殺する。

この一作が『赤い鳥』では2度にわたって翻案された。まず久米正雄「うそ」（1919・3）では、舞台を日本の飛騨に移し、弱い者を助けるのを常とする侍が息子を鉄砲で撃つまでがわずか6ページで淡々と語られる。同年5月号の通信欄には、「浅薄な任侠」を教える「不愉快極まるお話」との読者からの批判が掲載され、「記者」は反論として「この話は仏国の名作家メリメの作篇「マテオ、ファルコオネ」を上手に日本化」した童話であり、「最も悲痛な代価を持って子供に誠実の尊さを教える」ものだと述べる（pp.75～76）。その13年後、鈴木三重吉「父」（1932・5～6）は、おおむね原作の舞台設定とプロットに沿った翻案だが、結末で父は、息子を殺す寸前に銃を取り落とし、泣き崩れる。

コルシカは1768（明和5）年からフランス領でナポレオンの出身地としても知られるが、住民の気質や文化はむしろイタリアに近い。マテオの激烈な行動も、フランスから見たコルシカ人表象として読むべきである。「他者」をエキゾチックに描いたこの短篇は、子どもの読者を想定したものではない。久米および鈴木の翻案では以上のような文脈は看過され、マテオの行動に一定の公正さを見る立場から、タイトルも「マテオ・ファルコーネ」から「うそ」「父」に改められ、子どもの行動や父の子に対する感情に焦点を当てた児童向け翻案が行われている。　（森田直子）

[参考文献]

佐藤宗子（1987）『「家なき子」の旅』（平凡社）
富田仁（1981）『フランス小説移入考』（東京書籍）。
Cropper, Corry. « Prosper Mérimée and the Subversive 'Historical' Short Story », *Nineteenth-Century French Studies*, 2004 Fall-2005 Winter, pp.57-74.

モルナール、フェレンツ

Molnár, Ferenc

1878（明治11）年1月12日～1952年（昭和27）年4月1日。ハンガリーの劇作家、小説家。ユダヤ系ドイツ人の医師、モーア・ノイマンの息子としてブタペストに生まれた。初等学校を終えるとカルヴァン派のギムナジウムへ進学する。ギムナジウム在学中にはジャーナリズムに関心を示していたが、1896（明治29）年に高等学校卒業試験を受けると、両親に強制されて、まずジュネーブで、後にブタペストで法学を学ぶことになる。この時期にモルナールによる初めての新聞記事が発表され、徐々に文学作品の翻訳や創作に力を注ぐようになった。モルナールは作品の出版に際し、反ユダヤ主義から身を守るために、ユダヤの出自を表す「ノイマン」からハンガリー語の「モルナール」に名前を変えた。

また、モルナールは三度、結婚しているがヴェースイ・マルギトとの最初の結婚で授かった娘は、のちに作家サルコジ・ジョルジュの妻となっている。第一次世界大戦中には戦地の宿営で前線の特派員として働いた。そして戦後、女優のフェダーク・シャーリと結婚したが、4年後には再び離婚している。1926年には女優ダルヴァシ・リリーと結婚した。1939年、ナチスから逃れるために妻とともにスイスへ移住し、その後スイスからアメリカへ渡り、ニューヨークに定住した。アメリカでも文筆活動を諦めることはなく、その劇はブロードウェイで上演されるまでになった。1952年4月1日、ニューヨークで亡くなる。

モルナールは自らの創作活動を滑稽譚や短編小説からスタートさせた。20世紀の初め、彼は文学作品の執筆に加えて、さまざまな日刊新聞で働いていたため、その文章にはジャーナリズムの影響をはっきりと認めることができる。新聞記事特有の簡潔で無駄のない文体は、ユーモアに溢れ時には皮肉交じりに同時代の出来事を扱う彼の短編にも影響をあたえた。

短編のほかにもモルナールは、社会問題を中心に据える長編も書き残している。金銭を求めて争う、社会の様々な階層が問題となる小説『飢えた町』のように、彼の長編はブタペストにおけるさりげない日常を描く。客観的なしかし時に皮肉めいた物語の語り手は読者に世紀末の都市に見られる巨大な社会格差を示す。それゆえモルナールの小説を20世紀初頭の大都市を舞台とした小説が持つ傾向と結びつけることもできる。1907（明治40）年に発表された児童文学『パール街の少年たち』はこの点で一層詳細であり、モルナールの名声を確かなものとした。この小説はまず数回に分けて、青少年向けの雑誌に発表されたが、これは世紀転換期のハンガリーの文壇の慣例であった。物語の中心には遊び場をめぐる二つのグループの戦いがあり、パール街の少年たちは「赤シャツ隊」に対抗して自分の縄張りを守る。少年たちの性格を通して、モルナールは、たとえば忠誠、勇気、憶病といったように、ポジティブならびにネガティブな人間の特性を描いている。小説の舞台は19世紀末で、一週間の出来事が小説を通して語られる。語り手は登場人物を紬やかに描き出すことはないが、彼らの行動からその性格を理解することができる。たとえばネメチェクは、たとえ手元にあったとしても自分宛ではない手紙を読むことはしない。ここから彼が正直で誠実な性格であることがわかる。同じ具合に、ボカが疫病神のゲレーブを強く叱った時、ボカの正義感や断固とした性格が読者に伝わる。

物語の中には基本的に二つの規範、システムがある。一つ目は学校というシステム、言い換えれば大人や社会のルールで、二つ目は子供たちのシステム、いわゆる「チーズの同盟」で、この同盟はより率直で名誉に基づくものである。しかし両方のシステムにおいて

変則的な事態が起こる。たとえばネメチェクが、確実な証拠がなく裏切り者のゲレーベを訴えることをためらった時、ほかの生徒たちは当のネメチェクを裏切り者としてグループから排除してしまう。そしてグループの議事録にネメチェクの名前は小文字でnemecsekと書かれる。この場面はハンガリーにおいて非常に有名であるため、無実の罪で訴えられた人を今でもnemecsekと呼ぶほどである。

物語の見せ場は遊び場をめぐる子供たちの戦いである。その遊び場に、すでに重い病に罹ったネメチェクが突然現れ、赤シャツ隊が遊び場を占領する前に、赤シャツ隊を率いるフェリ・アーツと戦う。アーツは、この小さく、病気を患うネメチェクの攻撃に驚かされる。ネメチェクの英雄的行為は、ナーンドルフェヘールヴァール（ベオグラード）を侵略するトルコを阻むために自分自身を犠牲にした中世ハンガリーの英雄ドゥゴヴィチ・ティトゥスを思い起こさせる。物語はネメチェクの勇敢な行動とその死によって締めくくられる。この小説はすぐさまハンガリーの学校教育の場で読むべき作品となり、今日まで数多くの様々な言語に翻訳された。日本語訳も1913（大正2）年というきわめて早い時期に発表されている。『赤い鳥』（1932・5〜6）に「パテ・クラブ」として鈴木三重吉による翻案が掲載された。

しかしモルナールは小説家のみならず劇作家でもあった。彼の小説に見られる、巧みに書かれた会話のやり取りは、モルナールが演劇にも関心を寄せていたことを示している。彼の劇作品のうち初期のものは、1902年から1910年の間に上演されたもので、とりわけフランス演劇の伝統を、ブタペストならではのユーモアと組み合わせた道化芝居である。モルナールは誰もがよく知るステレオタイプな人物を舞台にあげる。そしてその舞台で、登場人物たちの性格はユーモアをもって描かれる。登場人物の滑稽さに支えられた喜劇がモルナールに成功をもたらしたのである。

彼の代表作は、喜劇とも悲劇ともつかぬ『リリオム』である。作品の中心は、メリーゴーランドの木馬の客引きの青年と召使の女の恋愛であり、二人の関係を通して、昔日の首都で下働きにあけくれる人々の見通しのきかない生活の状況が描写される。作品の喜劇的な状況と悲劇的な結末が、決して解消されることのない対立を確固なものとしている。そしてこの対立こそが『リリオム』とモルナールの成功に寄与したのである。この劇の初演は1909年だが、そのときは評価されなかった。しかし後の1919年の上演によって作品の価値が認められた。『リリオム』は英訳され1921年のブロードウェイ上演によって世界的に知られるようになる。フリッツ・ラングが『リリオム』を映画化したのは1934年である。『赤い鳥』（1931・5）には、鈴木三重吉訳の「まゆ」が掲載されている。

たしかにモルナールは生前、小説家として、劇作家として成功をなしたが、今日いくつかの劇と学校教育で講読を義務付けられた作品を除けば、ハンガリー文学において存在感があるわけではない。同時代の受容の方が、現代におけるモルナールの影響よりも大きかったのである。　（Ferenc Vincze［風岡祐貴訳］）

［**参考文献**］
Györgyey, Klára: *Molnár Ferenc;* Magvető, Budapest, 2001; Sárközi, Mátyás: *Színház az egész világ. Molnár Ferenc regényes élete;* Osiris-Századvég, Budapest, 1995; Sárközi, Mátyás: *The play's the thing. The life of Ferenc Molnár;* White Raven Press, London, 2004; Vécsei, Irén: *Molnár Ferenc;* Gondolat, Budapest, 1966. 翻訳『パール街の少年たち』（岩﨑悦子訳、偕成社、1976年）、『リリオム』（飯島正訳、中公公論社、1976年）

ラーゲルレーヴ、セルマ
Lagerlöf, Selma

●生涯と作品

1858（安政 5）年11月20日〜1940（昭和15）年 3 月16日。スウェーデンの作家。『イェスタ・ベルリングのサガ』（1891）でデビュー。『エルサレム』（1901〜02）で国際的な評価を得て、女性初・スウェーデン人初のノーベル文学賞を受賞（1909）。同賞の選考で知られるスウェーデン・アカデミー初の女性会員となる（1914）。ドイツのナチ政権発足を受け、「土の床に書いた文字」（1933）で反ユダヤ主義を批判。

彼女の作品中、最も広く知られるのは『ニルスのふしぎな旅』（1906〜07）である。執筆当時のスウェーデンでは、普通選挙運動の一環として公教育の改善が急がれていた。欧米の新教育運動の立役者の一人エレン・ケイは、公教育の読本に高い文学性を求めた。これを受け、教育改善を目指す教員からなる国民学校教員協会は、読本作成委員会を発足。ラーゲルレーヴに国民学校 1・2 年生（9〜10歳）向け読本の執筆を依頼した。同作では、魔法で小人に変えられた14歳の少年が雁の群とともにスウェーデンを縦断。同国の地理と歴史、動物・人間・自然の尊さを学び、勇敢で賢い青年として帰郷する。同作は約60の言語に翻訳され、アニメ（ソ連、1955／日本、1980）や実写映画（ドイツ・スウェーデン、2011）としても親しまれている。

●『赤い鳥』での翻訳掲載

1921（大正10）年 6 月号から 9 月号まで野上彌生子訳「不思議な熊（セルマ・ラゲレーフ）」を連載。野上訳「ゲスタ・ベルリング」『世界少年文学名作集』第16巻（長編小説『イェスタ・ベルリングのサガ』の抄訳、家庭読物刊行会、1921）の一章「グルリタ崖の大熊」の改稿である。底本は当時既刊の 2 種類の英訳のうち *Lillie Tudeer: Gösta Berling's Saga*（1894）。野上訳には、全体の内容・雰囲気に影響しない程度の省略・意訳がある。

「不思議な熊」では、熊狩りの名手フックス少佐が、新月の木曜日の夜に教会の鐘楼で誰にも見られず鋳造した銀の弾丸でのみ倒せるという大熊に勝負を挑む。しかし、美しいフレッケン・ファベルが、貧しい青年ヤンス・ラルソンとの結婚を許されないのを不憫に思い、ヤンスに熊退治の手柄を譲る。「グルリタ崖の大熊」と比較すると、指示語や漢字の減少、直訳では理解しがたい記述の改変など若年者に配慮した変更のほか、老いた醜い少佐がこれまで女性に無縁だったことや、ファベルを好ましく思う描写が削除されている。

●大正期の日本における受容

「不思議な熊」の『赤い鳥』掲載当時、ラーゲルレーヴの邦訳が集中的に刊行された。『ニルスのふしぎな旅』のほか、大人向け作品も童話として出版され、童話作家のイメージが確立。訳者は、神近市子（「私生児の母」『番紅花』1914）、香川鉄蔵（『飛行一寸法師』大日本図書、1918）、小林哥津子（『不思議の旅』玄文社、1919）、福永挽歌（『世界童話傑作叢書 3　漁夫の指輪』日本評論社、1921）、生田春月（「地主の家の物語」「沼の家の娘」『世界文学全集』第27巻、新潮社、1928）。野上、神近、小林は青鞜社元社員、生田と福永も『青鞜』や女性参政権運動と縁が深い。大正期の日本で、ラーゲルレーヴは、平塚らいてうや山田わかのエレン・ケイ受容、ケイに影響された母性保護運動や自由教育運動、児童文学への関心を背景に受容された。

（中丸禎子）

［参考文献］
中丸禎子（2010）「日本における北欧受容」『北ヨーロッパ研究』第 6 号

ラルボー、ヴァレリー
Larbaud, Valery

●コスモポリティスム文学の旗手

1881（明治14）年8月29日〜1957（昭和32）年2月2日。フランスの小説家、評論家、翻訳家。

後に「コスモポリティスム文学の旗手」と称されるラルボーの国際性は、生まれ故郷のヴィシーが各国からの観光客の集まる温泉地であったこと、病気療養を兼ねた外国周遊を重ねる中で英語やイタリア語、スペイン語などを習得したこと、さまざまな国籍の生徒が集まるパリ郊外の寄宿学校で学生時代を過ごした幼少期の経験によって育まれた。『フェルミナ・マルケス』（1911）においては「フランス語話者が少数でスペイン語が多用され、万国博覧会よりももっとコスモポリットな生徒たちの学校生活」を描き、『A. O. バルナブース全集』（1913）には南米出身の億万長者の青年バルナブースを作者とした「短篇（「哀れなシャツ屋」）」「詩」「日記」を収録した。バルナブースのヨーロッパ周遊の様子は、異国性をそなえた20世紀初頭のヨーロッパ旅行記としての価値を有しており、また「詩」は、自由詩による詩篇や列車や船など重厚長大な機械を讃美する斬新さが高く評価された。

●幼年時代の保持と『幼なごころ』

ラルボーはまた幼年時代を保ち続けた作家でもあった。1918（大正7）年に出版した短篇集『幼なごころ』には、ラルボーと同様に富裕な家に生まれ、国際色豊かな環境で成長し、言葉に強い関心を持ち詩作に励むといった、幼い日のラルボーを思わせる少年たちが故郷の風景とともに複数の短篇に描かれている。また、大人からの過度な期待や干渉から逃れた未知の世界への夢想を抱く少年たちの姿には、母親との確執と故郷から離れてパリや外国に居場所を求め続けたラルボーの姿が重なる。そのうちの一篇 « L'Heure avec la Figure »（「≪顔≫との一時間」）が1928（昭和3）年、鈴木三重吉の訳による「顔」として『赤い鳥』（1928・5）に掲載された。

●外国文学の紹介と「内的独白」

1920年代以降、ラルボーはジェイムズ・ジョイスの『ユリシーズ』のフランス語訳の監修や、サミュエル・バトラーの『エレホン』の翻訳などをとおして、外国文学のフランスへの紹介や評論に専心した。アメリカ合衆国で発禁処分を受けた『ユリシーズ』が今も読み継がれているのはラルボーの功績によるものである。ラルボーも、そこから得た「内的独白」の手法を用いた『恋人よ、幸せな恋人よ……』（1921）、『秘めやかな心の声……』（1923）を発表した。また語学の達人の一面を生かし、英語やイタリア語、スペイン語で現地の新聞や雑誌に寄稿するなど活躍した。

●『アレン』と帰郷

1927（昭和2）年に雑誌に発表した、「みんな一緒に」を意味する故郷ブルボネ地方の騎士団の標語を冠した『アレン』では、郷土の歴史や文学者たちを讃えて郷土愛を描き、後には同郷の版画家の挿絵を用いた版を母親に献じた。母親の死後にヴィシーに帰郷したが、1935（昭和10）年に患った脳疾患により言語障害を発し、文筆活動を停止した。

（佐藤みゆき）

［参考文献］
岩崎力（1985）『ヴァルボワまで——現代文学へのオベリスク』（雪華社）、西村靖敬（2001）『1920年代パリの文学——「中心」と「周縁」のダイナミズム』（多賀出版）、ラルボー、ヴァレリー（2005）『幼なごころ』岩崎力訳（岩波書店）

リーコック、スティーヴン
Leacock, Stephen

●作家経歴

1869（明治2）年～1944（昭和19）年。カナダのユーモア作家、批評家、政治経済学者。イギリスに生まれたが、6歳の時家族と共にカナダに移民。

リーコックは学業に優れ、トロント大学に入学。古典と現代の言語、文学を学ぶ。その後、シカゴ大学大学院で政治学と経済学を学んだ。修了後、モントリオールのマギール大学に迎えられ、1936（昭和11）年に退職するまで教鞭をとった。

教える傍ら、リーコックはユーモアと風刺のある多くの短編やミステリーを雑誌に発表。代表作に連作短編集『ナンセンス小説』（*Nonsense Novels*, 1911）、『ある小さな町のほのぼのスケッチ集』（*Sunshine Sketches of a Little Town*, 1912）、『有閑階級とのアルカディア冒険旅行』（*Arcadian Adventures with the Idle Rich*, 1914）がある。ブラックユーモアに富んだリーコックの作品は、カナダのみならず多くの英米の読者を獲得し、国際的賞賛を得ることになる。

●リーコックが魅せるトリック作法

『赤い鳥』に掲載された短編「Q（滑稽詰）」（"Q" Psychic Pstory of the Psupernatural「Q—ある奇怪心霊実話」）は、『ナンセンス小説』に収録されている。本作の原題をみると、リーコックが最初から怪奇的でユーモラスなトリック効果を演出していることがわかる。「Pstory」と「Psupernatural」の綴りである。この2単語には、リーコックが故意に行った綴り間違いがある。しかも、「s」を「ps」に置き換えても、英語発音は同じ。発音が同じゆえにあえて行ったトリックである。

音だけ聞いても間違いに気づかない。でも実際に見てみると……。トリックを行ったことで、リーコックは本物語のユーモラスな〈心霊現象効果〉を狙ったのかもしれない。当時、生者が死者と交信できると信じる降霊会が大流行したという。

「Q」の物語は、ナンセンスの見本のような話。落語にあるような「世間知らずのお人よしとペテン師」の話。何度も金をとられても懲りない。こともあろうに、その金を無心するのはペテン師のもとに現れる死んだ友人Qの幽霊。オリジナルも翻案も話の筋に変わりはない。しかし翻案では、原作のカルト的な心霊主義への揶揄がカットされている。原作と翻案の決定的違いは、お人よしとペテン師が「近づき」になった時である。原書では、お人よしの「私」がペテン師のアナリー（Annerly）と会ったのは10月31日。しかし、翻案では、12月である。10月31日はハロウィンの日。秋の収穫を祝い、悪霊を追い払う。この日は冬の始まりの日でもあり、お盆よろしく、死者の霊が家族を訪ねてくると信じられていた。よって、リーコックがこの日を選んだのは、幽霊を登場させるには都合がよかった。お人よしの「私」は、ペテン師が創造する幽霊の言葉に、まんまと「惑わされ」（Trick）、大金を「奮発」（Treat）するのである。〈Trick or Treat〉どころか、簡単に惑わされ、奮発するのである。

本作品は、今から100年ほど前に出版され、平塚武二が『赤い鳥』に翻案を掲載したのは1931（昭和6）年。リーコックの作品が今でも笑いを誘い、読者を楽しませるのは、リーコックの文彩はもとより、政治、経済、科学、歴史といった幅広い知識を持ち合わせ、それを面白おかしく作品に反映したことである。多彩な知識で、社会や人間を観察し、多くのユーモラスな風刺小説を生み出したリーコックは、カナダが生んだ国際的に最も人気のあるユーモア作家といえよう。

（佐藤アヤ子）

リシュタンベルジェ、
アンドレ

Lichtenberger, André

1870（明治3）年11月29日～1940（昭和15）年3月23日。フランスの歴史家、作家。18世紀の社会主義についての研究を著した歴史家であるが、むしろ、作家、とりわけ子供向けの物語の作家として知られる。歴史小説『コリントスの滅亡』（*La Mort de Corinthe,* 1900）、『ミギュラック氏、または哲学者侯爵』（*Monsieur de Migurac ou Le Marquis Philosophe,* 1903）やスポーツ小説『新しき血』（*Le Sang Nouveau,* 1914）なども手掛けたが、現在まで広く読まれているのは、少年トロットを主人公とするシリーズや、少女ナーヌを主人公とするシリーズで、『赤い鳥』に掲載された3篇の物語は、すべて、トロットのシリーズの最初の作品、『私のかわいいトロット』（*Mon Petit Trott,* 1898）からの抜粋である。

私市（2001）によるなら、リシュタンベルジェは、もともとこの物語を一般読者向けに書いたので、子どもの読物とされたことにとまどいと抵抗を覚えたとのことだが、それゆえか、青少年向けとしては難しく感じられる語彙や表現が散見される。加えて、裕福な家庭に生まれ、家族やその家の数多い使用人たちに囲まれた少年トロットを主人公とする、一般的とは言いがたい子どもの世界を描いていることや、ユダヤ人差別の言説も見られることなどから、今日の子どもたちに読ませる物語であるかどうかは意見が分かれるかもしれない。

だが、リシュタンベルジェは、子どもの行動とその心理を描くことにおいて、これまで高く評価されてきており、それは最近、ボルダス（2016）が、『私のかわいいトロット』に関して、理解できない大人の世界に直面した時に抱く子どもの気持ちや言語化できない子どもの思考が、とりわけ自由間接話法をうまく使って表現されていることを論証したことによっても、再確認されたと言えよう。

『赤い鳥』に収められた物語は、トロットのイギリス人家庭教師とその誇りをテーマとする「青い顔かけの勇士」（Les Leçons de Miss, 1929・1）、『私のかわいいトロット』においてはまれな設定である、トロットと彼の属する階級以外の貧しい子どもとのふれあいを通して子どもの無邪気さを描いた「乞食の子」（Le Petit Pauvre, 1929・2）、バラを害するかたつむりをつぶすよう命じられるが、それができず、かわりに突拍子もない行動に出る「かたつむり」（L'Escargot, 1929・3）で、リシュタンベルジェの評価の根拠となるような物語が選ばれている。しかし、それら以外の、『かわいいトロット』における、夫の不在時に他の男性から言い寄られる母親の心情やその男に対するトロットの嫌悪、両親のいさかいに対するやるせない気持ち、その続編の『トロットの妹』（*La Petite Sœur de Trott,* 1898）における、生まれたばかりの妹に対するトロットの怒りの混じった奇妙な感情とその展開、仕事で家を長く不在にする父親の代わりに母や妹を守るという自覚の目覚めなどは、興味深いテーマであり、かつ、それらが世間や物事をまだほとんど理解できていない6歳の少年トロットの目を通して、そのまま提示される語りの手法も、注目に値するだろう。

（宮川朗子）

［参考文献］

Grand Dictionnaire encyclopédique Larousse, 1984. Bordas, Éric. « Phrases sans parole mais avec babil : le discours indirect libre hypocoristique du petit Trott (1898) » *Fabula, La Recherche en littérature,* 2016, http://www.fabula.org/colloques/document 3449.php 私市保彦（2001）『フランスの子どもの本』（白水社）、リシュタンベルジェ、アンドレ（1981）『十八世紀社会主義』野沢協訳（法政大学出版局）

ルーマニア王妃マリア
（マリイ女王）
Königin Maria von Rumänien

1875（明治8）年10月29日～1938（昭和13）年7月18日。1914年にルーマニア国王カロル一世が死去し、皇太子フェルディナンドが即位、それに伴い皇太子妃マリアはルーマニア第2代王妃となった。

マリア（英語名マリー・アレクサンドラ・ヴィクトリア・オブ・エディンバラ）は、1875年10月29日にイーストウェル・パーク（イギリス）で生まれた。父は後のザクセン＝コーブルク＝ゴータ公アルフレートであるエディンバラ公、祖母は大英帝国女王ヴィクトリアである。

イギリス生まれのこの王女の美貌と知性は、かねてよりルーマニア王妃エリサベタの目を引いていた。彼女がいとこであるフェルディナンドの妃を探し求めると、ルーマニア王家はマリイに白羽の矢を立てた。マリアとフェルディナンドは1893（明治26）年に結婚し、皇太子カロル、後のルーマニア国王カロル二世も誕生した。

第一次大戦中、および続く1920年代に、王妃マリアは重要な公的役割を担った。彼女はボランティアの赤十字看護師として兵士を看護し、後に講和条約会議では、ルーマニアが有利かつより良好な地位を獲得するために、外交上の人脈を活かした。

マリアは、王妃となったこの国と民を熱愛した。彼女はルーマニア語を習得し、ルーマニアの民族文化に多大な関心を寄せた。加えて、マリアは優美で気品ある貴婦人であり、王妃としては初めて『タイム』誌の表紙をも飾った。

夫のフェルディナンド国王の死後、マリアは表舞台での活動を次第に控えていこうとしたが、息子である王位継承者カロルの醜聞の

ため、彼女が摂政として新ルーマニア国王ミハイ一世を即位させることとなった。マリアと息子カロルとの関係はその後さらに悪化していき、彼女は30年代半ばに公の場から退いた。

外交や慈善活動での役割、また様々な公的役割と並んで、マリアは作家としても人々に知られていたが、彼女に先駆けて、エリサベタ王妃が長きにわたって文筆活動をしていた。エリサベタがカルメン・シルヴァというペンネームで長く小説や詩を発表していたのと同様に、マリアは実名で多様なジャンルの書物を多数著し続けた。

エリサベタがマリアの先駆者とみなされるのは、文学もしくは芸術活動に従事したという意味でだけではない。王妃エリサベタは文化的な領域でも同様に活発であったが、それと並んで社会に対しても重大な影響を及ぼした。学校や病院を創設し、また、ルーマニア文化の海外普及にも貢献した。ルーマニア王妃のこのような仲介者としての役目をマリアもまた引き継ぎ、ルーマニア社会において社交的にも文化的にも活躍したのである。

文学作品を専らドイツ語で執筆したエリサベタに対して、マリアの著作は英語でもルーマニア語でも公刊された。彼女の初期作品のいくつかは、まず英語作品としてでイギリスで出版された。例えば『生命の百合』（ロンドン、1913）や『夢みる夢想家』（ロンドン、1918）である。だが、ルーマニアでも、第一次大戦期にはすでに、ルーマニア語訳による出版がなされていた。『よきしよな女王さま』（ブカレスト、1916）や『ミノーラ　かわいそうな小王女の物語』（ヤシ、1918）などである。マリアは作品を英語で書いたが、彼女の著作はしばしばルーマニア語に翻訳された。翻訳者の中には、例えば、両大戦間期における著名な作家にして歴史家であるニコラエ・ヨルガがいる。

マリアの文学作品は、一般的には4つのジャンルに区分される。第一には詩であり、第

第3部　『赤い鳥』の作家と作品

287

二には児童文学、すなわち童話である。第三には物語と小説であり、第四には記録文学が挙げられる。

その重要性と影響力という観点から言えば、児童文学での業績が強調されるべきである。マリアの童話は多くの言語に翻訳され、そうして、ほとんどが英語で書かれた作品がルーマニア文化においてもしっかりと受容されたのである。

マリアの文学作品について確認できるのは、童話に関してと同じく、詩や小説に関しても、それらがある二重性によって特徴づけられているということである。つまり、彼女の作品において物語の舞台となるのが、幻想や夢の世界と現実の世界との間であることが見出される。とりわけ、マリアの作家活動の初期には幻想愛好が認められる。だが、この性質は次第に影を潜めていき、現実に対する愛着や追憶に対する愛着のみが、明らかに一段と強められていくのである。

上述の第四のジャンルには、とりわけ回顧録と呼ばれる著作が含まれているが、これらの中には年代記というにはあまりにも主観的な回想の類も見られる。

これらの作品群が美的価値を有するのはもちろんだが、しかしそれ以上に、時代のドキュメントとして読まれなければならない。というのも、これらの著作を除いてはとうてい求め難い、世紀転換期および20世紀前半のさまざまな細部を知ることができるのである。

当時の社会生活や文筆活動の描写や、あるいは世界大戦という悲惨な時代の描写はそれ自体、マリアというひとりの女性、特にひとりの貴族の女性の視点と密接に結びついており、それによって読者は、第一次大戦や、続く1920〜30年代について興味深く心躍るような読書体験を得るのである。

例えば、『我が生涯の物語』(全3巻) と題された書物が1934 (昭和9) 年から1938年にかけて出版されたが、それを読む者は、マリア一家の貴族としての日常生活へと導かれ

るのである。一人称の語り手の「私」は、幼年期から順々にその生涯を語っていくのだが、しかし、生涯のそれぞれの段階を有機的に結びつけながら、生活を描き出している。それによって読者は、貴族の礼式や王家を取り巻く諸関係、また王室外交などの詳細を、より具体的に理解するに至るのだ。

この意味において、王妃マリアの回想録はひとつの社会誌であり、歴史家のみならず社会学者にとっても興味深い資料たり得ているのである。ルーマニア語で執筆されたこの3巻本は、出版後まもなく1930年代のうちに英語、ドイツ語、ハンガリー語、チェコ語、ポーランド語等に翻訳されており、この一事をとっても同書の重要性がうかがえる。

王妃マリアは1938年に死去した。遺体はクルテア・デ・アルジェシュ聖堂にある王室霊廟に埋葬されたが、彼女の遺言により、心臓は遺体から取り出されて、黒海沿岸のバルチク宮殿に保存された。

マリアの記憶は今日に至るまでルーマニアに強く息づいている。彼女の姿は昔も今も、ルーマニア王国の黄金時代の象徴であり続けている。

なお、『赤い鳥』には、第14巻第3号 (1925) から第15巻第3号 (1926) にかけて「いたづら姫」(大槻憲二訳) が連載されている。　　　　　(Ferenc Vincze [松崎裕人訳])

[参考文献]

Badea-Păun, Gabriel, *Mecena și Comanditari. Artă și mesaj politic*, București, Noi Media Print, 2009. Cars, Guy des, *Les Reines de Coeur de Roumanie*, Lafon, Paris, 1991. Iorga, Nicolae, *Supt trei regi*, București, 1932. Mandache, Diana, *Later Chapters of My Life. The Lost Memoir of Queen Marie of Romania*, Sutton, 2004. Păiușan-Nuică, Cristina, *Regina Maria și Carol al II-lea: intoarcerea fiului rispitor* = Istorie și Civilizație, 2011/17.,28-30. Pakula, Hannah, *The Last Romantic: A Biography of Queen Marie of Roumania*, Weidenfeld & Nicolson, London, 1984.

ルメートル、ジュール

Lemaître, Jules

1853（嘉永6）年4月27日〜1914（大正3）年8月4日。評論家、劇作家。フランスのロワレ県ヴェンシー生まれ。高等師範学校を卒業し、ル・アーヴル、アルジェ、ブザンソンで教鞭を執った後、1883（明治16）年にグルノーブル大学文学部教授。1884（明治17）年パリに移り文筆業に専念する。『ルヴュ・ブルー』『論争ジャーナル』『両世界評論誌』に文芸批評、劇評を発表する。それらは『現代人物評論集』『劇の印象』にまとめられ、批評家ルメートルの主著となった。

『赤い鳥』には、「鐘」（1931・12 濱田綾子訳）と「リツ王女」（1932・3 大久保あや子訳）が翻訳されている。

「鐘」は、神父職50年の祝いに300フランを住民から受け取り、教会の鐘を買うことになった村の神父の話。鐘を買いに行く途中、貧しいジプシーの娘に出会った神父は、預かった金を与えてしまう。しばらくすると、新しい鐘が来ないために住民は不審を抱く。悩んだ神父が日曜日に説教台で告白しようとすると、その瞬間、新しい鐘が鳴り響く。

「リツ王女」は新約聖書を題材にした童話である。ヘロデ王のリツ王女は、父が幼い子どもを皆殺しすることを知り、乳母妹の子供で可愛がっていたホザエルを助けに行く。そこで救世主イエスについて耳にした彼女はイエスが生まれた馬小屋を訪れ、マリアと話しイエスを見る。イエスが父ヘロデのような残虐な王ではなく、人々の犠牲となり神の王国の王になると知ったリツは、イエスが殺されないよう逃げるのを助ける。いずれも1900（明治33）年に出版された『白いコント』（Contes blancs）に収められた童話である。ちなみに同書は、深尾須磨子が1942（昭和17）年に偕成社から『スザンヌ物語』、1952

（昭和27）年にカトリック・ダイジェスト東京支社から『銀の鐘』の書名で翻訳出版している。

ルメートルの童話としては、1890（明治23）年『10のコント』（Dix Contes）などのほか、死後出版に『ABC小さなコント』（ABC : Petits contes）がある。ミリアム・アリーの序文によれば、グルノーブル時代、一歳半で亡くした娘マドレーヌをルメートルは生涯忘れることはなく、多くの子どもたちの代父となり、パリのアルトワ通りの家に子どもたちを招き菓子を与え、図書室を開放したという。

ちなみに「鐘」は、『赤い鳥』以前に、大杉栄が1907（明治40）年2月雑誌『家庭雑誌』に「である体」で、同年4月雑誌『読書の栞』に「です・ます体」で訳している。

フェルディナン・ブリュンティエールが主張する客観批評に対して、ルメートルはアナトール・フランスと並び、印象批評を代表する批評家であった。ルメートルの文芸評論『現代人物評論集』から、1935（昭和10）年に工藤蕭が『ジャン・ラシイヌ』を、1939（昭和14）年に朝倉季雄・権守操一が『作家論』としてサント・ブーブとギュスターブ・フロベール論を翻訳している。

ド・ロワーヌ夫人の愛人として文芸サロンに出入りしていたルメートルは、ドレフュス事件後、1898（明治31）年反ドレフュス陣営の全国組織となる「フランス祖国同盟」（Ligue de la patrie française）の議長に就任し、反ユダヤ主義的な活動を展開した。

生前は文芸評論家として影響力も大きく、アカデミー会員となったルメートルであるが、現在、彼の文芸評論が読まれることはない。しかしながら、1880年代から盛んな評論活動を行い、政治運動に参加したルメートルは、ベルエポック時代のフランス文壇を論じる上で欠くことは出来ない存在である。（濱田明）

レーミゾフ、
アレクセイ・ミハイロヴィチ
Ремизов, Алексей Михайлович /
Remizov, Aleksei Mikhailovich

●生涯と創作

1877（明治10）年7月6日（旧暦6月24日）～1957（昭和32）年11月26日。ロシアの小説家。モスクワの商家に生まれる。モスクワ大学在学中、学生デモに加わり逮捕、北方ロシアへ流刑、この間に文筆活動を開始する。1905（明治38）年に首都ペテルブルグに戻ることを許され、世紀末ロシアを席巻していた象徴派詩人たちと交わりつつ作家としての地歩を固める。フォークロアに取材した童話集『お陽様を追って』（Посолонь）が評判となり、瞬く間に文名を確立、造語を駆使した独自の装飾的散文によって、同時代人や後継の作家にも多大な影響を及ぼす。

1921（大正10）年8月、内戦の混乱下で出国、ベルリンを経て、1923（大正12）年パリに居を定める。精力的に執筆を続けるも次第に書籍出版の機会を奪われ、1930年代以降は物質的にも精神的にも深刻な苦難を経験する。

線画やコラージュ等の視覚芸術も手掛け、ピカソやカンディンスキーらの高い評価を得ていたほか、カリグラフィーの名手としても知られる。亡命作家としてソ連では黙殺されていたが、2000年代に入り未発表の手稿が続々と刊行され、研究の進展が目覚ましい。

●「わるもの」と「小象」

落第生のパブルーシカは、先生が生徒から取り上げた玩具をしまう箱の中に、かわいい象を見つけ、欲しくてたまらない。箱をこじ開けようとしたことがばれて先生にお仕置きされても一向に忘れられない。あくる日、麻疹に罹って熱が出た。死の恐怖を感じつつ、小象がお見舞いに来ることを夢想する。やがて病気も治り、今度こそ象を手に入れようと決心する。

この、『赤い鳥』に掲載された（1932・12）レーミゾフ作・平塚武二訳の短編「わるもの」のロシア語原題は「小さな象」（Слоненок）で、1905年に執筆され、象徴派の作品を中心に掲載する雑誌『峠』（Перевал）第7号（1907）に発表されたのち、作品集『悪魔の角と真夜中の太陽』（Чёртов лог и Полунощное солнце, 1908）、『レーミゾフ選集』第1巻（全8巻、1910）、プラハで出版された作品集『真っ暗闇』（3га）（1925）に収録された。本邦では安井侑子により「小象」として訳出されている。

ただし、平塚版は、タイトルのほか、物語に大幅な改変が施されている。6つに章分けされたオリジナルに対し、平塚版は四章で、各章も簡略化されているため、全体で4分の1ほどの長さしかない。主人公が教会で聖母マリヤに祈り懺悔する場面（第3章）、生徒たちが鳥の死骸を鍋で煮込む場面、同級生が虐められる場面、玩具の小象（悪魔と同一視される）が主人公の部屋を跳ねまわる場面（第4章）等は、一切訳出されなかった。

結果、平塚版からはオリジナルの持つ「ロシア色」や、ゴーゴリやドストエフスキーの濃厚な影響を感じさせる暗い幻想性、少年特有の残酷さに向けられた作家の冷静な眼差しといったものが排除され、鈴木淳による象や猿の挿絵の効果も相俟って、毒気の感じられない、児童向けの読み物になっているが、これはすなわち、「レーミゾフらしさ」の排除にほかならなかった。同時代作家のチュコフスキー（К. Чуковский）は「小象」が醸し出す憂鬱とは、「わざとらしく考え出された憂鬱ではない。この憂鬱からレーミゾフの最良のものが生まれた」と述べている（1911）。

一方で本作は、後期の代表作である自伝的長編小説『剪りとられた眼で』（Подстриженными глазами）に2度もヴァリアントが挿入されたことが示すように、作家にとっても自

身の経験の反映された、思い入れのある重要な作と考えられ、訳出は、それに至る経緯がいかなるものであれ、平塚の慧眼というべきだろう。

◉レーミゾフとフォークロア

レーミゾフの創作においてフォークロアは特別な位置を占めている。19世紀後半のロシアでは、急速な近代化が進む一方、農民の生活に根付いた土着の伝統がもてはやされ、研究者や愛好家がこぞって地方に出向いてはフォークロアのテクストを収集・記録した。レーミゾフは学生時代に革命運動に参加したため逮捕、北方ロシアに流刑され、そこで民俗学的関心に目覚めたが、なかでも「スカースカ」と呼ばれる民話・童話を衆的世界観の反映ととらえて愛し、のちに自分の創作に積極的に取り入れるようになる。1900年代から1910年代前半にかけて、数百ものスカースカの再話を行うほか、そうしたフォークロアのテクストを、同時代的文脈にも積極的に移植していった。異教的なモチーフを通して現代の子どもの眼差しから幻想と現実を境界なく描いた「小象」は、このタイプの作品といえる。

レーミゾフのこうしたフォークロアの利用には、現代が失いつつある「伝統との結びつき」を再建しようとする狙いがあったが、その一方、他者の作品（研究者によって収集されたテクスト）の再話が「剽窃」であるとの誹りを受け、これを作家自身が公開書簡で弁明するという事件も起きた（1909年）。作家はこの書状で、近年横行する芸術家の個人主義を批判するとともに、作家としての自分の使命を、近代以降に生じた「知識人」と「民衆」の乖離の解消、すなわち「民衆の神話の再創造」であると述べている。この使命に基づく最初の成功例が先述の『お陽様を追って』であり、春夏秋冬の4章に、季節にちなんだ儀礼や数え歌、子どもの遊び等をモチーフとした童話・断章を配した作品は、その抒

情性・革新性が絶賛され、続編『はるかなる海へ』（*К Морю-Океану*）とともに、作家の初期代表作となった。

◉今後の課題

革命を機にロシアへの関心が高まった日本では、翻訳家・昇曙夢などの尽力によりロシア文学ブームが訪れる。レーミゾフに関する革命前の本国での高評価はベルリンで発行された亡命系新聞等を通じて日本にも伝わり、1924年の一年だけで、『十字架の姉妹』をはじめとする3篇のロシア語からの直接訳が単行本として出版された。ただし、これ以前にも重訳もしくはロシア語からの直接訳による小品が雑誌などに発表されていた可能性があり、引き続きの調査を要する。

一方、作家の生前、クーノス（J. Cournos）、ブラウン（A. Brown）、ハリソン（J. Harrison）、ミルリス（H. Mirrlees）、スコット（B. Scott）等がレーミゾフ作品の英訳を担った。平塚版は、他言語、それもおそらく英語からの重訳と考えられるが、そもそも「小象」の翻訳は、1932年以前となると、1928年出版のハンガリー語版が確認されるのみであり、平塚が日本ではほぼ無名だったレーミゾフのどのような翻訳をどういった経路で入手したのか、なぜこのタイトルを「わるもの」としたのか等、一層の調査・研究を要する。

（小椋彩）

[参考文献]

レーミゾフ、アレクセイ ミハイロヴィチ（1981）『小悪魔』安井侑子訳（国書刊行会）、Ремизов, Алексей. 3га. Собрании сочнении. Т. 11. СПБ., 2015. Ремизов: Библиография (1902-2013) / Авт.-сост. Е. Р. Обатнина, и др. СПб., 2016.

ロセッティ、クリスティーナ

Rossetti, Christina Georgina

1830（文政13）年12月5日〜1894（明治27）年12月29日。英国の詩人。イタリアの血を引く文芸一家に生まれ、兄ダンテ・ゲイブリエル・ロセッティ（Dante Gabriel Rossetti）は詩人としてもラファエル前派の画家としても有名。彼女は幼い頃より主に英語で詩を書き、童話も執筆した。敬虔な英国国教徒として知られ、宗教詩や宗教的散文も多く著す。*Goblin Market and Other Poems*（1862）の表題作はルイス・キャロル（Lewis Carroll）の*Alice's Adventures in Wonderland*（1865）など多くの作品に影響を与えた。

明治時代に早くもロセッティの作品に注目していた上田敏は、彼女の死の翌年『帝国文学』（1895・3）に「近代英の女詩人中に傑出したる而已ならず、現世紀大詩人の群に伍を為して遜色なき大家なり」という追悼文を寄せ、『文芸論集』（春陽堂、1901）や『海潮音』（本郷書院、1905）に訳詩を収めた。その後、明治の終わりから大正時代にかけて、小林愛雄、薄田泣菫、平田禿木、西條八十、安田裸花、蒲原有明、松原至大、水谷まさる、竹友藻風、中村千代などが相次いで訳詩を発表した。北原白秋は歌集『桐の花』（東雲堂書店、1913）において「クリスチナ・ロセチが頭巾かぶせまし秋のはじめの母の横顔」と詠んだ。

ロセッティの作品の中でも普及したのは*Sing-Song: A Nursery Rhyme Book*（1872）で、同書が大正期の童謡運動と深くかかわっている点は高橋の論文に詳しい。この運動の中心となった西條八十はロセッティを特に好み、『童話』（1923・9）に初めて掲載された金子みすゞの作品を「この感じはちやうどあの英国のクリスティナロゼツテイ女史のそれと同

じだ」と評した。その後、みすゞは、気に入った詩や童謡を書きためた『琅玕集』の冒頭に、竹友藻風著『クリスティイナ・ロウゼッティ』（研究社、1924）から、ロセッティの墓碑銘にもなった「いと低きところ」（"The Lowest Place," 1866）を引用した。

『赤い鳥』には、八十が*Sing-Song*から訳した「風」と「人形」（ともに1921・4）、またその韻律豊かな名訳に草川信が曲をつけた楽譜（「風」1921・6、「人形」1922・1）が掲載されている。原詩にタイトルはなく、「風」は "Who has seen the wind?"、「人形」は "All the bells were ringing" で始まる詩である。訳詩と楽譜（曲譜集）の歌詞では異なる箇所がいくつかあるが、誤植もしくは写し間違いと見られる。

「風」は、戦後1974年まで全国の小中学校の音楽の教科書に採用され、レコードやラジオ、テレビを通じて老若男女に広まった。数々の童謡・唱歌集に掲載され、2007年には親子で長く歌い継いでほしい歌として文化庁と日本PTA全国協議会により「日本の歌百選」に選定されている。

*Sing-Song*の詩の中には、他にも絵本『とんでいけ海のむこうへ』（バーナデット・ワッツ絵、高木あきこ訳、西村書店、1992）や合唱曲『シング・ソング童謡集　女声合唱とピアノのための』（安藤幸江訳詩、信長貴富作曲、音楽之友社、2010）になっているものもある。ロセッティのたおやかな調べは、今後も愛誦されていくことだろう。（佐藤由美）

［参考文献］

高橋美帆（2004）「クリスティーナ・ロセッティと大正期の童謡運動」『奈良工業高等専門学校研究紀要』第40号、高屋一成編（2011）『マザーグース初期邦訳本復刻集成』（エディション・シナプス）、日外アソシエーツ（2011）『音楽教科書掲載作品10000』（日外アソシエーツ）、Rossetti, Christina. *The Complete Poems*. Ed. Betty S. Flowers. Harmondsworth: Penguin, 2001.

ワイルド、オスカー
Wilde, Oscar

◉オスカー・ワイルドと"The Star-Child"

　1854（安政元）年10月16日〜1900（明治33）年11月30日。アイルランドの劇作家、詩人、小説家。本名はオスカー・フィンガル・オフレアティ・ウィルズ・ワイルド（Oscar Fingal O'Flahertie Wills Wilde）。ダブリンに生まれる。トリニティ・カレッジに入学後、オックスフォード大学に進学。在学中から詩作に励み、その後悲劇、童話、短編小説、長編小説、喜劇、エッセイ等多くのジャンルで執筆活動を展開した。

　『赤い鳥』（1919・12および1920・2）に掲載された本間久雄による「星の子」は、ワイルドの童話"The Star-Child"の翻案である。"The Star-Child"は、『幸福な王子他四篇』（The Happy Prince and Other Tales, 1888）に続く第2作目の童話集、『柘榴の家』（A House of Pomegranates, 1891）所収の一作であり、「若い王」（"The Young King"）、「王女の誕生日」（"The Birthday of the Infanta"）、「漁師とその魂」（原題"The Fisherman and His Soul"）とともに収録されている。

◉「星の子供」から「星の子」へ

　"The Star-Child"は、貧しい木樵が美しい星が降るのを目に留め、拾い上げて育てた「星の子」の生き様を描いた作品である。並外れた美貌を誇り傲慢に育った「星の子」は、ある日みすぼらしい女性に出会い嘲弄する。木樵からその女性が自分を世界中探し歩いて来た実の母と聞いても、醜悪と罵倒して追い返し、女性は泣く泣く立ち去る。すると、「星の子」は世にも醜悪な姿に変わる。自身の傲慢さと残酷さを激しく改悛した「星の子」は、自ら母を探す旅に出、過酷な目に遭う中で慈悲の心を知り、道端で出会った貧しい病人に施しをする。すると、美しい姿に戻るとともに、「星の子」が実はその国の王子であり、先に出会った貧しい男女が再び現れて二人が実の父母であったことが判明する。「星の子」は王位を継承し、正義と慈愛に満ちた治世を行うが、3年で崩御し、その次の君主は悪政を行った。

　本間久雄（1886〜1981）は、初期のワイルド受容に貢献した島村抱月に師事し、日本におけるワイルド研究の先駆者として、数々の論考や翻訳・再話を通して日本にワイルドを紹介した。ワイルドの童話についてもいち早く1916（大正5）年12月に童話集『柘榴の家』（春陽堂）を出版し、ワイルドの全2作の童話集に掲載された全9編の童話の翻訳を収録している。

　"The Star-Child"の翻訳は、この『柘榴の家』に掲載されたが、それよりさらに2ヶ月先立って、「星の子供」として『早稲田文学』第131号（1916・10）に発表されている。そこでは「ワイルド作　本間久雄訳」と題字の後に明記されているが（p.210）、『赤い鳥』にはワイルドの名はなく、本文も大幅に短縮されている。また、単に先行する翻訳を短縮したのではなく、原文にはない台詞等を加筆している部分もあり、表現や内容も改変している。結末の改変は『赤い鳥』誌上の「星の子」の特徴を如実に表している。原文が大幅に削除される一方で、新たな台詞が挿入され、「星の子」が美しい容姿に戻る時期も変更され、貧しい男女の正体が判明した後に「もとの綺麗な気高い顔の王子」（『赤い鳥』第4巻第2号、p.25）となるところで終わっている。つまり、ワイルド特有のアイロニカルな結末が失われたのである。

◉『赤い鳥』作家とワイルド童話

　『赤い鳥』には、本間以外にも、芥川龍之介、有島武郎、小山内薫、木下杢太郎、佐藤春夫、谷崎潤一郎、水島爾保布等、文筆・美術・演

劇活動を通して多様な形で日本におけるワイルド受容に貢献した人物が多く関わっている。

ワイルド童話について言えば、例えば、有島武郎はワイルドの「幸福な王子」を翻案した「燕と王子」を執筆し、1924（大正13）年に『有島武郎全集』第 8 巻に、1925（大正14）年に『婦人の国』誌上に掲載された。本間が「星の子」の最後に原作の主人公の死を描かなかったように、有島も「燕と王子」の最後で燕を生かしている。また、キリスト教的結末の代わりに、王子の立像を溶かしてお寺の鐘を作り、その鐘の音が町の平安を守る所でめでたく終えている。

『婦人の国』では、1925（大正14）年 5 月から 7 月に出版された第 1 巻第 1 号から第 3 号に、「燕と王子」の挿絵付きの直筆原稿が「文並びに画とも　有島武郎氏遺筆」として掲載された。初出時には有島が本作を送った甥の山本直正による序文が寄せられており、有島によるワイルドの王子像の翻案が、次のように有島自身と重ねられている──「この王子の性格には何か叔父様の面影が通つてゐるように思われます。己れを忘れ常に他人のために尽そうとなさつた叔父様が、この噺をわざわざ吾々に残して下さつたのは偶然でないような気がされます。」（『婦人の国』第 1 巻第 1 号、p.194）ここから、有島がキリスト教に入信した20代に書いた本作において、結末で一見キリスト教的要素が仏教的要素に置き換えられたように見えながら、本質的に著者自身と重ね合わされる形でキリスト教精神が生かされている一面も見て取れる。有島や芥川のようにキリスト教との関わりが深い作家の場合、ワイルドの童話作品との関係を探る過程で、多作なワイルドの作品群にあって童話は比較的キリスト教色が強かったという点も看過できまい。

● 『赤い鳥』作家と『サロメ』

さて、ワイルド童話には、キリスト教色に加えて、しばしば児童文学らしからぬ耽美性や悲劇的結末が見られる。例えば、「わがまま大男」（"The Selfish Giant"）に登場する小さな少年の両手と両足には釘の跡があり、キリストの表象と見做されて来た。また、「若い王」の結末でもキリスト像が描かれ、主人公が天使に喩えられている。他方、「ナイチンゲールとばら」（"The Nightingale and the Rose"）では愛のために白ばらの棘を自らの胸に突き刺して、命尽きるまで歌い続けて真っ赤なばらへと染め上げるナイチンゲールの献身が残酷かつ耽美的に描かれている。死に至る献身は「王女の誕生日」や「忠実な友」（"The Devoted Friend"）等の結末でも見られる。

そのため、本間の「星の子」や有島の「燕と王子」のように結末を変えた翻案が見られる一方で、逆にそれ故に童話の域を越えて受容されたケースも見られる。その一例が、ワイルドの「漁師とその魂」の影響が見られる谷崎の「人魚の嘆き」（『中央公論』1917・1）である。本作の人魚像は、「ビアヅレエの描いた "The Dancer's Reward" と云ふ絵の中にあるサロメのやうな、悽惨な苦笑ひを見せて、頻りに喉を鳴らしつゝ次ぎの一杯を促す」（谷崎潤一郎『人魚の嘆き・魔術師』p.34）場面の描写が象徴的に示しているように、サロメ像と「漁師とその魂」の人魚像とが耽美的、退廃的、官能的に融合するように描かれている。そのイメージはさらに水島爾保布の挿絵によって高められている。

『赤い鳥』誌上で多くの童話を発表した水島爾保布は、『赤い鳥』とワイルドを繋げる人物でもある。彼は谷崎の「人魚の嘆き」が1919（大正 8 ）年に春陽堂から出版された際の挿絵画家でもあり、本人は否定しているが（かわじ p.135）、しばしばオーブリー・ビアズリー（Aubrey Beardsley, 1872〜1898）からの影響を指摘されて来た（森口 p.356、式場 p.49、上 p.231、関川 p.120）。

谷崎も引用しているビアズリーは、まさにワイルド受容と切り離せない人物であり、ワ

イルドの悲劇『サロメ』（原題 Salomé、1896）の挿絵を通して一世を風靡するとともに、日本におけるワイルド受容にも顕著に貢献した。日本美術からも影響を受けたビアズリーは、逆に日本の美術・文学・演劇界等に幅広い影響を与え、『赤い鳥』作家も決して無縁ではなかった。

さらに、日本で熱狂的に受容されたワイルド作品は、欧米で高い評価を得て来た風習喜劇ではなく悲劇『サロメ』であり、「刺青」（『新思潮』1910・11）や『麒麟』（『新思潮』1910・12）等谷崎の他の作品にも影響が見られるばかりか、他の『赤い鳥』作家への影響も多様な形で認められる。例えば、木下杢太郎の戯曲「医師ドオバンの首」（『スバル』1910・1）には『サロメ』の影響が見られ、小山内は森鷗外訳を用いて松旭斎天勝主演の『サロメ』を演出した。また、本間も芥川も小山内もそれぞれに『サロメ』の観劇記を書いている。芥川は未定稿ではあるが『サロメ』の翻案も遺している。

◉ 『赤い鳥』作家とワイルド

以上の例は、『赤い鳥』作家とワイルドとの多様な関係のほんの一端に過ぎず、これら以外にも、例えば「西方の人」（『改造』1927・8）等芥川のキリスト教関連作品にもワイルドからの影響が見られる。また、谷崎は上山草人から依頼を受けてワイルド喜劇第1作 Lady Windermere's Fan（1892）を『ウヰンダミーヤ夫人の扇』として翻訳し、これは近代劇協会上山一座第57回公演として1918（大正7）年に有楽座で上演される等、その裾野は多領域に広がっている。これらの作家に影響を与えたワイルド作品もまた、上述のものに限らず、長編小説『ドリアン・グレイの肖像』（The Picture of Dorian Gray）から『獄中記』（De Profundis）に至るまで、ジャンルや作風も幅広い。

さらに、『赤い鳥』作家同士の間にも、谷崎と爾保布の例に見られるようなワイルド童話を介しての繋がりが認められる上、本間のように鈴木三重吉論、谷崎論等作家論を展開しているケースもあり、ワイルドを糸口に文学者間のさらなる関係性が浮かび上がって来るのである。

日本におけるワイルド受容はその宗教的、歴史的、文化的背景故に多様なジャンルを通して欧米諸国での受容とは異質な、複雑かつ特異な展開を経たが、ワイルドを通して『赤い鳥』を読むことで、その独自の多様性の一端が見えて来る。それとともに、『赤い鳥』作家の『赤い鳥』以外での童話との関わりや作家間の関係性が窺え、彼らの創作活動におけるジャンルを越えた広がりから改めて『赤い鳥』を捉え直すことができよう。また、『赤い鳥』作家によるワイルド作品の翻訳・翻案や挿絵についても、『赤い鳥』に掲載されなかった作品をあえて照射することにより、本誌の特徴や編集方針への理解は一層深まることであろう。

（日髙真帆）

［参考文献］

上笙一郎（1980）『児童出版美術の散歩道』（理論社）、かわじ・もとたか編著（1999）『水島爾保布著作書誌探索日誌』（杉並けやき出版）、河村錠一郎監修（2015）『ビアズリーと日本』（アルティス）、佐々木隆（2014）『日本ソイルド研究書誌（増補版）』（イーコン）、佐々木隆（2015）『日本オスカー・ワイルド受容研究（前編）（後編）』（多生堂）、式場隆三郎（1948）『ビアズレイの生涯と藝術』（建設社）、関川左木夫監修（1983）『ビアズレイと日本の装幀画家たち』（阿部出版）、谷崎潤一郎（1919）『人魚の嘆き・魔術師』（春陽堂）、中村圭子編著（2013）『魔性の女挿絵集』（河出書房新社）、森口多里（1943）『美術五十年史』（鱒書房）、吉田精一（1981）『耽美派作家論』（桜楓社）、山田勝編（1997）『オスカー・ワイルド事典』（北星堂書店）、Wilde, Oscar. *The Complete Works of Oscar Wilde*. Vols. 1-8. Oxford: Oxford University Press, 2000〜2017.

（3）
科学読物

総説
『赤い鳥』の科学読物

　科学読物とは、青少年向けに書かれた自然科学・科学技術に関する文章や書物のことをいう。その中には、知識の解説・伝達を主とするものから、常識や権威を乗り越える探究的な態度の育成を目指すものまで、さまざまなものがある。フィクション（SF・動物文学等）や科学者の伝記の扱いも議論になる。

　『赤い鳥』の科学読物は、子どもたちの理科的な教養を高めることを基本的な立場としている。啓蒙主義的な性格が強い文章である。

　科学「よみもの」には、科学「読物・読み物・読みもの」等の表記がある。ここでは板倉聖宣・小田迪夫等の先行研究を参考にして、「科学読物」と表記する。

●掲載に至るまで

　鈴木三重吉は、高橋幸高宛の書簡で、周辺雑誌との違いを明確に示すために、『赤い鳥』に、文芸作品とは別の柱を設ける計画があることを伝えている。「まだ秘密にしてゐますが、三月号から、いよいよ知識的材料を加へます。今のすべての少年雑誌は、赤い鳥のマネをする点から、童話、雑話のみが多く、科学的材料なんぞは一寸もありません。私は文芸的の材料のみでは子供のために不満を感じますので、又一つ諸雑誌にお手本を示すつもりです」（1921・12・23）。

　この書簡の数か月前の『赤い鳥』の通信欄には、次のような読者の要望が掲載されている。「『赤い鳥』に物理化学等の科学的記事を載せていただきたいと思ひます」（1921・3、p.95）。「『赤い鳥』でもう少し科学的なものを毎号拝見することが出来たら、どんなにうれしからうと、いつも私共なかまのものと申し合つて居ります」（1921・6、p.94）。

　1921（大正10）年3月号には、三重吉の考えを代弁するような投稿（先に紹介したものとは別のもの）も掲載されている。「又私たちは現社会各方面の問題について子供の今後の常識に是非必要な事柄を精選せられ、（中略）毎月最後へ添えられたいと望んでをります。さういふものが載りましたとて芸術的な『赤い鳥』が通俗な下等なものに堕するとは信じられません」（p.95）。

　科学読物に対する読者の要望が掲載されたのは、この号が初めてである。短期間に複数採用されたことには、編集部の意向が感じられる。1921年の早い時期から、科学読物の掲載準備が始まっていたと推測される。

●掲載状況

　『赤い鳥』の科学読物は、15年間で148編が発表されている。『赤い鳥』全196号のうち、約半数の90号（46％）に掲載されている。

　初登場は、三重吉の言葉通り、1922（大正11）年3月号である（創刊4年目・通巻第45号）。その後、1929（昭和4）年3月の休刊までは、3号（1924・4、1926・9、1926・11）を除いて、順調に掲載が続く。

　しかし、復刊後（1931・1）は、掲載がままならない状態が続く。これは、各号の総ページ数が減少したことが主因である。復刊から1932（昭和7）年1月号までの1年間は、不定期の掲載となる。その後、約4年間、掲載が中断される。

　中断中にも「『赤い鳥』も変化のために、また、復刊当初のとほり、童話以外の読物も取入れて見たいとおもひます」（1934・8、

299

p.94）と再開が予告されている。

ただし、実際に復活したのは、それから2年後の1936（昭和11）年5月号である。同年8月号までは掲載が続く。しかし、三重吉の突然の死によって、同年9月号で『赤い鳥』自体が廃刊になる。

『赤い鳥』の科学読物は、休刊前は、7年間で133編が掲載された。これに対して、復刊後は、6年間でわずか15編にとどまる。

『赤い鳥』では、科学読物に類するものとして、「科学　口絵の写真について」2編（杉岡久男「海底の鉄道について」、下村勇吉「大浮氷群」）と、無署名の「科学小話」「理科小話」計10編が認められる。いずれも簡単な紹介記事であり、分量も1ページ前後である。また、1936年11月号の「魚の成長線」と「バリテチウム」は、目次では（理科）と記されているが、無署名の短文である。これら14編は、他の科学読物とは異なる面が多いので、ここでは対象から外した。

その他、『赤い鳥』には、科学的な内容を扱った童話が掲載されている。たとえば、鈴木三重吉「火の中へ」（1926・1）は、目次・題名下に（科学童話）と明記されている。青木茂「虫のお医者」も、通信欄で「科学童話」と記されている。これらの文芸作品も、科学読物の対象からは外した。

●編集の状況

『赤い鳥』の科学読物には、目次及び題名の下に、次の3つの文種が、（　）付きで表示されている。

少年少女科学（1922年3月号〜）44編
科学　　　　（1924年5月号〜）90編
理科　　　　（1931年2月号〜）14編

1925年9月号「大大阪」の文種は、目次（科学）・題名下（児童科学）となっている。（児童科学）という文種名は、他の作品には使用されていない。

1931年6月号「人間の眼が出来るまで」は、（理科）ではなく、休刊前の文種名（科学）

が使われている。時期を重視する場合には、科学89編、理科15編と補正する必要がある。

文種名が時期によって変更された理由は、不明である。各期の科学読物の間には、内容面・表現面とも特別な相違点は認められない。

『赤い鳥』の科学読物は、ほとんどが4〜6ページ程度の分量である。各編とも、一話毎に内容は完結している。

連載の形を取っているのは、村上保行「進化論の話」（1928・3〜7）だけである。この連載は、「進化論の話」「化石と系統樹」「動物の形態と発生」「生物の分布と遺伝」「生物の進化」の各話で構成されている。題名下には（進化論の話）等、連載の一部であることを示す表記がある。

科学読物の掲載に関しては、それほど明確な編集計画があるようには認められない。

季節感がある題材については、できるだけ適した時期に発表しようとしていることが感じられるという程度である。

複数の科学読物が一つの号に掲載される場合にも、その組み合わせ方に、強い必然性は見出し難い。たとえば、1926（大正15）年5月号には、「毒ガスの話」「植物と地球の引力」「かはつた乗り物」「動物の移住」と、一号で最多の4編が掲載されている。これらの間に内容的な関連性を指摘するのは難しい。

●科学読物史の中での位置づけ

日本の児童文学史における科学読物の歴史の中で、『赤い鳥』は、それほどの存在感を示すことはできていない。

瀧川光治は、近代日本では、科学読物の出版ブームが、次の3回興ったと説く。（「日本の近代化と科学読物」、鳥越信編『はじめて学ぶ日本児童文学史』第2章、2001、p.44）。

（一）1868〜1874（明治元〜7）年
（二）1917〜1930（大正6〜昭和5）年
（三）1941〜1944（昭和16〜19）年

『赤い鳥』の発行時期は、この（二）の期間と重なっている。

この（二）の期間前後の科学読物の刊行状況について、板倉聖宣は、次の三期に分けて解説する。（「科学読物の生い立ち」、板倉聖宣・名倉弘『科学の本の読み方　すすめ方』所収、仮説社、1993・3、pp.129〜148）。

　　流行期 1918〜1920（大正7〜9）年
　　全盛期 1921〜1925（大正10〜14）年
　　退潮期 1926〜1939（大正15〜昭和14）年

流行期〜全盛期は、いわゆる大正デモクラシーの時期に重なる。

流行期には、第一次世界大戦がもたらした好況によって、財界では科学教育・研究を振興しようという機運が高まる。子どもが自発的・創造的に科学を学べる環境を作るために、学校では、児童・生徒実験の普及が、家庭向けには、児童・生徒が読みうる科学読物の普及が、それぞれ取り組まれた。

こうした科学読物の流行は、専門的な書き手の増加によって、全盛期を迎える。原田三夫は、その代表的な存在である。彼は、「日本最初の子ども向き科学ジャーナリスト」と呼ばれている。彼の『子供の聞きたがる話』全10巻（1920〜1922）の大成功を嚆矢として、科学読物のシリーズ物が多数出版される（原田三夫は、『赤い鳥』には執筆していない。彼の著書が、通信欄で紹介されている程度である）。

ところが、世界大恐慌によって科学技術の発展・工業化への信頼が薄れていく。社会的にも、反科学的な国粋主義が台頭する。科学読物の出版は徐々に減少し、退潮傾向が顕著になる。

『赤い鳥』で、科学読物の掲載が開始されたのは、板倉の分類でいえば、まさしく「全盛期」である。科学読物を発表するタイミングとしては時宜を得ている。ただ、この時期は、『少年倶楽部』等の娯楽少年少女雑誌が部数を大きく伸ばした時期でもあった。「諸雑誌にお手本を示す」という三重吉の目論見とは裏腹に、『赤い鳥』の科学読物は、少部数のために、それほど注目を集めるというこ

とにはならなかったようである。

中谷宇吉郎は、『少年少女科学　理化学篇』の序文「日本の科学」で、「鈴木三重吉先生が、『赤い鳥』で児童の文学的教養の基礎を高められたことは余りに有名です。ところがあの本の中には、ちゃんと児童を相手にした科学の話もはいつてゐたのです。それが今度纏つて本になるといふので、読んで見たところが、流石に三重吉先生は偉かつたと思いました」「親切にちゃんと書かれたもの許りで、かういふ本が出ることは大変難有いことだと思ひました」と述べている（1940、p.13）。中谷は、「「茶碗の湯」のことなど」（初出、『婦人之友』1942・6・1）でも、同趣旨の意見を述べている。

中谷の評価は、『赤い鳥』の科学読物に対する最大限の賞賛ではある。しかし、同時に、世間的には、その存在が、それほど知られていなかったということを強く感じさせる。

板倉編の「日本の科学読物年表――一般の人や小学生にも読める科学の本 17世紀〜1950年」（前掲『科学の本の読み方　すすめ方』pp.186〜213）は、当該期間の雑誌・書籍・叢書等の発行状況を詳細に示している。この年表には、『赤い鳥』に関する記述はない。廃刊後に秀作選としてまとめられた『少年少女科学』2編のうち、『理化学篇』が掲載されているだけである（『動植物学篇』は未掲）。また、板倉「科学読物の生い立ち」にも、『赤い鳥』に対する言及は無い。

金森友里は、この時期の『赤い鳥』について、「科学読物を多数載せていた『赤い鳥』は、当時の需要のあった学問を提供したという点で教育現場に受け入れやすかった」と評している（「雑誌『赤い鳥』における戦争観――創刊一九一八年から休刊一九二九年までの傾向」『富大比較文学』2012、p.14）。

ところが、三重吉は、学校現場に対して次のような不満を述べている。東京市教育課の依頼で綴方の講演会を行った。参加した綴方主任約210名のうち、『赤い鳥』の購読者は2

名だけだった。休刊を発表した時に、残念だと手紙をくれたのも、全国で60人だけだった（小池恭宛書簡、1929年9月4日）。

『赤い鳥』の科学読物は、一部の学校現場では受け入れられたかもしれない。しかし、広範囲に受け入れられたとは考えにくい。

関英雄は、『赤い鳥』が、多数の読者を得られなかった理由の一つとして、内容が少し高尚すぎたことを挙げている。それこそが、「多数庶民の子たちから『赤い鳥』を遠ざけた理由で、三重吉が童話に限らず科学読物、歴史物語等にも一流の執筆陣を動員して子どもに呼びかけたにもかかわらず、三重吉の教養主義は雑魚のような子どもたちにはどこか固苦しかったのだ」（「『赤い鳥』再考──児童文学史の未熟」『文芸論叢』27、1991、p.65）。

なお、先の板倉の年表には、1924（大正13）年に、原田が『子供の科学』を創刊したことが記されている。『子供の科学』は、その当時の内外の今日的な話題を積極的に取り上げるとともに、科学技術の発展に関する読物・画報（写真）を数多く掲載している。工作・発明・実験を支援する読物や付録も充実している。『子供の科学』には、『赤い鳥』の科学読物には不足していた、良い意味での娯楽性が色濃く感じられる。同誌は、90年以上が経過した現在も、定期発行されている。

●読者の受容

『赤い鳥』読者自身は、科学読物に対して、どのような感想を抱いていたのだろうか。科学読物に対する読者の評価で、通信欄に掲載されたのは、次の投稿だけである。「子供の雑誌の中には『子供の科学』のごとき純科学的な雑誌もあり、他にも科学材料を入れた雑誌もありますが、その科学者なるものの文章といふものは多くが実に無味難渋であり、又低くくだけようとして却つて下俗に陥つてゐたりして、子供に飽きられ、又は子供のためによくないはめになることは考ふべき問題です。この点になると『赤い鳥』の毎号の科学

話は実に得がたい立派な文章です」（1927・10、p.147）。これも、三重吉の考えを代弁するような内容を備えている。

しかしながら、『赤い鳥』の科学読物は、読者から強い支持を得ていたとは言い難い。復刊後の1931（昭和6）年5月号の通信欄には、次のような三重吉の嘆きが認められる。「科学ものを多く入れよといはれる方があり、少くせよ、入れるなといふ方もあります。私は前の『赤い鳥』では、児童の科学的興味を養ふために、科学もののいいのを入れるやうに、いつも努力して来ました」、しかし「どうも子供は上級にならないと科学ものを読みません。表現は下手でも科学一点ばりの雑誌もあるので、『赤い鳥』は、その少い紙数の全部を芸術ものと興味あるお話とに使つた方がよくはないかとおもひます」（p.96）。

このような葛藤があっただけに、再び定期的な掲載が開始された際には、「前号以来復活させました理科読物は非常に好評なので喜んでをります」（1936・6、p.100）という率直な喜びが表明されている。

なお、個々の科学読物に対する投書で掲載されているのは、次の2つだけである。

一つは、内田亨「エスペラント語」（1923・5）に関して、参考書を教えて欲しいという要望である。初学者用の書籍を、内田が紹介している（1923・8）。

もう一つは、瀬沼孝一「位置覚の話」（1927・7）に対する、投稿者の経験に基づいた質問である（1927・9）。質問内容は、やや的外れなものである。そのためか、回答は掲載されていない。

投稿の採用は、編集者側の裁量に委ねられる。また、『赤い鳥』の場合、掲載される投稿の数も、時期によって大きく変化する。

とはいえ、全期間を通じてわずかに2通である。しかも、両者とも積極的な支持を表明するものではない。個々の科学読物に対する読者の反響は乏しかったと推測される。

（玉木雅己）

内容・表現の特徴

●題材・内容

『赤い鳥』の科学読物は、自然科学の諸分野の中から、どのような題材を取り上げているのだろうか。表1は、その実態を示したものである。複数分野に関係する作品は、主要なテーマだと考えられる項目に分類した。

表1　『赤い鳥』の科学読物の内容別の収録状況

分　　野	収録数	比率
生　　物	77	52.0％
地　　学	21	14.2％
工　　学	19	12.8％
物　　理	8	5.4％
医学・栄養	7	4.7％
化　　学	6	4.1％
地　　理	5	3.4％
数　　学	2	1.4％
経　　済	1	0.7％
運　　動	1	0.7％
言　　語	1	0.7％
合　　計	148	

表1から、『赤い鳥』の科学読物は、過半数が生物に関する作品であることが分かる。生物・地学を合わせると3分の2に達する。『赤い鳥』の科学読物は、理科の教科書的な題材を選ぶ傾向が強いことが感じられる。これは、三重吉の教養主義的な傾向を強く反映していると思われる。

『赤い鳥』の科学読物は、話題を提供する外部の専門家の協力によって生み出されている。表1と、「科学読物・執筆者」の項中の表の上位者の専門分野の間には、当然ながら強い相関関係がある。生物中心になることに

は無理からぬ面がある。

むろん、記述内容には、新しい研究成果を積極的に紹介しようとする態度は認められる。加えて、当時は現在と比較して、一般的に理科的な知識が貧弱だったということも考慮する必要はあるだろう。

とはいえ、科学読物を掲載する『赤い鳥』は90冊である。77という収録数は、科学読物の掲載号では、読者は、ほぼ毎号、生物に関する文章を目にしていたことを意味する。

大正期の科学読物の盛行は、新時代の到来を実感させる科学技術・科学知識に対する、社会的な憧憬によってもたらされた。大量に出版された科学読物は、子どもたちの自然科学に対する純粋な憧れや、既成概念を打ち破る大きな驚きを生み出した。

そのような時代背景に照らしてみれば、『赤い鳥』の科学読物は、読者にとって、それほど刺激的・魅力的な文章だとは感じられてはいなかったのではないかと思われる。

各分野の内容の概要および収録状況は、次のとおりである。

生物の大半は、動物に関する文章である（人間6を含む）。植物は、わずか9である。

動物に関する読物は、ある動物の生態を科学図鑑的に解説するものと、特徴的な形態・性質等に着目してテーマを設定し複数の動物を取り上げるものに大別できる。両者の割合は、ほぼ半分ずつである。

前者は、昆虫を取り上げたものが、13と比較的多い。執筆者が、児童の興味関心に寄り添おうとしたものと考えられる。

後者は、進化学に関する文章が12と目立つ。これは、前者とは異なり、読み手の関心よりも、進化論が最先端の理論として紹介されていたことを反映したものかと思われる。

植物に関する文章は、菌類2、海藻・キノコ・食虫植物が各1である。残りの4は、落葉の理由、引力との関係、動物との共生、農作業等である。花卉や野菜等は取り上げられていない。

地学21では、天文学は7である。地球科学は、地質地形9、鉱物3、地震2である。地質地形は、地理にも分類可能な作品も存する。

工学19は、建築（建築物、家の中の設備）7、乗り物6、その他6である。乗り物には、「剛勇船長」（1926・7）と「太平洋横断飛行」（1928・5）という、後期『赤い鳥』では、実話に分類すべき作品を含んでいる。その他は、時計、ネジ、アルミニウム、セルロイド、シャボン、毒ガスについて、その歴史や製造法を説明した作品である。

工学は、当時の新技術・新発明を直接的に取り上げることが可能な分野である。『赤い鳥』では、それらの新鮮な情報を読者に積極的に伝えようとするよりも、むしろその背景を解説しようという立場が強く感じられる。

物理8・化学6は、両分野の基本的な知識を解説した文章が多い。物理は、力4、光2、音1と「茶碗の湯」である。化学は、空気2、水・氷2、原子1、結晶1である。

その他、医学・栄養は、病気・予防の解説5、栄養2である。算数は、図形2である。

ところで、表1には、収録数1という分類項目が3つある。

言語・内田亨「エスペラント語」（1923・5）は、科学読物らしさを出すために、前半部で、動物と人間の言語を比較している。

他の2つは、一般的には科学読物に含めるのは難しい。運動・田中薫「スキーの話」（1925・2）は、当時はまだ普及していなかった、スキーの紹介文である。また、経済・保井猶造「貨幣のお話」（1922・3）は、日本の硬貨・紙幣・経済に関する色々な話題について説明したものである。

「貨幣のお話」は、内田亨「蟻地獄」とともに、『赤い鳥』に初めて掲載された科学読物である。当初は、「知識的材料」として、自然科学だけでなく、人文・社会科学も取り上げようという意図があったと考えられる。

この意図は、科学読物とは別の形で誌面に顕在化していく。後期『赤い鳥』には、地理

（話・小話・実話）、歴史（話・談・物語・童話）・史話・考古学話、実話・実伝・事実談等の文種名が認められる。人文・社会科学の内容は、科学読物ではなく、これらの文種として掲載されるようになった。

表1には、地理5が含まれている。これらと、（地理）として掲載された文章の間には、内容的に大きな違いはない。地理を題材とした科学読物は、15巻までに登場する。逆に、目次の文種名に（地理）が登場するのは、21巻以降である。文種の分類が変更されたと考えるのが妥当だろう。

●初期の『子供の科学』との比較

『子供の科学』は、『赤い鳥』と同時期に発行された児童向けの科学雑誌の代表的存在である。表2は、同誌の1924（大正13）年10月号（創刊号）から1926（大正15）年12月号のうち、確認できた21冊を調査対象として、どのような題材を取り上げているのか、その実態を示したものである。

表2 『子供の科学』の科学読物の内容別の収録状況

分野	収録数			総計の比率
	読み物	画報	総計	
生　物	80	96	176	28.8%
工　学	47	82	129	21.1%
地理・紀行	21	52	73	11.9%
地　学	40	32	72	11.8%
実験・工作	48	5	53	8.7%
伝　記	15	7	22	3.6%
医　学	13	2	15	2.5%
科学一般	9	3	12	2.0%
化　学	7	4	11	1.8%
探　検	6	5	11	1.8%
園　芸	9		9	1.5%
物　理	6	1	7	1.1%
その他	14		21	3.4%
総　計	315	296	611	

表2は、目次だけを対象とした調査結果である。もとより不完全なデータではあるが、

『赤い鳥』の特色を明らかにするために、比較の材料として示すものである。

『子供の科学』は、読物と関連する画報（写真＋簡単な説明文）を数多く掲載している。同誌の編集方針をより明確にするために、**表2**には、その数値もあわせて示した。

表2から、初期の『子供の科学』は、「生物」「工学」「地理・紀行」「地学」「実験・工作」を、中心的なトピックスとして編集されていたことが分かる。

『子供の科学』も、題材としては、生物が28.8％と最も多い。しかし、『赤い鳥』ほどの極端な偏りは認められない。動物と植物の比率も、およそ２：１である。この点も、『赤い鳥』のような前者への偏重は認められない。

工学と実験・工作は、合わせると30％弱になる。『子供の科学』が、力を入れていた分野であることがうかがえる。その内容も、通信・放送（ラジオ）・映画、乗物（自動車・飛行機・船舶・鉄道）等、当時の最先端の科学技術を積極的に取り上げている。

地理・紀行、探検等では、時事的な話題を紹介したものを多く含んでいる。

物理、化学、医学は、『子供の科学』でも、それほど収録されていない。また、算数は、０である。これは「赤い鳥」でも２であった。

このように、『子供の科学』は、当時の少年少女の興味関心を強く刺激する内容を多く含んでいる。さらに、読物や画報に加えて、附録・実験・工作・園芸等、読者が具体的な活動へとつなげられるような、多面的な切り口も準備されている。

『赤い鳥』は、教養主義的で、どちらかというと内向的なイメージが強い。対して『子供の科学』は外向的なイメージを色濃く持っている。『赤い鳥』には欠けていた、現実社会の空気や生活感をより強く感じさせる。

●表現・文体

『赤い鳥』の掲載作品は、三重吉が全面的に手を入れており、「すべてのお話が光りと

とのっている」状態にある。そのため、31名の執筆者がかかわったとは思えないくらい、均質的な文体で書かれている。

小田迪夫は、『赤い鳥』の科学読物の表現の特徴として、次の３点を指摘する。（「『赤い鳥』の科学的説明文」『説明文教材の授業改革論』所収、明治図書、1984、pp.195〜213）。

①科学の論理を、児童読者の生活事象に結びつけて理解させる。

②抽象的な内容は、感覚的で描写性豊かな文体（きめこまかな展開記叙、比喩表現の多用等）を工夫し、イメージ化させる。

③科学論理のイメージ化と伝達を容易にする洗練された新しい語りの文体を持つ。

①〜③は、『赤い鳥』の科学読物は、抽象的・論理的な内容を分かりやすく伝えるために、文学的な表現技法を取り入れることによって、子どもたちに親しみやすい文体を創出したと、まとめることができよう。

①の特徴は、大半の科学読物、特に書き出しの部分に認めることができる。

たとえば、大関竹三郎「遠心力の話」（1922・12）は、先ず、遠心力を、二三尺くらいの糸の端に小石を結び付け振り回す時に生じる力だと定義する。その後も、全体の３分の２の分量を費やして、具体例（水の入ったバケツ、自転車による桶登りと宙返りという曲芸、競馬、徒競走、自転車競争、人力車、電車）によって、遠心力を実感させる。これらに加えて、後半部では、遠心力の活用例（遠心分離機と遠心ポンプ）の説明が行われる。

また、田代庸「人間と昆虫」（1931・3）では、人間と昆虫を比較する観点を設定する際に、「家をたてたり、着物を織つたり、作物をそだてたり、家畜から乳をとつたりすることは、人間だけがすることのやうに思つてゐる人がありますが、それは大変なまちがひです」「又人間はやつと最近ラヂオを考へ出して得意になつてゐますが、昆虫は遠い遠い昔から、もつと立派なラヂオをもつてゐます」等、生活事象に引き付けた説明を行つて

いる。

②の特徴は、水野静雄「原動力と太陽」（1922・1）の炭や薪の働きの説明によく表れている。「言はば炭薪は太陽の光りを貯へておく器械のやうなものです。動くことも刎ねとぶことも出来ない木片ですけれど丁度巻きしめたゼンマイと同じ力を包み持つてゐるわけです。ゼンマイは、巻いたままにしておけば、動かないことは巻かない前と同じですけれど、一度はなすと、それがほぐれる力でもつて、或はチクタクと時計の針を廻したり、蓄音機を動かせて音を出したり、オールゴールに歌を弾かせたりします。薪や炭はゼンマイが巻くときに加へた力をいつまでも持つてゐるやうに、もと使ひ入れた太陽の光を長く貯へ保つてゐるのです。」

ここでは、まず、炭や薪の太陽の光りを貯える器械という抽象的な比喩を、ゼンマイという、より具体的な比喩に言い換える。さらに、それが持つ力を、時計・蓄音機・オルゴール等の具体例を通して、イメージ化させ実感的に理解させようとしている。

③に関しては、前出の各例に示したような、リズム感や抑揚感に溢れた文体こそが、『赤い鳥』の科学読物に共通する雰囲気を醸し出す基盤となっている。

『赤い鳥』の語りの文体の特質を、さらに明らかにするためには、論理指標語（接続詞や指示語等の文章の論理展開を示す表現）の分析も重要である。

たとえば、『赤い鳥』の科学読物には、逆接の接続詞があまり使われていない。未使用の文章もある。これは、展開記叙を基本とした、分かりやすい文章にするために、論理が複雑になるのを避けようとしたのではないかと考えられる。

その他、「つまり」等の換言表現の多用や、疑問表現の少なさ等についても、論理面の特徴として今後の検討が必要である。

●研究史

『赤い鳥』の科学読物に関する先行研究は、すでに紹介した小田『赤い鳥』の科学的説明文」が、ほぼ唯一のものである。

小田は、同稿の結論として、「教科書説明文教材に読物的性格が持たせられている以上、その文体に『生気』をもたらし、『其意義大に明瞭となる』レトリックは不可欠である」「『赤い鳥』科学読物の文体は、そのような説明的文章教材におけるレトリックの重要性をわれわれに認識させてくれる力を持っている。そこに、この科学読物群の史的意義があると考える」（p.212）と指摘している。

小田は、内容面に関しては、自然科学を題材としているだけに、遺産的価値を見出すことはできないとする（pp.197〜198）。自然科学の知見は、常に新たに上書きされていくことを考えると、その指摘は首肯できよう。

同稿の発表以来、30数年が経過している。その間、『赤い鳥』の科学読物について、断片的に言及するものはあるが、本質的な研究は、全く進展していない。

今後は、まず、「解題書誌（データベース）」を作成することが、何より重要な基礎的研究となる。全148編について、内容・表現・論理（論理構造・論理指標表現）の各観点から、掘り下げた分析を行うことが望まれる。

併せて、同時代の科学読物との比較を通して、『赤い鳥』の科学読物の独自性を明らかにすることも重要な研究課題となる。この作業は、児童文学史の中での位置づけを再検討することにもつながるはずである。

さらに、未解明な点が多い執筆者の経歴や、彼らと三重吉との関係を詳らかにしていくことも重要である。『赤い鳥』周辺から、文壇・学界のネットワークを解明することは、当時の文化史の研究にも資するところがあると思われる。

（玉木雅己）

執筆者
（しっぴつしゃ）

●科学読物の創出過程

『赤い鳥』の科学読物の創出に関して、三重吉は次のように述べている。「これまで十数年間、すべてさうであつたように、今後も『赤い鳥』の科学の話は、いづれもことごとく、専門家からいただいた材料によつて、<u>私自身がかくのです</u> これまでもこの点でも永い間、かくれた努力を捧げました。」(1936・4、p.98、下線は引用者)。

下線部のような記述は、『赤い鳥』の他の号の通信欄や、三重吉の書簡（小笠原清次郎宛、1924・6・8等）にも認められる。

通信欄・書簡等の記述内容を整理すると、『赤い鳥』の科学読物の創出には、次の①〜③の道筋があったことが分かる。

①編集部員が、話題提供者から聞き取った材料に基づいて、三重吉が文章化する。
②話題提供者自身が作成した素稿・メモ等を、三重吉が加筆して成稿とする。
③専門家に依頼した原稿を、そのまま掲載する。

148篇の科学読物それぞれが、どのような過程を経て掲載されたのかを解明することは困難である。その裏付けとなる資料は、ごく一部の文章にしか存在しないからである。

現在残されている資料からは、科学読物の大半は、①の方法で生み出されたと推測できる。ただ、②・③によるものも、少数ではあるが存在したようである。

したがって、『赤い鳥』の科学読物に関しては、「執筆者」よりも、「話題提供者」と呼ぶ方が妥当かもしれない。ただ、個々の作品の創出過程が明らかになっているわけではないので、ここでは、一般的な「執筆者」という表現を用いることとする。

●執筆者別の作品数

次の表は、執筆者別の作品数を1年毎に整理したものである。1929年は3号のみである。1931〜32年は不定期掲載（計7号）である。

執筆者の延べ数は31名である。表には、33名の名前が認められるが、村上康行・保行は、内田亨のペンネームだと考えられる（この点は「内田亨」の項を参照）。

この表から明らかなように、科学読物の執筆者は、長期間寄稿を続けた者と、単発的に作品（話題）を提供した者に分けられる。

前者のうち、5編以上の作品が収録されている者を、頻出執筆者と呼ぶこととする。具体的には、内田亨50、水野静雄19、瀬沼孝一17、田中薫12、大関竹三郎9、田代庸6の6名である。彼らの作品数の合計は113編（全体の76％）である。頻出筆者6名は、関わった時期は異なるものの、『赤い鳥』の科学読物の基盤を支える存在であったといえよう。

これに対して、全執筆者の約4/5は、1〜3編の収録にとどまる（1編18名、2編4名、3編3名）。

●頻出執筆者

内田亨（1897〜1981）は、一人で全体の約1/3の作品の執筆を担当している。休刊前は毎月のように掲載されている。内田抜きでは、『赤い鳥』の科学読物は存続しえなかったのではないかと感じられるほどである。（内田の経歴等は「内田」の項を参照。）

田中薫（1898〜1982）は、経済地理学者である。東京帝国大学理学部地理学科を卒業後、欧米に調査旅行に赴く。帰国後は、神戸商業大学（現・神戸大学）に赴任する。妻の千代は、近代日本の洋裁教育・服飾デザインの礎を作った。田中夫妻は、各国の民族衣装・民具を収集・研究した。そのコレクションは、現在は国立民族学博物館に収蔵されている。

田中の「大大阪」（1925・9）をめぐっては、上司小剣との間で小規模な論争が起こった。

第3部　『赤い鳥』の作家と作品

307

表　執筆者別の収録状況

執筆者名	少年少女科学			科学					理科			総計
	1922	1923	1924	1925	1926	1927	1928	1929	1931	1932	1936	
内田　亨	8	10	7	8	1							34
村上　康行	1	1										2
村上　保行				2	3	4	5					14
石井　重美	2											2
保井　猶造	1											2
増永　元也	1											1
八條　年也	1											1
宮下　義信	1	1										1
大関　竹三郎	4		3	1	1							9
田中　薫	2	2	2	2	2	2						12
水野　静雄*	2	4	3	3	3	3	1					19
橘　卓郎			2									2
橘　薫				3								3
下條　喜一郎*					3							3
杉岡　久男*					3							3
下村　勇吉*					1							1
木下　信					1							1
栗本　弥彦*					1							1
篠原　進三*					1							1
内田　恵太郎					1							1
清水　隆*						1	1					2
岩崎　孝*							1					1
竹内　貞郎							1					1
谷　三郎*							1					1
小林　宰吉*								1				1
瀬沼　孝一*						3	9	2	2		1	17
田代　庸									4	1	1	6
海老名　謙一											1	1
寺尾　新											1	1
筒井　嘉隆											1	1
田中　俊二郎											1	1
宇田　道隆											1	1
殖田　三郎											1	1
総　計	23	18	17	19	21	13	19	3	6	1	8	148

＊は経歴が判然としていない者

上司「東京と大阪」（1929・10）と田中「再び大大阪について」（1929・12）が、通信欄に掲載されている。上司は小説家で、『赤い鳥』にも童話25編を発表している。

大関竹三郎は、農学博士として栄養素・ビタミン等の研究に取り組んだ。内務省国立栄養研究所（現・国立健康・栄養研究所）の技師、調査部長を務めた。退所後は、大木製薬に勤務したようである。

田代庸は、当時活躍していた科学ジャーナリストである。一般向けの科学雑誌「科学の世界」「科学雑誌」等の主幹を務めた。

水野静雄は前半期に、瀬沼孝一は後半期に、コンスタントに科学読物を発表している。『赤い鳥』の科学読物の秀作選である『少年少女科学　理化学篇』『同　動植物学篇』には、水野は10（6、4）編、瀬沼は12（1、11）編と多くの作品が再録されている。

この二人の経歴に関する情報は、ほとんど認められない。

水野は、様々な分野の科学読物を発表している（生物6・工学6・地学2・化学1・物理2・数学2）。その多彩さは、頻出執筆者の中でも屈指である。

水野は、『子供の科学』（1924・11）にも「アーチの話」を寄稿している。同号の目次で、内田は理学士と明記されている。水野には、そのような肩書きは示されていない。

『科学文芸児童読本巻八』（1926）、『興亜の子供たち』（1941）、雑誌「少国民の友」の執筆者の中にも、水野の名前が認められる。

これらの点から、水野はアカデミックな世界ではなく、科学ジャーナリストとして活動していた人物ではないかと推測される。

科学解説者・草下英明は、1948年に「子供の科学」の編集部に入る際に様々な伝手を頼った。ポプラ社で編集長を務めていた水野静雄にも協力を依頼したという。この水野が、『赤い鳥』の執筆者と同一人物かどうかは不明である。しかし、その可能性はそれほど低くはないと感じられる。

一方、瀬沼は、三重吉と親密な付き合いがあったことが分かっている。

瀬沼は『赤い鳥』最終号に、追悼文「中央大学時代の面影」を寄せ、中央大学の予備校で英語講師をしていた頃の三重吉の姿を紹介する。若き日の三重吉はハイカラで気取っていたが、それが嫌みにならない風格を備えており、授業も魅力的だったという。

予備校時代、瀬沼と三重吉に接点はなかった。瀬沼は、予備校に3か月しか通っていない。三重吉とは「後年の縁」によって親しくなったという（縁の内容の説明は無い）。

追悼文の追記には、三重吉が、晩年、瀬沼の郷里の秋川を気に入り度々訪れたことが記されている。1933年の正月、三重吉は「府下西秋間村瀬沼孝一・戸田長一」（西秋間村は、おそらく西秋留村の誤記。戸田長一は未詳）に宛てて、「またハチミツを下さいまし。タマゴも食ひます。ハヤの焼いたのも食べます。／チキンロースも可也／サラダは第一等にて候／フキのトウはサカナによろしうございます」と書き添えた年賀状を送っている。

先の追悼文で、瀬沼は、1912年4月は、中学を終えたばかりだったと書いている。このことから、瀬沼は1896年前後の生まれだと推定できる。これは内田の生年と同時期である。さらに、瀬沼の科学読物は、17編中15編が生物関係である。生物の専門家という点からも、内田との関係が想像される。ただ、二人の結び付きを示す資料は未見である。

●その他の執筆者

宮下義信は、内田と同じく東京帝大動物学教室の出身である。宮下は、生物学の論文に加えて、ロシア語の専門書の翻訳を数冊発表している。その中には、内田との共訳『生命の起源と進化』や、言語学者の小林英夫との共訳『ロシヤ文学史』も含まれる。

内田恵太郎（1896〜1982）は、魚類学者である。東京帝大農学部水産学科卒業後、同大講師、朝鮮総督府水産試験場技師を経て、

309

九州帝大農学部に赴任する。彼の研究成果は栽培漁業の発展に大きく寄与した。一般向けの随筆も多く、広く愛読された。

次の4名は、農林省水産講習所（後の東京水産大学。現在は、東京商船大学と合併して東京海洋大学）の関係者である。宇田道隆（1905〜1982）、海老名謙一（1899〜1987）、寺尾新（1887〜1969）、殖田三郎（1898〜1992）。

宇田・海老名・寺尾の三人は、同所の田内森太郎博士（1892〜1973）が、編集部に仲介したことが、掲載号（1936・5〜7）の通信欄に記されている。田内は、寺田寅彦の教え子である。『赤い鳥』とのつながりは、その関係によるものかと推測される（殖田の掲載号（1936・8）は、三重吉の死去のため、通信欄が設けられていない。殖田も他の三人と同様の状況であったと想像できる）。

海老名は貝類、寺尾は動物学、殖田は海藻の専門家である（宇田は「宇田道隆」の項を参照）。

筒井嘉隆（1903〜1989）は、京都帝大出身の動物生態学者である。『赤い鳥』の愛読者だった彼は、勤務先の大阪市天王寺動物園が台風に襲われた時の様子を投稿し、通信欄に掲載される（1934・12）。その後、同園の人気者を紹介した「チンパンジーの『リタ』」を発表する（1936・6）。なお、彼の長男は、作家・俳優として活躍する筒井康隆である。

「キノコの輪」の田中俊二郎は、理学士という肩書きは明記されているものの、詳しい経歴は不明である。掲載号（1936・7）の通信欄では、田中が、三重吉のフランス語の家庭教師をしていた三宅徹三（東京帝大大学院生）の親友であったことが紹介されている。三宅は、堀辰雄が中心になって発行した『文学』第3・4号で、マルセル・プルーストの「スワン家の方」（『失われた時をもとめて』第1編）の訳出にも参加しているが夭折した。

石井重美（1882〜1933）は、科学ジャーナリストである。初期の『子供の科学』にも、科学童話を発表している。石井は、東京帝大で動物学を専攻した。卒業後は、体調面の不安により、水産講習所嘱託、大学の非常勤講師等を務めながら著述活動を行った。著書は10冊を越える。

橘卓郎は、東京帝大出身の医師である。渋沢栄一が50年以上院長を務めた東京市養育院（現・東京都健康長寿医療センター）で、副医長として勤務したことが記録に残っている。

橘薫（1874〜没年不明）は、試験医師（帝大出身の医学士ではなく、医術開業試験に合格して医師免許を取得。女性にも門戸を開放）である。橘薫は、その養成機関の大阪慈恵医院医学校や関西医学院で学び、大阪緒方病院で研修し、大阪市で医師を続けたようである。

その他、自然科学分野以外の執筆者として、次の4名があげられる。

「貨幣のお話」の保井猶造は、日本銀行国庫課長・局長を務め、退職後は近江銀行頭取になる。

「太平洋横断飛行」の竹内貞郎は、陸軍士官学校19期生で、後に陸軍少将となった。

「鉄道の信号」の増永元也（1881〜1956）は、鉄道省等の官僚、衆議院議員を務めた。

「飛行機の進歩」の木下信（1884〜1959）は、内務省官僚から鳥取・長崎・愛媛県知事、台湾総督府総務長官、衆議院議員を歴任した。

保井と竹内は、当時の肩書きが明記されている。増永も、鉄道事業の専門家である。ただ、木下は、その経歴と飛行機には明確な接点が認めがたい。執筆者と同一人物だと断言できるような確証は得られていない。

これ以外の執筆者（全体の約1/3）については、現時点では、断片的な情報すら得られていない。このような人物は、1926〜1929年に「赤い鳥」に登場した執筆者に多い。この時期に、編集部が、頻出執筆者以外への働きかけを積極的に行うようになったと考えられる。現在まで経歴の情報が残っている執筆者は、大学関係者や官僚等が多い。そのよう

310

な枠を越えて、編集部が話題提供の依頼を始めたということも想像できる。

◉変名・ペンネーム

執筆者の経歴等の調査が困難な理由としては、ペンネーム（変名）の使用も一因ではないかと考えられる。

中谷は、『赤い鳥』の科学読物の執筆者について、次のように述べている。「（三重吉が）当時の新進の若い科学の研究者たちに依頼して書いてもらったものであった」「この執筆者たちは、今は立派な一流の学者になっておられて、名前を言えば、誰でも知っている人が多い。しかし『赤い鳥』ではそれが殆んど全部変名になっていて、随分意外な方が、意外な題目で書いておられるのもちょっと面白かった。」（「「茶碗の湯」のことなど」下線は引用者）

下線部には、中谷の誇張が感じられる。「殆んど全部変名」というのは、これまでの記述の通り、明らかに言い過ぎである。

ただ、残された原稿には、このように中谷に感じさせるような要因が含まれていたことは間違いないだろう。

現時点で、ペンネームだということが明らかなのは、八條年也と村上康行・保行のみである。前者は、寺田寅彦のペンネームである（「寺田寅彦」の項のコラム参照）。

◉編集過程で生じた内容面に関する問題点

三重吉は、「馴れない方が、児童への話だといふので特に平易にかからうとなされると中中苦しくて、手にをへないものです。私が適当に直しますから、かまはず、御自分のノートのやうにおかき下れば結構です」（1936・4、p.98）と、「赤い鳥」に適した文体に加工することに強い自負を表明している。同様の言説は、他の書簡・通信欄等にも認められる。

とはいえ、三重吉も編集部員も、科学者ではない。提供された題材に基づいて、科学読物を執筆する際に、専門的知識の不足による

誤りを犯してしまった例も散見される。

たとえば、内田「生物はいかにして出来たか」（1924・1）の「三葉虫（引用者注・本文では「ミツハムシ」と振り仮名が施されている）」の説明に対して、内田自身が「一月号の科学の話の中に、三葉虫（普通サンエフチュウと呼びます）が瀬戸内海にゐるようにかかれていますが、あれは貴社の校正の間違ひでせう。瀬戸内海にゐるのはカブトガニで、三葉虫ではありません」と訂正を求めている（1924・6、p.103）。

通信欄からは、その他にも、次のような訂正記事を拾い出すことができる。

村上康行「標準時の話」では、標準時と経度の関係について、説明の一部が訂正されている（1922・9、pp.105〜106）。

内田「エスペラント語」では、小河原幸夫（翻訳家）の質問（発音・アルファベットの読み方・アクセント・冠詞他）に対して誤りを認めるとともに、それとは別に8箇所の誤植を訂正している（1923・7、pp.105〜106）。

田代「ホタルの光」と寺尾新「ホタルの話」では、化学反応や発光に関する説明の訂正が行われている。前者は数カ所が正されている。（1931・10、p.108、1936・6、p.104）

科学読物の記述内容に、これら以外に誤謬が無かったのかどうかは定かではない。ただ、ここに紹介した訂正記事からは、『赤い鳥』編集部の科学リテラシーには、いくらか不安を覚える。また、その分野の専門家である執筆者による校正作業が行われていなかったことも明らかである。

とはいえ、読者や筆者の指摘があった場合には、誠実に対応しようという態度を備えていることは評価できよう。

同様の態度は、科学読物だけでなく、文芸作品に対しても認められる。通信欄では、童話（中村星湖「大黄蜂の巣」、青木茂「虫のお医者さん」）、詩（北原白秋「デンシヨバト」）についても、科学的な内容に関する訂正や補足説明が行われている。　（玉木雅己）

寺田寅彦

◉文筆家としての寺田寅彦

1878（明治11年）年11月28日生〜1935（昭和10）年12月31日。物理学者、随筆家、俳人。東京生まれ。8歳の時、軍人の父親が退役したため、寺田家は高知に落ち着いた。高知尋常中学校から、第五高等学校、さらに東京帝国大学に進んだ。帝大入学後は、田丸拓郎に導かれて物理学研究の道に入った。

寅彦は、五高時代に、英語教師であった夏目漱石と出会う。最古参の弟子として、漱石が亡くなるまで長く師事する。漱石も寅彦を敬愛し教えを請うこともあった。『吾輩は猫である』の水島寒月、『三四郎』の野々宮宗八は、寅彦がモデルだと言われている。

寅彦は、物理学者として、X線関連事項ではノーベル賞受賞に肉薄するレベルの研究を行った。このような最先端の分野だけでなく、幅広い分野で多彩な研究を行った。定量化できないものも無視しないという態度は、「複雑系」研究の先駆者として評価されている。

寅彦は、災害・防災に関する著作も多く残している。彼の「天災は忘れた頃にやって来る」という警句は、あまりにも有名である。（この言葉は、実際は、中谷宇吉郎が、寅彦の「天災と国防」の中の「畢竟そういう天災が極めて稀にしか起こらないので、ちょうど人間が前車の転覆を忘れた頃にそろそろ後車を引き出すようになるからであろう。」という一節を要約して創作したものだという。）

寅彦は、生涯に、欧文論文と和文報告を併せて約270編発表している。これは、彼が発表した随筆の数とほぼ同じである。

寅彦が、盛んに随筆を書き始めたのは、1919年の年末に、胃潰瘍のため吐血し緊急入院してからである。2年間の療養を経て、帝大での研究生活に復帰する頃には、魅力的な文章を次々発表する名随筆家になっていた。

療養中の寅彦の文学的な成長を献身的に支えたのが小宮豊隆である。寅彦は発表前の随筆のほとんどを、小宮に見せて助言を求めていた。小宮は忌憚の無い意見を述べ、様々な相談にも乗り、寅彦が良い作品を生み出すことに協力した。快復後もそれは続いた。

寅彦の随筆を愛読する文化人・研究者は多い。たとえば、英文学者の外山滋比古は、旧制中学4年生の時に、教科書で「科学者とあたま」を読み強い衝撃を受けた。寅彦の随筆は「自分にとって最大の古典で、生涯その影響を受けてきた」という（「知ること、考えること」、『何のために「学ぶ」のか』所収、筑摩書房、2015、p.37）。

◉鈴木三重吉との関係

寅彦と鈴木三重吉は、作品を通じて、お互いを認め合う関係であった。

寅彦は、三重吉の処女作『千鳥』を激賞した。「寺田寅彦は、千鳥をほめて好男子万歳と書いて来た。四方太が手紙をよこして四方

八條年也

寅彦は、随筆・俳句では、吉村冬彦、寅日子、牛頓（ニュートン）、藪柑子等、さまざまなペンネームを使用している。ただ、八條年也というペンネームは、「茶碗の湯」以外には認めらない。

このペンネームは、三重吉が考案した。小宮豊隆宛の葉書に「八條三樹という仮名を奉呈したよ。呵々」（1922・2・20）と楽しげに記している。

寅彦も、三重吉宛の書簡で「八条年也とあると一寸不思議な気がして、此れが自分の事だといふ事がまだ十分に頭へはひりません」（1922・4・14）と述べている。

「三樹」が、どのような経緯で、最終的に「年也」に落ち着いたのかという点は不明である。

八條年也が寅彦であることを、一般読者に知らせたのは、中谷宇吉郎である。

太拒は到底及ばない名文である傑作であると
申して来た。僕も是れで鼻が高い。あれにケ
チをつけた虚子は馬鹿と宣告してしまつた」
（夏目漱石、鈴木三重吉宛葉書、1906年3月
21日。「四方太」は、虚子門下の坂本四方太）。

一方、三重吉も、寅彦の「どんぐり」を写
生文の理想型として高く評価する。「これは
今出して読んでも、われわれの現在の作物の
中にもって来て見ても、猶且つ完全な意味で
一つの傑作として推奨することが出来る」（「上
京当時の回想——処女作当時」）。

三重吉が科学読物の掲載を企画した際に、
科学にも文学にも通じた寅彦に協力を仰ぐの
は自然なことだと考えられる。

『赤い鳥』で、科学読物の掲載が始まった
のは、1922年3月号である。「茶碗の湯」は、
開始直後の同年5月号に掲載された。

寅彦は、この年の1月11日に「鈴木君の代
理岡部氏が来て「赤い鳥」へ科学記事の原稿
を頼まれ」たが、体調不良を理由に翌日電話
で断ったことを日記に記している。

その後も依頼は続いたようで、2月10日の
日記には「留守へ赤い鳥社の小野浩といふ人
が来た」と記されている。2月20日には、三
重吉は、小宮に「来月から寺田さんがかいて
くれる」と承諾を得られた喜びを葉書で知ら
せている（小宮が、他の随筆と同様に「茶碗
の湯」を事前に読んだかどうかは不明）。

3月1日の日記にも、赤い鳥社からの訪問
があったことが記されている。時期的には原
稿の受け渡しがあった頃かと推測される。

4月14日の三重吉宛の葉書で、寅彦は原稿

料の礼を述べている。参拾円という金額は、
当時の物価等を考慮すると、比較的高額なよ
うに感じられる。

●国語教科書への収録状況

寅彦は、長期間にわたって、さまざまな作
品が国語科教科書に収録されてきた。このこ
とは、彼の作品が、多くの読者に親しまれる
きっかけになったと考えられる。

橋本暢夫の調査によれば、寅彦の作品（全
て随筆）は、大正末期の1923年から、調査
時点の1990年代まで、中等教育用の教科書
に継続して掲載された。戦後の中学校・高等
学校国語科教科書に限っても、68種類もの作
品が教材化されている。教科書の改訂期別に
集計すると、収録回数はのべ290回にも上る。
（『中等学校国語科教材史研究』「第七章 寺
田寅彦作品の教材化の状況とその史的役割」
2002、pp.435～465）。その後の状況を補足す
ると、高等学校では、2004～2007年度の使
用教科書まで掲載されている。

橋本は、教科書教材に選ばれた寅彦の作品
について、「叙情性豊かな文章家として中等
国語教材史に登場し、科学随筆の先駆者・担
いてとして、独自の役割を果たしてきた」「科
学の方法を駆使した、その随筆は、学問研究
の方向や、ものの見方・考え方、考えること
の楽しさなどを示す一方で、目的的な思考法
に対しては、科学は万能でないことを警告す
る思索家の文章として、学習者の思考力を促
し、育成してきた」と高く評価している（前
掲書、pp.463～464）。 （玉木雅己）

中谷は、「此の本の中に八條年也といふ名前が
ありますが、これは寺田寅彦先生の変名だといふ
話です」と述べている。（鈴木三重吉・中谷宇吉
郎共編『少年少女科学理化学篇』序文「日本の科
学」、冨山房、1940、pp18～19）。

また、中谷は「「茶碗の湯」のことなど」
(1942)でも、『理化学篇』を編集する際に、原
稿の中に寅彦が書いたものがあるはずだと聞いて

読み進めたところ、「これは寺田先生以外には誰
も書けないものだとすぐ直観された」と述べてい
る。

なお、八條年也の読み方は『赤い鳥』の掲載号
には記されていない。「「茶碗の湯」のことなど」
では、「はちじょう としや」というルビが施さ
れている。現在は、この読み方が一般的である。

313

八條年也
はちじょうとしや
「茶碗の湯」
ちゃわん ゆ

◉ 「茶碗の湯」の受容と評価

「茶碗の湯」は、「赤い鳥」の科学読物の中で、唯一、時代を越えて、一般読者にも読み継がれている作品である。

この作品が、一般読者に親しまれるきっかけを作ったのは、前項のコラム欄に述べたとおり、寅彦の教え子の物理学者・中谷宇吉郎である。中谷は、「流石に此の話は本当に立派な科学普及の名文章です。かういふ本当の意味で科学知識と科学的な考へ方を教へてくれる文章は滅多にありません」と述べている。この中谷の言葉は、「茶碗の湯」の魅力を端的に表している（「日本の科学」p.19）。

地球物理学者の竹内均は、旧制中学2年生の時に、この作品を読み強い感銘を受ける。その日から学問の道を志し、将来は大学教授になることを夢見るようになったという。

「茶碗の湯」は、理科教育界では、一種の「古典」として位置付けられる。科学（理科）教育・科学入門を論じた文章では、その理想的なスタイルを具現化したものとして、この作品に言及するものが数多く認められる。また、東京大学では、2016年に全学自由研究ゼミナール「『茶碗の湯』から最新の科学を考える」が企画・実施された。

「茶碗の湯」は、教科書教材としても長期間使用された。初めて採録されたのは、最後の国定教科書、小学校用「国語　第六学年中」（1947年度）である。その後は、中学校教科書に30年間（1950～1980年度）にわたって収録された。

小田迪夫は、この作品について「科学の方法原理を容易に理解させ」「無駄なく淡々と語っていきながら、その内容展開にゆるぎな

い論理性を構築」しており、科学説明文教材の一つの到達点にあると評価している。また、その文体は、「感性的把握を豊かにさせながら理性的認識を一歩深めうる」という、論理的文章教材のあり方を導く規範性を備えていると述べている。（「寺田寅彦「茶碗の湯」まで——科学説明文教材の文体形成」、広島大学教育学部光葉会『国語教育研究』第26号（下）、1980、pp.275～284）。

この作品は、読書家に愛される名随筆としてだけでなく、教科書教材としても高い教材性を備えているといえよう。

このような高い世評とは裏腹に、寅彦の自己評価は芳しくない。「甚だ物足りない書き方で申訳のないやうな気がしました。挿画がどうも思はしくなくて御気の毒でした」「それからもう一つ図がはひる積りで居たのしたが出て居ないやうで、此れは多分落第で削られた事と推察しました」（鈴木三重吉宛書簡、1922年4月14日）。

挿絵のことは、よほど気がかりだったのか、三重吉宛の別の葉書でも「種はいくらでもあり、書くのもたいして手数はありませんが、いちばん困るのはさし絵でございます」「もしさし絵という事を考えないで書いていいとならば、いつでもできるかとおもいますが」と述べている。（1922・6・18）

この葉書は「そのうちに、何かさし絵のほうのくふうをして、何か書いてみましょう」と結ばれている。しかし、残念なことに、寅彦の科学読物が、「赤い鳥」に再び登場することは無かった。

◉ 「茶碗の湯」の内容・表現

「茶碗の湯」は、内容面からは、二つの部分に分けられる。前半部は「湯気」に、後半部では「湯」に、関連する話題が語られる。

前半部・後半部とも、非常に身近な題材から、地球規模の自然現象へと話題が展開する。

前半部では、「湯気→湯気の中の色→滴の芯→湯気の温度→庭の上の渦→竜巻→雷雨」

と、次々と事例が提示される。ここでは〈水蒸気の凝結〉というテーマが貫かれている。

後半部でも、「湯→日光を当てると見える線→湯の冷える時の対流→かげろう→水や空気のむら→弾道・飛行の研究→突風→海陸風→山谷風」と、多様な題材が取り上げられる。ここでは〈対流〉というテーマが読み取れる。

前半部、後半部とも、それぞれの話題は、羅列的・連想的に語られているわけではない。筆者は、多様な事象の観察を続けて、それらに共通する法則を解明する。共通性を明らかにするために、論理構造が巧妙に組み立てられている。その鮮やかな探究の道筋を、親しみやすい語り口で述べる。この点こそが、この作品の最大の魅力である。

この作品の文章表現上の特徴としては、各題材について、次の①〜④の記述が巧みに組み合わせている点があげられる。

①状況に合わせた観察の仕方の提案
②どのように見えるかの具体的な説明
③検証のための実験方法の説明
④必要最小限の補足的な解説

これら①〜④がバランスよく組み合わされることによって、先に示した各題材に対して、何に着目して観察すれば良いか、どのような状況で見たら良いのか、また、状況によってどのような変化があるのか、それら各点が分かりやすく説明される。読者は、様々な事象について鮮明なイメージを持って、読み進めることができる。

「茶碗の湯」は、読み手に、科学的なものの見方とはどのようなものかを実感させる。混沌とした現象の中から、問題を発見するという、科学の本質的な態度を追体験できる。

木村龍治は、この作品について次のように述べている。茶碗と自然界とでは、「大きさは極端に異なっても、メカニズムに類似性があるのです。大気中で生じる現象は規模が大きく、現象が完結するまでの時間が長く、一般に観察が容易でありません。そのため、身近な現象とのアナロジーが、自然界のイメー

ジを描くのに役立つのです」(「大規模な大気海洋現象の実験室モデル」2001、p.166)。

木村は、現代科学的な観点から、自然界のメカニズムを認識するために、良質のモデルを提示したものだと評価している。

なお、「茶碗の湯」は、ファラデーの「ロウソクの科学」(1861年)を彷彿させるという指摘がある。ファラデーは、燃えるロウソクを手がかりにして、多様な化学・物理的現象を解説する。寅彦は、ファラデーを敬愛していた。また、発表時には既に日本語訳が公刊されていた。影響関係を見出すのは、無理なことではないだろう。(松本哉『寺田寅彦は忘れた頃にやって来る』集英社、2002、pp.145〜146)。

●「赤い鳥」の科学読物の中での独自性

「赤い鳥」の掲載作品は、科学読物に限らず、そのほとんどに三重吉の加筆があることはよく知られている。ただ、「茶碗の湯」に関しては、寅彦の文章が、そのまま掲載されているのではないかと推測される。

この作品は、観察・実験・解説が一体化した独特の語り口の文章である。その他の「赤い鳥」の科学読物の図鑑解説風の文章とは、文体的な相違が明らかに認められる。物理的事象の本質を十分に理解した者が書く文章だと感じられる。

中谷は、「強いて言えば、それは芸が身についた人の芸談にあるような生きた話」であり、短い文章ではあるが「その中には、先生か一杯の熱い湯のはいつた茶碗を手にして、物理学の全体を説き明かして行かれる姿が出てい」る文章だと評している。(「「茶碗の湯」について」)

「茶碗の湯」は、平明ながら緊密な文章世界を構築している。また、熱や対流を物理学的に的確に理解した者でなければ、その内容を書き換えることもできない。三重吉といえども、第三者が、安直に手を加えるのは困難な文章であると考えられる。　　　(玉木雅己)

315

内田　亨
うちだ　とおる

1897（明治30）年 8 月24日～1981（昭和56）年10月27日。動物学者、随筆家。静岡県浜松市に生まれる。東京帝国大学理学部卒業。ドイツへの留学を経て、北海道帝国大学理学部に着任。専門はおもに、腔腸動物などの無脊椎動物の系統分類、両生類の雌雄性、感覚生理の研究である。自著の中で、「私の体の中には三種の血液の流れがあります。①は五島先生からの"動物系統分類"②はゴールドシュミット先生の"雌雄性"③はカール・フォン・フリッシュ先生の"感覚生理"であります」と述べている（『象牙の塔の窓から』p.119）。日本における動物系統分類学の発展に貢献する。後進の育成にも尽力する。

●『赤い鳥』掲載の科学読物

内田の科学読物が『赤い鳥』に初めて載ったのは、第 8 巻第 3 号（1922・3）の「蟻地獄」である。以後、第21巻第 1 号（1928・7）まで、計50作品が掲載される。同誌の科学読物作品の約 3 分の 1 を占め、圧倒的に多い。内容別の内訳は、生物学（36）、地学（10）、地理学（1）、化学（1）、工学（1）、言語学（1）である。専門である生物学がほとんどであるが、地理学や工学、言語学などの専門外の題材も扱っている。

生物を扱ったものには、「蟻地獄」「うどんげ」「章魚と烏賊」のように形態や生態が特異なものを取り上げたものがある。身近な生き物をとおして自然の神秘にふれさせようとしている。また、異種の生物が互いに利益を交換しあって生きる「共棲と寄生」、社会性昆虫の生態を述べた「蟻の社会生活」、生物の進化を扱った「動物の形態と発生」など、高度な内容を題材にしたものもある。学校の理科で学ぶ内容の補足や発展を意図したもの

と思われる。

小田迪夫は、『赤い鳥』の科学読物の文体の分析を行っている。小田は、内田の「共棲と寄生」を取り上げ、「科学の世界をできるだけ人間の生活次元にひき寄せて理解させようとするレトリックがうかがわれる」と述べている（『説明文教材の授業改革論』p202）。子どもの生活経験に寄り添って語り始め、生き物の小さな特徴に着目することで疑問をもたせ、徐々に本質に迫るという展開である（詳細は「科学読物　内容・表現の特徴」の項を参照）。

ただ内田が当時はまだ20代で若かったことを思うと、このような巧みな文体や表現を用いたとは考えにくい。三重吉や小田がいうように、内田が担当した科学読物を実際に執筆したのは三重吉であろう。

内田がどのような経緯で『赤い鳥』の科学読物を担当するようになったかは不明である。初掲載の「蟻地獄」を担当したのは大学院に進む前年だったこと、その後の肩書きは大学院生、高校講師であったこと、また、クラゲの研究で学位を取得するのは担当開始から 6 年後の1928（昭和 3 ）年であることを考えると、生物の著名な研究者として選ばれたわけではなかろう。指導教授・五島清太郎から何らかの働きかけがあったのだろうと推測される。

なお、作品の掲載が1928年で終わるのは、『赤い鳥』が休刊になったことのほかに、1929（昭和 4 ）年から 2 年間ドイツに留学し、帰国後の1931（昭和 6 ）年から北海道帝国大学理学部に赴任するのが理由である。

●『少年少女科学 理化学編』『同 動植物学編』

三重吉の没後、『赤い鳥』掲載の科学読物をもとに、次の 2 冊の本が編集・出版された。

①『少年少女科学 理化学篇』鈴木三重吉・中谷宇吉郎編、冨山房、1940

②『少年少女科学 動植物学篇』鈴木三重

吉・内田亨編、冨山房、1942

内田の作品は、①では14編が、②では19編が掲載されている。それぞれ、35％（全40編中）、45％（全42編中）と高い比率を占めている。

両書①②では、特定の執筆者への偏りを気にしてか（とりわけ編者自身の文章が多数を占めることへの配慮か）、次のような執筆者名の変更が行われている。

まず、『動植物学篇』収録作品について、

・『赤い鳥』では、村上保行名義の「進化論の話」「化石と系統樹」「動物の形態と発生」「生物の分布と遺伝」「生物の進化」の５編が、内田亨名義で「進化論の話」１編にまとめられる。

・『赤い鳥』では、内田亨による13編について、５編が村上保行に、８編が中村晴夫に、それぞれ名義が変更されている。

という改変が行われている。

一方、『理化学篇』収録作品については、『赤い鳥』で内田亨名義のものは、全て中村晴夫に変更されている。また、『赤い鳥』では村上康行名義の「元日と暦」「標準時の話」は、村上保行の名義になっている。

これらの改変から、村上康行・保行、中村晴夫は、全て内田亨の変名であることが分かる。中村晴夫は『理化学篇』『動植物学篇』のみに登場する変名である。『赤い鳥』の執筆者には認められない。

なお、『赤い鳥』では、村上康行「標準時の話」は内田亨「蜘蛛の巣」と、また、村上康行「元日と暦」は内田亨「人類の発生」と、それぞれ同じ号に掲載されている（第９巻第２号［1922・8］、第10巻第１号［1923・1］）。同じ号の目次に、同一の執筆者の科学読物が並ぶことを避けようという意識が働いたものかと思われる。

◉『子供の科学』掲載の科学読物

内田は、『赤い鳥』の科学読物を担当していた頃、『子供の科学』にも作品が掲載されるようになる。第１巻第１号（1924・10）には「お月さま」が、第１巻第２号（1924・11）には、「渡り鳥」が掲載される。取り上げる題材は『赤い鳥』と同じく生物が多いが、「印刷のはじまり」（1925・1）、「アルキメデスと黄金の王冠」（1925・5）などの専門外の題材もある。

文体は、疑問文を用いて読者に問いかけるなどの工夫が見られるが、『赤い鳥』のような洗練された文体ではない。生物の発光現象を題材にした、「光る生物」（『赤い鳥』1925・7）と、「五月闇に光る生きた星」（『子供の科学』1925・6）を比べると、冷光について、後者では発熱とエネルギー効率が混在した状態で記述されており、前者に比べて分かりにくい。

◉随筆家として

内田は、多くの随筆を執筆している。内容は、身辺雑記から、生物の生態や習性に関すること、文芸創作などさまざまである。1953（昭和28）年に随筆集『きつつきの路』で日本エッセイスト・クラブ賞を受賞している。

随筆を好んで書くことについて、学生・院生時代に「赤い鳥」の科学読物を担当した経験や、同じ学部の大学教員で親交のあった物理学者・随筆家の中谷宇吉郎の存在が、少なからず影響しているものと思われるが、内田自身は、「自然科学にたずさわっているので、いつも実証的な、何かある研究報告を書いている。そんな時には雑文を書くことができない。それで仕事から解放されて、埋想的にいえば、何もない時に雑文を書くのである。内容のないのは当然であり、私としてはたのしいのである」と述べている（『象牙の塔の窓から』）。

随筆の中には、「犬と電信柱」（中２、大修館）、「魚は音を感じるか」（小５、大日本図書）、「ミツバチの帰路」（中１、三省堂）のように国語教科書の教材になったものもある。

（木本一成）

宇田道隆
うだみちたか

1905（明治38）年1月13日〜1982（昭和57）年5月10日。海洋学者。高知県に生まれる。第二高等学校（仙台）を経て、東京帝国大学物理学科に進学し、寺田寅彦から物理学を、藤原咲平から気象学を学ぶ。卒業後、農林省水産講習所技手。その後、神戸海洋気象台長、長崎海洋気象台長等を経て東京水産大学教授、東海大学教授を歴任。日本海や北太平洋の一斉調査を主導・実施し、気象と海洋等の総合的な研究を推進する。また、潮目の研究や黒潮大蛇行の発見など、数々の成果を残す。東京海洋大学附属図書館アーカイブズ宇田道隆文庫には、「海洋学と水産学を総合的に研究する水産海洋学の必要性を提唱して「水産海洋研究会」を発足させ、（中略）また、特筆すべきことは、海と魚のことを体験的に良く知っている漁業者からの聞き取り調査を北海道から沖縄まで50年以上続けたことです」とある。後進の育成にも尽力する。

『赤い鳥』には、復刊第12巻第1号（1936・7）に「波」が掲載される（掲載はこの1作品のみ）。身近な波を大きさや速さなどで分類し、波の性質や発生する仕組み、波の力などについて幅広く説明する。波と気圧の関係、磯波の危険性、しけに遭ったときの対処法など、多様な話題が取り上げられている。類似の内容が、宇田が後に執筆した『海』（岩波書店）の第11章「海の波とその利用」に専門的な内容を加えて詳述されている。なお、『赤い鳥』の通信欄に、田内森太郎の紹介で執筆を担当したこと、当時の肩書きは海洋部長であったことが記されている。

高知一中の時、同郷の士である寺田寅彦の講演を聞いたのがきっかけで、寅彦を敬愛し、生涯師事することになる。寅彦との交流を記録した『寺田寅彦との対話』には、大学時代、初めて寅彦の家を訪ねた日のこと、卒業後もたびたび物理学の話を聴いたり、研究の進め方や論文の書き方などについて助言を受けたりしたことなどがこまごまと記されている。併せて、俳句や随筆などの文芸創作のこと、夏目漱石が『三四郎』『吾輩は猫である』の執筆のため寅彦を取材したこと、ペンネームの由来、漢詩人であった父・宇田滄溟を寅彦が知っていたことなども書かれていて、寅彦への思い入れがよくわかる。

自著の中で、「寺田先生から海の学問を学び、俳句を通じて詩心の生活を教わった幸運な門弟である」と述べている（『海に生きて』）。

海洋に関する一般向けの著述も多く、その中には、「かつおつり」（中2、大修館）、「海と魚」（中2、二葉）のように国語教科書に掲載されたものもある。　　　　（木本一成）

原爆・台風被災の調査官として

宇田は、1945（昭和20）年8月6日、任地の広島で被爆する。その約1か月後、広島を枕崎台風が襲い、多くの被害をもたらす。柳田邦男『空白の天気図』（新潮社、1975）は、被爆した気象台員たちが原爆と台風の二つの被災調査に尽力する姿を描いたノンフィクションである。宇田も作品の中に技官として登場し、次のように描かれている。

この報告書の特徴は、被害地における"聞き書き"を、豊富に掲載したことであった。

（中略）当時の気象技術報告としては、型破りとも言えるまとめ方であったが、それは、「災害研究の出発点は現場にある。気象災害報告のように、後になって多くの人が参照する文献は、できるだけオリジナルの資料を豊富に記載してあった方が役に立つ。科学技術の文献であっても血の通ったものでなければならない」という宇田技官の哲学を反映したものであった。そして、この宇田技官の哲学と方法は、次の原爆災害報告にもそっくり採用されることになった。

2
童謡

総説 『赤い鳥』童謡の誕生

●童謡の誕生と『赤い鳥』

子どもの心をはぐくむ歌としての創作童謡は、1918（大正7）年、雑誌『赤い鳥』の創刊とともに誕生した。創刊に際して配布したプリント「童話と童謡を創作する最初の文学運動」の中で鈴木三重吉は、当時の子どもたちが歌っていた唱歌などは「低級な愚かなものばかり」だと批判し、それに代わる「芸術として真価ある純麗な」童謡が必要だと述べている。

唱歌は、文部省音楽取調掛によって『小学唱歌集』が刊行された1881（明治14）年を起点として、主に学校音楽として広まったが、歌詞の難解さや、詞と曲との不整合などが批判されるとともに、徳育や知育の手段として使われるという教化的傾向にも批判が高まり、そうした唱歌に対決して、新しい子どもの歌の創造をめざす動きが高まってきていたのである。

童謡の誕生には、大正デモクラシーと言われた当時の民主的風潮が大きな支えになったことは否めない。また子どもの個性伸長を重んじる児童中心主義教育の広がりもその背景にあったと言えよう。しかし、童謡誕生の直接的契機は唱歌批判にあったと言ってよい。当時童謡の誕生に関わった詩人たちの多くも、こうした唱歌への批判と対決の姿勢を持っていたのである。

鈴木三重吉は「芸術として真価ある純麗な」童謡が必要だと主張したが、それをかみ砕いて言うと、「美しい言葉と心地よいリズムの歌」、「子どもの心をはぐくむ歌」ということになろうか。こうした旗印のもとで誕生した童謡は、詩人、作曲家たちのはたらきによって豊かな実りを結んだのである。

●北原白秋の活躍

とりわけ北原白秋は、童謡の誕生と発展に多大の貢献を果たした。『赤い鳥』の創刊号（1918・7）に、北原白秋はわらべ唄の再創造とも言うべき「りす〰小栗鼠」と「雉ぐるま」を発表し、特に「りす〰小栗鼠」は、その躍動感に富んだリズムが跳びまわるリスの動きを見事に表現しているとして、読者に新鮮な印象を与えた。さらに9月号には「雨がふります。雨がふる。／遊びにゆきたし、傘はなし、／……」で始まる「雨」が発表され、子どもの生活感情を的確にとらえた作品として注目された。また10月号にはわらべ唄的なリズムに富んだ「お祭」と「赤い鳥小鳥」が掲載されているが、とりわけ「お祭」は「わっしょい、わっしょい」という掛け声をくりかえしながら、4拍を連ねるという特異な音数律で書かれた長篇で、躍動感あふれる作品になっている。つづく11月号には西條八十の「かなりあ」（後に「かなりや」）が掲載されるに及んで童謡誕生の動きは本格的になり、急ピッチでその輪を広げていくこととなった。このほか、初期の白秋作品では、子どもの内面を歌った「金魚」「雪のふる晩」や、「あわて床屋」「のろまのお医者」などユニークなバラードにも注目すべきである。

白秋は童謡を毎号発表するとともに、読者からの投稿作品の選者をつとめ、若手の詩人を育てた。そのなかから、与田凖一、巽聖歌、藤井樹郎、多胡羊歯、有賀連などすぐれた次世代の詩人が誕生したのである。これも白秋

の大きな業績と言えよう。

また白秋は、童謡を「童心童語の歌謡」とする理念に基づいて、童謡はいかにあるべきかを論じ、数多くの論攷を発表した。白秋はこうした評論家としても誕生期の童謡界をリードし、多大の業績を挙げた。童謡論集に『緑の触角』などがある。

●西條八十のはたらき

西條八十は『赤い鳥』を主な発表場所として童謡を書きはじめ、独自の童謡世界を構築した。すなわち、詩の世界から離れていく自身の苦渋を歌った「かなりあ」をはじめ、斬新でシャレたイメージの「きりぎりす」「蝶々」を書くとともに、例えば船の中でバラを拾った盲人を歌った「薔薇」や、赤いペンキを塗られた鸚鵡を描いた「雪の夜」など、読み手の想像力を刺激するファンタジイの世界を創造した。その一方で「お山の大将」「かくれんぼ」「玩具の舟」など、子どもの日常生活を巧みにとらえた作品も書いている。これらの作品で特に注目すべきは「かなりあ」で、発表の翌年（1919年）5月号に成田為三作曲の曲譜が掲載され、6月に帝国劇場で開かれた「赤い鳥音楽会」で演奏されて、人々の注目を集めた。さらにその翌年、「かなりや」は北原白秋の「雨」「りす〼小栗鼠」（共に成田為三作曲）とともにレコード化され、童謡が全国的な広がりをもって親しまれるきっかけとなったのである。

西條八十が『赤い鳥』に発表した童謡は、いずれも文芸性豊かな作品で、「芸術として真価ある純麗な」歌という鈴木三重吉の期待に十分応え得るものであった。3年後の1922（大正11）年からは『赤い鳥』を離れ、以後は雑誌『童話』を主な舞台として活動が続けられたが、『赤い鳥』誕生期に八十が創作・発表した数多くの童謡は、個性的であると同時に、童謡の可能性を示唆したものでもあった。

●童謡を書いた人の層の広さ

童謡誕生期にはさまざまな領域の人びとが童謡を書いており、その層の広さは驚くほどである。『赤い鳥』においては、北原白秋や西條八十の活躍が注目されたが、そのほかに三木露風、泉鏡花、小川未明、小山内薫、柳澤健、新美南吉なども童謡を発表し、与田準一、巽聖歌、藤井樹郎、多胡羊歯、有賀連など次世代の童謡詩人とともに紙面を賑わした。

また『赤い鳥』を起点に次々と刊行された児童向け雑誌においても、数多くの詩人・歌人や作家・画家などが童謡を発表した。すなわち、『おとぎの世界』では山村暮鳥をはじめ、長谷川時雨、高群逸枝などが、『金の船』『金の星』では野口雨情、若山牧水、与謝野晶子などが、『童話』では島木赤彦などが童謡を発表している。また白鳥省吾、百田宗治は複数の雑誌に童謡を書いている。『赤い鳥』が生み出した童謡という新しい子どもの歌に同調する詩人・歌人や作家が数多く現れ、童謡がより大きく広がったことに注目したい。

●作曲家たちの取り組み

『赤い鳥』は文芸性ゆたかな子どもの歌としての童謡を生み出し、すぐれた作品を数多く世に送り出した。したがって当初、音楽としての童謡にはあまり関心が向けられていなかった。北原白秋などは自分の書いた童謡が作曲されることに消極的であったと言われている。しかし、そうした傾向をのり越え、音楽としての童謡を生み出すことに力を注いだ作曲家たちがいた。すなわち、成田為三、草川信、弘田龍太郎など、東京音楽学校（現・東京藝術大学）を卒業した若手作曲家と、その師匠格の山田耕筰が『赤い鳥』に曲譜を発表し、かつ音楽会を開いて童謡を演奏するなど、音楽としての童謡を世に広めたのである。

なかでも成田為三は若い感性を発揮して、意欲的に童謡の作曲に取り組んだ。特に西條八十作詩の「かなりあ」につけた曲が高い評

価を得て、童謡が広く親しまれるきっかけをつくったことは注目してよい。成田為三が『赤い鳥』に発表した童謡は、58曲を数える。代表的な曲としては「赤い鳥小鳥」「雨」「りす〳〵小栗鼠」「ちんちん千鳥」「金魚」（北原白秋・詩）、「蹠」「お山の大将」「玩具の舟」（西條八十・詩）などがある。

1921（大正10）年、成田はドイツに留学し、4年間作曲を学んだが、留守中の作曲担当を同窓の草川信、弘田龍太郎に委ねたことにより、この二人が童謡に取り組むこととなった。草川の作曲した代表的な童謡としては、北原白秋作詩の「揺籠のうた」「離れ小島の」「夢の小函」「かちかち山の春」、西條八十作詩の「薔薇」「人形」などがある。また弘田龍太郎の代表曲としては「雨」「お祭」「こんこん小山の」「子供の村」「なつめ」（北原白秋・詩）などがある。

なお、これら若手作曲家の師匠格であった山田耕筰も童謡の作曲に取り組み、「ペチカ」「からたちの花」「この道」「砂山」などの名曲を残している。『赤い鳥』は音楽的側面においても童謡界をリードしていたのである。

こうした作曲家たちの業績をまとめたものとして『赤い鳥童謡集』全8集が残されている。1919（大正8）年に第1集が発行され、第8集は1925（大正14）年に刊行された。第1～第4集には成田為三の作曲した曲譜が、第5～第7集には草川信の作曲譜が収められ、最後の第8集には弘田龍太郎の作曲譜が収められている。評判がよかったのか、第1集は刊行5年後の1925年に20版を出している。童謡への関心、とりわけ成田為三への関心・注目度が高かったことを物語っている。

◉諸文化とのコラボレーション

童謡は、誕生して間もなくさまざまな文化活動と結びつき、豊かなコラボレーションを生み出した。まず箏曲の世界で童謡が取り上げられ、「童曲」という名称で作曲・演奏が行われた。例えば箏曲家・宮城道雄の場合、彼が作曲した箏曲350曲中、約100曲が「童曲」であったと言われている。

舞踊と童謡のコラボレーションも活発に行われた。日舞では藤蔭静枝や林きむ子が、洋舞では石井漠、石井小浪、印牧季雄、賀来琢磨などが積極的に童謡の舞踊化に取り組んだ。これらの舞踊家たちは、童謡振付を写真付きで児童雑誌に掲載したり、保育遊戯・学校遊戯の中に童謡を取り上げ、講習会を開いたりして童謡の立体化に貢献した。

また仏教に関わりのある人たちが、仏教精神に基づく童謡を書いたり、作曲や舞踊化に尽力したことも広い意味でのコラボレーションだと言えよう。例えば群馬の東寿寺住職の青柳花明は、地域の子ども文化活動を推進しながらさまざまな雑誌に童謡を投稿、童謡集『白象』2巻を残しているが、そこに収められた童謡373篇のうち約3分の1が仏教精神に基づく童謡となっている。また作曲家の本多鉄麿や吉川孝一、舞踊家の賀来琢磨は、いずれも僧籍にありながら、童謡にも力を注いだ人たちである。

◉送り手と受け手との交流～その相乗効果

『赤い鳥』においては、その当初から「投稿」欄を設けて、読者である少年少女や若者たちに童謡や詩を発表する場を提供した。北原白秋は童謡を発表するだけでなく、そうした投稿欄の選者としても活躍した。すなわち投稿作品を評価し、適切なアドバイスを与えることで、投稿者の創作意欲を高め、投稿作品のレベルアップに貢献したのである。

また読者のなかには単なる《受け手》にとどまらず、自分の書いた作品を詩人たちに向けて発信する《送り手》になっていた人がかなりいた。一方、本来の《送り手》である童謡詩人や作曲家が、これら投稿作品から刺激を受けて新しい世界を開拓していったことにも注目すべきである。例えば、『赤い鳥』の1925年10月号で推奨作として選ばれた巽聖

歌の「水口」は次のような作品であった。

　　　野芹が／咲く田の／水口。
　　　蛙の／こどもら／かえろよ。
　　　尾をとる／相談／尽きせず。
　　　あかねの／雲うく／水口。

　田の水口に集まるオタマジャクシを歌ったものだが、無駄を省き、最小限の言葉で表現する典型的な短詩である。4拍のリズムを重ねた4連というのも短詩型にふさわしい。
　この投稿作品が高い評価を得たことをきっかけとして、凝縮された短詩型が童謡界に急激に広がっていった。
　このように童謡の《送り手》と《受け手》とが刺戟を与え合い、それぞれが発展していくという相乗効果が『赤い鳥』を中心とする諸雑誌に見られたのである。こうした相乗効果が表れるというのは、子ども文化の理想的な姿だと言ってまちがいない。そこから生み出された活力と熱気が童謡誕生期を支えていたと言えよう。
　なお『赤い鳥』への投稿者の中から次世代の童謡詩人が数多く誕生したこと、また投稿者を中心に同人誌が全国各地に誕生し、相互交流を深めたことも併せて注目すべきである。

●童謡から児童自由詩へ

　『赤い鳥』の創刊とともに誕生した「童謡」は、大人が子どもに向けてつくる「芸術として真価ある純麗な」歌であったが、一方で「童謡」は子どもが書いた詩または歌をも意味していた。西條八十は『現代童謡講話』(1942) の中で、童謡という言葉が「児童自身の創作にかかる詩」と、大人が筆をとる「新しい唱歌」という二通りの意味に使われていることを指摘している。そのほか葛原しげる、小林花眠など学校教育に関わりの深い詩人は、児童の書いたものという意味で「童謡」という語を用いている。しかし、新たに生まれた童謡が広っていくにつれて、子ど

もが書いた詩は「少年自作童謡」と呼ばれ、さらには「児童自由詩」という用語が使われるようになった。この児童自由詩という概念を生み出し、それを定着させたのは北原白秋であった。白秋は、児童自由詩全盛期の「一大詞華集」と言われた『鑑賞指導児童自由詩集成』(1933) の中で、次のように述べている。

　　……一般の応募童謡が次第に山積し、新童謡運動の機運が愈々醸成されるに到つた。その間に、児童自身の作るところの童謡の投書が之等に混淆し来つたのも自然の趨勢であつた。私は此の発見に驚いて、改めて成人以外の児童作品欄を設け、その投書を慫涌した。

　白秋は子どもの詩のすばらしさを発見し、その伸びやかな表現力を重んじて「児童詩における自由律」を主張、「児童自由詩」という用語を用いたのである。
　こうした白秋の導きに応じて、全国の小学校で、児童自由詩の指導が活発になり、投稿児童の数は急激に増えていった。なかには数多くの入選を果たした児童もいた。これらの児童自由詩をまとめた『鑑賞指導児童自由詩集成』には全国の児童の作品1724篇が収められている。これらは1929（昭和4）年までの『赤い鳥』に入選・発表されたものである。投稿された作品数は、おそらくこの何十倍という膨大なものであったと思われる。『赤い鳥』は「児童自由詩」の活性化にも大いに貢献したのである。　　　（畑中圭一）

［参考文献］
藤田圭雄 (1984)『日本童謡史Ⅰ』改訂版（あかね書房）、北原隆太郎・関口安義編 (1994)『自由詩のひらいた地平』（久山社）、上笙一郎編 (2005)『日本童謡事典』（東京堂出版）、畑中圭一 (2007)『日本の童謡──誕生から九〇年の歩み』（平凡社）

唱歌
（しょうか）

●唱歌とは

「唱歌」は古くからある用語で、名詞としても、「唱歌する」のように動詞としても使用されてきた。また、諸国盆踊唱歌のように、歌全般を広く表す用法も見られる。楽器旋律唱法も「唱歌」と書き、「しょうが」と読む。しかし、1872（明治5）年の学制以降、いわばsingingをあらわす小学校の教科目として置かれた「唱歌」およびその教材を指すことが多い。

● 『赤い鳥』以前の唱歌

「童謡」に対して「唱歌」と言う場合、概ね学校用歌唱教材としての唱歌を指し、童謡にとって認めがたいものとして位置づけられてきた。「教訓的」「不自然極まる」「大人の心で詠まれた」「郷土的のにほひの薄い」「西洋風の翻訳歌調」「日本風土、伝統、童心を忘れた」「非芸術的」「功利的」（北原白秋）、「貧弱低劣」（鈴木三重吉）「その歌詞のむつかしいこと」「調子の無味乾燥なこと」「あまりに長くて暗誦し難いこと」（野口雨情）等、様々な厳しい評価が見いだされる。

たしかに、明治10年代に発行された文部省音楽取調掛編纂『小学唱歌集』（全3編）の緒言は、「凡ソ教育ノ要ハ徳育智育体育ノ三者ニ在リ而シテ小学ニ在リテハ最モ宜ク徳性ヲ涵養スルヲ以テ要トスヘシ」（伊沢修二）の一文から始まる。その多くの曲は、「蛍（の光）」「蝶々」のように欧米の旋律を借用しており、旋律に合わせて歌詞が新しくつくられた翻訳唱歌であった。歌人や国学者による歌詞は高尚すぎ、学校現場からも多くの批判が出されている。くわえて、1893（明治26）年には、「君が代」「勅語奉答」等の「祝日大祭日儀式用唱歌」が公示され、忠君愛国の情操を養うべく小学校の儀式で歌うことが定められた。

他方、明治後半期には、嶋田（2009）が指摘するように、七五調の歌詞4段を一区切りとし、付点を伴う同音反復を多用して歌詞をうまく当てはめた「軍歌調」「唱歌調」の曲が隆盛となり、延々と歌い続ける地理歴史唱歌の類が多くつくられた。また、「モモタロウ」「花咲爺」のような言文一致唱歌が出版され、ピョンコ節、ヨナヌキ音階、七五調という唱歌の定番ともいうべき音のかたちが定着する。

子どもの興味を重視した田村虎蔵らによる言文一致唱歌については、大正期の童謡運動の先駆けとしても位置づけられるが、畑中（2007）は、「両者のあいだにどのような関係があったのか、実は詳らかにされていない。童謡を書いた詩人たちの発言を見る限り、彼

唱歌訓導と『赤い鳥』

『赤い鳥』第2巻第4号（1919・4）の巻末に「「赤い鳥」童謡の曲譜募集」という大きな広告が掲載された。1921（大正10）年11月には87曲、1924（大正13）年12月には157曲という具体的な数字が「曲譜選評」に書かれているように、たくさんの応募があったようである。当時、本譜と略譜を扱い、伴奏も作曲できるような応募者は、都市部を中心としながらも、全国各地の学校で唱歌を教えていた教員だったと想像される。その中に

は『赤い鳥』への応募がきっかけとなって地方から東京へ、教員から音楽の専門家へと時代を生きた人々もいた。

第7巻第2号（1921・8）の「げんげの畑に」、第9巻第2号（1922・8）の「かに」、第13巻第3号（1924・9）の「月夜」の推奨楽譜作曲者、坊田壽眞（1902〜1942）は、1920（大正9）年に広島県師範学校を修了し、広島県安芸郡の小学校訓導となる。当時のノートに書かれた「たんぽゝ」という曲には、「弘田さん〔弘田龍太郎と

第3部 『赤い鳥』の作家と作品

325

らが言文一致唱歌運動に強い関心をもってい
たとは考えられない。彼らは唱歌を厳しく批
判し、いわば唱歌を否定的契機として新しい
童謡の創造をめざしたわけで、言文一致唱歌
の存在に気づいていても、それを無視せざる
を得なかったのかもしれない」とする（p.24）。

　1907（明治40）年になり、東京音楽学校
に唱歌編纂掛が設置される。そして、『尋常
小学読本唱歌』（1910）、「もみじ」「ふるさと」
など代表的な文部省唱歌を含む『尋常小学唱
歌』（1911〜1914）が発行された。編纂にあ
たっては、小学校令施行規則により、美感を
養い徳性の涵養に資すること、合科的、ある
いは、教科横断的に修身や国語、歴史、地理、
実業等諸種の方面と連絡を取ることが求めら
れ、国定小学読本の歌詞をなるべく唱歌中に
収めることとされた。編纂委員の一人高野辰
之は、「学校教育の目的を達成することに於て、
小学唱歌集よりは一段と進歩したことは何人
も熟知せられることと思ふ。さうして其の曲
は、歌の内容に伴つて、平易なものに改まつ
たことも、わが童謡に近い作が収めてあつて
も、それに附けた曲は西洋式のもので、わが
固有の童謡のふしは採用されてゐなかつたこ
とも熟知してゐられるであらう。凡そ学校の
教科書程自由を拘束されるものはない」（1929、
p.171）と述べている。

●唱歌の音楽的側面

　学制によって新しく創出された学科目「唱

歌」は、教材も教師も整わない中「当分之ヲ
欠ク」教科としてスタートしたが、前述のよ
うに、『尋常小学唱歌』の段階でようやく歌
詞と曲の両方が国産化される。しかし、その
音楽は、国産にもかかわらず西洋式で、「わ
が固有の童謡のふし」ではなかった。これは、
『赤い鳥』の童謡についても同様であった。
小島美子（2004）は、歌う歌としてのイメ
ージが『赤い鳥』の創刊時から存在したので
はなく、「かなりや」以降にできたものであ
ることを指摘した上で、『赤い鳥』の童謡は
もっとも唱歌的な性格を強く残していた」
（p.49）と述べている。

　たとえば、『赤い鳥』童謡の成立期に成田
為三と共に曲譜を担当した近衛秀麿は、「成
田と僕との間には作曲上の意見が対立するよ
うになって了った。自身音楽教員であった成
田為三が『童謡』すなわち、小学校唱歌教材
と解釈したのに対し、僕の作るものは児童の
世界を借りた大人の芸術歌曲」だった、と述
べているが（1979、p.66）、少なくとも『赤
い鳥』童謡の初期には、「唱歌」の音楽につ
いて、共通した認識はなかったと思われる。
そのことは、高野をして「児童が親しみを感
ずるやうに作曲してゐられるだらうか。（中
略）西洋の民謡童謡、否作家諸君の排斥する
唱歌式のものでありはしまいか」とも言わし
めている（1929、pp.183〜184）。

思われる］の作品発表会の時に同氏から『作曲に
対する私見』と言ふ講話を聴いて氏の作曲法をま
ねて作曲した」と書き添えられており、童謡のふ
しづくりに熱心に取り組んでいたことが窺われる。
郷里の近い藤井清水からの書簡には、北原白秋「祭
り物日に」の曲付けに対して、「右の楽句を採つ
てこのリズムの流れを考へてみませう。これはそ
のまゝ2/4拍子にかきかへられます」「ハ短調にな
ってからのメロディの進行とリズムの単一さが本
居氏臭くて気にかかります」といった具体的な作

曲の助言が書かれており、独学での童謡のふしづ
くりから次第に本格的な作曲へと進んでいく。
1923（大正12）年には東洋音楽学校師範科に入学、
震災のため半年で帰郷するが、1929（昭和4）
年に再上京し、東京市三河台尋常小学校に専科と
して勤務する傍らで、草川信、小松耕輔に指導を
受けている。

　童謡作曲とともに坊田が熱心に取り組んだのは、
わらべうたの教材化である。「近頃自分の生徒か
らだいぶん日本在来の童謡を教はつた　どうにか

●唱歌から童謡への研究の視座

近代学校教育の成立と並行して、唱歌や童謡も含む夥しい数の小篇歌謡がつくられた。その中で、唱歌は、国民国家形成において歌が担わされた役割を映し出すとともに、時代の変化に伴う学校と子どもの身体にかかわる装置として捉えることも可能である。

また、西洋音楽の圧倒的な影響の下、教材化の過程において、口承の文化であった歌も楽譜に書き留められ、正しく歌うべき規範として位置づけられた。実は、唱歌教育の開始によって子どもの歌が最も大きく変質したのはこの部分である。『赤い鳥』には「私どもの大きな子供は小さな子供を寝かせます時に、あの謡の中の好きなのへ勝手に節をつけて歌ってをります」（1918・11）といった読者の声がしばしば掲載されていること、「赤い鳥・小鳥」は黒い実でも黄いろ、茶色、紫でも好きに歌いかえてよいし（1925）、「作曲しないで、子供達の自然な歌い方にまかせてしまつた方が、むしろ、本当ではないか」（1919・9）と白秋が述べたことこそ、実は、童謡が唱歌と袂を分かつための重要な分岐点だったはずである。

他方、東西二様の音楽の折衷という課題の下で唱歌は形づくられ、童謡もその影響を大きく受けてきたが、政策によって変化を余儀なくされた在来の音楽文化との関係については、現在に至る問題として明らかにする必要

がある。さらに、讃美歌、聖歌、保育唱歌、軍歌、童謡、はやり歌などをすべて含めて大胆に「唱歌」と捉えることも可能であり（安田、2000、p.2）、俯瞰的な視点での考察と、個別の歌の価値や本質の考察が求められる。

（権藤敦子）

［引用・参考文献］

北原白秋（1921・11）「小学唱歌々詞批判」（『芸術自由教育』第1巻第10号）、同上（1921・2）「童謡復興（二）」（『芸術自由教育』第1巻第2号）、同上（1925）『お話　日本の童謡』（アルス）、同上（1932）「新興童謡と児童自由詩」（『岩波講座日本文学』、岩波書店）、小島美子（2004）『日本童謡音楽史』（第一書房）、近衛秀麿（1979）「『赤い鳥』回顧」（『「赤い鳥」復刻版　解説』日本近代文学館）、権藤敦子（2015）『高野辰之と唱歌の時代』（東京堂出版）、櫻井雅人他（2014）『仰げば尊し─幻の原曲発見と『小学唱歌集』全軌跡─』（東京堂出版）、山東功（2008）『唱歌と国語─明治近代化の装置─』（講談社）、周東美材（2015）『童謡の近代─メディアの変容と子ども文化─』（岩波書店）、嶋田由美（2009）「明治後半期『唱歌調』とは何か─その構造的特殊性と生成に至る教育的背景─」（『音楽教育学』39-1）、高野辰之（1929）『民謡・童謡論』（春秋社）、野口雨情（1923）『童謡と児童の教育』（イデア書院）、畑中圭一（2007）『日本の童謡─誕生から九〇年の歩み─』（平凡社）、安田寛他編（2000）『原典による近代唱歌集成─誕生・変遷・伝播─』（ビクターエンタテインメント）

して日本の児童の謡を創り出してやりたい気が胸一ぱいだ」と、学校で採譜したわらべうたの横に自分の気持ちを書き添えている。藤井清水との交流や『赤い鳥』に毎号掲載される伝承童謡から学ぶなかで、「新しい日本の童謡は、根本を在来の日本の童謡に置く」といううたのあり方への共鳴が、訓導として唱歌を教えていた坊田を突き動かしたと言えよう。1932（昭和7）年には『日本郷土童謡名曲集』という曲譜付きのわらべうた集としては先駆的な著作を、晩年には『日本旋律と

和声』（1941）という理論書も執筆している。

他方で、童謡や保育教材出版、児童とのレコード吹込みやラジオ放送、演奏会への出演、『音楽教育　郷土化の理論と実際』（1932）、『心理化作業化唱歌綜合教育』（1934）等の実践開発を本にまとめ、児童の生活を出発点とする児童中心主義的な唱歌教授を提案した。唱歌に対する批判から始まった『赤い鳥』の思想は、童謡として結実しただけではなく、唱歌科の教員とその実践も変えていったのである。

伝承童謡

●定義と特徴

　伝承童謡とは、「作者が特定されず、成立の年代や場所も特定されないが、長年にわたって歌い継がれてきた、伝承文化としての子どものうた」と一般に定義され、「わらべうた」とも呼ばれる。

　次に３つの観点からその特徴を挙げておく。第１に、伝承の担い手については、主に子どもたちの間で歌われるものと、主に大人が子どもに向けて歌うものとがあり、前者は「子ども自身の文化」、後者は「子どものための大人供与の文化」と見なされる。はじめ大人から教わったものを後に子どもたちだけで歌うようになる場合もあり、両者をはっきりと区別することは難しいが、残酷な替え唄や悪口唄のように、大人に聞かれたら怒られたり眉をひそめられたりしそうな「子ども自身」の唄がある一方、子守唄のように、大人が子どもを寝かせつけたりあやしたりする時に歌われる「大人供与」の唄もあり、両者の区別は重要である。

　第２に、伝承の形態については、「口承」すなわち口から耳へと口伝えで受け継がれるのが主な形だが、文字社会においては「書承」すなわち文字や音符に記録されて受け継がれることもあった。例えば、日本でもイギリスでも18世紀には伝承童謡集が刊行されており、その普及や継承に少なからぬ影響を及ぼしたと考えられる。尾原昭夫ほか（2016）によれば、現在までのところ日本最古の伝承童謡集と考えられているのは、鳥取藩士・野間義学によって1732（享保17）年頃に稿本が成立した『古今童謡』であり、イギリス最古のものは、1744（寛保４、延享元）年頃にロンドンで出版された『親指トムの唄の本』

（*Tommy Thumb's Pretty Song Book*）とされる。

　第３に、表現の形式としては、一定の旋律に乗せて「歌う」もの（例「かごめかごめ」）と、旋律を伴わないが一定のリズムに乗せて「唱える」もの（例「どちらにしようかな」）がある。

●『赤い鳥』に掲載された日本の伝承童謡

　『赤い鳥』創刊号（1918・7）には、「ねむの木（各地童謡）」として北原白秋選で「ねむの木」（上野邑楽郡）他合計11編の子守唄が掲載されている。また奥付の頁に「○各地童謡伝説募集」と題して「○各地童謡は北原白秋選。伝説は鈴木三重吉選。これも一般の方から投書を歓迎いたします」とあり、本誌を通じて伝承童謡の収集を図ったことが分る。

　その後しばらく間隔が空き、第２巻１号（1919・1）に小島政次郎選で「白鷺（各地手毬歌）」11編が掲載された後、第２巻４号（1919・4）より「通信」欄に白秋選の「地方童謡」として、報告者の住所と氏名を付けて、コラムの形で断続的に掲載され、第21巻５号（1928・11）の「地方童謡（六十四）」まで続く。1931（昭和６）年の復刊後も「地方童謡」の募集記事は見られるが、寄せられた伝承童謡の掲載は行われていない。

　筆者の集計では、収録数は合計374編に上り、子守唄と手毬唄が多い。地域別に見ると、北海道から沖縄および台湾まで、ほとんどすべての都道府県のものが紹介されている（四国地方は愛媛１編のみ）。最も多いのが大阪30編で、次いで京都25編、３番目が和歌山19編と、近畿地方が多い。一人の報告者の投稿がいくつも選ばれており、例えば岡山12編は全て福井研介の報告、大阪30編のうち14編は古村徹三の報告である。

●金子みすゞの報告

　第14巻１号（1925・1）の「地方童謡（三十六）」に「長門仙崎地方─金子みすゞ氏報」

として以下の手まり唄が紹介されている。

「姉さん〳〵／田をつくれ、／一反つくれ
ば二千石、／二千石の大かめを、／めいじに
たいて富士の山、／富士のお山のその先に、／
うつくし鳥が／三羽をる。（以下省略）」

全体で30行に及ぶ長大な物語唄である。矢
崎節夫（1993）によれば、1923（大正12）
年6月、金子みすゞは自作の童謡を『童話』
等4誌に初めて投稿し、4誌すべての9月号
に掲載された。

以後、翌1924（大正13）年の春頃にかけて、
特に西條八十が選者を務める『童話』に数多
く投稿し、八十から高い評価を得て一躍脚光
を浴びたが、同年4月に八十が渡仏し選者が
吉江孤雁に代わると、八十を師と仰ぐ他の投
稿詩人たちと同様、みすゞもまた『童話』へ
の情熱を失い、『赤い鳥』へと移っていった
とされる。第13巻4号（1924・10）に「田
舎」、第14巻1号に「入船出船」、2号に「仔
牛」が掲載されており、上記の伝承童謡の報
告も同じ時期にあたる。

●白秋と伝承童謡

『赤い鳥』の童謡部門を主導した白秋は、
1929（昭和4）年に改造社から出版した『緑
の触角』の中で、「新しい日本の童謡は根本
を在来の日本の童謡に置く。日本の風土、伝
統、童心を忘れた小学唱歌との相違はここに
あるのである」（こぐま社版p.44）と述べ、
彼が理想とする童謡の姿を、日本の風土や伝
統や童心に根ざす伝承童謡に見出し、学校唱
歌にはこれらが欠如していると批判する。

白秋はまた、伝承童謡は「子供そのものの
感覚感情から生まれて、自ら形になったもの」
（p.32）としての伝承遊びと結びついている
が故に、深い詩情に富んでいると指摘する。
これに対して、明治以来の学校教育が「大人
の功利と理智」とをもって「ヨーロッパ文明
の外形のみの模倣」を強いてきたために、子
どもは自由や活気や詩情や郷土の匂いを忘れ
てしまったとして、学校唱歌に代わる、伝承

童謡を根本に据えた新しい童謡を創造してい
くよう提言する。

さらに白秋は、自身の創作した童謡は「幼
年時代の私自身の体験から得たものが多い」
とし、「生まれた風土山川を慕う心」として
の「郷愁こそは人間本来の最も真純なる霊の
愛着である」（p.45）とする。その上で、乳
母の歌う子守唄や動植物や自然の唄、生まれ
育った福岡県柳川における年中行事の唄、姉
たちや近所の子どもたちが歌う手毬唄や季節
ごとの遊びの中で歌う唄など、幼年時代に聞
いた様々な伝承童謡が、自身の創作活動に大
きな影響を及ぼしたことを表明する。

伝承童謡に影響を受けた白秋の作品として、
北海道（和人）の子守唄「ねんねの寝た間に
何せよいの／赤い山へ持って行けば　赤い鳥
がつっつく…」を元にした「赤い鳥、小鳥／
なぜなぜ赤い／赤い実をたべた…」（『赤い
鳥』第1巻4号（1918・10））が知られる。

なお、白秋は『緑の触角』において「伝承
童謡」という言葉は用いておらず、「日本在
来の童謡」という言い方をしている。『赤い
鳥』においては、前述した通り「各地童謡」
「地方童謡」などと表現している。

●『日本伝承童謡集成』の編纂

白秋が『赤い鳥』や『近代風景』などの雑
誌を通じて募集した伝承童謡は、まとまった
形では1929（昭和4）年3月にアルスから
日本児童文庫の1冊としてごく一部が紹介さ
れたにすぎなかったが、1942（昭和17）年、
「日本伝承童謡集成編纂部」が白秋の自宅内
に置かれ、藪田義雄他門弟10名で結成した編
纂委員会が、病床にあった白秋の指示を仰ぎ
ながら編集作業を進めた。同年の白秋の死後、
1947（昭和22）年に『日本伝承童謡集成　第
一巻子守唄篇』が国書刊行会から刊行された。

1950（昭和25）年までに第2・3巻を出版
した後、原稿の紛失により中絶していたが、
その後発見された一部の紛失原稿を加えて、
1974（昭和49）年に全6巻の改訂版が三省

堂から刊行された。子守唄篇1巻、遊戯唄篇2巻、天体気象・動植物唄篇1巻、歳事唄・雑謡篇1巻、索引1巻からなる。

本集成は、白秋に代わって門弟たちが最終的な編集作業を行ったことで、芸術性の観点からの「精選」を回避し、資料としての価値を優先して全て載せた結果、子守唄だけで3,400余編という膨大な数のテキストを採録することができたと言える。

●『赤い鳥』に掲載されたマザーグース

『赤い鳥』に掲載された伝承童謡は、日本のものだけではない。英語圏の伝承童謡いわゆる「マザーグース」も掲載されている。

川戸道昭（2006）によれば、現在までに確認されている日本語訳のマザーグースでもっとも古いものは、1882（明治15）年の『ウイルソン氏第二リイドル直訳』に掲載された「小サキ星ガ輝ク（キラキラ星）」とされる。その後、鷺津名都江（2001）によれば、1892（明治25）年の『幼稚園唱歌』に「きらきら」「我小猫を愛す」「雪ふりつめば」「北風」の4編が掲載され、また、竹久夢二が、1910（明治43）年『さよなら』に収めた「少年と春」「ロンドンへ」の2編をはじめ、1919（大正8）年『歌時計』までの画文集に、マザーグースを典拠とすると思われる詩を合計26編掲載している。ただし、夢二は「外国の童謡を訳した」と記すのみで、出典は明記していない。

『赤い鳥』第4巻1号（1920・1）において、白秋は「緑のお家（英国童謡訳）」という見出しで「胡桃」「柱時計」の2編を訳出し発表した。以降、2号に2編、3号に1編、4号に6編、5号に2編、第6巻6号（1921・6）に4編、計17編の白秋訳版が掲載され、マザーグースの本格的な紹介は本誌で初めて行われたと言える。

●『まざあ・ぐうす』の刊行

白秋の「英国童謡訳」は、1921（大正10）年になると、『芸術自由教育』などの雑誌にも顔を出すようになり、その年の12月、白秋は新たに訳したものや既発表分に手を加えたものも含めて計130編を収載した『まざあ・ぐうす』をアルスから出版した。

同書に白秋は、「日本の子供たちに」という「はしがき」と大人向けの「巻末に」を付している。後者の中に以下の一節が見られる。

　「マザア・グウス」の童謡は市井の童謡である。純粋な芸術家の手になったのではなかろう。しかし、それだからといって一概に平俗野卑だというわけにはゆかない。日本の在来の童謡、すなわち私たちが子供のときにいつも手拍子をたたいてはうたったかの童謡はやはり民衆それ自身のものであった。（中略）日本在来の童謡は日本の童謡の本源であり本流である。「マザア・グウス」もおなじく英国童謡の本源とみなしていいであろう（角川版pp.224〜225）。

「在来の童謡」（＝伝承童謡）に対する白秋の高い評価が示されている。また日本の伝承童謡と比較して、「都会的な軽快味とその縦横無碍の機智とにずばぬけている代わり、日本の子守唄のようなほんとにしみじみとしたあの人情味には欠けていはしまいか」とマザーグースの特徴を指摘している点も興味深い。

（鵜野祐介）

［参考文献］

尾原昭夫他（2016）『古今童謡を読む』（今井出版）、北原白秋訳（1921/1976）『まざあ・ぐうす』（角川書店）、北原白秋（1929/1973）『童謡論——緑の触角抄』（こぐま社）、矢崎節夫（1993）『童謡詩人金子みすゞの生涯』（JULA）、鷺津名都江（2001）『マザーグースと日本人』（吉川弘文館）、川戸道昭（2006）「明治のマザーグース——英語リーダーを仲立ちとするその受容の全容」『児童文学翻訳作品総覧』第7巻（大空社）

童謡の「童心・童語」

●鈴木三重吉の『赤い鳥』への理想と「童心」「童語」

鈴木三重吉は、『赤い鳥』の創刊宣言ともいえるプリント「童話と童謡を創作する最初の文学運動」に、「芸術として真価ある純麗な童話と童謡を創作する」雑誌として、『赤い鳥』を主催発行すると宣言した。その思いは、各号の最初に標榜語として具体的に掲げられた。そこからは「子供に純麗な読み物を授け」「子供の純性を保全開発する」ことを目的としており、そのように子どもを育てたいと願っていたことが読み取れる。そのために「現代第一流の芸術家の真摯なる努力を集め」て芸術性の高い作品を与える必要性があると考えていた。

三重吉は、「純麗な読み物」として、具体的にどのような文章・文体を考えていたのであろう。

三重吉は夏目漱石の門下生として唯美浪漫主義的な作風の小説を書いていたが、文壇の潮流に従い、また漱石の忠告もあり、一時期、写実主義的な作品も発表した。しかし、唯美浪漫主義的な本質は断ち難かった。

1916（大正5）年6月、娘すずの誕生を契機に、子どもの本に関心を持つようになった三重吉は（このすず伝説に対し疑問を投げかける研究もある。桑原三郎『赤い鳥の時代──大正の児童文学』慶應通信、1975参照）、同年12月発行の処女童話集『湖水の女』（春陽堂、1916）の序文で、従来の「お伽噺に対して、いつも少なからぬ不平を感じてゐた」と述べ、自らの作品は材料選びにも心を配り、表現も「われわれが実さいに使つてゐるだけの平易な純な口語のみを選んで、出来るだけ単純に書かうと努力した」「いろんな

点に十分注意して書いた」と述べている。

従来の作品への不満と新しい子ども向け作品への意気込みは、そのまま『赤い鳥』の標榜語に繋がる思いであった。

これら三重吉が力説する「童語」への思いは、『赤い鳥』にも折々説かれている。例えば創刊号の通信欄の童話の選評に漏れた人への寸評には「第一に言葉の選択が粗雑です」「もの > 言ひ表し方が、下卑てゐたり、感情が誇張されてゐたり、無理に強ひた教訓が鼻につく」と評価した。修飾語を付けるなら「あたりまへの言葉を使つてそれが伝へる感情、感覚、理性が全体のフレボア（香味）と深さになるやう」にと言っている。さらに「表現の純朴」を重視している。『湖水の女』の序文よりさらに高い理想に、「芸術性の匂ひ」も加味されたと言える。

つまり、三重吉の言う「童語」とは「子どもが平生に使用する平易な純な口語のみを選んで、出来るだけ単純に書かれたもの」で、「感情、感覚、理性が全体のフレボア（香味）と深さになるやうな」芸術性を持つ表現を目指したと考えられる。

●一流作家への要望

三重吉は、「現在一流の作家」たちにも、「芸術性が高く純麗」な作品を執筆してくれるように説いて回った。その崇高な理想と熱意に賛同した作家たちが号を追って増え、多くの作品が生まれた。木俣修は、作家らが決して片手間ではなく、その文学的才質とエネルギーを全的に注いで「子供たちのために」文学作品を書いたのであると、作家らが三重吉の理想を着々と具現化していった経緯を「赤い鳥の意義」（『解説　赤い鳥の本・赤い鳥童謡』ほるぷ、1969・6、p.8）に説明している。

しかし、全く新しい香りのする純麗で芸術性の高い、しかも子どもたちが普段使用する易しい言葉で書かれた作品を創ることは容易ではなかった。呪文のように唱えられる「童心」「童語」による作品を、作家らはそれぞ

れに追求していくことになる。

●三重吉の童謡に対する要望

三重吉は、童話における文学運動を、子どもの歌にも興したいと願った。初期の随想「俗歌の滅亡と学校の唱歌」に、女児の羽根突きの様子を見ながら「子羽根突謡や毬唄は唱歌の代用にはなるまいけれども、それらの多くは詩としては、女の子の間から亡ぼすには余りに惜しい程の立派な抒情詩を有してゐる」「到底現代人には創造し得られないやうな簡朴と、詩的な無意味の美と、詞章上の音楽的なよい格調とを蔵してゐる」と感じた。そして「よい歌を持たない子供らを哀れに思ふ」。その結果、「北原白秋氏のやうな第一流の詩人に頼んで子供に謡はせる歌だといふ制限と或注文との下に、真にわれわれ国民一般の誇りとなり得るやうな唱歌を作つて貰はなければ嘘である」と考え、『赤い鳥』創刊にあたり、その要望を当時詩壇の双璧と称されていた北原白秋と三木露風を訪ね、その主旨を説き、童謡欄の選者と作品の掲載を依頼した。

● 「童語」という壁

白秋と露風は三重吉の熱意と理想に賛同して、新しい童謡の創作を始めるが、そこには「童語」という壁が立ちふさがっていた。白露時代を築き上げ、脂の乗っていた白秋と露風が、新しい童謡一篇を生み出すのに数か月も悪戦苦闘したのである。その経緯を、和田典子は書簡の分析や、白秋と露風の作品の分析を通じて、両者共に文語文体からの脱却が為しえていなかったからだと指摘する(「鈴木三重吉の『赤い鳥』への願いと、それぞれの童心・童語」『翰苑』Vol. 6、2016・11、pp.26～48)。

例えば、白秋の場合『思ひ出』という自己の幼年時代を詠った詩集があり、その中には「童謡」に近い作品や、後に童謡集に掲載された作品がある。しかし、それは「雅語脈の小曲」つまり雅文体で書かれており、「童語

の歌謡体」ではなかった。白秋は三重吉の要求する「童語」、つまり日常使いの「口語」で律(リズム)の良い詩を作ることに困難を感じたのだった。なぜなら当時の白秋は、浪漫的な唯美主義を通す上でも、音律豊かな文語・雅語は手放せなかった。

それは無理からぬことで、文学史を覗いてみると、1907(明治40)年、川路柳虹が雑誌『詩人』に口語詩「塵溜」を発表して以来、口語詩運動が起こった。次いで早稲田大学の自然詩を中心とする若者たちが新しい詩形を求めて口語詩を発表した。三木露風も早稲田詩社の一員として、「暗い扉」(1908)を発表して好評を得て『ハガキ文学』の口語詩欄の選者になった。しかし、「十月のおとづれ」で露風調と呼ばれる文語と口語の混交体に戻り、非難されつつも、優美な独自の詩形にこだわり続けた。韻文学の律(リズム)において文語の豊かさや雅語は、口語に勝り、白秋も露風も手離し難かったのである。

大正詩壇は白秋と露風が文語で席巻していたが故に、口語詩の発達が遅れたとも考えられるほど、両雄の存在は大きかった。

詩の律(リズム)にこだわり続けた両雄が「平易な純な口語のみ」で作る謡(自然なリズムを有したうた)に挑戦することは、困難な仕事であったのである。

●白秋の「童心」「童語」への工夫

白秋は、『赤い鳥』創刊号の巻頭に「りす〳〵小栗鼠」で各連を「栗鼠、栗鼠、小栗鼠、/ちょろ〳〵小栗鼠、/杏の実が赤いぞ/食べ、食べ、小栗鼠」とリズミカルな反復で歌い始め、わらべ唄風の語感で、小栗鼠の可愛らしさや語りかけを表現した。律(リズム)では「杏の実が赤いぞ」「山椒の露が青いぞ」「葡萄の花が白いぞ」と「あかかい」と中の音に片かなでルビを入れることによって謡のリズムを作り出す工夫をした。口承で伝えられてきたわらべ唄のリズムを文字化したのである。口に出して読むだけで自然なリ

ズムの調子良さ、心地よさが伝わってくる。しかも、単なる語句の繰り返しではなく、微妙に変化させることにより新しい口語の文体を創造したのだった。以降、白秋は「新しい日本の童謡は根本を在来の日本の童謡に置く」と言い、わらべ唄の現代化を志していくことになる。

●露風の「童心」「童語」への工夫

三木露風は、最初に三重吉の理想とする「わらべ唄」の抒情や「純朴」「純麗な」表現を考えた。しかし『赤い鳥』第1巻第2号に発表された「毛虫採」は、三重吉の「童心」「童語」とも白秋の「童心」「童語」とも全く異なった次のような童謡であった。(／は改行)

「毛虫、毛虫、／栗の木の枝に、／毛虫が寝てる、むく、むく 毛虫。」(第一連)「毛虫を落せ、／揺ぶつて落せ。／雨の露ばらばら、／毛虫もばらばら。」(第二連)

栗の木の枝で寝ている毛虫を、子どもたちが、棒で枝を揺すぶって落とそうとする。子どもたちが見つめる先には、柔らかい緑の葉の茂み、その先に広がる青空がある。「用意はいいか？」子どもたちの息を呑む緊張感が広がる。揺すぶられて、ばらばらと露が落ち、子どもたちは露を避けるために八方に散る。再び揺すると、毛虫がばらばらと落ちてくる。毛虫は触れるだけで腫れるので、遠巻きに悪態を付く。

「落とせ、落とせ、／落した毛虫、／雀にくれろ、／泥ん中へ埋ろ。／むくむく毛虫、／花の傍、葡匐てゐる。」(第二連)

「雀にくれろ」の「くれろ」は「くれ」(下さい) という少年語であるが、「くれろ」で「くれてやれ」という意味。子どもが使用する口語という点では三重吉の条件を満たしてはいるが、けっして上品とは言えない。しかも「泥ん中へ埋めろ」も加わり「残酷」という批判さえ聞こえてきそうである。しかし、農薬の発達していないこの頃は、大切な食料源である栗の木の害虫駆除は、子どもたちの

大切な仕事であった。

徳育を目的とする唱歌では決して歌われない内容だが、子どもの生活に密着した題材で、天真な姿が生き生きと活写されている。

大きな空間の中で、空の青、葉の緑、木肌の色、泥や土の色と臭い、花の色と香り、子どもたちの歓声と、輪になったり縮んだり分散する躍動的な動き、対比される「むくむく毛虫」のユーモラスな動きとゆったりした時間の流れがある。そして、命の尊厳と人間が生きていくための犠牲。一篇の童謡から感じ取れる感覚の何と多いことか。

伝承童謡 (＝わらべ唄) が本来持っていた、「囃子す」という行為、骨太なリズム、自然の中での子どもの遊び行為など、「わらべ唄」が持つスケールの大きさを復興させている。

新興童謡 (大正期に興った童謡) は、伝承童謡が近代的思想を得た復興であると捉えていた露風は、『真珠島』(アルス、1921) の序で、「童謡復興は詩の自覚から起こりました」と述べ、さらに、「童謡は乃ち、天真のみづみづしい感覚と想像とを、易しい言葉でうたふ詩です」とも言う。その言葉を具現化した最初の作品が、「毛虫採」であった。

「純朴」ではあるが「純麗」ではない露風の「童心」を、子どもが平生に使用する口語ではあるが上品ではない露風の「童語」を、三重吉はどう思ったであろうか。虚を突かれたのではないだろうか。

こうして作家たちはそれぞれの「童心」「童語」を求めて競うように創作して童謡の全盛期を華開かせていった。　　　(和田典子)

総説 『赤い鳥』の童謡詩人

●北原白秋からの招聘

北原白秋は『赤い鳥』の創刊時から1933（昭和8）年4月号を限りに同誌と決別するまで、足掛け16年の長きに亘って童謡の寄稿と投稿童謡の選を続けた。

鈴木三重吉の白秋宛書簡（1918・1・10）によれば、遅くとも1918（大正7）年の年頭には新雑誌の創刊について具体的な相談を持ちかけていた。スキャンダルによって文壇での地位を失い苦境にあった白秋であったが、「りす〰小栗鼠」（1918・7）を皮切りに次々と力作を物して新境地を開く。

もっとも、三木露風の自筆年譜によれば、この年の5月に三重吉から童謡の寄稿と投稿童謡の選の依頼を受けている。与田凖一の証言によれば、露風は三重吉の選者就任の申し出を辞退し、代わりに白秋を推薦したという。そのような経緯から、露風は「毛虫採」（1918・8）以下8編の童謡のみを寄稿した。ただ、創刊号が7月号（実際には6月に刊行）であるのに、5月に選者への就任を依頼するのではあまりにも遅すぎるから、この話はつじつまがあわない。

●白秋と八十の確執

このようにして、三重吉は投稿童謡の選を全面的に委ねる盟友として白秋を迎え入れたが、その一方でまだ無名の詩人であった西條八十にも声をかけている。

三重吉が八十を訪ねるのは、1918年の夏のことである。八十はその前年から神田神保町の出版社建文館の2階に住み込みながら受験雑誌の編集に従事し、不遇な生活を送っていたところ、「芸術的唱歌」（芸術的な詩でありながら子どもにも楽しめる詩）を書いて欲しいという趣旨の依頼を受けた。これを受けて、八十は「忘れた薔薇」（1918・9）以下42編の童謡を寄せた。八十によれば、この依頼の裏には灰野庄平の紹介があった。

このようにして、三重吉は『赤い鳥』の二枚看板として白秋と八十を迎え入れた。ただ、ふたりの童謡観は大きく異なっている。白秋は日本のわらべ唄の伝統を基点に童心童語の童謡を目指した。これに対して、八十は芸術至上主義を基点に自分の心に浮かぶイメージ

赤い鳥一周年記念音楽会

「赤い鳥一周年記念音楽会」は1919（大正8）年6月14日に帝国劇場で開催された。『赤い鳥』一周年記念、山田耕筰歓迎、在西比利亜日本軍隊慰問を兼ねたこの催しこそ、わが国で最初の童謡の音楽会であった。この頃は日本にまだ満足なオーケストラがなかったので、やむをえず、海軍の軍楽隊に三十数名の出演を依頼したものの、鈴木三重吉にしてみれば、詩と音楽を融合させようという夢がついに実現した、画期的で晴れがましい催しであった。

ただ、童謡の歌唱は「番外合唱」（『赤い鳥』1919・8掲載の広告）という形で行われている。そのうえ、歌手の名前もただ「少女数名」（同前）とあるだけで、童謡がメインの音楽会という構成ではなかった。曲目も「かなりや」（西條八十作詞・成田為三作曲）、「あわて床屋」（北原白秋作詞・石川義拙作曲）、「夏の鶯」（三木露風作詞・成田為三作曲）の3曲にすぎなかった。

このときの童謡発表会に参加した人たちの感想

334

を自由に描く童謡を目指したのである。

作風の異なる童謡を同時に掲載して誌面を豊かにするこの試みは、一時は成功したかにみえた。しかし、たまたま1920（大正9）年の5月に白秋の妻であった江口章子が家出して離婚するという事件があって、白秋はこの年の6〜7月の3号にわたり童謡を寄稿することができなかった。そのため、童謡欄は八十の独占するところとなった。実際、このころの八十には白秋を凌駕する勢いさえあった。こうした出来事を通してもともと芸術観の異なる白秋と八十の間に決定的な亀裂が生じた。森三郎の証言によれば、「西條八十の書く雑誌はおれは書かん」とまで三重吉に言って、二者択一を迫ったのだという。結局、三重吉は白秋を選び、八十は1921（大正10）年8月号を最後に『赤い鳥』を去っている。

ただ、八十の去った後も、赤い鳥社から三重吉の編で『「赤い鳥」童謡』と題する小冊子（全8集　1919〜25）が、刊行されている。これは白秋や八十の童謡に成田為三、草川信、弘田龍太郎などの曲を付し、さらに推奨童謡（投稿童謡）を加えて再編集したものである。

なお、『赤い鳥』に童謡を寄稿した作家には、泉鏡花（2編）、小川未明（2編）、小山内薫（1編）、柳沢健（8編）ほかがあるが、いずれも作品数が少ないうえ、寄稿の時期も初期の頃に限られている。八十が去った後の『赤い鳥』の童謡欄は、文字通り白秋の独擅場となった。

●歌う童謡の誕生

初期の頃の『赤い鳥』に掲載された童謡は、専ら読むための童謡であって、曲をつけて歌うという発想がなかった。ところが、創刊当初から「どうか御誌上で、やさしい歌と譜の創作を広く募集なすつては如何でございませう」（1918・9）、「あの謡の中の好きなのへ勝手に節をつけて歌つてをります」（1918・11）などという投書が相次いだ。そこで、これに応えて、1919（大正8）年5月号に成田為三の曲譜付きで八十の「かなりや」（初出1918・11）が再掲載された。これが歌う童謡の嚆矢である。

まもなく「赤い鳥一周年記念音楽会」（1919・6・14）が開催された。1919年9月号以降は「「赤い鳥」の標榜語」も大きく改訂されて、「子供等に向つて真に芸術的な謡と音楽とを与へ」「作曲家には、山田耕作、成田為三、近衛秀麿の三氏」云々という記述が加えられた。

なお、最初の歌う童謡が白秋の作でなかった理由は、「どうしても童謡は作曲しないで、子供達の自然な歌ひ方にまかせてしまつた方が、むしろ、本当ではないかとも思はれます」（1919・9）と、白秋が自作に曲をつけることを好まなかったからだ、という説がある。しかし、この一文は「あわて床屋」の作曲者を批判したものであるし、『赤い鳥』に携わる以前に歌謡曲の創作を自ら積極的に手がけ

が、『赤い鳥』（1919・8）の「通信」欄に載っている。この記事によれば、どちらかといえば北原白秋の「あわて床屋」の評判が最も高く、「かなりや」がこれに次いでいた。

なるほど、「あわて床屋」（今日よく歌われる曲者は山田耕筰の作曲）では、あわてものの蟹の床屋がうっかり兎の耳を切り落として逃げてしまうナンセンスでコミカルなストーリーに加えて、「チョッキン、チョッキン、チョッキンナ」とたたみかける軽快なリズムがいかにも楽しげである。こ

れに比べると、「かなりや」はかなしくさびしいイメージの歌詞であるうえ、曲の方も後半に転調するため難しくて歌いにくい。

ところが、翌年の1920（大正9）年に「かなりや」がレコードとして発売されると、評価はすっかり逆転した。「かなりや」はレコードを通して何度も繰り返して聴いているうちに、人びとの心に染みわたっていく。どちらかというと、この歌の詞とメロディーは、歌うことよりも聴くことによって真価を発揮するのではないだろうか。

ている。白秋が自作の作曲を嫌っていたことを裏付ける積極的な証拠はない。

●投稿家出身の詩人たち

白秋が三重吉から任された投稿童謡欄では多くの詩人を輩出したが、創刊の当初は成人による童謡の投稿も子どもの創作童謡の投稿も区別せず、「創作童謡」などの名称ですべての投稿を一括して掲載していた。

しかし、1919年4月号から成人の投稿作品は「創作童謡」、子どもの投稿作品は「自作童謡」「少年自作童謡」という名称の欄に分けて掲載されるようになった。1920年1月号から成人の投稿作品は「入選童謡」、子どもの投稿作品を「少年少女童謡」、1921年11月号から子どもの投稿作品は「自作自由詩」「自由詩」の名称が用いられるようになった。こうした名称の揺れからは、白秋の童謡観の深化や白秋が児童自由詩の指導に力を注ぐようになる過程が窺える。

ただ、白秋は師弟関係に極めて厳格で、白秋門下の投稿家を一人前の詩人扱いしたことは一度もない。白秋をはじめとする詩人の童謡は挿絵つきの見開きページの体裁で載せることが慣例であったが、白秋門下の若手の物する童謡は挿絵つき見開きページに載せられることがあっても、あくまでも「推奨童謡」の扱いに留められている。三重吉門下の投稿家が、作品さえ優れていれば一人前の作家扱いされたことと対照的である。

詳細は別項に譲るが、白秋は次第に児童自由詩に力を注ぐようになる。すると、勢い成人の童謡投稿が端折られるようになったため、投稿家たちは八十が移った『童話』や野口雨情の拠る『金の星』など競合する他誌にも童謡を投稿する。与田準一、巽聖歌、佐藤義美といった白秋門下の詩人たちでさえ例外ではない。

こうした傾向について、白秋は「方々の雑誌に投書したり、方々から原稿を貰つたりする態度は修業中の人の為ることではない。真に信ずるものは一でなければならない。私は厳としてこれを云ふ」(1926・1)と、厳しく咎めている。その一方で、「今月から大人たちの創作童謡中の秀作を別頁に推奨することにしました。それだけ盛んになつたわけです。今後、引きつづいて推奨してゆくうちに、これと私が見定めた人は私が責任を以て世に紹介し度く思ひます」(1926・1)と関心をつなぎとめる配慮をみせている。

1928(昭和3)年4月には常連の投稿家たちの中から白秋の選んだ人たちを集めて「赤い鳥童謡会」が結成された。また、1930(昭和5)年11月にはロゴス書院から『赤い鳥童謡集』が発行され、『赤い鳥』の推奨作が収載されるなど、「私が責任を以て世に紹介」するという約束は着実に果たされた

なお、復刊後の投稿童謡には、新美南吉、清水たみ子、歌見誠一、柴野民三、小林純一、古村徹三、武田幸一、渡辺ひろしらの常連が

赤い鳥童謡会

1925(大正14)年に「童謡詩人会」が結成されている。会員にはサトウ・ハチロー、金子みすゞ、島田忠夫らの名が見えるが、白秋門下の詩人はひとりも入っていない。

そうした中で、1928(昭和3)年4月15日に白秋宅で「赤い鳥童謡会」が結成された。メンバーは『赤い鳥』への常連の投稿家の中から白秋によって選ばれている。白秋は師弟関係に厳しく、弟子を一人前の詩人として認めようとはしなかった。それでもこの会のメンバーに選ばれることは、並の投稿家からはぬきんでた存在、いわば一人前の詩人に準じる存在として、師の白秋から認められたということになる。そのためか、彼らは復刊後の『赤い鳥』には投稿していない。

白秋は『赤い鳥』(1928・6)に「赤い鳥童謡会について」と題する一文を掲げて、「赤い鳥童謡会が成つた。この赤い鳥の創作童謡は私の立つ童謡の道に於て正しい同行の信実と精進を示すものであり、高い意味に於ての世の童謡の基準を成

が投稿し入選を果たしている

◉白秋と三重吉の訣別

　1932（昭和7）年の夏頃、白秋と三重吉が酒席で争った。これがきっかけで、白秋は9月号の投稿童謡の選を取りやめてしまう。そのため、同号には「残念なのは発行を早めたために自由詩の選が間に合はなかつたことです。北原さんの仕事がつかへ、時間のやりくがつかなかつたのです」と、三重吉の署名入りで苦しい言い訳が載せられている。このときは和解をしたものの、ふたりの間に一度入った亀裂はひろがる一方であった。

　さらに1933（昭和8）年1月のこと、白秋は旅行中に風邪をひいたため予定より遅れて帰宅した。このとき、読者からの投稿童謡が自宅に届いていなかった。そのため、3月号には三重吉の署名入りで「北原君が永く旅行されているため、本号には、同君の童謡も、自由詩、童詩童謡の選も間に合ひませんでした」（1933・3）と記され、休載となった。このおりもふたりは和解しようと努めたが、またしても酒席で争いをおこす。そのため、同年4月号は白秋がこれらの欄を担当する最後の号となった。以後、白秋は三重吉との交友と同誌との関係を絶つ。ちなみに、同誌の最後の佳作には新美南吉の「光」が入選し、童詩・童謡欄の冒頭を飾っている。

　かくして白秋は三重吉と絶交し、自分の弟子たちを引きつれて『赤い鳥』からすっかり手を引いてしまった。その後は、雑誌『コドモノクニ』に移って、創作童謡の寄稿と投稿童謡の選評を引き受けている。

　このような経緯を経て、白秋との訣別が決定的となった1933年6月号の「講話通信」欄に、三重吉は「今月号から私が欠かさず自由詩の選をすることにしました」と、自らが投稿児童自由詩の選者となる決意を表明し、これを同誌の終焉まで続けた。また、その一方で「従来の童詩童謡欄は廃止します」と、同誌への童謡掲載を断念している。こうした措置は三重吉なりのけじめであろうか。

　それでも、その一方で「すぐれた新作家を世間に推薦したい熱意がありますので、御自信のある傑作がお出来になりましたらお送りくださいますように」と表明している、成人による童謡の投稿まで断念していない。そればかりでなく「作家なみに待遇して発表します」と投稿家たちに秋波を送っているが、これに応じる人材はなかった。かくして、『赤い鳥』から成人による投稿童謡はすっかり姿を消すこととなったのである。　（上田信道）

［参考文献］

日本児童文学学会編（1965）『赤い鳥研究』（小峰書店）、藤田圭雄（1984）『日本童謡史』Ⅰ、Ⅱ（あかね書房）、畑中圭一（1997）『文芸としての童謡──童謡の歩みを考える』（世界思想社）

すものと信ずるが故にいよいよ自重もし相互の進展をも念ずべきである」と、若い会員たちに自覚を促す。そのうえで、今後の方針として「月に一回私の宅で会合し、各自の作品について研究もし、（中略）詞華集も出版する」と掲げている。詞華集とは『赤い鳥童謡集』（ロゴス書院、1930）のことで、推奨作が掲載されている。「赤い鳥ではまたこの童謡会のために別に頁を割いてもらふことになつた」ともあるが、これは実現していない。

　ところで、会の結成時に白秋によって選ばれた会員は、有賀連、岡田泰三、佐藤義美、多胡羊歯、巽聖歌、寺田宋一、福井研介、藤井樹郎、松本篤造、柳曠、与田準一の11名であった。さらに、海達貴文、日下部梅子、田中善徳、吉川行雄の4名が選ばれている。

　会員のうち、大部分は白秋の指導のもとで「乳樹」（のち『チチノキ』）の創刊に参加した。すなわち、有賀連、岡田泰三、海達貴文、日下部梅子、多胡羊歯、巽聖歌、田中善徳、藤井樹郎、柳曠、与田準一の10名である。

北原白秋
きた はら はく しゅう

1885（明治18）年1月25日〜1942（昭和17）年11月2日。詩人・歌人。福岡県柳川市に生まれる。本名隆吉。生家は、代々柳河藩御用達の海産物問屋として九州一円に知られ、祖父の代から始めた酒造業は、父の代にはこの地区第一の石数を誇った。白秋は事実上、そうした良家の長男（トンカ・ジョン）として大切に育てあげられた。

●天才としての登場

北原白秋は1909（明治42）年3月に処女詩集『邪宗門』を刊行し、象徴詩風のうえに新しく官能を開放し、想像を自由奔放に飛躍させたことにより、いちやく詩壇の注目を集めた。続いて、詩集『思ひ出』（1911・6）、『東京景物詩及其他』（1913・7）により官能主義に貫かれた作品群を発表して当時の詩壇にさらなる刺激を与えつつ、また処女歌集『桐の花』（1913・1）によっても、西洋の瀟洒な感覚を詩人の眼でとらえ、わが国の伝統的歌壇にいまだみられなかった新しい世界を開き、明治末期から大正初年にかけてのわずか数年のあいだに、白秋は当時の詩歌壇の両域にわたって揺るぎない地位を確立した。

●芸術上の大きな転換

白秋は府下千駄ヶ谷（原宿）在住時、隣家の夫人（松下俊子）と恋愛関係におちいったことにより、1912（明治45）年7月5日に姦通罪として起訴され、相手の夫人ともども市ヶ谷の未決監に勾留された。のち、示談が成立して免訴放免となる。この事件のあと、白秋は俊子を妻に迎えて神奈川県三浦三崎に移住するが、この陽光麗かな三浦三崎の気候風土は、白秋の詩風に大きな変化をもたらし、今までとはまったく異質な作品集を生みだすことになった。

その変化は、まず、色彩において現れた。白秋のそれまでの詩は、もっぱら「耳新しい言葉」や、官能・頽唐的な「マイナスイメージの言葉」を使って、黄昏時の都会生活を詠うことを特徴としたが、三浦三崎では、まっ赤な太陽や、まっ青な海と白い波、土の匂いがぷんぷんする新鮮な緑の野菜など、真昼の原色世界が詠われるようになった。

また、白秋は象徴詩人と言われるが、その象徴詩法にも変化が現れた。「言葉の魔術師」とまで評された白秋の従来の象徴詩とは、「事象を想像のままに言葉で飾りたてた詩」という意であったのが、「言葉をきりつめたなかで言外に事象を表象した詩」というように変化した。〈薔薇ノ木ニ／薔薇ノ花咲ク。／／ナニゴトノ不思議ナケレド。〉（『白金之独楽』）白秋は、この極めて平凡で当たり前のことが

長男（トンカ・ジョン）

戸籍上は、「2月25日生・次男」となっている。白秋には異母兄と異母姉が一人ずついたが、兄は夭折している。実際は、熊本県玉名郡南関町の母の実家で生まれ、1か月後、母と柳川に帰り、出生届が出された。弟はチンカ・ジョンと呼ばれた。

『朱欒』1911・11〜1913・5。

白秋は高踏的な文芸雑誌『朱欒』を主宰創刊したが、その終刊号（1913・5）に萩原朔太郎「み

ちゆき（旅上）」と室生犀星「小景異情」を載せている。白秋の生家の酒蔵は近隣の大火で焼かれ、それを起因として生家は破産し、家族ともども故郷を追われている。人一倍新しいもの好きな白秋にとって、フランスはあこがれの土地であったに違いなく、また白秋でなくても、故郷に未練のない者はいない。生家の破産による莫大な借金を抱えて身動きがとれなかったとき、〈ふらんすへ行きたしと思へども／ふらんすはあまりに遠し〉〈ふるさとは遠きにありて思ふもの〉という詩のフレ

結局は普遍の真理であると言う。

三崎時代の作品としては、『真珠抄』(1914・9)、『白金之独楽』(1914・12)、「畑の祭」(『白秋詩集』第1巻、1920・9所収)の三詩集と、歌集『雲母集』(1915・8)一冊がある。

◉雀を見つめた閑寂な生活

白秋は、1916（大正5）年5月に江口章子を2度目の妻として迎え、府下南葛飾「紫烟草舎」において雀を見つめるなかで、閑寂な生活を送るようになる。ほとんどの仕事を断って、長編散文詩『雀の生活』(1920・2)と、それと表裏一体をなす歌集『雀の卵』(1921・8)の制作に没頭したため、生活は困窮を極め、餓死しかけたことも何度かあった。それでも白秋は雀を見つめ続け、そのちっぽけな雀に自己の姿を投影して、雀の目を通してかえって広大な宇宙の神秘を垣間見ようとした。三崎時代に開眼したミクロの詩境が、葛飾ではマクロの世界にまでおし広げられている。〈薄野に白くかぼそく立つ煙あはれなれども消すよしもなし〉『雀の卵』の巻頭歌である。力と熱と日光のエネルギーを詠った『雲母集』から大きく変貌した姿を見ることができる。

またこの時期、白秋は歌の門下生の思いもよらない反逆にあって、短歌以外の新しいものを求めるようになっていた。生活の困窮と新しいものへの模索。こうしたなかで、鈴木三重吉との出会いがあった。

ーズが、白秋の琴線に触れたものと思われる。

小学唱歌々詞批判

明治政府は「学制」(1872・8)を公布して唱歌を小学校の教科の一つに置き、西洋音楽の旋律を中心として、それに無味乾燥な徳的内容を盛り込んだ歌詞をつけた音楽を学校教育の場に取りいれる一方で、日本在来のわらべ唄や民謡を俗楽として退けた。これに対して、わらべ唄や民謡が持つ「素朴な節まわし」や「沁々とした情趣」を

◉童心への回帰

北原白秋は『赤い鳥』の創刊当初からこの文学運動に参加し、毎号、その巻頭に自己の創作童謡を載せるようになった。また白秋は、同誌上の児童自由詩の欄も任され、その指導育成にも努めて、三重吉の綴り方指導とともに、『赤い鳥』を支える両輪となって共同活動を展開した。

『トンボの眼玉』(1919・10)は、『赤い鳥』の創刊号以来、白秋が同誌上に発表してきた、わらべ唄調の作品を中心にまとめられたもので、白秋の第1童謡集に位置づけられている。創刊号に載せられた「りす〜小栗鼠」は、単行本収録にあたって各連の3、4行目がすっかり書きかえられているが、白秋がねらう本質に変わりはなく、その評価は意外に高い。確かに健康的で清新なイメージがあり、また創作童謡のはじめとしては、それなりにうまくまとめられてはいる。しかし、白秋本来の力量からすれば、いまだ試行錯誤の感があるのは否めない。それよりも、この集中でもっとも注目すべきものは、次の童謡である。

赤い鳥、小鳥、／なぜなぜ赤い。／赤い実をたべた。(「赤い鳥小鳥」)

この童謡は北海道帯広付近の子守唄によったものである。白秋が「此の内に虚実の連関、無変の変、因果律、進化と遺伝等、而も万物流転の方則、その種々層を通ずる厳としてまた渝る無き大自然界の摂理、——かうした此

何よりも大切に考えていた白秋は、政府のこうした音楽教育のあり方に憤りを露わにし、「小学唱歌々詞批判」(『芸術自由教育』アルス、1921・11)を著して、猛烈な批判をおこなった。

『赤い鳥』と白秋童謡集

白秋の童謡集に『赤い鳥』から収められた作品数を示すと以下のとおりである。分母は全収録数。『トンボの眼玉』24／28、『兎の電報』26／36、『まざあ・ぐうす』18（再録1）／131、『祭の笛』

の宇宙唯一の真理が真理として含まれて居らぬであらうか」（「童謡私鈔」『詩と音楽』1923・1）と言うように、この童謡は〈薔薇ノ木ニ……〉で開眼された「原始的単純」な詩境が童謡に展開された一例となっている。

また、「金魚」については、西條八十とのあいだに論争がおこなわれた。母親の帰りが遅いのを悲しんだ子どもが、金魚を絞め殺すという内容に八十は批判を加えたが、白秋は、残虐性もまた子どもの本然であるとして応酬した。きれいな色や音ばかりでは、ほんとうの絵画や音楽が成りたたないのと同じで、子どもの純真だけでは童謡は成りたたない。白秋が三崎詩集「畑の祭」でも〈小便でもしてけつかれ〉と、あえて下卑た言葉を使うのには、同じねらいがあると思われる。「赤い鳥小鳥」がその原始的単純性において白秋童謡を縦軸方向に大きく深化させたとしたら、「金魚」は子どもが本然に持つ残虐性を歌うことによって、その横軸（童謡世界の幅）をやはり大きく広げたと言える。『トンボの眼玉』は最初の童謡集でありながら、白秋童謡の本質に触れる作品を含んだものとなっている。

白秋は章子と別れたのち、1921（大正10）年4月に、小田原「木菟の家」隣接の洋館で3度目の妻佐藤キク（通称菊子）と結婚式を挙げ、ようやく安定した生活を得て、『兎の電報』（1921・5）以降『月と胡桃』（1929・6）まで、『トンボの眼玉』のあと、8冊の童謡集を刊行する。第2集『兎の電報』では、

18／89、『花咲爺さん』18／58、『子供の村』31／42、『二重虹』0／33、『象の子』1／24、『月と胡桃』83／139。

マザー・グースの翻訳

『まざあ・ぐうす』（アルス、1921・12）には、英国伝承童謡の翻訳が131篇収められている。白秋は、「日本ではこの私のが初めてです」（「はしがき」）と言うが、それは単行本としてのものである。白秋に先だって、竹久夢二の翻訳47篇（う

〈えつさつさ、えつさつさ〉というオノマトペが使われているが、これはすでに三崎詩集「畑の祭」のなかでも〈郵便飛脚は命がけ、……えつさつさ、えつさつさ〉とあって、そこに白秋童謡の萌芽を見ることができる。そのあと、第3集『まざあ・ぐうす』「英国伝承童謡の翻訳」、第4集『祭の笛』「科学的童謡」、第5集『花咲爺さん』「日本昔話の童謡化」、第8集『象の子』「世界小学読本の翻案」など、それぞれの童謡集では新しい試みがなされている。

そして、これら白秋童謡の多くは山田耕筰をはじめ、中山晋平、成田為三、弘田龍太郎、草川信、藤井清水らによって曲譜がつけられていて、なかでも「揺籃のうた」「砂山」「からたちの花」「この道」は白秋童謡の傑作中の傑作として、今に広く愛唱されている。

最後の童謡集『月と胡桃』は、『トンボの眼玉』以来の「大正期童謡」の到達点に位置する、完成度の高い作品集である。この集は、もはや童謡という範疇を超えたところの意識によって編まれている。白秋は童謡の創作を始めるにあたって、その対象を13〜4歳以下の児童に求めたが、この集ではそうした枠はとりはらわれ、むしろ、それ以上の少年少女に向かって歌いかけられている。童謡であるからこそ童心童語で歌われているが、その求めるところは童謡を超えて「詩と一義」のところにあり、ここに白秋童謡の詩境の高さとその完成された姿を見ることができる。従来

ち再録25篇）が確認されており、また夢二の初訳に先だつこと28年の『ウイルソン氏第二リイドル直訳』（1882）のなかにも、「小サキ星ガ輝ク（キラキラ星）」の翻訳が見つかっている。今後の研究が待たれる。

白秋童謡の作曲者

本文にある白秋童謡の初出誌を示すと以下のとおりである。「揺籃のうた」（『小学女生』1921・8）、「砂山」（同、1922・9）、「からたちの花」（『赤い

の童謡集では、わらべ唄に基調をおいたため、子どもが楽しく手拍子をたたいて歌えることが主眼とされ、そのために、ただの調子合わせや無理な言葉の使い方もあって平凡な作品も多くみられたが、この『月と胡桃』には、そうした失敗作はほとんどみられない。この集を貫くイメージは、〈白と青の色調のなかの静けさ〉〈かそけく揺れる月の光〉〈いつまでもやさしい母の姿〉である。声をたてて歌うというよりも、眼で静かな音の響きを確かめるべくして編まれたのが、この『月と胡桃』である。『月と胡桃』は、樺太・北海道紀行に材をとった詩集『海豹と雲』（1929・8）や、歌集『海阪』（1949・6）とその性質を交響するものとなっていることから、そこに白秋の童謡の道が詩・短歌の道に合流した姿をはっきりと認めることができる。

●ふたたび、詩・短歌の道へ

「童謡もまた詩である」ことを確信した白秋は、ふたたび詩と短歌の道を突き進むようになる。『風隠集』（1944・3）は、『桐の花』『雲母集』『雀の卵』に続く第4歌集で、関東大震災前後の小田原山荘での生活を題材としている。白秋没後に弟子の木俣修によって編纂された。第5集『海阪』のあと、第6集『白南風』（1934・4）では、『雀の卵』における閑寂な詩境が近代の幽玄体にまで高められている。白秋は1935年6月、歌誌『多磨』を主宰創刊して「新幽玄」「新象徴」を唱え

て浪漫精神の復興を掲げ、現実主義的であった当時の歌壇に新風を起こした。『白南風』以後、白秋没後刊行の作品も含めて、『夢殿』（1939・11）、『渓流唱』（1943・11）、『橡』（1943・12）、『黒檜』（1940・8）、『牡丹の木』（1943・4）などによって、「新幽玄体」の詩風が確立されていった。白秋は創作活動で目を酷使したためか、糖尿病・腎臓病による眼底出血を煩い、晩年はほとんど視力を失って薄明の世界に住している。『黒檜』は白秋の生前に刊行された最後の歌集で、眼疾昂じて駿河台の杏雲堂病院に入院して以来、約2年有半の期間における「薄明吟の集成」である。『牡丹の木』との2冊によって、眼疾のなかから生まれた、最晩年の白秋の歌風が窺える。

なお白秋はほかにも、詩集『水墨集』（1923・6）、『新頌』（1940・10）、『白秋小唄集』（1919・9）、民謡集『日本の笛』（1922・4）、歌謡集『あしの葉』（1924・6）、長歌集『篁』（1929・5）、童謡論集『緑の触角』（1929・3）、歌論集『短歌の書』（1942・3）などを著し、また『朱欒』『多磨』以外にも、『屋上庭園』『地上巡礼』『アルス』『烟草の花』『曼陀羅』『芸術自由教育』『詩と音楽』『日光』『近代風景』『新詩論』など多くの雑誌を刊行して、総合詩人としての名を恣にしている。（中路基夫）

［参考文献］
中路基夫（2008）『北原白秋——象徴派詩人から童謡・民謡作家への軌跡』（新典社）

鳥』1924・7）、「この道」（同、1926・8）。

「揺籃のうた」は草川信、「からたちの花」「この道」は山田耕筰の作曲である。「砂山」は最初に中山晋平が、次いで山田耕筰が曲をつけた。ほかに成田為三、宮原禎次の曲もあるが、今は中山と耕筰の二つのメロディーで広く歌われている。

『赤い鳥』と白秋
白秋は生涯に1200篇を越す童謡作品を残している。故あって、鈴木三重吉と訣別することにな

るが、もしも、三重吉によって『赤い鳥』という活躍の場が与えられなかったとしたら、白秋童謡は今のように開花しなかったのではないかと思われる。白秋は『赤い鳥』鈴木三重吉追悼号（1936・10）に寄せた「赤い鳥の詩運動（一）」に、「赤い鳥は三重吉後半生の象徴そのものであつたと同時に、不肖ながら白秋此の私の分身の映像でもあつた」「自身の詩業の一つとして、此の童謡の道をも開拓し得たことの結縁が実に此の赤い鳥にあることを忝く思ふ」と記している。

木俣　修
きまた　おさむ

◉『赤い鳥』への道・文学との出会い

　1906（明治39）年7月28日〜1983（昭和58）年4月4日。歌人。国文学者。本名修二。滋賀県愛知郡愛知川村（現・愛荘町）に生まれる。
　1913（大正2）年、神崎郡山上小学校に入学するも、1918（大正7）年3月、伊香郡古保利小学校に転校。この頃、兄彰一とその友人、担任の安部興雲の二人の文学青年からの影響もあり、巌谷小波のお伽話のほか、数多くの少年雑誌を読み、さらには兄や安部の下宿の本棚の本を漁るほどの文学好きな少年となっていた。同年、12歳の7月に『赤い鳥』が創刊。鈴木三重吉の雑誌が出るので、購読させようとの兄の思いから、会員となる。木俣自身、『赤い鳥』創刊以前に、新聞の日曜版に載った西欧風の三重吉童話の世界に、魅力を感じていた。以後、『赤い鳥』を毎号、童謡、童話を諳んじるまで読んだ。翌1919（大正8）年、伊香郡古保利小学校高等科に入学。その年の10月、北原白秋の第一童謡集『トンボの眼玉』が刊行される。兄から贈られたこの詩集に溢れる、白秋童謡の言葉と調子に魅了され、ますます『赤い鳥』の童謡に夢中になった。一方では短歌、俳句の本、日

本の古典文学なども読み始める。しかし、「真の自己表現」が初めて可能となったのは『赤い鳥』への投稿であった。（「短歌表現——わが人生における自己表現の道として」『児童心理』1979・12）

◉少年詩人の眼がとらえた自然

　木俣修二が、『赤い鳥』の投稿少年として、綴方・童謡・自由画に活躍した時期は、1920（大正9）年〜1921（大正10）年の2年間に集中する。さらに1919年11月創刊の『金の船』にも投稿。入選した作品は、『赤い鳥』1920年1月綴方「肥持ち」（賞）、5月綴方「じゃんけん」（賞）、6月自作童謡「栗鼠」、推奨自由画「家」。『金の船』同月幼年詩「雨がやんだ後」、9月幼年詩「五月雨」。『赤い鳥』10月自作童謡「五月頃の夜」、推奨自由画「植木鉢」。『金の船』綴方「天神川原で」。『赤い鳥』11月自作童謡「子蛙」。1921年1月推奨自由画「あんま」、2月推奨自由画「顔」、3月自作童謡「としよりいなご」、推奨自由画「夜業」、5月自作童謡「雪」「朝」、入選自由画「読書」。『金の船』同月幼年詩「ほほじろ追ひ」。『赤い鳥』7月推奨自由画「休み時間」綴方「つくしんとり」（賞）、自作童謡「朝顔」。『金の船』同月幼年詩「インキ」。『赤い鳥』8月自作童謡「よる」、12月児童自由詩「せみ」。『金の船』同月幼年詩「雀の子」である。これらは、山本稔『赤い鳥』と木俣修』（1990）によって照査され、

『赤い鳥』賞

　「賞品の本」という回想に「鈴木三重吉の児童総合芸術雑誌『赤い鳥』が出たころ、私は小学生として綴り方や児童自由詩や、また自由画などの投稿欄にしきりに投書をした。（略）入賞すると三重吉は春陽堂版のみずからの童話集だとか、赤い鳥出版の本などを一冊送ってくれた。しかもはじめのうちは三重吉みずからが、あなたの作品はたいへんよかったから私の本を一冊ごほうびにあげます、という葉書を添えてくれたものであった。

田舎の小学生であった私にこれほど大きな感激はなかった。（略）『湖水の女』『古事記物語』をはじめ『赤い鳥童謡集』『鸚鵡と時計』（西條八十）『豆の煮える間』（久保田万太郎）（略）それらの本を私は今日もなおそのまま保存している。「赤い鳥賞」という小さな丸い朱印が扉に押されているのであるが、時時それを開いてみて、少年の日の清純なこころおどりを胸に呼びかえすのである。そしてまた三重吉の当時の児童愛というものの深さというものの並々でなかったことを思うのであ

このほか綴方選外佳作18編、自作童謡選外2編、自由画選外佳作3編が確認されている。（全作品確認の上、『赤い鳥』1929・5に自由画入選作「読書」を追記。『金の船』は赤間昇編「木俣修総著述目録」『形成』1984・1をもとに確認。）

　『赤い鳥』に入選した自作童謡中、木俣への白秋の評がある作品は2作。先ず、「栗鼠」（1920・6）は、「お山でつかんだ栗鼠の子／金の網に入れて、／だいじに〳〵かついといた。／お山でつかんだ栗鼠の子、／お山でつかんだ三日目に、／お山の方をむいて死んだ。」白秋評は「古保利小学校の木俣君のはいゝのが沢山ありました」と褒めている。それは、同誌の前年4月「童謡はどうしても短い方がいゝようです。さうして何か珍しい見つけものや魔法風の事柄をうたふよりか、子供の純な感情をそのまゝ歌ひあげると言つたものが本当のやうです」と述べた白秋の児童詩観に叶った作品だった。子栗鼠を愛しむ心と、「お山の方をむいて死んだ。」と、あるがままの描写から、木俣少年の哀しみと後悔の感情がみてとれる（『鑑賞指導児童自由詩集成』1933の「自由詩以前」に所収）。

　次ぎに「としよりいなご」（1921・3）「刈り後の田圃、／切り株の上に、／茶色のでんご着た、／としよりいなご、／寒そうにちイつと、ちゞかんでゐる。」（前作同様『鑑賞指導児童自由詩集成』「大正十年」に所収）。北原評は、「木俣君の「としよりいなご」はよ

る」と記している（『毎日新聞』1964・7・28）。この木俣に対する三重吉の慈愛は、そのまま『赤い鳥』（1920・6）の「募集童謡に就いて」において白秋が「古保利小学校の木俣君のはいゝのが沢山ありましたが一つしか載せられませんでした。それも矢張り誌面が足りないからでした」と熱心な投稿少年（木俣）を励ます言葉に通じている。こうした『赤い鳥』での導きは、歌人、研究者、教育者として、多忙を極めた木俣の人生においても、文学を通して児童のより良き人間形成を願っ

く見てゐます。茶色のでんごがいゝです」とある。

　北原白秋が、『赤い鳥』の自作童謡評に〈写生〉の語を用いて所感を述べるのは、1921年頃からであるが、同年の5月、木俣の作品は2作品採られた。「雪」「橋の手すじにたまった雪、／一にぎりづつ食べて行く。」「朝」「寝床の中で、／ふし穴から這入つてくる、／日のひかりを、／口の中へ入れて見た。」同月の白秋評には木俣に対する評はないものの「写生がしっかりしています」の言葉が推奨作品2名に使用されている。この評は、木俣の2作品にも充分当てはまるものである。木俣の詩はこれ以降、3行程度の自由律俳句のような作品に変わっていく。

　最後となる12月の作品「せみ」「そこいら中の木で／なく蟬、／みんな兄弟か。」である。いずれにしても、『赤い鳥』（・『金の船』）時代の木俣の詩は、豊かな自然を背景にした、のびやかな子どもの生活が、見たまま、感じたまま、あるがままに描かれている。その創作姿勢は、三重吉の「人間教育主義」（小田武雄宛書簡、1933・5・25）による「鑑賞力」の強化と、「ほんとのことを書け」とする綴方の指導が、自作童謡に見事に生かされたものだったといえる。後年、木俣は、『赤い鳥』の縁で、白秋門下として歌人となり、浪漫派と呼ばれる作風をなしたが、「私の精神の中核にはつねにリアルな実証的なものが流れている。」（『日本読書新聞』1957・4・8）と述

てなした作品群に現れている。『中学生全集』第9巻「私たちの歌集」（1950）、『短歌の作り方』（1951）、『少年少女のための国民文学』「源氏物語」「平安朝名作集」（1956）「今昔物語」（1957）、『新日本少年少女全集』「石川啄木」（1958）、『少年少女日本文学名作集』「北原白秋」、『少年少女文学全集・日本編』「古事記」「万葉集」（1960）、『こども図書館古典シリーズ』「古事記」（1975）「今昔物語」上下（1976）「源氏物語」上下（1977）など。古典文学が多いのは、『赤い鳥』が日本人の精神

べている。

◉人間主義の歌人へ

1921年、木俣は滋賀県師範学校に入学、『赤い鳥』を去る。15歳となって北原白秋の歌集『桐の花』を読み衝撃を受ける。木俣が白秋と実際に会うのは、1928（昭和3）年、22歳の時である。これより、白秋門下生として『香蘭』『短歌民族』に加わり、白秋研究冊子『白秋襍誌』を創刊の後、1935（昭和10）年、『多磨』創刊に参画する。白秋からは「多磨の象徴運動については君の理会が正し。（略）ロマンチズムとリアリズムは我等にとって楯の両面にあらず。（略）つまりは詩精神の発揚にあるが、象徴詩を以て最高とす」（木俣修宛書簡、1935・10・28）と大きな信頼を得るに至る。木俣の第一歌集『高志』(1947)は総ての歌を白秋自ら校閲した。（白秋同年11・2没）それ以前の「リラの花卓のうへに匂ふさへ五月はかなし汝に会はずして」のような白秋風の歌は、「末黒野にひとすぢ通るさざれ水この夕光に声冴えにけり」といった徹底した自然観照の歌と変化する。その後、『冬歴』『落ち葉の章』『呼べば谺』など14集、歿後の歌集『昏々明々』『昏々明々以後』の2集を合わせ、16集の歌集を残す。総歌数は9204首にのぼる（『木俣修全歌集』久保田正文解説）。

それらを貫く木俣の歌論が「人間主義の短歌」である。1953（昭和28）年5月、形成

社を結び、『形成』を主宰、「人間がその置かれている環境の中で、どのように生き、何を要望し、何に苦しんでいるかを歌わなければならない」（『形成』創刊号、1953・5）の主張からも明らかなリアリズムとヒューマニズムからなるもので、それは『赤い鳥』の綴方・童謡に遠く繋がっている。「ゆく思ひしづけくありて明日の日は捨てむ学帽を汝はかき撫づ」（『流砂』）「ミシン踏む妻と畳はふ幼子とこの部屋にわがけふの歌成る」（『冬歴』）「わが家の少年詩人午前四時のひぐらしをききてふたたび眠る」（『去年今年』）

◉木俣修研究の現在

『赤い鳥』時代の木俣修研究としては、古田（後藤）左右吉の「少年木俣修二と雑誌『赤い鳥』」（『形成』20周年記念号、1972・6）、山本稔の「『赤い鳥』と木俣修」（『滋賀大学教育学部紀要』第40号、1990）があり、久保田登「木俣修と表現」（『形成』終刊号、1993・9）は、『赤い鳥』に始まり、現実的な歌風を構築するまでを生成期として論じているが、児童文学の領域内からの木俣修研究はこれからと言える。　　　　（宮木孝子）

[参考文献]

木俣修（1968）『忘れ得ぬ断章』（短歌新聞社）、同（1975）『煙、このはかなきもの』（三月書房）などの随筆。木俣修（1985）『木俣修全歌集』（明治書院）

風土として古典を重視した意志の継承といえる。

文集『お星さま』

1926（大正15）年の9月から、1927（昭和2）年3月までの7か月間、木俣は、琵琶湖近くの磯田小学校で訓導となり、5年生を担当する。『赤い鳥』で綴方や自由詩を書いた時の楽しさを思い、教育に熱を入れた。

そして、任期の終わる別れの記念として、子どもたちと『お星さま』という文集をつくった。生

徒の詩には「月夜」「月の夜に／お使ひに行ったかへりみち、／とうふ屋の前に／馬一頭／かげを細くして立ってゐる。」などがある。『赤い鳥』の自由詩のように、生活に密着した、自分の目でみたものを素直にうたった作品である。木俣自身も「かじけたる手もて字を書く子どもらをかはるがはるに火にあたらせぬ」「春浅き日だまりにゐて雪残る山を描きぬ子どもらとともに」と子どもたちと過した教師生活をうたっている。（『高二時代』1967・3）

西條八十
（さいじょう や そ）

●鈴木三重吉と八十

　1892（明治25）年1月15日〜1970（昭和45）年8月12日。詩人。東京市牛込払方町の石鹸製造業者の家に生まれた。裕福な商家の次男として育った八十は、早稲田中学在学中、英語教師として赴任してきた吉江喬松（孤雁）の影響で、文学を志す。早稲田大学に在学していた1914（大正3）年、三木露風の詩誌『未来』の創刊に参加して、詩人としてのスタートを切る。

　ところが同じ頃、父亡き後の西條家は兄の不身持ちによって財産を失い、八十が家族の生活を支えていかなければならなくなった。1915（大正4）年、早大卒業後、出版社や天ぷら屋の経営等をしていた八十の仕事場を鈴木三重吉が訪れる。雑誌『赤い鳥』を創刊したばかりの三重吉は、「芸術的唱歌」すなわち童謡という新ジャンルの書き手を求めていた。三重吉はすでに著名な小説家として知られており、八十は無名の詩人だった。しかし、三重吉の訪問を八十は光栄と感じず、依頼された「芸術的唱歌というもののむずかしさ」に「胸を重圧」されていたという（「三重吉さんの来訪」『「赤い鳥」復刻版解説・執

筆者索引』日本近代文学館、1979）。

●童謡「かなりや」の大ヒット

　八十が悩みながら書きあげた童謡として、『赤い鳥』に初掲載されたのは「忘れた薔薇」（1918・9）だった。「船のなかに、／忘れた薔薇」を、船内にいた「盲人」「鍛冶屋」「鸚鵡」のうち、「盲人」が拾い、それを「見てゐたものは、／青空ばあかり」という、アイロニーを含んだ象徴詩風の童謡には八十が学生時代から書いていた詩の特徴が生きている。

　続く第二作として掲載されたのが、「かなりや」（1918・11初出タイトル「かなりあ」）だった。「かなりや」には、読者から、「唄を忘れた」ことに「何か訳があるやうで、小さなカナリアに同情せずにはゐられませんでした」（1919・1）という感想が寄せられ、その物語性や抒情性を支持されている。また、小鳥と小舟を見つめる女性二人が描かれた挿絵への評価も高かった。さらに、初出時には楽譜が付いていなかったが、「手製の作曲で常に口吟」む読者も現れていた（1919・6）。1919年5月号で「赤い鳥曲譜集　その1」として成田為三の曲譜とともに再掲載され、6月開催の「赤い鳥一周年記念音楽会」で、少女たちの合唱によって披露された。

　この歌唱について、八十自身は「いい伴奏だけを弾いていただいて、それを聞きながら、歌詞をぢつと見てゐて下すつたら、私の童謡の感じがほんたうに出はしないか」（1919・

童謡「かなりや」の成立

　西條八十は、童謡の代表作である「かなりや」に関わるエピソードを複数書き残している。その一つ「「かなりや」を書いた頃」で、「唄を忘れた金糸雀」という着想は、少年時代のクリスマスに、教会で見たツリーの飾りのうち一つだけ「点いてゐなかつた」「電燈」から得たと言う。

　私にはいかにもその球だけが、楽しげなみんなの中で独り継児あつかひをされてゐるやう

な――また多くの禽が賑かに歌ひ交してゐる間に、自分だけがふと歌ふべき唄を忘れた小鳥を見るやうな怪しい気持がしたのであつた。
（「「かなりや」を書いた頃」『新らしい詩の味ひ方』交蘭社、1923、所収）

　そして大人になった八十は、家族の生活のために詩作をあきらめて商いをする、まさに「唄を忘れた金糸雀」として一時期を過ごしている。童謡「かなりや」は、八十の過去と現在、両方の生活

9）と述べており、全面的に賛成していたとは言い難い。しかし、曲と歌唱は招待された文学関係者にも一般読者にも好評で、『「赤い鳥」童謡』第一集（赤い鳥社、1919・9）の刊行、再版につながる。「かなりや」は、雑誌の活字と挿絵で読者の視覚にアピールしただけでなく、作曲と歌唱で聴覚にも刻まれ、『赤い鳥』の成功を象徴する童謡となった。

このころ、八十は第一詩集『砂金』（尚文堂、1919・6）も上梓し、詩集としては異例の売り上げを記録している。生活のために一度はあきらめた詩人としての成功を、雑誌『赤い鳥』と童謡「かなりや」をきっかけに手にしたと言える。

●北原白秋と八十

八十は、初期『赤い鳥』の流行とともに詩人として再出発したが、『赤い鳥』の看板詩人としては、年長の北原白秋がいた。白秋は創刊号から童謡を提供し、読者から投稿される童謡の選も担当していた。

少し時代を遡ると、八十が詩を書き始めた大正期のはじめ、詩壇は象徴詩を書く北原白秋と三木露風が並立する「白露時代」だった。先にも触れたように、八十は露風の詩誌に参加して詩人としての活動を始めており、このことから、白秋や彼に拠った萩原朔太郎らと対立的な関係になる。この関係は、『赤い鳥』内でも形を変えて再演されることになった。

たとえば「山のあなたを」（1918・8）で

白秋は、「山のあなたの／青空」や「入り日」に重ねて、「母こひし」とうたった。八十は「山の母」（1919・11）で、「月の夜ふけ」、「青いひかり」の落ちる「岩山」に映える母の「白い素足」が「いとしうて」とうたった。どちらも「山」を背景にして、記憶のなかの母への思慕を表現している。にもかかわらず、用いた語によって、白秋の童謡はゆったりとした温かさを、八十の童謡は鋭い冷たさを感じさせる。後進の八十の方が、白秋を意識して自分の特徴を出すべく、母恋いという同テーマを用いながら用語を変えて、全体のイメージを反転させたように見える。

さらに、実作を追うように発表した童謡論を通して、『赤い鳥』の外でも白秋と八十は争う。白秋は作謡の際、「永遠の児童性」すなわち「童心」を重視し、「常に児童性の驚異を失はぬ。ここに童謡詩人としての矜持があるべき」と主張した（「童謡私鈔」『詩と音楽』1923・1）。対して、八十は「作者の現在の生活感動を、童謡といふ小さな象徴詩形に単純化して表現した作品」を優れたものと論じた（『現代童謡講話』新潮社、1924）。作者つまり大人の自己表現を重視した結果として、八十の童謡は時に「小さいものには少しむづかしい」（1919・5）と言われたが、『赤い鳥』誌上では大人読者からの評価が高かった。そのありようは、『赤い鳥』という雑誌の性格に合っていたとも言える。『赤い鳥』は大人からの支持を得て成功し、童話・童謡

と結びついており、八十自身が述べるように「当時の醜い自分の姿を美しい幻のなかにそれとなく示したもの」になったのだろう。その意味で、「かなりや」は、八十が童謡論で示した理想の童謡すなわち「作者の現在の生活感動を」「小さな象徴詩形に単純化して表現した作品」だった。

作り手にとって理想的な自己表現が実現し、かつ多くの支持を得て商業的にも成功したという童謡は、そう多くないのではないか。八十の「かなりや」は、その珍しい例と言える。自分の生活や

心情を託した「かなりや」のヒットによって、八十は詩人として再出発をとげた。第一童謡集『鸚鵡と時計』（赤い鳥社、1921）の序では、自分に童謡の制作を依頼した鈴木三重吉を「忘じ難き恩人」と呼び、童謡を書くことで「真の詩の精神へ復帰」する「幸福な予感に戦慄しつつある」と述べている。

とはいえ、八十と「かなりや」、そして童謡というジャンルとの関わりは、単純な幸福感に終始おおわれていたというわけではなかったようであ

ブームを巻き起こして、児童文学の社会的な認知度と地位を上げた雑誌だったからである。

白秋との対立によって、八十は「人形の足」（1921・8）を最後に雑誌『赤い鳥』を去る。その後移動した『童話』（1920・4創刊）は、三重吉に批判された後発類似雑誌の一つである。しかし『赤い鳥』で、投稿詩の選者である白秋が子ども読者の自由詩に高い価値を見出し優遇したのに対して、『童話』は、大人読者からの投稿童謡を歓迎するという特徴を持っていた。八十はここで、後に歌人としても活動する島田忠夫や、小学校国語教科書に「私と小鳥と鈴と」等を採録されている金子みすゞといった詩人と出会うことになる。

●詩―童謡―流行歌謡

昭和に入ると、八十は映画の主題歌として書いた「東京行進曲」（1929）や、新民謡「東京音頭」（1933）で流行作詞家となっていく。そのために詩人としての評価が低くなったことは、過去の八十研究者に嘆かれてきた。上村直己は、次のように状況をまとめている。

> 西條八十は一般的にはポピュラーな詩人であるが、近代詩の研究者たちからは、例えば、萩原朔太郎や高村光太郎になされているような高い評価が与えられていないこともあって、『砂金』に関してだけでなく、一体に八十研究は遅れている。（『西條八十とその周辺』近代文芸社、

2003）

いわゆる純粋詩に専念した詩人とは対照的に、八十は童謡、歌謡曲、軍歌も書いた。そのため近代文学研究の対象とはなりにくかったが、近年、八十を「近現代日本人の抒情性」を形づくった「巨人」ととらえた筒井清忠の研究によって、生涯と業績、それらと社会思潮の関わりが明らかになった（「あとがき」『西條八十』中公文庫、2008）。

八十が多ジャンルにわたる活躍をするきっかけとなったのは、おそらく童謡である。八十自身も、童謡を詩と歌謡曲の「通路」と考えていたという。従来のアカデミズムが分断しがちだった詩と大衆歌謡の間には、どのようなつながりがあるのか。八十の仕事を、童謡を中心にして横断し考察することで見えてくるように思う。また、八十に童謡を書かせ、表舞台に登場させた雑誌『赤い鳥』とは、近代日本文化史のなかでどのような存在だったのか。大人向け、子ども向けといったジャンルの境界を取りはらって、考えなおしてみたい。その際にも、複数ジャンルを自由に渡り歩いてみせた八十の存在は大きいはずである。

（藤本恵）

［参考文献］

筒井清忠（2005）『西條八十』（中央公論新社）、周東美材（2015）『童謡の近代――メディアの変容と子ども文化』（岩波書店）

る。「かなりや」の裏バージョンともいうべき「たそがれ」（『赤い鳥』1919・9）という童謡がある。「たそがれ」の主人公も「唄を忘れた／金糸雀」だが、こちらはすでに罰を与えられており、「かはいそうに」と同情した「妹」によって「赤い緒紐」の「いましめ」は解かれる。しかし、「金糸雀」は鳴き声をあげてはいないし、自分の唄を思い出すことが予想されてもいないのである。

「かなりや」と同時に書かれたという「たそがれ」。「かなりや」が、童謡という未知のジャンル

に飛びこんだ八十にあったであろう期待を表していたとすれば、「たそがれ」は不安を表していたのではないか。そして、その不安は的外れだったとは言えない。後年、詩「頹唐――最近の西條八十に与ふる詩」（『美しき喪失』神谷書店、1929、所収）の中で、「村童のためにたはけたる唄をうたう」と、童謡制作のありようを自嘲しているからである。華麗にジャンルを渡り歩いた八十にも、なかったわけではない心の揺れや陰の部分を、「たそがれ」は予告していたことにもなる。

佐藤義美
（さとうよしみ）

●経歴と『赤い鳥』投稿まで

1905（明治38）年1月20日～1968（昭和43）年12月16日。童謡詩人、童話作家。大分県竹田市生まれ。1912（明治45）年4月、鹿児島県立第一中学校の図工教師だった父の関係で鹿児島師範附属小学校へ入学。翌年、父の小倉師範への転任に伴い、小倉師範附属小学校へ編入。1919（大正8）年4月、大分県立竹田中学へ進学し、翌年9月、父の横浜市視学への栄転に伴い神奈川県立横浜第二中学校（現・神奈川県立翠嵐高等学校）へ編入。同級生に作曲家の高木東六と童話作家の平塚武二とがいる。文展に入選経験のある父の影響により画家志望だったが、1923（大正12）年9月の関東大震災により家が崩落し、画材道具一式を焼失したため詩・童謡の創作に専念し、『童話』や『金の星』、『赤い鳥』に童謡を、『日本詩人』や『近代風景』に詩を投稿する。『赤い鳥』での初入選は、1924（大正13）年9月の「夏の雨」。その後、緑夫の筆名でも投稿し、1928（昭和3）年10月までに21作品が掲載された。また、1924（大正13）年9月に東京市視学となった父の転勤に伴い、東京市小石川区へ転居し、翌年早稲田大学第二高等学院へ入学、1927（昭和2）年に早稲田大学国文科へ進学し、翌年淀橋区（現・新宿区）下落合3丁目に義美の設計による新築へ転居した。大学院修了後は東京府立第三商業学校で教鞭（国語・作文）をとり、教え子に田村隆一と北村太郎とがいる。

●『赤い鳥』投稿時代

義美は、15、6歳から童謡を書き始めており、藤田圭雄（1969）によると、「大正十四年兵庫県の童謡協会から、佐藤よしみ童謡集『みなとの子』というのが出版されている。定価は十銭だ。あるいは謄写版刷りの冊子だったのかもしれない」（「弔辞」『日本児童文学』3月号、p.81）とある。義美はすでに多くの少年少女雑誌や童話雑誌の常連投書家で、『赤い鳥』投稿時点で名の知れた存在だったため、初入選から1年前後で刊行に至った。北原白秋の選評内容を確認しても、「作はどれもわるくはない（略）少々、調子がくづれてゐますが、（略）童詩として見ればまたかうしたリズムもいいでせう」（1925・10）、「「雛子」は華麗だ。ただ私の「雀の卵」の雛子の歌におんなじ内容のがある」（1926・1）のように、他の第三期投稿童謡詩人たちに対する激励とややトーンが異なっている。また、モダニストだった義美は、旧態依然とした師匠と弟子の関係を全否定していたため、白秋門と言われることを嫌い、白秋宅へも『少女』の桂山敬勝宅へも足を踏み入れなかった

日本出版文化協会児童課課長補佐時代の代償

日本出版文化協会は、1940（昭和15）年12月19日に発足した出版社が所属する団体で、ここに所属しない限り、書籍や雑誌の用紙が入手できなかった。ここで子ども向け読物を担当したのが日本出版文化協会児童課で、「品質内容の向上」を目的に開設された文化局の配下に置かれ、課の中に児童図書、少年少女雑誌、絵本、幼年雑誌の各分科会が設置された。佐藤義美は、児童課課長補佐として着任し、同課に小林純一と岡本良雄を招

聘した。課長補佐といえども、当初は課長不在だったため実質的には義美が取り仕切った。1942（昭和17）年に岡本良雄とともに退職したため、約1年半程度の在職だった。

しかしながら、ここでの義美の評判は非常に悪い。具体的に言えば、児童課課長補佐「佐藤義美」という半官僚からたやすく出版許可を取り付けられなかった知人の評判が悪い。戦時中に国華堂で勤務していた石川光男は、「ファンだからいわせてもらう」（「特集・佐藤義美追悼」『日本児

という。とはいえ、1927（昭和2）年に始まる与田準一らによる回覧雑誌『棕梠』や、1928（昭和3）年に発足した白秋主宰「赤い鳥童謡会」の一員として名を連ねた。巽聖歌の記憶によると、義美は回覧雑誌『棕梠』の計画以前に白秋から破門されていたため『棕梠』同人の選考から外れたが、巽の計らいでメンバーとなり、その後、白秋が「赤い鳥童謡会」結成時に会員に指名して一員になったという。回覧雑誌『棕梠』を確認すると、確かに『棕梠』以前の『誕生』の時は名を連ねていないが、『棕梠』改名時に与田の独断でメンバーに入った。結果的に、『棕梠』、「赤い鳥童謡会」の在京者が義美以外にいなかったこともあり、義美が直接白秋の提案を聞き、その内容を回覧雑誌『棕梠』に掲載してメンバーへ報告するなど、重要な役割を担うこととなった。

当時、すでに「ほろほろどり」のレコード化や「でんしゃ」が『コドモノクニ』に掲載され、種々の雑誌から童謡作家として遇されていたことを鑑みると、他の第三期投稿童謡詩人とは明らかに一線を画していた。また、1925（大正14）年に早大第二高等学院の英文学クラスで英詩を学び、石川達三、新庄嘉章らと同人雑誌『薔薇盗人』を創刊し、詩の習作をするばかりでなく、実際に桜大の名で『日本詩人』や『近代風景』へ投稿もした。少年時代の義美は、「童謡もまた詩である」という考えのもとで創作していたが、この頃

から童謡と詩とを別のものとして捉えるようになり、童謡をより詩的にするために詩を書こうと考えるようになったという。その後、義美の関心は、日本の言語の使い方や日本の詩歌の言語形式へと移り、「現在の日本の言葉の最大公約数の言葉で童謡を書」（「よしみ・童謡随想（4）」『きつつき』4号、1965・10）くことへとつながっていった。

●佐藤義美の研究

関口安義（1978）は、「佐藤義美解説──「自由詩人」の童謡と童話」で、「大正十四年ころからはじまる詩作についてふれ、「当時詩をかくことを、詩人になるためではなくいい童謡をつくるためだと意識していた」といっている。が、これは40年近くたってからの回想であり、この言をそのまま信じることはできない。義美も時には真剣に大人を相手とする文学者、すなわち詩人になることを願ったにちがいない」（『日本児童文学大系』第27集p.522）と述べているように、義美の家庭環境や経歴からしても、新規のジャンルである童謡詩人ではなく、いずれは詩人になるつもりだったと推測される。事実、1930（昭和5）年9月創刊の『新早稲田文学』を皮切りに1937（昭和12）年頃までに、『詩と詩論』『旗魚』『20世紀』『詩法』『ETUDE』『行動』『文芸汎論』『椎の木』などさまざまな同人誌や雑誌に関係し、1934（昭和9）年8月には詩集『存在』を刊行した。しかし、この

童文学』1969年3月号、p.67）で、20年以上前の出来事をまるで目の前で見ているかのごとく詳細に記述している。たとえばこんな風に。「もっと戦意を高揚するような本をださなくちゃだめだよ。時局意識がたりなすぎるよ。いつまでももたもたしているとみんな商売ができなくなることになるぜ」（略）、「この絵の空に軍用機を飛ばせたまえ。この絵の海に軍艦を浮かばせたまえ」。

義美にその意思があったか否かはわからないが、権力の許で罵倒した恨みを相手は覚えているもの

で、追悼記事にも拘らず、「佐藤さんは、権力が利となって、多くの出版社からぞくぞく絵本類を出版していたことをよくおぼえている。（略）気をくさらせながら、わたしも佐藤さんの本を何冊か編集した」と語り、「あんなふざけた戦争に本気になって協力した人間の罪は永遠に消えはしない」と結んでいる。

同様に、同人仲間であるはずの巽聖歌からも罵詈雑言である。「日本出版会へ入ってからは、その職権を利用して、出版不許可にしたり、推薦図

頃が詩作の全盛期であり、以降、義美の軸足は徐々に童謡へと傾いていく。

義美の童謡は、大正期に白秋や西條八十、野口雨情らによって興隆した童心主義的な童謡とは一線を画した、「情緒抜きの直観簡明な表現、そして技法的には、擬声語・擬態語の大胆な採用と繰り返しのリズムの重視」が特徴的である。「いぬのおまわりさん」をはじめとした「戦後育ちの子どもの感覚や感情にうったえる」（関口安義、同前）童謡は、「現在の日本の言葉の最大公約数の言葉で童謡を書」こうとした義美にしか産出できなかったと言えるだろう。加えて言えば、早稲田在学中に日本の詩歌謡を渉猟した経験に裏打ちされた知識人だったことも、『ABC子どもの歌』に代表される戦後の童謡界をけん引した要因であったと考える。しかしながら、ここ10年以上にわたって佐藤義美に着目した研究は行われていない。唯一、青木文美（2016）が「雑誌『赤い鳥』投稿童謡詩人たちの太平洋戦争──与田準一を中心に」（『翰苑』第6巻、海風社）の中で、日本出版文化協会児童課時代の義美の様子について触れている。

また、『赤い鳥』投稿時代に交流した与田、巽をはじめとする白秋門の人々との交流や関係性についても不明な点が多い。もともと人に対して拒絶の激しい人物だったと言われているが、与田に対しては「友人与田準一くん」と語り、与田も長女誕生の折に命名を依頼するなど、一定の交友があったと推測され

る。巽は義美の追悼特集で彼を貶めた物言いをしており、好意的でないことが透けて見える。義美の方でも「赤い鳥童謡会」のメンバーを指して、地方出身の田舎者と言わんばかりの悪態をついたこともあったという。周郷博は、一高出身や東大生であることを冷やかしや羨望のまなざしで見た地方出身の白秋門下と違って、都会育ちで視学の息子だった義美に親近感を抱いたと語っている。「赤い鳥童謡会」以降の同人雑誌『乳樹』時代に、メンバー間における地方出身者対都市出身者、インテリ対非インテリというような心理的確執があったとすれば、その確執が三重吉、白秋亡き後の子ども向け読み物の編纂や論評にいかなる影響を及ぼしたか考察する必要がある。

今後は、義美の足跡全般について検証するとともに、日本出版文化協会児童課課長補佐時代の仕事や、少国民文化協会「詩・童謡」世話役としての仕事内容、戦後の童謡、童話創作など、戦中から戦後へと連なる仕事に焦点を当てた研究が必要である。　　（青木文美）

［参考文献］

稗田宰子（1974）『佐藤義美全集』全6巻（佐藤義美全集刊行会）、稗田宰子（1978）「佐藤義美年譜」（『日本児童文学大系第27集』、ほるぷ出版）、関口安義（1978）「佐藤義美解説」（『日本児童文学大系第27集』、ほるぷ出版）、日本児童文学者協会（1969）「特集・佐藤義美追悼」（『日本児童文学』、盛光社）

書の邪魔をするということも、耳に入るようになった。（略）異常資質な男である」（「もいちどえだにかえりなさい」「特集・佐藤義美追悼」『日本児童文学』3月号、p.77）。

巽も巽で人の手柄を自分の手柄のように語る傾向があるため、義美にすれば気に入らないところがあったのかもしれないが、晩年、「よしみ・童謡随想（3）」のなかで、『赤い鳥研究』（上笙一郎『赤い鳥』出身の童謡詩人」日本児童文学学会編）に引用された巽の文章の記述内容を逐一訂正

し、『乳樹』同人になった覚えはないと3つの根拠を挙げて力説した。罵り合うことも好敵手である証なのだろう。そうだと信じたい。

死後も罵倒された義美だったが、坪田譲治が葬儀委員長を務めた義美の童謡葬には400名余の関係者が集まった。憎まれていたのか、愛されていたのか。第三期『赤い鳥』投稿童謡詩人のなかで、これほどの網羅的な全集や追悼特集の編まれた人物は他にいない。先人が残してくれた資料をもとに、彼の功罪を丁寧に研究しよう。

多胡羊歯
たごようし

1900（明治33）年1月25日〜1979（昭和54）年12月23日。能登半島の基部、富山湾の西岸に位置する富山県氷見市の海岸から山合いへ、およそ15キロ、今も緑の命湧き立つ山上の美しい廃村、氷見市胡桃、この地こそ、「くららの花の詩人」と称された童謡詩人、多胡羊歯の故郷である。

多胡羊歯は、この地に生をうけ、ここから一歩も出ることなく、童謡一本に絞った凄まじい人生を駆け抜けた異色の『赤い鳥』詩人である。羊歯はペンネームで、「ようし」と読ませたが、本名は義喜。ペンネームを羊歯とした理由は、本人の言葉が残されていないのではっきりしないが、羊歯は「しだ」とも読める。羊歯を「しだ」と読むと、「歯朶」とも書く植物のシダが頭に浮かぶ。多胡羊歯を慕う『赤い鳥』の若き詩人・新美南吉は、羊歯を「ようし」ではなく、大胆にも「シダ」と呼び、花をつけない植物の「歯朶」がその名の由来だと言い当てている。
よしひき

羊歯は、富山湾東部沿岸地域に端を発し未曾有の民衆蜂起となった米騒動の翌年、1919（大正8）年に富山師範学校を卒業し、19歳で教員への道を歩み始めた。

● 『赤い鳥』との出会い

羊歯と『赤い鳥』との衝撃的な出会いは、3年後にやってきた。小学校の先輩教師から『赤い鳥』を見せられた羊歯は、北原白秋を知り、『白秋全集』や『蜻蛉の眼玉』などを読み耽った。それまで触れることのなかった童謡・童話の世界に小躍りしたのではないか。羊歯の心を捉えたのは白秋の童謡であり、白秋が選者となる童謡の原稿募集であった。

『赤い鳥』への投稿という目標を得た羊歯は、1923（大正12）年から詩作に拍車がかかり、

『赤い鳥』11月号に早くも「きんぽうげ」が入選となる。翌年には「ほたるぶくろ」が同じく入選。羊歯の童謡詩では「きんぽうげ」や「ほたるぶくろ」のように、草花をはじめとする植物がしばしば素材となる。草花や鳥、虫たちだけでなく、季節の移り変わりなど、胡桃をはじめとする山村の風景そのものが、創作への意欲をかき立てたのであろう。

このあと、『赤い鳥』に発表される羊歯の作品は、全国の童謡詩人からも注目され始めていた。1924（大正13）年、『赤い鳥』で羊歯の存在を知った岩手県日詰町（現・紫波町日詰）の野村七蔵（後の巽聖歌）から同人誌『紅雀』への誘いがあり、羊歯は喜んでこれに参加する。『紅雀』を通じて生涯の友となった羊歯と巽聖歌は、白秋の門下生として、以後、肝胆相照らす仲となる。巽聖歌とともに羊歯の生涯の詩友となったのが与田準一である。『紅雀』は4号で廃刊になったが、羊歯はこのあと、巽や与田らが始めた回覧雑誌『棕梠』に加わる。巽聖歌と与田準一、この二人こそ、多胡羊歯の童謡精神を揺さぶり続けた文字通りの同志であり、後に北原白秋門下の童謡三羽烏と呼ばれるようになるのである。この頃、『赤い鳥』に掲載された羊歯の作品数は、1924（大正13）年が5編、1925（大正14）年が6編、1926（大正15）年が11編と着実に増えていった。

時代は昭和に入り、雪深い胡桃で、野山に立つ榊を童謡詩に詠みこんだ「雪の野の榊」が白秋から「土俗的でおもしろい。進境著しい」と激賞される。1927（昭和2）年、羊歯が慣れ親しんできた氷見の農村風景は、ついに羊歯の代表作と絶賛される傑作を誕生させることになった。「くらら咲くころ」である。

　　すこし風あるほこり道、
　　くらゝの花が咲いていた。
　　（中略）
　　旅商人は荷をしょって、
　　くらゝの花を見ていった。

第3部　『赤い鳥』の作家と作品

351

（多胡羊歯『くらら咲く頃』アルス、
1932、p.223）

　くららはマメ科クララ属の多年草である。
別名を草槐（くさえんじゅ）という。氷見の農村風景を彷彿と
させ、『赤い鳥』の推奨作となった。羊歯は
この作品を発表したあと、白秋が結成した
「赤い鳥童謡会」のメンバー11人の一人に選
ばれた。

　羊歯にとって最初にして唯一の著書童謡集
『くらら咲く頃』が1932（昭和７）年、東京
のアルス社より刊行された。この童謡集には、
63編の羊歯の童謡が収録されたが、白秋は格
別の序文を寄せ、代表作「くらら咲くころ」
について次のように述べた。
「この集にはあのくららの花の色のように淡
黄緑（うすきみどり）の香気がある。特質はすでに現れている。
くららは、くららのこの風体をいつのころか
らか、その総状の花序にとりまとめていた。
さびしい光と陰の中で」（多胡羊歯『くらら
咲く頃』アルス、1932、p.5〜6）。

　童謡集『くらら咲く頃』の出版記念会には
三重吉、白秋の二人が揃って出席した。この
ような会に二人が揃うことは稀であった。

●児童詩教育の指導者

　ところで、羊歯を語る時に欠かせないのは、
童謡詩人としての羊歯とともに、児童詩教育
の指導者という側面であろう。故郷・氷見で
小学校の教員を続けていた羊歯は、教育の現
場でも児童詩の指導に力を入れ、『赤い鳥』
児童自由詩欄に多くの児童の作品を投稿して
いる。こうした児童詩への意欲から羊歯は、
1935（昭和10）年、氷見の山間にあって、全
国向けの児童自由詩雑誌『タンタリキ』を創
刊する。「タンタリキ」とは、氷柱、つまり
つららのことである。『タンタリキ』は白秋
を顧問として迎え、華々しくスタートしたが、
４号で休刊となった。氷見の地にあって独力
で詩誌を維持することは経済的負担を考えた
だけでも並大抵ではなかったであろう。

　戦時下の羊歯については紙幅の関係で略す
るが、童謡詩に関してはほとんど詩筆を立て
ることなく、胡桃に潜伏したまま、ひたすら
晴耕雨読の日々を送った。

　戦後まもなく教育の現場を去った羊歯が詩
作を再開したのは、1957（昭和32）年頃か
らである。きっかけは、童謡詩を通じて無二
の親友となった巽聖歌の訪問を受けたことで
ある。巽は終戦直後から児童詩や作文教育の
指導者として児童文学をリードしていたが、
羊歯の才能に敬意を抱いていた巽はわざわざ
氷見の地を訪ね、羊歯の童謡復活を促した。
羊歯はこれに応えて、戦前『赤い鳥』童謡詩
人の一人であった都築益世（つづきますよ）を中心として発足
した童謡同人誌『ら・て・れ』に同人として
参加、憑かれたように活動を始めている。

　多胡羊歯の詩作は、まず『赤い鳥』に46編、
『棕梠』に７編（１編の重複除く）、『くらら
咲く頃』に36編（27編の重複除く）、『ら・て・
れ』に42編などがあるが、これらはごく一部
で、筆者が調査したところでは、大正期だけ
でも470編、戦後も含めると、羊歯の生涯の
詩作は1000編前後になると推定できる。ま
さにその生涯を氷見から一歩も出ることなく、
童謡一本にいのちをかけてきた凄まじい人生
であった。

　多胡羊歯が師と仰いだ北原白秋は「君は広
きを求めず、狭くとも深く穿って君の好む清
冽なる水脈を探るべきであろう。そういえば、
君の童謡の水気は青く澄んでいる」（『くらら
咲く頃』p.5）との言葉を羊歯に送っている。

　羊歯が詠んだのは日本の原風景である。氷
見の風土から生まれたみずみずしい抒情は日
本の童謡詩史にまぎれもなく新しい１ページ
を開いた。
（向井嘉之）

［参考文献］

向井嘉之（2015）『くらら咲くころに』（梧桐書院）、
多胡羊歯（1932）『くらら咲く頃』（アルス）、『チ
チノキ』第15号（チチノキ社、1932）

巽聖歌
（たつみせいか）

●投稿少年から『赤い鳥』童謡詩人へ

1905（明治38）年2月12日〜1973（昭和48）年4月24日。岩手県紫波郡日詰町生まれ。本名は野村七蔵。7人兄弟の末っ子であった。『赤い鳥』を知ったのは14歳頃、16歳から謄写版刷り雑誌『豚の鼾』を出すなど文学活動を始めた。18歳の時書いた童話「山羊と善兵エさんの死」は時事新報社の雑誌『少年』に掲載された（「私の処女作「山羊と善兵エさんの死」」『日本児童文学』1973・3）。掲載前に、巽は時事新報社の主幹安倍季雄に就職依頼をするがかなわず、投書仲間の平野直の世話で横須賀海軍工廠会計部に職を得て上京する。関東大震災を経て翌1924（大正13）年、時事新報社に入社。編集部員となって、詩や童話を『少年』や『少女』に寄稿していた。

『赤い鳥』に最初に掲載されたのは「田村とほる」のペンネームで「母はとつとと」（1924・4）の童謡である。その後本名で「お山の広っぱ」（1924・7）、「からたち」（1924・10）が佳作掲載される。職を辞し郷里に帰っていたおり、4、5編書いた童謡のうち「水口」（1925・10）が白秋に絶賛され「推奨」作品となる。「推奨」は三段組の佳作とは違い二段組で、目次に題名が載る。白秋は「私が見定めた人は私が責任を以て世に紹介し度く思います」（『赤い鳥』1926・2）と記した。

九州久留米で米国人の家庭教師をしていた巽は白秋の薦めで、与田準一と上京する。1929年、白秋の弟鉄雄のやっていた出版社アルスに就職。童謡創作に没頭する。地方の投稿少年が『赤い鳥』にあこがれ、投稿少年から作家に至る道の典型が巽と与田にある。その系譜は、後に新美南吉につながる。故郷の違う人たちが、童話・童謡を志して上京し、その後に深いつながりを持つことになった。

●聖歌の童謡

『赤い鳥』掲載の童謡は、前述した以外に「野芹」（1926・1）、「風」（1929・1）など23編。すべて、第1次『赤い鳥』期で、他に幼年童話「小石」（1927・1）が三重吉選で掲載された。童謡の題材は、故郷の四季や幼少年期の体験を叙情豊かにうたったものが多い。

> 野芹が／咲く田の／水口。
> 蛙の／子供ら／かへろよ。
> 尾をとる／相談／尽きせず。
> あかねの／雲うく／水口。（1925・10）

「水口」は短詩型印象詩で、その詩型「四四四調」は、それまでの童謡にない形として、「野芹」の三三三・四四四調とともに、「私にとっては新発見の沃野であり、私の内的生活も、環境もあれ以外には表現のしようがなかった」（「後記」『雪と驢馬』アルス、1931）と巽は述べている。ことばをそぎ落とし調を整えたなかに、自然のひろがりを感じさせる。

『赤い鳥』の休刊によって、発表の場を失った巽は、白秋門下生の与田ら10人とともに、童謡と評論の同人誌『乳樹』（後に『チチノキ』と改名1930・3〜1935・5）を創刊した。巽は編集を引き受け、童謡だけでなく評論を書いている。誌上では新しい童謡へのさまざまな試みがなされた。『乳樹』掲載の童謡には、「深くて」「毛糸工場」（1930・3）、「風見煙突」（1930・5）、「麒麟」（1930・7）、「雪と驢馬」（1931・5）など、動物を題材にした童謡や、都会的な要素が加わった。

『赤い鳥』掲載童謡の集大成、北原白秋編『赤い鳥童謡集』（ロゴス書院、1930）に続いて、巽の第一童謡集『雪と驢馬』の上梓は、赤い鳥童謡会同人のトップを切ってのものであった。『赤い鳥』や『乳樹』掲載作品が中心で、北原白秋は「序」を書き、「直系としての分つべからざる血脈をわたくしに感じさ

せる」と期待を述べた。その特徴を佐藤通雅
は、様式表現に親和する資質、郷里日詰の春
夏秋冬が原風景として生きている点、擬音に
よって原始自然に遡行したり象徴の世界へお
もむこうとした点の三つをあげている（「巽
聖歌『童謡集　雪と驢馬』」上笙一郎編『日
本童謡のあゆみ』大空社、1997）。

●芸術的童謡と少年詩

　『乳樹』同人たちは、童心童語の芸術的童
謡を追求した。しかし、「文芸志向が強まれ
ば強まるほど、童謡は《歌う詩》としての歌
謡性を弱めていき、その結果、現実の子ども
たちから遊離してしまった。（中略）結果的
に童謡の大衆化を促すこととなってしまっ
た」という指摘がある（畑中圭一『日本の童
謡　誕生から九〇年の歩み』平凡社、2007、
p.233）。また、「歌詞よりもメロディで売る、
商業資本による量産のレコード童謡時代の到
来は（中略）昭和初期から始まって」おり
「ことばの芸術、文学としての童謡（童謡集）
を固執する聖歌、与田準一らがレコード童謡
に背を向け、同人誌『チチノキ』に籠城した
のは自然の成り行きだった」（関英雄「開拓
者の哀歓──児童文学運動史上の巽聖歌」『詩
と童謡』1973・12）という意見もある。

　巽たちのめざす芸術的な読む童詩がなぜ大
きく開花できなかったのか。戦時期という時
代背景もあるだろう。巽自身はこの時期を、
「無意識ながら、新しい「少年詩」を志した
時代」である、と振り返っている（「少年詩
の流れ」『児童文学入門』児童文学者協会編、
牧書店、1957）。大正期童謡の超克期であり
少年詩への胎動期とみることができるだろう。

　童謡集『春の神さま』（有光社、1940、第
2回日本児童文化賞を受賞）の「書後」に巽
は、「子供は思無邪であり、神のごときもの
であると考えるのではなく、私はただ、おぼ
おぼとした神代の世界を、現代の児童の生活
様相から感得し、抽出したまでゞある」と、
新たな方向を示している。その後、後述する

雑誌『新児童文化』第3冊に「蟬を鳴かせ
て」（1941）など子どもの行動や発想をリア
リスティックに描く詩を発表した。

　「朝だ、涼しい紙袋に、／ミンミンと蟬を
鳴かせて／ゆくのはだれだ。」で始まる詩は、
垣根からベッカンコウをしたり、「うれしく
てうれしくて／しやうがない」弾む子どもの
行動を生き生きと描ききっている。自然への
叙情から離れて、子どもの生活を描く少年詩
への推移がみてとれる。

●小国民詩と童謡「たきび」

　1940（昭和15）年から『新児童文化』（有
光社）の主宰者となった巽は、活躍の場を広
げ、「法律」（1940・12）、「山」（1942・5）
などを発表した。『新児童文化』は「児童文
化指導の場」であると同時に、掲載された児
童読み物を、子どもも読みうるものとして編
集した。総ページが400頁にもなる総合的児
童文化誌であった（4冊で終刊。戦後復刊）。

　また、『少年詩集』（有光社、1942）や『さ
くら咲く国』（紀元社、1943）、『満州の燕』（中
央公論社、1943）、『内原詩集　日輪兵舎の朝』
（大和書店、1944）を刊行していく。後2作
は特に、満鉄の招きで訪れた満州各地や、満
蒙開拓青少年義勇軍の訓練施設に取材したも
ので、満州へ行く少年たちを鼓舞する国策協
力の詩が含まれている。

　一方で、巽の童謡「たきび」（JOAK『子供
のテキスト』1941・12）は、渡辺茂により
作曲され、NHKラジオ「幼児の時間」の「う
たのおけいこ」で放送された。しかし、太平
洋戦争開戦の影響もあって放送中止となり、
「戦争中は大っぴらにうたわれることはなか
った」（清水たみ子「巽さんと「たきび」」『ど
うよう』第4号、チャイルド本社、1985）
という。幼児の詩といえども戦争の影響から
無縁ではなかった。「たきび」は戦後多く歌
われるようになり、音楽教科書にも掲載され
た。焚き火の風景が少なくなった現在でも、
多くの子どもたちが知る愛唱歌となっている。

●児童詩の活動

白秋の唱えた「童心童語の童謡」に大きな転換を与えた巽は、戦後1948年に上京、日野町に居を構えた。『罌粟と鶉』（時代社、1946）、『おもちゃの鍋』（冨山房、1951）、『せみを鳴かせて』（大日本図書、1969）などの童謡集を出す。また、童話と童謡の本『きつねのおめん』（海住書店、1950）や『そんなこといないか　おりこうあっちゃん』（ポプラ社、1970）などの幼児向けの本を出した。

しかし活動は、創作より児童文学運動に力点がおかれるようになる。1946（昭和21）年、日本児童文学者協会創立に参加。1952年には日本作文の会常任委員になるなど、児童詩や作文指導に力を入れ全国を回った。著作の『今日の児童詩』（牧書店、1957）では、各地の児童詩を取り上げ、師白秋が発見した「児童自由詩」の内容的な広がりや深まりを論じている。その他に『詩の味わい方』（牧書店、1954）や『たのしい詩・考える詩』（巽編、牧書店、1969）など詩の解説書も多い。また各地で詩や作文の教育をしている教師たちの実践記録集『私たちの生活教室』（巽編、未来社1953）など、多くの著作を世に問うた。

●聖歌と南吉

巽は新美南吉が大学を受験するときから、何くれとなく面倒を見、一時、南吉を自宅に下宿させている。南吉は巽を兄と慕い、『乳樹』に参加するなど文学上の交流も深かった。南吉が病を得て郷里の愛知県岩滑に戻ってからも、南吉の童話集の出版に力を尽くした。晩年の南吉は巽宛に未発表の原稿を全部送り、「いいのだけ拾って一冊できそうでしたら作って下さい。（中略）さし絵画家の選択、校正などいっさい大兄にお願いします。文章のいけないところも沢山あると思います。できるだけなおしてください」（『新美南吉の手紙とその生涯』英宝社、1962）と書いた。

巽は南吉生存中に第一童話集『おぢいさんのランプ』（有光社、1942）を発行。南吉亡き後も、残されていた多くの草稿を整理し、次々と世に南吉作品を紹介していった。「わたしは彼を作家として世に出したくて、没後の二十年間もそのことに没頭してきた。ほとんど半生をかけたといっていい。作品の選択もきびしくしてきたつもりだ」（「解説」新美南吉『墓碑銘』英宝社、1962）と述べている。

南吉の作品に対する反響は大きく、巽のやり方に対する批判も生まれた。それは草稿の非公開など著作権にかかわる問題、原稿の改作問題、家庭環境の認識の違いなどである（『日本児童文学　特集・新美南吉の再検討』1974・2、『日本児童文学別冊　新美南吉童話の世界』1976・7など）。しかし、巽なくして南吉はなく、南吉を世に出す努力をした功績は大いにたたえられている。

●聖歌の戦前・戦後

若人を満州に駆り立てる巽の一部の少年詩と、戦後に南吉童話を改作した問題は、一見相反する動きであるが、根本の所ではつながっているようにも思える。ひとり巽の問題だけに止まらず、現代における私たちの直面する課題でもあるだろう。

『赤い鳥』童謡から少年詩に至る巽の業績は大きい。歌誌『多摩』同人としても多くの短歌を残した。巽の歌人歴を含めて、児童文化や児童詩教育に「運動者としての情熱のいちじるしい軌跡をのこしている点、さながら"昭和の鈴木三重吉"のおもむきさえ覚えます」（「詩人運動の軌跡──聖歌・その人と作品」『詩と童謡』日本童謡協会、1973・12）と与田準一は振り返って述べている。（林美千代）

［参考文献］

巽聖歌（1977）『巽聖歌作品集　上・下』（巽聖歌作品集刊行委員会）、藤田圭雄（1961）『日本童謡史』（あかね書房）、同（1984）『日本童謡誌Ⅱ』（同）

三木露風
みきろふう

●童謡「赤とんぼ」の作者

1889（明治22）年6月23日～1964（昭和39）年12月29日。詩人、童謡作家。本名操。兵庫県揖西郡龍野町（現・たつの市）の名家に生まれる。父は三木家の次男節次郎（裁判所書記官、銀行員、離婚後は神戸で下宿屋）と母かた（鳥取藩家老の娘。離婚後は看護婦。新聞記者碧川企救男と再婚。女性運動家）の長男として幸福な幼年時代を送る。風光明媚な龍野の情景や教養豊かな母の養育が、詩思に影響し、詩や童謡作品となった。

6歳の時に両親が離婚。祖父（九四銀行頭取、初代龍野町長）に養育される。慈しんでくれた母のいない寂しさは、童謡「赤蜻蛉」（『樫の實』1922・8）や雑誌『赤い鳥』掲載の「冬の歌」（1918・12）「山彦」（1919・2）や「きりきりばった」（『良友』1921・7）を生むことになる。

童謡「赤蜻蛉」は、1920（大正9）年の秋、北海道函館付近のトラピスト修道院で作られた。「負ぶっていたのは誰か」「主題は何か」など多くの論争があったが、昨今では、「姐やに負ぶわれていた」ことが露風の書いた新聞記事（『森林商報』新69号、1959・7・15）

や講演原稿の発見で判明した。主題は「子守姐やへの思慕の情」から「母を恋うる幼児から、独り立ちできた少年への心の成長をうたった」という解釈に移ってきている。

第一童謡集『真珠島』（アルス、1921・12）に所載されていたが、小動物の作品を集めた『小鳥の友』（新潮社、1925・11）に「赤とんぼ」として再掲載された。その愛らしい童謡集を親友の山田耕筰に贈ったところ、郷愁に満ちた曲が付き、日本人の琴線に触れる愛唱歌として今日まで歌い継がれてきた。

●象徴詩人として大成後に童謡を

早熟の詩人と言われ、中学時代からすでに詩歌の才能を発揮し、雑誌や新聞の投稿欄で活躍していた。閑谷黌在学時（17歳）に詩「ふるさとの」のモデルとなる女性と大恋愛をするが、猛反対され、この体験が多くの抒情詩を生む。文学を志す決意を固め『夏姫』（血汐会、1905・7）を自費出版し、上京する。尾上柴舟、生田長江などの指導を得て、短歌や詩歌の力を発揮し、1907（明治40）年3月「早稲田詩社」の一員となり活躍する。早稲田大学予科文科に入学したが、勘当同然で家を飛び出していたので、学費や生活費に困窮する日々ながらも、創作を続けた。

1909（明治42）年9月『廃園』（光華書房）を出版。その繊細で瑞々しい新感覚の詩集は、同年3月に出版された北原白秋の『邪宗門』と並び称された。続いて『寂しき曙』（博報堂、

『こども雑誌』

1919（大正8）年7月女子文壇社から創刊。編集長は野口竹次郎、童話欄は秋田雨雀（のち生田長江）、童謡欄を三木露風（9月号から）、童画を岡落葉、北村初雄が担当し、音楽面は山田耕筰が協力した。雑誌の特色としては、音楽性にも力を入れ、理科の記事を採用し、好評だった。

露風は終刊（1920・7）までほぼ2篇ずつの作品を掲載した。そのうち1篇は巻頭を飾る。編集者の大木雄二は「『こども雑誌』について」で、「童

謡の方は、三木露風、北原白秋両氏をねらったが、北原さんにはことわられた。当分"赤い鳥"いがいには書かないと、きっぱりしたことわりであった。りっぱだなと敬服した。三木さんは、北原さんと反対だった。"赤い鳥"には書かなくても、わたしの方には書くことを約束してくれた。これも、りっぱだなと思った」（『新選日本児童文学』p.353～）と記しており、白秋は『赤い鳥』で、露風は『こども雑誌』で、それぞれの作品を発表していこうとする意気込みが感じられる。

1910)『白き手の狩人』(東雲堂書店、1913)『幻の田園』(東雲堂書店、1915) などの優れた詩集を次々に上梓し、白秋と共に詩壇の双璧となり「白露時代」を築く。

川路柳虹、西條八十、柳沢健、灰野庄平らと興した「未来社」(1913) にドイツから戻った山田耕筰、斎藤佳三が加わり、理想主義を掲げ、詩と音楽と劇における斬新な芸術を目指す。また詩においては象徴詩人としてあらゆる表現の可能性を求めて芸術的な作品を発表し続けた。その中には「野薔薇」(山田耕筰曲、1917) のように可憐な作品もあり、すでに童謡の兆しがあった。

そのような折、鈴木三重吉の訪問を受け、「童心・童語の芸術性の高い子どものための童謡」を依頼される。三重吉の主旨に賛同した露風は、童謡という新しい表現ジャンルに挑んだ。『真珠島』『お日さま』(アルス、1926・10)『小鳥の友』を刊行し、『三木露風全集』第3巻(三木露風全集刊行会、1974) には「野菊集」「野山」「四季のうた」「雪」など、自然を背景に子ども心を歌った作品集を掲載している。

一方で、山田耕筰編の唱歌集『小学生の歌』全6巻(大阪開成館、1923〜1927) もある。

◉『赤い鳥』における三木露風作品

『赤い鳥』に、「毛虫採」(第1巻2号、1918・8)、「冬のうた」(第1巻6号、1918・

12)、「おやすみ」(第2巻1号、1919・1)、「山彦」(第2巻2号、1919・2)、「しぐれのうた」(第2巻3号、1919・3)、「夏の鶯」(第2巻3号、1919・6)、「山鳩と豆畑」(第5巻4号、1920・10)、「秋風」(第2巻3号、1936・10) の計8篇の童謡を寄稿した。

最初の6篇は、1918(大正7)〜1919(大正8) 年に集中している。類似雑誌の『こども雑誌』(コラム参照) が創刊されてからは発表の場を移し、童謡欄の選も引き受けた。まるで『赤い鳥』の北原白秋と対決するかのように芸術としての「童謡」を競い合って発表したのである。とはいえ、三重吉や白秋と仲が悪かったのではない。芸術的な目指す方向が違っていたのである。

『赤い鳥』掲載の「山鳩と豆畑」と「秋風」は、随分と間が空いて突然の掲載なので、それぞれの背景を記しておこう。

1920年4月、露風は北海道トラピスト修道院に渡る決意をし、夫人の仲を連れて5月に移住した。送別会などで鈴木三重吉か北原白秋に会い、寄稿の約束をして「山鳩と豆畑」が掲載されたと考えられる。

「秋風」の創作は、露風が残した未公開原稿に「その童謡は、鈴木珊吉からの依頼にて、同号に寄せたのである」と記されている。終刊号には、鈴木三重吉の遺稿『ルミイ』(エクトール・マロの翻訳) の次に「秋風」が掲載されている。多くの寄稿者が居る終刊号の中で、この位地は、詩人・童謡作家としての

『こども雑誌』を失った露風

露風は、『少年倶楽部』に新詩選をしていた関係で、童謡も載せ始めたが、むしろ内容的には民謡か少年詩というものに近い。童謡としては、やはり『こども雑誌』に力を注いだようである。しかし、『こども雑誌』廃刊に伴い、『少年倶楽部』『金の船』『良友』『女学世界』へと発表の場を移してゆく。それぞれの雑誌の性格や、読者の年齢層の違いから、作品の傾向も自ずから違っていく。童謡としての可能性を模索するという意味での多

様性とは性質を異にする多様性が求められた。しかし、それもまた露風の童謡の芸術の幅を広げていくことになった。

露風はなぜ『赤い鳥』童謡欄の選者を断ったか

1918(大正7) 年『赤い鳥』発行前、鈴木三重吉は露風を訪問して、童謡欄の選者を北原白秋と共に引き受けてはくれまいかと依頼した。折悪く、露風は、病気の弟の療養費を稼ぐために浮世絵版画解説の仕事を引き受けてしまっていた。他

露風の存在感を表している。三重吉の死を悼み、雑誌『赤い鳥』の終刊を哀しむ「秋風」は、第二連に三重吉の小説「赤い鳥」の主人公がいつも「赤い鳥」を見ていたその情景を連想させ、かつ反対色の烏（黒）が下りてきて魚の骨（白）を漁るという、露風には珍しい不気味な雰囲気を持つ象徴的作品である。

●露風の童謡観の変遷

『赤い鳥』の童謡に対する三重吉の思いや白秋の思いがわらべ唄の良さを引き継ぎつつ、子どもの自然な心の発露に重きが置かれていたので、露風も『赤い鳥』掲載時代は、自身で「追憶童謡」と称する故郷龍野の子ども時代を投映した作品が多かった。

しかし、『こども雑誌』では、象徴的な作品や幼児童謡、音楽と融合させた作品、反して「黙して読む童謡」など、童謡の可能性を求めて様々な傾向の新境地を開いた。露風の象徴詩は、晦渋（難解）の誹りさえ受ける程であるが、『真珠島』序文には「童謡も詩である」「象徴的な作品なものも」あるが、「易しい言葉になつてゐます」と言い、子どもにも理解できるとした。少々難しくても、子どもには本物の芸術作品を与えるべきという考えであった。

表現は子ども向きに易しいが、詩の思想や表現技法においては、象徴詩や短歌の技法を使用して、奥深い重奏的な作品を作った。

トラピスト修道院下山後に発刊された『お日さま』『小鳥の友』は、幼児向けの童謡集でそれらの序文には「調子の佳さ」を重視した童謡観を示した。「少女童謡」の編纂もしていたが世に出ることはなかった。

●晩年の露風

北海道から戻った露風は、トラピスト修道院での作品や詩論をまとめて出版した後は、文壇から遠ざかり、穏やかな余生を送った。1927（昭和2）年（38歳）3月、優れた宗教詩集やトラピスト修道院を紹介した散文詩のように美しい随筆文などによってローマ教皇からシュバリエ・サン・セプルクル勲章とホーリー・ナイトの称号が与えられた。1963（昭和38）年紫綬褒章を受ける。

1964年12月21日輪禍に遭い、入院するが、29日帰らぬ人となる。1965（昭和40）年1月、勲四等瑞宝章を追贈される。

1965（昭和40）年5月、郷里たつの市龍野公園入り口に、「赤とんぼ歌曲碑」が立つ。露風自筆の歌詞と山田耕筰自筆の曲譜がはめ込まれている。両者とも落成を楽しみにしていたが見ることは叶わなかった。12月29日は、奇しくも両者の命日にあたり、その日を地元では「赤とんぼ忌」としている。（和田典子）

［参考文献］

森田実歳（1999）「三木露風年表」『三木露風研究――象徴と宗教』（明治書院）、和田典子（1999）『赤とんぼの情景』（神戸新聞総合出版センター）

にも選者の仕事を3雑誌抱えていたので、新規事業にはとても手が回らなかった。そこで「作品は寄せる」が童謡欄の選者は白秋が引き受けているならば任せれば良いと断った。奇しくも『赤い鳥』発行と同じ7月、夏の間中執筆した『浮世絵板画傑作集解説・北斎派』が発行された。そして、9月弟が亡くなり、『浮世絵板画傑作集解説・春章乃文調』が発行されたのを機に、版画解説の仕事を辞め、童謡創作に力を注ぐようになった。

音楽的側面からの寄与

童謡に曲譜を付けることに反対だった白秋に対し、山田耕筰と「詩と音楽の融合」に挑戦していた露風は、積極的に協力した。当時山田耕筰は、外国にいたので、成田為三と近衛秀麿（月交代で作曲）を鈴木三重吉に紹介した。『赤い鳥』の最初の曲譜付き童謡「かなりあ」（西條八十詞、1918・11発表）の作曲は成田為三であった。

柳澤健

やなぎさわ　けん

1889（明治22）年11月3日〜1953（昭和28）年5月29日。福島県会津若松市栄町に教育者の父良三、母スへの長男として生まれた。尋常小学校時代から成績が優秀で、3年生の時に記事文および日用文で優等賞を受け、高等科では2年生と3年生で級長をするなど、教師や友人からの信頼が深かった。1903（明治36）年会津中学校（現・会津高等学校）に入学。同校の『学而会雑誌』に短歌・詩・評論を執筆活躍し、文学熱旺盛の時代であったが、父親の猛反対を受けた。

◉上京、横浜・大阪時代

1908（明治41）年第一高等学校一部丁類に入学。ここでの文学活動の舞台は『交友会雑誌』であった。自ら文芸部委員となり、雑誌の表紙を従来の白色を派手な桃色にし、委員就任の辞を書き、詩や短歌を一段組みにし、文芸作品中心の編集で、一高文芸のルネッサンスを招来させた。1911（明治44）年東京帝国大学法科に入学。父の老齢と長男としての自覚があったものであろう。この頃から長塚節、六代目尾上菊五郎、三木露風、川路柳虹、西條八十、山宮允、山田耕作等と親しくなる。1914（大正3）年には、処女詩集『果樹園』出版。1915（大正4）年文官高等試験に合格し、通信省に入り、横浜郵便局外国郵便課長となる。1918（大正7）年横浜郵便局長事務取扱となる。この年には北村初雄、熊田精華と合詩集『海港』を出版する。1919（大正8）年2月に結婚し、4月に大阪朝日新聞社へ入社し芦屋に住んだ。9月には長男和男が生まれた。この長男の誕生を機に『赤い鳥』への投稿が始まり、長男の誕生を喜び、12月から次の年の6月まで童謡を載せている。

1919（大正8）年1月（3巻5号）「人形」、

12月（3巻6号）「嬰児」、1920（大正9）年1月（4巻1号）「冬」、2月（4巻2号）「夕暮」、3月（4巻3号）「桃太郎」「海のあなた」、5月（4巻5号）「春の風」、6月（4巻4号）「初夏」。

6月の長男の死去以降、『赤い鳥』誌上に彼の作品は見出すことが出来ない。誠に痛ましい限りである。あわただしい中、7月からは、欧州戦後の状況視察のため渡欧の旅に出て行った。インド洋の船上では、毎日夕日を眺め幼子の冥福を祈った。

◉詩人・外交官として活躍

1922（大正11）年に外務事務官に任ぜられ、1924（大正13）年にはフランス在勤を命ぜられ、親友の西條八十を伴って神戸から乗船した。その後詩人外交官として内外文化を宣揚し、スウェーデン、メキシコ、イタリアの各大使館などに勤務し豊かな国際性を養い名声を得た。その後外務省文化事業部の課長となり、日本の国際交流に努め、日本ペンクラブを創設し、敬愛する島崎藤村を会長とし、日本文学の海外普及に尽くした。

52歳で外交官を辞任後、日泰文化会館長に就任し、日本とタイの文化交流に努めていたが、敗戦で抑留され、後に帰国した。

敗戦後、出版社「世界の日本社」を創設し、「百花叢書『顔』FIGURES」を刊行した。

1950（昭和25）年には、詩友と語り日本詩人クラブを創立した。また福島県の故郷では、会津地方24校の校歌の詩人として、現在でも歌いつがれている学校もある。

著作には、尊敬する島崎藤村の序文を掲げた『現代の詩及詩人』、随筆『南欧遊記』『世界図絵』（藤田嗣治絵、柳澤健文）等多数。

（小野孝尚）

［参考文献］

小野孝尚編著（1975）『柳澤健全詩集』（木星書房）、小野孝尚（1989）『詩人柳澤健』（双文社出版）

与田準一
よだじゅんいち

●第三期投稿童謡詩人時代

　1905（明治38）年6月25日～1997（平成9）年2月3日。童謡詩人、童話作家、子ども雑誌編集者、児童文学研究者。福岡県山門郡瀬高町（現・みやま市瀬高町）生まれ。下庄尋常高等小学校卒業後、1923（大正12）年に教員検定試験により小学校代用教員の免許を取得。実際の勤務は翌年から。1年間定職のなかった与田は、3月末まで町役場の期限付き職員として働き、その後は瀬高駅前で旅館かしくを営む長姉ヨシ・八木茂夫妻の世話になり読書や創作に没頭し、主に、『文章倶楽部』や『赤い鳥』へ韻文や小品を投稿した。『赤い鳥』に投稿作品が掲載されたのは、同年4月の「霜夜」が最初。以降、「地方童謡」の報告や佳作での入選はあるものの1925（大正14）年12月の「道」まで推奨されなかった。その後は1926（大正15）年から1928（昭和3）年までの3年間で初期を代表する「川辺の小道（のちに「妹と姉と」）」や「空がある」など12作品が推奨として選出される。

　才能あふれる投稿家でなかったが、勤務校の下妻小学校（福岡県八女郡）の児童への童謡指導を通して自分の腕も磨き、投稿を続け

た。北原白秋は、1926年前後から頭角を現した与田に対して「先月あたりから勉強の甲斐が目に見えて来た私も同郷人としてうれしい」（1926・1）と激励するとともに、同時代に活発に投稿した者たちを称して第三期投稿童謡詩人と呼び、新規のジャンルである〈童謡〉を専門とする童謡詩人の誕生を願い、「赤い鳥童謡会」を立ち上げて育成に取り組んだ。与田や巽聖歌、佐藤義美ら「赤い鳥童謡会」に名を連ねたメンバーは、会の立ち上げと前後して回覧雑誌『棕梠』を作り、互いに切磋琢磨した。

　与田が第三期投稿童謡詩人の中でも一目置かれていたことは、『赤い鳥』九周年を祝う巽の「今のところ与田準一氏に衆望がつながれてゐるやうです」（1927・9）という投書からも窺える。しかしながら、与田たち第三期投稿童謡詩人たちの創作する童謡は、1928年前後から白秋の考える童謡の範疇を超えた「言葉のねぢり」や「無用の贅字」「臭味やひねくつた技巧」に陥り、童謡とも童詩ともつかない「妙な病癖」に侵されることが増え、白秋から童心や童語について再考するよう繰り返し求められた。事実、1927（昭和2）年12月に推奨された「村のはなし」に対しては、「いゝ作品であるが、それにしてもやはりひねつてゐる同君のこの頃も病癖が多くなり、何かと固まりかけて来た。もう一度前に戻つて素直に歩いてほしい」（1927・12）と呼び掛けている。「臭味やひねくつた技巧」は、

回覧雑誌『棕梠』

　回覧雑誌『棕梠』は、第三期『赤い鳥』（1925・7～1929・3）の投稿童謡詩人だった与田準一（福岡県）、巽聖歌（福岡県）、佐藤義美（東京都）、藤井樹郎（山梨県）、多胡羊歯（富山県）、福井研介（岡山県）の6名で行った回覧雑誌で、3号以前は『誕生』という名称で佐藤以外の5名で行っていた。3号から『棕梠』となり、現在、3、4、6、9、10号が現存している。与田の日記と照合すると、『誕生』も含め創刊から10号までで終刊

したと推測され、タイトルの「棕梠」は巽が提案し、他の5名の賛同によって決定した。表紙に厚紙を使用したため、菊版よりもやや大きいサイズで製本された。編集作業は、3、9、10号が与田、4号が藤井、5号が福井、6号が巽、7号が多胡、8号が佐藤である。表紙は編集担当者の直筆と推測されるタイトルとイラストとが施されている。各々が遠方に居住していたため、回覧順序や到着から回送までの期日があらかじめ決めていた。次号の作品募集締め切り日や回覧後の感想は「落書

いずれも白秋を超えるべく努力によって産出された、いわば若者の感性を織り交ぜた個性の結晶であったが、ジャンルとしての童謡を標榜する白秋は受け入れなかった。ここでの彼らの研鑽は、『赤い鳥』休刊時に創刊した叡智主義を標榜する同人誌『乳樹』で結実することとなる。

●童謡以外の仕事

　1929（昭和4）年の春頃からは、鈴木三重吉宅を度々訪問し、同年8月に赤い鳥社に入社。入社時は、平塚武二、豊田三郎、「経理部に軍人あがりのひと」（『青い鳥・赤い鳥』1980、p.315）の4人で1931（昭和6）年1月の『赤い鳥』復刊へ向けた準備作業に取りかかった。以降は、三重吉と白秋とが決別する1933（昭和8）年2月まで『赤い鳥』編集者として赤い鳥社に勤務し、武二とともに編集作業に当たった。武二との交友は赤い鳥社退社後も続いた。「狷介」で「奇矯」と言われた武二の人間性を肯定的に受け止め、共に「三重吉の芸術至上かたぎの強い影響」を受けた存在として処女童話集『風と花びら』の刊行に尽力してもいる。

　『赤い鳥』編集者時代は、有島生馬、岸田國士、宇野浩二、豊島与志雄、久保田万太郎、井伏鱒二、木村毅などに原稿を依頼し、幅広い内容を扱う誌面づくりに奔走したが、与田に編集者としての決定権はなかったため、三重吉の主義主張と相容れない原稿の差し替え

や返却に赴くことも多かったという。担当した坪田譲治の「黒猫の家」「合田忠是君」「かあちゃん」は、編集者として構成に関わった作品のうち、一番感銘深いものだったと回想している。1936（昭和11）年の三重吉逝去に伴い、赤い鳥社から編集業務担当者となるよう依頼を受けたが、熟考の末に辞退した。

　赤い鳥社時代に培った編集者としての才覚は、帝国教育会出版部における『コドモノヒカリ』の編集や同部編集顧問としての活躍ばかりでなく、1941（昭和16）年12月に発足する日本少国民文化協会幹事としての仕事や戦後の子ども向け読み物を扱った出版社との関わり、レコードやラジオ放送などメディアにおける童謡の開拓や育成へと繋がっていく。戦後は、「ことりのうた」（1954）や『日本童謡集』（岩波書店、1957）の編纂を通して子ども文化の研究や解説に尽力した。

●童謡に関する研究とその他

　与田の創作した童謡に関しては、1990年代から2000年代にかけて研究が進んだ。畑中圭一は「『乳樹』の詩人たちとモダニズム──与田準一を中心に」（『名古屋明徳短期大学紀要』第6号、1994・3）において、春山幸夫らの「詩と詩論」に見られる手法と同様の「①フォルマリスム志向②斬新なメタファー③視点の転換や移動④ナンセンス志向」が見られることに言及した。以降、『乳樹』を中心とする与田の初期作品については、シュ

らん（落書欄）」に書き込むように設定されており、各自が忌憚なく他者の作品に批評を加え、活発な議論がなされた。

　与田の「母」（1927・3）や「風から来る鶴」（1928・7）は『棕梠』での批評を参考に修正し、『赤い鳥』へ投稿、入選している。ただし、『棕梠』掲載時と同一表記での投稿は数が少ない。例えば、改行箇所を変えて七五調など明確な韻律にしてから投稿していた。『棕梠』誌面には、「赤い鳥童謡会について」など同会の進捗状況に関する情報も

掲載されており、「赤い鳥童謡会」発足の足跡を知ることもできる。

赤い鳥童謡会

　赤い鳥童謡会は、1928（昭和3）年4月15日に白秋宅で始まった会で、『赤い鳥』投稿者の中で白秋が素質を認めたメンバーで構成された。当初のメンバーは、岡田泰三、与田、巽、多胡、柳曠、松本篤治、福井、藤井、寺田宋一、有賀連、佐藤の11名で、初回の参加者は、与田、福井、松

361

ールレアリスムとの連関を指摘する研究が進んだ。その結果、与田の童謡は、新規のものを追い求める彼の志向により、白秋の提唱した〈うたう童謡〉からの脱却を図った、と言われることが通説となった。また、戦前に『子供への構想』(帝国教育会出版部、1942)や『童謡覚書』(天佑出版、1943)などの評論集をまとめ、自ら童謡研究の一役を担った。なかでも、1957 (昭和32) 年に刊行された『日本童謡集』は、戦前の童謡について俯瞰可能な著述であり、ジャンルとしての童謡が隆盛する過程を、それに関わった当事者目線で追った絶好の研究書となっている。

しかしながら、『赤い鳥』をはじめとする子ども雑誌編集者としての仕事や戦中戦後における出版に関する仕事、レコードやラジオ放送などメディアにおける童謡の育成に関わる仕事については、2010年代半ばに入るまでほとんど研究される機会がなかった。その理由としては、1997 (平成9) 年まで存命であったことや与田の仕事内容が多岐に渡っており、全貌を確認する作業が進まなかったこと、児童文学研究者の関心事が作品分析を通した系譜の論証に集中していたことによると考える。2010年代に入り、青木文美が1940年前後の与田の日記やノートの翻刻を通して編集者としての与田に焦点を当てた検証を試み始めており、日本少国民文化協会庶務幹事、および「詩・童謡」部門の責任者としての与田の仕事内容が明らかになりつつあ

る。また、編集者としての与田を追うことにより、『赤い鳥』出身の投稿童謡詩人たちが1940年前後の子ども雑誌や子どもの読み物の出版や制作において担っていた役割が徐々に明らかにされることとなり、現在へと続く子ども向け読み物に及ぼした功罪が詳細になりつつある。

2000年代からは、近代文学周縁文化として『赤い鳥』を扱った坪井秀人 (2006)『感覚の近代──声・身体・表象』(名古屋大学出版会)や、メディア研究の対象として童謡を扱った周東美材 (2015)『童謡の近代』(岩波書店)など、童謡を捉え直す契機は生まれているが、創設されたジャンルを引き継ぎ、拡大維持させた与田たち『赤い鳥』出身の投稿童謡詩人に焦点をあてた研究や論証は、ほとんどなされることがない。今後は、『赤い鳥』時代に構築した人脈を駆使し、戦前から戦後へと続く子どもの読み物全般の育成に尽力した与田の役割や仕事内容について精査する必要がある。　　　　　　　　　(青木文美)

[参考文献]
与田準一 (1967)「与田準一年譜」(『与田準一全集』第6巻、大日本図書)、与田準一 (1976)『詩と童話について』(すばる書房)、与田準一 (1980)『青い鳥・赤い鳥』(講談社)、畑中圭一 (2007)『日本の童謡』(平凡社)、青木文美 (2016)「雑誌『赤い鳥』投稿童謡詩人たちの太平洋戦争──与田準一を中心に」(『翰苑』第6巻、海風社)

本、柳、佐藤の5名だった。白秋は、1926 (大正15) 年12月に会の立ち上げを告知し、その後も1927 (昭和2) 年5月、1928年4月の「童謡と自由詩について」で会の方針や参加者の選別方法について言及した。第三期投稿童謡詩人に対する白秋の思い入れは強く、『赤い鳥』や『近代風景』、日本童謡詩人会編『日本童謡集』への投稿を呼び掛け、独立するように支援した。なかでも、『棕櫚』同人には目をかけており、1927年12月の時点で回覧雑誌『棕櫚』のメンバーで在京だった佐

藤を介して『棕櫚』同人で会の主旨と方向性を纏めるように指示を出している。指示の概要は次の通り。(1)『棕櫚』同人でもくろみを立てること (2) その構想を実現するために自分が力を貸すこと。ほかにも、佐藤の伝言した中には『赤い鳥』誌上で発表された「赤い鳥童謡会規約」に掲げられた「月に一回」の「例会」と、「作品集その他の編纂出版に努める」ことが提案されており、『棕櫚』同人から童謡詩人を産出させようとした様子が見てとれる。

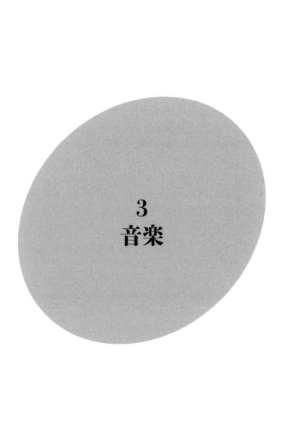

3
音楽

総説
作曲

ここでは、『赤い鳥』において童謡の作曲がどのように展開していったのかについて、主に作曲の手法に注目して論じる。その中で、『赤い鳥』が示す日本歌曲発展の過程や、童謡運動に関わった作曲家たちが考えていた、あるべき童謡作曲の方法論をより明確に示すことが、ここでの議論の目的である。

●新芸術歌曲運動としての『赤い鳥』

『赤い鳥』で童謡の作曲が初めて話題になったのは、第1巻第2号(1918・8)の「通信」欄に掲載された、「童謡には譜をお附けになっては如何です」(p.78)という投稿だった。楽譜掲載を提案する投稿はその次の号にも登場し、鈴木三重吉はこれに対して、音楽家や詩人たちにすでに相談しており、いずれ掲載を試みると返答している(1918・9、p.78)。1919(大正8)年4月号には、「不男子」名義で投稿された三木露風の詩『おやすみ』に付された旋律が「通信」欄に掲載された。この旋律は、音階の第4音と第7音を省略する、いわゆる「ヨナ抜き」で書かれており、この段階ですでに、「日本の歌」らしさを付与する作曲手法についての認識がある程度広い範囲で共有されていたことが窺える。

この号で、三重吉はプロの作曲家に作品を依頼し掲載することと、作曲作品を公募することを発表し、続く号で早速、「「赤い鳥曲譜集」その一」として、成田為三の《かなりや》が登場した。このように、『赤い鳥』の

投稿作品とその作曲家たち

『赤い鳥』に投稿して実際に掲載に至った作曲作品は、二部形式(「A-B」のように、ふたつの対照的な旋律を組み合わせたもの)という単純な構成による、短くて簡潔な作品がほとんどだった。これは、審査にあたった作曲家たちが、短くてもしっかり作られた作品を望んでいたことによる。時には短いながらも内容の濃い作品が現れることもあり、ここでの次世代歌曲作家育成の試みは、一定の成果を挙げたといってよい。掲載作品の中でとくに注目されるのは、大木正夫の《かなかな蟬》(1923・2)、今川節の《てふてふ》(1925・8)、《チロリ》(1926・4)である。これらの作品は、単に自然な旋律と和声を歌詞にあてはめるという領域を出て、歌詞の語感に音楽が機敏に反応し、あるいはその語感から生まれた動機が旋律や伴奏に派生している、短いながらも歌曲として成熟したものとなっている。

大木は後に、モダニズムと社会主義思想の影響を受けて活動する作曲家として、数多くの作品を

365

初期には、この雑誌が総花的な児童文化雑誌として発展してゆく一環として新作童謡の楽譜掲載が進められていくのだが、この時期の誌面では同時に、そもそも童謡を作曲してよいのか、をめぐる議論も展開された。とくに、童謡は子どもの自然な歌い方に任せるべきであると主張していた北原白秋は、最初の投稿掲載作である、石川義拙の《あわて床屋》（1919・6）について、「私の気持とは、可成相違しているように感じました。どうしても童謡は作曲しないで、子供達の自然な歌い方にまかせてしまった方が、むしろ、本当ではないかと思われます」と「通信」欄に書くなど（1919・9、p.72）、童謡が作曲されること自体に強く反発していた（周東、pp.67～68）。一方で八十は、「いい伴奏だけを弾いていただいて、それを聞きながら、歌詞をじっと見ていて下すったら、私の童謡の感じがほんとうに出はしないか、と、ふと私の空想で、そんなことをおもいました」（1919・9、p.76）と、童謡の作曲に肯定的な姿勢を示している。

　三重吉自身は誌面では白秋の意見に賛成も反対もせず、「赤い鳥曲譜集」の依頼を継続した。実際、三重吉が掲げた『赤い鳥』の標榜語（「世俗的な下卑た子供の読みものを排除して、子供の純性を保全開発するために、現代第一流の芸術家の真摯な努力を集め、兼て、若き子供のための創作家の出現を迎うる、一大区画的運動の先駆である」）は、童謡の作曲においても当てはまるものであり、

作曲家たちはいわばこの標榜語に応える形で、既存の単調な（と見なされた）唱歌を超える、新しい芸術歌曲としての童謡を生み出そうと試みた。彼らにとって『赤い鳥』は、単に子どもたちの需要を満たす童謡を産み出す場というだけでなく、自分の作品を発表し、より広い層の人々に聴いてもらう機会を提供してくれるメディアとしても、大きな意味を持っていた。1919年6月に実施された「赤い鳥音楽会」では、雑誌掲載作や、グリーグ、チャイコフスキーといったヨーロッパの作曲家の作品に加えて、山田耕筰（当時は「耕作」）や近衛秀麿といった、『赤い鳥』に関わった作曲家のオーケストラ作品も演奏された（1919・8、pp.72～73）。すでに日本の音楽界で指導的な立場にあった山田はともかくとして、近衛のような若手作曲家にとって、大勢の聴衆のいる音楽会で自作のオーケストラ曲を演奏してもらえるのは、めったにないチャンスであり、『赤い鳥』がそのような場を提供したことは、音楽史の観点からももっと注目されてよい。彼らの新しい芸術歌曲としての童謡を生み出そうという意欲は、作品そのものからも窺い知ることができるが、この点については「作曲の手法」の項目で紹介する。

　新しい芸術運動という観点からは、『赤い鳥』の誌面で、成田がヨーロッパ音楽の情報を発信していたことも注目される。彼はドイツ留学中何度か、「通信」欄でヨーロッパの音楽事情を読者に伝え、1923（大正12）年

残した。第二次世界大戦中は体制に沿って民族主義的な手法に転向したが、戦後は再び社会主義・人間主義の立場に戻り、幅広い分野で実績を残している。今川は掲載時にまだ10代であり、作曲家たちの評価も高かったが、惜しくも20代なかばで早世した。このほか、作品が掲載された人々の中には、日本伝統音楽の研究と児童音楽で活躍した坊田寿眞、クラシックの作曲を行いつつヒット歌謡も生み出した森義八郎、仏教に立脚した作品を多く書いた吉川孝一、金子みすゞとの関わりで知

られる上山正祐（雅輔）などがいる。ここで名前の挙がっている人を含めて、地域で教育に携わりながら作曲を続けた人も一定数いる。とくに地方では、校歌の作曲者として、『赤い鳥』の投稿欄で学んだ作曲家が名前を残している例が数多く見られる。『赤い鳥』の投稿者として音楽活動を始めた作曲家たちは少なからず、その原点を意識しながら、地域での音楽普及や音楽教育に取り組み続けたということなのだろう。

9月号では、ドイツで流行した輪唱（カノン）の手法を導入した作品《山の枇杷》を発表した。このあと成田は、二重唱や合唱など、さまざまな編成による童謡作品を発表し、「童謡」の範囲を広げていく。

●童謡の作曲をめぐる3つの論点

新作童謡の楽譜が掲載されるようになってから、『赤い鳥』にはさまざまなスタイルによる歌曲が掲載され、時にはどのような作品が書かれるべきか（掲載されるべきか）について、誌面で議論が展開されることもあった。掲載された作品の傾向や誌面での議論を概観すると、その論点は大きく3つに分けられる。

●第一の論点——演奏の難易度

第一の論点は、演奏の難易度を考慮して作曲すべきか、ということである。

1920（大正9）年12月号では、「通信欄」に「曲譜は中にはむづかしくて私たち素人には弾けないものがあります。どれもみんな弾けるようにやさしく出来ていたらどんなに愉快でしょう。それからどうか略譜もつけておいて下さいませんか」（p.96）という投書が掲載されている。この投書は、7月号に近衛秀麿が書いた、当時の掲載作品としては複雑な《鳥の手紙》と関係があるかもしれないが、この時期に主に作曲を担当していた成田もしばしば、理解や演奏が決して容易とはいえない作品を書いていた。

成田が渡独し、1921（大正10）年4月号から主に草川信（ときどき弘田龍太郎）が作曲を担当するようになると、掲載される楽譜はより簡素な、一定の形によるものが中心になっていく。具体的には「作曲の手法」の項目で紹介するが、このより簡素な手法は、演奏が容易でありかつ個々の曲の特徴も明確である（どの曲も似ている、ということにはなりにくい）、という利点があった。一方で、音楽が一定のパターンに沿って繰り返されるだけであり、内容を反映して展開されること

はめったにない、という作品が量産された面もある。このような傾向が、結果として純朴・ノスタルジーといった、童謡の表面的なイメージが固定化するにあたって一定の役割を果たしたことも否定できない。

●第二の論点——作曲家の童謡観

第二の論点は、作曲家が「童謡」をどのように位置づけて作曲するかということである。

近衛秀麿は『赤い鳥』に掲載する童謡の位置づけとして、シューマン《子供の情景》のような「児童の世界を借りた大人の為の芸術歌曲」を考えており、歌いやすさと伴奏のつけやすさを重視する成田の手法に疑問を抱いていたという（大野、p.95）。確かに、近衛が『赤い鳥』のために書いた作品（《忘れた蕢》（1919・11）、《鳥の手紙》（1920・7）、《犬と雲》（1921・1））は、混み入った和音や非常に凝った和声接続を用いる、長調と短調の間を行き来する、歌が中断してピアノが歌のかわりに旋律を歌う、といった複雑な仕組みが盛りこまれており、演奏も理解も容易ではない。これらの作品は、明確にプロ歌手が歌う「芸術歌曲」を意識したものなのである。

つまり、1919〜1921年頃の『赤い鳥』では、成田や草川の「子どもが歌うための童謡」と、近衛の「児童の世界を借りた大人の為の芸術歌曲」が共存していたわけである。その後の掲載作の傾向を見る限りでは、成田や草川のより単純な手法が、童謡作曲の主流となったかのように思える。

しかしことはそう単純ではない。まず、成田の書いた童謡の中には、「作曲の手法」の項で触れる通り、不自然な印象を与える部分が（おそらくは意図的に）盛りこまれており、「単純」「子ども向き」とは断言できないものも、少なからず含まれていた。また、第1期の終わり近くから第2期にかけて「赤い鳥曲譜集」の主力となった山田耕筰の作品は、それまで掲載されていた多くの作品とは全く異なり、楽譜に表現や強弱の指示が細かく書き

367

こまれ、音符が複雑で歌唱や演奏が困難と思われる箇所も少なからず含んでいた。興味深いことに、第1期の終わりに山田の作品が続けて掲載され始めると、成田や草川もまた、より複雑な手法を取るようになる。

つまり、『赤い鳥』においては、童謡は簡潔・単純に作曲されるべきである、という方向性は、必ずしも盤石ではなかったわけだ。この点は、前述した「赤い鳥音楽会」で日本人の作曲家が積極的に紹介されたこと、また近衛が指摘するように三重吉がふたつの方向性のどちらを優先するか、判断を示さなかったこととも矛盾しない（ちなみに、山田は成田と近衛の両方に作曲を教えていた）。

●第三の論点——投稿作品をめぐって

第三の論点は、作曲を学び始めたばかりの者は「童謡の作曲」にあたって何を意識すべきか、ということである。この論点については、成田・近衛・草川が担当した、投稿された作曲作品の選評から、当時のプロの作曲家たちの考えを窺い知ることができる。

1919年5月号の「緊急社告」では、「童謡の曲譜募集」について告知がなされ、『赤い鳥』掲載作への付曲に限る、当選した場合は専門作曲家の作品と共に巻頭に掲載されるといった諸条件と並んで、「作曲上の注意」として、「一、飽くまで日本的の諧調であるべきこと。二、平明　三、選ばれた謡の言葉の律動が、曲の上でも同じように、謡われる調律の基礎となっていること。」と明記されている（p.80）。選者は最初成田と近衛が、成田渡独後は草川と近衛が務め、掲載作には必要に応じて彼らが手直しを施している。

童謡や綴方とは異なり、作曲は一定の水準に到達することが容易ではなく、なかなか掲載される作品は現れなかったが、掲載作品が出た号には、和声の選択についての細かい添削を含む、きわめて具体的な「講評」が書かれた。この「講評」ではたとえば、曲と歌詞を調和させること（日本の童謡の歌詞に、ヴォルフやブラームスを思わせる荘重な音楽をあててはいけない（1923・3、近衛））、凝りすぎて分かりにくい曲を作るよりも理論上明快な曲を作る方がよい（1925・8、成田）、という見方が示されている。こういった「講評」は、「作曲上の注意」とともに、作曲の基礎を固めて堅実に作りつつ、内容にしっかり沿った歌曲を生み出せる作曲家を育成しようとした、作曲家たちの考えを示している。

●『赤い鳥』における作曲運動の終焉と後世への影響

第1期後期から第2期にかけての『赤い鳥』では、作曲は専ら白秋の作品に行われていたため、本人の意図はともかく、この運動には作曲家たちと白秋の共同作業という一面もあった。1933（昭和8）年4月号をもって白秋が『赤い鳥』から退くと、その次の号から作曲作品は姿を消し、さらにその次の号では投稿作品の募集も外されて、『赤い鳥』での童謡作曲運動は終焉を迎える。しかし、『赤い鳥』で作曲家たちが展開した創造性は、後に続く作曲家たちを刺激し続ける。その代表例として、編曲の過程で原曲の新しい意味を読み取り提示した青島広志の合唱作品や、童謡を劇的な歌曲として再創造した岩河智子の編作童謡などが挙げられる。　（井上征剛）

[参考文献]
青島広志（2007）『女声合唱版・日本の愛唱歌「甦った歌」』（全音楽譜出版社）、岩河智子（1991）『おとなのための童謡曲集①』（音楽之友社）、大野芳（2006）『近衛秀麿——日本のオーケストラをつくった男』（講談社）、後藤暢子（2014）『山田耕筰：作るのではなく生む』（ミネルヴァ書房）、周東美材（2015）『童謡の近代——メディアの変容と子ども文化』（岩波書店）、成田為三他（1965）『成田為三名曲集』（玉川大学出版部）、細川周平・片山杜秀監修（2008）『日本の作曲家　近現代音楽人名事典』（日外アソシエーツ）

今川節
いまがわせつ

◉ 『赤い鳥』通信講座で学ぶ

1908（明治41）年8月21日～1934（昭和9）年5月12日。福井県坂井郡丸岡町巽で生まれる。幼時から母ヤス一人の手で育てられた。1915（大正4）年、平章小学校に入学。丸岡メソジスト教会の日曜学校に通い、坂本牧師からオルガンを習う。1923（大正12）年3月、平章小学校高等科を卒業した。森田銀行（現・福井銀行）丸岡支店に給仕として勤めながら、『赤い鳥』の通信講座「唱歌の作曲」を受講し、山田耕筰の弟子宮原禎次に作曲の添削・指導を受け始める。

1925（大正14）年の『赤い鳥』8月号に成田為三の「推奨曲譜」として掲載された。成田は選評で「今川さんのは、やさしい、ありふれた曲ですが、その中にしっかりした気強い点があるのが宜しい。自分も他人も了解しにくいやうな曲を無理に作るよりは理論上はつきりしたものを作る方が、進歩上得策です」と高い評価を与えている。

『赤い鳥』には、さらにもう一曲「チロリ」が1926（大正15）年4月号に「推奨曲譜」として掲載され、成田が選評している。「今川さんはいつもいゝ出来栄えを示してゐます」として、音符などの専門的な指導をしたのちに「今川さんは、年も僅か十九であり、適当な教師のない地方にゐて、どうしてこんなに技倆をすゝめられたのでせう。本当におどろかされます。近い将来に、作曲家として立派に世間に立つことが出来る腕前です」とまで書かせている。

◉ もう一つの「ペチカ」

1926年、18歳の時、「雪の降る夜はたのしいペチカ」で始まる白秋の詩に複合7拍子で

「ペチカ」を作曲、彼の代表作品となった。「ペチカ」には山田耕筰作曲の譜が知られているが、1934（昭和9）年12月、今川節が他界した年にキングレコードから東海林太郎の歌で「ペチカ燃えろよ」として全国発売され、知られるようになった。もう一つの「ペチカ」となった「ペチカ燃えろよ」は、1928（昭和3）年に、地元の劇場「霞座」で催された綿貫兄妹による音楽会で初公開された。

節は1928年までに100曲ほど作曲し、通っていた教会の謄写版印刷機を借りて印刷して、楽友や知人に送り、批評を受けながらさらに能力を伸ばしていった。

1928年8月、文部省が「大礼奉祝唱歌」を募集した。節も応募して、全国で2等入選となり、広く世に知られることになった。この時に得た賞金200円で購入したオルガンは彼の生涯のよき伴侶となったという。

1930（昭和5）年、同好者約20名で丸岡ローレル楽団を結成して、4月5日に地元の霞座で創立記念演奏会を開いている。1932（昭和7）年5月には、東京の日比谷公会堂で開かれた第1回音楽コンクール（時事新報社主催）で「ローレライの主題による交響変奏曲」を作曲し応募したが、落選する。しかし、福井を訪問した山田耕筰の激励を受け、第2回コンクールで交響曲組曲「四季」が作曲部門の第1位となった。彼は音楽学校などに通わずほぼ独学であったが、新進作曲家の2人をおさえて入賞した。

同年、肺結核が悪化するも童謡「苗代太鼓」、オルガン独奏曲「静寂」「祈り」「エレジー」「カノン」、管弦楽「子供の交響曲」の作曲を続けたが、25歳で他界した。

「ペチカ」のメロディーは、毎日午後6時と9時を告げる時報として丸岡市内全域に流れているとのことである。　　　（武藤清吾）

［参考文献］

江守賢治・平井英治編（1996）『ペチカは燃える
──若き作曲家今川節君のこと』（大空社）

草川信

（くさ　かわ　しん）

●生涯

1893（明治26）年2月14日〜1948（昭和23）年。長野県上水内郡長野町（現・長野市）生まれ。享年55歳。現在の長野市内で育ち、長野師範附属小学校、県立長野中学校で学んだ。男4人兄弟の末っ子であった。13歳年長の長男宣雄は東京音楽学校でオルガンを学び、オルガニストとしてまた音楽教育家として活躍した。次男正義は植物学を学んだ。早世した3男友忠も東京音楽学校でバイオリンを学んだ。4男の信も長男の宣雄に影響されて音楽の道を選んだ。

1899（明治32）年に長野師範附属小学校に入学。ここでのちに武蔵野音楽大学を作ることになる福井直秋に教えを受けた。福井直秋とは、その後、東京に出てからも、ずっと交際が続いた。1907（明治40）年に県立長野中学校に入り（14歳）、卒業後、長野市後町尋常高等小学校で代用教員を2年間勤めたあと、東京音楽学校の甲種師範科に入学した（21歳）。東京音楽学校では、弘田龍太郎にピアノ、多久寅、安藤幸子にバイオリンの指導を受けた。同期には「浜辺の歌」の成田為三がいる。卒業後、渋谷区長谷戸小学校、渋谷区猿楽小学校、九頭竜繍画女学校、東京府立第三高等女学校（現・都立駒場高校・都立芸術高校）、杉並区立家政高等女学校（現・都立荻窪高校）、成蹊学園などで教えた。

1921（大正10）年からは、鈴木三重吉が創刊した雑誌『赤い鳥』の音楽欄を担当し、投稿作品の評者をしながら、童謡の詩に作曲して多くの作品を残した。「揺籃のうた」（北原白秋・詩）、「夕焼小焼」（中村雨紅・詩）、「風」（クリスティナ・ロセッティ・詩/西条八十・訳）、「どこかで春が」（百田宗治・詩）、

「春の唄」（野口雨情・詩）、「汽車ポッポ」（富原薫・詩）のほか、戦後NHKのラジオ歌謡として作られた「緑のそよ風」（清水かつら・詩）などがよく知られている。童謡の他にも、声楽曲、合唱曲、器楽曲など、多くの作品を残した。ポリドール社作曲専属にもなっている。

草川信の生涯については、いくつかの資料が存在する。草川本人による『生い立ちの記』（1974）は、第2次大戦の最も激しくなった1945（昭和20）年に防空壕の中で書かれたもので、草川が人生で最も楽しかったという、長野における小学校時代までの様子が生き生きと描かれている。

また、『信濃教育』第1284号（1993）は草川信の特集号となっており、次男・草川誠、娘・深水竹子、藤田圭雄、中田喜直、小山章三をはじめとする19人が原稿を寄せた貴重な資料となっている。『信濃教育』第1404号（2003）では、小山章三が「優美な旋律を残した草川信」という記事を書いている。また萩原茂（2000）の『荻窪界隈文学散歩8』（『吉祥女子中学・高等学校「研究誌」第32号』）、同（2001）の『荻窪界隈文学散歩9』は、綿密な取材と調査によって、草川信の詳細な伝記資料となっている。

『近代日本音楽年鑑』には、草川本人の申告によると思われる紹介欄があるが、いちばん詳しく書かれてある1940年版（草川47歳の年）を引用すると、「音楽家（洋楽）」のところに次のように書かれている。

　　作曲、提琴。明治26年2月14日長野市生。成蹊高校講師、大日本作曲家教会員。ポリドール専属、大日本音楽教会員。自宅教授。東音甲師出身。安藤幸子、多久寅、島崎赤太郎に師事。管弦楽組曲『水絵』『生命の焔』室内クラリネット五重奏曲、弦楽四重奏曲『秋に寄す』洋琴三重奏『春に寄す』其の他多数。

ここでは、洋楽作曲家という立場から童謡作品には触れずに、いくつかの器楽作品が示されている。

●作曲作品

以下に草川作品を含む全集や楽譜集を挙げる。草川の作品には童謡のほか、歌曲、合唱曲、民謡曲、器楽曲がある。なお1曲のピースとして出版されたものは含めていない。

〈童謡作品〉
・『草川信童謡作曲集（第1編～第12編）』（京文社、1929）
・『世界音楽全集（11、24）』（春秋社、1930、1931）
・『童謡唱歌名曲全集（第2巻、第3巻）』（京文社、1931）
・『「赤い鳥」童謡（第5、6、7集）』（赤い鳥社、1921）
・『草川信童謡全集（第1輯）』（日本唱歌出版社、1931）
・『新作童謡集（第1、第2）』（開成館、1945）

〈歌曲〉
・『世界音楽全集（17、27、89)』（春秋社、1930）
・『白眉創作歌曲集（作品集第1編）』（白眉社、1948）
・『月に飛ぶもの』（大正15年10月（ARS（草川作品のみ）、1926）
・『草川信リードアルバム（第1、2編)』（共益商社書店、1929）
・『童謡唱歌名曲全集（第5、8巻)』（京文社、1932）
・『汀川の巻』（（未発表、草川作品のみ）、1945）

〈合唱曲〉
・世界音楽全集（9)』（春秋社、1930）
・『童謡唱歌名曲全集（第7巻)』（京文社、1932）

〈民謡曲〉
・『世界音楽全集（13)』（春秋社、昭和5年

(1930)）

〈器楽曲〉
・『日本ヴァイオリン楽譜集』（白眉出版社（草川作品のみ）、昭和17年（1942)）

童謡作品の作曲には、『赤い鳥』への参加が大きなきっかけとなった。1918（大正7）年7月に創刊された『赤い鳥』には楽譜は掲載されていなかったが、第2巻第5号（1919・5）から楽譜の掲載が始まった。第2巻第5号の最初の楽譜は、成田為三が作曲した「かなりや」（西條八十・詩）である。ここから成田為三の曲が中心となり、他に山田耕作、近衛秀麿の曲や読者の投稿作品も掲載された。第6巻第4号（1921・4）からは、ドイツに留学した成田為三に代わる形で、草川信が作曲の中心となった。初めて掲載されたのは「夢の小函」（北原白秋・詩）で、その後、第14巻第4号（1925・4）まで、草川信の作品は合計39曲が掲載された。「風」や「揺籃のうた」などの有名な曲がこの時期に生まれている。その後、帰国した成田為三が再び中心となったため、しばらく草川作品は掲載されなかったが、第20巻第2号（1928・1）から復帰した。

さらに『赤い鳥』休刊後の復刊第2巻第4号（1931・10）から楽曲掲載の最後となった第5巻第4号（1933・4）までは草川信が11曲の全てを担当した。『赤い鳥』に掲載された草川信の作品は合計53曲となる。童謡作曲家としての草川信の名前は、『赤い鳥』によって確立したといえる。『赤い鳥』への楽曲提供は成田と草川でほぼ同数、しかも2人で全楽曲の3分の2を提供している。

『赤い鳥』の掲載曲から選んだ曲を掲載した『「赤い鳥」童謡』（赤い鳥社）が8冊出版されているが、この第5集、第6集、第7集に、草川信の曲が十数曲入っている。

『赤い鳥』以外の雑誌に掲載された童謡も含めて、草川信の童謡作品を集めた楽譜集として、『草川信童謡作曲集』に63曲、『草川信童謡全集』に108曲が収められている。重複

もあるが、相当数に上る童謡を作曲したことがわかる。

芸術歌曲としては『月に飛ぶもの』の11曲、『草川信リードアルバム』の10曲、森山汀川の和歌に作曲した晩年の未発表歌曲集『汀川の巻』の14曲などがある。「民謡曲」とあるのは、当時の新民謡運動に呼応した作品である。器楽曲分野としての『日本ヴァイオリン楽譜集』には6曲が含まれる。また、戦争中に防空壕の中で作ったピアノ組曲「遠い夢」の存在が知られている。

●音楽的背景

草川信の音楽的背景として、キリスト教の賛美歌がある。彼は少年時代、近くにあったキリスト教会に通い、賛美歌を歌う経験を楽しんでいた。『生い立ちの記』(1974)の中で草川は、「日本キリスト教会のクリスマスには殆毎年の様に誘はれるままに行って見た。兄さんも此教会の信者であった為帰省されると日曜毎に礼拝に行った。冬の休に帰ると、よくクリスマスに独唱をしたりオルガンの独奏をしたステージの上で歌ふのを聴いて羨しくも思った。賛美歌はとても好きになって来た。……耶蘇教は嫌いだが賛美歌は好きだと云う事なのだ。耶蘇音楽が好きになったと云う事なのだ。」と書いている。兄の宣雄がクリスチャンであったため、弟の信も教会に出入りして、賛美歌に親しんでいたのである。草川の童謡の旋律に見られる、彼特有の美しいメロディーラインは、少年時代の賛美歌の経験と無関係ではないだろう。

一方、草川の旋律の特徴について、小山省三(2003)は、『信濃教育』第1404号の中で「信はヴァイオリンはことのほか好きで熱心だったそうだから、「どこかで春が」の流れるような美しいメロディーは、天性の楽才に加えて、ヴァイオリン学習に培われたと考えられる。」と述べている。

●作曲の基礎

さて、草川信の作曲法上の基礎は、東京音楽学校で学んだものである。草川信が学んだ頃の音楽理論についての教育環境はどのようなものだったのだろう。

草川は、1914(大正3)年に東京音楽学校に入学した。「和声」と題された草川信の小型の音楽帳がある(草川誠所蔵)。このノートには「密集、Open Harmony、転回、七の和音、副七、Mollの副七の和音、転調」など、和声学の学習のプロセスを見ることができる。そしてそのノートの最初のページに「参考書　エメリー、リヒター」という記述がある。このことから、草川信がエメリーの『和声学初歩』(1879)とリヒターの『新訳律氏和声学』(1913)の教科書によって和声学を学習したことがわかる。

最後に、新しい音楽や音楽理論の享受に関して、ご子息(草川誠)からうかがった昭和10年以降のエピソードのいくつかを述べておきたい。東京音楽学校に入学した長男の宏はヒンデミットの和声学の本を勉強し、またよくピアノで印象派の曲を弾いていた。草川もドビュッシーの「子供の領分」などを弾いた。戦後は若い作曲家である大木正夫との交流もあった。安倍幸明、齋藤太計雄、平尾貴四男らとは集って勉強会を開き、安倍からは印象派に関する感化を受けた。草川にとって最晩年の時期にあたる。　　　　　(森田信一)

[参考文献]

浅田泰順訳(リヒテル著)(1913)『新訳律氏和声学』(高井楽器店)、小山章三(1993)「少年期の草川信と音楽」『信濃教育』第1284号(信濃教育会出版部)、神津仙三郎訳(エメリー著)(1896)『和声学初歩』(普及舎)、吉本隆行(1993)「草川信の童謡について」『信濃教育』第1284号(信濃教育会出版部)

『詩と音楽』

1922（大正11）年9月〜1923（同12）年8、10月。全13冊。北原白秋、山田耕筰が主幹となった芸術雑誌。四六倍判、本文66〜135頁。弟、北原鉄雄の経営するアルスより刊行。毎月1日発行（最終号のみ25日発行）。

『詩と音楽』は、「詩と音楽の融合をめざした芸術雑誌」と言うが、誌面は「詩」「音楽」「美術」の三部にわかれていて、「美術」の部の編集は、白秋の義弟、山本鼎が担当した。1921年4月に佐藤キクと結婚した白秋は、ようやく生活が安定し、山田耕筰の協力のもと意欲的に本誌の編集に取りくんだ。関東大震災でアルスが全焼したあと、2巻9号「震災記念号」が出されたが、それを最後として廃刊となった。特別号としては、ほかに1巻3号「民謡童謡号」（1922・11）がある。

◉創刊号について

まず、「男の肖像」と「バレエ写真」の口絵に続いて、三木露風詩・山田耕筰曲「病める薔薇」と、新進ピアニスト、近藤柏二郎「POEME-NOCTURNE」の楽譜がみられる。「詩」の最初には、白秋の詩論「芸術の円光──主として詩について」（pp.2〜15）が載せられ、それに室生犀星、野口米次郎、河井

酔茗ら多くの詩人（白秋を含む）の実作や、灰野庄平訳、畑耕一、竹友藻風らの評論が続いている。「音楽」では、山田耕筰が最初となかほどに、「作曲者の言葉」（pp.55〜58）と「欧米楽壇の一瞥」（pp.73〜76）の、2つの評論を載せている。耕筰は前者に「日本の作曲者に」「童謡の作曲に就いて」「指揮に就いて」という副題をつけて1巻4号まで連載したほか、ほとんど毎号、意欲的に評論を発表している。「美術」では、終わり近くに山本鼎の批評「美術界月抄」（pp.115〜116）がみられるが、その鼎の少し前に「赤い瓦の家より（一）」の総題のもと、白秋の文章「詩へ」ほか4篇（pp.105〜114）がある。最後に「PenとBaton」（pp.117〜120）とあるのは、白秋と耕筰が共同で執筆した編集雑記で、「鷺ペン」を白秋が、「VARIATION」を耕筰が担当した。このなかで二人は、「詩と音楽はそれぞれ二人で分担責任といふ事にしたが、何れにしても相互の尊敬と理解との上に立つて、他の受持方面には干渉し無いことにした。然し確つかり握手した上での事であるから、綜合して一つの渾然たる有機体としての此の雑誌を作る事は立派に可能である」（白秋）、「『詩と音楽』の誇るに足る一つの特徴は、毎号清新な歌謡の作曲を巻頭に添へることによつて、単なる結合或は和合に終らうとする詩と音楽の両者を、完全に、有機的に融合せしめてゐる点である」（耕作、1930年に耕筰と改名）と述べている。奥付の頁は120となっている。

口絵「男の肖像」

男は、山田耕筰が最も尊敬するドイツの作曲家シュトラウス。耕筰はベルリン遊学中、美術館への散歩道にあった音楽書店でこの絵を見つけ、500マルクという値段に一時はあきらめたが、絵の隅に瑕を見つけ、25マルクに値切って、これを手に入れた。

山田耕筰と童謡の作曲

山田耕筰は『詩と音楽』誌上以外でも、三木露

風の詩や白秋の童謡の多くに曲をつけている。露風の「赤とんぼ」（1927）はつとに有名だが、白秋・耕筰のコンビで、今に広く愛唱される歌曲を数多く世に送りだしている。『詩と音楽』創刊翌年の1923年には「ペチカ」「待ちぼうけ」を作曲し、代表的姉妹作「からたちの花」は1925年に、「この道」は1927年に作曲された。幼少期の追憶と母の姿をこれほどまでに格調高く歌いあげた作曲家はほかにない。

●その他の号の執筆者と内容

「民謡童謡号」の楽譜は、白秋「かやの木山」「蟹味噌」と、三木露風「狸橋」（作曲はすべて山田耕筰）で、あと白秋の童謡・民謡「BAN-BAN」の総題で7篇、佐藤惣之助「異風琉球歌」同9首、芥川龍之介「わが散文詩」、矢野峰人「童謡試論」、室生犀星「白秋山房訪問記」などがみられる。

ほかに各号を飾った詩歌人として、土井晩翠、茅野蕭々、大手拓次、岩佐頼太郎、大木篤夫、前田夕暮、吉植庄亮、古泉千樫らがいる。音楽では、田辺尚雄、牛山充、外山國彦、二見孝平、永田龍雄、服部龍太郎らがいて、民謡、舞踊、歌劇、音楽論、作曲家論などのテーマが誌面を賑わした。美術では、森田恒友、小杉未醒、足立源一郎、木村荘八ら春陽会画家の美術記事がみられるほか、詩人川路柳虹が「美術巡礼」（美術展評）を連載した。

詩・音楽・美術の作品や評論を中心として編まれたこの雑誌は、また多く論争の場ともなり、白秋は民衆詩派の白鳥省吾、福田正夫、『層雲』の荻原井泉水、『アララギ』の島木赤彦らと歴史的な論争をおこなっている。

白秋は、『詩と音楽』の創刊号に「芸術の円光──主として詩について」と「詩へ」の2つの文章を載せ、民衆詩派への批判をおこなって論争の種を蒔いた。「芸術の円光」では、気品、香気、韻律に乏しい近時の散文系の自由詩を「思想のまま素材のまま埒なく投げ出したもの」「詩でなくて詩となる前の何物かである」と評して、暗に民衆詩派が作るところの散文的な詩を批判した。また「詩へ」では、「所謂人道派民衆派─私は素材派と呼ぶ─の横暴時代はさう永続すべきでない」と述べ、同派の詩壇占有の現状に対する激しい憤りを表した。これに対して、白鳥省吾は翌月刊行の『日本詩人』（1922・10）に「新しき民謡に就て」を載せて反駁したが、同時に白秋は、『詩と音楽』（1922・10）に載せた「考察の秋」おいて、白鳥省吾、福田正夫らを直接に名指して攻撃を加え、論争が激化した。はじめ詩法の問題から始まったこの論争は、次いで民謡論にも及び、それも民衆詩派だけにとどまらず、同世代の詩人たちをもそのなかに引き込むなどして、詩壇始まって以来の大論争に発展した。

『詩と音楽』は、北原白秋と山田耕筰の互いの尊敬と信頼のもとに生まれ、当時の大家はもとより新人の作品なども積極的に紹介して、各芸術分野に多大なインパクトを与えた。しかし、詩と音楽の芸術的融合をはかるという画期的な試みも、震災によってあっけなく頓挫した。最終号「震災記念号」の巻末には、耕筰と白秋の再起を期した無念の思いを綴った文章と、アルスからの、復刊を約した休刊の辞が載せられている。　　　（中路基夫）

［参考文献］

復刻版『詩と音楽』（久山社、1993）

白秋における論争の秋

白秋と民衆詩派の両者が言わんとするところの要点をまとめれば、白秋は民衆詩派の詩の散文性（＝非芸術性）と、歌うことにこそ本質がある民謡を白鳥省吾が「読む民謡」として提唱することにおいて、白鳥の民謡に対する無理解さを批判し、また白鳥省吾・福田正夫は、ともに白秋の詩が芸術至上主義的で社会性に欠けるところを欠陥とし、いまだに詩の形式にこだわる白秋を、その詩・創作民謡のいずれにおいても〈時代錯誤〉で〈古い〉とする点にある、というように言える。

また荻原井泉水は、白秋の短詩を層雲流の俳句に書きかえて批判したが、白秋は「考察の秋」で、荻原に対して5篇の文章をもって論難を加えた。そして、島木赤彦はその「考察の秋」にかみつき、白秋が自作の短歌を芭蕉の句と比較した態度を軽薄と批難し、また芭蕉の句を誤記したことをなじったが、白秋は木木の急勝の誤解・疎忽・無作法を批判し、その言いがかりまがいの批評態度を徹底的にたしなめ、反アララギの姿勢を強くした。

成城小学校の音楽教育

●成城小学校の教育（大正期から昭和初期）

成城小学校は、1917（大正6）年に澤柳政太郎によって創設された。創設の趣意は、「個性尊重の教育 附 能率の高き教育」「自然と親しむ教育 附 剛健不撓の意思の教育」「心情の教育 附 鑑賞の教育」「科学的研究を基とする教育」（赤井米吉編『成城小学校 附 成城第二中学校』成城小学校出版部、1923、pp.2～7）であった。

1919（大正8）年には、小原（鰺坂）國芳が主事となり、後に校長となる。成城小学校は、他校と比べて特に芸術教育に力を入れていた。澤柳は、「崇高な生活をなし高尚な趣味を味わえる教養ある紳士になり得る素地を作り上げる。鑑賞教育を重視し、児童の趣味を高める」（赤井米吉編前掲書、pp.5～6）と心情教育論を唱え、小原は、全人教育の立場から芸術教育を高唱し、正しい人間・真の文化人であるために芸術教育は必要である（小原国芳『小原国芳選集5 道徳教授革新論・学校劇論・理想の学校』玉川大学出版部、1980、p.246）と芸術教育論を説いた。

成城小学校は、『赤い鳥』など児童文化運動との連携と自主教材の開発に取り組んだ。『赤い鳥』の「創刊号や第二号第三号などには相当成城児童の作品が出てゐます。」（教育問題研究会「座談会 児童文学の諸問題」『教育問題研究 全人』49号、1930、p.42）との記述がある。国語科教師の田中末廣は、大正10年代初めに「童謡の勃興は日本の子供にとって天来の福音である。われわれのごとく早くからこれを期してゐた者にとっては、大きな歓びである。子供の教育に、そして国語教育の中にどしどしこの童謡をとり入れて行きたい。」（田中末廣「韻文教授でなく詩の教授」『教育問題研究』第14号、1921、p.20）と述べている。しかし、その後田中は、「童謡の作品において、その内容、形式ともに已にある類型が生じ行はれて、どの作品も一様に軌を同じうするものゝが多くて、そこに潑溂として新しきものゝ目覚むるを見得ない」（田中末廣「童謡教育の偶像破壊」『教育問題研究』第59号、1939、p.6）と当時の童謡を批判し、「子供自らの作るものもいはゆる童謡のみに止まらず、これら自由詩の制作に進みゆく傾向を有するものであることを、実験上信じてゐるものである。」（p.11）とした。

●成城小学校における音楽教育の実際

音楽の授業は、当時の小学校では「唱歌」と称していたが、成城小学校では「音楽」としていた。音楽専科教師は、常に複数擁していたが、その中には音楽の専門家（器楽家、声楽家、作曲家）が多かった。また、ダルクローズのリトミックを我が国に紹介した小林宗作（成城幼稚園長）が、ダルクローズ式総合リズムの授業を行っていた。戦前の成城小学校で音楽を担当していた教員は、眞篠俊雄（1917～1921、1924～1933）、杉牛信雄（1921～1927）、梁田貞（1921～1943）、永井潔（1922～1922）、加藤げん（1922～1924）、下総皖一（1927～1928）、上野耐之（1927～1960）、岡本敏明（1930～1933）である。童謡運動に関連する可能性があるものとして、児童作曲や唱歌教材選択に関して、以下に示す。

眞篠俊雄の児童作曲の目的は、①音楽通論に関する知識及び才能付与のため、②児童の音楽天分の調査のため、③音楽才能増進のため、④唱歌教授を趣味あらしめんため、⑤児童の将来のため（眞篠俊雄「作曲教授の研究（二）」『教育問題研究』第6号、1920、pp.37～38）であった。作曲の前提には教師の説明があり、設定された枠の中で作曲させる。歌

詞の付かない旋律だけの作曲を通して、楽典の知識や作曲技法を習得させた。眞篠は、童謡に関して、「流行に追はれてそれのみに捕はれて教授して行くことは音楽教育の為には現在の童謡は害毒を流すものだと思ふ」（眞篠俊雄「小学校唱歌教授の危機（童謡について）」（『教育問題研究』第57号、1938、p.32）と批判している。

杉生信雄は、唱歌教材に関して、尋常1年の教材は文部省唱歌ではなく、梁田貞の大正幼年唱歌・大正少年唱歌、弘田龍太郎の童謡から大部分を選択していた（杉生信雄「尋常一年にどんな唱歌を教へるか」『教育問題研究』第24号、1922、p.81）。

加藤げんは、児童作曲に関して、子供に作曲させることは重要な仕事の一つであり、子供の持っているものを知るためにも、子供自身の力を伸ばすためにも、たとえ不完全でもどしどし作曲させる様に導きたい（加藤げん「尋一の音楽に就いて」『教育問題研究』第28号、1938、p.67）としている。また、国語の時間に取り扱った童謡を歌わずにいられなくなった時、自発的に作曲したものや国語の作業の一つとして作曲を課したり、音楽の時間に短い童謡を提示して節を付けさせたり、子供自身による作歌作曲などをさせた（加藤げん前掲書、p.69）。唱歌教材に関して、弘田龍太郎の童謡曲集、梁田貞の大正幼年唱歌・大正少年唱歌、赤い鳥童謡集などから選択した（加藤げん「尋一の音楽を受持って」『教育問題研究』第36号、1923、pp.41〜42）。

上野耐之は、音の綴方や作曲は、音楽に対する深い理解のため、同情を育むため、表現の法則及び表現の力を与えるため、創造の世界を開拓させるために必要としている（上野耐之「音楽教育の黎明」『教育問題研究 全人』第24号、1928、p.66）。まず、創作の手引きとしてリズムを与え、手拍子や口で唱えさせる。リズムや教師の演奏する旋律のモデルにより、児童の中に眠っている旋律の芽を呼び起こす。さらに、動機を与えてこれを発展さ

せたり、音を与えてリズムを自由にして旋律を作らせたり、全てを自由にして思いのままに創作させたりする（上野耐之「低学年音楽教育の実際（その三）」『教育問題研究 全人』第36号、1929、pp.42〜43）。

岡本敏明は、従来の音楽教育には知的労作が欠けていたとし、より多くの知的要素を音楽教育に採り入れるには作曲指導が最も適切な方法であると述べている（岡本敏明「児童作曲指導に就いて」『教育問題研究 全人』第80号、1933、pp.57〜58）。岡本の児童作曲は、歌詞の付いていない旋律作曲であり、教師の設定した枠の中で作曲させる。教師の誘導的な質問によって児童の意見を引き出し、作曲の基礎知識を教授し、作品を改良させ、さらにリズムを自由に考案させるものであった（岡本敏明前掲書、pp.50〜51）。

●成城小学校における音楽教育の特色

オルガンの専門家であった眞篠は、児童作曲を知識・技能の教授のために行っていた。一方、加藤が、児童の思いを創作の動機付けにするために、歌詞に作曲させる、枠を設定せず自由に作曲させる、楽典知識や作曲技法の教授を前提にしない、という児童作曲指導法を採ったのは、彼女が他の音楽教師と違って、純粋な音楽専門家ではなかったため、国語科における童謡教育の影響を受けていたからであろう。上野と岡本は、楽典の知識や作曲方法を一方的に児童に伝授することはせず、教師の設定した枠内ではあったが、児童に発見させるという方法を採った。彼らのこのような児童中心主義的な指導法は、成城小学校の自学自習の教育理念が音楽教育へも浸透した結果であるといえる。　　　　（三村真弓）

［参考文献］
周東美材（2015）『童謡の近代──メディアの変容と子ども文化』（岩波書店）、三村真弓（2000）「大正期から昭和初期の成城小学校における音楽教育実践」（『児童教育研究』第９号、pp.89〜98）

成田為三
なり た ため ぞう

●生涯と作品

1893（明治26）年12月15日〜1945（昭和20）年10月29日。作曲家。秋田県北秋田郡米内沢村（現・北秋田市米内沢）に生まれ、鷹巣の郡立准教員準備場を経て、秋田県師範学校本科第一部に入学。この師範学校時代に音楽に目覚め、オルガンやピアノなどを熱心に練習し、同校の音楽会では、ベートーヴェンの「月光」を演奏したとされる。

1913（大正2）年に師範学校を卒業し、わずか1年間だけ鹿角郡毛馬内尋常高等小学校の訓導を務めた後、1914（大正3）年、東京音楽学校（現・東京藝術大学音楽学部）の甲種師範科に入学。念願かなって東京音楽学校に進んだが、当時の東京音楽学校には作曲科がなく、ドイツ留学を終えて帰国した山田耕筰に個人的に作曲を師事し、レッスンを受けることになる。同門には、近衛秀麿や「椰子の実」の作曲で有名な大中寅二らがいた。

現在でも広く歌われている「浜辺の歌」を作曲したのは、この東京音楽学校時代である。「浜辺の歌」にまつわるエピソードについては後述する。

1918（大正7）年、成田は東京音楽学校を卒業し、佐賀県の佐賀師範学校に赴任するが、わずか1年足らずで依願退職。1919（大正8）年4月には、東京の赤坂小学校の訓導に就任する。このあたりは、鈴木三重吉のすすめがあったと言われている。三重吉は、山田耕筰から童謡の作曲者として成田を推薦されていた。まだ作曲家としては新人であった成田は、『赤い鳥』の1919年5月号で曲付き童謡の第一号となる「かなりや」（詩・西條八十）で大好評を博して以降、ほぼ毎号のように掲載童謡の作曲を手掛け、「かなりや」

をはじめ、「りす〜小栗鼠」（北原白秋）、「赤い鳥小鳥」（北原白秋）、「夏の鶯」（三木露風）、「お山の大将」（西條八十）、「ちんちん千鳥」（北原白秋）など数多くの童謡を世に送り出した。1919年10月発行の『「赤い鳥」童謡』第一集で、三重吉は、「作曲家成田君については、最早かなり多くの人が、すでに巨星としての早い光を認めてゐる。この集のごとき悉く氏の真価を語る代表的作品といふを憚らない」と高く評価している。成田に対する三重吉の期待の高さが窺える。『「赤い鳥」童謡』第四集までは、すべて成田作曲の童謡が掲載されるが、成田がドイツに留学した1921（大正10）年8月発行の『「赤い鳥」童謡』第五集以降は、草川信や弘田龍太郎らの作品も掲載されるようになる。

このように、『赤い鳥』に曲譜付き童謡が掲載されるようになり、童謡の作曲を一手に引き受けていた成田に対して、藤田圭雄は『日本童謡史Ⅰ』の中で、「成田為三の曲は、明るくて、きっちりして、うたいよいのではあるが、何となく魅力にとぼしい」と評し、曲によっては厳しい評価を下している。

例えば、「赤い鳥小鳥」に関しては、成田が「ごく平凡な唱歌調の歌にしてしまった」とし、「詩人と音楽家の気持ちのくいちがいが、せっかくの白秋のわらべうた復興の仕事を中途半端なものにしている」と批判している。文部省唱歌のあり方を厳しく批判し、わらべうたや童心を重視する白秋と、あくまで西洋音楽の技法を基本とする新人作曲家との間に、ある種芸術観や童謡観の相違があったとしても不思議ではない。

日本語の詩と西洋音楽をベースとした曲とをどう結びつけるかは、当時の童謡だけではなく、歌曲や合唱曲など「うた作品」の作曲に取り組む日本の作曲家すべてにとって、今日でもなお古くて新しい課題となっている。

1921年、成田はドイツに留学し、ベルリンでロベルト・カーンに師事。その指導のもとで、堅実で正統的な作曲技法を学び、「一音、

第3部 『赤い鳥』の作家と作品

377

一音に意味をもたせて、無駄な音をつかわない作風」(『成田為三名曲集』)を身に付けたと言われている。

　1925(大正14)年に帰国後、川村女学院や東洋音楽学校の講師を務め、1940(昭和15)年には東京高等音楽学院(現・国立音楽大学)の教授となり、後進の指導にあたるが、成田の仕事の中心は、あくまで作曲にあった。ピアノ曲、合唱曲や輪唱曲、管弦楽曲などを発表するとともに、対位法や和声に関する著作や音楽教科書の編纂にも取り組んだ。対位法の技法については、山田耕筰も成田を高く評価していた。

　ただし、「浜辺の歌」や「かなりや」の高い評価に比べ、真摯に取り組んだ器楽曲や合唱曲、輪唱曲が十分に評価されないことに、成田自身不満をもっていたことは確かである。成田の教えを受けた岡本敏明は、『音楽藝術』の「追悼記」の中で、「そのつもりで書いた自信のある作が、一向にかへりみられないで『濱邊の歌』一つが一人で稼いでくれるよ、世の中だね」と苦笑していた、と述懐している。

　1945(昭和20)年4月の空襲で家財や作品を失い、成田は、一時郷里の米内沢に疎開。同年秋には帰京するが、10月29日脳溢血のため急逝した。

　成田為三の功績を顕彰し、郷里の米内沢に1988(昭和63)年、「浜辺の歌音楽館」が設立され、彼の足跡をたどったり、自筆譜をはじめとする作品の数々に触れたりすることができる。同館の終身名誉館長・後藤惣一郎は、講演等を通して、成田が歌曲一辺倒の作曲家ではなく、音楽理論に長けた本格的な作曲家であったことを強調している。なお、成田の作曲した「秋田県民歌」(作詞・倉田政嗣、補作詞・高野辰之)は、全国の県民歌の中でも傑作のひとつに数えられ、今もなお秋田県民によって広く歌い継がれている。

●「かなりや」の歴史的意義

　芸術的な童話や童謡を創作する最初の文学

運動を標榜して創刊された『赤い鳥』は、読むための児童雑誌として出発したが、読者からの多くの要望もあり、曲付き童謡の掲載に踏み切ることになる。その記念すべき第一号が「かなりや」である。『赤い鳥』第1巻第5号(1918・11)に発表された西條八十の創作童謡「かなりあ」に成田が作曲し、「かなりや」として、1919年5月号に掲載されたのである。

　作曲された「かなりや」は、「唄を忘れた金糸雀」で始まる、想像力を刺激する歌詞の内容と、さまざまな音楽的な工夫とが結びついて、不思議な魅力を醸し出す作品となった。具体的には、拍子の変化やリタルダンド、フェルマータの効果的な使用、半音階的な進行で非和声音が多用されるピアノ伴奏、第四節をテンポアップして変奏的に扱ったあたりに、作曲者成田の意気込みが伝わってくる。

　幻想的な味わいをもつ詩と流暢で起伏に富んだ調べが、当時の子どもたちにきわめて新鮮な感動を与えたことは想像に難くない。「かなりや」の成功によって、童謡運動に本格的に音楽家が参画するようになった。その意味で、「かなりや」のもつ歴史的意義は大きい。

　西條八十は、「雑誌『赤い鳥』の頃　成田為三氏にちなむ想い出」(『成田為三名曲集』)の中で、「ぼくは成田氏がぼくのこの童謡を、いわゆる唱歌式イージーゴーイングなかたちで作曲せず、かなりむずかしくもある高度な芸術的手法で作曲してくれたことに感謝した」と述べている。また、同じ「想い出」の中で、作曲された童謡が人気を博し、『赤い鳥』に続く諸雑誌が続々と発行されるようになると、「作品が作曲されるものだという気持ちが創作態度を制約した」と、詩人の本音も吐露している。

　「かなりや」は、1919年6月に開催された「赤い鳥一周年記念音楽会」において、北原白秋の「あわて床屋」(曲・石川養拙)、三木露風の「夏の鶯」(曲・成田為三)とともに、少女たちによる合唱として演奏披露されてい

る。八十は、その感想『赤い鳥』1919年8月号の「通信」で次のように述べている。

　「かなりや」に就いての感想を申上げれば、あの無邪気な少女たちが、眼を輝し、懸命になつて、自分の作を歌つてくれたことが、ただもう無条件に嬉しくて、忘れがたい感銘を残しました。成田氏の作曲に関しては、更にもう少し静かな調べであれば、と作者として思ひましたが、勿論これは望蜀の感に過ぎません。

●中学校歌唱共通教材として歌い継がれる「浜辺の歌」

　中学校学習指導要領において「歌唱共通教材」のひとつと位置づけられ、音楽家教育になくてはならない曲として長く歌い継がれている「浜辺の歌」は、東京音楽学校の学友会誌『音樂』に作曲用試作として所収された林古渓の詩「はまべ」に、成田が作曲したものである。

　林の詩は、『音樂』所収時に、作者である林に断りもなく改作され、本来4節から構成されていた「はまべ」は、第3節の前半と第4節の後半が合わされ、第3節として括られてしまう。詩の意味が通じないと怒った林は、改作された第3節の歌詞を破棄したという。林が第3節を破棄したことを知らない成田は、1916（大正5）年頃に全3節の歌として作曲。1918年、セノオ楽譜から出版の際には、題も「はまべ」から「浜辺の歌」と変えられていた。著作権など無視され、原作者の意思が必ずしも尊重されなかった時代のことである。

　1947（昭和22）年、「浜辺の歌」が文部省発行の教科書に掲載される際、林は、問題の3番の歌詞を削除し、全2節の詩として著作権協会に登録したという。このあたりの経緯については、藍川由美『これでいいのか、にっぽんのうた』に詳しく述べられているので参照されたい。

　自身の原詩が出版社によって改作された林は、曲調が明る過ぎることにも不満をもっていた。一方、作曲者の成田も、当時の「浜辺の歌」の歌われ方には、不満をもっていたようで、『「浜辺の歌」の成田為三　人と作品』の中で、「『浜辺の歌』は正しく歌われていません。みんなテンポが遅いんですよ。もっとさらりと歌うとよいのです」と述べている。このコメントは、2006（平成18）年度の中学校音楽教科書（『中学生の音楽2・3上』教育芸術社）にも「作曲者の言葉」として紹介されている。さらに、成田の自筆譜「はまべ」と、現在市販の楽譜や教科書の楽譜との間には、音符や強弱記号、速度標語、スラーの表示などさまざまな違いが見られる。

　このように原作者の思いや意図とは異なる伝わり方、広がり方をした「浜辺の歌」ではあるが、8分の6拍子のリズムに支えられた、のびやかで優美な歌の旋律、流麗なピアノ伴奏が魅力のこの作品は、英語や中国語などさまざまな国の言葉で歌われたり、弦楽器や管楽器などでも演奏されたり、国内外で広く親しまれている。
　　　　　　　　　　　　　　　　（佐野靖）

［参考文献］

藍川由美（1998）『これでいいのか、にっぽんのうた』（文藝春秋）、岩井正浩（1998）『子どもの歌の文化史──二〇世紀前半期の日本』（第一書房）、岡本敏明（1946）「『濱邊の歌』──成田為三先生を悼む」（『音楽藝術』第四巻第二号、日本音楽雑誌）、岡本敏明編（1965）『成田為三名曲集』（玉川大学出版部）、浜辺の歌音楽館編（1988）『「浜辺の歌」の成田為三　人と作品』（秋田文化出版社）、浜辺の歌音楽館監修（2008）『浜辺の歌音楽館公式ガイドブック』（秋田文化出版社）、原田博之（2009）「『はまべ』が伝える詩と音楽」（連載「中学校歌唱共通教材を考える」──『浜辺の歌』）『音楽鑑賞教育』2009年11月号（財団法人音楽鑑賞教育振興会）、藤田圭雄（1971）『日本童謡史Ⅰ』（あかね書房）

弘田龍太郎

●作曲活動と生涯

1892（明治25）年6月30日〜1952（昭和27）年11月17日。「靴が鳴る」「浜千鳥」「叱られて」などの童謡で知られる弘田龍太郎は、成田為三、草川信らとならび、『赤い鳥』における重要な作曲家の一人である。作品数は膨大であり、ジャンルもアイヌ族の物語に拠った歌劇《西浦の神》や仏教音楽の大作《仏陀 三部作》、尾上菊五郎氏（六代目）のための舞踏曲《生贄》、若柳吉三郎氏（初代）のための舞踏曲《柳》などから、島崎藤村の詩による歌曲《小諸なる古城のほとり》に及ぶが、とりわけ童謡が創作の中心で、その作品数は300曲を超える。

教育者・政治家として著名な父正郎と、一絃琴の名手であった母総野の長男として高知県安芸郡（現安芸市）に生まれた弘田は、父の転任に伴い千葉、三重と移り住んだ後、1910（明治43）年に東京音楽学校（現東京藝術大学）の器楽部ピアノ科に入学し、ピアノを童謡作曲家の本居長世に師事した。在学中より作曲を始めていた弘田は研究科に進学し、1916（大正5）年に終了すると同時に同校の授業補助（助手）となり、さらに文部省邦楽調査委員を委嘱され、邦楽の調査や研究を行った。同委員の主任を務めたのが本居長世であり、また後に宮城道雄を中心にした新日本音楽運動に参加し、洋楽と邦楽の融合を試みた斬新な活動で注目を浴びた。1917（大正6）年には新設された東京音楽学校研究科の作曲部に再入学し、1919（大正8）年に終了した後、同校の講師となった。

既に明治中期より日本では数多くの児童雑誌が出版されるようになっており、第一次大戦後も『赤い鳥』をはじめとする創刊が絶え

なかったが（1920年代だけで20を超える）、弘田も1919年より様々な雑誌のために童謡を作曲するようになる。弘田が童謡に本格的に力を入れるようになるのは、外国留学の成田為三に代わって『赤い鳥』の作曲担当となる1921（大正10）年からであるが、児童雑誌には作曲家を専属契約していたものもあり、弘田も『少女號』『こども雑誌』『金の船』『白鳩』『コドモノクニ』『少女倶樂部』に多くの童謡を書いた。

1925（大正14）年のラジオ放送と、1927（昭和2）年以降のレコード産業の確立に伴い、童謡創作の中心が雑誌からそれらへ移っていく中、弘田も活動の場を録音音楽（ラジオ放送等も含む）へと移していく。東京本放送の初日（1925年7月12日）より『子供の時間』という番組が始まったが、そこでは作詞家としては北原白秋、野口雨情、西條八十、作曲家では山田耕筰、中山晋平、弘田龍太郎、本居長世、成田為三など、『赤い鳥』で活躍した詩人や音楽家たちの作品が多く取り上げられた。金田一春彦によると同番組で1930（昭和5）年までの6年間で放送された童謡のうち、最も放送回数が多かったのが中山晋平（402回）、2位が弘田（273回）、3位が本居長世（257回）であった。弘田作品で放送が多かったのは「あした」（14回）、「叱られて」（10回）、「浜千鳥」（9回）である。また弘田は『子供の時間』の番組テキスト『子供のテキスト』の音楽講座で連載を執筆、加えて小学生以上を対象とする『学校放送』（1935年開始）や『幼児の時間』（同年放送開始）にも多数出演していた。とりわけ『幼児の時間』には「リズム遊び」の作曲と指導をはじめ「歌のおけいこ」の歌唱指導など戦後になっても頻繁に出演していて（例えば昭和25年に18回）、戦前戦後を通じて途切れなく出演していた最も出演回数の多い音楽家といえる。

1928（昭和3）年3月（当時弘田は東京音楽学校の助教授を務めていた）から弘田は、文部省在外研究員としてドイツ留学し、ベル

リン高等音楽院（現ベルリン芸術大学）で作曲とピアノを学んだが、その間に妙子ら三人の娘たちにラーバン・シューレとヴィグマン・シューレの二つの舞踊学校でモダンダンスを習わせている。イサドラ・ダンカンの弟子、ラーバンとメリー・ヴィグマンがそれぞれ始めた舞踊学校に彼女たちは通い、モダンダンスやパントマイムの創作を経験した。戦後になると弘田は、1945（昭和20）年に日本大学芸術学科の教授に就任すると同時に、自ら幼稚園の教育に直接かかわり始めることとなる。すなわち1947（昭和22）年、長女の妙子と彼女の夫で日本画家の藤田復生とともに、東京・成城にある藤田のアトリエと住まいを開放し、ゆかり文化幼稚園を設立した。顧問には幼児教育家でお茶ノ水女子師範附属幼稚園主事であった倉橋惣三をはじめ、NHKラジオの幼児番組で交友のあった童話作家の関谷五十二、作曲家の小松耕輔らを迎え、初代園長は弘田龍太郎、美術を藤田復生、音楽を藤田妙子が担当した。妙子はモダンダンスや舞踊劇を取り入れ、自らその指導にあたった。

　なお、『赤い鳥』と並行して大正期に興った新舞踊運動の先駆者、舞踊家の藤間静枝（藤蔭静樹）は本居長世ら童謡作曲家に協力を求め、童謡に振付けを行う「童謡舞踊」の創作に力を入れていたが、弘田も印牧季雄、賀来琢磨らの舞踊家と童謡舞踊の作品にも意欲的に取り組み（弘田をはじめ中山晋平、草川信らの作品は賀来琢磨編『学校舞踊実用教材集』、印牧バロー研究会編『学校游戯講座』、久保富次郎『童謡新遊戯』等に数多く見られる）、花柳寿美、若柳吉三郎、石井漠らの舞踊家は弟子とともに弘田の曲を踊った。弘田は歌舞伎の六代目尾上菊五郎、市村羽左衛門、守田勘彌、市川猿之助とも親交があった。

●『赤い鳥』とのかかわりと弘田童謡の音楽的特徴

　『赤い鳥』の童謡が楽譜付きの「曲」として発表された最初の例は、1919年5月号に「曲譜集」として掲載された「かなりや」（西條八十作詞・成田為三作曲）である。これがきっかけとなって、多くの作曲家が童謡（詩）に作曲を施すようになり、他の児童雑誌にも「曲譜の付いた童謡」が数多く発表された。この頃より弘田は児童雑誌に掲載される童謡に作曲をするようになり、鹿島鳴秋と清水かつらが編集した『少女號』の1919年7月号に「金魚の昼寝」（鹿島鳴秋作詞）、同年9月号に「お山のお猿」（鹿島鳴秋作詞）、同年11月号に「靴が鳴る」（清水かつら作詞）、1920（大正9）年1月号に「浜千鳥」（鹿島鳴秋作詞）、同年4月号に「叱られて」（清水かつら作詞）を発表した。これらは1921年8月号の『赤い鳥』に掲載された弘田の最初の作品「こんこん小山」（北原白秋作詞）よりもかなり早い。『赤い鳥』の重要な作曲家の一人であった弘田ではあるが、しかし意外にも『赤い鳥』に発表した作品自体はわずか6曲である。『赤い鳥』に掲載された童謡は全部で155曲あり、成田為三が57曲、草川信が38曲だったことを考えると、これはかなり少ない（ほかに山田耕筰11曲、近衛秀麿4曲など）。

　『赤い鳥』の全196冊に掲載された弘田の童謡6曲はすべて北原白秋作詞であり、大正10年8月号の「こんこん小山の」、大正11年11月号の「鳥の巣」、12月号の「なつめ」、大正12年1月号の「うさうさ兎」、大正13年1月号の「雉ぐるま」、2月号の「子どもの村」である。この中に弘田の有名作品は含まれておらず、小島美子は「いずれも彼の童謡としては傑作ではない」とまで言い切っている（「あした」など、一般に知られる曲は『少女號』掲載のものが多い）。なお弘田の大正時代の童謡100余曲のうち圧倒的に多い作詞者は北原白秋（40曲以上）で、葛原茲（「キューピーさん」など）と鹿島鳴秋（「お山のお猿」「金魚の昼寝」「落葉の踊り」「浜千鳥」など）と清水かつら（「叱られて」「靴が鳴る」「あした」「雀の学校」など）のそれぞれ10数

曲が続く。

　母が一絃琴の名手であり、また東京音楽学校卒業後は邦楽調査委員として邦楽研究にも従事していた弘田は、邦楽に強い影響を受けた作風を特徴とする。1936（昭和11）年に著した『作曲の初歩』の序文で弘田は、「在来の邦楽の長、洋楽の長をあはせ採り、先づ簡単な唱歌の作曲に始まり、次第に高級な作曲へと進んで行くべきである」として、邦楽と洋楽を融合する必要性を強調している。例えば清水かつらとの代表作の一つ「靴が鳴る」について、弘田はメロディーを以下のようなアイデアに基づいて作曲したと記している。

　　　先ず五声音階を用い、上行して行こうと考えた。さて実際に作曲にかゝつてみると、直ぐに頂点に達し、直ちに下行せねばならなくなつた―それには音域の関係もあった。下行してみると、丁度初めの出発点に戻つたから、類似の四小節を作り、二回目はラに終つたのである。このラに終る即ち次中音に終ることが、当時私の常に考えていたことなのである。之で先ず半分は出来たのであるが、その後はどうするか困つたのである。歌詞を見ると「歌をうたえば」と、この童謡の中心をなす所にある。そこで初めの音を上の主音に置いて、次第に下げていった。そして「晴れたお空に」（もとは晴れたみ空に）でも、同一旋律を用い「靴がなる」と終らしめたのである。（弘田龍太郎（1950）「よく歌われる私の曲―靴が鳴る―」『教育音楽』10月号、p.68）

　『赤い鳥』に発表された6曲についても、成田為三や草川信の童謡と比べ、弘田の作品はヨナ抜き音階を用いたものが目立って多く、「こんこん小山の」「鳥の巣」「うさうさ兎」「子どもの村」はヨナ抜き長音階、「なつめ」はヨナ抜き短音階、「雉ぐるま」は都節音階である。小島美子によれば、弘田の作品全体を見るとヨナ抜き短音階よりヨナ抜き長音階を用いたものの方が圧倒的に多いが、しかし彼の有名童謡に限定するとその比率は逆転する（「あした」など）。そしてヨナ抜き短音階の独特のノスタルジーと情念を生かすのが弘田の特徴で、こうした童謡の系譜が昭和に入ってから商業ベースのレコード歌謡の中で大きな潮流になっていくことに、小島は注目している。

　他方ピアノ伴奏についていえば、本居長世と同じく東京音楽学校のピアノ科を卒業していた弘田の作品は、伴奏音型が難しいことでも有名だった。例えば『少女號』に発表された「靴が鳴る」の伴奏について弘田は、「当時の一般の人には時々伴奏がむづかし過ぎると云われていた。之は殊に当時の小学校教員に於てよく云われたこである」と述べている。「金魚の昼寝」や「お山のお猿」のように、右手にはメロディーを、左手には簡易な和音による伴奏を配した作品もあるが、両手の分散和音で奏でられる「浜千鳥」や、情感溢れる表現力を要する「叱られて」などは、同時代のピアノ初心者には相当難しかったと考えられる。また本居長世のピアノの弟子であった藤山一郎（「青い山脈」などの作曲で知られる）は、本居のピアノ伴奏譜は美しい半面、一般の小学校教員の手には負えないほど難解であり、当時の作曲界でピアノの名手と言われたのは本居と彼の教え子の弘田龍太郎であったと回想している。　　　　　　　（大地宏子）

[参考文献]

金田一春彦（1978）『童謡・唱歌の世界』（主婦の友社）、小島美子（2004）『日本童謡音楽史』（第一書房）、弘田龍太郎（1936）『作曲の初歩』（岩本書店）、藤田妙子（1987）『私の幼児教育』（岩波ブックサービスセンター）、全日本児童舞踊協会編（2004）『日本の子どものダンスの歴史―児童舞踊100年史』（全日本児童舞踊協会）

山田耕筰
やまだこうさく

●生涯と作品

1886（明治19）年6月9日～1965（昭和40）年12月29日。作曲家、指揮者。作品は、交響曲、オペラ、室内楽、歌曲、童謡、映画音楽など多岐に渡る。国内外で指揮活動を展開し、音楽評論家としても活躍するなど多方面で日本の音楽界をリードし、芸術界全体にも大きな影響を及ぼした音楽家。1930（昭和5）年頃より、「耕作」から「耕筰」と改名。

東京の本郷に生まれ、医師でキリスト教伝道者であった父と死別後は、巣鴨の勤労学校自営館に入館。1901（明治34）年、長姉・恒の夫妻にひきとられ、岡山に移る。恒の夫で宣教師のエドワード・ガントレットは音楽に造詣が深く、彼に西洋音楽の手ほどきを受ける。関西学院中等部・本科を経て、1904（明治37）年9月、東京音楽学校（現・東京藝術大学音楽学部）予科に入学し、翌年本科声楽部、1908（明治41）年研究科に進む。

1910（明治43）年、恩師ハインリヒ・ヴェルクマイスターの推薦、岩崎小弥太の支援を受け、ドイツに留学。作曲家マックス・ブルッフの推薦もあってベルリン高等音楽学校に入学。レオポルト・カール・ヴォルフのもとで作曲を学ぶ。同時期に渡欧していた劇作家・演出家の小山内薫などとも交流。1912（大正元）年には、日本人として初めての交響曲「かちどきと平和」や管弦楽伴奏付き合唱曲「秋の宴」を作曲。ヴァーグナーやリヒャルト・シュトラウスなど後期ロマン派の影響を受けた山田は、エミール・ジャック＝ダルクローズのリトミックなど、当時のヨーロッパにおける新しい芸術の潮流からも大きな刺激を受けている。そのことが、小山内薫との「新劇場」結成や舞踊家・石井漠との舞踊詩

に関わる運動にもつながっている。

1914（大正3）年、岩崎小弥太主宰の東京フィルハーモニー会の管弦楽部を託された山田は、自作品を含めた演奏会を精力的に開催するが、1916（大正5）年、資金源を断たれて解散に追い込まれる。1917（大正6）年渡米し、1919（大正8）年にかけて、ニューヨークのカーネギーホールで自作の管弦楽曲を中心とした演奏会を二度開催。1910年代半ばから後半にかけて、山田は、スクリャービンを彷彿させるようなピアノ曲や舞踊詩曲、劇音楽を次々と発表する。

なお、山田の渡米中に『赤い鳥』が創刊されたこともあって、山田に推薦された成田為三が作曲家としていち早く『赤い鳥』に関わるようになるが、1919（大正8）年6月、帝国劇場で開催された「赤い鳥一周年記念音楽会」において山田は管弦楽を指揮し、大好評を博す。『赤い鳥』1919年8月号の「通信」では、「米国で噴々の名声を荷つてゐる天才的藝術家」、「わが耕作氏のごとき大音楽家の世界的な藝術」など山田を賛辞する言葉が並び、「すべての人の批評を総合して、少くとも山田氏の指揮管弦楽と「赤い鳥」の童謡の公開とに於て日本の音楽史上に特記さるべき、最初の、意味深い演奏会であつたといふことに一致するやうに受取れました」と、「赤い鳥一周年記念音楽会」が意味付けられている。山田への期待の大きさがうかがえる。

山田の積年の悲願は、常設オーケストラの設立と本格的なオペラの上演であった。1920（大正9）年には日本楽劇協会を設立し、ヴァーグナーなどを積極的に取り上げ、1924（大正13）年には、「日本交響楽協会」を結成。留学から帰国した近衛秀麿らの協力を得て、1925（大正14）年には「日露交歓交響管弦楽大演奏会」を開催。演奏会は成功するが、協会は分裂。山田と分かれた近衛らが新交響楽団（現・NHK交響楽団）を設立し、日本のオーケストラ活動の基礎が築かれる。

多種多様なジャンルの作曲を手掛けた山田

だが、今日なお広く演奏されるのは、童謡や歌曲などのうた作品である。なかでも、1922（大正11）年に共同主幹で『詩と音楽』を創刊した北原白秋と組んだ作品に名作が多く、大正末期から昭和初期にかけて、歌曲集「AI-YANの歌」や「からたちの花」、「待ちぼうけ」「ペチカ」「この道」「砂山」などが立て続けに発表された。三木露風の「赤蜻蛉」への作曲も同時期である。

日中戦争より太平洋戦争にかけての時期は、多くの戦争支持作品を創作。1940（昭和15）年には、3幕物の大規模オペラ「黒船」（当初の題名は「夜明け」）を発表、初演の指揮と演出を務める。戦時中の行動をめぐっては、戦後、山根銀二との間で戦犯論争が行われた。脳溢血で倒れた以後は、後遺症のため作曲活動はままならず、1965（昭和40）年他界した。1956（昭和31）年、文化勲章受章。

山田は、作曲や指揮の活動ばかりでなく、作曲や和声学に関する専門書から、教育的・啓蒙的な著作まで多岐にわたる著作を残した。作曲理論、演奏法、作品解説などを総括的に論じた『音楽十二講』（1951年）は、集大成とも言える著作であり、1928（昭和3）年からの『歌の唱ひ方講座』は、自作を解説しながら弾き歌いするレコードも出され、声楽に通じていた山田ならではのユニークなものである。校歌や社歌、自治体歌なども多く、社会全体を対象とした広い意味での音楽教育に関わり続けた音楽家と言うことができる。

●山田の童謡観

大正期の『赤い鳥』には、1920年2月号の「山の母」（西條八十）しか山田作曲の童謡は掲載されていない。1928（昭和3）年からは山田の曲譜が多く掲載されるようになり、1932（昭和7）年までに全26曲が『赤い鳥』に掲載されている。「山の母」以外は、すべて白秋の詩に作曲したものである。『赤い鳥』で作曲を担当した曲数は、成田為三（58曲）や草川信（51曲）と比べると少ない。

ただし、例えば、「あわて床屋」（1919年4月号）や「からたちの花」（1924年7月号）、「この道」（1926年8月号）は、童謡として『赤い鳥』に掲載された後、山田が曲を付け、発表したものである。『赤い鳥』に掲載された山田の曲を吟味した大畑（1993）は、「掲載された作品の中には、山田の代表作とされる曲は1曲も含まれていない」とし、「言葉との関係や、ピアノ伴奏とのバランスなど、それぞれ面白く出来ているが、子どもが歌うには、声域的にも技術的にも大変難しい」と評している。

山田の童謡観については、白秋と山田の二人が主幹を務め、彼らの芸術的主張の場となった『詩と音楽』の1922年11月号に掲載された「作曲者の言葉―童謡の作曲に就いて―」に詳しい。この論考の中で山田は、童謡には「藝術的童謡」と「遊戯的童謡」と呼ぶべきものがあるとし、「藝術童謡とは、大人が直観した―或ひは大人の内部に潜在してゐた童心が、自発的に流れ出て歌となったもの」であり、「遊戯的童謡は之に反して、児童の表面に浮遊してゐる戯心を、大人が自己流の鏡に反射したものにすぎません」と遊戯的童謡を批判する。「童心」とは、「純粋な子供の心」であり、「何らの対象を念慮の中におくことなく、純粋な自発的動機から、只其自身の為に動き、只其自身の為にあらはれるもの」である。そして、「此の子供の心を持った作曲者が、何らの、技巧の為の技巧なく意図なしに生んだ歌謡こそは、そのままに子供の藝術的境地を表現する、真の藝術的童謡であるにちがひありません」と断言する。

反対に、童心を持たない、あるいは摑むことの出来ない作曲家は、「子供の皮相的な外観を子供の本体と見誤り、根のない上面のたはむれをそのまま反射して、生来の芸術家である子供の生活を強ひて非藝術的なものの如くに再現する」と述べ、「戯心から出た童謡の多くは、単に子供をいらだたせるばかりで、子供の心を真に幸福にする力を持って居りま

せん」と、その弊害を指摘した上で、当時の童謡の大多数は、戯心から出た「非藝術的な遊戯童謡」であると厳しく非難している。

藝術的童謡が童心のあらわれでなくてはならないと主張する山田は、「必ずしも大人が子供になりきってしまはなければならないといふ意味ではない」と述べ、「大人は子供の心を自分のものとすると同時に、その心のやがて行き着くべき境地を明確に予知し、予見し、不断に進化し成長しつつある子供の心を、完璧な形において表現せばなりません」と、自身の童謡観を端的に表現している。さらに、児童の現状に媚びた童謡は、「児童に瞬間的亢奮状態を導き出すことは出来ても、それは何らの永続性も暗示性も、成長の可能性も」持たないもので、すぐにあとかたもなく消え失せてしまうと言い、一方、「私の所謂藝術的童謡は、現在の子供の心に対しては不可解な分子を持ってゐるにしても、子供をその行き着くべき境地に導く自然の道しるべとなる教化の力を包含してゐるものだといふことが出来ると思ひます」と述べている。たとえ子どもに理解し難い部分があったとしても、芸術性や教育的な力をもつ藝術的童謡を山田が信念をもって志向したことが明らかである。

●日本語の生きた抑揚を音楽に反映

東京音楽学校で声楽を専攻した山田は、言葉と音楽との関わりにこだわり、日本語の語感を生かした作品を創作、演奏表現するために探究を続け、歌詞にローマ字表記を付けるなど様々な試行錯誤を繰り返した作曲家である。とりわけ白秋の詩に作曲した作品において、山田ならではの工夫が数多く見られる。『赤い鳥』1924年7月号に掲載され、翌年山田の作曲で雑誌『女性』に発表された「からたちの花」では、日本語の生きた抑揚を旋律に反映させるために、1音節に1音符を対応させるという手法が用いられている。1926年8月号に掲載された「この道」も、1927（昭和2）年に山田の作曲で発表され、歌唱

力と表現性が求められる芸術的な作品となっている。当時の南満州教育会用に創作された「ペチカ」や「待ちぼうけ」でも、白秋の詩に想像力をかき立てられた山田は様々な工夫を凝らしている。わずか6小節で構成される「ペチカ」では、日本語の抑揚を生かした伸縮自在な旋律が紡がれ、さらにフレーズごとに演奏に関する細かな指示が書き込まれており、言葉と音楽と演奏効果を結び付けようとした山田の意図が如実にうかがえる。

山田に教えを受けた團伊玖磨は、『山田耕筰：自伝 若き日の狂詩曲』の「解説に代えて」の中で、「歌曲を書く場合には日本語を大切にしなければいけない」ということをいつも言われたと紹介し、日本語の生きた抑揚を声楽曲の第一の骨組みとする耕筰から、以下のことをきつく言われたと述べている。

　　日本語をじっと聞いて、その日本語の中に内在する音楽性を抽出して定着しなければならない。それが日本の歌曲をつくるまず第一の方法であるし、歌曲ばかりでなくて器楽曲を書く場合でも、やはり自分の母国語のなかのリズムは大切にしなければならないのだ。それが一つの音楽的な―ことばでない意味の音楽―テーマ、リズム、その他の大切な柱になるのだ。　　　　　　　　（佐野　靖）

［参考文献］

藍川由美（1998）『これでいいのか、にっぽんのうた』（文藝春秋）、岩井正浩（1998）『子どもの歌の文化史―二〇世紀前半期の日本』（第一書房）、大畑耕一（1993）「大正・昭和初期童謡の考察―「赤い鳥」「金の船・金の星」を中心に―」（『藤女子大学・藤女子短期大学紀要』第31号）、藤田圭雄（1971）『日本童謡史Ⅰ』（あかね書房）、山田耕作（1922）「作曲者の言葉―童謡の作曲に就いて―」（北原白秋・山田耕作主幹『詩と音楽』11月号、アルス）、山田耕筰（1999）『山田耕筰：自伝 若き日の狂詩曲』（日本図書センター）

作曲の手法

ここでは、『赤い鳥』の童謡作品で用いられた作曲の手法について、代表例を紹介する。

●成田為三《かなりや》の作曲手法

成田為三の《かなりや》は、「昔なつかしい」「歌いやすく理解しやすい」童謡のイメージからは距離のある、新しい芸術歌曲としての童謡を生み出そうという意欲の反映された作品である（「総説　作曲」の項参照）。成田は最初の3節では、付点8分音符＋16分音符と8分音符＋8分音符の組み合わせによるリズムを用いて、4分の2拍子でゆったりとたゆたう音楽に乗せて旋律を歌わせている。ところが最後の第4節では、8分の3拍子にふたつの16分音符とふたつの8分音符のリズムによる、舞曲風の音楽が展開される。また、ピアノ伴奏は第3節までは長調で展開するが、第4節ではところどころ、臨時記号（主に♭）が用いられており、音楽に陰りが加えられている（譜例1、2）。《かなりや》の最終節の歌詞は、船に乗せられて月夜の海を漂っていくかなりやの様子を歌うものだが、ここで音楽は、たった一羽、孤独に船に乗って

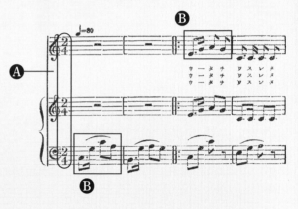

譜例1　成田為三《かなりや》冒頭部分
　A：4分の2拍子
　B：最初の3節のリズムパターン

譜例2　《かなりや》第4節に入ったところ
　C：8分の3拍子
　D：第4節のリズムパターン
　E：伴奏の臨時記号（陰りが加えられているところ）

去っていくかなりやという空想の風景に合わせて、感傷的な色合いが増すように作曲されているのである。

つまり成田は、同じフレーズの繰り返しに終始するのではなく、歌詞の内容に音楽を合わせる発想によって、《かなりや》を作曲している。このような手法は、八十が『かなりや』の詩を書く際に抱いていた、「二重に裏打ちされた絵」「フランスの象徴詩の手法」というイメージとも重なる（西條八十「雑誌「赤い鳥」の頃　成田為三氏にちなむ想い出」『成田為三名曲集』p.291）。成田はしばしば、《かなりや》のように、一見して簡潔に作られてはいても、ところどころ大胆な試みが盛りこまれた作品を書いている。

●草川信の作品と投稿掲載作品の作曲手法

成田の後をうけて童謡の作曲を担当した草川信は、より簡素な、一定の形を基本とする作曲手法を取った。まずコンパクトだが、特徴的な前奏によって歌の性格を明確に示し、続いて短い二種類の旋律を「A-B」、もしくは「A-B-A」というように組み合わせた歌を繰り返し、必要な場合には短い後奏で締めくくる、というパターンに沿ったスタイルである。

投稿掲載作品は、草川のスタイルに従うものがほとんどだったが、その中で独自の工夫が見られた例として、大木正夫《か

譜例3　大木正夫《かなかな蟬》
・「A」のモチーフがピアノにも挿入される（A）
・B：この小節が拡大されたような部分が、後奏にも現れる（B´）
・C：最も高い声で歌われるところでは、他の部分に比べてピアノの動きが少ない

なかな蟬》を挙げておく。ここでは、伴奏の中に歌のモチーフが分割されて挿入されたり、山場になるとピアノの動きが緩やかになって歌をたっぷりと聴けるようになっていたり、といった細かい工夫が駆使されている（譜例3）。

●山田耕筰の作曲手法

山田耕筰は、大人が直感した、あるいは大人の内部に潜在した童心が自発的に流出した、大人の表現による「芸術的童謡」を志向した（周東、p.99）。この考えを反映して、彼の童謡作品は、童謡という枠を活用した先進的な試みという印象を与えるものが多い。例えば、彼が初めて『赤い鳥』に発表した童謡《山の母》（1920・2）は、ひとつの主題が繰り返されているかのように見えて実は変化しているという、当時の『赤い鳥』では群を抜いて複雑な手法で書かれていた（譜例4）。また、「ロシア人形の歌」5作（1931・5～9）は、ロシア語の話し方を模し、時には形式の枠組みを外れる、同一テーマの前衛的な小品を連載するという、難解かつ大仕掛けの試みだった。このように、山田が活躍した第1期後期から第2期にかけての『赤い鳥』における童謡作曲運動は、前衛的な雰囲気すらまとっていた。

（井上征剛）

譜例4　山田耕筰《山の母》冒頭部分

AとBは、それぞれa-1とb-1、a-2とb-2の歌の旋律が同じだが、伴奏が全く異なる。この技法によってBがAを繰り返すかに見えて全く異なる方向へ音楽を展開させていく、いわば「開けた」構造になっている。

[参考文献]
周東美材（2015）『童謡の近代——メディアの変容と子ども文化』（岩波書店）

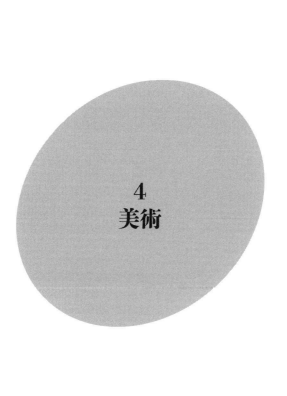

4
美術

総説
表紙絵と童画（挿絵）

●芸術的児童雑誌の創刊ラッシュ

　大正デモクラシーが生んだ自由な時代の空気は、旧来の日本の精神風土に、海外の思潮や芸術の新風が吹き込まれることによって、新たな文化状況を生み出すこととなった。さまざまな分野にその発露がみられたが、子ども向けの雑誌も例外ではない。大正の半ば1918（大正7）年7月に鈴木三重吉の主催する『赤い鳥』が創刊されるやいなや、同誌にならった児童雑誌が後追いし、これまでにない異国情緒あふれる雑誌が数多く創刊されるに至った。当時の児童雑誌がかもしだしたエキゾチックでロマンあふれる作風は、読み物や詩、のちに童話・童謡と一括りにされるジャンルにおいて示されたが、視覚に訴える作品の方が、ダイレクトにその雰囲気を伝えていた。子ども向けの挿絵画家による表紙絵や口絵、挿絵等である。それらの絵＝のちに「童画」と総称される作品群は、いまみても独自の世界観に彩られており、時代の特色を端的に物語っている。

　大正半ばから昭和初期の童画家に注目してみると、かなりの数の才能を数えることができる。大正時代の後半、さまざまな児童雑誌が出揃った時代には、新創刊の雑誌において、独自の特色をもたせようと、表紙絵に各雑誌ごとに定まった童画家が起用され、互いに競いあうといった様相を呈した。芸術的児童雑誌はそれぞれ看板とする童画家を擁し、表紙絵により自らの特色を強くアピールしたのである。具体的には、『おとぎの世界』（文光社）の初山滋、『童話』（コドモ社）の川上四郎、『金の船』（金の星社）の岡本帰一、『良友』（良友社）の村山知義などが知られる。『赤い鳥』の場合は清水良雄が独自の存在感を示した。

　各雑誌の表紙を飾ったそれらの童画家の絵は、独特の画風を示している。初山の絵はやや抽象性に傾斜し、鋭敏で装飾性を帯びた芸術性を漂わせていたし、岡本帰一の絵は柔らかで簡潔な描線と色彩に満たされ、武井武雄は遊び心にもとづく様式化された画風というふうに、それぞれ個性ある画風をもちえた。一方、『赤い鳥』の清水良雄の画風はどうかと言うと、デザイン化された描線と大胆な構図をもち、垢抜けした都会的なセンスに裏打ちされていた。『赤い鳥』と清水の絵が放つイメージとは固く結ばれて読者を印象づけた。

　雑誌の継続年数の上からも、清水の絵は時代を越えて子どもたちの印象に残ったにちがいない。他の児童雑誌が短命に終わったのに比べ、発行部数は少なかったものの『赤い鳥』は創刊の1918年から一時休刊したのち復刊、最後の196冊目にあたる1936（昭和11）年の10月号まで、延々17年間にわたって刊行が続いている。そのあいだ休むことなく、童画を掲載し続けた点において、特筆すべき位置にある童画家と言わねばならない。

●「童画」の名称と、自由画の運動

　さて、『赤い鳥』の童画は、当時のさまざまな思潮や文化運動と関わりあっていたが、子どもが観る生活上の絵画という点において、思想的に共鳴しあっていたのが、山本鼎の自由画教育運動であったろう。これまでのように手本の模写を推奨するのではなく、子どもに自由な絵を描かせようとした山本の教育実践は、子どもの内発的な衝動の発露を重視し、

391

大人とは異なった価値観を見出す点において、大正期の童心主義運動と響きあうものがあった。従来『赤い鳥』は、大人作家による童話や童謡、童画の創作、および子ども自身の手による綴り方の掲載が主であった。しかし、1920（大正9）年以降、山本鼎の指導のもと、子どもの自由画も募集し誌面に掲載するようになっていく。視覚的な子ども文化という点において、自由画の洗礼と新しい挿絵文化の到来とは、読者からみれば、自由な時代の先端を同時に知らせるものに映った。山本の代表的な理論書『自由画教育』（アルス）の出版は1921（大正10）年のことである。

　これまで「童画」と呼んできた語は、山本の『自由画教育』よりやや遅れて誕生した語である点には注意を要する。技法やタッチ、対象は異なっても、新興の子ども向け絵画という点で共通する大正期後半の挿絵群は、それまで「童話挿画」「童謡画」などと呼ばれていたが、やがて「童画」というひとつのジャンルへ類型化されていくこととなった。そのきっかけとなったのが、挿絵画家であった武井武雄が1925（大正14）年に開催した個展であり、このとき用いられた「童画」という呼称がのちにひろがりを見せたのである。こうした新たなジャンルの命名は、どちらかと言えば、児童雑誌においては文章の比重がより大きく、挿絵はその補完として軽んじられていたことへの反発であり、同時に挿絵の独自性、芸術的価値の高さを主張するためのものであった。「童画」という語は、童話、童謡といった語とともに今日においては広く用いられる重要な語となっている。

　ちなみに、『赤い鳥』では白秋が指導して、子どもが創作する自由詩を積極的に掲載。そうした子ども自身の詩を「童詩」と呼ぶことも大正末から起こったが、定着せず、今日ではあまり使われてはいない。

　こうした機運の上に、武井武雄、岡本帰一、川上四郎、清水良雄、初山滋、村山知義、深沢省三らによって、1927（昭和2）年には日本童画家協会が設立されている。童画の社会的地位を確保しようとしたこの会は、表現ジャンルとしての童画の芸術的価値を訴えるとともに、これまで著作権がないがしろにされてきた点にも改善を試みようとした。

●『赤い鳥』の童画

　では『赤い鳥』にはどんな童画が掲載されていたのか。

　先に記したように、創刊から清水良雄が表紙絵を含めて、かなりの数の作品を執筆している。1918年7月創刊号から、清水は表紙絵と口絵を担当しているが、この傾向は1926年9月号まで継続し、以降、1936年まで表紙絵の執筆が続く。そこに加わえて、鈴木淳が表紙を担当するようになる。まずは1918年12月号、1921年8月号、1922年3月号ととびとびに担当、以降1927年まで、年に1、2回、清水の代わりに表紙絵を描いていく。深沢省三の方は、1920年5月号に挿絵を発表して以降ずっと作品を描きつづけた。表紙に関して言えば、深沢は1927年4月号から数回担当している。武井武雄も1度だけ表紙を執筆、1928年10月号の「兎の馬車」というタイトルの童画がそれである。

　表紙絵を手がけたのは、記名のあるかぎりでは、上記の清水良雄、鈴木淳、深沢省三、武井武雄だけに限られる。武井武雄が一冊のみであることはふれたが、他の童画家に視線を向けると、清水良雄は196冊のうち165冊、鈴木淳は16冊、深沢省三は12冊という順の執筆量となっている。それらの絵は主に子どもや動物を画材として、エキゾチズムあふれる構成に特色がある。印刷の方式も初期には石版刷りであったが、のち三色製版に移った。

　表紙に次いで読者にアピールしたのが、雑誌をめくるとすぐに目にとびこむ口絵であるが、そこにはやはり前期に清水良雄が頻繁に筆を執る一方、鈴木淳、深沢省三ら挿絵画家が腕をふるった。『赤い鳥』には多数の童謡や童話が掲載されたが、そこに添えられた絵

も、やはり清水良雄、鈴木淳、深沢省三らのものが断然多い。

また、写真や図表を駆使した画報（グラビア）も多数掲載された。仲本美央（1997）の分析によれば、前期は「動物の生態を取り扱った科学的図譜や写真が中心的で」あり、後期にはほぼ写真のみで地理や生活上の素材に移行しており、当時の社会教育を重視する時代相を反映していたという。

『赤い鳥』は1936年10月で休刊する。復刊を果たした1931（昭和6）年1月の後期『赤い鳥』は、廃刊に至る1936年10月発行の新12巻3号まで、やはり表紙絵は前期と同じく清水良雄が担当している。その累計担当数は先に記したとおりである。

これは表紙ではないが、後期の『赤い鳥』において盛んに起用された童画家に、前島とも子（松山とも子）がおり、後期の挿絵を特色づけた。前島とも子が『赤い鳥』に初めて筆を執ったのは、1931年3月刊の第1巻3号から。翌月も挿絵を載せているが、そのときの筆名は前島ともである。以降5号からは毎号のよう作品を執筆。松山文雄と結婚したのち1935（昭和10）年7月の10巻1号からは、松山とも子名で、終刊にいたるまで筆を執っている。というわけで、後期のこの雑誌の挿絵は、表紙絵を担当した清水良雄の印象は当然のことながら強く残るものの、前島の絵も子どもの心に印象深く刻まれたにちがいない。

●清水良雄、その他の童画家

『赤い鳥』全196冊において、童話、童謡では、芥川龍之介、小川未明、坪田譲治、有島武郎、北原白秋など、さまざまな一流の文壇作家を起用したが、童画においては、それほど多くの画家が執筆したわけではなかった。これまでその名を記したように、清水良雄、川上四郎、鈴木淳、武井武雄、深沢省三、前島とも子、水島爾保布などがそうした挿絵画家だが、表紙絵、口絵に限ると、清水良雄が飛び抜けた存在であることは先にふれた。

清水良雄は1891（明治24）年生まれ。東京美術学校西洋画科を卒業し、文展で特選となったあと、1917（大正6）年、鈴木三重吉『世界童話集』第一編『黄金鳥』の表紙を担当した縁で、『赤い鳥』の主任画家となった。初期の表紙では、ロマンあふれる簡潔な描線と大胆な構図の絵柄により、ハイカラな雰囲気を誌面に添えた。とりわけ有名なのは、創刊号の表紙絵で、主催者の鈴木三重吉はその絵にとても喜んだという。

創刊号の表紙には、馬に乗った子どもたちがデザインされている。「お馬の飾」と名づけられたこの洒落た表紙絵は、『赤い鳥』の自由でエキゾチックな雰囲気をよく示していたと同時に、西洋の風物に影響を受けた時代の機運を象徴していた。今日でも『赤い鳥』について語られるとき、決まって引き合いに出される童画である。

赤いスカートの女の子ふたりが子馬に乗っかっている。その馬には緑としろのマントがかかり、飾りとして金の鈴がぶらさげられている。外枠は金色の色彩、また題字も金というように、カラフルであると同時に、別世界に住まう子どもの存在を、洒落た筆致で演出している。はたしてこの絵はすべて清水のオリジナルによるものなのかどうか。上笙一郎は「「赤い鳥」創刊号の表紙絵のこと」（『児童出版美術の散歩道』所収）のなかで、この絵の図柄と構図がイギリスの画家ウォルター・クレインの画集『花のおまつり』（1899）所収のアイリスの絵と酷似していると指摘している。この絵以外にも初期の『赤い鳥』の挿絵にも類似した部分があるとのこと。さらに上は、『赤い鳥』に鈴木三重吉が連載した「古事記物語」を『赤い鳥の本』に再録した際、新しく描き加えた清水良雄による口絵「御霊」が、パリッシュの油彩「グリセルダ」と似ている点も指摘している（上笙一郎『「古事記物語」口絵一枚―清水良雄とM・パリッシュー」『ビランジ』16、2005）。

岡本帰一、初山滋、武井武雄、村山知義ら

童画家が、こぞって西洋の画家、挿絵画家の画風を取り込み独自の絵画世界を作りあげていったように、清水良雄も海外の画家から刺激を受けていたと考えられるのだ。欧化主義が顕著な時代であればそれが当然のことであり、また文化の発展はそうした異質のものと衝突や影響の上に醸成されるものであるから、自然のなりゆきであったろう。19世紀末のアール・ヌーヴォーの流行のあと、ヨーロッパでは1910年代、元号で言えば大正の前半期に、ファッション誌の創刊ラッシュがあった。さらにその刺激のもと、20年代にはアール・デコ様式の挿絵、絵画が大流行した。日本の挿絵画家たちは、当然そうした潮流の影響を受けていたにちがいない。

当時の童画家は、初山滋や武井武雄のようにその画風が抽象へと傾斜する者もいたし、清水良雄や鈴木淳のように具象に忠実な童画家もいたということは、源となった画家の画風に寄り添ったためでもあったろう。さらにこうした画風の選択には、日本での印刷技術の変遷も関わっていたようだ。例えば藤田圭雄は、武井武雄が線のはっきりした絵柄を選択した理由として、当時しばしば用いられた描き版という、職人が薄い紙を原稿の上においてなぞり、それをもとに色版を作る印刷方式を、強く意識してのことではないかと推測している（「〈対談〉童画の歩んだ道」『月刊絵本』2-1、1974・1）。

● 『赤い鳥』の挿絵の影響

このように『赤い鳥』を筆頭に、大正期に発行された児童雑誌には、のちに童画という名称で総称されるようになる、さまざまな児童向けの挿絵、絵画が掲載されていた。ひとつのムーブメントのような状況を呈し、以降童画を主体とした幼年雑誌や画集が数多く出版されるようになっていく。もともと絵雑誌というジャンルは、1904（明治37）年に大阪で創刊された『お伽絵解き　こども』（児童美育会）以降、刊行が続いていた子ども向

けの定期刊行物だったが、童画が流行してからは、芸術的な価値の高い絵雑誌が出版されるようになっていったのだ。

先にふれた児童雑誌では、各誌ごとに異なる童画家を擁し、その特色を前面に打ちだした。とりわけ表紙によって読者を印象づけた。こうした機運の上に、それらの童画家たちは、1922年1月創刊の絵雑誌『コドモノクニ』に結集していくことになる。童画を主体とした幼年雑誌で、これまで文学優位であった雑誌群への執筆とは、大きく執筆の様相が異なっていた。『コドモノクニ』は1922年創刊以降、休刊となる1944（昭和19）年まで、22年間ものあいだ刊行をつづけ、日本の絵雑誌の歴史に大きな足跡を残した。同誌には、児童雑誌で童画を発表してきた童画家たち、これまで名前を挙げてきた清水良雄、武井武雄、岡本帰一、初山滋、村山知義、川上四郎、深沢省三、本田庄太郎といった人たちが筆を執った。

『コドモノクニ』と同じく芸術的な絵雑誌として、1923（大正12）年11月創刊の『コドモアサヒ』（大阪朝日新聞社）も忘れられない。ここには武井武雄、古谷新、村上寛、岡本帰一、初山滋らが挿絵を描いた。また1914（大正3）年に創刊されていた『子供之友』も、1920年代に他誌の刺激を受けて芸術性を高めていく。その他多数の絵雑誌が次々と創刊され、新たな時代の機運を広く知らしめることとなった。　　（竹内オサム）

［参考文献］

「特集　童画の世界」（1974・1、『月刊絵本』）、上笙一郎（1980）『児童出版美術の散歩道』（理論社）、中村悦子（1989）『幼年絵雑誌の世界』（高文堂出版社）、『子どもの本・1920年代展　図録』（1991、日本国際児童図書評議会）、仲本美央（1997・1）「『赤い鳥』のグラビア版画報に関する研究」（『読書科学』41-2)、鳥越信編（2001）『はじめて学ぶ日本の絵本史Ⅰ』（ミネルヴァ書房）

川上四郎
かわ かみ し ろう

◉『赤い鳥』に登場するまで

1889（明治22）年11月16日～1983（昭和58）12月30日。童画家、画家。新潟県古志郡上組村（現・長岡市摂田屋）に生まれ、自然豊かな郷里で旧制中学卒業まで過ごす。1908（明治41）年、東京美術学校西洋画科に入学。藤島武二に学ぶ。同級生の河目悌二との親交は、晩年まで続いた。

1913（大正2）年に同校を卒業後、研究科へ進学するが中断し、静岡県内の棒原中学校で図画教師を勤めた後、1916（大正5）年に美校時代の友人で、共同印刷に勤務していた平澤文吉の紹介によりコドモ社に入社。同社発行の絵雑誌『コドモ』（1914）、児童雑誌『良友』（1916）で絵を描きはじめ、1919（大正8）年の退社後もフリーランスとして仕事を続けた。

翌年、同社から「童話は全部子供の為の雑誌」として千葉省三編集の童話童謡雑誌『童話』が創刊された。川上は、「こども絵を純粋な芸術水準迄持って行きたいという野心」（『日本童話会会報』No.64、p.5）から童話の芸術性を向上しようとする千葉の思いに同意し、コドモ社に入社した。当初は、仕事とし

ての意識で挿絵を描きはじめた川上であったが、「コドモ社の後の雑誌は別として「童話」の方が絵だけは、僕自身が背負って行こう」（前掲書）という気持ちになり、看板画家として活躍する。

創刊号（1920・4）から口絵「手のなる方へ」を描き、翌号（1920・5）からは表紙、口絵、挿絵を手がけ、1926（昭和元）年の終刊まで描いた。また、第1巻第5号（1920・8）からは投稿図画の選評も担当した。

この『童話』では、創刊から終刊に至るまで、雑誌を代表する専属画家としての強い意識が作品全体に漲っている。本誌を舞台に子どもに向けた表現世界を発展させ、『子供之友』や『コドモノクニ』に描いた素朴で郷愁を漂わせる風景画とは異なる、モダンで洗練された画風を展開し、読者を魅了した。

◉『赤い鳥』との関わり

看板画家として担当した『童話』が1926（大正15）7月に終刊した後、川上は各誌に描くようになる。『子供之友』（婦人之友社）には、第14巻第3号（1927・3）の河井酔茗「オンシツ」で初登場し、『コドモノクニ』（東京社）には、第6巻第10号（1927・10）の「中の旅行」から描きはじめた。また一方、丸善発行の『日本童話選集』を機に、岡本帰一、武井武雄、初山滋、村山知義、清水良雄、深沢省三と児童画の芸術的地位を高めるために童画という名称を作り、1927（昭和2）

『良友』の創刊

1916（大正5）年1月にコドモ社から創刊された小学校低学年向けの雑誌。編集は当初、中村勇太郎、浜田広介と水谷勝、のちに浜田広介、浜田退社後は大木雄二があたった。絵は川上四郎、河目悌二らが担当。『赤い鳥』より2年半前に誕生した先駆的雑誌。「課外教科書として一番評判のよい良友」「面白い童謡・童話・理科物語のある良友」と広告され、この『良友』の成功が鈴木三重吉に発行を決意させたと想像される。

また、1923（大正12）年の同誌10月号において、川上や河目らが選者となり、東京丸の内ビルディング内ライオン歯磨展覧室を会場とした、《「良友」「童話」主催 第1回全国児童自由画展覧会作品募集》が告知されるが、同年の関東大震災のため実現されることはなかった。

コドモ社

1914（大正3）年に東京美術学校図画教育課程を卒業した木元平太郎が創立した児童雑誌を主

年に創立した日本童画家協会に参加。会員ら
で、同社発行の『未明童話集』の絵も担当。
東京美術学校の後輩である清水、深沢、小川
未明といった『赤い鳥』関係者との交流が、
起用に繋がったと考えられる。

『赤い鳥』には、第18巻第4号（1927・4）
の大木篤夫「アイヌの物語から」で初登場し、
前期では第22巻第3号（1929・3）の丘ひろ
し「ケンチャン」まで、23回執筆した。後期
では、第1巻第1号（1931・1）の北原白秋
「猿澤の池」から第5巻第5号（1933・5）
の永井善太郎「ボール」まで、9回執筆。最
初から最後まで、表紙、口絵を描くことはな
く、挿絵の担当に留まり、『童話』のように
随筆や投稿選者を手がけることもなかった。

前期には1冊内で複数の作家の文章に複数
の絵を描くことがあったが、後期では1冊内
で絵は1点となった。前期には、目次に名前
が明記されていても、絵にサインのないもの
もあるが、ほぼすべてに「SHIRÔ」の文字が
縦か横に入っており、第19巻第1号（1927・
8）と翌号分のみ「S」と簡略したサインが
用いられた。後期には、すべてが縦サインと
なった。

童謡では、北原白秋と組むことが6回と多
く、見開きの誌面に文字を上、絵を下に配す
る構図が基本パターンだが、「山のホテル」
（1927・7）のように屋根の傾斜を活かした
文字配置がなされるなど、文字と絵が一体感
を生み出す誌面作りがなされた。童謡の音感

も意識したような健やかでしなやかな線を駆
使して、白秋の世界観を表出した。

また、童話では小川未明と組むことが6回
と多く、第20巻第3号（1928・3）の「温泉
へ出かけた雀」に代表される、生き物の姿を
コミカルに生き生きと描出する一方、第21巻
第1号（1938・7）の「ガラス窓の河骨」に
代表される構成主義的な線表現も発表した。

後期には前期のような伸びやかな線が影を
潜め、細かなストロークとなり、硬質な印象
へと変化した。四色刷であった『童話』の表
紙や口絵は油彩や水彩、『子供之友』などで
は主に水彩で描いているが、墨版一色刷の挿
絵を担当した『赤い鳥』では丸ペンが用いら
れ、線のみならず、墨のベタ塗りで面を生み
出し、着物の模様などを白抜きで表現するな
ど、印刷効果を見据えた画材や技法の選択を
行っている。

『川上四郎童画大集』（1977・11）には、「赤
い鳥」挿画よりと題して、「遠方の母」（1927・
12）から「金魚売り」（1927・6）まで、24
点が収録されており、晩年の川上とっても代
表作である認識があったに違いない。

●先行研究の現状と今後の課題

現在、童画を取り上げた展覧会において、
川上作品が出品されることは多いが、研究者
や学芸員による作家研究が深化している村上、
初山、武井らに対して、研究対象となること
は少ない。ましてや、『赤い鳥』における川

とした出版社。木元は独逸協会中学の図画教員を
長く勤め、図画教育会委員として活躍後、同校在
勤時代の1905（明治38）年に編集と画稿を担当
した『家庭教育絵ばなし』（尚友館）を創刊した。
また、1905（明治38）年創刊の『家庭教育絵ば
なし』（尚友館）の編集と画稿を担当した。コド
モ社からは1914（大正3）年に絵雑誌『コドモ』
が創刊され、次いで児童雑誌『良友』（1916）、絵
雑誌『子供の世界』（1916）、童謡童話雑誌『童話』
（1920）の4冊が発行された。東京美術学校の後

輩である田中良、河目悌二、川上四郎らが画家と
して活躍。同社は、1940（昭和15）年頃まで存
在したと思われる。

川上四郎の「童画」観

川上は仕事開始当初、「こども絵」（『聞き書・
日本児童出版美術史』p.77）と呼んでいたが、戦
後、『日本童画会会報』No.44（1954・2）に「わ
たし自身にきかせる言葉」と題して童画観を寄せ
た。

上となると、表紙絵を中心に研究が進展している清水に対して、皆無といえるであろう。

先行研究の代表格は、「川上四郎」（『聞き書・日本児童出版美術史』）をはじめとした上笙一郎の著作である。ほかに、本人が執筆した「童画家になったいわれ因縁」（『日本童画会会報』）は、会員限定で配布された資料であるために、一般化しておらず、作家研究の基礎資料としては閲覧が難しい。近年では、仲本美央「『赤い鳥』の児童出版美術に関する研究」（『読書科学』）が、上とは異なるアプローチで挿絵を分析し、考察している論文といえるであろう。

ゆかりの地、新潟県南魚沼郡湯沢町では、1997（平成9）年から毎年、「川上四郎記念越後湯沢全国童画展」が開催されており、川上の原画作品の多くは湯沢町公民館に保管されているが、活発に公開はされていない。遺族によるホームページ「川上四郎童画美術館」で公開されている程度である。

今後、川上の作家研究を本格的に開始することが望まれ、その成果の上で、『赤い鳥』での作品を検証する必要がある。また、自由画教育に関して、『赤い鳥』で自由画選評を担当した山本鼎については、同誌を取り上げた論考も展開されているが、『童話』で自由画選評を担当した川上の図画教育観は研究対象とはなっていない。しかしながら、比較研究をすることにより、両者の子ども観や造形観が明らかになると推測される。そして、関

東大震災のために中止となったが、『良友』、『童話』主催による「第1回全国児童自由画展覧会」の応募作品の選者を川上や東京美術学校の卒業生である岡本一平、北島朝一、河目悌二が務めていることなどからも、彼らが大正期の子ども文化や商業美術界に果した役割に関して、同校を中心とした人物相関からの考察も期待される。　　　　　（松本育子）

[参考文献]

上笙一郎（1974）『聞き書・日本児童出版美術史』（太平出版社）、川上四郎（1977）『川上四郎童画大集』（講談社）、上笙一郎（1980）『児童出版美術の散歩道』（理論社）

童画は心のふるさとから来てるんだぞ。それを忘れては童画は無いぞ。ジーンとこの胸の奥そこにひびいて来るようなものでなくては童画とは言えないぞ。狡智にたけた大人のまねをする事はいらないんだぞ。おまえの心のふるさとを考えて見よ、そこにおまえのいのちがあるんだぞ。

その後、『日本童画会会報』No.67（1958・3）

にも「童画　こども絵　え本絵」と題して、童画の本質を曖昧に捉える若い画家に向け、童画とは「常に童心の把握に、欣求するものでなくてはならないもの」であり、「こどもの世界は童心の世界、童心の世界は世界の根源、この魂を失って貰いたくない。こどもに与えるなんて言うものではない。こどもに受けとられるものを作りたいのだ、それは魂の交流なのだ、大人にさえもほのぼのと童心を喚び起させるものではなくてはならないのだ。」と苦言を記した。

川上澄生
かわ かみ すみ お

●略歴とペンネームについて

1895（明治28）年4月10日〜1972（昭和47）年9月1日。享年77歳。版画家、詩人、造本・装幀家、蔵書票作家。神奈川県横浜市生まれ。本名は澄雄。誕生時、父・栄一郎は『貿易新報』主筆。父親の辞任により1898（明治31）年に東京市日本橋旅籠町に転居、さらに神田区西小川町へと転居。1902（明治35）年には赤坂区青山南町の新居に引っ越す。東京府立青山師範学校附属小学校に転校し、1907（明治40）年に私立青山学院中等科、1912（大正元）年に高等科へとすすみ、1916（大正5）年に卒業。

ペンネームについては、『文章世界』6巻15号（1911・11）に初めて掲載された俳句には「川上澄雄」の本名を使用したが、その後しばらくは「平峯劉吉」を使っている。

1915〜1918年のわずか4年間に母の死、失恋、父の再婚、カナダへの渡航を経てシアトルに滞在後アラスカで労働、弟の夭逝といっためまぐるしい人生を経験する。このときの辛い気持ちを綴って『文章世界』14巻1号（1919・1）の"読者論壇"に投稿する。この記事の中で「平峯劉吉」が「川上澄雄」であることを明かし、以後「平峯劉吉」は使用していない。「川上澄生」「川上すみを」を用いることとなる。

●『赤い鳥』との関わり

1921（大正10）年4月に栃木県宇都宮中学（現・宇都宮高校）の英語教師となって木版画制作に本格的に取り組んでいくのだが、それまでの、アラスカからの帰国後2年間が『赤い鳥』に詩を投稿した時期にあたる。『赤い鳥』でのペンネームはすべて「川上すみを」である。

1919（大正8）年1月発行の特別号（2巻2号）に最初の投稿創作童謡「雀」が掲載される。続いて「土筆」（2巻4号）、「鶏」（2巻5号）、「水馬」（3巻1号）、「たんぽゝ」（3巻2号）、「蛍」（3巻3号）、「蜂のお城」（3巻5号）、「焼玉蜀黍」（3巻6号）、「銀杏の木」（4巻1号）、「目白」（4巻3号）の1920（大正9）年3月までに、合計10篇が載っている。

このうち「土筆」と「たんぽゝ」の2篇が北原白秋の推奨を受け、飾り絵付きで1頁を使って掲載されている。通信欄の白秋の選評には、前者「土筆」には「温情のこもった、いい童謡です。そして異郷風の新らしみがあって、どこまでも初々しい子供を惹きつける」、後者「たんぽゝ」には「気がきいて、清新」と記されている。「土筆」は次のような詩である。

> 大きな大きなつくつくし、
> ひとさし指よりまだ長い、
> 大きな大きなつくつくし、
> 春は崖はたタコマの港、
> つくし摘まずに兄さんは、
> 日本のことを思ってた。

『赤い鳥』との関係は「詩」のみである。「ELEGY」と題された当時の試作ノートには「童謡」の文字があり、『赤い鳥』に掲載された「たんぽゝ」「蛍」「蜂のお城」「焼玉蜀黍」「目白」が記されている（『武井武雄と川上澄生』p.40）。

●児童文学・児童文化との関わり

川上の自伝的エッセイ『明治少年懐古』には、小学校の頃に上級生に連れられて「大橋図書館」によく通ったことや、押川春浪の冒険小説を愛読したことが書かれている。また、『武井武雄と川上澄生』には、父の勧めで『少年』（時事新報社）を創刊号から定期購読し

て倉田白羊や北澤楽天などの絵に魅せられたこと、他に『少年世界』『少年界』を購読したことも記されている。

成人して手がけた児童書には、『猿と蟹の工場』（与田準一、版画荘、1935・5）の装幀・挿絵、『善太と三平のはなし』（坪田譲治、版画荘、1939・1）の装幀、『ニーベルンゲンの宝』（相良守峯、中央公論社、1946・8）の表紙・挿絵、『兎と山猫の話』（柏書店、1946・9）の執筆・装幀・挿絵、などがある。

なお、『明治少年懐古』は川上が非常に愛着をもった著書で、判型や用紙を変えたり、口絵や字体にも変化を加えるなど、何度も手を入れている。1936（昭和11）年に版画荘から刊行された『少々昔噺』が元で、これを1944（昭和19）年に『明治少年懐古』と解題して明治美術研究所から刊行。戦後1954（昭和29）年に再び『少々昔噺』と旧題に戻して龍星閣から出版。このときは限定版叢書の一環として普及版と特製限定版の２種類が作られた。さらに1967（昭和42）年には栃木新聞出版局より『新版明治少年懐古』として出版。澄生没後の1975（昭和50）年には冬至書房の近代文芸復刻叢刊の一冊として復刻された。現在一般に手に取れるのはウェッジ文庫に収められた『明治少年懐古』である。この書からは、川上だけでなく当時の東京の子どもの様子も窺うことができ、児童文化の好資料ともなっている。

●版画家への道程

『明治少年懐古』には、幼い頃から版木やバレンが身近にあったことも記されている。というのは、父親が自分用の原稿用紙を手作りしており、澄雄がその版木を持って紙屋へ刷るのを頼みに行った。そこで、バレンで版木を刷る様子を見知ったというのである。

小学校を卒業した1907年には白馬会の小代為重に鉛筆写生、木炭による石膏写生、用器画の指導を受けている。そして青山学院高等科予科に入学した1912年、『和泉屋染物店』（木下杢太郎、鳥居清忠・絵、伊上凡骨・彫）を見て、見様見真似で初めて木版画を制作する。1913（大正２）年には、下級生の和田香苗や東郷青児らが結成した「クローバー画会」の同人誌に短歌や木版画を出品する。

カナダから父親に送った手紙の草稿（1917・12）には「私は絵をかくことを私の生命とします。（中略）少し口はばったい言ひ方ですけれど私は絵について自分の考へを持って居ますし、自分が他の人よりも異なった感覚を持って居ることを信じます」と書かれており（『評伝　川上澄生』pp.79〜81）、この頃に自らの方向性を確信したようである。

帰国後、第１回日本創作版画協会展（1919）に応募するが落選。第４回目（1922）で初入選し、これが縁で恩地孝四郎らと交流を結ぶ。木版画の創作に自信を深め、国画創作会展（のちの国画会展）にも出品するようになり、版画が発表の場の中心になっていく。

川上は「横浜絵」と呼ばれる浮世絵版画や南蛮屏風に描かれた風俗画に興味をもち、文明開化時代に想いを馳せて自らの表現世界を構築した。「異国風」と評される所以である。

1949（昭和24）年に第１回栃木県文化功労者として表彰。1969（昭和44）年に勲四等瑞宝章を受章。1992（平成４）年には、川上の教え子（鹿沼市出身）・長谷川勝三郎から作品約2000点が鹿沼市に提供されて、「鹿沼市立川上澄生美術館」が開館。彼の全業績は『川上澄生全集』全14巻（中央公論社、1983）に収められている。　　（永田桂子）

［参考文献］

小林利延（2004）『評伝　川上澄生』（下野新聞社）、川上澄生（2008）『明治少年懐古』（ウェッジ）、鹿沼市立川上澄生美術館編・発行（2010）『川上澄生　詩歌と版画の世界——我は今　詩情を絵画に託す：生誕115周年記念特別企画展』、鹿沼市立川上澄生美術館編・発行（2017）『武井武雄と川上澄生〜コドモとオトナのあいだに〜：開館25周年記念特別企画展』

清水良雄
（しみずよしお）

●鈴木三重吉との出会い

1891（明治24）年8月4日〜1954（昭和29）年1月29日。洋画家、童画家。東京本郷真砂町に生まれる。父の異動で幼児期に神戸・京都に住み、再び東京に戻る。小石川区の礫川小学校を卒業後、1904（明治37）年京華中学校に入学する。3年の時、二人の友人と三元会を結成し『かつみ』という回覧雑誌をつくった。石川寅治の画塾で絵を学んだ。

中学卒業後、東京美術学校（現・東京藝術大学）に進学して西洋画科で黒田清輝や藤島武二に学んだ。第11回文展（1917）で「西片町の家」が、12回文展（1918）で「二人の肖像」が特選になる。第1回帝展（1919）で「梨花」が、第4回帝展（1922）で「肖像」が特選となり、1924（大正13）年には帝展無鑑査、1927（昭和2）年には帝展審査員に選ばれる。

美術学校卒業の年、中学時代の同級生丸尾彰三郎に誘われて三重吉を訪問する。丸尾は高校時代にすでに三重吉と出会っていた。三重吉が出版を準備していた『世界童話集』（春陽堂）の挿絵を求められ、第一編「黄金鳥」の表紙を描き喜ばれ、その後「鼠のお馬」「星の女」「青い鸚鵡」「海のお宮」「湖水の鐘」「魔女の踊」「黒い沙漠」「銀の王妃」「馬鹿の小猿」と全10編の表紙画と挿絵を描いた。

●『赤い鳥』の創刊

三重吉から深い信頼を得たことで『赤い鳥』創刊についての協力を依頼される。1918（大正7）年7月号の創刊から1936年10月号の終刊まで一貫して支えることとなった。清水は「創刊前後片影」（『赤い鳥』最終号・鈴木三重吉追悼号）で次のように回想している。

「世界童話集」（春陽堂本）の第一冊「黄金鳥」に依つて鈴木さんは初めて童話作家として世に現はれ、自分も亦その装幀さしゑに依つて一面童画家としての今日ある初めであつた。（中略）「黄金鳥」の画を初めて鈴木さんに見せた時に、どんなに喜んで呉れて、自分も、また嬉しかつたか、今も忘れる事は出来ない。その後二年の後、「君が画を引き受けて呉れるなら童話童謡雑誌を出さうと思ふがどうか」と相談を受け、勿論二つ返事で勇躍賛成して、遂に日本に嘗て比類のない「赤い鳥」が生れたのである。

清水は三重吉の求めに応じて『赤い鳥』に表紙絵163点を描き続けた。創刊から途中の休刊をはさみ終刊までに全196冊が刊行され、163点の表紙を担当したのである。表紙の画題はおおまかに分けると、少年45・少女42・子ども二人27、子ども数人1、物語の絵27、けもの9、鳥7、虫3、魚4、花4と数えられ、いずれも抒情性あふれる作品である。

清水には、表紙絵のほかにも口絵や挿絵が100点以上ある。丸尾は、清水を三重吉に紹介したことについて「自分は気むづかしやの鈴木さんを考へながら又自分の招くべき責任を惧れながら、友人の清水君を推薦した。しかし縁だつた。鈴木さんの「赤い鳥」発刊への準備はこれで大半出来たのだつた」と『赤い鳥』終刊号で振り返っている。

創刊号の表紙「お馬の飾」は石版刷りで、二頭の馬に少女がそれぞれ乗り、飾り手綱を手にしている絵である。丸尾は、三重吉が創刊号の表紙絵を見たときの様子について「急いで手にして先づ表紙を眺めた時の鈴木さんの喜びの顔」と回想している。

●多彩な執筆と清水の「やさしさ」

『赤い鳥』と並行して、絵入童謡シリーズ（アルス）で北原白秋童謡集『とんぼの眼玉』

(1919)、『花咲爺さん』(1923)、『子供の村』(1925)に挿絵を執筆している。「赤い鳥の本」では、鈴木三重吉『古事記物語』上下巻(1920)、菊池寛『三人兄弟』(1921)など13巻の挿絵を担当した。西條八十童謡集『鸚鵡と時計』(1921)は加藤まさをとともに執筆した。

『赤い鳥童謡』(赤い鳥社)では第一集(1919)、第二集(1920)の絵を担当している。『白秋童謡読本』(采文閣、1931)の「尋ノ四」「尋ノ六」、『日本童謡全集』(日本蓄音器商会、1937)の「その1」などの童謡集や童謡楽譜の挿絵を描く一方で、『コドモノクニ』(東京社、1922)、『コドモノテンチ』(子供の天地社、1933)、『コドモアサヒ』(朝日新聞社、1923)、『コドモノヒカリ』(子供研究社、1937)、『キンダーブック』(フレーベル館、1927)の雑誌刊行にも関わった(以上、年数は創刊年)。

ところで、1927(昭和2)年頃の一時期清水が『赤い鳥』の表紙絵を執筆しなかったことがある。清水は、創刊以来ほとんどの表紙を描いてきたが、創刊5年後の1924年から1926(大正15)年まで表紙絵を「無題」としていた。さらに、創刊10年を迎えた時点で、今度は表紙絵から清水の名が消えたのである。三重吉と相談してのことであろうが、『赤い鳥』のイメージを少しずつ変えていく戦略であったと考えられる。この時期の「通信欄」には部数のことが時折書かれているように、競合誌の刊行により部数が減ってきていた事情もあり、戦略の見直しは急務であったに違いない。また、他の雑誌や叢書での執筆の仕事が増えてきたことも一因と考えられる。

戦後も『銀の鈴』(広島図書、1946)、『こども朝日』(朝日新聞社、1946)、『めばえ』(小学館、1947)、『プレイメート』(広島図書、1948)などの絵雑誌に多くの作品を残している(以上、年数は創刊年)。

教科書でも、戦前の『尋常小学国語読本』『尋常小学図画』『エノホン』、戦後の山本有三編『国語教科書』(日本書籍)の教科書の装丁を担当し、挿絵も描き、後年には瀬田貞二によって「子どものための最高の画家」と称えられた。

清水良雄の絵全体に貫かれている「やさしさ」を考えるに、これは彼の生い立ちから来るものではなかろうか。少年時代に爺やからとても可愛がられて育ったこと、17歳の時に家が破産したり父親が亡くなったりした悲しい体験、長じて接した絵描き仲間や鈴木三重吉たちの影響などから来たものであろう。大正デモクラシーが生んだ「自由を大切にする教育思潮」の一方で、清水家を破産に追い込むこととなった金融恐慌などもあり、プロレタリア運動が活発に展開され『少年戦旗』が誕生する時代の風潮を敏感に受け止めた清水良雄の人となりがそうさせたものと思われる。

清水は、子どものための作品を描くと同時に、洋画家としても官展とされる「光風会」に所属しながら風景や花や人物や動物などを題材にした油彩画を描き、「ルンバ沖夜戦」(1943)など戦争画も数点残している。第1回陸軍美術展(1943)など戦争美術関係の展覧会にも数回出展している。

1943(昭和18)年に大田区田園調布から広島県福山市郊外に疎開して、戦後も同地にとどまった。広島で創刊された『ぎんのすず』(低学年)、『銀の鈴』(高学年)には、清水の絵が表紙絵や挿絵として多数掲載された。広島大学や地元の高校や婦人会などの講師を勤めながら地域文化の向上に寄与し、1954年に同地で没した(享年62歳)。東京の多磨霊園に葬られた。　　　　　　(中村光夫)

[参考文献]

中村光夫(1982)「清水良雄童画論」(『月刊郷土教育』275号)、瀬田貞二(1985)「清水良雄さんのことども」『絵本論―瀬田貞二子どもの本評論集』(福音館書店)、中村光夫編(2007)『清水良雄絵本展図録』、中村光夫編(2008)『清水良雄画集』(中村教材資料文庫)

鈴木　淳

すず　き　あつし

●略歴

　洋画家、童画家。1892（明治25）年8月27日〜1958（昭和33）年10月3日。享年68歳。佐賀県舟津生。1917（大正6）年東京美術学校卒。美校在学中の1914（大正3）年に文展に初入選し、帝展・新文展・日展に継続して出品。1917（大正6）年の文展入選作は宮内省買い上げとなる。入選10回を重ねた後の新文展では招待者として「港」を出品し、以後無鑑査となって毎回出品。なお、文展は「文部省美術展覧会」の略称で1907（明治40）年に創設された最初の官展。1919（大正8）年に「帝国美術院展覧会」と改組されて「帝展」、1936（昭和11）年に再び「文部省美術展覧会」に戻り「新文展」（〜1944）、1946（昭和21）年からは「日本美術展覧会」の組織で「日展」となって現在にいたる。

　通称「じゅん」と呼ばれたようだが、『赤い鳥』1巻6号の口絵「魔法がとけた」に「すずきあつし」、2巻1号の口絵「青い海」に「Suzuki atusi」、7巻2号の表紙絵「兎の時計」と口絵「罰あたり」には「阿つし」と署名されており、また第10回帝展出品作以降「淳」に「あつし」とルビがふられていることなどから、正しくは「あつし」である。

●『赤い鳥』との関係

　鈴木三重吉の小説に陶酔し、美校在学中に「三重吉全作品集」の会員になっていたところ、一級先輩の清水良雄宅で三重吉に紹介され『赤い鳥』に関わるようになる。1巻5号（1918年11月）の「さし絵・飾り絵」がデビュー。このときは清水との分担であった。この仕事で三重吉や清水の信頼を得、次の1巻6号（1918・12）では、表紙絵・口絵・挿絵・飾り絵のすべてを任される。清水が病弱なこともあって、その後、表紙絵・口絵・挿絵・飾り絵の多くが、鈴木に委ねられた。兵役で関われなかった時期に、美校の後輩・深沢省三が加わり、以後深沢とともに清水を支えて、「赤い鳥」の主要な描き手を務めた。

　表紙絵は、「冬の日」（1巻6号）を最初に、「兎の時計」（7巻2号）、「花の冠」（8巻3号）、「スキー」（12巻2号）、「絵本」（12巻4号）、「小鳥」（12巻6号）、「夏の海辺」（15巻2号）、（無題）（16巻6号）、「ろばのお店」（17巻4号）、「うさぎ」（18巻1号）、「早春」（18巻2号）、「飛びこそよ」（18巻3号）、「若武者」（18巻5号）、「帆船」（19巻2号）、「お猿」（復刊3巻1号）、「野菜」（復刊8巻3号、1934・9）の、合計16冊。

　口絵は、「魔法がとけた」（1巻6号）を最初に、「青い海」（2巻1号）、「罰あたり」（7巻2号）、「町の入口」（10巻2号）、「五色の卵」（10巻4号）、「スケート」（12巻2号）、「羊飼ひ」（16巻6号）、「殿堂の中」（17巻5号）、「猫の子」（17巻6号）、「土肥遠平」（18巻4号）、「命びろひ」（18巻6号）、「鬼」（19巻1号）、「おさる」（19巻3号）、「鶏のこゑ」（19巻4号）、「ふしぎなコップ」（19巻5号）、「小ねこ」（19巻6号）、「生き返つたからだ」（20巻2号）、「買ひもの」（20巻3号）、「牧場の爺さん」（20巻4号）、「玉の中の王女」（20巻5号）、「村の夜」（21巻2号）、「象の曲芸」（21巻4号）、の合計22冊。

　挿絵や飾り絵は、1巻5号〜2巻4号、2巻6号〜3巻4号までの毎号、3巻6号、7巻1号〜6号、8巻5、6号、9巻2〜6号、10巻2〜5号、11巻1〜4号、12巻2号〜13巻4号、13巻6号〜14巻2号、14巻4号〜15巻1号、15巻3号〜16巻6号、17巻2号〜復刊1巻3号、復刊2巻1号、復刊2巻3号〜4巻2号、復刊4巻4号〜7巻1号、復刊7巻3号〜12巻3号までと、兵役に服していた期間の4巻から6巻を除いて、ほぼ毎号担当した。

●画風

直接に鈴木の表紙絵・口絵・挿絵を評したものは見当たらないが、例えば、日展出品の「九月」には「珍しい感情ではないが、しみじみと九月に感ずる景色である」との評がある（『日展史』、p.555）。美術展出品作には静謐さを湛えた趣の風景画が多い。挿絵や飾絵に関しても、極端なデフォルメーションに走ることなく、上質な絵の世界をたたえたものが多い。

淳夫人・登美子の記事「夫・鈴木淳のこと」によれば、清水が淳を三重吉に紹介したのは「（淳の）スケッチが大変上手だったから」（p.39）、また「三重吉先生は文士にはきびしかったが、画描きには寛大であったので、のびのび描けて有り難かったと申しておりました」（p.41）とある。淳自身も、「尽きぬ思ひ出」で「長い間　一度も指図がましい事を言はれませんでした」と書いている（『赤い鳥』鈴木三重吉追悼号、1936・10、p.283）。清水を中心とする、アカデミックな画風の画家達を三重吉は全面的に信頼したのである。

同時期に美校に席をおいた武井武雄の、下記のような清水評が、清水を中心とした一群の者たちの画風を言い得ている。

　　私（武井）が美校へ行っている時彼（清水）は三年ばかり上級にいた。（中略）在学中清水氏に口をきいた事はなかつたが、ずっと初級の頃からズバぬけたテクニシアンで卽に光風会などに出していた。このクラスには後年多かれ少なかれ童画に機縁をもつ人が輩出し、吉澤廉三郎　寺内万治郎　耳野卯三郎　鈴木淳　石原玉吉其他の諸氏がある。（中略）清水氏の作品の特質はアカデミズムの最もよいものの例であろう。簡素化された強い線と、爽快な色調とでお得意のデッサン力に物を言わせ、あぶなげない頑丈な大人の腕で子供をだいてやるような趣が

ある。子供の中へとけこんでいるというよりも、大人が与えるものの味で、謂わば父性を感ずる童画であつた。（「清水良雄氏のこと」（下線および（　）内の人名は永田による）

●人物像

誠実な人柄とその絵によって、また淳自身が三重吉を尊敬していたため、三重吉に気に入られ信頼された。結婚に際しては、三重吉に仲人を買って出られたという。夫人の「夫・鈴木淳のこと」によると「主人はかなり神経質なのに何か悠然としてコセコセしないタイプで、一徹なところがありました。家庭では老いた母によく仕え、子供は限りなく慈しみ、厳しい躾と同時に友だちのような面も持っておりました。もともと世渡りの下手な人でしたが、物質に重点をおく戦後の生活には如何にもなじめなかったようです」（p.41）、「どんなにせっつかれても描きとばすような事の出来ない性格でしたので、ひとつでも納得がいかなければお渡ししない」（p.39）、戦争中に清水から戦争画をすすめられた際は「こんなせっぱつまった世の中だから、画描きは美しい風景だの、可憐な花だのを描いて人々の心を慰めるべきだ」（p.40）と応じなかったという。戦後、国語教科書（山本有三編集、日本書籍）の挿絵の仕事では、清水の推薦を受けて清水を手伝う形で力を尽した。

（永田桂子）

［参考文献］

鈴木登美子（1990）「夫・鈴木淳のこと」『学鐙』87巻11号、丸善、1990・11、pp.38〜41）、武井武雄（1954）「清水良雄氏のこと」（『日本童画会会報』No.44、日本童画会、1954・2）、日展史編集委員会（1990）『［日展史資料Ⅱ］文展・帝展・新文展・日展　出品歴索引　明治40年－昭和32年』1990・3、美術研究所編（1941：1996）『日本美術年鑑　昭和15年（1940年）』（国書刊行会）、日展史編纂委員会（1983）『日展史』

武井武雄
たけ　い　たけ　お

1894（明治27）年6月25日〜1983（昭和58）年2月7日。童画家。長野県諏訪郡平野村（現・岡谷市西堀）に生まれる。童画に加え、数多くの装丁や挿絵の仕事をした。図案、郷土玩具の収集と研究、創作玩具、創作版画、刊本作品（造本美術の追求）などに取り組む。1935（昭和10）年頃に始めた刊本作品は、本という表現形式の探求として様々な素材を使用し、新しい表現方法を試みる、武井のライフワークである。武井が亡くなる直前まで139点が制作された。1927（昭和2）年には同業の画家たちと日本童画家協会を結成し、童画家の地位向上に努めた。

◉『赤い鳥』への挿絵執筆まで

県立諏訪中学校在学中は友人らと「椰子の実会」を結成。同会規定では『方寸』『美術新報』『みづゑ』といった美術雑誌の購読を定めていた。中学校3年生のときに『白樺』が創刊されたほか、竹久夢二『夢二画集　春の巻』、北原白秋『思ひ出』『桐の花』『邪宗門』などが相次いで出版され、回覧雑誌に描く絵や、初期の詩作に強い影響を与えた。中学校卒業後、1913（大正2）年に上京、本郷洋画研究所を経て翌年、東京美術学校西洋画科に入学。1919（大正8）年卒業、同校研究科に1年間在籍する。1921（大正10）年頃より『子供之友』などの雑誌に子どものための絵を描き始める。1922（大正21）年1月の雑誌『コドモノクニ』（東京社）創刊では企画段階から参画し、創刊号の表紙と題字を担当している。1923（大正12）年には第一童話集『お噺の卵』（目白書房）を刊行し、表題作を含む17篇の童話を発表。武井はこの作品で口絵・挿絵の執筆に加え、外函や表紙もデザインしている。翌年に刊行した『ペス

ト博士の夢』（金星堂）では、16篇の童話と26篇の童謡が収録されている。この時期の武井が制作した単行本には後述の長編童話『ラムラム王』のほか、花にまつわる口碑を集めた『花の伝説』（実業之日本社、1926）、武井武雄画噺三部作として1927（昭和2）年に丸善から出版された『あるき太郎』・『おもちゃ箱』・『動物の村』や詩集『花園の車』（フタバ書房、1927年）などがある。画噺三部作では物語の言葉と絵とが一体となっており、ページをめくるごとにストーリーが展開されていく。子ども向けの雑誌に絵を描く一方で、自身の単独の著作ではブックデザイナーとして、また、絵と言葉による物語の語り手として、手腕を発揮している。

精力的に出版物の仕事をしていたこの時期、武井は子どものために描かれる絵を「童画」という絵画のジャンルとして提唱している。1925（大正14）年5月に東京銀座の資生堂で開催された「武井武雄童画展覧会」は現時点で確認できる限り「童画」という言葉が一般に向けて使用された最初の例で、額縁に収められた一点物の作品が展示されていたことが当時の新聞記事などから確認できる。

『赤い鳥』に挿絵を執筆した時期の武井は、RRRというサインを使用している。これは1926年に単行本として出版した『ラムラム王』（叢文閣）の主人公ラムラム王の名に由来する。1924年3月、『金の星』に掲載された「フンヌエスト・ガーマネスト・エコエコ・ズンダーラーラム王」と、同年5月から11月にかけて連載の「ラム王の一生」がもととなったこの作品の結末で、武井は自身をラムラム王の生まれ変わりだと記す。以後、武井の作品には様々にデザインされたRRRの文字が描き込まれる。次男・三男と母を相次いで亡くしたことから創作意欲が減退する、1938（昭和13）年頃までこのサインは使用される。

◉『赤い鳥』挿絵における図案と「感覚」

武井が『赤い鳥』に挿絵を描いた期間は、

1928年7月号〜10月号。選者の童謡および自由詩の挿絵2点（7月号）、白秋の詩に各号1点ずつの挿絵（8・9月号）、表紙絵（10月号）。清水良雄・鈴木淳・深沢省三らが主要な画家として活躍した『赤い鳥』で、武井の表紙絵は例外的と言える。

この年、武井は『武井武雄手芸図案集』（萬里閣書房）を出版し、衣服や身の回りの布製品に施す刺繍や染めなどの図案（デザイン）を提示している。図案の要素は『赤い鳥』に執筆した挿絵の中にも見られ、背景や人物の描写の細部に活かされている。

例えば、白秋の「お庭の夢」では、作品中に描き込まれる女性の後姿やカーテンに、レースの模様を模した、向こう側が透いて見える描き方をしている。こうした描き方は、武井の図案集にしばしば見うけられる。また、自由詩「ぬくい日」（高等小学校2年生、音羽えつ子）の挿絵では、風に揺れる葉桜の道に少女が描かれているが、帽子を押さえて振り返る少女のワンピースには、フリーハンドで大小の四角形を繋いで描いた左右非対称の幾何学模様が描かれている。こうした幾何学的な図形も、武井は図案集に描いている。詩には少女の服装への言及はないが、挿絵全体を構成する、柔らかく有機的な線で描かれたモチーフ（少女・草・樹木・犬）に、細部の表現として幾何学模様が添えられる。この模様は、描かれた詩的空間のなかで、繊細で鋭いアクセントとして機能している。

「ぬくい日」の評で白秋は、この作品は「ふうはりとした匂」「思ひ出」を表現しており、「その中にちかりと光る感覚がある」と評価する。武井の挿絵は、詩の言葉から読み取れる温度感覚や風の動きに加え、表面的な描写の奥にある詩情の源としての「感覚」を、視覚的な表現へと落とし込んでいる。

「感覚」の語は『武井武雄手芸図案集』にも見られる。序文で武井は「自然の一木一草をとつて自ら新しい表現を創案」することを読者に奨励し、「創案」の可能な人（「心ある人」）は、日常の何気ない風景にも常に「鋭い感覚の眼を向けること」を忘れないだろうとしている。武井の図案集において「感覚」の語をさらに遡ると、1925（大正14）年に出版された『新しい刺繍図案集』（アルス）の河井酔茗による序文にある、武井の描線に対する評語（「私の感覚に快く動いている」）に行きつく。ここでの「感覚」は、動きの感じや冷たさ、熱さ、光、匂いといった身体感覚や、知性、感情などを複合した働きを言い表す言葉として用いられている。描線には、視覚を通じてそれらを感じさせる働きがある。

酔茗は文庫派の詩人として多くの後進を育てており、白秋もそれらの一人である。酔茗は無名だった武井に婦人之友社からのカット依頼を持ちかけ、のちの活躍のきっかけをもたらした。そして武井のカットを読者が手芸に用いたことが、前述の2冊の図案集の出版に結びついている。武井の挿絵および図案の根底にある「感覚」と、白秋が投稿作品を選考する際に重視した「感覚」とは、酔茗を一つの結節点としてつながっている。

写実的で端正な表現が目立つ『赤い鳥』の視覚表現において、個性の強い武井の作品は異質である。だが、「感覚」の重視という点で、白秋の思想を視覚的に具現化しうるものだった。『赤い鳥』への武井の執筆は、当時の児童文化の一つの大きな流れの中の出来事だと言える。　　　　　　　　　　（遠藤知恵子）

［参考文献］

上笙一郎（1979）「『赤い鳥』の児童出版美術」（『「赤い鳥」復刻版　解説・執筆者索引』（日本近代文学館）pp.41〜49、武井武雄（1975）『本とその周辺』中央公論新社、2006改版）、武井武雄（1923）『お噺の卵』（目白書房）、「椰子の実会規定」（1909年、イルフ童画館所蔵資料）、『刊本作品親類通信』第44号（1979・5）、湯原公浩編（2014）『武井武雄の本　童画とグラフィックの王様』（別冊太陽 日本のこころ216、平凡社）

日本童画家協会
（にほんどうがかきょうかい）

●第一次（1927〜1941）

　美術団体。1926（大正15／昭和元）年、丸善で刊行を開始した『日本童話選集』第一輯の挿絵執筆をきっかけに川上四郎・武井武雄・初山滋・岡本帰一・村山知義が集まり、清水良雄・深沢省三を加え、翌27年結成（上、1983）。会員は皆、『童話』『おとぎの世界』『金の星』『子供之友』『赤い鳥』『コドモノクニ』などの子ども向け雑誌で活躍する画家だった。

　1929（昭和4）年発行の『日本美術年鑑』によれば、その設立目的は「純絵画としての童画独立」で、活動内容は「毎年展覧会を開く」ことである。日本橋丸善や大阪三越などで童画展を開催している。

　団体名に使用された「童画」という名称について、川上は「童画の思い出」（1963）に1925年の「武井武雄童画展覧会」をさし、異彩を放つ武井の作品が「童画のお手本みたいに考えさせられては困る」と問題提起をしたこと、そして、この指摘に武井は「そんなことは毛頭かかわりのないこと」と応じたと記している。異なる作風の画家が各々の個性を保持しつつ「童画」という新しいジャンルを打ち立てようとしていたことが分かる。

　結成時の会員のうち、1930（昭和5）年、村山が治安維持法違反により検挙・投獄され、岡本が腸チフスで急逝している。1936（昭和11）年発行の『日本美術年鑑』より、同会の目的は「童画の向上発達、著作権の擁護等」となる。翌年には残った5名の会員のほか、熊谷元一・福与英夫・佐藤今朝治・木俣武が会友に加わる。

　1941（昭和16）年、アジア・太平洋戦争への戦争拡大に伴い、日本童画家協会は解散し、日本少国民文化協会へと統合される。

●第二次（1962〜1985）

　日本童画会（1946〜1961）解散後、1962（昭和37）年に結成。設立時の会員は、武井・初山・川上（のち客員）・黒崎義介・鈴木寿雄・林義雄・安泰（のち退会）・井口文秀（のち退会）で、定期的な活動としては、1985（昭和60）年の展覧会を最後に会が解消されるまで、毎年東京日本橋の白木屋（のち東急）で童画展を開催していた（久保、1993）。

　イルフ童画館所蔵の「日本童画家協会会規」によると、「童画に熱意をもち、内外児童文化運動との連携協力をはかり、童画家の権利を護り、童画の向上普及を目的とする」とある。同会は、1965年、日本美術家連盟・日本漫画家協会・日本理科美術協会・日本児童出版美術家連盟などの団体とともに美術著作権連合を設立し、日本童画家協会の武井が理事長となる。

　戦後の日本童画家協会は戦前の会とは無関係に結成したとされるが（久保、1993）、著作権保護という目的は1936年以降の日本童画家協会（第一次）と共通している。1972年に和解が成立した挿絵原画の改竄をめぐる訴訟事件で、美術著作権連合では原告団を結成、大手出版社を相手に訴訟を起こして挿絵の原画に対する画家の権利を主張した。その結果、出版社による買い取りが通例だった原画が画家に返却されるようになり、書面での執筆契約が新たに慣例化された。

（遠藤知恵子）

［参考文献］

上笙一郎（1983）「『日本童画選集』の児童出版美術」（『復刻版　日本童話選集　解説編』（大空社、pp.79〜98）、川上四郎（1963）「童画の思い出」（千葉省三ほか編『新選日本児童文学1（大正編）』（小峰書店、pp.358〜361）、高林克己・清水利亮・小酒禮・木原幹郎（1976）「東京地裁に係属した著作権関係事件の研究（一四）」（『判例時報』第806号、1976・4、pp.3〜8）

深沢省三
（ふかざわしょうぞう）

深沢省三は、『赤い鳥』において挿絵を担った画家の一人である。彼に関する研究は管見に乏しく、その原画も多くが消失してしまっている。『赤い鳥』においては、主宰の鈴木三重吉自身が作家であったこともあり、文学作品の添削は熱心に行われていたことに対し、挿絵は清水良雄に一任されていた。

本項では、深沢省三の半生を『赤い鳥』との関わりを中心に概観する。

◉『赤い鳥』との出会い

深沢省三は1899（明治32）年3月24日岩手県盛岡市本町に生まれた。1906（明治39）年に岩手師範附属小学校に入学。1913（大正2）年、県立盛岡中学校に入学する。この年、五味清吉のデッサン講習会に参加し、水彩画に没頭するようになる。1917（大正6）年、盛岡中学校卒業後の9月に盛岡中学校の先輩であった清水七太郎を頼り上京、清水の下宿先に仮寓しながら川端画学校にて藤島武二の指導を受ける。翌年、東京美術学校西洋画科に入学。藤島武二の教室に入る。3年上には武井武雄らがいた。7月の夏休みに帰省し、そこで創刊されたばかりの『赤い鳥』を発見し、華麗な絵、ことに表紙・口絵の美し

さ、レベルの高さに、異常なまでの感激と憧れを覚えたと記すほどの出会いを果たしている。

この『赤い鳥』との出会いの翌年、1919（大正8）年に清水七太郎から清水良雄を紹介される。この際、清水良雄は深沢のデッサンを見て、深沢を『赤い鳥』に重要な画家であると強く感じ、鈴木三重吉へ深沢の『赤い鳥』童画陣への参加を強く勧めている。童画のことについて、鈴木三重吉は清水良雄に一任していたためにその申し出を快諾、深沢が『赤い鳥』童画陣に参加することとなった。

◉『赤い鳥』童画作家　深沢省三

1920（大正9）年5月、『赤い鳥』4巻第5号「天狗のお仲間」より挿絵を描き始める。1921（大正10）年6月、『赤い鳥』音楽会閉会後の酒席で初めて鈴木三重吉と面会する。翌年の秋には同郷の四戸紅子と結婚、12月に目白狐塚の貸家に引っ越すと鈴木三重吉が頻繁に訪ねてくるようになり、公私ともに関係が深まっていった。関係の深まりとともに絵の執筆も増加し、清水良雄を主軸に鈴木淳と深沢とで大半を描くようになった。1936（昭和11）年6月に鈴木三重吉が病死、8月の『赤い鳥　鈴木三重吉追悼号』まで、表紙絵、口絵、挿絵等、17年間に2750点ほどを描いたという。

『赤い鳥』での童画執筆において、初期のころは清水良雄の西欧的な画風、そこに表れ

深沢紅子

旧姓、四戸紅子。深沢省三の妻。1903（明治36）年3月23日、岩手県盛岡市にて洋服屋の家に生まれる。

1915（大正4）年3月、岩手師範附属小学校を卒業後、4月に岩手県立盛岡女学校に入学。このころから池田龍甫について日本画を学ぶ。1919（大正8）年、東京女子美術学校日本画科に入学。翌年からは洋画の基礎習得のため岡田三郎助に師事する。1922（大正11）年の秋、深沢省三と結婚。

翌年、省三の卒業と同月に東京女子美術学校を卒業。以後、洋画家、童画家として活躍する。1925（大正14）年、二科展に初出品し、入選。1929（昭和4）年、長谷川時雨『女人芸術』の挿絵を書く。1937（昭和12）年、川端康成著『級長の探偵』を装幀する。1942（昭和17）年、堀辰雄著『幼年時代』の装幀、及び挿絵を書く。1952（昭和27）年、壺井栄著『坂道』の装幀をする。このように、名立たる文豪の作品に関わっていた。また、省三と同じく後進の育成にも尽力し、省三との連

る子ども像といったイメージが本誌では確立されていたため、深沢にも良雄のスタイルを保つことが強く求められた。しかし、イメージの固定化を懸念する動きから、それぞれの得意や個性を発揮するようになる。深沢においては、細やかな作風のもと、「ずるやすみ」（1933・6）の挿絵に見るように生き生きとした子どもの姿を描き、「ロビン・フッド物語」（1931・5〜8）のように外国が舞台となれば洋画のようなタッチで描くなど幅広い活躍を見せていた。特に初対面で清水良雄を驚嘆させた動物画は、対象となる動物の姿が精細に観察され、描写されているため、1935（昭和10）年9月号の目次カットのライオンなどは絵でありながら"生物"としての存在感を持っている。復刊後、前島ともを加えて4人での作業になってからも深沢の活躍は変わらず、深沢自身も『赤い鳥』での活動に全力を傾けていた。

●その後の深沢省三

『赤い鳥』終刊後、1938（昭和13）年には蒙古に渡り、現地の小学校教科書に挿絵を描くほか、蒙疆美術研究所を設立し、自身の創作活動とともに後進の育成に励んだ。1945（昭和20）年、帰国。翌年に岩手児童文化協会の活動の一環として日曜図画教室が発足、児童を対象に日曜図画教室の指導にあたる。以後は1948（昭和23）年設立の岩手県立美術工芸学校、1951（昭和26）年には岩手県立盛

岡短期大学の美術工芸科、1956（昭和31）年から1964（昭和39）年までは岩手大学学芸学部特設美術科にて教授を歴任、美術教育に打ち込む。1965（昭和40）年から5年間は、早稲田大学文学部講師としてデッサンの指導にあたる。その後、1992（平成4）年に死去するまで多くの作品を創作した。その中には表紙絵、口絵、挿絵等の『赤い鳥』時代から続く創作物も多くあった。

●今後の課題

このように、深沢省三は『赤い鳥』に深く関わるだけでなく、日本児童文学史における「童画」の発展に寄与した人物であり、美術界の後進育成にも尽力した人物である。しかし、冒頭でも述べた通り彼に関する研究は乏しい現状にある。彼に関する研究は、『赤い鳥』や「童画」といった研究領域のみならず、子どもと「絵」の関わりが持つ効果を明らかにするといったような研究への飛躍の可能性を秘めている。深沢省三研究の、さらなる発展が望まれている。　　　　　（仲村省吾）

［参考文献］

多摩美術大学美術参考資料館（1988）『深沢省三・童画の世界七十年展』（芸艸堂）、深沢省三（1989）『深沢省三画集』（荻生書房）、高橋裕子（2003）「童画家　深沢省三――その生涯と作品」（東京家政大学博物館紀要）

名での個展も開催している。

女性画が有名であるが、生涯を通して多くの色彩豊かでかわいらしい野の花を描いている。多くの童画も描いており、石井桃子『山のトムさん』などの児童向け絵本の挿絵も書いていた。

1993（平成5）年3月、他界。享年90歳。

深沢省三の童画の持つ芸術性

深沢省三の描く童画について仙仁司は「深沢さんは七十年間にもわたって、あらゆる手法を盛り

込んで、内容にあった童画を制作してきた。」と述べ、その童画の持つ芸術性を「（中略）作品の説得力が老若男女を引き止めた。若い人々にも鮮烈なエネルギーを与え、次の世代に継がれる健康さを保持している証であった。」と評している（『深沢省三画集』荻生書房、1989・11、p174）。こうした深沢作品の芸術性は、深沢の深く精細な観察によるものである。その根幹には深沢の動物好きがあり、動物固有の一挙一動まで知り尽くさなければ気が済まないとの気持ちがあったという。

前島とも
まえじま

●『赤い鳥』との出会いとその童画

1904（明治37）年12月16日〜1994（平成
6）年11月4日。童画家、日本画家。茨城県
出身、7歳の時に家族で上京し本郷に住む。
絵を描くことが好きなため、本郷高等小学校
後、日本画家で東京美術学校教授であった結
城素明に師事。1922（大正11）年に女子美
術学校日本画科選科に入学、1926（大正15）
年に同校日本画科選科高等科を卒業した。

前島ともと『赤い鳥』の出会いは、高等小
学校入学の頃に遡る。文房具屋の店先で雑誌
『赤い鳥』を見つけ、その時の感動を、「白地
に形のよい字で「赤い鳥」と書いた朱の色の
よさ、「赤い鳥」と言う言葉のよさ、一目で
ほれぼれしたのでした。（中略）表紙や、さ
し絵は清水良雄さんでした。以前から「少女
画報」などで見ていたのですが「赤い鳥」の
画はなんと素晴らしかったでしょう。（中略）
だきしめても足りない程でした」（前島とも
「懐かしいあの頃」『「赤い鳥」復刻版　解説・
執筆者索引』日本近代文学館、1979、pp.75
〜77）と感受性豊かに語っている。

『赤い鳥』を心に刻んだ前島は、女子美在
学中、本郷西片町に住み、偶然同じ町内であ
った清水良雄を知人から紹介してもらう。清
水は、洋画家・童画家で、『赤い鳥』の表紙絵、
口絵、挿絵、飾絵全般を三重吉から一任され
ていた。清水宅を幾度も訪れ、写生を行い、
自分も挿絵の仕事をしたいという希望も伝え
た前島は、数年後に清水との信頼関係から、
『赤い鳥』の挿絵を描くようになる。

登場は、休刊後に復刊した後期の1巻3号
（1931・3）からで、以来、終刊の12巻3号
（1936・10）まで、毎号途絶えることなく挿
絵を提供している。したがって、前島は、『赤

い鳥』の重要な童画家の一人であり、その唯
一の女性画家として記憶されてよい。同誌の
目次欄には、「前島とも」「前島とも子」「松
山とも子」の名前があるが、本名は「トモ」
で、1935（昭和10）年10月に童画家でプロ
レタリア美術家であった松山文雄と結婚し、
「松山」姓を名乗った。松山も前島と共に鈴
木三重吉追悼号（1936・10）に挿絵を描い
ている。前島は、主に自由詩と綴方の挿絵を
担当し、子どもたちの学校の教室風景と家族
や友達と過ごす日常の情景を素直に描く画風
に特徴があった。その等身大のリアルな子ど
も像は、読者の子どもたちが共感し、親しみ
をもって受け入れたと思われる。こうした表
現は、メルヘンの童話からリアリズム児童文
学へ移行する同時代の方向性とも一致してい
る。前島の画風について、清水は「優く明朗
にして健康感に満ちたその作品は、女流童画
家としての特色を誇つています」（清水良雄
「童画家夫妻」私家版 1940・5）と評価して
いる。

『赤い鳥』では、それぞれの作品に挿絵を
担当した画家の記載はないが、画家が絵の隅
にサインを入れている場合が見受けられる。
前島も、「maa」「m」などのサインを用いて
おり、それによれば、童話や昔話の挿絵も含
まれている。例えば、新美南吉が『赤い鳥』
に初入選した童話「正坊とクロ」（1931・8）
は、子どもと動物の間に芽生えた愛情の物語
に愛らしい挿絵を寄せている。坪田譲治の
「お馬」（1934・11）、「白ねずみ」（1936・2）
では、笑顔や好奇心溢れる子ども像を表現し
ている。鈴木三重吉の「祐宮さま」（1935・
1）の挿絵も手がけており、塩野百合子など、
女性作者の童話の挿絵も多い。

こうした経験を重ねながら、前島は、デッ
サン力を高めて個性ある画風を確立した。い
ずれも、モダンな都会と田園の農村の子ども
を描き分け、草花、動物、歴史物といったあ
らゆる題材を扱ったそれらの作品には、子ど
もや民衆と自然を慈しむまなざしが込められ

ている。後に前島は、『赤い鳥』の時代を振り返って、「今の子供達を考えると申しわけない程に幸せでした」（前島、前出）と、回想している。

◉子ども像と子ども文化の探求

前島は、『赤い鳥』と同時期に、『コドモノクニ』『子供之友』『コドモアサヒ』『キンダーブック』等、絵雑誌のフルカラーの童画を数多く制作している。

その表現には、1932（昭和7）年2月に結成した、新ニッポン童画会での活動が深く関わっている。同会は、前島や松山文雄、安泰らが会員で、「私達の童画は、今日の児童の現実にぴったりしたものでなければならぬ。今日の児童大衆から愛されるものでなければならぬ。生々とした、活動力に富んだ、児童の生活の積極性に合致した童画を創り出すこと」（「新ニッポン童画会声明」）と、宣言している。

こうした従来の童画とは一線を画した「生活童画」のリアルな子ども像を描写するため、同会の画家たちが手本としたのが、外国の絵本、とりわけ当時のソビエト連邦の絵本であった（沼辺信一「子どもの本が国境を越えるとき　ヨーロッパと日本におけるロシア絵本の受容」『幻のロシア絵本1920-30年代』淡交社、2004、pp.171〜182）。松山によれば、ソ連の絵本はイデオロギーのにおいがなく、「とことんまで子ども本位の親切さ」で「芸術的」であり、それを取り入れた「急先鋒」が前島という（まつやまふみお／上笙一郎「童画と絵本〈対談〉」『日本児童文学』17巻13号、1971・12、pp.89〜90）。実際、前島は、『コドモノクニ』の「ベビーアイランド」（1934・10）には、アメリカのディズニー映画のキャラクターであるミッキーマウスを描き込むなど、世界の子ども文化へと視野を広げて、子どもが喜ぶイメージを、日本の子どもたちに届けている。

前島の絵本としては、表紙にモダンな西洋人形を描いた千葉省三編『幼女ノ友ヲシヘエバナシ』（1935・3）がある。また、『店ノイロイロ』（1943・2）は、絵本も統制を受けた日本の戦中期にあって、「サカナヤサン」「クツヤサン」などの店先の情景を子どもの姿とともに表現して、子どもの生活を見つめた良心的な一冊である。その誠実で穏和な画風は、『赤い鳥』における童画の趣を引き継いでいる。

◉戦後の仕事

戦後、民主主義の理想に見合った子どもの本が求められ、前島も日本童画会に参加し、絵雑誌や絵本のほか児童文学の絵に取り組んだ。雑誌『子どもの村』では松山や村山知義、茂田井武らとともに挿絵画家に名を連ねている。壺井栄の『小さな物語』（1948・6）は子どもの何気ない仕草を捉え、中野重治『おばあさんの村』（1957）は純真な子どもとそれを見守る大人たちを温かく表している。

他方、前島は、日本画家奥村土牛の画塾八幡会で日本画を研鑽し、土牛が同人である日本美術院の第24回春季展覧会（1969）に「サンタの木」を、第28回春の院展（1973）に「鳩に」を出品。女流日本画創作会には第1回展（1961）以来、長年出品を重ねた。

近年、前島は松山と共に『赤い鳥』など児童雑誌の発祥の地に集った「池袋モンパルナスの童画家」の一員と数えられている。他方、2009年には、上田市の平林堂書店と松山の出生地である長野県長和町で二人の作品が展示された。童画家、日本画家として生涯子どもを描いた前島について、今後は、原画調査などの再評価も期待したい。　　（坂本淳子）

［参考文献］

松山文雄（1940）『松山文雄前島とも子作品頒布会』(私家版、松山晋作氏所蔵)、上笙一郎（1994）『児童文化史の森』(大空社)、上笙一郎・尾﨑眞人監修（2006）『池袋モンパルナスそぞろ歩き〈池袋モンパルナス〉の童画家たち』(明石書店)

第4部

『赤い鳥』と子どもたち

1
児童自由詩

総説
児童自由詩(じどうじゆうし)

● はじめに

　児童自由詩運動の経過を述べた北原白秋の論考「運動の経過」(『岩波講座日本文学　新興童謡と児童自由詩』)がある。その冒頭に、次のような一文が掲げられている。

　「『赤い鳥』では、創刊と共に文壇および詩壇の諸家に、その童謡の創作を求めて、これを発表して新童謡運動のさきがけをなした。同時に一般の投書をも募集し、私にその選者たることを依嘱した。爾来今日にまで到っているが、その初めに投書なきため、私と私の周囲とが匿名をもって投書の童謡をも作成した。これに励まされて一般の応募童謡がしだいに山積し、新童謡運動の機運がいよいよ醸成されるに到った。その間に、児童自身の作るところの童謡の投書がこれ等に混淆し来ったのも自然のすう勢であった。」

　『赤い鳥』の創刊号にすでに、『創作童謡』として、成蹊小学校2年生の子どもたちの書いた童謡が13篇掲載されている。その一篇を掲げてみる。

　　　　村松恭
　　このごろは、かんばんの字が、よめ出した、僕らもずゐぶん、えらくなつたぞ。

　そして、創刊号以降の号から大人の投稿童謡に混ざって、子どもの俳句・短歌そして童謡風の作品が投稿されるようになる。

　「私はこの発見に驚いて、改めて成人以外の児童作品欄を設け、その投書をしょうよう(称揚)した。その後、これ等の作品の中、特に秀抜なるものは推奨作として大いに優待するところがあった。」(同前掲書)

　児童自由詩の問題は、上記にある「児童作品欄」および白秋の投稿作品評を抜きにしては語れない。児童作品欄は、1919(大正8)年4月号に初めて「入選自作童謡」として、1921(大正10)年11月号には白秋の提唱した「児童自由詩」の名と共に、その欄が設けられ、以後、児童の作品が毎号掲載されていく。山本鼎(かなえ)の「自由画」と共に、芸術教育の幕開けである。

　「しかしながら、その初め、児童作品のほとんどは、成人作の童謡の模倣であった。即ち調子本位の童謡であった。これ等の模倣童謡より一転して、児童本然の感動のリズム、その自由律の形式をもって現れた作品を見た私の驚駭と歓喜とはどんなだったか。彼等は全く日本詩壇の自由詩運動を知るところなく、自らに彼等の自由詩を潑刺と生み出したのである。」(同前掲書)

● 児童自由詩の萌芽と展開

　白秋は、自著『児童自由詩集成』(1933)の中で、1918(大正7)年8月から、1920(大正9)年12月にいたる96篇の作品を、「自由詩以前」として区別している。つまり「自由詩以前」の児童詩は、白秋がいういわば成人の書いた童謡や伝承童謡を模倣したものである。例えば、次のような作品(1919・4)である。

　　　あぶ　(東京市　山崎和勝)
　　あぶが一匹ないて来た。／何といってないて来た。／寒いといってないて来た。／ひもじいといってないて来た。／あつい

スープをやつたらば、／ブーンと泣いて
飛んでッた。

　一見して、伝承童謡「山から小僧が」の模
倣が見て取れる。「自由詩以前」の児童の作
品は、白秋のいう伝承童謡や「童心童語の歌
謡」としての童謡を真似た定型詩的なもので
あって、また、「自由詩の神髄は、真実に自
己を観、自然の実相を観た上で、おのずから
に湧き上がる感動のリズムをそのまゝの形に、
そのまゝの生きた言葉に移し形に移す事であ
る」(『緑の触角』芸術・自由・教育「児童自
由詩について」) という観点からはほど遠い
ものである。童謡定型詩の模倣、その枠・制
約の中にあって、子ども自身の自由な感動・
詩情を伝えることは容易なことではないのは
言うまでもない。ただ、調子のいい、単なる
語呂合わせに陥った作品となるのはいわずも
がなのことである。
　1921年8月号には、下記のような作品が
登場する。

　　　　もくれん
　　　　　(伊豆田方郡・14歳　穂積重)
　　ぽたり〰、／もくれんの木から
　　赤いさじがおちる。
　　ぽたり〰、／白いさじがおちる。
　　それで小雨を、／すくつて飲みましよ。

　「通信」欄における白秋評を見てみよう。
「「もくれん」を推奨にしました。もくれんの
落花の一片を赤い匙や白い匙と見たのは実に
おもしろい。子供らしい見方だと思ひます。
雨の日の気分がよく出てゐて、象徴詩のやう
な深い趣が見えます」と。
　1921（大正10）年、1922（大正11）年に
入ってくると、投稿児童詩作品は、すっかり
童謡調を脱却して、自身の目で捉えた写生的
な自然観察や季節感の把握・自然の感覚的な
把握に基づいたことばの表現が見られてくる。
次の作品に見られるように、直截的な形象の

新鮮さが、そのまま子ども自身の直接の言語
表現をともなってくる。

　　　電信柱の耳
　　　　(福井県・小学高1　西本義秀)
　　電信柱はどうだ、
　　耳を、／針金で、／くゝつてる。
　　　　　　　　＊
　　ひし(熊本県・小学尋2　海達公子)
　　とがった／ひしのみ、
　　うらで／もずが／ないた。

　「ひし」作品を評して、百田宗治は、次の
ように語っている。
　「小学二年生の作品としては偶然の出来栄
えというほかはないが、ひしの実の鋭角的な
視覚的映像ともずの鳴き声とおなじようにす
るどい聴覚的な効果との照応が巧みに対句的
に言いあらわされて、仰山に言えば一種の象
徴詩的な表現に成功しているとも言える。
　これらの作品は、手法的にも、当時すでに
新傾向の句の塁を摩すものとして有名になっ
た赤い鳥詩風のひとつの焦点を示すもので、
同時に児童の手になる感覚詩としても（ある
意味では芸術的にも）ひとつの頂点をきわめ
ているという観がある。」(百田宗治編『日本
児童詩集成』"『赤い鳥』児童自由詩の概観"
河出書房) と。同時に、「類型的な詩風を呼
んだ」とも述べている。
　やがてこうした「観察的・写生的な単純な
感覚表現から一歩進めて、もっと内面的・観
照的（ある場合にはより感傷的）な一種の抒
情的作風」が表れてくる。次に掲げるような
作であるが、児童自由詩の発展展開の一つと
して見ることができる。

　　　さぎ(山形県・小学尋4　吉田重雄)
　　月夜の晩に
　　さぎなく声は、
　　空一ぱいにたまるんだ、
　　あゝさびしいよ。

そして、白秋の主張した「内部韻律」（感動のリズム）に基づくところから生まれた児童自由詩作品の、（芸術としての）一応の成果・完成は、例えば次の作品に見て取れる。

　　　　突堤　　　　（朝鮮高女2　後藤敏子）
　　　　　　・・・・
　とつていの／一番先だよ、
　あすこには、だれか待つてる、
　きつと待つてる。
　　　　　　　　・・・・
　あゝ／あの細いとつていの
　一番先だよ。

　こうして「詩が作れる、どういふ小さな小供にも。／これを思ふと、涙がこぼれさうになる。」そして児童詩を指導する教師たちに「真に小供から教はらなければならない」（「児童自由詩について」）と、白秋は語る。またワーズワースの詩「虹」の詩行を引いて、「子供は大人の父だ」と云い、「詩人は殊に此の童心を豊かに保存している。」と、改めて自身の童心に還り着く。

　詩人・北原白秋によって見出された児童自由詩は、1933（昭和8）年、白秋と『赤い鳥』との決別。そして同年、稲村謙一の著書『生活への児童詩教育』をもって、児童の詩は、詩人の手から教師の手へと移り、「児童生活詩」教育の時代へと入っていくことになる。

　ここで、少しばかり稲村謙一が提唱した「児童生活詩」教育について、触れておこう。稲村は、生活詩教育の理論として、「1　生活の認識／2　生活の批判／3　生活の構成／4　生活意識の錬成」といったことを子どもの生活の発展のためとして提示する。つまり子どもの表現の目を自身の生活に向けさせつつ、また生活の批判・生活の組織という視点をもって、対象との切り結びをさせる。『赤い鳥』の自然「花鳥風月」に向けていた子どもの目を、人間に引き戻して表現に結び付ける。参考までに、稲村氏の「生活詩」の実践作品を下記に掲げておこう。農家の働く生活を映した作品である。

　　　　チリフキ　　　　　　（1年　水島昭男）
　チリヲ　タテマスト
　カゼガ　ダアダア　イキマス。
　センノ山ノ　オクノ　ホウマデ
　チリガ　ダアダア　イキマス。
　オカアチャンノ　アタマノ　カミモ
　センノ山ノ　ホウニ　ムイテ
　カケリャイコ（カケッコ）ノヨウニ　イ
　キマス。
　イネノホ　ダケガ
　ボタボタト、
　オカアチャンノ　アシヤ、
　ボクノ　テニ　オチテ　キマス。

●幼児の詩

　白秋による、就学後の子どもたちの書く「児童自由詩」の発見と共に、就学前の幼児期の子どもたちが発するハッとするような感性豊かなことばに詩を感じて、幼児はなんと「傑れた詩句の流露者であるか」と白秋は感嘆し、そのことばを記録して、「幼児の詩」と名づける。『赤い鳥』創刊号の「通信」欄に、某夫人談として、次のような幼児の片言のことばを載せている。「お日さまが出て入らつしやるときに、雨がばらゝ降つて来ましたら、私どものよし子が、『母ちやん、のゝさんが濡れる、のゝさんが濡れる』と言つて大変心配いたしました。」と。また、1921年8月号の『赤い鳥』「入選自作童謡」欄には、保護者が記録した4歳児の発したことばを自作童謡として掲載されている。

　　　　天気　　　　　　（三浦尚作　四歳）
　をぢちやん起きろ。／御飯ができた。
　くりの木が天気だ。

　また白秋は、1922年創刊の幼児雑誌『コドモノクニ』において、「幼児の詩」の募集を読者に向けて呼びかける。「学齢前の子供たちの童謡を本誌では歓迎します。お母さん

方も平生お子さんたちの獨りごとをよく聞き
とめてノートにしるしていただきたいのです。
さうしたものはみんないい詩になってゐるの
です」と。次に、「幼き者の詩」（『緑の触覚』
所収）から、白秋が「幼児の詩」として取り
上げている作品と寸評を掲げてみよう。

　　　　　牛　　　　　　　　（3歳）
　　はだかの／もうもうがゐるよ。

　「これは三歳の男の子が牧場の牛をのぞいて、
その母親を顧みた第一の言葉です。これは詩
です。片言のやうではあるが、この中にどれ
だけの無邪な驚異と愛情と憐憫がありますこ
とか。」

　　ころ、／ころ、ころ、／ぎよ、
　　ころ、／ころ。

　「これはこおろぎの鳴く声を聴いてそのま
ま口に真似したにちがいないのです。それが
いかにも生き生きしてゐます。」
　そして白秋は、「幼児はいかなる詩の天才
者とも、その光輝を争ふに相当な素質を現す。
幼児こそ生のままの詩人である」「子供は生
まれながらに詩人です」と語っている。
　この小さな詩人による、詩のことばの感動
の成立を、今しばらく見てみよう。

　　緑と赤だ。／太陽さんかしら。
　　林檎だ。林檎だ。
　　林檎だ。林檎だ。／林檎だ。

　これは、白秋の長男・隆太郎の、2歳と10
か月のときの「幼児の詩」である。採集はい
うまでもなく父親の白秋である。バルコニー
から見える海の遥か彼方から、ゆらゆらと昇
ってくる太陽を見ていったことばだそうだ。
大自然の驚くべき光景を目に映して、感動し
ている幼な児の姿がよく伝わってくる。また、
隆太郎が3歳と1か月のとき、筍が竹藪から

ずっと離れた庭の通り路に、ひょっこり頭を
4、5寸出していたのを見て、母親にこう告
げたそうである。

　　筍が散歩してゐたの。
　　筍が散歩してゐたの。

　また4月下旬のある朝のこと。2歳児の隆
太郎の片言のこのことばを耳にして、白秋は
感嘆し、「まいった、まいった」といって脱
帽し、そのことばを「雨こんこん、／みかん
の花。」と白秋は表記する。が、母の記録には、
「アメコンコ／アメコンコ／ミカンノ／ハナ
ニフッテル」とあると、後に隆太郎は、「父
（白秋）の解説文は母（菊子）の日記にある
『坊やの言葉』という記録をもとにしている」
と述べている（北原隆太郎「幼児の言葉」）。
幼児の話し言葉（パロール）を書き言葉（エ
クリチュール）に移行する場合、採集・記録
する保護者の言語感覚—表記が、いかに大切
かをそれとなく物語っている。
　こうして「幼児の詩」の総決算とでもいう
べき詩集が、1932（昭和7）年に刊行される。
『コドモノクニ』に掲載された幼児の詩を中
心にして編纂された、日本では初めて、おそ
らく世界でも初めての『日本幼児詩集』であ
る。
　現在、「幼児の詩」は、「幼児のことば」と
して保育教育の現場で、「真に小供から教は
らなければならない」（白秋）と、保育者の
手を通じて、採集・記録されている。

　　　　　　　　　　　　　　　（吉田定一）

［参考文献］
北原白秋（1986）『白秋全集20　詩文評論』（岩
波書店）、吉田瑞穂（1961）『児童詩はどう発展
してきたか』（少年写真新聞社）、弥吉管一（1965）
『日本の児童詩の歴史的展望』（同上）、与田準一
（1943）『幼児の言葉』（第一書房）、北原隆太郎・
関口安義編（1994）『自由詩のひらいた地平』（久
山社）

『鑑賞指導 児童自由詩集成』

●本書の概要

北原白秋著『鑑賞指導児童自由詩集成』は、1933（昭和 8 ）年、アルスより出版された。創刊の1918（大正 7 ）年から休刊の1929（昭和 4 ）年までの『赤い鳥』に掲載された児童の投稿作品を再度選りすぐったものと、それに対する白秋の選評を中心としている。構成は、①「序」、②「解説」、③本編、④「児童自由詩解説」、⑤「参加学校」、となっている。以下、主な内容を記しておく。

①の末尾には、「昭和八年十月　東京・砧村にて　北原白秋」と記されている。初めに、「日本に於ける児童自由詩の一大詞華集として、更にその鑑賞と指導との史的記録として、茲に私は本集を公刊する」と、本書刊行の目的を掲げ、「本集を年代順に翻読する向には幾多の推移と変遷と興亡と転開とが容易に看取され得る」という性質も述べている。

また、本書を児童自由詩運動の「記念塔」と位置づけているが、この運動については、「此の『赤い鳥』より産卵され生長した」と『赤い鳥』の担った役割を明記し、さらに本書は、「私が拠つたかの『赤い鳥』の自由詩集だとも詩史だとも言へる」としており、児童自由詩運動と『赤い鳥』を一体のものと捉えた上で本書がまとめられたことが分かる。

続く②は、「児童自由詩運動の経過概略」と「本集解説」から成る。前項では、『赤い鳥』によって「新童謡の運動」が展開され、その中で白秋は自然と「児童自由詩の提唱と指導」に向かうことになったこと、その経緯として、投稿される児童の作品が、初めは成人の童謡作品の模倣であったものが、「児童本然のリズム、その自由律の形式を以て現れた作品」（＝児童自由詩）となっていったことが説明されている。

後項では、本書を鑑賞法の委細を尽くした指導書であると示しているほか、③で『赤い鳥』掲載作品を取り上げるにあたっての凡例としての役割が大きく、③は、本項に記された通りの内容となっている。本書に取り上げた児童作品は、1680編で、それに言及している『赤い鳥』掲載時の選評もほぼそのまま載せられている。選ぶ基準についても同項に「推薦作を主とし、之等佳作の中から、自然観照及び生活感情の個々の相を代表したものを特に再選して加へた。佳しとする作でもなるべく類型的のものは割愛した」とある。本書に改めて収録するにあたって、「児童自由詩」の呼称を用いる1921（大正10）年より前のものは「自由詩以前」としてまとめ、それより後は年ごとに掲載している。

④は、1. 序論、2. 幼児の詩、3. 児童自由詩本論、4. 鑑賞の種々相、5. 成人と児童の観照、6. 児童の自然観照、7. 児童の生活感情と詩、から成る一つの論である。初出は1925（大正14）年、文藝春秋社の『文芸講座』であり、その後、童謡論集『緑の触角』（改造社、1929）に収められ、表記等の差異等を除きほぼそのままの形で本書にも収められた。

②では、これが書かれた1925年はまだ児童自由詩運動の初期であったことに触れながら、本論がその啓蒙に寄与したとし、「熟読して戴きたい。私の児童自由詩に対する見解は今にも一貫してゐる」と述べている。

⑤は、本書に採録の作品を創作した児童・生徒の属する小学校、中学校、高等女学校のほか、補習校、日曜学校も含めた328校が一覧になっている。白秋は、本書の所々で、特に千葉、茨城、神奈川、山梨等の学校の作品の質がよいことを挙げ、自身の児童自由詩観に共鳴し指導に熱心に当たっている教師に対し、感謝と称賛の言葉を述べている。

●公刊時の状況

　大正末から昭和にかけて、関東大震災、世界恐慌などにより不況が充満し、対外的にも国内的にも不穏な状態が生まれていた。その中で、子どもにも生活者としての自覚を促す「生活綴方」の指導観が現れ、1929年には雑誌『綴方生活』が創刊された。そのことを念頭に、本書が書かれた1933年の頃の『赤い鳥』内外の状況について触れたい。

　まず、『赤い鳥』に関わる状況である。白秋は、本書刊行と同年の5月号での選を最後に『赤い鳥』を去っている。1929年に一旦休刊した『赤い鳥』が復刊したのは1931（昭和6）年である。休刊の理由は、経済的な問題であった。その後、復刊に際しては白秋も喜び力を注ぐが、依然『赤い鳥』刊行に関わる経済的困難が根底にある中で、主宰者の鈴木三重吉と不和が生じ決別した。

　なお、白秋が離れた後は三重吉が自由詩欄を受け持ち選をしたが、白秋はそれに対する不満を本書の「解説」においても覗かせている。結局、『赤い鳥』は三重吉の逝去とともに1936（昭和11）年で終刊となった。

　また、『赤い鳥』の外の状況も把握しておきたい。昭和に入り不況が続くと、その中で『綴方生活』等を拠り所とする教師や詩人による、児童自由詩の童心主義・芸術至上主義への批判が見られるようになった。これが児童生活詩に繋がる流れである。その前段として、詩壇においては、芸術派と民衆詩派との対立があった。1922（大正11）年には、民衆詩派の詩人・白鳥省吾が、白秋の詩を思想性・社会性がないものとして批判、白秋も省吾の散文的な表現を批判している。1927（昭和2）年には、同じく民衆詩派の百田宗治が、『児童自由詩の鑑賞』を刊行。白秋による本書『鑑賞指導児童自由詩集成』に収録された「児童自由詩解説」は、前述したように1925年の『文芸講座』に発表したもので、初出時のタイトルは「児童自由詩鑑賞」であったが、

これを一冊にまとめ刊行しようとしたところ、宗治による酷似したタイトルの著書が出されたため、やむをえず白秋は自身の著書を『緑の触角』というタイトルにした。このことを機に、白秋と宗治の間に、「児童自由詩」という呼称をめぐっての論争が引き起こされた。その後、1929年には『綴方生活』が創刊されている。1931年には教師である稲村謙一が同誌に「詩を生活へ」という文を載せ、白秋の唱導する児童自由詩を「非生活的」などの理由から批判するが、稲村はこれを発展させ、1933年に『生活への児童詩教育』という著書を出版する。1936年、白秋が雑誌『綴方倶楽部』において「提言」という文を書き、児童詩における芸術性の復活を唱えたが、同年の『綴方生活』掲載の「提言を斬る」において教師の寒川道夫が反論。また、百田宗治は1932（昭和7）年に生活詩を支持する教師を集めて雑誌『工程』を創刊していたが、この誌上でも1936年には白秋の「提言」を念頭に置いた童心主義批判の特集を組んでいる。本書『鑑賞指導児童自由詩集成』の刊行は、この流れの中にあったと言える。

●本書を児童生活詩に対峙するものとして見た時

　本書においては、児童自由詩運動を振り返りながら、白秋が児童自由詩を確立した自負を示す記述や、童謡と児童自由詩は区別されなければならないという注意が何度も繰り返されている。一見、従来の童謡の流れに対する主張を示したものととれるが、この時期は、前述の時代状況において見た通り、白秋と児童生活詩の流れの教師・詩人との論争が繰り返し起こっていたただ中である。その状況を考えれば、本書は、批判に対しての自身の態度を示したものとも考えられる。現に、「本集解説」には、「此の児童自由詩の運動が、かの童謡流行の余波と同じく、或は猟奇的な人々により大切な航路を過られることの無きや如何である」という記述や、散文的な詩に

否定的に触れる言も散見されることから、童謡の流れとは別に、児童自由詩の質を変える勢力を意識していることを窺わせている。白秋は、児童自由詩への批判に対しどのように向かい合おうとしていたのか。本書の記述を手がかりにいま一度考えてみよう。

白秋が受けた批判では、芸術至上主義的で対象が自然に偏っており、生活・社会・思想といったものが欠如していることが問題とされていた。しかし白秋は、「生活」に対する意識は早い段階で持っていた。本書「児童自由詩解説」において「児童の生活感情と詩」という章を立てていることや、「本集解説」に、本書に収める作品を選ぶ基準として「自然観照及び生活感情の個々の相を代表したもの」を掲げていることからも分かる。「生活」を自覚的に扱ってはいるが、では、詩作にあたって児童生活詩とどのように捉え方が違うのだろうか。

稲村謙一は、1931年の「詩を生活へ」において、児童自由詩を指して「自然への没入」であると述べている。この点は、対象を自己と区別し対象に働きかける姿勢をとる児童生活詩とは異なっている。しかし、白秋の児童自由詩観においては、この姿勢と生活を忘れることとは同義ではない。白秋が児童に詩作をさせることで求めたのは「自己の内観を深く」することであり、「児童の自然観照は、また単に季節と風光との写生のみに畢らず、彼等の内観と渾融した生活と連関すべきは当然のことであります」と捉えている。例えば、白秋が生活感情の表れた詩として取り上げている次の作品で考えたい。

　　　さより売　　　　　　（高1　生田久雄）
　　さよりは売れん、
　　家へもどればどなられる。
　　西の山へ日は這入った。

この詩で中心に扱っているのは、さよりが売れず怒られることを不安に思う、生活の中

で生まれた感情であるが、象徴的に自然の写生を取り入れることにより、それが明確に表現されている。ただし、この写生は技巧として用いたのではなく、作り手である児童の「直覚」によるものと考えられる。白秋は、形式を強いることにより自由な発想が抑制されることを危惧している。それは主に調律に関してのことではあるが、着眼やありのままに見ること、感じることに最大限の自由を与えている。そして、その状態で表出してきた言葉こそが内在律を宿していると考える。

「児童自由詩解説」の中では、児童生活詩の流れに繋がる詩人に向けて書かれたと思われる言葉が散見されるが、それらは、散文的な詩に対する否定的な指摘であった。民衆詩派に対する自由詩派の詩人としての発言であり、一見形式に関する反発のように見える。しかし、内在律について考えた場合、上述のように、着眼し観察し対象に対しての反応として感情が湧き上がるまで、一連の内面的に起こる過程をすべて含めて初めて内在律という韻律が生まれると考えられるのである。ゆえに、白秋が反発し、対峙して主張したのは単なる形式の問題ではない。白秋は、自由詩を奨励し、内在律を最も重視しているが、内観を深くすることを指しているのである。また、白秋の「観照」は、傍観的な写生とは言えない。自然観照の詩の例として挙げられているものから次の作品を考える。

　　　冬の日　　　　　　（尋6　羽島きくゑ）
　　石がぬれてゐる。
　　いつまでも黒い。
　　冬の空暗い。

これは、感情を一切言葉に出さない写生文のようではあるが、雨か雪に濡れ黒い重苦しい姿になっている石に着眼する時点で、すでに個の独自の見方が成り立っており、「黒い」「暗い」気が滅入るような様子に感情を映し出している。また、感じることが前面に出さ

れた次のような作品もある。

　　　　冬の雨　　　　　（尋5　名取藤吉）
　　雨がふつて、
　　地がやはらんだ。
　　ぬくとい風が、
　　吹いて来て、
　　田をかく時の
　　にほひがする。

　これは、触覚、嗅覚が駆使されており、個
の独自の感覚が伝わって来る。直接的に感情
を表す言葉は使われていないが、春が近く胸
を躍らせている様子は読み手にも想像できる。
それ以前に、作者である児童は、自身の感覚
を自覚できたはずである。また、自然ではな
く生活を題材とした次の作品も見ておきたい。

　　　　汽車の音　　　　　（高1　深澤やする）
　　いつも聞えない
　　汽車の音が、
　　姉さんの帰る日には
　　一日聞えた。

　これも、直接的に感情を表す言葉を用いて
はいないが、待ち遠しく思うために無意識の
うちに汽車の音を気にする様子は読み手にも
伝わる。そして何よりも、作者の児童自身が、
姉の帰りを期待していたということ、そのよ
うな気持ちであるために汽車の音に過敏にな
るのだということを自覚したのであろう。
　これらを見ても分かるように、確かに児童
生活詩のような、対象に対し働きかける形の
主体性は見られないものが多い。しかし、白
秋が本義としていることは内観を深め独自の
韻律に表現することである。ここに挙げた作
品はそれに適っており、この表現を通し、作
者は感覚を味わいきり、内面を見つめ直し、
自己の発見、自覚をすることができたと考え
られる。児童生活詩が外に問題を求め働きか
けようとするものならば、一方で、優劣の問

題ではなく、生活の中での実感を内省に向か
わせる児童自由詩の意義も認められるのでは
ないだろうか。少なくとも白秋はこの方向を
守り、対峙する態度をとったのである。

●本書の意義

　本書が現在においてどのような意味を持つ
かを考えた時、まず白秋自身が「序」におい
て述べている通り、「史的記録」という意義
が挙げられる。『赤い鳥』に掲載した児童の
作品と選評の主なものを概観することができ、
子どもによる詩の移り変わり、特に子ども自
身が「児童自由詩」という表現方法を獲得し
ていく過程を把握できることから、今日の研
究において概観し分析する対象とすることが
できるであろう。また、このような資料的・
史料的価値の他に、童謡・児童自由詩・児童
生活詩の三者が揃う状況においての白秋の主
張を見ることができるという点も挙げたい。
特に、児童生活詩との激しいやりとりが行わ
れている中で、白秋の考える児童自由詩像が
最も自覚的に強く表されたものと言える。

●復刻版等

　現在、本書を閲読するには、『〈児童表現史〉
叢書』3として刊行された、北原隆太郎によ
る復刻の『白秋がえらんだ子どもの詩　鑑賞
指導　児童自由詩集成』（久山社、1994）が
ある。また、『白秋全集』第33巻（岩波書店、
1987）にも収められている。　　（金田啓子）

［参考文献］

畑島喜久生（1997）『北原白秋再発見──白秋批
判をめぐって』（リトル・ガリヴァー社）、畑中圭
一（1997）『文芸としての童謡──童謡の歩みを
考える』（世界思想社）、藤田圭雄（1971）『日本
童謡史』（あかね書房）、弥吉菅一（1989）『日本
児童詩教育の歴史的研究』第2巻・第3巻（溪水
社）

児童生活詩

●稲村謙一による提唱

　児童生活詩は、通常、稲村謙一（当時、鳥取県の小学校教師）が提唱したとされる。

　稲村は1926（大正15）年3月、鳥取師範学校を卒業し、同年4月から県内の小学校に勤めていた。県内の先輩教師峯地光重らと交わり、雑誌『綴方生活』に論文や詩を発表していた。1933（昭和8）年1月、『生活への児童詩教育』（厚生閣書店）を刊行した。

　その中で稲村は、北原白秋が提唱した児童自由詩はその大半が「自然風物」であり、「人間」およびその「生活」や「社会」を忘却していると批判した。稲村が批判した作品は、次のような作品である。

　　雲　　　（千葉県・小学6年　渡邊四郎）
　　　夕方一人で、
　　　雲見てゐたら、
　　　けやきの木の上へ、
　　　ランプのやうな雲が出て、
　　　お月様の灯が、
　　　とォもつた

　　木つゝき（新潟県・小学6年　梅澤しず）
　　　山寺の
　　　奥に
　　　木つゝきが
　　　クワン〳〵、
　　　青空深い。

　　秋の夕方（山梨県・小学4年　清水卓平）
　　　向うの小池に
　　　きら〳〵光る
　　　水を見つけて
　　　夕やけだ。

　これらの詩はいずれも白秋が称賛した作品である。童謡がもつ定型的な表現を離れ、自由詩となっている。しかも、いずれも短い詩である。また、感覚的に鋭い、自然観照の詩である。白秋は初め、子どもたちに「童謡」を求めていた。しかし、応募してくる子どもたちの作品を読み、子どもたちの詩の自由さに驚いた。

　応募してくる子どもたちの作品に接して、白秋はそれまでの「童謡」と異なる傾向・特色を見出し、それを「児童自由詩」と呼んだ。

　しかし、稲村はその「児童自由詩」のある傾向を批判した。それは、子どもたちの生活感覚のある一面（耽美的な面）だけをとらえたものであり、「唯美的」な「自然観照」の詩が多いという批判である。

　1929（昭和4）年10月、ニューヨーク株式市場が大暴落し、いわゆる「世界恐慌」が始まった。波は1930（昭和5）年、日本に届き、この状態は1932（昭和7）年ごろまで続いた。こうした事態の中で教師たちは、生活に苦しむ子どもたちの姿を見、「社会的な現実をもとにした生活の感動」や、「生活の中で芽生えていく意欲や知性」をありのままに表現させようと考えるようになった。つまり、生活現実の直視である。

　稲村の『生活への児童詩教育』は自身も含め、教育現場のそうした動向を鋭くとらえて執筆された。稲村の著書が出る前、既に次のような詩が現れている。

　　　父の姿
　　　　（鹿児島県・小学6年　末吉正二）
　　電車の中から
　　父の車をひく姿を見た
　　ぼくはすぐにガラス窓をあけた
　　父はこちらをふり向いたようだった
　　そして汗をふくのか
　　手ぬぐいをとった
　　電車の大きいかげが

第４部　『赤い鳥』と子どもたち

423

父の顔を通りすぎた
　　　『綴方読本』1931（昭和6）年7月号

　当時発行されていた雑誌『綴方生活』『綴方読本』『教育・国語教育』『綴り方倶楽部』『工程』『綴方教育』『佳い綴方』などの誌上で、こうした子どもの詩作品が多く登場した。

◉寒川道夫による白秋批判

　白秋は『赤い鳥』以後、『綴り方倶楽部』の1936（昭和11）年2月号から再び児童詩の選評を担当する。そして、同年6月号に「提言」と題する文章を発表する。「児童自由詩の正統に立ち、茲に私は提言する。」という書き出しで、児童自由詩の開拓者としての自負を込めている。主張は「『赤い鳥』時代に帰れ」であり、児童自由詩が散文化していくのを批判している。

　しかし、この白秋の「提言」に対して、寒川道夫が「提言を斬る」（『綴方生活』1936・10）という勇ましい文章を発表した。

　　われわれは何も「革命的な新妄想に急奔」して壮語するのではない。もし今日ふたたび白秋氏につづく者があるならば、歴史の上に浮浪する追従者であるにすぎないであろう。（中略）ここに昨日への懐古的な「提言」、赤い鳥自由詩再現を斬り捨てるものである。

　寒川は自分たちの主張は児童「生活詩」をさらに進めた児童「生活行動詩」だと述べた。これに対して吉田瑞穂は、「生活行動詩」は「生活詩」の「内容を高めるためのもの」であり、概念としては「生活詩」の中に含まれるとし、ことさらに新しい名称、児童「生活行動詩」の存在を認めようとしなかった。（詳細は吉田瑞穂「〈解説〉生活詩時代を中心として」百田宗治編『日本児童詩集成』河出書房、1956、所収を参照）

　吉田によれば、児童生活詩は1933年を出発期として今日に至っている児童詩の考え方であり、子どもたちに詩を書かせるのは彼らの「生活の発展のため」であるという。よって、取材の方向は彼らの「生活」に向けられ、対象との切り結び方も「生活の批判」「生活の組織」という角度でなされるという。こうした吉田の主張は、稲村が『生活への児童詩教育』で主張した「生活の認識」「生活の批判」「生活の構成」「生活意志の錬成」を踏まえている。つまり、白秋が子どもの書く詩に、生活的なものと離れた、「自然を比喩的に切り取ったような」ものを求めたとして、教師たちは白秋を批判したのである。

　ところで、鈴木三重吉の『赤い鳥』誌上における「綴方選評」が当時の小学校教員に大きな影響を与えたように、北原白秋の児童詩選評も大きな影響を与えた。それは何よりもまず、子どもに「自由の天地」を与え、「子供中心の思想」を鼓舞する意図があった。当時の学校教育は官制中心、教師中心であり、教師は教授法のノウハウを究めることが大きな課題であった。したがって、『赤い鳥』綴方や児童自由詩は、守旧的な県視学・郡視学・校長らには反文部省的だとして支持されなかった面がある。こうした空気は地方（田舎）に根強く、師範附属小学校の教育にもそのような面が多く見られた。

　『赤い鳥』の児童自由詩は当初、生活綴方を実践する教員の間で熱烈に支持されたが、彼らは後にはそれを批判しつつ、さらに止揚しながら「児童生活詩」へと発展させていったのである。
　　　　　　　　　　　　　　　　　　（竹長吉正）

［参考文献］
野口茂夫（1953）『子どもの詩をみちびく』、百田宗治編（1956）『日本児童詩集成』、滑川道夫（1978）『日本作文綴方教育史2　大正篇』、弥吉菅一（1989）『日本児童詩教育の歴史的研究』、竹長吉正（2001）「児童自由詩教育における創造性の考察」（『埼玉大学紀要教育学部』50巻1号）

『指導と鑑賞
児童詩の本』

『赤い鳥』復刊後の第1巻第1号（1931）
から第5巻第4号（1933）まで、および『綴
り方倶楽部』第3巻第11号（1936）から第
8巻第2号（1940）までに、特選として掲
載された児童自由詩と、選者であった北原白
秋による選評を収録した単行本。白秋の死後、
1943（昭和18）年に帝国教育会出版部より
刊行された。初版3000部。当時同出版社に
勤めていた与田凖一によれば、本書は白秋の
生前より企画され、病床の白秋は組見本に関
して体裁上の指示を出していた。なお、本書
には『赤い鳥』と『綴り方倶楽部』誌上に掲
載された特選作品および選評がすべて再録さ
れているのではなく、作品や選評の一部には
削除されたものもある。

◉第一部「赤い鳥」

冒頭にある白秋の論考「赤い鳥の児童詩運
動」の初出は、『赤い鳥』の第12巻第3号「鈴
木三重吉追悼号」に掲載された「赤い鳥の詩
運動（二）児童自由詩に就いて」である（た
だし、最後に置かれた三重吉への追悼文とい
える「終りに」の部分は割愛）。この論考には、
自らが主導した児童自由詩が「その生活感情
の把握に於いて、又自然観照の正確さに於い
て、彼等の優秀作品は、その価値に於いて、
成人の詩歌をも時に凌駕し雁行しつゝ、愈々
益々多様の自由形を採りつゝその詩の世界を
拡廓しつゝある」（p.4）と、そのレベルを高
めてきた現状を述べている。この「生活感情
の把握」、「自然観照の正確さ」は、白秋が児
童自由詩において重視したものであり、本書
に収められている作品も、この二つが重要な
評価の観点である。

たとえば、生活感情の一端がよく表現され

た作品として評価されている例に、「学校か
ら帰る道すがら、／何かものたらぬこと。／
家へかへると電気がついてゐない。」と始ま
る「ある日」（第1巻第3号）がある。この
作品について白秋は、「かういふ気持は誰し
も少年の感ずるところです。さうして詩材と
してはよく取り逃しがちのことです。かうし
た些細な気持ちを、よくとらへることです」
（p.20）と評している。同様の選評がほかに
も見られる。

また、自然観照や写生については、「朝」
という作品の「昨日の雨で、／庭の土が紫色
だ。」について、「よく写生してある。この土
の色の紫をわたくしもよく歌にしたものだ。
児童の自然観照もここまで新しくなつたと思
ふと愉快である」（p.82）と、自然観照の児
童自由詩の進展を認めている。なお、白秋が
評価する写生の優れた作品とは、静かな自然
の景色をとらえたものだけに留まらない。「も
のすごい獅子、／動物園で見たよ。／兎を食
べてゐた。／赤い血、獅子の爪を染めてた
よ。」という「獅子」についても、「がっちり
していかにも獅子の全貌をまざまざと示して
ゐる。自由詩として児童の作品で、これだけ
の的確な表現を見せてくれたことはうれしい」
（p.127）と評価する。

さらに、「東の風の吹く夜、／私は書物を
見てゐた。／手には／ねば〳〵しい春が来た
やうだ。」という表現のある作品「東の風」
に対しては、「この詩には触覚と聴覚以上の
ものがある。心で触れ心で聞いてゐるところ
がある」（p.86）と、自然観賞や写生には視
覚だけではなく聴覚や触覚もよく働かせるこ
とが大切であり、自然や物事を五感で鋭くと
らえることを通して、感覚以上の世界が開か
れることを示している。

あるいは、社会的な認識を持った作品も高
く評価している。たとえば、「うちの生活の
苦しみも知らず、／目白のやらうが、／高音
をはつてゐる。」と締めくくる「日曜の朝」
について、「うちの生活の苦しみを身に体し

てゐる児童の感情が、日曜の朝の風物にも鋭く響いてゐる。真率でいい。児童の作としては珍しいものです」（p.47）と述べる。また、「父と米売りに行つた。／米がやすいから、／父はやつぱりがつかりした顔だ。」と始まる「貧乏」については、「貧しい生活そのまゝが、心理的に、根ぶかく生かされてある。所謂プロレタリア芸術の正しい行き方を、この児童は大人のそれらよりは、よりよく真実に素朴に突込んでゐる。（中略）かういふ詩もあつていい」（p.63）と評価する。

　こうした作品が注目された当時は、世界恐慌の影響で日本経済が危機的な状況に陥っていた。同時に、児童詩の領域では、白秋の唱えた自然観照の自由詩を批判し、子どもたちの現実の生活に迫る「生活詩」派の主導する作品が浮上してきたという動きがあった。白秋がこの時点でそうした動きを意識していたのかという点については検討の余地がある。また、白秋が『赤い鳥』を去る前の最後となった選評には、「初雪のふる日、／寒さうにうごく校庭の柳。／あゝ、この柳の芽の出るころは、／私はよそへいくのだ。／私は湖山の製糸へいくのだ。／すきとほつて光る廊下を、／工女の歩くやうすが見えるやうだ。」と始まる「初雪のふる日」に対して、「自然の写生以外にかうした抒情詩も愈々出てよいと思ふ」（p.136）とあり、新しい傾向を見出しつつあったことが窺える。

◉第二部「綴り方倶楽部」

　冒頭の「児童詩の選者として」は、白秋が雑誌『綴り方倶楽部』の児童詩を担当することになった第3巻第11号（1936）に掲載されたものの再録である。「かの『赤い鳥』を離れてからこの方、二年あまりといふものは、直接に児童たちの作品に接することもなく、甚だ淋しい傍観者の位置にあり」（p.139）と、児童詩に関わる仕事が『赤い鳥』以来のものであることが記されている。

　次に収められている「提言」は、『綴り方

倶楽部』第4巻第3号（1936）に掲載されたものである。ここでは、白秋が児童詩の世界から離れていた約2年の間に、自らが唱えてきた児童自由詩が否定され、児童生活詩や生活行動詩が台頭してきた状況に対する驚きや、それに対する批判が示されている。最後には「私のいふ真の児童自由詩のよさといふものは今日の『赤い鳥』にはない。鈴木三重吉の自由詩選は、曾ての自由詩への冒瀆である」（p.150）と述べる。この「提言」は、寒川道夫を始め生活綴方系の児童詩教育者の反論を呼び起こした歴史的文献である。

　他方、白秋は時代や児童、指導者の変化の現れた作品を全て否定したのではない。たとえば、「どうしてかう工場の詩ばかりこの綴り方倶楽部の詩に多いか」（p.243）と述べ、詩の題材が偏らないようにすべきだとしつつも、その新しさを高く評価している作品もある。「ビスケット」という詩の、「だまつてそばに立つてゐると／ずんずん心がなびいていき／機械のなかに、捲かれさうだ。」について、「新しい機械的美の一つをとらへてゐる」（p.204）と指摘し、「この詩には、お菓子だからといつてべつだんきらきらした美しい色も甘いにほひのついた香ひのありさうな言葉も一つもつかつてない。それでゐてそれ以上の生きたものが現れてゐる」（同頁）と述べる。

　また、白秋の主導した感覚・印象的な内容の短詩型という自由詩に対し、生活詩派は叙述的な散文詩を推奨した。それに対し白秋は批判する態度を示した。選評においても、「この頃の本誌の自由詩はいくらか長くなつて行く傾向がある。（中略）もつとちぢめるやうに考へたまへ」（p292）等の指摘がされている。

（永井泉）

［参考文献］
北原隆太郎・関口安義編（1994）「自由詩のひらいた地平：『白秋がえらんだ子どもの詩』別巻」（久山社）、紅野敏郎（1987）「白秋全集34（鑑賞指導2）後記」（岩波書店）

『日本幼児詩集』

編者：北原白秋　出版社：采文閣。
出版年：1932（昭和7）年4月15日発行。
所収作品は、1922（大正11）年後半期から
1931（昭和6）年前半期に雑誌『コドモノ
クニ』に投稿された作品に、単行集から選抄
したものを加えた385篇。作品の頁434頁。

◉概要

『日本幼児詩集』は、北原白秋の編集によ
る日本最初の幼児の詞華集である。幼児の無
邪気な片言を周囲の大人が書き留めた記録で
あり、幼児の天性と記録者の愛情の結晶とも
言えよう。この分野の開発により、何気なく
見過ごされがちな幼児期独特の発想や語彙の
発達が記録され、後に幼児童謡や幼児教育に
大きく影響した。本書の装釘挿画は、恩地幸
四郎により、表紙は子どもの成長をモチーフ
とした細密な図柄の銀箔押し、天金の豪華本
である。これは、白秋が幼児達を一人前の天
才詩人たちとして認め、詞華集として最高の
礼を尽くしたからにほかならない。

◉書誌事情

装釘：恩地幸四郎による。表紙、背、裏表紙
　を濃い赤の木綿で包んだクロス装。表紙、
　背に銀箔押し絵。天金、上ちりにも金。花
　布は朱色。見返しは、無地で白濁オレンジ。
挿画：本扉はフルカラー、銀粉の透き紙に編
　者、題名、名、絵を挟み、出版社名が記さ
　れている。黄土色のデザイン枠囲み。この
　枠のモチーフは、総ての挿画に使用されて
　いる。序の扉は「幼き者の詩」の文字と黄
　土色のデザインラインの2色刷り。
本文：年齢別に中扉があり、2色刷。絵と題
　字、年齢が記されている。
寸法：縦20.4cm、横15.5cm、厚さ4.3cm。

検印紙：緑灰色で中央の丸（○）の中に鳥の
　図柄。丸に重ねて朱の押印。非常に凝った
　ものである

◉『日本幼児詩集』編集の背景

『赤い鳥』の投稿欄を通して、選者であっ
た北原白秋は、子どもたちの溌剌とした生命
のほとばしりと叡智に気づき、驚き、感嘆し
た。従来は捨て置かれてきた子どもの天心な
感受性、自然と口を突いて出てくる言葉に秘
められた詩魂をすくい上げ、「児童自由詩」
として詩の体系の中に置いた。白秋の鋭敏な
詩心に慈しみ育くまれて宝珠となった作品群
は『鑑賞指導　児童自由詩集成』（アルス、
1933）と『指導と鑑賞　児童詩の本』（帝国教
育界出版部、1943）にまとめられた。

一方、愛児隆太郎と篁子の成長と言葉の発
達を目のあたりにした白秋は、日々直面する
新しい発見の中から、彼等の無邪気な言葉の
中に、自然な律と音楽性、そして詩魂を発見
した。それらを日記に付け記録するよう妻に
言い（「坊やの言葉」としてカタカナで記録
された）、私注を加えて折々に発表した。

文字を持たない幼児の言葉を記録する運動
は、世間の親や保育者にまで請い求められた。
特に雑誌『コドモノクニ』の読者の家庭では
広く実行され、雑誌投稿された。特選作はカ
ラーの挿絵付きで推薦発表されたので、大き
な成果を見ることができた。これらの特選作
と佳作の10年分に、個人詩集からの選抄を加
えて編輯されたのが、『日本幼児詩集』である。

◉『日本幼児詩集』の構成

本書は、①白秋の序文（「日本幼児詩集」
の序文と考えられる）②「解題」
（XI～VIII頁）③「幼き者の詩」再録（3～38
頁）④「日本幼児詩集」作品（3～434頁）
⑤「目次」（III～XXI頁）（巻末に置かれ索引
にも使える）の五部門から構成されている。
「幼き者の詩」は、『女性改造』（1923・5）
に掲載されたものの再録という。白秋の作品

第4部　『赤い鳥』と子どもたち

427

鑑賞を伴った幼児詩論であり、作品解説や成立事情についても述べられているので、「日本幼児詩集」の実作品を読み解く鑑賞の指標としても大いに参考になる。

「日本幼児詩集」は、7章から成り、2歳3歳、3歳、4歳、5歳、6歳、7歳、8歳以上と年齢別に配列されている。各章始めに中扉が付き、絵と題名が記されている。絵は作品の挿絵とも取れるので、該当すると思われる作品の一部を〈 〉内に書き抜きながら紹介する。

2歳―3歳では「月と乳」〈「おちち」おちちはいい子、／あしたまたのんでやる。／（冒頭の詩。月は出てこない。章題に匹敵する作品は、第2章の「ママのおっぱい」か）〉〈ママのおっぱい、／お月さまのやうなおっぱいだね。／あすこに見える／お月さまのやうなおっぱいだね。／小田原　北原隆太郎〉

3歳では「太陽さん」〈緑と赤だ。／太陽さんかしら。／林檎だ。林檎だ。林檎だ。林檎だ。／林檎だ。／小田原　北原隆太郎〉

4歳では「驢馬の色」〈チンドン屋が広告配つて行つたよ。／広告の紙にね、／驢馬が車ひいてる絵があるのよ、／驢馬の色　白いね、／広告の紙が白いからなのよ。／広告の紙が赤ければ／驢馬も赤くなるね。／広告の紙が青ければ／驢馬も青くなるね。／僕　驢馬大好きよ。／東京　生方宏〉

5歳では「お花が揺れる」〈お花が揺れる。／お花が揺れる。／お花の中を、／お花の中を、／お花を摘んで、／通ります、／通ります。／神戸　福永サヤカ〉

6歳では「火は生きてゐる」〈母さん／火は生きてゐるもんだね。／パチパチとお手々をたたいて、／ゴウゴウとどなつて、／火は生きてるもんだね。こはいもんだね。／奉天　斎藤晋也〉

7歳では「雨の蒲萄」〈雨」雲から、／ぶだうが／ぽろぽろ／ふつてきた。／奈良　大西淳二郎〉

年齢別に分類されているので、幼児の言語

発達に即した発話の特色がよく分かる。また、年代ごとに同じ作者の作品が散見されるので成長の跡を辿ることもできる。

●幼児の言語発達と片言の魅力

白秋は、その序文に「幼児は囀ります。そのおぼつかない片言のそもそもから、その囀りは、彼等自身の生まれた者の麗質を以てします」「言葉そのものを以て歌ひます」と述べ、幼児達の片言の魅力を賛美し、素直な感動律と表現の自由さに目を見張っている。

幼児たちの作品を、言語発達の側面から分析すると、三つの要素が自然に彼等を詩人たらしめているように考えられる。

第一に助詞や助動詞が未発達なため、2語文（主語と述語）を繰り返しながら、確信のみを短く言い得る。例えば「ワンワンいるね／もこもこわんわんね／メリー（犬の名）もこもこね。／くまんももこもね。」とリズミカルに繰り返される。多義性（一語がさまざまな意味を持つこと）によって、犬も縫いぐるみの熊も、「4つ足」「もこもこ」という同じカテゴリーにある。

前述の「ママのおっぱい」も丸いというカテゴリーの中で、月と母のお乳が並立して歌われている。この幼児独自のカテゴリー感覚、そして発想の飛躍に大人は虚を突かれ、斬新にも聞こえる。この点が第二の特色であり、幼児特有の詩心とでも言えよう。「幼き者の歌」に白秋は「幼児こそ生のままの詩人であるとも云へます」「求めずして彼等は歌ひ」と言う。

第三に、幼児は同調性を求めながら話すため「〜ね」「〜よ」という終助詞が付く。これは、白秋の「からたちの花」や「この道」にも見られる表現法で、幼児たちは図らずも自然に活用しているのである。

構音器官の未発達により「あるいち」（歩いて）「なあた」（鳴いた）のように幼児特有の発音や、「あっぷ」（帽子）「とっと」（鶏）「ののさま」（月）などの幼児語や「ためた」

（足袋）「べんべ」（びっしょり）などの地方の幼児語など稀少な語彙が記録されている。白秋は記録に際して「いかほど拙く、口調がととのはず、訛が多くても決して大人の手で添削したり、訂正したり、飾つたりしてはならない」（「幼き者の詩」同書、p.36）と注意している。掲載作品の大部分は、白秋の注告に従い、大人の手が加えられず、幼児の言葉が独特の個性と魅力のままに記載されたので、非常に貴重な幼児語彙の収録集となった。

さらに、日本国内だけでなく、ホノルル、奉天、台北などからの投書もあり、「ひこうき、ビグひこうき／カム／カム、／オレンヂあげる。」（ビグは大きいの意味か）のように日本語と外国語が混在している作品もあり、グローバルな詩集ともいえる。

◉時代性と後世に与えた影響

本書が後世に与えた影響は大きく、本書を契機に、類似の個人作品集、兄弟・姉妹の詩集が出版されたり、親や知人の書き物の一部にまとめられた。本書に掲載されている幼児から有名な者を取り上げ、〈　〉内に作品集やエピソードを記して紹介しよう。

白秋の息子隆太郎の作品は、2歳-3歳の章と3歳の章に各5編ずつ10編、8歳以上の章に3編、合計13編が掲載されている。〈隆太郎の詩は白秋の詩文集『季節の窓』（アルス、1925）の「隆太郎の詩」「隆太郎の詩と註」に所載。『緑の触角』（政造社、1929）にも「幼き者の詩」として再録された。これらは母がカタカナで書き留めたものを、白秋が漢字仮名交じり文に改めたが、その時に手を加えてはいない。〉

妹篁子の作品は、4歳の章に7編所載。〈隆太郎の家庭教師として住み込んでいた与田凖一の幼児詩のエッセイ『幼児の言葉』（第一書房、1943）の後半にまとめられている。〉

京都在住の耳鼻科の医師で自身も童話作家岩井信実の娘充子の作品も所載。〈作品集は錚錚たる有名詩人の序文や跋文を持つ豪華本

『つぶれたお馬』（此村欽英堂、1923）、『波のお馬』（叢文堂、1927）がある。〉

『赤い鳥』の投稿欄で頭角を現し、個人詩集『お日さん』（詩火線社、1925）などで知られる海達公子は、4歳の章で「お日さん」、その妹通子は、4歳の章で「飛行機」6歳の章で「風鈴」、7歳の章で「りんご」「お正月」、8歳以上の章で「兵隊さん」などが所載されている。『コドモノクニ』投稿は通子の作品が多く、公子の作品は個人詩集からの選と考えられる。〈姉妹の父親の海達貴文は白秋の元に居た詩人〉。

女流作家石丸喜世子の三男創造の作品は、母とお守りたけの筆記。〈母喜世子のエッセイ『子ども愛の生活』（人生創造社、1929）、父（石丸梧平）母の共著『子どもの創作と生活指導』（厚生閣書店、1932）にて作品が多く紹介されている。〉

大阪船場の実業家小林政治の娘園子・千賀子・章子の3姉妹の詩集『星の子ども』（天佑社、1922）は、姉の園子が4歳の妹章子の言葉を筆記したのを契機に姉妹で詩作して『赤い鳥』に投稿するようになった。

また、金子みすゞは童謡創作の筆を折った後も、愛娘ふさえの言葉を書き留め『南京玉』（JULA出版局、2003）を残した。愛娘の観察や片言への解説を、彼女自身の自己表現として生きる支えとした。　　　　　　（和田典子）

［参考文献］

『日本幼児詩集』は、図書館での所蔵も少ない稀覯本であったが、『北原白秋がえらんだこどもの詩』として北原隆太郎、関口安義の手によって復刻された。また、両人編の解説『自由詩のひらいた地平』（久山社、1994）には、貴重な先行研究が集められている。本項目の書誌事情を執筆するにあたり、和田所蔵の初版（1932）を使用した。「序」「幼き者の詩」の扉位置、頁の配置やナンバリングに疑問も残るがそのままの状態を伝えた。

総説
投稿詩人

● 「創作童謡」の募集

　鈴木三重吉は、『赤い鳥』を創刊するにあたり、プリント「童話と童謡を創作する最初の文学的運動」を配布し、北原白秋を選者に、「懸賞創作童謡」「各地童謡」（わらべ唄）の募集を呼びかけた。投稿作品は「推称」（後、推奨）、入選、佳作などに選定され、「推奨」作品は挿絵をつけて掲載され、「通信」欄に選評が掲載された。

　　　新しい日本の童謡は根本を在来の日本
　　の童謡におく。日本の風土、伝統、童心
　　を忘れた小学唱歌との相違はこゝにある
　　のである。（「童謡私観」『緑の触角』改
　　造社、1929、p.37）

　白秋は創作童謡の根底に伝承童謡（わらべ唄）を置いていた。『赤い鳥』1918年9月号の「通信」欄には、「地方童謡はあまりいいものが集まりません。（中略）手鞠唄、数へ歌、お盆の唄、天象、動植物、遊戯唄等何でもかまひませんから、皆さんのお国の童謡を、出来るだけ多く投じて下さい。（北原白秋）」とある

　1918年9月号の「創作童謡童話募集」には、「次号から、特に幼稚園以下の子供の使ふだけの言葉で、それらの子供たちが容易に謡ひ得る、やさしい謡を募集します。いづれも北原白秋氏選」（p.80）と幼児向けの作品募集の呼び掛がなされている。

　『赤い鳥』の投稿詩歌には、「子ども向けに大人が創作したもの」と「子ども自身が創作したもの」がある。白秋は、大人の投稿童謡に混じって投稿された子どもの作品に触れ、その新鮮さに驚き、1919年4月号から、大人の投稿を取り上げる「創作童謡」欄の他に、子どもの投稿を取り上げる「自作童謡」欄（のち、児童自由詩、入選自由詩などに改題）を創設した。「少年自作童謡には十五歳以下の人たちだけ出して下さい。それより年上の人や中学や女学校の生徒さんは創作童謡の方に投書して下さい。」（1919年12月号「通信」77頁）

● 「創作童謡」掲載作品の変遷

　白秋は、北原白秋編『赤い鳥童謡集』（ロゴス書院　昭和5年11月）の「序文」において、創刊から『赤い鳥』休刊までの11年間に選定した創作童謡欄の変遷を以下の3期に分類している。
第一期　1918年7月（1巻1号）〜1923年
　　　　6月（10巻6号）
第二期　1923年7月（11巻1号）〜1925年
　　　　6月（14巻6号）
第三期　1925年7月（15巻1号）〜1929年
　　　　3月（22巻3号）

　したがって、第四期は、1931年1月（1巻1号）〜1933年4月（5巻4号）となる。

　白秋は、第三期までの創作童謡を「この赤い鳥の少壮詩人の童謡体系及び作風の推移は、わたくし自身の童謡史とその本源を同うして、またおのずからにその過程を過程としつつ（後略）」（『赤い鳥童謡集』p.8）と、白秋自身の作品の変遷に対応していると述べている。

● 第一期（1巻1号〜10巻6号）

　第一期を白秋は、「赤い鳥の童謡も復興時

の在来童謡の伝統を基調とし、いささかの新味の上に、更に洋風の詩脈と感覚的な印象、或は比喩等を摂取しようと努めた時代である。未だに模倣の度の濃い初期の傾向であつた。」（『赤い鳥童謡集』p.5）と位置付けた。

収録作品は、「その選抜の基準としては、推奨作品を主とし、之に続く優秀作の幾分を編入した。」とするが、推奨作品でも「作品の価値を以て之を抜いた。」（p.12）と述べており、巻末の「作品年表」を見ると、白秋の推奨評価に揺れがあったことがわかる。

第一期では、槇田濱吉「かたぎの実」（1巻1号）「おれの山」（1巻2号）、河上ぬを子「鳥の櫛」（1巻1号）、海野厚一「天の川」（1巻6号）「青鳩」（1巻2号）、杉浦冷石「金の卵」（2巻6号）、河上すみ子「土筆」（2巻4号）「たんぽゝ」（3巻2号）、桑名晴葉「植物園」（3巻3号）「小鳥の酒場」（4巻1号）「子供を叱つた家」（4巻2号）、宮崎博「きつつきさん」（1巻5号）「嫩草山」（10巻5号）「犬」（4巻4号）が収録されている。第一期の投稿者でその後も活躍するのは、海野厚一（のち、海野厚）で、与田準一編『日本童謡集』（岩波書店、1983）に、「背くらべ」（不明 1922）「路地の細道」（不明1922）「おもちゃのマーチ」（『東京日日新聞』1926）が収録されている。

1920年10月号で、白秋は「今月は（中略）童謡に就いて与へられた頁の全部を子供たちのために開放しました。」（5巻4号 p.92）と述べ、以後白秋の関心は、全面的に子どもの作品（児童自由詩）に傾倒していく。「推奨童謡」のほとんどが子どもの作品となり、大人の投稿は減少、創作童謡は沈潜する。

●第二期 （11巻1号〜14巻6号）

第二期を白秋は、「この期間に、わたくしの作や児童の自由詩に刺激されて初めて、自由律の童詩が現れたことは確かに記念すべき推移の一つであつた。」（『赤い鳥童謡集』p.6）としたうえで、「私もまた児童自由詩の

啓発と指導とに寧ろわたくしの熱意と希望とを傾注した。（中略）成人たちの作は衰微し、（中略）一種の衰退時代とも見られよう。」（p.7）と述べている。そして、「この期は、惰力によって遺された人々と、新人としては安井純星、松本篤造、その他、第三期に於て競つて活躍した巽聖歌、佐藤義美、岡田泰三、山口喜市等が僅かにその萌芽を現しかけたのであつた。」（同前）とした。

第二期の収録作品は、安井純星「田舎の道」（11巻1号）「海水浴」（11巻4号）「灯」（12巻6号）、松本篤造「卒業式の日」（13巻2号）「蟻の巣」（11巻5号）、巽聖歌「お山の広つば」（13巻1号）、佐藤義美「茄子」（5巻6号）「お山の夏」（13巻4号）、岡田泰三「冬の日」（14巻3号）、山口喜市「梨のたんぼ」（14巻3号）「えにしだの花」（14巻5号）である。なお、1924年10月号には金子みすゞの「田舎」（13巻4号）が入っている。

第三期に活躍する与田準一が最初に登場したのは、1923年4月号の「霜夜」（10巻4号）であった。また、巽聖歌（野村七蔵、田村とほる）は1924年3月号「母はとつとと」（12巻3号）で、佐藤義美（佐藤よしみ 佐藤緑夫）は同年9月号「夏の雨」（13巻3号）で初登場している。

第二期について藤田圭雄は「第二期の沈潜の時期は、1921（大正10）年1月、白秋が『芸術自由教育』に「童話復興」の旗印を掲げた時点に始まっている。大人のものはだめだめだといって、児童詩に傾倒して行った白秋の方向が『赤い鳥』の童謡を沈潜期に導いた」（『日本童謡史Ⅰ改訂版』あかね書房、1981、p.216）としている。さらに畑中圭一は、白秋の児童自由詩へののめり込みの影響は、沈潜のみではなく、「児童自由詩の直感的・感覚的傾向をよしとし、スケッチ的な「写生」を強調する姿勢、大人のつくる童謡に対する考え方、つまり童謡観にまでおよんでいったということである。」（畑中圭一『童謡論の系譜』東京書籍 1990、pp.122〜123）と、

童謡観への影響を指摘している。

●第三期 （15巻1号〜22巻3号）

　白秋は第三期を、「この期間のすばらしさは、全く赤い鳥童謡欄の更生と一新とを瞠目させるものがあつた。」（『赤い鳥童謡集』p.8）と述べ、「新人の尤なるものに与田準一が大いに奮ひ、続いて前期の巽、岡田、佐藤、及び藤井樹郎、福井研介、有賀連、日下部梅子、多胡羊歯、田中善徳、吉川行雄、柳曦、その他が光つて来た。」（p.10）とした。

　1925年10月号掲載の巽聖歌「水口」を、白秋は「序文」で「この期の巽の「水口」はまさしく前二期に対して、細くとも緊張しきつた一線を引いて、品位あり余情あるそのその投影を漂した。」（p.9）と激賞する。しかしこれに追随する傾向に対しては、「その近古風の雅風は時として童心を忘れ、詩としての風韻ある主調が、童語の声音から、ともすれば散逸しつつもあつた。わたくしは幾度か之を警めて、本然の童心童語と思無邪との正念に彼等を立ち還らせること」（p.10）と警告し、心をくだいたと述べている。

　この期の与田準一収録作品は、「一つぽん道」（15巻6号）「あたたかい日」（16巻1号）「春」（17巻1号）「ほうぜよ」（17巻2号）「木鼠」「雨の日」（17巻5号）「写真機」（17巻6号）（18巻2号）「母」（20巻2号）「風から来る鶴」（21巻1号）「遠い景色」（21巻3号）「村のはなし」（21巻5号）「空がある」（21巻6号）である。巽聖歌は、「水口」、「辛夷」（20巻6号）「風」（22巻1号）「子きぎす」（16巻3号）である。

　このほかの収録作品は、岡田泰三、「冬の日」（14巻3号）「鹿の角」（15巻3号）「いたち」（16巻4号）「丘のはたけ」（19巻1号）「木苺」（19巻3号）「子鹿」（20巻1号）「船を待つ間に」（20巻4号）「夜中に」（20巻4号）「のろい鶴」（20巻6号）「時計」（22巻2号）「月が呼んでる」（21巻1号）（22巻2号）。佐藤義美「月の中」（20巻6号）「風の

ふく日」（21巻1号）「銀ぐさりの芽」（21巻4号）「煙り雨」（18巻2号）「たんぽぽ」（17巻1号）「雉子」（16巻1号）「みそはぎ」（16巻2号）「畦道」（15巻5号）「目白の声」（15巻4号）「お山の夏」（13巻4号）。藤井樹郎（井上あきを）「ぬくい日」（18巻1号）「欄の花」（18巻2号）「浜辺」（18巻5号）「風に聴く」（19巻3号）「三いろの月」（20巻4号）「汽車の中」（20巻5号）「波」（21巻4号）「畑」（22巻2号）。福井研介「小松姫松」（16巻5号）「お使い帰り」（17巻1号）「飛べよ鷹の子」（17巻2号）「つつましい秋」（19巻1号）「さざんくわのかげ」（22巻3号）。有賀連「大きなお風呂」（15巻6号）「むかしの木ぐつ」（17巻2号）「夜店」（19巻5号）「あかんぼう」（19巻6号）。日下部梅子「おどりこ草」（15巻1号）「遠足の日」（15巻3号）「汽車の中で」（17巻4号）。多胡羊歯「祭人」（16巻6号）「川瀬」（18巻1号）「雪の野の榊」（18巻6号）「くらら咲くころ」（19巻4号）「椎の木のかげ」（19巻6号）「尾長鳥」（20巻3号）「月夜のつぶら」（21巻3号）。田中善徳「木苺の花」（18巻2号）「兵隊さん」（18巻3号）「昼の道」（19巻5号）「お帰り」（20巻3号）。吉川行雄「月の夜の木の芽たち」（19巻2号）「お午ごろ」（20巻4号）「三日月」（20巻5号）「うすい月夜」（22巻3号）「風から」（22巻3号）。柳曦「松ぼくり」（13巻1号）「暖い日」（15巻2号）「沼小景」（15巻4号）「山の上で」（15巻6号）「牧場の朝」（16巻3号）「冬の港」（16巻6号）。

●第四期 （復刊1巻1号〜終刊）

　1933（昭和8）年4月、白秋は三重吉と仲違いし、『赤い鳥』を去る。1933年6月号、「話講　通信」において三重吉は、「今月号から私が欠かさず自由詩の選をすることにしました。従来の童詩童謡欄は廃止します。」（復刊5巻6号、p.94）と宣言する。しかし、藤田圭雄は、「白秋と共に『赤い鳥』から「童謡」は無くなってしまった。」（『日本童謡史

Ⅰ改訂版』p.130）と述べている。

　『赤い鳥』の投書規定には、新人養成として、「十回以上推称された方は立派な作家として待遇します。」（『赤い鳥』1巻1号、p.78）とあったが、1928（昭和3）年4月、白秋は新人登用を目指す研究機関「赤い鳥童謡会」を結成し、白秋が認めた者のみを会員とした。白秋は彼らを『赤い鳥』を「巣立った者」としたため、白秋門下のこれまでの主要投稿者は、第四期『赤い鳥』から去る。

　第四期の主要な投稿者は、新美南吉（新美正八）、真田亀久代、清水たみ子、高麗弥助、近藤益雄、歌見誠一、小林純一、柴野民三古村徹三　武田幸一　渡辺ひろし、小川隆太郎などである。

　1931年3月号に掲載された清水たみ子の最初の作品「夕方（特選）」（1巻3号）と同年4月号掲載の「せんだん（特選）」（1巻4号）は、北原白秋『指導と鑑賞　児童詩の本』（帝国教育会出版部、1943。復刻版、久山社、1994）に収録されており、児童自由詩として投稿されたものである。子どもの部で活躍した投稿者が、童謡詩人として活躍するのは稀である。

　藤田圭雄は、「『赤い鳥』童謡第四期では、白秋の情熱は、第三期のような燃焼度はうすれていた。（中略）それにも拘らず、新美南吉を始めとする新鋭が輩出したのは、何といっても『赤い鳥』の魅力であり、白秋への憧憬であり」（『日本童謡史Ⅰ改訂版』p.304）と述べている

●今後の課題

　『赤い鳥』の投稿者のうち地方の同人誌で活躍した人々や、教育に携わった人々の足跡を明らかにする研究は十分とは言えない。

　畑中圭一編、木坂俊平著『関西の童謡運動史』（木坂俊平遺稿刊行会、1987）は、その後の関西の『赤い鳥』投稿者の動向に触れている。また、弥吉菅一『大阪『赤い鳥』入選児童詩の探求―関係者のその後を訪ねて―』

（関西児童文化史叢書10、関西児童文化史研究会、2001）には、児童自由詩の投稿を指導した教員や投稿児童のその後が追跡調査されているほか、昭和2年7月号掲載の「けしとみそつちよ」（第19巻第1号）の投稿者、小川隆太郎は師範学校生であったが、卒業後は小学校教員として、児童詩教育に携わった経緯が紹介されている。　　　（畠山兆子）

［参考文献］

北原白秋（1932）『新興童謡と児童自由詩』（岩波書店）、与田準一（1955）「「赤い鳥」の童謡について」坪田譲治篇『赤い鳥傑作集』（新潮社）、日本児童文学学会編（1965）『赤い鳥研究』（小峰書店）（宮川健郎編・解説『近代童話作家資料選集』第7巻、クレス出版、2015）、安倍能成・小宮豊隆監修、坪田譲治編（1958）『赤い鳥代表作集』全3巻（小峰書店）、赤い鳥の会編（1983）『『赤い鳥』と鈴木三重吉』（小峰書店）、清水たみ子（1994）「詩にめざめた私　回想・『赤い鳥』のころ」北原隆太郎・関口安義編『自由詩のひらいた地平』別巻（久山社）、上笙一郎（1997）「日本の童謡」上笙一郎編『日本 童謡のあゆみ』（大空社）、畑島喜久生（1997）『北原白秋再発見』（リトル・ガリヴァー社）、弥吉菅一（1998）『日本児童詩教育の歴史的研究』第2巻（溪水社）、畑中圭一（2007）『日本の童謡 誕生から九〇年の歩み』（平凡社）、根本正義（1973）「四「赤い鳥」の童謡詩人・有賀連」『鈴木三重吉と「赤い鳥」』（鳩の森書房）、高森邦明（1974）「「赤い鳥」における児童詩教育の一例　富山の教師多胡羊歯のばあい」『国語教育』、与田準一（1980）「「赤い鳥」詩の出発点をたどる―北原白秋の童謡選稿の経過から」『日本児童文学』、弥吉菅一（1986）「なにが白秋の選評意識を変えたのか」『梅花女子大学文学部紀要』21、本間千裕（2006）「詩人・与田準一の誕生前後　雑誌『赤い鳥』の選をめぐって」『学芸国語教育研究』24、本間千裕（2007）「詩人・与田準一の誕生前後　雑誌「赤い鳥」白秋の選評と「様式美」」『学芸国語国文学』39

有賀連

<ruby>有<rt>あり</rt>賀<rt>が</rt>連<rt>れん</rt></ruby>

1905（明治38）年6月9日～1987（昭和62）年3月27日。童謡詩人。本名は有賀清連。清国（現・中国東北部）の大連に生まれた。父は鉄道敷設会社の社長。裕福な家庭に育ち、大連小学校卒業後は名古屋の明倫中学で学んだ。卒業後は早稲田大学で学んだとも、デザインの勉強をしたとも言われているが、確かなことはわかっていない。

10代後半から童謡を書きはじめ、『赤い鳥』に投稿、計12篇が入選している。1925（大正14）年12月号では「大きなお風呂」が推奨に選ばれた。

誰も知らない／ところです。
とても大きな／お風呂です。
月はひとりで／はいります。
月があがつたそのあとは、
星がみんなではいります。

やがて「赤い鳥童謡会」の会員に選ばれ、さらに同人誌『乳樹』の同人として童謡の創作に励み、白秋門下の異才と言われた。童謡集『風と林檎』を1932（昭和7）年に出版、北原白秋は序を寄せて「よかれあしかれ、此の林檎は新種である。哈爾濱〔ハルピン〕あたりの店に並んだ林檎の香ひがする」と評した。有賀の作品に見られる異国情緒や、イマジネーションの豊かさを白秋は的確に指摘していると言えよう。

同じく白秋門下の与田準一は、有賀について「彼は慾するままにふるまひます。自由自在に夢み続けます」と述べて、有賀の生み出す想像の世界が自由奔放で、独自性の強いものであることを強調している。

例えば「月ニ飛ブ椅子」では、月に向かって巨大な空間を飛んで行く椅子が歌われるが、それを投げたのは「アノ子」とだけ表現されている。それゆえに、読む人の脳裡にはさまざまな子どものイメージが浮かぶ。現実離れした世界を描き、読み手の想像力を刺激して、空想の楽しさを味わわせる作品である。こうした月を通して想像力を刺激する作品として「夜店」（『赤い鳥』）、「巴里」（『乳樹』）、「乳のしづくを」（『チクタク』）などが挙げられる。

また窓を歌ったものも多く、「窓」（『チクタク』）「ビルヂング」（『コドモノクニ』）など、窓のむこうの空間やビルの内部の広がりを歌って、想像力を刺激する作品がある。

一方、有賀の童謡は題材の面でも特色がある。ロシア人の子どもなどロシアに関わるものが数多く歌われ、また西欧的な飲食物や服装などが多数登場する。13年間の大連での暮らしや、白系ロシア人との接触、さらにはフランス文化への愛着などが、こうした異国情緒ゆたかな作品を生み出したものと思われる。

また有賀は、ナンセンスの世界にも心を傾けている。これには当時の詩壇の大きな流れであったモダニズム、特に言葉の連続的展開をめざすフォルマリズムの影響があったと考えられる。これには『乳樹』の同人仲間であった与田準一や藤井樹郎との交流が大きくはたらいたものと思われる。

やがて1933（昭和8）年、有賀は自ら『JAPON』という童謡同人誌を創刊する。これには豊かな想像力を発揮した有賀の作品が数多く掲載されており、個人誌に近いものであった。しかし、第3冊で終刊となり、その後、有賀の名前は童謡界から消えてしまったが、生涯、童謡を書きつづけ、自筆童謡集『空の貝殻』『食堂車の胡桃』が残されている。

（畑中圭一）

［参考文献］

根本正義（1966）「有賀連の周辺～童謡同人誌『JAPON』をめぐって」『立正大学国語国文』第5号、中條雅二（1968）「風と林檎の詩人」『槐』第13号

海野厚
うん の あつし

●母遊佐の影響

1896（明治29）年8月12日～1925（大正14）年5月20日。静岡県生まれ。童謡詩人、俳人。本名は厚一、童謡や詩では厚、俳句では長頸子を使用した。

安倍郡豊田村（現・静岡市駿河区）の旧家に長男として生まれた。実家は豊田村一の大地主であった。母親の遊佐は、キリスト教系の私立静岡女学校（1904年に静岡英和女学校と改名）で洋風の女子教育を受け、厚にも小学校の放課後に母校で英語の勉強をさせた。のちに厚は「母の指図で、学校が退けると、英語を習いに、いやいや、村から町へ、毎日通っていた」と回想している。旧制静岡中学時代には外国人宅にも下宿させられたという。しかし、このときの経験が『赤い鳥』に投稿する素地を作ったとも言える。中学では新聞部に所属して俳句創作に励んだ。

中学卒業後、俳人の結城史耕の下宿に住んだことから、さらに俳句に没頭して、『ホトトギス』の例会で小田島樹人と出会い、生涯の友となった。この縁で海野の「おもちゃのマーチ」などに小田島が曲を付けることになった。

1916（大正5）年には、渡辺水巴の句会で「曲水吟社」の例会に参加した。早稲田の文学科に入学後も水巴の主宰誌「曲水」の編集を手伝う一方、自らも「兄弟に月夜の馬車となりにけり」の句などを寄せた。水巴は高浜虚子に師事しており、厚がこうした文学空間に身を置いたことも『赤い鳥』に接近する第二の要因となった。

厚は『赤い鳥』1918年8月号に「青鳩」を投稿して推奨童謡に選ばれた。北原白秋は「いかにも夕方のお寺の森らしくて、蚊のうなりや青鳩の鳴き声が聞こえてくるようです」と評した。同号には「蟻、蟻」、10月号には「廻り燈籠」も掲載された。12月号では「天の川」が推奨童謡に選ばれ「伝習を離れた新鮮さがあり、調子もよく童謡としてもすぐれたものです」と白秋の評が載った。

海野は、1922年から翌年にかけて、小田島、中山晋平、外山國彦と『子供達の歌』（白眉出版社）という童謡集を3集刊行する。第1集『赤い橇』、第2集『七色鉛筆』、第3集『背比べ』で、各集に5曲ずつ掲載されている。「おもちゃのマーチ」は第2集、「背くらべ」は第3集に収められた。　　　　（武藤清吾）

［参考文献］

大塚佐枝美（2014）「海野厚とその母遊佐——「背くらべ」の歌によせて」（静岡女性史研究会編『いずおかの女たち』羽衣出版）、植田滋（2003）「背くらべ」（読売新聞文化部編『愛唱歌物語』岩波書店）

「背くらべ」

1919（大正8）年ごろ、東京日日新聞（現・毎日新聞）の「背くらべ」を投稿して入選する。植田滋（2003）には、17歳の年齢差のあった末弟の春樹が「弟の私の気持ちに成り代わって作ってくれた」具体的な歌なのです」と語ったことが紹介されている。病弱であった海野は1919年より郷里に帰れず、「弟は、この二年でどれだけ大きくなったろう？」という心配な思いでこの歌詞を創作したのだと弟は言う。歌詞に「去年」ではなく「おととし」とあるのが、その理由であるとされる（pp.140～141）。静岡市教育委員会社会教育課編（1983）『背くらべ・海野厚詩文』には実際には毎年家に帰っていたという記述もある。28歳の若さで夭折したことがこのエピソードの理由でもあるようだ。

1951年に、「おもちゃのマーチ」は小学1年生、「背くらべ」は3・4年生の音楽教科書に収録された（『歌い継がれる名曲案内——音楽教科書掲載作品10000』日外アソシエーツ、2011）。

小林純一
こばやしじゅんいち

◉「病気」で白秋に評価され

1911（明治44）年11月28日～1982（昭和57）年2月5日。童謡詩人・編集者・紙芝居作家。本名は純一郎。東京生まれ。中央大学中退。東京市役所に勤めながら、童謡を作り、第2期『赤い鳥』第2巻7号（1931・7）に「小林すみを」名で、「病気」を投稿、佳作となった。北原白秋は「病熱から来る幻覚と現実性とがよく入り交つて」「ことに雪と赤い橇とには童心がカツ〳〵と音を立ててゐます」と高く評価した。同作品は、『赤い鳥傑作集』中の「童謡の部Ⅱ」（1955）や『日本童謡集』（与田準一編、1957）などにも収録された。この四連からなる幻影と現実を描いた「病気」は、藤田圭雄も「小林童謡のルーツ」がここにある（『日本児童文学』1982、p.18）と指摘したように、小林にとっての原点ともいえよう。

その後、白秋が三重吉と絶縁し、『赤い鳥』から離れるまでの正味一年間に、「製図室」（1931・10）、「ベランダ」（佳作、1931・12）、「ボール」（佳作、1932・1）、「青物市場」（1932・3）「羊のぶんちん」（1932・4）、「日暮れの庭」（佳作、1932・5）、「いやゝ」（1932・6）「三人」（1932・7）、以上8作を「小林純一」名で投稿入選。特に佳作となった「ボール」に関して白秋は「新味は見られる」としたが、ボールそのものからの視点の見方や発想の転換と共に躍動感あるものとなっている。「青物市場」や「日暮れの庭」のような生活風景を詠んだもの、「いやゝ」のように、状景に加えて、人物を描写したものもあるが、基本的には、白秋門下ならではの七五調で、自然の情景描写も多い。この『赤い鳥』投稿の頃を、小林自身は「やはり童謡という形式で自己表現をしたかったからで（中略）子どものためとか、子どもの主体性をとか考えだしたのは、かなり後のことです」（「幼児のうたの成り立ち」『季刊　日本童謡』第2巻第6号夏季号　1971・7）と述べた。しかし、藤田圭雄は「童謡の本質が何かを知っている」「当時の童謡精神が生きている」作家の一人として、与田準一、まど・みちお、サトウハチローらに続き、小林純一の名をあげており（『日本童謡史Ⅰ』あかね書房、1951）高評価といえる。

戦前に出した初めての作品集・少国民詩集『太鼓が鳴る鳴る』（脇田和・絵、紀元社、1933）は、大部分がそれまでの雑誌発表作品の収録で、冒頭に白秋への献辞が書かれ、収録全20編中、『赤い鳥』掲載は、「青物市場」「病気」「ボール」「ベランダの秋」（「ベランダ」改題）、「日ぐれの庭」の5編で、内4編が佳作、白秋評価への配慮からであろうか。

さまざまな同人誌での活躍

小林は『赤い鳥』投書をやめ、同人誌『チチノキ』や『童話草紙』に作品を発表。特に『チチノキ』には、『赤い鳥』入選と同時期、「算盤」を「小林すみを」名で投稿（1931・7）。「そろばん玉は／はじかれる」と「ボール」と類似傾向の事物からの視点が注目できる。また「戦争」（1931・12）は『『チチノキ』でもはじめて戦時色のあらわれた作品」（藤田圭雄『日本童謡史2』あかね書房p.71）と指摘がある。これら『チチノキ』の童謡に関して、のちに小林は「モダニズムを取り入れて作風をつくりあげていった」と述懐（（小林純一「童謡論―新しい「子どもの歌」への方向」『児童文学入門』牧書店、1957）。

1943（昭和18）年、日本出版文化協会へ勤務、本格的に編集者として活動する。また、自ら柴野民三や『チチノキ』同人らと『チクタク』（1932・10～1933・10、4冊）を創刊した。

さらには、童謡・作曲・舞踊の三位一体の新同人誌『童魚』（1935・4～1937・9、全9冊）を創刊。

●多彩な活動

戦争直後には、童話絵本シリーズ『オイモノキャウダイ』（中尾彰・画、教養社、1946）、日本童謡画集『太った博士』（初山滋・画、教養社、1947、15篇）、こども会文庫『カッパの国』（茂田井武・絵、教養社、1948）など精力的に様々な手法による著作を出版。さらに「ひとりでできるよ」（1957・3）、「みんなでしようよ」（1957・6）（福音館）では、岩崎ちひろの画で注目された。また、「日本児童文学者協会」創設にも力を注ぎ、機関紙である『日本児童文学』などで、新しい童謡論を主張。1950年代からサトウハチロー提唱の「童謡復興」運動、さらに協会の詩人たちによる「子どもの歌声運動」なども踏まえ、童謡衰退を初期の律動的な歌謡体から、視覚的定型詩の方向への変化が要因と指摘、「歌える詩」の本質、その兆しが幼児童謡、新しい韻律にもあると着目した（小林純一「童謡論」『児童文学入門』牧書店、1965）。

1960年代には、NHKのこどもの歌番組「うたのおばさん」に関わり、先の童謡論に即した韻律・リズム重視の歌うことそれ自体を重んじた新しい童謡創作へと移行し、中田喜直作曲の楽曲集『アヒルのぎょうれつ』「大きなたいこ」「手をたたきましょう」で注目をあびる。その集大成ともいえる二人の共編『現代こどもの歌名曲全集』（小林純一・中田喜直共編、音楽之友社、1969）には、「ぞう

さん」「サッちゃん」のほか、自身の「みつばちブンブン」「心の中のオルゴール」を含め全百曲を収録、戦後童謡集のバイブルを目指したが、結果としては楽曲集として色濃いものとなった。のち、『少年詩集　銀の触角』（渡辺三郎・絵、牧書店、1964）を上梓。『少年詩集・茂作じいさん』（久保雅勇・絵、教育出版センター、1978）では、第9回赤い鳥文学賞、日本童謡賞などを受賞。「茂作じいさん」は国語教科書にも掲載された。

同時期、紙芝居制作にも取り組み、童心社のよい子の12か月シリーズ『いい子をみつけた』（坂本健三郎・画、1962）ほか海外原作の脚本紙芝居『ひよこちゃん』（1983）などにも着手。さらに1970年代後半には「小林純一のおはなしえほん」として『くじらのくー』（北田卓司・え）など全5巻も刊行。ほかにも小中学校の校歌を小林作詞中田作曲で多く手掛けた。また、著作権協会においても、その権利が保護されるべきと訴えたことも大きな仕事の一つである。

日本児童文学者協会理事として、日本童謡協会理事長として、戦後童謡を支えたその第一人者としての出発が『赤い鳥』であったことは意義深い。

（森井弘子）

［参考文献］

「特集　作家回顧　小林・青木・北畠」『日本児童文学』1982・9、畑中圭一（1990）「小林純一の童謡論」『童謡論の系譜』（東京書籍）

「トマト」（1号、1935・4）など約30篇の童謡を発表。さらに、柴野らに加え、茶木七郎（滋）ら数名で、『童話精神』（1939・11～1941・8、全6冊）創刊に尽力。以来、これら同人誌の編集にも深く関わりながら、創作を続け、繊細で叙情豊かともいわれる童謡や短編童話も発表。『童話精神』の運営は関英雄が支えた。当時、白秋門下であった新美南吉との交流も深く、小林は毎号送り、南吉からは感想を受け取る。さらに『コドモノクニ』などの全国誌にも「お店のりんご」（安泰・絵、

1933・5）から1944年3月号まで約十年の間に25点以上の多数を発表し、童謡詩人としての名声を高めたが、戦局悪化に伴い戦時色の強い作品傾向になっていったことは否めない。

戦後は「新世界社」に入社し、『子どもの村』『コドモノハタ』の編集に携わり、ここで、先の同人誌の創刊や編集の仕事が役立ち、編集者としての腕も磨いていく。

高麗彌助
こま　ま　や　すけ

◉『チチノキ』からの出発

　1906（明治39）年10月11日～1978（昭和53）年3月18日。童謡詩人。東京都八王子生まれ。東京高等師範学校卒業。1930（昭和5）年12月、『乳樹（チチノキ）』2号に「澄んだお空」を発表。七五のリズムで自然の視覚、聴覚描写のある白秋調の内容である。「雪の日暮に」（1931・1）、ほかに楽譜付きの「髪結いさん」（1931・10）など約20篇が掲載され、新美南吉とともに第四期で活躍する。南吉による『チチノキ』での「探訪記」では同人作家探訪を実施、高麗もその一人。

◉『赤い鳥』に次々と童謡を投稿

　『チチノキ』と並行して、『赤い鳥』復刊後の後期、第1巻第4号「牛」（1931・4）より、北原白秋選のコーナーで、毎号のように取り上げられ、熱心な投書家となる。「つばくろ」（佳作、1931・9）、「田うなひ花」（佳作、1931・10）、「牡丹」（佳作、1932・7）など、わずか2年弱の間に童謡11作が入選している。さて、注目は、童謡「蔦のつる」（佳作、1931・8）で、詩人仲間・新美南吉にアンテナにのびていく内容が「駄目だと言った。アパートなど謡ってはいけない」（高麗彌助「ある日の南吉」）と語った当時を回顧している。「僕の體」（特選、1932・12）は目次にも掲げられ、内容は体には様々な機械が入っており、役割を果たすというリズミカルな作。白秋の選評も「少々理智的であるが、なか〳〵近代味があつていい」と割合好評。そして『赤い鳥』最後の選出作、「リレーの練習」（特選1933・2）も子どもの生活を描いた作で「バトン」「ストップヲッチ」のカタカナ言葉はその時代の新風を感じさせ、白秋も「タッチ

が自由でよい」と評している。のちに関わりをもつ雑誌『昆虫列車』（第5輯、1937・9）には、この3作が同時に掲載されており、本人にとって特別なものと推察できる。特に「僕の體」「リレーの練習」は評価も高く、『赤い鳥代表作集　後期』（1957）にも収録された。ほかに國ちゃんのおばあちゃんと子猫トラの10頁におよぶ生活童話「子猫」（1932・4、深沢省三の挿絵一点入り）や幼児目線が印象的な幼年童話「おんぶ」（1932・7）も掲載された。

◉他雑誌での活躍

　雑誌『コドモノクニ』でも多数入選。特選「東山の話」（1930・11）では挿絵入り発表と予告されたが掲載されず、雑誌『生誕』6号（1933・9）が初出。後に南吉が感想を寄稿している。「町のをばさん」（特選、1931・9）は、越智坡爾芽のカラーの挿絵入りで大きく取り上げられ、与田準一編『日本童謡集』（1957）にも収録。町のおばさんが来るのを心待ちにしている子の心情が描かれている。ほかにも『昆虫列車』では、第5輯（1937・9）以降「コオロギチャンノオ夢」など、毎月複数同時掲載など合計30点以上、まど・みちお、歌見誠一ら同人仲間と競い合った。『昆虫列車』には北原白秋の伝承性重視の影響か、「多摩の伝承童謡」を3回連載（6～9号）、収集したわらべ歌を随筆風に解説した。同誌には「白秋先生御見舞の記」（1939・5）もある。その他、南吉、真田喜久代ら三人の回覧誌『風媒花』や『風のおばさん』（自費出版）もあるが、所在は不明。

　戦後は都内の学校教員として勤務し、日野市などの小中学校校歌も作詞した。（森井弘子）

［参考文献］
藤田圭雄（1984）『日本童謡史2』（あかね書房）、畑中圭一（2007）『日本の童謡誕生から九十年の歩み』（平凡社）、山本なおこ（2009）『月とオモニと唐辛子と』（てらいんく）、谷悦子（2013）『まどみちお』（和泉書院）

近藤益雄
こん どう えき お

◉略歴

　1907（明治40）年3月19日～1964（昭和39）年5月17日。詩人・教師。長崎県佐世保市名切免（現・福田町）に、父・近藤益二郎、母・マスの間に生まれる。6歳の時、銀行員であった父親が病死。父親の郷里である平戸島に転居する。1927（昭和2）年3月、国学院大学高等師範部を卒業。

　同年6月、北松浦郡山口村（現・長崎県佐世保市相浦）尋常高等小学校の代用教員となる。1929（昭和4）年、小砂丘忠義主宰の生活綴方運動に参加、1930（昭和5）年には北方教育運動に参加し、生活綴方教育の実践に取り組む。1931（昭和6）年、五島列島北端の北松浦郡小値賀尋常高等小学校勤務。1932（昭和7）年から翌年にかけて自身と指導した児童の詩作品を『赤い鳥』に投稿する。

　1948（昭和23）年、田平村立田平小学校校長に就任するが、翌々年職を辞し、佐々町立口石小学校に転任。知的障害児の特殊学級を開設し、担任する。1953（昭和28）年、私立の知的障害児入所生活施設「のぎく寮」を創設する。この後、知的障害児教育の実践家として児童の福祉に従事する。

　主な著書に、『童謡集　狐の提灯』（子供の詩研究会、1931）、『童謡集　五島列島』（北方教育社、1934）、『こどもと生きる』（東陽閣、1941）、『第三詩集　この子をひざに』（謄写印刷、1961）、『近藤益雄著作集全7巻』（明治図書出版、1975）がある。

◉『赤い鳥』への投稿

　1921（大正11）年、『赤い鳥』11月号に長崎県立猶興風館（現・長崎県立猶興館高等学校）在学中、童話を投稿し、鈴木三重吉選で、「創作童話選外佳作」になる。この後、1932年から翌年にかけて『赤い鳥』には自身の詩作品13編、値賀尋常高等小学校で指導した児童の詩31編が白秋により選出され掲載される。1932年11月号掲載の特選作品「トマト畠で」を紹介する。

　　　トマト畠で（特選）

　　　　　　　　　　　近藤益雄

　　五島列島、山の襞、
　　明るく青く朝となる。
　　　トマトちぎつて、
　　　ほり上げる。
　　　ほり上げる。

　　五島列島、山の襞、
　　軽く夏雲ういてくる。
　　　トマトむいては、
　　　かぢつてる。
　　　かぢつてる。

　　五島列島、山の襞、
　　明るく白く帆がうかぶ。
　　　トマトかぢつて、
　　　笑つてる。
　　　笑つてる。

　詩句の繰り返しと韻の効果が軽快なリズムを生み、青い空、トマトの赤、白い夏雲、そして、青い海に浮かぶ白い帆のコントラストが美しい絵のような詩である。

◉白秋の評価

　白秋はこの作品について『赤い鳥』誌上で、次のように評している。

　　　（前略）清新で、潑溂としてゐる。それに油絵風の色彩も強い。

　藤田圭雄は、この白秋の評について次のよ

うに論じている。

　　　白秋の評は、「清新で、溌剌としてゐる。
　それに油絵風の色彩も強い。」というだ
　けだが、「五島列島、山の巒」にはじま
　るこの詩句の新しさと力強さは、この期
　の『赤い鳥』童謡にはない独自性を示し
　ている（藤田、1971、pp.303〜304）。

　各連のはじめの「五島列島、山の巒」から
は、南の端にある四方を海に囲まれた島やそ
びえ立つ山々の情景がダイナミックに伝わり、
読む者を「五島列島」を舞台にした作品世界
に引き込み、その厳しい自然の中で生活を営
む人々の力強さを感じさせる。

●益雄の童謡の独自性

　藤田の述べている益雄の童謡の「独自性」
について、与田準一の論を挙げて具体的に見
ていきたい。「トマト畠で」は、1934（昭和
9）年に北方教育社より刊行された『童謡集
五島列島』に収録されている。与田は、同書
に収録されている「トマト畠で」「島の神主」
「小豆」「田植」「網揚げ」の5編を紹介し、
次のように評している。

　　　近頃手にした本で、私は近藤益雄著の
　童謡集「五島列島」ほど感銘をうけたも
　のはない。（中略）如上の質量感、真実感、
　栄養素、といつたものが、充分に脈打つ
　てゐる。それは、何よりも著者自身が、
　郷土にあつて、子供と共に呼吸し、子供
　と共に生活してゐるものだと思はれる。
　（中略）この内容の飛躍性から来た自然
　な軽快な、リズミカルな歌謡形式表出に
　手落ちがなく、健康な構成は微動だもし
　ない（与田／千葉、1934・10、pp.155〜
　156）

　夏の日の朝、収穫したトマトを「ほり上げ」
「かじつて」「笑つてる」子どもたちと益雄。

明るく健康的な喜びが脈打っている。この時、
益雄は子どもたちと同じ目線に立っている。
これについて与田は次のように述べている。

　　　子供達と同じ地点に足をつけて、子供
　達と共に呼吸してゐる。この著者だけに
　把握出来た「真実の世界」である（与
　田／千葉、1934・10、p.157）。

　「五島列島、山の巒」に囲まれた土地で、
子どもたちと益雄が「地点に足をつけて」「共
に呼吸して」紡いだ「真実の世界」を、藤田
は「この期の『赤い鳥』童謡にはない独自
性」と捉えたのである。
　『童謡集　五島列島』の「後記」に、益雄
は次のように記している。

　　　一年半島の明けくれは忙しくそして島
　の子供たちは実に生々として私と生活を
　してくれました。教員をしながら私は
　こゝに収めたやうな童謡をつくりためた
　のでした。（中略）たゞ童謡によって自
　分を慰め又自分の親愛な人方への消息に
　したいといふ考より他にありません。（中
　略）たゞ島の一教員が子供と共に生活し
　ながら生み出した童謡を見て頂きたいと
　思ひます（近藤、1934、pp.109〜110）。

　益雄の素朴で謙虚な人柄が表れている。そ
してまた、子どもたちなくして彼の童謡は生
まれなかったのである。　　　　（山中郁子）

［参考文献］
北原白秋編（1929/1981）『日本童謡集』（アルス／
名著普及会）、北原白秋編（1930/1997）『赤い鳥
童謡集』（ロゴス書院／大空社）、千葉春雄編
（1934）『教育・国語教育』四巻一〇号（厚生閣）、
藤田圭雄（1971）『日本童謡詩』（あかね書房）、
与田準一（1983）『日本童謡集』（岩波書店）、清
水寛（2010）『シリーズ福祉に生きる57　近藤益
雄』（大空社）

柴野民三
しば の たみ ぞう

●童謡の投稿

1909（明治42）年11月4日〜1992（平成4）年4月11日。児童文学者。東京都千代田区有楽町に生まれ育った。子どものころから日比谷図書館に通い、作家たちの話を聞いた。10歳で『童話』第1巻に「霞の森」が選外佳作となり、その後も多数投稿を続けた。

『赤い鳥』にみる北原白秋の童謡に魅せられていた18歳の時、白秋の講演を聞いたその日から『赤い鳥』への投稿をはじめた。「足ヲソロヘテ」が鈴木三重吉選で入選した（1927・10）。つづいて「冬空」（20巻2号、1928）、「柴笛」（同）、「秋」（21巻4号、1928）と童謡を投稿。「鍵の音」（復刊2巻3号、1931）、「お月夜の国」（復刊2巻4号、1931）、「ランプの火屋には」（復刊2巻5号、1931）、「ある日」（復刊3巻3号、1932）と、1932年3月までの6年間に10作の童謡を投稿、掲載された。『赤い鳥』出身の童謡詩人ともいわれた。ほかに、大橋図書館勤務時代にペンネームで書いた「月の出」（復刊1巻3号、1931）、「あの雲」（復刊1巻6号、1931）、「三月」（復刊2巻2号、1931）の3作品がある。

「冬空」は、昼間の景色、寒い冬に月が光る。

「煙すかして、光る月、汽車は汽笛を、鳴らしてく。」8行の短いが自然を讃えた詩。哀愁のある詩風と独特の気品が当時選者であった白秋の目に留まったことが、投稿詩人の始まりだった。「冬空」は「秋」とともに1982（昭和57）年発行の『赤い鳥童謡集』に載る。

「柴笛」は、いつまでも聞いていたい柴笛と窓に映る人影が行ってしまった音色と一緒にさみしさを感じさせる。

「秋」は、昼間は風に乗って、夜は光に乗って花屋、果物屋ではいつの間にか品物が夏からそっと秋に代わっている。

「鍵の音」は、一人の老人が鍵の音をさせながら歩く姿。「鍵の音をさせて、／扉しめてゐるよ。爺や、爺や、せむしよ。／爺や、爺や、ひとりよ。鍵の音をさせて、部屋へもどつて行くよ。」白秋は、この詩は人生の一つの寂しい様相を鍵の音の様にたとえている短い詩だが、短編小説のような内容だと評している。

「お月夜の国」は、生温かい水の中に映る木立や家の景色をうたっている。白秋は可憐な月光の調べが流れるような詩と評している。「あゝいい月夜、いゝ月夜、／風もびつしよりぬれてます。／遠い嬉しいとゞろきも、／なまあたゝかい水の中。」

「ランプの火屋には」は、ランプの火屋にしゃがむ女の子、花がいっぱい咲いて蝶ちょがとび出し青い風の中で遊んでいる。「ランプの火屋には月が出る／月夜の蝶々が飛んで

作家として

小学生のころから画や童話の投稿を好んでいた。『プラタナス』（7歳、絵）、1919（大正8）年『童話』第1巻（10歳、童話）第6巻まで13作品の童話、絵が載る。15歳で同人誌『心の泉』発行。『金の船』（16歳）、『金の星』（18歳）、『コドモノクニ』等へ投稿していたが白秋に出会い『赤い鳥』に投稿を始めた。白秋に師事。以後は『乳樹』（『チチノキ』改題）同人。『円いテーブル』『チクタク』創刊。『上昇液樹』『パン』『生誕』『童話時代』『キ

ンダーブック』と掲載。1935（昭和10）年『童魚』発行。『お話の木』の創刊に当たり図書館退職、編集に加わり絵雑誌『コドモノヒカリ』の編集に携わる。『祖国』『童話精神』『童話』の編集や創刊。戦後は発起人の一人として雑誌『日本児童文学』創刊。続いて『こどもペン』『少年ペン』を創刊。その他の各種児童月刊誌に数多くの作品を掲載。広島図書発行の学年別教育雑誌『銀の鈴』に多数の童謡、少年少女読み物等を執筆。未発表、未完作品もある（『みんないっしょに』p.180）。戦後

ゐる。」

「ある日」は、当月の佳作トップ作品で、鮭を焼くにおい、赤い月夜の物語のような4行の短い詩。「鮭を／焼いてる／にほひ。／／鮭が食べたくなつた。(中略) 赤い／月夜に／なつた。」

「月の出」は、眠った海、里の子、のろのろ出てきた牛、麦の穂をかむ子。詩は「とんよりと海がねむつて、(中略) ぽく〳〵と木魚なつてる。」で終わる。

「あの雲」は、かすかに吹いてくる風と、遠くに聞こえる汽笛と、消えてしまいそうな雲の景色が流れるように浮かぶ。「吹いてゐるのかゐないのか、／げんげ畑のうすい風。／遠くの汽笛が聞えます。」

「三月」は、三月のほこり風とガラスの中の花の様子を表現。「ほこり風にガラスが鳴つた。(中略) ガラス戸の中で、わはッハッと笑つた。」

『赤い鳥』に掲載された全童謡の貴重な自筆原稿がある。全てに何時何所に掲載されたか、書評とあわせて民三自身書き込んだ巻紙である(『みんないっしょに』p.77)。

●童謡以外の『赤い鳥』投稿作品

白秋に出会った柴野が最初に投稿したのは、鈴木三重吉推薦選作の幼年読み物「足ヲソロエテ」(第19巻第4号、1927・10) であった。学校に遅刻しそうになった私は、友人と出会い、先生から並んで歩くときは足をそろえて歩くよう言われていたことを思い出し、先生の言われたことを守って足をそろえて急いだ。

『赤い鳥』主催の自由画大展覧会で「仕事を終えて」が入選したのは、17歳の時であった。その他推薦自由画「写生する弟」(20巻1号、1928)は、鉛筆画だが上手く書かれていると山本鼎画伯から評された。パステル画の「裏窓から」(21巻6号、1928)は、柔らかみのあるいい調子で、画色は弱いが書きにくい場所をうまく描きこなしている。「夢見る妹」(20巻4号、1928)は妹の寝姿を描いている。1987 (昭和62) 年から1991 (平成3) 年の間、『赤い鳥』挿絵賞の選考委員、1971 (昭和46) 年『赤い鳥』文学賞の選考委員であった。

1928 (昭和3) 年4月号「通信欄」に、「冬空」が白秋の推薦作品となって掲載されたことにうれしくてたまらない、ほかからもお褒めの言葉を頂いたと感謝の気持ちを述べ、「赤い鳥」のために尽したい」と投稿している。

「夜」(1926)、「谷間」(1927) の童謡を投稿している柴野利男は民三の2歳年下の弟である。

(渡辺玲子)

[参考文献]

日外アソシエーツ (2008)『教科書掲載作品小・中学校編』(日外アソシエーツ)、日本近代文学館 (1979)『『赤い鳥』復刻版解説・執筆者索引』(教育文化センター)、渡辺玲子 (2011)『みんないっしょに 童話作家柴野民三の足跡』(文芸社)

の童謡35作品『かまきりおばさん』は『赤い鳥』文学特別賞を受賞。

教科書と柴野民三

各種児童学習誌以外に民三の童話、詩は戦後の道徳の指導本としても使われ、副読本として1953 (昭和28) 年に「うぐいすぶえ」(1)、「ぼくの家、僕の国」(4)、国語教科書に収録されたものは、1961 (昭和36) 年は「富士山ちょう」(6)、1965・1968 (昭和40・43) 年は「アンリ・ファーブル」(4)、「牧野富太郎」(4)、「二宮尊徳」(6)、1971・1974 (昭和46・49) 年「うさぎとながぐつ」(2)、1977 (昭和52) 年「みんなでつくったおかしパン」(1)、「都会の秋」(5)、1986・1989 (昭和61・平成元) 年「てんらんかい」(2)、1989年「ラクダ」(2) などである。「ぼくはいくんです」は2007 (平成19) 年度某小学校の教育計画の一部で取り上げられた。学習研究社製作・NHK小学校国語紙芝居、教育画劇として25の紙芝居を製作。

清水たみ子

●生涯と文学活動

1915（大正4）年3月6日〜2010（平成22）年4月30日。本名・民。編集者、作家、童謡詩人。共に小学校教師の父母の長女として、埼玉県に生まれる。東京府立第五高等女学校（現・都立富士高等学校）卒。戦前・戦中は帝国教育会出版部（現・チャイルド本社）を経て少国民文化協会に勤務。1946（昭和21）年には児童文学者協会（のち日本児童文学者協会）の結成に参加したほか、新世界社で絵雑誌『コドモノハタ』の編集に従事。1952（昭和27）年より文筆に専念。詩と音楽の会・日本童謡協会などにも参加した。

1985（昭和60）年に日本児童文芸家協会より児童文化功労者として表彰を受け、1990（平成2）年には、日本児童文学者協会の名誉会員に推された。赤い鳥文学賞、日本童謡賞下総皖一音楽賞などを受賞。

●投稿家から童謡詩人へ

『赤い鳥』との関わりは、1923（大正12）年の正月か前年のクリスマスに父から買ってもらったことが始まりで、それからは毎号を愛読。同誌が休刊すると、既刊号を繰り返し読むうち、北原白秋の童謡と投稿童謡の素晴らしさに魅かれたという。復刊後は童謡の投稿欄に投稿を始め、「夕方」（1931・3）を皮切りに「雀の卵」（1932・5）を含む19編が特選や佳作として掲載された。この頃、与田準一・巽聖歌・新美南吉らと知り合う。

白秋が『赤い鳥』を去った後は、童謡同人誌『乳樹』（のち『チチノキ』）に参加。戦前戦中は雑誌『新児童文化』『コドモノクニ』、戦後は『日本児童文学』『児童文芸』などに童謡や幼年童話を発表したほか、戦中はラジオのJOAK、戦後はNHKの幼児の時間にむけて童謡や童話を書いた。

戦後の代表作を集めた第一詩集『あまのじゃく』（1975）には36編の童謡・少年詩を収録。幼年童話集『ぞうおばさんのお店』（1976）には7編を収録している。第二詩集『かたつむりの詩』（1990）には『赤い鳥』への投稿童謡から『チチノキ』『コドモノクニ』を経て『日本児童文学』『どうよう』などに発表した53編の童謡・少年詩を収録。自筆年譜付。詩集のタイトルは「なんとおそい歩み、まるでかたつむり！」「せめて止まらずに、生きたあかしの銀色の線を！」（「あとがき」）という思いからつけられた。詩業の集大成といえる。
（上田信道）

［参考文献］

「追悼　清水たみ子」『日本児童文学』2010年9・10月号

新美南吉との交友

清水たみ子と新美南吉は『赤い鳥』の投稿仲間であった。その後、巽聖歌・与田準一が編集発行する『チチノキ』の同人となる。1932（昭和7）年には南吉が東京外語に入学。南吉の上京以降は巽宅でたびたび顔を合わせるようになった。南吉の日記にもたみ子の名はたびたび登場する。1937（昭和12）年2月19日の日記には「約束をしたら必ずそれを果たしてくれる者」「尊重していい人」と記されていることから、南吉がたみ子に全幅の信頼を置いていたことがわかる。また、その3日後の日記には「清水たみ子に冷淡な手紙書く」云々とたみ子に対する甘えの心境を吐露している。南吉の没後は新美南吉著作権管理委員会（のち新美南吉の会）に加わって常任委員長などを務めたほか、『新美南吉全集』（牧書店）の編集に協力、『校定新美南吉全集』（大日本図書）にも編集委員として参加したほか、新美南吉児童文学賞などの選考委員を務めるなど、南吉文学の普及に尽力した。

茶木　滋
（ちゃき　しげる）

●児童雑誌への投稿

1910（明治43）年1月5日～1998（平成10）年11月1日。本名七郎。童謡作家、児童文学作家。神奈川県横須賀市に生まれる。生家は薬局を営む。

児童雑誌への作品投稿は、中学時代に始まる。童謡音楽会に出かけた折、その歌に「涙ながさんばかり聞きほれ」た茶木は、会場で聞いた「八十、白秋、雨情の童謡にシゲキされ、自分も、あのような童謡をつくり、作曲され、本居さん姉妹のような美しい人に歌ってもらえたならとあこがれ」て、詩作と雑誌投稿を始めたという（「随想・私の「こどものうた」」（『日本童謡』12号）。

この投稿時代に『赤い鳥』誌上に掲載された作品は、童話「オ月サマ」（1926・12）、童謡「雪」（1927・4）、童話「キントヽ」（1927・11）など。いずれも本名の茶木七郎名義で、16、7歳の頃であった。関英雄が「キントヽ」を「童心の抒情的スケッチ」（『体験的児童文学史　後編』）と評した通り、子ども期の自由で純真な感受性をうたう趣向であった。しかし、誌面に名前が載るだけで作品は掲載されない「選外佳作」となることも多く、茶木自身はこの時期のことを「私はいつも、この「名ダケ派」であり、実に残念ではあったが、毎月の雑誌の発売は首をのばして待つの愉しさであった」と回想している（同前）。

1928（昭和3）年、明治薬学専門学校（現・明治薬科大学）に入学した茶木は、『童話』への投稿を通じてすでに親交のあった関英雄の呼びかけに応じて、平林武雄らとともに『羊歯』の同人となる。在学中は『童話研究』『童謡詩人』『童話文学』などにも作品を発表した。『コドモノクニ』（1932・4）に掲載された童謡「とても大きな月だから」は代表作のひとつとなった。

●会社勤務と創作活動

明治薬専卒業後は、薬局勤務を経て、1938（昭和13）年に宝製薬に入社。定年退職するまで、会社勤務のかたわら創作活動にいそしんだ。1939（昭和14）年には、関英雄、小林純一、柴野民三らとともに東京童話作家クラブを結成し、同人誌『童話精神』を創刊。同誌第4号の巻頭に掲載された童謡「馬」が好評を得る。

日中戦争のさなか、最初の童話集『鮒のお祭』（1943）を上梓。戦後も『子どもの村』『こどもペン』への寄稿など、童話や童謡の創作を続けた。童話集に『おもちゃをつくる家』（1947）、『とんぼのおつかい』（1949）、『くろねこミラック』（1957）がある。初めての童謡集である『めだかの学校』（1995）が出版されたのは85歳の時であった。

●「めだかの学校」

1951年3月、NHKラジオ番組「幼児の時間」での放送以来、長く愛唱されている童謡「めだかの学校」（茶木滋作詞、中田喜直作曲）は、NHKから「春先放送の明るい子どもの歌を」との依頼を受けて作られたものである。日本コロムビアは、本作で第3回芸能選奨文部大臣賞（現・芸術選奨文部科学大臣賞）を受賞している。

●研究の現在

現在のところ茶木作品の全集はなく、研究は進んでいない。北川幸比古編（1995）『茶木滋童謡詩集　めだかの学校』（岩崎書店）に年譜がある。戦前の活動については、関英雄（1984）『体験的児童文学史後編』（理論社）に詳しい。

（岸美桜）

中川 武
（なかがわ たけし）

1909（明治42）年4月12日〜2000（平成12）年12月9日。童謡詩人、歌人。大分市に生まれた。春日小学校での担任教師に、後に大分市長を務めた詩人の土田哲生（本名・安東玉彦）がおり、少年中川武の童謡志向に少なからぬ影響を与えた。1921（大正10）年、12歳のころから童謡を書きはじめ、1931（昭和6）年にかけて『赤い鳥』『童話』などに童謡を投稿した。『赤い鳥』には17篇が入選、そのうち「狐」など4篇が佳作に選ばれており、中川の名前は中央にも知られるところとなっていた。

例えば「狐」（1928・4）は次のような作品で、聴覚だけで対象をとらえたユニークさが注目された。

うらで狐がないてゐる／／
竹は、ほだ火に／はぜてんか。／／
栗は、囲炉裡に／はぜてんか。／
うらで狐が啼いてゐる。／／
鉱山は、山鳴り、／父さんや。／／
耳は、耳鳴り、／父さんや。／／
うらで狐がないてゐる。／／

また「川口」「氷会社」のように、体言止めを巧みに用いた余情表現で、高い文学性を示したものもある。しかし、中川の作品は、的確な描写で印象深いイメージをつくり出す「叙景」にすぐれていた。その強い文学性志向は、子どもに向けて書くというよりは、自己表現の場として童謡に取り組んでいたことを窺わせる。

『赤い鳥』に掲載された最終の作品「冷える港」（1931・12）では、冷えきって動かない港と、そこに生きる人たちの厳しい暮らしが鋭く迫ってくる。その叙景表現はみごとである。

湾の空の／つめたさ。／かける、かもめのはやさ。／／
誰もゐない、／うごかない、／黒い貨物船。／／（以下略）

大分師範学校入学後は、後藤楢根らとともに同人誌『童謡詩人』を創刊し、大塚一仁、佐藤實などとともに、童謡の創作と評論活動に傾注した。童謡の創作では、方言詩への取り組みなど、意欲的な姿勢も見られた。

また評論においては、次のように述べて、童謡が子どもたちから遊離してしまった状態を「高級化」と名づけて厳しく批判し、「童心詩」を提唱した。

方今の童謡雑誌の大部分を占める作品は、（中略）もはや童謡ではない。寧ろ童謡以上である。換言すれば本格詩への野合であり、接近である。（『童謡詩人』1930・3）

しかし、こうした批判を浴びせながら、中川が童謡の高級化に対して取った態度はいささか妥協的であった。高級化した童謡を「童心詩」として括り、童謡と「住み分け」していこうとしたのである。

師範学校卒業後は、県内の学校に勤務。1947（昭和22）年大分県視学となり、退職後は別府大学の事務局長を務めた。後半生は童謡から離れて、短歌に力を注ぎ、白秋主宰の歌誌『多磨』の同人として活躍した。

作品集は、死亡直前の2000年11月に『中川武著作集Ⅰ　歌集　九年』が波満夫人によって出版され、『中川武著作集Ⅱ　童謡集　白い花・赤い花』は翌2001（平成13）年8月に刊行された。童謡集には著者の自筆原稿にもとづき、118篇の童謡と、6篇の童謡に関する評論が収められている。　（畑中圭一）

福井研介

ふく　い　けん　すけ

◉略歴

1908（明治41）年11月1日～2000（平成12）年1月17日。童謡詩人、ロシア・ソビエト児童文学者、評論家。岡山県赤磐郡（現・赤磐市）生まれ。後に同じ県の勝間田町（現・勝央町）に移る。1940（昭和15）年東京外国語学校露語専修科を卒業。東京外国語学校卒業後は外務省に勤務するが、1946（昭和21）年に辞職し、その後はロシア・ソビエト児童文学の翻訳および紹介に力を注ぐ。ノーソフの「ヴィーチャと学校友だち」「ネズナイカの冒険」など数多くの作品を手がけた。

◉『赤い鳥』との出会い

赤磐での小学生時代に、新任の教師から読み終えた『赤い鳥』を貰ったのがこの雑誌との出会いとなっている。

『赤い鳥』に投稿するきっかけについては、いつも同じような童謡が収載されているのを見ているうちに投書しようと思い、投書したらたまたま掲載されたということである（赤い鳥の会編『『赤い鳥』と鈴木三重吉』小峰書店、1983、p.273-275）。

◉『赤い鳥』に掲載された作品

『赤い鳥』へは1926（大正15）年4月号に「小松姫松」が推奨童謡として掲載されたのを皮切りに、「お使ひの帰り」（1926・7）、「飛べよ鷹の仔」（1926・8）、「つつましい秋」（1927・7）、「さざんくわのかげ」（1929・3）が推奨童謡となっている。それ以外にも「氷上の石なげ」「秋」（1926・4）、「うすゆき」（1926・5）、「山路」（1926・8）、「まぼろし」（1926・9）、「赤い帯」（1926・10）、「藻曳き」（1926・11）、「音」（1927・1）、「射的の鏡」（1928・6）が佳作として、「まぼろし」（1926・9）、「赤い蒂」（1926・10）、「音」（1927・1）が入選として掲載されている。

また童謡の創作以外にも、地元岡山近辺の地方童謡も1926年4月号から1928（昭和3）年4月号に至るまで12編を紹介している。

「小松姫松」ではじめて『赤い鳥』に推奨童謡として掲載された1926年4月号の選評で、北原白秋は「童謡作家としてのいい素質が見える」と書いており、同年7月号で推奨となった「お使ひの帰り」では岡山の方言を使っていて、それを白秋は「郷土童謡としての面白味もある」と評価している。

「さざんくわのかげ」は、『赤い鳥』に掲載された最後の童謡であり、白秋からは「やわらかで内にこもった情緒がある」と評価されている。

また1927（昭和2）年には与田凖一や巽聖歌らとともに回覧雑誌『棕櫚』を発行し、第5号の編集を担当している。1928年に白秋が「赤い鳥童謡会」を創ったときには、やはり与田凖一や巽聖歌らとともに、創設時の会員として選ばれ、1930（昭和5）年の雑誌『乳樹』創刊にも参加している。

◉童謡に関する評論など

戦後になってからは、「白秋の童謡」（『日本児童文学』1980・8）、「メロディーを持つことばとメロディーを持たないことば」（『短歌研究』1981・6）など、童謡についての論文も書いている。また『白秋全集』第32巻（岩波書店、1987・3）の月報で、「白秋の童謡の作法について」を書いている。（前田俊之）

［参考文献］

藤田圭雄（1971）『日本童謡史』（あかね書房）、大阪国際児童文学館編（1993）『日本児童文学大事典』第2巻（大日本図書）、青木文美（2002）「《新資料紹介》回覧雑誌「棕梠（欄）」」『愛知淑徳大学国語国文』（愛知淑徳大学国文学会）25号

藤井樹郎
ふじ い じゅ ろう

1906（明治39）年2月7日〜1965（昭和40）年3月11日。童謡詩人、童話作家、教育者。山梨県北都留郡鳥沢に生まれる。本名は井上明雄。1921（大正10）年、山梨県都留教員養成所卒業後、山梨県の小学校に勤務しながら俳句を始め飯田蛇笏に入門。その後、短歌も始めアララギ会員となる。

昭和初期頃から児童詩の指導に熱中し、生徒の作品を『童話』等に投稿する一方、自らも白秋に心酔し、『赤い鳥』『近代風景』等に童謡の投稿を始める。

◉『赤い鳥』投稿詩人として

1926（大正15）年12月『赤い鳥』に初めて「お祭り」が佳作として入選する。その後1928（昭和3）年10月までに、推奨5篇、佳作10篇、入選3篇と毎号のように入選することとなる。短歌、俳句で培われた繊細かつ感覚的な表現で、清新な韻律のもとに、郷土の自然の豊かさを抒情的に歌い上げた作品が多い。『赤い鳥』で推奨として紹介された「風にきく」（1927・9）、「汽車の中」（1928・5）等が代表作となる。「風にきく」に対して白秋は、「清新である。各聯の韻律の上にも注意してある。」と評している。

またこの頃、『赤い鳥』投稿欄で知り合った与田準一、巽聖歌らと童謡同人雑誌『棕梠（欄）』（第1号、第2号は『誕生』、第3号より『棕梠（欄）』と誌名を変更、1927〜1928・6）を創刊。『赤い鳥』投稿家の中心人物の一人として白秋に認められるようになる。1928年4月に白秋が赤い鳥童謡会を発足した際には、与田準一、巽聖歌らとともに11人のメンバーの1人となる。『赤い鳥童謡集』（ロゴス書院、1930）には童謡8篇が掲載されている。1928年頃からは、『コドモノ

クニ』等にも童謡を投稿し、当選を果たすようになる。

◉『乳樹（チチノキ）』における評論活動

1930（昭和5）年3月、赤い鳥童謡会の主要メンバーを中心に創刊された童謡同人誌『乳樹（チチノキ）』（1930・3〜1935・5）に参加。特に評論において活躍し、白秋の童謡の理念を継承した上で、新たな童謡のあり方について積極的に提言を行った。中でも童謡を詩の一形態とした上で、当時の文壇思潮であるモダニズムに注目し、「超現実的な美感の中に私は新童謡の展開を予想する。而して一面レアリズムからモダニズムへの開現の中に、童心に感興をよせざる素材が漸次清算されてゆくことと思ふ。」（「童心への還元」1930・4）と、暗示と飛躍に富んだ超現実主義への接近を主張した点が特筆される。

1931（昭和6）年に、周郷博を頼って上京。小学校に勤務しながら童謡、童話の創作を続け、『コドモの本』『カシコイ一年小学生』等に発表する。1941（昭和16）年7月に童謡絵本『ムシノウタ』（童画書房）を、1942（昭和17）年4月に童謡集『喇叭と枇杷』（フタバ書院成光館）を出版。「序文」において白秋は「赤い鳥の全盛期に於ける俊秀の作家群の一人」と述べた。1943（昭和18）年5月には童話集『光をあびて』（東亜書院）も出版されている。

戦後も小学校勤務を続けながら、晩年まで童話童謡の創作を続け、童話集『ふしぎなピアノ』（二葉書店、1947）、『ふうせんの旅』（七星社、1948）等の作品がある。　　（大木葉子）

［参考文献］
藤田圭雄（1971）『日本童謡史Ⅰ』（あかね書房）、畑中圭一（1990）『童謡論の系譜』（東京書籍）、畑中圭一（2007）『日本の童謡　誕生から90年の歩み』（平凡社）

真田亀久代
（さなだきくよ）

1910（明治43）年1月5日〜2006（平成18）年3月21日。韓国（慶尚北道金泉）生まれ。尚州小学校卒業後、医者であった叔父のもとで、広島県立尾道高等女学校に入学。同校の文芸部に籍を置いていた真田は、創刊の頃の雑誌『赤い鳥』と出会う。

1926（大正15）年、女学校を卒業すると韓国に帰り、京城師範学校に入る。1927（昭和2）年、韓国慶北尚州小学校に勤務。念願の教師となる。「給料をもらうと早速『赤い鳥』を注文」し、その雑誌を手にして、1927（昭和2）年から『赤い鳥』への童謡の投稿が始まり、1929（昭和4）年8月号まで、その投稿は続く。『赤い鳥』に投稿するかたわら、真田は、幼年雑誌『コドモノクニ』の、北原白秋の選による投稿欄にも投稿する。

●まど・みちおとの交友

『コドモノクニ』の投稿仲間に、生涯の詩友となるまど・みちおがおり、朝鮮からの交信交友を深める。以降、まどと水上不二、高麗弥助他等によって発行された同人誌、童謡・童曲誌『昆虫列車』（1937）創刊同人として迎えられる。まどとの友情は晩年まで続いた。

さて雑誌『赤い鳥』には、同じ投稿仲間であり、先輩にあたる与田準一、巽聖歌らがおり、そして歳の近い新美南吉とは交友を深める。『赤い鳥』の休刊中（1929・3〜1931・1）、与田準一、巽聖歌等によって創刊された『チチノキ』（1930）にも第4巻から同人として参画。その後も、南吉、高麗彌助らと自筆による回覧誌『風媒花』を発行したりする。こうして終戦により引き揚げてくるまでの30数年間を朝鮮半島で過ごす。

敗戦後、真田は帰国し、戸籍上の本籍地・山口県ではなく、宮崎県都城市に住む（のちに、京都市に移住）。真田は戦後、永い沈黙の中にあった。外地での敗戦を体験したその不幸は、真田亀久代の運命そのもののように、彼女の実人生に重く暗く横たわっていく。それは戦争であり、戦争憎悪の深い思いである。そして平和への願いである。やがて、自己の体験を見つめた現代詩を通して、徐々にせよ生活と精神の回復を図っていく。それは、真田が在住する同じ都城市出身の詩人、嵯峨信之が主宰する詩誌『詩学』への投稿を通してである。また地元の同人誌『竜舌蘭』『絨毯』にも寄稿する。1953（昭和28）年、『詩学』（6月号）に初めて詩「安座」が投稿入選する。ほかに入選詩は、「不貞のとき」「デルタ」「朝鮮の女のうた」などがある。後にこれらの詩篇は、詩集『安座』（1977）に収められる。

さて、戦後再び童謡・少年詩が、自身の裡に姿を現すのは、1955〜1980（昭和30〜55）年、雑誌『日本児童文学』を中心に発表された作品によってである。結晶度の高い透明感のある童謡「なたねのうみ」「川のフィルム」「コップのうた」、少年詩、「まいごのひと」等々の作品である。それらの童謡の総決算というべき童謡集『えのころぐさ』が、1973（昭和48）年に上梓される。また詩誌『ぎんやんま』（1974〜1977）に少年詩を発表。そしてこれまでの少年詩を纏めて、1992（平成4）年に詩『まいごのひと』（日本童謡賞、新美南吉児童文学賞）が出版される。「中国残留孤児」をうたった表題詩「まいごのひと」は、いのちを繋いできた真田の歳月を深く滲ませた作品である。

真田亀久代の詩的活動は、寡作で目立ったことは少なかったが、童謡・少年詩そして現代詩含めて、全160篇余の詩篇を96年の全生涯を通して残した。忘れられない『赤い鳥』出身の詩人のひとりである。　（山本なおこ）

［参考文献］

山本なおこ（2009）『真田亀久代の童謡とその時代　月とオモニと唐辛子と』（てらいんく）

『赤い鳥』に投稿した
その他の詩人たち

『赤い鳥』には多くの童謡や児童詩の投稿が寄せられ、それらの人たちからは、のちに本格的な童謡詩人や児童文学作家としての地位を確かにした人もある。投稿詩人たちを、『赤い鳥』の４つの発行時期ごとに取り上げたい。『赤い鳥』での入選作品数（「推奨」「佳作」「入選」作の総数）と、その後の活躍の分野、著作や代表的作品などについて記してみる。

◉第１期　1918年～1920年年末

創刊して間もない頃のこの時期に投稿し、入選していたのは次の人たちである。

佐藤朔

入選18編。1905（明治38）年11月１日～1996（平成８）年３月25日。東京生まれ。本名・勝熊。ほかに佐藤信雄、水島国雄、水島信雄などの筆名を用いて投稿。慶應義塾大学仏文学科卒。慶應義塾大学教授。フランス文学者で、詩集『反レクイエム』、主著に『ボードレール』、訳書にボードレールの『悪の華』、サルトルの『自由への道』（人文書院、1974）、コクトー『芸術論』（昭和出版、1978）などがある。

川上すみを

入選10編。1895（明治28）年４月10日～1972（昭和47）年９月１日。東京生まれ。本名・澄雄。青山学院高等科卒。1917（大正６）～1918年、アメリカ、アラスカを旅行。帰国後、宇都宮中学の英語教師をしながら、木版画を始め注目される。1930（昭和５）年に刊行された『赤い鳥童謡集』（ロゴス書院）には、作品「土筆」「たんぽゝ」が収録され

ている。代表作に版画集『文明開化の往来』、詩画集に『青髭』『ゑげれすいろは』『とらんぷ絵』などがある。児童書の挿絵・装丁も数多い。アメリカ民話の訳出『兎と山猫の話』など。1996年に未発表の詩294編をあつめた『川上澄生未刊行大正詩集』が刊行されている。

（本書pp.398～399参照）

都築益世

入選10編。1898（明治31）年６月29日～1983（昭和58）年７月16日。慶應義塾大学医学部卒。小児科医。『赤い鳥』に投稿し1920（大正９）年に推奨された「てんとうむし」「葡萄の実」などが入選している。1921（大正10）年、佐藤朔、加田愛咲らと童謡研究誌『とんぼ』を創刊。1957（昭和32）年に童謡同人誌『ら・て・れ』を創刊し、童謡詩人たちの作品発表の場を提供した。童謡集に『赤ちゃんのお耳』（国土社）、『都築益世詩集』（草原社）などがある。

近藤東

入選４編。1904（明治37）年６月24日～1988（昭和63）年10月23日。東京生まれ。明治大学法学部卒。中学時代から北原白秋に影響を受け、大学在学中に『謝肉祭』を創刊。卒業ののち、鉄道省に入る。1929（昭和４）年「レエニンの月夜」が『改造』の懸賞詩に一等入選する。詩誌『詩と詩論』『新領土』などに参加し、現代詩の分野で活躍する。戦後は国鉄を中心とする勤労者の詩の運動をおこし、1960（昭和35）年からは日本詩人会の理事長、会長を務める。童話に「鉄道の旗」「ハイジ物語」があり、晩年まで日本児童文学者協会に所属していた。

木俣修

入選13編。1906（明治39）年７月28日～1983（昭和58年）４月４日。滋賀県生まれ。本名・修二。東京高等師範学校卒。歌人・文学博士。実践女子大学・昭和女子大学教授。

第４部　『赤い鳥』と子どもたち

449

1919（大正9）〜1920年『赤い鳥』に投稿
し綴方入賞3編、童謡に入賞9編、自由画の
入選5点など大いに活躍している。1927（昭
和2）年、北原白秋に会い、歌誌『香蘭』に
参加。1935（昭和10）年、歌誌『多磨』の
創刊に参加、1953（昭和28）年『形成』を
創刊し、多くの歌人を指導した。歌集に『雪
前雪後』（短歌新聞社、1981）、『木俣修全歌
集』（明治書院、1985）などがある。

この時期の投稿者の中には、大岡昇平（作
家）、武田雪夫（作家）、河盛好蔵（フランス
文学者）、岩佐東一郎（詩人）などの名前も
見受けられる。（本書pp.342〜344も参照）

●第2期　1921年〜1924年末

この時期には、次の第3期で活躍する与田
準一、巽聖歌、佐藤義美、有賀連などもすで
に投稿を始めている。この時期の投稿者には、
次の人たちがいる。

森ほたる（森たかみち）
（もり）

入選16編。1908（明治41）年4月1日〜
2002（平成14）年5月31日。名古屋市生まれ。
幼くして両親と生別、祖母に育てられる。筆
名は、ほたる、のちに、たかみち。1924年
から『赤い鳥』をはじめ、『金の星』『お話の
木』などに童謡を投稿する。戦後一時期、短
歌や小説を発表するが、のちに童謡に専念。
童謡詩集に『朝陽の中の祭』（大阪童謡芸術
協会、1942）、『裸の神さま』（1971）、詩集
『大きな暖かい手』（1977）、『地球はええと
こやった』『森たかみち童謡集』（1983）が
ある。

海達貴文
（かいだつたかふみ）

入選30編。1901（明治34）年〜1946（昭
和21）年。静岡県生まれ。本名・松一。九州
の炭鉱で事務職員をしながら、童謡を書き続
けた。のちに、天理教の教師や市役所に勤務
している。彼の長女、海達公子は、8歳の時
に『赤い鳥』に投稿した詩が白秋に認められ、

その後12歳まで94編の作品が掲載されている。
畑中圭一（2007）は、「これには貴文の熱心
な指導があったようである」とし、「公子は
16歳で夭折、あとに五千篇の詩が残された」
（p.69）と記している。

金子てい
（かねこ）

入選58編。1912（大正元）年〜1961（昭
和36）年。山形県生まれ。10歳から5年間、
『赤い鳥』に投稿して認められ多数掲載され
ている。のちに文部省社会教育局婦人教育課
長を務めている。

●第3期　1925年〜1929年3月

岡田泰三
（おかだたいぞう）

入選46編。1900（明治33）年12月25日〜
1953（昭和28）年11月23日。福島県生まれ。
福島師範学校卒。福島県下の小学校で教師を
しながら、童謡を書く。1927年7月号に掲
載された代表作の「丘のはたけ」をはじめと
して注目される。白秋に認められ、『赤い鳥
童謡集』には、「鹿の角」「木苺」「子鹿」「月
が呼んでいる」「船を待つ間に」「時計」など
が収録されている。のちに、童謡誌『乳樹』
の同人になり活躍した。

日下部梅子
（くさかべうめこ）

入選37編。1901（明治34）年7月10日〜
1972（昭和47）年1月1日。福島県生まれ。
本名・岡田ウメノ。県立会津高等女学校卒。
小学校の教員をしながら童謡を書く。童謡詩
人の岡田泰三と結婚。『赤い鳥童謡集』には、
「遠足の日」「をどりこ草」「汽車の中で」が
収録されている。1992（平成4）年6月に『岡
田泰三・日下部梅子童謡集』が刊行されてい
る。

古村徹三
（こむらてつぞう）

入選19編。1909（明治42）年12月27日〜
1982（昭和57）年7月2日。広島県生まれ。
15歳の頃、大阪で友禅織のデザインを習いな

がら、『赤い鳥』に童謡を投稿しはじめる。「野茨の新芽」が『二六年版　日本童謡集』（新潮社）、1927年に「早春」が『近代風景』に掲載された。1927年に和歌山に移り住み、1932（昭和7）年6月、小島秀一らと和歌山童謡詩人会を設立し、童謡誌『生誕』を創刊し、1939（昭和14）年6月まで、24集を発行している。主な詩集に『木いちごの鼻』（芸術社）、『生誕童謡曲集』（和歌山童謡詩人会）、童謡集『繭のお山』（文昭社）、『お花のホテル』（パラダイス社）などがある。

田井美春
たい　み　はる

入選11編。1908（明治41）年～1936（昭和11）年。本名・鹿山栄二郎。『赤い鳥童謡集』には田井美春で「青ん坊」「休み日」が収録されている。雑誌『童話』にも投稿し、田井美春で11編、鹿山映二郎で14編、計25編が選ばれている。その他にも春日井繁、飛島井帆二、嵯峨道雄などの筆名を用いて、いろいろな雑誌に童謡を寄せている。童謡集に『淵』（童仙房、1930）がある。

片平庸人
かたひらつねと

入選1編。1902（明治35）年7月21日～1954（昭和29）年12月26日。仙台市生まれ。『赤い鳥』『金の船』『童話』などに童話や童謡を投稿する。良寛に共鳴し、新潟で暮らし児童文化の活動に係る。1930年、函館に移り、詩作を続ける。詩誌『北海詩戦』、みずから主宰した「北日本民謡」などに民謡も書き、民謡集に『鴉追ひ』（1937）、『不惑貧乏』（1948）、童謡集に『ほうほうはる』（すかんぽ社、1934）、遺稿集『青いツララ』（1978）がある。

田中善徳
た　なかぜんとく

入選17編。1903（明治36）年1月2日～1963（昭和38）年。福岡市生まれ。福岡師範学校卒。福岡や横浜の小学校で教員を務める。1927年から『赤い鳥』や『コドモノクニ』

に、詩や童謡を投稿し、『赤い鳥童謡集』に「お帰り」「梅の花」「兵隊さん」「昼の道」が収録されている。『チチノキ』にはカタカナ童謡や詩を寄せている。

●第4期　1931年～1936

堀歌子
ほりうたこ

入選11編。生没年不明。神田文化学院卒。『赤い鳥』には、新潟県中蒲原郡の村松高女2年次に投稿し1927年8月号に自由詩「かへり道」が掲載され、文化学院1年次の1931年2月号に「秋日和」を投稿し佳作となる。幼年童話「せんこう花火」「朝」なども『赤い鳥』に掲載される。『赤い鳥』終刊号の1936年10月の「三重吉追悼号」には「悲しき思い出」という短い文を寄せている。上笙一郎の「文化学院児童文学史稿」によれば、翻訳家・少女小説の堀寿子とは別人であると記している。

小口吉太郎
こぐちきち　た　ろう

入選6編。1910（明治43）年3月28日～1984（昭和59）年1月3日。東京生まれ。中央商業高校卒。家業の食料品販売の仕事をしながら童謡を書き、『赤い鳥』に投稿する。1930年、『チチノキ』5号から同人となり、童謡を発表。1932年、柴野民三、小林純一、有賀連らと『チクタク』を、1935年、柴野、小林、深川二郎らと『童魚』を創刊し、詩・曲・踊三位一体の童謡運動を展開した。作品は飛行船、デパート、ネオンサインなどの素材を描き新しい時代を反映したものが多い。

（菊永謙）

［参考文献］

畑中圭一（2007）『日本の童謡――誕生から90年の歩み』（平凡社）。山本稔（1990）『滋賀大学教育学部紀要』40号

2
綴り方

総説 『赤い鳥』の綴り方

雑誌『赤い鳥』の巻末近くには、毎号子どもの綴り方作品が掲載された。『赤い鳥』綴り方は、鈴木三重吉の選になるこれら子どもの投稿綴り方作品と、三重吉の選評とをあわせたものを指す。

綴り方投稿欄は、創刊号から終刊まで一冊（第5巻1号）を除く全ての号に設けられた。多くの投稿作の中から選ばれた綴り方作品と、その後に「綴方のお話」「選んだあとに」「綴方について」「綴方選評」などの見出しで、個々の掲載作についての評と、投稿者の子ども宛に鈴木三重吉による綴り方の書き方などについての話が掲載された。初期には、毎号6～8ページ、10作以上の綴り方作品を掲載。その後次第に1作が長くなり、掲載数は6～8作となる。復刊後は各号10～16ページ、3、4作の掲載。選評も作品毎の丁寧なものになっている。三重吉選による掲載綴り方作品の数は、通算で1223作品である。

最盛期には、1ヶ月2,000ほどの投稿作から選んだといった記述が三重吉の選評の中にも見える。全体に厳選であった。

創刊当初の目次には、掲載された応募作の作者である児童の名前が、名だたる作家の名と並んで、小さくではあったがすべて掲載された。そこには、大正という時代の機運と、書き手の児童を大人と対等に扱おうとする三重吉の姿勢とがうかがわれる。（この目次への作者名掲載はその後中断したが、復刊後には、それぞれ独立した一作品としてその表題と筆者名が記されている。）

三重吉が創刊に際して配布したプリント「童話と童謡を創作する最初の文学的運動」の綴り方に関する部分には、「巻末の募集作文は、これも私の雑誌の著しい特徴の一つとしたい」「小さい人の文章の標準を与へる」といった表現が見える。滑川道夫はここに三重吉の、子どもの作文指導への宣伝文句を超えた意欲が感じられるとしている（「『赤い鳥』復刻版解説）。

●三重吉が目指した綴り方

三重吉が勧めた『赤い鳥』綴り方の特徴を象徴するものとして、「ありのまゝ」という言葉が知られている。三重吉は、綴り方に、書き手自身の日常をそのまま写し取ることを

三重吉選評から
「綴方を選んで」鈴木三重吉

（前略）いつもいふやうに、一ばんいけないのはほんとにあつたことをそのまゝ書かうとしないで、考へこねくつてこしらへごとを書いたり、文章に飾りをつけてかいたりすることです。それから、一度人のかいたやうなことをそのまゝ真似をして書くなぞも、ばかげ切つてゐます。又中には歴史や理科で習つたことや、「人には忍耐が一ばん大事だ」とか、「犬でもこれ〳〵かういふこと をするから人間はもつとかうしなければならない」といふやうな修身で聞いたことをそのまゝ書いてよこす人があります。それは学校ではいろ〳〵の練習のために、さういふ風なことも書いてゐるでせうが、綴方といふものは決して歴史や理科や修身のお話を書くためのものでありません。何でも自分の思つてゐることあつたこと見たこと、人に言ひたいことを口で話す代りに、自由に文字で綴るための練習ですから、たゞ歴史や理科や修身のことばかり上手に書けるだけでは駄目です。「赤

求めた。また普段使っている子ども自身の言葉を用いて書くことを求めた。

創刊号には、掲載の綴り方作品 8 作について褒めながら「すべて大人でも子供でも、みんなかういふ風に、文章は、あつたこと感じたことを、不断使つてゐるまゝのあたりまへの言葉を使つて、ありのまゝに書くやうにならなければ、少くとも、さういふ文章を一ばんよい文章として褒めるやうにならなければ間違ひです。」(「選後に」1918・7)のように述べている。「ありのまゝ」の語やこれに類似する内容は、その後も三重吉による綴り方選評の随所に繰り返しみられる。

上述の創刊前のプリントにも「空想で作つたものでなく、ただ見た儘、聞いた儘、考へた儘を、素直に書いた文章を、続々お寄せ下さいますやうお願ひ致します。」とあり、その綴り方観がうかがわれる。

三重吉が綴り方作品に求めたものは、作家三重吉が残した、ホトトギス派の写生を意識しつつも、空想的、または耽美的作品群とは明らかに異なるものであった。

三重吉が選評中に作品をほめる際に繰り返し用いた代表的な評語として、「いきいきした」「実感が出ていて」「目に見えるやうです」「余計な飾りがなくて」などがある。そこには書き手ならではの実感と深い観察が伝わる作品を評価する姿勢が見える。これらの評語は、終刊まで随所に見られる。掲載作に共通しているのは、書き手の日常を題材とし、そ

の単なる描写というのでなく、いずれも描かれた事物や出来事と書き手自身との関わりと、そこからの観察や実感が描かれたものという点である。

その意味では、彼が綴り方に求めた「ありのまゝ」は、ホトトギス派の写生が「事実に服従する」として、あくまで事物・事実の客観描写を求めたのとは異なるものである。それはまた、『赤い鳥』創刊の大正 7 年当時にはすでに下火になっていた文学における自然主義が、事実描写より書き手の内面の表白を第一義としたのとも異なっていた。

●学校「綴方」とのかかわり

『赤い鳥』創刊当時、学校で一般に行われていた作文指導は、依然として明治以来の教師の課題による実用文(あいさつ文・商取引文・連絡文など)の練習が主であった。一方で、文壇の自然主義や写実主義がかなり遅れて国語科綴方に影響を及ぼしはじめ、また大正期のいわゆる「新教育」の旗印である「児童尊重」や、「教授」から「学習」への転換といった教育思潮が、学校の作文教育にも転換期をもたらそうとしていた。

『赤い鳥』綴り方とほぼ同時進行的に、学校における作文教育も、客観重視の写生主義綴方、芦田恵之助による随意選題綴方の提唱、その後の自由作と課題作についての論争など、修辞的格のある文章を作ることから日常生活を綴ることへの転換へと向かっている。ただ

い鳥」へは、そんな、本で教はつたことや、誰でも心得ておかねばならないやうな、修身のお話はよして、自分だけが本当に思つたこと自分のしたこと、自分で見たことを、なんでもかまはず書いてよこして下さい。それから「私は何々です」といふ題で、自分がいろんなものになつてお話をするやうな仕組のものも、もううんざりしますから、よしてください。

(第 3 巻第 1 号、1919・7)

「綴方選評」鈴木三重吉

私は方言の使用については、これまでも度度言つておきましたとほり、もと〳〵、みんなの綴方がのび〳〵しないのは、ほかにも、いろ〳〵のわけもありませうが、第一、標準語でものをかゝうと強いることも非常な障害になつてゐるといふ点に、すべての人がもつと早く注意を向けなければならない筈でした。子供たちが自分の日常使つてゐるより外の言葉で、ものをかくといふことは、丁度われ〳〵が外国語を考へ〳〵、話すのと同じ

し、現場の教師たちへの影響という点では、『赤い鳥』綴り方のそれは圧倒的であった。

　三重吉自身は、『赤い鳥』創刊当初は、学校教育現場での綴り方指導に全く関心がなかったようである。しかし投稿綴り方が「綴方」の時間に教師の指導の下に行われ、学校単位での投稿や、すでに教師の指導を受けたものが送られてくることなど、教育現場の動きが看過できないことに気づくと、三重吉は、通信欄など紙面を通して、教師たちとの関わりを持つようになってゆく。

　創刊から１年あまりの第３巻５号（大正８年11月）には「綴方の研究」として、綴り方指導についての教師たちとの意見交換の場が設けられた。「綴方の課題について」など教師の質問などから当時関心の高い話題などについてとりあげての熱心な質疑応答や、教師向けの綴り方指南書を批判的に取り上げ、自身の目指す綴り方について示すなど、この企画は７回に渡って行われている。

　『赤い鳥』が広まるにつれ、『赤い鳥』綴り方に共感して、「綴方」の指導を単なる文章指導を超えた教育活動として熱心に取り組む学校や教師が各地に現れ始めた。それと共に、誌上に掲載作を出すことが、学校の名誉のようになってゆき、かかわった教師の評価につながるという現象も生じたが、このことは、その後の『赤い鳥』綴り方批判の下地にもなっていく。

　多くの掲載者を出し、またこの時期の綴り方を通した活動で知られた教師には、木村不二男、木村文助、富原義徳、多胡貞子、大木顕一郎、清水幸治、高橋忠一、須賀竜二、吉田三郎、山口喜一、栗原登、荒木清、多胡羊歯、増田実、磯長武雄、与田準一、菊池知勇、平野婦美子（順不同）らがある。彼等の中にはのちに『赤い鳥』の批判者となった者も多い。（滑川『日本作文綴方教育史２大正篇』には活動の目立った学校名、教師名の記載がある）。

　綴り方投稿者の子どもに目を向ければ、厳選掲載であったにもかかわらず、作品が複数回掲載された児童が散見される。ただし、後にこの分野で名を知られるようになったのは、『綴方教室』（映画化も）の豊田正子のみである。童謡など他の分野では、その後その分野で名を成した者があるのとの異なる点である（３回掲載の木俣修二は歌人の木俣修）。

● 『赤い鳥』綴り方の評価

　三重吉の選評は、実感的に、目に見えるように精細に描くなど、表現のあり方を選評の中心とし、道徳的、教訓的な価値にはこだわらなかった。このような『赤い鳥』綴り方のあり方は、厳しい時代状況の中、次第に現場教師によって、唯美主義的、芸術至上主義的といった批判を受けるようになってゆく。

　唯一国定教科書が無い科目であった「綴方」に、「生活綴方」「調べる綴方」など、綴り方を書くことを通じての様々な教育内容を

やうに、言はうとすることを、一々翻訳しつつかいて行くわけで、それが少くとも年少の子供には、どんなに多大の桎梏であるか分りません。対話を写実的に生かすといふ手段としてばかりでなく、それ以外の地の文でもかまはず、どん〳〵方言でかゝすのが一等いゝのです。さうすれば、言はうとすることがすぐ直接に表はされて行くわけです。年級が上がれば、だん〳〵に標準語も、より自由におぼえて来ますし、又、そのときになつてから、特に標準語へ導くやうに扶掖してもおそくはないので、便宜上、しばらくは何にも干渉しないで、無条件に、すべて方言でかゝせることを、みんなの方が必ず試みて下さることを希望します。（後略）

（第７巻第３号、1921・9）

「綴方選評」鈴木三重吉

千二百篇の中から、最後に二十篇だけ選定し、一ばんいゝのから、順次やうやく六篇だけ掲げました。中山さん、金崎君、清水君の作は、いつもの入賞作とは少し段が落ちますが、三つをくらべ

盛り込む動きの中で、教師たちからの『赤い鳥』綴り方批判の中心的内容は、「綴方選手」のみに開かれたものであること、教師に指導の余地がないこと、生活苦など状況と闘う姿勢や学びがないことなどであった。当時の「生活綴方」教師たちは、綴り方の題材を重視し、生活苦を題材とする作品にリアリティがあるとして評価、『赤い鳥』にそれが少ないことを批判し、復刊後に増えたことを成果とするなどの評がみえる（峰地ほか）。

対する三重吉は「生活綴方」嫌いで知られたが、一方で三重吉もまた「人間教育」を語った。復刊後に掲げた「「赤い鳥」（愛読家）の標語」には、「「赤い鳥」の自由詩と綴方とは、児童の理性と感情を深めて、人格の根本をつくる、芸術的教育の活機関です。」（復刊第1巻2号、第3号、裏表紙）とある。『綴方読本』（1935（昭和10）年12月）は、三重吉自身が『赤い鳥』綴り方の仕事についてまとめた晩年の著作であるが、ここには三重吉の、芸術的水準を高めることがすなわち自我の真の意味での解放となるとする、綴り方による人間教育観が様々な形で述べられている。三重吉が目指した書くことによる人間教育については、引き続き研究課題である。

『赤い鳥』綴り方、三重吉の「ありのまゝ」が、三重吉以後に残した書くことの価値、目的、意味などをめぐる影響は恐らく本人の意図をこえて大きいものとしてある。

『赤い鳥』綴り方が成したことのまず第一は、子どもを大人と同じ発信者として位置づけ、その場を提供したことである。その中で、子どもの書くことにおける言文一致体の創出が、従来の枠組みにとらわれない子ども自身の目線で見たものを、従来の文章形式や言葉にとらわれない子ども自身の言葉で書くこととして行われた。そしてそれが教育の側からでなく、文学における言文一致の担い手であった者によってもたらされたということであった。

また、それに関わって忘れてならないことに、綴り方における方言の使用がある。標準語指導が学校教育現場に強く求められた当時、三重吉は、人にとって大切な言葉として方言を位置づけ、後の綴り方に継承されている。

「生活綴方」は、『赤い鳥』創刊から約十年遅れて、『赤い鳥』批判の中から生まれた教育方法であり教育運動であるが、今日一般には、『赤い鳥』綴り方の発展形態とみられている。　　　　　　　　　　（出雲俊江）

［参考文献］

中内敏夫（2012）『綴ると解くの弁証法―教育目的論を考える―』（渓水社）、滑川道夫（1978）『日本作文綴方教育史2 大正篇』（国土社）、今井誉次郎・峰地光重（1957）『学習指導の歩み　作文教育』（東洋館出版）

ると、どれもたいてい同じくらゐの出来なので、結局三篇とも賞に入れておきました。

中山さんの「東京へ泊つた夜」は、何等の渋滞もなく、すら〴〵と上手にかいてゐます。よけいな飾りけも、厭味もない、いゝ作です修学旅行で出て来たときのすべての情景がまざ〴〵と描けてゐます。対話もすべて活き活きしてゐて、みんなが目のまへに躍動してをります。よけいなことを一寸もかゝないで或一つの空気の下に、すつきりとまとめ上げてゐます。すぐれた写実の好例です。

（中略）

最後に、今度も、大人の人がかきかへて、いろ〳〵手を入れたものが大分目につきました。大人が加減をしたのはすぐに分ります。人になほしてもらつてよくしたのでは何のねうちもありません。さういふことをする大人の人も、少しく物の意味を考へて下さらないと困りますね。ばか〴〵しい限りではありませんか。

（第8巻第3号、1922・3）

ありのまま

鈴木三重吉は『赤い鳥』創刊号で子どもの綴り方を掲載し、「みんなのお手本になるやうなよいものばかりを選りぬいた」として次の言葉を記している。「文章は、あつたこと感じたことを、不断使つてゐるまゝのあたりまへの言葉を使つて、ありのまゝに書くやうにならなければ、少くとも、さういふ文章を一ばんよい文章として褒めるやうにならなければ間違ひです。」「全く少しの厭味もない、純麗なよい作文です。」（「選後に」）これに類する言葉は、第２号に「私は頭でこしらへて書いた作文はとりませんから、どうか、見たこと聞いたこと、あつたことを、そのまゝ書いた作文をよこして下さい。」（「選んだあとに」）、続く第３号で「綴り方のお話―みなさんの綴り方を見て第一にいやなのは、下らない飾りや、こましやくれたことへなぞが、ごたゝ使つてあることです。私がいつも選ぶ綴り方を見てごらんなさい。みんな、たゞ、あつたことを、ふだんお話しするとほりの、あたりまへのことばでお話しものばかりではありませんか。」（「通信」）と述べられる。

滑川道夫は、『赤い鳥』創刊に関わる資料をもとに「文芸的リアリズム」という語でその性格を表し、「この『ありのまま』性が、やがて全国の綴方教育界の合いことばのようになってひろがることになる。『赤い鳥綴方』のリアリズムの胎生である。」としているが、「ありのまま」「リアリズム」という性格は、当初よりこのように旗色鮮明なものとして、繰り返し示されているのである。

下欄の「ヒヨコ」は、『綴方読本』にも再録された三重吉の推奨作品であり、手厚い評言が付されている。「一年生の作としては、めつたに得られない程度の傑作です。かういふ低年の人では、もともと駆使し得る言葉の数も少く、雄弁にかきまくる腕もないために、しよせん表現が単純にならざるを得ないわけですが、松井君のこの作のごときは、対象の把握（うつし出す事象のつかみ方）が、しつかりしてゐるので、表現の単純さそのものが、まるでフランスあたりの大作家が、感覚的に言葉をふるひ〳〵して簡朴の勝利をねらつた、極致的な技巧を同じやうな光をもつてゐます。児童の純性の貴いことが、こゝにも、しみ〴〵と感じられて頭が下がります。」

このあと三重吉は、具体的に子供の文章を引きながら、作品として記された表現から読み取れるものを、三重吉自身で言葉に起こしていく。そしてその像が、子供らしいものとして無理なく結ばれる様相を評価するのである。このことは、三重吉自身による再現可能性が「赤い鳥」の「ありのまま」の実質を為しているという見方を導く可能性を示唆する。

「ヒヨコ」の評の最後は、次のようにまと

ヒヨコ （特選）
　　　茨城県西茨城郡宍戸小学校尋一・松井文男

デンポウハイタツガ、ジテンシヤデキマシタ。トウチヤンハ、ソノデンボウヲ、ボクニヨンデミロトワタシマシタ。

「ヨメナイ。」トユツタラ、「バカ、ヨンデミロヨ。」トユウノデ、ミタラ「六ジ、ヒヨコオクツタ、ナゴヤ」トカイテアリマシタ。

トウチヤンガ、ハア、ツイタトオモツテ、テンシヤバサヒヨコヲトリニイキマシタ。ハア、カイ

ツテキツコロダトオモツテ、マツテキタラ、ムコウカラキタカラボクハカケテイツテ、「コウダ、ハコサ、ハイツテキタノ。」トユイマシタ。ハコニハイクツモアナガアイテキテ、ピヨ〳〵ナクノガナカカラキコエマス。トウチヤンハ、ウチノマヘサ、キテカラ、ナワヲキツテ、ハコノフタヲ、アケマシタ。ソシテ「一パモシガネエヨ。」トユツタラ、カアチヤンガ、

「ドレヨ、マズ、ホントニサ、ヨクシガネエモンダネエ。」ト、ソバサキテユイマシタ。ドイツメモ、

められる。「要するに、はじめからしまひまで、叙出に一点のむだがなく、一々の推移が、みんなきびきびと写実的に展開されてゐるのですから、おどろきます。ほんとに子供らしい感覚のみなぎり浮んだ、かはいらしい、そしてしつかりとした傑作です。」(「綴方選評」、復刊第1巻6号)三重吉は「ともかく飾りは一つもつけないことだと、それだけ分つて下さつてもよいです。「家のまはり」は私がすつかり飾りを取つて書き直したのです。」(「通信」、第1巻3号)と、子どもの作品に手を入れ、書き直していることを隠さない。

　「赤い鳥」の理論と実践を今日に伝える『綴方読本』では、「綴方の教育的意義」を重視し、「生徒と完全に融和する準備が要る。」として「人間教育」という語を用いる三重吉であるが、そこに「綴方の実写を得るには、まず、何でもかくさず、さらけ出してかくといふ真率な態度から養ひ上げて来なければだめである。」という言葉が現れる。三重吉において、「実写」は「さらけ出してかく」ことに結びつけて捉えられていることが伺える資料である。「ありのまま」が実生活の暴露性に関わることは、現代の書くことの教育を考える際にも重要な鍵となるが、その課題としての胚胎が「赤い鳥」の綴り方に見られるのである。

　「ありのまま」の検討のためには、「自己−他者」の課題を綴り方の中に持ち込んだ小砂丘忠義の見方、その仕事が参考になると考えられる。小砂丘は当初、三重吉の仕事を高く評価していたが、「恰も水道の濾過池の如く他の流れの水を入れぬ潔癖性があると共に池らしくいつまでも平穏無事、綴方への貢献元より大ではあるが、さりとていつまでそこに溜つてゐることも出来ない濾過池である。」(「濾過池的平穏低調─「赤い鳥」十一月号─」『綴方生活』1934.12)と述べるようになる。さらには「純情を以て、こくめいに、あるがままに描く態度技術を拒斥するのではない、それに新しく芽生えるものをほしいのである。ありのままに静観してゐるのが教育ではない、それのみが芸術でもない。」(「児童文評価の問題─意欲を最前線に出す─」『綴方生活』1935.6)と「赤い鳥」を評するに至る。

　「ありのままに書く」ことが大切な時があり、それが受け止められることが必要な時がある。「平生、触目するすべての事象を、出来るだけ、こまかく見ておく習慣」を重要とし、それを「無意識に、ひとりでに細かく事象を観察し感受する、自然の生活的習性の馴致でなくてはならない。」(『綴方読本』)と述べる三重吉の思いを活かすためにも、「ありのまま」の様相に現れる内実を吟味し、それを教育的語彙として用いる場合の「自己−他者」の課題に関わらせた検討が要される。　(飯田和明)

[参考文献]
滑川道夫(1978)『日本作文綴方教育史2 大正篇』(国土社)、同(1983)『日本作文綴方教育史3 昭和篇Ⅰ』(国土社)

ヤカマシクピヨ〳〵ピヨ〳〵ピヨ〳〵ナイテ、ギツチリカタマツテキルモンデ、トウチヤンガ、テデ、カキワケテモ、マタヨツタカツテシマフ。「ドウシテダツペ。」トユツタラ、「コレ、トリノアカンボダモノ、サムインダヨ。」ト、カアチヤンガユイマシタ。トウチヤンハトリゴヤノホウサモツテキテコヤノナカサ、カゾイナガラ、イレハジメマシタ。「ミンナデ、ドンダケインノゲ。」トキイタラ「百パダガ、オマケガアツタカモシンネエ。」トユイマシタ。

コヤノナカノマンナカニハ、レンタンノストウブガ(ル)アンモンデ、アツタカイノデ、キリワラヲ足デ、チヨコ〳〵ヤツタリシテ、ヨロコンデキマス。ハネモオイ(ハヘ)ナクテ、クチバシモ、ヤア(ヤワラカ)コサウデ、目モチヒサクテ、オムスビノヤウニ白クテ、ムク〳〵シタヒヨコデス。キヨロ〳〵シテ、ナイテバカリキルノモアリマス。(後略)

(第1巻第6号、1931・6／『綴方読本』、1935、再録)

叙写
（じょしゃ）

◉「描写」「叙写」という用語の出現

鈴木三重吉の『赤い鳥』誌における綴り方作品に対する選評の中には、「叙写」「描写」「叙述」「観察」といった用語が出現してくる。とりわけ、「叙写」と「描写」という用語の異同に関して注意深く見ていく必要があろう。

これら二つの用語が初めて出現するのは、実は「綴方選評」の中ではなく、1920（大正9）年12月号の「童話選評」の中においてである。それは、「人物や事件の写実的な描写がまだ〳〵ひよろ〳〵してゐます」「叙写の上の感受的な技倆に欠けてゐるところから無意識に陥つた欠点です」といった文脈で出現している。これら二つの用語は、翌1921（大正10）年10月号の「童話選評」の中でも、「描写」については「心理描写」「環境的な描写」「事実的描写」と3回、「叙写」については4回出現している。

「描写」と「叙写」という用語が「綴方選評」において初めて出現するのは1921年3月号である。それぞれの用語が使用されている部分だけを取り出してみると、「どなたも、たゞこれだけの描写が、こんなに力強く人を引きつける所以を考へて下さい」「たゞいつ

もいふとほり、年級によつて文字、仮名使ひ、事実の錯誤、重複、叙写の不秩序等について、適当な注意を与へて下さる以外には、決して表現について口を入れないで下さい」という具合である。

三重吉がこの選評の中で「描写」表現の効果についてだけその意義を指摘し、その他の表現技巧については一切排除している点に注目させられる。三重吉は子どもたちの「考へる儘、ありの儘を、その儘表出さすやうに務めていたゞきたい」と述べ、子どもたちの「表現方法」についても、「彼等自身の言ひ方、現はし方」に拠らせることが望ましいのだと断言している。そして、「叙写」という用語に関しては、「叙写の不秩序等」という言い方からも分かるように、この選評ではまだ叙述一般のことを表していたと判断される。

◉「叙写」という用語の使用事例

ところで、「描写」という用語は1921年11月号や翌1922（大正11）年1月号の「綴方選評」欄にも出現しているが、以後は「描写」に替わって「叙写」という用語が圧倒的に多く出現してくる。1921年12月号の選評からは、「第二入賞の、土橋さんの「おひろ」は、目をつけた材料は、これまでにも例のある、だれでもかきさうなものですが、叙写としては立派なもので馬鹿のづう〳〵しいところ、汚らしくも哀れっぽいところが遺憾なく写しこなされてゐます」といった文脈で登場

「叙写」という用語を使用した三重吉の選評

『赤い鳥』復刊第1号（1931）「綴方講話」

今度の作について言ひますと、佐々木節子さんの「およめさま」は、二年生としては、おどろくばかりに、自由にぐん〳〵写し上げてゐます。年少のために、表出（言ひあらはし方）はもちろん幼稚ですが、しかし、表出としては混雑も渋滞もなく、立派にとゝのつてはつきりしてゐます。全たいの感受（見た事柄を、写真の乾板が反応するやうに、頭に受け入れる、そのうけ入れ方）が、あ

どけなくうぶ〳〵してゐるので、普通ならばかしくも何ともない事象（事がら）までが、しぜんのユーモア（純な滑稽）を帯びて、おもはずほゝゑまれて来ます。（中略）祝言の三つ組の盃と銚子との感受も、盃のうけわたしのところの表出も、お嫁さんの着物の感受も同じくかはいらしく笑へて来ます。お嫁さんが来るまでの酒宴のところでも、太鼓をたゝくのに目をつぶつてたゝく人もありつぶらないでたゝく人もあるといふところやお父さんが手をたゝくときに手をなでまはし〳〵し

している。1922年2月号には、「今度の入選作の第一においた、「学校へ行く道」は、叙写としては実にうまいもので、みんなの言動や、川の中をもがき廻る子猫の実さいが、一々まざ〳〵と目のまへに見えます」「その次の板井さんの「親類に行つたこと」は、事柄からいへば、ほんのありふれたことをかいたまでのものですが、それが、いかにも純にかけてゐてかはいらしいので、よんで行くうちに、一人でに微笑まれて来ます。簡単な叙写でもつて、みんなの動作や気分が活き〳〵と写せてゐます」という形で使用されている。

以上見てきたように、「描写」という用語に替わって、「いきいきした写実の作品」とか「対話を写実的に生かす」「ありありと写せてゐます」といった用語の使用事例が出現してきて、その後に「叙写」という用語が「遺憾なく写しこなされてゐます」「まざまざと目のまへに見えます」「活き活きと写せてゐます」といった文脈で使用されてきていることが分かる。

こうした使用事例から判断するに、三重吉の中では、初めは叙述一般という意味に近いところから使用され始めた「叙写」という用語がその意味を限定して「描写」という用語の概念に近いところで使用されるようになったと見なすことができる。

1922年以降、三重吉の選評の中に「叙写」という用語が頻りに出現する。もちろん、「描写」という用語も少しずつは出現している。

「叙述」「叙出」といった用語もわずかずつではあるが出現する。

1925（大正14）年7月号に掲載された「ひっこし」という作品に対する選評には、「あどけない、簡朴な、かはいらしい表現です。むりやりな努力なしに、すらすらと写した単純な描写でもつて、一々の事実と、その場の空気とをありありとゑがきうかべてゐます」という箇所と、『『おぢやう様にお坊つちやま、いきますよ』と言つて先に立つて行くところなぞや、お父さまの学校の小使さんが、『ぼつちやんはこつちからいかう』と言つて分れ分れに行くところなぞでも、たゞそれだけの単なる叙写でもつて、女中さんや小使さんや喜久子さんの表情や動作や声までが、ありありと目に見えて、思はずほゝゑまれて来ます」という箇所で、「描写」と「叙写」という用語がほぼ同一の意味内容で使用されている。1931（昭和6）年の『赤い鳥』復刊第1号には、下のコラム欄に掲載した「綴方講話」の中に、三重吉の選評におけるキーワードと見なせる「感受」「叙写」「実感的」「陰影的」といった用語に対して、噛み砕かれた注釈が付けられている。これによって、「叙写」という用語を「描写」と同意義に使用していたことが明らかとなる。　　　（大内善一）

［参考文献］
大内善一（2012）『昭和戦前期の綴り方教育にみる「形式」「内容」一元論』（溪水社）

て目をつぶつてたゝくといふ叙写（うつしゑがくこと。描写）なぞも、あどけなくて滑稽であり、且つ場面が実感的に出てゐます。（実感的といふのはわれ〳〵が、その実さいを見て感受するかのやうに、まざ〳〵と活写してみせてくれてゐるといふ意味。）（中略）

原澤君の「兎殺し」は印象づよい写出です。第一に対話がいかにも実感的で活きをどつてゐます。（中略）すべて対話をとほして十分に活写されてゐます。作の最中心的な、兎を殺す場面も、よく

陰影的（絵にたとへればぼんやりした絵とちがひ、影と光と色とが微細に交錯して、事象をくつきりと、かきうかべてゐるのと同じく、こまかく、浮んでゐて印象づよいといふ意味）に写し出されてをり、すべてが目のまへに見えるやうです。どん〳〵おちる黒い血が夕日でもら〳〵光るといふ叙写なぞも、いかにも実感がみなぎつてゐます。少年の純情から、兎の残酷な死をあはれむ同君の気持もよくしんみりと出てゐます。叙写のたしかな作です。（以下略）

『綴方読本』

●鈴木三重吉最晩年の著作

『綴方読本』は、鈴木三重吉の最晩年、1935（昭和10）年に編集刊行された著作である。上編は「綴方傑作選」で、児童作品に三重吉自身による詳細な選評が添えられている。下編は「綴方と人間教育」という標題で、「前章　研究と教課上の誤謬、欠陥」と「後章　製作指導の要点と綴方の教育的意義」とに分けて論述されている。

上編に収録されている児童作品は、1918（大正7）年に創刊された児童雑誌『赤い鳥』に掲載された作品の中から選び出されたものである。収録総数は56編（特選33、佳作23）である。序文には、「それらの作篇の価としては、第一に、おのおのの中に光つてゐる、児童独自の叡智と純情と、鮮鋭な感覚とに頭が下るのを通例とする外に、第二には、われわれ人間の宿命を指示したり、人間生活の貴い意味を暗示したりするやうな、沈黙的批判を匂んだ作や、けつきよく、人間そのものゝ断面をゑがいて、人間性の券証として呈出してゐるごとき深刻な作品にも当面し得て、つくづく驚嘆することもしばしばである。ありふれた作家たちの工作なぞの遠く及ぶところ

ではない」と述べられている。ただ三重吉は、作品の収録に関して、「学校での引用とするにはあまりに陰惨な、いろいろの作篇を除外したのと、いかにすぐれた作でも、方言の対話のひどく多いものは、やはり一般の学校での引例に不向きである点で、二三篇のほかはことごとく省き去つたのでもつて、如上の意味でのひどく深刻なものが数多くはいつてゐないのが残念である」と断つている。

最後に三重吉は、綴り方教育の目的について、「綴方は、多くの平浅な人たちが考へるやうに、単なる文字上の表現を練習するための学課ではない。私は綴方を、人そのものを作りとゝのへる、『人間教育』の一分課として取扱つてゐるのである。私は多くの方々に向つて、この意味での私の主張を検討されることを熱望して止まないものである」と訴えている。

●「人間教育」としての綴り方教育観

三重吉の『綴方読本』には、前期『赤い鳥』綴り方教育運動を経て、後期に到達した彼の綴り方教育観が鮮明に打ち出されていると考えられる。それが、「叙写の腕」の優劣如何という一点に指導の目的を絞った文章表現指導を通しての児童の「人間的成長」を促していこうとする考え方である。下編に見られる「綴方と人間教育」がそれである。

「前章　研究と教課上の誤謬、欠陥」では、三重吉が当初より批判していた綴り方による

『綴方読本』に収録された作品

はだしたび（佳作）　豊田正子

二月三日の雪の降つた日のことでした。私は長靴もマントももつてはゐないので、茶色の地に黒く細いすぢのついてゐる、木綿の、ぢみな母ちゃんの上つばりを着て、番傘をさしていかうとしました。すると父ちゃんが、「そいぢゃ、あんまりかつこうがわるいよ。まだ外はふつてんのかな。ふつてゐなかつたら上つばりはよせよ。」と言ひながら二畳のガラス戸をあけて、まぶしさうな目

をして「うわあッ、ふつてるふつてる。ワッサワッサふつてるよ。」と言つて戸をしめました。二畳には光坊と父ちゃんと稔坊が、三人アンカに入つてゐて、母ちゃんは貞坊を抱いて火鉢によつかゝつてゐました。

裏のお勝手のガラス戸が、ばあッと明るい。物ほしざをの上に雪が八センチぐらゐつもつてゐる。枯草の上にも雪が細い紐のやうになつてゐる。まだ止みさうもないので、母ちゃんに、「母ちゃん、あたいもう学校へいかう。」と言ふと、母ちゃん

「生活指導論」について重ねて「文章観」を中心に厳しい批判を展開している。とりわけ、その「描写指導論」を取り上げて、「その人物を如実に躍動させるのは、最も多く対話の効果や、その動作の実写の深度によるもので、人物の容貌や、着物の好みや着方や、帽子のかぶりかたなどの癖をいかにくはしく写したところで、それは、その人物を、言はゞたゞ、物理的に解説したもので、その人物の外面等を了解する或説明にはなり得ても、それだけでは、人物のまざまざした活現が得られるものではない」と批判を加えている。続いて、「後章　製作指導の要点と綴方の教育的意義」において、まず、綴り方の「題材と課題」について「私は、綴方において、以上の無意味な空想、概念、智識、抽象的な倫理批判の取扱ひを排除するために、私の綴方改革の出立において、はじめて綴方は『生活の記録である』といふ言葉を使つて強調したものである。つまり、児童のいきた実際生活の上の、直接の経験、直接に見たこと聞いたこと、事実について感じたことをかゝせるのでなければ教課として効果が上らず、ぴちぴちした具体の事象を扱はなければ牽引のある、真実な作品は得られない上に、製作の快味もないことを指摘したのである」と確認している。

その上で三重吉は、「表現」という用語に関して、「私は言葉の連続の外形を表出と呼んでゐる。選評にもたびたび出てゐるとほりである。表現といふのは、一般に理解されてゐるごとく、記叙の外形たる、表出と、その表出の中に盛り入れられてゐる記叙の実質的内容とを、併合して言つた述語である。絵にたとへて言へば、言葉は使用する絵の具そのもの、表出は絵にぬられてゐる絵の具の或分量であり、表現は、かきあらはされたる絵の、おのおのの小さな部分に等しい。つまり表現は、画面の一部に附着した絵の具が、線となり形となり色調となつてあらはしてゐる、描写の外形と内容そのものである」と述べている。ここで三重吉は、「記叙の外形」としての「表出」すなわち文章の形式的側面と「記叙の実質的内容」とを併せた、「形式」と「内容」とを一元化する概念として「表現」という用語を規定しているのである。

最後に三重吉は、綴り方の教育的意義について「私は第一に綴方においては、その芸術教育の結果、批判の正確、感情の細化、感受の敏性を培ひ、人間性の潤沢を作ること」「これへ、参考価値の導く、児童の人そのものを知り得ての教化と、実生活上の指導、協力と、今最後に言つた、児童との融合と全面的教化とを加へた、このすべてを、綴方による『人間教育』と称へてゐる」と結論づけている。

（大内善一）

［参考文献］

大内善一（2012）『昭和戦前期の綴り方教育にみる「形式」「内容」一元論』（溪水社）

は貞坊を父ちやんに抱いてもらつて、お勝手の方へいつて番傘をもつて来た。

私がカバンをもつて座敷をうろうろしてゐたら、母ちやんが「何うろうろしてゐるんだい。早くカバンをしよいな。」と言ひながら、上り口のところに傘をおいた。父ちやんが「家出たら、とッとッとッといつちやへばすぐだよ。いつまでものろのろしてゐると、みんなに見られたり、寒くなつたりしてしまふから。」と言つた。

稔坊と光坊は向ひ合つて「ずいずいずつころば

し」をやつてゐた。私が父ちやんに「父ちやん、あたい、何はいていかうかな。」と言ふと「母ちやんに聞いて見な。」と言つた。母ちやんは押入の下においてあるこうりの中からじぶんの上つぱりを出してゐる。

「母ちやん、あたい何はいてく？　はくもんがないや。みんな下駄ばかりだもの。もしかしたら父ちやんのはだしたびでも、はいちやほ。」と言ふと、母ちやんは「あゝ何でもじぶんのすきなものはいてきな。」と笑ひながら言つた。（以下略）

三重吉の推奨作文

三重吉の推奨作文として、【ありのまま】の項の下欄に紹介した「ヒヨコ」(後略)の一部分と、合わせ記された評言を示したい。それは、子どもの目となり耳となり心となってその子の世界を再現する三重吉の卓越した能力を示すものであり、子どもの作文をこのように読むという行為がありうることを当時の教師たちに知らせ、学校での指導にも励みを与えるものであったと考えられる。

「アノヒヨコ、五六ピキ、マタカタマツタヨ。」トユウト「ウン。」トユイマシタ。
「ソンダラ、ストーブノソバサヤツタラヨカツペヨ。」トユツテ、ボクガ、ナカサハイツテ、ヒヨコラ、ドカセテヤツペトオモツタラ、「コラツ。」ト、トウチヤンニオコラレタ。ソレデボクハヤケガオキタカラ、カアチヤンノホウサキマシタ。スコシタツタコロ、
「アノヒヨコ、ナニクウノ。」トキクト、「コゴメダヨ。」トユイマシタ。「ドコニコゴメアンノゲ。」トキイタラ、「トウチヤンノホウニアンダヨ。」トユツタカラ、マタトウチヤンノホウサイツタラ、ハア、ヒヨコヲミンナ、ナカサ入レタ。ソレデ、「コゴメクワセンノゲ。」トキエタラ、「ケフハ、ユデタマゴクハセンダ。」トユウカラ、カアチヤンニ「ハヤク、タマゴニテヨ。」トセメタラ、ナベサ、タマゴ二ツ入レテ、水モ入レテニハジメマシタ。

「ハア、ニイタカナ。」トユツタラ「イマジキダヨ。」トユイマシタ。
ナベノフタントコカラ、ケムガ(ユゲ)、アガリハジメマシタ。ボクガフタヲトツテミタラゴトン〰ト、タマゴガ、ユノナカデウゴキナガラ、ニイテキル。

(松井文男)

以下、ヒヨコが又一つところへかたまつたので、中へはいつてストーヴのそばへよせようとしてお父さんにしかられるところも、それからお母さんのところへいつて、ヒヨコの食べものについて話すところも、又お父さんの方へ来て話すところも、対話がとてもしぜんに躍動してゐます。

そのつぎの、玉子をうでるところで、やがて鍋のふたの間から、湯気が立ちはじめるといふのや、ふたをとつて見ると、玉子がごとん〰と動きながら煮えてゐるといふのも、とてもいきとどいた繊細な観察です。

次に、「魚とり(特選)」(千葉県印旛郡木下小学校尋常六年　小名木実)を取りあげる。
「魚とり」は傑作です。簡潔で陰影に富んだ叙写で、実感が濃く出てゐます。同君は目にふれたまゝ、感じたまゝを、さして苦心もなく、かき上げたのでせうが、その自然のまゝの叙写がちやうどすぐれた作家の彫琢した文章のやうな、圧搾と潤沢とを誇つてゐるのにおどろかされます。すぐれた感受性の働きです。(『綴方読本』1935)
子どもの作品世界を再現するように評言を

第4部　『赤い鳥』と子どもたち

記す三重吉であるが、上記に続く部分では、子どもの文章の叙述をかなりの分量、ほぼそのまま引用する様相がみられる。

　　はじめて漁につれていかれるのを喜んで、お父さんの先に立つて「裏へ出ると、夕ぐれのしづかな中にズー〳〵と鳴く虫の音が耳にひゞいて来る。土手の上にはうす赤くそまつた夕焼雲から、一すじの紫雲が岬のやうにつき出してゐる。小さなドテラを着て石段を下りて来ると、父が黒いがいとうを着て後から来た。父はすぐ土手にひろがつてゐる網をもつて来て、その両わきに七メートルばかりの竹を二本しばつた。そして棹でこぎはじめた。」小名木君は「船小屋へはいつて、アンカにあたつてゐた。お父さんが棹を出すたびに白い水がまるくなつてはねる。船のいく先を見ると家の電気がとてもきれいだつた。たゝみ屋の裏まで来ると、家から流すどぶ水が暗い川の中へどうとおちて、泡見たいなものが白く上つてゐた」かうした一々の叙写がいかにも印象的で、しかも全面的に気分がこもつてゐる点を味はつて下さい。

　　やがて水門へついて舟をとめる。「あたりはしんとして、何の音もしない。父はもうぢき網下すから、しづかにしてゐろよと言つた。父は網を下しはじめた。ギイ〳〵ーグウといふ音が暗い水門にひゞいた。そのうちに星がふるえるやうに見え出した。父は網を下してしまふと、一ぷくだと言つて、煙草をのみはじめた。煙草の火がよわくなると、じゆう〳〵と言ふ音をさせては二三ぷくのんだ」この

章節も、一つ〳〵の推移がみんな印象的で、ひとりでに実感にくるまれてしまひます。

　鍵括弧内は原文の引用であるが、下線部（筆者）は表現が幾分変えられている。この変更が意識されているかどうかは不明である。続く部分の綴り方と三重吉の評言を並べ記す。

　　来た方を見ると、だれか船に乗つてくるやうだった。そのうちに、水の白くはねるのが見えるやうになつた。父が「かた屋さんかえ。」とよばつた。その船が銚子屋の下まで来たとき、向うの人が「あゝ。」と返事をした。「松屋さん、とれますかえ。」と、かた屋さんが言ふと、父が「私も今来たばかりでねぇ。」と答へた。かた屋さんも、僕の船の後ろへ来て網を下しはじめた。　　（小名木実）

　　来た方を見ると、だれか、舟に乗つて来るらしい。そのうちに棹で水の白くはねるのが見えて来る。その舟の人とお父さんとが、暗い中でよびかはされるところや、その人も、小名木君たちの後へ来て、網を下しはじめたといふところも暗がりの中での気分がよく出てゐます。

　子どもの言葉に近い二文から、評者の言葉に移つていく。三重吉は、子どもの叙述に自ら入つていくことで子どもの内部から語り出だす。その時、子どもの内部は三重吉の内部となる。これは三重吉と子どもとの契約された交感のようにも見える。その契約は三重吉世界におけるものであり、そこに入れる子どもと入れない子どもがいることを示唆する。

　　　　　　　　　　　　（飯田和明）

(1)
『赤い鳥』の綴り方教師

稲村謙一
いな むら けん いち

◉略歴と国語教育史における評価

1906（明治39）〜2005（平成17）年、鳥取県生まれ。鳥取師範学校卒業後、戦前、戦後を通じて鳥取県内の小学校を歴任し、1964年（昭和39年）、鳥取市立遷喬小学校校長を最後に退職した。

稲村の国語教育史における評価は、昭和初期おいて、生活綴り方教師の一人として「児童生活詩」とその教育を新たに提唱し、児童詩教育を改革した人物としてである。代表的な評価に以下のものがある。

　（引用者注　稲村は）1931（昭和6）年2月『綴方生活』誌上に論文「詩を生活へ」を発表し、花鳥風月趣味の自然観照詩を清算し、「生活の中に詩を見出し、詩を生活の中に生む」べきことを主張した。この考えをまとめたものが『生活への児童詩教育』（厚生閣1933年）である。（中略）この『生活への児童詩教育』の刊行によって、児童詩教育は、児童自由詩から児童生活詩へと大きく転換した。（国語教育研究所編『国語教育研究大辞典』、明治図書、1991年、p.52）

こうした評価に対し、児玉忠は、稲村が当時にあって「花鳥風月趣味の自然観照詩」として批判された「児童自由詩」から豊かに学びつつ、「児童自由詩」を発展的に継承しようとしていた事実を明らかにした。（児玉忠「稲村謙一の児童詩教育論」全国大学国語教育学会編『国語科教育』第35集、1988・3）

◉『赤い鳥』児童自由詩と稲村謙一

児玉によれば、当時の稲村は「児童生活

詩」と呼ぶべき新たな児童詩を模索しつつ、同時に自らの指導で創作された児童詩を「児童自由詩」の母体である『赤い鳥』にもさかんに投稿し、選評者である北原白秋から高い評価を得ていた。その内訳は以下の通り。

昭和7年　7月（入選2）、10月（入選1、佳作1）、11月（入選4）、12月（特選2、入選3）

昭和8年　1月（特選1、入選2）、2月（入選2）、3月（特選1）

この時期は、世界恐慌に伴う経済不安と、太平洋戦争に向かう不穏な政治状況下にあり、新しい教育のあり方が模索されていた。綴り方教育を中心に国語教育の専門雑誌が全国レベルでもいくつも発行され、地方レベルでも国語教育や綴り方教育の同人誌がさまざま発行され、理論的・実践的にさまざまな提案と交流が活発になされた。

児童詩教育界も、そうした専門雑誌をベースに「児童自由詩」に代わって時代や社会を捉える新しい児童詩とその教育が教師主導の形でさかんに模索・追究されていた。

◉稲村の指導による『赤い鳥』入選作品

そんな時期の稲村が『赤い鳥』に投稿し、掲載された作品とは次のようなものである。

　　　昼（特選）
　　　鳥取県気高郡吉岡小学校高一
　　　　　三ツ國きさ子
暖い昼、
私は田植をしてゐる。
向うの方で、
誰か戸をあける音、
静かにきこえる。
まつすぐな道を一年生が通る。
たんぼのにほひが、
ぷんとして来た。

　（白秋の選評）三ツ國さんの「昼」では、こまかな注意力を感ずる。田植をしながら、

よく聴いてゐる、誰か戸をあける音がする。
これは聴覚といふよりもつと深い心で聴い
てゐる。一年生が通ふのも、まつすぐな道
だからよろしい。これには視覚以上のもの
がある。それから、田圃のにほひがぷんと
する。これは嗅覚だ。かうして田植しなが
ら、色々の感覚をはたらかしてゐる。そこ
で田植してゐる少年の感情がよく出て来る。

（『赤い鳥』1932・12）

初雪のふる日（特選）

鳥取県気高郡吉岡小学校高一

吉田千代子

初雪のふる日、
寒さにうごく校庭の柳。
あゝ、この柳の芽の出るころは、
私はよそへいくのだ。
私は湖山の製糸へいくのだ。
すきとほつて光る廊下を、
あゝ私も出たら、
あの、すきとほつた廊下を通るのだ。

（白秋の評）吉田さんの「初雪のふる日」
には少女らしい純情が流露してゐる。自然
の写生以外にかうした抒情詩も愈々出てよ
いと思ふ。すきとほつて光る廊下といふ、
このすきとほつた感じはこの詩の全篇に感
情としてあふれてゐる。

（『赤い鳥』1933・4）

　稲村が『生活への児童詩教育』の刊行を機
に「児童自由詩」を代表とする「花鳥風月趣
味の自然観照詩」を厳しく批判したのと同じ
時期、稲村は上記のような感覚的・叙情的な
作品を『赤い鳥』に投稿し、「特選」に選ば
れていた。それについて、主張した理念と実
際の指導実践の間にズレがあるとして、たと
えば、入江道雄は「（引用者注　稲村の）か
かげた目標の尖鋭的であるわりには、教材と
して扱われている詩に腰砕けの感が深いのは、
まだ適当な材料に不足していたのだろう」（『児
童生活詩形成史上』あゆみ出版、1979）と
評価している。

●稲村謙一の児童詩教育を貫くもの

　しかし、稲村の児童詩教育について、彼の
戦前・戦後を通した理論と実践とを詳細かつ
総合的に検討してみると、一見矛盾・乖離し
ているようにみえるこうした彼の姿勢は、じ
つは一貫して児童詩の創作指導を、言葉の虚
構性・創造性に培う芸術的な営みとして堅持
しようとしていた点に特徴が見いだせる。

　その意味で、当時の稲村が目指した「児童
生活詩」とは、生活の事実や事象を題材とし
ながら、それを北原白秋が見出し育てた「児
童詩自由詩」がもつ感覚性・リズム性・イメ
ージ性などをベースに、言葉による芸術的虚
構世界として新しく創造することで、「児童
自由詩」を批判的・発展的に継承・刷新する
ことを意図したものであった。

　戦後、稲村は「児童生活詩」を厳しく批判
することで台頭してきた「主体的児童詩」教
育の運動にいち早く共鳴し、シュールレアリ
ズムを援用した新しい児童詩の開発にも積極
的に取り組んだ。こうした姿勢は、矛盾・飛
躍を自らの児童詩教育に取り込みながら児童
詩を批判的・発展的に改革・刷新しようとす
る点で、戦前のそれと重なり合うものがある。

　こうした稲村の原点には、若き日に『赤い
鳥』から学んだ詩の芸術性、言葉の虚構性・
創造性への深い理解があったからであろうと
思われる。

（児玉忠）

［参考文献］

弥吉菅一（1965）『日本の児童詩の歴史的展望』（少
年写真新聞社）、日本作文の会（1970）『児童詩
教育事典』（百合出版）

菊池知勇
（きくち　ちゆう）

●綴り方教師としての始発

　1889（明治22）年4月7日〜1972（昭和47）年5月8日。教師、歌人。岩手県室根山麓（磐井郡渋民村）に生まれる。知勇は「トモオ」が正しいが周囲から「チユウ」と呼ばれ、やがて自称するようになる。1906（明治39）年に岩手師範に入学し3年頃から短歌を創りはじめている。菊池は1927（昭和2）年に短歌誌『ぬはり』を創刊して没するまで主宰を続けている。

　1910（明治43）年に岩手師範を卒業し盛岡市城南小学校訓導に就任。まもなく歌誌『コスモス』を発行する。一方、城南小では堀合兵司校長に綴り方研究主任を命じられ、1年間の熟慮の後、「日本の綴方革命を決意、校内の統一活動の埒外に立って自由研究すべく校長の容認を得、綴方の徹底研究に着手、三年後に革新綴方を発表、それをもって県下の旧綴方粉砕の烽火」とした。その成果は三昼夜不眠不休でまとめられて県教育展に『生活綴方の建設』として出品されている。

●旧修辞学に基づいた作文教授法批判

　菊池はこの城南小時代に岩手県教育会が主催した講演会で東京高等師範学校教授佐々政一博士の修辞学講演を聴いて痛憤し「言葉の遊戯を排す」という長論文を書いて『岩手毎日新聞』に寄稿している。菊池のこの論文は旧修辞学に基づいた佐々の作文教授法を「一語一句の末までも破砕し尽くした」ものである。その全文は『岩手毎日新聞』に計18回（1914・9・19〜10・7）にわたって断続的に掲載されている。

　菊池がこの論文を書いた1914（大正3）年という時期は、なお明治期以来の旧修辞学的作文教授法が根強く残っていた。この時期、樋口勘次郎の「自由発表主義」の影響下に書かれたと目されている芦田恵之助の『綴り方教授』（香芸館出版部、1913）が刊行されている。しかし、この書でも後に綴り方教育界に注目される「随意選題」論はまだ「着想の過程」にあったとされている。

　こうした時期であったことを踏まえれば、菊池のこの論文が当地の学校教育現場に与えた衝撃の大きさは想像に難くない。当地の教育界を名指しで批判し、さらに日本の教育界に潜む無意味な因習と綴り方教育界の不毛な状況に対して完膚無き批判を展開したわけであるから、当然その反響は絶大なものがあったと想像される。この論文の当地での反響について、菊池は後年「県下の若い教師達から激励の手紙が僕の学校に集まり、県学務課では連日対策が協議され、県下の学校の話題はこれで持ち切りという大変なことになってし

児童の綴り方作品と菊池による批評
観方の深さと表現の順序

| 作品 | うちの庭　（尋四児童作）

　私のうちの庭には、大きなみかんの木がまん中にはだかつてゐる。朝は旭が木の葉の間からさしてぎらぎら光る。木の葉は赤色や黄色に光つて何ともいひやうがない。この木は古い木で、枝から大きいくもが細い糸すぢで広くすをはつてゐる。くもの糸すぢは赤色や、青色にきらきら光つてゐる。

　庭のすみつこにうめの木がある。このうめの木は根の方がわかれてゐるが、そばに地神様があるから、このうめの木はかれないのださうだ。そのよこにさといもが細長いくきを出してゐるが、葉は大へん広くてよいにほいがする。うめの木とさといもの葉との間に広いくものすをはつて大きなくもが一匹すんでゐる。

　そこから長くはなれた板かべのわきに芝がこいみどり色の若葉をつけて、みじかくのびてゐる。（以下略）

第4部　『赤い鳥』と子どもたち

471

まいました」と述懐している。

◉慶應義塾幼稚舎訓導へ

菊池は1917（大正6）年に上京し、本所牛島小学校訓導を経て、1919（大正8）年慶應義塾幼稚舎に就職し綴り方教育に邁進する。1年生から6年生まで担任を続けその間の綴り方の実践記録をまとめ、『綴り方』と題した書を毎年巻1から巻7まで金港堂から刊行している。続いて、『知恵』という月刊雑誌、『ぼくらのうた』という学級詩集も月刊で刊行している。

1925（大正15）年4月には、日本最初の綴り方教育研究誌『綴方教育』（菊版200頁）を菊池知勇主幹、日本綴方教育研究会編集として文録社から刊行する。この雑誌は1941（昭和16）年3月号まで通巻186号まで刊行される。なお、『綴方教育』より1か月遅れて児童用綴り方学習誌『綴方研究』の「小学校低学年用」「同高学年用」「高等科用」の3種も刊行されている。これらの雑誌の指導語はすべて菊池一人が書き続けている。

なお菊池は、『綴方教育』誌に連載した各種の論考を後に『児童文章学』全6巻（1929）、『児童言語学』（1937）、『日本児童詩の研究と鑑賞』（1936）を刊行している。また、菊池は『綴方教育』誌傘下の精鋭の教師を募って、数次にわたる組織的研究を行って、その成果を『綴方教授細目の新建設』（1934）、『地方生活歴と綴方題材』（1935）、『綴方教育の組織的施設経営』（1936）などを刊行している。以上は全て文録社刊である。

◉『赤い鳥』綴り方教育運動との関わり

菊池の綴り方教育論および綴り方教育運動に関しては、『『生活綴方』への前駆的な足踏みが見られる』とか『『赤い鳥綴方』から『生活綴方』への橋渡し的な実践指導を開拓した』などの評価によって矮小化されるべきではない。こうした評価の中で、滑川道夫による、菊池の主著である『児童文章学』全6巻と『児童言語学』の二著を「児童修辞学の建設の趣き」ないしは「綴り方修辞学の建設を志向した」ものとする評価は注目に値する。

菊池は慶應義塾幼稚舎に勤務しはじめた頃、『赤い鳥』の主宰者鈴木三重吉や北原白秋に会い、何冊かの学級詩集『ぼくらのうた』を見せて、当時の子どもが作っていた童謡を批判している。『赤い鳥』の童謡教育への批判を行ったのである。中内敏夫は、菊池のこのような実践活動を踏まえて、彼の綴り方教育運動を文章表現指導の系譜に位置づけてその独自の意義を認めている。　　　　（大内善一）

[**参考文献**]

滑川道夫（1978）『日本作文綴方教育史2 大正篇』（国土社）、大内善一（2004）『国語科教育学への道』（溪水社）、同（2012）『昭和戦前期の綴り方教育にみる「形式」「内容」一元論』（溪水社）

批　評

△取材　自分の家の庭は誰でも一番よく知つてゐる筈であり、これを題材とすることは極めて当然のことでもありますが、その実、自分の家の庭は、毎日見てゐるだけに、平素はこれといふ刺激も与へてくれず、感動も起させてくれないので、却つて題材となることが少いのです。しかしながら、心を潜めて物を観、事を考へるやうな、深い生活をしてゐる児童にとつては、落ついて物を見、心の動きを味ふことの出来る自分の家の庭ほどいい生活の舞台はなく、これほどよい題材は少いのです。（中略）

△表現　これだけの生活、これだけの題材、それは、当然この表現を生んだものと見なければなりません。まづ、庭のまん中にはだかつてゐる蜜柑の木から書きはじめ蜘蛛の光彩までも、書いてその木の生きの姿を、その美しさを立派に書きつくし、次に庭の隅の方にある梅の木に及び、これも前の蜜柑同様にその生きの姿を書きつくし、次には、板かべのわきの芝生と、（以下略）。

木村寿
き むら ひさし

◉生活綴方教師・木村寿

　木村寿は、宮崎県の生活綴方教師である。
1920（大正9）年3月、宮崎師範学校卒業。
同年4月尋常小学校訓導となり、数校を経て、
1925（大正14）年に南方尋常高等小学校
（現・延岡市）に赴任する。そこで初めて1
年生を受け持ち、国語教育の重要さを痛感し、
「自然観察の綴方」に取り組むようになる。
雑誌『鑑賞文選』『綴方倶楽部』『綴方生活』
等に数多くの指導作品が見られる。

　生活綴方教師として木村の名を高めたのが、
1932（昭和7）年度から3年間在職した土々
呂小学校（現・延岡市）での学級文集『ヒカ
リ』『ひかり』『光』全23号である。1年生か
ら3年間持ち上がりで男組を担当した。

　この文集で注目されるのは、2年生の『ひ
かり』に北原白秋、相馬御風、浜田広介、野
口雨情の童謡が計6編（白秋3、他各1）参
考作品として掲載されていることである。6
編とは言え、生活綴方教師・木村寿の文集に
童謡が掲載されている事実は興味を惹く。創
作指導はすでに童謡から児童自由詩へと転換
し、稲村謙一の論文「詩を生活へ」（『綴方生
活』1931）をきっかけに、生活綴方は『赤

い鳥』を、言い換えれば白秋を否定するとこ
ろから出発していたからである。

　掲載された童謡の中に北原白秋の「子供の
村」がある。原作の第5連を抜き出し要約す
る形で載せられている。南方小時代の生徒さ
んは、木村寿が「子どもの村」をオルガンに
合わせて歌わせていたと言っている。それを
また、土々呂小でも教えているのである。

　この「子どもの村」を、生活綴方の指導的
立場にあった寒川道夫が、「早今日は『子供
の村は子供で作ろ』の時代ではない」と切り
捨てたことがあった。1936（昭和11）年に
起きた白秋の「提言」をめぐる問題である。

◉北原白秋の「提言問題」と木村寿

　久々に『綴り方倶楽部』誌上で児童詩の選
者を務めることになった北原白秋は、『綴り
方倶楽部』（1936・6）誌上で、ある提言を
行った。冒頭で白秋は「児童自由詩の正統に
立ち、茲に私は提言する」と述べ、本来の
「児童自由詩の正統としての真精神」、つまり
『赤い鳥』の児童自由詩の精神を「本誌の詩
壇に於て再び基準し、顕揚」することを宣言
した。そして行動詩や散文詩等の「新自由
詩」を批判した。

　これに対して寒川道夫は『綴方生活』第8
巻第8号（1936・10）に「提言を切る――
新興児童詩前進のために」と題する論文を書
き、白秋が児童自由詩を童謡からの発展とし
て認めていながら「実践の軌道にのる新興童

『赤い鳥』復刊第6巻第2号（1933・8）　掲
載作品　木村寿指導　土々呂小尋2

　　　がらがらぐさ

　　　　　　　　　　　　　　吉井巳義

　どてに、ひらいてゐる、
　がらがらぐさ。
　白い花がゆれる。
　とつてゆすぶれば、
　がら〜ちら〜
　ちひさな、おとだよ。

『綴り方倶楽部』（1934・4）　「みなさんの作
つた童話」掲載作品　木村寿指導　土々呂小
尋2

　　　とんびと子供

　　　　　　　　　　　　　　高橋敏郎

　いわしがたくさんとれて、いわしがはまにほし
てありました。とんびが北の方からとんできまし
た。さかながぴかんぴかん光つてゐたからほしい
と思ひました。とんびはさかなの上にきて、ぴい
ひよろ、ぴいひよろ、となきました。

詩を、発展した型として肯定する事が出来ないのであらうか」と疑問を呈し、「氏は既に時代と共に歩む事を止めたのである」と、生活綴方の立場から手厳しく批判した。

1936年『國・語・人』7月号（伯西教育社）は特集「北原白秋提言批判」を組み、26名に回答を求めた。回答者の一人として木村寿は、「北原氏の提言には、私たちは一考も二考もすべきものがある」と、答えている。

白秋の提言5項目の内、最初の2項目は「①児童自由詩発生の真実相を認識しその精神と表現とに就いて、正統たる斯の道を守持し、開顕する。②此の理由に於て、その以外（ママ）の短歌・俳句の創作指導と発表とを排除する。」というものであった。

木村はまず子どもの世界に政治性を持ち込むのを否とする姿勢を示し、続いて「児童の生活を豊富にするために」「和歌・俳句と限定せず、また観念なしに、児童生活に見る発生的なものはみとめていゝと思ふ」と述べている。木村が児童自由詩を指導しながら、文集に白秋等の童謡を載せていたのはこのためである。わらべ唄を基調とする童謡は、まさに「児童生活に見る発生的なもの」である。

北原白秋は「子供は自然界のあらゆるものと遊ぶ。驚き喜びつつ遊ぶ。だから彼等の周囲のありとあらゆるものが一緒に歓声をあげる。（略）このすばらしい交歓状態の中に自然に子供の歌謡が生れるのだ」（「童謡復興」）と述べているが、木村寿の言う「発生的なも

の」とはまさにこの意味である。

白秋は童謡の創作において「真の思無邪の境涯にまでその童心を通じて徹せよ」「恍惚たる忘我の一瞬に於て、真の自然と渾融せよ」「此の境地は、自然観照の場合に於ても、終には芸術の本義と合致する。」（「童謡私観」）と言う。木村が南方小学校で始めた自然観察の綴り方は、この白秋の言に通じるものがある。自然や生活を見つめ、そこから発生的に綴り方が、詩が生まれる、これが木村寿の綴り方教育の根幹である。

木村寿は文集『光』によって生活綴方教師として知られるが、それは寒川のように『赤い鳥』を全否定してかかるものではなかった。

岡富小学校で同僚だった青木幹勇は、木村寿の自宅で、当時高価だったアルス版白秋全集が並んでいるのを見たと言っている。また、『赤い鳥』復刊第1巻第6号（1931）には、童謡童謡選外佳作欄に木村寿の名が見える。自ら作品を投稿していたのである。

1933（昭和8）年には土々呂小学校の児童詩4篇が『赤い鳥』復刊第6巻第2号に掲載されている。木村寿にとって『赤い鳥』は、1933年においても意識される存在だったのである。　　　　　　　　　　　　（菅邦男）

［参考文献］
青木幹勇（1978）『わたしの授業』（明治図書）、菅邦男（2009）『『赤い鳥』と生活綴方教育』（風間書房）

子供がとんびを見ました。とんびはひもじくてたまりませんから、又、ぴいひよろ、と鳴きました。そしてわをかいて見せました。子供が「とんびが字をかきよるが」といつてよろこびました。とんびは、子供があつちにいくといいじやがと思ひました。とんびはわをかいて鳴きながら、ぴいひよろ、ぴいひよろ、と、首をうごかして、鳴きました。とんびは、なんぼでもわをかいて鳴きました。子供はとんびが、ひもじいのだらうと思ひました。それでも子供は、さかなのばんをせんな

らんとぢやから、あつちに行くことはできません。とんびがひもじいだらうと思つて、ねむつたふりをしました。そしたらとんびはおりてきて、一番いわしのわるいのを一ぴき取つて上りました。子供が上を見たら、とんびは、うれしさうに、ぴいひよろ、と鳴いて、北の方へまつていきました。
注　かきよる（書いている）
　　いいじやが（良いのだが）
　　さかなのばんをせんならんとぢやから
　　（魚の番をしなくてはならないのだから）

木村不二男
きむらふじお

●『赤い鳥』への投稿、三重吉への師事

1906（明治39）年～1976（昭和51）年。大館市生まれ。函館師範学校本科第一部を1925（大正14）年に卒業、北海道亀田郡銭亀沢村石崎尋常高等小学校訓導となった。同校において指導した綴り方や児童詩、自由画などを『赤い鳥』に投稿した。同僚の銀家元男らも指導作品を投稿していたため、すべてが木村の指導ではないが、同校の綴り方は1927（昭和2）年9月号から1929（昭和4）年2月号までの間に13編が、児童詩は1927年9月号から1931（昭和6）年1月号までの間に126編が、自由画は1927年5月号から1931年3月号までの間に24点が掲載されている。また、木村自身の童謡も1928（昭和3）年2月号から11月号までの間に7編掲載されている。同時期に、木村の指導した綴り方や児童詩が『鑑賞文選』（文園社）にも多数掲載されている。

木村は、同校に5年勤務したのち1930（昭和5）年には文学者となる志を抱いて上京し、文化学院文学部に入学するとともに、三重吉に師事した。父の木村文助も前期『赤い鳥』に数多くの指導作品を入選させた教師であり、1930年頃までは三重吉と師弟関係にあったが、綴り方教育観の相違により「破門」されていた。そのような三重吉と木村文助との関係を承知しつつも、三重吉に師事した理由について木村は次のように述べている。

「私は小学校時代すでに漱石の『坊ちゃん』の洗礼をうけ、そのつながりに於て父における三重吉を見出し、わが文学の道はこれしかないことを発見したのです。すなわち綴方をせっせと送ることで三重吉に見出されたらやがてその方面（文学）におしだして貰えるかも知れないと、要するに父とちがって私における三重吉は文学以外でなかった」（木村「『綴方教室』まで」『「綴方生活」複刻版月報』第7号、1975）

木村が三重吉に師事したのは、文学の師としてであって、綴り方教育論に共鳴してのことではなかったということになる。

●「積極的精神」をもつ綴り方の追求

木村は、三重吉の指導もあり、1932（昭和7）年に東京府荏原郡矢口東尋常小学校代用教員（1933より訓導）となった。指導した綴り方等は、『赤い鳥』や『綴方読本』（『鑑賞文選』の改題後継誌、郷土社）に投稿した。木村が『赤い鳥』に投稿した綴り方の一部は三重吉の『綴方読本』（1935）にも再録された。三重吉に評価された綴り方について、木村は次のよう回想している。

「『綴方読本』には私が指導したものも十篇

鋸山

東京市蒲田区矢口東小学校尋五
笠川求女

（前略）そこからは一段と急になつて、まるで石段がツッ立つてゐるやうだ。上を見上げて、おじけがついたのか、お母さんも姉さんも、そこで待つてると言ひ出したので、お父さんと僕と英二だけで上ることにした。今、もうぢきですよと言はれたが、道が急なので、としても道のりがあるやうに思ふ。頂上の小屋が目に入つたら、急につかれが出て、くたびれてしまつた。

僕は、はあ〳〵と、お父さんの足元ばかり見るやうにして、やつと頂上についた。「やあ、これはいゝ景色だなあ。」と言つて、お父さんは、セメントの腰かけに腰を下した。僕も英二も、ならんで腰を下した。

ちようど飛行機の上から見たら、こんな景色であらうか。空も海も一つになつてしまつて、空の中に白帆が動いてゐるやうだ。人の家は、手のひらにのせられるほど小さい。山の木々からは、蟬

近く登載されているが、私は舌でもだしたい気持。というのは三重吉その人に合せて大いに水ましを加え、手かげんをしたものなので、文学教師指導の綴方ではあっても、純粋な綴方とはいい得ないもの、まずは文学的まがいである。ところが小砂（小砂丘忠義─引用者）の『綴方読本』（こちらが前者より、より先の名である）には、教育の原型がある。（中略）小砂の眼は子供らしい子供ということに終始したようだ。私は此の種のものを小砂に回した。『赤い鳥』にとられた才気走ったものよりははるかに清純で生活の原型があった」（木村「三重吉と小砂」『「綴方生活」複刻版月報』第9号、1975）

このように、木村は、『赤い鳥』と『綴方読本』（郷土社）に投稿する綴り方を区別していたとしている。これは、双方の綴り方観がことなることを承知してのことであった。

1933（昭和8）年には、木村は、小砂丘らの『綴方生活』（郷土社）の編集同人となった。その理由について、次のように述べている。

「私が、『赤い鳥』にあきたらず、師（三重吉─引用者）にはひそかに自らを進入させていった先が『綴方生活』の小砂丘さんなのでした。前者にはない『教育』のほんもの（これが文学に通う）がここにはあったからで、わが弁証法の当然なあらわれです」（木村「『綴方教室』まで」前出）

このように、木村は、三重吉の綴り方観に

飽き足りなさを覚えていたと回想している。

たしかに、木村は、三重吉の綴り方論に同意しつつも、さらにそれから先を求めるとして、1937（昭和12）年に次のように述べていた。

「私はそれを更に生活に依ってこすりつけ、たゝきつけ、一時それで汚濁されたかに見えて実は濾過作業の結果、生活技術を知り、社会的開眼をもたらし、順次に脱殻してゆく積極的な立場をとりたい。氏の童心的な消極的純粋の素材に基づいて、悟りを目標に置いた積極的精神にまで成長したいのである」（木村「都市の綴方教育」『綴方生活』1937・5）

木村は、子どもが自らのものの観方や考え方等を綴り方に表現することによって、現実との摩擦を生ずることもあるが、そうした経験をすることによって人間性をみがき、社会性を身につけて行くことができると考えていた。こうした木村の観方は、木村が指導した笈川求女の綴り方「鋸山」（『赤い鳥』1934・1）についての木村の分析（木村『綴方の書』刀江書院、1937）にも具体化されている。

（太郎良　信）

［参考文献］

木村不二男（1940）『綴方教師』（モナス）、同「鈴木三重吉」（『中央公論』文芸特集第7号）、太郎良信（2014）「木村不二男の綴方教育論の検討」『文教大学教育学部紀要』第48集

の声がしぼり出すやうにひゞいて、さつきは暑苦しかつたが、今は下に聞くせゐか、とても、涼しい気持である。

お父さんは「お母さんに、この景色を見せてやりたい。」と言つて、下へかけ下りた。しばらくしてからお母さんたちが、そろ〳〵と上つて来た。僕は、「お母さん、もうぢきだよ、ぢきだよ。」と、どなつて、はげましてやつた。頂上に上りつくと、お母さんは、よい景色も見ないで、へた〳〵と腰かけにへたばつてしまつた。

「いゝ景色でせう。」と聞いても、だまつてふら〳〵してゐるので「お母さん、何ともない？」と聞くと「あゝ、大丈夫だよ。そろ〳〵上つて来たから。」と言つて、やつと、はれ〳〵した顔になつたのでうれしかつた。

みんなで、おむすびの包をといて、うまく食べた。食べをはつて後をふりかへつて見ると、そこにある立札に「名も高き鋸山に来て見れば、安房と上総をひき分けにけり。」とかいてあつた。

（『赤い鳥』1934年1月号、「佳作」入選）

木村文助
{き むら ぶん すけ}

●木村文助の綴り方教育の模索

1882（明治15）年～1953（昭和28）年。秋田県生まれ。秋田師範学校を卒業後、秋田県内の小学校訓導、訓導兼校長、函館師範学校事務長を経て、1918（大正7）年7月から北海道亀田郡大野尋常高等小学校の訓導兼校長となった。木村は、綴り方教育のあり方を模索する中で、児童との関わり方を改めた。「彼らの生活の中にもっと踏込んで、十分融け合ひ、信じ合はなければならぬといふ事を切に感じたので、夫からは教師の権威（？）を離れて、謙虚の心持を以て心置なく遊び交る事のみに努め、先づ彼等の唯一の同情ある友たらんことを心掛けた」（木村『村の綴り方』厚生閣、1929）。こうした姿勢で児童と向き合う中で高等科2年女子が自らの境遇について書いた「涙」という綴り方に出会い、「綴方の本領」は「表現（すること──創作、されたもの──鑑賞）を通しての生活の発展にある」ことを確信することとなる。こうした綴り方を木村は文芸的綴り方と呼んだ。

●『赤い鳥』綴り方との出会い

木村は、『赤い鳥』を見たことはなかった。

たまたま『赤い鳥』を手にして綴り方欄を見て「今迄の選者からは一溜りもなく斥けられるゝ様な田舎の文章の何とこれは又堂々跋扈してゐる事か。そして価値決定の標準は、どうやら自分の考へ尽したものと同じものゝ様に考へられてならなかつた」（『村の綴り方』前出）。そこで、木村が指導した綴り方を投稿すると、1922（大正11）年8月号の第一席に「橇」が、同年9月号の第一席に「兄の病気」、同年10月号の第3席に「右の手」が入選した。木村は「淋しい孤立から、いきなり大きい手で救上げられた」思いがしたという。その後も、木村の指導した綴り方は『赤い鳥』に掲載され、前期『赤い鳥』の終刊までに57編が入選した。三重吉は、木村が編集した文集『綴方生活　村の子供』（文園社、1927）に寄せた「序」において「木村校長のごときは、特に私の考へによく共鳴し、正しく熱心に実地の指導に当つてゐる教育界の闘士」であると賞賛している。

●木村と『赤い鳥』綴り方との関係

木村の指導した綴り方は三重吉から高い評価を受けたが、木村の綴り方論と三重吉の綴り方論とが完全に一致していたというわけではない。木村は1931（昭和6）年に問答の形で書いた一文において、「君のあの『村の綴方』ね。あれは赤い鳥の綴方の理論つて云ふ訳かな」という問いに答えるかたちで「さう赤い鳥の理論などと早呑込みされるのは僕

涙　　　　　　　　　　　　　　高二　　女

テーブルにもたれて宿題の算術をおいて居ると、玄関の戸ががらりとあいた。おや誰だらうと見ると父は一人のお客を連れてのこのこと台所の方へ来た。私の胸ははつとした。又何時もの様におこられるだらうと思へば、一分間でも父の傍にはゐられないやうな気がして大急ぎで道具を片付けて奥へ行つた。いつも提灯をつけてとる床も、今晩だけは暗がりを手探りで敷いた。何事もなくてくれゝばよいと心に祈りながら、小さく縮まつて寝

た。二分三分五分と次第に時間は過ぎた、十分位もたつた頃「とみーとみー」と父の叫ぶ声に、胸がどきどきして返事もしないで、むつくり床の上に座つた。「とみ寝てゐる者でも起きて仕事してゐるのにお前どうして寝た。早く起きて烏賊切りせ」といつた。（中略）

三つの時別れた母は去年死にました。どうして可愛い子供を五人もおいて、他家へ行つたのでせう、それには何か深いわけがあるでせう。それでも母の死顔でも見たかつた。三つの時別れてから

にとつて迷惑だよ。作品の観方は一致してゐるやうだが」と述べている（「ある日の話」『綴方生活』1931・8）。もっとも、この頃までには、木村と三重吉の師弟関係は断絶していた。その理由を木村の回想で確認すると「嘗て『社会的実用的の存在性』を某紙に述べたといふ廉で大に逆鱗に触れた」（手稿『綴方概論』1939）とある。ここでの「某紙」が何を指すかは不明であるが、1930（昭和5）年の時点で「社会的実用的の存在性」に類することを論じ始めていたことは確かである。

◉新たな文芸的綴り方論

木村は「第三期綴方論」（『国語教育』1930・12）において、国語科綴方が設けられた1900（明治33）年以降の綴り方教育の歴史を振り返り、第一期を写生・方法中心時代、第二期を1916（大正5）年の随意選題綴方提唱を区切りとした童心時代、第三期を1930年のプロレタリア綴方提唱を区切りとしたプロ綴方時代としてとらえている。木村がプロレタリア綴方を推奨するということではない。木村は「今までの余りに内向的、身辺的に狭かつた点に省み、社会関心の萌芽でも、断片でも大事に保護し、外的社会的に発展拡張しなければ新しい堅実な時代認識は得られない」という理由によるものであった。

木村は、このあと、1933（昭和8）年夏の北方教育講習会での講演（「現下綴り方の批判と統制」『北方教育』第13号、1934・1）、

「赤い鳥綴方雑感」（『綴方生活』1935・12）、「綴方教育史における時代区分を論ず」『教育』1938・12）等を通して、自らの綴り方教育論を三層のピラミッド型に図解して示すこととなった。1938年論文の用語で示すと、下の層では調査や統計や観察をさせるが本来の意味の綴り方ではない。中の層では実用的綴方を書かせる。これは誰もが普通に書けるようになる綴り方である。上の層では、文芸的綴方が生まれてくる。文芸的綴方は誰もが書けるとは限らないが、鑑賞することは誰もが可能なものとされた。1930年より前の時期の木村の綴り方教育論との比較で言えば、文芸的綴方への過程（あるいは一部）に実用的綴方を位置づけたことになる。

木村は、1928（昭和3）年7月からは茅部郡砂原尋常高等小学校訓導兼校長、1935（昭和10）年3月からは亀田郡日新尋常高等小学校訓導兼校長を務めたが、1938年4月に55歳で退職を余儀なくされた。

(太郎良　信)

［参考文献］

畠山義郎（2001）『村の綴り方　木村文助の生涯』（無明舎出版）、太郎良信（2016）「1930年代における木村文助の綴方教育論の検討」『教育研究ジャーナル』第9巻第1号、太郎良信（2017）「木村文助の綴方教育論の研究（1）」文教大学教育学部『教育学部紀要』第51集

七つの時、一度逢つた事があります。其時母は私の手を取つて「私はお前の親でもない、子でもない」とまでいつたのですもの、色々の事を思つてゐるとからだがふらふらするやうでした。気が付くと自分は部屋の入口へ黙つて立つてゐるのでした。寒さに気が付いて床にもぐると実母の顔が目の前に見える様で、涙が尚も出るのです。いつでもかうして叱られるのを思へば、友達が羨ましくてなりません。一度だつてやさしい言葉で物を言はれた事は無い。友達はいつもやさしい言葉で父母から愛されてゐるだらうが、私は父母の真のやさしい言葉を聞いた事がない。中でも父の方は頑固であるから、兄も弟も皆怖がつてゐる。私はなるたけひねくれまいと思つてゐるけれども、かういふ家庭に育つた私は、自然にひねくれるのです。私はいつも寝床へ入れば泣くのです。心で泣いてゐるのです、心で泣けば自然に涙が出るのです。かう云ふ時には床の中へもぐり込んで泣くのです。（木村文助編『綴方生活　村の子供』文園社、1927年）

高橋忠一
（たか はし ちゅう いち）

●秋田の『赤い鳥』の綴り方教師

秋田県の北秋田郡・大館女子小学校で『赤い鳥』綴り方教育を熱心に推進していた教師が同校の訓導であった高橋忠一という人物である。高橋は1921（大正10）年に大館女子小学校（現・大館市立城南小学校）に赴任し、1941（昭和14）年に綴子小学校校長として転任するまで20年あまりを『赤い鳥』綴り方教育の実践に熱心に取り組んでいる。

『大館市史』には、高橋忠一の人物・経歴について詳細な記述が見られる。この中には、「忠一は大館女子小学校に併設された女子職業学校の助教諭を兼務し、同校バスケット部を全国水準にまで育てあげたスポーツ人としてむしろ知られている」とスポーツ界への貢献の大きかったことが詳しく述べられている。残念ながら、『赤い鳥』綴り方教育との関わりについては、わずかな紹介に止まっている。

高橋忠一は、1933（昭和8）年に鈴木三重吉を大館に招いて講演会を催している。この時に三重吉が大館の教育者たちと親しく交わった様子が、高橋家に保存されている9月24日消印の三重吉の礼状に窺える。また、この時には大館女子小学校の『赤い鳥』綴り方

作品入選者である児童たちも集まって三重吉と共に撮った写真が1934（昭和9）年の『赤い鳥』1月号に掲載されている。高橋家には他に12通ほどの三重吉からの書簡が保存されている。これらの書簡からも三重吉と忠一との交流の一端が窺えて興味深いものがある。

●秋田県における『赤い鳥』綴り方教育の概況

秋田県では、1930（昭和5）年に綴り方教育研究誌『北方教育』によった「北方教育」運動が興っている。この事実は秋田県内はもとより広く全国に知られているところである。しかし、秋田県には、この「北方教育」運動より以前の1918（大正7）年に興った『赤い鳥』綴り方教育運動の影響も見られる。この事実は県内においてさえ意外と知られていない。前記の『大館市史』における忠一と『赤い鳥』綴り方教育との関わりがわずかな紹介に止まっていることもそうした事実を示唆している。

秋田県の『赤い鳥』綴り方教育は、主として北秋田郡を中心に展開されている。それは『赤い鳥』に入選した秋田県の児童の綴り方作品の総数74編のうち、73編までが北秋田郡のものであったことからも理解できる。もとより、忠一の熱心な指導の賜物である。なお、『赤い鳥』に入選して掲載された作品には綴り方のほかに「児童詩」作品がある。この児童詩入選作品は秋田県全域にまたがって

高橋忠一の指導になる綴り方作品

喧　嘩（推奨）　尋六　伊藤　たき

昨夜、私が十時頃床に入ると、間もなく外でがや〳〵人が騒いだ。私はだまって聞いてゐると、由蔵に似た声の人が「なにツ、この野郎、おれア買つて飲ませたの、わからねアかア。わからねあごつたら、勝負つけろ」と大声でどなつてゐた。私は何だらうと思つてゐたら、叔母さんが「何だか由ぢよやうだなア」と言つて、起きて外に出て行つた。私も起きて行くと、男の人や女の人が洋

三の家にたかつてゐた。そばに行つて見ると、やつばり由蔵であつた。そして由蔵と、もう一人、どこのか、知らない人と二人で、とつくみあつてゐた。由蔵は「んが、本当にわからねアが」と言つたら、一人の人は「うん、わかつた。由ぢよ、んが、おれの命、とる気か。取る気だら取れ」と言つた。由蔵は「うん、したら勝負つける」と言つて、はんてんや、シヤツや、ジヤケツをぬいで裸になつた。一人の人も裸になつた。由蔵が「来い」と言つて、その人を横にたなつて、石からに

いて総数156編である。

●高橋忠一編・文集『落した銭』『夏みかん』

忠一には、自らが指導して『赤い鳥』に入選させた児童の作品をまとめた2冊の文集がある。共に公刊されたものである。一冊は前期『赤い鳥』入選作品をまとめた『落した銭』（立馬会、1930）、もう一冊は後期『赤い鳥』入選作品をまとめた『夏みかん』（文園社、1935）である。

忠一には、未発表であるが「創作主義ノ綴方」と題した論考がある。この論考は高橋家に残されていたもので、筆者が調査訪問に訪れた際に見せて頂いたものである。この論考の中で忠一は、綴り方の実際の指導に際しては、「無指導の指導」という方法を取るべきであると主張し、「創作品に対して児童の表現せんとすることが充分で無いと思はゝ時にのみ暗示し、或は教師の考へを述べて児童に相談する」ことにとどめるべきであると述べている。この言葉からも忠一の綴り方教育に対するかなり強固な信念が窺える。

なお忠一は、第一文集『落した銭』の序文で、綴り方との出会いと自らの綴り方教育観について述べている。「綴方に興味を持つたのは大正十年」であり、「雑誌『赤い鳥』の綴方に刺激されてからである」と振り返り、教員になってからの「一年間、鑑賞用として『赤い鳥』綴方のみを用ひた」と述べている。

また、忠一は「綴方は、児童の生活の表現でなければならぬといふなんてことは、今更、強調する必要もあるまいし、同時に生活の指導を目的とせねばならぬといふことも、云う迄もあるまい」とも述べている。『落した銭』が刊行された1930年には、秋田に『北方教育』誌が創刊され、その前年の1929（昭和4）年には、生活綴り方教育運動の機関誌となる『綴方生活』が創刊されている。上掲の忠一の言葉には明らかにこうした生活主義の綴り方教育思潮への批判的な意図が窺える。

忠一が刊行した文集に収録されている入選作品に対しては、『赤い鳥』に掲載された時に鈴木三重吉の詳細な選評指導が添えられていた。三重吉は児童の真実を効果的に表現させるために会話や方言の自由な使用を認めている。そのため、下のコラム欄に取り上げた児童作品に見られるように方言による会話文がそのまま記載されてくる。この作品に対して三重吉は、「たゞ事実そのものを、客観的に直写するにとゞめて、気の毒だの、いたいたしいだのといふ、自分の感情を、表面に全ぜん挿入してゐない点が、かへつて全篇の充実と弾圧とをましてゐることに注意したいものです」といった選評を加えている。

（大内善一）

［参考文献］

大内善一稿（2004）「秋田の『赤い鳥』綴り方教育」（『国語科教育学への道』渓水社、所収）

どんと投げた。その人は、しばらく起きれないでゐたら、由蔵はその人の頭をぢば〰とたゝいた。見てゐた人たちが「やめれ〰」と言つて、手を引つぱつても聞かないで、引つぱられた手をとつて、たゝいてゐた。私は、みんなでとめてければいゝやつなアと思つて、わく〰してゐると、男の人たちが三人して「やめれ〰」と言つて由蔵のところを、家につれて行かうとして手を引つぱつた。由蔵はそれでも行かないで、手をばつくり取つて又その人を側にあつた車にぶつつけた女の

人たちは「あア、しかたねアでアながまつてしまつたでア」と言つてゐた。その人は、しばらくながまつてゐた。由蔵は「んが負けたがア、まだだか」と言つてその人の頭を、もつぷりふんだ。その人は「一生負けねア」と言つて起きようにして立てば倒れ、立てば倒れしてゐた。その人は倒れたまゝで「んう、んがいんたものに、負けるんだなア。んう、肝がやける」とうなるやうに言つた。そばで見てゐた女の人たちは「男てなア、たゝかれねアうちに家さ行かねアで……（以下略）。

平野婦美子
ひら の ふ み こ

◉ 『女教師の記録』とその教育世界

1907（明治40）年9月～2001（平成13）年6月。千葉県木更津の自作農家に生まれ、木更津高等女学校、千葉女子師範学校二部を経て小学校教師になった。93歳で死去。師範学校を卒業した1926（大正15）年、18歳のときから16年間、子どもたちや親たち、同僚教師たちとともにひた走った。1940（昭和15）年、城戸幡太郎や留岡清男に勧められて執筆した『女教師の記録』が西村書店から出版された。同書は平野の教師生活の記録であり、発行部数10万を超えるベストセラーとなった。文部省推薦図書になり、原節子主演で映画化もされたが、平野は上映直前に退職を余儀なくされ、映画名は「若い先生」となり、原作者名も出版社名も伏せられた。

最初の赴任校は千葉県の半農半漁の村にあった長浦小学校であった。師範学校で学んだ知識は役に立たないと判断し、自分の感性で同僚の教師たちを巻き込みながら、村の生活改善に取り組んだ。朝、顔を洗わない子どもたちが多く、衣類も不十分だったが、魚釣りの上手い子もいれば、蕗の葉を鼻紙代わりにする子もいた。そういった生活の知恵を持っていたことに注目し、さらに思考力や読書力も身につけさせようとしていた。

1930（昭和5）年、結婚を機に東京へ移ったために市川小学校に異動した。校長の指導下で教師たちは研究熱心であり、存分に仕事に打ち込んでいた。平野は、その一方で、子どもたちは清潔で、手洗いも進んでするし、文字や算術の学習も手際よくやるが、教室の空気は冷たく、エゴイズムがみられ、点数に敏感であることが気になっていった。こうした子どもたち、親たちの生活態度を改めて、

いつもみんなのことを考えるようにしていった。詩集「青空のみち」、「わかくさ」、「ななくさ」といった学級新聞や文集を発行した。1936（昭和11）年度に尋常1年生を担任し、持ち上がりで2年次にも担任した学級では「太陽の子供」という学級雑誌に加えて、父母たち向けの「母の瞳」も発行した。1年半ほど東京から通ったが、学区内に住みたいと、市川に家を借りて仕事に励んだ。子どもたちが交代で平野家に泊まるようになり、平野は子どもたちと寝食をともにしながら教育活動を行った。この市川小勤務時代に千葉県教育会より「教育功績者」として表彰された。

市川小には8年間勤務したが、体調を悪くし、また夫の仕事の都合で東京に住まなくてはならなくなったことから、退職して休養をとることにした。しかし、本人の強い希望により2か月休んだだけで、品川区の工場地帯にある第四日野小に勤務することになった。爪が伸び、顔を洗わない子が半分もいるし、草履と箸を一緒においても平気な子も少なくなかった。長浦小のときと同様に子どもたちの生活力に注目し、子どもたちから「家ダニ」の退治法を教えてもらったりした。戦時下のことであった。平野はまるで自分自身を追いつめるかのように深夜まで仕事をして、子どもたちが書いてくる手紙の返信を毎日22、3通は書く生活のなかで、教師として、人間として、妻として、精一杯生きていた。

◉ 生活綴方実践と綴り方教師たちとの交流

平野が生活綴方に関心を持ったきっかけは、ラジオで富原義徳の作文教育についての話を聞いたことだった。富原の『土の綴方』を読み、東京の富原宅を訪れて、そこで全国から寄せられていた文集と接することができた。そうして長崎の近藤益雄、新潟の寒川道夫、山形の国分一太郎その他、全国の綴り方教師たちと文集を交換して交流するようになった。文集を介してそれぞれが担任する子どもたちの様子を互いに知り、学級を訪ねあうことも

あった。

1937（昭和12）年12月、北方性教育運動弾圧下で病を発した国分は平野の紹介で市川の国府台病院に入院した。プロレタリア教育運動にかかわったという理由で教職の途を断たれた国分は、翌年5月に退院すると平野夫妻宅に身を寄せた。

一方、東京の綴り方教師たちは山田清人を中心にして1937年3月にえんぴつサークルを結成し、平野も会員になった。会員は約35名で、城戸幡太郎が顧問の一人として指導にあたっていた。

●教育科学研究会と『綴る生活の指導法』

1937年5月、城戸を会長として教育科学研究会が結成されると、えんぴつサークルの会員たちは主には同会の言語教育部会に所属して同会を下から支える存在となっていった。その後、同部会から綴り方指導の部分をとくに扱う学級経営部会が分化し、平野はその中心メンバーとなる。1939（昭和14）年9月ごろには、第四日野小学校における平野の実践が同部会の中心的な研究テーマとして取り上げられた。平野は教育科学研究会の代表的実践家かつ人気教師であり、各地の講演にも出かけた。

1939年、『綴る生活の指導法』が平野著として厚生閣から出版された。国分一太郎が自分も名前を出さずに書いたとのちに語っており、平野と国分の共著であったと判断される。同書は絶賛され、宮原誠一は「本書のいたるところで、私達がよくむづかしい言葉で口にしてゐる哲学や教育学や心理学の定則が、実によく具体的な場面に生かされて、日常的な平易な言葉の衣の下からその身体を輝かしてゐる」（『教育科学研究』1940・1）と、同書を評した。

すでに生活教育論争において、とくに東北の生活綴方実践のあり方に疑問が出されていた。同書の序文には「高度な文学的綴方書でもなく、重荷を負ひ過ぎた生活主義的綴方書

でもありません。極く平凡な、誰でもがやれる、又やらねばならぬ綴る生活の指導法のほんの一たんを書いたものです」とある。同書は綴り方の必要性を「社会生活に於ける必要性」におき、さらに「生活」を指導するうえでの客観的な教育評価のあり方を示している。同書は行き詰まりをみせていた北方性教育運動を教育科学につなぐ役割も果たしたのである。

●退職とその後

1942（昭和17）年4月、国分一太郎との交友関係を理由に、好きでたまらなかった教職を退くという憂き目にあった。綴り方教師たちの検挙が相次ぐなかで予想はしていたようである。「模範訓導」であったために検挙を免れたと山田清人はいう。平野が煮え湯を飲まされたことで、東京の綴り方教師たちは検挙や退職を免れたとも考えられる。

1944（昭和19）年、千葉へ移り農業をしながら子育てをした。牧書店から出版した『愛児に贈る母の記録』（1947）には次の一節がある。「信じ込ませた指導者たちの心よりも、（中略）美しい精神を盛り上げようと願って生きた、謙虚な国民の一人一人の胸の方が深く傷ついたのです」。その後、周囲の期待に応えて夫とともに平野学園という塾を開設した。　　　　　　　（小林千枝子）

［参考文献］
民間教育史料研究会・大田堯・中内敏夫編（1975）『民間教育史研究事典』評論社、平野婦美子（1980）『ほるぷ自伝選集／女性の自画像5 女教師の記録』（ほるぷ総連合）、文責・山田久代（1985）「千葉の教育を担った人びと 『女教師の記録』の著者　平野婦美子さん」『ちば　教育と文化』第5号、津田道夫（1986）『国分一太郎』（三一書房）、民間教育史料研究会（1997）『教育科学の誕生』（大月書店）、小林千枝子（1997）『教育と自治の心性史』（藤原書店）、岡村遼司（2007）『子どもと歩く子どもと生きる』（駒草出版）

(2)
投稿者

豊田正子
とよだまさこ

◉ 『綴方教育』前後

1922（大正11）年〜2010（平成22）年。東京生まれ。1937（昭和12）年に中央公論社より刊行された『綴方教室』（大木顕一郎・清水幸治共著）で広く名前を知られるようになった。

1932（昭和7）年、4年時に四ツ木小学校から隣接の本田小学校に転校。担任の大木に綴り方指導を受けた豊田は、「うさぎ」で『赤い鳥』（1932・10）の綴方欄に初入選する。以降「にはとり」（1933・2）、「おりえさんのをばさん」（1933・4）、「きつねつき」（1933・8）、「夕方」（1934・5）、「浪花節」（1934・7）、「はだしたび」（1935・1）、「火事」（1935・7）の7編入選。家が貧しかったため、4年時の3月頃からは、小学校に通いながらセルロイド人形の工場でも働き始める（豊田正子著・大木顕一郎編『続綴方教室』中央公論社、1939、収録「彩色屋」pp.31〜50）。6年の5月末には、新設された渋江小学校に転校し、1935（昭和10）年に同校卒業。日本製紐株式会社四ツ木工場（レース工場）に勤務する。1937年8月『綴方教室』が刊行され、個人指導篇で豊田の綴り方や、その指導過程、

そして彼女をとりまく生活などが取り上げられた。1938（昭和13）年3月には新築地劇団による舞台版「綴方教室」が上演される。豊田の綴り方を基に、貧困にも負けず明るく素直で純真な少女の物語として再構成されたこの作品は、再演を重ね多くの観客を動員した。同年8月には映画版（東宝）も封切られ、豊田正子の名は一躍有名になった。レース工場に勤めていた豊田は、1938年末頃に肺に影ができて工場を辞め、ほぼ同時期に大木夫妻の養女となる（豊田正子『続思ひ出の大木先生』柏書店、1946、pp.31〜38）。自身の体がよくなってからは、結核で寝付いていた大木の世話を、大木夫人と共に担っていた。

1939（昭和14）年、豊田の綴り方を集めた『続綴方教室』（中央公論社）刊行、1941（昭和16）年には同社より『粘土のお面』を刊行した。1942（昭和17）年6〜7月陸軍報道部のもと、清郷地区、蘇州、上海、南京などをまわる。同行者は片岡鉄兵、石濱知行、大迫倫子で、その様子は『私の支那紀行』（文体社、1943）に収められている。なお、『粘土のお面』はのちの1960（昭和35）年に「かあちゃん」というタイトルで映画化された（新東宝）。また1943（昭和18）年2月〜3月には満州新聞社の招きでソ満国境の町々をまわる（豊田正子『傷ついたハト』理論社、1960、p.35、豊田正子『続思ひ出の大木先生』柏書店、1946、pp.82〜83）。同年7月大木が亡くなる（豊田正子『思ひ出の大木先

その一　父の留守　豊田正子

母ちゃんは、弟があした遠足にかぶつていく学帽を買いに行つていなかつた。私は、火鉢によりかゝつて、雨の音を聞きながら、弟が明日持つていく物を買つてきておこうか、どうしようか、と思つていた。雨は、なかなかやまなかつた。そのうち九時半になつた。よつぽど寝ようとしたが、もう少しと思つて、十時半まで起きていた。それでも、母ちゃんは帰つてこない。雨は前より強く降り出した。私は「あゝ、駄目だ」とつぶやいて、

ねまきを取りだした。二畳を見ると、光男と貞夫と稔が、頭をならべて、せんべいぶとんにくるまつていた。私も光男の後へはいつた。（略）このごろ母ちゃんは、時々どこかへ泊る。どこへ泊るんだろう。父ちゃんがいても平気なんだからな。聞けば、前に住んでいた頃の人にあつたとか、田舎の人にあつたとか言つているが、本当かな。なんだかつくり事のようだ。稔が言うように、矢島さんの家へ行つてるんじやないか。今夜だけは、帰つて来てくれるだろうな、とこんなことを考え

生』大成出版、1945、p.60）。1945（昭和20）年3月の東京大空襲で15歳になる弟光男が亡くなり、終戦間近の8月上旬に厚木飛行場の整備兵だった弟の稔（当時19才）が栄養失調と疑似赤痢で亡くなったことについては、『傷ついたハト』（理論社、1960）、『さえぎられた光』（木鶏社、1992）に詳しい。

◉**戦後**

敗戦直前の1945年8月刊行の『思ひ出の大木先生』（大成出版）と翌年刊行の『続思ひ出の大木先生』（柏書店）は、結核の療養生活記録を残したいという大木の遺志を受け継いだものである。また1950（昭和25）年2月には『綴方教室』（1937年版）収録の綴り方と新たな文章で再構成した『はだしの子』がヒマワリ社から刊行。表紙や中扉に中原淳一のイラストが用いられている。

その頃日本共産党に入党していた豊田は、党の内部分裂で1950年11月に創刊された『人民文学』に、事実婚相手である江馬修と共に編集委員として参加。それ以前には南方から還った共産党員の青年と事実婚をしていたが、別れた後に江馬と出会う。豊田28歳、江馬60歳で、江馬が他の女性の元に去るまで結婚生活は20年以上続いた（豊田正子『花の別れ』未来社、1985、pp.14〜32）。

『人民文学』には、「綴方教室」でおなじみの家族を思わせる「職人一家のゆくえ」を1950年11月〜1951（昭和26）年7月にかけて、計5回連載。学問のある夫やその家族と同居する「私」は、いつも実家の貧しい生活を気にかけ、干渉しようとするが、結局経済的援助もできない自分の無力さを痛感する中で日本共産党入党に至るという話で、自らの思想変遷を辿った作品といえよう。しかし『人民文学』での活動期間は短く、1951年8月を最後に誌上から姿を消し、編集にも関わらなくなっていく。

その後、母親の不倫や大木による印税独占などを描いた『芽ばえ』（理論社、1959）、前述の『傷ついたハト』（理論社、1960）、書くことへの思いを綴った『綴方のふるさと』（理論社、1963）、母を題材とした小説『おゆき』（第1部・第2部、理論社、1964）、新中国紀行と題した『不滅の延安』（五同産業出版部、1967）、晩年の田村秋子との交流を描いた『花の別れ』（未来社、1985）、前述の『さえぎられた光』（木鶏社、1992）、自身のリハビリ生活を綴った『生かされた命』（岩波書店、1996）などがある。

（中谷いずみ）

[**参考文献**]
高橋揆一郎（1989）『えんぴつの花』（文藝春秋）、中谷いずみ（2003）「プロレタリアの娘・豊田正子」（『日本近代文学』第68集）、pp.78〜91、中谷いずみ（2013）『その「民衆」とは誰なのか』（青弓社）

ていると、時計が鼻つまりのような音で、十一時を打つた。母ちちんは帰つてこないし、雨も止まない。私は樋のない軒の、ボシヤボシヤいう雨水の音を聞きながら、いつの間にか寝てしまつた。

矢島さんという人は、父ちやんとブリキ屋友達で、八・九年ほど前から知りあいだ。父ちやんは、その人の世話で今の瀧澤建材へ務められるようになつたが、私の家でも、矢島さんのことは半年ほど、その子供のいねちやんは、丸二年以上も、家へおいて上げた。矢島さんだつて、食費なんぞは、ほとんどいれてなかつたろうし、いねちやんのはほとんどいれてなかつたらしかつた。そのうち私の家で家賃がたまつて、その家を出なければならなくなつた。矢島さんも、自分で家を借りて住むようになつた。それから一か月ほどたつていた。母ちやんは矢島さんを家へおきはじめてから、なんとなく父ちやんを馬鹿にするようになつた。（豊田正子『綴方教室』所収「附録 悲しき記録」、1952、角川文庫より）

投稿者の子どもたち

綴り方投稿欄は、最盛期には、月に2000作以上の綴り方が寄せられたという（三重吉選評欄より）。月平均10作に満たない厳選の中、綴り方投稿欄に一喜一憂した投稿児童が全国に数多く存在していたことは間違いない。しかし『赤い鳥』綴り方投稿者の中から、後に文章などの分野で著名となった者は、『綴方教室』豊田正子と歌人木俣修（木俣修二）のみである。

そこで、当時の熱心な投稿者たちの代表として、掲載作品数の多い者（豊田以外）の名前と作品名をここに記しおくこととした。投稿者たちが毎月繰り返し投稿していることや、投稿者の全国への広がり、指導者による影響の大きさなどもうかがわれる。数字は巻・号。

市毛道也　茨城県東茨城郡吉田小学校尋六
　「姉さん」（21・1　1928年7月）
　「たぬき蟲」（21・2　1928年8月）
　「姉さんのこと」（21・5　1928年11月）
　「さげばり」（21・6　1928年12月）
　「妹の傷あと」（22・1　1929年1月）
　「不良少年」（22・2　1929年2月）
　「みなほし」（復1・1　1931年1月）
　「山の一日」（復1・2　1931年2月）

市毛道也の掲載作品は、すべて尋常六年の一年間のものである。復刊後の掲載作は、三重吉が復刊にあたって、以前掲載されなかった作品から選んだもの。

鈴木正　岐阜県可児郡今渡小学校高一～二
　「いたどり取り」（11・1　1923年7月）
　「筍掘り」（11・3　1923年9月）
　「鵜」（12・6　1924年6月）
　「競馬会」（13・4　1924年10月）
　「前の気ちがひ」（14・1　1925年1月）

田山みつ　北海道亀田郡大野小学校尋2～6
　「おひる」（13・2　1924年8月）
　「志那人」（14・1　1925年1月）
　「しかられて」（15・2　1925年8月）
　「納豆売り」（18・3　1927年3月）
　「馬鹿あんこ」（19・5　1927年11月）

山田清吉　岐阜県可児郡今渡小学校高一～二
　「犬ころし」（12・5　1924年5月）
　「雀の巣」（13・3　1924年9月）
　「猫の子」（14・1　1925年1月）
　「走るけいこ」（14・2　1925年2月）
　「栗拾ひ」（14・3　1925年3月）

木村かつの　愛媛県越智郡波方小学校尋4～6
　「ねえさん」（16・5　1926年5月）
　「すもふ」（17・1　1926年7月）
　「近所の兄さん」（18・1　1927年1月）　＊

おひる（賞）　　　　　　　田山みつ

きのふのひるに、ごはんをたべに行くと、がが（母さん）が、ひもで、ぢやうをかつて、ゐませんので、私は、きもがやけで、ひもをむり〳〵ほどいてはひつて行くと、うちのちやッペ（猫）がねぶりかけ（どういふ意味か）をしてゐました。

わざとしやうじをがら〳〵とあけると、ちやッペがびつくりして目をさました。そして、なかしまいの方へ行きました。てぶり（テイブル）をだして、その上にひもをおいて、ごはんをたべました。たべてしまつてから見ると、ひもがないので私がはんぶんなきながら、にはの方やながしまいの方をたゞしてもないので、又てぶりのどこへ来て見ると、ちやんとあがつてゐました。（後略）

（第13巻2号　1924（大正13）年8月）

姉さん（推奨）　　　　　　市毛道也

（前略）けさだつて御飯を一ぱい半ぐらゐしか食べないんだもの。だからお前の分五銭と、姉さんの分五銭と、十銭にして、そこからお菓子を買

発行年は冊子の表記のまま
「兄さんの病気」（19・1　1927年7月）
「こじきの子」（20・4号　1928年4月）

以降は4作掲載者（学校名と掲載巻のみ）
五味重郎　長野県諏訪郡上諏訪高島小学校3
〜5
（2・5）（3・2）（3・6）（5・3）
蔦繁　北海道函館区弥生小学校尋5〜神戸市
琴緒（16歳）
（4・5）（5・5）（13・1）（16・1）
比留間喬介　埼玉県入間郡金子小学校6〜高
2
（3・6）（5・3）（5・4）（6・1）
斉藤延雄　茨城県真壁郡若柳小学校尋4〜6
（9・1）（9・4）（9・6）（11・3）
岩野喜久子　神奈川県三浦郡三崎小学校尋6
〜高1
（13・6）（15・3）（15・4）（16・2）
伊藤たき　秋田県北秋田郡大館女子小学校尋
5〜6
（15・2）（15・3）（17・1）（18・2）
小林映子　東京市蒲田区矢口東小学校尋4
〜5
（復4・4）（復5・3）（復6・1）（復7・
8）
佐藤キヨ　秋田県北秋田郡花岡小学校尋6
〜高1
（復9・5）（復10・3）（復10・6）（復
11・4）

綴り方欄全体の雰囲気が伝わればと願い、下のコラム欄には低学年と高学年の作文を抜粋掲載し、以下に、それぞれについての三重吉の選評の一部抜粋を示した。

選評の「おひる」についての部分より抜粋
…低年級の人の作としては、本当にのび〜とかけてゐます。純真な、可愛らしいいゝ作です。いかにも単純な扁平な描写でもつて、その場〳〵の気分そのものが、あり〜と浮び出ているのが貴いところです。（中略）
田山さんの学校からよこされる作は、みんな、かういふ、しぜんな、純素な作ばかりです。同校の先生たちの正しい熱心な指導が想像されて、ありがたいです。

選評の「姉さん」についての部分より抜粋
…何人も道也君があの言はゞ平つたい叙写をもつてして、これだけの深刻な味ひを出し得てゐるところを注視されたいものである。今更ながら与へられた事実の力と、それをうつすせい一ぱいの真実よりつよいものはないといふことが、こゝでもはつきり感得されるはずである。
（出雲俊江）

っておいでよ。そして二人で食べようよ」と私の前へしやがみました。（中略）私は仕方なく、そこからすぐそばの村社の前にある一軒家のお菓子屋へいつて、駄菓子を姉さんの分だけ五銭買つて来て「おら町へいつて別なものを買ふから、お菓子はいらないよ」と袋ぐしやりました。
（中略）よろけるやうにこつちへ来たので「何といふことだこのくら闇を今ごろ」と台所へ引き入れたが足は素はだしで着物は古ぼけた野良仕事着で体をふら〳〵させながら、それからは「ふふ

ふふ、ふふふふ」と気味の悪い声をたてゝ目をつぶつて夢中になつてゐます。私は何ともゆいず、たゞ体がぶる〳〵ふるいるばかりでした。
姉さんはそれから神経がわるくなつて、しばらく家に遊んでゐたが、腹の中へ子をもつたゐたので、そのうちに赤ん坊をなしたが、死んで生れました。そして姉さんもお産がわるくて死にました。私は今もあのとき十銭がほど菓子を買つてやればよかつたと思はれてたまりません。
（第21巻1号　1928（昭和3）年7月）

(3)
その他の綴り方

随意選題

●芦田恵之助による随意選題綴方の提唱

随意選題綴方は大正期に東京高等師範学校附属小学校訓導の芦田恵之助により提唱された。それまでの綴り方教育は、手紙文や公用文など、社会生活において必要とされる実用的な文章作成能力の育成を目的としていた。こうした文章の「型」となる表現法を習得するために、子どもの生活から乖離した課題が教師によって示され、特定の形式に従って「正しく」文を綴る練習が行われた。芦田はこうした課題作文を批判し、「真に自分の生活中に書かんと欲する想を求めて、之を自由に書く」(『尋常小学綴方教援書』巻三、1918)綴り方として、随意選題綴方を提唱した。

「随意選題」の用語は『綴り方教授』(1913)において初めて使われ、「児童の実生活より来る必要な題目によって、発表しなければならぬ境遇を作り、ここに児童を置いて、実感を綴らせ」ようとする綴り方と定義された。その後1917(大正6)年には東京高師附小が発行する雑誌『教育研究』誌上に「綴り方教授の指導」と題する論稿が掲載され、1918(大正7)年には全国小学校訓導協議会で随意選題が取り上げられた。新教育運動の盛り上がりを背景として、随意選題綴方は全国の教師たちに受け入れられ広がっていった。

●芦田の随意選題論の淵源

芦田は随意選題を発想するにあたって、樋口勘次郎の統合主義教育法の影響を受けたという。しかし、芦田の言う「随意」は樋口の「自由」とは異なっていた。樋口が『統合主義新教授法』(1899)で主張した「自由選題」が、西欧の自由教育思想にもとづき、子どもの活動を重視して自由に書かせる「自由発表主義」であったのに対して、芦田の随意選題論は「題を児童に随意に選ばせて書きたいことを思いのままに書かせよう」とする児童中心主義に立ち、「自己の想」を「自己の人格に統一されてゐる口語」である「自己の言葉」で書くものであった。

子どもの実生活に密着した経験や感情、実感を綴ることによって「自己の思想を明確に書きあらはし」、自己認識を促そうとする芦田の随意選題は、その後、静坐法を提唱した思想家岡田虎二郎との出会いによって大成し、「真心をこめての表現が自分を育てる」(『静坐と教育』1937)とする修養としての綴り方観は、近代に生きる人間確立(修養)における自己表現力の意義を問う思想となった。

●随意選題論争

随意選題綴方が多くの教育現場で行われるようになると、課題作文と、自由作文・随意

芦田恵之助「綴り方教授の一例」(抜粋)

○はととかなりや

ぼくははととかなりやをおかあさまにかつていただくことにしました。おかあさまは買つてもいいとおつしやいましたから、六月一日にかなりやをかひます。それからこんどのおとしだまにはとを買つていただいて、こどもをかへすつもりです。白ばとはたまごをよくかへしますから白ばとをかふのです。

○切手

ぼくは切手をたくさん持つてゐます。一ばんだいじにしてゐる切手は、いたりやの切手です、二ばんめにはどいつので、その次にはぶらじるのですが、それは光藤君ととりかへつこをしました。こんだねえさんにじんぼう町の十五銭きん一で、切手を買つていただきます。ぼくは切手を買つていたゞくのが第一のたのしみでございます。ぼくは切手が一ばんすきです。

選題綴り方のいずれの綴り方教授観を採るか
という論争がおこった。そこで、広島高師附
小訓導の友納友次郎と芦田との討論会が1921
（大正10）年1月に小倉市で開催された（白
鳥千代三編『小倉講演綴方教授の解決』1921）。

友納は「書きたいことを思いのままに書け
るようにするには作文技能を育てなければな
らない」として課題主義・練習目的主義を主
張し、芦田の随意選題に対して、教授目的の
不明確性、無系統性、技能練習の軽視という
点を批判した。これに対して、芦田は児童に
綴り方の題を自由に選ばせるかどうかという
技術的な点が問題なのではなく、随意選題綴
方が児童の人間性の発展に深く関わるという
教育的信念であることを主張した。

聴衆の反応としては、論理的な説得力にお
いては友納を、心情的には芦田に共鳴する声
が高かったという。しかし、多くの聴衆が芦
田の随意選題を自由発表主義から発展した自
由選題として理解したことに加え、実際の指
導においては折衷的、妥協的な対応を採ろう
とする意見が多く出され、芦田は自らの主張
が正しく理解されなかったと受け止めた。

波多野完治はこの論争を、随意選題か否か
という綴り方教育の理念と方法にとどまらず、
教育を環境的側面から統御して社会化同一化
しようとする思想と、児童自身の中から発現
開発していこうとする思想との象徴的対決に
迫るものであったと評している。

●綴り方教育史における随意選題の位置

東京高師附小では、指導の系統性を軽視し
た随意選題論を批判的に捉え、「綴方教授細
目」の作成に踏み切った。芦田は1921（大
正10）年に同校を退職して朝鮮に渡った後、
1926（大正15）年以降は全国で「教壇行脚」
を行い、「行の綴方」実践を行った。教員や
父兄らとともに同志的結社である恵雨会を組
織し、月刊誌『同志同行』を創刊した。

恵雨会の教師たちは「自己を綴る」ことに
加えて「ありのままに書く」ことを主張した。
「自己を綴る」過程は、「自己を空しう」する
ことによって「とらわれのない」「つつしみ」
の立場に至ることであり、それによって自己
を解放し、真の「発動的態度」に至ると考え
た。随意選題によって「赤い鳥」綴り方から
生活綴方へと展開する地盤が形成されたと評
価される場合もあるが、芦田が目指す「あり
のまま」は、『赤い鳥』綴り方や生活綴方運
動の「ありのまま」とは異なるものであった。

（大西公恵）

[**参考文献**]

中内敏夫（1970）『生活綴方成立史研究』（明治
図書）、滑川道夫責任編集（1981）『国語教育史
資料第三巻』（東京法令出版）、高森邦明（2002）
『大正昭和初期における生活表現の綴り方の研究』
（高文堂出版社）

○だいがない

このまへの綴方の時、だいがないからしんぱい
してゐたら、先生がふるどうぐやの店といふのを
おかかせになつたからあんしんしました。けれど
ももう一つしんぱいなのは、この次の綴方でした。
だいがないとこんどの綴方にこまるから、かへり
にはわざ〳〵あるいてかへりました。何かいいこ
とがあるかと思つて、きよろ〳〵しながらあるい
て行きました。けれどもなにもなくてくたびれる
ばかりです。けれどもそのうちで、かいてもよさ

さうなのは、鳥やの店でした。とりやにはいろ
〳〵の鳥がゐますが、そんなものを書いてもつま
らないと思つて、書くのをやめました。

金曜日になると、だいがないからしんぱいしな
がら学校に来ました。学校で思ひついたのはだい
がないといふことです。今日の綴方は何てんでせ
う。たのしみです。

（出典：芦田恵之助「綴り方教授の一例」『国語
教育』第1巻第7号、1916年7月）

『鑑賞文選』

● 『鑑賞文選』の創刊および刊行状況

　1925（大正14）年6月に創刊された学年別児童雑誌（発刊当初は高等科1・2年統合）。正式名称は『カンショウブンセン』（尋1・2年生用）、『読方綴方 鑑賞文選』（尋3年生以上用）。菊判。発行元は平凡社の子会社として設立された文園社（社主は清藤幸七郎）であった。

　学校で教師が児童に配布したり副読本として使用されることが多く、定価が一部5銭と安価であり、また児童を読者対象とした出版の隆盛という背景もあって、発行部数が30万部を越えた年もあったという。1929（昭和4）年10月創刊の教師向け雑誌『綴方生活』を親雑誌とする子雑誌として位置づけられている。「本誌発行の趣旨」には以下のように記されている。

　　　国語学習上最も必要なのは、よき文を
　　鑑賞する機会を多くし、理解力を深め、
　　発表欲を盛んに刺激することではないで
　　せうか。鑑賞文としては大家の文は勿論、
　　心的発達の程度を均うする同学年児童の
　　優秀な文もまた頗る適切有効と思ひます。

『鑑賞文選』に掲載された綴方と選評

　　ひびようえん（賞）

　　　　福島県河沼郡笠川小学校　大塚フヂ子

　私の病気もながくかかりました。一番先に頭がいたむので、その日から学校を休みました。お医者さまにみていたゞくと、わるい病気だからひびようえんに行かなければならないといはれました。翌日すぐ父さんにおぶさつて、びょうえんに行きました。ひろい野原の真中に一けんたつてゐて、中はまつくらでした。私達が行つたら電気を一つ、

　鑑賞文選発刊の目的は、適当なる鑑賞文を豊富に供給し、以て児童の趣味を高めると同時に、観念連合を自由に且つ活発に刺激し、その発表欲を旺盛ならしめやうとするにあるのです。全国小学校訓導諸先生の御賛同、御後援を辱うすることによつて願くは所期の目的を達成いたしたいと念じてをります。

（出典：『読方綴方 鑑賞文選 尋常四年』
第3号、1925年9月）

　誌面には、文芸作家による童話や詩、全国から募集した児童の詩や綴り方などの投稿作品と選評を中心に、文話や論評などの記事が掲載された。

　編輯・選評を中心的に担ったのは、志垣寛、池田種生、小砂丘忠義、上田庄三郎、野村芳兵衛、峰地光重、小林かねよら、教育の世紀社、池袋児童の村小学校の関係者であった。

●後継誌『綴方読本』へ

　1930（昭和5）年に編集方針をめぐって対立がおこり、『鑑賞文選』は『綴方読本』と改題、文園社を去った小砂丘を社主とする郷土社より刊行されることとなった。親雑誌である『綴方生活』に掲げられた「第二次同人宣言」には、「生活に生きて働く原則を吾も摑み、子供達にも摑ませる。本当な自治生活の樹立」生活教育の中心教科として綴り方を位置づける立場が明確に示された。

つけて下さいました。
「こんなとこに一人でゐるの」
ときくと
「父さんは毎日ゐる」
といはれましたので安心しました。
　こゝに来るとき兄さんも妹も泣いてゐました。
　妹は
「おれも行くだ」
といひますので、十五銭やつてやつときました。
兄さんや妹のかほが目にうかんで涙があとからあ

その後、資金難や小砂丘の病気、他の児童向け雑誌との競合などにより、売れ行き不振となっていく。1931（昭和6）年には小砂丘、野村、上田、小林、峰地、今井誉次郎らによって結成されていた郷土社同人を解散し、編輯、発行を小砂丘が一人で担うこととなった。また、1933（昭和8）年に岡五郎が発行していた雑誌と合併して誌名を『新生綴方読本』と改題した後、翌年にはもとの誌名に戻すなどの動きがあったが、小砂丘の健康状態の悪化に伴い、次第に欠号が増えていく。1935（昭和10）年5月に刊行された尋常4年生用の通巻105号以降は刊行が確認されていない。

◉小砂丘の評価基準と子ども観

『鑑賞文選』の選評は複数の選者によって書かれていたが、発刊から継続的に中心的な役割を担っていたのが小砂丘であった。

小砂丘の選評では「うつせています」という表現が多用される。そこで求められているのは、単に自分のことばで自分の考えたことを綴る、あるいは話しことばをそのまま書きことばにするという素朴なリアリズムではない。子どもが綴る生活の事実とそこに吐露される内面性に寄り添いながら、どのように子どもが自らの生活や経験に主体的にとりくみ、それらをどのように捉えたかが問題とされた。生活の中で遭遇する事実をありのままに受けとめ書き写すことに加え、その事実に対する

自己の内面における吟味、思考、逡巡の過程を表現すること、そして生活を捉える文章表現技術の獲得が求められたのである。

こうした選評の背景には、子どもは本来、社会的存在であり、自己変革力を内に秘めた独立の人格者であるとする子ども観、発達観があった。これは子どもを社会から隔離し保護される存在、「純真」な存在と見る童心主義的子ども観とは対照的な見方であった。

◉生活綴方の「ゆりかご」としての 『鑑賞文選』

『鑑賞文選』は子どもの真情の表白と意欲性の有無を評価の基準としており、子どもと教師の日々の生き方を生々しく伝える生活記録集であったといえる。

そこでは、小砂丘が「原始子供」と呼んだように、子どもを「悲壮」で粗野だが、だからこそ「客観」的で「叡智」をひめた自己変革の可能性をもつ真の「童心」の実装を充全に体現している存在としてつかみなおすことが目指された。そして、この後展開する生活綴方運動における子ども像が紡ぎ出された。

（大西公恵）

[参考文献]
中内敏夫監修（2007）『復刻 鑑賞文選・綴方読本 別巻』（緑蔭書房）、中内敏夫（1970）『生活綴方成立史研究』（明治図書）、民間教育史料研究会編（1984）『教育の世紀社の総合的研究』（一光社）

とからながれてきました。びようえんにきてからは、おもゆとうめづけばかりのみました。ごはんのつぶをたべるとわるくなるといはれたので、驚いてごはんつぶを出しました。卵は毎日のんでみていやになつてしまひました。一つもうまくありません。頭はいたくなくなつたけれどもさびしくてたまりません。

私がびようえんにきたよるはカラスがたくさんないてゐたさうです。父さんが「フヂ子あんなにカラスがないてゐるのをきけるか」

とおつしやつたとき、私は
「きこえない」
といふたら、父さんは
「死ぐ人は耳がきけなくなるのだ」
とおもつたさうです。

（出典：『読方綴方 鑑賞文選 尋常四年』
第52号、1930年2月）

『綴方生活』

● 『綴方生活』の性格

　『綴方生活』は、1929（昭和4）年10月に文園社から創刊された教師向けの月刊雑誌である。創刊号は菊判96ページ、定価25銭。文園社からは先に学年別雑誌『鑑賞文選』（1925・6創刊）があり、『綴方生活』はその親雑誌としての位置にあった。

　創刊時の主幹は半年前に文園社に入社したばかりの志垣寛であったが、同誌の創刊を準備していたのは、野村芳兵衛（池袋児童の村小学校主事）、峰地光重（鳥取県上灘尋常高等小学校訓導兼校長、元池袋児童の村小学校訓導）、上田庄三郎（日本教育学会編集者、元雲雀が岡学園訓導兼校長）、小砂丘忠義（文園社編集者、元『教育の世紀』編集者）、小林かねよ（池袋児童の村小学校訓導）の5人であり、教育の世紀社（1923結成）、ないしはその実験学校であった池袋児童の村小学校（1924開校）、あるいはそれに準ずる学校の関係者であった。教育の世紀社は教育方法の面からの教育改革運動をめざした同人組織であり、池袋児童の村小学校は徹底した児童中心主義教育の実践で知られていた。

「綴方生活」という用語

　「綴方生活」という用語が、誌名に先行して使用されていた例が確認される。

　ひとつは、木村文助によるものである。木村編『綴方生活　村の子供』（私家版、1924年）と続編の『村の子供』第2集（同前、1925年）とを再編集したものが、木村編『綴方生活　村の子供』（文園社、1927年）であった。木村の論文では、「綴方に於ける生活指導の根拠」（『国語と人生』第10号、1926年7月）において「綴方生活」が用いられている。木村は「綴方の教育は生活内面

　『綴方生活』は、そうした児童中心主義教育の成果や反省を踏まえつつ、綴り方教育を手がかりとした教育改革運動を展開しようとしたものであった。創刊号の創刊宣言「吾等の使命」をかかげ、「新興の精神に基き常に精神潑剌たる理性と情熱とを以て斯界の革新建設を企図する。その目ざす所は教育生活の新建設にあるが、その手段としては常に綴方教育の事実に即せんことを期する」とした。1930（昭和5）年10月号より小砂丘が主幹、版元が郷土社となった。また子雑誌の『鑑賞文選』は『綴方読本』と改題された。郷土社からの『綴方生活』の再出発にあたって、編集同人は改めて「宣言」を発し「吾々同人は、綴方が生活教育の中心教科であることを信じ、共感の士と共に綴方教育を中心として、生活教育の原則と方法とを創造せんと企図する」とした。

　『綴方生活』は、プロレタリア綴方、共同制作の綴方、科学的綴方、調べる綴方、リアリズム綴方、北方性の問題などについて、全国の実践家の論稿をも掲載し、生活綴方運動と実践の交流舞台としての役割を担った。

　郷土社発行となって1年後の1931（昭和6）年11月号発行のあとは1年間休刊し、その後もしばしば休刊した。しかしながら、小砂丘の死去にともなって1937（昭和12）年12月号で終刊となるまでに、文園社発行の時期を含めて通算68号が発行されている。

を発展に導く」ものであり、作者にとっては「三段の経路を経る」ものとする。すなわち、自分が綴ったものを読み返して「自己に直面」することが第一段、「そこに、非なるものがあれば第二段として旧時の自己が破壊され第三段の自己改造が行はれる」とみる。換言すれば「自己創造新生の動機を創作生活、綴方生活によつてせしむる」ものになるとみる。ここでいう「綴方生活」とは、綴り方を綴った後に読み返して自己を見つめ、改めるべきことに気付けば、自ら改めて行くというように、綴り方を通して自己を向上させるという

● 『赤い鳥』綴り方への関心

　『赤い鳥』綴り方に関する記事や論文が『綴方生活』に掲載されるのは1934（昭和9）年11月号以降である。ちなみに、『綴方生活』の子雑誌の『綴方読本』は、1934年9月号の休刊ののちそれを10月号として印刷したものの、発行が遅れてしまい、表紙に「訂正十一月号」のゴム印を押して11月号として発行した。これが、結果として、商品として作成された『綴方読本』の最終号となった。このような事態のなかで、『赤い鳥』綴り方への関心が向けられていたということとなる。それらの間に関連があったのか偶然のことなのかについては未詳であるが、関心は四つの点で確認される。

　一つ目は、1934年11月号以降の「児童文壇の展望」における『赤い鳥』の誌面評である。綴り方について小砂丘は「事件主、作者従の通弊が結果から看取される」（小砂丘「濾過池的平穏調」『綴方生活』1934・12）と作者が主になってほしいと注文をしている。

　二つ目は、『赤い鳥』綴り方の作品合評である。文学で三重吉に師事しつつ『綴方生活』同人でもあった木村不二男の指導した尋四女子の綴り方「もうせんゐた家」（「もとゐた家」の題で『赤い鳥』1932・10掲載）の合評が「『赤い鳥』の綴方的指導精神」（1934・11）として掲載されている。

　三つ目は、『赤い鳥』掲載の綴り方を収めた高橋忠一編『夏みかん』（文園社、1935）出版を機とした、高橋の「芸術による人間教育としての綴方」（1935・3）とそれを検討した吉原仁「綴方への懸念」（同前）である。

　四つ目は、木村文助の「赤い鳥綴り方雑感」（1935・12）、木村不二男の「鈴木三重吉氏の人と芸術」（1936・5）など、『赤い鳥』と『綴方生活』の双方にかかわってきた木村父子の『赤い鳥』綴り方論である。

　これらの『赤い鳥』綴り方に対する『綴方生活』の論調は、自ら出版を引き受けた『夏みかん』の巻末に収められた小砂丘の次の様な感想に代表されている。

　「本集の作品はすべて純情的な、内省的な、一片の邪心のない、しかも作編としては精細を極めた叙述描写をもつ芸術作品である。しかし一面、（中略）現実の社会に生活する人のもつべき心がまへとして、次の世界に邁進せんとする積極的な意欲が稍希薄ではないか」（小砂丘「『夏みかん』の後に」）。

　　　　　　　　　　　　　　　　（太郎良信）

［参考文献］

『綴方生活』復刻版全15巻（けやき書房、1980）。
太郎良信「綴方学習雑誌『綴方読本』の終刊時期の確定について」『教育研究ジャーナル』3巻2号（文教大学大学院教育学研究科、2011）

サイクルを意味している。

　もう一つは、小砂丘忠義によるものである。小砂丘は、「私の綴り方生活」（『教育の世紀』1926年6月号、9月号）において、「綴り方生活といふ以上、ずっと歴史的に目をとふす必要がある」として、自分の子ども時代から教員時代に及ぶ綴り方にかかわる経験について記している。ただし、小砂丘にとって「綴り方生活」とは、学校における綴り方にかかわる経験にとどまるものではなかった。小砂丘は、「綴り方生活とは私の考では、私の受容、発表の生活の大部分である」として、

受容し発表することを「綴り方生活」としてとらえていた。「人生はこれ綴り方だ」とか、綴り方は「自己といふ個の発見である」とみる小砂丘にとって、「綴り方生活」とは自己形成のいとなみを意味するものであった。

　ちなみに、『綴方生活　村の子供』の版元の文園社から『綴方生活』が創刊された。また、小砂丘は1926年に文園社に入社し、『綴方生活』の創刊にも関与することになったのであった。

生活綴方

◉生活綴方のイメージ

生活綴方（生活綴方教育）についての事典等における定義は文字どおり多様である。滑川道夫は、そのことをいくつもの定義の例を示したうえで、それらに共通する生活綴方（生活綴方教育）のイメージとして、「子どもたちに現実生活を文字表現させ、そのことによって生活をみつめ、生活認識をふかめ、その生活を前進させようとするところに強調点が見られるであろう。表現指導の側面は沈潜して表面の強調点としては弱く見えるが、『綴方』というかぎり、表現指導が無視されることはないことも読みとれる。文字表現指導と密着して指導する方向に発展してきている」（滑川『日本作文綴方教育史３　昭和篇Ⅰ』国土社、1983）と記している。

滑川が示した生活綴方のイメージは、今日においても妥当なものである。生活綴方そのものが、ある時点で成立してそれが普及していったというようなものではなく、教育実践とその交流のなかで形成され多様性を伴いながら実践と運動が展開されたものであり、その過程で「生活綴方」という用語も用いられはじめて、定着していったものである。

したがって、ある人物や特定の地域の実践形態をもとにして生活綴方（生活綴方教育）を厳密に定義することは生活綴方にはなじまないものである。

◉広義における生活綴方

綴り方教育が文章表現指導に止まるものではないということは、1920年代の初頭から自覚されていた。たとえば、峰地光重は「生活指導」という用語を成語化しつつ、綴り方教育における生活指導に関して、「生活指導

の方法として二つの方面がある。一はよりよき綴方を生むための生活指導であり、二はその綴方に表れたる生活を指導して、更によりよき生活に導き入れようとするものである」（峰地『文化中心綴方新教授法』教育研究会、1922年）。として、綴り方教育と生活指導とは不可分なものと考えていた

こうした例をみると、1920年代には生活と綴り方とを関連させて考えられていたことがわかる。そのため、「生活綴方」（生活綴方作品）という成語はなかったとしても、子どもの生活から題材が取られた綴り方ということで「生活の綴方」というように呼ばれた可能性はある。菊池知勇主宰『綴方教育』（文録社、1926・4創刊）の終刊号（1941・3）には全183号の記事を分類した目録が掲載されている。そこには、「生活綴方」の項目が設けられ、27編が挙げられている。そのうちで最も早い時期のものは、菊池の論稿「生活の上に立つて考へよ」（『綴方教育』1929・11）であるが、標題にも本文中にも「生活綴方」という用語があるわけではなく、高等二年男子の観念的な綴り方の批評を通して「自分達の生活の上に立つて考へなければならない」ということを主張するものであった。前記の目録における「生活綴方」という分類は「行事と綴方」や「科学的綴方・調べる綴方」「郷土の綴方」「実用文」「慰問文」といった分類と並ぶ「綴方の分野」の一つとしてのものであり、ここでは、子どもの生活に即したり、子どもの生活に題材をとったものということから「生活綴方」（生活綴方作品）として分類されたものであった。

こうしたものを生活綴方（生活綴方作品）と呼ぶとするならば、後期『赤い鳥』に数多くに掲載された豊田正子の綴り方のように家庭における生活をありのままに綴ったものをも「生活綴方」とみなすことになってしまう。しかし、滑川が示した生活綴方（生活綴方教育）のイメージにおける「生活をみつめ、生活認識をふかめ、その生活を前進させようと

するところ」が看過されているという点において対応しないものである。

●狭義における「生活綴方」

滑川が示した生活綴方のイメージは、運動としては『綴方生活』創刊（1929・10）以降に広まっていったものであった。ただし、「生活綴方」をタイトルに含む論稿が、いち早く『綴方生活』掲載されたわけではない。論稿のタイトルとして最初に「生活綴方」が用いられたのは、高野柔蔵「現今綴方教育姿態と生活綴方」『綴方教育』1932・2）であったとみられる。前述の『綴方教育』終刊号の目録においては「生活綴方」の項目ではなく、「綴方教育論」の項目の「綴方教育の反省」として分類されているものである。高野は、「生活綴方への転回」として、「児童の生活興味を根底とし、これが綴方学習発展へ自発的創作的に発展開展させ、生々溌剌たる生活の向上進展と社会的自我の生活構成へ、指導目標を置く」という指導の方向を示している。実践の報告ではないが、綴り方を児童の生活指導や自己形成と結びつけて論じられている。

約1年後には、加藤周四郎「生活綴方の現実の問題㈠―生活性と教育性と綴方性―」（『北方教育』第10号、1933・1）が出された。ここでは「こんがらがつた『生活綴方の諸問題を』考へて見たい」という課題意識がみられる。したがって、この時期において「生活綴方」という用語は、教師の間ではすでに「生活綴方」という用語を伴う実践が広まりつつあったことを示している。さらには、「生活綴方を肯定的に捉えるものばかりではなく、否定的に捉えるものもあったということが、加藤の論稿の「後記」に次のように補足されていることでわかる。

「『生活的』とか、『生活綴方』とか云へばすぐに、『子供を大人にする』『プロ意識を注ぎ込む』等々の速断と、迷妄がずいぶんあるやうに思ふ。勿論このやうな事実があるもの

とすれば、それは当然教育の名によつて批判されなければならない。『生活綴方』の実践が、学級の中で、日々どんなに溌剌とした綴方生活を行つて行くべきかを、僕はこれ等の迷妄の中にはつきり打樹てたいと思つてゐる」

加藤は、自らの実践や『北方文選』（北方教育社）等に掲載される綴り方や詩を通して、広く子どもの生活をめぐる諸問題を認識していた。そうした諸問題に綴り方教育を手がかりとして「生活意欲」や「生活知性」の育成に取り組んだのであった。

1934年から1936年頃にかけては、加藤周四郎「街の現実を生きる生活綴方」や永沢一明「山村児童の生活綴方と組織的実践」（いずれも木下龍二編『綴方生活指導の組織的実践』東宛書房、1935年）にみられるような地域環境に根差した生活綴方教育が全国各地で展開されたが、論稿のタイトルに「生活綴方」が用いられた例は少ない。それは、「生活綴方」という用語にとどまることなく、「調べる綴方」とか「生活勉強の綴方」など内容を示す呼称が用いられたことによる。

論稿のタイトルで「生活綴方」が頻出するのは、1937年以降のこととみられる。たとえば、小鮒寛「生活綴方強化のため〈1〉」（『教育・国語教育』1937・7）、坂本磯穂「生活綴方までとその観方扱ひ方」（同誌、1938・8）、妹尾輝雄「生活綴方の教科性を定位する」（同誌、1938・9）などである。これは、日中戦争全面拡大以後において、綴り方教育を表現技術指導に限定させようとする動向が生じてくるなかで、生活綴方を再評価しようとする動きのあらわれであった。

（太郎良信）

［参考文献］

中内敏夫（1970）『生活綴方成立史研究』明治図書、太郎良信（1990）『生活綴方教育史の研究』教育史料出版会、日本作文の会編（1993）『学級文集の研究』大空社

『綴り方倶楽部』

●主宰者・千葉春雄の創刊意図

『綴り方倶楽部』（東宛書房）は、1933（昭和8）年4月に創刊された児童向けの月刊雑誌である。主宰者は千葉春雄（1890～1943）。千葉は、宮城県師範学校本科第一部を1913（大正2）年に卒業して、宮城県内の公立小学校訓導、宮城県女子師範学校付属小学校訓導を経て、1921（大正10）年から東京高等師範学校付属小学校訓導となり、40歳の1929（昭和4）年に退職した。在職中には、『童謡と綴方』（厚生閣、1924）、『児童生活に即したる綴方と其鑑賞』（同、1924）、『生活させる綴方指導』（同、1928）など、子どもの生活に即した綴り方教育論を展開していた。

教員退職後は、『教育・国語教育』（厚生閣、1931・4創刊）の編集者となった。同誌は、全国各地の青年教師を書き手として積極的に起用した。また、千葉は「文集を一生読んでゐて自分の手に出来るいい仕事をしたい」（千葉「各地の文集を読む」『教育・国語教育』1932・9）と文集への強い関心を抱いていた。そこで、千葉は、自ら東宛書房をたちあげて『綴り方倶楽部』を創刊した。創刊を予告する記事には次のように書かれている。

「今日、文集を作ることが盛んになり、それがやがて、綴り方教育実践上の効果を発揚することになりつゝあるやうだ。（中略）他面から、一そうその機運を成長発展させるために、児童の作品投稿雑誌として、日本に一冊の綴り方倶楽部をもつことは、決して徒なことではない」（千葉「創刊『綴り方倶楽部』について」『教育・国語教育』1933・2）

編集実務には、松本正勝（東京市の公立小学校訓導）が兼務した。

●『綴り方倶楽部』の発行状況

創刊号は菊判112ページ、定価25銭。1937（昭和12）年6月号（第5巻第3号）までは定期的に発行された。ほかに臨時号として、『調べる綴り方資料　動物園号』（1933）、『調べる綴り方の指導実践工作』（1934）、『新童詩の指導実践工作』（1934）、『実験観察主の調べる綴り方』（1934）なども発行された。1937年6月号を発行したあと、東宛書房の経営難のため、7か月間にわたり休刊となった。1938（昭和13）年2月より復刊し、1942（昭和17）年4月号（第10巻第1号）までほぼ定期的に48冊分（51か月の間に1938年10月号、1940（昭和15）年1月号と3月号の3号は休刊）発行された。

通算で99号発行されたあと、1942年5月には、改題後継誌として『学芸少国民』（東宛書房）が発行され1943（昭和18）年3月号（第10巻第12号）まで児童雑誌の性格を

栄子さん

秋田県北秋田郡花岡小学校尋常六年　佐藤キヨ

或晩の事だつた。外の方で「キヨさん、湯さ行かねえかあ。」と、誰か友達の呼ぶ声がした。「はーい。」と言つて、出て見ると、栄子さんだつた。私は「まて、今行くから。」と言つて、（約20字略）お湯に行く仕度をして、家を出た。

坂の下まで行くと、栄子さんのお母さんと、ばつたり逢つた。栄子さんは「おつかちやん。」と呼んで立止つた。栄子さんのお母さんも「おつ、

栄子、逢つてよかつたな。」と言つて立止つた。

栄子さんのお母さんは、どうしたのか、家を追出されて、子供三人のうち、栄子さんと弟の尋常四年の人をのこして、一番小さい六つになるゆりちやんを連れて、前田の家を借りてゐるのです。何でもしうとさんがきびしいんださうです。

私はお母さんが、「おつ栄子、逢つてよかつたな。」と、何時もとちがつた悲しげな顔をして言つたので、不可思議でたまらなかつた。お母さんは言葉を続けて、「栄子、お母ちやんだきや、明

維持していた。

◉『綴り方倶楽部』の内容

千葉が、前述の予告記事で「児童の作品投稿雑誌」と述べていたように、『綴り方倶楽部』は綴り方と児童詩、短歌、俳句など、子どもの作品が主であった。あわせて、教師たちによる文話や詩話、童謡、読物等が掲載された。児童文学者による読物も掲載された。

優秀な綴り方については、本文の下段に、叙述に対応した形で表現技術と記述内容とにかかわるコメントが記されており、綴り方の鑑賞批評の手がかりを与えるものとなっている。

『赤い鳥』と『綴り方倶楽部』は3年余りの間併存しており、読者や投稿者の重なりもあった。同一作者の作品等が両誌にみられるほか、同一作品が両誌に掲載された例として、秋田県北秋田郡花岡小学校尋常六年の佐藤キヨの綴り方「薬」(『綴り方倶楽部』1935・4、『赤い鳥』1935・5)と、同「栄子さん」(『綴り方倶楽部』1935・6、『赤い鳥』1935・10)などが確認される。

◉児童詩の選者に白秋を起用

創刊時の綴り方と児童詩の選は千葉が担当していたが、児童詩欄の選者には創刊5号目の1933年8月号から詩人の百田宗治が起用された。その際、編集部内には、白秋に依頼するか(白秋は『赤い鳥』の児童詩の選者を

1933年4月号で降りていた)か百田に依頼するかという議論があったという証言(松本正勝「千葉春雄と『綴り方倶楽部』」『生活綴方と作文教育』金子書房、1952)があるが、読者教師は「子どもを詩人の里子に出すな」という意識さえ持っていたのであり、詩人への期待は薄かった。編集部は、読者教師たちの要望を受けて、百田の選とは別に1935(昭和10)年1月号からは「課題詩」欄を設けて、稲村謙一、吉田瑞穂、磯長武雄、国分一太郎、深川二郎らの読者教師たちに交代で課題の提示と選評を行わせたほどであった。1936(昭和11)年1月号で百田が降り、2月号から白秋が児童詩欄の選者に起用された。白秋は、2月号に「児童詩の選者として」を書き、6月号には「提言」を書いて、「かの『赤い鳥』に於ける児童自由詩の本拠を此処に移動し、その位置に之を確立して大いに今後に処する」との立場を明らかにするとともに、前述の「課題詩」欄を中止させた。白秋の選評は、彼の健康上の理由により1940年5月号で終了となった。その後の児童詩の選は、再び、読者教師たちが交代でおこなっていった。

(太郎良　信)

[参考文献]

野口茂夫(1997)『北原白秋と児童自由詩運動』(興英文化社)、太郎良信(2000)「『綴り方倶楽部』の研究(1)」『文教大学教育学部紀要』第34集

後日、福島さ行くは。」と言つた。

栄子さんは、「なして。」と聞いた。お母さんは「どして、あの借りてみた家、返さねばだめだ。」と言つた。そしてお母さんは「んだから、今ゆり子と二人、床屋さ行くやた。」と言あと、おんぶされてみたゆりちやんが、可愛い声で、「栄子、おらだけあ、お母ちやんと明後日、福島さ行くから、お母ちやんと床屋さ行くである。」と嬉しさうに言つた。

そのうち、栄子さんの眼に涙が光つて来たと思

ふと、栄子さんは、其処にみるのが、こらえれなくなつたのか、手で顔をおさへて行かうとした。すると、お母さんは、「栄子、お母ちやんを一生忘れてなんね。」と言つたまま行つてしまつた。栄子さんは、顔を手でおさへながら、少しうなづいてみた。私は少し歩いてから、栄子さんが泣じやくつてゐるのを、黙つてゐることが出来ないと思つても、「栄子さん、泣くな、泣くな。」といふより言葉が出なかつた。(以下約1,300字略)

(『綴り方倶楽部』1935年6月号、「研究文」欄)

『綴方教室』
『続綴方教室』

●書籍の刊行

　現役の小学校教師だった大木顕一郎と清水幸治の共著として1937（昭和12）年8月に中央公論社より刊行された。著者のふたりは鈴木三重吉に師事し、『赤い鳥』に児童の綴り方を投稿していた。1937年9月の『中央公論』掲載『綴方教室』広告には、鈴木三重吉『綴方読本』（中央公論社、1935）の「姉妹編」「実際指導篇」であると謳われている。なお森田草平によれば、大木は成田中学で鈴木三重吉の教えを受けており、その縁で森田と知り合い、千葉で小学校の教師をしていた頃は創作原稿を持参し、指導を受けていた。その後葛飾区の本田小学校に勤めるようになってから創作は止め、児童の綴り方指導に熱中するようになったという（豊田正子『続思ひ出の大木先生』柏書店、1946、pp.1～2）。

　『綴方教室』は、綴り方教育の具体的事例報告・実践記録である。前篇の「個人指導篇」は大木が、後篇の「学級指導篇」は清水が担当した。前半の個人指導篇では豊田正子が事例としてあげられており、冒頭に収録された「前篇に就いて」（大木）には「豊田正

子の個人文集と考へて頂く方が適当であるかも知れない」と書かれている（p.1）。「後篇に就いて」の末尾には「本書の題名其他に就いては、同志、木村不二男君の示唆と寛容に負ふ所が多い」と謝辞が付されている（p.4）。

　前篇の個人指導篇では、大木が本田小学校で指導した豊田正子の作品があげられ、指導過程のみならず、作品にまつわるエピソードや背景にある生活の貧困、教師の目から見た豊田の様子などが綴られている。『赤い鳥』入選綴方「うさぎ」が引き起こしたモデル問題の記述は貧富に基づく地域の力関係を垣間見せ（pp.41～57）、父親の自転車が盗まれたことを記した綴り方「自転車」の紹介の後には、豊田家の生活の困窮ぶりを知り急いで貧困児童のための手続きをとったことが記されるなど（pp.111～112）、一つの読み物としても受容できる内容となっている。後篇の学級指導篇では学年ごとの指導案と指導経過、作品例とそれに対する評が掲載されている。三重吉に書けといわれた二人がまとめあげたものではあったが、『綴方教室』の出版が実現したのは、当時中央公論社出版部におり、三重吉の『綴方読本』の編集も担当した木内高音の尽力にあるところが大きかったという（藤田圭雄「豊田正子の『綴方教室』『生活綴方と作文教育』金子書房、1952、p.215）。

　なお、刊行当初の売れ行きについては、大木が「この本も、戦争さへ始まらなければ、少しは売れてくれるんだが」（豊田正子『思

つづり方　　豊田正子

　もうせん、私が書いた「うさぎ」つていふだいのつづ方を、赤い鳥へだしてもらつたことがありました。その綴方の中に、丹野さんのをばさんが、「梅本さんのうちぢや、大じんでもけちくさい」と、うさぎをくれる時いつたことを、そのまんま書きました。先生がしやうじきになんでも書きなさいといつたことがあつたので、をばさんのいつたことをそのまゝ書きました。をばさんが近所にゐては、そんなこと書いて、もしか梅本さんの家の人

にしかられたら悪いと思ひましたが、をばさんはどつかへいつてしまつたのだから大じやうぶだと思つてゐました。
　（略）私は、「をばさん、あたいが悪いんだから、ごめんなさいね」といふと、をばさんは、「うん、それだけれども、人の家の悪口を学校でよまれちや、困るからね」と、安子ちやんを、左のおちゝにくはへなほさせました。私は、母ちやんにしれたらどうしようかなと思ひながら、「をばさん、ほんとに、ごめんなさいね」と、又あやまりまし

ひ出の大木先生』大成出版、1945、pp.59～60）とこぼしていたことから、市場の反応はあまりよくなかったことがわかる。

●演劇化・映画化

しかし1938（昭和13）年3月、新築地劇団が「個人指導篇」にあげられた豊田正子の綴り方や生活を基に再構成した舞台版「綴方教室」（豊田正子原作、古川良範脚色、岡倉士朗演出、3月6日～20日、於築地小劇場）を上演したことで、同書は広く知られることとなる。豊田正子は山本安英、正子の父は本庄克二（東野英治郎）、母は日高ゆりゑが演じた。「綴方教室」の劇化上演を推薦し、脚色者として古川を紹介したのは和田勝一だったという（大笹吉雄『日本現代演劇史 昭和戦中篇Ⅰ』白水社、1993、p.216）。舞台版「綴方教室」は初演以来大盛況で築地小劇場のみならず、新宿・日比谷・大阪・京都・静岡等々でも再演され、最終的な観客動員数は5万5千人といわれる（大笹吉雄、1993、pp.226～229）。また、同年8月には映画版「綴方教室」（豊田正子原作、木村千依男脚色、山本嘉次郎脚本・監督、東宝）が封切られた。豊田正子は高峰秀子、父は徳川無声、母は清川虹子が演じ、製作主任として黒澤明が名を連ねている。

演劇化や映画化によって、原作とされた『綴方教室』も版を重ねることとなった。『続綴方教室』（中央公論社、1939）は豊田の綴

り方作品集というかたちで、豊田正子著・大木顕一郎編として刊行された。また1938年10月にはヘラルド雑誌社から『THE COMPO-SITION CLASS 「綴方教室」海外版』（岩堂保著）が刊行されている。後年豊田は、『綴方教室』に関する金銭の一切は自分の元には入らず、大木のところで止まっていたと記している（豊田正子『芽ばえ』理論社、1959、pp.4～13）。

なお、豊田正子作品集としての『綴方教室』は、東西出版社版（1948）、ハト書房版（1951）、角川文庫版（1952）、理論社版（1959）、木鶏社版（1984）、岩波文庫版（1995）などがある。角川文庫版には、題材が深刻すぎるとして中公版で収録されなかった綴り方三篇（「附録 悲しき記録」）が加えられ、大木の手が入る前の本文が採用された。本文に関しては以後同様だが、木鶏社版では『綴方教室』前半「個人指導篇」と『続綴方教室』の作品、そして前述の三篇が収録されている。　　　　　　　　　　　（中谷いずみ）

［参考文献］

藤田圭雄（1952）「豊田正子の『綴方教室』」『生活綴方と作文教育』（金子書房）、成田龍一（2010）『増補〈歴史〉はいかに語られるか』（筑摩書房）、中谷いずみ（2013）『その「民衆」とは誰なのか』（青弓社）

た。

をばさんはだまつて、さつと立つて、おちゝをおしこむやうにしてむねを合せながら、自分の家の木戸の方へいつてしまひました。私は小島さんにはかまはず、表から家へかけていつて、上り口にすわつてかんがへてゐると、母ちやんは、「綴方のこつたろ」といつたから、小ごゑで、「うん、さう」といひました。母ちやんは、「それ見ろ、どうして、あんなことかいただろ。ばかつ」といつて、おぜんをかたづけて、その後をはいてゐま

した。それから、ぶつぶつなんかいつてゐましたが、「もしも、梅本さんのをぢさんが、家へおこつてきたら、どうするよツ」といつて、せなかの下をどんと、長ぼうきでぶちました。

私は上り口にこしかけてゐたのですが、一つぶたれたので、はやく立つてガラス戸の所に立つてゐました。母ちやんは、ほうきを二ぢようにおいて、げたをはいてきたから、私は外へとびだしました。（大木顕一郎・清水幸治『綴方教室』1937、中央公論社より）

『赤い鳥』当時の綴り方を取り巻く状況

◉『赤い鳥』創刊の頃の児童雑誌

1918（大正7）年7月に『赤い鳥』が創刊された頃には、『少年世界』(1895) や『日本少年』(1906)、『少年倶楽部』(1914) など多くの児童雑誌が刊行されていた。誕生した長女のために児童誌を求めた三重吉は愕然としたという。軍隊や兵士のほか射殺シーンを掲載するものまであり、三重吉によれば、それまでの日本には「子供のための芸術家」が一人もいなかったというのである。既成の児童読み物が俗悪であるとして、『赤い鳥』を創刊。日本内外の童話の翻案とともに三重吉選の綴方、白秋選の自由詩などを掲載した。

その後、『金の舟』『童話』『金の鳥』など多くの雑誌が創刊。なかでも1922（大正11）年4月創刊の『金の鳥』では、仏教教団の社会活動に寄りそいながら、『赤い鳥』とは異なる立場から文章表現指導が行われている。『赤い鳥』の文芸主義的ロマンティシズムに反発して自然主義やアナーキズム系の作家たちである田山花袋、相馬御風、室生犀星、巖谷小波らが執筆している。

◉綴り方教育界の状況

同時期は明治期以来の教育勅語体制下にありつつも、第一次世界大戦終結後、大正デモクラシーの高揚期にあって、人間的な解放を望む動向が綴り方教育界にも渦まいていた。

代用教員などを経て33歳で東京高等師範学校附属小学校の訓導となった芦田恵之助は、明治期の典型的な教授法を打破し、綴方運動の最初の出発点をつくった。『綴り方教授』(1913)、『綴り方教授に関する教師の修養』(1915)、『読み方教授』(1916) などを著し、東洋の自力禅に基づく自己表現としての綴り方を唱え、随意選題綴方運動を展開した。

これに対して広島高等師範学校附属小学校訓導の友納友次郎は、『綴方教授の思潮と批判』(1918) などを著し、表現のための技術修得の指導体系に重点をおいた「表現鍛錬」を主張する課題主義論を提唱。

文壇作家が子どものために書く児童文学運動から子どもと教師が自発的に書き投稿する文章表現指導運動に『赤い鳥』が転化しはじめた1919（大正8）年以降は、折しも芦田の随意選題綴方の提唱が旧来の公立小学校綴方教育方式を代表する論敵、友納の主張と照らしあわされながら、急激に全国の小学校教員層の関心の的になりつつある時であった。

この論争を折衷し、生命主義を基礎にした綴り方教育を主張して生活指導の概念を成立させる契機をつくったとされるのが広島高等師範学校附属小学校訓導田上新吉である。田上は『生命の綴方教授』(1921) などを著し、自らの立場を「新自由主義の綴方」と称して、「生命の要求に基づく」綴り方を書くための生活指導を提唱した。

◉『赤い鳥』の教育現場での担い手

全国津々浦々に読者を持ち、1921（大正10）年から1922（大正11）年の発行部数2〜3万といわれる『赤い鳥』は、どのような

読者層や投稿者によって担われていたのだろうか。

慶應幼稚舎国語科訓導の菊池知勇は、日本最初の『綴方教育』誌（1926創刊）、子ども向け雑誌『佳い綴り方』（1934創刊）を主宰し、その発行母体であった日本綴方教育研究会を指導して、『赤い鳥』の子どもの文章表現指導運動を、小学校の「国語科綴方」の指導過程と学習形態に定形化させる役割を果たした。

地方では、秋田出身で1918年に北海道の小学校に赴任した木村文助は、同年齢ながら三重吉から弟子として認められる存在であった。木村は、1922年に初入選してから前期『赤い鳥』の時代に43篇の綴り方を入選させている。木村の指導作品は地方農村の子どもたちの生活現実を端的に表現させようとするもので、『赤い鳥』綴り方から生活綴方へと展開する流れを代表するものである。『村の綴り方』（1929）などを著して郷土主義または地方主義の綴方を代表する指導者とされ、1930年代に『赤い鳥』と三重吉に絶縁し、生活綴方への傾斜を深めていった。

1929（昭和4）年末以降の昭和恐慌は深刻な生活難をもたらし、東北農村疲弊は長期化した。反高等師範学校附属小学校の系譜の性格をもち全国的な読者・投稿者をもっていた『赤い鳥』であったが、購買部数の減少のため1929（昭和4）年3月に休刊を余儀なくされた。

◉1931年復刊後の状況

1931（昭和6）年1月の後期『赤い鳥』復刊後は、三重吉と白秋による子どもの文章表現指導誌としての性格を強めていった。後期『赤い鳥』が育てた代表的な人物豊田正子は、『綴方教室』（1937）などを出版している。

1930（昭和5）年前後は生活綴方が成立してくる時期にあたる。文園社から創刊されていた児童雑誌『鑑賞文選』（1925）は、1930年9月に『綴方読本』（郷土社）と改題して、教師向け雑誌『綴方生活』（1929創刊）とともに小砂丘忠義、野村芳兵衛らによって実質的に担われることになった。

また、東京高等師範学校附属小学校訓導だった千葉春雄は退職後に『教育・国語教育』（1933）の編集顧問となり、児童向け雑誌『綴り方倶楽部』（1933）を創刊した。

地方では、1929年6月に秋田の成田忠久は北方教育社を創設し、『北方教育』誌を創刊、34年北日本国語教育連盟結成の発端となる。西日本では1933（昭和8）年7月に鳥取の綴方教師佐々井秀緒らによって伯西教育社が結成され、季刊誌『国・語・人』を創刊。1933年から翌年にかけて「北方性」論争が起こる。生活綴方は全国的な規模で普及・拡大した。

1936（昭和11）年9月の三重吉追悼号をもって『赤い鳥』が幕を閉じるのは、十五年戦争の第二段階である日中戦争前夜であった。
（平岡さつき）

［参考文献］

中内敏夫（1970）『生活綴方成立史研究』（明治図書）、民間教育史料研究会（1975）『民間教育史研究事典』（評論社）、滑川道夫（1978・1983）『日本作文綴方教育史2大正編・3昭和編I』（国土社）

(4)
『赤い鳥』綴り方の研究

中内敏夫

なか うち とし お

●『赤い鳥』綴り方の教育史上の位置づけと研究方法

1930（昭和5）年〜2016（平成28）年。『赤い鳥』綴り方について、夏目漱石門下の鈴木三重吉による「アララギ派の言文一致運動の遺産を継承しようとする文章表現指導運動」と位置づけた。とくに綴り方においては、文範主義、写生主義綴方に対して文芸的リアリズムの綴り方を発展させ、「明治の教学体制のなかできびしく隔絶されてきた教育の世界と芸術的価値の世界とを文章を連結点にして統合させる」綴り方を確立したと捉えている。

中内は、日本における初等教育の近代化の課題解決を意図した教育改造運動である生活綴方が1930（昭和5）年ころに成立してくる史的な構造を解明した。中内が着目した教育改造運動は、芦田恵之助（恵雨会）の随意（自由）選題綴方の系譜や、自然主義文学系統の綴り方およびプロレタリア綴方の系譜、『赤い鳥』綴り方運動である。なかでも『赤い鳥』綴り方運動は、随意選題綴方運動とともに生活綴方以前の文章表現指導運動に大きな影響を与えたもので、同時代の綴り方運動にリアリズム概念を持ち込むことによって生活綴方成立過程に重要な役割を果たした運動と位置づけられている。そのうえで中内は、『赤い鳥』運動の教育現場への定着形態を明らかにしているのである。

中内によれば、子どもの文章表現指導史上『赤い鳥』運動とよばれているものは、1931（昭和6）年1月復刊後の後期『赤い鳥』である。それは、子どもの投稿作品を中心に編集されるようになり、運動の実体が明確に児童文学運動から子どもの文章表現指導運動に

転化し、小学校の国語科綴方との結びつきを一層直接的なものにしていったとみるからである。小学校にこの運動を積極的にひき入れた教員層は、「自由教育」運動の教師たちの指導していた私立成城小学校など「新学校」ないしはその影響下にある各地の公立学校の教員たちであったとする。

慶應幼稚舎国語科訓導の菊池知勇は、日本で最初の綴方（作文）専門雑誌『綴方教育』(1926)、子ども向け雑誌『佳い綴り方』(1934)を主宰し、その発行母体であった日本綴り方教育研究会を指導した人物である。中内は、綴方教師が『赤い鳥』運動から「自然主義」ないし「リアリズム」をひきだし、受け継ぐことによって進行した、その転生と継承の過程が同研究会を通じてなされたものであるとみるのである。

三重吉と同様に、同時期子ども向け雑誌の主宰者小砂丘忠義らも、子どもから投稿を募り、綴り方に選評をつけて推奨作品を掲載していた。中内は、『赤い鳥』選評と競合関係にあった小砂丘ら『鑑賞文選』誌（文園社、1925）、『綴方読本』誌（郷土社、1930・9に改題）などに掲載された選評基準を比較するなどして、『赤い鳥』綴り方と生活綴方の違いや特徴を明らかにしている。

●文章表現能力の指導体系への着目

中内は、三重吉が後期『赤い鳥』入選の優秀作品と綴り方指導の要点をまとめて出版した『綴方読本』(1935)に発表された指導系統案について、思想的には自由教育運動の基調をなしていた「哲学上の新理想主義乃至文学上の新浪漫主義」の系譜から出てきたものとする。そうした位置づけの一方で、「その欠陥をおぎなって充分なるものがあった」とする。三重吉が文章「製作上の必要なる基本的考慮と手続きの主なるもの」と題して、①題材、②記述の形式、③構成、④言葉と表現と製作の態度、⑤叙述の深度、の五分野をあげ、原則となるべき指導系統について自らの

第4部 『赤い鳥』と子どもたち

理論を述べていることに着目している。

三重吉によると、子どもが書く文章には、文型のうえからみて次の二つがある。すなわち、「時間的につながっている事象、事件の推移を画く」形式をとる「展開記叙」と、「時間を異にした、いろいろの場面に直面した、又はいろいろの観点から見た人物、事象を綜合して記叙する」形式をとる「綜合記叙」である。三重吉は、『赤い鳥』綴り方指導の経験を通して、「展開記叙」から「綜合記叙」の順に学年をおって綴り方指導を進めていかなければ、子どもは全く書けなくなるとしていた。このことに着目した中内は、教育の理論にとっては発達に関する理論をもっていることは不可欠であり、作文教育にとっても同様であるが、発達に関する理論が、「教育人によってではなく、教育に関心をもった文壇人によってまず提出されたということは、考えさせられることの多い事件である」と述べている。

● 『赤い鳥』の文章表現指導をめぐって

子どもたちが自らの思想や感情を表現する文章（綴り方）指導を行う際に、表現方法の指導に重点をおき、その体系化をめざす立場と、表現以前の生活指導、すなわち子どもの認識や価値判断能力の訓練に重点をおき、表現指導を手段とみる見方とがある。中内は、前期『赤い鳥』による子どもの文章表現指導が、文章を書く能力の指導に役割を限定して、子どもの知育や徳育、生活指導にまで立ち入るべきではないとする立場、すなわち「国語科綴方」との結びつきでその目標を限定したものであると位置づける。三重吉の文章表現能力をみる基準は、文章技術という点に重点が向けられ、「叙写の腕」をひきあげ、文章の芸術的水準を高めることがひいては人格の形成や生活指導になるとするものであったと捉えている。

三重吉の指導方針を教育技術として受けとめた師範附属小学校の教師たちには、良い綴り方を書かせるには良い経験をさせる必要があるとして、文章表現能力の養成の手段として子どもの経験や生活指導を位置づける「表現のための生活指導」の主張があらわれたとする。これに対して、生活綴方教師が行ったのは「生活指導のための表現指導」であるとしたのである。

● 『赤い鳥』綴り方の子ども観・発達観

中内は、生活綴方の児童観と発達観の概念が、1920〜30年代の童心主義者とプロレタリア教育の児童観、とりわけ前者との論争のなかで形成され、その論争は今日にまで及んでいると述べている。童心主義者は、子どもの本質を超社会的なものとみなし、社会化され、社会にまみれている姿をその病的な問題状況とする。中内は、『赤い鳥』や自由主義論者にみられる児童観が、穢れのない無邪気な心が子どもの本質であるとみる童心主義的な子ども観であり、子どもを社会から隔離し、保護される存在、「純真」な存在とみるものであるとした。

他方、生活綴方にみられた子ども観は、これとは対照的で、子どもは本来、社会的な存在であり、自己変革力を内に秘めた独立の人格者である、とみるものであるとした。生活綴方は「逞しく素朴なる原始子供」を綴り方によって再生しようとするもので、子どもを穢れや妬みを大人なみに持っている存在として捉えているとした。　　　　（平岡さつき）

［参考文献］

中内敏夫（1970）『生活綴方成立史研究』（明治図書）、同（1976）『生活綴方』（国土社）、同（1985）『生活教育論争史の研究』（日本標準）、同（2000）『中内敏夫著作集V』（藤原書店）、中内監修（2007）『復刻鑑賞文選・綴方読本別巻』（緑陰書房）、同（2012）『綴ると解くの弁証法―「赤い鳥」綴方から「綴方読本」を経て―』（渓水社）

滑川道夫
なめ かわ みち お

◉生涯と業績

　1906（明治39）年11月3日～1992（平成4）年12月13日。秋田県湯沢町（現・湯沢市）生まれ。1926（大正11）年3月に秋田県師範学校本科第一部を卒業後、秋田県湯沢女子小学校訓導となり、さらに1929（昭和4）年3月に秋田県師範学校専攻科（国語漢文科）を卒業後、同年4月より秋田県師範学校第一附属明徳小学校訓導となった。1932（昭和7）年に上京し、私立成蹊小学校訓導となった。1934（昭和9）年4月より日本大学高等師範部国漢科に入学し、1938（昭和13）年3月に卒業している。戦時中の1944（昭和19）年9月から1945（昭和20）年11月まで、成蹊学童集団疎開に同行した。1946（昭和21）年に、成蹊小学校主事兼成蹊中学校の教諭となり、文部省の各種委員を務め、戦後の国語科教育界を牽引した。1957（昭和32）年3月に、成蹊小学校主事を辞任、同年4月に私立成蹊学園教育研究所長に就任し、研究者としての道を歩むこととなった。1961（昭和36）年5月に成蹊学園を退職し、1966（昭和43）年11月に東京教育大学教育学部専任講師となり、1970（1945）年3月に東京教育大学教育学部を定年退官した。同年4月に東京成徳短期大学教授を就任し、この間、1980（昭和55）年に筑波大学で教育学博士を取得し、1988（昭和63）年東京成徳短期大学を退職した。1992年、呼吸不全で逝去。

　以上の経歴のとおり、滑川道夫はまず綴方教師として出発し、教師としての生活を続けながら、戦後国語科教育や学校図書館についての各種委員を務め、後に綴方教育、国語教育、読書指導、児童文学・児童文化などの研究者となった。その原点と言える活動は、

1930（昭和5）年に成田忠久らと子どもの文集『北方文選』の親雑誌にあたる教育誌『北方教育』を創刊したことである。1932（昭和7）年に成蹊小学校に移ってからは西原慶一とともに雑誌『実践国語教育』の編集に携わって綴方教育に関心を寄せ続け、戦後には、文部省学習指導要領（国語）編集委員、同学校図書館協議会委員、同教科書局編集委員などを務める一方、山本有三の少年少女誌『銀河』の編集長なども務めた。出版物は多数であり、児童文化を振興するための企画や編集の仕事も数多く行っている。1960（昭和35）年には、『少年少女つづり方作文全集』（創元社）によりサンケイ児童出版文化賞を、同年企画編集した『学校図書館文庫』全50巻（牧書店）により毎日出版文化賞及びサンケイ児童出版文化賞を、1961（昭和36）年には、『作文教育』『少年少女つづりかた作文全集』により垣内松三賞（実践国語研究所）およびサンケイ児童出版文化賞を、1981（昭和56）年には、著書『桃太郎像の変容』で毎日出版文化賞を受賞している。

◉研究者としての『赤い鳥』の評価

　国土社から刊行された『日本作文綴方教育史』のシリーズは、綴り方研究者としての滑川道夫のライフワークである。『明治篇』『大正篇』『昭和篇Ⅰ』の3冊が出版されており、『赤い鳥』については、次の5か所で取り上げられている。それぞれについて内容を要約する。

① 『大正篇』第三章　児童芸術運動と綴り方教育　―「赤い鳥綴方」の出現＝赤い鳥綴方Ⅰ

　大正中期の綴り方教授状況を概観した後、「児童芸術運動興る」として1919（大正8）年の児童文芸誌『赤い鳥』刊行の経緯を説明している。以降休刊する前までを前期としてさらに三期に分けている。

②『大正篇』第三章　児童芸術運動と綴り方教育　二第二期「赤い鳥綴方」の発展＝赤い鳥綴方Ⅱ

　第二期は、三重吉の綴り方教育者との自覚的交流がはじまる第3巻4号（1919・11）以降である。三重吉は教師からの質問に答える形で数回「綴方の研究」という欄を掲載した。まず、課題については、全否定はしないが、「子供が最も深く印象してゐることを書かすのが一番いい」と課題は束縛であり桎梏であるとする。また、子どもの経験の充実を優先する内容主義的な立場を明確にした。さらに、いわゆる高師附小系の綴り方教授法について「美文」「冗漫な表現」「取材論の不徹底」などと批判した。これらを通して、三重吉は次第に自分のリアリズム綴方に傾斜していく。第二期には他に、白秋の貢献で、「児童自由詩」が成立したことが述べられている。

③『大正篇』第六章　第三期「赤い鳥綴方」の発展―赤い鳥綴方Ⅲ

　第三期は、創刊第3周年記念号の1921（大正10）年7月号（第7巻第1号）前後からで、いわゆる最盛期であると滑川は認識している。背景には大正期新教育運動の興隆があり、この時期に、『赤い鳥』において、文芸主義的リアリズムが成立したとしている。選評にも「写実」「実感」といった評語が増えていく。リアリズムを追究すると、日常生活語としての方言的表現が応募作品に多くあらわれるようになる。三重吉は方言の使用を奨励し、このことは地方の熱心な綴方教師によろこんで受け入れられるようになっていく。

④『昭和篇Ⅰ』第一章　三重吉・白秋の業績＝赤い鳥綴方Ⅳ

　1929（昭和4）年3月の『赤い鳥』の休刊までが前期、1931（昭和6）年1月の復刊以降が後期である。ここでは、休刊する前の状況が記述されている。店頭売りの同業他誌が隆盛に向かう一方で会員制の『赤い鳥』は売れ行きが下降し、不況が重なった上に、内容的にも入選校が固定化してきたことが述べられている。その後、前期の三重吉・白秋の綴り方教育史上の業績がまとめられている。三重吉は選評指導に労力を割くようになったが、ふだんの言葉を使って、いきいきと実感的叙写を行うことだけが評価され、子どもの主体的な感情・思想にはまったく触れていない。これが後の「生活綴方」とは決定的に異質な点である。一方、白秋は、童謡から児童自由詩への発展に貢献し、「自然観照」と「生活感情」の二視点を重視して、選評をするようになっていった。特に、「さび」「わび」「にほひ」「ひびき」「幽玄」という日本文学的視点が重視されことを滑川は評価している。

⑤『昭和篇Ⅰ』第二章　後期赤い鳥綴方の展開＝赤い鳥綴方Ⅴ

　後期「赤い鳥」は、復刊の1931（昭和6）年1月から終刊の1936（昭和11）年10月までである。三重吉は、自分の選評によって作者の子どもを指導するだけでなく、その子どもの指導者である教師に対して「講話」するという姿勢を示すようになった。その特色を綴り方教育史から見ると、写実主義系譜の写実的綴り方であると滑川は分析している。子どもにとっては意味のない「子どもらしさ」を保持する文芸的リアリズムの色を濃くしているという。この時期、白秋は『赤い鳥』から離脱し、『綴り方倶楽部』に移った。滑川は、「『赤い鳥』を中心とする児童芸術運動はすでに歴史的役割を果たし、崩壊過程をたどっていたし、その一環としての児童自由詩も、はっきりと生活詩への変質過程をたどっていたのである」と評価している。　　　（足立幸子）

[参考文献]

滑川道夫『日本作文綴方教育史〈1〉明治篇』国土社1977年、滑川道夫『日本作文綴方教育史〈2〉大正篇』国土社1978年、滑川道夫『日本作文綴方教育史〈3〉昭和篇Ⅰ』国土社1983年

峰地光重
みね　ち　みつ　しげ

1890（明治23）年7月8日〜1968（昭和43）年12月28日。鳥取県生まれ。大正・昭和戦前期の鳥取県の小学校教育実践者である。いわゆる生活綴方の濫觴期に深く関わり、自らの綴り方実践に基づく実践研究や実践報告、綴り方教育史についてなど多くの著作がある。自由教育実践で知られる東京の池袋児童の村小学校に訓導として勤務。また鳥取の公立小における郷土教育実践でも知られた。

●生涯とその仕事

峰地光重は、1890（明治23）年、鳥取県西伯郡光徳村豊成（現・大山町豊成）、林原家に生まれた。1911（明治44）年、鳥取県師範学校本科一部卒業。西伯郡庄内尋常高等小学校に首席訓導として赴任。1916（大正5）年、光徳尋常高等小学校訓導となる。この頃農業教育に関心を深め、「観察」を大切にする実践を行った。これは峰地のその後の綴り方実践の基礎となっている。1919（大正8）年より西伯郡高麗尋常高等小学校訓導。この時期に東伯郡上中山村八重の峰地家に入籍。『綴方教授細目』（児童研究社、1921）、『文化中心綴方新教授法』（教育研究会、1922）など、綴り方に関する著作を出版。「綴方は人生科」とし、綴り方と生活との関わりを重視。立派な文が書けるようになるための価値ある生活体験の指導などについて述べた。「生活指導」の語を初めて用いたのは峰地光重である。1923（大正12）年、鳥取県師範学校附属尋常高等小学校訓導となる。この時期『赤い鳥』に触発されたものと思われる児童向け雑誌『小鳥』（1924・4）を発行している。

その年、1924（大正13）年の9月、開校半年後の、東京の池袋児童の村小学校に、訓導として赴任した。池袋児童の村小学校は、

大正自由教育期に実験校として設立された学校で、その初期には、学習目的、学習内容、学習時間などを児童自身が決定する学習者主体教育といえる実践が行われた。峰地は勤務した2年半を通じ、その実践形成に大いに力があった。そこでの実践を中心に『文化中心国語新教授法』（教育研究会、1925）を出版している。

この頃、児童の村の関係者とともに、児童向けの読み物や児童作品の投稿欄などを掲載した雑誌『鑑賞文選』（小砂丘忠義編集、1925創刊）の発行にも関わり、編集を分担。その後、同じ児童の村の関係者とともに、生活を重視した綴方教育を目指し、教師向け雑誌『綴方生活』（1929創刊）の創刊に関わった。この時峰地はすでに池袋児童の村小学校を辞し鳥取に帰っていたが、翌年の第二次同人としても名を連ねている。雑誌『綴方生活』は、その後1930年代の生活綴方運動の拠点となってゆく。

1927（昭和2）年、鳥取に帰郷、東伯郡上灘小学校の校長兼訓導となり、郷土教育実践に取り組んだ。情緒的郷土愛教育を退け、郷土の現実に目を向ける客観的、科学的郷土教育実践を主張。身の回りの事物を、児童の関心や観点から調査・記録するその実践は'調べる綴方'の嚆矢であった。『新郷土教育の原理と実際』（人文書房、1930、大西伍一と共著）、『子供の郷土研究と綴方』（厚生閣、1933）など関連の著作が多数ある。

上灘小学校では郷土教育の一環として、児童による実際の生産活動、地域と連携しての組織的活動が行われ、全国に知られた。『生産の本質と生産教育の実際』（厚生閣、1933）。1936（昭和11）年、東郷小学校校長兼訓導。郷土教育実践を継続した。

1942（昭和17）年春、生活綴方教師弾圧事件の際、検挙され、拘引約1か月。健康を害している。その後公職にも就けず、失意と困窮が続いた。

晩年、戦後の1952（昭和27）年から4年

間の岐阜県多治見市池田小学校廿原分校に赴任。集大成としての自由な実践の様子が『はらっぱ教室』（百合出版、1955）に報告されている。

◉峰地光重による『赤い鳥』綴り方の評価

『赤い鳥』が大きく影響を及ぼした時期、またその後の生活綴方形成の時代を、教育実践者として、また変化していく生活綴方形成の中心的存在として過ごした峰地の評言は、何より当事者の証言としての意義が大きい。

峰地光重の著作のうち、綴り方史を主な内容とするものには、『綴方教育発達史』（啓文社、1939）、『学習指導の歩み　作文教育』（東洋館出版、1957、今井誉次郎と共著、前半作文部分を峰地担当）、『わたしの歩んだ生活綴方の道』（1959）がある。

著作にはいずれも、作文の実例や実践例、その時々の実感が多く綴られている。

雑誌『綴方生活』は、当初より『赤い鳥』批判を立場とするものであったが、戦後の著作においても、峰地は、『赤い鳥』綴り方について、概ね批判的な立場にある。『綴方生活』創刊時について述べた以下の言は、『赤い鳥』綴り方の問題点を示すものとして、しばしば引用されている。

　　「赤い鳥」綴方は、あまりに自然主義的叙写に終始し、表現技術的なものになりすぎていた。

　　綴方選手の手から綴方をすべての子どもの手へ返す運動でもあった。

　　　　　（『学習指導の歩み　作文教育』）

『学習指導の歩み　作文教育』では、『赤い鳥』綴り方は、初期の浪漫主義的唯美主義的なものから現実主義的、自然主義的なものへ変化し、復刊後は「働くことの大切さ」など生活指導的な評言も表れたものの、指導は叙写に関するものに終始したとする。

また、三重吉の「叙写」の特色について、「感情的な心理的要素を描写の上にひじょう

に重要視」した「主観、客観の二要素の融合」とし、これ以前の写生主義綴方の純客観的描写との違いを指摘している。

『赤い鳥』綴り方の教育上の功績として、以下の3点を上げる。要約して示す。

第一　子どもたちと教師たちに、事物に学ぶ精神を培ったこと

『赤い鳥』綴り方の題材が、遊び、労働、生物、社会現象など広範囲にわたる事物であることを指摘し、真の事物教授に綴り方的教育法が有効であることを示した点。

第二　きわめてリアルなしかも具体的な物の見方と表現を指導したこと

三重吉の綴り方指導のあり方を高く評価。「具体的、実質的で、出来合いの方法論で軽く片付けようとする安易さをきびしくたしなめ」るものであったとする。また「「学習の最高の形式は概念的順応」などがさけばれた当時において、…鋭敏な観察力をとぎすますことを文章の、観察の、そして人間の根本として、一貫してとらえた捉えた」としている。

第三　方言を綴り方に取り上げたこと

「方言撲滅にひとしい風潮が支配的であった」当時、「勇敢にも、方言を拾い上げて」指導に生かした三重吉の態度は、真実のこもった言葉の重要性の観点から、「正しい方向」であり、「話し言葉と文章言葉の一致という近代的言語改革は、三重吉においてはじめて基礎を固め、美事に開花した」と述べている。

　　　　　　　　　　　　　　（出雲俊江）

［参考文献］

田村達也（2006）「平成18年度 公文書展 鳥取県の生活綴方教育——峰地光重と後進たち」（鳥取県立公文書館、倉吉博物館）、出雲俊江（2016）『峰地光重の教育実践　学習者主体教育への挑戦』（渓水社）

3
自由画

総説 『赤い鳥』の自由画

● 『赤い鳥』の自社広告

「今のあたらしい童話、童謡、童謡の作曲、自由詩、自由画の運動も、すべて「赤い鳥」が創始したもので、常に、その唯一の先導たる誇りを失ひません。」——これは『赤い鳥』復刊第3巻第1号（1932・1）に掲載された『赤い鳥』自身の広告の一節である。同様の広告は、その後も幾度か同誌に掲載されている。一度は財政難に陥って休刊に追い込まれ、会員制の雑誌として復活を遂げた『赤い鳥』とすれば、自らの優位性を大いに宣伝して雑誌の売り上げに結びつけたいと考えたことは充分に理解できる。また確かに、『赤い鳥』は現代にまでつながる、それまでとは異なった新しい児童文化の創造に一役買った雑誌で

あり、その先駆的役割を果たしたという点で、上記の言葉は間違いではない。しかし、こと自由画に関する限り、この表現はいささか誇大広告であったと言えるかもしれない。

● 臨画と自由画

それについて述べる前に、まず自由画とは何かについて説明しておかなくてはならない。当時は小学校の美術教育といえば、臨画が当たり前とされた。臨画とは、お手本の絵を見て描くことである。例えば、風景を描くのであれば、自然を前にして筆をとるのではなく、風景を描いたお手本の絵を見て、それを真似て描く。それに対して自由画は、風景そのものと対峙し、子どもの自由な裁量に任せて絵を描くことである。遠近法などの絵画の技法を学ばせるよりも、まずは子どもの内側に本来備わっている創造力をこそ大切にすべきであるとする考え方である。これを最初に提唱したのは、版画家・洋画家の山本鼎である。

山本は1912（明治45）年7月、絵を学ぶためにパリに渡り、1916（大正5）年12月にロシア経由で帰国した。その際モスクワで偶然、子どもたちがのびのびと自由に描いた絵の展覧会を見て感銘を受け、日本にも臨画ではなく、自由画教育が必要であると考えた。

初めてそれを行動に移したのが、1918（大正7）年12月17日、長野県小県郡神川村（現・上田市）の神川小学校で行った講演会「児童自由画の奨励」であった。さらに翌年

山本鼎

山本鼎は、1882（明治15）年10月24日、愛知県岡崎市上肴町に生まれた。父・一郎が開業医を目指して苦学していたため、鼎も小学校卒業後、進学をせず木版工房・桜井虎吉に弟子入りした。木口木版（西洋木版）の技術を学んだのち年季奉公を終えた山本は、1902（明治35）年東京美術学校西洋画科選科予科に入学。学生時代に雑誌『明星』（1904・7）に発表した木版画「漁夫」は、日本版画史上での最初の創作版画とされる。それま

での日本の版画は、絵師・彫師・摺師が分業で行っていたが、その三つを統合し、一人の人間が創作活動として行う版画はここから始まった。小杉放庵（未醒）が「鼎伝」（小崎軍司『山本鼎・倉田白羊』所収）で伝えているところによれば、大学での山本は同級の森田恒友と常に主席次席を争い、優秀な成績で卒業した。

1907（明治40）年5月、友人の画家・石井柏亭、森田の三人で雑誌『方寸』を創刊（〜1911年7月、全35冊）。のちに平福百穂、倉田白羊、未醒、織

4月には、山本が選者を務め、同校において第1回児童自由画展覧会を開催、郡内の小学校34校、郡外20校、幼稚園1園から約9800点の作品が集まり、うち1085点が入選して大きな反響を呼んだ。これを機に山本は自由画運動を積極的に進めるようになっていく。

さらにこの運動には新聞社各社も関心を抱いて各地で自由画展覧会を主催するようになり、山本もそれに協力を惜しまなかった。

●『赤い鳥』の反応

最初の児童自由画展が開催された際、山本が『読売新聞』(1919・5・11)に「児童自由画展覧会に就て」を掲載してその背景と意義を主張すると、『赤い鳥』第3巻第1号(1919・7)では逸早くこれに反応を示した。

山本さんの自由画についてのあの主張は私たちも非常に面白く拝見しました。「赤い鳥」でも創刊当時、子供の画を載せたいと思つて清水(良雄)さんとも相談をしました。清水さんも子供の画については疾くから種々の意見を持つてゐられるのでその計画には至極賛成されましたが、実際上の問題になりますと、鉛筆画では写真版にも凸版にも写り悪いために、是非墨でかくか、鉛筆なら特に強くかゝないと駄目です。その点で子供の自由を束縛することが一つ、第二には写真版に取れても、「赤い鳥」の紙には着きにくいし、凸版の場合では、画家ならばはじめから凸版として面

白く上るやうに、特に用意をして描くのですがさうでない子供の任意の画が悉く凸版に向くかどうかゞ疑問です。次には三色版ならば自由に色も使へ、原画も崩れませんが、これは費用の点で手が出せません。石版は摸写するので問題になりません。そのうち機会さへ来れば御希望通りに実行致します。(記者)(pp.72〜73)

ここに(記者)とあるのは、『赤い鳥』を主宰していた鈴木三重吉であろう。これを読めば明らかなように、自由画運動は『赤い鳥』とは関係なく、山本が中心となって始めたものであり、先の広告にあるような『赤い鳥』が創始したものではない。しかもこの時点ではまだ、印刷上の問題を理由に『赤い鳥』誌上で自由画を取り上げることは留保されている。

●最初に掲載した『金の船』

『赤い鳥』が自由画の掲載を逡巡している間に、児童雑誌で最初に自由画を取り上げたのは、『赤い鳥』に刺激されて生まれた後発の雑誌『金の船』であった。山本は1919年7月18日付の長野県下伊那郡竜丘小学校木下茂男宛の書簡で次のように述べている。

面白いのは、此頃、雑誌社からしきりに相談にくる事です。(中略)今日は、島崎藤村、有島生馬の両君を主事として、近く創刊せら

田一磨、坂本繁二郎、黒田朋信(評論家)らが加わったこの同人誌は、創作版画を多く掲載し、版画の進展に大きく寄与した。

学生時代、柏亭の家に同居したこともあった山本は、彼の妹みつに惹かれ結婚を申し込むが、柏亭の母親の反対にあって叶わなかった。失意の山本は渡仏し、印象派、フォーヴィスム、キュビスムなど新しい芸術運動に刺激を受けつつパリで絵の勉強に励んだ。当時、やはりパリに在住していた作家・島崎藤村と親しくなったのもこのころである。本文でも述べたように、帰国の途に立ち寄ったロシアで児童画展覧会を観たことがきっかけで、山本は自由画運動を起こすようになったが、もうひとつクスタリヌイの農村工芸品展示館で観た、農閑期を利用して農民が作った工芸品の数々にも心を動かされた。帰国後は、日本美術院洋画部の同人となり、「サーニャ」など滞欧中の作品17点を特別展示した。

また帰国してすぐ、長野県小県郡神川村大屋で医院を開業していた親許に報告に訪れると、地元

れる少年雑誌から『毎回児童自由画を募集して載せ度いから監理してくれ』と申して来ました。(『山本鼎の手紙』p.153)

藤村と有島を主事とする少年雑誌というのが、『金の船』である。『金の船』の編集者・斎藤佐次郎は「「金の船」＝「金の星」の回顧」で当時の事情をのちにこう述べている。

私が大学生時代、学友と一緒に度々訪問して芸術談を聞かせてもらった人に戸張孤雁という彫刻家があった。(中略)私は戸張孤雁さんを訪ねて「金の船」創刊の話をした。孤雁さんは私が月刊雑誌を発行すると聞いて驚いた様子であったが、子供の自由画運動に参加したいので、山本鼎さんにお会いしたいと思っていると話すと、
「山本君なら、すぐ近くにいるから一緒に行って頼んであげる」と、気軽に言ってくれた。(『雑誌 金の船＝金の星 復刻版別冊解説』p.188)

こうして、『金の船』誌上では創刊号(1919・11)に山本の「子供の自由画を募る」が掲載され、『金の船』での自由画募集が宣言されるのである。このとき白由画の例として掲載されたのが、先の神川小学校の生徒の山辺堅と森鷗外の娘でのちに作家となる茉莉の作品であった。第2巻第2号(1920・2)からは山本の選評を付した応募作品が掲載された。

以後、『金の船』(のち『金の星』)では第9巻第2号(1927年2月)まで、必ずしも毎号ではないが、自由画が掲載された。

● 『赤い鳥』の自由画掲載

一方、『赤い鳥』に自由画が掲載されるようになるのは、第4巻第1号(1920・1)からである。『赤い鳥』の審査も同じく山本が担当した。山本にとって、自由画を広めることは最優先課題であったから、同様の企画を2誌で同時に行えるのは、むしろ好都合であったろう。また、『赤い鳥』の中心的役割を担った一人であり、自由詩の監修を務めていたのは詩人の北原白秋だった。山本は帰国して間もなく、白秋の妹いゑと結婚していたから、姻戚関係を通じても山本は『赤い鳥』とつながりをもっていたわけである。このとき鈴木三重吉は「通信欄」で「本号以降永久に「赤い鳥」の巻頭を飾ることになりました」(p.74)とその意気込みを語っている。

しかし、すでに『赤い鳥』誌上でも指摘されていたように良質の用紙を使っているわけではない雑誌で、しかも印刷の知識のない子どもの絵を載せることは最初から問題があった。いくら絵がよくできていても、印刷には不向きな絵があったためである。そのため当初『赤い鳥』では巻頭の口絵ページとして、本文用紙とは異なる再現性の高い紙に印刷された。また、これは本文用紙に掲載していた『金の船』との差別化を図る意図もあったの

の後援者や青年団が歓迎会を開いてくれた。その席で金井正や山越脩蔵を知り、彼らの協力を得て自由画運動は神川小学校で始められることになる。
自由画運動だけでなく、1918(大正7)年11月、山本は「日本農民美術建業の趣意書」を発表、農民美術運動にも力を入れ始めた。ロシアで観た農民の手作り工芸品にヒントを得て、山本は日本の農民も技術を身につけ、冬の農閑期に美術的手工芸品を作るようになれば、農村の苦しい経済を支えることができるのではないかと考えた。同年12

月には、神川小学校で農民美術の第1回講習会を開催している。農民美術運動は、やがて日本農民美術研究所の設立にまで漕ぎ着けるが、必ずしも成功したとは言い難く、この運動のために、山本は多額の負債を抱え込むことになった。
自由画運動、農民美術運動のために時間を取られることの多かった山本だが、美術家としての彼は、日本美術院洋画部を脱退したのち1922(大正11)年1月の春陽会の設立に参加、退会する1935(昭和10)年までの間、同会で作品を発表

517

かもしれない。しかし、しばらくすると、本文用紙への掲載に変っている。

掲載当初はまだ自由画という考え方そのものが、投稿する子どもたちにもよく理解されていなかった。『赤い鳥』第4巻第4号（1920・4）に掲載された「自由画を選んで」で山本は「どうも皆さんには自由画といふことがまだよくお解りにならないやうですね」と述べ、送られてきた絵のなかには、あきらかに手本や雑誌を見て描いたり、岸田劉生の線画を引き写しにしたものもあったことを指摘し、「そんなことをする人は根性のケチくさい人です」（p.101）とまで述べている。

その後『赤い鳥』誌上で自由画は、一進一退を繰り返しているが、第5巻第5号（同年11月）の「自由画選評」では「「赤い鳥」の子供の自由画は、だんだん面白くなります。私の所謂不自由画、即ちお手本や雑誌の画や範画などによつて子供のありていな表現が拘束された画が稀になつて、子供らしい自然観の流露した画が多くなりました」（p.95）とあって、自由画が次第に読者の間にも浸透していったことが判る。『赤い鳥』での自由画の掲載は、終巻号＝復刊第12巻第2号（1936・8）までは続かなかったものの、それでも復刊第6巻第5号（1933・11）までは掲載された、息の長い企画となった。

◉追随する子ども雑誌

『金の船』と同じく、『赤い鳥』以降に創刊

された児童雑誌『おとぎの世界』『童話』では、前者が第1巻第9号（1919・12）に「こどもの自由画」の懸賞募集広告を掲載し、第2巻第第3号（1920・3）から掲載を始め、後者は自由画とは銘打っていないが、第1巻第3号（1920・6）からテーマを決めて読者から図画の募集行い、同巻第5号（同年8月）から掲載を始めている。また、1923〜1937年、山本は幼年雑誌の『子供之友』でも自由画掲載とその選評を担当した。

自由画運動は山本鼎が口火を切り、それに賛同した人々の協力を得て拡がっていった。展覧会開催もその一つではあったが、毎月発行され、全国の子どもたちが読んだ『赤い鳥』をはじめとする児童雑誌が果たした役割は、決して小さなものではなかったであろう。それはやがて日本の美術教育の実態を変えていく一助ともなったのである。　　（川村伸秀）

［参考文献］

山越脩蔵編（1971）『山本鼎の手紙』（上田市教育委員会）、斎藤佐次郎（1983）「「金の船」＝「金の星」の回顧」『雑誌 金の船＝金の星 復刻版別冊解説』（ほるぷ出版）、山本鼎（1921/1972）『自由画教育』（ARS／復刻版、黎明書房）、山本鼎研究会（1966）『山本鼎研究資料 第1集』（山本鼎研究会）、小崎軍司（1967）『山本鼎・倉田白羊生涯と芸術』（上田小県資料刊行会）、同（1979）『夢多き先覚の画家 山本鼎評伝』（信濃路）

し続けた。1942（昭和17）年11月、脳溢血で倒れ左手に麻痺が生じたが、それでも絵を描き続けることはやめなかった。1946（昭和21）年10月8日、腸捻転のため死去。享年64歳。

日本自由教育協会

児童画の普及を目指して、1919（大正8）年7月に山本鼎、片山伸、岸辺福雄、長原孝太郎、谷好夫、金井正、山越脩蔵の7名により日本児童自由画協会が発足。さらに翌年12月には、会員も

18名に増え、自由画だけでなくより広い視野の下で自由教育の発展に力を注ぐべく、日本自由教育協会と改称した。この協会の機関誌として1921（大正10）年1月、アルスから創刊されたのが『芸術自由教育』である（〜同年11月、全10冊）。山本、片上、北原白秋、岸辺が編集委員を務め、委員はもちろん、与謝野晶子・鉄幹、西村伊作、木下杢太郎、有島武郎、土田杏村、森田恒友、小川未明、高村光太郎、島崎藤村など錚々たるメンバーが執筆した。

『芸術自由教育』

●創刊の経緯

1921（大正10）年1月創刊、同年11月1巻10号をもって無期休刊となった。菊判100頁程度、頁数や口絵によって価格は変動したものの1冊40銭前後、表紙は毎号児童自由画で、発行所は北原白秋の弟鉄雄が主宰した合資会社アルス。短命ながら「大正自由教育の象徴的存在」（関口安義「片上伸：『文芸教育論』をめぐって」『大正自由教育の光芒』久山社、p.50）とも評される。

編集委員は片上伸、岸辺福雄、北原白秋、山本鼎の4名であった。片上と山本はモスクワで懇意となり、帰国後片上は文芸教育を提唱し、山本は児童自由画運動を主導、ともに芸術を通じた教育の刷新を目指していたが、2人の間でこうした運動の機関誌の計画が持ち上がった。

『赤い鳥』において童謡の創作をするとともに子どもの自由詩の振興に意欲を燃やしていた北原白秋と、幼児教育・口演童話の開拓者であった岸辺福雄もまた彼らに賛同・合流し、山本は「児童自由画協会」を「日本自由教育協会」へと改称、この協会を母胎としてひろく芸術教育の振興を目指して創刊された。

●雑誌の性格

編集委員らは理論家・芸術家ではあったものの、岸辺以外は教育者ではなかった。それ故に「実際教育事業に従ってをられる諸君の理解を得ること」（片上、2号、p.98）の難しさと重要性を実感しており、「空論でない実情に基いた実際教育家の言葉を聴きたい」（片上、1号、p.134）と、繰り返し現場からの実践報告の投稿を求めた。また、各編集委員に寄せられる質問に対する回答を掲載する

など、読者と双方向の議論の場であろうとした。

基本的な記事の構成は自由画、童謡、論文、随筆、編集後記、協会消息であったが、従来の教育雑誌のような教員しか読まない雑誌ではなく各家庭においても読まれることを望んでいたためか、記事の内容は極めて多彩で、土田杏村の教育論のほか高村光太郎や有島武郎の随筆、与謝野晶子の童謡、小川未明や秋田雨雀の童話なども掲載された。

●終刊とその後

協会による運動が最高潮を迎えたのは8月に軽井沢星野温泉で行われた芸術教育夏季講習会であった。講習会には全国から大勢の受講者が集まり大成功に終わったが、その後運動は行き詰まりをみせた。会員たちに運動をさらに発展させる具体的な計画はなく、また雑誌の編集体制も立ち行かなくなっていた。編集委員、とりわけ片上が早稲田大学の校務等で多忙を極め、実務・編集上の山本の負担は大きく、山本は誌面でもしばしば不満を漏らしていた。結局は山本が「無期休刊」を決意し、わずか10冊の発行をもって実質上の廃刊にいたった。

短命ではあったものの、文芸教育や美術教育などそれぞれの分野の専門家がはじめて一体となって運動を推し進めようとしたこの雑誌が教育界にもたらした影響は決して小さいものではなく、芸術教育の研究や実践はむしろ雑誌廃刊後により発展をみせることとなった。

（柿本真代）

［参考文献］

杉本邦子（1985）「北原白秋と「芸術自由教育」（上）」（『学苑』541、昭和女子大学近代文化研究所、pp.188〜200）、同「北原白秋と「芸術自由教育」（下）：付・総目録」（『学苑』543、pp.17〜24）、冨田博之・中野光・関口安義編（1993）『芸術自由教育〈復刻〉』（久山社）、冨田博之・中野光・関口安義編（1993）『大正自由教育の光芒』（久山社）

自由画と臨画

●明治の図画教育

　図画教育においては、1860（安政7）年にイギリスで小学校の「図画」が必修となり、1869（明治2）年にフランスで、1870（明治3）年にアメリカで、1872（明治5）年にドイツで、それぞれ小学校の教科目となった。

　1872年、学制頒布によって日本の学校教育がスタートした時、「罫画」「画学」という教科名で図画教育は教科として存在した。「富国強兵」「殖産興業」といった明治政府の政策に表れているとおり、国民を兵士や工場労働者として勤まる人材に育成する必要があったため、図（絵）を正しく描ける、読めるという能力の育成が求められたのである。

　明治期の図画教育の方法・内容は主に「臨画」であった。教科書はお手本であり、子どもたちはそれを見てできるだけ正確に描くことが求められた。欧米でも日本でも「見える通りに描ける能力」の獲得が求められたのである。ただし、日本においては伝統的な日本画におけるトレーニング方法が、主に「粉本」という先人が描いた手本を模写することであったことも臨画が導入・支持された背景

にあると考えられる。

　明治初期の図画教育は西洋模倣時代と呼ばれ、用具としては鉛筆が想定されていた。行き過ぎた欧化政策への反動として国粋主義が台頭すると、美術および美術教育においてはフェノロサと岡倉天心による日本美術復興の動きを受けて、用具としての毛筆が見直され、美術教育の専門家によって鉛筆画毛筆画論争がなされ、教育現場においては学校の実情に合わせて用具と教科書を選べる併存の時代が続いた。しかし、鉛筆か毛筆かという用具の違いこそあれ、図画教育として主に行われたのは手本を正確に写す臨画であった。

　1910（明治43）年、『新定画帖』という画期的な国定教科書が出されたが、教育現場では従来通りの臨画が主に実践され、大正を迎えることとなった。

●大正自由画教育

　画一的な詰め込み教育によって近代化が一定程度に達成され経済的に豊かになると、個人の個性や創造性を大切にする児童中心主義的な教育への転換がはかられた。19世紀末から20世紀初頭にかけて先進諸国において自由主義的な教育が同時多発的に起こった。

　日本においては、第一次世界大戦による好景気と大正デモクラシーを背景に1920年代から1930年代に大正自由教育がおこった。

　そのような状況下、個人の経験と直感と洞察により新たな図画教育を切り拓いたのが山

『聖職の碑』に見る自由画教育前夜

　山本鼎が神川小学校で講演会を行う以前に、自由画のような実践が各地で行われていたとされる。それを裏付けるような小説がある。

　新田次郎の小説『聖職の碑』（講談社、1976、講談社文庫、1980、同新装版、2011）は、1913（大正2）年8月26日、長野県中箕輪尋常高等小学校生徒・教師たち37名が修学旅行として伊那駒ケ岳に向かい天候が急変し11名の死者を出した山岳事故を描いた作品である。

　新田次郎は取材する中で、この事故の背景には信濃教育界における白樺派若手教師たちの理想主義教育と校長たちの実践主義教育との確執があることに気づき、当時の長野県の教育についても取材して作品に描き込んでいる。まさに自由画教育前夜と言える長野県の教育状況が描かれているのである。そこには白樺派や図画教育についても描かれており興味深い。

　白樺派の芸術教育実践の具体像が述べられるくだりがある。白樺派の理想主義教育を提唱し実践

本鼎（1882〜1946）であった。

山本鼎は愛知県岡崎に生まれ、東京での生活の後、1898（明治31）年、父親が長野県小県郡神川村（現・上田市）に医院を開業した際に移住した。東京美術学校西洋画撰科を卒業後、画家、版画家として活動していた。

1912（明治45）年、フランスに留学し、1916（大正5）年、ロシア経由で帰国した。途中モスクワで児童画展を見た。それは、チゼックによって切り拓かれた自由で素朴な児童画が広まったものであったと思われる。

山本のモスクワでの見聞に興味を示し山本の考えに共鳴してくれる者が郷里にいた。長野県には白樺派の教師たちが多く、神川村には自由主義教育に理解を示す進歩的な考えを持つインテリたちがいたのである。

『赤い鳥』創刊と同じ年、1918（大正7）年12月、山本鼎は長野県神川小学校において「児童自由画の奨励」と題した講演会を行い、これが自由画教育運動のスタートとなった。1919（大正8）年4月に第1回児童自由画展覧会が神川小学校で開かれ、その趣意書に山本は以下のように書いている。

「此処に私が『自由画』と称へるのは、写生、記憶、想像等を含む一即ち、臨本によらない、児童の直接な表現を指すのであります」

今日まで残されている自由画を見ると、凧揚げや焚き火などの生活経験、家事や地域産業に従事する大人の姿、田園や民家、牛舎・駅舎など地域の風景、素朴な人物画などが描

かれている。

『赤い鳥』が山本鼎たちの自由画を載せたのは1920（大正9）年1月号からで、『赤い鳥』は自由画の募集をし、山本は『赤い鳥』で自由画の選をし、その評を書いていた。

●自由画教育運動の蹉跌

自由画教育運動は全国へ広まって行ったが、やがてそれは無指導放任の写生画の蔓延という実態を生み、美術教育関係者から批判され衰退し、山本も打ち切り宣言をしてこの運動から撤退した。その原因を山本たちの方法論の曖昧さだとする見方が従来定説であった。しかし、山本が目指していた美術教育は、単なる臨画の否定ではなく芸術主義的なものであり一定程度に高度なものであった。山本に当初賛同してくれた教師たちには芸術の素養があったため山本が目指していることが理解できたが、一般の教師にはそれが理解できなかったため無指導放任の写生画に堕してしまったのである。　　　　　　　　　（吉田貴富）

［参考文献］

橋本泰幸（1994）『日本の美術教育　模倣から創造への展開』（明治図書）、金子一夫（1999）『近代日本美術教育の研究——明治・大正時代』（中央公論美術出版）、熊本高工・上笙一郎（1993）『自由画の黎明——信州・竜丘小学校作品集』（久山社）

している赤羽王郎（赤羽一雄）はどのような教育をしているのかと赤羽長重校長が部下の樋口（架空の人物）に問うと樋口はこう答えている。

「私は直接それを見たことはありません。彼の教育を実際に見学した人の話によると、彼は従来のように画の手本を模写させるのを止めて、果物とか花とかいう静物を写生させているそうです。音楽の時間には蓄音機でレコードを聞かせ、綴方の時間になると、読んだ本の感想文を書かせているということです」（講談社文庫新装版、pp.37〜

38)

この小説は映画化されており、DVD化もされている。映画『聖職の碑』監督：森谷司郎（東宝、1978公開）、DVD『聖職の碑』（SVAC、2005）

［参考文献］

吉田貴富（2015）「美術教育史の教材としての小説『聖職の碑』の可能性」美術科教育学会誌『美術教育学』第36号、pp.433〜444

山本鼎
（やまもとかなえ）

◉山本鼎の人と業績

『赤い鳥』の第4巻第1号1月号から児童自由画の選者を務めた美術家・山本鼎は、1882（明治15）年愛知県岡崎市で、父一郎母タケの一人息子として生まれた。家業が漢方医師だったため、父一郎は鼎が生まれてすぐに近代西洋医学を学ぶため上京し、森鷗外の父・森静夫の医院で書生として住み込む。

鼎が5歳の時、母と上京し地元の尋常小学校を卒業した。その後桜井虎吉の木版印刷工房に丁稚奉公に入り、木版の修行を積む。7年間の丁稚奉公を終えると、「他人の下絵を彫るのではなく、自分の絵を彫りたい」と、絵を基礎から勉強するため、東京美術学校選科に入学した。

学生時代に、石井柏亭と知り合い、多くの文化人とのネットワークを得る。それまでの木版画が絵師・彫師・刷師の分業であったのを、一人でやり作品「漁夫」を『明星』に発表しデビュー。「版画」という言葉をつくったのは鼎である。

1908（明治41）年12月、大学在学中の鼎は、石井柏亭・倉田白洋ら画家と北原白秋・木下杢太郎らの詩人と若手が集う「パンの会」を設立し、定期的に交歓し芸術に燃える機会を得た。大いに刺激的でかつ開放的な場で、豊潤なサロンだった。

特に3歳年下の白秋と鼎は気が合い、白秋は詩作すると鼎に見せて、感想を聞いていたという。白秋の第一詩集『邪宗門』には鼎の版画が入っている。

4年間のフランス留学の中で版画・油絵を学んだ鼎は、はっきりとした信念をつかむことができた。それは「リアリズム（絵画史上のリアリズムではなく、各々の魂で見よという哲学的なリアリズムの信念）だ。「これさえあれば自分はきっと正しく支持される」という信念を得る。第一次世界大戦が始まりきな臭くなってきたので帰国を決意。途中ロシアに立ち寄り6か月程滞在する。そこで児童創造画展と農民美術展示に遭遇し、帰国後の自分の進むべき道を得て、革命直前のロシアを後にする。

帰国すると、すでに長野県神川村で医院を開業していた父母の元で、地元の神川小学校に於いて児童自由画運動を始める。新しい社会を求める知的で裕福な地域青年達の協力・支援もあり多くの賛同者を得て実践へと進み、大正デモクラシー的風潮もあって、個性尊重の芸術運動は全国へと広がってゆく。

自由画運動について、鼎が神川村に配布した趣意書の一部にこうある。

――従来、各小学校で行われた児童の絵画教育は、大体、臨画と写生の二方法であるが、ここで「自由画」と称えるのは、写生・記憶・想像等を含む、臨本によらない、児童の直接な表現を指すものであります。人間は絶えず産む事と育つ事を欲しています。この二つが

「信州・上田・神川小学校から児童自由画運動」

1918年（大正7）12月、鼎は神川小学校職員の前で人生初の講演を行い、自由画運動の賛同を得、「児童自由画展」を開く事が約束できた。

開けて4月25日 鼎は神川小学校に集まった、予想を超える1万点の絵を審査した。参加したのは、小県郡内の小学校34校、郡外20校、上田市内の幼稚園1。その頃の多くの絵は、鉛筆や色鉛筆で描かれ、高学年は水彩絵の具が使われていた。

展覧会は、4月27・28日の土日。丁度桜の時期と相まって、小学校周辺には屋台も出て、お祭り騒ぎとなった。

校門には国旗が立ち、大勢の子どもたち・両親・家族が集まり、児童自由画展を楽しんだ。講堂には600人以上が鼎の「自由画について」の講演を聞いた。読売新聞社や信濃毎日新聞社では大きく

極めて順調に進展する処に健やかな文化が建てらるゝものと思わればなりません――

臨画主体の図画でなく、児童本人が見た物を感じたように描かせなければ、児童の創造力は伸びない。大人の絵を見せて、それを模写させるような図画では、子どもの自由な心は育たない、と児童の臨画からの解放を訴えた。

自由画の成功で自信を得た鼎は、次の年、同じ神川村で農民美術運動を始める。農閑期の農民に手工芸を教え、それを販売して収入が得られれば、農村が明るく豊かで文化的になるという運動を押し進めた。

●鼎と『赤い鳥』

1918（大正7）年7月鈴木三重吉主宰の『赤い鳥』創刊。おりからの大正デモクラシーの風が吹くなか、『赤い鳥』運動としてたちまちに中流家庭以上の親の賛同を得て、多くの子どもたちに読まれるようになる。

そしてただ読者になってもらうだけではなく、三重吉は綴り方教室として児童より作文を募集しその選者となった。一方、白秋はこの雑誌に、創刊から終刊まで多大の童謡を発表し、また児童から童謡を募集しその選者として多くの詩人を育てた。

1920（大正9）年1月の第4巻1号1月号より、山本鼎が、児童自由画の選者として登場することとなる。白秋の薦めがあったと考えられる。

この頃、鼎は前年に長野県神川村の神川小学校で第一回児童自由画展と、農民美術作品

取り上げ報道。

「山本氏が選んだ絵の中には、奇妙奇天烈・妙痴気りんの絵が少なくない。たとえば、顔から手と足が出ていて胴体のない絵、手足の指が三本というように、一見吹き出してしまうような絵ばかりである（中略）選者の山本氏に質問してみると、『描いた子の見たこと聞こえたことが表現されて

展開催・販売に成功したばかりであった。

鼎の二つの運動に協力していた白秋との友人関係は、白秋の妹家との結婚にまで進み、二人は義兄弟になっていた。

鼎には『赤い鳥』自由画選者への推薦以前に、雑誌『金の船』からも選者の誘いがあったようだ。また翌年、鼎は羽仁もと子の自由学園の美術科講師にも就任している。

鼎が初めて画の選者となった時の通信欄（第4巻第1号1月号、p.74）に、鈴木三重吉が山本鼎と自由画について述べている。

「自由画の募集について 「赤い鳥」が少年少女諸子の「自由画」を発表する計画は、すでに早く六月にも公告して置きましたが、今回愈その機会を得ましたので、かねてわれ〳〵と相談を進めて下すつてゐた、洋画の巨光、山本鼎氏の審査の下に、本号以後永久に『赤い鳥』の巻頭を飾ることになりました。（中略）元来、自由画といふ名は日本では山本鼎氏がはじめて用ゐられた名前で、片上伸氏［思想家・革命前後のロシアを遊学。帰国後ロシア文学を紹介］の話として山本氏が記されたところによると、露西亜人は寧ろ、より徹底的に「子供の創造」といふ標語を以て、呼んでゐるといふことです。（中略）遂に最近に於いて組織立つたる最初の主義主張として、真の所謂自由画なるものを提議してくれられたのは、われ〳〵の山本鼎氏その人です。氏が去る五月の「読売」でその行き届いた真実な論議と共に、日本ではじめて、氏の主宰の下に長野県の神川小学校で開かれた「自由画展覧会」の状況を語られた記録は、日本に

いて、そこに創造性があり、実に面白い』とのこと（後略）」

この後 自由画運動が、全国で盛り上がり、7月になると鼎を中心として、日本児童自由画協会が結成された。

523

於ける自由画宣伝の策源として永久に保伝されるべき好箇の国民的記念でなければなりません。子供は総じて絵をかくことが好きです。それも教室の束縛をはなれて、勝手気儘なものをかき得る場合には、それが彼等に取って、どんなに愉快と慰めとになるか分かりません。一略一かくして得られた子供の自由画は、多くの場合に於いて殆独創と驚異そのものとの表出ともいふべき、一箇の独立した純芸術作品であります。略」（鈴木三重吉）

◉『赤い鳥』に募集した児童画における鼎の評

「今月は良い絵が乏しくてつまりませんでした。相変わらず、本の絵を真似して描いたのが多くて困ります。（中略）あんまり鉛筆を細く削って使はない方がよいですよ。もつと濃く描ける鉛筆をお使いなさい。

人の絵を真似して描いてはいけませんよ。君達が自分の眼で見た実物、たとへば、お庭を御覧なさい。松の木だの、ダリヤだの、鳳仙花だの睡蓮だの、八ツ手だのいろ〳〵の植木があるでせう。（中略）さういふ実物をどしどし描くんです。

夏は面白い雲がでますね。水泳、相撲、蟬さし、花火など絵に描きたいものが沢山ありますね。考へたことを絵に描くのも良い。聴いたお話を絵に描いてみるのも良いです。併しなるべく目で見たもの、見覚えたものを描いて下さい。（中略）なるべく、濃く描ける鉛筆か、ペンか、毛筆で、はつきりと描いて下さい。」（山本鼎「自由画を選んで」『赤い鳥』1920・10）と、読者の子ども達に語りかける口調で評を書いている。

◉山本鼎・自由画運動の行き詰まり

信州・神川小学校での自由画運動は、自由教育への流れもあって大きな波紋を描き長野県下から東京へそして全国的に広がっていった。それに伴って鼎は、全国各地から自由画に関する指導・講演を頼まれると精力的に走

り回り、多忙な日々を送る。

自由画運動には、当然ながら反対がありその多くは教育団体であった。自由に描かせるという事は、勝手に描かせるという事で指導の手が入っていない。臨本を否定すると描画技法の基礎ができないではないかというのが批判・質問の多くだった。そしてその度に鼎は――美術作品をモチーフにせず、その酵母である実体をモチーフにせよ。それでなければ児童の創造力は育たない――というのが自由画だと説いた。鼎は自分が啓蒙の役目を果たすから、後は現場の教師が研究・実践して欲しいというのが本音だったらしい。後に「自分が直接感じたものが尊い。そこから種々の仕事が生まれて来るものでなければならない」という言葉を残している。それは今でも神川小学校での学校訓として各教室に掲示されている。

1928（昭和3）年あまりの忙しさに、鼎は自由画運動から手を引き、農民美術運動一本に搾り、農民・大衆の中へと身を投じてゆく。しかしこの農民美術運動も不況と戦争の空気の中受講生の激変もあり多額の負債を抱え、研究所閉鎖へと追いやられていった。

1946（昭和21）年の死後、作品や資料は上田市山本鼎記念館から上田市立美術館へと移り、「鼎の会」等で顕彰している。今でも農民美術は地場産業として継続している。2019年には、山本鼎の自由画運動・農民美術運動は百年記念を迎える。（神田愛子）

［参考文献］

管忠道（1956）『日本の児童文学』（大月書房）、根本正義（1973）『鈴木三重吉と赤い鳥』（鳩の森書房）、三木卓（2005）『北原白秋』（筑摩書房）、小崎軍司（1979）『山本鼎評論』（信濃路）、神田愛子（2009）『山本鼎物語』（信濃毎日新聞社）、『名著復刻日本児童文学館　解説』（ほるぷ出版、1980）

4
童話・通信・投稿

総説 『赤い鳥』の読者と投稿

● 『赤い鳥』における読者と投稿の概要

『赤い鳥』の読者と投稿について考える上では、まずは時代状況を押さえる必要がある。『赤い鳥』創刊の背景となった第一次世界大戦、戦後の好景気とそれを基盤とした大正デモクラシーの高揚、その一翼としての大正自由教育運動（新教育）の隆盛は『赤い鳥』に大きな影響を与えている。

大正自由教育運動のありようは多種多様であり、海外からの思潮の流入や八大教育思潮など述べることは多いが、別項にて論じられておりここでその詳細は述べない。「絶対主義・官僚主義・教育体制の主知的形式的な教育に対して、自由主義・児童中心主義の教育思潮に立つ個性・創造性尊重の新教育」（日本児童文学学会編『赤い鳥研究』小峰書店、1965、p.9）とひとまず理解したい。この大正自由教育運動において重視された「児童中心主義」「個性・創造性の尊重」という主張の表現の場、プラットフォームとなったのが『赤い鳥』という雑誌であったということができるであろう。

「児童中心主義」「個性・創造性尊重」は、当然ながら「子ども」の主体的な創作を促すことになる。『赤い鳥』においては、読者の主体的な表現の補助としての綴方等の指導と、童話・童謡・自由詩・自由画等の投稿の募集、投稿作品への評価という点にその理念が良く表れている。

『赤い鳥』の読者と投稿について順に述べていきたい。

● 『赤い鳥』の読者と「通信」

『赤い鳥』の読者は、「子供のために純麗な読み物を授ける」「子供の純性を保全開発する」〔第1巻第1号、1918・7〕と『赤い鳥』の標榜語（モットー）にあるように、対象となる「子ども」と同時にそれを授ける「大人」が考えられる。

この読者の傾向は読者投書欄から伺うことができる。『赤い鳥』の読者投書欄は「通信」や「談話」、「少年少女」「講話」と名前を変え不定期に続けられている。

例えば『赤い鳥』の最盛期といわれる1920（大正9）年1月号では『赤い鳥』に賛同する読者から、「童話の感化力を思ふと彼等の

前期と後期の読者

『赤い鳥』は前期（1918年7月号から1929年3月　関東大震災のため2号欠く）が市販雑誌であったのに対して、後期（1931年1月号から1936年8月号）は会員制雑誌であった。この販売方式の変更はさまざまな変化を誌面にもたらしている。投稿・「通信」について言うならば、まず、分量が増し、鈴木三重吉から「愛読家諸君へ」（例えば後期第1巻第2号「講話通信」）という小見出しで、会費の振り込みの訴え、会員ではなく「愛読家」と呼ぶことなどが記載されている。さらに会員制となった後期第1巻第1号の「通信」欄には『赤い鳥』会支部の推薦者として岐阜県・広島県の小学校校長らが名を連ね、小学校内に支部が設置されたことが記載されている。ここから教育関係者による『赤い鳥』への関わりの組織化を読みとることが出来るだろう。

後期第1巻第4号の裏表紙からは「純芸術的、教育的、たゞ一つの雑誌です」という文言が記述され、この点でも、より「教育」という側面が

第4部　「赤い鳥」と子どもたち

527

純な心に対して善良な読物を与へることの絶対の必要を感じます。」（p.75）というような声が届いている。

ただし、『赤い鳥』の標榜語に読者対象として掲げられる「子ども」を中心とした読者層については、先行研究において疑問が提示されている。

読者の傾向を知るために、まずはその発行部数から見ていきたい。大正自由教育運動の中で代表的なプラットフォームであった『赤い鳥』であるが、その発行部数は同時期の講談社の『少年倶楽部』にはるかに及ばなかったことは先行研究において言及されている。

『赤い鳥』の最盛期といわれる1920年の発行部数が約3万部であったのに対して、1914（大正3）年創刊の『少年倶楽部』は初版で約3万部、1917（大正6）年には約4万部、1920（大正9）年には約8万部であり、さらに1922（大正11）年の新年号でも約8万部、1931（昭和3）年には約45万部の発行部数となっていた。一方で『赤い鳥』の発行部数は、1931年以降は1万部以下になっている（王瑜「『赤い鳥』に関する研究——大正期日本創作児童文学の一側面として」（『同志社国文学』第69号、同志社大学国文学会、2008・12、p.45）。

『赤い鳥』の同時代の読者でもあった関英雄は、『赤い鳥』とその他の雑誌との差異について、自身が貧しい母子家庭で育ち、2階の下宿人の早大生Ｎさんが、『赤い鳥』を街

の書店で見つけて買ってきてくれたこと、『赤い鳥』に新鮮なおどろきを覚えたことに触れた上で以下のように言及する。

けれど決定的な物たりなさは、他の少年雑誌に比べて頁がうすく、胸を踊らす連載冒険小説とか、私が店頭山積み組の雑誌の一つ『日本少年』で愛読していた松山思水の滑稽小説のような読物は一つもなかったことだ。（関英雄「『赤い鳥』再考——児童文学史の未熟」（『文藝論叢』第27号、文教大学女子短期大学部文芸科、1991、p.65）

『赤い鳥』の掲載内容に関しては、物語や翻案、再話以外にも、科学読物や探偵物、時代物などさまざまな種類が挙げられる。ただ、関が述べるように、連載冒険小説や滑稽小説が少なかったことは「子供のために純麗な読み物を授ける」という標榜語とそれらが合致しなかった点から考えることができる。

この『赤い鳥』の「子ども」における認知度の低さについて、父親から『赤い鳥』を手渡され、特に科学読物を愛読したという清水たみ子は同時代の読者として「私は友だちに『赤い鳥』の話をせずにいられなかった。でも、友だちはだれも『赤い鳥』という雑誌のあることさえ知らず、夢中で話す私の話に興味を示さなかった。」（日本児童文学者協会編『日本児童文学』第44巻第4号、小峰書店、

強化されていることが分かる。

『赤い鳥』と宮澤賢治

詩人・童話作家の宮澤賢治もまた、大正自由教育・『赤い鳥』に関連の深い人物であった。賢治がいつから『赤い鳥』を講読したのかは定かではない。ただ深沢省三・菊池武雄を通じて『赤い鳥』1925（大正14）年1月号に『イーハトブ童話　注文の多い料理店』の1頁広告が掲載されたことからも関係のあったことは明白である。従来、堀尾

青史の『年譜　宮澤賢治伝』（図書新聞社、1966。1991、中央公論社より再刊）の記述により、賢治が散文作品を持ち込み、鈴木三重吉に掲載を断られたとされてきた。ただし、事実かどうかも諸説ある。また1923（大正12）年1月4日に、賢治は弟の清六に原稿を託し、『婦人画報』『コドモノクニ』の東京社編集部にも持ち込みを行っており、これも断られている。賢治作品と『赤い鳥』との差異を同時代の中で考えることも可能である。

1998・8、pp.26〜27）と回想している。

　そもそも『赤い鳥』は鈴木三重吉の個人出版・小出版であり、広告も『少年倶楽部』等に比すると少なかったことが認知度の低さの原因の一つとして考えられる。そのことは市販の現場である書店の棚の位置にも影響していた。関英雄はそのことについて、「私がその頃街の本屋で『赤い鳥』を発見しえなかったのは、店頭山積みの少年少女誌と違って、店の奥の平台に大人向きの短歌、俳句その他少部数発行の趣味の雑誌の間に、ほんの三、四冊重ねてあったためだ。」（関英雄「『赤い鳥』再考——児童文学史の未熟」（『文藝論叢』第27号、文教大学女子短期大学部文芸科、1991、p.65）と述べている。

　『赤い鳥』は大正自由教育のプラットフォームとして、「子ども」に創作の場を提供した。その重要性が揺らぐことはない。ただし、発行部数からは、同時代の雑誌の中心であったわけではない事がわかる。さらには、店の置き場から、第一の購入者が「大人」であり、「大人」が媒介者となり、「子ども」は紹介されて読む雑誌であったことも窺える。

　この読者層については、『赤い鳥』の想定したものでもあった。『赤い鳥』第1巻第1号の読者投稿欄「通信」には「直接購読者諸君のために設けました」とあるものの次のようにも述べている。

　　　子供に関してのさま〴〵な御意見や、みなさんのお子さき方の、御成長の課程を記念し得る出来事や、皆さんのお互の御交際や「赤い鳥」に対する御批評や御要求なぞ、すべての方面に自由にお使ひ下さいまし。私どもも、みなさんへ申し上げるお話は、この欄でいたします。

　「通信」は、保護者と教員の連絡用の欄という様相、子どもに雑誌を授ける媒介者同士の交流を想定しているということができよう。

　この文言からも、『赤い鳥』が読者層とし

て保護者を取り込み、保護者との交流を積極的に図ろうとしていたことは明白であろう。

　例えば最盛期といわれる1920（大正９）年の第４・５巻の読者投書欄の記述（「通信」1920年1月〜4月・1920年10月〜12月・5月号には通信はないものの投書紹介あり）は、21通あり、そのうち大人が15（うち教員６）、生徒が１である（５は不明）。この「通信」の例でわかるように『赤い鳥』はその読者に大人、特に教員の占める割合の大きいことが確認できよう。

　以上から分かるように、『赤い鳥』の読者は「子ども」であると一様に括られるものではない。『赤い鳥』の読者といった場合、大正自由教育を背景とし、「子ども」の読者を主体にとらえがちだが、読者層に関しては、より精緻にとらえていく必要があろう。その際には、読者の階層・経済的状況が重要になってくる。現時点では、『赤い鳥』の読者に保護者・教員層の読者がいたこと、読者投書欄は「大人」の投稿が主であり、書店での扱いなどからも、「子ども」の読者はその保護者や教員が購入したものを、彼らの勧めで読み始める可能性の大きかったことが分かる。さらには子どもの読書に関心のある保護者や教員と係る環境にあるという、教養と経済的環境にある程度恵まれた「子ども」が読者であったということが出来るだろう。

●『赤い鳥』の投稿

　『赤い鳥』の投稿は、主に童話・自由詩・童謡・自由画・綴方であった。それ以外にも地方伝説・遊戯法など幅広く投稿が求められている。そこでは『赤い鳥』のモットーにあるように一読者である「子供の純性を保全開発するため」の創作と「現今の下等なる新聞雑誌記事の表現に毒されてゐる」子どもと大人のための「真個の作文の活例を教へる」綴方や自由詩・童謡・自由画の投稿が並ぶ。その投稿者は年齢の幅も、住所も多様である。投稿者の年齢・学齢・現住所年を書くことを

第４部　『赤い鳥』と子どもたち

529

求めている綴方では例えば、1920年1月（第4巻1月号）の場合、東京高等師範附属小学校6年生から北海道函館区弥生小学校5年生、鹿児島県揖宿郡魚見尋常小学校6年生、朝鮮大邱公立尋常小学校5年生など、多様な地域からの投稿がみられる。

童話に関しては、復刊後の1931（昭和6）年1月、いわゆる『赤い鳥』後期の投稿者としては堤文子（1928〜1931）や坪田譲治（1927〜1936）、新美南吉（1931〜1932）らの投稿が有名である。また、宮澤賢治も童話を持ち込み、掲載を断られたという説もある。これらの投稿者に関しては各論に譲り、ここは「子ども」の投稿に絞って考察する。

自由詩に関しては、後に曲譜が掲載されることになるが、当初北原白秋は「子ども」から生まれてくる独自のリズムを重視した。小田原の「子ども」たちが昔歌った童謡を紹介し、「昔の子供たちはかういふ風に自づと自然そのものから教つて嬉しいにつけ悲しいにつけ、いかにも子供は子供らしく手拍子を叩いて歌つたものでした。」（『赤い鳥』第4巻第3号、1920・3、p.94）という北原白秋のこだわりがあり、曲は「子ども」の自発的なものを尊重し、唱歌や西洋風の翻訳歌調に対する批判を行っていた。これは大正自由教育においても主張された「子ども」の主体性の尊重につながるものであった。

この「児童中心主義」「個性・創造性尊重」について、鈴木三重吉は、「通信」欄における、子どもにとって童謡童話の創作・投稿は難しすぎるのではないかという教員の意見に対して以下のように答えている。

> 子供の作る童話を募集してゐるのも、同様に寧ろ限られた子供の偶発的な作を期待してゐる迄です。私は予て当地の成城小学校といふ、自由教育主義の学校の製作について二年生の生徒たちが勝手に作つたお話を数十篇読んで、その思想の奔放自在で且つ話としてかなり脈絡のあ

るのに喫驚した実例もあります。子供等の感情なり空想なりに適当な迸出口をつけてやれば必ず色んな興味ある作り話も得らること〝信じてをります。（『赤い鳥』第4巻第2号、1920・2、p.76）

以上のように、綴方・童謡ともに、「子ども」の主体性・個性・創造性が尊重されていることが分かるだろう。ただし、三重吉は次の第3号の「通信」において、「一つの学校から、同じことをかいた遠足記なぞを二十篇も一処によこされるなぞは困ります。どれも大てい同じものなのですから、その中で二つくらゐにしてあとはちがつたものをいたゞきたいものです。」（『赤い鳥』第4巻第3号、1920・3、p.101）と述べている。

● 『赤い鳥』と教員

「通信」欄では2,000作品の中から綴方を選んでいる苦労が語られるわけであるが、三重吉の発言からは、学校の教員による選択の要求を行っていると考えることが出来るだろう。また現実の雑誌の運営上、すべて「子ども」の個性尊重というわけにはいかなかった事情が窺えよう。

『赤い鳥』の「通信」欄では、生徒の綴り方が採用された教員の喜びの声が度々掲載されていた。内容は、例えば「豊田正子の作をまた七月号で特選におとり下さいまして深く拝謝いたしております」「最近の三つの作を採つて頂いた文集が私の努力の表はれの絶頂のものではないかと感じられます」（『赤い鳥』後期第8巻第3号、1934・9、p.95）といったものである。

生徒の綴り方が掲載された際の小学校教員の感動の記述からは、「子ども」の主体的な創造とともに、それを支援する教員の関わりが大きかったこと、教員が積極的に綴り方の創造・投稿に関わり、選択し、掲載を励みにしたことを読み取ることが出来る。

● 『赤い鳥』の方言

安藤恭子は綴方の投稿における鈴木三重吉の綴方の指導に、方言を標準語の下にする傾向、植民地を下に見る傾向が無自覚に、構造化されて存在している事に対して「支配の正当化への欲望が無自覚のままテクストを構成し、それが他のテクストと連動して生産―再生産され、メディアのメッセージとして構造化されていく様が見て取れるだろう。」（日本児童文学者協会編『日本児童文学』第44巻第4号、小峰書店、1998・8、p.17）と述べている。

この問題は、「文化研究」の視座から当然に導き出されるものであろう。美しい日本語を求める『赤い鳥』が方言を受け入れつつも、最終的には「標準語」へ、もしくは方言を下位にし、「標準語」の優位へと導く傾向にあったことは首肯することが出来る。

ただし、読者と投稿とを考えた時、一読者の見解と時代状況とは当然ながら距離があり、一投稿者の意識はどのようなものであったのか、という視点が必要となってくるであろう。

研究上の困難を承知で述べることとなるが、文化的歴史的存在としての『赤い鳥』における投稿の扱いと、個人の投稿者の感情の両側面を重ねて見ていく視座が必要なのではないだろうか。

具体的な投稿者が方言の問題をどう考えていたのか。その一例として、豊田正子「「赤い鳥」とわたし」では以下のように述べられる。

「赤い鳥」に綴方をよせる全国の子供たちは強い方言を気にしなくてよかった。理解しにくい方言に、標準語のルビがふられているのを見た時、私は子供心に非常に感動した。私たち子供は、どんな言葉で綴方を書いてもいい。「赤い鳥」は受け入れてくれるのだということが分かったからである。（同前、p.31）

これを読者自身が無自覚に方言を下とみる思潮に飲み込まれている象徴だと考えることはたやすい。ただし、その事を踏まえた上で、『赤い鳥』が読者に方言の投稿の「自由」を限定つきではあるが与えたこともまた、事実なのではないだろうか。

● まとめ

『赤い鳥』における読者と投稿は、大正デモクラシー・大正自由教育を背景として考えた場合、単なる時代の反映にとどまらず、大人・教員の教材・指導の本として、童話・童謡という新しいジャンルへの挑戦として、読者としての方言の意識など、多様な視点から捉える事が出来る。そのことは「通信」に代表される読者投書欄から窺い知ることが出来る。本文では誌面の都合上叶わないが、大人の投稿者の意識の問題も考察する必要があるだろう。

そのような点からするならば部数において『少年倶楽部』にはるかに劣るものの、『赤い鳥』は大正時代の文化・教育の一つの実験場として、結節点として考察する必要があるだろう。

（大島丈志）

［参考文献］

『赤い鳥研究』（小峰書店、1965）、『新校本宮沢賢治全集　補遺・資料年譜篇　第16巻（下）』（筑摩書房、2001）、周東美材（2008～2009）「童謡のメディア論──近代日本における「声」の実践と変容」（『社会学評論』第59巻第2号、日本社会学会）、王瑜（2008）「『赤い鳥』に関する研究──大正期日本創作児童文学の一側面として」（『同志社国文学』第69号、同志社大学国文学会、2008・12）

堤文子
つつみふみこ

◉『赤い鳥』読者としての堤文子

1917（大正6）年9月20日（1910年・1911年の説あり、コラム参照のこと。なお年齢は通説に従って記す）〜1955（昭和30）年11月10日。小説家。東京市牛込区（現・新宿区）に生まれる。家族には、父、母、兄、姉、2人の妹がおり、父・光芳は大蔵大臣・高橋是清の下で主計局長を勤めた官吏である。

文子は、生まれながらにして先天性肺動脈弁障害という思い心臓疾患を抱え、医者からは「十五歳位迄しか生きられない」と宣告される。そのため、学齢に達するも小学校には入学式に1日だけ登校、その後は自宅で過ごすことになる。そんな娘を不憫に思った父・光芳は、大蔵省勤めの合間を縫い、読み書きを教え、さまざまな本を買い与えた。その結果、文子は7歳の頃から竹取物語や方丈記の冒頭を暗唱できるようになり、さまざまな文学作品を暗記するまで読み込んだ。その中で、文子は『赤い鳥』に出会う。『赤い鳥』の虜となった文子は、熱心な読者となるのである。

◉『赤い鳥』に掲載される堤文子の童話

文子が『赤い鳥』に掲載された初めての童話は「たまご（入選童話）」（1927・7）である。梗概は次の通りである。小学2年生の初子は、妹にせがまれて、母の留守中にゆでたまごを作る。しかし、初子は間違えて有精卵を使ってしまい、意図せずひよこを茹でてしまった。母の叱責を受けた初子は何とも言えない、後ろめたさを感じるのであった。

鈴木三重吉は「童話選評」において「堤さんの「たまご」は下らない、エラボレイション（かきひろげ）の一寸もない極めて純単、簡潔な、しつかりした叙写です」（p.157）と述べ、入選童話を三重吉が手直しをすることが多い中、文子の「たまご」は9割がそのままであったと、高く評価している。

その文才が三重吉の目に留まったのか、間をあけず再び童話「文鳥（推奨童話）」（1927・9）が掲載される。敏子が飼っていた文鳥を、従妹のよし子にねだられ、横取りされるくらいなら、と敏子はわざと逃がしてしまう。しかし、その後よし子の家に行くと、自分が飼っていたはずの文鳥が籠の中にいる。父に買ってもらったのだと自慢するよし子をよそに、敏子は二度と自分の元へは帰ってこない文鳥に涙する、という話である。三重吉は「創作童話選評」において、文子のことを「要するに頭がいゝのです」（p.149）と述べ、「童話を推奨にしたのは、十年にわたる募集作中、全くこれがはじめてです。私もぼく〜〜喜んでゐます」（p.150）と絶賛している。

その後も、「犬の子（推奨童話）」（1927・

最年少直木賞受賞作家としての堤文子

堤文子（千代）は1939年、22歳10ヵ月の時に直木賞を受賞し、直木賞初の女性作家、そして最年少記録を樹立した。そしてその記録は現在も破られていない。しかし、1923年生まれの妹・絹子による追想記『オフェリヤの薔薇』によると文子は1911年生まれであり、13歳年上の姉であると明記している。また文学研究者の板垣直子は、文子を1910年生まれだとしており、これらが正しければ文子は最年少直木賞受賞作家ではなくなってしまう。なお文子が1917年生まれであることは、管見の限り直木賞受賞時に発刊された『文藝春秋』（1940年9月号）に初掲載であり、様々な書籍ではこれを引用しているものと推察される。この謎を解く手がかりとして『赤い鳥』の文子の作品が鍵となる可能性がある。すなわち文子の初期の作品「たまご」や「文鳥」は、1917年誕生だと10歳、1911年誕生だと16歳の頃に手掛けられたことになり、三重吉の評価の在り方や、作品の見方も異なってくる。このように、『赤い鳥』

12)、「善人悪人（童話）」(1928・1)、「オフロノユメ（幼年読物）」(1928・3)、「伯牙の琴（童話）」(1928・4)、「牛（幼年読物）」(1928・6)、「ウチワ（幼年読物）」(1928・10)、「師長と琵琶（童話）」(1929・3)、と次々と掲載される。なお「師長と琵琶」は、同号の表紙に採用されている。

復刊後も「お時計」(1931・4) から「おふろや（幼年読物）」(1931・10) まで、毎月連続して掲載されている。

◉堤文子と鈴木三重吉の交流

妹・絹子による追想記『オフェリヤの薔薇』(1991) によると、三重吉は文子に直接会いに家を訪ねている。その時の様子は次の通りである。「母親に請じられるまゝに、家に上げられた、鈴木三重吉氏は、薄暗い部屋の中で、背中を丸めて、うづくまるようにして坐っている、文子の姿と、その紫色の顔を見て、深く心を動かされたのでした。続けて投稿するようにと励まして下さり、作品の指導を約束してお帰りになりました」(p.11)。また『鈴木三重吉全集』(1938) には、1928 (昭和3) 年7月10日から1931 (昭和6) 年6月30日までにわたる、三重吉と文子の手紙のやり取りが確認できる。その中には「私の直すのがご参考になるでせう。「狐のよめ入」なぞは全部直しました。かはいそうに私は毎号一冊の童話全部を私がかくか、かき直すかして、一頁だつて私の表現をくゞらないのはありま

せん。つかれます。」(p.577) と三重吉の苦労や指導の様相が窺い知れるものもある。また手紙には、家族同士の交流が伺われる記述も存在する。

『赤い鳥』で培った文才を直木賞にまで昇華させた文子は、1955 (昭和30) 年に心臓疾患のため死去するまで、数多くの作品を手掛け、一世を風靡した。

◉堤文子研究の可能性と展望

堤文子は直木賞女性作家としての側面に着目されることが多く、『赤い鳥』時代の童話作品やその後の作家人生との関係については十分に検討されていない。文子の特異性は、『赤い鳥』に育てられ名を挙げた童話作家の坪田譲治、童謡詩人の異里歌らとは異なり、大衆小説において才能を開花させたという点にある。文子の才能を早くから認めていた三重吉の鑑識眼や指導の影響など、堤文子を対象にした研究は、『赤い鳥』の全体像と関連させ、全体像を明らかにしていく上で、今後も取り組んでいく必要がある。　（黒川麻実）

［参考文献］

大屋絹子 (1991)『オフェリアの薔薇：堤千代追想記』(私家版)、板垣直子 (1967)『明治・大正・昭和の女流文学』(桜楓社)、鈴木三重吉 (1938)、『鈴木三重吉全集』第六巻 (岩崎書店)

に登場する作品は、携わっていた作家を語る上での、議論の題材として提供できると考えられる。この点も含め、堤文子研究の今後の展開が望まれる。

直木賞作家へと昇華した堤文子

『赤い鳥』廃刊後、文子は新聞や少女雑誌に、作品を投稿する。『朝日童話集』(1935) には文子の名で「風船」という作品が確認できる。また葭屋ゆきという筆名を使い描いた「制服を着た芸妓」は、1936 (昭和11) 年に『オール讀物』に採用されている。女子学生に扮した若い芸妓と大学生との悲恋を描いた作品は、これまでの童話とは異なり、花柳界を題材としている。

そして筆名を文子から千代に変え、1939 (昭和13) 年に「小指」を『オール讀物』に投稿、1940 (昭和15) 年に第11回直木賞を受賞する。『赤い鳥』とも縁のあった菊池寛は文子の作家人生を応援したとされている。

坪田譲治

◉坪田譲治　童話の誕生

　1890（明治23）年3月3日〜1982（昭和57）年7月7日。小説家・児童文学作家岡山県御野郡石井村島田（現・岡山市北区島田本町）に生まれ、東京で92歳の生涯を閉じた。早稲田大学の学生時代に小川未明に師事し、小説の創作を始めた。大正期に生まれた譲治の小説には、すでに活き活きとした子どもが描かれており、小説中の子どもの描写について児童心理学者の波多野完治が「児童心理の作家」（『児童心理と児童文学』1950）とみなす性質を有した点は、川端康成も注目するところで「今日の日本に唯一無二の真実の子供の世界の作家」（「文芸時評（四月）」『文藝春秋』1929）と評した。

　そのように大正末年頃までは小説の創作が続いたが、譲治の童話創作は、『赤い鳥』以前にも1926（大正15）年1月に「正太の汽車」（『子供之友』）、同年4月に「蛙」（『婦人の友』）と短い2作品の幼年向け童話を手がけたことから始まった。この1926年とは、譲治が師としていた小川未明が、それまで小説と童話の創作を同時進行させていた状態から、小説の筆を断って童話に専念することを宣言するに至る童話作家宣言（「今後を童話作家に」『東京日日新聞』1926・5・13）を書いた年である。そのうえ譲治は『赤い鳥』を創刊号から購読していたうえに、師の小川未明がすでに『赤い鳥』へ第2号から大正末頃まですでに32作品の童話を発表していたことからも、童話への認識を深めていたと考えられる。

　その頃、譲治の友人難波卓爾が、当時『赤い鳥』に挿絵を描いていた深沢省三と親しく、この二人の仲立ちによって、譲治は鈴木三重吉に紹介された。こうして、譲治は、童話「河童の話」が三重吉に認められて、1927（昭和2）年6月に『赤い鳥』での最初の発表の場を得て、童話創作を始めたことが、本格的な童話作家の出発であると考えられる。この頃から、譲治は童話と小説を同時進行で書き進めてゆく。

　ここで、最初の『赤い鳥』掲載童話である「河童の話」から、『赤い鳥』の最終巻である1936（昭和11）年10月の「鈴木三重吉追悼号」に掲載された「石屋さん」に至るまでの『赤い鳥』掲載童話の全作品を列挙すると（月は『赤い鳥』発行月による）、1927年6月「河童の話」、10月「善太と汽車」、11月「正太と蜂」、1928年2月「ろばと三平」、6月「樹の下の宝」、9月「小川の葦」、1931年4月「黒猫の家」、5月「鯨」、7月「合田忠是君」、8月「母ちゃん」、11月「村の子」、1932年1月「ダイヤと電話」、1933年11月「支那手品」、12月「鯉」、1934年1月「激戦」、2月「スズメとカニ」、3月「芋」、4月「ハヤ」、5月「城山探検」、6月「蜂の女王」、7月「スキー」、8月「異人屋敷」、9月「日曜学校」、10月「引つ越」、11月「お馬」、12月「どろぼう」、1935年1月「魔法」、2月「でんでん虫」、3月「狐狩」、4月「時計退治」、5〜8月「ペルーの話」、9月「真珠」、10月「蛇退治」、11月「ビハの実」、12月「岩」、1936年1月「猛獣狩」、2月「白ねずみ」、4月「二匹の蛙」、7月「狐」、10月「石屋さん」の40作品である。

◉『赤い鳥』掲載作品前期

　これらの童話が生まれた『赤い鳥』時代を、鈴木三重吉から受けた添削の状況によって、前期と後期に分けて考えると、まず譲治が添削をされなかったと述べた1933年7月に上京するまでの時代を前期としたい。その間の譲治の生活状況は、妻子を東京に残したまま岡山の実家の工場経営を単身赴任の状態で手がけていたため、文筆以外の収入があったが、

この期間は、東京からも離れ、創作にも専念できないことから、『赤い鳥』にも数か月おきにしか童話を発表していない。

この前期は、三重吉の添削の関係においても、前期最後の童話である「支那手品」までは、譲治は「だいたい先生の加筆添削を受けず、私の童話十二、三編がきびしい鈴木関門を通過した」として、「その関門は芥川龍之介の『蜘蛛の糸』のような歴史的作品さえ添削を受けたところがあるので、あるいは光栄とすべきであろうか」と述べながら、これ以降は「私の作品に対する先生の腰の入れ方が違ってきた。一作一作大添削を受けるに至った。（中略）私のものは最後まで三十幾編の童話が、幾分かの先生の添削を受けなかったものは一つもない」（坪田譲治『新修児童文学論』1967・1）という言葉から、三重吉の添削姿勢の変化が認められる。

この前期における譲治作品への評価について、三重吉は、例えば童話「善太と汽車」に対して、「非常に面白く同号の誇りとして」おり、このような「ヒユーメインな味のある上品なユーモアは、赤い鳥十年間の諸家の作中、まだ一度も出て来ませんでした。今後も続々おかき下さいますやうお御願申します」（譲治宛書簡、1927年9月1日）と伝えている。

次に、1928年3月12日付書簡では、4月号、5月号の諸作品を「いづれも原作はヒドイものです。幼年読物にしても、毎号みんな私がかくのです」として、三重吉が書き直した作品や、他の編集担当者小野浩、木内高音が直していることも伝えている。また同書簡にて「貴君も『善太と汽車』なぞは中々うまいですが、ほかのものでは時々冗漫を感じそれに、常に言葉のニュアンスについて少し御選択が欠けてゐるかと思ひます」とも述べている。

●『赤い鳥』掲載作品後期

一方後期については、1933年7月に岡山で勤務していた島田製織所の株主総会にて取締役を落とされ即日上京したあと、譲治の自筆年譜にも「この時から三年にわたって、生活のための苦闘が始まる」（『坪田譲治全集』第12巻　1978・5）とあるように、ちょうどこの時期は、譲治が東京で文筆のみによって妻と子ども3人との生活を支えなければならなくなる時期であった。この「生活のための苦闘」と表現された内実は、借金が積もりゆくばかりの困窮の日々であったという。

三重吉の添削については、譲治の随想では「二三行なおされたものもあれば、二三枚なおされたものもあります。先生は、雑誌が出た後、その原稿を私にさげ渡され、「ぼくが直したところを、よく見て勉強し給え」と、何度も申されました。先生のペンの入った原稿を、いつの間にか、どこへやったか忘れまして、大変、残念なことに思います」（坪田譲治「三重吉先生」『日本文学全集』「月報」、集英社、1975・6）と語られる。

ここからは、三重吉の手入れ原稿は、譲治に返され、その返却が「雑誌が出た後」であったということは、雑誌が出る前の校正段階では、その添削をめぐっての三重吉と譲治の間の事前のやりとりがなかった可能性についても意味していると解される。

なお、ここで述べられている手入れ原稿のうち、5作品の現存草稿が確認されている。

その後、三重吉の添削が始まって3作目の「激戦」について、譲治は随想にて「時には全篇を別に書き改められたことがありました。「激戦」という作品がそれです。先生はこの作品の構成がよほど気に入ったとみえ、十五枚ほどの作品を徹夜して全部書き直され、「活字にして見ると、引きしまって、とても傑作になりました。」と、また手紙をくださいました」（坪田譲治「あとがき」『坪田譲治全集』第7巻、1977・8）と述べていることから、三重吉は童話「激戦」（1934・1）においても、作品を添削し活字にした後に、その添削の結果を初めて譲治に伝えていることがわかる。そのような手順について、先の言葉を三重吉書簡（1933・11・9）にて確認すると、この

言葉の続きで三重吉は譲治に「原作ではお母さんの対話なぞが特にマズかつたとおもひます。数日中に、校正ガラを奉呈いたします」と述べている。この「校正ガラ」とは校了後の照合等も終えた処分前のゲラであり、三重吉の添削によって印刷が進行した段階で返却されている。

このような添削の状況については、これらの譲治の随想の表現からすると、三重吉の添削は、1934年1月発行の童話「激戦」が最も甚だしい例としながらも、後期の約3年間には常に行われていたといえる。

さらに、三重吉と譲治の内心が推し測られる挿話として、「昭和九年の正月」に失言して叱責を受けたという出来事がある。文学を志してから25年にもなる譲治45歳のとき、まだ文学で生活はできず、生活面でも文学面でも三重吉を頼みとしていたという状況のなか、三重吉が「毎号よく直してさし上げてるんだが、どうですかね、勉強しておいでですかね」と聞いた返事に、「先生に直して戴くと、文章はとても立派になるのですが、私のねらいどころは、どう言いますか、もっと素朴なところを思って居りまして」と答えて叱責されたという話である。この叱責のなかで三重吉の思いは、「お前が持っているものは良い。それは認めてやる。然しその表現は、あれは、一体何だ。内容が仏なら、その仏をドブに叩き込んだようなのが、お前の文章だ」という言葉に表されている（坪田譲治「三重吉断章」『坪田譲治全集』第5巻、1977・10）。

このようなやりとりについて知る画家深沢省三は、「坪田さんの童話は　赤い鳥に　掲載ときまり　さしえは　私が描くことになり以後　この組み合わせが　幾年　続いたことだろう。　もう　坪田譲治の　童話がなければ　赤い鳥は　なりたたないというほどになってきた。／しかし　坪田さんは　三重吉先生の　文章のきびしさに　耐えがたい　お叱りを　受けられたことが　一度ならず　あった由で「一生の間に　こんな　つらい思い

をしたことはない」と涙して語られた　坪田さんのことも　私は　決して　忘れられない」（深沢省三「坪田大人」『びわの実学校』116号　1983・3）と書きとめている。

ただし、三重吉はどんなに大添削を行ったときでも、執筆者名としては坪田譲治の名を出し、さらに譲治に原稿料を払ったことも書簡からわかる。この点については、三重吉は1933年11月17日付書簡で、「私も内幕はツライのですが、貴君から言はれれば、おことわりも出来ず、十二月二十日すぎまでには必ず工面します」と計らい、当時の譲治にとって、「生活の面でも、文学の面でも」有り難い配慮であった。

●『赤い鳥』から『びわの実学校』へ

そうしたなか、譲治は『赤い鳥』掲載作品を収録した初めての童話集『魔法』（健文社、1935）には「鈴木三重吉先生に捧ぐ」との献辞を寄せている。さらに、1936年11月、三重吉の通夜の席で書かれた寄せ書きでは、「これでもう私を叱ってくれる人が一人もこの世になくなりました」と書き、厳しかった童話の師への深い感謝を示している。1962（昭和36）年には、譲治は児童文学雑誌『びわの実学校』を、自らが童話作家となった『赤い鳥』につながる雑誌として新人作家に作品発表の舞台を提供しようと私財を投じて創刊した。以後作家になっていく後進を育てることに力を注いだことで、ここから育った作家に、今西祐行、前川康男、松谷みよ子、大石真、寺村輝夫、あまんきみこ、砂田弘、宮川ひろ等、数多くの児童文学者がいる。（山根知子）

［参考文献］

山根知子（2005）「宮沢賢治と坪田譲治——鈴木三重吉『赤い鳥』との関わりから」『論攷宮沢賢治』第6号。山根知子（2005）「坪田穣治　小説「カタツムリ」から童話「でん〰虫へ」——童話の誕生と鈴木三重吉」」（『大学院開設十周年記念論文集』ノートルダム清心女子大学）

新美南吉

にい み なん きち

◉生い立ちと『赤い鳥』への憧れ

1913（大正2）年7月30日～1943（昭和18）年3月22日。後期『赤い鳥』の投稿家出身の代表的な児童文学作家。愛知県知多郡半田町（現・半田市）岩滑で畳屋を営む渡辺家に生まれる。4歳で母を亡くし継母を迎える。8歳で生母の実家である新美家へ養子に出されるが、祖母と二人きりの生活に馴染めず、半年足らずで新美姓のまま渡辺家に戻る。こうした複雑な生い立ちは、彼の創作に孤独と哀しみというモチーフを与え、そこから希求される他者との交流を通して、愛を描くことを志向させる。この傾向は、創作を始めた中学生時代から一貫していて、中学4年生の日記に書かれた「ストーリイには、悲哀がなくてはならない。悲哀は愛に変る。」（1929・4・6）という言葉によく現れている。

『赤い鳥』が創刊された1918（大正7）年、南吉は5歳だった。翌々年、小学校に入学した頃は、『金の船』『童話』など類似雑誌も続々誕生し、日本児童文学は近代化と興隆の只中にあった。なかでも中心的な役割を果たしたのが鈴木三重吉主宰の『赤い鳥』だったが、都会の中産階級以上の家庭を主な読者層としていた同誌を、地方の零細な畳屋の子だった南吉が手にする機会はあったのだろうか。

実は1919（大正8）年7月号の『赤い鳥』には、愛知県に3人だけの賛助会員幹事として、南吉と同じ岩滑の榊原武彦の名が見える。榊原の実家が南吉の生家のすぐ向かいで、さらには三重吉の夫人らくの親戚だといわれている。武彦のもとには当然『赤い鳥』が毎号送られていて、南吉がここで『赤い鳥』に触れていたとしても不思議はない。

南吉と『赤い鳥』の関わりがはっきり現れ

てくるのは、彼が旧制中学校に進学してからである。中学3年生だった1929（昭和4）年2月16日の日記に「半田へ使に行って、新美書店によった。『赤い鳥』三月号が出ていた。頁を繰って見ると、最後の頁に、来月から休刊すると云う事が、鈴吉三重吉の編集后記として出て居た。情ない。」と記されている。

1冊40銭の『赤い鳥』を毎号購入することができず、いわゆる"立ち読み読者"だった南吉が突然の休刊に落胆している。一時は発行部数3万部に達した『赤い鳥』だが、関東大震災後の経済混乱と商業主義的な児童雑誌との競合で返本が増え、『赤い鳥』の経営は既に大正末頃から悪化していた。それを三重吉が一人で何作も読み物を書くなどして凌いでいたが、遂に耐えられなくなったのである。

著名な文壇作家からの寄稿を受ける一方、創刊当初から童話、童謡の投稿を募っていた『赤い鳥』は、南吉にとっては、憧れであり、目標の雑誌であった。すでに1928（昭和3）年4月号の投書欄には、「読物選外佳作」として「「智多丸」愛知新美弥那鬼」の名が見える。「新美弥那鬼」は、南吉（本名は新美正八）が当時使っていたペンネームである。休刊を知る6日前にも、北原白秋が選者を務める童詩童謡欄に童謡4編を投稿したばかりだった。日記に「情けない」と書いた南吉の悔しさが察せられる。

◉投稿童謡欄への入選

休刊から1年9か月で『赤い鳥』が復刊する。返本のリスクを避け、会員に直接配布する形での再スタートだった。復刊第1号の1931（昭和6）年1月号に掲載された会員名簿には、この日を待っていた「新美正八」の名も載っている。中学卒業を間近にひかえた南吉は、さっそく投稿を再開し、同年3月号、続けて4月号に「童詩童謡選外佳作」として「愛知新美正八」の名が出ている。

そして、1931年5月号に童謡「窓」が初めて入選。6月号に「ひかる」、7月号に「ひ

る」と続けて掲載される。「ひかる」までは本名だったが、「ひる」以降はペンネームの「新美南吉」を使っている。

「窓をあければ／風がくる、風がくる。／光つた風がふいてくる。」で始まる「窓」をはじめ、どれも光や明るさにあふれている。「ひかる」を投稿した頃には、小学校で代用教員をしていて、明るい校庭に響く子どもたちの声が爽やかに詠われている。

9月号の「月から」は、月から来た猫、鳥、が順に登場し、最後の連は「月から来た人、／柵にいる。／柵からナイフをぬいてゐる。」と終わる。南吉には、こうした不思議な空想の世界を詠った童謡がいくつかあり、畑中圭一は南吉を日本には少なかった〈ファンタジー童謡〉が創れる人だったと評している。「月から」は佳作での入選で、「「月から」には直感的に月から来たと見たところがよい。ことに第三聯の月から来た人が柵からナイフをぬいてゐるのが鋭いと思ひます。（以下略）」という白秋の選評がつけられている。

●童話の入選と三重吉による改変

白秋に認められ毎号のように童謡が入選した南吉は、一方で童話も4編が入選している。その第1作が1931年8月号掲載の「正坊とクロ」である。旅回りのサーカス団を舞台に、信頼で結ばれた少年と熊の絆を描いている。

白秋門下の巽聖歌によると、この作品を初めに読んだのは、当時、三重吉の下で『赤い鳥』の記者をしていた与田準一だった。与田は同じ下宿で暮らす巽に原稿を見せ、郷里の福岡柳川弁でこう言ったという。

「きょう、投書原稿を整理していたら、こんなすばらしい童話が来よる。鈴木（三重吉）先生にみせたら、ひどくよろこんでくれたばってん、明日までに雑誌へ載すらるごつ、手を入れてこいち」「直したっちゃよかばってん、いつでん、先生がまた、それに手を加えるよもん。気色のわるうして、ちっとでん、やる気のなか」

よく知られているが、『赤い鳥』に掲載された童話のほとんどに三重吉の手が入っている。芥川龍之介の「蜘蛛の糸」もそうだが、これはむしろ子どもの読み物に慣れない芥川から頼んだもので、三重吉も遠慮なく直している。既成作家でさえこうだから、一般からの投稿作品に対しては、当然のこととして手を入れ、三重吉自身もそれを公言している。そこには三重吉らしい文章表現へのこだわりと共に、後進を育てる意識があった。前期『赤い鳥』の投稿者から作家になった坪田譲治は、掲載後に批評の手紙と校正ゲラをもらっており、「童話作家を育て上げることに、いかに三重吉が真剣で、熱心であったか」と回想している。

2作目は1931年11月号掲載の「張紅倫」。日露戦争の戦場で古井戸に落ちた青木少佐を中国人の少年張紅倫が助ける。10年後、2人は日本で再開するが、青木の名誉を思った紅倫は名を告げずに立ち去る。軍人の失態と中国人少年の美挙を対称させ、立場や国境を超えたヒューマニズムを描いている。

この作品の成立は、南吉がまだ中学4年生だった1929年で、はじめ「少佐と支那人の話」として書き出され（4・22）、完成時に「古井戸に落ちた少佐」と改題されている（5・3）。それをさらに「張紅倫」としたのは三重吉だろうか。同じ『赤い鳥』に載った芥川の『杜子春』を意識したのかもしれない。

3作目は1932（昭和7）年1月号掲載の「ごん狐」。小狐ごんが兵十にした悪戯を悔い、こっそり栗や松茸を届ける。しかし、兵十には誰がくれるのかわからず、ある日、家に入ったごんを見つけ、火縄銃で撃ってしまう、というこの物語は、南吉が中学生時代から目指していた〈悲哀を愛に変えるストーリー〉を実現した作品といえる。

読者をごんの気持ちに寄り添わせながら、衝撃的な結末を迎える見事な構成で、これほどの作品を弱冠18歳で書いたことは、南吉が天性のストーリーテラーだったことを窺わせ

る。また、元々は代用教員時代に子どもたち
に語って聞かせた作品といわれ、それが彼の
童話の特徴でもある、わかりやすい平明な文
章につながっていると考えられる。

　この作品が書かれたのは1931年10月4日で、
通称「スパルタノート」に日付と共に書き遺
されている。『赤い鳥』掲載の「ごん狐」とは、
かなりの異同があるので、やはり三重吉の手
が入っていると考えていいが、他の3編同様、
投稿した清書原稿が現存しないので確かなこ
とはいえない。ただ、スパルタノート版は
「権狐」と書かれた題名の下に「赤い鳥に投
ず」とあるので、恐らくは南吉が手元に残す
ための控えであり、内容は清書原稿とほぼ変
わりないと考えてもよいのではないか。

　その前提で、三重吉による改変を整理する
と、①村の老人から聞いた話とする冒頭部分
の簡略化や各章末における情景描写の削除、
②方言を標準語に置き換えることによる一般
化、③主人公の呼称の変更（「権狐」→「ご
ん」）、④結末の「うれしくなりました」（心
情）から「うなづきました」（動作）への変
更などが挙げられる。

　三重吉の意図としては、『赤い鳥』の読者
である子どものわかりやすさ、親しみやすさ
を狙い、結末に余韻を残すことで文学作品と
しての芸術性を高めようとしたと考えられる。

　それでは「ごん狐」は、南吉の原作をもと
にした三重吉の作品ではないか、と思われる
向きもあるだろう。しかし、①ごんが人々に
語り継がれることで救いを暗示させる〈語り
の設定〉を簡略化しながらも残した上で、②
ごんの行動や動機が〈悪戯〉から〈償い〉、
そして〈尽くす喜び〉へと変化していく様を、
③一貫してごんの立場から書き進めながら、
④最終章で一転して兵十の視点に立つことで
両者の深い断絶を読者に思い知らせる、とい
ったこの作品の基本的な構成や重要な要素に
は一切、三重吉は手を付けていない。

　確かに「ごん狐」は三重吉の手を経たこと
で洗練されている。18歳の若い南吉は、『赤

い鳥』に掲載された自らの作品を読んで、大
いに発奮し、かつ学んだことだろう。南吉の
童話を初期から順に見ていくと、明らかに
『赤い鳥』への入選掲載を境に、それまでの
習作の域を脱している。三重吉もまた、苦労
して復刊した『赤い鳥』に才能輝く新人が現
れたことを喜び、さらに磨き育てようと考え
ただろう。三重吉は、前述の坪田をはじめ、
後に直木賞を受賞する堤文子など有望な新人
には手紙を書き、励ましている。南吉宛の手
紙は差出人に関わらずほとんど現存しないの
でわからないが、南吉もそうした手紙を三重
吉からもらっていたかもしれない。

　最後の4作目は、1932年5月号掲載の「の
ら犬」である。碁が何より好きな常念御坊は
法事で呼ばれた檀家でも碁を打ち、帰る途中
も碁のことばかり考えている。気がつくと痩
犬があとをつけてくるので、さては土産の饅
頭を狙っているな、と追い払おうとするが、
次第に狐かもしれないと怖くなる。寺に帰る
と小僧に箒で追わせるが、最後には哀れに思
い、呼び戻そうとする、という物語で、目ま
ぐるしく変わる常念御坊の心理描写が面白い。

　この点について三重吉は、講話通信欄に
「犬だと思ったり、狐だと思ったりする、あの、
度々の心気の転移の創造には、私が多少助勢
しました。」と書き、補筆を認めている。

　「ごん狐」と同じく、「のら犬」にも「常念
御坊とのら犬」という投稿前の自筆稿が遺っ
ている。『校定新美南吉全集』未収録の作品
帳に書かれていて、日付は1932年1月19日
である。「赤い鳥に投ず」と書き込んだ「権
狐」と違い、南吉自身がさらに推敲している
可能性も十分あるが、『新美南吉記念館研究
紀要』第9号（2003）に翻刻されているので、
資料として活用していただきたい。

●上京後の南吉と『赤い鳥』

　「のら犬」が掲載された1932年春、南吉は
東京外国語学校に入学している。前年9月に
『赤い鳥』出身の若手童謡詩人たちによる同

人誌『チチノキ』に加入していた南吉は、同誌の中心メンバーである巽聖歌を頼って12月に初上京。巽に連れられ北原白秋と対面する。東京に出る意思を固めた南吉は、父を説得して東京外語に進学することとなった。こうして白秋門下に加わった南吉は、『赤い鳥』への童謡投稿に励み、毎月のように入選している。1932年12月号には「島」が特選で入選。「新美君の『島』は典型的でかっちりしている。一寸取りつきにくいかも知れないが、古風でよろしい。「りららあぶらはランプで燃えた」といふあたりも行音でよく調べてある」と白秋の選評が付けられている。

ところが、師の白秋が三重吉と諍い、1933年4月号を最後に『赤い鳥』から手を引いたため、南吉も巽らと共に同誌への投稿を止めている。こうして南吉の『赤い鳥』への作品発表は、2年間で終わってしまう。

●その後の南吉

1936（昭和11）年、肺を病んでいた南吉は喀血をしてしまい、帰郷することになる。中央を離れ、生活と闘病に追われる南吉を励まし、作品発表の場を与えたのは、『赤い鳥』が縁で知遇を得た巽や与田だった。南吉も、子どもの心理を巧みに描いた「久助もの」と呼ばれる少年小説や、「牛をつないだ椿の木」のように大人を主人公にした民話風の物語など、『赤い鳥』投稿時代とは異なる独自の作風を確立していった。

1941（昭和16）年、南吉は処女出版となる『良寛物語　手毬と鉢の子』を学習社から出版する。この時、出版社に南吉を推薦したのは豊島与志雄だった。書き手を探していた編集者に、豊島が「赤い鳥へ書いてる人なの。いいだろうね」と言い、依頼が決まったという。自身も『赤い鳥』に寄稿していた豊島は、南吉との面識はなかったが、三重吉の厳しい選に入ったことで十分作家としての力量が保証されていると判断したのだろう。『赤い鳥』を目標として創作に励んだ若き日の努力が、

期せずして初めての出版に繋がったのである。

翌年10月、巽の世話で第1童話集『おぢいさんのランプ』（有光社）を出版。さらに与田の世話で『赤い鳥』掲載作品を中心にした童話集も企画されたが、1943年3月22日に南吉が亡くなったため、結局、死後半年の同年9月に童話集『花のき村と盗人たち』（帝国教育会出版部）として出版された。ところが、そこには『赤い鳥』掲載4作品のうち、「張紅倫」だけが入っていなかった。戦時下で、日本軍人が中国人に助けられるような作品は許されなかったらしい。

また、『赤い鳥』と童話集、それぞれに掲載された文章を比較するとほぼ変わりないため、南吉が童話集のために与田へ送った原稿は、『赤い鳥』からほとんどそのまま書き写したものと考えられる。三重吉は1936年に亡くなっており遠慮の必要はないので、南吉は自らの判断で三重吉の手が入った文章を自分の作品として認めたことになる。

こうして再び活字になった「ごん狐」は、さらに1956（昭和31）年、巽が筆頭編集委員を務める大日本図書の小学4年生用国語教科書に教材として採用される。1980（昭和55）年からは全社採用となり、いまなお続いていることは周知の通りで、日本で最も読まれている児童文学作品のひとつとなっている。

このように南吉は、『赤い鳥』によって始まった童話童謡の興隆期に育ち、同誌を目標に創作を始め、そこで培われた人脈に支えられて児童文学作家への道を歩んだ。さらに掲載作の「ごんぎつね」が彼の名を不朽のものにしている。まさに『赤い鳥』無くしては、作家「新美南吉」は生まれなかったと言ってもいいだろう。

（遠山光嗣）

［参考文献］

与田凖一編（1970）『赤い鳥代表作集』（小峰書店）、畑中圭一（2011）講演録「新美南吉と童謡」『新美南吉記念館研究紀要』第17号、巽聖歌（1971）随想集『わたしのなかの童話』（研究社出版）

宮澤賢治

◉ 『赤い鳥』と賢治童話

　知られているように、賢治の童話・童謡は『赤い鳥』には一篇も掲載されていない。しかし、賢治と『赤い鳥』に接点がないわけではなく、エピソードもいくつか残されている。現時点で記録されているものを記述する。

　まず、森荘已池は賢治自らが原稿をトランクに入れ、赤い鳥社に持ち込み、「数十日のち」に再訪したと伝えている。このとき三重吉は賢治に会わず、書生が「先生は忙がしくて、あの童話は読まれないといつておいでです」と突き返したという（「『注文の多い料理店』――その1　刊行者たちに就いて」『イーハトーヴォ』復刊No.1、1954）。なお、この書生が木内高音であることを森は深沢省三から聞いたという。さらに、賢治は三重吉に童話集『注文の多い料理店』を寄贈、それに対して三重吉は童話を依頼、送稿されたのが「タネリはたしかにいちにち嚙んでゐたようだつた」で、三重吉は同作を読み、難解な言葉の語源を調べ、「ロシアなどなら通用する童話」と述べたと紹介されている。

　同様に、『赤い鳥』寄稿家の野町てい子も、賢治が赤い鳥社に「たしかにいらした」と回想する。三重吉は賢治を前にして座り、「たしかに、変っていて、面白いことは、面白い。しかし、子供のよみものとしては、『赤い鳥』には、向かない」（「『赤い鳥』と私」『赤い鳥代表作集』、小峰書店、1958）と話したという。

　一方、宮澤清六は1923（大正12）年の正月、兄・賢治に頼まれて『婦人画報』『コドモノクニ』等の発行元・東京社に童話を持ち込み、作品を売り込んだエピソードを伝える（『兄のトランク』筑摩書房、1987）。応対は小野浩（のち『赤い鳥』編集者）で、〈私の方には向きませんから〉と断わられたという。

　『年譜宮澤賢治伝』（中央公論社、1991）の堀尾青史は、『赤い鳥』と賢治の関係を以下のように書く。菊池武雄（『注文の多い料理店』装画者）が三重吉に童話集を送付、同郷（岩手）の深沢省三を介して『赤い鳥』と賢治のつながりを作ろうとしたが、童話をまず評価したのは深沢ではなく、木内高音だったという。賢治から原稿を送ってもらい（「タネリ」）、三重吉に見せたが「君、おれは忠君愛国派だからな、あんな原稿はロシアにでも持っていくんだなあ」と言われたという。

◉ 『赤い鳥』に掲載された童話集の広告

　1925（大正14）年1月号の『赤い鳥』に童話集『注文の多い料理店』の広告が掲載されている。キャッチコピー「東北の雪の広野を走る素晴らしい快遊船だ！」が掲載され、「赤い鳥社でも取り次ぎます」とメッセージも出たが注文は一冊もなかったという。

◉ 中央文壇への売り込み

　このように、賢治が『赤い鳥』との接触をはかり、自身の作品を積極的に売り出そうとしていた逸話が残されている。しかし、いずれの場合も、裏付けに乏しく根拠が曖昧である。賢治は1921（大正10）年7月13日付の書簡（関徳弥宛）で「私は書いたものを売らうと折角してゐます」と記述しており、積極的に売り込みを行っていたような形跡がある。井上寿彦は『賢治、『赤い鳥』への挑戦』（菁柿堂、2005）で、賢治が多くの作品を同誌に投稿し、かつ赤い鳥社を訪問したと推察しているが、岡澤敏男は「大正10年の上京中に賢治が『赤い鳥』社を訪問したという思惑」は、「賢治が関徳弥にあてた書簡から生ずる蜃気楼」（「〈賢治の置土産～七つ森から溶岩流まで〉215『赤い鳥』への挑戦」『盛岡タイムスWeb News』2011）ではないかとする。今後、こうした回想や記録の検証が待たれる。

（遠藤純）

第5部

『赤い鳥』のことば

総説
『赤い鳥』と
ことば

『赤い鳥』と標準語・国定教科書

　『赤い鳥』が刊行された明治後期から大正期にかけては、標準語が成立、口語文が普及して言文一致が起こった時期であり、現代語の確立期といえる。1904（明治37）年に第一期国定教科書が刊行され、政府によって標準語が具体的に示されるなどして、日本語は一つの大きな転機を迎えた。この時期にそれまで様々な地域・社会階層で異なって使われていた言葉が、国定教科書によって統一され、標準語として学習された。1904年には、全国の小学校の学齢児童就学率は9割を超えており、国定教科書の影響力は大きかったと考えられる。

　その国定教科書が刊行されてから14年後の、1918（大正7）年に創刊された子ども向けの雑誌が『赤い鳥』である。『赤い鳥』はこのように、言文一致が成立し、標準語の制定により、文体や語彙が変化した時期の資料である。子どもを対象とした書き言葉資料という特定の位相の資料ではあるが、言文一致体で書かれ、標準語の影響を受けていると考えられる。「標準語」の影響を受けているという点に着目すると、国定教科書との関わりを無視することはできない。大正初期、文芸作品の創作とその鑑賞を中心とした、児童文化運動が隆盛した。それによって、童謡・自由詩・自由画・自由綴り方・児童演劇を通して人間教育が目指され、その運動を『赤い鳥』が主導したことが指摘されている。作家たちの関心が児童文学に向き、副読本の興隆という現象も生じた。『赤い鳥』も、国定教科書を補う副読本としての役割を担っていた。

　また、第三期国定教科書の編者の一人であった八波則吉は、「児童本意の読本」を実現するために、童話と童謡を大切にしていた。その姿勢は、『赤い鳥』において童話と童謡に力を注いだ鈴木三重吉の姿勢と重なり、この点においては、同時期の国定教科書と『赤い鳥』が同じ方向を向いていたといえる。

　『赤い鳥』は、子どものための芸術としての童話や童謡を提供したいという理念を持って創刊され、その受容期は標準語が定着しつつある時期と、その読者は国定教科書の読者と重なっている。この雑誌の創刊者であり、選者でもあった鈴木三重吉は、『赤い鳥』以外の雑誌が子どもに悪影響を与えているとして、当時刊行されていた子ども向けの雑誌に対して批判的な見方をしていた。

　創刊号の標榜語において、「現文壇の主要なる作家であり、又文章家としても現代第一流の名手として権威ある多数名家の賛同」を得て、子どもたちのために、「芸術として真価ある純麗な童話と童謡を創作する、最初の運動を起こ」すと述べており、一流作家の協力を得て、童話と童謡に力を入れた文学的な雑誌であることが『赤い鳥』の売りであった。この姿勢に賛同した大人たちによって、『赤い鳥』は教育現場を中心に広く受容され、ある種の規範として子ども達の学習材となった。この雑誌の中で、鈴木三重吉は精力的に綴り方教育に取り組み、類似の雑誌が多く出版され、児童文学の祖として大きな影響を与えたことは有名である。

　親や教師など、子どもにとっての規範を形成する立場の人間がこの雑誌を評価したことは、この雑誌によってもともと存在した言葉

に関する様々な価値観や規範意識が強化されたことを意味している。また、教育現場を中心に『赤い鳥』が受容されたことによって、『赤い鳥』から新たな価値観や規範意識が形成された可能性もある。

このように、国定教科書と刊行期を同じくする『赤い鳥』は、時には国定教科書の副読本として、子どものための作品を提供していたといえる。『赤い鳥』は書き言葉資料ではあるが、童話にみられる会話文に、実際の話し言葉が反映されていることも考えられる。また、『赤い鳥』が、標準語をもとにして、童話の語彙を新たに創造した可能性もある。

『赤い鳥』と近代語研究

このように、標準語が確立した後に成立し、読者が国定教科書の受容者と重なっている『赤い鳥』は、個々の作家・作品、または雑誌全体の語彙、文法、文体について調査・考察をなしうる資料である。さらに、雑誌が刊行されていた期間が18年間と、当時の雑誌の刊行期間としては長期に渡っていることから、この間の語彙、文法、文体の変化を捉えることも可能である。『赤い鳥』の言語的特徴を明らかにすることは、近代語、あるいは児童文学の言語的特徴を明らかにするとともに、鈴木を中心とした作家たちの、童話作品に対する言語選定意識を明らかにすることにもつながる。『赤い鳥』に毎号掲載され続けた鈴木の標榜語が、実際にどのように作品に反映されているかは、鈴木自身もはっきりとは述べておらず定かではない。ただし、この雑誌には投稿された創作童話・童謡、作文を掲載する項があり、それぞれ童話と作文を鈴木三重吉が、童謡を北原白秋が選出し、毎月一定数掲載していた。鈴木三重吉はその通信欄で、日常生活に起こった出来事を、普段使用している言葉で、ありのままに書くことの重要性を説き、投稿文に方言を許容することも示しており、子どもたちが書く文章に大きな関心を寄せていた。また、鈴木は『赤い鳥』に寄

稿された多くの作家の作品に手を入れていた。芥川龍之介の「蜘蛛の糸」において、婉曲表現を避け、文を短く切るという加筆修正をしたことは有名であり、鈴木が作品中の表現や語彙に気を遣っていたことは確かである。

一方、「雑誌」という媒体であることに着目すると、子ども向け雑誌に関する研究では、読者層や子ども像に関する研究がみられるのみである。『赤い鳥』を対象とした研究も数多くみられるが、雑誌の特色や創刊の背景、誌面構成等について述べたものや、子ども観について述べたもの、綴り方教育について述べたものが主であり、言語学的な研究についてはほとんどなされていない。近代語研究において、児童を読者とする書き言葉資料に関する言語学的な研究としては、国定教科書における語彙調査がなされているが、明治から大正、昭和にかけて数多く刊行された子ども向け雑誌に関してはまだ手薄である。この時期に刊行された雑誌の中でも、特に『赤い鳥』は、1）第三期以降の国定教科書と刊行期を同じくしていること、2）鈴木三重吉が「子供たちの手本」となるようにという創刊の理念に従って、言語選定意識を持って作品に手を入れていたと思われること、3）読者投稿の作文や童話作品に対して誌面上で指導を行っていること、4）「子供のための芸術」を志向したことが大人たちに受け入れられ、教育現場を中心に子どもたちの学習材として受容されたこと等から、注目すべき資料であるといえる。

また、「童話」という点からみると、役割語研究についても触れておく必要がある。役割語は、明治・大正時代における種々の新たなマスメディアの登場によって、育てられ広められていったとされる。『赤い鳥』もこれらの役割を担った媒体として捉えることができる。『赤い鳥』は、大正期の児童を対象とした書き言葉の資料であり、たとえ会話文であっても、当時の話し言葉がそのまま反映されているとはいえない。しかし、『赤い鳥』

の童話には、役割語をはじめとする、当時ある程度社会の中で共有されていた言語慣習や、鈴木ら作家によって子どもたちが学ぶべき手本として新しく作られた語彙の用法が反映されているはずである。

その他に『赤い鳥』の役割語に関連する要素として、標準語との対比として描かれるいわゆる田舎言葉の一部で、方言が役割語の役目を果たしている。また、幼児語が役割語として使用される場合の言語的特徴として、オノマトペの多用や成人語に省略・付加することで語形変化させた語の使用、接頭辞のオや接尾辞チャン・サンの過剰付加がみられること等があげられる。

綴り方指導に関する資料として国語教育の分野では『赤い鳥』を用いた多くの研究がなされているが、日本語学的調査は山田（2012、2013、2014、2017）を除いて、ほとんどなされていない。『赤い鳥』は、標準語が成立し、日本語が変化した時期に刊行されており、国定教科書を始めとする同時代の他の言語資料との比較が可能である。また、前後の時代の資料との比較が可能な資料でもある。特に、『赤い鳥』は、この時代の雑誌としては長期に渡って刊行されていることから、資料内での通時的変化を調査することも可能である。例えば、「食ベテシマウ」のようなテシマウは、江戸語にすでにその使用がみられるが、チマウ・チャウといった縮約形は、明治の初頭から使用されるようになった比較的新しい形式である。特にチャウは、活用形が揃ったのは大正末であるとされ、その使用開始時期はまだ明らかになっていない。『赤い鳥』では、チャウは、時代が下るほどその使用数が増え、使用されている活用形に幅が出てくる。『赤い鳥』の刊行期にチャウの活用形の幅が広がったことがみてとれる。

また、児童文学の祖として、童話・童謡における新たな語彙を生み出した可能性が高く、役割語研究はもちろんのこと、幼児語研究においても重要な資料であるといえる。

このように、『赤い鳥』は近代語研究における非常に重要な資料である。特に『赤い鳥』の主要部分を占める童話作品には、当時の書き言葉および話し言葉における言語的特徴が反映されている可能性が高く、鈴木三重吉以外にも複数の作家が作品を執筆していることから、作家ごとの傾向を示す資料、『赤い鳥』という雑誌としての傾向を示す資料、さらには児童文学の祖として、その基礎を示す資料となりうる。今後ますますの研究が望まれる資料である。

ただし、『赤い鳥』を言語学的な資料として研究を行う場合には、留意しなければならない点もある。前述したように鈴木三重吉やその他『赤い鳥』の諸作家の書簡から、多くの作品に鈴木が手を加えていたことや、小島政二郎が代筆し、徳田秋声や小山内薫の作品として発表されたものがあることが分かっている。したがって、個々の作家・作品という観点を使用する場合には、鈴木三重吉以外の作品をどう取り扱うかについて考慮する必要がある。

『赤い鳥』の言語的特徴

『赤い鳥』にみられる言語的特徴には、以下のようなものがある。なお、今回取り上げた用例は、すべて鈴木三重吉の童話作品から引用している。

まず、『赤い鳥』では、多くの作品が漢字仮名交じり文で記されており、原則として漢字には振り仮名が振られている。しかし、1926（大正15）年の17巻3号以降より、より幼い子ども向けの低年読物、幼年童話が登場し、すべて片仮名で記されているものや、少数の平易な漢字以外は平仮名で記されている作品もみられるようになる。また、漢数字には振り仮名が振られておらず「一ばん」「二本」「三つ」のように表記されている。その他、「テイブル」や「ランプ」等の外来語、「ギャー〜」「クル〜」等の擬音語・擬態語、「なあんだ」「うわア」「はゝア」等の長音、「聞

いて来いツて」「飛び上ツて」等の促音が片仮名で表記されている。さらに、語の繰り返しは踊り字で示されている。

また、語彙の点からみると、（1）のように、「全部」という意味で「すっかり」という言葉が使用され、（2）のように、「溜め息をつく」の意味で、「溜め息をする」が用いられている等、現代共通語とは異なる語の使用もみられる。また、（3）のような「のんのん」や「おてて」「あんよ」等、幼児語の使用もみられる。さらに、擬音語や擬態語の使用も多く、中には（4）（5）等、現在では珍しい形式の使用もみられる。その他、（6）のように、「いらっしゃる」のテ形が「いらしって」になっている例もみられた。

(1)「すつかりで二十五人でした。」(2-5「一本足の兵隊」)
(2)「鼠のお婆さんは溜め息をしました。」(3-6「摩以亜物語」)
(3)「あれは私が乗ん〳〵するの？」(11-3「こしかけと手桶」)
(4)「ぷい〳〵吐き出しました。」(3-4「むかでの室、蛇の室」)
(5)「こぶ〳〵の木靴で氷をふみ割つて、」(7-1「家鴨の子」)
(6)「海の中から出て入らしつて」(3-6「笠沙の宮」)

文法という点からみると、（7）（8）のように、現代共通語ならば助詞「に」が使用されてもおかしくないところに「へ」が多用されている。また、（9）（10）のような「限量的存在文」（金水2006）において「いる」ではなく「ある」が使用されている例もみられた。

(7)「その王さまの御殿へ、或日、一人のよぼ〳〵のお婆さんが出て来まして」(1-3「魔法の魚」)
(8)「私はあなたのところへ行きたくはありません。」(1-3「湖水の女」)

(9)「わざ〳〵こゝまで石ころを拾ひに来る奴がどこにある。」(1-5「馬鹿」)
(10)「母さま、ね、母さま、私にはお兄さんがあるの。」(6-2「人喰人」)

文体の面では、地の文はデス・マス体で統一されており、読者に語りかける語り手の存在が想定されている。鈴木は1916（大正5）年に春陽堂から出版した童話集『湖水の女』の序文において、「文章としては、われわれが実さいに使っているだけの平易な純な口語のみを選んで、出来るだけ単純に書こうと努力した」と記しており、この意識が『赤い鳥』にも引き継がれていると考えられる。また、鈴木は作家として、編集責任者として、児童向きの文体を創造することに意欲的であったといわれており、『赤い鳥』には、当時すでに使用されていた言葉と、鈴木ら『赤い鳥』の作家たちが生み出した言葉とが共存していたと考えられる。　　　　（山田実樹）

[参考文献]
加計慎太郎他、鈴木三重吉赤い鳥の会編（1982）『改訂版鈴木三重吉への招待』（教育出版センター）、金水敏（2003）『ヴァーチャル日本語役割語の謎』（岩波書店）、金水敏（2006）『日本語存在表現の歴史』（ひつじ書房）、滑川道夫（1965）「『赤い鳥』の児童文学史的位置」『赤い鳥研究』（小峰書店）、山田実樹（2012）「『赤い鳥』の童話作品における一人称代名詞―鈴木三重吉を中心に」『広島大学大学院教育学研究科紀要 第二部（文化教育開発関連領域）』61号、山田実樹（2013）「『赤い鳥』鈴木三重吉童話作品における二人称代名詞」『論叢国語教育学』復刊4号、山田実樹（2014）「『赤い鳥』の童話作品における〈父〉〈母〉を表す名詞のバリエーション」『国語語彙史の研究』33集、山田実樹（2017）「『赤い鳥』の童話作品におけるテシマウ・チマウ・チャウについて」『日本近代語研究』6、吉田裕久（1982）「尋常小学国語読本」の研究(1)」『愛媛大学教育学部紀要 第I部 教育科学』28巻

オノマトペ

動物の鳴き声や自然界の物音を言語音で表したものを擬音語（擬声語）、事物の状態・動作・変化や感情などを言語音で表したものを擬態語といい、これらを総称してオノマトペと呼ぶ。オノマトペはどの言語にもあるが、日本語ほど擬態語が豊富に使用されている言語は珍しい。オノマトペは、一般的にはその社会において共有される概念の枠組のなかで、慣習的に使用されているものであり、『赤い鳥』においても、当時の用法や社会慣習が反映されていると考えられる。

●近現代におけるオノマトペ

オノマトペは古くは『古事記』や『日本書紀』『万葉集』等にもその使用がみられ、基本的な形式は保持されつつも、時代と共に少しずつ変化し、新しく生みだされてきた。近代から現代にかけて、社会情勢の激しい移り変わり、テレビや漫画の影響等により、新しいオノマトペも多く生まれたとされる。宮沢賢治や幸田文、北原白秋、中原中也等が、オノマトペをよく使用した作家として有名である。

オノマトペは、語基と拗音、長音を組み合わせて構成される。『擬音語・擬態語4500 日本語オノマトペ辞典』(2007)の解説によれば、近代に入って著しく増えたオノマトペとしてABッ型（ガタッ、ボヤッ）・ABン型（ガタン、ガチャン）が、その他、基本的な型として、語基一音節・A－（キー、ギー）、A－A－（ギーギー）、Aン（ポン、ボン）、AンAン（ポンポン）、A－ン（ポーン）、A－ンA－ン（ボーンボーン）、Aッ（サッ、スッ）、AッA（サッサ）、A－ッ（サーッ、ザーッ）、語基二音節・ABAB（ガタガタ、コチコチ）、ABリ（カタリ、ガタリ）、ABッ（ガタッ、ボヤッ）、ABン

（ガタン、ガチャン）、ABンABン（カチンカチン、コチンコチン）、AッBン（ガッタン、スッテン）、AッBンAッBン（ゴットンゴットン）、AンBリ（アングリ、ボンヤリ）、ABCB（ドタバタ、ペチャクチャ）が挙げられている。

また、民話や再話では、繰り返し、コヤンを付して口調をよくし（ザンワザンワ、ピッカリコ）、古風な方言らしい語（ピクラピクラ）を用いて、田舎の昔話らしさを演出していることが指摘されている。

さらに同書では、オノマトペの表記は、多くは平仮名で書かれていたが、明治文学ではオノマトペに漢字を当てた例がみられ、片仮名も使用されていたと述べられている。昭和20〜30年代に新仮名遣い、新送り仮名等が制定され、徐々に片仮名表記が多くなっていくが、一般的になったのは昭和40年代以降のこととされる。

●赤い鳥のオノマトペ

『赤い鳥』の童話作品におけるオノマトペでは、ABAB型の繰り返しがよく用いられている。平仮名表記が多く、片仮名のものも散見されるが、漢字を当てた例はみられない。

用法は多くが現代語と同様であるが、なかには珍しい語もみられる。これらは、1)『赤い鳥』独自の用法、2)作家個人の用法、3)当時の児童文学における用法、4)当時の一般的な用法のいずれかに当てはまると考えられる。『赤い鳥』の網羅的な調査はもちろんのこと、同時代の他の子ども向け雑誌や文学作品の調査が今後の課題である。本項では、『赤い鳥』にみられる、現代語とは異なるオノマトペの用例を示す。用例の（　）内は（巻-号 作者名「作品名」）。

(1) ぐん〜ぐん〜なぐりつけて、とう〜みんなを追ひちらしてしまひました。（2-1鈴木三重吉「ゼメリイの馬鹿」）

(2) 役人は、顔中に大きな瘤をこしらへて、ほう〜言つて御殿へ逃げてかへりました。

そして、すつかりのことを王さまに申し上げました。(2-1鈴木三重吉「ゼメリイの馬鹿」)

(3) 大国主神は、その椋の実を一つぶづつ噛みくだいて、赤土を少しづつ噛みとかしては、一しよにぷい〜吐き出しました。(3-4鈴木三重吉「むかでの室、蛇の室」)

(4) 鞭はりうりうと風を切つて、所嫌はず雨のやうに、馬の皮肉を打ち破るのです。(5-1芥川龍之介「杜子春」)

(5) この山からは、いつも白い雲がむら〜と湧き出してゐたからでした。(5-1楠山正雄「天地の水」)

(6) その中に、狼はサツと體をひらめかすと、川の中にざんぶと飛び込んで、忽ちこちらの岸へ着きました。(5-1菊池寛「狼と牡牛との戦」)

(7)「こぶ〜の木靴で氷をふみ割つて」(7-1鈴木三重吉「家鴨の子」)

(8) お家の戸に、ぴちんと錠をおろしてしまひました。(10-6小野浩「鶏と狐」)

(9) 蛇は猶もしう〜音を立て、鎌首をもたげて、焔のやうな舌をペラ〜とはきますので(10-6伊藤貴麿「水面亭の仙人」)

(10) するとやがて大きな泡が一つぽつくりと浮んで、ぽつくりと消えると後からまた、小さな泡が、ぷく〜と、たくさん浮んで来ます。(20-1宮島資夫「清造と沼」)

(11)「持つて来たのは、それは愛嬌のある、かしこさうな人で、ぼくを見て、にゆツと笑つた。」(20-2小野浩「子どもの世界」)

(1) は現代では「ぽかぽか」や「ぽこぽこ」などが使用されそうな文脈で、速度を表す「ぐんぐん」というオノマトペが使用されている。(2) は、現代では「ひーひー」が使用されそうな文脈で、あいづちに用いられそうな「ほうほう」が使用されている。(3) は、現代では「ぺっぺっ」や「ぶー」などが使用されそうな文脈で、「ぷいぷい」とへそを曲げてそっぽを向くかのようなオノマトペが使

用されている。(4) は、現代では「ひゅうひゅう」「ぴしぴし」「びしびし」などが使用されそうな文脈で、「りゅうりゅう」というオノマトペが使用されている。(5) は、現代では「むくむく」「もこもこ」が使用されそうな文脈で、感情を示す「むらむら」というオノマトペが使用されている。(6) は、現代では「ざぶん」が使用されそうな文脈で末尾に来るはずの撥音が真ん中の音と入れ替わった「さんぶ」というオノマトペが使用されている。(7) は、靴底がこぶのようになっている木靴を、「こぶこぶ」の木靴と言い表している。(8) は、鍵をかける音に「ぴちん」というオノマトペを使用している。現代では、「がちゃ」「がちゃり」などがよく使われるであろうか。(9) の、蛇の舌の動きを表す「ぺらぺら」というオノマトペは、よく使用される「ちろちろ」「ちらちら」という形式に非常によく似ているが、現代ではあまり使用されない組み合わせである。(10) の、泡が浮かぶ様を表す「ぽっくり」というオノマトペは、「ぷくぷく」「ぽこぽこ」「ぷくり」という泡の発生を表すオノマトペに近いが、(9) の「ぺらぺら」と同様、あまり使用されない組み合わせである。(11) は、現代では「にこっ」「にこり」などが使われるであろうが、「にゅっ」というオノマトペが使用されている。

このように、『赤い鳥』のオノマトペには、現代共通語と非常によく似た形式であり、そのバリエーションであると思われるものから、現在ではあまり使用されていないであろう特別な形式まで様々に使用されている。今後『赤い鳥』のオノマトペをさらに調査し、どのような体系を持つのかを明らかにする必要がある。　　　　　　　　　　　（山田実樹）

［参考文献］

小野正弘編（2007）『擬音語・擬態語4500 日本語オノマトペ辞典』（小学館）、小野正弘編（2009）『オノマトペがあるから日本語は楽しい――擬音語・擬態語の豊かな世界』（平凡社）

外来語
（がいらいご）

●外来語の定義、研究史、本項目の対象

【定義】

本項目における外来語の定義は「外国語が翻訳されずに、日本語の発音体系や語法、表記体系に沿って受容されたもの。16世紀以降に、西洋系の言語からきたものも、東洋系の言語からきたものも含むが、漢語は含まない」という石井（2017:13）の定義に従う。

【研究史】

『赤い鳥』を主たる言語資料とした外来語の研究は、これまで全くなされていない。他方、『赤い鳥』出版期における外来語については、日本語における外来語全般について総合的に記述した楳垣（1963）、石綿（2001）の2著の中で言及されている。また、近年、特に、21世紀に入った頃から、近代語のコーパスが整備されてきたことを背景に、近代語の研究が盛んになり、明治・大正期の外来語に関する研究も行われるようになってきた。その中で、橋本（2010）、石井（2017）の2著は特に注目される。前者は1911（明治44）年から2005（平成17）年までの朝日新聞社説、1932（昭和7）年から2002（平成14）年までの読売新聞社説を主な資料として、新聞社説における外来語の増加傾向を計量的に調査、分析している。後者は、総合雑誌『中央公論』を対象に、1912（明治45）年から1927（昭和2）年の各年1月発行号における外来語の悉皆調査を行い、品詞、語彙、表記、混種語の観点から調査、分析を行っている。

【本項目の対象】

以上のような研究状況に鑑み、本項目では、『赤い鳥』の翻訳童話・全84作品における外来語について悉皆調査を行い、調査結果の概要を記すこととする。

●調査結果の概要

【総数】

『赤い鳥』の翻訳童話・全84作品における外来語の総数（異なり語数）は、322語であった。そのうち1作品にのみ登場する語は195語、2作品以上に登場する語は127語である。なお、国名、地名、人名などの固有名詞は調査対象としていない。

【意味分野①頻出語】

全84作品のうち、10作品以上に用例の見られる語を頻出語と定義し、多い順に記すと次のとおりである（表記にゆれのある語は代表的な語形を採用し、「語形」（作品数）のように記す）。

「テイブル」（26）、「パン」（23）、「ガラス」（20）、「ヅボン」（19）、「ポケット」（18）、「ストーヴ」（15）、「スープ」（13）、「ナイフ」（13）、「ハンケチ」（13）、「ベッド」（13）、「ビロウド」（11）、「ドア」（10）、「ボタン」（10）。

意味分野の観点から頻出語を見ると、全て、衣食住関係の語であることが分かる。すなわち、「ヅボン」「ハンケチ」「ビロウド」「ポケット」「ボタン」の5語は衣、「スープ」「ナイフ」「パン」の3語は食（「ナイフ」はパンや肉を切る、といった文脈で登場することが多いので食に分類できる）、「ガラス」「ストーヴ」「テイブル」「ドア」「ベッド」の5語は住関係の語である。

石井（2017:93）が調査した大正期『中央公論』における一般名詞の外来語上位20語を見ると、「デモクラシー」（1位）、「ブルジョア」（2位）、「プロレタリア」（3位）、「ギルド」（4位）、「サンジカリズム」（5位）、「ブルジョアジー」（7位）、「プロレタリアート」（15位）などとなっており、社会、政治関係の語が目立っている。すなわち、衣食住関係の語が多いことは、『赤い鳥』の翻訳童話における外来語の特徴であると言える。上記の頻出語以外にも衣食住関係の外来語が多数使用されている。この使用傾向は、『赤い鳥』

第5部 『赤い鳥』のことば

551

の翻訳童話が、童話作品（児童文学）である
ために生じたものであると考えられる。多く
の作品において、主人公は子どもであり、そ
の子どもたちの生活が描かれているため、結
果として、衣食住関係の外来語が多く使用さ
れた、ということであろう。

【意味分野②衣食住以外】

　衣食住以外の意味分野では、花の名前、通
貨、距離・長さの単位、楽器の名前が目立つ。
花の名前では「アネモネ」「エリカ」「カーネ
イション」「コスモス」「サフラン」「ゼラニ
ウム」「ハイヤシンス」「リラ」、通貨では「カ
ペイカ」「グルデン」「クロイツェル」「クロ
ーネ」「サンティーム」「スー」「センチモ」「ダ
レル」「チェンティ」「ドラクメ」「ピストル」
「フラン」「ペサータ」「リラ」「ルーブル」、
距離・長さの単位では「インチ」「キロ」「フ
ィート」「マイル」「ミリ」「メートル」「ヤー
ド」、楽器の名前では「ヴァイオリン」「オル
ガン」「ギター」「クラリネット」「コルネッ
ト」「トロンペット」「トロンボン」「ハーモ
ニカ」「ピアノ」「フリュート」「笛」などの
語が使用されている。

　一般に、地名や人物名が外来語であれば、
それによって作品の舞台が海外であることが
意識される。『赤い鳥』の翻訳童話においては、
地名や人物名に加え、花の名前、通貨、距離・
長さの単位、楽器の名前に多様な外来語が使
用されており、そのことも、読者に異国情緒
を喚起したものと思われる。

【意味分野③キリスト教用語】

　キリスト教用語である外来語の使用も目立
っている。最も使用例の多いキリスト教用語
は「クリスマス」であり、8作品で使用され
ている。この他、「アーメン」「アベ・マリア」
「エンゼル」「キャルヴァン教徒」「キリスト
さま」「マリア」などが使用されている。

　キリスト教関係については、鈴木三重吉の
代表的な翻訳童話とされる「ルミイ」に次の
ような表現が見られ、注目される。

　(1)「神さまと聖マリアさまだ。おれがお

すがりしてるのはこのお二人だ。おれは
技師たちにたよっちゃゐないよ。たつ
た今も聖母さまにお祈りをしてると、耳
もとでため息のやうなものが聞えたよ。」
(中略)
　「聖母なんぞをもち出したつて何にな
るかよばか〳〵しい。」と、ベルグーヌ
ーが起き上つてさけびました。
　バーゼは旧教信徒、ベルグーヌーはキ
ャルヴァン教徒でした。聖母は旧教信徒
にたいしては絶対の支配力がありますが、
キャルヴァン教徒には何の威力もないの
です。この宗派のものたちは聖母をも認
めてゐなければ、そのほか、神と人間と
の間に立つ、法王、聖者天使なぞといふ
仲介者をみんな認めてゐないのです。
　　　　　（復刊10-4「ルミイ」p.7）

　炭鉱事故で鉱内に閉じ込められたバーゼと
ベルグーヌーの言い争いと、その解説である。
一般の日本人（特に、子ども）にはなじみの
ないカトリック（「旧教信徒」）とプロテスタ
ント（「キャルヴァン教徒」）の違いについて、
丁寧に説明されている。

　「ルミイ」に限らず、キリスト教圏におけ
る文学作品には、多かれ少なかれ、キリス
ト教の影響が見られる。以上の引用部分はそれ
を如実に示す事例であり、そこに外来語が現
れている。

【品詞】

　『赤い鳥』の翻訳童話・全84作品における
外来語322語を品詞の観点から分類すると、
名詞に偏っている事実が指摘できる。すなわ
ち、322語のうち、名詞は318語であり、実
に99％が名詞である。本項目で調査・考察の
対象としなかった国名、地名、人名も名詞で
あり、そのことを考えれば、『赤い鳥』の翻
訳童話における外来語はほぼ全て名詞である、
ということができる。

　名詞ではない4語のうち、3語は感動詞
（「イエース」「ノー」「ハロー」）、1語は動詞
（「スタートする」）である。これらの4語は、

いずれも、鈴木三重吉が翻訳した「小馬の話」（動物童話エイ・ボンサーの翻訳、復刊5巻1号から同6巻3号まで連載）に使用されており、同作品は、「外来語使用の観点から、特異な作品である」ということができる。以下に用例を掲げる。

（2）或日、ふと見ると、その原っぱに、こなひだステイションへぼくをつれに来た馬車馬がゐるではありませんか。ぼくは、
「ハロー。ごきげんかね。」とよびかけました。
「よう、きみかい、また会へてゆかいだね。ときに、どうしてる？　元気かい。」と聞きます。
（復刊5-5「小馬の話」p.68）
（3）その朝からすぐにジンニヴァー氏は、ぼくに、いろ〵〳の練習をさせはじめました。まづ第一ばんに手綱なしで、輪がたにかけ走るけいこをしました。それから、言葉に応じて横に寝たり、おき上つたり、後足で立つ練習をしました。
あくる日からつぎ〵〳に、イエースといふ意味でくびをかゞめること、ノーと、くびを左右にふること、あはゝといふやうに口をあけて笑ふこと、箱の上へ立つ〳〵（下略）（復刊6-2「小馬の話」p.62）
（4）向うの斜面へかけ上る競争よ。どつちが早いか。母さまは、坊やよりも脚が丈夫だから、少し後へ下つて上げるわよ。あなたは、あの向うの石のところからスタートするの。（復刊5-1「小馬の話」p.9）
以上の他にも、「小馬の話」には、「低いカンバスのテント」（復刊5-2、p.8）、「これはクレインといふ、重いものをつり上げつり下す機械でやつたのだ」（復刊5-3、p.65）、「いゝかいよく見てね。足のうらの後からまん中へ向けてＶの字なりに、めりこんでるところがあるだらう。ほらその両側の壁見たいなところから、中のくぼみをこめて、フロッグ（蹄叉）といふんだ。フロッグは蛙だから笑はせるよ。」（復刊5-5、p.3）、「では血統と健康、

気質の証明書をかいて下さい。いゝスターに仕上げたいものです。なか〳〵かしこさうな馬だ。」（復刊5-6、p.61）の用例がある。これらは、「小馬の話」のみに使用されている外来語である。さらに、

（5）或とき楽屋にゐますと、曲芸に出る小馬の一人がぼくのそばへ来て、
「スターさん、おめでとう。すばらしい御成功ですね。」と話しかけました。
（復刊6-1「小馬の話」p.64）
との用例もある。これは、一般名詞「スター」を呼びかけ語として使用している例である。

多くの先行研究において、外来語の使用は大正期に拡大し、外来・舶来の事物を指し示す名詞の使用例が多かったと指摘されている。「小馬の話」が連載されたのは1933（昭和8）年1月から9月であるが、同作品おける外来語の感動詞、動詞、「スターさん」という呼びかけ語の用例は、外来語の拡大と定着の実態を反映したものと解釈できる。

【表記①ひらがな、カタカナ、漢字】

次に、表記の観点から検討する。『赤い鳥』の翻訳童話の外来語には次のような表記法が採用されている。

一、カタカナ単独
二、カタカナ単独の後に（　）書きで説明を加えるもの
三、ひらがな単独
四、漢字単独
五、漢字にカタカナのルビ
六、漢字にひらがなのルビ

以下、順に具体例を掲げながら説明する。

一、カタカナ単独

最も用例数の多い表記法である。「アーチ」「アイスクリーム」「アクセント」「アルコール」など。現在でも、外来語はカタカナによる単独表記が一般的である。

二、カタカナ単独の後に（　）書きで説明を加えるもの

この表記法を採るものに下記6例がある。

553

（6）つまり、こゝでは空気が四アトモスフ
　　　ール（註、気圧単位）か、五アトモスフ
　　　ールの圧力をうけてゐるわけだ。
　　　　　　　　（復刊10-2「ルミイ」p.5）
（7）チョッキのポケットの中をさぐつて、
　　　大きな銀時計をとり出しました。そして、
　　　その数字盤を見てから、ワン、ワンと、
　　　つよく、はつきり、二どほえました。二
　　　時といふ意味です。それから小さい声で
　　　三どほえました。これはクァール（十五
　　　分）が三つといふわけで、つまり二時四
　　　十五分だと言ふのです。
　　　　　　　（復刊5-3「ルミイ」pp.4-5）
（8）ひとりジョリイ・クールは、半分目を
　　　あけてゐるくせに、身うごきもしないで、
　　　トロンボン（一種のラツパ）のやうな、
　　　いびきをかきはじめました。
　　　　　　　　（復刊7-1「ルミイ」p.9）
（9）ルイはそれからヌガー（くだもの入の
　　　菓子）のしまつてある小屋をいくつも見
　　　た。その小屋には、ボンが山ほど積んで
　　　あつたり、ヌガーの腕ぐらゐの長い棒が、
　　　沢山あつたりした。（復刊9-5「鐘」p.72）
（10）私はポケットをさぐつて見ました。
　　　そこへは今朝、ばさ〳〵の、金びかりの
　　　した、いゝパンの皮を入れておいたので
　　　す。引き出して見るとパンスープ（スー
　　　プへ、パンとバタをいれたもの）見たい
　　　になつてゐます。
　　　　　　　（復刊10-2「ルミイ」p.16）
（11）トゥロットにはイギリス人の或ミス
　　　（未婚の婦人）が、毎日家庭教師に通つ
　　　て来て、町中や浜辺へつれて出たりして、
　　　いろ〳〵のことををしへてゐるのです。
　　　　　　（22-1「青い顔かけの勇士」p.8）

三、ひらがな単独

　この形態の用例として以下の１例があった。
（12）黒いびろうどの、とんがり帽をかぶ
　　　つて、赤と黄色でぬひとりをした上着を
　　　着た男だ。　　　（復刊3-5「父」p.13）

四、漢字単独

　この表記法を採るものに「煙草」があった。

五、漢字にカタカナのルビ

　ある程度の数の用例が見られる表記法であ
る。具体例として、以下のものがあった。
「火酒（ウオツカ）」「天使（エンゼル）」「硝子（ガラス）」「教王（カリフ）」「小喇叭（コルネツト）」
「客間（サロン）」「片岩（シスト）」「飾窓（シヨウウインドウ）」「杖（ステイツク）」「暖炉（ストーブ）」
「斜面（スロープ）」「白鳥（スワン）」「夜間音楽（セレナード）」「乾酪（チイズ）」「巨人（ヂヤイアント）」
「瀝青（チヤン）」「将棋（チエス）」「卓子（テーブル）」「果物（デザート）」「夜帽子（ナイトキヤツプ）」
「巴旦杏菓（ヌーガー）」「上次低音（バス・タイユー）」「天鵞絨（ビロード）」「横笛（フイーフル）」
「肉刺（フオーク）」「蛇乗（ベンデイング）」「髪油（ポマード）」「哩（マイル）」「笛（ミゼツト）」「米（メートル）」
「刃針（ランセツト）」「反覆語（レフラン）」「反覆詞（リフレイン）」。

六、漢字にひらがなのルビ

　この表記法を採るものに下記７例がある。
「阿片（あへん）」「南瓜（かぼちや）」「硝子（がらす）」「煙草（たばこ）」「馴鹿（となかい）」
「肌襦袢（はだじゆばん）」「麺麹（ばん）」。

　以上より、『赤い鳥』の翻訳童話における
外来語の表記法は、次のように整理すること
ができる。①最も一般的な表記は、カタカナ
単独表記である。これは現在にも通じる表記
法である。②次に多いのは、漢字にカタカナ
のルビが付される表記である。この表記法の
語は、定着が進めば、やがてカタカナ単独表
記になってゆくものである。逆から見れば、
この表記法の語は、当時、まだ十分には定着
していなかったと考えることができる。③ひ
らがな単独、漢字単独、漢字にひらがなのル
ビが付される表記は、原語がポルトガル語で
あるものが多い（「びろうど」「煙草（たばこ）」「南瓜（かぼちや）」
「煙草（たばこ）」「肌襦袢（はだじゆばん）」「麺麹（ばん）」）。ポルトガル語は
キリシタンの伝来とともに受容され、外来語
の中では古い歴史を持ち、日本語への定着が
早かった。そのことが、このような表記法の
背景にあると考えられる。

【表記②表記のゆれ】

　『赤い鳥』の翻訳童話における外来語には、
表記がゆれている語も多い。ゆれのある語は
下記のように分類することができる。

一、ヴ行とバ行のゆれ

　「ストーヴ」と「ストーブ」、「ヴァイオリ
ン」と「バイオリン」では、前者の表記が多

い。基本的に、原語がVであればヴ行、Bであればバ行で表記されている。今日ではバ行表記が一般的な「ヴェランダ」「オリーヴ」「キャルヴァン教徒」も、ヴ行表記となっている。

二、連母音と長音のゆれ

該当する語形とその語形が現れる作品数を示す。「シチュウ」(1) と「シチュー」(2)、「ゼリイ」(1) と「ゼリー」(1)(「チェリー」の語形もある)、「チイズ」(1) と「チーズ」(4)、「テイブル」(23) と「テーブル」(3)、「ビロウド」(6) と「ビロード」(5)、服飾用語の「レイス」(1) と「レース」(1)。

外来語の連母音は、語の受容が進むと長音表記されやすくなる。上記の語は、今日、長音表記が一般的であるが、『赤い鳥』ではゆれている。他方、「クレイン」「ベイコン」「ペイジ」「ボウト」の4語も、今日ではいずれも長音表記が一般的であるが、『赤い鳥』の翻訳童話では長音表記は見られなかった。

三、四つ仮名(ジ、ズ、ヂ、ヅ)のゆれ

該当する事例として、「オレンジ」と「オレンヂ」、「ジン」と「ヂン」、「ズボン」と「ヅボン」などがあった。いずれの語も、現在では、「ジ」「ズ」を用いた表記がなされる。他方、「スポンヂ」「パヂャマ」「ラヂオ」の3語は「ヂ」表記のみで「ジ」表記は見られなかった。

内閣告示「現代かなづかい」によって「四つ仮名表記は「ジ」「ズ」を基本とする」ことが定められたのは、1946(昭和21)年のことである。『赤い鳥』は、内閣告示以前の四つ仮名表記の実態をよく示している。

四、促音と拗音のゆれ

促音と拗音は、今日、他の文字に比して小さな文字が用いられるが、『赤い鳥』ではそれが徹底していない。促音では「コップ」と「コップ」、「スリツパ」と「スリッパ」、拗音では、「ジヤガイモ」と「ジャガイモ」、「シヤボン」と「シャボン」のように双方の語形が現れる。以上の語は、同一作品内ではどちらかに統一されているが、以下のものは、同

一作品内でゆれている。「シヤツ」と「シャツ」(復刊9-6「あらし」)、「チヨコレート」と「チョコレート」(復刊9-5「ルミイ」)。

以上のような表記のゆれ、実態は、外来語の受容史、日本語の表記史、印刷メディア史など様々な点から、今後、注目されるだろう。

●今後の課題

本項目では、これまで『赤い鳥』を主たる言語資料とした外来語の研究がなされてこなかったことに鑑み、『赤い鳥』の翻訳童話のみに対象を絞り、調査と考察を行った。今後の課題として、まず、『赤い鳥』の他のジャンルの作品を対象とした研究が期待される。例えば、子どもの投稿作品における外来語を調査し、本項目の調査結果と比較すれば、外来語の受容過程が明らかになるだろう。また、本項目でも一部では試みているが、同時代の他のメディア、具体的には、橋本(2010)が対象とした『朝日新聞』『読売新聞』の社説、石井(2017)が取り扱っている『中央公論』、更に、国定教科書における外来語の実態などと比較すれば、それぞれのメディアの特性が明らかになるとともに、同時代における外来語の受容過程がいっそうはっきりとしたかたちで明らかにされるはずである。さらに、『赤い鳥』の出版前後、具体的には明治期および昭和10年代以降の様々なメディアにおける外来語の実態を調査することにより、外来語の受容史および『赤い鳥』のメディアとしての位置がいっそう明確になると考えられる。

(小川俊輔)

[参考文献]

石井久美子(2017)『大正期の言論誌に見る外来語の研究』(三弥井書店)、石綿敏雄(2001)『外来語の総合的研究』(東京堂出版)、楳垣実(1963)『日本外来語の研究』(研究社出版)、橋本和佳(2010)『現代日本語における外来語の量的推移に関する研究』(ひつじ書房)、山田美樹(2014)『『赤い鳥』における語彙の研究』(学位論文)

敬語(けいご)

◉『赤い鳥』の敬語

【本項の概要】

『赤い鳥』を言語学的観点から分析しているのは山田（2014）などに限られ、その中でも敬語に特化した言語学的研究は、管見の及ぶ限り行われていない。本項では、『赤い鳥』の作品群のうち、小学生からの投稿作品である綴方・作文を対象としながら、そこにあらわれる「敬語」の特色を概観する。なお、調査は全巻の主に1-2号に掲載されている綴方・作文を対象としており、全巻全号を網羅した調査ではない。投稿作品は小学生が教員の指導のもと、日頃の生活で感じたことや出来事を書いた短い文章である。作品は幅広い地域から寄せられており、それを鈴木三重吉が選定し、選評も加えている。

「敬語」の運用には様々な基準があるため、視点が小学生に限定され、また、場面も学校や家庭、地域などに限られる綴方・作文に着目する。興味深いことに、現在の日本語と異なり、綴方・作文の中には家族に対する敬語（身内敬語）が多用されている。

【「敬語」の定義】

本項では、「敬語」を話し手および書き手（以下、「話し手」と略す）が聞き手および読み手（以下、「聞き手」と略す）や話題にのぼる人や物との関係（上下・ウチソト・親疎など）についてどのように把握し、どのように配慮しているかを表すことば、と定義する。

敬語には「狭義の敬語」、「広義の敬語」という2つの考え方がある。狭義の敬語とは目上の人に対する「敬意」「配慮」「気遣い」をことばに反映させたもので「尊敬語」「謙譲語」「丁寧語」などの敬語形式やその意味・用法を主に指す。広義の敬語とは「待遇表現」とも言われ、「狭義の敬語」に聞き手や話題の人物を話し手と対等に扱うような表現や低めるような表現も含めたことばを指す。以下、「敬語」という場合、「狭義の敬語」の意味で用いる。

【『赤い鳥』にみられる「敬語」の特色】

敬語の分類基準については、「敬語の指針」（文化審議会答申、2007）に従うが、適宜、用語や分類の枠組みを加筆・修正しながら記述する。形式には置換型（「行く」「来る」「居る」→「いらっしゃる」、「読んでいる」→「読んでいらっしゃる」など）と添加型（「読む」→「お読みになる」「読まれる」、「手紙」→「お手紙」など）の2種類がある。以下、綴方・作文における「敬語」の例を示す。

【尊敬語】

聞き手または話題の人物の行為・ものごと・状態などについて、その人物を立てて（話し手より高めて）述べるものである。動詞に関して、(1)(2)(3)は置換型で、(1)(2)は本動詞（「言う」や「来る」）、(3)は補助動詞（「～(て)いる」）を尊敬語化した例である。(4)(5)は添加型であり、動詞に「お～になる」「～(ら)れる」を接続させて尊敬語化した例である。

(1)「お父さま、あれなァに」と聞きましたら、「あれはボォイがあの中へいくらかお金を貰つて歩くのだ」と仰いました。(1-1「船」：書き手→父)

(2) 翌朝早くお医者様が入らつしやつて僕のおなかをしんさつして（2-6「僕の病気」：書き手→医者)

(3) おかあさんは弟をねかしていらつしやいました。(1-3「げたうり」：書き手→母)

(4) さくや、おとうさまが、おそくおかへりになりましたので…（3-1「なかなほり」：書き手→父)

(5) お父さまはしばらくだまつておいでになつてから、「さうだな」といはれた。(1-5「西洋人」：書き手→父)

名詞に関しては、(6)のように添加型

（「お」「様」）が親に対して用いられている。

(6) 私はお母様のお膝の上にこしをかけた。
（3-1「冬の夜馬車」：書き手→母）

【謙譲語】

謙譲語には、話し手側から聞き手側または話題の人物に向かう行為・ものごとについて、その向かう先の人物を立てて述べるもの（謙譲語Ⅰ）と、話し手側の行為・ものごとなどを、話や文章の相手（聞き手・受け手）に対して丁重に述べるもの（謙譲語Ⅱ）の2種類がある。調査対象内では、動詞の謙譲語が多く、(7)(8)は本動詞（「もらう」や「来る」）の置換型、(9)は補助動詞（「～（て）くる」）の置換型である。

(7) 私は一ついた<u>だき</u>ました。(2-2「おひがん」：(謙譲語Ⅰ) 書き手→おば)

(8) 私はお人形屋のお店から君江さんのお内へ<u>参り</u>ました。(1-1「お人形の話」：(謙譲語Ⅱ) 書き手→読み手)

(9) ポチとよんでやると、うれしさうに尾をふつて飛びついて<u>まゐり</u>ます。(1-1「ポチ」：(謙譲語Ⅱ) 書き手→読み手)

【丁寧語】

聞き手に対して丁寧に述べるものである。動詞には (10) のように添加型の「ます」を付加する。

(10) 私の家には兄弟が八人を<u>ります</u>。(1-1「兄さんと雛」：書き手→読み手)

名詞・形容詞・形容動詞に関しては、(11) (12) (13) のように添加型の「です」や、(14) (15) (16) のようにより丁寧の度合いが高い「(で) ございます」も用いられる。

(11) 君江さんは一年生のかはいらしいおかつぱさん<u>です</u>。(1-1「お人形さんのお話」：書き手→読み手)

(12) 結城くんは、あせとおしろいくさい<u>です</u>。(1-2「ぼくの組の生徒」：書き手→読み手)

(13) 東京の店よりも大へんきれい<u>です</u>。(1-3「臺灣」：書き手→読み手)

(14) あの洪水のあつた晩で<u>ございます</u>。(1-1「洪水」：書き手→読み手)

(15) その時は、女ばかりになりますから、寂しう<u>ございます</u>。(1-1「お人形さんのお話」：書き手→読み手)

(16) 買つた時はたいさう<u>きれいでございました</u>。(1-2「私のふで入れ」：書き手→読み手)

【美化語】

ものごとを美化して述べるもの。名詞のみで添加型の「お／ご」（お酒・お料理など）を付加する。

(17) <u>お</u>縁側でモルツモト（ママ）の家をこさへて飼うてゐました。(7-1「モルモット」：書き手→読み手)

【『赤い鳥』を資料とする敬語研究の展望】

『赤い鳥』の綴方・作文における敬語には次のような特色がある。主に、①身内敬語が確認できること、②当時は「形容詞＋ございます」を基本としつつも「形容詞＋です」も用いられること、③本項で紹介した事実のほか、大正時代の作品では身内敬語を含め敬語が多く確認できるが昭和時代の作品では減っていくこと（文体の変化：敬体から常体へ）、の3つである。身内敬語に関しては、(18) のように親から子への敬語も確認できる。

(18) きのふ、がくかうからかへつて、「た<u>だいまかへりました</u>」と言ひますと、おかあさんが「今おかへり<u>ですか</u>」と<u>おつしやいました</u>から（3-1「白ねずみ」：子→親、親→子）

敬語の分析にあたってはさまざまな要素（年齢、性別、場面、家庭の教育など）を考慮する必要がある。『赤い鳥』に掲載された綴方・作文は、書き言葉であるため、得られる情報に限りがある。そのような制約はあるものの、『赤い鳥』は当時の敬語を窺い知れる貴重な言語資料である。　　　（重野裕美）

［参考文献］
文化審議会「敬語の指針」（文化審議会答申、2007）、山田実樹（2014）『『赤い鳥』における語彙の研究』（学位論文）

人称代名詞

●一人称代名詞

　一人称代名詞は、バリエーションが豊富であり、性別や年齢、社会階層等の属性によって使い分けられる。特に書き言葉ではデフォルメされ、実際の話し言葉からは乖離した使用がなされることがあり、金水（2003）が述べるように役割語の一端を担っている。近代語における明治・大正期の一人称代名詞の多くは、現代共通語に比べて使用範囲が広く、使用者の性別や年齢も限定されていなかったが、歴史的変化の過程で使用者、使用場面が限定され、一部は役割語として使用されるようになったと考えられる。

　本項では、山田（2012）に基づき、『赤い鳥』にみられる一人称代名詞を示す。山田（2012）によれば、『赤い鳥』の童話では14形式の一人称代名詞が使用されている。用例の（　）内は、（巻-号 作者「作品名」話し手→聞き手）。

ワタクシ系
　ワタクシ（-タチ・-ドモ）
　→ ワタシ（-タチ・-ドモ）→ ワッシ → ワシ（-タチ・-ラ）
　→ アタクシ → アタシ（-タチ・-ドモ）→ アタチ
オレ系
　オレ（-タチ、-ラ）
　→ オイラ→オラ
その他
　ボク（-タチ、-ラ）、ヨ、ワレ（-ラ）、ワレワレ

　ワタシの用例数が最も多く、どの作家においても高い割合で使用されている。社会階層の上下や人、人以外の有情物に関係なく様々な登場人物が使用している。

　また、ワタクシ、ワシ、オレも使用する作家の多い形式である。ワタクシは、鈴木三重吉、鈴木以外の作家共に社会階層の高い者の使用が多く、その指標となっている。全体としてボクよりもオレの方が用例数が多く、両形式を使用している作家の場合でも同様の傾向がみられる。特に鈴木作品では、オレがボクの5倍使用されており特徴的である。オレは、乱暴でくだけた形式として、社会階層に関わらず、人・人以外の有情物や植物に幅広く使用されている。

　ボクは、鈴木作品では中層以上の少年のみが使用しており、役割語に通じる特徴的な使用といえる。鈴木以外の作家では、成人男性や人以外の有情物を含むすべての階層の男性が使用しており、書生言葉の流れを汲む語として位置づけられる。

(1)「御覧なさい、これですよ、<ruby>私<rt>わたし</rt></ruby>が噛んでふとりましたのは。」(12-4宇野浩二「ちゆう助の手柄」野鼠のちゆう助→猟太郎)
(2)「そんな籠や鶏は私の籠や鶏ではない。」(9-1鈴木三重吉「ぶつ〳〵屋」聖者→ぶつ〳〵屋)
(3)「お父さま〳〵、<ruby>私<rt>わたくし</rt></ruby>をあのゼメリイさんのお嫁にして下さいましな。」(2-1鈴木三重吉「ゼメリイの馬鹿」王女→王)
(4)「それは雀のいふとほりである。<ruby>私<rt>わし</rt></ruby>もさう思つてゐる。」(4-6鈴木三重吉「宇治の渡し」天皇→息子)
(5)「それほど欲しいものなら<ruby>俺<rt>おれ</rt></ruby>が買つてやらう。」(1-5鈴木三重吉「またぼあ」王→家来)
(6)「だつてお母ちやま、分つてるでせう、ほら、<u>ぼく</u>、ミスと一しよに出かけるとあき〳〵してしまふの。」(22-1鈴木三重吉「青い顔かけの勇士」トゥロット→母)

　用例数の少ない形式に目を向けてみると、

鈴木三重吉が他の作家とは異なる形式を多く使用し、バリエーションが豊富であった。アタクシ、アタチ、ワッシ、ヨ、ワレ、ワレラは鈴木のみ使用している形式である。その他に、宇野浩二がオイラを、森田草平がオラをそれぞれ使用しているが、これらの形式もそれ以外の作家では使用されておらず、特徴的である。

(7)「こんな<u>私</u>でも、よろしうございませば、どうぞお伴れになつて下さいまし。」(1-2鈴木三重吉「ぶく〳〵長々火の目小僧」王女→王子)

(8)「おぢいちやま、あれは<u>私</u>が乗ん〳〵するの？」(11-3鈴木三重吉「こしかけと手桶」女の子→お爺さん)

(9)「<u>わっし</u>の叔母は、<u>わっし</u>にやァおふくろも同じことです。」(12-5鈴木三重吉「ディーサとモティ」象使い（土人）→雇主)

(10) 日本皇帝陛下。<u>予</u>は<u>予</u>の部下の代将官、マツシュー・シイ・ペリーを特派使節に任じ、この書を陛下に奉呈します。(9-6鈴木三重吉「日本を」アメリカ大統領→天皇親書)

(11)「お〻、<u>われ</u>等が命なるバールの神よ。」(16-1鈴木三重吉「火の中へ」ヘロー（学者の弟子）→神)

(12)「誰が代りをくれるんだ？ 畑の葱を気をつけろ、<u>おい</u>等が又盗むぞ！」と歌ひはやしました。(15-1宇野浩二「塔の上の畑」子どもたち 歌詞)

(13)「<u>俺</u>あ、これ喰つて見せるが、どうだいお前は？」(13-3森田草平「鼠のお葬ひ」太吉（百姓の子）→仙松（百姓の子))

また、特に鈴木三重吉は、地の文で使用している一人称代名詞が少ない。これは、鈴木の作品において、一人称の語りが少ないことの反映である。

次に、登場人物を人と人以外の有情物（猫、魚、蠅等）、その他に分け、それをさらに男女に分類した。すると、「人以外の有情物」や「その他」も擬人化され、それぞれの一人称代名詞によってキャラクター付けされていた。「人」には神や人喰鬼等、「その他」にはコスモスやモミの木等の植物や机・手桶・玩具等の物が含まれている。

話し手の属性に着目すると、「人・男」の用例数が圧倒的に多く、全体の半数以上を占めている。しかし、鈴木作品では、人以外の有情物（猫、魚、蠅等）は女性が多い。

形式と性別の関わりをみると、オレ、ボクは性別が不明なものを除いてすべて男性が使用しており、アタクシ、アタチも女性が使用していることから、これらの形式は性別によって使い分けがなされているといえる。特に、ボクは少年のみが使用しているという点で特徴的である。しかしアタシは、女性の使用数が多いが、若干ながら男性の使用もみられるという点で、アタクシ、アタチとは異なっている。また、ワシは女性の使用も若干みられるが、やはり男性が主として使用し、同系のワッシも男性のみが使用している。

『赤い鳥』の一人称代名詞は、バリエーションが豊富で、特に鈴木三重吉を中心に、多くの形式を使い分けることによって、キャラクターをより細かく分類し、童話の中で描くキャラクターの幅を広げていたと考えられる。その用法は、現代日本語のフィクション世界における一人称代名詞の用法と概ね一致しており、これらの形式は役割語としても使用されている。

また、国定教科書との比較では、『赤い鳥』の方が形式のバリエーションが豊富である。国定教科書でみられず、『赤い鳥』で使用されている形式の多くは、役割語として使用されていた。『赤い鳥』は、一人称代名詞を役割語として使用することにより、童話の内容を豊かにし、フィクション世界における一人称代名詞とキャラクターとの結びつきを示した。そして、受容者である子どもたちは、『赤い鳥』の作品を通して、一人称代名詞とキャ

ラクターとの結びつきを学習したと考えられる。

一人称代名詞の役割語の用法については、「役割語」を参照のこと。

◉二人称代名詞

二人称代名詞は変化の過程において待遇価が下がり、現代共通語では、どの形式も目上に対して使用しづらくなっている。特にアナタやキミ、オマエ等は、『赤い鳥』の刊行期と待遇価が下がった時期が重なっている。

本項では、山田（2013）に基づき、『赤い鳥』にみられる二人称代名詞を示す。用例はすべて会話文中のものである。

オマエ系
　オマエサマ、オマエサン、オマイサン、オメエサン、オマエ、オマイ、オメエ
アナタ系
　アナタサマ、アナタ、アンタ
その他
　キミ、キサマ、ソチ、ソナタ、ソノホウ、オンミ、ウヌ、テマエ、テメエ、オノレ、ワレ

鈴木三重吉、その他の作家共にオマエの使用が最も多く、全体の約5割を占めている。オマエは目上→目下の使用が最も多く、目下→目上へは使用しにくい形式であった。また、オマエにはオマイ、オメエ等のバリエーションがあり、形式ごとに使い分けられているようである。特に鈴木以外の作家では、オマエ・オマイの他にオメエも使用されており、特徴的である。

オマイはオマエと同様、話し手からみて同等以下の人物に対してしか使用されていない。オマイによって、話し手の素朴さや洗練されていない感じが演出され、巨人や、乞食、海賊の手下等、主に下層の人物によって使用されている。「教養の無さ」や「非都市部に住む」人物であることも示している。

また、目上から目下、同等への使用において、話し手から聞き手への親しみを表示しているオマイの用例もみられた。基本的に話し手が聞き手を自分より下位に位置づけているという点で、オマエの使用に通じる。オメエもオマエと同様に使用されているが、どの作品も舞台は都市から離れた田舎であり、そこに住む人々が使用する形式として、オマエが音変化したオメエという形式が選択されていると考えられる。

(1)「丁度その時に、家の中から、お前（め）の産声が聞えてきたのだ。」(9-1豊島与志雄「箒星の話」ケメトスの祖父→ケメトス)
(2)「おい、何だ、おれはおまいの子ではない。王子だよ。王子のエドワードだよ。」(15-1鈴木三重吉「乞食の王子」エドワード王子→トムの父（乞食）)
(3)「いんにや、お前（め）は怖ねえんだ。」(13-3森田草平「鼠のお葬ひ」太吉→仙松)
(4)「お前（ま）さんもずゐぶん気がきかないね。」(7-3鈴木三重吉「洗濯屋の驢馬」猿→鮫)
(5)「ほら、おまいさんのお顔がにこ〜わらつた。」(17-4鈴木三重吉「ろばのどん公」おぢいさん→小さな女の子)

次いでアナタの使用が多く、約3割を占めている。アナタは、鈴木の作品では目上・同等・目下による用例数の差はほぼないが、鈴木以外の作家の作品では、目上→目下に比べて、同等・目下→目上での使用数が約4倍みられた。

ただし、親族間における目下→目上のアナタの用例数は極めて少数であり、『赤い鳥』ではほぼ使用されていない。目下→目上へのアナタの使用は、王と家来などの主従関係や客と店員などの上下差のある関係でみられる。

アンタは、鈴木以外の作家の作品でのみ使用されている。同等間での使用が多く、8割を占める。残りは目上→目下への使用で、目下→目上への使用はみられない。話し手の性

別をみると男性の使用が7割を占める。

(6)「それが当らなければ金の髪の王女は、あなたに渡すことは出来ないのだ。」(1-4鈴木三重吉「魔法の魚(下)」王様→他国の家来)

(7)「おかあ様、どうぞあなたが行つていらつしやる遠いお国へわたくしを早くお呼びとり下さいまし。」(7-4楠山正雄「鉢かつぎ」鉢かづき姫→姫の母)

(8)「あゝ若いころのお父さんそつくりだ。あんたのお父さんは、実に勇敢な連隊長だつた。」(21-3吉田絃二郎「ダニューヴ河の要塞」ボルコンスキー伯爵→ツエバキン少年)

キミは、鈴木・鈴木以外の作家の作品共に、男性が使用している。聞き手は鈴木作品の場合にはすべて男性だが、鈴木以外の作家の作品では、女性に対して3例使用されている。目下→目上への使用はなく、話し手からみて聞き手が下位、あるいは同等の場合に使用されている。

(9)「だが、若し君が僕の手のひらの外へ飛び出すことが出来なかつたら、君は下界へ降りなければならないぜ。」(1-6小山内薫「石の猿」お釈迦様→石の猿)

その他、鈴木作品でソチ、ソナタは日本神話でのみ使用されており、鈴木以外の作家の作品で、ソナタ、ソノホウを、役人や閻魔大王、神将といった特定の人物がかしこまった場で使用している。使用例の少ない形式も併せて示す。

(10)「そちは何か心の中で思つてゐることはないか。」(5-3鈴木三重吉「鹿の群れ、猪の群れ」天皇→皇后)

(11)「そなたがいつまでも怒つたりしてゐるので、とう〳〵みんながこゝまで出て来な

ければならなくなつた。」(5-1鈴木三重吉「難波のお宮」仁徳天皇→皇后)

(12)「こら、その方は何の為に、峨眉山の上へ坐つてゐた?」(5-1芥川龍之介「杜子春」閻魔大王→杜子春)

(13)「長官のいはれるには、貴下は国書の受けわたしについて全然誤解をしてお出でのやうである」(9-3鈴木三重吉「日本を(ペリー艦隊来航記)」ブッカナン→香山)

(14)「ピーター、一たいきさまは魔物かッ。」(19-3鈴木三重吉「ピーター・パン」ジェイムス(海賊の頭)→ピーター)

(15)「何だ?王子だ?王宮だ?ちきしやう奴、手めえ、気でもちがやゝがつたな。」(15-1鈴木三重吉「乞食の王子」トムの父(乞食)→エドワード王子)

(16)「ちよッ、おのれがだましたな。くそッ。」(19-3鈴木三重吉「ピーター・パン」ジェイムス(海賊の頭)→ピーター)

(17)「そしたら、うぬが拾つたのぢや。」(3-4細田源吉「銀の鰐」山男→小さい王子)

デス・マス体と非デス・マス体という観点からみると、アナタサマと鈴木作品でのキカは、デス・マス体のみに表れ、それ以外はデス・マス体と非デス・マス体の両方か、非デス・マス体のみで使用されている。鈴木作品の方が、デス・マス体と非デス・マス体の両方で使用されている形式が多く、鈴木以外の作家の作品では、サマやサンといった敬称とデス・マス体とが必ずしも結びついていない。アナタはデス・マス体での使用が多く、アナタサマはデス・マス体でのみ使用されており、一定の待遇価が保たれていたと考えられる。しかし、アナタが撥音便化したアンタは、ほぼ非デス・マス体で使用されており、非標準形は待遇価が低くなっている。一方オマエ系は、オマエを筆頭に、非デス・マス体と共に使用されている例が多く、待遇価は低下している。

以上から、『赤い鳥』における二人称代名

詞について、以下のように整理できる。

1) 形式が音変化すると、待遇価が低下する。
2) 同一語基であれば、敬称が付く方が待遇価が高くなる。
3) 鈴木と鈴木以外の作家では、二人称代名詞の使用傾向に大きな差はなく、経年変化もみられない。

　1) について、例えばアナタとアンタを比較した場合、アナタの音変化によって生じたアンタの方が、アナタより待遇価が低くなる。これは、そもそも使用頻度が上がることによって、音変化が生じ、待遇価も下がるために起こる現象である。
　2) について、例えばオマエの場合、敬称付きのオマエサンの方が待遇価が高くなる。二人称代名詞は、歴史的変化の過程において、どの形式も待遇価が低下しており、それを補うために、敬称が付されるようになったと考えられる。
　3) について、『赤い鳥』では二人称代名詞が体系的に使用されており、『赤い鳥』の中で経年変化はみられない。ただし、例えば「親族」の同等関係において、妻と夫それぞれが使用する形式は固定されている。明治後期・大正期東京語では、夫→妻へはオマエの他にアナタも使用されており、アナタが、夫→妻、妻→夫の双方で使用されている。しかし、夫婦間でのオマエの使用は、鈴木作品では例外なく夫→妻に統一されており、鈴木は話し手と聞き手との関係性によって、使用する形式を固定していたといえる。
　その他、『赤い鳥』では、キミが目下→目上に使用されていない。キミは、明治以降、書生言葉を中心に広まった際には、目上にも目下にも対等にも使用される形式であったが、現代共通語では、同等もしくは目下に使用され、同等での使用でも尊大にうつる場合がある。ここから、近代から現代にかけて、キミが目下→目上に使用できなくなったと考えら

れるが、その時期は定かではない。『赤い鳥』では、すでに目下→目上へキミが使用されている例はみられない。『赤い鳥』が、キミが目下→目上に使用できなくなったことを示す初期の資料といえるかもしれない。しかし、これが『赤い鳥』において他資料より先駆けて現れているのか、同時代の他の資料において起こっているのかを明らかにするためには、さらに調査が必要である。
　また、『赤い鳥』におけるアナタは、待遇価の低下によって、目上の親族へは使用できなくなったが、王と家来など、恒常的な身分差のある関係や、客と店員など臨時的な上下差のある関係では、依然として目上にも使用されている。現代共通語では、アナタは目上に使用しづらく、話し手と聞き手の親疎関係を表す。永田 (2015) によれば、この傾向は第5期国定教科書ではすでにみられるが、明治後期・大正期東京語ではまだ定着していない。以上の点から、アナタの用法について、『赤い鳥』、国定教科書および明治後期・大正期東京語、現代共通語を比較すると、「目上に対してアナタを使用することができない」という現象が、親族関係において先に起こったことがわかる。この結果は、現代共通語において、見知らぬ相手にはアナタが使用できるが、上司と部下等、すでに一定の人間関係がある目上に使用できないことと矛盾しない。『赤い鳥』には、アナタの用法が変化していく過程が表れている。　　　　（山田実樹）

[参考文献]

永田高志 (2015)『対称詞体系の歴史的研究』(和泉書院)、山田実樹 (2012)「『赤い鳥』の童話作品における一人称代名詞－鈴木三重吉を中心に－」『広島大学大学院教育学研究科紀要第二部（文化教育開発関連領域）』61号、山田実樹 (2013)「『赤い鳥』鈴木三重吉童話作品における二人称代名詞」『論叢国語教育学』復刊4号、金水敏 (2003)『ヴァーチャル日本語役割語の謎』(岩波書店)

方言

●『赤い鳥』の方言

【本項の概要】

　「方言」とは一般的に「共通語・標準語とは異なった形で地方的に用いられることば。また、中央の標準的なことばに対して、地方で用いるその地特有のことば」と定義される（『日本国語大辞典』（第2版））。『赤い鳥』を言語学的観点から分析した先行研究は山田（2014）などに限られ、方言に特化した研究は管見の及ぶ限り行われていない。本項では、『赤い鳥』の作品の中でも方言の出現可能生が高い綴方・作文に着目する。なお、調査は全巻の主に1-2号に掲載されている綴方・作文を対象としており、全巻全号を網羅した調査ではない。投稿作品は小学生の視点から日頃の生活で感じたことや出来事を書いた短い作文である。北海道から九州、台湾など幅広い地域から作品が寄せられており、鈴木三重吉が選定・選評をしている。三重吉は「おとし穴」（17-1）に対して、以下のようなコメントをしている。

　　作全たいの表出はどことなく筋がこはばつたやうにかたくるしい上に、子供性のない、おとなくさいふし〴〵があつてしぜんのはつらつさを缺いてゐます。しかしこれは、ひどくかけはなれた地方語を使つてゐる人たちが、標準語でかくときに陥りやすい通弊で、むしろ同情に値することがらです。これも、つまりは地方の人々にたいして、さしあたり標準語的表出のお手本になる、学校の読本そのものゝ罪です。学校の読本なぞの表出は、その内容とともに、すこしも、いき〴〵した生命と感覚のない、干からびた、へんてこなものです。

（「綴方選評」17-1）

　以上から、三重吉は地方の子どもにとって方言を用いることは「ありのまま」「その子らしさ」を表出するものと考えていることが分かる。出雲（2008）にも「三重吉のこのような子ども自身の認識と表現を自己そのものとして重視する態度は、そのまま、方言の使用を認めることへつながっている」とある。

【『赤い鳥』にみられる「方言」の特色】

　本項では『赤い鳥』にみられる方言について品詞ごとに示す。例文末「（　）」には掲載されている巻号・作品名・作者または登場人物が話している方言の地域を記す。

【名詞】

　（1）（2）（3）は一人称の例である。（4）は「いも」、（5）は「ごみ」、（6）は「袖なしの羽織、ちゃんちゃんこ」の意味である。

(1)「おぢいさまはうんと悪くなつたに……さうして方々の衆が大勢おらアの方へ來とるに…。」と寒いので鼻を赤くして、ふるへながら言つた。(2-2「お祖父さんの死」:長野)

(2)「あれ程、わしがよんだのに、どうしてこだつたか。あのくらゐおらゐれば西方の方まできこえる」と叱られましたので（5-2「或日のこと」:広島)

(3)「わいもな」(7-1「つくしんとり」:滋賀)

(4)　さつまほり（6-1「さつまほり」:茨城)

(5)　網の中で、やあちやんがごもく（作者註。ごみのこと）と一緒になつてもがいていました。(7-1「モルモツト」:大阪)

(6)「ばうよ、寒いのにどこらへ行くんぢやいでんちでもかぶつてよ」(7-1「つくしんとり」:滋賀)

【動詞】

　（7）「ある」の否定形、（8）「行く」の接続形（テ形）、（9）「頑張る」の命令形、（10）「叫ぶ」の条件形、（11）「帰る」の希求形などが確認できる。また、（12）は「動作の進行」、（13）は「結果の状態」の意味である。

(7)「知らんことあらへんがい。なあ、坊、お父ちやんとこようないか。」(2-1「秀ち

やん」：兵庫)

(8)「行きて見よい」(9-1「蛇」：鳥取)

(9) 母さんは「そら、今度ぎりぢや、はめつけと言つて棒をふり上げた。(4-1「大豆打ち」：鹿児島)

(10)「あれ程、わしがよんだのに、どうしてこだつたか。あのくらゐおらべば西方の方まできこえる」と叱られましたので (5-2「或日のこと」：広島)

(11)「坊や、お母ちやんとこ帰りたうないか。」(2-1「秀ちやん」：兵庫)

(12)「おまさも秀も、つくしんがこぼれよるぞ。」(7-1「つくしんとり」：滋賀)

(13)「死んどりませんかな」と、健ちやんのお父さんはオロ〳〵しながらお医者さんに言ひました。(3-1「蝉とり」：大阪)

【形容詞】

(14) は「かわいい」、(15) は「大きい」、(16) は「よい」の意味である。

(14)「この子は誰が子、かやいもんぢや」(4-1「大豆打ち」：鹿児島)

(15) 兄さんが「いかいのほりつこやつぺぇ。今のがはぬかして」といひました。(6-1「さつまほり」：茨城)

(16)「あの下駄がよか」(17-1「下駄」：福岡)

【助詞】

(17) は格助詞「を」の脱落、(18)(19) は理由「から」に相当する接続助詞、(20)(21)(22) は文末の終助詞である。

(17)「耕しやんつれて買うて來んない」(17-1「下駄」：福岡)

(18)「けふだけでツしやろな。おばあちやんは、かういふえゝものを持つてるさかいな」(2-1「秀ちやん」：兵庫)

(19)「また来るけえ行くばつてん」(2-1「秀ちやん」：福岡)

(20)「電車が来るばい」(2-1「秀ちやん」：福岡)

(21)「知らんことあらへんがい。なあ、坊、お父ちやんとこようないか。」(2-1「秀ちやん」：兵庫)

(22) 私は「お祖母さん、姉さんなほるべいか、

よう」といつて涙をこぼして泣いた。(6-1「猫の子」：埼玉)

【助動詞】

(23) は丁寧の助動詞である。

(23) 僕は「それでも本を一生けんめいによみよつたので、きこえだつたのでがんすわい。」といつたら (5-2「或日のこと」：広島)

【その他（接辞）】

(24)(25) は名詞につく接尾辞で、(24) は「だらけ」の意味、(25) は指小辞である。

(24) それを一日どろまるけになつて働いて (12-1「朝鮮人」：岐阜)

(25)「なして泣いで来た。銭こ置いて来たべ」(15-1「落とした銭」：秋田)

【『赤い鳥』を資料とする方言研究の展望】

『赤い鳥』の綴方・作文における方言には次のような特色がある。主に、①名詞、動詞、形容詞、助詞・助動詞が多いこと、②身内敬語を含む方言敬語が確認できること、③本項で紹介した事実のほか、さまざまなきっかけを通して書き手（小学生）が方言に気づきそれを題材にする作品が多いこと、の３つである。ただし、調査で得られた用例はあくまで書き言葉としての方言であるため、実際にどのように発音されていたのか等を知るには現代の言語研究や方言研究の成果を踏まえて分析する必要がある。

最近、方言に関する資料を言語学的観点から分析する研究も盛んになってきている（竹田2015）。『赤い鳥』の綴方・作文には当時の方言を含む生活の中でのことばが確認できるので、大正から昭和にかけての言語資料としての価値がある。　　　　　（重野裕美）

［参考文献］

出雲俊江（2008）「『赤い鳥』綴方における鈴木三重吉の人間教育」『広島大学大学院教育学研究科紀要』第一部 第57号、竹田晃子（2015）「国語調査委員会による音韻口語法取調の現代的価値」『日本語の研究』第13巻第２号、日本語学会、山田実樹（2014）『『赤い鳥』における語彙の研究』（学位論文）

役割語

役割語とは、金水（2003）によって提唱された概念で、特定の人物像（年齢、性別、職業、階層、時代、容姿・風貌、性格等）と結びついたある特定の言葉づかい（語彙・語法・言い回し・イントネーション等）を指す。

本項では、山田（2012、2014、2017）に基づき、『赤い鳥』にみられる役割語を紹介する。『赤い鳥』にみられる役割語の用法には、以下のようなものがある。

●一人称代名詞

『赤い鳥』の一人称代名詞は、バリエーションが豊富で、特に鈴木三重吉を中心に、多くの形式を使い分けることによって、キャラクターをより細かく分類し、童話の中で描くキャラクターの幅を広げていたと考えられる。用例の（ ）内は、（巻-号 作者「作品名」話し手 → 聞き手）。

例えば、アタクシを社会階層の高い女性（1）が、アタチを幼い女の子（2）が、ボクを少年のみ（3）が、オイラ・オラは方言を話す、都市から離れた田舎に住む社会階層の低い人物（4）が使用する等、その用法は、現代日本語のフィクション世界における一人称代名詞の用法と概ね一致しており、これらの形式は役割語として使用されている。

(1)「こんな私でも、よろしうございませ、どうぞお伴れになつて下さいまし。」(1-2 鈴木三重吉「ぶく〜長々火の目小僧」王女→王子)

(2)「おぢいちやま、あれは私が乗ん〜するの？」(11-3鈴木三重吉「こしかけと手桶」女の子→お爺さん)

(3)「だつてお母ちやま、分つてるでせう、ほら、ぼく、ミスと一しよに出かけるとあ

き〜してしまふの。」(22-1鈴木三重吉「青い顔かけの勇士」トゥロット→母)

(4)「俺あ、これ喰つて見せるが、どうだいお前は？」(13-3森田草平「鼠のお葬ひ」太吉（百姓の子）→仙松（百姓の子）)

また、国定教科書との比較では、『赤い鳥』の方が、形式のバリエーションが豊富であり、国定教科書でみられず、『赤い鳥』で使用されている形式の多くは、役割語として使用されていた。『赤い鳥』がフィクション世界における形式とキャラクターを結びつけた、役割語としての一人称代名詞の用法を示したといえる。『赤い鳥』と国定教科書では、役割語として使用する一人称代名詞の多寡には違いがある。『赤い鳥』は、一人称代名詞を役割語として使用することによって、童話の内容を豊かにし、フィクション世界における一人称代名詞とキャラクターとの結びつきを示している。

● 〈父〉〈母〉を表す名詞

〈父〉〈母〉を表す名詞は、『赤い鳥』において、オトウサン・オカアサンを標準として、オトウサマ・オカアサマとトウサマ・カアサマが上位（5）（6）（7）、オトウサン・オカアサンが上位〜下位、トウサン・カアサン（8）とオトッサン・オッカサンおよびオトッツァン（9）（10）が下位の社会階層を示して使用されている。すなわち、オトウサマ・オカアサマとトウサマ・カアサマは、接頭辞のオの有無に関わらず上位の階層を示すが、オトウサン・オカアサンとトウサン・カアサンでは、接頭辞のオの有無によって異なる階層を示す。

用例の（ ）内は、（巻-号 作者名「作品名」〈指示対象（属性）〉話し手（属性））。

(5)「お父さま。」と、さゝやくやうに申しました。(19-1大木篤夫「鬼の兄弟分」〈父（城主）〉末娘リンカ)

(6) カールはその年に不意に、大事なお母さ

第5部 『赤い鳥』のことば

まの王妃に亡くなられてしまひました。(5-4
鈴木三重吉「少年王」〈カール王子の母（王
妃）〉地の文)

(7)「あら、何をするんです。私この子の父
さまを呼んで来てよ。」(7-1鈴木三重吉「家
鴨の子」〈家鴨の父〉家鴨の母)

(8) 母さんも、同じやうに汚らしい無智な女
でしたけれど、でも三人とも気のいゝ人間
たちで、トムのことは何でもかばつて、よ
くしてくれました。(14-3鈴木三重吉「乞
食の王子」〈トムの母（乞食）〉地の文)

(9)「望みが叶つて、お父さんがむやみに大
金持ちになつたり、偉い人になつちやおし
まひだもの。」(4-4鈴木三重吉「猿の手」〈父
（場末の酒場の主人）〉息子)

(10)「へえ、お前のお母さんは二た月前に、
先の植ゑつけのときにも死んでるぢやない
か。」(12-5鈴木三重吉「ディーサとモティ」
〈ディーサの母（土人）〉雇い主)

　一方、同時代の他の文芸作品では、『赤い
鳥』において下位の社会階層に属する人物に
使用されているトウサン・カアサンとオトッ
サン・オッカサンが、上位の階層の人物にも
使用されており、オトウサン・オカアサンよ
り、オトッサン・オッカサンの使用が多い。
　これらの結果から、『赤い鳥』では、国定
教科書が示したオトウサン・オカアサンとい
う形式を標準として、〈父〉〈母〉を表す名詞
が使用されている。また、〈父〉〈母〉を表す
名詞を、接頭辞のオの有無と、サマとサンの
違いとによって、階層ごとに体系的に使用し
ている点からは、登場人物の属性と〈父〉
〈母〉を表す名詞を結びつけ、童話における
〈父〉〈母〉を表す名詞の用法を示したといえ
る。

●チマウ・チャウ

　テシマウに由来するチマウとチャウは、『赤
い鳥』で特徴的に用いられている。
　まず、『赤い鳥』のチマウの用例には、A：

社会階層の低さや粗暴さと結びつかないチマ
ウの用例（10）とB：その使用によって社会
階層の低さや、話し手の性質に由来する乱暴
さ、発話内容の乱暴さと結びつく、現在使用
されているチマウに通じる用例（11）（12）
がある。用例をその使用によってA／Bに分
類すると、初期の巻からB：社会階層の低さ
や、話し手の性質に由来する乱暴さ、発話内
容の乱暴さと結びついたチマウが使用されて
いた。また、時代が下るほどAよりもBの比
率が高くなった。チマウは、『赤い鳥』にお
いて、社会階層の低さや、話し手あるいは発
話内容の乱暴さを示す形式として使用されて
いる。用例の（　）内は、（巻-号 作者「作
品名」話し手 → 聞き手）。

(10)「親鳥は、もう来ないかも知れないよ。
すつかりこはがつちまつたから……」(15-
4細田源吉「巣の中の卵」父→つう子ちや
ん（娘))

(11)「目なんか見えなくしつちまへ。」(20-2
坪田譲治「ろばと三平」三平（息子）→父)

(12)「こんな大きな鐘を持ちながら見つとも
ねえし、第一朝起きるにも、仕事を休むに
も不便で困つちまふだ。」と、わめくやうに、
言ひました。(13-1小川未明「娘と大きな鐘」
百姓達→お坊様)

　一方チャウは、大人が使用するチャウや、
語り手の使用するチャウも少数ながらみられ
たものの、大部分は幼さや可愛らしさと結び
ついて子どもや小動物が使用する形式（13）
（14）として使用されている。

(13)「あゝしまつた。こゝんところが取れち
やつた。」(6-1鈴木三重吉「お馬」坊ちや
ん（兄）→瑠子さん（妹)))

(14)「そのまゝお母は、死んぢやつたにちが
ひない。」(復刊3-1新美南吉「ごん狐」ご
んの独り言)

566

明治時代の文芸作品では、チマウ・チャウ共に年齢も社会階層も多種多様な人物によって使用されており（李2003）、チマウの役割語としての用法は、戦後のシナリオまでみられない（梁井2009）。『赤い鳥』にみられる社会階層や話し手あるいは発話内容の乱暴さを示すチマウの用法には、経年変化はみられず、役割語としてのチマウの萌芽を『赤い鳥』にみることができる。また、チャウについても、『赤い鳥』において幼さや可愛らしさと結びついて使用されており、チマウと同様のことがいえる。チャウの役割語としての使用については現代日本語のフィクション世界におけるチャウに対する感覚とも合致する。

『赤い鳥』以外の資料において、チマウ・チャウの役割語的な使用はみられず、話し手の性質や発話内容、社会階層の高低にばらつきがあること等から、当時チマウ・チャウの使用によって想定されるキャラクターには幅があり、その一部を『赤い鳥』が取り入れたと考えられる。

●『赤い鳥』における役割語

それぞれの語彙項目において、形式ごとに「統一的な使用」をしているという点が、『赤い鳥』の大きな特徴といえる。ここでいう「統一的な使用」とは、形式とキャラクターとが強く結びついて使用されることを指している。

読者である子どもたちは、作品を読むことで形式とキャラクターとの結びつきを学習し、登場人物を類型化して捉えられるようになったと考えられる。

『赤い鳥』では、特に鈴木三重吉を中心に、ボクを幼い男の子が、チャウを子どもや小動物が使用する等、特定のキャラクターが特定の形式を使用している。ここからは、鈴木三重吉を中心とした『赤い鳥』の作家たちが、『赤い鳥』の童話において、「どのように言葉を使用するか」をよく検討し、吟味していたことが読み取れる。特に鈴木三重吉は、どの

語彙項目においても、鈴木以外の作家と比べてより統一的に、キャラクターと結び付けてそれぞれの形式を使用しており、鈴木の語彙選定意識の高さがうかがえる（山田2012、2014、2017）。

金水（2003）によれば、明治・大正時代における種々の新たなマスメディアの登場が、「〈標準語〉の成立・普及に大いに力を与え」、小説等によって役割語も「育てられ、拡散されて」いった。『赤い鳥』もこれらの役割を担った媒体として捉えることができる。

『赤い鳥』は、大正期の児童を対象とした書き言葉の資料であり、たとえ会話文であっても、当時の話し言葉がそのまま反映されているとはいえない。しかし、『赤い鳥』の童話には、役割語を始めとする、当時ある程度社会の中で共有されていた言語慣習や、鈴木ら作家によって、子どもたちが学ぶべき手本として新しく作られた用法が反映されているはずである。本項で取り上げた形式は、時代と共にその使用が変化しており、標準語が制定され、言葉の体系が変化した時期の資料である『赤い鳥』にも、その変化の一端が表れていると考えられる。　　　　（山田実樹）

［参考文献］

金水敏（2003）『ヴァーチャル日本語役割語の謎』（岩波書店）、梁井久江（2009）「テシマウ相当形式の意味機能拡張」『日本語の研究』5巻1号、山田実樹（2012）「『赤い鳥』の童話作品における一人称代名詞——鈴木三重吉を中心に」『広島大学大学院教育学研究科紀要　第二部（文化教育開発関連領域）』61号、山田実樹（2014）「『赤い鳥』の童話作品における〈父〉〈母〉を表す名詞のバリエーション」『国語語彙史の研究』33集、山田実樹（2017）「『赤い鳥』の童話作品におけるテシマウ・チマウ・チャウについて」『日本近代語研究』、日本近代語研究会、李徳培（2003）『ちまう・ちゃう考——明治時代の使用実態についての社会言語学的研究』（J＆C）

幼児語
（ようじご）

『赤い鳥』における幼児語に関する調査は、管見の限りなされていない。そもそも、「幼児語」が指す範囲は研究者によって様々であり、統一的な使用はなされていない。『赤い鳥』という子どもを対象とした雑誌の中で、子ども向けの童話や童謡といったフィクション作品を資料とすることから、本項では大人が子どもに対して使用する言葉と子ども自身が使用する言葉の両者をまとめて「幼児語」という語を使用し、概観することとする。

なお、これまでの幼児語研究は、主に話し言葉の幼児語についてなされたものであるが、先行研究を基に幼児語の特徴を挙げるとすれば、1）反復形が多い、2）3拍・4拍語が多い、3）擬声語・擬態語が多い、4）1語が多義的に使用され、省略されたり、文法が単純化されたりする、という特徴があるといえる。

◉ 『赤い鳥』の幼児語

以下では、本稿執筆者の調査に基づき、『赤い鳥』にみられた幼児語を示す。用例の（　）内は、（巻-号 作者名「作品名」話し手→聞き手）。『赤い鳥』の幼児語の特徴には、音声的特徴、呼称・人称代名詞表現の特徴、語彙的特徴などがある。以下それぞれの観点に沿って例を挙げる。なお、擬声語・擬態語については「オノマトペ」の項を参照のこと。

【音声】サ行→タ行

（1）の「ボン」はうさぎの子ども、（2）の「ちゃぶちゃん」は三郎という6歳のいたづら盛りの男の子であり、サ行がタ行に変化する、幼児の特徴的な発音が反映されている語形である。（3）のように、サマがチャマに変化した語形は、一定の年齢を過ぎると使用に違和感を感じる、典型的な幼児語といえる。

（1）「あたチもおいチい。」（15-6鈴木三重吉「ボビィとボン」ボン→お母さん）

（2）「だけど、この巣をちゃぶちゃんに見せちゃだめだよ。」（15-4細田源吉「巣の中の卵」お父さん→お母さんとつう子ちゃん（娘））

（3）「母ちゃまによろしくね。」（15-6鈴木三重吉「ボビィとボン」むぐらもちのをばさま→ボビィとボン）

【呼称】親族名詞・名前による呼びかけ

（4）では、小学生くらいと思われる兄の正太は両親から「正太」と呼ばれているが、まだ未就学児であろう三平は家族から「三平ちゃん」と呼ばれている。「三平ちゃん」という語自体は愛称として年齢に関係なく使用できるだろうが、ここでは兄との対比の中で幼児語として使用されているといえる。このように、固有名詞の中には、その語自体は幼児語と断定できなくても、文脈の中で幼児語たり得るものがある。一方ニイチャンのような語形は、兄と弟のように上下に変化のない関係ではいつまでも使用することができ、文脈に依存した幼児語である。

（4）「三平ちゃん、兄ちゃん、この椅子がいるからよけて。」（20-2坪田譲治「ろばと三平」正太（兄）→三平（弟））

（5）「だけど、この巣をちゃぶちゃんに見せちゃだめだよ。」（（2）に同じ）

（6）「母ちゃまによろしくね。」（（3）に同じ）

【語彙】

①名詞

動物や身体、物、自然、食べ物などの語がみられた。幼児にとって身近なものが幼児語として使用されているといえる。名詞にオが付加されたり、語の反復がなされたりする語形もある。中には「おぽん〜」や「パン〜」など、あまり見慣れない形式の使用も見られた。

（7）「すゞ子ちゃん〜御覧なさい。これがお前のぽっぽだよ。」

（1-1鈴木三重吉「ぽっぽのお手帳」父親→

赤ん坊（娘）。「ぽっぽ」は鳩を指す。）

(8)「あら、わん〜が来たわ。」(15-6鈴木三重吉「ボビィとボン」ボン（弟）→ボビィ（兄）。「わん〜」は犬を指す。）

(9) お母さまはしまひにはお手がくたびれてしまひます。(10-3鈴木三重吉「揺り寝台」地の文）

(10)「をぢさまは、おぽん〜がいたくて、くるみが食べられないんだつて。」(15-6鈴木三重吉「ボビィとボン」お母さん→ボビィとボン（子）。「おぽん〜」は腹を指す。）

(11) オメメ ヲ ツブッテ ウヘムイタ（15-2 キタハラハクシウ「ミヅノミ」（童謡））

(12)「ほうら、お卵を三つ。」(15-6鈴木三重吉「ボビィとボン」お母さん→ボビィとボン（子））

(13)「このおばあちやんとこは、パン〜だの、ビスケットだの、キヤラメルだの、ボン〜だのしかないの。」(15-6鈴木三重吉「ボビィとボン」豚のおばあさん→ボビィ。「パン〜」はパンを指す。）

②動詞

動詞では「寝る」の幼児語が使用されている。バリエーションが多く、ネンネ、オヤスミスル、ネネシタの他、オネンネ、オネンネスル（シタ）がみられた。その他、「おやすみする」が1例使用されていた。

(14)「あらもうねんね。おや〜。私猫の子を持つて来たのにね。」(1-2有島生馬「泣いて褒められた話」佐山の叔母様→秀子の母）

(15) お時計が八時をうつと、お二階へいつて、ひとりでお寝台にはいつて、おやすみするきまりになつてゐましたが、三郎は、それがいやで、いつもぐづぐづしてはお母さんたちを手こずらせるのでした。(20-5小野浩「お寝台のはなし」地の文）

(16) 月夜は寝れした影ばかり、影ばかり。(10-1北原白秋「夢買ひ」詩）

③形容詞

形容詞には「汚い」ことを意味するバッチイの例がみられた。

(17)「おや、ボンはお手を洗つて来ましたか？　ばっちいね。」(15-6鈴木三重吉「ボビィとボン」（お母さま→ボン）

④敬語の使用（美化語）

一般には「お」をつけて使用することの少ない語に「お」をつける、幼児語特有の美化語がみられた。「お寝台」(19) や「おべゝ」(20) は、時代性が反映された語といえる。

(18) お空は入り日は　あかいよ、あかい。(20-2北原白秋「木靴」童謡）

(19)「だつて、お寝台が三郎ちやんを待つてみますよ。」(20-5小野浩「お寝台のはなし」三郎の母→三郎）

(20)「お母様 ミミイがいけない。こんなに人形のおべゝを破つて終つたの。」(1-2有島生馬「泣いて褒められた話」秀子の母→秀子の母）

● 『赤い鳥』における幼児語研究の展望

『赤い鳥』の童話・童謡には、幼児にとって身近なものが幼児語として使用されており、幼児語らしい幼児語（コアな幼児語）から、女性語や役割語に通じる幼児語、さらには文脈において幼児語となるものがある。それらが、同心円状にグラデーションを描いて存在し、幼児語の体系をなしている。今後、童話・童謡といったフィクション作品の中での幼児語使用の特徴を、さらに明らかにしていく必要がある。　　　　　　　　　（山田実樹）

［参考文献］

鏡味明克（2006）「幼児語の分布と伝播」（『月刊言語』35巻9号）、橘正一（1935）趣味叢書第14編（「土の香」14巻4号）『諸国幼な言葉集』（土俗趣味社）、友定賢治（2005）『育児語彙の開く世界』（和泉書院）、早川勝広（1977）「育児語研究の諸問題（下）」『文教国文学』6

第6部

『赤い鳥』関係の記念館・資料館・文学館

青木健作

山口県立山口図書館

1 所在地
〒753-0083　山口市後河原150-1
TEL　083-924-2111（代表）
FAX　083-932-2817

2 開館時間・休館日
開館時間：火曜日〜金曜日／午前9時〜午後7時、土・日曜日・祝日／午前9時〜午後5時

休館日：月曜日・月末整理日（月末が土曜日・日曜日と重なる場合は直前の金曜日）・年末年始・資料点検期間

3 所蔵資料とその特徴

（1）ふるさと山口文学ギャラリー
本県ゆかりの文学に関する資料を展示し山口の文化を発信するために2008（平成20）年、山口県立山口図書館内に設置された展示コーナー。やまぐち県文学回廊構想推進協議会が選定した青木健作を含むふるさとの文学者80人を中心に、関係機関との協力のもとに、収集した郷土文学資料をさまざまな角度から紹介している。

青木健作については、常設展でプロフィールや代表作を紹介するほか、ギャラリー内の書架で作品等8点を手に取れるようにしており、関連資料文献リストも配布している。

青木健作は、明治末期から大正初期にかけ新進作家として注目された山口県都濃郡富田村河内（現・周南市）出身の作家である。周南市や山口県を舞台にした作品を多く生み出すとともに、鈴木三重吉の『赤い鳥』の創刊に協力し、「啄木鳥」等の童話を発表した。当館では、青木健作に関する図書・雑誌を約80点所蔵しており、今後も積極的に収集を計画している。

（2）『青木健作自筆句帖』刊行年不明
50丁からなる「青木健作自筆句帖」の複製で、1938（昭和13）年までの旧作が収録されている。訂正や追加等も書かれ、創作の過程を見ることができる。

（3）『お絹　虻』春陽堂　1913（大正2）年
1909（明治42）年、処女作「鼬鼠」（『帝国文学』）を発表。翌年の作品「虻」（『ホトトギス』）と、1912（明治45）年に『読売新聞』に連載した「お絹」とを1冊にして刊行。「虻」は、『東京朝日新聞』の文芸欄で夏目漱石より賞賛された作品で、青木健作にとって文壇で認められた最初の作品といえる。

（4）「鼻」（『ポエチカ』第3輯第2号）1926（大正15）年
『ポエチカ』は1925（大正14）年2月創刊の詩誌。青木健作は短編「鼻」をはじめ多くの短歌や俳句を発表している。当館では、青木健作の作品が掲載されている号も含め119点の『ポエチカ』を所蔵している。

（5）その他の青木健作の主な著作（すべて初版を所蔵）
『若き教師の悩み』（天佑社、1919）
『青木健作短篇集』（春陽堂、1928）
『新講俳諧史』（育英書院、1935）
『随筆　椎の実』（子文書房、1943）
『句集　落椎』（冗山人居、1953）
『ひとりあるき』（自費出版、1959）

4 その他
青木健作の出身地周南市に青木健作顕彰の会を1990（平成2）年に発足。『青木健作顕彰の会だより』の発行等の活動を行っている。

（廣重順子・山根睦代）

［参考文献］
やまぐち文学回廊構想推進協議会（2013）『やまぐちの文学者たち』（やまぐち文学回廊構想推進協議会）、桑原伸一（1992）『青木健作　初期作品の世界』（笠間書院）

『赤い鳥』

国立国会図書館国際子ども図書館

1　所在地

〒110-0007　東京都台東区上野公園12-49

TEL　03-3827-2053（代表）

TEL　03-3827-2069（録音案内）

2　開館時間・休館日

午前9時30分～午後5時

休館日：月曜日、国民の祝日・休日（5月5日のこどもの日は開館）、年末年始、第3水曜日（資料整理休館日）

3　所蔵資料とその特徴

日本では、1948（昭和23）年に施行された国立国会図書館法により、国内で発行されたすべての出版物を国立国会図書館に納入することが義務づけられている。国際子ども図書館も国立国会図書館の一翼を担う児童書専門図書館として、国内の児童書については、おおむね18歳以下の者が主たる利用者として想定される資料を納本制度に基づき広く収集している。

しかしながら、国立国会図書館法施行以前に発行された出版物についてはこの限りではないため、この時期の出版物については当館に所蔵がないものも数多くある。

（1）雑誌『赤い鳥』

前期24冊・後期（復刊）52冊の原本及び全196冊の復刻版。原本のうち前期24冊・後期（復刊）23冊はデジタル化し「国立国会図書館デジタルコレクション」で公開（国立国会図書館／図書館送信参加館内公開）している。国立国会図書館法施行以前に出版されたものであるため、未収巻号が多数ある。

（2）赤い鳥社の出版物

『赤い鳥童謡』第1集・第2集・第8集。『赤い鳥叢書』第4冊・第5冊。『赤い鳥の本』第11冊。『赤い鳥叢書』の2冊はデジタ

ル化し「国立国会図書館デジタルコレクション」で公開（インターネット公開 http://dl.ndl.go.jp/）している。

このほか、国立国会図書館で所蔵する『赤い鳥童謡』第7集（デジタル化済み、国立国会図書館／図書館送信参加館内公開）、『赤い鳥叢書』第3編（デジタル化済み、インターネット公開）、『赤い鳥の本』第1～6、8～10、12・13冊（デジタル化済み、うち第3・10冊は国立国会図書館／図書館送信参加館内公開、残り9冊はインターネット公開）については、国際子ども図書館児童書研究資料室内の端末で閲覧が可能である。

（3）『赤い鳥』・鈴木三重吉関連資料

児童書研究資料室で、『赤い鳥』および鈴木三重吉をはじめとした童話作家の研究書・参考資料を関連資料として提供している。

その他『赤い鳥童話名作集』『赤い鳥童謡画集』等を若干数所蔵している。一部は「国立国会図書館デジタルコレクション」で提供（国立国会図書館館内公開または国立国会図書館／図書館送信参加館内公開）している。

また、日本の子どもの本の歩みを手に取って読める形で常設展示している児童書ギャラリーでは、『赤い鳥』全196冊中192冊の復刻版ほか関連資料を開架している。

4　その他

国立国会図書館で所蔵・デジタル化した『赤い鳥』関連の資料についても児童書研究資料室内の端末で閲覧することが可能である。歴史的音源には赤い鳥社の『童謡：かなりや』と『童謡：ねんねのお鳩』が収載されている（国立国会図書館館内公開）。

2018年（平成30年）秋に国際子ども図書館で展示会「『赤い鳥』創刊100年―誌面を彩った作品と作家たち」を開催予定である。

また、未収資料の収集や所蔵資料のデジタル化は随時行っている。（資料の所蔵数・デジタル化数は2017年11月現在。）

（檜山未帆）

『赤い鳥』

大阪府立中央図書館国際児童文学館

1 所在地

〒577-0011　大阪府東大阪市荒本北1-2-1

TEL　06-6745-0170（図書館代表）

FAX　06-6745-0262

2 開館時間・休館日

午前9時〜午後5時

休館日：月曜日（月曜日が祝・休日のときは開館。翌日を振替休館）、毎月第2木曜日（図書館が定める日は開館）、年末年始（12月29日〜1月4日）、特別整理期間

3 所蔵資料とその特徴

(1) 鳥越コレクションからの出発

大阪府立中央図書館国際児童文学館は、かつて大阪府吹田市に置かれていた大阪府立国際児童文学館に由来する。資料の基礎となったのは、鳥越信が寄贈した約12万点のコレクションからであった。その中には多くの貴重資料が含まれるが、当時復刻のなかった雑誌『赤い鳥』も創刊号からほぼ揃っていた。鳥越は、早稲田大学を卒業後、岩波書店に就職し、石井桃子やいぬいとみこ等と仕事を共にするが、その頃にはあまり顧みられていなかった過去の子どもの本や雑誌を児童文学研究のためには必要であると収集していた。そして、『赤い鳥』が古書店で販売されているのを知ると、給料を前借りして購入したというエピソードがある。

吹田市にあった大阪府立国際児童文学館は財団法人大阪国際児童文学館の運営により1984年5月5日に開館、2010年3月31日に廃止され、資料は大阪府立中央図書館内国際児童文学館に移転し、図書館の直営となった。

開館以来、児童文学・児童文化に関わる資料を収集し続けて2018年3月には81万点を超え、日本でも屈指のコレクションとなっている。

(2) 国際児童文学館の資料概要

全体の資料の内訳は、児童書、児童雑誌、マンガ、マンガ雑誌、一般書、一般誌、街頭紙芝居、紙芝居、その他となり、図書と雑誌のうち戦前の資料は約47,000点、そのうちの約4割が雑誌に当たる。1984年の開館以降、日本で出版された子どもの本およびその関連書を網羅するという収集方針に特徴がある。この方針に賛同する多くの出版社が資料を寄贈しており、大阪国際児童文学振興財団がその窓口役となっている。また、おもに昭和30年までの図書、雑誌についても古書予算を確保し、収集を行っている。

資料は、函や帯だけでなく、挟み込まれているものを含め、そのままの状態で保存されている。これらの資料が一部を除いて実際に閲覧できるのも国際児童文学館の特徴である。例えば、紙質、印刷の状態などは資料研究において欠かすことのできない要素である。

(3) 『赤い鳥』と赤い鳥社の発行物

『赤い鳥』は、第1期の2巻5号、18巻3、5、6号、第2期の3巻6冊分の計10冊を除いて全てオリジナルを所蔵しているが、創刊号を含め、多くは合本になっている。

また、赤い鳥社からの発行物としては、『「赤い鳥」童謡』全8集のうち第6集以外全て（1919〜25年）、『赤い鳥の本』全13冊中4冊（西條八十『鸚鵡と時計』、小山内薫『石の猿』、江口渙『木の葉の小判』、小川未明『小さな草と太陽』、1920〜23年）、『赤い鳥叢書』5冊（鈴木三重吉『古事記物語』上下、久保田万太郎『おもちゃの裁判』、豊島与志雄『夢の卵』『苺の国』、1920〜27年）を所蔵している。

(4) 同時代及び影響を受けた雑誌

国際児童文学館は、『赤い鳥』が発行されていた同時代の資料を豊富に所蔵している点も特徴である。

例えば『赤い鳥』が創刊された大正7（1918）年に発行されていて所蔵している雑

誌は46タイトルに上り、『子供之友』『新少女』（ともに婦人之友社）、『少年』『少女』（ともに時事新報社）、『少年倶楽部』（大日本雄弁会講談社）、『少年世界』『少女世界』『幼年世界』『幼年画報』『生活』（いずれも博文館）、『日本少年』『少女の友』『幼年の友』（いずれも実業之日本社）、『日本幼年』『少女画報』（ともに東京社）、『良友』（コドモ社）などの当時の代表的な雑誌に加えて、『お伽新聞』（京都お伽会）や『信州少年』（信州少年社）など地方で発行された雑誌や『ローマ字少年』（日本のローマ字社）、『飛行少年』『飛行幼年』（ともに日本飛行研究会）、『理化少年』（日本少年理化学会）のようにある分野に特化した雑誌も所蔵している。これらを概観することによって、当時の『赤い鳥』の児童雑誌文化の中での位置づけが可能になる。

加えて『赤い鳥』の影響を受けた『金の船（金の星）』『童話』『おとぎの世界』『乳樹（チチノキ）』『赤とんぼ』『びわの実学校』なども所蔵しており、『赤い鳥』を起点とした歴史研究も可能である。

（5）関連資料・参考文献

国際児童文学館の資料はすべて、所蔵検索が可能であるが、そのサイトで「全項目」を指定して「赤い鳥」と入力して検索すると、308件（雑誌はタイトルにつき1件と数える）の結果が示される。それには、本事典の参考文献リストに挙がっている参考図書をはじめ、大学紀要など多くの資料が含まれる。

分野別に見ると『赤い鳥』の読物作家たちの作品、再話や翻案の原作者の日本語および原語での作品と彼らの参考文献はかなり充実している。

童謡に関する資料も豊富で、全項目に「童謡」と入力して検索すると、戦前だけでも638件もの資料が表示される。それらの中には楽譜集も多くあり、研究の発展が期待される音楽研究の基礎資料となる。

書誌データにはかなりの割合で画家名が入力されており、『赤い鳥』の画家たちの作品

を調べることも可能である。

（6）関連施設や組織・団体の資料

国際児童文学館所蔵資料の中には、『赤い鳥』の資料を所蔵している関連施設や『赤い鳥』関連の組織・団体の資料も含まれ、一般の図書館等では所蔵していない貴重な資料である。

例えば、日本童謡協会の『新しい童謡集』という年鑑や『日本童謡協会』という機関誌、鈴木三重吉赤い鳥の会の機関誌『鈴木三重吉「赤い鳥だより」』、『森三郎の作品を読む会会誌かささぎ』（森三郎刈谷市民の会発行）、同会発行の森三郎が書いた童話の紙芝居『ちえの小法師』（森三郎刈谷市民の会脚本、夢治画、2017）、福山赤い鳥の会発行『銀のふえ』創刊号（1959年12月）のほか、小川未明記念館や新美南吉記念館、日本近代文学館、神奈川近代文学館等の発行物などもある。

（7）コレクションの寄贈から

国際児童文学館は、鳥越信のみでなく、巽聖歌、川崎大治、南部新一（博文館の元編集者）等の資料の寄贈も受けており、『赤い鳥』に関連する資料も含まれる。それらの資料の中には、新美南吉が安城高等女学校時代に編集した文集第一集『雪とひばり』（1939年）があり、南吉の巻頭詩が掲載されている。

また、南部資料の書簡（印刷された葉書等も含む）には、井伏鱒二、小川未明、加藤武雄、川上四郎、北川千代、草川信、西條八十、島崎藤村、清水良雄、武井武雄、巽聖歌、豊島与志雄、水島爾保布、室生犀星、森銑三が本書の目次に掲載されている著者と重なる。

『赤い鳥』は、大正期の教育や児童文学、児童文化に大きな影響を与えた一大運動と言えるが、この運動の内実と後代への影響は、まだまだ精緻かつ充分に研究・検証されているとはいえない。歴史的な資料を辿れる国際児童文学館は、今後の『赤い鳥』研究、ひいては児童文学・児童文化研究に大きな意義を有する。　　　　　　　　（土居安子）

『赤い鳥』・芥川龍之介など

日本近代文学館

1 所在地

〒153-0041 東京都目黒区駒場4-3-55

TEL 03-3468-4181

FAX 03-3468-4185

2 開館時間・休館日

火曜日～土曜日／午前9時30分～午後4時30分

休館日：日曜・月曜・第四木曜・年末年始・特別整理期間（2月・6月の第3週）

3 所蔵資料とその特徴

1962（昭和37）年、散逸の甚だしい近代文学資料を収集・保存するため、文壇・学界・マスコミ関連の有志113名によって発起、翌1963（昭和38）年に財団法人が発足され、1967（昭和42）年に開館した。主な収集の対象は明治以降の日本の近現代文学関連資料で、資料は図書・雑誌のほか、原稿・書簡・筆墨・日記・ノート・遺品など多岐にわたる。

（1）複刻版『赤い鳥』刊行

1968（昭和43）～1969（昭和44）年、『赤い鳥』の複刻版を500セット刊行、完成と同時に売り切れとなった。その後『赤い鳥』創刊60周年にあたる1978（昭和53）年の2月に再刊、この際も好評のため同年6月に増刷している。現在は絶版となっているが、館閲覧室で閲覧可能。また、全196冊中190冊の原本を所蔵する（鈴木珊吉氏寄贈38冊を含む。欠号：1918年10月号、1921年7月号、1923年6月号、1927年5月号、1928年9月号、1928年12月号）。

なお、この複刻版刊行にあたり、内容見本に寄せられた坪田譲治「近来にないよろこび」、中島健蔵「画期的な貢献」などの小文の原稿、またこれを購入したとみられる内田百閒の、伊藤整（当時館理事長）宛1968年8月12日付け葉書（「赤い鳥復刻ノ為金一萬円ヲ現金封入郵便ニテ差シ出シマシタガ御落掌下サイマシタデセウカ…」）が収蔵されている。

（2）芥川龍之介

所蔵する445通の芥川書簡のうち、当時『赤い鳥』編集者であった小島政二郎に〆切を問い合わせた1918（大正7）年10月2日付け封書や、芥川が同誌に発表した最後の作品「アグニの神」（1921・1～2掲載）の脱稿について触れている1920（大正9）年12月10日付けの佐佐木茂索宛封書がある。

また、当館所蔵の芥川龍之介文庫は、1964（昭和39）年に文夫人、比呂志氏、瑠璃子氏より寄贈された2876点（「歯車」ほかの原稿、「河童図」などの書画、書簡、マリア観音などの遺愛品、旧蔵書）と、2008（平成20）年耽子氏より新たに寄贈された、遺書、夏目漱石書簡3通を含む226点からなる。

（3）木内高音宛 鈴木三重吉書簡

赤い鳥社社員であった木内高音宛40通を所蔵。1919（大正8）年に大学を卒業し、広島で教職に就いていた木内を赤い鳥社に迎えるにあたって出されたもの（1920年3月6日付け封書、3月15日付け封書）のほか、木内が退社し、童話作家として『赤い鳥』に寄稿するようになってからのものとして、原稿の書き直しを求める1928（昭和3）年（推定）10月31日付け葉書などがある。

1930（昭和5）年9月9日付けの封書は『赤い鳥』の復刊に関するものと思われるが、「十一月五六日に十二月号を初刊号として出します」という書き出しから、当時三重吉が、実際の1931（昭和6）年1月号よりも一号早い復刊を想定していたことがわかる。木内への執筆依頼とともに、「今承諾した人、下村千秋、浜田広介、大佛次郎（興味本位のもの）の三名のみ」「岸田國士にも頼むつもり」とあるものの、実際に刊行された復刊号には、これらのいずれの作品も掲載されていない。

1933（昭和8）年5月5日付け葉書には、「赤い鳥六月号の御批評難有し」「六号は仰せ

第6部 『赤い鳥』関係の記念館・資料館・文学館

577

に従ひ八ポに改めませう」との文言が見え、木内のこの指摘から、1933年7月号以降、『赤い鳥』「講話通信」欄の活字は従来の6号から8ポイントに変更されている。

1934（昭和9）年8月25日付けはがきでは「岸田國士、源吉氏、下村氏、民樹もかいてくれます。君も何かかいてくれませんか」とあるが、実際にはここに名が挙げられた作家の作品は掲載されておらず、木内も三重吉追悼号である1936（昭和11）年10月号を例外として、復刊後の『赤い鳥』に作品を寄せることはなかった。

これらの書簡からは、実現には至らなかったものの、当時の三重吉が『赤い鳥』への掲載を希望していた作家が窺え、興味深い。

『赤い鳥』創刊号から三重吉が「著しい特徴の一つにしたい」と掲げていた綴り方運動の所産は、1935（昭和10）年『綴方読本』（中央公論社）に結実する。この編集にあたったのが当時中央公論社社員となっていた木内で、1935年9月6日付け封書、10月2日付け葉書など、刊行準備のやり取りが残されているほか、『赤い鳥』に『綴方読本』の広告を掲載するため三重吉が送った細かな指示（10月31日付け葉書、11月14日付け葉書、11月15日付け葉書）などがある。

（4）東新宛　鈴木三重吉書簡

高等学校以来の友人であり、ともに夏目漱石の門下生であった東新に宛てた54通を所蔵。大部分は明治年間に書かれたものだが、1918年8月11日付け封書では「僕は「赤い鳥」といふ子供の雑誌を出してみます。目が廻るほど多忙」、1920年1月15日付けの、賀状に対する礼状には「どうぞ「赤い鳥」につきましても、この上ともお引立てをお願ひ申ます」とあり、創刊した『赤い鳥』に対する三重吉の気概がうかがえる。1923（大正12）年9月20日付けのはがきは、関東大震災時の赤い鳥社の被害を伝えるもので、「雑誌は、発行するばかりの十月号を全部焼かれ、その他、市中に蔵してみた、多くの出版書の紙型、刷

置、用紙等全焼。ウントやられました。問屋が金をくれないので続刊に困ってをります」とある。『赤い鳥』は震災直後の10月号を休刊、原稿自体は焼失を免れたため、10月号の内容をそのまま11月号に掲載し発行した。

（5）江口渙宛　鈴木三重吉書簡

『赤い鳥』に度々寄稿している江口渙宛の書簡11通を所蔵。『赤い鳥』原稿料に触れた内容のものが目を引く。年不明、11月3日付けの封書には「貴君の仰に従い貴君と芥川君と、キクチ君とは二円半にして」、1920年6月1日付け封書には「右最高謝礼は親ルイたる貴君、芥川、菊池、久米の四氏のみ。久保田、藤村君は二円、アト有島、楠山、小川君等すべて￥1.50未」など、詳細な金額が記され興味深い。また、1920年1月16日付け封書に「そのウチ神のキラヒなあの紙を改良する。それまで罰をアテナイで下さい」などとあることも併せ、江口が『赤い鳥』について積極的に意見を述べていた様子が窺える。

赤い鳥社から刊行された江口の童話集『木の葉の小判』（1922）に関しては、1921年6月13日付け封書に、収録作と序文の執筆依頼のほか、「本の名はこの御相談のとほり、『木の葉の小判』にいたしませう」との文言が見える。また、刊行後の1922（大正11）年3月19日付け封書には、「やうやく本日見事出来上り、明日市場へ出します。明日三冊お届けします」という知らせとともに印税通知が『赤い鳥』計算書」用紙で同封されている。

1929（昭和4）年2月3日付け封書は『赤い鳥』休刊を知らせるもので、事務的な文面ながら、寄稿者に対し直筆であいさつを書き送る三重吉の主幹としての姿勢が窺える。

（6）松根東洋城原稿「三重吉と俳諧」

1936年10月刊行鈴木三重吉追悼号掲載。渋柿社原稿用紙（25字×10行）8枚。ペン書き。タイトルの脇に鉛筆書きで「亡悼」と書かれている。最終ページ欄外に「『赤い鳥』「鈴木三重吉追悼号」昭和十一年十月号」とメモがある。

（信國奈津子）

『赤い鳥』・鈴木三重吉

広島市立中央図書館

1　所在地

〒730-0011　広島市中区基町 3 番 1 号
TEL　082-222-5542（代表）
FAX　082-222-5545

2　開館時間・休館日

　火曜日〜金曜日／午前 9 時〜午後 7 時、土・日・祝日・ 8 月 6 日／午前 9 時〜午後 5 時（ 7・8 月は午前 9 時〜午後 6 時）。ただし、広島資料室、広島文学資料室の開室は午前 9 時〜午後 5 時。

　休館日：月曜日（ 8 月 6 日に当たるときは開館。また、祝日法の休日（以下「休日」と略す）に当たるときも開館、休日の翌日（ただし、土・日・月曜日・休日に当たるときは、その直後の平日）、図書整理日（奇数月の末日。ただし、土・日・月曜日に当たるときは直前の金曜日）、年末年始（12月29日〜 1 月 4 日。ただし、 1 月 4 日が月曜日に当たるときは、 1 月 5 日まで）、特別整理期間（ 1 年を通じて 7 日以内））。

3　所蔵資料とその特徴

　当館では、特別収書のひとつである広島文学資料として、広島にゆかりの深い作家の初版本、雑誌、自筆原稿等を集め公開しており、2018年 3 月末現在、約33,200点の資料を所蔵している。対象作家21名の中には、広島市出身の鈴木三重吉をはじめ、『赤い鳥』に作品を寄せた大木惇夫（篤夫）、小山内薫、細田民樹らがおり、各作家に関する所蔵資料は、鈴木三重吉約4,000点、大木惇夫約360点、小山内薫約600点、細田民樹約800点である。

　1987（昭和62）年10月の広島文学資料室の開室にあたっては、鈴木三重吉関係資料を集めた三重吉文庫が核となった。

　三重吉文庫は、鈴木三重吉の業績を顕彰するため1952（昭和27）年に発足した鈴木三重吉顕彰会から、当館の前身である広島市立浅野図書館へ、雑誌『赤い鳥』など約160点が寄託されたことに始まる。その後、1960（昭和35）年 6 月に館内に一室を設けて「三重吉文庫」を開設するとともに、鈴木三重吉赤い鳥の会（鈴木三重吉顕彰会から発展的に改称）や鈴木珊吉氏（三重吉長男）から継続的に資料の寄託・寄贈を受け、当館が所蔵する資料も加えながら文庫の充実が図られてきた。

　さらに、1987（昭和62）年、鈴木珊吉氏から『赤い鳥』原本をはじめとする三重吉の愛蔵書や、三重吉没後に珊吉氏によって収集された三重吉関係の図書が寄贈された。また、同年10月の広島文学資料室開室にあたって、鈴木三重吉赤い鳥の会から寄託されていた資料も当館へ寄贈されることとなり、同室開室時の鈴木三重吉関係資料は、1577点となった。

　現在は、鈴木三重吉や『赤い鳥』に関する研究書、関連資料等も含めて網羅的に収集を続けている。所蔵資料のうち、主な資料を以下に挙げる。

（1）雑誌『赤い鳥』

　全196冊の原本および復刻版を所蔵している。三重吉が所蔵していた『赤い鳥』の中には、活字となった三重吉自身の「ディーサとモティ」（1924年 5 月号掲載）に、さらに推敲等の書込みが残されたページも見られる。また、表紙や見返しにペン書きで、「珊吉保存」「すゞ」「すゞ　珊吉」のように、わが子の名前をしたためた書き入れ本が15冊含まれている。『赤い鳥』創刊を思い立った、子どもたちへ「芸術的にも優れた作品を与えたい」という三重吉自身の願いや、父親としての愛情が表れた資料といえる。

　『赤い鳥』に関連した資料として、『赤い鳥の本』『赤い鳥叢書』「「赤い鳥」童謡』など、赤い鳥社から出版された書籍も収集している。

（2）自筆原稿

「ぶつぶつ屋」（ペン書、赤い鳥社製原稿用紙44枚）『赤い鳥』1922（大正11）年7月号に掲載された三重吉による童話の自筆原稿。

「童話選評」（ペン書、赤い鳥社製原稿用紙10枚）『赤い鳥』1922年3月号に掲載された童話選評の自筆原稿。

いずれも原稿用紙の裏面を使用し、マス目にとらわれず執筆されており、斜線や塗りつぶしによる訂正や、字句を挿入した推敲の跡が残されている。

（3）自筆書

「三重吉永眠の地」（90×20cm）、「三重吉と濱の墓」（86×20cm）（いずれも巻紙に墨書、1933年筆）　鈴木家の菩提寺である長遠寺（広島市中区大手町3-10-6）にある三重吉・濱夫妻の墓碑銘の原書で、三重吉が生前に書き残したものである。

「私は永久に年少時の夢を持つ。今はたゞ、ために悩むこと少なきのみ。三重吉」（紙片に墨書、1927（昭和2）年筆、21×9cm）1964（昭和39）年6月に建立された赤い鳥文学碑（広島市中区大手町一丁目）に刻まれた、「私は永久に夢を持つ　たゞ年少時のごとく　ために悩むこと浅きのみ　三重吉」に類似する一文である。

「湯豆腐と冷奴」（巻紙に墨書、1931年筆、18×175cm）　三重吉宅での湯豆腐の作り方が詳細に記されている。題に「湯豆腐と冷奴」とあるが、本資料は冷奴について書かれた部分を欠く。鈴木三重吉追悼号の『赤い鳥』1936（昭和11）年10月号には、広島の友人吉本正太郎による「三重吉と湯豆腐」が収められており、同じく「湯豆腐と冷奴」の題で、1931（昭和6）年9月11日付で三重吉が書き送った同様の内容の文章が引用されている。

（4）書簡類

鈴木三重吉宛　夏目金之助（漱石）書簡（1906年4月14日付）。漱石は、三重吉から送られた小説「千鳥」の原稿を高浜虚子に紹介した。本資料は、虚子による読後の感想を三重吉に伝える手紙。虚子が原稿を持ち帰ったと知らせているように、漱石の推讃により「千鳥」はこの直後『ホトトギス』5月号の巻頭に掲載された。

ほかに三重吉宛の高浜清（虚子）書簡（1913年4月7日付）、北原白秋書簡（1926年4月18日付）や、三重吉から小宮豊隆、岡田（のち林原）耕三らに宛てて送った書簡を所蔵している。

（5）「三重吉追悼の寄書」2冊

生前の三重吉と特に親交の深かった作家、画家らによる追悼の寄書で、色紙を折本装に仕立てた色紙帖2冊である。東京西大久保の鈴木家へ焼香に訪れた際に書かれたものとされる。

北原白秋、細田民樹、坪田譲治、内田百閒、清水良雄、深沢省三、鈴木淳といった『赤い鳥』誌上で活躍した作家や画家が文や画を寄せている。

（6）鈴木三重吉愛蔵書

『吾輩ハ猫デアル』『草合』『三四郎』など三重吉の師である夏目漱石のものをはじめ、漱石門下の松根東洋城、森田草平、小宮豊隆、内田百閒、松岡譲らの著書がある。三重吉に宛てて著者などの署名が入ったものも27冊含まれており、生前の親交を示す資料である。

ほかに『漱石全集』『漱石詩集』『漱石写帖』ほか、夏目漱石に関する書籍も多い。

4　その他

鈴木三重吉関係資料を含む広島文学資料については、広島市立図書館のホームページから、資料目録の閲覧が可能である。また、「Web広島文学資料室」として、「鈴木三重吉と「赤い鳥」の世界」を公開している。鈴木三重吉や『赤い鳥』の紹介、表紙画ギャラリー、『赤い鳥』作家索引などを公開している。「鈴木三重吉と「赤い鳥」の世界」（https://www.library.city.hiroshima.jp/akaitori/）

（石田浩子）

『赤い鳥』・童謡

わらべ館
（鳥取県立童謡館・鳥取世界おもちゃ館）

1　所在地

〒680-0022　鳥取市西町3-202

TEL　0857-22-7070

FAX　0857-22-3030

2　開館時間・休館日

午前9時～午後5時（最終入館時間は午後4時30分）

休館日：毎月第3水曜日（祝日の場合はその翌日、8月は休館日なし）、年末年始

入館料：大人500円（高校生以下は無料　大人20名以上の団体は、一人400円）

3　収蔵資料とその特徴

わらべ館は、童謡・唱歌のふるさと鳥取をPRし、'89鳥取・世界おもちゃ博覧会の成功を顕彰する童謡・唱歌とおもちゃのミュージアムで、1995（平成7）年7月7日に開館した。「わらべ館」は公募により選ばれた愛称で、子どものうたについて時代を追って展示する鳥取県立童謡館と、国内外のおもちゃを展示する鳥取世界おもちゃ館（鳥取市立）からなる複合文化施設である。

童謡・唱歌の収蔵資料総数は約1万4000点で、特に鳥取県出身の音楽家（田村虎蔵、永井幸次、岡野貞一など）に関する資料や、音楽科教科書を多く収集している。

童謡館では、童謡に限らずわらべうたや唱歌の誕生とその歩みについてもコーナー化して紹介している。童謡コーナーでは雑誌『赤い鳥』の誕生から現代の子どもの歌までの変遷・発展を当時の雑誌やレコード・CDを展示し紹介している。

雑誌『赤い鳥』に関しては、1918（大正7）年の創刊号から1928（昭和3）年の第22巻第3号までの127冊のうち103冊を、1931（昭和6）年の復刊から1936（昭和

11）年の第69号「鈴木三重吉追悼号」までは、第49号を除く全てを所蔵している。これらの資料は収蔵庫に保管されており、閲覧を希望する場合は事前に申請手続を行うことで閲覧が可能である。なお、収蔵資料はホームページにて一覧を随時公開している。

無料開放しているライブラリーには、近年出版されたものを中心に、『赤い鳥』復刻版も含め、童謡・唱歌及びおもちゃに関する書籍・視聴覚資料約6000点を開架している。『赤い鳥』に限らず、上記の鳥取県出身の音楽家たちや多くの作家に関する書籍、うたの絵本などがあり、多方面から童謡・唱歌に接する機会を提供している。ライブラリーの開架資料一覧は公開されていないため、『赤い鳥』関連資料の一部を次の項に挙げる。

4　一般公開資料（一部）※館内閲覧のみ

赤い鳥の会（1983）『「赤い鳥」と鈴木三重吉』（小峰書店）。川崎洋ほか（2004）『国文学　解釈と教材の研究　子どもの歌——古代から現代まで　日本の童謡　わらべうた／唱歌／創作童謡 etc.』第49巻3号（学燈社）。北原白秋編（1974～1975）『日本伝承童謡集成』第一～六巻（三省堂）。黒柳徹子ほか（2014）『生誕120年武井武雄展～こどもの国の魔法使い～』（NHKサービスセンター）。西條八十生誕百年事業委員会企画（1992）『生誕百年記念西條八十全集』（日本コロムビア）。鈴木三重吉（1938）『鈴木三重吉全集第一～六巻、別巻』（岩波書店）。巽聖歌著者代表（1954）『日本幼年童話全集7　童謡篇』（河出書房）。遠山音楽財団付属図書館編（1984）『山田耕筰作品資料目録』（遠山音楽財団付属図書館）。福田清人著者代表（1971）『名著複刻日本児童文学館　第一集　解説書』（ほるぷ出版）。同（1974）『名著複刻日本児童文学館　第二集　解説書』（ほるぷ出版）。藤田圭雄（1984）『日本童謡史Ⅰ　第2版』（あかね書房）。同（1984）『日本童謡史Ⅱ』（あかね書房）　　　　　　　　　（堤理加）

井伏鱒二

ふくやま文学館

1　所在地

〒720-0061　広島県福山市丸之内1-9-9

TEL　084-932-7010

FAX　084-932-7020

2　開館時間・休館日

火曜日～日曜日／午前9時30分～午後5時

休館日：月曜日（月曜日が休日の場合はその翌日）。年末年始・そのほか、展示替などで、臨時休館することがある。

3　所蔵資料とその特徴

福山市を中心として、近接市町も含めた、ゆかりの文学者の顕彰、諸資料の収集・研究を行うとともに、文学館活動を通じて、地域の文化創造に寄与することを目ざして、1999（平成11）年4月に開館した。常設展示は、福山地方出身の英文学者・随筆家の福原麟太郎（1894～1981）、劇作家小山祐士（1904～1982）、詩人・俳人木下夕爾（1914～1965）、福山を父祖の地とし、府中中学校に一時在籍した小説家日野啓三（1929～2002）らも展示紹介しているが、その中心は、福山市生まれの小説家井伏鱒二（1898～1993）である。

4　鈴木三重吉関係

鈴木三重吉詩幅「魚六十疋踊出花咲梅雨天」一点、短冊「灯を消せは枕に楽しや灯取虫」一点、小宮豊隆宛書簡（1911年11月29日消印）一通を所蔵。書簡は、「小説が一向はかどらなくていらいらしてゐる」という一文から書き始められている。『国民新聞』に連載された長編「小鳥の巣」が完結した翌年1911（明治44）年に出された書簡。叙情的作品から自然主義的作風に脱皮をはかろうとした時代の苦しい胸中が吐露されている。

井伏鱒二は「山椒魚」（1929）、「黒い雨」（1966）などで知られるが、児童文学にも深い関心があり、ヒュー・ロフティングの「ドリトル先生シリーズ」（「ドリトル先生『アフリカ行き』」（1941）、「ドリトル先生のサーカス」（1952）、「ドリトル先生航海記」（1952）など）を翻訳し、自らも児童読物「シビレ池のかも（原題「シビレ池の鴨」）」を1948（昭和23）年5月から同年9月まで108回にわたって『毎日小学生新聞』に連載し、「トートという犬」を『小学三年生』（1958・6）に発表している。こうした井伏が『赤い鳥』（1931・6）に発表したのが、「ばかぞろひ」である。

小山東一（1901～1985）は福山市に生まれ、東京大学英文科を卒業後、日本産業経済新聞等の記者を経て、戦後、広島大学教育学部（教授）で教鞭をとった。『赤い鳥』に翻案童話「クラムバンブリ」（1935・9）、「キカーン」（1935・12～1936・1）、「南洋へ」（1936・3～7）を発表、『赤い鳥　鈴木三重吉追悼号』（1936・10）には「鈴木三重吉先生の童話に就て」を載せている。『鈴木三重吉全集』（岩波書店）の「小説」の編集を担当し、月報第1号（1938・3）に「編輯者の言葉」を書いている。ふくやま文学館は、小山の直筆原稿「鈴木三重吉先生回想―全集復刊に当って―」（200字詰原稿用紙15枚）を所蔵している。

井伏鱒二と親交のあった高田英之助（1911～1991）は、現在の福山市新市町に生まれ、慶應義塾大学卒業後、東京日日新聞の記者になるが、広島県芦品郡新市小学校在学中に『赤い鳥』に投稿した作文「ふくろとかへる（特賞）」（1919・5、尋常一年生）、「魚とり（賞）」（1921・11、尋常三年生）、自由詩「夕の小鳥（佳作）」「葉（佳作）」「夜雨」「しやせいうた（推奨自由詩）藤の花　鞆（地名）」（1921・12、尋常四年生）が『赤い鳥』に掲載されている。特に最後の「しやせいうた」は他の入選作とは別格の扱いを受け、目次に活字ポイントは落としてあるが、鈴木三重吉らと同列に並んでいる。　　　　（岩崎文人）

今川節

今川節の部屋（坂井市立丸岡図書館）

1 所在地

〒910-0231　福井県坂井市丸岡町霞町3-10-1
TEL　0776-67-1500
FAX　0776-67-1501

2 開館時間・休館日

開館時間：午前10時〜午後5時

休館日：毎週月曜日・毎月第1木曜日（休日のときは、翌日休館）、年末年始、蔵書点検期間

3 所蔵資料とその特徴

（1）作曲家・今川節

今川節は1908（明治41）年8月21日、福井県坂井郡丸岡町（現・坂井市）巽町で生まれた。1922（大正11）年、節の自宅近くの丸岡教会に就任した坂本牧師は、父親のいない節を励まし、人間としてたくましく生きる道を教え勇気づけた。牧師夫人から習うオルガンは、節にとって大きな心の支えとなり、小学校のオルガンを使って、独学で弾き方を身につけ、作曲の道を歩み始めた。

肺結核のため25歳で逝去するまでの10年間に260曲余りの作品を残した。

（2）今川節の部屋

天才作曲家・今川節の作品と功績を後世に永く残すことを目的に、2006（平成18）年、現図書館の前身である丸岡町民図書館内に「今川節の部屋」が開設された。

遺族や友人、今川節顕彰会等が大切に保存してきた今川節直筆の楽譜と遺品、節と行動を共にした丸岡ローレル楽団員や交友のあった人たちとの写真、節への追悼文など約600点を所蔵。約100点が展示されているほか節の曲や生涯を描いたDVDが視聴できる。

（3）通信添削を受けた初期の楽譜

著名な作曲家・弘田竜太郎氏らの添削指導を受けた初期の楽譜。1922年『赤い鳥』7月号に掲載された案内文を見て、14歳の時に音楽通信講習を受講、童謡風のメロディーづくりを習得した。

（4）『赤い鳥』に推奨掲載された楽譜

1925（大正14）年『赤い鳥』8月号には、北原白秋の詩に節が作曲した「てふてふ」（ちょうちょう）が作曲家・成田為三氏の評と共に掲載された。自分の処女作品が当時のあこがれの雑誌の巻頭に紹介され、ますます勉強に励もうと自信が湧いたという。

（5）代表作「ペチカ」の楽譜とレコード

1926（大正15）年、作曲活動2年目にして、白秋の詩「ペチカ」を作曲、節の代表作となった。「ペチカ」は1934（昭和9）年12月、節が他界した年にキングレコードから東海林太郎の歌で「ペチカ燃えろよ」が全国発売された。そのメロディーは、時報として市内全域に今も美しい音色を響かせている。

（6）謄写版印刷した楽譜

1926年から2年半、毎月、謄写版で「今川節作曲楽譜」を印刷、全27号を発行。あとがきに作曲への思いや演奏の仕方を記し、友人に配って感想を求め、曲作りに生かした。

（7）賞金でオルガンを購入した楽譜

文部省は、昭和天皇の即位を祝って1928（昭和3）年8月に「大礼奉祝唱歌」を募集した。全国の中から、節の作品が2等に入選し、広く世に知られることになった。この時の賞金200円でオルガンを購入し、さらに作曲活動に邁進した。

（8）全国1位に輝いた楽譜と賞状

1933（昭和8）年5月、東京の日比谷公会堂で開かれた時事新報社主催「第2回音楽コンクール」の作曲部門で、今川節が命を懸けて作曲し書き上げた「交響組曲・四季」は、見事第1位に輝いた。賞状には参加した審査員13名全員がサインし、若き作曲家の偉業を讃えている。

（前川慎市）

小川未明
<ruby>小<rt>お</rt></ruby><ruby>川<rt>がわ</rt></ruby><ruby>未<rt>み</rt></ruby><ruby>明<rt>めい</rt></ruby>

小川未明文学館
<ruby>小<rt>お</rt></ruby><ruby>川<rt>がわ</rt></ruby><ruby>未<rt>み</rt></ruby><ruby>明<rt>めい</rt></ruby><ruby>文<rt>ぶん</rt></ruby><ruby>学<rt>がく</rt></ruby><ruby>館<rt>かん</rt></ruby>

1 所在地

〒943-0835 新潟県上越市本城町 8 -30
TEL 025-523-1083
FAX 025-523-1086

2 開館時間・休館日

火曜日～金曜日（祝日を除く）／午前10時～午後7時（6月1日から9月30日は午後8時まで）。土・日・祝日／午前10時～午後6時

休館日：月曜日（祝日の場合は翌日）、祝日の翌日、12月29日～翌1月3日、館内整理日。※市立高田図書館に準ずる。

3 所蔵資料とその特徴

上越市出身の小説家・童話作家である小川未明の作品や業績を顕彰するため、2005（平成17）年に開館。小川未明関係書籍、自筆原稿や未明の身の周り品（小川家寄託資料含む）などを所蔵・公開している。2015（平成27）年には未明が晩年を過ごした高円寺の書斎（「未明の部屋」）を再現。

（1）未明が鈴木三重吉について記したもの

①感想「童話への貢献者　鈴木三重吉氏を憶う」『読売新聞』、1936年6月30日
②感想「童話を作つて五十年」『文藝春秋』1951年2月、三重吉と『赤い鳥』創刊についての記載あり

（2）『赤い鳥』発表作品を収録した童話集

①小川未明『ある夜の星だち』イデア書院、1924年11月、〈装画〉齋田喬、〈収録作品〉娘と大きな鐘、花と少女、翼の破れた烏、大根とダイヤモンドの話
②小川未明『兄弟の山鳩』アテネ書院、1926年4月、〈装幀〉河越虎之進、〈収録作品〉負傷した線路と月、汽船の中の父と子、三つの鍵、鼠とバケツの話

③小川未明『未明童話集1』丸善株式会社、1927年1月、〈装幀〉武井武雄、〈挿画〉初山滋、〈収録作品〉水車のした話、風の寒い世の中へ、月夜と眼鏡、小さな草と太陽、黒い人と赤い橇、飴チョコの天使、女の魚売、窓の下を通つた男、町の天使
④小川未明『日本童話集（中）』アルス、1927年5月、〈装幀〉恩地孝四郎、〈口絵・挿絵〉岡本帰一、〈収録作品〉飴チョコの天使、月夜と眼鏡、黒い人と赤い橇、鼠とバケツの話、三つの鍵
⑤小川未明『未明童話集2』丸善株式会社、1927年9月、〈装幀〉村山知義、〈挿画〉川上四郎、〈収録作品〉酔っぱらひ星、気まぐれの人形師、繭の中の世界、白い門のある家、おけらになった話
⑥小川未明『未明童話集3』丸善株式会社、1928年7月、〈装幀〉初山滋、〈挿画〉武井武雄、〈収録作品〉負傷した線路と月、遠方の母、海螢、汽船の中の父と子、春さきの古物店、幽霊船
⑦小川未明『未明童話集4』丸善株式会社、1930年7月、〈装幀・挿絵〉岩岡とも枝、〈収録作品〉般若の面、なまづとあざみの話、ガラス窓の河骨、南方物語、鼠とバケツの話、赤いガラスの宮殿
⑧小川未明『月夜と眼鏡』フタバ書院成光館、1943年5月、〈装幀〉有島生馬、〈挿画〉初山滋、〈収録作品〉黒い人と赤い橇、月夜と眼鏡、初夏の不思議、大根とダイヤモンドの話
⑨小川未明『時計のない村』フタバ書院成光館、1943年9月、〈装幀〉有島生馬、〈挿画〉初山滋、〈収録作品〉北の国のはなし

（3）鈴木三重吉が関わった未明書籍

①小川未明『紫のダリヤ』鈴木三重吉発行、1915年1月、鈴木三重吉編、〈装幀〉津田青楓、〈収録作品〉紫のダリヤ、薔薇と巫女

（一越麻紀）

川上四郎
長岡市立中央図書館
川上四郎文庫

1 所在地

〒940-0041 新潟県長岡市学校町1-2-2
TEL 0258-32-0658
FAX 0258-32-0664

2 開館時間・休館日

火曜日〜日曜日／午前9時30分〜午後7時
休館日：月曜日（祝日の場合は翌日）、毎月の末日（ただし休日・祝日の場合および前日が休館日の場合は開館）、年末年始、特別図書整理期間

3 所蔵資料とその特徴

長岡市立中央図書館は、1918（大正7）年に野本恭八郎の寄附により大正記念長岡市立互尊文庫が開館したことに始まり、1987（昭和62）年3月、現在の地に新館の中央図書館が開館した。これを記念して併設する美術センターで「日本童画の父 川上四郎回顧展」を開催。長岡市出身の童画家である川上四郎の旧蔵書を譲り受けた川上四郎文庫は、当館の特色資料のひとつとなっている。

川上四郎は1889（明治22）年11月16日、新潟県古志郡上組村摂田屋（現・長岡市摂田屋）に川上半四郎の四男として生まれた。1901（明治34）年、旧制長岡中学に入学。1908（明治41）年、東京美術学校西洋画科に入学するまで、豊かな自然に囲まれた農村で育った。静岡県内で中学教師を務めたのち1916（大正5）年にコドモ社に入社。『コドモ』と『良友』の挿絵を執筆。『赤い鳥』に刺激を受けて創刊された『童話』で多くの絵を担当し、童画家としての地位を確立した。のちに、『赤い鳥』の挿絵も描いている。

1927（昭和2）年、第1次日本童画家協会結成に参加。1942（昭和17）年、第2回野間挿画奨励賞受賞。1970（昭和45）年、久留島武彦文化賞受賞。晩年は新潟県南魚沼郡湯沢町に住み、1983（昭和58）年に94歳で亡くなるまで「心のふるさと」を描き続けた。

当文庫は、大正・昭和初期・中期の児童雑誌を中心とした絵雑誌や絵本で構成され、蔵書数約1,800点の貴重な資料群である。

主な所蔵資料は次のとおりである。

(1)『コドモ』（コドモ社）1914（大正3）年2月号〜1929（昭和4）年12月号（欠号有）計172点

(2)『コドモノクニ』（東京社）1924（大正13）年8月号〜1941（昭和16）年2月号（欠号有）計148点

(3)『コドモノテンチ』（子供の天地社）1933（昭和8）年5月号〜1934（昭和9）年8月号（欠号有）計4点

(4)『コドモアサヒ』（朝日新聞社）1934（昭和9）年臨時増刊〜1941（昭和16）年12月号（欠号有）計56点

(5)『エホン』（家庭教育研究所）1935（昭和10）年8月号〜1936（昭和11）年9月号（欠号有）計10点

(6) その他
・『コドモノヒカリ』（子供研究社）
・『プレイメート』（広島図書）
・『こどもクラブ』（講談社）
・『ぎんのすず』（広島図書）
・『ひかりのくに』（ひかりのくに昭和出版）
・『よいこのくに』（学研）ほか

4 川上四郎文庫の閲覧方法

当文庫の資料を閲覧するには、事前に閲覧申請書の提出が必要となりますのでお問い合わせください。

（渡辺恭子）

［参考文献］

長岡市立中央図書館編（2002）「川上四郎文庫目録」（長岡市立中央図書館）、長岡市編（1998）「ふるさと長岡の人びと」（長岡市）、川上四郎／著（1977）『川上四郎童画大集』（講談社）

川上四郎

湯沢町公民館

1 所在地

〒949-6101 新潟県南魚沼郡湯沢町大字湯沢2822

TEL 025-784-2460

FAX 025-784-3737

2 開館時間・休館日

開館時間：午前9時～午後8時

（職員は平日の午後5時15分まで）

休館日：年末年始のほか、臨時休館日あり

3 所蔵資料とその特徴

新潟県長岡市生まれの川上四郎は1945（昭和20）年、戦争の激化により家族とともに湯沢町に疎開。以降、1983（昭和58）年の永眠まで湯沢町で創作活動を行った。1970（昭和45）年には久留島武彦文化賞を受賞し、晩年は童画界の最長老として健筆をふるい、終生童画一筋に生きた四郎の作品は見る人の心に郷愁を覚えさせる。

湯沢町内5つの地区のひとつである三国地区の共同浴場「宿場の湯」の一画で、町所有の原画を2012（平成24）年秋より常設展示している。町所有原画9点のほか権利者より寄託された原画96点は湯沢町歴史民俗資料館（愛称「雪国館」）にあり、権利者の許可を得た作品105点と川上四郎が挿絵を手掛けた絵本『良寛さ』の絵22点は復彩画を作成し、湯沢町公民館で保管している。原画・復彩画は「宿場の湯」で展示するほか、町内外で開催される企画展等で展示している。

また、四郎が挿絵や文を手がけた『コドモノクニ』『キンダーブック』『幼年クラブ』『良い子の友』『講談社の絵本』など子どものための読物雑誌や物語絵本を購入したり寄贈を受けたりして資料の収集に努めている。

4 越後湯沢全国童画展

「越後湯沢全国童画展」とは大人が子どものために描く絵画・「童画」の分野で活躍した川上四郎の功績を伝えるとともに、童画の持つ創造性や文化性をまちづくりに生かすべく始まった公募展であり、2018（平成30）年度で第23回を迎える。募集作品は審査を経て童画のまち・湯沢のPRに活用されている。

5 所有作品と寄託作品

①所有作品：9点（作品名は割愛）

②寄託作品：96点

学校がえり、高原春色、春になる、盆おどり、いろりばた、木の葉の旅、つらら、スキー場、蛙の船頭さん、ぐんとお空へ、秋まつり、月の砂漠（童謡画集2）、またあした、裏の一本橋、若菜摘み、雪ぐつ作り、小鳥の家、砂山、峠の茶屋、どんぐりころころ、おしくらまんじゅう、うさぎうさぎ（童謡画集2）、棒杭の親子、雪おろし、雨ふりお月さん、えんそく、雪やこんこん（童謡画集）、夕立、船頭さん（童謡画集2）、かかしつくり、炭焼き、春スキー、小鳥の巣、今年も豊年、谷川とこども等、ねんがじょう、お帰りなさい、かもめの水兵さん（童謡画集）、森の楽団、きのこのむら、凧あげ、にゅうどうぐも、荷馬車、日なたぼっこ、お山の大将、良寛さま、はるかぜそよかぜ、やぎの親子、夏雲、ほたる（童謡画集）、すずめおどし、凧（童謡画集2）、なかよし小道、砂山（2）、春の小川、月の御殿、ながれ星、もういいかい、家路、くすの木ひろば、童謡画集2表紙、水車、生家と幼少時代、鯉のぼりの旅、五合庵、あした（童謡画集2）、早春、花嫁人形（童謡画集2）、ひばり、河原の夏、雪のまちかいぼり、しょうじょう寺の狸ばやし、雷神、お月さま、笹舟往来、かにのかあさん（童謡画集）、あの子のおうち、金魚売り、枯れ葉、この道（赤い鳥童謡画集表紙）、かなりや（赤い鳥童謡画集表紙）、かえるの集合、村の春、夏、村のかじや、水の中のまち、谷川、ちんちんちどり（童謡画集2）、草原天国、おばけ並木、かえろかえろ、なぎさ、はまゆう、笛吹く少女、いずみのほとり、砂山（1） （南雲香奈）

川上すみを

鹿沼市立川上澄生美術館

1　所在地

〒322-0005　栃木県鹿沼市睦町287-14

TEL　0289-62-8272

FAX　0289-62-8227

2　開館時間

火曜日～日曜日／午前9時～午後5時

休館日：毎週月曜日、祝日の翌日、年末年始、展示替え休館日

3　所蔵資料とその特徴

鹿沼市立川上澄生美術館は、1992（平成4）年9月に、川上澄生の教え子で鹿沼市出身の長谷川勝三郎による約2,000点の川上澄生の作品及び資料の提供を受けて美術館が開館。作品は木版画を中心にガラス絵、革絵、焼絵、木工玩具、陶器など多岐にわたり、2017（平成29）年現在で作品、資料を併せて約2,800点収蔵している。

(1)　川上澄生

川上澄生（1895～1972）は、1895（明治28）年、横浜に生まれ、少年、青年時代は東京で過ごした。18歳から24歳にかけて、平峯劉吉のペンネームを使い、雑誌『文章世界』や『秀才文壇』、『中学世界』に絵、小説、短文、詩歌、短歌、俳句などを投稿し、太田三郎、三木露風、北原白秋、土岐哀果らの選で作品が掲載されている。1917（大正6）年から翌年までカナダ、アラスカを巡ったのち、1921（大正10）年から栃木県立宇都宮中学校（現 宇都宮高等学校）で英語教師として勤務。教職の傍ら、本格的に木版画制作を開始する。戦中、北海道へ疎開。1949（昭和24）年に宇都宮へ戻り、栃木県立宇都宮女子高等学校で講師を務めながら、継続して作品制作を続けた。1972（昭和47）年、77歳で没。

作品の主題として静物、南蛮、文明開化が多く見られるほか、絵本の出版や与田準一『猿と蟹の工場』、萩原朔太郎『猫町』、坪田譲治『善太と三平のはなし』などの装幀を手がけている。代表作《初夏の風》（1926年作）は、詩と版画を同一画面に配した表現力の高い木版画作品であり、棟方志功が版画の道へ進むきっかけを与えた。

(2)　自筆原稿（複製）

1919（大正8）年1月から12月にかけて『赤い鳥』へ童謡を投稿するために書かれた原稿（複製）を所有（原本は川上家の遺族が所有）。同稿からは、同年の2月26日から童謡の創作を開始し、その後、およそ1ヵ月に1回のペースで書いていることがわかる。このなかには実際に『赤い鳥』に掲載された「たんぽゝ」、「蛍」、「蜂のお城」、「焼玉蜀黍」、「目白」などが含まれている。

4　その他

川上澄生は「川上すみを」のペンネームで1919（大正8）年、『赤い鳥』第2巻第2号から翌年の第4巻第3号までの計10回、北原白秋の選で童謡が誌面に掲載されている。なお、その内訳は、推奨創作童謡2回、入選創作童謡8回である。

『赤い鳥』への童謡の投稿は、北原白秋への憧れによるものと考えられ、2人は『赤い鳥』を機に、雑誌『文章世界』の詩歌部門でも選者と投稿者の関係を続けているほか、のちに北原白秋が編集・主幹する雑誌『詩と音楽』、『近代風景』において、川上澄生は詩歌を発表している。

（原田敏行）

［参考文献］

原田敏行（2010）「川上澄生　詩と版画の世界」『生誕115周年記念特別企画展　川上澄生　詩歌と版画の世界—我は今詩情を絵画に託す—』（鹿沼市立川上澄生美術館）鹿沼市立川上澄生美術館編（2017）『開館25周年記念特別企画展　武井武雄と川上澄生—コドモとオトナのあいだに—』（鹿沼市立川上澄生美術館）

菊池寛

菊池寛記念館

1　所在地

〒760-0014　高松市昭和町1-2-20

TEL　087-861-4502

FAX　087-837-9114

2　開館時間・休館日

開館時間：午前9時〜午後5時（最終入館午後4時30分）

休館日：毎週月曜日（月曜日が祝日にあたる場合はその翌日）12月29日〜1月3日

3　所蔵資料とその特徴

菊池寛は1918（大正7）年12月、谷崎潤一郎、有島武郎、久米、江口渙らとともに『赤い鳥』の賛同作家として参加。翌年4月、「三人兄弟」と改題される「一郎次、二郎次、三郎次」を皮切りに、1923（大正12）年1月までに13篇を寄稿した。

寛は『赤い鳥』への寄稿から児童文学への関心が高まり、以後、『小学童話読本』（興文社）や『小学生全集』（興文社・文藝春秋社）を編集、発行する。

その第一歩を、「朝起きると、小島政二郎氏に頼まれたる「赤い鳥」のお伽話を書かんとして、二三枚書き始めたるも、お伽話は之が初てなれば中々うまく行かず」（『新潮』1918・11）としている。

当記念館では、菊池寛の作品が掲載された『赤い鳥』など、関連する雑誌や書籍（復刻を含む）を所蔵。

(1)『赤い鳥の本第四冊　三人兄弟』1921（大正10）年3月赤い鳥社発行（復刻）

菊池寛初の童話集。表題の「三人兄弟」の他、「納豆合戦」や「宮本武蔵と勇少年」、「よい熊、悪い人間」など8つの作品が収められている。このうち「不思議な話」と「本当のロビンソン」は、書籍の発行にあたり新しく書き下ろされた。寛は同書の序文において、児童文学の必要性と教育的狙いを下記のように示している。

> 自分は少年時代に、お伽話を読み耽った。自分が、文藝を以て世に立つて居る第一の機縁は、お伽話を読み耽つた為であると云つてもよい。自分は、お伽話によつて、どれほど繊細な感情を養はれ、どれほど、奔放な空想を培はれたか知れない。（中略）童話は正に文藝入門である。童話に於て、美しき感情と、豊穣なる想像と、正義を愛する心と、物の真実を観る眼とを培はれた児童達は、長ずるに及んで、必ずや文藝を愛する人となるだらうと思ふ。それは、彼等自身の幸福を意味し、同時に人類全体の向上をも意味して居る。

(2)『赤い鳥』菊池寛作品掲載誌（復刻含む）

- 1919年4月号「一郎次、二郎次、三郎次」い・ろ・は（次号へつづく）
- 1919年5月号「一郎次、二郎次、三郎次」は・に
- 1919年9月号「納豆合戦」
- 1919年12月号「落ちた雷」
- 1920年3月号「宮本武蔵と勇少年」
- 1920年6月号「艦長の子」
- 1920年7月号「狼と牡牛との戦」
- 1920年10月号「良い熊、悪い人間」
- 1921年2月号「一ぱいの水」
- 1921年9月号「唐人の算術」
- 1922年6、7月号「十三の頼朝」
- 1923年1月号「八太郎の鷲」

上記の作品は『菊池寛全集』補巻第4巻（武蔵野書房、2003）に収録。

(3)　鈴木三重吉肖像写真（1906頃）台紙付18cm×9cm

（桝田瑶子）

北原白秋

北原白秋生家・記念館

1　所在地

〒832-0065　福岡県柳川市沖端町55-1

TEL　0944-73-8940

FAX　0944-74-3810

2　開館時間・休館日

午前9時〜午後5時

休館日：年末年始

3　所蔵資料とその特徴

当館は、北原白秋の業績を顕彰するため1969（昭和44）年開館より北原白秋の作品・遺品および白秋に関連した作品資料等を収集しており、寄託・寄贈を含め約2,300点を所蔵している。

（1）雑誌『赤い鳥』

1932（昭和7）年2月号（赤い鳥社）、復刻版196冊3刷（日本近代文学館、1981）、『復刻赤い鳥の本』全23巻（ほるぷ出版、1969）、『赤い鳥童謡集』（ロゴス書院、1930）、『復刻「赤い鳥」童謡』全八集（ほるぷ出版、1977）

（2）童謡集（初版本）

雑誌『赤い鳥』を初出とする白秋作品を収録している（収録作品数、発行所、発行年）。

『とんぼの眼玉』（25篇、アルス、1919）、『兎の電報』（26篇、アルス、1921）、『まざあ・ぐうす』（17篇、アルス、1921）、『祭の笛』（18篇、アルス、1922）、『花咲爺さん』（18篇、アルス、1923）、『子供の村』（31篇、アルス、1925）、『象の子』（1篇、アルス、1926）、『日本新童謡集日本児童文庫』24（63篇、アルス、1927）、『月と胡桃』（83篇、梓書房、1929）、『作曲白秋童謡集改造文庫』（44篇、改造社、1929）、『白秋童謡読本』学年別編集全6巻（172篇、采文閣、1931）、『待ちぼうけ少年文庫』（65篇、春陽堂、1933）、『港の旗』（16

篇、アルス、1942）、『満洲地図』（6篇、フタバ書院、1942）、『七つの胡桃』（15篇、フタバ書院、1942）

（3）童謡集（白秋没後刊行）

雑誌『赤い鳥』に掲載されている白秋作品を収録している（収録作品数・発行所・発行年）。

『風と笛』（29篇、紀元社、1942）、『太陽と木銃』（18篇、フタバ書院、1943）、『国引』（6編、帝国教育会出版部、1943）、『からたちの花』（14篇、小峰書店、1949）、『北原白秋名作集少年少女現代日本文学全集8』（46篇、偕成社、1964）、『北原白秋どうよう』（22篇、チャイルド社、1968）

（4）全集

雑誌『赤い鳥』に掲載されている白秋作品を収録している（発行所・発行年）。

『白秋全集第9巻童謡集第一』（アルス、1929）、『白秋全集第10巻童謡集第二』（アルス、1930）、『白秋全集第11巻童謡集第三』（アルス、1930）、『白秋全集25童謡集1』『白秋全集26童謡集2』『白秋全集27童謡集3』『白秋全集28童謡集4』（岩波書店、1987）

（5）楽譜

雑誌『赤い鳥』に掲載されている白秋作品を収録している。

『童謡楽譜ほうほう蛍』（アルス、1922）、『夕焼トンボ』（アルス、1922）、『童謡楽譜とんからこ』（アルス、1925）、『からたちの花』（セノオ音楽出版社、1925）、『からたちの花』（4版、セノオ音楽出版社、1927）、『酸模の咲くころ』『足踏』『ほういほうい』『夜中』『からまつ原』『お月夜』『たんぽぽ』『お月さま』『雀追ひ』（以上、山田耕作童謡百曲集、日本交響楽協会出版部、1927）、『この道』（日本交響楽協会出版部、1927）、『こんこん小山』（山田耕作童謡百曲集、日本交響楽協会出版部、1929）、『北の湖第74篇』『薔薇第75篇』『鷹第79篇』（「青い鳥楽譜」、佐々木すぐる、1928）

（髙田杏子）

北原白秋

小田原文学館・白秋童謡館

1 所在地
〒250-0013　小田原市南町2-3-4
TEL　0465-22-9881
FAX　0465-22-9881

2 開館時間・休館日
午前9時～午後5時（入館は30分前まで）
休館日：年末年始（12月28日～1月3日）、
展示替え期間

3 所蔵資料とその特徴
小田原文学館は本館、白秋童謡館、尾崎一
雄邸書斎の3施設からなり、敷地内は西海子
公園として整備されている。本館は小田原出
身およびゆかりの文学者の資料を展示する施
設として1994（平成6）年に、白秋童謡館
は大正期に小田原で多くの童謡を創作した北
原白秋を紹介する施設として、1998（平成
10）年に開館した。両館の建物は国登録有形
文化財である伯爵田中光顕の旧別邸である。
白秋が1918（大正7）年に小田原に来た
当初、友人で美術評論家の河野桐谷の親類で
あった西村圭二が経営する養生館に滞在し、
圭二没後も息子隆一と交流した。その後天神
山の伝肇寺境内に自宅を建てたが、1923（大
正12）年の関東大震災の影響などから1926
（大正15）年に一家で上京した。白秋没後の
1957（昭和32）年5月には小田原市郷土文
化館内に白秋記念室が開室し、原稿や書簡な
ど約400点が白秋の長男隆太郎や西村隆一ら
から小田原市へ寄贈された。文学館を所管す
る小田原市立図書館には、白秋に師事し秘書
も務めた詩人藪田義雄の原稿や日記など、
1,500点を超える資料が1989（平成元）年に
夫人の紗代氏から寄贈されたほか、2012（平
成24）年6月には石丸麗子氏から『邪宗門』
初版本など62冊が寄贈されている。

（1）自筆原稿・草稿
「赤い鳥」17巻2号（1926（大正15）年8
月）に掲載された「もとゐたお家」をはじめ
とする「仔馬の道ぐさ」「ねんねの騎兵」な
どの童謡原稿・草稿のほか、北原白秋（1921）
『まざあ・ぐうす』（アルス）に収録された「六
片の歌」「天竺鼠のちび助」「卵」「雨、雨、
行つちまへ」「飲むもの」「泣け泣け」など、
自筆草稿を多数所蔵している。

（2）福田正夫宛　北原白秋葉書
1920（大正9）年4月30日付けで、発信
地は前年伝肇寺境内に建てられた「木兎の
家」となっている。同寺境内の隣接地に自宅
を新築する際、親交のあった詩人福田正夫を
地鎮祭へ招待する内容。この家は3階建ての
洋館で、後に「白秋山荘」と呼ばれた。

（3）北原白秋遺品
北原隆太郎から小田原市に寄贈された、白
秋愛用の硯・筆・名刺などである。

（4）北原白秋写真
小田原時代に撮影された写真。自宅前や書
斎で撮影されたもの、自宅のあった天神山で
隆太郎と一緒に写っているものなどがある。

（5）北原隆太郎旧蔵書
隆太郎から寄贈された書籍類で、白秋の旧
蔵書も含む。その中には白秋が長女の篁子に
贈ったと思われる「篁子へ　父」という書き
込みや篁子の名前が入った図書などがある。

（6）藪田義雄宛書簡
隆太郎や白秋夫人菊子のほか、大木惇夫な
ど詩人仲間からのものも多い。

4 その他
白秋童謡館には、白秋の童謡や映像などを
視聴できるコーナーがある。　（鳥居紗也子）

［参考文献］
小田原市編（1997）『小田原市史　史料編　現代』
小田原市郷土文化館編（2015）『小田原市郷土文
化館研究報告』51号

久米正雄

郡山市こおりやま文学の森資料館

1　所在地

〒963-8016　福島県郡山市豊田町3-5

TEL　024-991-7610

FAX　024-991-7620

2　開館時間・休館日

火曜日〜日曜日／午前10時〜午後5時

休館日：毎週月曜日（月曜日が祝日の場合は翌日）、年末年始（12月28日〜1月4日）、館内整理日

3　所蔵資料とその特徴

2000（平成12）年に開館した。郡山にゆかりのある久米正雄・宮本百合子・石井研堂・高山樗牛・鈴木善太郎・諏訪三郎・中山義秀・真船豊・東野辺薫・玄侑宗久について展示を行っている。敷地内には、1930（昭和5）年に鎌倉に建てられた久米正雄の居宅が移築復元されている。鎌倉の二階堂に建てられた久米邸は、当時としては非常にモダンな和洋折衷の造りとした建物で、久米はここを終の棲家とした。

久米正雄は、少年時代に絵画に親しみ、多くのスケッチを残した。中学時代には野球に熱中したが、鎌倉での文筆活動中にも野球を愛好し、チームを結成して楽しんだ。また、麻雀・競馬・スキー・カメラ等を好み、交友も広かった。

収蔵資料は、久米正雄に関する資料を中心に14,000点を数える。

久米正雄と鈴木三重吉の関係は、久米正雄の「今昔」という作品に記述が残る。それによると、久米正雄は1916（大正5）年に芥川龍之介らと第四次『新思潮』を創刊し、活躍の場を広げていく。当時『新小説』の編集顧問をしていた鈴木三重吉は、毎号『新思潮』を読んでおり、すでに面識のあった久米に芥川を紹介して欲しいとの書簡を送っている。そして、久米・芥川・鈴木の三人はカフェ・パウリスタで会うこととなった。

（1）鈴木三重吉　芥川龍之介宛書簡

鈴木三重吉が芥川龍之介に宛てた転居を知らせる葉書。表には「府下田端四三五　芥川龍之助　様」とある。消印が不明瞭で投函年月日は不明である。第四次『新思潮』の際、久米正雄と芥川龍之介は行動を共にしていた関係で、久米家に残されたものと思われる。

裏面に「転居　東京市本郷区上富士前町三番地河上方　鈴木三重吉」とあり、「新小説」を主宰してきたが、先月で「単なる寄稿者」となったことや新居の説明がある。そして最後に「日曜だけは必ず終日在宅いたします」と印刷されている。

（2）雑誌『赤い鳥』

雑誌『赤い鳥』のうち、原本は第2巻第1・3号、第3巻第1・4号、第4巻第2・5・6号、第5巻第3号、第6巻第1号、第7巻第3号を所蔵している。なお、復刻版は第2巻第1・3号、第3巻第1・2・4号、第4巻第2・5・6号、第5巻第3号、第6巻第1号、第7巻第3号を所蔵している。

（3）書籍『赤い鳥童話名作集』

1948（昭和23）年6月27日発行の『赤い鳥童話名作集』に鈴木三重吉「おたんじょうび」が掲載される。

また1951（昭和26）年10月10日発行の『赤い鳥童話名作集』では、1〜2年生の「おたんじょうび」に、鈴木三重吉の「おたんじょうび」が掲載。3〜4年生の「おまつり」には久米正雄の「どろぼう」、鈴木三重吉の「湖水のおんな」が掲載。5〜6年生の「木の下の宝」には鈴木三重吉の「白い鳥」が掲載される。

（4）書籍『二年生の赤い鳥』

1954（昭和29）年12月10日発行。久米正雄の「あひる」、鈴木三重吉「ピイピイとブウブウ」が掲載される。　　　（佐久間正明）

小砂丘忠義

高知県立文学館

1 所在地

〒780-0850　高知市丸ノ内1-1-20

TEL　088-822-0231

FAX　088-871-7857

2 開館時間・休館日

午前9時～午後5時（入館は4時30分まで）

休館日：年末年始（12月27日～1月1日）その他メンテナンス等による臨時休館あり。

3 所蔵資料とその特徴

小砂丘忠義関係資料は、長年等夫人と娘夢氏が保存。二人亡き後、夢氏の夫谷口龍三氏が小砂丘忠義文庫として大切に保存してきた。

谷口氏は、資料を高知県に寄贈したい意向を示していたが、2009（平成21年）年2月に亡くなられ、同年5月、兄龍三氏の意志を受けた令妹のご芳志により高知県に寄贈された。現在、文学館で所蔵する小砂丘忠義関係資料は、約3115点にのぼる。内容は、忠義が編集に携わった東京文園社発行の『鑑賞文選』、執筆発刊した『綴方生活』『綴方讀本』や『赤い鳥』などの雑誌、直筆原稿、日記、書簡などである。忠義は、高知師範学校卒業後、郷里にて小学校に勤務していたが、1925（大正14）年12月上京。1927（昭和2）年、文園社編集部で『鑑賞文選』の編集に携わり、1929（昭和4）年10月、郷土社を創立。雑誌『綴方生活』『綴方読本』を発行し、生活綴方の指導と普及に専念した。

生活綴方は、全国的に教師の支持を得たが、特に東北地方は盛んであった。小砂丘の指導方向は生活の重視であり、社会のなかに潜む人間の自由を束縛するものを摑むことであった。児童の文学的水準を高めることに主力を注ぎ、その方法として、すでに文壇にある人に童話を書かせたという点に意義をもつ、『赤い鳥』とは一線を画す。

（1）草稿「少年　浜口雄幸」

400字詰、郷土社原稿用紙390枚ペン書。

執筆者名は田中貢太郎だが忠義の筆である。

1932（昭和7）年8月『少年　浜口雄幸』は、厚生閣書店から田中貢太郎の名前で出版された。しかし、1938（昭和13）年10月東京モナス発行の小砂丘忠義著『私の綴方生活』の序で、貢太郎は『少年　浜口雄幸』が忠義の筆であることを明記している。

（2）草稿「病間録（遺稿）」

400字詰、郷土社製B号原稿用紙1枚

『綴方生活』9巻9号「小砂丘忠義追悼号・最終号」1937（昭和12）年12月収載。

夢氏の口述筆記による忠義の遺稿。

「止みがたき病勢と、更に、雑誌に対する絶ちがたき思慕とは、其の本意なき所へまでも、僕をかりたてる」と続く。「窓ひらけば窓だけの秋深みけり」の句が残された。

（3）小砂丘忠義宛上田超風（庄三郎）書簡

1922（大正11）年6月30日消印、封書、便箋1枚、ペン書き。

同郷の庄三郎からの書簡は23通を所蔵。「六号を今日戴きました。妻とふたりで熱心によみました。君の王気と覇気に感心せずにはおられません。…」誌代を支払えないので、次回からは送付しないようと続く。SNK協会（小砂丘忠義、中島喜久夫、吉良信之）刊行の雑誌『極北』のことであり、7号まで出版された。庄三郎はこの年6月に『闌明』を出しており、翌月には『土』を創刊している。

（4）バイオリン1651年チェコスロバキア製

駒の部分に「VUILLAUME」、f字孔内部に「Nicolus Amatus fecit in Cremona 1651 Made in Czechslovakia」と書かれたラベルが貼ってある。忠義から娘夢氏に贈られたものと見られる。

4 その他

以上の資料は、高知県立文学館の収蔵庫にて保管している。

（津田加須子）

下村千秋

阿見町立図書館

1 所在地

〒300-0333　茨城県稲敷郡阿見町若栗1838-24

TEL　029-887-6331

FAX　029-887-9268

2 開館時間・休館日

火曜日〜金曜日／午前９時〜午後７時土・日・祝日／午前９時〜午後５時

休館日：毎週月曜日、年末年始（12月29日〜１月３日）、蔵書点検のための特別整理期間

館内整理日（指定月の第三木曜日）。

3 所蔵資料とその特徴

下村千秋氏夫人のご好意によって著作、原稿、日記等が阿見町立図書館に寄贈され、1992（平成４）年７月に「下村千秋文学コーナー」が設置された。また、同時期に「『下村千秋資料・遺品』目録　下村千秋年譜」や「下村千秋文学案内」が作成され、その後、2004（平成16）年10月、千秋が大正、昭和の文学史に残した足跡を称え、阿見町立図書館玄関前に下村千秋文学碑が設置された。

下村千秋は、1925（大正14）年から1936（昭和11）年にかけて『赤い鳥』に24編の童話を発表しています。それらは、『赤い鳥』がめざした芸術的香りの高い作品である。

（1）『あたまでっかち』（下村千秋童話選集）

1997（平成９）年１月、阿見町教育委員会から委嘱を受け、「下村千秋文学研究会」と図書館が協力して出版した。なお、本書には『赤い鳥』に発表された24編のうち下記の14編が掲載されている。

（掲載されている作品名─発表順）

「神様の布団」「鬼退治」「太一郎とつばめ」「ひろった星」「「生きた絵」の話」「見すてら

れた犬」「ひよっことおたまじゃくし」「猫のお墓」「蛇つかひ」「豊年のこほろぎ」「桃の花と女の子」「曲馬団「トツテンカン」」「きつね」「あたまでっかち」

（2）『下村千秋の世界』

本書は、2012（平成24）年に阿見町教育委員会生涯学習課が事務局になり、阿見町ふるさと文芸検討委員会の編纂委員11名の尽力により出版された。内容は、下村千秋の生い立ちや業績について書かれたものであり、夫人やご子息はじめ関係者からの寄稿文も掲載され、在りし日の千秋が偲ばれる。また、本書には『赤い鳥』に発表された「あたまでっかち」「神様の布団」「鬼退治」「太一郎とつばめ」「「生きた絵」の話」「見すてられた犬」「ひよっことおたまじゃくし」「猫のお墓」「吹雪の夜の森」「軍艦と猿」「豊年のこほろぎ」「飛行将校と少年たち」の12編を要約し記載している。

（3）「下村千秋・朗読CD」

このCDは、2013（平成25）年５月に底本である『あたまでっかち』（下村千秋童話選集）から、阿見町立図書館の委託を受け、下村千秋文学研究委員会の編集によって作成された。収録内容は17編であり、そのうち『赤い鳥』に発表したものは、「あたまでっかち」「神様の布団」「鬼退治」等の14編である。

4 その他

『あたまでっかち』は阿見町立図書館、『下村千秋の世界』は阿見町教育委員会生涯学習課で販売を行っている。また、「下村千秋・朗読CD」は、阿見町立図書館で貸出を行っている。

（齊藤千洋）

［参考文献］

下村千秋文学研究委員会編（1997）『あたまでっかち──下村千秋童話選集』（茨城県稲敷郡阿見町教育委員会〈阿見町立図書館〉）、阿見町ふるさと文芸検討委員会編纂（2012）『阿見町が生んだ作家「下村千秋の世界」その研究と検証』（阿見町教育委員会生涯学習課・編纂事務局）

第６部　『赤い鳥』関係の記念館・資料館・文学館

鈴木三重吉

県立神奈川近代文学館

1　所在地

〒231-0862　横浜市中区山手町110

TEL　045-622-6666

FAX　045-623-4841

2　開館時間・休館日

　展示室：午前９時30分～午後５時（入館は午後４時30分まで）

　閲覧室：火曜日～金曜日／午前９時30分～午後６時30分

　土・日・祝日／午前９時30分～午後５時

　貸会議室：午前９時30分～午後９時

　休館日：月曜日（祝日は開館）、年末年始。そのほか展示室は展示替、メンテナンス期間、閲覧室は月末整理日、特別整理期間が休室。

3　所蔵資料とその特徴

　鈴木三重吉長男・鈴木珊吉氏から赤い鳥関係資料を受贈し、「鈴木三重吉・赤い鳥文庫」として一括保存している。また、同文庫以外にも芥川龍之介「蜘蛛の糸」原稿や三重吉書簡などを収蔵している。

（1）「鈴木三重吉・赤い鳥文庫」

　1985（昭和60）年に鈴木珊吉氏から『赤い鳥』原本全冊と鈴木三重吉著書・『赤い鳥』関連書などをご寄贈いただいた。また、同年秋には「日本の子どもの文学展」、翌年には「鈴木三重吉没後50年記念展　〈赤い鳥〉の森」を開催し、その後1999（平成11）年にかけて展覧会出品資料を含む図書627冊、雑誌565冊、特別資料（図書・雑誌以外の資料）1080点を受贈した。当館は日本近代の児童文学資料を積極的に収集しており、藤田圭雄文庫、滑川道夫文庫、那須辰造文庫、関英雄文庫とともに、同文庫は当館児童文学資料の重要な柱の一つとなっている。

　図書は、三重吉の著書と作品収録図書あわせて261冊で文庫図書の半数近くを占める。

　特別資料は、手入切抜なども含めた原稿・草稿が356点、書簡444点、書画62点などとなっており、自筆資料類がその８割を占めている。このうち、三重吉の原稿・草稿は331点で、「民子」「黒血」「櫛」や代表作「桑の実」のほか、三重吉が「自分一人ですべてを計画して、自分で直接に出版する」（夏目漱石『須永の話』（鈴木三重吉、1914、p.1）という方針のもと、夏目漱石、谷崎潤一郎らの作品を刊行した『現代名作集』（鈴木三重吉、1914～1915）の序文、『三重吉全作集』（鈴木三重吉、1915～1916）付録「手紙に代へて」など初期創作関係が50点。三重吉が童話に専念する契機となった『湖水の女』（春陽堂、1916）、『世界童話集』（春陽堂、1917～1926）など童話関係は165点。また『赤い鳥』創刊から晩年にいたる後半生の作品では、1918年（大正７）７月の創刊号に掲載された三重吉の創作童話「ぽっぽのお手帳」原稿をはじめ、「女神の死」「雉のお使」など、のちに『古事記物語』（赤い鳥社、1920）として刊行された「日本歴史童話」のシリーズ、「日本を」、三重吉の死去により未完となった2106枚に及ぶ「ルミイ」、『綴方読本』（中央公論社、1935）原稿など116点となっている。

　書簡は北原白秋からの39通をはじめ、芥川龍之介、泉鏡花、久保田万太郎、小宮豊隆、高浜虚子、谷崎潤一郎、森鷗外、森田草平ら『赤い鳥』運動賛同者からの三重吉宛書簡に加え、夏目漱石、安倍能成らの書簡がある。中でも118通を数える小宮書簡は、三重吉作品評のほか漱石の近況や、『漱石全集』装幀についてのやりとりなど、漱石山脈の一端を垣間見せ興味深い。また、三重吉書簡には幼い子どもたちへの"初めての手紙"など家族への心温まる書簡があり、子煩悩な三重吉の姿を伝えている。

　このほか、島崎藤村「小さな土産話」原稿、北原白秋作詩に作譜した山田耕筰らの自筆楽譜、清水良雄、深沢省三らの『赤い鳥』口絵・

挿絵原画などもあり、三重吉が半生を捧げた『赤い鳥』の全貌を辿る資料となっている。おもな資料は以下のとおり。

①鈴木三重吉「ぽっぽのお手帳」原稿

　『赤い鳥』1918年7月号に掲載。愛娘・すずをモデルに、「すゞ子」の誕生と成長を温かく描いた三重吉の創作童話。本文は黒と朱で訂正が多数書き込まれているほか、冒頭には朱で「「ホツポウ」とあるは以下スベテ「ポツポ」トナホスコト」の指示がある。36枚。

②鈴木三重吉宛北原白秋書簡　1918年2月17日

　三重吉が構想中の雑誌の名前について、「例の御雑誌、こま鳥といふ名はかはいらしいと思ひます。結構だと存じます。赤い小鳥といふやうな名もわるくはないと思ひますが、あなたの本の名に似よりのがあるから」と意見を述べ、「匂の高い、かはいらしいいい雑誌の誕生をいのります」と声援を送っている。三重吉との不和により後に袂を分かつことになる白秋だが、この当時は三重吉の慫慂に応じて『赤い鳥』運動に参加し、童謡、児童自由詩運動に精力的に取り組んだ。

③鈴木すず・珊吉宛鈴木三重吉書簡　[1921年]8月18日

　三重吉が沓掛温泉で過ごす2人の子どもに宛てて初めて書いた書簡。この書簡を同封していたと思われる封筒には、同地で子どもたちに付き添っていた乳母のお葉(松岡葉子)の筆跡で「すゞ子様と珊吉様に御父様より御初めて下さつた御たより　一九二一、八、二〇　沓掛温泉にて　葉」の記載があり、さらに珊吉氏と思われる筆跡で「大正10年8月18日付」の記載もある。このほか、[1922年8月]の書簡にも「二人に生れてはじめてお父さまが手紙を上げます」と書かれている。

（2）「鈴木三重吉・赤い鳥文庫」以外の資料

④芥川龍之介「蜘蛛の糸」原稿

　『赤い鳥』1918年7月に掲載。三重吉が提唱した「童話と童謡を創作する最初の文学

的運動」に賛同して執筆した芥川の児童文学代表作。お伽噺に自信のなかった芥川は「遠慮なく筆削」するよう三重吉に依頼した(小島政二郎宛芥川龍之介書簡1918・5・6)。三重吉は、「御」→「お」、「事」→「こと」など漢字を開いたり、「ます」→「ました」など文末の変更や改行を入れたりするなど75箇所に手を入れたが、最初の『芥川龍之介全集』(岩波書店、1927〜1929)刊行の際、小島政二郎によって原文に戻された。15枚。

⑤鈴木三重吉宛夏目漱石書簡　[1905(明治38)年12月24日]

　三重吉は東大英文科に入学後、胃病と神経衰弱のため1年休学するが、中川芳太郎を介して夏目漱石と手紙のやりとりを始める。広島・能美島で静養中の1905年12月初旬、三重吉は炬燵にあたって壁に写った影法師の輪郭を人にかき取って貰い、その画に「炬燵して或夜の壁の影法師」の句を添えて漱石に送った。この書簡は、漱石がその「影法師」の画に「鈴木子の信書を受取りて　只寒し封を開けば影法師　漱石」と認め、三重吉に送り返したもの。夏目嘉米子氏寄贈。

4　その他

　『赤い鳥』関連の刊行物として、『鈴木三重吉没後五十年記念展〈赤い鳥〉の森』図録(1986)、副本などを除く1850点を収録した『鈴木三重吉・赤い鳥文庫目録』(2003)がある。このほか、「県立神奈川近代文学館所蔵Web版夏目漱石デジタル文学館」で資料⑤を含め三重吉宛漱石書簡3通の画像を、同「夏目漱石デジタル文学館」(館内版)では赤い鳥文庫の三重吉書や三重吉宛書簡など20点も公開している。　　　　　　　　(金子美緒)

［参考文献］

『『赤い鳥』複刻版解説・執筆者索引』(日本近代文学館、1979)、『芥川龍之介全集』月報2(岩波書店、1927)、寺田寅彦ほか著『漱石俳句研究』(岩波書店、1925)、吉田精一・荒正人・北山正迪監修『図説漱石大観』(角川書店、1981)ほか

鈴木三重吉・室生犀星

石川近代文学館

1　所在地

〒920-0962　石川県金沢市広坂2-2-5　石川四高記念文化交流館内

TEL　076-262-5464

FAX　076-261-1609

2　開館時間・休館日

午前9時〜午後5時（入館は午後4時30分まで）

休館日：年末年始（12月29日〜1月3日）

3　所蔵資料とその特徴

石川県にゆかりのある文学者、および石川県を舞台にした文学作品に関する資料（自筆原稿・書跡・著書・遺品等）を所蔵する。『赤い鳥』に寄稿した作家では徳田秋聲・泉鏡花・室生犀星・加能作次郎が収集対象である。

（1）室生犀星自筆原稿「寂しき魚」

文房堂製400字詰原稿用紙14枚、ペン書、編集者による指定書き込みあり。

『赤い鳥』1920（大正9）年12月号に発表された室生犀星による童話の自筆原稿。本作は短編小説集『古き毒草園』（隆文館、1921）に「魚」に改題して収録、のち原題に戻し童話集『翡翠』（宝文館、1925）に収められた（上記2冊の初版本も所蔵）。養家の側を流れる犀川に親しみ、俳号を「魚眠洞」とした犀星にとって、魚は好んだモチーフだったと言える。

（2）岡栄一郎宛　鈴木三重吉書簡

岡栄一郎（1890〜1966）は金沢市出身の劇作家、評論家。漱石に師事し、大正から昭和初期にかけ、史劇を中心に小説や劇評などを発表した。当館所蔵の三重吉書簡は、岡の遺族が保管していた諸作家の岡宛書簡をまとめてご寄贈いただいたものの一部で、9通ある。いずれも岩波書店刊行の『鈴木三重吉全集』6巻および別巻に未収録のものである。

①1913（大正2）年5月20日付葉書

女鳩を方々へ御頼みして大に失敬しました、等。

②1913年6月23日付　葉書

来宅の際には「山彦」の何とかを持参願う旨等。

③1913年6月28日付　封書

父を亡くした津田青楓の近況、困窮する津田に壁画を描かせ金を稼がせてやりたい旨等。

④1913年7月15日付　封書

二十日から国民へ長編を載せるが書くことがないため「清新な材料でも供給して下さいな」、小宮豊隆は小説を執筆中の由、等。

⑤1913年9月8日付　封書

「桑の実は一向面白くないので自分でも持て余して居ります」等。

⑥1913年9月14日付　葉書

自分は多忙につき、津田青楓には遊びがてら訪問し直接話すようにと住所を教える。

⑦1913年9月17日付　葉書

桑の実は書き方が詳しすぎて失敗、等。

⑧1914（大正3）年10月7日付　封書

岡が「おじ」と呼んで親しみ、この頃隣に住んでいた徳田秋聲の小説「密会」を刊行するにあたり他の収録作品の選出を求める。また新聞で秋聲の入院を知り、見舞うために病院はどこか尋ねている。

⑨1915（大正4）年1月9日付　封書

秋聲の「密会」を近々出版したく、収録作品選出を願う旨。

「密会」は「日向ぼつこ」「足袋の底」を加え、『現代名作集第十二編　密会』としてこの年の4月に三重吉が発行した。同書の初版本も当館に所蔵がある。

（當摩英理子）

［参考文献］

室生朝子（1978）「解題」（『室生犀星童話全集』第三巻、創林社）

武井武雄
日本童画美術館（イルフ童画館）

1　所在地

〒394-0027　長野県岡谷市中央町2-1-1
TEL　0266-24-3319（代表）
FAX　0266-21-1620

2　開館時間・休館日

開館時間　午前10〜午後7時
休館日　毎週水曜日（水曜日が祝日の場合は開館）、12月29日〜1月3日、展示替えによる臨時休館あり。

3　所蔵作品・資料とその特徴

岡谷市出身の童画家武井武雄の業績を記念して、1998（平成10）年に設立された市立美術館である。武井の遺族より、童画原画、タブロー画、版画、刊本作品等約6,000点が寄贈された。先の大戦による空襲で、当時武井自身が保管していた原画は焼失したため当館で所蔵する戦前の作品はごく少数で、『赤い鳥』に関連する原画並びに資料もほとんど残されていない。『赤い鳥』は鈴木三重吉が述べているように「世間の小さな人たちのために、芸術として真価ある綺麗な童話と童謡を創作する」雑誌として創刊された為、絵は主に挿絵として、添え物的な役割しか与えられなかった。子どもに本物の絵を提供しようと、「童画」という言葉を創り、童話や童謡と対等であろうとした武井の姿勢は三重吉には受け入れられなかったと考えられる。そのため武井武雄が『赤い鳥』に絵を提供したのは、1928（昭3）年の7月号〜10月号に4回あるだけである。清水良雄は別としても、1926（昭和1）年に日本童画家協会を結成した同志である川上四郎、深沢省三と比べても圧倒的に少ない。また同じく結成時に参加した盟友初山滋もまったく『赤い鳥』に絵を描いていないことを見ると、『赤い鳥』の編集方針が窺える。つまるところ、三重吉にとって、あくまでも童話、童謡が中心であり、武井や初山に見られる個性豊かな、主張する絵は疎んじられたのであろう。この1926（昭和3）年に武井の絵が掲載された、7月号〜10月号の4冊は1985（昭和60）年に再復刻されたものを当館でも所蔵している。武井や初山は1922（大正11）年に創刊された革新的な絵雑誌『コドモノクニ』では、表紙を含め数多くの絵を提供し、中心的な役割を担った。「童画」を男子一生の仕事と決めた武井にとっては、絵が主たる役割を果たさなかった『赤い鳥』は、越えなくてはならない一つの壁であった。

（1）赤い鳥名作集1の「杜子春」「蜘蛛の糸」

1949（昭和24）年に小峰書店から刊行された『赤い鳥童謡画集』掲載の西條八十の「うたをわすれたカナリア」の絵は、武井武雄が担当しているが、残念ながら当館では原画を所蔵していない。1973（昭和48）年に中央公論社から刊行された『赤い鳥名作集1　芥川龍之介』の絵を武井が担当して、「杜子春」と「蜘蛛の糸」を描いている。共に原画は当館で所蔵しており、「杜子春」が7点、「蜘蛛の糸」が2点ある。これらの原画は既に何度か展示もしている。また、本自体は2冊所蔵しており、閲覧は可能である。

（1）伝記やインタビュー記事等

武井の伝記には、娘三春が書いた「父の絵具箱」（六興出版、1989）があるが、『赤い鳥』に関する記述は見当たらない。1981（昭和56）年2月に諏訪郷土文化研究会が武井武雄にインタビューしたものが、当研究会が出版している月刊『オール諏訪』1号、2号に連載され、その後1984（昭和59）年に諏訪文化社より上梓された『武井武雄　メルヘンの世界』に転載されたが、ここでも武井は大正期に勃興した児童文化の先鞭を付けたのが、鈴木三重吉の『赤い鳥』であると述べてはいるが、それ以上のことは語っていない。

（山岸吉郎）

巽 聖歌 （たつみせいか）

日野市郷土資料館 （ひのししきょうどしりょうかん）

1　所在地

〒191-0042　東京都日野市程久保550番地
TEL　042-592-0981
FAX　042-594-1915

2　開館時間・休館日

開館時間：午前9時〜午後5時
休館日：毎週月曜日（月曜日が祝日の場合は開館し、翌日を休館とする）、年末年始（12月29日〜1月3日）

3　所蔵資料とその特徴

（1）資料収蔵の経緯と現状

1998（平成10）年、日野市旭が丘にあった聖歌の住居が取り壊されることになり、所蔵されていた資料が日野市郷土資料館に寄贈されることとなった。ただし、すべてが寄贈されたわけではなく、廃棄された資料もある。

資料は、巽聖歌の自筆原稿・書籍・雑誌・日記・書簡・写真・文集など多岐にわたっているが、未整理のものも多く、総点数は不明である。巽聖歌個人の資料のほか、同時代の作家たちとの交流を示す資料、また、妻であり女流画家として活躍した野村千春関係の資料も含まれている。巽聖歌が所蔵していた資料は、その一部が1993（平成5年）、大阪府立大阪国際児童文学館に寄贈されていた。2010（平成22）年3月の同館の大阪府立中央図書館への統合に伴い、雑誌・書籍を除く資料類の一部が、再寄贈という形で、日野市郷土資料館へ戻されることとなり、併せて収蔵している。遺族から随時寄贈された資料なども存在する。

寄贈資料の整理は現在進行中で、整理終了後目録を作成し、公開する予定である。

現在は、原則非公開であり、常時展示している資料はない。請求に応じて閲覧は可能。

（2）『赤い鳥』関連の資料

聖歌が『赤い鳥』に投稿したのは、1924（大正13）年〜1929（昭和4）年までの5年間であり、計24作品が掲載されているが、関連資料は少ない。

①「大正14年日記」

20歳の時の日記。「新文章日記」というタイトルの既成の日記帳に記されている。日記と創作ノートが混在しており、『赤い鳥』に投稿した作品などの草稿が記され、添削の跡などをたどることが出来る。『赤い鳥』14巻4号に掲載され、北原白秋から高い評価を受けた「水口」の草稿もある。

日記は、ほかに1929・1933・1934年などが存在する。当時の文学仲間や、師匠として仰いだ北原白秋との交流を示す記述が多い。

②童謡同人誌『チチノキ（乳樹）』（欠号有）

『チチノキ』は、1930（昭和5）年、巽聖歌が与田準一などとともに創刊した童謡同人誌。1935（昭和10）年終刊までに、19冊が刊行された。1929年の『赤い鳥』休刊後、発表の場を失った同人たちが、自由に作品を発表できる場となった。新美南吉も同人として活躍し、巽聖歌と知り合うきっかけとなった。

4　その他

巽聖歌の旧宅の近くにある旭が丘中央公園には、聖歌の代表作童謡「たきび」詩碑がある。1999（平成11）年4月建立。2006（平成18）年からは、毎年12月上旬、同地で巽聖歌と童謡「たきび」を顕彰する「たきび祭」が行われている。これがきっかけとなって、日野市と巽聖歌のふるさと岩手県紫波町は、姉妹都市盟約を結んでいる（2017年1月）。同公園内の旭が丘地区センターには、巽聖歌展示コーナーがある。　　　　（北村澄江）

［参考文献］

『巽聖歌作品集』上・下（1977）、内城弘隆編著（2007）『ふるさとは子どもの心　巽聖歌の詩と生涯』、川原井泰江編（2011）『巽聖歌童謡曲集』、日野市郷土資料館編（2018）『たきびの詩人巽聖歌』

坪田譲治

坪田譲治「子どもの館」

1 所在地

〒700-0031　岡山市北区富町2-9-30　岡山市立石井幼稚園2階

TEL・FAX　086-279-8882（長尾）

2 開館日・時間・活動内容

(1) 常時活動

毎週土曜日　午前10時〜12時、第5土曜日は休館

子どもも大人も楽しめる図書館のほか、以下の行事を行っている。

第1土曜日　華道（偶数月）
　　　　　　お話と伝統行事・遊び
第2土曜日　茶道（奇数月）
　　　　　　お話と伝統遊び
第3土曜日　伝統料理・干支の絵・工作
第4土曜日　お話と折り紙・切り紙

(2) イベント活動

年2回、譲治の生涯・伝統・活動を紹介

3 所蔵資料

坪田譲治を顕彰する目的で2004年（平成16）年9月に岡山市教育委員会より岡山市立石井幼稚園の2階の空き教室3部屋を借りて「子どもの館」を発足させた。当初は、岡山市立中央図書館や個人の所蔵本を寄付してもらった。補助金で新刊を購入するなどして現在は約7000冊の蔵書がある。また、坪田譲治設立の「びわのみ文庫」に所蔵していた約100冊の児童文学書を、坪田の三男理基男氏より寄贈されている。

(1)『赤い鳥名作童話集』

1969（昭和44）年2月1日、文教出版発行の初版本、佐伯匡文氏寄贈である。

芥川龍之介「くもの糸」、有島武郎「一ふさのぶどう」、鈴木三重吉「お馬」、菊池寛「八太郎のわし」、佐藤春夫「実さんの胡弓」、小川未明「青いボタン」、室生犀星「ひちりき師用光」、新美南吉「のら犬」、坪田譲治「きつね狩り」、林扶美子「かえる」など掲載している。表紙の裏には、北原白秋の詩「赤い鳥小鳥」掲載（1918年10月発表）。

(2)『坪田譲治文学全集』全12巻

1978（昭和53）年1月20日から5月20日にかけて新潮社から出版された。

第1巻〜第6巻は小説、第7巻から11巻は童話、第12巻は随筆と評論が収められている。佐伯匡文氏寄贈のものである。

(3)『坪田譲治全集』全8巻

1955（昭和30）年5月20日新潮社より発刊。第1巻　風の中の子供ほか、第2巻　子供の四季、第3巻　虎彦竜彦ほか、第4巻　短編集、第5巻　童話集（一）、第6巻　童話集（二）、第7巻　童話集（三）、第8巻　昔話幼年童話、加藤章三氏寄贈。

(4)『坪田譲治童話集』全14巻

1986（昭和61）年10月31日岩崎書店から出版。譲治の童話作品が収められている。第14巻は童話研究になっている。佐伯匡文氏寄贈。

(5) その他の著作

『魔法』（健文社、1935）、『班馬いななく』（主張社、1936）、『子供の四季』（新潮社、1938）、『虎彦龍彦』（新潮社、1942）、『小川の葦』（中央公論社、1946）、『猛獣狩り』（三島書房、1948）、『谷間の池』（小峰書店、1950）、『坪田譲治自選童話集』（いわさきちひろ絵、実業之日本社、1972）など、古い初版本を多数所蔵している。

(6) その他

・「譲治横顔のレリーフ」（木製）　坪田理基男氏寄贈。

・短冊「童心浄土」「故郷忘じ難し」　令孫西村真理氏寄贈。

（長尾冨佐恵）

第6部　『赤い鳥』関係の記念館・資料館・文学館

寺田寅彦

高知県立文学館（寺田寅彦記念室）

1 所在地

〒780-0850　高知市丸ノ内1-1-20

TEL　088-822-0231

FAX　088-871-7857

2 開館時間・休館日

午前9時〜午後5時（入館は午後4時30分まで）

休館日：年末年始（12月27日〜1月1日）、その他メンテナンス等による臨時休館あり。

3 所蔵資料とその特徴

寺田寅彦関係資料は、1997（平成9）年11月2日の高知県立文学館開館を機に、同年9月遺族の芳志により高知県に寄贈された。これら貴重な資料をもとに、科学から芸術にわたる広汎な分野に大きな足跡を残した寅彦の業績を顕彰するため、開館と同時に寺田寅彦記念室を開設、資料を常設展示している。

寅彦の事物の本質を見抜く直観力は、科学において従来の決定論的な枠組みに入りきらない日常現象に法則性を発見する新しい分野を開拓し、科学者として多くの実績を残した。

また、夏目漱石らによって文学の才を見いだされた寅彦の随筆は、科学者としての観察と詩人としての直観が融合され、随筆の世界に新しい分野を切り開いた。

現在、当館では2000点以上の寺田寅彦関係資料を収蔵している。その中には、寅彦が師と仰いだ夏目漱石からの書簡をはじめ、自筆原稿、科学論文、寅彦が使用したチェロ、油彩画等多岐にわたり、科学と芸術が渾然一体となった寅彦の生涯にふれることができる。

(1)『赤い鳥』第8巻5号（1922・5）※復刻版

寅彦「茶碗の湯」収載、署名は「八條年也」。寅彦は『赤い鳥』等の雑誌で子供向けの科学読み物を書いた。なお、『赤い鳥』を創刊した鈴木三重吉とは同じ漱石門下である。

(2)『ホトトギス』8巻7号（1905年4月）※復刻版

寅彦「団栗」収載。亡き妻と、幼い娘との間の不思議な遺伝を描く。後に『藪柑子集』（1923年2月）に収録。鈴木三重吉は、「「団栗」なぞは写生文から出て、写生文が大きな小説を得る一階梯に上つたものと考へた」（「私の事」）と称賛している（『鈴木三重吉全集』第5巻、岩波書店、1938）。

(3) 自筆原稿「やもり物語」

やもりから連想した女中、荒物屋の一家の思い出をつづった作品で、『ホトトギス』第11巻1号（1907年10月）に掲載され、後に『藪柑子集』に収録される。

(4) 寅彦宛 夏目漱石書簡

1907（明治40）年9月8日付。漱石から寅彦にあてた書簡で、「やもり物語」について評しており、また、後半部分に初期の寅彦の作品の特徴が述べられている。

(5) 自筆原稿「自由画稿」

1935（昭和10）年、『中央公論』に掲載される。「はしがき」と18章からなる、寅彦最晩年のおもに回顧を記したシリーズで、編集者の朱書が加えられている。

(6) 英文タイプ論文「空気中を落下する特殊な形の物体の動きに就て‐椿」

寅彦は日常の中の自然現象にも興味を持ち、深い洞察力で観察、実験により検証した。

(7) バイオリン 年不明 ドイツ製

寅彦は、確認できるだけでバイオリンを三台購入しているが、当館所蔵のものは、1922（大正11）年9月30日、東京銀座にて130円ほど（約20万円）で購入した3台目のものであると考えられる。

4 その他

寺田寅彦記念室内には視聴コーナー「寺田寅彦実験室」も設置されている。

（道脇夕加）

^{とくだしゅうせい}
徳田秋聲

^{とくだしゅうせいきねんかん}
徳田秋聲記念館

1 所在地

〒920-0831　石川県金沢市東山1-19-1

TEL　076-251-4300（代表）

FAX　076-251-4301

2 開館時間・休館日

日曜日〜月曜日／午前9時30分〜午後5時（入館は4時半まで）

休館日：展示替え期間、年末年始

3 所蔵資料とその特徴

金沢市生まれの作家・徳田秋聲（1871〜1943）の業績を顕彰するため、2005（平成17）年、その生誕地近くに開館。

上京後、秋聲が終の棲家と定め、約40年間を暮らした東京都文京区本郷の旧宅は、秋聲没後の1950（昭和25）年に東京都の史跡に指定され、同地に現存する（2018年現在）。当館の開館にあたり、その家屋と資料を保存管理する遺族により自筆原稿・遺品・書籍・雑誌等、約1000点が寄贈寄託され、館の主要な収蔵品となっている。あわせて現在までに館で独自に収集した関連資料約2000点を収蔵展示。

館では秋聲の基礎資料約100点を恒常的に陳列する常設展示のほか、年に3〜4回ほど企画展示をおこなっており、そのテーマに合わせて徳田家より関連資料を借り受け、順次公開している。

（1）雑誌『赤い鳥』2冊

第1巻1号（1918・7・1）、第2巻第1号（1919・1・1）。秋聲旧蔵品（徳田家寄託品）。

それぞれ秋聲の名で「手づま使」、「唐傘」を掲載するが、当時、同誌の編集に従事していた小島政二郎の回顧録によると、いずれかは小島の代作であるという（あるいは両方の可能性も高い）。

明治40年代より自然主義作家として知られるようになった秋聲は、比較的大人の読み物を得意とし、それまで自身も一時在籍をした博文館発行の雑誌『少年世界』を中心に子ども向け読み物をしばしば発表していたが、1913（大正2）年頃を最後に子ども向けの作品を書かなくなった。ただ子どもに安心して読ませられるものを、との趣意には共感したようで、『赤い鳥』創刊時にはその巻頭言に賛同者にひとりとして名が挙がる。

そうした縁からいったんは原稿依頼に応じたものの、結局執筆することが出来ず、小島が代わって制作。秋聲の承諾を得て、秋聲名で掲載されることとなった（秋聲だけでなく、鈴木三重吉とともに原稿を寄越さぬ大家数人に対し同様の手続きをおこなったと記される）。

またこれらの作品について、秋聲の手になるものと信じきっている芥川龍之介と久米正雄がその出来栄えを賞めたのを、小島は複雑な気持ちで聞いたという。

（2）徳田秋聲宛　鈴木三重吉葉書

徳田家蔵。1918（大正7）年4月14日付。『赤い鳥』創刊にあたり秋聲に執筆を依頼し、その締め切りを連絡する内容。三重吉の秋聲印象記「燻銀のやうな感じ」（『新潮』第26巻第4号、1917）によれば、秋聲宅を初めて訪問したのは1911（明治44）年6〜7月頃。葉書には「過日来度々御邪魔をいたしまして恐縮に存じます」とあり、この頃には頻繁に本郷の秋聲宅を訪れていた様子が伝わる。また「坊ちゃんとお馬ごツこをなさるやうな、軽ひお心持でノンキに御書き下さいまし」とも秋聲を気遣っているが、結局ノンキな心持では書けなかったようだ。

（藪田由梨）

［参考文献］

小島政二郎（1942）『眼中の人』（三田文学出版部）、小島政二郎（1967）「秘密の話」『谷崎潤一郎全集』月報7（中央公論社）

長田秀雄
<small>ながたひでお</small>

くまもと文学・歴史館
<small>ぶんがく　れきしかん</small>

1　所在地
〒862-8612　熊本市中央区出水2-5-1
TEL　096-384-5000（代表）
FAX　096-385-4214

2　開館時間・休館日
午前9時30分〜午後5時15分

休館日：火曜日（祝日の場合は翌日休館）、毎月最終金曜日（夏休み期間中は開館）、年末年始（12月28日〜1月3日）、特別整理期間（年間14日以内）

3　所蔵資料とその特徴
2016（平成28）年1月にリニューアルオープンした当館では、前身である熊本近代文学館において展示対象としてきた小泉八雲、夏目漱石ら32名の文学者を中心に、熊本ゆかりの近代文学関係資料を所蔵している。父母が現在の菊池市の出身で熊本にルーツを持つ長田秀雄は、実弟で小説家の長田幹彦とともに展示・収集対象作家である。

（1）自筆原稿「燈台鬼」
児童向け戯曲の自筆原稿。『赤い鳥』1921（大正10）年10月号に第一場、同11月号に第二場が掲載された。秀雄が顧問をしていた市村座の脚本用原稿用紙を使用する。

唐の王宮で、主人公の遣唐使軽大臣をもてなす宴会が催される。賑やかなその席上で故郷への土産話にと見せられたのは、声をうばわれ頭上の鉄輪に火のついた蠟燭を立てた人間燭台「燈台鬼」であった。『平家物語』などに見られる燈台鬼説話を下敷きに、玄宗皇帝などを登場させ再構成。軽大臣が難解な漢詩の読解に挑む第二場には、実際の遣唐使吉備真備にまつわるエピソードが用いられている。

（2）自筆原稿「今年の戯曲界」
雑誌『女性』（プラトン社）1926（大正15年）12月号に掲載された論評の自筆原稿。この年は多くの戯曲が発表され、佳作も多かったほか、専門の戯曲作家でない小説家が戯曲を発表するなど、いわば「戯曲の当り年」であった。しかし秀雄はこの戯曲全盛時代をあくまで文壇上のものととらえ、演劇界との没交渉を批判。「戯曲は上演されなければ、本統でない。戯曲の発達は、ひいて、演劇の発達でなければならない」と述べ、この状況を問題視する。

（3）自筆原稿「国民的演劇樹立の急務（一）」
掲載紙不明の自筆原稿。内容から1940（昭和15）年に書かれたものと推測される。

劇作家として長年、日本での近代的演劇確立を目指す新劇運動に携わってきた秀雄であったが、本稿ではそれを「欧羅巴の近代劇のシステムを、そのまゝ模倣したもの」として否定。かわって、われわれ日本人の「民族の血の上に立つ」、「民族の性格を性格とする国民的な演劇」を樹立すべきと主張する。

1940（昭和15）年8月、戦時体制へと向かう国内情勢のなか、秀雄が創立時から参加し幹事長も務めていた新協劇団が強制的に（表向きには「自発的に」）解散する。この事件や劇団員の一斉検挙といった弾圧を受け、秀雄は本稿のような国粋主義的発言を重ねていった。その言葉の裏には、戦時体制下においてなお演劇を維持したいという秀雄の意志を読み取ることができよう。

（4）野田宇太郎宛自筆葉書
1948（昭和23）年10月22日（消印）。翌日開催の「桐下会」を、「胃腸をこわし少々発熱」したため欠席する旨を知らせる。「桐下」は木下杢太郎の号「桐下亭」のことであり、1945（昭和20）年10月に亡くなった杢太郎を偲ぶ集まりであったと考えられる。この葉書からおよそ半年後の1949（昭和24）年5月5日、秀雄は胃潰瘍のため永眠した。

（片桐まい）

芥川龍之介・中村星湖

山梨県立文学館

1 所在地

〒400-0065　甲府市貢川1丁目5番35号
TEL　055-235-8080（代表）
FAX　055-226-9032

2 開館時間・休館日

展示室　午前9時〜午後5時（入室は4時30分まで）

閲覧室　午前9時〜午後7時（土・日・祝日は午後6時まで）

休館日　月曜日（祝日の場合はその翌日）

年末年始、燻蒸期間の休館、臨時開館・臨時休館についてはお問い合わせ下さい。

3 所蔵資料とその特徴

山梨県立文学館は1989（平成元）年に開館、山梨県出身・ゆかりの文学者の資料を中心に収集・保存・公開している。2017年現在、図書・逐次刊行物約32万点、特殊資料約4万9千点を収蔵。資料は展示室で公開するほか、閲覧室で利用者の申請に対応している。『赤い鳥』は原本（一部欠本）と（第一次・第二次）復刻本を所蔵。2005年春、企画展「『赤い鳥』と『少年倶楽部』の世界」を開催した際には、館蔵資料、館外からの出品資料併せて、関係作品の原稿や挿絵原画などを多数出品した。

4 芥川龍之介

当館の重要なコレクションのひとつが、岩森亀一コレクションを核とする芥川龍之介の資料群である。5,000枚を超える草稿・未定稿類を中心に、幼少年期の日記、絵画、書画、書簡、旧蔵書などから構成される。

この中に芥川が『赤い鳥』に発表した5作品の内、最後に発表された「アグニの神」（1921年1月〜2月掲載）草稿12枚（松屋製200字詰原稿用紙使用、ペン書）を収蔵している。第4章後半以降に対応する内容で、発表作本文との比較により、構想の変化を見ることが出来る。資料は当館発行の『芥川龍之介資料集　図版I』（1993年11月）にモノクロ写真版で全12枚を掲載。また、閲覧室の端末でカラー画像の閲覧が可能である。

このほか、芥川の鈴木三重吉宛書簡（1919年11月9日付　巻紙に墨書　芥川龍之介全集収録）を収蔵する。「魔術」（1920年1月号掲載）の発表について「赤い鳥新年号の原稿明日出来上るのですが二回に亘らず一度に御掲載出来ますまいか　どうも途中で切れると気がぬけてしまふのです」と相談する内容。

5 中村星湖

中村星湖（1884〜1974）は山梨県南都留郡富士河口湖町生まれ。山梨県出身作家として常設展示室で紹介し、1994年には初の企画展「中村星湖展」を開催している。

星湖は第一次『赤い鳥』に1920年から1926年にかけて21編の童話を執筆。「ほととぎすの昇天」（1920年8月）、「ある巡査の娘」（同年10月、11月）、「栗拾ひ」（1921年3月、4月）、「魚の番人」（同年11月）などがある。

星湖の長男の故・中村顕一氏寄贈資料の中には、星湖宛三重吉書簡（1929年9月7日）があり、前述の企画展『中村星湖展』図録に写真を掲載した（p38）。便箋1枚にペン書き。3月12日夜に麻布笄町で足を踏み外して左大腿骨を骨折し入院していた三重吉が、退院後の近況を伝えた後、「赤い鳥は最後の三年間に三万円以上つぎ込みましたが、いかにもやり切れませんので廃刊いたしました」「最早再起の見込もございません。永々御ひいきに預りましたことはお忘れ申しません」と雑誌廃刊のことを伝える。なお、中村家寄贈資料ではないが、「魚の番人」原稿も収蔵する。

以上のほか、関連資料としては鈴木三重吉の前田晁宛書簡（1912年12月17日）、津田青楓宛書簡（1929年6月28日）、鈴木珊吉宛書簡（1935年8月7日）、谷崎潤一郎の三重吉宛書簡（1914年9月30日）などがある。

（高室有子）

成田為三
なりた ためぞう

浜辺の歌音楽館
はまべ うたおんがくかん

1　所在地

〒018-4301　北秋田市米内沢字寺ノ下17-4
TEL　0186-72-3014

2　開館時間・休館日など

火曜日～日曜日／午前10時～午後5時

休館日：月曜日（祝日法の休日にあたる場合はその翌日）、年末年始（12月29日～1月3日）

料金：小・中学校270円（210円）／高校生320円（270円）／大学・一般540円（480円）※（　）は10名以上の団体料金

3　所蔵資料とその特徴

(1)　当館の概要

「浜辺の歌」「かなりや」で知られる作曲家成田為三の作品とその業績を顕彰するため、生誕地の米内沢に、1988（昭和63）年8月に開館した音楽博物館である。成田の活動した時代から大正ロマンをイメージした洋館風の2階建で、1階はリスニングルーム、2階は展示およびグランドピアノによる自動演奏とビデオスクリーンのステージとなっている。

成田にかかわる資料・遺品はきわめて僅少である。これは東京滝野川にあった自宅が1945（昭和20）年4月13日の空襲により被災し、家財とともに未発表作品を含んだ資料の全てを焼失したためである。雑誌『赤い鳥』にかかわる資料も例外でない。

現在、当館の展示・収蔵資料の多くは成田が教授を務めた国立音楽大学および故・文子夫人とその親族のご好意により寄贈されたものが主体となっている。『赤い鳥』に関する直接的な資料や関係者の書簡等は収蔵していない。

『赤い鳥』に関する資料は、故・文子夫人の寄贈による復刻版『赤い鳥』のほか、当館設立に前後して収集した『赤い鳥』の原本（一部）、復刻版がある。

1919（大正8）年5月、西條八十作詞の「かなりあ」に成田が曲を付けた「かなりや」の楽譜が『赤い鳥』2巻第5号で発表された。『赤い鳥』での楽譜掲載は初めてであり、童謡の初源・元祖といわれている。以後、専属の作曲家・選者となり毎号掲載している。ドイツ留学（1921～1925）の間も寄稿を続け、帰国後に一番先に聞きたかったことが「童謡はどうなっていましょうか」（『赤い鳥』第12巻第3号、1922・10）であったというほど、童謡に寄せる思いは強いものがあったと思われる。雑誌『赤い鳥』とそこから派生した童謡運動は成田の作曲活動の中でも大きな比重を占めるが、前述のような理由で資料が残っていないことは『赤い鳥』での成田及び童謡の展開を研究する上で大きな損失である。

(2)　展示等の状況

1階リスニングルームでは、代表曲24曲が聴けるが、このうち『赤い鳥』掲載曲は「かなりや」のほか、北原白秋作詞の「りす〜小栗鼠」（第3巻第3号）、「赤い鳥小鳥」（第4巻第4号）、「犬のお芝居」（第3巻第4号）、「葉っぱ」（第5巻第6号）、「飛びこそよ」（第17巻第5号）、「青い魚」（第15巻第4号）の計7曲である。

2階の展示では「童謡の時代―赤い鳥と為三―」のコーナーで「かなりや」「雨」（『赤い鳥』第2巻第6号）、「お山の大将」（第5巻第3号）、「赤い鳥小鳥」「りす〜小栗鼠」「ちんちん千鳥」（第6巻第3号）等の掲載頁を紹介。

この他、「花火」（第5巻第5号）、「金魚」（第6巻第2号）、「玩具の舟」（第5巻第2号）については鉛筆書きの自筆楽譜（作成年不明）があり常設公開している。

4　その他

2階ビデオシアターのプログラム中で、雑誌『赤い鳥』を取り上げ、「かなりや」「りす〜小栗鼠」を紹介している。　　（細田昌史）

新美南吉

にいみなんきち

新美南吉記念館

にいみなんきちきねんかん

1 所在地

〒475-0966　愛知県半田市岩滑西町1-10-1

TEL　0569-26-4888

FAX　0569-26-4889

2 開館時間・休館日

午前9時30分～午後5時30分

休館日：毎週月曜日、毎月第2火曜日（祝日又は振替休日にあたる場合は開館して翌日休館）、年末年始

3 収蔵資料とその特徴

新美南吉の遺品や蔵書のほか、作品原稿、書簡、日記など現存する直筆資料の9割以上を収蔵する。

その大部分は、南吉にとって北原白秋門下の兄弟子にあたる巽聖歌が所蔵していたものである。南吉が亡くなる直前に巽へ送り死後の出版を託した未発表原稿、巽が南吉の遺族から預かった原稿、友人や女学校の教え子が持っていた南吉からの手紙を巽が集めたものなどで、約700点に上る。

1973（昭和48）年に巽が亡くなった後は委員会を設立して管理を移し、「新美南吉著作権管理委員会」の所有となる。この資料を用いて、『校定新美南吉全集』（大日本図書、1980～1983）が編纂され、刊行後は財団法人大阪国際児童文学館へと資料を寄託した。1994（平成6）年、新美南吉の故郷である愛知県半田市に新美南吉記念館が開館すると半田市に寄託し直され、1997（平成9）年、正式に半田市へ寄贈された。

その他、図書資料として、新美南吉の童話集、作品集、絵本、紙芝居、研究書、研究論文、授業実践記録から、国語教科書、一般児童書、郷土資料まで、新美南吉とその作品に関するあらゆる出版物を収集している。

(1)「スパルタノート」

南吉が童話、短歌、日記、手紙の下書きなどを記したノート。『赤い鳥』1932（昭和7）年1月号に「ごん狐」として掲載された童話「権狐」が、1931（昭和6）年10月4日の日付で書かれている。題名の下に「赤い鳥に投ず」のメモがあり、南吉が手元に残すための控えと考えられる。掲載された「ごん狐」との異同の多くは、鈴木三重吉による改変と推定される（詳しくは本書「新美南吉」の項を参照）。

(2)「その日その日」

南吉が日記帳に童話、童謡、翻訳、手紙の下書きなどを記したもの。『赤い鳥』1932年5月号に「のら犬」として掲載される童話「常念御坊とのら犬」が1932年1月19日の日付で書かれている。その他に1932年3月号掲載の童謡「枇杷の花の祭」と同年4月号掲載の童謡「ひなた」も書かれている。

(3)「アルスノート」

南吉が初めて上京した際、巽聖歌からもらったノート。童謡を書きつけるために使う旨の書き込みがあるが、実際に書かれた童謡は4編のみ。『赤い鳥』1932年4月号に掲載された童謡「ひなた」と、投稿したものの掲載されなかったとみられる童謡「雨の音」が書かれている。

(4)「昭和四年自由日記」

南吉が中学生時代の1929（昭和4）年に使用した日記帳。『赤い鳥』が同年3月号をもって休刊したことを書店で立ち読みして知り落胆したことや、後日の復刊に備えて愛読者名簿を作る呼びかけに応じて氏名住所を書き送ったことなど、『赤い鳥』に関する記述がある。

4 その他

視聴覚コーナーのタッチパネルでは、「スパルタノート」に書かれた「権狐」の全頁等を閲覧することができる。

（遠山光嗣）

弘田龍太郎
（ひろたりゅうたろう）

安芸市立歴史民俗資料館
（あきしりつれきしみんぞくしりょうかん）

1　所在地
〒784-0042　高知県安芸市土居953番地イ
TEL・FAX　0887-34-3706

2　開館時間・休館日
午前9時～午後5時

休館日：月曜日（祝祭日と重なる時は開館）、年末年始（12月29日～1月3日）

3　所蔵資料とその特徴
高知県東部に位置する安芸市は古くから開け、中世の頃には土地の豪族安芸氏が支配した。江戸時代には、土佐藩家老五藤氏が安芸城跡に屋敷を構え、周辺に家臣たちを住まわせた武家屋敷「土居廓中」は、2012（平成24）年国の重要伝統的建造物群保存地区に選定され、近くの野良時計とともに近年脚光をあびている。

1985（昭和60）年、安芸市は五藤家より美術工芸品や古文書など37,000余点の資料の寄贈・寄託を受け、城跡に歴史民俗資料館を開館。館内は、五藤家コーナーをはじめ、歴史コーナー、人物コーナーなど部屋ごとに分かれ、展示している。

資料館が建つ安芸市土居に1892（明治25）年、龍太郎は生まれた。この龍太郎の偉業を後世に受け継ごうと1977（昭和52）年から始まった童謡の里づくり運動。翌年、龍太郎の曲碑第1号「浜千鳥」が建立され、その後、次々と安芸市内の名所、旧跡に計10基の曲碑が建立された。また、市民の合唱やゲストコンサートなどを行う「童謡フェスティバル」や、童謡のシンボルマークの制定など、さまざまな活動が行われている。

1985（昭和60）年、当館が開館するにあたり、龍太郎の遺族より遺品や楽譜などが多数寄贈された。

館内の弘田龍太郎を紹介する展示コーナーで、龍太郎の生涯を紹介するとともに、資料の一部を常時展示している。

（1）遺品
龍太郎が作曲の時に使用していた机や、演奏会で着用したモーニングコートとズボン、シャツ、ベストの正装服一式、愛用のオルガンなど、遺族からの寄贈品がある。オルガンは、龍太郎の母校である東京音楽学校から譲りうけたリードオルガンである。

（2）自筆原稿
遺族から寄贈された直筆の楽譜「黄昏」や、龍太郎に和声学の指導を受けていた方より寄贈された直筆の原稿10枚（1943年頃）を収蔵している。

（3）楽譜
遺族から寄贈された楽譜集（1920～1959）。京文社より出版された『童謡小曲選集』（1927～1932）16冊をはじめ、弘田龍太郎作品集3冊（1959）や少女小曲集『浜千鳥』など多数。館で購入したものを含めると約50冊収蔵。

（4）書簡
龍太郎の弟子で、音楽の指導を受けていた方より寄贈された書簡2通（1943年11月1日、同年11月14日）。

（5）写真（複写プリント）
赤ちゃんの時から小学、中学、大学時代、両親との写真、家族の写真など（下記の通り）を遺族から提供いただき、複写を収蔵している。

①1歳頃の龍太郎、②千葉県立師範学校付属小学校1年生の龍太郎と父、③津中学校時代、学友と、④東京音楽学校卒業記念写真、⑤龍太郎30歳頃の写真、⑥ドイツ留学時、娘たちとの写真、⑦龍太郎夫妻と子供たち、⑧龍太郎と母、⑨龍太郎の肖像写真、⑩ゆかり文化幼稚園での龍太郎、⑪家族写真、⑫演奏会の写真、⑬妻ゆり子、⑭ゆかり文化幼稚園、⑮自宅の写真ほか。

（門田由紀）

深沢省三

深沢紅子野の花美術館

1 所在地

〒020-0885　岩手県盛岡市紺屋町4-8

TEL　019-625-6541

FAX　019-625-6533

2 開館時間・休館日

火曜日〜日曜日／午前10時〜午後5時

休館日：月曜日（月曜日が祝祭日に当たるときには開館となり、翌火曜日が休館）年末年始・展示替え期間

3 所蔵資料とその特徴

当館は、盛岡市出身の画家深沢紅子（1903〜1993）を顕彰する美術館として、市民運動が実を結び開館した。夫の画家深沢省三とともに、戦後の芸術復興に尽力した業績を讃え、顕彰活動を行っている。

深沢省三は、風景画家として知られる一方、童画家としても活躍し、『赤い鳥』の挿絵は、大きな仕事の一つである。

美術学校時代、『赤い鳥』の芸術性の高さに強い衝撃を受け、同郷の先輩画家の紹介から清水良雄と出会い、主宰の鈴木三重吉に得意とする動物画を認められたことで大抜擢となり、以来、清水良雄・鈴木淳とともに挿絵の中心的役割を担った。『赤い鳥』に描いた挿絵は、1920年第4巻第5号から復刊第12巻第3号までの17年間、カットも含め2,750点。

優れた原稿のイメージに忠実に、情熱を注ぎ描く省三に、三重吉は深い信頼を寄せ、「社長」「ショウベエ」とお互いを呼び合う間柄で、家族ぐるみの親交も深かった。

当館では所蔵資料は少ないものの、盛岡市資料と合わせ時折企画展示をし、子どもの文化を大切に考え真摯に丹精込め描いた『赤い鳥』の資料収集に努めている。

（1）深沢省三『赤い鳥』原画

「魔法」表紙絵1点・挿絵4点（『赤い鳥名作集5』、中央公論社、1973、盛岡市蔵、『赤い鳥』昭和期に活躍した坪田譲治を三重吉に紹介したのは省三であった）、「ごんぎつね」挿絵3点（『赤い鳥名作集5』、中央公論社、1973、盛岡市蔵）、赤い鳥の賞楯図案1点（盛岡市蔵）

（2）深沢省三『赤い鳥』関連資料

『深澤省三・紅子画集』（岩手日報社、1984）、『深澤省三画集』（荻生書房、1926）「深澤省三・童画の世界七十年展」（多摩美術大学美術参考資料館、1988）『赤い鳥名作集2』（中央公論社、1973、「湖水の女」「からたちの花」「この道」などの童謡挿絵を紅子が手掛けたもの）、『赤い鳥名作集5』（中央公論社、1973、深沢省三挿絵「魔法」・「ごんぎつね」、『赤い鳥』掲載の新美南吉の「ごんぎつね」挿絵も省三によるもの）、『私のピーターパン』（アムリタ書房、1996、『赤い鳥』1935年第10巻1号から1936年第12巻3号に連載された岡愛子の長編童話）、『子どもの本の世界展』（県立神奈川近代文学館、2001）、『赤い鳥名作童話集』関英雄編（文研出版、1969、盛岡市蔵）

（3）雑誌『赤い鳥』

全196冊の復刻版。原本は、第8巻第5号（1922）、第8巻第6号（1922）、第18巻第5号（1927）、第18巻第4号（1927）、第19巻第1号（1927）

（4）鈴木三重吉『赤い鳥』通信

No.27（1993、深沢紅子先生追悼特集）、No.30（1994）、No.33（1995）、No.35（1996）、No.36（1996）、No.47（2001）、全て表紙絵は深沢省三

4 その他

『かなりや物語』（春陽堂、1920、鈴木三重吉編・清水良雄装画・深澤省三挿絵）、『蟹の王子』（春陽堂、1921、鈴木三重吉編・深澤省三挿絵）、『せんたくやの驢馬』（春陽堂、1922、鈴木三重吉著・深澤省三挿絵）、「ごんぎつね」貨幣セット（造幣局、2007）　（渡邊薫）

第6部　『赤い鳥』関係の記念館・資料館・文学館

宮原晃一郎

かごしま近代文学館

1 所在地
〒892-0853　鹿児島市城山町5-1
TEL　099-226-7771（代表）
FAX　099-227-2653

2 開館時間・休館日
水曜日〜月曜日／午前9時30分〜午後6時（入館は午後5時30分まで）
休館日：毎週火曜日（休日の場合は翌日）、年末年始（12月29日〜1月1日）

3 所蔵資料とその特徴
2008（平成20）年、宮原晃一郎の遺族から、出身地である鹿児島市のかごしま近代文学館に資料約600点が寄贈された。資料は主に直筆原稿・草稿、家族宛ての宮原の書簡、有島武郎ら交流のあった作家からの書簡、宮原の著作や旧蔵書、写真等である。

宮原は、『赤い鳥』などに童話を発表する一方で、北欧文学の翻訳者としても活躍していたことから、資料は大別して、童話と翻訳関係に分けることができる。

また、宮原は文部省唱歌「われは海の子」の作詞者と考えられており、その根拠とされる資料も所蔵している。

（1）宮原晃一郎宛　有島武郎挨拶状・写真
1915（大正4）年3月29日付け。1910（明治43）年、『小樽新聞』の記者だった宮原は、当時、東北帝国大学農科大学予科教授だった有島武郎との知遇を得、交友を重ねた。本資料は有島が大学を辞して帰京する際に、宮原に贈った挨拶状と有島の肖像写真である。木下紀美子氏は、『赤い鳥』と宮原を結びつけたのは、「一房の葡萄」を『赤い鳥』に発表した有島だったのではないかと推測している。

（2）宮原晃一郎宛　鈴木三重吉葉書
1932（昭和7）年4月19日消印。表面の差出人欄は赤い鳥社だが、裏面には鈴木三重吉の署名がある。三重吉に、平明で流麗な文章が気に入られた宮原は、1920（大正9）年11月号に発表した「漁師の冒険」を皮切りに、実に55編もの童話を『赤い鳥』に発表している。

（3）宮原晃一郎『龍宮の犬』（赤い鳥社）
1923（大正12）年、「赤い鳥の本第13冊」として刊行された宮原の最初の童話集。宮原の初期の童話の多くは、母親から聞いた昔話が下地となっている。

（4）宮原晃一郎　自筆原稿「虹猫の話」
『赤い鳥』1927（昭和2）年1月号掲載の自筆原稿。この頃から宮原の作風は、昔話の再話から創作童話へと変化を見せている。特に、お伽の国に住む七色の猫を主人公にしたこの物語は、「虹猫と木精」「虹猫の大女退治」へと続き、見事な冒険譚として一つの物語を形成している。

（5）宮原晃一郎宛　宇野千代葉書
1925（大正14）年1月16日消印。『赤い鳥』に宇野千代を紹介したことに対する礼状。宇野はこの2か月後の『赤い鳥』3月号に、童話「十年一夜」を発表している。

（6）宮原知久（晃一郎）宛　文部省「新体詩懸賞募集」佳作入選通知書
1908（明治41）年12月19日付け。同年に旧文部省が行った新体詩の懸賞募集に、宮原の詩「海の子」が佳作入選したことを伝える文書。現在も愛唱されている文部省唱歌「われは海の子」は、この時入選した「海の子」がもとになっているのではないかと考えられている。

4 その他
毎年、「海の日」にあわせて、宮原晃一郎の資料の一部を常設展示室で公開している。

（吉村弥依子）

［参考文献］
木下紀美子（1978）「宮原晃一郎解説」『日本児童文学大系』第11巻（ほるぷ出版）

むろう さいせい
室生犀星

むろう さいせい き ねんかん
室生犀星記念館

1　所在地

〒389-0112　長野県北佐久郡軽井沢町大字軽井沢979-3

TEL　0267-45-8695（軽井沢町教育委員会生涯学習課文化振興係）

FAX　0267-46-1152（同上）

2　開館時間・休館日

4月29日〜11月3日／午前9時〜午後5時（最終入館は午後4時30分）

休館日：11月4日〜翌年4月28日（ただし開館期間中は無休）

入館料　無料

駐車場　無し（近隣の駐車場を利用）

3　所蔵資料とその特徴

1889（明治22）年に石川県金沢市で生まれた室生犀星は、1920（大正9）年に初めて軽井沢を訪れ、以後毎夏を軽井沢で過ごし文筆活動を続けてきた。

当記念館は1931（昭和6）年に室生犀星が新築し、亡くなる前年の1961（昭和36）年まで夏を過ごし、1944（昭和19）年から1949（昭和24）年の間は疎開生活を過ごした別荘（軽井沢の家）を室生犀星記念館として一般公開している。

この家には室生犀星が深く愛した庭があり、犀星が丹精を込めて育てた苔が現在もきれいに苔むしている。長女の室生朝子は「庭を造ることを仕事と同じほど大切に、情熱を持っていた犀星」と著しており、小説家の丸山明もこの苔庭の美しさについて書いている。

また、この家には室生犀星と交流のあった川端康成や萩原朔太郎、志賀直哉、折口信夫、堀辰雄、津村信夫、立原道造と言った多くの文学者たちが訪れている。

室生犀星は1920（大正9）年から1924（大正13）年にかけて「赤い鳥」に童話3作品を発表している。

雑誌『赤い鳥』や鈴木三重吉に関する資料を所蔵していないが、室生犀星の軽井沢に関係する資料を中心に収蔵している。

なお、収蔵資料は、堀辰雄文学記念館で展示替えを行いながら公開している。

（1）記念館概要

母屋：台所、風呂、便所、和室3部屋

離れ1：便所、和室2部屋

離れ2：和室3部屋

（2）室生犀星作の軽井沢関連作品初版本

『魚眠洞随筆』（新樹社、1925）

『庭を造る人』（改造社、1927）

『信濃の歌』（竹村書房、1941）

『信濃山中』（全国書房、1946）

『旅びと』（臼井書房、1947）

『山鳥集』（桜井書店、1947）

『杏つ子』（新潮社、1957）

『我が愛する詩人の伝記』（中央公論社、1958）

その他初版本がある。

（3）その他

別荘（軽井沢の家）模型、長野県立軽井沢高等学校校歌歌詞、色紙、書簡、遺品等々がある。

（4）室生犀星文学碑

1959（昭和34）年に『かげろふの日記遺文』で野間文芸賞の受賞記念として、室生犀星自ら建立させたものである。

旧軽井沢の矢ヶ崎川畔にある文学碑面の詩「切なき思ひぞ知る」は、1928（昭和3）年『鶴』の一編である。

なお資料の収蔵は堀辰雄文学記念館が行っている。

〒389-0115　長野県北佐久郡軽井沢町大字追分662　TEL/FAX　0267-45-2050

（土屋公志）

室生犀星

室生犀星記念館

1 所在地

〒921-8023　石川県金沢市千日町3-22

TEL　076-245-1108

FAX　076-245-1205

2 開館時間・休館日

午前9時30分～午後5時

定休日なし　年末年始（12月29日～1月3日）および展示替期間休館

3 所蔵資料とその特徴

室生犀星の業績を顕彰するため、金沢市が民有地であった生誕地跡を購入し、2002（平成14）年に開館した。遺品、原稿、書簡、初版本、掲載誌、短冊、写真、刷物など、犀星に関わる資料の収集を継続的に行っている。2017（平成29）年現在、犀星遺品約170点、犀星自筆原稿約100点、犀星書簡約500点、犀星著作約650冊、雑誌約2,500冊、所蔵資料総数約5,000点である。犀星の遺族から寄贈された遺品や書簡、写真のほか、関わりのあった文学者やその遺族から寄贈された書簡類を多数所蔵している。

『赤い鳥』への寄稿は「寂しき魚」（1920・12）、「塔を建てる話」（1921・10）、「篳篥師用光」（1924・9）の3作品である。「寂しき魚」は、詩人として出発し、1919（大正8）年に作家デビューをした犀星が、童話を書き始めた最初期のものである。犀星の作品掲載誌のほかに、『赤い鳥』関連資料の所蔵はない。『赤い鳥』関連の作家の資料としては、芥川龍之介・北原白秋の書簡、佐藤春夫の原稿などが若干ある。

（1）自筆原稿「抒情小曲集」

犀星が1918（大正7）年に発行した第二詩集『抒情小曲集』（感情詩社）の完全原稿。広川松五郎、恩地孝四郎による装幀原画、北原白秋、萩原朔太郎、田辺孝次による序文、自序、本文、奥付まですべて揃っており、表紙をつけて製本されている。ただし、本文の一部は、犀星の筆跡ではない。自費出版であった詩集発行への並々ならぬ情熱が伝わってくる。

（2）自筆原稿「我が愛する詩人の伝記」

1958（昭和33）年、『婦人公論』に1年間連載された評伝の原稿（第12回「千家元麿」を除く）。犀星が交流のあった、あるいは尊敬をしていた物故詩人について、独特の観察眼と表現で綴る。発表順に北原白秋、高村光太郎、萩原朔太郎、釈迢空（折口信夫）、佐藤惣之助、堀辰雄、立原道造、津村信夫、山村暮鳥、百田宗治。毎日出版文化賞受賞作。

（3）小畠貞一宛書簡

犀星の一つ年上の甥であり、金沢で活躍した詩人小畠貞一に宛てた犀星の書簡。遺族から寄贈された。1923（大正12）年から1942（昭和17）年にかけて約100通あり、その間の犀星の行動や内面を詳しく知ることができる。

（4）犀星著作初版本

生前に出版された約160冊の初版本はほぼすべて揃う。童話・児童詩集に『翡翠』（宝文館、1925）、『四つのたから』（小学館、1941）、『鮎吉・船吉・春吉』（小学館、1942）、『山の動物』（小学館、1943）、『動物詩集』（日本絵雑誌社、1943）、『五つの城』（東西社、1948）、『オランダとけいとが』（小学館、1948）がある。

（5）掲載誌

犀星の作品が掲載された雑誌を収集している。児童文学の発表誌としては、『赤い鳥』『キング』『小学三年生』『小学五年生』『少国民の友』『良い子の友』『少女の友』『少女画報』『少女くらぶ』『キンダーブック』などがある。

（6）遺品

犀星の身の回りの品々を所蔵する。庭には遺品である四方仏のつくばい、九重の塔、屋敷神などを配置している。　（嶋田亜砂子）

山田耕筰
明治学院大学図書館附属
遠山一行記念日本近代音楽館

1　所在地

〒108-8636　東京都港区白金台1-2-37

TEL　03-5421-5657

FAX　03-5421-5658

2　開館時間・休館日

　木曜日～土曜日／午前10時～午後5時

　休館日：日曜日～水曜日。また、祝日、明治学院大学図書館の休館日は休館。

　＊入館には電話予約を要す。

3　所蔵資料とその特徴

（1）山田耕筰文庫について

　山田耕筰文庫は、山田の没後、輝子（真梨子）夫人から作品資料等の遺品を遠山音楽財団に寄贈したい旨申入れがあり、財団がこれを受諾したことによって、1967（昭和42）年12月に設置された。1973（昭和48）年には夫人から追加の資料を受贈、また、財団が精力的に資料収集を行った結果、1985（昭和60）年、『山田耕筰作品資料目録』（遠山音楽財団付属図書館編・発行）刊行時の文庫資料総数はおよそ1万点にのぼった。

　1986（昭和61）年、遠山音楽財団改組、日本近代音楽財団設立に伴い、文庫は翌年開設された日本近代音楽館で公開されてきたが、2010（平成22）年、日本近代音楽財団が学校法人明治学院にすべての所蔵資料を寄贈したため、山田耕筰文庫も移管された。

　現在、文庫は2011（平成23）年に開館した明治学院大学図書館付属遠山一行記念日本近代音楽館において、広く一般に公開されている。

（2）『赤い鳥』掲載作品

①自筆譜

　『赤い鳥』に掲載された山田耕筰作品は、4巻2号「山の母」（西條八十詩）に始まり、復刊4巻1号「上海特急」（北原白秋詩）までの26作（西條八十詩1、北原白秋詩25）であるが、そのうち、以下20作の自筆譜を所蔵している。なお、＊を付した資料には作曲時の日付が記入されている。

「山の母」

「牡丹」

「あのこゑ」＊

「多蘭泊」＊

「葡萄の蔓」

「筑波」＊

「落葉」＊

「昨夜のお客さま」

「つらつらつばき」＊

「ふれふれ粉雪」＊

「かりりこ」＊

「鶯」＊

「雪こんこん」＊

「お馬乗り」＊

「山の月夜」＊

「もとゐたお家」＊

「へうたん」

「軍馬」

「馬鈴薯むき」

「上海特急」

②筆写譜

　以下15作品の筆写譜を所蔵している。

「山の母」「牡丹」「落葉」「ふれふれ粉雪」「かりりこ」「お馬乗り」「ロシア人形の歌」1～5（「ウエドロ」「ニヤァニシユカ」「カロウワ」「ロートカ」「ジェーヲチカ」）「山の月夜」「もとゐたお家」「へうたん」「馬鈴薯むき」

③出版譜ほか

　26作すべての出版譜を所蔵している。また、一部録音資料も所蔵している。

4　その他

　各資料の詳細は、遠山音楽財団付属図書館編・発行『山田耕筰作品資料目録』（1985）に記載されている。　　　　（森本美恵子）

吉田絃二郎

佐賀県立図書館

1　所在地
〒840-0041　佐賀市城内2-1-41
TEL　0952-24-2900
FAX　0952-25-7049

2　開館時間・休館日
一般閲覧室／午前9時〜午後8時
児童閲覧室／午前10時〜午後5時
好生館分室／午前8時30分〜午後5時30分
休館日：毎月の最後の水曜日、年末年始、特別整理期間
好生館分室閉室日：毎週日曜日、年末年始、毎月の最後の水曜日

3　所蔵資料とその特徴
佐賀県の中核的（基幹）図書館である当館では、県全域を対象として郷土資料を収集・保存している。

文学作品に関しては、郷土が生んだ代表的作家のひとりとして吉田絃二郎の作品を収集している。吉田絃二郎は小説、随筆、児童文学、戯曲等幅広い作家活動を行ってきたが、童話や少年少女小説を執筆したのは大正7、8年頃からで、大正10年から昭和10年までの間に『赤い鳥』に33作品を発表している。

現在、当館には寄贈・購入により収集した自筆原稿2点、『吉田絃二郎全集』及び単行本69点、選集23点、その他関係資料16点を所蔵している。

(1)　自筆原稿「凡愚浄土」
雑誌『浄土』1951年7月号に掲載された吉田絃二郎による随筆の自筆原稿（7枚）。絃二郎用箋と記された原稿用紙に墨で書かれており、随所に訂正や削除、字句挿入の跡が残されている。

(2)　自筆原稿「行く雁」
雑誌『随筆』昭和27年4月号に掲載された吉田絃二郎による小説の自筆原稿（22枚）。絃二郎用箋と記された原稿用紙に墨で書かれており、随所に訂正や削除、字句挿入の跡が残されている。

(3)　地元で刊行された著作物及び関係資料
吉田絃二郎の故郷、神埼市では、市及び教育委員会、郷土研究会等から著作集やその功績を紹介する冊子が刊行されており、当館には次のような資料がある。

・『吉田絃二郎』1996年3月（初版）、2005年11月（増補改訂版）、神埼町・神埼町教育委員会刊行。吉田絃二郎の生涯、作品、年譜、地元小・中学生の読書感想文・画等を掲載。

・『吉田絃二郎文学碑除幕式』1998年11月、吉田絃二郎顕彰会、神埼町・神埼町教育委員会刊行。吉田絃二郎生誕112年にあたり建立された文学碑「筑紫の秋」の除幕式の記念誌。

・『吉田絃二郎童話・名作集』
神埼町教育委員会が刊行した童話・名作集。表紙や挿絵に地元小・中学生の読書感想画が掲載されている。

第1集「天までとどけ」2001年3月刊行、童話5編、俳句10句、詩2編を掲載。

第2集「仔馬は帰りぬ」2005年11月刊行、童話5編、俳句10句、随筆1編を掲載。

第3集「名工柿右衛門の村を訪う」2009年10月刊行、標題の随筆の他、童話5編、戯曲1編、吉田絃二郎文学碑文等を掲載。

・『上高地遊記』2003年10月、アピアランス工房刊行。地元出版社が刊行した吉田絃二郎名作集。エッセイ篇と小説篇から成り、標題のエッセイ他全16編を掲載。

・『吉田絃二郎句集　復刻版』2005年11月、神埼町・神埼町教育委員会刊行。1956年9月に刊行された『吉田絃二郎句集』の復刻版。

・『神埼の偉人35』2013年3月、神埼郷土研究会刊行、各分野で業績を残し神埼市の発展に貢献した偉人のひとりとして吉田絃二郎を紹介。

(東島桂子)

<ruby>与田準一<rt>よ だじゅんいち</rt></ruby>

<ruby>与田準一記念館<rt>よ だじゅんいち き ねんかん</rt></ruby>（みやま市立図書館）

1　所在地

〒835-0024　福岡県みやま市瀬高町下庄800-1

TEL　0944-64-1117

FAX　0944-63-7583

2　開館時間・休館日

午前10時〜午後6時（金曜日は午後8時まで）

休館日：毎週月曜日と第4木曜日（これらの日が祝日と重なるときは翌平日が休館）、年末年始（12月28日〜1月4日）、特別整理期間（5月から7月までのうち、15日以内）

3　所蔵資料とその特徴

みやま市における与田準一の顕彰気運の高まりを受けて、市では記念館開設を決定し、長男与田準介（作詞家橋本淳）氏へ遺品の寄贈を申し入れた。これに応えて書籍や書簡、原稿類など約7000点の遺品が寄贈され、2009（平成21）年10月に開館した当記念館に順次整理し展示している。

所蔵する資料には『赤い鳥』復刻版や与田が巽聖歌らと発行した同人誌『乳樹』（のち『チチノキ』）、与田が自費出版した童謡集『旗*蜂*雲』その他の童謡童話集のほか、与田や北原白秋、鈴木三重吉、新美南吉、坪田譲治らの全集をはじめとする著書や、原稿、日記、書簡、メモ等がある。

（1）掲示物

与田のプロフィールをはじめ、児童文学者としての歩み、文学者たちとの交流図、主な作品と経歴、ふるさとにおける与田準一をめぐる人々、生涯年譜、家系図などを写真と共にわかりやすく掲示している。

また、与田が教師時代に共に『赤い鳥』に投稿した教え子たちとの写真は当時の時代そのものを映しており、興味深い。

そのほか、1970〜1980年代に、多くの歌謡曲やグループサウンズの作詞を手掛けた長男準介氏の代表的な作品も紹介している。

また記念館では見学者の入館にあわせ、音声により、与田のプロフィールを紹介し、代表的な童謡『小鳥のうた』も流している。

（2）展示物

与田の著書や直筆の掛け軸、書のほか、与田に多大な影響を与えた北原白秋の詩集『思ひ出』や、岩崎京子、あまんきみこなど、与田の指導を受けた児童文学者の代表的な作品と合わせ、与田の長女静江の翻訳絵本や与田準一児童文学祭に出展された小学生の詩も展示している。

また、親交の深かった小説家檀一雄からの手紙や与田の尋常小学校時の通告表、教師時代の教え子たちへの手紙などは、与田の素顔が窺われる興味深い資料である。

（3）書簡

与田は実に几帳面な性格で、『赤い鳥』への投稿を通じて交流のあった巽聖歌、佐藤義美、『赤い鳥』の編集仲間の平塚武二のほか、西條八十、坪田譲治らの児童文学者、その他鈴木三重吉や北原白秋の家族の書簡など多数所蔵している。

また、川端康成、井伏鱒二、檀一雄等の小説家の書簡や出版関係者等の書簡も数多く遺されている。

（4）原稿類

「白秋先生伝記小説」と題した大学ノートに書きつけたメモや、筑後地方の方言を書き留めた和紙綴りのメモ、長男名の『ヨダ　ジュンスケ』と題した詩集の原稿の他、多数の原稿を所蔵し、順次整理を進めている。

4　その他

WEB上ではみやま市立図書館ホームページからリンクする与田準一記念館のページにおいて施設案内のほか、与田の作品、年譜等を公開している。

（吉開忠文）

広島県産業奨励館

1 『赤い鳥』との関わり

現在、原爆ドームと呼ばれている建物の戦前の呼び名。1945（昭和20）年8月6日午前8時15分、アメリカ軍によって原子爆弾が落とされるまでの30年間、広島県民に愛された建物であった。この建物の名称は幾度か改称された。1915（大正4）年4月に広島県物産陳列館として開館し、1921（大正10）年1月に広島県立商品陳列所となり、1933（昭和8）年11月に広島県産業奨励館となった。これは当時の農商務省の振興内容によって全国一斉に名称が変更されたものである。

この建物で、1918（大正7）年3月25日から4月10日まで「全国玩具文具展覧会」が開かれた。全国規模の物産展で、お伽話会も開かれ、開会に先立ってオーケストラの演奏会もあった。

お伽話会は『赤い鳥』創刊号の77頁に紹介されている。「玩具文具展覧会」は出品数1万点を超える大規模な展覧会だった。当時の新聞記事には「会場は三階全部を充て其の上り口には玩具の図案を施した大額を掲げ、会場の入口は、玩具部と文具部と別ち、其処には藤花、桜花、虞美人草などの図案を施した本邦貿易玩具の生産額と輸出額、鉛筆、インキの輸出額などの統計表を掲げ、大円塔（ドーム）の下には同館の看守連が暇暇に作った一大桜木を飾り、云々」とある。

『赤い鳥』のほかにも子どもに関わる展覧会が開かれた。1927（昭和2）年の「アメリカからきたお人形（日米友好人形大使）」の展覧会があった。1920年代、日米関係が悪化していくことを苦慮した宣教師シドニー・ギューリック氏が発案して「親善人形大使」展が実現したものである。日本の窓口は渋沢栄一氏であった。アメリカから贈られてきた人形の総数は1万2739体。広島県には326体が届いた。この人形の展覧会が同年4月20日から5日間商品陳列所に飾られた。記事によれば、初日以来入館者が押しかけて4万人に達したという。人形大使歓迎会は5月5日、大手町小学校で開催され、この人形大使への返礼日本人形が同年秋10月に各府県から贈られた。この送別展もまた当館で開かれた。

2 広島県産業奨励館の歩み

広島県物産陳列館として開館した当時、全国の府県に物産館の建設ブームが起こっていた。日本の近代化を図る過程で産業振興を担う施設としてほぼ各府県に一つの割合で設置された。瀟洒な物産館が次々に現われ、どこも当時第一級の西洋建築をめざした。

陳列館の設計は、チェコ出身の建築士ヤン・レツル（1880〜1925）である。建物は、一部鉄骨を使用した煉瓦造りの建築で、石材とモルタルで外装が施された。全体は窓の多い三階建てで、正面中央部分は五階建ての階段室、その上に銅板の楕円形ドームがのせられた。建物全体は、湾曲させた壁面をもつネオ・バロック様式と、柱頭や窓枠に幾何学的な装飾を用いた様式を巧みに融合させたレツル独自の造形であった。　　（三浦精子）

［参考文献］

広島市郷土資料館編（2007）『大正時代の広島』、広島県立美術館（2010）『廣島から広島——ドームが見つめ続けた街展』図録、中国新聞社編（1997）『原爆ドームユネスコ世界遺産二十一世紀への証人』、『物産陳列館から原爆ドームへ75年の歴史　被爆45周年記念展』（広島市公文書館、1980）、武田英子（1998）『人形たちの懸け橋——日米親善人形たちの二十世紀』（小学館）、兵庫県立歴史博物館編（2004）『図説いま・むかしおもちゃ大博覧会』（河出書房新社）、平凡社編（1979）『日本人名大事典』

第7部

資料

『赤い鳥』ゆかりの地を歩く

◉鈴木三重吉の生涯

国民的文豪夏目漱石門下の中でも、鋭い感覚と豊かな情緒と洗練された表現法で独自のロマン的世界を築き上げていった小説家鈴木三重吉の生涯はいかなるものであったか、その文学はどこから生まれて来たのか、これまでの先行研究や調査をもとにして、三重吉の文学的土壌をたずねた。

小説家として鈴木三重吉の文壇的生命は、師漱石が古典的存在になりつつある今では忘れ去られてしまったかの感がある。明治文学史をひもといてみても、三重吉の名をほとんど見いだせない。生涯夢を追い、空想の世界に魅了され、小説から童話の世界へ移っていった三重吉の生涯を歩いてみる。

三重吉の小説家としての生涯は、1906（明治39）年5月処女作「千鳥」から1915（大正4）年4月「八の馬鹿」までのわずか10年間であった。それ以後没するまでの21年間はわが国の新しい児童文学、綴り方運動に精進した。三重吉を理解することの最も深かった小宮豊隆は次の如く述べている。「三重吉が死んだとき、新聞は口を揃えて三重吉の事を

童話作家、童話作家と言った。今日三重吉は『赤い鳥』の主幹として、『綴方読本』の著者として、世間に通っている。新聞がそう書くのに無理はない。然し古くから三重吉を知っている私から言うと、三重吉がただ童話作家とだけで片づけられてしまうのは、三重吉の為に、ひどく寂しい気がする。三重吉は何よりもまず、詩人だったからである。」（小宮豊隆『漱石寅彦三重吉』（明日香書房、1949・1・25）

三重吉が小説から童話へと歩んだ道、それは大きな波乱に富んだものではなかったが、地道な、それゆえに忍耐を要する至難な道のりであった。三重吉の生涯と作品をみていくにあたり、生い立ちから処女作「千鳥」で文壇へ出るまでをまずみてみよう。以下の記述は、岩屋光則「鈴木三重吉研究（一）」（『赤い鳥通信』19号、1991・2）による。

◉生い立ちから処女作まで

1882（明治15）年9月29日、父悦二、母ふさの三男として広島市猿楽町83番地の1（現・広島市中区紙屋町2丁目1-13）で生まれた。5人兄弟の三男で兄二人と次弟は早く亡くなり、父は当時、市役所の学務課に勤めていた。鈴木家は代々浅野藩士であったが、後に町人に下り、屋号を紀伊国屋といった。

1882年当時広島には鎮台が置かれ、広島城周辺は練兵場になっていた。猿楽町はその入り口にあり、三重吉も幼少期より、騎兵を

鈴木三重吉生誕の地

鈴木三重吉の生家は1882（明治15）年当時は広島城の近く、練兵場の入り口にあった。

登記簿によると、1888（明治21）年9月21日広島市猿楽町186番邸鈴木悦二と所有権登記され、父悦二死後1908（明治41）年7月25日家督相続により、広島市猿楽町83番地の1、鈴木三重吉として登記された。宅地91坪5合8勺で、現在は相生通りに面したエディオン広島本店が建ち、生誕の地碑がある。

本川小学校

三重吉が通った本川小学校の100周年記念誌の1892（明治25）年の項には、鈴木三重吉卒業、児童数1228名とある。当時としては珍しい総2階造りの立派な校舎だった。原爆ドーム横の相生橋は、猿楽町と慈仙寺鼻、鍛冶屋町を結び、1877（明治10）年有志により架橋された。

元安川の桜土手、川面に写る柳の緑など風物豊かな道を毎日通学した（頂岳龍乗「三重吉と本川小学校」『鈴木三重吉』、1975・6）。

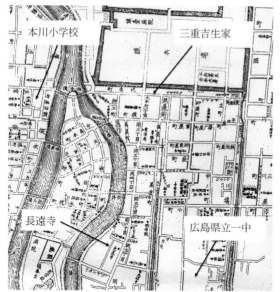

1882（明治15）年当時の広島市街図
（出典）「広島市街明細地図」1882（明治15）年、浅井馨著、松村善助発行、広島市立中央図書館所蔵

見る機会も多く、軍馬に憧れていた。
　「広島の町でも一寸広い家であったけれど、いろんなことで家産が傾いて、その広い家を切っては売り、切っては売りして四軒ばかりにしてしまった。最後に十畳の座敷と、六畳二間、そして二階と四畳と、倉とそれだけが自分の住まいとして残った。」それすらも母が亡くなったときは母屋の方は貸家にして、裏の離れに移った。以後、三重吉が中学を卒業するまで弟謹爾と二人はこの離れで母亡きあと父と祖父母の手で育てられた。三重吉の少年時代の夢はここで育まれていった。
　1889（明治22）年4月、広島市鍛治屋町の本川小学校に入学した。
　1891（明治24）年9月28日、母ふさが死去した（37歳）。三重吉9歳の時であった。
　母の愛を知らなかった三重吉は、生涯母の面影を追い求めていった。恋いてかえらぬ母への慕情は、やがて女性というものに対して空想的な憧憬へと変わっていった。ここに三重吉の文学の源泉がある。
　腕白で負けず嫌い、しかも神経質であった三重吉は、寂しい時は、母の墓のある長遠寺へ行って、墓の周りの草をむしって一人遊ぶ孤独癖もあったという。
　1896（明治29）年4月、広島県立一中へ入学する。中学時代は成績抜群かつ硬派の代表であった。反面『バイロン詩集』を愛読し、文才も早く、2年生のとき、少年雑誌に母を慕う作文や、『少年倶楽部』（1897・3）に童話「あほう鳩」が入選している。
　古典についても3、4年生のころ『伊勢物語』『平家物語』を愛読、5年生では『万葉集』を読み始めていた。俳句も祖父の影響で

日蓮宗長遠寺
　長遠寺は1619（元和5）年創建。開山日堯上人は豊臣秀頼の学匠で、浅野藩主長晟紀州在住の時より親交があり、広島入国に際し寺域を賜り建立した。鈴木家も浅野藩士であったが、江戸中期より紀伊国屋の屋号を用い、家業のかたわら学問にも精進していた。幼くして母を亡くした三重吉は、寂しい時は墓の周りで遊んだという。原爆により全壊したが、戦後復興した。被爆樹木「ソテツ」もある。

広島県立広島第一中学校
　1877（明治10）年、広島中学校として開校。1899（明治32）年、広島県第一中学校と改称。1922（大正11）年、広島県立広島第一中学校と改称。1945（昭和20）年8月6日には原爆で被災し、教師15名生徒352名が死没した。
　現在は、広島県立広島国泰寺高等学校と校名を変更。1904（明治34）年3月の卒業名簿には鈴木三重吉の名前もある（『創立100周年記念会員名簿』鯉城同窓会1977・8）。

618

関心を持ち、「映山」の号で投稿をしばしば試みた。

「学業成績に於て常に首席を争ふクラス第一の秀才であつた。」(服部兵次郎「鈴木君と私」『赤い鳥』鈴木三重吉追悼号、1936・10、p.174)

「鈴木氏の父君のお話に、三重吉が西洋人と英語で話をしたと大層な御自慢であつた。」(南薫造「西洋人と英語で会話」『赤い鳥』鈴木三重吉追悼号、1936・10、pp.160〜161)

1901（明治34）年3月、県立一中を卒業。9月、京都第三高等学校一部甲類に入学した。3年間在学中、胃病と神経衰弱に悩んだが、成績は優秀であった。中でも、英語を得意とした。3年のとき、のちに京大総長となった羽田亨らとともに校友会誌『嶽水会雑誌』の編集をはじめ、創作を試みるようになった。

「一部甲は大学の法、文科へ入つてから外人の英語の講義を聴くといふので、英語は外人の授業が四五時間もあり、それも会話が主だつたが、三重吉君は京都、大阪、神戸の一中出の連中に伍しても英語が断然光つて居り、べら〳〵喋つたもので、外人の顔を初めて見たやうな我々田舎出の者を後方に瞠若たらしめゝゐた。」(田中經太郎「三高時代の三重吉君の思ひ出」『赤い鳥』鈴木三重吉追悼号、1936・10、pp.184〜185)

さらに童話に関する逸話として、本屋で

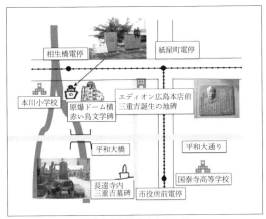

三重吉少年時代ゆかりの地
現在の広島市街中心図（2017年）
（出典）以下、特に明記していない図版は筆者作成

ンデルンのお伽噺の英訳本を買っていたり、ドイツ人には満足な講義も出来ないので、三重吉の発議でグリムのメルヘンを使うことになったことなどが述べられている。

三重吉は第三高等学校当時、吉田寮（京都市左京区吉田本町36番地1）に寄宿していた。

この高等学校時代の大きな事件といえば失恋である。女の名は美津江といった。「小鳥の巣」に出てくる従妹の萬千子がそれである。彼が美津江を慕うことは母を慕うことにまさりはするとも劣るものではなかった。

1904（明治37）年9月、東京帝国大学英文科に入学。教場に初めて出たときの殺伐とした空気は意外で、それに買ったばかりの真

旧制第三高等学校

1886（明治19）年設立の第三高等中学校が起源。1897（明治30）年4月、京都帝国大学設立により、第三高等学校に大学予科が設置された。修業年限3年、専攻分野別に第1部（法・文化）、第2部（工・理・農科）、第3部（医科）に分けられ、二本松地区（現・京都大学吉田南構内）に移転した。1949（昭和24）年、新制京都大学の教養部の分校となる。(京都大学百年誌編集委員会『京都大学百年誌　総説編』2008)

東京帝国大学

1877（明治10）年、官立東京大学が創設。
1897（明治30）年、東京帝国大学に改称。
1903（明治36）年、夏目漱石が英国留学から帰国し、東京帝国大学英文科講師に着任した（第一高等学校英語講師を兼任）。なお、前任者は小泉八雲だった。三重吉の東大時代の同窓には、小宮豊隆、森田草平などがいる（「漱石山房秋冬」新宿区地域文化部文化観光国際課、2011・3）。

京都大学時計台
(出典) 以下、特に明記していない写真は筆者撮影

1922（大正11）年 京都帝国大学周辺図
(出典) 国土地理院発行の25000分の1地形図を基に作成

新しい下駄を盗まれるという事件もあったが、「夏目〔漱石〕先生、上田敏先生、桑木〔厳翼〕先生、松本亦太郎先生、大塚〔保二〕先生などの講義は私を惹きつけた」と語っている。（「創作と自己——上京当時の回想」『鈴木三重吉全集』第5巻、1938・5）

三重吉の漱石への出会いは、三重吉が文壇へ出る直接間接の契機となった。しかし、三重吉と漱石との関係は始め、「学校では、教場でノートを取って来るだけで、先生と学生との個人的な親しみは元よりなかった」（「上京当時の回想」、1938・5）と、疎遠であった。

1905（明治38）年1月、夏目漱石の「倫敦塔」と「猫」がそれぞれ『帝国文学』と『ホトトギス』で発表される。漱石の作品を読んでからの三重吉は、敬愛の念を深めていった。

「東京での初めての正月にホトトギスに出た『我が輩は猫である』の第一編、続いて『倫敦塔』は日本文学において破天荒な深刻なロマンスだったからである」（「上京当時の回想」『鈴木三重吉全集』第5巻、1938・5）。

やがて6月帰広してみると、父は病床にあり、祖父も前年他界し、肉親は祖母と弟の二人で、大黒柱に倒れられて心痛は大きく、失恋による神経衰弱のため1年間休学を決心した。広島の実家や能美島で静養につとめた。

そうした間でも漱石思慕の念を増し、中川芳太郎を通して、漱石との文通が始まった。

「我が輩甚だ金ちゃんを愛する。…教場の中で会うことは会う、僕から知って居る、が金ちゃんは知る筈がない、けれど金ちゃんの知らないのは僕の名だけで、僕の顔は知っているのだろー否知っているに相違ない、（以下略）」（中川芳太郎宛、1905年9月11日）

三重吉の手紙を中川が漱石に見せた9月11日、漱石の中川宛書簡によると、「只今、三重吉君の一大手紙を御送りに相成り、早速披見、大いに驚かされ候。（中略）あれ丈のものが書けるなら穏かに神経衰弱ではない。（中略）頗る達筆で写生的でウソがなくて文学的

漱石山房

夏目漱石は、1907（明治40）年9月から1916（大正5）年12月に没するまでの9年間を早稲田南町7番地の「漱石山房」と呼ばれる家で暮らした。この家は喜久井町の生家から目と鼻の先にあり、敷地340坪に69坪の和洋折衷の平屋建て。漱石は、一番奥の八畳間を書斎とし、隣の八畳間を客間として門下生たちの「木曜会」にも使用した。

木曜会は1906（明治39）年10月11日、鈴木三重吉の呼びかけで千駄木の夏目邸で始まった。木曜会の常連は、高浜虚子、寺田寅彦、森田草平、鈴木三重吉、小宮豊隆、阿部次郎、少し遅れて安倍能成、松根東洋城、野上豊一郎、内田百閒、岩波茂雄、亡くなる1年前に、芥川龍之介、久米正雄、菊池寛、松岡譲も参加した。

漱石の死後は、漱石の命日、12月9日にちなんで九日会と名称を変え、弟子たちが集まり漱石を偲んだ（「漱石山房の思い出」新宿区地域文化部文化観光国際課、2017・3）。

620

である」。漱石は感銘し文通が始まった。「文章を書いて文章会へでも出席したら面白いだろう」と思い三重吉へも直接手紙で勧誘につとめた。

「君は島へ渡ったそうですね。何か夫を材料にして写生文でも小説の様なものでもかいて御覧なさい。吾々には到底想像もつかない面白い事が沢山あるに相違ない。文章はかく種さえあれば誰でも書けるものだと思います。」（三重吉宛、1905年11月5日）と。

漱石の勧めに応えるべく、「先生に田舎のお話を報告する手紙の代わりに、自分の空想したことや、見聞したことを書いて」（「上京当時の回想」『鈴木三重吉全集』1938・12）漱石に送った。これが三重吉の処女作「千鳥」である。

これを受けとった漱石の返事には、「『千鳥』は傑作である。かういふ風にかいたものは、普通の小説家には到底望めない。甚々面白い。（中略）僕が島へ遊びに行って何か書こうとしても到底こんなには書けまい。三重吉君万歳だ」（三重吉宛、1906年4月11日）

5月、「僕名作を得たり。」（高浜虚子宛、1906・4・11）と、漱石の推賛の辞とともに「千鳥」が『ホトトギス』誌上に発表され、三重吉には意外なほどの反響がおき、絶賛を受けた。

東京大学赤門

新宿区漱石山房記念館（2017年9月落成）

千鳥

幼い時母を失い、父と祖父母に育てられて、従姉のみつるさんとは姉弟のようにして過ごした。その人が嫁いでから、俄に恋心がつのり、遂に神経衰弱となり、療養のため島へ渡った。「親のそばでは泣くにも泣けぬ、沖の小島へ行って泣く」（加計正文宛）。三重吉は1905（明治38）年、三度能美島へ渡り、下田家に寄宿して心を癒した。下田家の長女ハツヨが千鳥のお藤さんのモデル。（相野田敏之『赤い鳥通信』創刊号、1976・9）

山彦

「城下見に行こう十三里、炭積んでゆこ十三里と小唄に謡ふ（略）は雨に濡れて来た。」これは三重吉が加計を材料にして書いた『山彦』の書き出しである。三重吉は中学時代の失恋が忘れられず、ノイローゼになった。1906（明治39）年8月、6日間別宅吉水邸に遊んだ。墓地にある漢文を書き取り、天井の手紙を材料に書いた（加計正文「吉水亭に遊んだ三重吉」『赤い鳥通信』第10号、1986・6）。

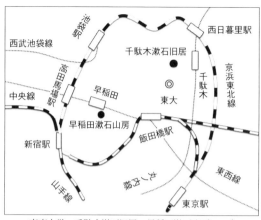
東京大学・千駄木漱石旧居・早稲田漱石山房マップ

鈴木三重吉文学碑（成田山公園内）

　9月、上京し復学する。漱石宅にも出入りするようになり、高浜虚子、坂本四方太、寺田寅彦、松根東洋城、森田草平、小宮豊隆らと知り合い、殊に小宮とは生涯親交があった。
　第二作「山彦」は9月から、「学校もそっちのけで」書き始め、12月6日の漱石の「木曜会」の席上で朗読された。この『山彦』が『千鳥』以上の傑作で、「作の功拙はのけて三重吉的な作はこれまでの小説家にはひとつもない」（加計正文宛、1906年12月7日）と評された。
　しかし漱石は後に「オイラン憂い式」という言葉で三重吉の態度を諫めた折り、「自分のウツクシイと思うことばかりかいて、それで文学者だと澄まして居る様になりはせぬかと思う」（三重吉宛、1906年10月26日）と、忠告もしている。
　1907（明治40）年1月、「山彦」が『ホトトギス』に発表され、好評を得た。4月、最初の短編集『千代紙』が俳書堂から出版。新進作家としての地位を確立した。
　かくして小説家鈴木三重吉は弱冠26歳、「千鳥」からわずか1年足らずして明治末の文壇へ颯爽と登場していったのである。
　親友小宮豊隆は後に、「三重吉が二十五や六の大学生として、早くも文壇の寵児になりおほせたという事は、三重吉にとっ

三重吉と成田

　上京した三重吉は、千葉県成田市の成田中学に赴任する。成田山新勝寺が設立し、山主であり校主兼校長石川照勤が、前から作品を通して三重吉をよく知っていたために、当時主監であった葛原運次郎が推薦したことによる。
　三重吉は「ハイカラ」な先生で、成田では人気があった。しかし、彼の授業は相当に厳格で、行儀の悪い生徒は随分しかられた。経済的には、弟の学資、祖母たちへの仕送り、父の借財の返済等

で困窮し、小品を執筆して急場をしのいだ。
　その困難な状況で、長編小説『小鳥の巣』を書き上げた。睡眠不足で健康をそこね、教鞭を執りながらの執筆は不能になったが、校主石川照勤は深い理解を持ち、休職手当を出す厚情を寄せた。1911（明治44）年1月、三重吉排斥のストライキが勃発し、成田中学を辞した。
　実は、試験が難しく、落第生が多いということが真因だったらしい（岩屋光則「成田中学奉職時代」『赤い鳥通信』第23号、1992・6）。

て無上の幸福であったが、同時にまた無上の不幸でもあった」（小宮豊隆『漱石寅彦三重吉』明日香書房、1949・1）と、述べている。

●東京帝国大学卒業、成田中学へ

1908（明治41）年7月、卒業論文「小説の写実法」を書いて大学を卒業した。父、悦二（57歳）死去により帰広、家督を相続した。

10月、千葉県成田中学校に教頭として赴任し英語を担当、以後4年間勤務しつつ創作に励んだ。1909（明治42）年8月、帰広して家屋を引き払い、祖母、叔母を伴って、成田町に居を構えた。青木健作が成田中学校に赴任し、親交を結ぶ。

1910（明治43）年3月から10月まで高浜虚子の依頼で「小鳥の巣」を『国民新聞』に連載した。前年発表された森田草平の「煤煙」に刺激されて、写実的に自己の現実世界を捉えようとしたものである。

1911（明治44）年5月、生徒のストライキ騒動のため成田中学を辞し上京する。

海城中学の講師を務めながら創作活動を続けた。同校には1918（大正7）年まで前後7年在職した。同月、ふじと結婚した。以後1915年まで短編小説の発表を続けた。

赤い鳥社の変遷

赤い鳥社は、『赤い鳥』創刊の1918（大正7）年7月当時、東京府北豊島郡高田村3559番地で通称目白上がり屋敷、鈴木三重吉の自宅内にあった。

1919年5月号より1920年4月号までは、事務所は東京市日本橋区箔屋町7、汁粉屋の2階へ移った。1920年5月号より1921年5月号までは、元の高田村3559になっている。

1921年6月号より1924年10月号までは、社は

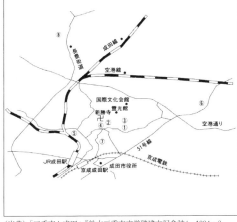

《三重吉ゆかりの地》
① 成田中学校　現・成田高校。帝大卒業後、教頭として赴任。翌年、青木健作も着任。
② 成田図書館　現・成田山仏教図書館。「小鳥の巣」執筆のために通う。
③ 成田山公園　成田中学の裏山にあたる通称桜山、三重吉の文学碑の建立地。
④ 門前の旅館　着任直後、下宿が決まるまで東屋や田中屋に投宿。
⑤ 幸　町　最初の下宿地。旧名称から"横町の先生"と呼ばれた。
⑥ 山之作　一軒家の貸家に学生と住んだ。
⑦ 本　町　広島の祖母と小母をよんで住んだ。成宗電車の敷設工事がうるさくて転居。
⑧ 押　畑　7カ月住む。学生を招待したことも。

（出典）「三重吉と成田」『鈴木三重吉文学碑建立記念誌』、1994・8

●小説から童話へ

1912（明治45）年4月、中央大学講師と自宅と一緒にすぐ近くの高田町3572に移転した。

関東大震災の後、1924年11月号より1926年1月号まで社の事務所を牛込区市ヶ谷田町3ノ8に移転した。

1926年2月号から9月号までは、再び自宅と一緒に東京府下長崎村荒井1880番地に移った。9月からは、編集室は日本橋区平松町12加島銀行ビル5階に移った。

1927（昭和2）年3月には、三重吉宅が目白から四谷区須賀町40番地へ移り、編集所も移った。

右より三重吉、長女すず、長男珊吉、妻楽子、三重吉の祖母れい、叔母万代、楽子の妹栄子と母米松。1919年、目白の自宅にて。（鈴木潤吉氏提供）

赤い鳥音楽会の三重吉（1919）
（鈴木潤吉氏提供）

目白の森で、三重吉とすず、珊吉（1924年夏）（鈴木潤吉氏提供）

なり、海城中学と両方を兼務した。

1913（大正2）年7月、長編小説「桑の実」を『国民新聞』に連載した（10月完結）。

以後、三重吉の小説の筆は次第に枯れていった。ともかく、三重吉は出版事業を思いつき、『現代名作集』を刊行し始めた。

当時の雑多な文学作品の中から、優れた名作だけを選び出し、漱石、鷗外、小川未明、正宗白鳥、徳田秋聲、田山花袋というように結局、このシリーズを17作家20冊ほど出版し、さらに『三重吉全作集』13冊も刊行した。

1916（大正5）年7月に、三重吉は童話集の刊行を企てた。そういうことで、1918（大正7）年の7月、雑誌『赤い鳥』を発行するまでに、三重吉は12冊の童話集を刊行する。ほとんどが、西洋のお伽噺で、再話であった。

三重吉は、子どもたちのために品のある文章ということを心掛けるとともに、芸術的香気の溢れる物語を提供することを狙いとした。三重吉童話のハイカラさ、引いては『赤い鳥』のハイカラさに通じるものがある（上記は、桑原三郎『赤い鳥の時代——大正の児童文学』（慶應通信、1975）による）。

● 『赤い鳥』創刊

1916年6月、三重吉と河上楽子との長女すずが誕生。12月、夏目漱石が死去。

その後『赤い鳥』は休刊となるが、1931（昭和6）年1月号復刊で、東京府下西大久保461（後、淀橋区西大久保1丁目461、現・新宿区歌舞伎町2-23-12）の自宅兼編集所に移った。そこは三重吉終焉の地でもある。

赤い鳥社がたびたび移転したのは、ひとつには三重吉が、事務と個人生活とを切り離そうと考えており、両者を別々にするのが理想であったためであろう。

現実には、三重吉の持病や経済その他の事情で、最後は自宅主義に固定した。

三重吉は「経営的な仕事は人に任せておかれるのが理想だつたでせうが、環境か性格か、兎に角、何から何まですつかり自分でやられた。やらないと気がすまないらしかつた。（中略）自宅と編集所とを分離しては合一し、何度も繰り返された赤い鳥社小史の外貌の中にもさうした、芸術家と実務家の闘ひが見られると思ふ」（木内高音「目白から須賀町まで」『赤い鳥』鈴木三重吉追悼号、1936・10、p.126）。

1918年1月、長男珊吉が生れる。7月、『赤い鳥』を創刊、「ぽっぽのお手帳」を発表。北原白秋「りす〜小栗鼠」、芥川龍之介「蜘蛛の糸」、島崎藤村「二人の兄弟」、また、泉鏡花、徳田秋聲、小山内薫ら多数の作家が寄稿した。以後『赤い鳥』は童話と綴方の三重吉、童謡の白秋、自由画の山本鼎を三本の柱として発展してゆく。

　1919（大正8）年6月、「赤い鳥第一周年記念音楽会」を帝国劇場で開催し盛況だった。

　1921（大正10）年1月、三重吉は楽子と離婚した。10月、濱と再婚し、すずと珊吉は濱に育てられることになった。

　1923（大正12）年9月、関東大震災が発生。三重吉は『赤い鳥』11月号に「大震火災記」を書き、コンパクトに惨状を伝えた。

　1929（昭和4）年3月、『赤い鳥』を一時休刊した。各地を講演旅行して回り、『赤い鳥』再開の準備に取りかかった。

　1931（昭和6）年1月、『赤い鳥』を復刊。

　1933（昭和10）年12月、『綴方読本』を中央公論社より刊行した。

　1936（昭和11）年6月24日、喘息症状悪

高田町3559
「通称目白上がり屋敷」
（現・豊島区目白3-17）

学習院

高田町3572
（現・豊島区目白3-18-7）

（出典）『東京府下高田町北部住宅明細図』1926（大正15）年発行、豊島区立郷土資料館複製

東京府下長崎村荒井1880
（現・豊島区目白4-5-9）
赤い鳥社、鈴木と記載

（出典）『町制記念長崎町事情明細図』1926（大正15）年発行、豊島区立郷土資料館複製

化し、東大病院眞鍋内科に入院。27日死去。

　29日西大久保の自邸で告別式。『赤い鳥』は8月号をもって終刊となる。10月、『赤い

鈴木三重吉の綴方講演旅行

　鈴木三重吉は1929（昭和4）年3月、『赤い鳥』を一時休刊し、1931（昭和6）年1月復刊したが、その間に各地を講演旅行して周り、赤い鳥会員の募集につとめた。1930（昭和5）年には、岐阜、仙台、木更津、熊谷、茂原、成田、韮崎、横浜で講演し各地で支部を設けた。

　（藤本勇宛、1930年8月19日）9月19日函館、21日札幌、23日秋田、（『赤い鳥』1931・12）10月1日から京都、大阪、神戸を経て、5日広島、6日呉、7日福山で講演し（加計正文宛、1930年9月22日、深沢紅子宛、10月11日）、赤い鳥の会員を増やし、『赤い鳥』再開の準備に取りかかった。1932（昭和7）年7月3日長岡、4日新潟、29日大垣でも講演した（福富高市宛、1932年7月6日）。

　講演旅行について、滑川道夫は後年述べている。秋田駅で三重吉を出迎えると、「『綴方生活』誌は、綴方教育ではない」とおっしゃった。講演会の参加者は、秋田市内の教師が中心で、宣伝もろくにしなかったのに三百名近く集まった。

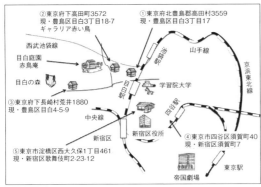

赤い鳥社ゆかりの地マップ

目白庭園（赤鳥庵）

鳥』鈴木三重吉追悼号が刊行された。

墓は故郷の菩提寺（広島市中区大手町3-10-6 長遠寺）にある。

●鈴木三重吉の業績

長男珊吉は後年父について述べている。「『赤い鳥』は、大正7年、父三重吉により主宰発行されたが、長編小説『小鳥の巣』を最後に、

小説を書く筆を折って児童文学運動の世界へ新たにはいっていった動機について、父三重吉は、大正5年長女すずが生まれたが、この子のために読んで聞かせる子どものための読み物がないのに、子どもの親として痛憤を感じ、みずからの手で子どものための読物を世に送りだす決心をしたと言っている。

大正7年『赤い鳥』創刊以来、昭和11年数え年55歳でこの世を去るまで約20年間、三重吉は初志を貫き通して『赤い鳥』を主宰発行し続けたのである。」（鈴木珊吉「父三重吉」『鈴木三重吉への招待』教育出版センター、1982）

長女すずも、「毎月、『赤い鳥』が発行されるとすぐ表紙にすず子・珊吉・はま、と名前を書いてくれた。そして時には、母と3人をそばにすわらせて得意らしい作品を読んで聞かせたりした。」と、子どもを愛し、尊重してくれたことを述べている（鈴木すず「父と私」『鈴木三重吉への招待』教育出版センター、1982・9）。

すずはさらに三重吉の業績として、「1923（大正12）年の大震災発生で東京の印刷会社は殆ど焼けて『赤い鳥』10月号は発行不能になり、一時は「赤い鳥社」を大阪に移転する決心をしたという程打撃を受けましたが、そ

先生の話は、赤い鳥綴方の優秀作を美声で朗読しながら、ここまでどう選評指導してきたかに中心をおいたものであった。あらかじめ用意してあったパンフレットにぎっしり詰めて印刷した資料には、国語読本の韻文や散文と対比できるように、児童自由詩や綴方が載っていた。

読本の教材批判は痛烈であった。先生の選評は、聴衆に文章の見方を開発して拍手を浴びた。（滑川道夫「秋田でお迎えしたとき」『鈴木三重吉への招待』、1982・9・29）

目白庭園（赤鳥庵）

目白庭園は、1990（平成2年）11月に開園された回遊式日本庭園で、池の周囲をめぐる。

池の南側に建つ数寄屋造りの「赤鳥庵」の名称は、『赤い鳥』にちなんだもの。赤い鳥社兼鈴木三重吉宅は庭園の東側にあったが、他に森の中に一軒家を借り、「赤鳥庵」と名づけと伝えられている。

入口の扁額は、三重吉長男・珊吉氏の筆による。

れでも父はへこたれませんでした。

　昭和初年の経済大恐慌時代までの仕事を上げて見ますと次のようなものがあります。

雑誌『赤い鳥』　毎月刊　赤い鳥社

世界童話集（全21巻）　大正6年　春陽堂

赤い鳥童謡集（全8巻）　大正8年　赤い鳥社

赤い鳥叢書（全16冊）　大正9年　赤い鳥社

赤い鳥童謡レコード　大正11年　ニッポンノホン

アンデルセン童話集、昭和2年　アルス児童文庫

赤い鳥音楽会（赤い鳥一周年記念）大正8年7月　帝劇

童話劇「豆の煮える間」（久保田万太郎）　築地小劇場

鶴見花月団少年少女歌劇学校創設　大正14年

自由画展覧会　大正14年　新宿御苑

騎道少年団創設　昭和3年〜同11年

　要するに三重吉は、総合的な児童文化創造活動を展開し、現在の視点から見ますと、まさにメディアミックスのプロデューサーでもあったでしょう。」と述べ、『赤い鳥』の先駆性を評価している。（鈴木すず「馬と父三重吉――『赤い鳥』にかけた父の生涯」『赤い鳥通信』第21号，1991・10）

赤い鳥社の跡を訪ねて

　『赤い鳥』創刊の東京都豊島区目白界隈を訪ねた。JR山手線池袋駅西口から南へ向かうと豊島区立郷土資料館があり、『赤い鳥』を語り継ぐ催しも開催されている。

　豊島区郷土資料館の2011年の資料によれば、豊島地域の1909年か

赤い鳥社・鈴木三重吉旧宅跡説明板
（ギャラリア赤い鳥前）

豊島区郷土資料館

山手線池袋方面、線路沿い左が赤い鳥社跡

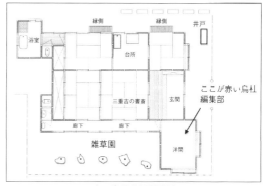

赤い鳥社住居見取図
（出典）鈴木すず氏提供資料を基に作成

乗馬姿の三重吉　　　学習院大学馬場
（1928年）
（鈴木潤吉氏提供）

帝国劇場（皇居前）　　新宿区歌舞伎町2丁目
（赤い鳥音楽会が開催された）　23-21（「赤い鳥」社跡）

三重吉通夜、正面立つのは珊吉、右すず。その前は濱、右手前津田青楓画伯。（鈴木潤吉氏提供）

ら1916年までの大きな変化は、三つの私有鉄道の開通とある。川越市・飯能市などと池袋を結ぶ大動脈としてその重要性を高めた。

豊島師範学校、成蹊学校、立教大学ができ、豊島区地域は教育のまちとして形成された。

西部池袋線踏切を渡り目白駅に向かう住宅街に目白庭園があり、「赤い鳥社・鈴木三重吉旧居跡」の説明板がある。山手線の線路沿いが、『赤い鳥』創刊当時の通称「目白上がり屋敷」と呼ばれた鈴木三重吉の旧居跡。

目白駅を渡ると学習院大学があり、三重吉はよくここの馬場に来て乗馬をしていた。

1931年、赤い鳥社は淀橋区西大久保1丁目461（現・新宿区歌舞伎町2-23-12チェックメイトビル）に移り、三重吉終焉の地となった。

2017年、「鈴木三重吉終焉の地（「赤い鳥」社跡）」として新宿区の指定史跡に登録された。　　　　　（長崎昭憲）

［参考文献］
『赤い鳥通信』鈴木三重吉赤い鳥の会（1976・9〜2001・12）、『赤い鳥』鈴木三重吉追悼号（1936・10）、『鈴木三重吉への招待』（教育出版センター、1982）、「創作と自己」（『鈴木三重吉全集』第5巻、岩波書店、1938）

研究文献

〈注記〉

・カテゴリー内での発行順、著者の五十音順に配置した。
・雑誌論文が後に単行本に収録された場合は、把握できる限り単行本のみを記載した。
・全集については、基本的に割愛した。
・旧字は適宜新字に改めた。
・大学紀要の発行者は、紀要タイトルに大学名が入ってない時のみ記入した。
・単行本のうち、単著のある部分が特に「赤い鳥」に関する内容である場合は、「Ⅱ図書」に記載し、独立した論文が図書に含まれている場合は、「Ⅲ雑誌」に記載し、「＊単行本」と付した。
・外国語の文献は省略した。
・URLは2018年6月現在である。

Ⅰ　復刻資料

1．雑誌

『赤い鳥』（1936）全96冊（赤い鳥社）

＊復刻付：小田切進編（1968、1969）『「赤い鳥」復刻版別冊』全3冊（日本近代文学館）

＊復刻付：瀬沼茂樹編『「赤い鳥」・複刻版解説執筆者索引』（1979）（ほるぷ出版）

『おとぎの世界』（1919〜1922）全44冊

＊復刻付：『雑誌『おとぎの世界』復刻版別冊』（1984）

『金の船・金の星』全101冊（1919〜1928）

＊復刻付：『雑誌金の船＝金の星復刻版別冊解説』（1983）（ほるぷ出版）

『童話』（1920〜1926）全76冊

＊復刻付：『雑誌『童話』復刻版別冊』（1982）（岩崎書店）

『芸術自由教育』（1921）全11冊（アルス）

＊復刻別巻：冨田博之他編（1993）『大正自由教育の光芒』（久山社）

『綴方生活』（1929〜1937）全15巻

＊復刻（1977〜1979）（綴方生活復刻委員会編・発行、けやき書房発売）

2．図書

鈴木三重吉編（1919〜1925）「赤い鳥の本」『「赤い鳥」童謡』全23冊

＊復刻：付：清水博義他編集（1969）『解説赤い鳥の本・「赤い鳥」童謡』（ほるぷ出版）1980年にも復刻

北原白秋編（1930）『赤い鳥童謡集』（ロゴス書院）

＊復刻：「叢書日本の童謡」（1997）大空社

福田清人著者代表（1971）「名著複刻日本児童文学館」全32点、解説1、付録1（ほるぷ出版）

福田清人著者代表（1974）「名著複刻日本児童文学館」第2集、全33点、解説1（ほるぷ出版）

上笙一郎・冨田博之編（1987,1988）「復刻叢書日本の児童文学理論」全21冊、含：第1期解説、別巻『児童文学研究の軌跡』（久山社）

Ⅱ　図書

1．事典・参考図書類

大関五郎編（1928）『現代童謡辞典』（紅玉堂書店）

鈴木三重吉（1938,1982（2刷））『鈴木三重吉全集』第1-6巻、別巻、月報

日本作文の会編（1958）『生活綴方事典』（明治図書）

鳥越信他編集（1977,1978）『日本児童文学大系』全30巻（ほるぷ出版）

北原白秋（1984〜1988）『白秋全集』全40巻（岩波書店）

日本児童文学学会編（1988）『児童文学事典』（東京書籍）

大阪国際児童文学館編（1993）『日本児童文学大事典』全3巻（大日本図書）

子どもの本・翻訳の歩み研究会編（2002）『図説子どもの本・翻訳の歩み事典』（柏書房）

上笙一郎編（2005）『日本童謡事典』（東京堂出版）

川戸道昭編（2005）『児童文学翻訳作品総覧』全8巻（大空社）

児童文学翻訳大事典編集委員会編（2007）『図説児童文学翻訳大事典』全4巻（大空社）

2．総論

坪田譲治編（1948）『赤い鳥童話名作集［合冊］』（小峰書店）

坪田譲治編（1955）『赤い鳥傑作集』〈新潮文庫〉（新潮社）

日本児童文学学会編（1965）『赤い鳥研究』（小

峰書店）

神奈川文学振興会編（1986）『鈴木三重吉没後五十年記念展〈赤い鳥〉の森　日本の子どもの文化の源流』（神奈川文学振興会）

与田準一他編、小宮豊隆監修（1998）『赤い鳥代表作集』1〜6（小峰書店）

山梨県立文学館編集（2005）『「赤い鳥」と「少年倶楽部」の世界』（山梨県立文学館）

宮川健郎編・解説（2015）『近代童話作家資料選集　第7巻　赤い鳥、その他』（クレス出版）

『鈴木三重吉資料目録』（広島市立図書館）
https://www.library.city.hiroshima.jp/hiroshima/literature/room/pdf/suzuki.pdf

3．歴史での位置づけ・子ども観

遠藤早泉（1922）『現今少年読物の研究と批判』（開発社）（「復刻叢書日本児童文学理論」1987久山社）

菅忠道（1956）『日本の児童文学』（大月書店）（増補改訂版1976）

日本児童文芸家協会編（1956）『児童文学の展望——児童文学2』（角川書店）

鳥越信（1963）『日本児童文学案内』（理論社）

東洋館出版社編集部編（1965）『近代日本の教育を育てた人びと』上下（東洋館出版社）

滑川道夫他編（1968）『作品による日本児童文学史』全3巻（牧書店）

鳥越信（1971）『日本児童文学史研究』（風濤社）

おてんとさんの会事務局編（1972）『おてんとさん：目で見るみやぎの児童文化史』（おてんとさんの会）

根本正義（1973）『鈴木三重吉と「赤い鳥」』（鳩の森書房）

村松定孝、上笙一郎編（1974）『日本児童文学研究』（三弥井書店）

海老原治善（1975）『現代日本教育実践史』（明治図書）

上笙一郎（1976）『日本の児童文化』（国土社）

日本児童文学学会編（1976）『日本児童文学概論』（東京書籍）

本田和子（1982）『異文化としての子ども』（紀伊國屋書店）

福田清人、山主敏子編（1983）『日本児童文芸史』

（三省堂）

関英雄（1984）『体験的児童文学史』前編・後編（理論社）

弥吉菅一監修（1985）『児童文学（物語編）資料と研究』（森北出版）

石橋達三著、関西児童文化史研究会編（1988）『大阪の児童文学』〈関西児童文化史叢書1〉（関西児童文化史研究会）

上笙一郎（1994）『児童文化史の森』（大空社）

野口存弥（1994）『大正児童文学』（踏青社）

飯干陽（1996）『日本の子どもの読書文化史』（あずさ書店）

斎藤佐次郎著、宮崎芳彦編（1996）『斎藤佐次郎・児童文学史』（金の星社）

続橋達雄（1996）『大正児童文学の世界』（おうふう）

日本児童文学学会編（1997）『児童文学の思想史・社会史』〈研究日本の児童文学〉（東京書籍）

岩井正浩（1998）『子どもの歌の文化史——二〇世紀前半期の日本』（第一書房）

河原和枝（1998）『子ども観の近代『赤い鳥』と「童心」の理想』〈中公新書〉（中央公論社）

鳥越信編著（2001）『はじめて学ぶ日本児童文学史シリーズ・日本の文学史』（ミネルヴァ書房）

向川幹雄（2001）『日本近代児童文学史研究III児童文学研究年報大正の児童文学』（兵庫教育大学向川研究室）

桑原三郎（2002）『児童文学の心』（慶応義塾大学出版会）「「赤い鳥」異聞／すずきすず伝説／赤い鳥綴方批判への疑問——「赤い鳥代表作集」全三冊について／鈴木三重吉——その文章と、文章の向こうの人／童謡とその曲譜」

小林弘忠（2002）『「金の船」ものがたり』（毎日新聞社）

藍川由美（2008）『これでいいのか、にっぽんのうた』〈文春新書〉（文藝春秋）

加藤理編（2011）『叢書児童文化の歴史1児童文化の原像と芸術教育』（港の人）

加藤理（2015）『「児童文化」の誕生と展開、大正自由教育時代の子どもの生活と文化』（港の人）

4．鈴木三重吉（『赤い鳥』に関する文献を中心に）

小島政二郎（1942）『眼中の人』（三田文学出版会）

小宮豊隆（1942）『漱石寅彦三重吉』（岩波書店）

西田良子（1974）『日本児童文学研究』（牧書店）「鈴木三重吉論　鈴木三重吉の感覚的世界――「赤い鳥」をめぐって」

桑原三郎（1975）『「赤い鳥」の時代　大正の児童文学』（慶應通信）

昭和女子大学近代文学研究室編（1975）『近代文学研究叢書』第41巻（昭和女子大学近代文化研究所）

鈴木三重吉（1975）『鈴木三重吉童話全集』（文泉堂書店）

鈴木三重吉赤い鳥の会編（1975）『鈴木三重吉「綴方読本」と「赤い鳥」』（たくみ出版）

根本正義（1978）『鈴木三重吉の研究』（明治書院）

鈴木三重吉赤い鳥の会編（1982）『鈴木三重吉への招待』（教育出版センター）

赤い鳥の会編（1983）『『赤い鳥』と鈴木三重吉』（小峰書店）

鈴木三重吉、小島政二郎著（1998）『「赤い鳥」をつくった鈴木三重吉』〈「児童文学」をつくった人たち〉6（ゆまに書房）

半田淳子（1998）『永遠の童話作家　鈴木三重吉』（高文堂出版社）

神奈川文学振興会編集（2003）『鈴木三重吉・赤い鳥文庫目録』〈県立神奈川近代文学館収蔵文庫目録〉13（神奈川近代文学館）

脇坂るみ（2007）『赤い鳥翔んだ　鈴木すずと父三重吉』（小峰書店）

5.『赤い鳥』の作品について

（1）翻訳

佐藤宗子（1987）『「家なき子」の旅』（平凡社）

昭和女子大学近代文化研究室（1993）『近代文学研究叢書』第67巻（昭和女子大学近代文化研究所）「野上臼川」

楠本君恵（2001）『翻訳の国の「アリス」――ルイス・キャロル翻訳史・翻訳論』（未知谷）

石原剛（2008）『マーク・トウェインと日本　変貌するアメリカの象徴』（彩流社）「大正期児童文学運動とマーク・トウェイン（1）――鈴木三重吉の『赤い鳥』を中心に」

楠本君恵（2010）『まざあ・ぐうす　マザー・グース』（未知谷）

千森幹子（2015）『表象のアリス　テキストと図像に見る日本とイギリス』（法政大学出版局）「児童雑誌『赤い鳥』におけるアリス翻訳『地中の世界』」

（2）演劇

冨田博之（1976）『日本児童演劇史』（東京書籍）

冨田博之編（1979）『赤い鳥童話劇集』（東京書籍）

日本児童演劇協会編（1984）『日本の児童演劇の歩み』（日本児童演劇協会）

（3）説明文

小田迪夫（1986）『説明文教材の授業改革論』（明治図書出版）「『赤い鳥』の科学的説明文」

（4）童謡

葛原𦱳（1923）『童謡と教育』（内外出版）

野口雨情（1923）『童謡と児童の教育』（イデア書院）

高野辰之（1929）『民謡・童謡論』〈春秋文庫〉8（春秋社）

船木枳郎（1967）『日本童謡画史』（文教堂出版）

藤田圭雄（1971、1983改訂版）『日本童謡史』（あかね書房）

大竹新助（1976）『うたのふるさと2　口語自由詩と〈赤い鳥〉』（さ・え・ら書房）

菅沼康憲（1980）『子どもの歌研究資料』（陽光出版社）

藤田圭雄監修・解説（1981）『日本童謡史』（日本コロムビア）

与田準一編（1983）『日本童謡集』〈岩波文庫〉（岩波書店）

木坂俊平著、畑中圭一編（1987）『関西の童謡運動史』（木坂俊平遺稿刊行会）

小野孝尚（1989）『詩人柳澤健』（双文社出版）

畑中圭一（1990）『童謡論の系譜』（東京書籍）

藤田圭雄（1994）『童謡の散歩道』（日本国際童謡館）

山住正己（1994）『子どもの歌を語る　唱歌と童謡』〈岩波新書〉（岩波書店）

上笙一郎編（1997）『日本童謡のあゆみ』（大空社）

滝沢典子（2000）『近代の童謡作家研究』（翰林書房）

中川武（2001）『童謡集白い花・赤い花』〈中川武著作集〉Ⅱ（中川波満）

海沼実（2003）『童謡　心に残る歌とその時代』

（日本放送出版協会）

小島美子（2004）『日本童謡音楽史』（第一書房）

筒井清忠（2005）『西條八十』〈中公叢書〉（中央公論新社）

畑中圭一（2007）『日本の童謡　誕生から九〇年の歩み』（平凡社）

後藤暢子（2014）『山田耕筰　作るのではなく生む』（ミネルヴァ書房）

金田一春彦（2015）『童謡・唱歌の世界』（講談社）

周東美材（2015）『童謡の近代　メディアの変容と子ども文化』〈岩波現代全書〉（岩波書店）

向井嘉之（2015）『くらら咲くころに　童謡詩人多胡羊歯魂への旅』（梧桐書院）

(5) 北原白秋

北原白秋（1932）『新興童謡と児童自由詩』〈岩波講座日本文学〉（岩波書店）

佐藤通雅（1987）『北原白秋――大正期童謡とその展開』〈叢書児童文学への招待〉（大日本図書）

北原隆太郎・関口安義編（1994）『自由詩のひらいた地平』「白秋がえらんだ子どもの詩」別巻（久山社）

畑島喜久生（1997）『北原白秋再発見――白秋批判をめぐって』（リトル・ガリヴァー社）

三木卓（2005）『北原白秋』（筑摩書房）

中路基夫（2008）『北原白秋――象徴派詩人から童謡・民謡作家への軌跡』〈新典社研究叢書〉191（新典社）

宮澤健太郎編・解説（2014）『白秋研究資料集成』全10巻（クレス出版）

今野真二（2017）『北原白秋　言葉の魔術師』〈岩波新書〉（岩波書店）

(6) 美術

船木枳郎（1931）『日本童画史概観』（三友社）（「復刻叢書日本の児童文学理論」久山社、1987）

上笙一郎編著（1974）『聞き書・日本児童出版美術史』（太平出版社）

川上四郎（1977）『川上四郎童画大集』（講談社）

上笙一郎（1980）『児童出版美術の散歩道』（理論社）

瀬田貞二（1982）『落穂ひろい：日本の子どもの文化をめぐる人びと』上下（福音館書店）

日本国際児童図書評議会事業委員会、子どもの本・

1920年代展実行委員会企画・制作（1991）『子どもの本・1920年代展図録』（日本国際児童図書評議会）

茨城県近代美術館編（1992）『童画のパイオニアたち：「赤い鳥」「子供之友」「コドモノクニ」の画家』（茨城県近代美術館）

橋本泰幸（1994）『日本の美術教育　模倣から創造への展開』（明治図書）

金子一夫（1999）『近代日本美術教育の研究――明治・大正時代』（中央公論美術出版）

中村光夫編著（2007）『清水良雄絵本展図録』（中村光夫）

(7)『赤い鳥』に執筆した作家たち

秋田雨雀研究会（1975）『秋田雨雀――その全仕事』（共榮社出版）

秋田雨雀研究会（1976）『続・秋田雨雀――その全仕事』（共榮社出版）

浜野卓也（1984）『童話にみる近代作家の原点』（桜楓社）

勝尾金弥（1987）『森銑三と児童文学』〈叢書児童文学への招待〉（大日本図書）

関口安義（1987）『評伝豊島与志雄』（未来社）

桑原伸一（1992）『青木健作　初期作品の世界』（笠間書院）

増子正一（1994）『有島武郎研究』（新教出版社）

有島武郎研究会編（1995〜1996）〈有島武郎研究叢書〉全10集（右文書院）

山田泰男編著（1998）『川越出身の作家　細田源吉』（さきたま出版会）

かわじもとたか編著（1999）『水島爾保布著作書誌・探索日誌』（杉並けやき出版）

志村有弘編（2002）『芥川龍之介大事典』（勉誠出版）

吉江久弥（2002）『賢治童話の気圏』（大修館書店）「『赤い鳥』と宮沢賢治」

中野隆之（2003）『豊島与志雄童話の世界』（海鳥社）

井上寿彦（2005）『賢治、『赤い鳥』への挑戦』（菁柿堂）

永淵道彦著（2005）『豊島与志雄への測鉛』（花書院）

武藤清吾（2014）『芥川龍之介の童話　神秘と自己像幻視の物語』（翰林書房）

6. 『赤い鳥』の投稿

(1) 児童自由詩

百田宗治編（1956）『日本児童詩集成』（河出書房）

吉田瑞穂（1961）『児童詩はどう発展してきたか』（少年写真新聞社）

増田実（1978）『子供たちは唄う——大正期常総の童謡・自由詩運動』〈ふるさと文庫〉（崙書房）

入江道雄（1979）『児童生活詩形成史』上（あゆみ出版）

増田実（1989）『「赤い鳥」運動と茨城の子ども達』〈ふるさと文庫〉（筑波書林）

弥吉菅一（1989）『日本児童詩教育の歴史的研究』全3巻（溪水社）

麦野裕編（1992）『北原白秋の選んだ平岡小学校（千葉袖ケ浦市）の児童詩：『赤い鳥』から北原白秋没後50年を記念して』（麦野裕）

弥吉菅一・畑島喜久生編著（1994）『少年詩の歩み』（教育出版センター）

畑島喜久生（2001）『弥吉菅一と児童詩教育』〈ガリヴァー叢書〉1（リトル・ガリヴァー社）

弥吉菅一（2001）『大阪『赤い鳥』入選児童詩の探求　弥吉菅一先生遺稿』〈関西児童文化史叢書〉（関西児童文化史研究会）

横瀬隆雄（2006）『横瀬夜雨と長塚節——常総の近代文学雑考』（筑波書林）「『赤い鳥』と常総の童謡教育運動」

岡村遼司（2007）『子どもと歩く子どもと生きる』（駒草出版）

内城弘隆（2008）『ふるさとは子供の心　巽聖歌の詩と生涯』（どっこ舎）

山本なおこ（2009）『月とオモニと唐辛子と　真田亀久代の童謡とその時代』（てらいんく）

渡辺培子（2011）『みんないっしょに　童話作家・柴野民三の足跡』（文芸社）

(2) 綴方

西原慶一（1952）『日本児童文章史』（東海出版社）

百田宗治（1952）『綴方の中の子ども』（金子書房）

鈴木三重吉（1935）『綴方読本』（中央公論社）

波多野完治、滑川道夫（1953）『作文教育新論』（牧書店）

成田克矢ほか（1958）『生活綴方の探究』〈国民教育叢書〉4（誠信書房）

中内敏夫（1970）『生活綴方成立史研究』（明治図書出版）

野地潤家編（1971）『作文・綴り方教育史資料』上（桜楓社）

井上敏夫他編（1976）『近代国語教育論大系12（昭和期3）』（光村図書出版）

滑川道夫（1978）『日本作文綴方教育史2　大正編』（国土社）

坪田譲治著、与田凖一編（1980）『赤い鳥を追って——鈴木三重吉賞特選抄』（文化評論出版）

福富高市著、福富易編（1981）『帽子をかくさせるな——福富高市と「赤い鳥」の時代』（あかり書房制作）

藤田万喜子（1987）『写生文と作文教育』（芸風書院）

太郎良信（1990）『生活綴方教育史の研究』（教育史料出版会）

豊田正子著、山住正己編（1995）『新編　綴方教室』〈岩波文庫〉（岩波書店）

木下浩編（1996）『綴方教育をひらく——池田和夫の世界』（ほおずき書籍）

久米道彦編（1997）『大正昭和初期『赤い鳥』に見る秋田の児童綴り方名作集』（久米道彦）

山本稔、仲谷富美夫、西川暢也（1999）『『赤い鳥』6つの物語滋賀児童文化探訪の旅』〈別冊淡海文庫〉（サンライズ出版）

久米道彦（2000）『北海道の児童綴り方名作選』（文芸社）

中内敏夫著、上野浩道他編（2000）『綴方教師の誕生』〈中内敏夫著作集〉5（藤原書店）

畠山義郎（2001）『村の綴り方　木村文助の生涯』（無明舎出版）

規工川佑輔（2004）『評伝　海達公子「赤い鳥」の少女詩人』（熊本日日新聞社）

根本正義（2004）『子ども文化にみる綴方と作文　昭和をふりかえるもうひとつの歴史』（KTC中央出版）

菅邦男（2009）『『赤い鳥』と生活綴方教育：宮崎の児童詩と綴方』（風間書房）

大内善一（2012）『昭和戦前期の綴り方教育にみる「形式」「内容」一元論　田中豊太郎の綴り方教育論を軸として』（溪水社）

中内敏夫（2013）『綴ると解くの弁証法——教育目的論を考える』（溪水社）

（3）自由画

山本鼎（1921）『自由画教育』（アルス）（復刻版、黎明書房、1972）

山本鼎研究会（1966）『山本鼎研究資料』第1集（山本鼎研究会）

小崎軍司（1967）『山本鼎・倉田白羊──生涯と芸術』（上田小県資料刊行会）

小崎軍司（1979）『山本鼎評伝　夢多き先覚の画家』（信濃路）

神田愛子（2009）『山本鼎物語──児童自由画と農民美術　信州上田から夢を追った男』（信濃毎日新聞社）

Ⅲ　雑誌
1．関連雑誌

『三重吉「赤い鳥」通信』12号まで（1976～1987・11）（鈴木三重吉赤い鳥の会）

『鈴木三重吉「赤い鳥」通信』（1988・6～2001・12）13～47号まで（鈴木三重吉赤い鳥の会）

『鈴木三重吉『赤い鳥だより』』（2005・8～2017・5～発行中）12号～（鈴木三重吉赤い鳥の会）

『南吉研究』（1986・5～）（新美南吉研究会）

『新美南吉記念館研究紀要』（1995～）

『森三郎の作品を読む会会誌　かささぎ』（2014・3～）（森三郎刈谷市民の会）

2．特集

「特集：「赤い鳥」と鈴木三重吉」（1955・6）『作文と教育』37（日本作文の会）

「特集：赤い鳥」（1971・10）『日本児童文学』17（10）（日本児童文学者協会）
　森三郎「「赤い鳥」と「黒い鳥」」
　久米井束「教育から見た「赤い鳥」の運動」ほか所収

「特集：北原白秋　古典を考える8」（1980・8）『日本児童文学』26（11）（同上）
　与田準一「『赤い鳥』詩の発出をたどる──北原白秋の童謡選稿の経過から」畑島喜久生「白秋・『赤い鳥』と児童詩─『赤い鳥』誌をたどりながら」ほか所収

「特集：「赤い鳥」から八〇年」（1998・8）『日本児童文学』44（4）（同上）
　佐藤宗子「何が『赤い鳥』か、『赤い鳥』とは何であったか──二つの問いの交錯と「児童文学」」、安藤恭子「メディア分析から見た「赤い鳥」」、申明浩「『赤い鳥』表紙デザインの芸術的展開と意義」他所収

3．総論

滑川道夫（1938・7）「「赤い鳥」以後の運動」『セルパン』90（第一書房）

滑川道夫（1955）「赤い鳥」日本文学協会編『文学教育日本文学講座』7（東京大学出版会）＊単行本

関英雄（1965・6）「「赤い鳥」と現代“子どもの本、この百年展”を機に」『学校図書館』176（全国学校図書館協議会）

関英雄（1968・8）「赤い鳥がすべてではない──根本正義氏の論に異議あり」『児童文学評論』10夏季号（児童文学評論社）

山住正巳（1969・7）「「赤い鳥」と大正期の芸術教育運動」『月刊ほるぷ』3（7）（ほるぷ出版）

桑原三郎・水上勉対談（1976・2）「対談　著者と読者　桑原三郎『赤い鳥』の時代──大正の児童文学』童話─語りものの世界」『泉』11（文化総合出版）

関口安義（1977）「赤い鳥と童心主義の評価」『近代文学4　大正文学の諸相』（有斐閣）＊単行本

久保喬（1979・11）「『赤い鳥』を見た日　談話室」『日本児童文学』25（13）（日本児童文学者協会）

大藤幹夫（1985・8）「二つの児童芸術講座──〈児童芸術講座〉と〈綜合童話大講座〉」『大阪教育大学紀要Ⅰ　人文科学』34（1）

佐藤宗子記録、上笙一郎・関英雄・冨田博之・安藤美紀夫シンポジウム（1986・10）「シンポジウム記録　いま『赤い鳥』に何をまなぶか」『児童文学研究』19（日本児童文学学会）

西田良子（1987・10）「「赤い鳥」の世界とその影響」『国文学　解釈と教材の研究』32（12）（学燈社）

関英雄（1991・3）「『赤い鳥』再考──児童文学史の未熟」『文藝論叢』27

酒井晶代（1996・2）「薄陽さす日々——青年記者が見た三重吉と第二次「赤い鳥」」『淑徳国文』37（愛知淑徳短期大学）

関場武（1999・10）「桑原三郎氏ご寄贈鈴木三重吉関係資料について」『三田評論』1017（慶應義塾）

朴淑慶（2001・3）「『オリニ』と『赤い鳥』に関する一考察」大阪国際児童文学館編『外国人客員研究員研究報告集』2000年度（大阪国際児童文学館）

宮川健郎（2002・6）「生きにくさの抜け道『北方教育』、宮沢賢治、『赤い鳥』」『接続』2（ひつじ書房）

砂田弘（2006・2）「「『赤い鳥』と『少年倶楽部』の世界」展を終えて」『資料と研究』11（山梨県立文学館）

梶村光郎（2008・3）「児童雑誌『鑑賞文選』の研究」『琉球大学言語文化論叢』5

武藤清吾（2008・11）「旧制中等学校生らによる『赤い鳥』実践の教養観」『教育目標・評価学会紀要』18

大野亜里（2009・7）「大正時代の児童文芸雑誌——『赤い鳥』と『金の星』を比較して」『北の文庫』50（北の文庫の会）

4．鈴木三重吉について

井本農一（1955・5）「履歴書と鈴木三重吉」『言語生活』44（筑摩書房）

吉田精一（1956・10）「鈴木三重吉論」『明治大正文学研究』20（東京堂）

和田紀久子（1958・6）「鈴木三重吉論——抒情小説より児童文学への道」『実践文学』4〈児童文学特集〉

森三郎（1958・9～1960・9）「鈴木三重吉研究」全13回「続・鈴木三重吉研究」全7回『新文明』8（9）～10（9）（「新文明」発行所）

根本正義（1971・1）「鈴木三重吉及び「赤い鳥」研究文献目録補足」『大東文化大学第一高等学校研究紀要』7

根本正義（1973）「鈴木三重吉——『赤い鳥』運動の組織者として」猪熊葉子他編『講座日本児童文学』6（明治書院）＊単行本

弥吉光長（1975・7）「竹内善作の雑誌中心的小

図書館運営論——その鈴木三重吉の赤い鳥改革への影響」『図書館学会年報』21（1）（日本図書館情報学会）

大藤幹夫（1978・12）「鈴木三重吉の童話観」『学大国文』22（大阪教育大学国語国文学研究室）

勝尾金弥（1982・3）「鈴木三重吉とペリー遠征記——「日本を」をめぐって」『愛知県立大学文学部論集　児童教育学科編』32

秋里三和子（1990・12、1991・12）「鈴木三重吉の少年少女劇「大きな星」小論」その1、その2『神戸海星女子学院大学・短期大学研究紀要』29、30

［著者名なし］（1992・8）「鈴木三重吉著書目録」『日本古書通信』57（8）

宮崎芳彦（1993・12）「児童文学の編集者　出版事業家としての鈴木三重吉——「赤い鳥」創刊を中心に」『白百合女子大学研究紀要』29

宮崎芳彦（1994・7）「鈴木三重吉の仕事——編集者、出版事業家の原像」『白百合児童文化』5（白百合女子大学児童文化学会）

井本農一（1995・1）「「赤い鳥」と鈴木三重吉の俳句」『俳句研究』62（1）（富士見書房）

陶山恵（1995・11）「鈴木三重吉「赤い鳥」創刊への背景の一考察——「新小説」編集顧問としての経験」『児童文学研究』28（日本児童文学学会）

野上暁（1996・5）「三重吉と『赤い鳥』の謎と不思議　エッセイ子どもの本の「謎」に迫る」『鬼ヶ島通信』27

半田淳子（1997）「鈴木三重吉と「赤い鳥」の童謡　出版事業家としての手腕」野山嘉正編『詩う作家たち　詩と小説のあいだ』（至文堂）＊単行本

田中千晶（2007・2）「鈴木三重吉が見た『古事記』——享受史の観点から」『日本文学』56（2）（日本文学協会）

浜崎由紀・棚橋美代子（2013・2）「三冊の「おなかのかわ」に関する考察——「こどものとも」をめぐって」『京都女子大学発達教育学部紀要』9

635

5．作家・作品について——童話を中心に

（1）さまざまなテーマ

勝尾金弥（1971・12）「児童文学における外国人観1——「赤い鳥」の作品を中心に」『愛知県立大学文学部論集　児童教育学科編』22

和田義昭（1975・3）「「赤い鳥」の童話と仏教——『芥子の花』の原典をめぐって」『国文学踏査』10（大正大学国文学会）

佐津川修二（1980・10～1981・7）「小島政二郎聞書抄」（1）～（10）『日本古書通信』45（10）～46（7）

勝尾金弥（1983・3）「「赤い鳥」の歴史小説」『愛知県立大学児童教育学科論集』16

高田聖子（1984・5）「『赤い鳥』のファンタジー性」『聖心女子大学大学院機関誌　文学・史学』6

浅野法子（1999・7）「『赤い鳥』における中国像」『梅花児童文学』7

頓野綾子（2001・3）「指標としての「赤い鳥」——「杜子春」の評価をめぐって」『中央大学国文』44

相川美恵子（2001・10）「『王の家』（平方久直・作）の「満州」像——旧植民地を描いた児童文学の可能性と限界」『児童文学研究』34（日本児童文学学会）

丸尾美保（2002・7）「雑誌「赤い鳥」掲載のロシア関連作品の考察」『梅花児童文学』10

金森友里（2012・12）「雑誌『赤い鳥』における戦争観——創刊一九一八年から休刊一九二九年までの傾向」『富大比較文学』5（富山大学比較文学会）

王玉（2014・12）「雑誌『赤い鳥』における「殺す」「殺される」問題——欧米昔話再話作品を中心に」『北海道大学大学院文学研究科研究論集』14

（2）表現

杉田智美（2014）「近代日本語文学における〈文学場〉の成立——言葉を分有する方法」博士論文（名古屋大学）

山田実樹（2014）「『赤い鳥』における語彙の研究」博士論文（広島大学）

山田実樹（2014）「『赤い鳥』の童話作品における〈父〉〈母〉を表す名詞のバリエーション」『国語語彙史の研究』（和泉書院）＊単行本

山田実樹（2017）「『赤い鳥』の童話作品におけるテシマウ・チマウ・チャウの使用について」日本近代語研究会編『日本近代語研究』6（ひつじ書房）＊単行本

渋谷百合絵（2017・5）「『赤い鳥』の文体改革——童話/綴方の相互交流を視点として」『国語と国文学』94（5）（東京大学国語国文学会編　明治書院発行）

（3）作家・作品

森三郎（1958・10～1959・4）「「赤い鳥」の寄稿家たち」（1）～（5）『日本古書通信』23（11）～24（4）

鳥越信（1966・12）「芥川竜之介と鈴木三重吉——雑誌「赤い鳥」を中心に」『国文学　解釈と教材の研究』11（14）（学燈社）

嘉治隆一（1967）「水島爾保布」『人物万華鏡』朝日新聞社＊単行本

巽聖歌（1971）「新美南吉との出逢い」『随想集わたしのなかの童話』（研究社出版）＊単行本

窪田光恵（1976・3）「平塚武二と『赤い鳥』」『目白児童文学』13（日本女子大学児童学科）

関口安義（1980・4）「宇野浩二の児童文学」『信州白樺』36・37合併号〈児童文学特集〉

森三郎（1985・5～1986・2）「若き日の兄鉄三の思い出」全3回『ふるほん西三河』12、14、15（西三河古書籍商組合ぐるーぷ・西三河）

池上研司（1987・3）「吉田絃二郎論——「赤い鳥」の「京の寺へ」を中心に」『湘北紀要』8（湘北短期大学・紀要委員会）

金子民雄（1988・2）「森鉄三翁と「赤い鳥」」『日本古書通信』53（2）

山本稔（1990・3）「「赤い鳥」と木俣修」『滋賀大学教育学部紀要　人文科学・社会科学・教育科学』40

酒井晶代（1992・6）「森三郎童話研究——第二次「赤い鳥」との関わりを中心に」『児童文学研究』24（日本児童文学学会）

勝尾金弥（1994・8）「森三郎氏追悼」『ふるほん西三河』48（西三河古書籍商組合ぐるーぷ・西三河）

酒井晶代（1995・9）「『森三郎童話選集』の刊行に寄せて」『ふるほん西三河』52（西三河古

書籍商組合ぐるーぷ・西三河）

大藤幹夫（1998・4）「坪田譲治と『赤い鳥』」『国文学　解釈と鑑賞』63（4）（至文堂）

藤本恵（2001・3）「西條八十「雪の夜」の仮面──〈赤い鳥〉をめぐって」『人間文化論叢』3（お茶の水女子大学大学院人間文化研究科）

小野由紀（2002・10）「野上彌生子の児童文学──「赤い鳥」の「お爺さんとお婆さん」を中心に」『児童文学研究』35（日本児童文学学会）

荒木瑞子（2008・12）「「赤い鳥」に見る福井研介」『らぴす』23（小野田潮）

入口愛（2010・3）「広津和郎の〈文学的煩悶〉時代──童話への試み」『児童文学論叢』15（日本児童文学学会中部支部）

松川利広（2013）「南吉童話の類義語考　「赤い鳥」作品の場合」表現学会編『言語表現学叢書1 言語表現学の基礎と応用』（清文堂出版）＊単行本

田中俊男（2015・2）「教科書・「赤い鳥」という場──新美南吉「ごんぎつね」論」『島根大学教育学部紀要教育科学人文・社会科学自然科学』48

永渕朋枝（2015・3）「藤村発行「処女地」に執筆した〈無名〉の女性達──伊東英子・林真珠」『神女大国文』26（神戸女子大学国文学会）

永渕朋枝（2015・8）「「処女地」の伊東英子「凍つた唇」──別名：「少女画報」の伊澤みゆき・「青鞜」の濱野雪」『国語国文』84（8）（京都大学文学部国語学国文学研究室）

王玉（2016・3）「加能作次郎「少年と海」における「子どもの死」──前期『赤い鳥』童話作品をめぐって」『国語国文研究』148（北海道大学国語国文学会）

平野晶子（2016・9）「杜子春の選択「人間らしい、正直な暮し」とは何か」『学苑』911（光葉会）

(4) 宮沢賢治

大藤幹夫（1980・3）「児童文学と地方語の世界──宮沢賢治と『赤い鳥』」『日本児童文学』26（3）（日本児童文学者協会）

安藤恭子（1993・10）「〈世界図〉としての言説空間──宮沢賢治「山男の四月」と大正期「赤い鳥」」『日本近代文学』49（日本近代文学会）

大島丈志（2001・9）「「雪渡り」論──『赤い鳥』・童謡運動を背景として」『雲の信号』2（千葉賢治の会）

山根知子（2005・3）「宮沢賢治と坪田譲治──鈴木三重吉赤い鳥との関わりから」『論攷宮沢賢治』6（中四国宮沢賢治研究会）

嶋田美和（2006）「童話集『注文の多い料理店』に関する文章心理学的考察──『赤い鳥』系列の作家との比較」高知大学宮沢賢治研究会編『知の冒険・宮沢賢治』（リーブル出版）＊単行本

(5) 翻訳

佐藤宗子（1981・7）「『赤い鳥』とリシュタンベルジェ」『児童文学研究』12（日本児童文学学会）

北川公美子（1997・3）「大正期のアンデルセン童話──鈴木三重吉の「親指姫」再話」『東京家政大学生活資料館紀要』2

横田順子（2001・3）「鈴木三重吉による『ピーター・パン』の再話に関する一考察」『実践女子短大評論』22

丸尾美保（2003・6）「ソログープ作品の日本における受容──「赤い鳥」を中心に」『梅花児童文学』11（梅花女子大学）

高木雅惠（2007・11）「鈴木三重吉におけるメリメ受容──死の問題を中心にして」『Comparatio』11（九州大学大学院比較社会文化研究科比較文化研究会）

水間千恵（2008・2）「DanielO'Connorによる PeterPan再話に関する一考察──J.M.Barrieのオリジナルとの比較検討を中心に」『国学院大学紀要』46

山根祥子（2014・9）「ドーデの短篇小説の英語翻訳──『最後の授業』」『地球社会統合科学研究』1（九州大学大学院地球社会統合科学府）

鈴木哲（2017・2）「森三郎はいかにしてローズ・ファイルマンを知ったか」『桜花学園大学学芸学部研究紀要』9

木田悟史（2017・3）「『赤い鳥』のラフカディオ・ハーン──茅原順三（森三郎）「赤穴宗右衛門兄弟」を通して」『Philologia』48（三重大学英語研究会）

(6) 子ども観

山口美和（2008・3）「児童文学作品のテーマと

子ども観の変遷——『赤い鳥』における〈死〉の扱いを中心として」『児童文化研究所所報』30（上田女子短期大学児童文化研究所）

峠田彩香（2011・2）「近代的「子ども」像と「女児」への一考察——雑誌『赤い鳥』の分析から」『歴史文化社会論講座紀要』8（京都大学大学院人間・環境学研究科歴史文化社会論講座）

6．童謡

(1) 全般

山田耕作（1922・11）「作曲者の言葉——童謡の作曲に就いて」『詩と音楽』11月号（アルス）

渡辺ひろし（1981・8）「「赤い鳥」最後の童謡」『北方文芸』163（北方文芸刊行会）

宇津恭子（1987・2）「高野辰之の童謡論」『清泉女学院短期大学研究紀要』5

大畑耕一（1993・12）「大正・昭和初期童謡の考察——「赤い鳥」「金の船・金の星」を中心に」『藤女子大学・藤女子短期大学紀要第2部』31

和田典子（2001・3）「三木露風研究——『赤い鳥』発表期を中心に」『兵庫大学短期大学部研究集録』35

青木文美（2002・3）「《新資料紹介》回覧雑誌「棕梠（欄）」」『愛知淑徳大学国語国文』25

青木文美（2003・3）「「棕梠」から「赤い鳥」へ——異同に見る〈童謡〉への模索」『愛知教育大学大学院国語研究』11

氏家香菜子（2004・12）「大正期における仙台児童文化運動の発展」『児童文学研究』37（日本児童文学学会）

高橋美帆（2005・3）「クリスティーナ・ロセッティと大正期の童謡運動」『奈良工業高等専門学校研究紀要』40

大木葉子（2010・3，9）「雑誌『乳樹』とモダニズム——児童文学史上におけるその可能性」（上）（下）『文芸研究——文芸・言語・思想』169,170（東北大学文学部国文学研究室内日本文芸研究会）

峠田彩香（2013・2）「金子みすゞの童謡——雑誌『赤い鳥』・北原白秋からの影響」『歴史文化社会論講座紀要』10（京都大学大学院人間・環境学研究科歴史文化社会論講座）

柴村紀代（2014・3）「北海道童謡史」『藤女子大学人間生活学部紀要』51

柴村紀代（2015・3）「北海道童謡史——黎明期の童謡詩人たち」『藤女子大学人間生活学部紀要』52

谷亮子（2015・8）「児童の書く力に関する童謡活用の効果——メロディを聴く活動を含む詩の授業と含まない授業の比較分析」『人文科教育研究』42（筑波大学教育学系人文科教育学研究室内　人文科教育学会）

(2) 作家としての北原白秋

川路柳虹（1949・11）「白秋の童心的表現——「赤い鳥」運動以前に於ける」『白象　児童文学と児童文化』1（白象社）

滝田佳子（1978・12）「北原白秋の童謡——『赤い鳥』を中心に」『比較文学研究』34（東大比較文学会編　朝日出版社）

小沢聰（1989・3）「北原白秋と「赤い鳥」——童心への傾斜とその軌道修正」『信州豊南女子短期大学紀要』6

平辰彦（2004・5）「北原白秋と『赤い鳥』——白秋の創作童謡と「まざあ・ぐうす」の比較考」『国文学　解釈と鑑賞』〈特集＝北原白秋の世界〉69（5）（至文堂）

澤田まゆみ（2007・3）「北原白秋による、「西洋式」童謡への批判について」『新島学園短期大学紀要』27

宮木孝子（2014・2）「北原白秋と鈴木三重吉の十八年」『実践女子短期大学紀要』35

(3) 童謡と音楽

西條八十（1965）「雑誌赤い鳥の頃成田為三にちなむ想い出」『成田為三名曲集』〈成田為三の思い出〉（玉川大学出版部）＊単行本

蔡芳男（1972・3）「「赤い鳥」と童謡音楽の成立」『教育学雑誌：日本大学教育学会紀要』6

藤田圭雄（1993・11）「草川信先生」『信濃教育』1284〈特集　草川信の人と業績〉（信濃教育会）

吉本隆行（1993・11）「草川信の童謡について」『信濃教育』1284〈特集　草川信の人と業績〉（信濃教育会）

玉木裕、村田千尋（2001・9）「雑誌『赤い鳥』掲載曲譜を観る」『北海道教育大学紀要　教育科学編』52（1）

森田信一、松本清（2006・12）「草川信の音楽

作品の成り立ち——生涯と音楽的背景および作曲法の特徴」『富山大学人間発達科学部紀要』1

石田陽子（2007・3）「唱歌教育と童謡復興運動にみる初等科音楽教育への提言についての一考察」『四天王寺国際仏教大学紀要』44

石田陽子（2008・3）「童謡は唱歌に代わりえたか？——小学校音楽科教材としての童謡についての一考察」『四天王寺国際仏教大学紀要』45

江崎公子（2009・3）「成田為三とその作品」『音楽研究　大学院研究年報』21（国立音楽大学大学院）

大地宏子（2012・3）「童謡作曲家、弘田龍太郎の幼児音楽教育」『鶴見大学紀要　第3部　保育・歯科衛生編』49

7．児童出版美術

小河内芳子（1973・9）「絵本・さし絵・童話・児童劇（三）——「赤い鳥」と「青い鳥」」『絵本の世界』3（らくだ出版デザイン）

上笙一郎（1979・2）「「赤い鳥」創刊号の表紙絵のこと」『月刊絵本』7（3）（すばる書房）

中村光夫（1982・4）「日本子ども雑誌史考（6）——清水良雄童画論」『郷土教育』275（郷土教育全国協議会）

仲本美央（1996・10）「『赤い鳥』の児童出版美術に関する研究」『読書科学』40（2）（日本読書学会）

仲本美央（1997・7）「『赤い鳥』のグラビア版画報に関する研究」『読書科学』41（2）（日本読書学会）

高橋裕子（2003・2）「童画家深沢省三——その生涯と作品」『東京家政大学博物館紀要』8

水谷真紀（2010・1）「「童画」の芸術的自立——一九二〇年代の武井武雄と村山知義を視座として」『日本文学』59（1）〈特集　文学／教育のなかの〈子ども〉〉（日本文学協会）

李麗（2017・3）「『赤い鳥』と『児童世界』の比較研究——表紙絵を中心に」『比較日本文化学研究』10（広島大学大学院文学研究科総合人間学講座）

8．『赤い鳥』の投稿

（1）児童自由詩

①全般

古田左右吉（1972・6）「少年木俣修二と雑誌『赤い鳥』」『形成』20（8）（形成社）

規工川佑輔（1982・1）「海達公子を育てた父親の指導理念と指導法——『赤い鳥』少女詩人の活動の源泉を探る」『国語国文研究と教育』10（熊本大学）

後藤左右吉（1982・2）「「赤い鳥」の秀才、修二少年」『短歌』29（2）（角川書店）

谷悦子（1982・12）「『赤い鳥』の「童詩」について——少年少女詩の萌芽と展開を探る」『梅花女子大学文学部紀要　児童文学篇』18

笹本正樹（1993・8）「周郷博の詩と教育思想」『教育方法学研究』11（東京教育大学教育方法談話会）

森多恵子（2002・7）「児童詩にみる子どもの孤独感——「赤い鳥」と「詩の手帳」との比較」『梅花児童文学』10

斉藤英雄（2003・3）「与田準一の小学校教師時代について——『赤い鳥』を中心に」『九州大谷研究紀要』29

本間千裕（2006・12）「詩人・与田準一の誕生前後——雑誌「赤い鳥」の選をめぐって」『学芸国語教育研究』24（東京学芸大学）

和田典子（2006・12）「三木露風が『赤い鳥』童謡欄の選者を断った理由」『児童文学研究』39（日本児童文学学会）

小浦啓子（2007・8）「大正期「自由詩・童謡詩論争」の検討——「童謡」と「児童自由詩」の混在」『人文科教育研究』34（筑波大学教育学系人文科教育学研究室内　人文科教育学会）

和田北斗（2009・1）「童謡を書くということ——『童話』童謡投稿欄と西条八十」『リテラシー史研究』2（早稲田大学教育学部リテラシー史研究会）

尾上尚子（2010・10）「追悼・清水たみ子　静かな眼差しで優しく見つづけた詩人」『日本児童文学』56（5）（日本児童文学者協会）

山中郁子（2010・11）「『きりん』における児童詩の特徴——『赤い鳥』『山びこ学校』との比較より」『梅花児童文学』18

藤田晴央（2016・2）「新美南吉の詩〜〈感傷〉と〈心の日なた〉」『東北女子大学・東北女子短期大学紀要』54

②各地の運動

高森邦明（1974）「「赤い鳥」における児童詩教育の一例——富山の教師多胡羊歯のばあい」『国語科教育』21（全国大学国語教育学会）

久富譲司（1985・3）「「赤い鳥」にみる奈良県桃俣小学校児童の自由詩について」『奈良教育大学国文　研究と教育』8

西川暢也（1994・6〜1997・6）「「赤い鳥」にみる滋賀県児童・生徒の創作活動」(1)〜(4)『滋賀大国文』32〜35

藤川由香（1994・9）「『赤い鳥』における香川県下の児童自由詩」『香川大学国文研究』19

菅原稔（2001・3）「昭和10年代の作文綴り方教育——「綴方神戸」誌（神戸市初等教育研究会綴方研究部）を中心に」『言語表現研究』17（兵庫教育大学言語表現学会）

菅邦男（2006・3）「昭和戦前期に見る宮崎の子どもの詩」『詩界』248〈地域からの視点／地域に根づいて〉（日本詩人クラブ）

③選者としての北原白秋

堀江祐爾（1983）「北原白秋による児童創作詩の推進——「赤い鳥」大正十年十月号までの選評を中心に」『国語科教育』30（全国大学国語教育学会）

堀江祐爾（1983・1）「北原白秋の児童創作詩に対する批評の観点——『赤い鳥』大正十年十月号までの選評を中心に」『兵庫教育大学研究紀要第2分冊　言語系教育・社会系教育・芸術系教育』4

堀江祐爾（1987・2）「白秋と「赤い鳥」児童自由詩が至り得た境地と選評」『愛媛大学教育学部紀要　第2部　人文・社会科学』19

田中泉（2007・3）「北原白秋がとらえた幼児の「言葉の音楽」(1)——児童自由詩の推奨から幼児の詩に注目するまで」『日本女子大学大学院紀要　家政学研究科・人間生活学研究科』13

本間千裕（2007・3）「詩人・與田準一の誕生前後Ⅱ——雑誌「赤い鳥」白秋の選評と「様式美」」『学芸国語国文学』39（東京学芸大学国語国文学会）

(2)　綴方

①全般

鶴見俊輔（1956）「日本のプラグマティズム生活——綴り方運動」久野収・鶴見俊輔『現代日本の思想』〈岩波新書〉（岩波書店）＊単行本

木村不二男（1957・11〜1958・3）「赤い鳥精神を追求して」1〜4『実践国語』18（205）〜19（209）（実践国語研究所編穂波出版社）

木下紀美子（1971・3、1972・1）「雑誌「赤い鳥」入選綴り方作品の基礎研究」『広島大学教育学部紀要　第一部』19、20

木下紀美子（1972・3）「「赤い鳥」初期綴り方作品研究」『国語科教育』19（全国大学国語教育学会）

長谷川孝士（1980・3）「『赤い鳥』の創刊と綴方」『兵庫教育大学研究紀要』1

北岡清道（1980・11）「「赤い鳥」綴方の実践記録——「綴方の書」（木村不二男著昭13）を中心に」『国語教育研究』26下（広島大学教育学部光葉会）

長谷川孝士（1980・11）「『赤い鳥』第二巻・第三巻の綴方——『赤い鳥』の綴方に関する研究(二)」『国語教育研究』26-3（広島大学教育学部光葉会）

長谷川孝士（1981）「「赤い鳥」綴方における方言の問題」藤原与一先生古稀御健寿祝賀論集刊行委員会編『方言学論叢：藤原与一先生古稀記念論集Ⅱ　方言研究の射程』（三省堂）＊単行本

上田由美（1983・7）「「赤い鳥」綴り方の研究——文芸的リアリズムの確立を中心に」『愛媛国文と教育』14・15（愛媛大学教育学部国語国文学会）

長谷川孝士（1984・2）「「赤い鳥」第三期の綴り方とその理論(1)——大正10・11年期の綴り方と選評」『兵庫教育大学研究紀要』2

山本茂喜（1986・3）「前期赤い鳥綴方と大正新教育における綴方指導との関係——成城小学校を中心に」『上越教育大学研究紀要』5-2

児玉忠（1988・3）「稲村謙一の児童詩教育論」『国語科教育』35（全国大学国語教育学会）

横須賀薫（1990・2）「昭和初期生活綴方運動の

形成」『宮城教育大学紀要』24

狩野浩二（1995・2）「1920〜30年代における子どもの書記文化——雑誌『赤い鳥』の投稿綴り方作品の分析を通して」『国学院大学教育学研究室紀要』30

小寺慶昭（1996・12）「「赤い鳥綴方」の研究」『龍谷大学論集』449

本間理（1998）「『赤い鳥』綴り方の意義——生活綴方との対比に見るその価値について」『21世紀をひらく国語の教育』（愛育社）＊単行本

望月徹（2000・3）「「赤い鳥綴方」作品研究——第一期「赤い鳥綴方」を中心に」『国語と教育』25（大阪教育大学国語教育学会）

山下夏実（2001・6）「綴方運動における二つの「生活」——『赤い鳥』にみる「方言」導入と「生活」の発見」『人間・エイジング・社会』3（早稲田大学人間科学部人間基礎学科社会学実験室内『人間・エイジング・社会』編集委員会）

仲本美央（2003・5）「『赤い鳥』の読者投稿欄に関する研究」『日本保育学会大会発表論文集』56

中谷いずみ（2004・9）「『赤い鳥』から『綴方教室』へ——教師という媒介項」『日本文学』53（9）（日本文学協会）

櫻田俊子（2006・3）「太宰治『千代女』論 1 スポイルされた少女の言説」『日本文学誌要』73（法政大学）

杉田智美（2014・3）「近代日本語文学における〈場〉の成立——言葉を分有する方法」名古屋大学大学院文学研究科博士論文

②鈴木三重吉と綴方

田村嘉勝（1983・12）「川端康成と綴方——豊田正子の場合」『言文』31（福島大学教育学部国語学国文学会）

長谷川孝士（1984・9）「『赤い鳥』昭和六、七年期の入選綴方と三重吉の選評」『兵庫教育大学研究紀要 第2分冊 言語系教育・社会系教育・芸術系教育』4（1983年度）

片村恒雄（1985・3）「「赤い鳥」の綴方選評よりみた鈴木三重吉の綴方観——昭和一〇年の選評を中心に」『国語科教育』32（全国大学国語教育学会）

深川明子（1985・6）「鈴木三重吉の子ども観——前期「赤い鳥」の綴方を中心に」『教科教育研究』21（金沢大学）

長谷川孝士（1985・8）「『赤い鳥』昭和八年期の入選綴方と三重吉の選評」『兵庫教育大学研究紀要 第2分冊 言語系教育・社会系教育・芸術系教育』5（1984年度）

長谷川孝士（1986・2）「『赤い鳥』昭和十年期の入選綴方と三重吉の選評」『兵庫教育大学研究紀要 第2分冊 言語系教育・社会系教育・芸術系教育』6（1985年度）

片村恒雄（1987・2）「鈴木三重吉の綴方観（1）「綴り方と人間教育」の前章を中心に」『高大国語教育』35（高知大学国語教育学会）

片村恒雄（1990・8）「鈴木三重吉の綴方観（2）「綴方と人間教育」後章の第1節から第5節までを中心に」『国語教育攷』6（国語教育攷の会）

片村恒雄（1993・8）「鈴木三重吉のつづり方論（3）「綴り方と人間教育」後章の第6節から第8節までを中心に」『国語教育攷』9（国語教育攷の会）

鈴木信義（1994・9）「藤原行孝の綴り方教育と調べる綴り方——野村芳兵衛の論との関連において」『人文論究』58（北海道教育大学 函館人文学会）

片村恒雄（1995・3）「鈴木三重吉の綴り方観（4）「綴り方と人間教育」後章の第9節を中心に」『国語教育攷』10（国語教育攷の会）

紀田順一郎（1995・12）「綴方と表現の自在性 童心が記録した生活の実態」『日本語発掘図鑑 ことばの年輪と変容』（ジャストシステム）＊単行本

岡屋昭雄（1998・3）「鈴木三重吉「赤い鳥」綴方成立史の研究」『教育学部論集』9（佛教大学教育学部）

岡屋昭雄（2000・3）「鈴木三重吉「赤い鳥」綴方成立史の研究——児童文章史の成立にかかわって」『教育学部論集』11（佛教大学教育学部）

出雲俊江（2008・12）「『赤い鳥』綴方における鈴木三重吉の人間教育」『広島大学大学院教育学研究科紀要 第一部 学習開発関連領域』57

鄭谷心（2012・3）「〈研究論文〉『赤い鳥』と『開明国語課本』に関する比較研究——鈴木三重吉

と葉聖陶の綴り方教育理論における「生活」の観点から」『教育方法の探究』15（京都大学大学院教育学研究科・教育方法学講座）

飯田和明（2013・8）「「生活綴方教育」前史の検討——鈴木三重吉の場合」『人文科教育研究』40（筑波大学内人文科教育学会）

太郎良信（2014・12）「木村不二男の綴方教育論の検討」『文教大学教育学部紀要』48

③各地の運動

春日利比古（1986・3）「雑誌『赤い鳥』瞥見——富山県での広がりを課題に」『魚津シンポジウム』1（洗足学園魚津短期大学）

深川明子（1991・2）「石川県における大正期の綴り方教授」『教科教育研究』17（金沢大学）

高橋弘（1996・3）「岐阜県における「赤い鳥」綴方概観——大正期末を中心にして」『聖徳学園岐阜教育大学国語国文学』15

大内善一（1997・3）「秋田の「赤い鳥」綴り方教育——高橋忠一編「落した銭」「夏みかん」の考察を中心に」『秋田論叢』13（秋田経済法科大学法学部）

荒谷浩（1999・3）「秋田の「赤い鳥」綴り方——能登太三郎の論をめぐって」『論叢』63（秋田経済法科大学短期大学部）

高橋弘（1999・3、2000・3）「昭和前期における岐阜県の綴方教育」（1）（2）『岐阜聖徳学園大学国語国文学』18、19

高橋弘（2000・2）「大正期末から昭和前期の岐阜県における児童文集」『岐阜聖徳学園大学紀要教育学部外国語学部』39

菅原稔（2001・3）「昭和10年代の作文綴り方教育「綴り方神戸」誌を中心に」『言語表現研究』17（兵庫教育大学）

岡屋昭雄（2002・3）「木村文助研究——「赤い鳥」から生活綴方へ」『教育学研究紀要』47（2）（中国四国教育学会）

川口幸宏（2008・3）「植民地下朝鮮における同化教育実践研究試論——国語教育とりわけ綴方教育を事例として」『東洋文化研究』10（学習院大学）

出雲俊江（2009・9）「「写生」の展開としての峰地光重実践——初期綴方実践から郷土教育へ」『国語科教育』43（全国大学国語教育学会）

米良栄州（2010・3）「「赤い鳥」と宮崎県——作者・作品と指導者を中心に」『宮崎学園短期大学紀要』2

鈴木和正（2011・3）「岡山県公立小学校の『赤い鳥』と生活綴方教育——綴方教育の変遷過程を中心に」『教育学研究紀要』56（中国四国教育学会）

鈴木和正、浦川末子（2014・3）「岡山県における生活綴方教師の国語教育実践——「調べる綴方」の検討を中心に」『長崎女子短期大学紀要』38

永山絹枝（2015・9〜）「詩人論 魂の教育者・詩人近藤益雄を読む」その1〜11『Coalsack＝コールサック：石炭袋：詩の降り注ぐ場所』83〜93（コールサック社）

原田義則、市成萌（2017・3）「鹿児島県の昭和初期における「綴方教育」に関する一考察——雑誌『赤い鳥』に焦点を当てて」『鹿児島大学教育学部教育実践研究紀要』26

川口幸宏「植民地下朝鮮における生活綴方教育」http://eseguin.web.fc2.com/pdf/seikatutudurikata.pdf

（3）自由画

的場勇（1985・7）「『赤い鳥』にみえる山本鼎の自由画選評の基本的理念」『研究集録』69（岡山大学教育学部）

的場勇（1986・1）「山本鼎による『赤い鳥』自由画選評の分析的研究」『研究集録』71（岡山大学教育学部）

的場勇（1986・7）「自由画教育運動と幼児の図画教育——山本鼎の『赤い鳥』自由画選評にみられる幼児画観を手がかりとして」『研究集録』72（岡山大学教育学部）

髙野奈保（2015・1）「赤い鳥社主催「自由画大展覧会」と鈴木三重吉——石井鶴三宛三重吉書簡から見えるもの」『信州大学附属図書館研究』4
　　　　　　　　　　　　　　　（土居安子）

事項索引

あ

愛国詩	158
愛国詩人	21
『愛子叢書』	16,187,205
「青梅」	150
『赤い鳥傑作集』	158,166,436
『赤い鳥研究』	1,222
赤い鳥社	22,30,41,50-52,56,67-69,
	73,109,153,157,159,170,197,220,261,313,
	335,346,361,371,401,541,574,575,577-580,
	589,594,608,623-628
赤い鳥少女唱歌会	46
『赤い鳥叢書』	73,574,575,579,627
『赤い鳥だより』	91,92
赤い鳥童謡会	22,49,50,59,336,349,350,353,
	360,361,433,434,446,447
『赤い鳥童謡画集』	574
『赤い鳥童謡集』	323,336,337,342,353,
	376,430-432,441,447,449-451,574,589,627
『赤い鳥童話劇集』	93
『赤い鳥童話名作集』	215,574,591
『赤い鳥の本』	41,109,156,162,170,175,
	197,261,393,401,574,575,579,588,589,608
赤い鳥文学碑	90,91,580
『赤い鳥名作集』	599
『赤い鳥名作童話集』（関英雄編）	599,607
「赤い蠟燭と人魚」（小川未明）	29,107,159
アカデミー・フランセーズ	237,276,280
「赤とんぼ」	22,55,356,373
『芥川龍之介研究』（国際芥川龍之介学会編）	
	141

『芥川龍之介　その知的空間』	141
「アグニの神」（芥川龍之介）	140,577,603
『朝のコント』（フィリップ）	273
アジア・太平洋戦争	
	21,22,55,90,211,212,384,406,469
「あたまでっかち」（下村千秋）	188,593
「阿武隈心中」（久米正雄）	179,180
アメリカ	31,37,45,78,115,117,118,164,185,
	213,233,235,254,263,266,275,277,281,284,
	410,449,520,614
「蟻の国」（ヒューズ／中西秀夫）	268
「蟻の自慢」（クルイロフ／秋庭俊彦）	138
「或アイヌ爺さんの話」（宇野浩二）	
	73,132,153
『アルネ』（ユゴー）	270

い

イギリス	111,115,116,175,184,233-235,249,
	256,262,263,266,268,278,279,285,287,
	328,393,520
「いたづら姫」（マリア／大槻憲二）	288
イタリア	115,142,185,204,241,248,255,
	269,277,280,292,359
一人称代名詞	558,559,565
「一郎次・二郎次・三郎次」 → 「三人兄弟」	
「犬と笛」（芥川龍之介）	140
『イプセンの幽霊』（バアリー）	260
岩波編集部	141
「イワンのばか」（トルストイ）	259
インド	115,129,155,233,234,254,258

う

ウェールズ	111,112,268
『雨月物語』（上田秋成）	267
『宇治拾遺物語』	176,218
「嘘つき又五郎」（加能作次郎）	166
『歌い継がれる名曲案内──音楽教科書掲載	

索引

643

作品10000』　　　　　　　　435

「馬の国」（スウィフト／野上豊一郎）
　　　　　　　　　　203,204,249

「海の子」（宮原晃一郎）　　217,608

え

営林猟師　　　　　　　　　232

「エヴゲーニイ・オネーギン」（プーシキン）
　　　　　　　　　　　　274

エッツェル　　　121,257,274

『エーミールと探偵たち』（ケストナー）　240

演劇教育　　　　　　　93-95

お

『王子と乞食』（トウェイン）　107,256

「王妃マルゴ」（デュマ）　　　255

「狼少年」（キップリング／黒田湖山／土肥春
　曙）　　　　　　　　　234

大阪国際児童文学館　575,598,605

『大阪毎日新聞』　　　169,278

『幼きものに』（島崎藤村）　17,19

『幼なごころ』（ラルボー）　　284

オーストリア　232,241,244-246

「お父ちやま」（マンスフィールド／山内正一）
　　　　　　　　　　　279

お伽芝居　　　　　　94,95,163

『おとぎの世界』　57,94,135,160,161,167,191,
　　195,201,322,391,406,518,576

お伽話　112,116,119,120,223,342,614

大人の童話　　　　　　　196

『鬼のゆびわ』（小野浩）　　　67

オノマトペ　340,547,549,550,568

「おもちゃのマーチ」（海野厚／小田島樹人）
　　　　　　　　　　　435

「翫具は野にも畠にも」（島崎藤村）　187

『思ひ出』（北原白秋）
　　　　332,338,404,613

『おらんだ正月』（森銑三）　　224

『オリニ』　　　　　　　39-41

オリニ運動　　　　　　　39

音楽教科書　78,80,81,354,378,379,435

か

『解題戦後日本童謡年表』　　98

『怪談』（ハーン）　　266,267

外来語　　　　　547,551-555

『帰れる子』（宇野浩二）　152,153

「顔」（ラルボー／鈴木三重吉）　284

《顔》との一時間」（ラルボー）　284

科学読物　28,30,130,132,205,299-318,528

『鏡の国のアリス』（キャロル）　235,236

「鏡国めぐり」（キャロル／西條八十）　235,236

「影」（ソログープ／鈴木三重吉）　29,251

『影絵』（ソログープ／前田晃）　251

『かさゝぎ物語』（森三郎）　221,222

「樫と蘆」（ラ・フォンテーヌ／クルイロフ）
　　　　　　　　　　238,239

「学研おはなしえほん」　　271

「かなりあ」　→　「かなりや」

「かなりや」（西條八十／成田為三）
　　16,20,45,46,49,80,81,83,321,322,326,334,
　　335,345-347,358,371,377-379,381,386,387,
　　573,574,604

カノン（正典）　　　　　141

「からたちの花」（北原白秋／山田耕筰）
　22,74,75,98,323,340,341,373,384,385,428,607

『ガリヴァー旅行記』（スウィフト）　249

『かるたの王さま』（鈴木三重吉編）　116,182

「カルローと弟」（シュニッツラー／岡崎文雄）
　　　　　　　　　　　246

韓国　→　朝鮮

『鑑賞文選』
　　1,17,473,475,493-495,504,507,511,592

勧善懲悪　112,163,164,167,198,211

関東大震災　21,30,47,48,68,115,117,130,131,

135,147,162,215,348,353,395,420,527,578,
590,623

き

擬音語　　　　　　　　　35,110,547-549
「キカーン」（キップリング／小山東一）
　　　　　　　　　　　　　　　234,582
戯曲　　94,133,136,162,163,170,173,177,179,
　　　180,185,197,213,214,231,232,237,239,
　　　244,246,247,250,252,260,263,295,602,612
擬人化　　119,130-132,238,271,277,559
擬態語　　　110,350,547-549,568
北川千代賞　　　　　　　　　　172
『君よ知るや南の国』（加藤武雄）　　165
「Q（滑稽譚）」（リーコック／平塚武二）
　　　　　　　　　　　　　207,285
『旧約聖書』　　　　　　　　　218
『旧友芥川龍之介』（恒藤恭）　　141
共通語　　　　　548,550,558,560,562
共同実践　　　　　　　　　　　18
京都学派　　　　　　　　　　　16
「京の寺へ」（吉田絃二郎）　　227,228,259
教養　　15,16,18-21,170,175,182,189,274,299,
　　　301,303,305,356,375,529,560
教養実践　　　　　　　　　　20,21
『教養の再生のために――危機の時代の想像
　　力』　　　　　　　　　　　16
曲碑　　　　　　　　　　　　358,606
キリスト教　　135,142,144,181,187,217,227,
　　　228,258,264,265,269,294,295,372,383,
　　　435,552
『桐の花』（北原白秋）　292,338,341,344,404
『銀河』　　　　　　27,55,172,509
『今古奇観』　　　　　　　　145,146
近代語　　　　　　546,547,551,558
『近代日本文芸読本』（芥川龍之介編）　141
『キンダーブック』　401,410,441,586,610

こ

『金の船』　46,57,58,61,91,94,135,138,161,187,
　　　197,227,235,236,322,342,343,357,380,
　　　391,441,451,516-518,523,537,576
『金の星』　30,57,58,61,94,138,153,156,161,
　　　214-216,256,322,336,348,404,406,441,450,
　　　517,576

く

寓話詩　　　　　　　　　　238,239
『くまのプーさん』（ファイルマン）　271
「蜘蛛の糸」（芥川龍之介）
　　　16,73-76,139,141,179,180,535,538,546,
　　　594,595,597,599,625
『クモの宮殿』（ヒューズ）　　268
「クラムバンブリ」『クラムバンブリ』（エー
　　ブナー - エッシェンバッハ／小山東一）
　　　　　　　　　　　　　232,582
グリム童話　　183,184,223,231,275
「桑の実」（鈴木三重吉）　　16,17,69,89,
　　　105-108,120,594,596,624

け

敬語　　　　　　　556,557,564,569
『月曜物語』（ドーデ）　　　257
「建国歌」　　　　　　　　　22
言文一致唱歌　　79,80,325,326

こ

「小泉八雲」（森銑三）　　　224,266
行樹社　　　　　　　　　　215
『講談社の絵本』　　　　　　586
『校定新美南吉全集』　　　　539,605
「仔馬の道ぐさ」（北原白秋）　83,590
『五月三十五日あるいはコンラート、馬に
　　乗って南洋へ』（ケストナー）　240
「故郷の春」（李元壽）　　　39,40
国語　　28,34,35,141,176,257,348,376

645

『国語』(岩波編集部編)　141

国語教科書　73-75,100,140,141,313,317,
　　　318,347,401,403,437,442,540,605

国定教科書　32,73,78,314,456,520,545-547,
　　　555,559,560,562,565,566

『こころの華』(『心の花』)　164

『古今著聞集』　218,219

『古事記』　109

「乞食の王子」(トウェイン／鈴木三重吉)
　　　256

「古事記物語」(鈴木三重吉)　108,117

『湖水の女』「湖水の女」(鈴木三重吉)
　　　88,108,111,112,115,116,120,215,607

『コドモ』　16,61,62,395,396,585

『コドモアサヒ』　172,204,205,394,410,585

子ども観　27-29,41,80,397,494,508

コドモ社　16,37,61,62,189,195,391,395,396,585

『子供達の歌』(海野厚)　435

『子どもに話してきかせるお話』(アンデルセ
　ン)　231

「子供の会議」(塚原健二郎)　191,192

『子供の科学』　224,302,304,305,309,310,317

『コドモノクニ』　98,171,337,349,380,394,
　　　395,401,404,406,410,417,418,427,429,
　　　434,437,438,441,443,444,447,448,451,
　　　528,541,585,586,597

「子供の極楽」(ホーソーン／松居松葉)
　　　20,93,277

「こどものとも」　271

『子供之友』　16,395,396,404,406,410,518,576

『子供の広場』　27,55

「子供の楽園」(ホーソーン)　277

「小鳥の巣」(鈴木三重吉)　16,17,106,108,
　　　113,114,134,141,225,582,619,623,626

「権狐」「ごん狐」「ごんぎつね」(新美南吉)
　　　74,75,133,538-540,566,605,607

コンサート　46,606

さ

『西国立志編』　15

『西遊記』　146,152,164

再話　28,36,56,57,107,109,110,112,115,
　　　116,121,122,130,137,152,153,156-158,
　　　162,165,170,174-176,184,185,210,213,
　　　217,220,221,231,240,247,248,251-253,
　　　255,256,259,261,267,277,278,280,291,
　　　293,528,549,576,624

サーカス　130,237,240,277,538

挿絵　15,17,18,20,28-30,37,56,57,109,112,
　　　151,171,175,178,187,214,215,232,235,236,
　　　240,242,249,260,263,284,290,294,295,314,
　　　336,345,391-394,399,401-408,427,428,438,
　　　449,584-586,595,597,607,612

「寂しき魚」(室生犀星)　218,596,610

『サロメ』(ワイルド)　294,295

「三吉堂物語」(加能作次郎)　166

「ざんげ」(トルストイ／鈴木三重吉)　259

「三銃士」(デュマ)　255

「山椒魚」(井伏鱒二)　149,582

「三太物語」　55,56,135

「三人兄弟」(菊池寛)　170,179,401,588

「三人兄弟」(細田民樹)　212

「散歩」(ホーソーン／鈴木三重吉)　277

し

『詩歌と戦争　白秋と民衆、総力戦への「道」』
　(中野敏男)　21

『詩歌翼賛〜日本精神の詩的昂揚のために』
　(大政翼賛会文化部編)　21

自然主義　18,106,114,160,186,189,193,211,
　　　213,237,244,250-252,257,456,503,
　　　507,512,582,601

実業之日本社
　　　16,17,19,20,55,56,96,205,404,576,599

児童演劇　　　93-95,545

児童教育　　　93

児童劇　　47,48,51,93-95,130,162,163,174,175,
　　　　　177,178,213,263,271,277

児童自由詩　　18,27,29,99-101,324,336,337,
　　　339,342,352,355,415-417,419-427,430,431,
　　　433,469,470,473,474,500,510,595,626

児童生活詩　　99,100,417,420-424,426,469,470

『児童文学』　　16,17,27,28,36-39,56,60,62-64,
　　　　　67,87-89,91,93,98,99,107,110,119,121,
　　　　　122,135,136,138,146,149,150,152,164,
　　　　　167-171,174,176,179,180,191,194-196,
　　　　　201,204,205,208,217,218,223,224,227,
　　　　　235,237,240-242,249,251,257,259,263,
　　　　　267,271,277,278,281,283,288,344,347,
　　　　　352,360,362,398,409,410,444,446,449,
　　　　　509,534,536,537,540,545-547,549,552,
　　　　　575,576,588,594,595,610,612,617

児童文学者協会　　→　　日本児童文学者協会

「児童読物改善ニ関スル内務省指示要綱」206

『詩と音楽』　　340,341,346,373,374,384,587

市民的教養　　20

写実主義　　97,232,262,264,270,331,456,510

写生文　　15,16,18,26,120,421,600

『ジャングル・ブック』（キップリング）　233

「秋雨哀悼詩」（大木篤夫）　　158

自由画　　1,16,19,20,26,32,38,48,51,52,57,58,
　　　　　94,223,342,343,391,392,395,397,415,
　　　　　442,450,475,515-524,527,529,545,600,
　　　　　　　　　　　　　　　　625,627

自由画大展覧会　　48,51,442

自由画展覧会　　20,51,395,516,627

『週刊少国民』　　22

自由教育運動　　31,283,507,527,528

自由劇場　　162,197

『十三人』　　188

自由詩　　17-20,22,34,63,100,101,133,221,284,

336,337,344,347,349,375,392,405,409,415,
416,419-421,424-426,431,432,451,458,503,
515,517,519,527,529,530,582

集団主義童話　　192

宿場の湯　　586

「受験生の手記」（久米正雄）　　179

「侏儒の言葉」（芥川龍之介）　　139,140

シュールレアリスト　　276

『棕櫚（櫚）』　　59,349,360-362,446,447

春陽堂　　16,17,19,25,67,69,87-89,108,111,113,
　　　　　115,134,137,139,145,173,182,183,191,
　　　　　211,271,292-294,331,342,400,548,573,
　　　　　　　　　　　　　　589,594,607,627

長遠寺　　90-92,580,618,626

「唱歌教授細目」　　80,82,83

『小学唱歌』　　78,79

『小学唱歌集』　　78,82,321,325

小学校令　　19,78,326

唱歌批判　　22,79,321

『少国民世界』　　27

小国民文学　　196

少女歌劇　　46,47,163

『少女画報』　　147,148,172,227,409,576,610

『少女倶楽部』　　61,147,148,210

少女雑誌　　27,116,171,301,348,533

少女小説　　147,149,152,164,171,172,188,
　　　　　　　　　　　　　201,204,451

『椒図志異』（芥川龍之介）　　140

松竹座　　213

象徴主義　　114,250,251,272

『少年』　　141,353,398,576

「少年駅夫」（テイラー／鈴木三重吉）
　　　　　　　　　　　74,75,254,255

『少年園』　　100,259,263

『少年倶楽部』　　30,107,156,167,170,216,217,
　　　256,301,357,503,528,529,531,576,603,618

少年雑誌　　27,299,342,517

『少年唱歌』	79,376	
「少年少女科学」	20,300,308	
少年少女劇	94,130,163,177,178,197,213	
少年少女小説	141,612	
『少年少女譚海』	210	
『少年世界』	27,30,192,220,223,233,236,	
	256,259,399,503,576,601	
「少年と海」（加能作次郎）	130,166	
『女学雑誌』	231,263	
『女学生』	172,261	
『抒情小曲集』（室生犀星）	610	
『女性』	41,51,52,226,385,602	
『白樺』	142,143,404	
白樺派	16,18,31,258,520,521	
『白野弁十郎』（ロスタン／額田六福翻案）		
	247	
「白」（芥川龍之介）	140	
「新かぐや姫」（ソログープ／楠山正雄）		
	174,251	
新教育運動	31,283,491,510	
『新思潮』	136,139,162,169,179,194,213,	
	295,591	
新宿園	47,48,51,52	
『尋常小学唱歌』	78,326	
『新青年』	36,67	
親族名詞	568	
「身体検査」（ソログープ／米川正夫）	251	
新体詩	18,100,136,142,164,199,217,608	
『新訂尋常小学唱歌』	78	
『新日本少年少女文学全集』	153,254	
新ロマンチシズム	113,114,160	

す

スカースカ	291
「すずきすず伝説」	25,87-89,111,331
『鈴木三重吉「赤い鳥だより」』	576
『鈴木三重吉「赤い鳥」通信』	222

鈴木三重吉赤い鳥の会	90-92,120,576,579
『鈴木三重吉研究』（岩谷光則）	617
「鈴木三重吉研究」（森三郎）	222
鈴木三重吉顕彰会	90,579
「鈴木三重吉賞」	90
『鈴木三重吉全集』	15,47,582
「鈴木三重吉追悼号」	121,181,203,211,221,
	226,341,400,403,407,409,425,534,578,
	580-582,607,619,624,626
『鈴木三重吉童話全集』	89
「鈴木三重吉の事」（内田百閒）	151
『鈴木三重吉への招待』	91,119,626
捨て子	108,121,122,278
「スパルタノート」（新美南吉）	539,605

せ

「背くらべ」	435
『背くらべ・海野厚詩文』	435
『青鞜』	147,283
青鞜社	283
『青銅の騎士』（プーシキン）	275
『セウガク二年生』	149
『世界童話傑作集』	283
「世界童話傑作叢書」	210
『世界童話集』（鈴木三重吉編）	16,69,89,
	108,111,115,116,137,174,195,220,254,393,
	400,594,627
『石標』「石標」（シェーンヘア）	244,245
赤瀾会	171
「セーラの空想」（バーネット／久保田万太郎）	
	263
宣伝文	15,25,26
「仙人」（芥川龍之介）	140

そ

『騒人』	215
漱石山房	156,203,620-622

早大童話会	63,64
叢話	16
『続ジャングル・ブック』（キップリング）	
	233,234
『即興詩人』（アンデルセン／森鷗外）	231

た

第一次世界大戦	21,31,130,170,244,246,
	281,301,503,520,522,527
対抗文化	15,21,22
大黒屋	186
代作の問題	169
大正教養主義	15
大正デモクラシー	31,163,170,195,198,208,
	301,321,391,401,503,520,522,527,531
大東亜共栄圏	22
「大東亜地図」	22
対ナポレオン戦争	239
大日本雄弁会	61,165,210,576
台湾	34,35,135,147,152,310,328,563
「鷹の御殿」（秋田雨雀）	136,137
たきび祭	598
「たきび」詩碑	598
「黄昏」（弘田龍太郎）	606

ち

「小さな女の子」（マンスフィールド）	279
『小さな星』	223
『小さな町で』（フィリップ）	273
「小さな土産話」（島崎藤村）	186,594
「知恵の悲しみ」（グリボエードフ）	274,239
『地下の国のアリス』（キャロル）	235
逐字訳	121,122
『乳樹（チチノキ）』	50,59,60,98,337,350,
	353-355,361,434,436,438,441,443,446,448,
	450,451,540,576,598,613
「地中の世界」（キャロル／鈴木三重吉）	

	235,236
「千鳥」（鈴木三重吉）	15,17,90,105-108,
	203,225,312,580,617,621,622
中央公論社	55,56,62,63,68,96,155,177,205,
	209,222-224,354,399,485,501,502,541,
	578,597,599,607,609,625
中国	21,36-38,56,93,115,129,141,145,158,
	162,164,173,206,218,219,254,434,448,486
朝鮮	21,34,39-41,171,235,309,448,492,530

つ

築地小劇場	162,502,627
綴方	1,2,17,19,20,26-29,31,32,35,55,56,68,
	73,87,90,91,94,133,182,223,301,342-344,
	368,376,409,424,426,439,450,455-464,
	469,471-478,480-482,485,486,491-499,
	501-504,507-512,521,527,529-531,536,537,
	563,564,578,592,594,617,625,626
『綴方生活』	17,68,424,459,460,463,475,476,
	493,495,496,501,504,507,578,592,594,
	617,625
『綴方読本』	17,420,423,424,469,473,476,
	478,480,493,495,496,498,504,511,512,
	592,625
『坪田譲治全集』	63,535,536,599
『坪田譲治童話集』	599
『坪田譲治文学全集』	599
鶴見花月園	48

て

『帝国文学』	134,194,280,292,573,620
丁寧語	120,556,557
デカブリストの乱	274
伝承童謡	59,327-330,333,340,415,416,430
伝承文学	28
「点頭録」	21

と

ドイツ　47,162,173,239,240,245,262,275,283,
　　　316,323,357,366,367,371,373,377,380,383,
　　　520,600,604,606

童画　61,62,67,175,194,356,391-397,403,
　　　404,406-410,552,566,586,597

道化師　237

童語
　79,322,331-334,340,354,355,357,360,416,432

童語主義　133

童心　22,34,39,59,60,79,80,133,160,195,
　　　196,277,322,329,331-334,339,340,346,354,
　　　355,357,360,377,384,385,387,397,416,417,
　　　430,432,436,444,447,474,476,478

童心主義
　　　122,133,137,252,350,392,420,444,508

動物画　408,607

『動物詩集』（室生犀星）　218,610

童謡　16-22,25-27,29,32,34-38,40,41,45-50,
　　　55-60,62,63,73,76,78-83,91,92,94,96-98,
　　　100,116,129,133,161,162,169,208,221,223,
　　　252,292,321-337,339-362,365-378,380-388,
　　　391-393,395,396,398,400,401,404,405,415,
　　　416,418-423,427,429-437,440-451,455,456,
　　　472-475,500,510,515,519,523,527,529,530,
　　　537,538,540,541,545-547,568,569,574,576,
　　　581,586,587,595,597,598,604-606,613,625,

『童謡小曲選集』　606

童謡の里　606

童謡フェスティバル　606

『童話』　15-17,21,25-28,30,36-41,55-58,61-64,
　　　67-69,73,88-90,92,94,106-109,111,112,
　　　116,119,120,129-134,136-153,155-163,165,
　　　167,168,170-173,176-178,180,182-193,
　　　195-201,203-205,207-214,216-223,227,231,
　　　232,242,246,248-250,256,262,268,269,271,

　　　276,277,279,280,283,288,289,291-295,299,
　　　300,302,304,309,311,321,322,329,331,332,
　　　336,342,346-348,350,351,353,355,356,360,
　　　378,392,393,395-397,400,404,409,430,
　　　437-439,442-445,447,449,451,515,519,527,
　　　529-541,545-547,549,551,553-557,567-569,
　　　573,576,580,582,584,585,588,592-597,599,
　　　603,605,608-610,612,617,618,624

童話劇　20,52,61,62,94,129-
　　　133,137,140,162,163,185,197,198,250,626

童話劇脚本懸賞募集　181,198

『童話劇　三つの願ひ』　163

童話伝統批判　63

「童話と童謡を創作する最初の文学的運動」
　　　15,25,129,169,455

『童話文学』　61,67,145,146,160,444

「杜子春」（芥川龍之介）
　　　16,73-76,140,179,180,538,550,561,597

豊島園　47,48

『トム・ソーヤーの冒険』（トウェイン）　256

ドレフス事件　276,289

「トロッコ」（芥川龍之介）　140,141

『トロットの妹』（リシュタンベルジェ）　286

『とんぼの眼玉』　19,400,589

な

中山太陽堂　51,52,131,181

ナチス　244,281

『七階の子供たち』（塚原健二郎）　192

「七階の子供たち」　→　「子供の会議」

「七つの子」　22,57

ナーヌ　286

奈良女子高等師範学校附属小学校　150

成田中学校　106,107,113,114,134,622,623

ナルプ　→　日本プロレタリア作家同盟

『ナンセンス小説』（リーコック）　285

「南洋へ」（ケストナー／小山東一）　240,582

に

「二少年の冒険」（トウェイン／川又慶次）　256

日支提携　206

ニッポノホン　46

「日本を」（鈴木三重吉）
　28,117,118,254,557,594

二人称代名詞　560,562

日本型教養　15,16,18

『日本型「教養」の運命』　15

日本騎道少年団　253

『日本児童詩教育の歴史的研究』（弥吉菅一）　99

日本児童文学学会編『赤い鳥研究』　182

日本児童文学者協会
　50,136,156,192,437,443,449

『日本少年』　136,184,227,503,528,576

日本少年文庫　223

日本蓄音器　46

日本蓄音器商会　401

日本童画家協会（日本童画会）
　392,396,404,406,410,585,597

『日本童謡史』（藤田圭雄）
　97,98,377,431-433,436,581

日本農民文学会　200

『日本の児童文学』（菅忠道）　161

日本プロレタリア作家同盟　211

日本民主主義文学同盟　157

「日本を」（鈴木三重吉）
　28,117,118,254,559,594

「女仙」（芥川龍之介）　140

『人形の望』（野上彌生子）　16,205

「人魚の嘆き」（ワイルド／谷崎潤一郎）　294

『人魚の嘆き・魔術師』（谷崎潤一郎）　215

ぬ

ヌーヴォーロマン　272

ね

根岸より　214

「ねんねの騎兵」（北原白秋）　590

の

ノーベル文学賞　233,269,270,276,283

は

萩原小学校　150

博文館　67,117,158,166,195,210,263,576,601

箱根土地株式会社　47,51

『破船』（久米正雄）　179

『旗・蜂・雲』（与田準一）　59

『ハックルベリー・フィンの冒険』　256

「鼻」（芥川龍之介）　139-141,209,573

「花丸小鳥丸」（トウェイン／大佛次郎）　256

『母と子』（フィリップ）　272

ハプスブルク時代　232

「春を告げる鳥」（宇野浩二）　153

「春よ来い」（相馬御風／弘田龍太郎）　22

ひ

美化語　120,557,569

『翡翠』（片山広子）　164

『翡翠』（室生犀星）　219,596,610

『ピーターパン』（北川千代）　172

「ピーターパン」（バアリー）　107,260

「ピーター・パン」（バアリー／楠山正雄）　261

「ピーター・パン」（バアリー／鈴木三重吉）
　261,561

「ピーター・パン物語」（バアリー／河合鞠子）　261

「一房の葡萄」（有島武郎）

16,73-75,142-144,179,217,599,608

『日向丘の少女』（ビョルンソン）　　270

『ピノチオ』「ピノチオ」（コッローディ／佐藤春夫）　　183,184,242

『ビュビュ・ド・モンパルナス』（フィリップ）

272

「ビルマの竪琴」（竹山道雄）　　55

びわの実会　　63

『びわの実ノート』　　64

びわの実文庫　　63

標榜語　→　標榜語^{モットー}

ふ

『フィリップ全集』　　273

諷刺　137,149,198,213,238,239,241,250,262,
264,285

『風車小屋だより』（ドーデ）　　257

フォークロア　　290,291

「蕗の下の神様」（宇野浩二）　　74,153,179

「不思議の国のアリス」（キャロル）

107,235,292

「二人の兄弟」（島崎藤村）　　130,186,625

『プチ・ショーズ』（ドーデ）　　257

「ぶつぶつ屋」（鈴木三重吉）　　579

「舞踏会」（ヒューズ／中西秀夫）　　268

ブラジル　　115

プラトン童話劇　　20

フランス　　56,115,116,121,122,142,149,173,
186,187,195,199,200,235,237,241,247,248,
255,257,270,272,275,276,278,280,284,286,
289,338,359,387,434,459,520,521

フランス革命　　276

フランス祖国同盟　　289

フランス文学　　28,121,194,195,236,237

プロレタリア芸術運動　　122

プロレタリア作家同盟　　157

プロレタリア文学　　157,213

文芸協会　　162

文芸サロン　　276,289

『文藝春秋』　69,139,145,159,169,170,188,
532,534,584

『文章世界』　67,113,114,152,166,199,210,
212,398,587

文壇作家と『赤い鳥』　　179

へ

「ペチカ」（北原白秋／山田耕筰）

98,323,369,373,384,385,583

「ペチカ燃えろよ」（北原白秋／今川節）

369,583

『ベル・ニヴェルネーズ号』（ドーデ）　　257

ヘルバルト派教育学　　231

ペンギン・クラッシックス　　141

ほ

方言　133,244,445,456,458,463,480,510,512,
531,546,547,549,563-565,613

冒険　　137,148,158,278

『ポエチカ』　　573

北欧　　195,250,608

『睦友会雑誌』　　142

保護 - 被保護関係（クリアンテリスム）　247

『ポシの木』　　237

「星の子」（ワイルド／本間久雄）　　293,294

母性保護運動　　283

「ぽっぽのお手帳」（鈴木三重吉）

107,119,120,130,132,133,594,625

『ホトトギス』　15,105,134,166,167,203,204,
435,573,580,600,620-622

ま

「摩以亜物語」（アンデルセン／鈴木三重吉）

231,548

マリリンード　　　　　　　247
「魔術」（芥川龍之介）　　140,603
満洲　　　　206,354,355,385,485
マント事件　　　　　　　　169

み

『三重吉赤い鳥通信』　　　91,92
『三重吉全作集』　25,119,594,624
「蜜柑」（芥川龍之介）　　　141
水島爾保布展　　　　　　　215
「水たまり」（トルストイ／木内高音）68,259
『三田文学』　69,147,148,177,197,201,213
「ミーチャ」（ソログープ／横竹六郎）251
「密会」（徳田秋聲）　　　　596
「三つの宝」（芥川龍之介）　140
未来派　　　　　　　　　　142
民族的ロマン主義　　　269,270

む

無国籍童話　　　　　　　　192
睦友会雑誌　　　　　　　　142
『村とお城の物語』（エーブナー‐エッシェン
　　バッハ）　　　　　　　232
『村の出来事』（シェーンヘア／白旗信）244

め

明治女学校　　　　　　　　204
「明治天皇頌歌」（北原白秋／山田耕筰）22

も

『盲目のジェロニモとその兄』（シュニッツ
　　ラー）　　　　　　　　246
木曜会　96,106,151,156,181,204,620,622
『モザイク』　　　　　　　214
モスクワ　238,239,274,290,515,519,521
モダニズム　60,233,361,365,434,436,447
標榜語　15,25-27,29,46,52,73,120,129,143,144,

148,169,181,331,335,366,527,528,545,546
「もとゐたお家」（北原白秋／山田耕筰）
　　　　　　　　　　　　590,611
「桃太郎」（柳澤健）　　　　359
森三郎刈谷市民の会　222,267,576
森三郎童話賞　　　　　　　222
『森の初雪』（小野浩）　　　67
文部省唱歌　32,78,80,217,326,376,377,608
文部省の推薦図書　　　　　206

や

役割語　546,547,556-558,560,565,567,569
『山田耕筰作品資料目録』（遠山音楽財団付属
　　図書館編）　　　　　　611
山田耕筰文庫　　　　　　　611
山田文庫　　　　　　　　87,88
「山彦」（鈴木三重吉）　16,90,105,106,108,
　　　　　　356,357,596,621,622
「山彦」（三木露風）　　356,357

ゆ

「雪と驢馬」（巽聖歌）　50,59,353,354
ユーモア作家　　　　　　　285
「揺籃の歌の思ひ出」（宇野浩二）152,153

よ

『良い子の友』　　　　586,610
幼児語　120,428,429,547,548,568,569
『幼年クラブ』　　　　　　586
『幼年唱歌』　　　　　　79,376

ら

「羅生門」（芥川龍之介）　　141
『「羅生門」ほか17篇』（芥川龍之介／ルービ
　　ン）　　　　　　　　　141
『ラ・プレス』　　　　　　255

り

リアリズム童話	122
『六合雑誌』	227
立体派	142
『竜宮の犬』（宮原晃一郎）	217
『良寛さ』	586
猟犬	130,232,239
『聊斎志異』	145,218
『漁師と魚の話』（プーシキン）	275
『良友』	16,61,62,152,190,195,356,357,391,
	395-397,576,585
「輪廻」（平塚明子）	226

る

『ル・シエークル』	255
『ル・ジュルナル・デ・デバ』	255
「ルミイ」（マロ／鈴木三重吉）	
	108,117,121,122,278,357,552,554,555,594
ルンペン文学	188

れ

歴史童話	28,109,254
『レ・ミゼラブル』（ユゴー／豊島与志雄）	
	194

ろ

ロシア	115,136,137,138,158,184,194,199,
	200,238,251,252,258,259,274,275,290,291,
	434,446,515-517,521-523,541
ロシア文学	28,138,211,239,253,259,274,
	275,523
「驢馬の鈴」（クルイロフ／秋庭俊彦）	138,239
ロマン派	255,262,383

わ

「我が愛する詩人の伝記」（室生犀星）	609,610

枠物語	262
『私のかわいいトロット』（リシュタンベルジェ）	286
「私の記者時代」（森三郎）	133,222
「私のピーターパン」（岡愛子）	607
「ワーレンカがおとなになる話」（トルストイ／鈴木三重吉）	259

人名索引

あ

相川美恵子	206
青木健作	134,573,623
青木小とり	92
青木茂	55,132,135,300,311
青柳善吾	80
赤い鳥社	133
赤木忠孝（桁平）	114
秋田雨雀	18,19,67,93-95,131,136,356,519,603
秋庭俊彦	138
芥川龍之介	16,18,19,27,73-76,107,129, 139-141,151,152,156,169,170,179,180,193, 194,201,213,218,236,276,280,293-295,374, 393,535,538,546,550,561,577,578,591,594, 595,599,601,603,610,620,625
浅岡靖央	206
浅野法子	206
蘆谷重常	231
アスビョルンセン , ペテル・クリスティン	270
安部能成	16,115
有賀連	49,50,59,321,322,337,361,432,450,451
有島暁子	142
有島生馬	18,57,130,132,142,361,516,569,584
有島武郎	16,18,27,73-75,129,142,143,169, 179,180,217,293,294,393,518,519,578,588, 599,608
アレーヌ , ポール	237,257
アンデルセン , ハンス・クリスチャン	36,38,41,57,58,115,163,174,182,231,250,269

い

季元壽	40
池上研司	227
伊沢修二	78,79,147,325
石川養拙	45,46,81,334,378
イソップ	238
市川左団次	162
伊東栄	17
伊藤貴麿	145,146,550
伊東英子	130,147
稲垣足穂	247
稲村謙一	417,420,421,423,469,470,473,500
井伏鱒二	149,227,361,576,582,613
イプセン , ヘンリック	143,162,185,197,213,260,269
今井鑑三	150
今川節	365,369,583
岩下小葉	263
岩野泡鳴	147
巖本善治	204,231
巖谷小波	32,69,94,120,129,179,223,233,256, 342,503

う

ヴァレリー , ポール	276
上田秋成	267
宇田道隆	310,318
内田亭	20,30,302,304,307,316,317
内田百閒	151,577,578,620
内田魯庵	258,259
ウッドワード , アリス・B	261
宇野浩二	73,74,88,130,132,147,152,153,166, 169,170,179,278,361,558,559
宇野千代	132,154,608
海野厚（厚一）	431,435

え

エカテリーナ2世　　238,239
江口渙　18,131,156,169,171,266,267,578,588
江口千代子　→　北川千代
エッセンバッハ　→　エーブナー-エッシェンバッハ
エッツェル，ピエール・ジュール　121,257,278
蛯原徳夫　121,278
エーブナー-エッシェンバッハ，マリー・フォン　232
エロシェンコ，ワシーリー・ヤーコヴレヴィッチ　136

お

大木惇夫（篤夫）　67,158,579,590
大杉栄　157,216,289
大槻憲二　288
太安万侶　109
大脇鉄三郎　186
岡愛子　607
岡栄一郎　596
岡崎文雄　245,246,265,269
岡野貞一　581
岡本一平　215,397
岡本帰一　57,171,175,236,391-395,406
小川未明　16,18,19,25,27,29,62,63,74,88,107,129,156,157,159-161,169,179,191,208,217,322,335,393,396,518,519,534,566,575,576,578,584,599,624
小川隆太郎　101,433
尾崎紅葉　193,231,252
尾崎士郎　154
小山内薫　18,93-95,162,163,169,170,213,293,322,335,383,547,561,579,625
大佛次郎　55,135,256,577

小田島樹人　435
小野浩　20,22,67,68,187,191,313,535,541,550,569
恩地孝四郎　59,399,584,610

か

加計慎太郎　90,92
加計正文　47,48,90,105,115,225,621,625
片岡良一　75,144
片山広子　164
勝尾金弥　117,222,224
ガッサンディ，ピエール　247,248
加藤周一　16
加藤武雄　130,165,576
金子みすゞ　61,62,91,292,328,329,336,347,366,429,431
加能作次郎　130,166,227,596
上司小剣　167,168,307,309
河合鞠子　261
川上四郎　62,391-396,406,576,584-586,597
川上澄生　398,399,587
河上楽子（らく）　625
川崎大治　56,172,576
川端康成　55,56,145,169,278,407,534,609,613
河東碧梧桐　15,156

き

木内高音　20,22,56,68,74,88,130,131,188,252,259,501,535,541,577,578,624
菊池寛　18,75,130,132,139,145,156,169,170,179,194,199,236,278,401,550,578,588,599,620
菊池知勇　19,87,457,472,497,504,507
菊池幽芳　121,122,278
北川幸比古　172,171,444
北川千代　19,130,156,171,172,576
北原白秋　16-22,25,26,29,30,34,35,45,46,49,

50,59,60,73-76,79,81,83,96-99,101,138,158,
169,173,183,197,199,208,213,218,221,292,
311,321-330,332-344,346-353,355-358,
360-362,366,368,369,371,373,374,377,378,
380,381,384,385,392,393,396,398,400,404,
405,415-450,469,470,472-474,500,504,510,
517-519,522,523,530,537,538,540,546,549,
569,580,581,583,587,589,590,594,595,598,
599,604,605,607,610,611,613,625

北原隆太郎　　　　18,418,422,428,429,590

キップリング，ラデャード　　115,233,234

木下杢太郎　　173,197,213,293,295,399,518,
522,602

木俣修（修二）
16,17,28,331,341-344,406,457,487

木村寿　　　　　　　　　　　　473,474

木村不二夫　　　　　457,495,496,501

木村文助　　　457,475,477,495,496,504

木元平太郎　　　　　　　　　　61,395

キャロル，ルイス　　107,235,236,268,292

く

草川信　　45,80,82,83,292,322,323,326,335,
341,367,370-372,380-382,384,386,576

楠山正雄　　57,93-95,121,122,130,132,174,176,
236,247,248,251,261,278,550,561,578

久保喬　　　　　　　　　　　　　　17

久保田万太郎　　30,75,93-95,131,133,169,
177,181,199,213,263,342,361,575,578,594,
627

久米正雄　　18,139,156,169,179,180,193,
194,280,578,588,591,601,620

クラデル，レオン　　　　　　　　237

クラルティ，ジュール　　　　　　237

グリボエードフ，アレクサンドル　238,274

グリルパルツァー，フランツ　　　232

クルイロフ，イワン・アンドレーヴィチ

138,210,238,239

黒岩涙香　　　　　　　　　　　　255

黒田湖山　　　　　　　　　　　　234

グロントヴィ，ニコライ・フレデリク・セヴェ
リン　　　　　　　　　　　　269

桑原三郎
25,87-89,92,110,111,122,181,331,624

け

ケイ，エレン　　　　　　　　　　283

ケストナー、エーリッヒ　　　　55,240

ゲーテ，ヨハン・ヴォルフガング・フォン
151,254,255,274

ケーペル、ラファエル・フォン　　　16

こ

小泉八雲　→　ハーン，ラフカディオ

ゴーゴリ，ニコライ　　　274,275,290

小島政二郎　20,22,68,129,132,139,170,184,
199,201,213,547,577,588,595,601

コッローディ，カルロ　　185,241-243

五藤氏（土佐藩家老）　　　　　　606

小林章子　　　　　　　　　　　　101

小林源太郎　　　　　　　　　　　215

小林純一　336,348,433,436,437,441,451

高麗彌助　　　　　　　433,438,448

小牧近江　　　　　　　　　　　　273

小宮豊隆　　17-19,52,73,89,105,110,156,
181-183,185,198,213,226,312,580,582,594,
596,617,619,620,622,623

小山東一　　89,92,122,232,234,240,582

コルシカ　　　　　　　　　　　　280

今東光　　　　　　　　　　　　　145

近藤益雄　　　　　　433,439,440,481

さ

西條八十　　16,18,20,30,41,45,49,57,61,62,75,

	79-81,83,96-98,199,211,212,236,292,
	321-324,329,334,335,340,342,345-347,
	350,357,359,377,378,380,381,384,386,
	401,444,575,576,597,603,604,611,613
佐々木邦	256
佐々木英（すぐる）	82,83,589
佐佐木信綱	164
佐佐木茂索	201,577
笹塚一二	271
佐藤朔	96,449
サトウハチロー	56,96,336,436,437
佐藤春夫	132,140,145,152,156,169,179,
	183,185,213,242,273,293,599,610
佐藤宗子	121,122,129,133,165,253
佐藤義美	49,59,222,336-338,349,350,360,
	431,432,450,613
里見弴	142
真田亀久代	433,438,448
山宮允	194,359

し

シェイクスピア，ウィリアム	274,277
シェーンヘア，カール	244
志賀直哉	57,115,142,188,253,609
柴野民三	59,62,336,433,436,442,444,451
島崎藤村	16-19,25,57,129,130,136,142,147,
	169,191,199,205,359,380,516,518,576,578,
	594,603,625
島崎友弥	186
島村抱月	136,159,174,189,199,212,258,293
清水たみ子	74,336,354,433,443,528
清水良雄	15,16,20,25,29,51,69,109,111,115,
	142,161,187,235,249,256,391-395,400-402,
	405-409,576,580,594,597,607
霜田史光	256
下畑卓	206
下村千秋	266,577,578,593

シュニッツラー，アルトゥル	244,246
ジュリア，アルフォンス	257
庄野英二	64
シラノ・ド・ベルジュラック，サヴィニアン・	
ド	175,247
白旗信	244,245
神西清	142,56

す

スウィフト，ジョナサン	203,249
須川よし子	271
菅原道真	168
スコット，ウォルター	262
鈴木珊吉	90-92,181,357,577,579,594,
	624-626,628
鈴木淳	235,290,392-394,402,403,405,407,
	580,607
鈴木すず	25,26,88,91,92,111,235,331,595,
	624-628
ストリンドベリ，ヨハン・アウグスト	
	207,250
ストリンドベルグ → ストリンドベリ	

せ

関口安義	18,349,350,433,519
関英雄	27,56,61,62,64,129,172,302,354,
	437,444,528,529,594,607
セルバンテス，ミゲル・デ	264,277

そ

相馬御風	189,212,473,503,603
相馬黒光	136
相馬泰三	61,132,189,209
ゾラ，エミール	276,277
ソログープ，フョードル・クジミチ	
	29,174,181,182,251
ソロクープ → ソログープ	

ソログプ → ソログープ

た

高田英之助	582
高梨菊二郎	207
高野辰之	80,326,327,378
高橋久子	28
高橋忠一	457,479,480,496
高浜虚子	15,18,25,69,105,114,182,185,313, 435,590,594,620-623
滝井孝作	201
武井武雄	171,392-395,403-406,576,584,597
竹山道雄	55
多胡羊歯	49,50,59,321,322,337,351,352,360, 361,432,457
巽聖歌	16,49,50,56,59,321,322,336,337,349, 351,352,354,360,431,432,443,446-448, 450,533,538,540,576,598,605,613
田辺真民	91,92
谷崎潤一郎	18,129,169,183,213,215,276, 293,294,588,594
谷崎精二	189,209,255
谷萩昌道	112
田村虎蔵	79,80,325,581
田山花袋	16,205,258,503,603,624
丹野てい子	20,68,115

ち

チェーホフ , アントン・パーヴロヴィチ	
	29,138,147,197,213,252,253
千葉省三	28,61-63,189,256,410,
茶木滋	437,444

つ

塚原健二郎	67,187,191
津田青楓	69,596,584,628
筒井清忠	15,347

続橋達雄	16,110
堤康次郎	47
堤文子	530,532,533,539
恒藤（井川）恭	141,179
坪内逍遥	162,174,199,603
坪田譲治	16,30,63,64,88-90,117,121,132, 158,159,211,215,277,350,361,393,399,409, 530,533-536,538,566,568,577,580,587,599, 607,613

て

テイラー , ベイヤード	254
デュマ（フィス）, アレクサンドル	210
デュマ（ペール）, アレクサンドル	255
寺田寅彦	76,310-313,315,318,600,620,622

と

土肥春曙	234
トウェイン , マーク	256
東郷青児	154,399
『童話』	441
徳田秋聲	16,18,69,115,167,169,170,193, 205,596,601,624,625
ドストエフスキー , フョードル	274,275,290
ドーデ , アルフォンス	107,237,257
十肥春曙	234
冨田博之	62,95,131,133,162,163
豊島与志雄	16,55,74,76,89,121,131,169,170, 179,180,194-196,278,361,540,560,575,576
豊田三郎	20,207,361
豊田正子	27,35,68,457,463,485-487,497, 501,502,504,530,531
豊臣秀吉	168
外山國彦	374,435
鳥越信	61,63,133,300,574,576
トルストイ	137,143,184,210,211,258,259,274

な

永井幸次	581
中内敏夫	472,507,508
中川武	449
長田秀雄	93,94,130-132,198,602
長塚節	18,359
中西秀夫	268
中村星湖	131,199,311,603
中山晋平	57,340,341,380,381,435
夏目漱石	15-17,19,21,105,106,113,115,134,
	139,151,156,179,181,202-204,225,280,312,
	313,318,331,475,507,573,577,578,580,
	594-596,600,602,603,617,619-622,624,625
名取春仙	17
奈街三郎	172
滑川道夫	17,26,88,455,459,472,497,509,594,
	625,626
成田為三	20,45-47,80-83,322,323,326,334,
	335,340,341,345,358,365,369-371,377,378,
	380-384,386,387,583,604
成瀬正一	139,169
南部修太郎	46,201,213

に

新関良三	244,245
新美南吉	16,59,74,76,130,133,222,251,322,
	336,337,351,353,355,409,433,437,438,443,
	530,537-540,566,598,599,605,607,613
西尾実	141
西田幾多郎	16
新渡戸稲造	16,143

の

野上彰	56,96
野上豊一郎	18,19,132,202-204,249,620
野上彌生子	16,18,55,56,169,202,204,205,283

野田宇太郎	602
昇曙夢	19,251,291
野村千春	598

は

バァリー，ジェームス・マシュー	260
ハウフ，ヴィルヘルム	262
萩原朔太郎	218,338,346,347,587,609,610
パーキンス，フレデリック・オーヴィル	261
橋口五葉	113
長谷川天渓	259,236
波多野秋子	143
八條年也	308,311-314,600
初山滋	
	67,161,391,392,394,395,406,437,584,597
バーネット，フランシス・ホジソン	263
馬場孤蝶	131,210,213
浜田広介	63,160,251,259,473,577,603
浜野卓也	107,155,156,172
原岡秀人	227
パラシオ・バルデス，アルマンド	264,265
方定煥	39-41
ハーン，ラフカディオ	
	220,223,224,266,602,619

ひ

ビアズリー，オーブリー	294,295
樋口五葉	113
土方与志	162
ヒューズ、リチャード	268
ビョルンソン，ビョルンスチャーネ	269,270
平方久直	130,206
平田禿木	19,174,279,292
平塚明子（らいてう）	225,283
平塚武二	207,222,274,285,290,348,361,613
平野婦美子	457,481
弘田龍太郎	20,80,322,323,325,335,340,367,

370,376,380,382,606
広津和郎　　　　　　　152,189,252

ふ

ファイルマン , ローズ　　　　　　271
フィリップ , シャルル＝ルイ 207,253,272,273
深川明子　　　　　　　　　　28
深沢紅子　　　　　　92,407,607,625
深沢省三　90,92,392-395,402,405,407,408,438,
　　　　528,534,536,541,580,594,597,607
福井研介　　　49,59,328,337,360,432
福永渙（挽歌）　　　　46,201,213
福間博　　　　　　　　　　180
福田清人　　　　　　　　17,581
藤井樹郎　49,50,59,321,322,337,360,432,434
藤井白雲子　　　　　　　　263
プーシキン , アレクサンドル・セルゲーヴィ
　　　チ　　　　　　239,274,275
藤島武二　　　142,213,395,400,407
藤田圭雄　16,55,56,62,96-98,135,348,370,377,
　　　394,431-433,436,439,501,581,594
ブーブ , サント　　　　　　289
フランス , アナトール　　　　210,289
ブリュンティエール , フェルディナン　289
プルースト , マルセル　　　276,310
フロベール , ギュスターブ　　　289

へ

ベリンスキイ , ヴィッサリオン　238,274
ベルジュラック　→　シラノ・ド・ベルジュ
　　　ラック , サヴィニアン・ド　　247

ほ

方言　　　　　　　　　　133
星新一　　　　　　　　　　248
細田源吉　67,131,212,561,566,568
細田民樹　67,211,212,579,580

ホーソーン , ナサニエル　　　277
堀田正次　　　　　　　　　244
ホフマン , エルンスト・テオドール・アマデ
　　　ウス　　　　　　　　262
堀口大學　　　　　　　　　273
本間久雄　　　　　　　　　293

ま

前川康男　　　　　　　64,536
前島とも　　　　　　393,408-410
前田晃　　　　　　　　251,603
牧野信一　　　　　　　　　188
槇本楠郎　　　　　　　　　172
マケ , オギュスト　　　　　255
正岡容　　　　　　　　　　215
正岡子規　　　　　　　　15,140
松居松葉　　　　　20,93,94,277
松岡謙　　　　　　　　　　139
松谷みよ子　　　　　　64,91,536
松根東洋城　　　　578,580,620,622
松村みね子　→　片山広子
松本篤造　　　　　　　　　20
マリイ女王　→　ルーマニア王妃マリア
マロ , エクトール・アンリ
　　　　107,108,121,278,357
マンスフィールド、キャサリン　279

み

三上於兎吉　　　　　　　　255
三木露風　18,45,49,135,169,199,322,332-346,
　　　356,359,365,373,374,377,378,384,587
三島由紀夫　　　　　　　　151
水木京太　　　　　　　94,130,131
水島尺草　　　　　　　214,215
水島爾保布　　　111,112,293,294
峰地光重　　　　493,495,497,511,512
宮澤賢治　　　　　　528,530,541

宮島資夫	131,216,550
宮原晃一郎	217,223,608
宮原禎次	341,369
ミルン，アラン・アレクサンダー	59,271

む

村上春樹	141
室生犀星	218,219,338,373,374,503,576,596,
	599,609,610

め

メリメ、プロスペル	29,280

も

本居みどり	46
モー，ヨルゲン	270
森井弘子	111
森垣二郎	46
森三郎	20,92,133,207,220,221,223,256,266,
	267,271,335
森銑三	19,220,223,224,266,267,576
森田草平	18,19,69,106,156,226,501,559,560
	565,580,591,619,620,622,623
森雅之	143
モルナール，フェレンツ	281,282

や

柳澤健	359
藪田義雄	329,590
山内正一	279
山田耕筰	45,46,57,82,135,322-335,340,341,
	356-358,366,367,369,373,374,377,378,
	380,381,383-385,388,594,611
山田わか	283
山本鼎	17,20,30,32,38,51,52,57,373,374,391,
	392,397,415,442,515,517-524,625
山本有三	194,401,403,509

弥吉菅一	99,100,433

ゆ

ユゴー，ヴィクトル	194,270
尹石重	40

よ

横光利一	145,169
与謝野晶子	16,101,205,322,518,519
吉江喬松（孤雁）	273,345
吉田絃二郎	131,166,227,252,253,259,561,612
吉屋信子	147,172
与田準一	16,26,49,50,56,59,60,64,67,74,90,92,
	146,153,158,182,192,207,221,222,321,
	334,336,337,348,350,351,353-355,360,
	361,425,431,432,434,436,438,446-448,
	457,538,587,598,613
与田準介（橋本淳）	613
淀川長治	27

ら

ラーゲルレーヴ，セルマ	204,283
ラッセル，バートランド	210
ラ・フォンテーヌ，ジャン・ド	238
ラルボー，ヴァレリー	284
ランサム，アーサー	153

り

リーコック、スティーヴン	207,285
リシタンベルジェー　→　リシュタンベル	
ジェ	
リシュタンベルジェ，アンドレ	286

る

ルービン，ジェイ	141
ルーマニア王妃マリア	287
ルメートル，ジュール	289

662

れ

レーミゾフ , アレクセイ・ミハイロヴィチ
207,290,291

ろ

ロスタン , エドモン　　　　　　　247
ロセッティ , クリスティーナ　81,292,370
ロラン , ロマン　　　　　　　　210

わ

ワイルド , オスカー　　　　41,293-295
若松賤子　　　　　　　　　　263
和田伝　　　　　　　　　　　200

赤い鳥事典

2018年 8 月10日　第 1 刷発行
2019年 4 月30日　第 2 刷発行

編　者　　赤い鳥事典編集委員会
発行者　　富澤凡子
発行所　　柏書房株式会社
　　　　　東京都文京区本郷2-15-13（〒113-0033）
　　　　　電話（03）3830-1891［営業］
　　　　　　　（03）3830-1894［編集］

装　丁　　鈴木正道（Suzuki Design）
組　版　　有限会社一企画
印　刷　　壮光舎印刷株式会社
製　本　　株式会社ブックアート

©赤い鳥事典編集委員会 2018, Printed in Japan
ISBN978-4-7601-4941-4